असामान्य व्यवहार की मनोगतिकी

The Psychodynamics of Abnormal Behavior
का अनुवाद

असामान्य व्यवहार की मनोगतिकी

जे. एफ. ब्रॉउन

सहयोग

कार्ल ए. मैनिंजर

अनुवाद

डॉ. शोभना शाह

राजकमल प्रकाशन

The Psychodynamics of Abnormal Behavior का अनुवाद

ISBN : 978-81-267-2285-3

मूल्य : ₹1495

पहला संस्करण : 2012
पहली आवृत्ति : 2022
This book is printed on **Print on Demand** Technology : 2026

प्रकाशक : राजकमल प्रकाशन प्रा. लि.
1-बी, नेताजी सुभाष मार्ग, दरियागंज
नई दिल्ली-110 002

शाखाएँ : अशोक राजपथ, साइंस कॉलेज के सामने, पटना-800 006
पहली मंजिल, दरबारी बिल्डिंग, महात्मा गांधी मार्ग, प्रयागराज-211 001
1, अनमोल सोराबजी संतुक लेन, धोबी तलाव, मरीन लाइंस, मुम्बई-400 002
वेबसाइट : www.rajkamalprakashan.com
ई-मेल : info@rajkamalprakashan.com

ASAMANYA VYAVAHAR KI MANOGATIKI
by J.F. Brown
Translated by Shobhana Shah

भूमिका

जे.एफ. ब्राउन द्वारा रचित 'द साइकोडायनैमिक्स ऑफ एबनॉर्मल बिहेवियर' का पहला संस्करण सन् 1940 में मैकग्रॉहिल बुक कम्पनी ने प्रकाशित किया था। उस समय से लेकर आज तक इस विषय पर अनेक अच्छी पुस्तकें प्रकाशित हुईं। मानसिक स्वास्थ्य और मानसिक रोगों के क्षेत्र में भी बहुत से शोध और अनुसंधान हुए। उन्हें आधार बनाकर भी अनेक कृतियां लिखी गईं, जिनकी पर्याप्त चर्चा हुई। मानसिक स्वास्थ्य संबंधी समस्याओं को समझने में भी उनसे सहायता मिली, लेकिन यह कहना अतिशयोक्ति नहीं होगी कि यह पुस्तक फ्रायड के मनोविश्लेषण सिद्धांत के आधार पर मानव मन की सूक्ष्म परतों को खोलती है और मानव विकास की विविध मनोगत्यात्मक अवस्थाओं की व्याख्या बड़े सरल और सुग्राही शब्दों में करती है। इस दृष्टि से यह एक अद्वितीय कृति है।

1960-70 के दशकों तक मनोविज्ञान के क्षेत्र में हिन्दी भाषा में लिखी गई पुस्तकों का अभाव था और यह पुस्तक स्नातकोत्तर कक्षाओं में हमारी पाठ्य पुस्तक होती थी। आज भी इस विषय पर जो पुस्तकें हिन्दी में उपलब्ध हैं वे मौलिक अनुसंधानों पर आधारित न होकर दो-चार विदेशी पुस्तकों पर ही आधारित हैं। हिन्दी भाषी प्रदेशों में स्नातक और स्नातकोत्तर कक्षाओं के लिए अच्छे स्तर की मौलिक रचनाओं की बहुत आवश्यकता है। जब यह पुस्तक लिखी गई तब अमेरिका और इंग्लैंड के लेखकों के बीच पुस्तक में दुरूह भाषा और लम्बे वाक्य लिखने का प्रचलन था। कठिन भाषा और जटिल भाषिक संरचना के कारण हिन्दी माध्यम से पढ़ने वाले विद्यार्थियों को ये पुस्तकें समझने में कठिनाई होती है। यही कारण है कि इस पुस्तक का अनुवाद करने की आवश्यकता महसूस हुई।

यद्यपि इस पुस्तक के बाद अनेक पुस्तकें लिखी गईं परंतु इस पुस्तक का अपना विशिष्ट स्थान है। एक बुनियादी पाठ्य पुस्तक के रूप में यह एक कालजयी कृति है। इसमें विविध असामान्यताओं की आधारभूत व्याख्या बड़े विश्वसनीय तरीके से सरल शब्दों में की गई है। इसे संभवतया असामान्य मानव व्यवहार पर बाद में लिखे गए साहित्य की दिशा-निर्देशक कहा जा सकता है।

इस पुस्तक का अनुवाद करने की प्रेरणा मेरी एक सहकर्मी तथा श्री टीकाराम कन्या स्नातकोत्तर महाविद्यालय, अलीगढ़ के मनोविज्ञान विभाग की अध्यक्ष डॉ. चन्द्रकांता अग्रवाल ने मुझे दी। यदि यह अनूदित पुस्तक अध्येयताओं विद्यार्थियों के लिए उपयोगी सिद्ध होती है तो इसके लिए उन्हें चन्द्रकांता जी का आभारी होना चाहिए।

अनुवाद की शुद्धता और सटीकपन के लिए मैंने डॉ. कॉमिल बुल्के के अंग्रेजी-हिन्दी शब्दकोश, मनोविज्ञान परिभाषा कोश (केन्द्रीय हिन्दी निदेशालय, शिक्षा तथा समाज कल्याण मंत्रालय, 1976 का प्रकाशन) तथा मनोविज्ञान शब्दावली (मानव संसाधन विकास मंत्रालय - माध्यमिक शिक्षा और उच्चतर शिक्षा विभाग, भारत सरकार का प्रकाशन) का प्रयोग किया है।

जैसा कि मैंने कहा, यह पुस्तक 1939-40 में लिखी गई थी। तब जेनेटिक विज्ञान, जिनोम, न्यूरोकैमिस्ट्री, न्यूरोबायोलॉजी, न्यूरोसाइकोलॉजी, पैरीनेटल ब्रेन डवलपमेंट और ज्ञान के ऐसे अनेक क्षेत्रों का विकास नहीं हुआ था। इन 65-70 वर्षों में मनोविज्ञान, आयुर्विज्ञान तथा जीवविज्ञान आदि के क्षेत्र में क्रान्तिकारी परिवर्तन हुए हैं। जेनेटिक्स पर किए गए अध्ययनों में मानव-विकास और उत्पत्ति तथा मानसिक शारीरिक स्वास्थ्य के बारे में प्रचलित पुरानी धारणाओं का खण्डन किया है; उनका पुनरावलोकन किया है; उनमें संशोधन या आमूल-चूल परिवर्तन किया गया है। इसी प्रकार, मादक द्रव्यों तथा नशीली दवाओं आदि का सेवन भी उस समय इतना अधिक मात्रा में नहीं किया जाता था। इस पुस्तक में सिफलिस रोग की भयानकता और उसके कुप्रभावों का भी वर्णन है। कदाचित् उस समय इस रोग का प्रभावी इलाज संभव नहीं होगा। लेकिन आज ऐसे साधन उपलब्ध हैं जिनका प्रयोग यौन संबंधों द्वारा संचारित (सेक्सुअली ट्रान्समिटिड/विनिअरियल डिसीसिज़) विविध प्रकार के यौन रोगों से बचाव करता है। इक्कीसवीं शताब्दी में सिफ़लिस, गॉनरीआ (सूज़ाक) जैसे यौन रोगों का स्थान एड्स ने ले लिया है। एड्स का मानसिक असामान्यता या मानसिक रोगों से कोई संबंध है यह सिद्ध करने वाले शोध यदि हुए हैं तो वे मेरे संज्ञान में नहीं हैं। इसी प्रकार आज समलैंगिकता (होमोसेक्सुअलिटी), हस्तमैथुन (मास्टरबेशन), कामांग-प्रदर्शन (एग्ज़िबिशनिज्म) आदि यौन विकृत्ति का रूप नहीं रह गए हैं और समाज ने विशेषकर पश्चिमी देशों में, इन्हें सामान्य लैंगिक व्यवहार के रूप में स्वीकार कर लिया है। अब इन्हें समाज से छुपाने जैसी बात नहीं समझा जाता। अपने को सभ्य, आधुनिक और फैशनेबिल मानने वाले लोग खुलेआम इनके बारे में बात करने से परहेज़ नहीं करते। हाँ, बालरति (पीडोफीलिया), पशुगमन (बेस्टूएलिटी) तथा वस्तु-कामुकता (फैटिसिज्म) को समाज ने अभी भी स्वीकार नहीं किया

है। ये निषिद्ध और असामान्य यौन व्यवहार या यौन विकृतियों की श्रेणी में आते हैं।

शारीरिक रोग जैसे मधुमेह, हृदय रोग, कई तरह के कैंसर, रक्तचाप आदि की भांति विक्षिप्तता भी वंशानुक्रम से आती है और जींस में रहती है। एक ही परिवार पर कई पीढ़ियों तक किए गए अध्ययनों से यह सिद्ध भी हुआ है। इसका अभिप्राय यह है कि कुछ व्यक्तियों की व्यक्तित्व संरचना ही इस प्रकार की होती है कि वे विषम परिस्थितियों में अन्य व्यक्तियों की अपेक्षा आसानी से और शीघ्र ही टूट जाते हैं। इसके विपरीत, कुछ व्यक्तियों में सर्वथा प्रतिकूल परिस्थितियों में भी अपना मानसिक संतुलन और समायोजन बनाए रखने की क्षमता होती है।

कुछ शब्दों के उच्चारण के बारे में बात करना उचित होगा। पुस्तक में बहुत से गैर-अंग्रेजी पुस्तकों तथा विद्वानों के संदर्भ आते हैं। उनके नामों का उच्चारण मैंने वैसे ही लिखा है जैसा कि उनकी भाषा में बोला जाता है। उदाहरणार्थ, युंग ज़्यूरिख के निवासी थे। उनकी मातृभाषा में अंग्रेजी के 'J' 'जे' अक्षर को 'Y' 'य' बोला जाता है अतः उनके नाम का सही उच्चारण युंग है जुंग नहीं। इसी प्रकार फ्रांसीसी मनोवैज्ञानिक शाको और जैने का नाम चारकॉट और जैनेट नहीं; दा विन्ची, दा विन्सी नहीं है। ऐसे और भी उदाहरण मिलेंगे। (संदर्भिका में मैंने पुस्तकों और मनोवैज्ञानिकों के नाम लिखने में इस बात का ध्यान रखा है।) SCHIZOPHRENIA शब्द ग्रीक भाषा के दो शब्दों स्काइज़ो या स्काइजी 'SCHIZO' या 'SCHIZE' ('विभाजित' या 'विखण्डित' करना) तथा 'PHREN' फ्रेन (माइण्ड) से मिलकर बना है जिसका सही उच्चारण स्काईज़ोफ्रीनिया या फ़ादर कॉमिल बुल्के के अंग्रेजी-हिन्दी कोश के अनुसार स्किड्ज़ोफ़ीनिया है शीज़ोफ्रीनिया नहीं जैसा कि आमतौर पर हिन्दी पुस्तकों में लिखा रहता है। यद्यपि 'schi' को अंग्रेजी के कुछ शब्दों में 'शि' या 'शाइ' की तरह भी बोला जाता है पर यहां पर अक्षर स्कूल शब्द में 'sch' अक्षरों के उच्चारण की तरह बोले जाते हैं। मैंने पुस्तक में श्री कामिल बुल्के द्वारा दिए गए उच्चारण का प्रयोग किया है।

इस पुस्तक के अनुवाद की प्रेरणा मुझे मेरी सहकर्मी डॉ. चन्द्रकांता शर्मा ने दी। पुस्तक का अनुवाद करने में जब कभी कोई शिथिलता या कठिनाई आई तो मेरी पूज्य माँ श्रीमती उषा शाह और अनुज श्री राकेश शाह ने मुझे उससे उबारा। इस पुस्तक के अनुवाद ने गति संसद सदस्य तथा मेरे मार्गदर्शक श्री जनार्दन द्विवेदी द्वारा उत्साहवर्धन के कारण पकड़ी। इस अनुवाद में मुझे लगभग डेढ़ वर्ष लगा। इस समय में मुझे अपने पति श्री आर.पी. मित्तल और परिवार के अन्य सदस्यों से धैर्य भरा सहयोग मिला।

वरिष्ठ पत्रकार एवं समाज वैज्ञानिक श्री अरविन्द मोहन जी ने इस अनुवाद को विस्तार से पढ़कर इसका कुशल संपादन किया और इसमें सुधार करने के लिए अमूल्य सुझाव दिए, मैं उनकी आभारी हूँ। मैं इस कार्य को संपन्न करने में मुझे जिन-जिन से सहयोग, मार्गदर्शन और प्रेरणा प्राप्त हुई उन सबके प्रति कृतज्ञता व्यक्त करती हूँ।

मेरा विश्वास है कि अनूदित रूप में इस पुस्तक का बड़े पैमाने पर स्वागत होगा। विषय के अध्येयताओं को इससे विषय को और बेहतर ढंग से समझने में सहायता मिलेगी। पुस्तक के अनुवाद में यदि कोई त्रुटि रह गई है तो उसके लिए मैं क्षमाप्रार्थी हूँ।

–शोभना शाह

प्रस्तावना

'रुग्ण और असामान्य' के नाम से अंकित एक प्रकार के प्रश्नों के पुंज के रूप में संकलित एकाकी लक्षणों का जो अध्ययन मनोविकृति-विज्ञान के रूप में किया जाता था वह अब आधी शताब्दी की संक्षिप्त अवधि में मनोगत्यात्मकता (साइकोडायनैमिक्स) के नाम से मानव व्यक्तित्व के एकीकरण और विच्छेदन (या विघटन) के अध्ययन में परिवर्तित हो गया है। अटपटे व्यवहार की इनी-गिनी अधूरी व्याख्याओं वाले प्रारंभिक लेख पहले लिखे गए थे लेकिन उनसे चलकर आज हम एक सुव्यवस्थित गत्यात्मक विज्ञान के आरंभ तक पहुंच गए हैं। निश्चित रूप से अभी हम प्रारंभिक अवस्था में हैं, लेकिन मेरा विश्वास है कि अब वह समय आ गया है जबकि इन व्यवस्थित दृष्टिकोणों को पाठ्य-पुस्तकों में सम्मिलित किया जाए।

पाठ्य पुस्तकों की यह बड़ी कमी होती है कि ये अक्सर समकालीन नहीं होतीं। मैंने मनोकायिक समस्याओं के जैविक समाधानों को अपनाकर और व्यवहार की प्रत्येक विकृति को उसके कारण, अभिप्राय और मितव्ययता (प्रभाव) के संदर्भ में व्यवस्थित रूप से प्रस्तुत करके, इस पुस्तक को आधुनिकतम बनाने का प्रयास किया है। जहां तक मैं जानता हूं, पाठ्य पुस्तकों में ऐसी विवेचना कहीं नहीं है। मन-देह समस्या के जैविक दृष्टिकोण को प्रारंभिक बिन्दु के रूप में लेकर बहुत सा स्थान बचाया जा सकता है जो पहले जैविक बनाम क्रियागत (ऑर्गेनिक वर्सेज फंक्शनल) दृष्टिकोण वाली बहस में खर्च हो जाता। जैविक स्थिति के लिए एक नारे के रूप में हम इसे अपना सकते हैं कि : "मानव व्यवहार का प्रत्येक नमूना, सामान्य हो या असामान्य, एक शरीर विज्ञानी तथा मनोवैज्ञानिक (मनोचिकित्सकीय) समस्या दोनों को प्रस्तुत करता है।" इस दृष्टिकोण का प्रमाण इस पुस्तक के द्वारा दिया जाएगा। इस दृष्टिकोण से, मनोवैज्ञानिक बनाम मनोचिकित्सक, क्रियावादी बनाम अवयववादी, वंशानुक्रमवादी बनाम पर्यावरणवादी समस्याएं निरर्थक लगेंगी। इसके अतिरिक्त, यह दृष्टिकोण हमें मनोविज्ञान और मनोचिकित्सा के बीच के संबंध का स्पष्टीकरण का अच्छा अवसर देता है। मैं समझता हूँ कि अब हम पहले से ही उस समय का अनुमान लगा सकते हैं जब

मनोविज्ञान भी चिकित्सा और पूर्व-चिकित्सा पाठ्यक्रम में उतनी ही सम्माननीय भूमिका ग्रहण करेगा जितनी आज शरीर विज्ञान (फ़िज़ियोलॉजी) करता है। अब मनोरोग विज्ञानी एक शोध छात्र, एक मनोचिकित्सक और एक पेशेवर चिकित्सक भी होगा। इसके अतिरिक्त, जैविक स्थिति प्रयोगात्मक मनोरोग विज्ञान के नवीन विज्ञान का आधार है जिसमें मनोवैज्ञानिक और मनोचिकित्सक वास्तव में उपयोगी सहयोग के लिए साथ-साथ आ सकते हैं।

आज हम देखते हैं कि विकृत मस्तिष्क के लक्षणों और सामान्य मन के कामकाज का एक निश्चित *कारण* होता है, एक *अभिप्राय* या *अर्थ* होता है और यह एक *उपयोगी* (*मितव्ययी*) भूमिका निभाते हैं। मनोविज्ञान में इस सुव्यवस्थित गत्यात्मक स्थिति के लिए उत्तरदायी एकमात्र व्यक्ति सिग्मंड फ्रायड हैं। मैं समझता हूँ कि अपने प्रस्तुतीकरण को मनोविश्लेषण के सिद्धांतों के इर्द-गिर्द व्यवस्थित करने के लिए मुझे किसी क्षमा-प्रार्थना या स्पष्टीकरण की आवश्यकता नहीं है। जब विद्वान मनोवैज्ञानिकों द्वारा एक के बाद एक लिखी पुस्तकें या तो फ्रायड की उपेक्षा कर रही थीं या उनके विचारों का पूर्णतया अनुपयुक्त प्रस्तुतीकरण करके उन्हें विकृत करती प्रतीत होती थीं, उस समय भी मनोविश्लेषण तब तक विकसित होता रहा जब तक कि उसने मनोविज्ञान की पूर्णतया व्यवस्थित विचारधारा का प्रतिनिधित्व नहीं किया। मनोविश्लेषण सिद्धांत *मनोवैज्ञानिक समस्याओं* से संबंध रखता है; यह *लगभग* सभी मनोवैज्ञानिक समस्याओं पर विचार करता है; तथा इसके मूल में निहित समस्याएं *अत्यावश्यक* हैं। मेरा विश्वास है कि बहुत से विस्तृत वर्णनों में मनोविश्लेषण सिद्धांत को प्रणाली संबंधी शुद्धि की आवश्यकता होती है और प्रयोगात्मक मनोविज्ञान शीघ्र ही यह शुद्धि करने की स्थिति में हो सकता है।

इस पुस्तक की संरचना पांच अलग-अलग लेकिन आपस में जुड़े खण्डों में है। एक संक्षिप्त परिचयात्मक भाग 'जीवावीय दृष्टिकोण' पुस्तक के कार्य प्रणाली संबंधी आधार को स्थापित करता है। मेरा विश्वास है कि विद्यार्थियों के लिए यह लाभप्रद रहेगा क्योंकि अभी मनोकायिक समस्या को लेकर बहुत भ्रान्ति है। इस समस्या का स्पष्टीकरण हमें यह देखने में सहायता करेगा कि आधुनिक चिकित्सा प्रणाली में मनोविज्ञान की क्या भूमिका है तथा भविष्य की चिकित्सा में मनोविज्ञान की कैसी भूमिका की संभावना है।

इससे अगला खण्ड 'रोग-लक्षण विज्ञान' इस विषय से संबंधित अधिकांश शोध-प्रबंधों की तुलना में बहुत संक्षिप्त और अधूरा सा है। इसका कारण यह है कि आधुनिक मनोरोग विज्ञान का रोग के लक्षणों से संबंध एक रोगी व्यक्तित्व की तालिका या सूची के रूप में उसी प्रकार है जिस प्रकार आधुनिक चिकित्सा प्रणाली का संबंध सामान्यतया रोगी के अंग विशेष से

न होकर पूरे रोगी से होता है। यद्यपि कुछ आधुनिक पुस्तकों में रोगलक्षण विज्ञान संबंधी विवेचना में सुधार देखने में आया है तथापि अधिकांश पुस्तकें लक्षणों की तालिकाओं की भांति हैं जिनका कोई तार्किक आधार नहीं है।

तीसरे खण्ड, 'व्यक्तित्व की उत्पत्ति और संरचना का सिद्धांत' में सामयिक मनोविश्लेषण सिद्धांत को प्रस्तुत करने का प्रयास किया गया है जो शुरुआत करने वाले विद्यार्थी के लिए उपयोगी होना चाहिए। इसके अतिरिक्त, इस सिद्धांत को इसके सभी पक्षों में, सभी निहितार्थों के साथ प्रस्तुत करने का भी प्रयास किया गया है। मेरा विश्वास है कि यह, एक विद्वान मनोवैज्ञानिक द्वारा रचित पुस्तक में दिया गया विषय-वस्तु संबंधी एक वास्तविक अभिनव परिवर्तन होगा। यदि विद्यार्थी इस हिस्से को वास्तव में समझ लेता है तो उसके पास एक ऐसा ढांचा होगा जिसके आधार पर वह व्यवहार विकृति संबंधी उन तथ्यों को समझ सकता है जो आगे दिए गए खण्ड 'मनश्चिकित्सा विज्ञान' में प्रस्तुत किए गए हैं। मेरे विचार से आधुनिक प्रणाली संबंधी शोध यह प्रदर्शित करते हैं कि कोई भी सिद्धांत न होने की अपेक्षा एक गलत सिद्धांत होना अधिक अच्छा है। आज यह स्पष्ट है कि मनोविश्लेषण सिद्धांत पूर्णतया असत्य नहीं हो सकता तथा यदि इस सिद्धांत का कोई अंश बाद में असत्य हो भी, तब भी इसका समन्वयकारी महत्व काफी बना रहेगा। एक शिक्षक के रूप में मेरा यह अनुभव रहा है कि विवरणात्मक मनोचिकित्सा के जटिल क्षेत्र पर केवल किसी प्रकार के सैद्धांतिक योजना के माध्यम से ही प्रभुत्व प्राप्त किया जा सकता है और अभी तक मनोविश्लेषण सबसे अधिक व्यवस्थित और वैज्ञानिक सिद्धांत है। अनावश्यक और अनुचित पूर्वाग्रह के लांछन से स्वयं को बचाने के लिए, मैंने कुछ प्रतिद्वंद्वी सिद्धांतों पर भी विचार किया है।

मुझे संदेह है कि अभी तक विद्वान मनोवैज्ञानिकों या मनोचिकित्सकों और मनोविकृति विज्ञान के लेखकों ने परंपरागत रूप से विवरणात्मक मनोचिकित्सा पर विचार किया भी है या नहीं। इससे इन दो क्षेत्रों की सीमाओं और उनके संबंध के बारे में कुछ प्रश्न खड़े होते हैं। लेखक ईमानदारी से इस प्रस्ताव की पुष्टि करता है कि केवल चिकित्सकीय प्रशिक्षण प्राप्त लेखक ही व्यावहारिक चिकित्सा या चिकित्सा व्यवसाय की समस्याओं पर विचार करने के लिए पूर्णतया सक्षम हैं। यद्यपि खण्ड चार 'मनश्चिकित्सा विज्ञान' का इरादा किसी भी प्रकार से एक शिक्षात्मक नियमावली बनने का नहीं है, तथापि एक विवरणात्मक मनोचिकित्सा का विकास तब तक लगभग असंभव है जब तक कि निदानशास्त्र, विभेदक व विशिष्ट निदान तथा चिकित्सा (ईशियोलॉजी, डिफरेन्शियल डायनॉसिस एण्ड थरेपी) के संदर्भ दोहराए न जाएं। यहां प्रसंगवश इन्टरनल मेडिसिन की समस्या भी खड़ी होती

है। इसी कारणवश मैं प्रसन्न हूँ कि मैंने पुस्तक के इस भाग को संपादित करने का डॉ. कार्ल मैनिंजर का प्रस्ताव मान लिया। डॉ. कार्ल मैनिंजर ने पाण्डुलिपि के पहले प्रारूप में तथ्य संबंधी कुछ त्रुटियों और अभिव्यक्ति में गड़बड़ियों को निकाल दिया तथा उन्हें इस खण्ड के सहयोगी के रूप में स्वीकार करके मैं प्रसन्न हूँ।

पुस्तक में प्रयोगात्मक मनोरोग विज्ञान पर अन्तिम अध्याय को जोड़ना भी एक नया काम है। यहां मैंने इस युवा विज्ञान के प्रमुख निष्कर्षों और समस्याओं का चित्रण करने का प्रयास किया है। मेरा विश्वास है कि प्रयोगात्मक मनोविज्ञान अन्ततः ऐसी स्थिति में आ गया है कि अभिप्रेरणा और व्यक्तित्व की संरचना की मूलभूत समस्याओं पर विचार कर सके और इस प्रकार मनोविकृति विज्ञान को एक प्रयोगात्मक आधार पर स्थापित कर सके।

पुस्तक में इतनी अधिक सैद्धांतिक और कार्यविधि संबंधी विषय-वस्तु को स्थान देने के लिए बहुत सी ऐसी वस्तुओं को छोड़ना पड़ा जो असामान्य मनोविज्ञान पर विशेष रूप से लिखी गई एक पुस्तक में होनी चाहिए। न तो अभिलक्षणों की सूची और न संलक्षणों (सिंड्रोम्स) की सूची ही इसमें सम्मिलित होने का प्रयास करती है। विधि संबंधी और सैद्धांतिक बिन्दुओं को समझाने के लिए मैंने इनमें से प्रत्येक के उदाहरणों को अलग से चुना है। विविध अध्यायों के साथ संलग्न संदर्भिका विवरण और टिप्पणियां, छोड़े हुए प्रकरणों और विवरणात्मक मनोविकृति विज्ञान और मनोचिकित्सा के अधिक सुव्यवस्थित प्रस्तुतीकरणों का संदर्भ देती है।

इसी प्रकार अभिलक्षणों का उदाहरण प्रस्तुत करने वाली सामग्री को न्यूनतम रखने के लिए मुझे बाध्य किया गया है। जिस शिक्षक के पास कुछ व्यावहारिक अनुभव है वह तत्परता से दूसरे उदाहरण दे सकता है (और मेरा विश्वास है कि केवल ऐसे शिक्षकों को ही इस विषय के पाठ्यक्रम की चेष्टा करनी चाहिए।) गत्यात्मक व्याख्या के बिना एकल अभिलक्षणों के विवरण, यहां तक कि ऐसे विवरण जो शाब्दिक साहचर्यों के दीर्घ आधिकारिक विवरणों में दिए गए हैं, अब मनोविकृति विज्ञान के बीते हुए युग से ही अधिकाधिक संबंधित रह गए हैं। इसके अतिरिक्त, मैंने 'केस हिस्ट्रीज़' अर्थात् रोगियों की कहानी को उस रूप में देने का प्रयास नहीं किया जिस रूप में वह सामान्यतया समझी जाती हैं क्योंकि साधारण अभिलक्षणों की भांति गत्यात्मक व्याख्या के बिना दिए गए सिंड्रोम्स के विवरण विद्यार्थियों के लिए कितना भी मनोरंजक क्यों न हों, मनोगत्यात्मकता के बारे में उसकी ज्ञान वृद्धि नहीं करते। और संपूर्ण गत्यात्मक व्याख्याओं के साथ ऐसे विवरण देने के लिए अधिक स्थान की आवश्यकता थी जो उपलब्ध नहीं था। ग्रंथ

सूची में विस्तारित विवरण के संदर्भ देकर मैंने इस कमी की क्षतिपूर्ति करने का प्रयास किया है। यहां पुनः जिन शिक्षकों को व्यावहारिक अनुभव है वे वास्तविक किस्सों से पाठ्य वस्तु की कमी को पूरा कर सकते हैं। चूंकि ऐसे मामलों की वास्तविक प्रायोगिक जांच का स्थान ये विवरण मात्र के अध्ययन की कितनी भी संभावित मात्रा नहीं ले सकती, अतः ऐसी व्याख्यात्मक सामग्री जैसी कि यहां दी हुई है, मनोविकृति विज्ञान के सिद्धांत का स्पष्टीकरण करने के उद्‌देश्य से दी गई है न कि व्यावहारिक मनोचिकित्सा के शिक्षण के उद्‌देश्य से। यही कारण है कि मैंने व्याख्यात्मक सामग्री में से अनावश्यक विस्तार को छोड़ने की स्वयं को अनुमति दी तथा सभी विवरणों से संबंधित तथ्यों की रिपोर्ट करने में पर्याप्त स्वतंत्रता नहीं ली जिससे कि व्यक्ति की पहचान को पूरी तरह छिपाया जा सके।

स्थानाभाव के कारण मैंने पागलपन की सीमा पर स्थित बहुत सी घटनाओं पर विचार नहीं किया है जिन्हें इस समय मनोविकृति विज्ञान के क्षेत्र में व्यवस्थित रूप से एकीकृत नहीं किया जा सकता। पुरानी पुस्तकों में अनावश्यक विस्तार के रूप में बहुत सी ऐसी सामग्री का प्रयोग किया गया जो विद्यार्थी को मोहक तो लगती थी लेकिन उसका कोई व्यवस्थित महत्व नहीं था। इस श्रेणी में अध्यात्मवाद (स्पिरिचुअलिज़्म), दूरचिकित्सा (टैलीपैथी) अतीन्द्रिय दृष्टि (क्लेयरवॉयैन्स) तथा अन्य परामनोवैज्ञानिक घटनाएं, बहुव्यक्तित्व की दीर्घ व्याख्याएं, *मूर्ख होकर ज्ञानी का दिखावा करना* तथा चरम समय बोध और दिशा-बोध रखने वाले व्यक्ति, निद्रा, सम्मोहन, सुझाव के विस्तारित उपचार आदि आते हैं।

यह पुस्तक मनोविज्ञान, पूर्व डॉक्टरी और डॉक्टरी के विद्यार्थियों के लिए है। यह कक्षा में व्याख्यान के तैयार किए गए नोट्स पर आधारित है और इसीलिए इसका उद्‌देश्य मुख्यतः शैक्षिक है। मुझे विविध संदर्भों में कुछ आधारभूत सिद्धांतों की पुनरावृत्ति करने में कोई हिचकिचाहट नहीं है और कई स्थानों पर वर्णन की प्रमुख रूपरेखा को स्पष्ट करने के लिए मुझे पहले दिए हुए कुछ तर्कों को पुनः आरंभ करना पड़ा है। मेरा विश्वास है कि सुरुचि संपन्नता के त्याग को यहां विवेकपूर्ण शैक्षणिक सिद्धांतों ने अनिवार्य बना दिया है। मैंने सामग्री को इस प्रकार प्रस्तुत करने का भी प्रयास किया है जिससे कि जिन व्यावसायिक चिकित्सकों ने आधुनिक मनोविकृति विज्ञान के आगमन से पहले प्रशिक्षण प्राप्त किया था वे भी इसे महत्वपूर्ण पाएंगे। मैं आशा करता हूँ कि यह पुस्तक कुछ प्रतिष्ठित मनोचिकित्सकों द्वारा भी पढ़ी जाएगी और चिकित्साशास्त्र में जीवावीय दृष्टिकोण के विकास की दिशा में सहायक होगी और इस प्रकार मनोचिकित्सकों, मनोवैज्ञानिकों और इन्टर्न डॉक्टरों के बीच बढ़ते हुए सहयोग में बढ़ोत्तरी करेगी।

अनेक व्यक्तियों, शिक्षकों, सहकर्मियों तथा विद्यार्थियों ने इस पुस्तक के लेखन में प्रत्यक्ष या अप्रत्यक्ष रूप से योगदान दिया है। मेरे शोध कार्य में हर संभव स्वतंत्रता की अनुमति देने के लिए मैं डॉ. कार्ल तथा डॉ. विलियम मैनिंजर तथा मैनिंजर क्लिनिक के कर्मचारी वर्ग का विशेष रूप से ऋणी हूँ। उनके सहयोग के माध्यम से मैं आधुनिक मनोचिकित्सा की कार्यविधि के बारे में कुछ आंखों देखा ज्ञान प्राप्त कर सका हूं और अनेक विशिष्ट व्यक्तियों से परिचित हो सका हूं। इस पुस्तक में यदि जीवन से कोई सामीप्य है तो वह इन संबंधों से ही आता है। 1938 और 1939 में कैन्सस विश्वविद्यालय से एक वर्ष की अनुपस्थिति की छुट्टी ने मुझे शिकागो इंस्टीट्यूट फॉर साइकोएनालिसिस के डॉ. फ्रान्ज़ एलॅक्ज़ैण्डर के साथ शिक्षात्मक मनोविश्लेषण का अनुभव करने का अवसर दिया। इस अनुभव ने मुझे यह दिखाया कि 'सामान्य' व्यवहार रचनातंत्र कैसे इस पुस्तक में प्रस्तुत बहुत से 'कैसिज़' के रचनातंत्र के कितना समीप था। मैं मनोविश्लेषण सिद्धांत पर आयोजित उत्कृष्ट सेमीनार और भाषणों के लिए (जिनमें मैं उपस्थित रहा) डॉ. एलॅक्ज़ैण्डर और उनके संस्थान के कर्मचारीगण का भी कृतज्ञ हूँ। कैन्सस विश्वविद्यालय के मनोविज्ञान विभाग के प्रोफेसर आर.एच. व्हीलर, ब्यूला मौरीसन, फ्लैचर मैकूकॉर्ड तथा बायरन सारविस, सभी ने मेरे भाषणों की दिशा के बारे में विचार-विमर्श करने में मेरी सहायता की जिन पर यह पुस्तक आधारित है। पुस्तक के खण्डों की तैयारी में मेरे भूतपूर्व विद्यार्थी डॉ. वॉल्टर वॉरवैल तथा डॉ. एल्बर्ट सी. बॉथ ने उपयोगी सुझाव दिए। संदर्भिका, अनुक्रमणिकाओं तथा पुस्तकों के प्रूफ में सहायता के लिए मैं अपने सहायकों–जान एण्डाकौट तथा जरोम शिफ़र का ऋणी हूँ। श्रीमती एलिस एण्डाकौट ने आकृतियों के रेखाचित्र बनाने तथा पाण्डुलिपि को टाइप करने में सहायता की। मौलिक पाण्डुलिपि कुमारी पैगी वॉडम्स द्वारा तैयार की गई। अंत में मैं अपना आभार बहुत से पूर्व स्नातक और स्नातक विद्यार्थियों के प्रति व्यक्त करना चाहता हूँ जिन्होंने कक्षा में आलोचनात्मक प्रश्नों के माध्यम से निरन्तर मेरी व्याख्यात्मक शक्तियों को प्रशिक्षित और अनुशासित किया।

–जे.एफ. ब्राउन

साइकोलॉजी लैबोरेटरी
लॉरेन्स, कैन्सास
अक्टूबर, 1940

विषय सूची

खण्ड-2 : रोग-लक्षण विज्ञान

खण्ड-3 : व्यक्तित्व की उत्पत्ति और संरचना का सिद्धांत

खण्ड-1

जीवावीय दृष्टिकोण

अध्याय-1

सामान्यता, असामान्यता, व्यक्तित्व

1. आधुनिक मनोरोग विज्ञान का कार्य क्षेत्र

इन तथ्यों पर विचार करें : स्किड्ज़ोफ्रीनिया या खण्डित मानसिकता हमारे समय की एक प्रमुख सामाजिक समस्या है। बहुत संभव है कि इस पुस्तक के प्रत्येक पाठक ने अपने छात्र जीवन में कम से कम एक सहपाठी को व्यग्र होकर विचित्र व्यवहार करते हुए देखा होगा तथा बाद में यह भी सुना होगा कि वह व्यक्ति 'स्नायविक विकार' से पीड़ित होने के कारण पागलखाने भेज दिया गया है और बहुत से उदाहरणों में तो बाद में उसके बारे में कोई सूचना भी नहीं मिलती। इस बात की संभावना है कि इस व्यक्ति ने स्किड्ज़ोफ्रीनिया विकसित कर लिया हो। स्किड्ज़ोफ्रीनिया तथा इसके सभी पहलुओं के बारे में हम पुस्तक में आगे के क्रम में बात करेंगे। अभी केवल यह बताना पर्याप्त होगा कि चिकित्सालयों में टी.बी. तथा कैंसर के रोगी मिलाकर भी स्किड्ज़ोफ्रीनिया के रोगियों की तुलना में कम होते हैं। अमरीका में प्रतिवर्ष सरकारी चिकित्सालयों में स्किड्ज़ोफ्रीनिया के 15,000 से अधिक रोगी भर्ती होते हैं तथा इसमें जनसंख्या में पाए जाने वाले सभी रोगी निहित नहीं हैं। इसके अतिरिक्त ये रोगी वे व्यक्ति हैं जो अभी युवावस्था के प्रथम प्रवाह में प्रवेश किए हैं। स्किड्ज़ोफ्रीनिया गलसुआ, चेचक या टी.बी. की भांति कोई ऐसा रोग नहीं है जिसकी कोई अपेक्षाकृत संक्षिप्त और निश्चित दिशा होती हो। चिकित्सालयों में भर्ती होने वाले सबसे कम उम्र के युवा भी इससे पीड़ित होते हैं तथा इनका औसत चिकित्सालयी जीवन लगभग 16 वर्ष होता है।

यद्यपि स्किड्ज़ोफ्रीनिया, प्रमुख मानसिक विकारों में सबसे अधिक पाया जाता है, लेकिन यह एकमात्र विकार नहीं है। अन्य मानसिक विकारों में से कुछ ऐसे विकार हैं जिनके लक्षण स्पष्ट तथा मानसिक होते हैं जबकि कुछ विकारों में ऐसा कोई लक्षण नहीं होता जिसे साधारण व्यक्ति मानसिक रोग की श्रेणी में रख सके। एक ख्याति प्राप्त चिकित्सक का यह अनुमान है कि 60 प्रतिशत प्रत्यक्ष शारीरिक विकारों का 'कारण' 'मनोवैज्ञानिक' ('मानसिक') होता है। निस्संदेह कुछ चिकित्सक इस आकलन को अतिशयोक्ति मानेंगे लेकिन प्रत्येक सतर्क चिकित्सक आज रोगों में मनोवैज्ञानिक कारणों

की भूमिका को स्पष्ट अनुभव करता है। इस प्रकार हम निश्चित रूप से कह सकते हैं कि ऐसे मानसिक विकारों के अतिरिक्त जो स्पष्ट रूप से मनोचिकित्सक के कार्यक्षेत्र में आते हैं, कुछ ऐसे उदाहरण भी होते हैं जिनमें प्रकट रूप से किसी शारीरिक रोग के महत्वपूर्ण मनोवैज्ञानिक पहलू होते हैं। लेकिन आधुनिक मनोवैज्ञानिक केवल 'साइकोटिक्स' या गंभीर रूप से पागल के अध्ययन तक ही सीमित नहीं रहते, जैसा कि 'मानसिक रोग' नामक शब्द में अंतर्निहित होता है, अपितु इनका संबंध व्यक्तित्व तथा व्यवहार विकृतियों के संपूर्ण क्षेत्र से होता है। आज अपराधी व्यवहार, सेक्स संबंधी विकृति, नशाखोरी यहां तक कि प्रतिभावान् व्यक्तियों को मनोरोग विज्ञान के अध्ययन का विषय समझा जाने लगा है। आधुनिक मनोरोग विज्ञान (साइकोपैथोलॉजी) व्यक्ति संरचना के कम से कम छह मुख्य प्रकारों मनस्नायी (साइकोटिक), मनस्तंत्रिका विकार (साइकोन्यूरोटिक), यौन विकारग्रस्त (सेक्सुअली परवर्स), विकृत चरित्र के व्यक्ति (डिस्ऑर्डर्ड कैरेक्टर), प्रतिभाशाली (जीनियस) और सामान्य के बारे में विचार करता है। पागल व्यक्ति मानसिक रूप से इतना बीमार होता है कि जीवन के यथार्थ में अपने व्यवहार में मेल न बैठा सकने के चलते अपने सामाजिक वातावरण में क्रियाशील बने रहने में असमर्थ रहता है। ये लोग कानूनन 'विक्षिप्त/पागल/उन्मादी' कहे जाते हैं। न्यूरौटिक (या साइकोन्यूरौटिक, दोनों शब्दों का अभिप्राय एक है) मानसिक रोगी तो हैं पर उतना गंभीर रूप से नहीं जितना कि पागलपन। यौन विकार ग्रस्त व्यक्ति वह है जो किसी विकृत माध्यम से अथवा विपरीत लिंग के वयस्क सदस्य के स्थान पर किसी अन्य के साथ काम सुख प्राप्त करता है। सामान्यतया उसे एक पापी या भ्रष्ट और पतित समझा जाता है। विकृत चरित्र के व्यक्ति, सामान्य या परंपरागत अर्थ में मानसिक रोगी तो नहीं होते परन्तु ऐसी व्यवहारपरक कठिनाइयों (नशाखोरी, अपराधिकता आदि) से ग्रस्त होते हैं जो उन्हें पतित एवं असामाजिक तत्व की संज्ञा प्रदान करती हैं। प्रतिभाशाली व्यक्ति (जीनियस) वह है जो मनोवैज्ञानिक अंतर्द्वंद्वों से अभिप्रेरित होकर कला या विज्ञान संबंधी ऐसे कार्य करता है जिनका सामाजिक महत्व होता है।

समसामयिक चिकित्साशास्त्र के क्षेत्र में अब समय आ गया है कि चिकित्सकों को मनोविज्ञान तथा मनोचिकित्सा के बारे में उतना ही ज्ञान होना चाहिए जितना कि शरीर क्रिया विज्ञान और रोग-विज्ञान का। लेकिन दुर्भाग्य से ऐसे पेशेवर चिकित्सक कम हैं। डॉ. फ्रांज एलेक्ज़ेंडर (1936) डॉ. कार्ल मैनिंजर (1938) तथा डॉ. फ्लैन्डर्स डनबर (1935) की रचनाओं से यह विस्तार से पता चलता है कि किस प्रकार आधुनिक चिकित्सा शास्त्र ने यह खोज की है कि प्रत्येक व्यवहार–व्यवहार चाहे रोगी व्यक्ति का हो या स्वस्थ व्यक्ति का, मनोविज्ञान तथा शरीर क्रिया वैज्ञानिक के लिए समान रूप से समस्या प्रस्तुत करता है। यह कहना अतिशयोक्ति नहीं होगी कि भविष्य का लगभग आधा चिकित्साविज्ञान मनोचिकित्सा का होगा जिसका प्रयोग चिकित्सा मनोवैज्ञानिक करेंगे। उन्नीसवीं शताब्दी के अंतिम चतुर्थांश में आंतरिक चिकित्साशास्त्र

के क्षेत्र में आश्चर्यजनक विकास हुआ है। बहुत से ऐसे शारीरिक रोगों का उपचार अब विशेष रीति से किया जाता है जिन्हें पहले प्राणघातक समझा जाता था। 19वीं शताब्दी के अंतिम चतुर्थांश में मानव जीवन की औसत अवधि लगभग 11 वर्ष बढ़ गई है तथा शारीरिक स्वास्थ्य विज्ञान की विधियों के उत्तम प्रयोग से मानव जीवन की अवधि की संभावना एक ऐसे समय में बढ़ी है जबकि युद्ध, अवसाद तथा आर्थिक अनिश्चितता से जनित मनोवैज्ञानिक दबावों के कारण मानसिक समायोजन करना संभवतया अधिक कठिन हो गया है।[1] इससे इस बात की भी संभावना बढ़ जाती है कि भविष्य में मनोचिकित्सा, शारीरिक चिकित्सा के महत्व को कम कर देगी। इन तथ्यों से यह स्पष्ट हो जाता है कि मनोविज्ञान एक पेशेवर चिकित्सक के लिए कितना महत्वपूर्ण है।

आधुनिक मनोरोग विज्ञान एक साधारण व्यक्ति के लिए भी महत्वपूर्ण है। लगभग 4,70,000 अमरीकी पागलपन की चिकित्सा के लिए अस्पतालों में भर्ती हैं और प्रत्येक वर्ष लगभग 1,50,000 नये मानसिक रोगियों की भर्ती होती है। इन आंकड़ों में वे व्यक्ति नहीं हैं जो प्राइवेट अस्पतालों में या किसी मनोचिकित्सक से व्यक्तिगत रूप से इलाज करा रहे हैं। हल्की मानसिक विकृतियों के रोगी भी अक्सर चिकित्सक की देखभाल में नहीं होते हैं। यद्यपि इस समय के विश्वसनीय आंकड़े प्राप्त करना कठिन है फिर भी यह अनुमान किया जाता है कि प्रत्येक 100 में से 5 अमरीकी मानसिक रोग के कारण अपने जीवन में कभी न कभी सरकारी अस्पताल में होंगे और चूंकि बहुत से व्यक्ति जिन्हें चिकित्सालय जाना चाहिए पर नहीं जाते हैं इसलिए ये मोटा-मोटा अनुमान किया जाता है कि प्रत्येक 100 में से अतिरिक्त 5 व्यक्ति चिकित्सालय न भी जाएं तो भी मानसिक रोग के कारण कभी न कभी मानसिक रूप से असमर्थ या अक्षम अवश्य होते हैं। जिस प्रकार नजला-जुकाम के लिए चिकित्सालय जाने की आवश्यकता तो नहीं होती लेकिन *न्यूमोनिया* की तुलना में यह अधिक देखने में आता है उसी प्रकार बहुत से मानसिक रोग भी इतने दुःसाध्य नहीं होते जिनके लिए मानसिक चिकित्सालय में जाने की आवश्यकता हो। येल के प्रैसीडैन्ट एंगिल (Angell) का अनुमान है कि अमरीका के विद्यालयों में लगभग 15 प्रतिशत पूर्व स्नातकों को किसी न किसी समय पर मानसिक स्वास्थ्य वैज्ञानिक की सेवाओं की आवश्यकता होती है। यदि किसी निर्धारित समय पर 15 प्रतिशत व्यक्तियों को इस प्रकार की देखभाल की आवश्यकता है तो हम काफी ठीक-ठाक अनुमान लगा सकते हैं कि किसी समय पर सारी जनसंख्या को उपचार नहीं तो कम से कम सलाह की आवश्यकता तो होती ही है। अमरीकी विश्वविद्यालयों में एक अध्यापक के रूप में अपने अनुभव के आधार पर लेखक का यह विश्वास है कि किसी भी व्यक्ति के लिए विद्यालय परिसर की गहन स्पर्धापूर्ण स्थिति कोर्स के चार वर्ष में किसी न किसी समय मामूली सी मानसिक असामान्यता विकसित किए बिना निकलना प्रायः असंभव है। अतः असामान्य मनोविज्ञान का महत्व हम सभी के लिए है और तथाकथित 'सामान्य व्यक्तित्व' को समझने की दृष्टि से इसके अध्ययन का सर्वाधिक महत्व है। इस किताब में हम इस मामले पर ही चर्चा करेंगे।[2]

19वीं शताब्दी के मध्य तक ज्ञात इतिहास के अनुसार मानसिक असामान्यता को असाधारण और भयानक समझा जाता था। मानसिक असामान्यता का अर्थ था 'दिमाग खत्म होना'। इसे इतना भयंकर दुर्भाग्य माना जाता था कि इसके बारे में बात करने से व्यक्ति हिचकिचाते थे। आज हम यह स्वीकार करते हैं कि मानसिक असामान्यता न तो असाधारण है न ही अनिवार्यतः भयानक। अब मानसिक अस्वस्थता के कुछ साधारण प्रकारों का उपचार शारीरिक रोगों की तुलना में अधिक आसानी से होता है तथा वे शारीरिक रोगों की भांति सामान्य प्रक्रियाओं की ही विकृति या अतिरंजना माने जाते हैं। आधुनिक मनोरोग विज्ञान का मुख्य सिद्धांत है कि 'असामान्य मनोविज्ञान और कुछ नहीं सिर्फ सामान्य मानसिक विकास का अति (ज्यादा विकास या कम विकास) भर है या उनमें कोई गड़बड़ है।' निस्संदेह यह दृष्टिकोण मानव मन को जानने के हमारे प्रयास में आधुनिक मनोविज्ञान का सबसे महत्वपूर्ण योगदान है। मनोविज्ञान के महत्व के कारणों को स्पष्ट करने से पहले हमें असामान्यता की पुरानी धारणाओं का पुनार्वलोकन करना चाहिए।

2. असामान्यता की संकल्पना

अभी तक मानसिक असामान्यता को असाधारण और भयानक समझा जाता था और आज भी बहुत से सामान्य जन इसे भयानक या उपहास का विषय समझते हैं। यदि परिवार का कोई व्यक्ति पागल हो जाता है तो इसे भारी त्रासदी माना जाता है और वह व्यक्ति इतना करीबी न हो तो यह घटना बड़ी हास्यास्पद समझी जाती है। अभी तक यह माना जाता था कि विक्षिप्त, मनोविकार से पीड़ित तथा अपराधी व्यक्ति एक पृथक् और विशेष समूह में आते हैं जो 'सामान्य' समूह से उसी प्रकार नीचे होता है जिस प्रकार प्रतिभाशाली व्यक्तियों का एक विशिष्ट समूह 'सामान्य' समूह से *ऊपर* होता है। विक्षिप्त, अपचारी तथा प्रतिभाशाली व्यक्तियों के व्यवहार के परिचालक नियम भी विशिष्ट होते हैं।

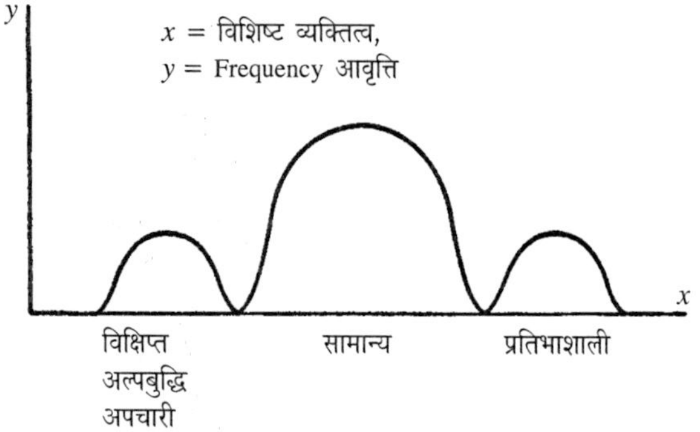

चित्र-1 : मानव व्यक्तित्व के विभाजन की लोकप्रिय विचारधारा को दिखाते हुए।

विक्षिप्त व्यक्तियों के विभ्रम तथा प्रतिभाशाली व्यक्तियों के आविष्कारों में निहित मूल विभ्रम वाली प्रक्रियाएं शेष व्यक्तियों के व्यवहार में निहित आधारभूत प्रक्रियाओं से भिन्न होती है। मानव व्यक्तित्व के विभाजन की लोकप्रिय विचारधारा चित्र-1 में दिखाई गई हैं। आज भी लोकप्रिय मान्यता यह है कि मनुष्य स्पष्ट रूप से तीन 'प्रकार' के होते हैं, अभागे विक्षिप्त और अपचारी, प्रतिभाशाली तथा सामान्य जो बाकी पूरा समूह बनाते हैं। इतना ही नहीं, इन समूहों में कोई निरंतरता नहीं है तथा इनमें सीमांत के उदाहरण भी नहीं होते अर्थात् व्यक्ति या तो निश्चित रूप से 'सामान्य' होता है या 'प्रतिभाशाली' अथवा 'विक्षिप्त'। यह समझा जाता है कि सामान्य व्यवहार सामान्य कारणों का परिणाम होता है तथा विक्षिप्त या प्रतिभाशाली होने की प्रक्रिया विशिष्ट कारणों का परिणाम होती है। जो विक्षिप्त हो गए हैं ईश्वर उनसे उनके पापों या वंशानुक्रम में मिले पूर्वजों के पापों का प्रतिकार कर रहा है। इसी प्रकार जो प्रतिभाशाली बने वे दैवी अंतःप्रेरणा को पाने वाले हैं। यह दृष्टिकोण किसी न किसी स्वरूप में सार्वभौमिक रूप से विज्ञान से संबंधित व्यक्तियों के बीच में भी व्याप्त था तथा साधारण जन के बीच अभी भी व्यापक रूप से यही मान्यता है। लेखक यदा-कदा मनोविज्ञान के विद्यार्थियों के ऐसे समूह मिलते हैं जिनमें कम से कम एक विद्यार्थी ऐसा होता है जो यह समझता है कि सभी पागल, *सिफिलिस* के रोगी होते हैं अथवा पागलपन हस्तमैथुन के कारण होता है। इसी प्रकार प्रतिभाशाली को ईश्वर द्वारा विशेष रूप से चुने गए या विशेष गुणी माने जाते हैं।

यह दृष्टिकोण इतना व्यापक क्यों है इसके तीन कारण हैं। प्रथम, लगभग सौ वर्ष पूर्व यह सिद्धांत विद्वान व्यक्तियों के मध्य प्रचलित था। हमें स्मरण रखना चाहिए कि आधुनिक विज्ञान लगभग चार सौ वर्ष पुराना है और यह भी कि विज्ञान से पहले उन प्राकृतिक घटनाओं को जिनकी व्याख्या करना कठिन है, ईश्वरपरक पृष्ठभूमि में देखा जाता था और इससे पहले कि हम आधुनिक मनोविज्ञान विकसित कर सकें, हमारे पास भौतिकी, रसायनशास्त्र, जीव विज्ञान तथा शरीर क्रिया विज्ञान होना चाहिए था। ऐसा क्यों है, इसका कारण अगले अध्याय में स्पष्ट होगा।

दूसरा कारण उस समय प्रचलित धर्म विज्ञान का अनुगामी है जिसके अनुसार पागलपन उस समय निश्चित रूप से एक सामाजिक कलंक माना जाता था। पागलपन को व्यक्ति पर शैतान का कब्जा या उसके पाप का परिणाम समझा जाता था। यहां तक कि उस प्रबुद्ध वर्ग में जिसमें धर्मशास्त्र का स्थान जीव विज्ञान ने ले लिया था, पागलपन के लिए दोषपूर्ण वंशानुक्रम को उत्तरदायी मानते थे। परिणामस्वरूप, आधुनिक अनुवंशिकी ने विक्षिप्तता का उत्तरदागित्व व्यक्ति के अपने पापों के स्थान पर उसके पूर्वजों के पापों पर रख दिया।

तीसरा, व्यक्तित्व को अपरिवर्तनीय ईश्वर प्रदत्त या प्रगतिशील समाज में व्यक्तिगत वंशानुक्रम द्वारा प्राप्त समझा जाता था। प्रत्येक व्यक्ति यह विश्वास करना पसंद करता है कि उसका एक अहम् (ईगो) या स्वः (सैल्फ) है उसके व्यक्तित्व का एक आंतरिक

(मानसिक) चित्र है, जो जीवन के उतार-चढ़ाव से तब तक परिवर्तित नहीं होता जब तक कि वह कदाचित् उसे पूर्णतया गंवा न दे। इस मान्यता से ही विक्षिप्तता का लोकप्रिय लक्षण - वर्णन उत्पन्न होता है कि विक्षिप्तता अपने 'मनस् को गंवा देना' या 'अपने स्वः के बाहर' होना है। धर्मशास्त्र पर आधारित विश्वास यह है कि मनुष्य ईश्वर के प्रतिबिम्ब के रूप में उत्पन्न हुआ तथा ऐसे संसार में रखा गया जो ब्रह्मांड के केन्द्र में है तथा यह विश्वास मनुष्य के लिए इतना संतोषप्रद है कि उसे त्यागना कठिन है। पाठकों ने निश्चित रूप से सुना होगा कि कोपरनिकस का खगोलशास्त्रीय सिद्धांत कि सूर्य ही सौर मंडल का केन्द्र है, कितनी कठिनाई से टौलेमी के सिद्धांत कि सौर मंडल की सभी वस्तुएं धरती के चारों ओर घूमती हैं, के विपरीत स्थापित किया गया था। मनोवैज्ञानिक दृष्टि से पृथ्वी सौर मंडल के केन्द्र में है इस विश्वास को त्यागना अधिक सरल है अपेक्षाकृत इस विश्वास के कि व्यक्तित्व एक स्थिर अपरिवर्तनीय ईश्वर प्रदत्त अस्तित्व है। आगे कुछ पैराग्राफ में हम व्यक्तित्व की एक आधुनिक और भिन्न अवधारणा का विकास करेंगे। हमें इस लोकप्रिय विचार को त्यागना होगा कि विक्षिप्त और प्रतिभाशाली व्यक्ति सामान्य से पूर्णतया अलग हैं। क्योंकि आधुनिक मनोविज्ञान का दृष्टिकोण यह है कि व्यक्तित्व के शीलगुण एक निरंतरता में ही होते हैं। यहां हम पुनः दोहराएंगे कि असामान्य मनोवैज्ञानिक घटनाएं सामान्य मनोवैज्ञानिक घटनाओं का मात्र अतिरंजित या छद्मवेशी विकास है। इस दृष्टिकोण के कुछ महत्वपूर्ण प्रणाली संबंधी फलितार्थ हैं।

सर्वप्रथम यह मान्यता असामान्य, सामान्य और प्रतिभाशाली के विभाजन को खारिज़ करती है। प्रयोगशाला में उत्पन्न की गई विद्युत के तत्व तूफानी बिजली के तत्वों की भांति ही होते हैं। इसी प्रकार नीचे गिर रहे पिण्डों में निहित सिद्धांत भिन्न-भिन्न परिघटनाओं जैसे लुढ़क जाना, चिड़ियों का उड़ना, झुके धरातल पर नीचे की ओर जाना, खगोलीय पिण्डों की गतिविधि में भी अंतर्निहित होता है। पटाखे और बम बिजली का लैम्प और सूर्य का प्रकाश, समान भौतिकी सिद्धांतों का अनुसरण करते हैं। इसी प्रकार एक प्रतिभाशाली व्यक्ति के उत्पाद या सृजन, विक्षिप्त व्यक्ति के प्रलापों तथा जो वाक्य आप इस समय पढ़ रहे हैं, यह सभी उन रचनातंत्रों से उत्पादित हैं जो मात्रा या श्रेणी में तो भिन्न हैं पर किस्म में नहीं। इसी प्रकार जिन्हें हम असामान्य या सामान्य से परे और भिन्न समझते हैं वे असल में सामान्य चिंतन, मनोभाव, स्वेच्छा तथा क्रिया के प्रच्छन्न विकास या अतिरंजना मात्र ही है।

दूसरे, हम मानते हैं कि असामान्य मानसिक घटनाओं के स्वाभाविक कारण होते हैं तथा ये उन्हीं नियमों का पालन करती हैं जिनका पालन सामान्य मानसिक तथ्य करते हैं। अतः असामान्य मानसिक घटनाएं 'ईश्वर के दण्ड' या 'व्यक्ति पर दुष्टात्मा द्वारा आधिपत्य' होने के कारण या किसी 'अभौतिक अंतःप्रेरणा' के कारण नहीं होती बल्कि साधारण मनोवैज्ञानिक कारणों के परिणामस्वरूप होती हैं। अतः इनका एक अर्थ और महत्व होता है। हमारा विश्वास है कि जिस प्रकार सामान्य व्यक्ति के लिए उसका

तर्कपूर्ण और सुसंगत चिंतन उतना ही महत्वपूर्ण होता है जितना कि विक्षिप्त व्यक्ति के लिए उसका प्रलाप। वस्तुतः यदि हमें व्यक्ति के गत जीवन और वर्तमान जीवन की परिस्थितियों का पर्याप्त ज्ञान हो तो आधुनिक मनोरोग विज्ञान द्वारा हम यह बता सकते हैं कि यह महत्व क्या है। इसी प्रकार एक प्रतिभाशाली के उत्पादों का उसके जीवन-वृत्त के साथ गहरा संबंध होता है।

तीसरे, हमारा यह भी विश्वास है कि जिस प्रकार सामान्य चिंतन इच्छा तथा क्रिया के मितव्ययी और अनुकूलनकारी परिणाम होते हैं उसी प्रकार यदि हम एक मानसिक रोगी के जीवन-इतिहास तथा वर्तमान परिस्थिति पर ध्यान दें तो उसके चिंतन, इच्छा और क्रिया को भी ऐसा ही पाएंगे।

इस प्रकार असामान्य और सामान्य घटनाओं के रचनातंत्र में केवल मात्रा का अंतर होता है किस्म का नहीं। वे समान (प्रकार के) रचनातंत्रों के कारण होती हैं। जैविक दृष्टि से उनका एक सुनिश्चित अर्थ और महत्व होता है तथा जीवन की संपूर्ण परिस्थिति को ध्यान में रखते हुए वे उपयोगी (मितव्ययी या इकोनॉमिकल) होती हैं। व्यवहार संबंधी प्रत्येक विकार के पीछे कैसे एक कारण होता है, उसका क्या महत्व होता है और वह कैसे उपयोगी (मितव्ययी या इकोनॉमिकल) होता है, यह इस पुस्तक के क्रम में आगे स्पष्ट होगा। असामान्य, सामान्य तथा प्रतिभाशाली के बीच निरंतरता होने की आधुनिक विचारधारा चित्र-2 में दी गई है जिसकी तुलना चित्र-1 से करनी चाहिए।

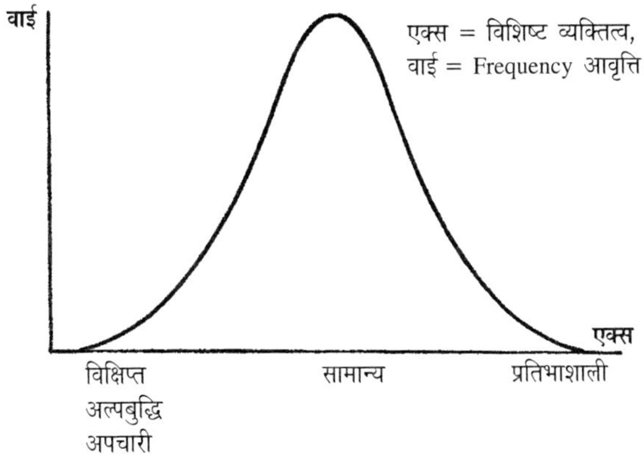

चित्र-2 : व्यक्तित्व के विभाजन की आधुनिक विचारधारा को दिखाते हुए।

हम पहले ही स्पष्ट कर चुके हैं कि यह आधुनिक सैद्धांतिक दृष्टिकोण बहुत महत्वपूर्ण है। इसके तीन कारण हैं–*सैद्धांतिक, व्यापहारिक* और *सांस्कृतिक*। *मनोवैज्ञानिक सिद्धांत* के दृष्टिकोण से यदि यह सत्य है कि असामान्य मानसिक घटनाएं, सामान्य घटनाओं का मात्र अतिरंजित और विकृत रूप हैं तो असामान्य से सामान्य व्यवहार के बारे में तथा सामान्य से असामान्य व्यवहार के बारे में निष्कर्ष निकाले जा

सकते हैं। परिणामतः हम असामान्य विषयी पर प्रयोग करके सामान्यता के बारे में तथा सामान्य पर प्रयोग करके असामान्यता के बारे में जान सकते हैं। प्रयोग करने के उद्देश्य से भी इस विचारधारा का बहुत महत्व है क्योंकि कुछ उदाहरणों में असामान्य व्यक्ति द्वारा प्रदर्शित सामान्य परिघटना की अतिरंजकता और विकृति का अध्ययन करना एक सामान्य व्यक्ति की अतिरंजकता से दूर प्रक्रियाओं के अध्ययन की तुलना में सरल होता है। अन्य समस्याओं के लिए इसके विपरीत स्थिति सत्य होती है। परिणामस्वरूप असामान्य मनोविज्ञान को सामान्य से पृथक् क्षेत्र के रूप में प्रस्तुत नहीं किया जा सकता।

दूसरा कारण *व्यावहारिक* है। जब हम यह समझने लगते हैं कि सामान्य और असामान्य में किस्म का नहीं केवल मात्रा का अंतर है और मात्रा का यह अंतर किस प्रकार आता है तो इस प्रक्रिया को उलटने की संभावना दिखने लगती है। बहुत से उदाहरणों में हम यह पहले से ही कर सकते हैं। हम केवल असामान्य व्यक्ति को सामान्य बनाने की आशा ही नहीं रख सकते बल्कि यह आशा भी कर सकते हैं कि बड़ी संख्या में सामान्य व्यक्तियों को प्रयास करके वहां पहुंचाएं जिसे पहले प्रतिभाशाली व्यक्ति का क्षेत्र समझा जाता था। हाल के समय तक यह समझा जाता था कि यदि किसी व्यक्ति का दिमाग 'खराब' हो गया है तो वह सदैव के लिए हो गया है। लेकिन वर्तमान में बहुत सी तथाकथित विक्षिप्तताओं को अब उपचार योग्य समझा जाता है जिससे कि व्यक्ति सामान्य जीवन में लौट आता है; केवल जो असाध्य हैं वे 'सामाजिक स्वास्थ्य लाभ' के अधीन होते हैं। 'सामाजिक स्वास्थ्य लाभ' का अर्थ है कि (रोगी) व्यक्ति (सामान्य स्थिति में) वापस आकर समाज में कोई स्थान ले सकता है, यद्यपि प्रायः यह स्थान वह नहीं होता जो उसके पास पहले था।

तीसरा कारण *सांस्कृतिक* है। यह दृष्टिकोण विक्षिप्तता तथा प्रतिभा–दोनों को रहस्य के क्षेत्र से हटाता है। यदि मानव उन्नति के बारे में बात करना संभव है तो इस उन्नति को प्रकृति पर मनुष्य के वैज्ञानिक और तर्कसंगत नियंत्रण की बढ़ोत्तरी के संबंध में परिभाषित करना चाहिए। मनुष्य की उन्नति का संपूर्ण इतिहास वास्तव में प्रकृति में उसके स्थान के बारे में उसके तर्क और विवेकबुद्धि की ओर उसकी धीमी और कभी प्रत्यक्ष, कभी अप्रत्यक्ष पहुँच (एप्रोच) का इतिहास रहा है। यद्यपि रहस्यवादी व्याख्याओं से प्राप्त होने वाले रोमांच को छोड़ना एक कठिन कार्य है। लेकिन (यह सत्य है कि) तार्किक दृष्टिकोण से व्यक्तित्व के सामान्य और असामान्य पहलुओं का अवलोकन करने से जो उपलब्धि होती है वह रोमांचकारी रहस्यवाद से अधिक प्रभावशाली और महत्वपूर्ण है।

असामान्यता के बारे में आधुनिक दृष्टिकोण इतना महत्वपूर्ण क्यों है, इसके कारणों को ही अब तक हमने स्पष्ट किया है। लेकिन हमने यह नहीं बताया कि हम इस (आधुनिक दृष्टिकोण) में विश्वास क्यों रखते हैं। इसे हम इसी पुस्तक में आगे विस्तार से स्पष्ट करेंगे। अभी इन कारणों के स्वरूप को स्पष्ट करना ही ठीक रहेगा। सर्वप्रथम,

हम यह विश्वास करते हैं कि सैद्धांतिक और अनुभूतिमूलक दोनों कारणों से व्यक्तित्व के शीलगुण सामान्य संभावना वक्र (या नॉर्मल प्रॉबैबिलिटी कर्व) के हिसाब से ही विभाजित रहते हैं जिसके बारे में चित्र-2 में संकेत दिया गया है। सिद्धांततः ऐसा विभाजन तब किया जाता है जब संभावना के नियमों के अनुसार भिन्न-भिन्न कारण संबंधी कारकों को एक साथ मिला दिया जाता है। असामान्य मनोविज्ञान की पुस्तक में संभाव्यता सिद्धांत और सांख्यिकी की बात करने से हम अपने विषय से भटक जाएंगे। गणित के आधार पर यह दिखाया जा सकता है कि हमें व्यक्तित्व के किसी भी शीलगुण के ऐसे सामान्य संभावना वाले विभाजन की अपेक्षा रखनी चाहिए जो बड़ी संख्या में परस्पर भिन्न कारण संबंधी कारकों से उत्पन्न हो।

असामान्यता संबंधी आधुनिक दृष्टिकोण में हमारे विश्वास का अनुभवजन्य (ऐम्पिरिकल) कारण हमारे लिए तात्कालिक महत्व और लाभ का विषय है। जब कभी भी हम व्यक्तियों के एक बड़े समूह के सदस्यों की लंबाई, वजन, उनकी बुद्धि, उपलब्धि, उनकी सामाजिक अभिवृत्तियों का मापन करते हैं तो हम देखते हैं कि समूह में बहुत कम व्यक्ति ऐसे हैं जो विचाराधीन पैमाने से कम या अधिक ऊपर या नीचे हैं तथा समूह की सबसे अधिक संख्या औसत या सामान्यता की ओर झुकी होती है। चित्र-2 में प्रदर्शित ऐसी रेखा को सामान्य संभावना रेखा (नॉर्मल प्रॉबैबिलिटी कर्व) कहते हैं। यद्यपि एफ. एलपोर्ट (1939) ने यह बताया कि कुछ निश्चित सामाजिक अभिवृत्तियां, विशेषकर वे जिनका संबंध सामाजिक मानकों के अनुपालन से होता है (जो निस्संदेह मनोरोग विज्ञान के लिए महत्वपूर्ण है) निरंतर निरपवाद रूप से एक ही तरह से सामान्य संभावना वाले विभाजन के आकार का अनुसरण नहीं करतीं फिर भी हमें व्यक्तित्व शीलगुणों के द्विभागी या त्रिभागी विभाजन कभी नहीं मिलते। उदाहरणार्थ, मंद बुद्धि और सामान्य बुद्धि अथवा प्रतिभाशाली और सामान्य बुद्धि के बीच बुद्धि विभाजन में सामान्य संभावना वक्र पर हमें निरंतरता में कोई क्रम भंग नहीं मिलता। इसी प्रकार शारीरिक और संवेगात्मक कारकों के संबंध में वक्र पर सिरे के उदाहरण (केस) कभी भी एकाकी समूह के रूप में नहीं होते अपितु मध्यवर्ती श्रेणी में क्रमशः विलीन होते हैं।

असामान्यता की पुरानी अवधारणा इसे घटना के एक विशिष्ट और पृथक् समूह के रूप में मानती है जो सामान्य समूह सै अलग विभाजित किया जा सकता है। आधुनिक मनोरोग विज्ञान, सैद्धांतिक रूप से ऐसा कोई विभाजन नहीं करता। फिर भी व्यावहारिकता की दृष्टि से हमें विक्षिप्त और सामान्य मंद बुद्धि और सामान्य बुद्धि तथा असामाजिक और सामाजिक दृष्टि से समायोजित व्यक्तियों के बीच वर्गीकरण का कोई मानदंड स्थापित करना चाहिए। ऐसे विभाजन की कोई सैद्धांतिक मनोवैज्ञानिक सार्थकता तो नहीं है लेकिन यह एक महत्वूपर्ण व्यावहारिक समाजशास्त्रीय विभेदीकरण है। समस्या के रूप में इसकी पर्याप्त समाजशास्त्रीय, कानूनी और राजनीतिक सार्थकता है।

3. व्यक्तित्व की संकल्पना

व्यक्तित्व को समझने के लिए इससे संबंधित प्रचलित (पुरानी) और वैज्ञानिक (नवीन) दृष्टिकोणों के बीच विरोधाभास को समझना आवश्यक है। प्रचलित मान्यता के अनुसार, व्यक्तित्व एक अपरिवर्तनीय चीज है जो व्यक्ति को ईश्वर से या व्यक्तिगत वंशानुक्रम द्वारा प्राप्त होती है। अतः पहले व्यक्तित्व को एक *मात्रात्मक* अस्तित्व माना जाता है। प्रायः हम (प्रचलन में) यह बात करते हैं कि अमुक व्यक्ति के पास व्यक्तित्व बहुतायत में है जबकि दूसरे के पास नहीं। लेकिन व्यक्तित्व संबंधी आधुनिक सिद्धांत इस विभेदीकरण को निरर्थक मानते हैं तथा व्यक्तित्व को *मात्रात्मक* की अपेक्षा *गुणात्मक* संकल्पना के रूप में देखा जाता है। काला-गोरा, अमीर-गरीब, बेवकूफ और बुद्धिमान, सुंदर और कुरूप प्रत्येक व्यक्ति का एक व्यक्तित्व होता है जो उसे अन्य व्यक्तियों से पृथक् करता है। यह सही है कि हम व्यक्तित्व की संरचना की और उसके विशिष्टीकरण की मात्रा की बात तो करते हैं लेकिन उसके परिमाण का कोई उल्लेख नहीं करते। व्यक्तित्व को एक परिमाण की अपेक्षा एक संरचना, एक स्वरूप या *गेस्टाल्ट* (आकार) समझा जाना चाहिए। संरचना यह संकेत करती है कि किस प्रकार व्यक्ति के शीलगुण मिल-जुलकर परस्पर निर्भर करते हैं। दूसरी ओर व्यक्तित्व के बारे में प्रचलित विचारधाराएं मुख्यतया *मूल्यांकन-प्रवत्त* है जैसे–अ का व्यक्तित्व अच्छा, सुखद और सराहनीय है, जबकि ब का व्यक्तित्व घटिया, अप्रिय और असराहनीय है। निस्संदेह, एक वैज्ञानिक को इस प्रकार की मूल्यांकनपरक संकल्पनाएं स्वीकार्य नहीं होतीं क्योंकि वैज्ञानिक 'अच्छे' और 'बुरे' व्यक्तित्व में समान रूप से रुचि रखता है। वास्तविकता यह है कि 'बुरे' व्यक्तित्व के अध्ययन के माध्यम से ही 'अच्छे' व्यक्तित्व के बारे में वैज्ञानिकों ने इतना सीखा है। तीसरे, व्यक्तित्व को *अपरिवर्तनीय* मानने की अपेक्षा हम यह जानते हैं कि व्यक्तित्व के कुछ पक्ष निरंतर परिवर्तित हो रहे हैं जैसे जब हम किसी सुसमायोजित व्यक्ति में मानसिक विकृति विकसित होते हुए देखते हैं तो यह परिवर्तन स्पष्टतया देख रहे होते हैं। बालक का किशोरावस्था में प्रवेश करना, किसी के प्रेम में पड़ना, विवाह-संतान होना, धार्मिक विश्वास या राजनीतिक निष्ठा में परिवर्तन आना आदि से उसका व्यक्तित्व भी परिवर्तित होता है। इस प्रकार हम व्यक्तित्व को अनवरत् प्रवाह के रूप में देखते हैं।

आधुनिक दृष्टिकोण में व्यक्तित्व एक गुणात्मक संकल्पना है जिसे मूल्यांकन के बिना देखा जाना चाहिए और निरंतर परिवर्तनशील समझा जाना चाहिए। व्यक्ति में शीलगुणों की व्यवस्था या बनावट ही व्यक्तित्व कहलाती है। शीलगुणों से हमारा अभिप्राय विभिन्न व्यक्तियों के बीच पाए जाने वाले उन मात्रात्मक विचलनों से है जो मोटे तौर पर सामान्य संभावना वाले विभाजन का अनुसरण करते हैं। इस प्रकार व्यक्तित्व में व्यक्ति की शारीरिक विशेषताएं, शरीर के विभिन्न अवयव जैसे हृदय, यकृत, फेफड़े आदि, व्यक्ति का मौजूदा शारीरिक स्वास्थ्य, उसकी सहन शक्ति, संरचना, बुद्धि, संवेग और स्वभाव आदि निहित होते हैं। *व्यक्तित्व से हमारा अभिप्राय इन सभी*

शीलगुणों के कुल योग से नहीं है बल्कि *इससे है कि ये शीलगुण किस प्रकार संयुक्त होकर व्यक्ति को उसकी वैयक्तिकता प्रदान करते हैं*। व्यक्ति की वैयक्तिकता से हमारा अभिप्राय शीलगुणों के उस गत्यात्मक संगठन और संयोजन से है जो वातावरण के साथ व्यक्ति के अनूठे सामंजस्य का निर्धारण करता है। हम सरलता से देख सकते हैं कि चूंकि व्यक्तित्व के सभी शीलगुण विविध मात्रा में व्यक्तित्व में उपस्थित हो सकते हैं अतः व्यक्तित्व में असीम विभिन्नताएं संभव हैं। यद्यपि इस कथन को सिद्ध नहीं किया जा सकता लेकिन यह कहा जाता है कि कोई भी दो व्यक्तित्व निश्चित रूप से समान नहीं होते। यही कारण है कि बहुत से वैज्ञानिकों को व्यक्तित्व तथा उसकी उत्पत्ति का अध्ययन करना कठिन प्रतीत होता है। यद्यपि दो व्यक्तित्व एक समान नहीं हो सकते तथापि सभी व्यक्ति जैविक दृष्टि से एक ही जाति के सदस्य हैं तथा उन्हें सामाजिक संरचना में अत्यधिक मिलती-जुलती परिस्थितियों का सामना करना चाहिए। इस तथ्य के कारण ही कुछ मनोवैज्ञानिक और चिकित्साशास्त्री आधुनिक मनोरोग विज्ञान को एक व्यवस्थित विज्ञान के रूप में विकसित करने में सफल हुए हैं।

4. व्यक्तित्व के उद्गम

धर्मशास्त्रों के अनुसार, व्यक्तित्व ईश्वर की देन है। यह विचारधारा व्यक्तित्व जैसी जटिल समस्या का एक सरल समाधान है जो वैज्ञानिकों को किसी भी तरह संतोषप्रद प्रतीत नहीं होता। 19वीं शताब्दी में आधुनिक जीव विज्ञान की स्थापना होने से ईश्वर का स्थान वंशानुक्रम ने ले लिया लेकिन बाद में पर्यावरण को वंशानुक्रम की अपेक्षा कदाचित् अधिक महत्व दिया जाने लगा। संभवतया इससे आधुनिक जीव विज्ञान संबंधी सबसे विवादास्पद समस्या खड़ी हुई कि व्यक्तित्व के निर्धारण में पर्यावरण और वंशानुक्रम में से कौन अधिक योगदान देता है। लेखक ने इस समस्या के बारे में अपना दृष्टिकोण विस्तार से अपनी पुस्तक 'साइकोलॉजी एण्ड द सोशल ऑर्डर' में प्रस्तुत किया है। आगे की पंक्तियों में उन निष्कर्षों का सार संक्षेप प्रस्तुत है :

यह सत्य है कि व्यक्तित्व के कुछ शीलगुण मानव जनन-द्रव्य (जर्म प्लाज़्म) के माध्यम से व्यक्तित्व में स्थापित होते हैं तथा उन्हें वंशानुगत कहा जाता है लेकिन बहुत से अन्य गुण व्यक्ति के जीवन-काल में भी स्थापित होते हैं। पहले कुछ विशिष्ट गुणों को वंशानुक्रम तथा कुछ अन्य गुणों का वातावरण के आधार पर सूचीबद्ध करने का प्रचलन था, लेकिन आधुनिक शोध यह संकेत करते हैं कि इन दोनों महत्वपूर्ण कारकों को सर्वथा पृथक् नहीं किया जा सकता। ऐसा कोई वंशानुगत कारक नहीं है जो माहौल वाली शक्तियों से किंचित परिवर्तित न हो तथा इसी प्रकार वातावरण की शक्तियां भी जैविकी से निर्धारित वंशानुगत जीव को प्रभावित करती हैं। जीव विज्ञान के आधुनिक सिद्धांतियों ने पर्याप्त (वंशानुक्रम-वातावरण की समस्या का) स्पष्टीकरण दिया है। अतः अब हम इस समस्या को 'वंशानुक्रम बनाम वातावरण' न कहकर 'वातावरण में

वंशानुक्रम' कह सकते हैं। अब हम 'व्यक्ति बनाम समाजमनोवैज्ञानिक प्रतिवेश' न कहकर 'समाजमनोवैज्ञानिक प्रतिवेश में उसके एक भाग के रूप में व्यक्ति' कहते हैं। परिणामतः आधुनिक जीव विज्ञान संबंधी शोध इस कथन को स्वयं सिद्ध मानते हैं। 'वातावरण के अभाव में वंशानुक्रम नहीं, वंशानुक्रम के अभाव में वातावरण नहीं।' अतः अब यह नहीं कह सकते कि कुछ शीलगुण वंशानुक्रम के कारण होते हैं तथा कुछ शीलगुण के लिए वातावरण उत्तरदायी होता है। न ही किसी शीलगुण के लिए हम यह कह सकते हैं कि अमुक गुण 70 प्रतिशत वंशानुक्रम का और 30 प्रतिशत माहौल का परिणाम है। इस संबंध की व्याख्या करने का एक संतोषप्रद तरीका यह है कि वातावरण के हेर-फेर से व्यक्ति के व्यवहार में आने वाले परिवर्तन की मात्रा पर ध्यान दें। इस दृष्टिकोण से यह कहना तर्कसंगत होगा कि मनुष्य के जीवन काल में जिन शीलगुणों में परिवर्तन संभव नहीं होता उन्हें हम निश्चित रूप से वंशानुगत मानें तथा जिन्हें हम पूर्णतया परिवर्तित कर सकते हैं उन्हें निश्चित रूप से पर्यावरणीय मानें। किसी एक शीलगुण के संबंध में हेर-फेर करने की हमारे पास पूर्ण सामर्थ्य नहीं होती और न कोई ऐसा गुण ही है जिसमें हेर-फेर करने की सामर्थ्य हमारे पास न हो। परिणामतः वंशानुगत और पर्यावरणीय शीलगुणों की बात करने के स्थान पर यह बताना सबसे उपयुक्त रहेगा कि कुछ शीलगुण अन्य की अपेक्षा वातावरण से बहुत अधिक अनुकूलित होते हैं जबकि कुछ अन्य शीलगुण पर्यावरण पर अधिक निर्भर होते हैं। 'साइकॉलोजी एण्ड द सोशल ऑर्डर' में लेखक ने इसी आधार पर शीलगुणों के वर्गीकरण की एक अंतरिम सूची बनाई है जो इस प्रकार है–

1. मुख्यतया वंशानुक्रम द्वारा निर्धारित मानव विशेषताएं

(अ) शारीरिक गठन–मनुष्य की शारीरिक विशेषताएं (लंबाई, वज़न, केश व आंखों का रंग) तथा शारीरिक विशेषताओं के सामान्य पैटर्न (संरचना) को वंशानुक्रम द्वारा निर्धारित समझा जाता है। निस्संदेह इनमें से कुछ विशेषताएं अन्य की अपेक्षा वातावरण द्वारा नियंत्रित की जा सकती हैं। जैसे व्यक्ति की लंबाई और वज़न पर जलवायु और पोषण का प्रभाव सर्वविदित है। इसके विपरीत आंखों और बालों का रंग मण्डल की शीलगुण इकाइयों (यूनिट ट्रेट्स) के रूप में प्रतिष्ठित होता है। यद्यपि मनुष्य भी प्रायः विकृतांग शिशुओं को जन्म देते हैं, लेकिन हम उन्हें वानर पिशाच या गौ पिशाच न कहकर मानव-पिशाच ही कहते हैं। उस समय प्रजाति जन्म-द्रव्य (जर्म-प्लाज़्म) के द्वारा ही निर्धारित होती है। लेकिन यहां पुनः यह संकेत करना आवश्यक है कि प्रजातियों के सीमांकन का कोई विश्वसनीय मानदण्ड स्थापित नहीं किया गया है। एच.जे. मुलर तथा उनके सहयोगियों ने अपने शोध में यह बताया है कि पर्यावरण-नियंत्रण द्वारा नई प्रजातियां उत्पन्न की जा सकती हैं। इसे सिद्ध करने के लिए *ड्रोसोफीला* नामक फल की मक्खियों के अण्डों के विकिरण द्वारा एक नई प्रजाति उत्पन्न की गई लेकिन

मानव-जाति के संदर्भ में इसकी संभावना अभी दूर लगती है। लेकिन संभवतया गैलीलियो ने कभी यह अनुभव नहीं किया था कि उनके द्वारा अन्वेषित यंत्रविज्ञान के आधारभूत सिद्धांत की वह उपादेयता होगी जिसे आज हम जानते और स्वीकार करते हैं। एक बात यह भी है कि शारीरिक-गठन की सामान्य विशेषताएं या प्रवृत्तियां मुख्यतया 'वंशानुक्रम' से निर्धारित होती हैं। यही कारण है कि अक्सर एक परिवार के सदस्यों की परस्पर समरूपता इतनी आश्चर्यजनक होती है कि हम एक अपरिचित व्यक्ति को भी तत्काल स्मिथ या जोन के रूप में पहचान लेते हैं। अतः तात्कालिक उपयोगिता और व्यावहारिकता की दृष्टि से हम शारीरिक गठन को उन कारकों में निहित कर सकते हैं जो 'वंशानुक्रम' से निर्धारित होते हैं। लेकिन यहां भी हमें यह तथ्य ध्यान में रखना चाहिए कि लंबाई, वज़न, सहन शक्ति आदि 'वातावरणीय' हेर-फेर संबंधी परिवर्तनों से रूपांतरित किए जा सकते हैं।

व्यक्ति की कद-काठी मानव व्यक्तित्व को गढ़ने में सबसे महत्वपूर्ण संयुक्त शीलगुण है। किसी-किसी मामले में महिला में लावण्य की कमी तथा पुरुष में पौरुष का अभाव व्यक्तित्व को पूर्णतया परिवर्तित कर देता है। इसी आधार पर डॉ. एल्फ्रेड एडलर (1917) ने "हीनता की ग्रंथियों" के प्रत्यय के आधार पर व्यक्तित्व की उत्पत्ति के एक पूर्ण सिद्धांत को विकसित करने का प्रयास किया। यद्यपि व्यक्तित्व उत्पत्ति का एडलर द्वारा प्रतिपादित सिद्धांत इस समस्या पर कुछ सतही ढंग से ही विचार करता है तथापि एडलर इस ओर संकेत करने में सफल रहे हैं कि भ्रूणावस्था में अनुकूलित या अनुबंधित कुछ निश्चित कारक व्यक्तित्व की उत्पत्ति में बहुत महत्व रखते हैं।

(ब) प्रतिक्रिया की प्रवृत्तियां–जिन गुण-धर्मों की हमने अभी बात की वे मुख्यतया व्यक्तित्व के संरचनात्मक पहलू से संबंधित हैं। इनके अतिरिक्त कुछ अन्य कार्यात्मक प्रतिक्रिया प्रवृत्तियों को भी सूचीबद्ध किया जा सकता है जो मुख्यतया 'वंशानुक्रम' द्वारा निर्धारित होती हैं। एफ. एलपोर्ट (1924) ने इन प्रवृत्तियों की एक विशिष्ट सूची बनाई है तथा कोई औचित्य प्रस्तुत किए बिना वे इन्हें सहज क्रियाएं कहते हैं। हम इस बारे में उनके निष्कर्षों को प्रस्तुत करते हैं :

"अब यह संभव है कि हम इस अध्याय के प्रारंभ में प्रस्तुत हुई समस्या पर पूरी जानकारी के साथ लौटें। हमारा उद्देश्य व्यवहार के जन्मजात स्रोतों का विवरण देना और यह बताना था कि किस प्रकार इन जन्मजात आधारों पर जटिल मानव क्रियाएं निर्मित होती हैं। सहज क्रियाओं का एक निश्चित समूह–जो या तो जन्म के समय उपस्थित हो या जिसमें बाद में अभिग्राहक और ग्राही का परिपक्व होना निहित हो–व्यवहार की उत्पत्ति के उन कारणों के रूप में चयन किए गए थे जिनकी हम खोज कर रहे थे। यह सहज वृत्तियाँ इस प्रकार वर्गीकृत की गई हैं जैसे (1) बचाव करने संबंधी प्रतिक्रियाएं जैसे शिशु द्वारा सहज क्रिया के रूप में हाथ खींचना (किसी व्यक्ति, वस्तु या स्थिति) अस्वीकार या बहिष्कार करना, संघर्ष करना तथा (2) भूख तथा संवेदनशील और कामोत्तेजक क्षेत्रों के उद्दीपन के प्रतिक्रिया स्वरूप पास जाने की प्रतिक्रियाएं। एक

सामान्य निर्णायक पथ के लिए, दूसरी सहज वृत्तियों से प्रतियोगिता में ये सहज क्रियाएं (समूह) पहले से ही प्रबल होती हैं। प्रजाति और प्राणी दोनों के कल्याण के लिए ये सर्वाधिक महत्वपूर्ण होती हैं और अंततः प्रत्येक व्यक्ति द्वारा बाद में अर्जित ज्ञान और कौशलों की प्राप्ति का निर्धारण करती हैं। मानव व्यवहार की जटिलताएं इन्हीं सरल, सहज और पहले से ही प्रबल प्रतिक्रियाओं का परिष्करण है।"[3]

इस प्रकार एलपोर्ट प्रतिक्रिया करने की उन सभी प्रवृत्तियों को प्रबल या अतिशक्तिशाली की श्रेणी में वर्गीकृत करते हैं जो जन्म के समय (उद्दीपन से) उत्पन्न की जा सकती हैं अथवा जन्म के पश्चात् विशुद्ध रूप से जैविकीय आधार पर परिपक्व होती हैं। इस वर्गीकरण को पूरा करने के लिए यहां हमें सभी अनैच्छिक सहज क्रियाओं को और उन सहज क्रियाओं को भी जोड़ना चाहिए जो सामान्यतः स्वायत्त स्नायु तंत्र द्वारा नियंत्रित होती हैं। इसके अलावा हमें आंख का संचलन, कसकर पकड़ना आदि जैसी कुछ ऐच्छिक सहज वृत्तियों को भी देखना होगा। इन सहज क्रियाओं को उद्दीप्त करने वाले उपयुक्त उद्दीपकों की एक निश्चित सूची देना एक भ्रामक प्रक्रिया होगी क्योंकि हम जानते हैं कि जन्म के तत्काल बाद ही अधिगम (अनुकूलन) होने लगता है जिससे मूल रूप से उपयुक्त उद्दीपकों के अतिरिक्त अन्य उद्दीपक भी प्रतिक्रियाओं को उत्पन्न करने लगते हैं। इस अनुकूलित प्रक्रिया को पर्यावरणीय समझना चाहिए। मनोरोग विशेषज्ञों के कुछ शोध कार्यों से यह भी ज्ञात होता है कि स्वचालित नाड़ी संस्थान द्वारा नियंत्रित कुछ अनैच्छिक सहज क्रियाएं भी वातावरण में हेर-फेर से प्रभावित होती हैं। अतः अब यह विचारधारा अधिक व्यापक रूप से मानी जा रही है कि प्रतिक्रिया-प्रवृत्तियों के संबंध में भी वंशानुक्रम और वातावरण के बीच एक स्पष्ट रेखा नहीं खींची जा सकती। अतः इस संबंध में सर्वोत्तम कार्यप्रणाली यह है कि उन सहज वृत्तियों को वंशानुक्रम पर आरोपित किया जाए तो जन्म के समय जैविक संतुलन को पुनः स्थापित करने तथा प्राणी को जीवित रखने के लिए आवश्यक है। परिणामस्वरूप प्राणी के आहार और विकास का ध्यान रखा जाता है तथा शिशु में ऐसी संवेगात्मक प्रतिक्रियाएं विद्यमान होती हैं कि वह 'स्नेह', 'भय', 'रोष' जैसी प्रतिक्रियाओं के माध्यम से अपनी आवश्यकताएं अपने माता-पिता तक पहुंचा देता है। ऐसी मूल प्रतिक्रिया वृत्तियों का एक वयस्क की पारिणामिक व्यक्तित्व संरचना में बहुत महत्व होता है तथा ये भ्रूण अवस्था में ही व्यक्तित्व में अपेक्षाकृत आबद्ध हो जाती हैं। लेकिन ये वृत्तियां भी प्रारंभ से ही वातावरण के हेर-फेर के अधीन होती हैं। जीवन के वंशानुगत आधार के बिना जीवन नहीं है वैसे ही हैन्डरसन जिसे निश्चित उपयुक्तता का वातावरण कहते हैं, उसके बिना भी जीवन नहीं है।

अभी तक हम प्रेरक प्रतिक्रियाओं की ही बात कर रहे थे। लेकिन संवेदना के क्षेत्र में भी प्रत्यक्ष ज्ञान के कुछ रूप अनुवांशिक क्षेत्र में निर्धारित समझे जाने चाहिए। आकृति, रंग, गति, ध्वनि, ऊष्मा का प्रत्यक्ष ज्ञान तथा प्रत्यक्ष ज्ञान के अन्य तत्व मनुष्य के स्नायु तंत्र की अनोखी संरचना और क्रिया पर निर्भर करते हैं। ये प्रत्यक्ष ज्ञान, विशेष

कर बाहरी वास्तविकता के प्रत्यक्ष ज्ञान, वातावरण में ही उत्पन्न होते हैं और वातावरण में परिवर्तन इनमें भी परिवर्तन ला देता है।

यहां हमें उन प्रेरक और सांवेदिक सीमाओं के बारे में दो शब्द कहने चाहिए जिन्हें जीव पर अनुवांशिक क्षेत्र स्पष्ट रूप से स्थापित करता है। हम भौतिक पर्यावरण के बड़े भागों का प्रत्यक्ष ज्ञान यथा संभव नहीं करते तथा पर्यावरण में अन्दर पाए जाने वाले अंतरों का प्रत्यक्ष ज्ञान तब होता है जबकि ये अंतर शारीरिक उद्‌दीपकों में एक निश्चित मात्रा में विद्यमान होते हैं । यहां लेखक निस्संदेह संवेदना और प्रत्यक्ष ज्ञान के लिए चरम और विभेदक सीमांत की बात कर रहे हैं। इसी प्रकार प्रतिक्रिया-समय, क्षमता और थकान, आंखों और हाथों का समन्वय गर्भावधि में निर्धारित कारकों पर निर्भर करते हैं। निस्संदेह यह सभी अभ्यास द्वारा किसी न किसी मात्रा में हुए परिवर्तन का विषय है।

2. मनुष्य के अनुवांशिकी और वातावरण के सहनिर्धारण वाले गुण

(अ) बुद्धि–अब हम व्यक्तित्व के उन शीलगुणों की ओर चलते हैं जो निश्चित रूप से वंशानुक्रम पर निर्भर तो करते हैं लेकिन माहौल द्वारा अत्यंत परिवर्तनीय भी होते हैं। इनमें शीलगुणों का वह पुंज मुख्य है जिसे मनोवैज्ञानिक बुद्धि कहते हैं। मनोवैज्ञानिकों ने अब अपना दृष्टिकोण बदलकर बुद्धि को वर्ग निर्धारित संकल्पना के स्थान पर क्षेत्र निर्धारित प्रत्यय के रूप में देखना प्रारंभ कर दिया है। आधुनिक दृष्टिकोण से बुद्धिमत्तापूर्ण व्यवहार वह है जो लक्ष्य तक पहुंचाता है। हाल ही तक मनोवैज्ञानिक और जीव विज्ञानी यह विश्वास करते थे कि बुद्धि नामक कारक पूर्णतया जनन-दृव्य में निर्धारित होता है। इन सहसंबंधित शीलगुणों के मापन के रूप में बुद्धि लब्धि (आई.क्यू.) को स्थिर और अपरिवर्तनीय समझा जाता था जिससे कि बुद्धि का एक सही मापन निश्चित हो जाए। नवीन शोधों ने स्पष्ट रूप से यह संकेत किया है कि आसपास के मनोवैज्ञानिक क्षेत्र में थोड़ा सा भी परिवर्तन बुद्धि लब्धि को 15 से 20 प्रतिशत तक परिवर्तित कर देता है तथा पूर्ण रूप से आमूल परिवर्तनों के उदाहरणों (जैसे मनोविश्लेषिक उपचार द्वारा) में 40 प्रतिशत तक हो सकता है। इस प्रकार लगभग 85 बुद्धि लब्धि के अवसामान्य को सामान्य स्तर तक तथा 60 बुद्धि लब्धि वाले मंद बुद्धि को विशिष्ट शिक्षा द्वारा सामान्य बुद्धि स्तर तक लाया गया है। निस्संदेह अनुकूल 'वातावरण' में अनेक सामान्य बुद्धि (के व्यक्तियों) के बुद्धि स्तर को उठाया गया है तथा निश्चित रूप से अपने चारों ओर प्रतिकूल परिस्थितियां होने से संभावित प्रतिभावानों के बुद्धि स्तर में गिरावट आई है। ऐसे उदाहरण प्रायः उन अवसामान्य बालकों के हैं जो समृद्ध परिवार में होने के कारण विशेषज्ञों की सेवाएं प्राप्त कर सकते हैं।

वातावरण की संरचना और संगठन में थोड़े से भी परिवर्तन यदि बुद्धि लब्धि को 40 प्रतिशत तक बढ़ा देते हैं तो यह लगभग निश्चित है कि माहौल में बहुत अधिक हेर-फेर बुद्धि में और अधिक परिवर्तन कर सकती है। परिणामतः यदि हम बुद्धि के

निर्धारण में वंशानुक्रम और वातावरण को समान महत्व देते हैं तो बुद्धि के बारे में काफी सही अनुमान लगा सकते हैं। लेकिन कुछ ऐसे भी उदाहरण हैं जिनमें बुद्धि दौर्बल्य इतना गंभीर होता है कि माहौल में परिवर्तन के प्रभाव बालक के मनोवैज्ञानिक क्षेत्र में कोई भूमिका नहीं निभा पाते। अतः यह सूचित करना न्यायसंगत होगा कि कुछ प्रकार के नैदानिक बुद्धि दौर्बल्य को वंशानुगत मानना ही चाहिए।

यह सभी शोध पर्यावरणीय क्षेत्र में सुनियोजित हेर-फेर के द्वारा बुद्धि में परिवर्तन की संभावना का संकेत करते हैं। गरीबी व बेरोज़गारी द्वारा प्रदत्त 'अनियोजित हेर-फेर' या दूसरी ओर अत्यधिक धन और अनुकूल वातावरण को बुद्धि पर समान मात्रा में प्रभाव डालना चाहिए। भिन्न जातियों और भिन्न सामाजिक वर्गों पर प्रारंभ में किए गए बुद्धि संबंधी तुलनात्मक शोधों की गलत व्याख्या की गई है। हम निरपवाद रूप से पाते हैं कि निम्न आर्थिक स्तर और जाति के व्यक्तियों की औसत बुद्धि-लब्धि उच्च जाति और आर्थिक स्तर के व्यक्तियों से कम होती है। जब बुद्धि को पूर्णतया वंशानुगत समझा जाता था तब यह निष्कर्ष निकालते थे कि बुद्धि में यह अंतर मानव नियंत्रण से परे हैं। लेकिन आधुनिक शोधों ने इस विचारधारा को परिवर्तित किया है जिससे कि पुरानी कहावत 'गरीब गरीब है क्योंकि उनको जुकाम नहीं होता' बदलकर 'गरीबों को जुकाम नहीं होता क्योंकि वे गरीब हैं' हो जानी चाहिए।

(ब) बुद्धि की अवधारणा में निहित अनुवांशिक गुण-बुद्धि लब्धि का मापन करने वाले परीक्षण विविध प्रकार की लक्ष्यों वाली क्रियाओं के नमूनों से बने होते हैं। इनमें से प्रत्येक को आंशिक रूप से वंशानुक्रम और आंशिक रूप से वातावरण द्वारा निर्धारित मानना चाहिए। वस्तुतः कुछ कारक जैसे प्रतिक्रिया-समय पूर्ण रूप से वंशानुक्रम द्वारा और कुछ अन्य कारक जैसे विद्यालयी ज्ञान पूर्णतया माहौल द्वारा निर्धारित होते हैं। लेकिन यथार्थ में इनमें से किस क्षेत्र को कितना अनुपात नियत किया जाना चाहिए यह प्रयोग के बिना निर्धारित नहीं किया जा सकता। इस प्रश्न का निश्चित उत्तर जानने के लिए इसी दिशा में कार्यरत रहना बहुत महत्वपूर्ण है।

3. मुख्यतः माहौल द्वारा निर्धारित विशिष्टताएं

(अ) लक्ष्य–अंत में हम व्यक्तित्व की उन विशिष्टताओं पर आते हैं जो मुख्यतया माहौल में ही निर्धारित होती हैं। यह विशिष्टताएं मनचाहे उपयोग के लिए सबको उपलब्ध होती हैं और साथ ही साथ ये कारक अत्यधिक सामाजिक-मनोवैज्ञानिक महत्व के हैं। अब सबसे पहले हम व्यक्ति के लक्ष्यों की बात करते हैं। व्यक्ति किस लक्ष्य के लिए संघर्ष और प्रयास करता है यह अधिकतर वातावरण निर्धारित करता है। लेकिन यह भी स्वीकार किया जा सकता है कि कुछ प्रकार की लक्ष्य-निर्देशित क्रियाएं 'वंशानुक्रम' से ही निर्धारित होती हैं। दूसरे शब्दों में, यह तथ्य कि व्यक्ति लक्ष्य तक पहुंचने के लिए संघर्ष करेगा, अनुवांशिक रूप में ही निर्धारित होता है। इसके अलावा व्यक्ति द्वारा अपने लक्ष्यों के

प्रत्यक्ष ज्ञान को भी इसी प्रकार जन्म के समय ही निर्धारित हुआ मानना चाहिए। इसी प्रकार यह भी सत्य है कि व्यक्ति में आत्म-सुरक्षा और मैथुन संबंधी प्रयास भी भ्रूणावस्था में ही निर्धारित हो जाते हैं। लेकिन जीविका कमाने का तरीका और प्रेम करने वाले का चयन उसके सामाजिक क्षेत्र या मनोवैज्ञानिक प्रतिवेशी क्षेत्र से निर्धारित होते हैं। ईश्वर, राष्ट्र और विभिन्न सामाजिक वर्गों के सदस्यों के प्रति व्यक्ति की प्रतिक्रियाएं भी इसी प्रकार निर्धारित होती हैं। व्यक्ति की अभिवृत्तियां, आकांक्षाएं, उद्देश्य और आदर्श सभी 'वातावरणगत' वाले कारकों पर निर्भर करते हैं। यहां फिर यह निर्धारण कुछ 'वंशानुगत' कारकों तक सीमित होता है। उदाहरणार्थ धर्म के संदर्भ में मुक्ति अथवा एक व्यापक सामाजिक दर्शन अर्जित करने के लिए उत्कृष्ट बुद्धि की आवश्यकता होती है। हमने देखा है कि बुद्धि उन कारकों पर निर्भर करती है जिन्हें हम आंशिक रूप से 'वंशानुगत' समझते हैं। लेकिन सामाजिक अभिवृत्तियों में ऐसे परिवर्तन जो 1917 से रूस में या 1918 से जर्मनी में हुए स्पष्टता पूर्ण रूप से सामाजिक क्षेत्र से निर्धारित होते हैं।

(ब) **भावनात्मक प्रयत्न**–अंत में व्यक्ति के भावनात्मक प्रयत्न, उसके अनुराग और आसक्तियां, उसके भय, वैर और द्वेष कभी भी अनुवांशिक पृष्ठभूमि में अनुकूलित नहीं होते अपितु माहौल की संरचना का परिणाम होते हैं। अब यह स्पष्ट होना चाहिए कि संघर्ष और प्रयास करने की क्षमता, विश्वास करने और अनुभव (महसूस) करने की योग्यता कुछ ऐसे कारकों पर निर्भर करती है जो अनुवांशिकी से अनुबंधित होते हैं। लेकिन यह भी स्पष्ट है कि व्यक्ति क्या विश्वास करता है, किसके लिए संघर्ष करता है और किसके बारे में महसूस करता है, यह सब माहौल के क्षेत्र से निर्धारित होता है। हमारा यह विभाजन मनमाने ढंग से किया गया है जो वर्गीकरण के उद्देश्य से उपयोगी है। यहां तक कि ऐसे शीलगुण जो मुख्यतया 'वंशानुक्रम' से निर्धारित होते हैं वे निरंतर 'वातावरण' के हाथों परिष्कृत होते रहते हैं। दूसरी ओर, जो गुण मुख्य रूप से 'माहौल' द्वारा निर्धारित हैं वे 'वंशानुक्रम' के अभाव में विकसित नहीं हो सकते। पूरी बात का सारांश यह है कि हम उन वास्तविक कारकों, जो हेर-फेर के अंतर्गत आते हैं और उन कारकों जिनके ऊपर हमारा वर्तमान में कोई हेर-फेर संबंधी नियंत्रण नहीं होता के बीच केवल प्रक्रियात्मक रूप से ही अंतर कर सकते हैं। विचार-विमर्श को बोधगम्य बनाने के लिए नामावली में थोड़ा सा परिवर्तन किया गया है तथा कुछ पैराग्राफ छोड़ दिए गए हैं।)

इस प्रकार आधुनिक दृष्टिकोण उन प्राणियों को जिन्हें पहले वंशानुगत यूनिट के रूप में देखा जाता था अब वातावरण में प्रभावों और तनावों का परिणाम समझा जाता है। फिर भी आरंभ से ही यह जैविक प्राणी पर्यावरणीय शक्तियों द्वारा परिवर्तित होता है जिससे कि जन्म के पश्चात किसी भी समय व्यक्ति के व्यक्तित्व में मूलभूत रूप से माहौल से निर्धारित शीलगुण यथेष्ट संख्या में उपस्थित हों। एक जैविक प्राणी के व्यवहार को उसके चारों ओर के वातावरण में से उत्पन्न किया जाना और समझा जाना है। इस संबंध को हम बीज गणित के इस सूत्र से अभिव्यक्त कर सकते हैं बी = एफ

(पी, ई) जिसका तात्पर्य है कि व्यवहार सदैव व्यक्ति और पर्यावरण की संरचना का कार्य व्यापार होता है। इस संबंध को मनोजैविकीय क्षेत्र की संकल्पना के माध्यम से रेखागणित द्वारा भी अभिव्यक्त किया जा सकता है। चित्र-3 इसी प्रकार के क्षेत्र का प्रतिनिधित्व करता है जिसमें पी व्यक्ति और ई पर्यावरण का संकेत करता है। हमारे वास्तविक प्रेक्षण या टिप्पणियां सदैव ऐसी ही किसी परिस्थिति से संबंधित होते हैं। शुक्राणु द्वारा डिम्ब के निषेचन के समय से मृत्यु तक प्राणी कभी भी (किसी) वातावरण के बाहर नहीं होता। सैद्धांतिक रूप से व्यवहार में व्यक्ति (जैसा कि हमने उसे समझा है) और पर्यावरण के बीच संबंधों में निरंतर परिवर्तन होना निहित रहता है। दूसरे शब्दों में व्यक्ति पर्यावरण में निरंतर कुछ न कुछ कर रहा है। व्यक्ति वातावरण में कुछ स्थितियों या वस्तुओं का अभीष्ट के रूप में प्रत्यक्ष ज्ञान करता है और उन्हें प्राप्त करने का प्रयास करता है। वह कुछ वस्तुओं का अवांछित के रूप में भी प्रत्यक्ष ज्ञान करता है और उनसे बचने का (दूर रहने का) प्रयत्न करता है। माहौल के ऐसे भाग जिनका एक विशेष सकारात्मक या नकारात्मक उद्दीपन महत्व (स्टिमुलेटिंग वैल्यू) होता है उन्हें गणितीय ढंग से लक्ष्य के रूप में संकेत कर सकते हैं। सकारात्मक उद्दीपन के रूप में महत्वपूर्ण लक्ष्य को चित्र-3 में धन चिह्न से दर्शाया है। पूरे जीवन में व्यक्ति कुछ लक्ष्यों की ओर बढ़ता रहता है और कुछ से दूर जाता है, इस तथ्य को समझने के लिए हमें मनोवैज्ञानिक क्षेत्र में स्थित कुछ शक्तियों को मान लेना चाहिए। मनोविज्ञान की विषय-वस्तु प्राणियों की इन लक्ष्य-निर्देशित क्रियाओं का अध्ययन करना है। चित्र में व्यक्ति को एक सुनिश्चित संरचना या विशिष्टीकरण के साथ दिखाया गया है। प्रत्येक व्यक्ति की यह संरचना दूसरे व्यक्ति से भिन्न होती है तथा व्यक्तित्व का वर्णन करती है।

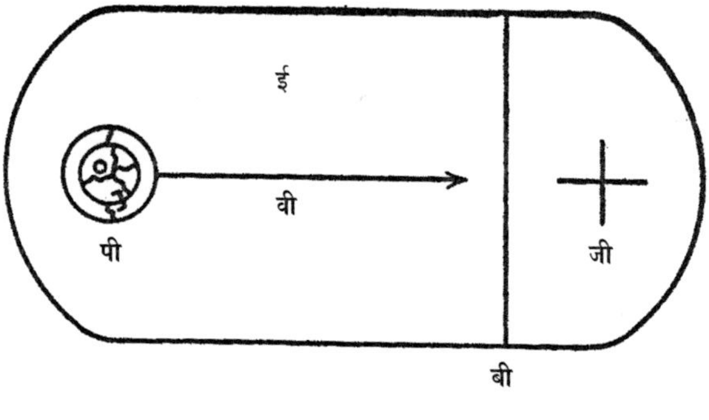

पी = पर्सन (व्यक्ति)	वी = वैक्टर (वाहक या सदिश)	ई = एनवायरनमेंट (वातावरण)
	बी = बैरियर (बाधा)	जी = गोल (लक्ष्य)

चित्र 3 : मनोजैविकीय क्षेत्र के संगठन को दिखाते हुए।

यदि हम अपने जीवन की योजना यह सोचकर बनाएं कि हम सदैव अपने लक्ष्यों पर पहुंच जाते हैं तो हमारा जीवन आरामदेह लेकिन अरुचिकर हो जाएगा। ऐसे बहुत से लक्ष्य होते हैं जिन्हें हम पाना चाहते हुए भी स्वयं अपनी जैविक सीमाओं के कारण या भौतिक पर्यावरण के स्वरूप के कारण या संभवतः बहुधा समाज द्वारा अपने ऊपर आरोपित प्रतिरोध (बाधा) अथवा कुंठाओं (नैराश्य) के कारण प्राप्त नहीं कर पाते। ऐसी कुंठाओं (बाधाओं) को चित्र में अवरोध या बैरियर के संकेत के रूप में दिखाया गया है। मनोवैज्ञानिक के लिए विशेष रूप से रुचिकर उदाहरण वे हैं जिनमें कुछ लक्ष्यों तक पहुंचना विफल और निराशाजनक होता है। आज हम यह विश्वास करते हैं कि व्यक्तित्व का विकास लक्ष्योन्मुख प्रयासों की विफलता के कारण होता है। अवरुद्ध लक्ष्य की परिस्थिति प्रतिद्वंद्वात्मक परिस्थिति (कंफ्लिक्ट सिचुएशन) का प्रतिनिधित्व करती है। प्रतिद्वंद्व का समाधान या निराकरण तथाकथित 'समृद्ध' सामान्य व्यक्तित्व के विकास द्वारा होता है। ऐसे व्यक्तित्व के अध्ययन का कार्य सामान्य मनोविज्ञान करता है।

दूसरी ओर, प्रतिद्वंद्वों का निराकरण ऐसा भी हो सकता है जो सामान्य से विचलित व्यक्तित्व का विकास कर दे। इस प्रकार मनोरोग विज्ञान को हम लक्ष्य की दिशा में (व्यक्ति द्वारा) किए गए क्रिया-कलापों पर निराशा के प्रभाव, जिनकी वजह से अंतर्द्वंद्वों के समाधान के कारण असामान्य प्रकार की व्यक्तित्व संरचना विकसित होती है, का अध्ययन समझ सकते हैं। फलस्वरूप, सामान्य और असामान्य मनोविज्ञान की विषय वस्तु के बीच सुनिश्चित विभाजन नहीं किया जा सकता। इस पुस्तक में बार-बार इन दोनों की बात करने के अवसर आएंगे। व्यक्तित्व की उत्पत्ति उस तरह होती है जिस तरह कि विशिष्ट जैविक संरचना के व्यक्ति मनोवैज्ञानिक क्षेत्र में विद्यमान बाधाओं का मुकाबला करते हैं। यह एक ऐसा कथन है जिसके बारे में मनोरोग विज्ञान के सभी आधुनिक विद्यार्थी सहमत होंगे। इसका सबसे अधिक महत्व है क्योंकि इसका अभिप्राय यह है कि व्यक्तित्व एक ऐसी वस्तु है जिसका एक उत्पत्ति-ग्रंथ है। वृद्धि की एक प्रक्रिया है जो व्यक्ति के मनोवैज्ञानिक क्षेत्र द्वारा निर्धारित होती है। मनोवैज्ञानिक क्षेत्र के नियमों का ज्ञान कर लेने से हम व्यक्तित्व में परिवर्तन ला सकते हैं। इनमें से कुछ सिद्धांतों की हमें पहले से ही काफी जानकारी है। आगे के अध्यायों में हम इस दृष्टिकोण का विस्तार करेंगे। इस दृष्टिकोण की सार्थकता और अनेक निहितार्थों का मूल्यांकन करने के लिए हमें पहले एक अध्याय इसके इतिहास को समर्पित करना होगा जिससे कि हम बता सकें कि इसका विकास इतनी धीमी गति से क्यों हुआ?

5. सारांश

1. आधुनिक मनोरोग विज्ञान का चिकित्साशास्त्र के लिए बहुत महत्व है क्योंकि भविष्य का संभवतया आधा चिकित्साशास्त्र मनोवैज्ञानिक चिकित्सा होगा। जनसामान्य के लिए भी इसका अत्यधिक महत्व है क्योंकि यह अपेक्षा की

जाती है कि संपूर्ण आबादी का लगभग 10 प्रतिशत भाग गंभीर रूप से मनोरोगी होगा और शायद अपने जीवनकाल में प्रत्येक व्यक्ति का थोड़ा-बहुत मनोरोगी होना अपेक्षित है।

2. असामान्यता की प्राचीन (लेकिन अभी भी लोकप्रिय और प्रचलित) धारणा कि असामान्यता एक असाधारण, भयानक और सामान्य से पृथक् स्थिति है, का स्थान एक नवीन (वैज्ञानिक) दृष्टिकोण ने ले लिया है जो असामान्यता को सामान्य मानसिक घटनाओं के अतिरंजित और विकृत रूप में देखता है। इस दृष्टिकोण की मान्यता है कि सामान्यता और असामान्यता, दोनों पर समान नियम लागू होते हैं और संपूर्ण परिस्थिति के संदर्भ में इनका अर्थ और सार्थकता होती है। यह आधुनिक दृष्टिकोण सैद्धांतिक, व्यावहारिक और सांस्कृतिक कारणों से महत्वपूर्ण है।
3. व्यक्तित्व की पुरानी (लेकिन अभी भी लोकप्रिय) संकल्पना (अपरिवर्तनीय, मात्रात्मक, मूल्यनिर्धारक) का स्थान नवीन (या वैज्ञानिक) विचारधारा (परिवर्तनीय, गुणात्मक और मूल्यांकित नहीं होने वाली) ने ले लिया है। अब व्यक्तित्व को व्यक्ति के शीलगुणों की उस प्रवृत्ति के रूप में परिभाषित किया जाता है जो व्यक्ति को उसकी वैयक्तिकता प्रदान करता है।
4. व्यक्तित्व 'ईश्वर का उपहार', व्यक्तिगत वंशानुक्रम, या वंशानुक्रम और वातावरण (मिश्रित) का परिणाम नहीं है। विशिष्ट जैविक संरचनाओं के व्यक्ति किस प्रकार मनोवैज्ञानिक क्षेत्र में आने वाली रुकावटों का मुकाबला करते हैं इससे उनके व्यक्तित्व की उत्पत्ति होती है। यह एक ऐसा सिद्धांत है जिस पर मनोरोग विज्ञान के सभी आधुनिक विद्यार्थी सहमत होते हैं और यह अत्यंत महत्वपूर्ण भी है क्योंकि मनोवैज्ञानिक क्षेत्र के सिद्धांतों का ज्ञान व्यक्तित्व को परिवर्तित करने की अनुमति देता है।

संदर्भिका

असामान्य मनोविज्ञान की बहुत सी पुस्तकें हैं जो सामान्यता-असामान्यता के विषय को विविध सैद्धांतिक दृष्टिकोणों से प्रस्तुत करती हैं। इनमें से कुछ नवीन और प्रचलित पुस्तकें यहां प्रस्तुत हैं—*डॉरकस एंड शैफ़र; कौन्कलिन; मैक्डूगल; मॉस एण्ड हंट; फिशर; हौलिन्गवर्थ;* तथा *मौर्गन*। यह सभी रचनाएं अकादमिक मनोवैज्ञानिकों की हैं। उपयुक्त स्थान पर विषय-वस्तु में इन पुस्तकों का संदर्भ उनके सैद्धांतिक दृष्टिकोण के संबंध में लिया जाएगा। इसी विषय पर मनोचिकित्सकों के संदर्भ 14वें अध्याय में लिए जाएंगे। आधुनिक मनोरोग विज्ञान के कार्य क्षेत्र के बारे में अच्छी परिचर्चा *बैन्टेल एण्ड काउड्री; ए. डौयेश तथा लैण्डिस एण्ड* पेश में दी है। व्यक्तित्व की परिभाषा की समस्या को *जी.एलपोर्ट* (1937) तथा स्टैगनर (1937) में विस्तार से दिया गया है। मनोविज्ञान का

संबंध एक मनोवैज्ञानिक क्षेत्र में व्यक्ति की लक्ष्य-निर्देशित गतिविधि से है, इस दृष्टिकोण का (सबसे अच्छा) विकास कुर्ट लैविन (1935, 1936, 1938) ने किया है। लेखक (1936 सी) ने भी इसी दृष्टिकोण से लिखा है।

संदर्भ

1. अस्पतालों में भर्ती रोगियों की संख्या शताब्दी के अंतिम चतुर्थांश में बहुत तेजी से बढ़ी है। यह संख्या अधिक गंभीर प्रकार के मानसिक रोगों की वास्तविक वृद्धि का प्रतिनिधित्व करती है या नहीं, यह निश्चित रूप से नहीं कहा जा सकता। खण्ड-IV में हम इस समस्या पर विस्तार से विचार-विमर्श करेंगे।
2. इस खण्ड में दिए गए आंकड़े मुख्यतया जनवरी, 1938 में कॉमर्स विभाग द्वारा जारी की गई ब्यूरो ऑफ सैंसस रिपोर्ट तथा लैण्डिस और पेज की 'मॉर्डन सोसायटी एंड मैन्टिल इलनेस' पर आधारित है। खण्ड IV में हम मानसिक असामान्यतः के प्रभाव क्षेत्र या आपतन (इंसीडैंस) की समस्या पर विस्तार से लौटेंगे। अभी हम केवल इस समस्या के विस्तार पर बल देने की इच्छा रखते हैं।
3. एफ.एच. एलपोर्ट, सोशल साइकॉलोजी, ह्यूटन मिफ़लिन कम्पनी, बोस्टन, 1924, पृष्ठ 79 से उद्धत
4. जे.एफ. ब्राउन, साइकोलॉजी एण्ड द सोशल ऑर्डर, मैक्ग्रो-हिंल बुक कं. इनकॉरपोरेटिड, न्यूयॉर्क 1936, पृष्ठ 267-273 से उद्धृत।

अध्याय-2

मनोरोग विज्ञान का ऐतिहासिक विकास

अ. कायजन्य (देह विज्ञान वाले) दृष्टिकोण की स्थापना

यदि हम मनोविकृति विज्ञान के धीमे विकास की खोज करें तथा यह विकास क्यों इतनी धीमी गति से हुआ इसके कारणों को देखें तो हम मनोविकृति विज्ञान में नवीन दृष्टिकोण के वास्तविक महत्व को समझ सकेंगे। जादू, धर्म तथा विज्ञान तीन मुख्य विधियां हैं जिनके माध्यम से मनुष्य ने ब्रह्माण्ड में अपनी स्थिति को समझने और उसमें सुधार करने का प्रयास किया है। सर जे.पी. फ्रेजर अपनी पुस्तक 'गोल्डन बो' में लिखते हैं "उच्चतर चिंतन का संचलन (गतिविधि) जादू से प्रारंभ होकर धर्म से होते हुए विज्ञान तक हुआ है।" वे यह बताते हैं कि मानव के बौद्धिक उत्पादों के रिकार्ड किए गए इतिहास की तुलना तीन अलग-अलग रंगों के धागों से बुने जाले से की जा सकती है जिसमें काला धागा जादू का, लाल धागा धर्म का और सफेद धागा विज्ञान का है। इस प्रकार से वर्णित इतिहास एक लंबी रस्सी जैसा होगा जो लगभग पूर्णतया काले रंग से प्रारंभ होकर, काला और लाल दोनों रंगों में परिवर्तित होगी जिसमें एक-दो सफेद धागे होंगे। बहुत मंद गति से क्रमशः हम आधुनिक काल में आते हैं जहां काला रंग धीरे-धीरे कम हो जाता है और सफेद प्रधान हो जाता है। फिर भी, आज भी जादू का काला रंग देखा जा सकता है और धर्म का लाल रंग भी बहुत प्रभावशाली है। अलग-अलग विज्ञान भी एक ऐसे ही चित्र द्वारा स्पष्ट किए जा सकते हैं। आधुनिक काल में, हमारे चारों ओर के भौतिक जगत की लगभग पूर्णतया वैज्ञानिक व्याख्या की जाती है, जैविक घटनाओं की अर्धवैज्ञानिक व्याख्या करते हैं लेकिन हम अभी भी एक वैज्ञानिक मनोविज्ञान और समाज विज्ञान के प्रारंभ में ही हैं। इस अध्याय का लक्ष्य हमारा ध्यान इस ओर आकर्षित करना है कि ऐसा 'कैसे' और 'क्यों' है।

मानसिक विकास एक आधुनिक समस्या है यह विश्वास व्यापक रूप से फैला होने के बावजूद भी हम यह निश्चित रूप से कह सकते हैं कि यह समस्या सदैव अस्तित्व में थी। यद्यपि समाज मानव-विज्ञान संबंधी शोध यह प्रदर्शित करते हैं कि आदिम मानवों के बीच मनस्ताप (साइकोसिस) और मनस्तंत्रिकाताप (साइकोन्यूरोसिस) कुछ भिन्न प्रकार का होता है या कदाचित् आधुनिक औद्योगिक समाज की तुलना में कम पाया

जाता था फिर भी ऐसा कोई रिकार्ड नहीं है कि आदिम जातियां पूर्णतया विकारों से मुक्त थीं।[1] इसी प्रकार प्राचीन सभ्यताओं के साहित्य में हमें सदैव ऐसे व्यवहार के वर्णन मिलते हैं जिनकी व्याख्या आधुनिक मनोविकृति वैज्ञानिक मनस्तापी या मनस्तंत्रिका विकार के रूप में कर सकता है और प्रायः विचाराधीन रोग को नाम भी दे सकता है। हम ओल्ड टैस्टामेंट में ही सौल की वास्तविक विक्षिप्तता और डेविड की कल्पित या मिथ्या विक्षिप्तता का वर्णन करते हैं।

> लेकिन सौल से प्रभु की पवित्र आत्मा प्रस्थान कर गई और प्रभु से (आई) एक दुष्ट आत्मा ने उसे सताया।
>
> और सौल के सेवक ने उससे कहा, अब देखो, ईश्वर से (आई) एक दुष्ट आत्मा आपको सताती है।
>
> अब हमारे स्वामी को अपने सेवकों को आज्ञा देने दो जो आपके समक्ष हैं, एक व्यक्ति को खोजने के लिए जो हार्प वाद्य का एक चालाक वादक है : और यह समाप्त हो जाएगा, जब ईश्वर से (आई) दुष्टात्मा जो आप पर है, कि वह अपने हाथ से बजाएगा और आप ठीक होंगे।
>
> और सौल ने अपने सेवकों से कहा मुझे अब एक व्यक्ति मुहैया कराओ जो अच्छा (हार्प) बजा सके *उसे* मेरे पास लाओ।
>
> तब तक एक सेवक ने उत्तर दिया और कहा देखो मैंने जैस द बैथ-लेहेमाइट का एक पुत्र देखा है जो वादन में चतुर है और एक महान पराक्रमी व्यक्ति, योद्धा, दुनियावी मामलों में विवेकी और एक मनोरम व्यक्ति है तथा ईश्वर उसके साथ है।
>
> जिस कारण से सौल ने जैस को दूत भेजे और कहा मेरे पास तुम्हारे पुत्र डेविड को भेजो जो भेड़ों के साथ है।
>
> और जैस ने एक गधा लिया जो ब्रैड, एक मदिरा की बोतल और एक बच्चे से लदा था और उन्हें डेविड से सौल के पास भेज दिया।
>
> और डेविड सौल के पास आया और उसके सामने खड़ा हुआ : और उसने उसे बहुत प्यार किया; तथा वह उसका कवच-वाहक बन गया।
>
> और सौल ने जैस को भेजा, कहते हुए, डेविड को मैं आपसे विनती करता हूँ, मेरे सामने खड़ा होने दो, क्योंकि उसने मेरी कृपा दृष्टि प्राप्त कर ली है।
>
> और यह समाप्त हो गया, जब ईश्वर की दुष्टात्मा सौल पर थी कि डेविड ने हार्प लिया और अपने हाथ से बजाया। अतः सौल में स्फूर्ति आ गई और ठीक हो गया तथा दुष्ट आत्मा उसे छोड़कर प्रस्थान कर गई। (1 साम. 16 : 14-23)
>
> और डेविड ने यह शब्द अपने हृदय में रख लिए और वह एयिश, गाथ के राजा से डर गया था।
>
> और उसने उनके समक्ष अपने व्यवहार को परिवर्तित किया और उनके हाथों में पागल होने का बहाना किया और द्वार के कपाटों पर लिखा और अपने थूक को अपनी दाढ़ी पर गिर जाने दिया। (1 साम. 21 : 12-13)

इस प्रकार के बहुत से उदाहरण मिल सकते हैं। फारस, असीरिया और मिस्त्र के साहित्य असंख्य उदाहरण प्रस्तुत करते हैं।

इस सबंध में पहले अब्राहम (1935 बी) द्वारा किए गए तथा बाद में स्ट्रैची और फ्रायड (1939) द्वारा विस्तारित, मिस्त्र के सम्राट आमेनहोतेप IV (जिसने 3300 ई.पू. राज्य किया) के मनोवैश्लेषिक अध्ययन विशेष रूप से रुचिकर हैं।

ओमनहोतेप मिस्त्री एकेश्वरवादी सूर्य-उपासना के प्रवर्तक थे। उन्होंने मिस्त्री कला के महानतम युगों में से एक की स्थापना की। इस सत्य के बावजूद उन्होंने ऐसे मानसिक मतिभ्रंश प्रदर्शित किए जिन्हें हम संभ्रांति (पैरानौइड) कहते हैं। उनकी कविताओं, चित्रों और उसके समय का जो कुछ भी ऐतिहासिक ज्ञान हमें उपलब्ध है, उसके द्वारा मनोवैज्ञानिक उनकी व्यक्तित्व संबंधी समस्याओं की बड़ी मात्रा में पुनर्रचना करते हैं।

मध्य काल में मानसिक विकारों को एक साधारण घटना के रूप में पहचाना गया। वस्तुतः यह विश्वास करने के बहुत से कारण हैं कि मानसिक विकारों का प्रभाव-क्षेत्र (इन्सीडैन्स) आज की तुलना में मध्य काल में अधिक था। जैसे, हम यह जानते हैं कि समूचा मठ, साध्वियों के आश्रम और विद्यालय एक ही समय में सामूहिक मानसिक रोगों से ग्रस्त हो जाते थे। अपनी चित्ताकर्षक पुस्तक 'हिस्ट्री ऑफ द वारफेयर बिट्विन साइंस एण्ड थियोलौजी' में ए.डी. व्हाइट ने मानसिक विक्षिप्तता के बहुत से दिलचस्प मध्यकालीन उदाहरण दिए हैं।

अंत में, आधुनिक काल में यह समस्या इतनी बड़ी हो गई है (जैसा कि हमने पिछले अध्याय में देखा) कि आधा आधुनिक चिकित्सा शास्त्र इससे संबंधित है और होना भी चाहिए।

मात्र पिछले पचास वर्षों में हमें मानसिक स्वास्थ्य और रोग का वैज्ञानिक ज्ञान हुआ है। आज भी विक्षिप्तता के जादू पर आधारित उपचार किए जाते हैं और धर्म पर आधारित उपचार भी प्रायः वैज्ञानिक उपचार के बराबर ही हैं। केन्द्रीय यूरोप के कुछ पिछड़े हुए देशों में आज भी खुलेआम झाड़-फूंक की जाती है। कभी-कभी अमेरिका में भी झाड़-फूंक के उदाहरण देखने में आते हैं। क्रिश्चियन साइंस, जो बहुत से व्यक्तियों को मनोवैज्ञानिक रुग्णता में निस्संदेह सहायता करती है, हमारी सर्वाधिक लोकप्रिय और प्रचलित धार्मिक संज्ञा (डिनोमिनेशन) है यद्यपि उसके कारण वह नहीं होते जो ईसाई वैज्ञानिक प्रस्तुत करते हैं। निस्संदेह कुछ उदाहरणों में कैथोलिक कन्फैशनल (चर्च में पापस्वी कार-पीठिका) का चिकित्सकीय महत्व बहुत अधिक होता है।

मानसिक विकृति के एक वैज्ञानिक सिद्धांत का विकास होना चाहिए इस दृष्टि से यह आवश्यक था कि हम व्यक्तित्व और उसकी उत्पत्ति के वैज्ञानिक सिद्धांत का विकास करें। अभी तक लिपिबद्ध इतिहास के बड़े भाग का संबंध अंधविश्वास पर विजय पाने और व्यक्तित्व के अलौकिक सिद्धांत के स्थान पर एक स्वाभाविक सिद्धांत का विकास करने से रहा है। मनोविकृति विज्ञान को, अलौकिकता और अंधविश्वास पर विजय पाने

का काल और एक स्वाभाविक वैज्ञानिक दृष्टिकोण की स्थापना के काल में बड़ी सुविधा से विभाजित किया जा सकता है। हम इस अध्याय में इन दोनों कालों के बारे में संक्षेप में बात करेंगे।

1. आदिम और सभ्यता-पूर्व धारणाएं

हाल में सामाजिक नृशास्त्रियों के प्रयासों से हमने आदिम मानस के बारे में बहुत कुछ जान लिया है। अभी तक यह सोचा जाता था कि आदिम चिंतन से प्रेरित व्यवहार को अनिवार्यतः वही नियम संचालित करते हैं जो आधुनिक सभ्य चिंतन का नियंत्रण करते हैं और आधुनिक व आदिम चिंतन प्रक्रिया में पाया जाने वाला अंतर ज्ञान और अनुभव के अभाव के कारण है। आदिम मानस को, शिशु के मानस की भांति बिल्कुल असंस्कारित समझा गया। आज हम यह महसूस करते हैं कि आदिम मानस की संपूर्ण संरचना ही आधुनिक मानस की संरचना से भिन्न होती है।[2] इसी प्रकार हमने प्याज़े (1926) से सीखा है कि शिशु का मानस आदिम मनुष्य के मस्तिष्क के समान है तथा कुछ विक्षिप्त मामलों में विशेषकर, खण्डित मनस्कता से पीड़ित के मानस से इन दोनों की समानता होती है। तार्किक और पूर्व-तार्किक चिंतन में भेद करना संभव है और इस आधार पर आदिम मानस के कुछ सुनिश्चित लक्षणों को बताया जा सकता है। कैरिन स्टीफैन ने अपनी पुस्तक 'साइकोएनालिसिस एण्ड मेडिसिन' में इन लक्षणों या विशेषताओं का अच्छा सारांश दिया है।

> आदिम चिंतन की पहली और शायद सबसे प्रभावशाली विशेषता यह है कि–*यह सामंजस्य की किसी आवश्यकता से बाधित नहीं होता*। एक ही सांस में यह चिंतन अविश्वास और खण्डन भी करता है और विश्वास भी कर सकता है अथवा यह एक साथ परस्पर विरोधी वस्तुओं पर विश्वास कर सकता है। अचेतन (मन) के तर्कशास्त्री इसे अवचेतन चिंतन का नियम कह सकते हैं लेकिन यह सचेतन तार्किक मानसिक प्रक्रियाओं में निहित चिंतन के सिद्धांत के बिल्कुल विपरीत है।
>
> आदिम चिंतन की दूसरी उल्लेखनीय विशेषता है–*इसका विचारों और इच्छाओं की सर्वशक्तिमत्ता में विश्वास।*
>
> तीसरी विशेषता है–*तथ्य और कल्पना के बीच और चिंतन और क्रिया के बीच भ्रांति।*
>
> चौथी विशेषता है–*अभिज्ञान या अवबोध (नोइंग) को कम महत्व देना और इच्छा (विशिंग) के साथ सबसे अधिक महत्व संलग्न होना।*
>
> पांचवीं विशेषता है–*उन वस्तुओं को एक दूसरे से पृथक् करने में पूर्ण असफलता जो किसी प्रकार भावनात्मक रूप से पहचानी जाती है।*[3]

यद्यपि 'आदिम मानस' के सही स्वरूप के बारे में अभी भी बहुत वाद-विवाद है और यह भी कि आधुनिक मानव-शास्त्री आदिम मनुष्य के एक अलग प्रकार के मस्तिष्क

की बात नहीं करना चाहेंगे, तथापि हम आदिम चिंतन के कुछ लक्षणों को वैज्ञानिक चिंतन से पृथक् कर सकते हैं। आदिम चिंतन सभी गतिविधियों का कारण आत्मा और अंतःकरण को समझने की प्रवृत्ति रखता है। वह यहां तक मानता था कि छड़ियों और पत्थरों की भी आत्मा होती है जो उन्हें संचालित करती हैं। चिंतन का यह आदिम तरीका बिना अधिक परिवर्तन हुए यूनानी लोगों के चिंतन तक आगे बढ़ा। आधुनिक मनुष्य के मस्तिष्क (दिमाग) के काम करने का तरीका यूनानी चिंतन से भिन्न है, यह विश्वास करने के बहुत से उपयुक्त कारण हैं। यह कहना असंगत नहीं होगा कि आज का औसत बुद्धि का व्यक्ति अरस्तू जैसे महान ग्रीक व्यक्ति से भिन्न स्तर पर सोचता है। आदिम मानस की दृष्टि से जब सब सामान्य और ठीक चल रहा होता था तो व्यवहार को सामान्य आत्मा द्वारा नियंत्रित मानते थे। ऐसा व्यवहार कोई विशेष समस्याएं प्रस्तुत नहीं करता था। परन्तु मृत्यु, स्वप्न तथा विक्षिप्तता को भयानक वस्तुएं माना जाता था। फलस्वरूप उनका एक विशेष प्रकार का स्पष्टीकरण दिया जाता था। यदि सामान्य या 'अच्छे' व्यवहार का लेखा-जोखा आत्मा को ही देना था तो इसका अभिप्राय यह हुआ कि व्यवहार के असामान्य और 'बुरा' होने पर अच्छी आत्मा का स्थान बुरी आत्मा ने ले लिया होगा। अतः मृत्यु होने पर आत्मा या प्रेतात्मा या पिशाच देह को स्थाई रूप से और स्वप्न में अस्थाई रूप से छोड़ता था तथा विक्षिप्तता या (दुष्टात्मा द्वारा) आविष्ट होने पर 'अच्छी' आत्मा का स्थान 'बुरी' आत्मा ले लेती थी। आदिम काल में सभी प्रकार की असामान्यता की व्याख्या ऐंद्रजालिक जीववाद (एनिमिज़्म) के सिद्धांत द्वारा की जाती थी। इस प्रकार का सिद्धांत स्वरूप में तो नहीं लेकिन विषय-वस्तु में परिवर्तन करके उन्नीसवीं शताब्दी के अंत तक प्रचलित रहा। विक्षिप्तता की व्याख्या कभी भी वैज्ञानिक आधार पर नहीं बल्कि जादू के आधार (या धार्मिक आधार का प्रारंभ) पर की जाती थी। आदिम समाजों में चिकित्सा का प्रयास भी किया गया लेकिन यह चिकित्सा भी स्वयं में सदैव सिद्धांत का ही विनियोग है और इसका संबंध, सदैव दुष्ट आत्मा को रोगी व्यक्ति को छोड़ने के लिए फुसलाने में अथवा सामान्य और अच्छी आत्मा को रोगी व्यक्ति में वापिस आने के लिए प्रलोभन देने से रहा है।

2. प्राचीन सभ्यताएं

प्राचीन सभ्यताओं ने यदाकदा वैज्ञानिक अंतर्दृष्टि के अतिरिक्त (मानसिक रोगों के अध्ययन में) व्यक्ति पर पैशाचिक आधिपत्य के सिद्धांत और आदिम समाजों द्वारा प्रयुक्त उपचार दोनों को जारी रखा। प्राच्य धार्मिक साहित्य में दोनों का उल्लेख मिलता है। असीरियाई मिथकों, जिनमें सृजन (सृष्टि) की दंतकथाएं और शालीनता से पतन तथा बाढ़ का आख्यान मिलता है तथा अन्य प्रारंभिक परिकल्पनाओं (धारणाओं) में उन दुष्ट आत्माओं को भगाने के सूत्र मिलते हैं जो मानसिक रोग का कारण थीं। जैसाकि हमने देखा, अनिवार्यतः इसी प्रकार के सिद्धांत और उपचार समय-समय पर ओल्ड

टैस्टामेंट में भी उल्लिखित हैं। यहां तक कि प्रबुद्ध यूनान में भी यह विचार प्लेटो तथा सुकरात के दर्शन में मिलता है। फिर भी कुछ यूनानी चिकित्सकों में, जिनमें *हिपोक्रेटीज़* (460 बी.सी) का नाम उल्लेखनीय है, वैज्ञानिक ज्ञान का आरंभ स्थापित हो गया था। सर्वप्रथम *हिपोक्रेटीज़* ने यह आधुनिक दृष्टिकोण स्थापित किया कि मस्तिष्क चेतना का आसन या केन्द्र है तथा मानसिक असमानता मस्तिष्क की विकृति के कारण होती है। रोग-विज्ञान संबंधी प्रथम प्रयासों का श्रेय उन्हें व उनके अनुयायियों को जाता है। *हिपोक्रेटिक* संप्रदाय ने *मेनिया, मैलनकोलिया* तथा *डिमैन्शिया* (उन्माद, विषाद तथा पागलपन) में विभेद किया। प्राचीन काल में मानसिक विकार संबंधी वैज्ञानिक दृष्टिकोण नहीं पनप पाया तथा *हिपोक्रेटीज़,* आयुर्विज्ञान के *एलेक्ज़ैड्रिया* धारा के चिकित्सक तथा गॉलन (ए.डी. 130-200) जैसे कुछ रोमन इसमें अपवाद रहे। यद्यपि *हिपोक्रेटिक* संप्रदाय के बहुत से मत पर्याप्त आधुनिक और वैज्ञानिक प्रतीत होते थे तथापि यह विचारधारा भी अंधविश्वासों से स्वतंत्र नहीं थी तथा यूनानी चिकित्सकों की एक बहुत बड़ी संख्या *ऐन्द्रजालिक* धार्मिक भूत विद्या को किसी न किसी रूप में सहयोग दे रही थी। प्राचीन सभ्यताओं के विध्वंस से पहले, असामान्य मानसिक घटनाओं के अध्ययन की शुरुआत हो गई यद्यपि उसकी गति धीमी रही। मध्यकाल और अंधकार-युगीन धर्म के रूप में ईसाई धर्म की स्थापना के साथ ही यह थोड़ी-बहुत प्रगति भी समाप्त हो गई। आदिम पिशाच की जादुई संकल्पना का स्थान ईसाई आत्मा की धार्मिक संकल्पना ने ले लिया। उन धारणाओं की विषय वस्तु तो बदल गई जो यह मानती थीं कि मनोवैज्ञानिक प्रक्रियाएं विचार और चिंतन को संचालित करती हैं लेकिन उनके सिद्धांत का स्वरूप वही रहा। सामान्य मानवीय व्यवहार का संचालन आत्मा करती है और असामान्य मानवीय व्यवहार में इसका स्थान पिशाच या दुष्टात्मा ले लेती है इस विश्वास का स्थान उस (धार्मिक) धारणा ने ले लिया कि सामान्य व्यवहार ईसाई आत्मा द्वारा निर्देशित होता है और असामान्यता की व्याख्या पिशाच द्वारा व्यक्ति पर अधिकार कर लेने अथवा यथा-कदा ईश्वर द्वारा दण्ड के रूप में की जाने लगी। इस तरह हम देखते हैं कि प्राचीन काल में व्यक्तित्व के सिद्धांत के विकास के क्षेत्र में अधिक उपलब्धि नहीं हुई। फिर भी प्राचीन सभ्यताओं में प्रचलित उपचार, मध्य काल में व्यवहार में लाए गए उपचार की तुलना में अधिक मानवोचित थे।

3. मध्य युग

ईसाई धर्म के उद्‌भव के साथ यूनानी विज्ञान की कुछ उपयोगी उपलब्धियों को भुला दिया गया। आश्वस्त होने के लिए, प्लेटो और अरस्तु की ग्रीक तत्व-मीमांसा, क्रिश्चियन चर्च के ईश्वरपरक धर्म सिद्धांतों में क्रमशः समाविष्ट की गई। लेकिन आधुनिक विज्ञान की दृष्टि से, मध्यकाल के प्रारंभ से अंत तक पश्चिमी यूरोप में सर्वत्र अथाह अज्ञान व्याप्त था। थार्नडाइक तथा अन्य विद्वानों के नेतृत्व में हुए नवीन ऐतिहासिक शोध ने

यह दिखाया है कि तथाकथित 'अंधकार युग' वास्तव में अथाह अज्ञान और ज्ञान की अव्यवस्था का समय नहीं था अपितु एक ऐसे दर्शन के पूर्णतया परिणामी उपयोग का था जिसे आधुनिक विज्ञान असत्य समझता है। ईसाई धर्म मीमांसा के मुख्य धर्म-सिद्धांत को हम इतने भली प्रकार से जानते हैं कि उनकी व्याख्या करने की आवश्यकता नहीं है। पारस्परिक क्रियात्मक द्वैतवाद (इन्टररेक्शनिस्टिक डुएलिज़्म) का आधारभूत दर्शन जिसमें देह आत्मा द्वारा संचालित होती है, उस समय के मनोविज्ञान का आधार बन गया। जब मनुष्य कैथोलिक चर्च के मत (सिद्धांतों) के अनुसार कार्य करता तो उसे ईश्वर-प्रदत्त आत्मा द्वारा प्रेरित माना जाता। और ऐसा न करने की स्थिति में यह माना जाता कि आत्मा के साथ अवश्य ही कुछ घटित हो गया है। चूंकि संपूर्ण ब्रह्माण्ड ईश्वर और शैतान की शक्तियों के बीच का युद्ध क्षेत्र माना जाता था अतः हर बुरा कार्य शैतान पर और हर अच्छा कार्य ईश्वर पर आरोपित किया जाता था। अतः यह मान्यता कि मानसिक असामान्यता शैतान द्वारा व्यक्ति पर कब्ज़ा कर लेने के कारण होती है, पूर्णतया प्रामाणिक और पूर्णतया तार्किक थी और ईसाई चर्च के ब्रह्माण्ड दर्शन और धर्म-विज्ञान का अनुगमन करती थी। उस समय, सबसे ज्ञानी व्यक्ति भी यह सिद्धांत मानते थे। पोप ग्रेगरी, जो निश्चित रूप से रूढ़िवादी (स्कॉलैस्टिक) दर्शन के प्रणेताओं में से एक थे, ने व्यक्तिगत रूप से दुष्ट आत्माओं को भगाने में अपनी सफलता का उल्लेख किया है। व्हाइट ने यह किस्सा बताया कि–

संत ग्रेगरी महान का उदाहरण बहुत खास है। वह एक ऐसे पोप थे जो अपने समय के हिसाब से बहुत उदार थे तथा उनके बारे में कोई नहीं सोच सकता था कि वे वेस्टर्न चर्च के चार डॉक्टरों में से एक पर अनुचित भरोसा करेंगे। तिस पर भी वे दृढ़तापूर्वक बताते हैं कि एक नन ने, क्रॉस का चिह्न बनाए बिना थोड़ी सलाद (लैटस) खाते में शैतान को निगल लिया और जब एक पवित्र व्यक्ति ने उसे आगे आने का आदेश दिया तो शैतान ने उत्तर दिया; "मैं कैसे उत्तरदायी हूँ, मैं सलाद पत्ते पर बैठा हुआ था और इस महिला ने पवित्र क्रॉस का चिह्न बनाए बिना, उसके साथ मुझे खा लिया।"[4]

लेकिन (शैतान को) नर्मी से फुसलाना, जैसा कि ग्रेगरी ने किया, प्रायः असफल रहता था। यदि कोई शैतान को बाहर आने के लिए नहीं फुसला सकता था तो स्वाभाविक रूप से इसके बाद वह उसे अपमानित करके बाहर निकाल सकता था। शैतानी शक्तियों पर विचार करने के लिए और शैतान को अपमानित करने के लिए गुनियों के कुछ सूत्र आगे दिए हैं–

"यदि एक परी या बौना आए, उसके मरहम को उसके मस्तक पर पोतो, लोबान से धूप दो, तथा बार-बार उसे क्रॉस के चिह्न से चिन्हित करो।"

"एक पिशाच-पीड़ित व्यक्ति के लिए : जब शैतान किसी व्यक्ति पर अधिकार करता है, या रोग द्वारा अंदर से नियंत्रित करता है, ल्यूपिन पौधे का रस, बिशप मदिरा, अजवायन, लहसुन इनको साथ कूटो चवसुरा और पवित्र जल मिलाओ।"

और पुनः ''एक शैतान पीड़ित व्यक्ति के लिए पेय, जिसे चर्च की घंटी में पीना है : *गिथरिफ, साइनोग्लॉसम सहस्त्रपार्णी (यॅरो) ल्यूपिन का रस, फ्लावर-डी-ल्यूस, सौंफ़,* शैवाल, लवेज पौधे का रस, स्वच्छ चवसुरा के साथ इसका पेय बनाओ, सात ख्रीस्तयाग (मास) गाओ, लहसुन और पवित्र जल डालो तथा आविष्ट व्यक्ति को बीटी *इमॉकुलॉटी* गाने दो; फिर उसे चर्च के घंटे में (भरकर) खुराक पीने दो, पादरी को *डोमीन सैन्कटे पातेर ओमनीपोटेन्स* गाने दो।''

शैतान का अपमान इस प्रकार किया जा सकता है : ''तुम लंपट और मूर्ख...तुम दुबले-पतले सूअर, अकाल के मारे और गंदों में गंदा...तुम झुर्रीवाले जानवर, तुम खरसैला पशु,...तुम पशुओं के भी जानवर हो जो कि अत्यधिक पशुवत् हो...तुम विक्षिप्त आत्मा...पाशविक और मूर्ख पियक्कड़...सबसे लालची भेड़िए...सबसे घृणित कानाफूसी करने वाले,...तुम टारटेरस से (आई) कालिखपुती आत्मा!...ओ, टारटेरिअन गंवार, मैं तुम्हें नारकी रसोई में गिराता हूँ! घृणित मोची,...अंधकारपूर्ण कोयला-खान,...गंदे सूअर (स्क्रोफा स्टरकोराटा), विश्वासघाती जंगली सूअर,...ईष्यालु मगरमच्छ...दुर्गंधपूर्ण टहलुआ (नौकर),...घायल (अमरीकी) गिरगिट,...ज़ंग के रंग के विषैले सांप,...फूले हुए मेंढक,...उलझे हुए मकड़े,...घटिया सूअरों का झुंड (पोरकॅरी पॅडीकोज़),...अधमों से भी अधम, लट्ठ जैसा गधा'', आदि।[5]

कभी-कभी अपमान करना और बाइबिल के साथ गाना असफल हो जाता था तब इसके उपचार के लिए व्यक्ति की देह को इतना असुविधाजनक निवास-स्थान बना देते थे कि जिसमें कोई भी स्वाभिमानी शैतान रुक न सके। अतः आग के द्वारा कष्टप्रद सिकाई करना, गर्म पानी में डुबोना, गंधक की भाप में डुबोना, आादि का सहारा लिया जाता था। यह अदीक्षित (व्यक्तियों तक को) को भी स्पष्ट होना चाहिए कि इस प्रकार की विधियां मानसिक स्वास्थ्य में सहायक नहीं होती।[6] अतः हमारे पास यह विश्वास करने के कारण हैं कि मध्यकाल में विक्षिप्तता केवल व्यक्तियों के बीच में ही नहीं बल्कि कभी-कभी पूरे समूहों में भी व्यापक रूप से फैलती थी।

यूनानी चिकित्साशास्त्र की उपयोगी खोजों को मध्यकाल में जहां पहचान मिली वह एकमात्र स्थान अरब है। यह चिकित्साशास्त्र के *एलेक्ज़ैंड्रियन* संप्रदाय के प्रभाव के माध्यम से घटित हुआ तथा अरब के कुछ पागलखानों में यूनानियों द्वारा (पागलों के साथ) मानवोचित व्यवहार जारी रहा।[7] शेष सभ्य संसार में पिशाच द्वारा आधिपत्य का डैविल सिद्धांत ही प्रभावशाली रहा। इस सिद्धांत ने दो रूप अपना लिए जिनमें से एक रूप यह मानता था कि व्यक्ति की किसी मूर्खता या असफलता के माध्यम से ही शैतान उस पर चढ़ जाता है जिससे व्यक्ति की विक्षिप्तता का पूरा आक्षेप उस पर नहीं आए। इन व्यक्तियों का उपचार प्रायः उस प्रकार के झाड़-फूंक द्वारा किया जाता था जिसकी चर्चा हम पहले कर चुके हैं। यदा-कदा, व्यक्ति को शैतान के साथ सांठ-गांठ में समझा जाता था। ऐसे उदाहरणों में उपचार अधिक कठोर होता था। हम सभी चुडैलों का

जादू-टोना (विचक्राफ्ट) और जादू-टोना के प्रयासों (विच-क्राफ्ट ट्रायल्स) के बारे में कुछ न कुछ जानते हैं। ये चुड़ैलें, जिनमें से बहुतों को खूंटे से बांधकर जलाकर मार दिया गया था या किसी दूसरे ढंग से प्राणदण्ड दिया गया था, वस्तुतः अभागी मनोविक्षिप्त होती थीं जो सामूहिक उन्माद का शिकार बनती थीं। यहां तक कि अमरीका में चुड़ैल द्वारा जादू-टोना करने के लिए फांसी दिए जाने के उदाहरण 17वीं शताब्दी के उत्तरार्द्ध में घटित हुए तथा *विचक्राफ्ट* के लिए 1793 में एक कानूनी मुकदमा हुआ। यूरोप के पिछड़े भागों में आज भी झाड़-फूंक का प्रयोग व्यापक रूप से किया जाता है। इतना ही नहीं अमरीका में भी कुछ ऐसे कैथोलिक पादरी हैं जो पुराने फॉरमूला द्वारा शैतान को सफलतापूर्वक बाहर निकालने का विवरण प्रस्तुत करते हैं। इतना अवश्य है कि यह कार्य कैथोलिक चर्च की स्वीकृति से नहीं किया जाता।

मध्य युग के दौरान और आधुनिक युग के आरंभ में भी ऐसे कुछ व्यक्ति थे जो अंधविश्वासों को नहीं मानते थे और जिन्होंने पैशाचिकी सिद्धांतों का विरोध किया। इनमें *पैरासैलसस* (1493-1541), वेयर (1515-1587) तथा प्लैटर (1536-1614) हैं विशेषकर वेयर ने एक वैज्ञानिक दृष्टिकोण ग्रहण किया और उन्हें ज़िलबूर्ग के द्वारा पहला मनोचिकित्सक कहा गया। यह सभी व्यक्ति शैतान द्वारा व्यक्ति पर यदा-कदा आधिपत्य में विश्वास तो करते थे लेकिन इस बात में संदेह करते थे कि सभी प्रकार की विक्षिप्तता शैतान के आधिपत्य के कारण होती है और विक्षिप्तता के कुछ प्रकारों को प्राकृतिक कारणों का परिणाम मानते थे। ऐसे व्यक्ति विरले होते हैं और मध्ययुगीन व्यक्ति अपने यूनानी पूर्वजों से कहीं अधिक, व्यक्तित्व के सामान्य और असामान्य दोनों पक्षों की *ऐन्द्रजालिक* धार्मिक (मैजिकोरिलीजस) व्याख्या को मानते थे। मध्यकाल के शुरू से अंत तक कुछ पागलखाने थे जहां निश्चित रूप से चिकित्सकीय के स्थान पर आध्यात्मिक उपचार होता था जो अधिक कठोर और अमानुषिक नहीं होता था।

प्रोटैस्टैन्ट मत के आगमन ने निस्संदेह अधिक आधुनिक प्रविधियों को पहली बार प्रोत्साहन दिया। लूथरन धर्मविज्ञान एक ऐसी ईश्वर-मीमांसा थी जो सामंतवादी और रूढ़िवादी दर्शन की अपेक्षा पूंजीवाद और आधुनिक विज्ञान पर लागू होती थी। निस्संदेह आज सामान्यतः यह माना जाता है कि उस समय उत्पादन के मितव्ययी तरीकों में परिवर्तन ही धार्मिक अभिवृत्ति में परिवर्तन का कारण थे और सच्चाई इसके उलट नहीं थी। 17वीं शताब्दी के मध्य तक आधुनिक भौतिकी के आधारभूत सिद्धांत स्थापित हुए थे और आधुनिक जीव विज्ञान की शुरुआत पहचानी जा रही थी। धर्म सुधार के नेताओं ने स्वयं मनोविकृति विज्ञान के लिए कुछ नहीं किया। यह आज भली-भांति स्थापित हो चुका है कि लूथर स्वयं अपने जीवन में एक समय पैरानॉइक या संभ्रांति के रोगी थे और जब उन्होंने शैतान पर स्याही की बोतल फेंकी उस समय शायद वह उन्मादी दौरे (डिलीरियम ट्रैमिन्स) से पीड़ित थे। लेकिन प्रोटैस्टैन्ट मत की स्थापना के पश्चात् बहुत से देशों में कैथोलिक चर्च ने अपने ब्रह्माण्डवाद की असीम शक्ति का पतन होते देखा।

4. *कुछ प्रारंभिक संशयवादी (स्कैप्टिक्स) तथा मानवतावादी*

बुर्जुआ क्रांति, प्रोटैस्टैन्ट व कैथोलिक सुधारान्दोलन और आधुनिक विज्ञान के विकास से विश्व में कैथोलिक धर्म के गौरव व प्रतिष्ठा की जो हानि हुई उसकी भरपाई नहीं हो सकती। चर्च को आधुनिक वित्तीय प्रणाली स्वीकार करनी पड़ी। अब यह केवल चर्च ही नहीं रह गया, जिसके पास पहले से अपनी कुछ धार्मिक मान्यताएं और विश्वास थे, बल्कि इसे धीरे-धीरे उन आधुनिक भौतिकीय सिद्धांतों को स्वीकार करने के लिए बाध्य किया गया जो इसके बहुत से ब्रह्माण्ड संबंधी धर्म सिद्धांतों का खण्डन करते थे। शिक्षित और बुद्धिमान व्यक्ति सर्वत्र ही ईसाई तत्वमीमांसा में संदेह रखते थे। 18वीं शताब्दी के आरंभ होने तक भौतिक विज्ञान स्थापित हो चुका था। जीव विज्ञान ने आशाजनक शुरुआत कर दी थी और बड़ी संख्या में व्यक्ति चर्च के मनोविज्ञान (की उपयोगिता) पर संदेह कर रहे थे। यहां तक कि कुछ व्यक्ति नास्तिक हो गए और इनमें से कुछ तो शैतान द्वारा कब्ज़े के धर्म विज्ञान और जादू-टोने द्वारा उपचार को हास्यास्पद समझते थे। 16वीं शताब्दी के अंत में मौन्टेन तथा 18वीं शताब्दी के मध्य में वॉल्टेयर जैसे संशयवादियों के लेखों ने बहुत से व्यक्तियों को पादरियों (चर्चमैन) द्वारा प्रतिपादित व्यक्तित्व के सिद्धांत और उनके द्वारा प्रयुक्त मानसिक रोगियों की उपचार-प्रणाली दोनों के बारे में संदेह करने के लिए बाध्य कर दिया। लेकिन अभी भी मानसिक रोगियों के साथ अच्छा व्यवहार नहीं किया जाता था। वे अभी भी बन्दी और जंजीरों में बांधे जाते थे। हाँ, इतना अवश्य था कि उन्हें जादू-टोना द्वारा उपचार की प्रक्रिया में जानबूझ कर किए गए उत्पीड़न से मुक्ति मिल गई थी। तथापि संशयवाद के युग का परिणाम यह हुआ कि एक असत्य सिद्धांत का स्थान सिद्धांतहीनता ने ले लिया जो विज्ञान की उन्नति के लिए हानिकारक था।

वॉल्टेयर के कुछ समय बाद ही विक्षिप्त व्यक्तियों के उपचार की अमानुषिकता में सुधार किया जाना था। चूंकि बहुत से व्यक्ति विक्षिप्त व्यक्तियों को अब शैतान द्वारा दंण्डित नहीं समझ सकते थे, अतः उन व्यक्तियों का कहना था कि "क्यों न इनके साथ अभागे व्यक्ति जैसा व्यवहार किया जाए?" यह आन्दोलन साहित्य में रोमान्टिक काल तथा राजनीति विज्ञान में रूसो तथा अन्य के समतावादी सिद्धांत के साथ समकालिक था। फ्रांसीसी क्रान्ति के समय पिनैल (1745-1826) ने पहला चिकित्सालय स्थापित किया जिसमें जंजीर, चीथड़े और गंदगी के स्थान पर जो कुछ किया गया उसे हम आधुनिक अस्पताल-भर्ती कहते हैं। यद्यपि हम किसी भी तरह पिनैल को आधुनिक मनोविकृति वैज्ञानिक नहीं कह सकते फिर भी इतना अवश्य है कि उन्होंने विक्षिप्त को पापी नहीं बल्कि बीमार व्यक्ति मानना प्रारंभ किया। उन्होंने संभावित उपचार की दिशा में एक कदम के रूप में माहौल में बदलाव लाने की आवश्यकता को पहचाना। उनके उत्तराधिकारी *एस्कुइरोल* (1772-1840) ने उनके अच्छे कार्य को आगे बढ़ाया तथा *सॉलपेत्रियर* हॉस्पिटल विक्षिप्तों की देखभाल के लिए पहला आधुनिक चिकित्सालय बन

गया। *एस्कुइरोल* ने 1828 में मनोचिकित्सा पर एक अर्धवैज्ञानिक पुस्तक प्रकाशित की। लेकिन इतने पर भी पिनेल और एस्कुइरोल को हम मुख्य रूप से मानसिक विज्ञान के क्षेत्र में उनके योगदान के लिए नहीं बल्कि मानसिक रोगियों के उपचार में मानवीयता को बढ़ावा देने के लिए याद करेंगे। क्वैकर, विलियम ट्यूक के नेतृत्व में 19वीं शताब्दी के आरंभ में यह मानवतावादी स्थिति इंग्लैंड में फैली तथा उसी शताब्दी के मध्य तक सारे सभ्य देशों में स्थापित हो गई। अमरीका में उपचार के मानवतावादी तरीकों में उन्नति, सर्वप्रथम आंशिक रूप से बैंजामिन रश (1745-1813) ने प्रतिपादित की। आधी शताब्दी पश्चात्, डॉरोथी डिक्स (1802-1887) ने मानसिक रोगियों के अधिक सहृदय उपचार के लिए जोरदार अभियान चलाया और आज हम उनके लक्ष्य को पूरा हुआ मान सकते हैं।

5. कायजन्य काल (देह विज्ञान का युग)

अंततः अंधविश्वास और अलौकिकता को पूर्णतया छोड़ देने के लिए माहौल बन गया। 19वीं शताब्दी के पूर्वार्द्ध में से ही चिकित्सकों ने मानसिक असामान्यता को एक निश्चित रोग मानना शुरू कर दिया था। यही वह समय था जब बहुत से शारीरिक रोगों की जड़ में मानसिक कारक खोजे गए। परिणामतः प्रारंभिक चिकित्सक मानसिक विकृतियों के लिए एक सुनिश्चित मस्तिष्क रोगविज्ञान (ब्रेन पैथॉलोजी) को खोजने की आशा रखते थे। इस दृष्टिकोण को, जिसके बहुत से अनुयायी मनोचिकित्सकीय व्यवसाय में हैं, कायजन्य (सोमैटोजेनिक) दृष्टिकोण कहा जा सकता है।

यद्यपि अमेरिका प्रायदीप में बहुत से चिकित्सकों ने संयोग से मानसिक विकृति की समस्याओं को स्पर्श कर लिया था, तथापि एक चिकित्सकीय विशेषता के रूप में वैज्ञानिक मनोचिकित्सा (साइकिएट्री) को 19वीं शताब्दी के उत्तरार्द्ध में स्थापित हुआ समझा जा सकता है। जिस बैंजामिन रश ने मानसिक विकृति के उपचार की मानवोचित विधियों को स्थापित करने के लिए इतना प्रयास किया था उन्होंने 1812 में मानसिक रोगों के बारे में एक शोध प्रबंध लिखा जो आधुनिक मनोचिकित्सकीय उपचारों का अग्रदूत बना। जर्मन मनोचिकित्सक विलियम ग्रीसिन्गर (1817-1864) ने 1845 में एक पाठ्य पुस्तक प्रकाशित की जिसमें पहली बार देहविज्ञान या कायजन्य वाले दृष्टिकोण को अच्छी तरह से प्रस्तुत किया गया। ग्रीसिन्गर ने मांग की कि मनोचिकित्सा को शारीरिक (शरीर-क्रियात्मक) और नैदाानिक आधार पर आगे बढ़ना चाहिए और आग्रह किया कि मनोविकृति विज्ञान को मस्तिष्क रोगविज्ञान (ब्रेन पैथॉलोजी) में बदलना चाहिए। ग्रीसिन्गर के सबसे महत्वपूर्ण अनुयायी क्रेपलिन को अंत में देहविज्ञान (कायजन्य) युग को स्थापित करने का श्रेय दिया जा सकता है। मनोचिकित्सा की उनकी पाठ्य पुस्तक और उनके नैदानिक व्याख्यान, दोनों के ही अनेक संस्करण प्रकाशित हो चुके हैं और कुछ क्षेत्रों में इन्हें अभी भी आदर्श माना जाता है। क्रैपलिन ने वर्गीकरण

और रोगविज्ञान (नॉसोलॉजी) की एक योजना विकसित की जो अनेक पहलुओं से आज भी एक मानदण्ड है। उन्होंने ब्रेन पैथोलॉजी के महत्व पर बल दिया। उन्होंने प्रयोगात्मक मनोवैज्ञानिकों और मनोचिकित्सकों के बीच परस्पर सहयोगी कार्य की संभावना को देखा जिसके लिए उनका नाम उल्लेखनीय है। क्रैपलिन का मुख्य योगदान वर्गीकरण संबंधी और विवरणात्मक है। उन्होंने देखा कि लक्षणों के कुछ समूह पर्याप्त नियमितता से एक साथ आते हैं जिससे कि हम उन्हें रोग के अस्तित्व (डिसीज़ एन्टिटीज़) की तरह समझें। उन्होंने देखा कि कुछ समस्याएं (जैसे कि नशीली दवाओं का व्यसन या चरित्र-संबंधी दोष) जिन्हें अभी तक विक्षिप्तता नहीं समझा गया था, मनोचिकित्सा के क्षेत्र से संबंधित थीं। उन्होंने सही अर्थ में वर्गीकरण-संबंधी विवरण के क्षेत्र में उपलब्धि की। जर्मनी में कायजन्य दृष्टिकोण के क्षेत्र में क्राफ्ट-एबिंग (1840-1902) का बहुत महत्व था जिन्होंने बहुत महत्वपूर्ण पुस्तक लिखी तथा एक चिकित्सकीय समस्या के रूप में काम-विकृति के उपचार को प्रोत्साहित करने के लिए अपने समकालीन विद्वानों से ज्यादा प्रयास किया।

20वीं शताब्दी शुरू होने पर, अंधविश्वासों पर विजय प्राप्त कर ली गई और अलौकिकता के स्थान पर प्रकृतिवाद आ गया। रोगविज्ञान की एक व्यावहारिक योजना बनाई गई। सभी विविध मनोविकृतियों के विशिष्ट मस्तिक रोग विज्ञान (ब्रेन पैथोलॉजी) की खोज और उनके विशिष्ट आरोग्यकर उपचार के आ जाने की प्रतीक्षा कर रहे थे। लेकिन अभी समस्या के केवल एक पक्ष का विकास हुआ था। यह देखा गया था कि मनोवैज्ञानिक विकृतियां डॉक्टरी चिकित्सा संबंधी समस्याओं को प्रस्तुत करती हैं। लेकिन (साथ में) यह नहीं देखा गया कि ये विकृतियां मनोवैज्ञानिक समस्याओं को भी प्रस्तुत करती हैं। 19वीं शताब्दी का मनोविज्ञान लगभग उतना ही सहज और अकृत्रिम था जितना कि मध्य युग का मनोविज्ञान। मध्य युग में प्रेतात्मा या पिशाच का स्थान 'आत्मा या जीवात्मा' ने ले लिया था। 19वीं शताब्दी में 'आत्मा' के प्रत्यय का स्थान मस्तिष्क ने ले लिया। इस काल में जो कुछ उपलब्ध हुआ था वह था–बड़ी मात्रा में अंधविश्वासों पर विजय प्राप्त करना।

ब. मनोजननिक दृष्टिकोण की स्थापना

1880 से 1910 के बीच की अवधि में देहविज्ञान (कायजन्य) सिद्धांत क्रमशः सभी सभ्य देशों में स्थापित हो गया था। कम से कम चिकित्सा व्यवसाय में विभिन्न प्रकार के पागलपन को रोगों के समूह के रूप में देखा जाने लगा जो शारीरिक रोगों के समान ही चिकित्साशास्त्र के अध्ययन का विषय था। विविध मानसिक रोगों के निदान, उपचार और पूर्वानुमान के बारे में बड़ी संख्या में पाठ्य पुस्तकें और पत्रिकाएं स्थापित की गईं। एक सुनिश्चित मस्तिष्क रोगविज्ञान, मानसिक उपदंश (न्यूरोसिफ़िलिस) की खोज की तथा एक सुनिश्चित चिकित्सा प्रतिष्ठित की गई। न्यूरोसिफिलिस के उपचार में पर्याप्त उन्नति के अतिरिक्त यह भी खोज हुई कि मानसिक विकृति प्रायः विषाक्त शारीरिक

परिस्थितियों से सहसंबंधित होती हैं तथा विषाक्त (टॉक्सिक) साइकोसिस की श्रेणी निर्धारित की गई। इसके अतिरिक्त कुछ विशेष प्रकार के आहार, विश्राम उपचार, हाइड्रोथेरैपी तथा मनोरंजनात्मक (रिक्रिऐशनल) और व्यावसायिक चिकित्सा (ऑक्युपेशनल थेरैपी) का महत्व स्पष्ट हुआ। अब मानसिक रोगी पहली बार धर्म और अंधविश्वास के स्थान पर विज्ञान पर आधारित चिकित्सा प्राप्त कर रहे थे। लेकिन यदि उन रोगियों में से लगभग 10 प्रतिशत रोगी तार्किक रूप से सिद्धांत पर आधारित उपचार से स्वस्थ्य हुए तो लगभग 90 प्रतिशत उदाहरणों में उपचार प्रभावहीन रहा। अनुसंधान-बाद अनुसंधान, प्रयोगशाला परीक्षण-बाद-परीक्षण, जैव भौतिक और जैव रसायन अध्ययन, मापन-पर-मापन, लगभग आधे मानसिक रोगियों में भी आंगिक दृष्टि से (ऑर्गेनिकली) कोई भी दोष स्थापित नहीं कर सके। निश्चित रूप से इन शोध कार्यों ने कुछ अंश तक यह दिखाया कि *शरीर-क्रिया विज्ञान* की दृष्टि से मानसिक रोगी मानसिक रूप से निरोग व्यक्तियों से भिन्न थे। फिर भी इतना स्पष्ट नहीं था कि वे किस प्रकार एक दूसरे से भिन्न थे जिससे कि यह संकेत किया जा सके कि अमुक कारक मानसिक रोग में निरंतर उपस्थित या अनुपस्थित है। यह दुर्भाग्यपूर्ण स्थिति मेडिकल साइकोलॉजी के व्यवसायियों के बीच निराशा का कारण बनी जिससे कि आधुनिक समय में अधिकांश सामान्य जन और बहुत से चिकित्सक भी यह मानने लगे कि 'लुप्त' चित्त सदैव के लिए 'लुप्त' हो जाता है।

इसी अवधि में दो परिघटनाओं, जिनसे चिकित्सा व्यवसाय सदियों से परिचित था, के सही स्वरूप और आपस में उनके संबंध की खोज की गई। *सम्मोहन (हिपनौसिस)* और *उन्माद (हिस्टीरिया)* के स्वरूप की खोज से तथा ये दोनों घटनाएं घनिष्ठ रूप से संबंधित हैं, इस खोज के फलस्वरूप ही प्रथम विश्व युद्ध से थोड़ा पहले साइकोजेनिक दृष्टिकोण की स्थापना हुई। निश्चित रूप से, कुछ प्रतिभाशाली विद्वानों ने विश्व युद्ध से थोड़ा पहले साइकोजेनिक कारकों के महत्व को स्वीकार किया। युद्ध स्वयं में सभ्यता के लिए कितना बड़ा अभिशाप क्यों न रहा हो, इसने विशुद्ध साइकोजेनिक रोगों के इतने केस उत्पन्न किए कि (फ्रांस की) वर्साय संधि के समय तक मनोविकृति विज्ञान ने एक नवीन और बहुत मूल्यवान दृष्टिकोण प्राप्त कर लिया था। 1920 के बाद से चिकित्सा व्यवसाय यह स्वीकार करने को इच्छुक था कि मानसिक विकृति के कुछ ऐसे भी उदाहरण थे जो व्यक्ति के *मनोवैज्ञानिक* अनुभव द्वारा उत्पन्न हुए थे और जिनमें कोई प्रमाण्य मस्तिष्कीय या स्नायविक रोगविज्ञान (ब्रेन या नर्वस पैथोलॉजी) प्रत्यक्ष रूप से नहीं थी। लेकिन एक प्रमाण्य या दर्शनीय ब्रेन पैथोलॉजी के न होने का अभिप्राय यह नहीं समझना चाहिए कि इसकी कभी खोज नहीं होगी। मानसिक विकार के पीछे मस्तिष्क रोगविज्ञान (ब्रेन पैथोलॉजी) हो या न हो, लेकिन यह अवश्य ज्ञात हुआ कि कुछ मानसिक विकार कुछ निश्चित अनुभवजन्य परिस्थितियों से विकसित होते हैं और कुछ अन्य अनुभवजन्य परिस्थितियां उनके लुप्त होने का कारण होती हैं। अतः कुछ समय के लिए ऐसा विरोधाभासी दृष्टिकोण मनोरोग विज्ञान की विशेषता रही।

देहविज्ञान वाली विचारधारा का मानना था कि सभी प्रकार के मानसिक विकार मस्तिष्क संबंधी रोग थे तथा हमारा काम इसके मूल में निहित दिमागी गड़बड़ का पता करना है। दूसरे, मनोजननिक विचारधारा ने कहा कि यदि समस्त नहीं तो भी अधिकांश मानसिक रोग मनोवैज्ञानिक परिस्थितियों के कारणवश होते थे तथा हमारा कार्य उन मनोवैज्ञानिक नियमों को ज्ञात करना था जो इन्हें नियंत्रित करते थे। कुछ समय के लिए इन दोनों विचारधाराओं के अनुयायियों में पर्याप्त वाद-विवाद रहा तथा कभी-कभी इनके अगुवा लोगों में परस्पर अप्रिय विवाद भी हुआ। देहविज्ञान वाली धारा के सदस्य, मनोजननिक धारा के लोगों को नीम हकीम, कपटी-चिकित्सक या जालसाज़ मानते थे, लेकिन उन्हें आस्था-चिकित्सा (फ़ेथ हीलर) तथा रहस्यवादियों से थोड़ा बेहतर समझते थे। दूसरी ओर मनोजननिक धारा वाले देहविज्ञान वाली धारा के अनुयायियों को अत्यधिक रूढ़िवादी और अति आवश्यक समस्याओं की जांच करने में आश्चर्यजनक रूप से पिछड़ा समझते थे क्योंकि यह जांच उन विधियों से की जाती थी जो बाद में व्यर्थ सिद्ध हुईं। यह दोनों विचारधाराएं निस्संदेह कुछ सीमा तक ठीक थीं। 1920 से इस समस्या का स्पष्टीकरण इस सीमा तक हुआ कि आज हम जैव (ऑर्गेनिक) तथा कार्यात्मक (फंक्शनल) के बीच के विरोध को जीवावीय दृष्टिकोण में संश्लेषित कर सकते हैं, जो समस्त व्यवहार संबंधी समस्याओं में शरीर क्रियात्मक तथा मनोवैज्ञानिक पहलुओं को निहित मानता है। इस संश्लेषण के बारे में हम अगले अध्याय में बात करेंगे, लेकिन इस संश्लेषण को भली-भांति समझने से पहले, साइकोजेनिक दृष्टिकोण की स्थापना से संबंधित मुख्य तथ्यों को संक्षेप में समझना आवश्यक है।

1. सम्मोहन के वैज्ञानिक सिद्धांत का विकास

प्रत्येक व्यक्ति ने सम्मोहन नाम की घटना के बारे में कुछ न कुछ सुना है। सम्मोहन अत्यंत गहरी प्रभावनीयता या सम्मोहनीयता की अवस्था है जिसमें सम्मोहित व्यक्ति तथाकथित 'सम्मोहन' या 'सोमनैम्बुलिस्टिक' (निद्राभ्रमणक) स्थिति में चला जाता है जहां वह अपनी तात्कालिक चेतना को खो देता है अथवा (कह सकते हैं) जहां उसके अपने चेतन स्वः का स्थान सम्मोहनकर्ता का स्वः ले लेता है। दूसरे शब्दों में, सम्मोहन में विषयी एकदम भिन्न प्रकार के कार्यों का निष्पादन कर सकता है लेकिन यह कार्य वह सम्मोहनकर्ता के निर्देशन में करता है और सम्मोहन से बाहर आने पर उसे याद नहीं रहता कि उसने क्या किया था। सम्मोहन में व्यक्ति केवल वही कार्य ही नहीं करता जो उसके लिए स्वाभाविक है बल्कि ऐसे कार्यों को भी संपादित करता है जिन्हें वह सामान्य जाग्रत अवस्था में नहीं कर सकता; उदाहरण के लिए वह उन अनुभवों का पुनर्स्मरण करता है जो बहुत समय से विस्मृत थे। इसके अतिरिक्त, सम्मोहन के अंतर्गत सम्मोहनकर्ता व्यक्ति में विविध प्रकार की दैहिक परिस्थितियां उत्पन्न कर सकता है जो सामान्यतया व्यक्ति के नियंत्रण के बाहर होती हैं; उदाहरणार्थ, सम्मोहक के इशारे पर

कोई अंग सुन्न होने या बेकार हो जाने का अनुभव किया जा सकता है। सम्मोहन में ऐसे गहराई में स्थित दैहिक कारक जैसे मूत्र या पसीना उत्सर्जन की गति, प्रभावित हो सकते हैं और यहां तक कि सतही घाव जैसे जल जाना, उत्पन्न किए जा सकते हैं। उदाहरण के लिए जब सम्मोहनकर्ता एक विषयी को कहता है कि वह अपने शरीर के किसी क्षेत्र में संवेदना को खो देगा तो यह संवेदना वास्तव में लुप्त हो जाती है। जिससे कि सुझाव के बाद विषयी विचाराधीन सतह पर सूईं चुभने या गर्म सलाख लगने पर सचेतन प्रतिक्रिया नहीं करता। सम्मोहन से उत्पन्न सुन्नपन की इस घटना में आज हम ऐसा कुछ देखते हैं जो डॉक्टर द्वारा उत्पन्न एनैस्थीसिया के बहुत समान है जिसके बारे में हम आगे के पैरा में बात करेंगे।

यहां हमारा उद्‌देश्य सम्मोहन के सिद्धांतों और सूक्ष्म तथ्यों के बारे में विचार-विमर्श करना नहीं है। इस समय हमारा लक्ष्य सम्मोहन की परिघटना का मात्र परिचय देना, संक्षेप में इसका इतिहास बताना है और यह दिखाना है कि कैसे सम्मोहन (हिपनौसिस) और उन्माद (हिस्टीरिया) पर मिले-जुले शोध कार्य ने आधुनिक मनोरोग विज्ञान के सिद्धांत को ऊपर उठाया।

सम्मोहन की परिघटना को युगों से जाना जाता है, यद्यपि तब इसे यह नाम नहीं दिया गया था। प्रारंभिक काल में जब यह घटित होती थी तो अन्य सभी असामान्य मनोवैज्ञानिक घटनाओं की भांति इसे भी किसी रहस्यमय शक्ति या शैतान के कारण घटित होना माना जाता था। दूसरों को सम्मोहित करने वाले व्यक्ति को अलौकिक शक्ति के अधिकार में या कुछ उदाहरणों में, शैतान के साथ सांठ-गांठ में समझा जाता था। विचक्राफ्ट या जादू-टोने का संपूर्ण इतिहास बहुत सी ऐसी घटनाएं प्रस्तुत करता है जिन्हें आज हम सम्मोहन के क्षेत्र से संबंधित समझ सकते हैं। स्वाभाविक रूप से, आरंभ के सम्मोहनकर्ता स्वयं सुझाव (सजैशन) देने की अपनी शक्ति के स्रोत को नहीं समझे थे। परिणामस्वरूप वे स्वयं को विशेष रूप से प्रतिभाशाली समझते थे।

सम्मोहन का आधुनिक वैज्ञानिक अध्ययन 18वीं शताब्दी के उत्तरार्द्ध में प्रारंभ हुआ जिससे अंत में यह स्पष्ट हुआ कि सम्मोहन किसी भी तरह असाधारण या अलौकिक नहीं है। सम्मोहन में प्रचलित और वैज्ञानिक रुचि प्रारंभ करने वाले व्यक्ति वियेना के एन्टन मैस्मर (1733-1815) थे। प्रचलित भाषा में हम अभी भी 'मैस्मैरिज्म' शब्द सुन सकते हैं तथा इस शब्द को आरंभिक वैज्ञानिक चर्चाओं में सम्मोहन का पर्याय माना जाता था। मैस्मर के कार्य को समझने के लिए हमें वैद्युत घटनाओं (इलैक्ट्रिकल फिनौमिना) के ज्ञान की उस समय विद्यमान स्थिति को समझना चाहिए। इटली के एक भौतिक विज्ञानी गॅलवानी ने एक परिघटना की खोज की जिसे उन्होंने 'एनिमल इलेक्ट्रिसिटी' नाम दिया। यह खोज दैहिक जांच करने के लिए एक मेंढक की टांगों की शल्यक्रिया के संबंध में हुई। शल्यक्रिया में प्रयोग किए जाने वाले उपकरणों में सैलाइन सौल्यूशन के संपर्क में आने से कुछ संभावित अंतर आए जिन्होंने मेंढक की टांगों की पेशियों में सिकुड़न उत्तेजित की। काफी समय बाद यह पूर्ण रूप से समझ में आया कि

गॅलवानी की चिकित्सकीय विद्युत (मेडिकल इलेक्ट्रिसिटी) वास्तव में नाड़ियों के विद्युत उद्दीपन का उदाहरण है। गॅलवानी ने अपने प्रयोगों को जीवित पदार्थ में अब तक अप्रयुक्त विद्युत का प्रमाण बताया। मैस्मर स्पष्ट रूप से एक उत्कृष्ट सम्मोहनकर्ता थे। एक चुम्बक के साथ प्रयोग करते समय, जो 18वीं शताब्दी के मस्तिष्क के लिए अभी भी एक पर्याप्त रहस्यात्मक उपकरण था, उन्होंने पाया कि चुम्बक के संपर्क में आने के पश्चात् कुछ रोगियों ने (अपनी हालत में) सुधार महसूस किया। आज हम जानते हैं कि चुम्बक का इस सुधार से कोई लेना-देना नहीं है लेकिन यह घटना सुझाव का परिणाम है जो चुम्बक के साथ संपर्क के संबंध में दिया गया था। मैस्मर ने बाद में यह देखा कि उनके छूने मात्र से ही रोगियों को वैसा ही लाभ प्राप्त हो रहा था। इससे उन्होंने अपना सिद्धांत विकसित किया कि सभी व्यक्तियों में अंदर चुम्बकीय शक्तियां होती हैं जो सही ढंग से नियंत्रित होने पर दूसरे व्यक्तियों को प्रभावित कर सकती हैं। वे अपनी खोज और प्रविधि को पूरे यूरोप में ले गए तथा प्रारंभ में उनकी खोज का बड़े मनोयोग और अनेक उपाधियों के साथ स्वागत किया गया। 1778 में वे पेरिस गए और फ्रांसीसी अकादमी के समक्ष अपनी कार्य प्रणाली प्रदर्शित की। इससे कुछ प्रश्न उठते हैं कि क्या मैस्मर अपने सिद्धांत से स्वयं को बहका रहे थे या जानकर धोखेबाजी कर रहे थे। उसका नतीजा यह हुआ कि अपने बहुत से आभासी रोगमुक्ति के रहस्यों का उद्‌घाटन करने से इंकार करने पर पेरिस में उनकी अपकीर्ति हुई। आज इसमें संदेह है कि क्या वे इसके बारे में स्वयं जानते थे?

यद्यपि मैस्मर ने गहन सम्मोहक स्थिति को अधिक प्रयोग नहीं किया, वे कदाचित् इस बात को जानते थे, और यह देखा गया कि मैस्मर की प्रविधि से रोगियों को गहन निद्रा भ्रमण की स्थिति में प्रवेश कराया जा सकता है। आरंभ में इन व्यक्तियों को 'चुम्बकित' या 'मैग्नेटाइज़्ड' समझा गया और इन 'चुम्बकित' व्यक्तियों में से कुछ ने जो प्रतिक्रियाएं प्रदर्शित कीं वे अब सम्मोहन के साथ संबद्ध की जाती हैं। इस चुम्बकीय निद्राभ्रमण (मैग्नेटिक सौम्नेम्बुलिज़्म) से मैज़्मैरिज़्म को विज्ञान के रूप में जाना गया जिसमें व्यक्तियों को निद्राभ्रमण की स्थिति में रखा जाता था और प्रभावित किया जा सकता था तथा कुछ उदाहरणों में उन्हें इस स्थिति में सुझाव के द्वारा रोगमुक्त किया गया था।

अंग्रेज चिकित्सक जेम्स ब्रेड (1795-1860) पहला व्यक्ति था जिसने यह स्पष्ट अनुभव किया कि सम्मोहक बैठक एक व्यक्तिनिष्ठ घटना है जिसे चुम्बकों या दूसरे शारीरिक उपकरणों और साज़-सामान के बिना भी उत्पन्न किया जा सकता है। ब्रेड ने पाया कि चुम्बक और विद्युत मशीनरी और बैकॅट्स आवश्यक नहीं हैं और व्यक्ति द्वारा कांच के स्टॉपर या एक पेंसिल यहां तक कि सम्मोहनकर्ता की एक अंगुली पर ध्यान केन्द्रित करने से ही सम्मोहन उत्पन्न किया जा सकता है। जांच की शृंखला द्वारा ब्रेड यह दिखा सकते थे कि सम्मोहन को उत्पन्न करने वाले शारीरिक माध्यमों का महत्व बहुत कम है और यह घटना एक चरम सम्मोहनीयता की घटना है। 19वीं

शताब्दी के प्रारंभ में सम्मोहन को मनोरोग विज्ञान के एक सहायक के रूप में व्यापक रूप से प्रयोग किया गया था। एक एंग्लो-इंडियन चिकित्सक, एस्डेल (1808-1859) ने 19वीं शताब्दी के मध्य भाग में, शल्यक्रिया के सहायक संवेदनहरण (एनैस्थीसिया) के रूप में इसका पर्याप्त प्रयोग किया। इसके अलावा प्रसव के समय संवेदनहारी (एनैस्थीटिक) के रूप में भी इसका व्यापक प्रयोग हुआ। लेकिन 19वीं शताब्दी के उत्तरार्द्ध में, चिकित्सा व्यवसाय के क्षेत्र में दो बातें सम्मोहन की बदनामी का कारण बनीं। प्रथम, ईथर और क्लोरोफॉर्म की संवेदनाहारी विशेषताओं की खोज जो पर्याप्त प्रत्यक्ष कारणों से, शल्यक्रियात्मक अभ्यास के लिए सम्मोहन से ज्यादा उपयुक्त थे। दूसरा, चिकित्सकीय मनोविज्ञान में कायजनित सिद्धांत का विकास होना। कोई भी वस्तु जो जीव-रासायनिक या शरीर-क्रियात्मक नहीं समझी जाती थी उसे चिकित्सकीय न समझकर अलौकिक या आध्यात्मिक समझा गया। इस समय में निस्संदेह दैहिक चिकित्साशास्त्र आश्चर्यजनक प्रगति कर रहा था। लगभग 50 वर्षों तक चिकित्सा व्यवसाय द्वारा सम्मोहन की उपेक्षा की गई तथा यह नीम हकीमों के हाथ में चला गया। इनमें से कुछ व्यक्ति निस्संदेह असली सम्मोहनकर्ता थे लेकिन प्रायः सड़कों पर दिखाए जाने वाले सम्मोहन के प्रदर्शन जाली होते थे जिनमें तथाकथित सम्मोहित व्यक्ति आरोपित होता था। इस प्रकार, सम्मोहन चिकित्सा व्यवसाय की अपेक्षा साधारण व्यक्ति, बेतुकी कहानियों के लेखक और तमाशा दिखाने वालों की रुचि की वस्तु रह गया।

कुछ चिकित्सक फिर भी मेडिकल प्रैक्टिस में सम्मोहन का प्रयोग थोड़ी-बहुत सफलता के साथ करते रहे। निःसंदेह इस क्षेत्र में सबसे सफल चिकित्सकों में से एक फ्रांसीसी लीबौ (1823-1904) थे जो नैन्सी में प्रैक्टिस करते थे। इसी समय नैन्सी में चिकित्साशास्त्र के एक प्रोफेसर बर्नहाइम (1840-1919) थे जो उन्माद और सम्मोहन के बीच के संबंध में रुचि लेने लगे। बर्नहाइम और लीबौ ने मिल-जुलकर काम किया और यह परिकल्पना प्रस्तुत की कि सम्मोहन और उन्माद दोनों परस्पर संबंधित थे और दोनों सुझाव के कारण थे। इसका शाको (1825-1893) ने विरोध किया जो उस समय के अग्रणी न्यूरोलॉजिस्ट थे। अपने विरोध में शाको गलत थे। लेकिन उन जैसे विशिष्ट वैज्ञानिक द्वारा इस समस्या में रुचि दिखाने से, सम्मोहन और उन्माद में पूरे चिकित्सा व्यवसाय की रुचि पुनः जाग्रत हो गई और इस प्रकार मनोजननिक सिद्धांत के विकास की आधारशिला पड़ी।

2. उन्माद (हिस्टीरिया) की संकल्पना की स्थापना

यदि सम्मोहन की संकल्पना 18वीं शताब्दी तक भली-भांति स्थापित हो गई थी तो उन्माद का इतिहास उससे भी पीछे जाता है। उन्माद का अभिप्राय अवयवों में ऐसे सकारात्मक और नकारात्मक, दोनों प्रकार के शारीरिक लक्षणों का विकसित होना है जहां

कोई प्रमाण्य रोगचिह्न (पैथोलॉजी) नहीं होते। इस प्रकार, व्यक्ति के किसी अवयव में स्पर्श की संवेदना का लोप हो सकता है यद्यपि (चिकित्सकीय कारणों से इस पर बाद में विचार करेंगे) हमें मालूम होता है कि वह अवयव और उसकी स्नायु आपूर्ति में कोई गड़बड़ नहीं है। इसी प्रकार दृष्टिपटल (रैटिना), आंख की नस या औप्टिक कारटैक्स को कोई क्षति हुए बिना अंधा हो सकता है या लकवा पीड़ित हो सकता है जबकि उसकी पेशियां और स्नायु आपूर्ति संरचनात्मक दृष्टि से एकदम ठीक है। चिकित्सक, युगों से ऐसे उदाहरण देखते आ रहे हैं जहां वे स्वयं विचाराधीन दोष का कोई कारण नहीं खोज सके थे। 19वीं शताब्दी के मध्य तक ये 'हिस्टीरिया' नामक रोग अस्तित्व (डिसीज़ एन्टिटी) के रूप में वर्गीकृत हो गए। प्रचलित प्रयोग में 'हिस्टीरिया' नाम संज्ञा और 'हिस्टैरिकल' जैसे विशेषण भर्त्सना के शब्द हैं। हम सब संवेगात्मक अस्थिरता से ग्रस्त और असंतुलित व्यक्तित्व की बात करते समय इन शब्दों का प्रयोग करते हैं। बहुत से उदाहरणों में हम देखते हैं कि कोई व्यक्ति 'अजीब सा व्यवहार' करता है और तब 'फिर से ठीक हो जाता है' और उसके बारे में अधिकांश व्यक्ति कहते हैं कि 'यह व्यक्ति बहका हुआ व्यवहार कर रहा है।' तथापि ऐसा अभी तक नहीं हुआ था कि मनोवैज्ञानिक रूप से अनुबंधित लक्षणों (साइकोजेनिकली कन्डीशन्ड सिम्पटम्स) के आविर्भाव का संबंध उन्माद रोग से समझा गया हो। यह भली-भांति मालूम था कि कुछ व्यक्ति सामाजिक बाध्यता या उत्तरदायित्व का सामना करने से बचने के लिए उन्मादी झुंझलाहट (हिस्टैरिकल टैन्ट्रम) दिखाते हैं। आज मेडिकल मनोचिकित्सक यह स्पष्ट रूप से जानते हैं कि हिस्टीरिया रोग के लक्षणों का विकास क्रोधावेश (टैम्पर टैन्ट्रम) के विकास में भी समान भूमिका निभाता है। दूसरे शब्दों में, यदि 'हिस्टैरिकल टैन्ट्रम' सामाजिक उत्तरदायित्व का निर्वाह करने से बचने के लिए सचेतन रूप से विकसित किया गया संवेगात्मक विस्फोट है तो हिस्टीरिया रोग का कारण एक अचेतन प्रक्रिया (अनकौन्शस मैकेनिज़्म) है। अचेतन प्रक्रिया से हमारा अभिप्राय उससे है जो हमारे दिमाग में उपस्थित तो है परन्तु हमारी चेतना उसे पहचानती नहीं है। इन प्रक्रियाओं के सही स्वरूप के बारे में बाद में विचार किया जाएगा। पिछले अध्याय में हमने देखा कि असामान्य व्यवहार के हमारे आधुनिक सिद्धांत यह अपेक्षा करते थे कि ऐसे प्रत्येक व्यवहार का एक कारण होता है, वह एक अर्थ या सार्थकता प्रदर्शित करता है और संपूर्ण जीवन परिस्थिति के संदर्भ में वह अनुकूल भी होता है। क्रोधावेश और उन्माद जनित शारीरिक रोग, दोनों का एक कारण होता है (संवेगात्मक अंतर्द्वंद्व), दोनों ही एक महत्व रखते हैं (इसे हम विस्तार से आगे के अध्यायों में बताएंगे) तथा दोनों में मितव्ययिता होती है। (क्योंकि वह व्यक्ति को उस कार्य को करने की बाध्यता से बचाते हैं जिसे वो करना नहीं चाहता।)

'उन्मादी' (हिस्टैरिकल) व्यवहार और हिस्टीरिया रोग के बीच में संबंध की खोज से पहले चिकित्सक इस असमंजस में थे कि इन रोगियों का उपचार कैसे किया जाए। आज भी चिकित्सकों के बड़े समुदाय में, जहां निदान के बारे में सभी जानते हैं और उसका प्रयोग भी करते हैं, चिकित्सक प्रायः रोगियों को कहता है कि "इसके बारे में

भूल जाओ'', ''उठो और मर्द बनो'', ''घूमने को चले जाओ'', ''थोड़ा आराम कर लो,'' अथवा ''अन्य चिकित्सक के पास जाओ''। चूंकि इन व्यक्तियों में कोई शारीरिक (ऑर्गेनिक) गड़बड़ नहीं होती, अतः चिकित्साकर्ता प्रायः उन्हें पाखण्डी, सिरचढ़ा, लापरवाह या बचकाना समझता है। अब यह पर्याप्त सत्य है कि हिस्टीरिया के लक्षण अक्सर बनावटी होते हैं और यह भी उतना ही सत्य है कि जब वे जान-बूझकर नहीं बनाए जाते तो उन्हें ''अचेतन रूप से जालसाजी किए गए'' कहना उचित लगता है। लेकिन जहां ये लक्षण अचेतन रूप से किए गए पाखण्ड के रूप में होते हैं वहां रोगी को 'उनके बारे में भूल जाओ' कहने का कोई लाभ नहीं है। जानबूझ कर किया गया हिस्टीरिया का पाखण्ड 'मिथ्या रोग या मैलिन्गरिंग' कहलाता है। 'अचेतन पाखण्ड' वास्तविक रोग का प्रतिनिधित्व करता है जिसके लिए उपचार की एक विधि है जो व्यावहारिक रूप से सदेव सफल होती है। उपचार की इस विधि में औषधियों, देह के शारीरिक परिचालनों अथवा शल्यक्रिया की कोई भूमिका नहीं होती। बल्कि इस उपचार में, उस मनोवैज्ञानिक स्थिति की पुनर्रचना की जाती है जिसके कारण रक्षा युक्तियों (डिफ़ैन्स मैकेनिज़्म्स) के रूप में व्यक्ति ने ये लक्षण विकसित किए थे और उसके द्वारा इन लक्षणों का विकास कैसे हुआ इस बारे में उसे कुछ अंतर्दृष्टि देना भी निहित रहता है। इसके बारे में हम अवश्य ही बाद में विस्तार से बात करेंगे। एक रोग के अस्तित्व के रूप में हिस्टीरिया के वर्णन के साथ ही कम से कम एक ऐसा रोग स्थापित हो गया था जिसका कारण पूर्णतया मनोवैज्ञानिक और अनुभवात्मक था। ऐसे एक मामले की स्थापना के साथ ही, चिकित्सकों ने ऐसे और उदाहरण देखने शुरू कर दिए और उन्हें बहुत से उदाहरण मिले भी। वस्तुतः ऐसी मनोवैज्ञानिक प्रक्रियाएं यदि सभी में नहीं, तो भी अधिकतर उन मानसिक विकारों में अंतर्निहित पाई गई, जिनका कोई शारीरिक आधार देह विज्ञान वाली धारा के लोगों ने स्थापित नहीं किया था। इसके बारे में विस्तार में जाने से पहले हम हिस्टीरिया के इतिहास का संक्षिप्त वर्णन करते हैं।

चिकित्साशास्त्र के जनक हिपोक्रेटिस पहले व्यक्ति थे जिन्होंने यह स्वीकार किया कि हिस्टीरिया जैसी चीज अस्तित्व में है। यह रोग पुरुषों में किसी भी तरह महिलाओं की तुलना में कम नहीं पाया जाता, फिर भी महिलाओं में इसका स्वरूप अधिक स्पष्ट होता है और यही कारण है कि बहुत वर्षों तक इस रोग को महिलाओं से संबंधित समझा जाता था। अतः इसका नाम ग्रीक शब्द 'हिस्टैरौन' अर्थात् 'गर्भाशय' से आता है; तथा हिस्टीरिया के बारे में प्रारंभिक धारणा यह थी कि कुछ महिलाओं में गर्भाशय घूमता था तथा किसी दूसरे अंग को विस्थापित करने के प्रयास में यह इस रोग के विकास का कारण बनता था। हम देखेंगे कि बाद में यह संकल्पना, जो अधिकांश व्यक्तियों को आज हास्यास्पद लगती है, सत्य के समीप थी। आज हम जानते हैं कि गर्भाशय तो स्वयं नहीं घूमता लेकिन एक काम लिप्सा (लिबिडो) जो सामान्यतया जननांगों से संबंधित होती है, गलत मोड़ ले लेती है। यह हमारा हिस्टीरिया के कारण के बारे में आधुनिक विचार है।

मध्य युग के दौरान सम्मोहन की भांति उन्माद की परिघटना भी घटित हुई। ये विशिष्ट असामान्य घटनाएं शैतान द्वारा आधिपत्य के सिद्धांतों की संपूर्ण विचारधारा से और उस समय प्रचलित सिद्धांत से पृथक् नहीं थीं। आज हम यह स्वीकार करते हैं कि मध्य युग के बहुत साधु और धार्मिक व्यक्ति वस्तुतः उन्मादग्रस्त व्यक्ति थे अथवा आत्म-सम्मोहन से पीड़ित थे। चिकित्सा व्यवसाय के दृष्टिकोण से आधुनिक काल में उन्माद में रुचि की उत्पत्ति लगभग 1870 में फ्रांस में हुई। 1862 में, शॉको पेरिस स्थित संसार में अग्रणी मनोचिकित्सा क्लिनिक सालपेगिएर के निदेशक नियुक्त हुए। यद्यपि शॉको प्राथमिक रूप से प्रयोगात्मक तंत्रिका-विज्ञानी थे तो भी उनके क्लिनिक में (जिसे आज हम) हिस्टीरिया (कहते हैं) से ग्रस्त व्यक्ति बड़ी संख्या में आते थे तथा शॉको जल्दी ही हिस्टीरिया के सिद्धांतों में रुचि लेने लगे। सम्मोहन की भांति, शॉको यहां भी आरंभ में देहविज्ञान वाली विचारधारा की दिशा में एक असत्य सैद्धांतिक व्याख्या को पकड़े रहे। बाद में उन्माद और सम्मोहन की प्रकृति और स्वरूप के बारे में विवाद होने पर आधुनिक मनोजननिक दृष्टिकोण स्थापित हुआ।

3. सम्मोहन और उन्माद में संबंध

19वीं शताब्दी के अंत तक यह स्वीकार किया गया कि सम्मोहन, सुझाव ग्राह्यता (सजेस्टिबिलिटी) की एक विशेष रूप से गहरी अवस्था है जिसमें सम्मोहित व्यक्ति स्वयं अपने बारे में अपनी अनुभूति को खो देता है जिसका स्थान सम्मोहनकर्ता ग्रहण कर लेता है। दूसरे यह खोज हुई कि सम्मोहन में विषयी उन लक्षणों का विकास कर लेता है जो उन्माद के लक्षणों के समान होते हैं। तीसरे, हमें यह पता चला कि उन्माद के लक्षण सम्मोहक सुझाव (हिपनैटिक सजैशन) से नष्ट किए जा सकते हैं। तर्क की इस दिशा से स्पष्टतया यह निष्कर्ष निकला कि हिस्टीरिया एक प्रकार का 'आत्म-सम्मोहन या सैल्फ-हिपनौसिस' है। इस तथ्य की अंतिम उपलब्धि में बहुत अधिक समय लगा। यद्यपि शॉको हिस्टीरिया और हिपनौसिस में रुचि रखते थे, फिर भी बहुत लम्बे समय तक उनका यह विश्वास था कि हिस्टीरिया में सुझाव के स्थान पर दूसरे अन्य कारक निहित थे। तथा शॉको अपने समय के सर्वाधिक प्रभावशाली तंत्रिका-विज्ञानी थे। उन्माद और सम्मोहन समानार्थक हैं इस दृष्टिकोण के प्रतिनिधि चिकित्सक नैन्सी स्कूल के नाम से जाने गए जिसके प्रणेता लीबॉ और बर्नहाइम थे। यह 19वीं शताब्दी के चिकित्साशास्त्र संबंधी मुख्य विवादों में से एक था जिसमें दोनों ओर से बहुत उत्सुकता और कुछ निन्दा के साथ अंत में नैन्सी स्कूल का दृष्टिकोण स्थापित हुआ। उन्माद को एक प्रकार के आत्म-सम्मोहन के रूप में देखा जाता था जिसमें व्यक्ति का स्वः विभाजित हो जाता था जिससे कि इसका एक भाग सम्मोहनकर्ता की भूमिका निभाता था तथा दूसरे भाग को कोई लक्षण का विकास करने को कहता था।

एक वास्तविक मनोजन्य (साइकोजेनिक) रोग के बोध ने मनोजन्य मानसिक रोगों

की संपूर्ण समस्या के क्षेत्र में अनुसंधान कार्य को अभिप्रेरित किया। शॉको स्वयं इस नवीन दृष्टिकोण के समीप आए तथा इस शोध कार्य का नेतृत्व किया। जब वे साइकोजेनिक विचारधारा से सहमत हो गए तो उन्होंने बहुत से रोचक प्रयोग किए जिन्हें चिकित्सा व्यवसाय के बहुत से सदस्यों ने स्वीकार किया। क्रमशः यह अनुभव किया गया कि बहुखण्डित व्यक्तित्व और रोगग्रस्त चिन्ता और भय जैसे बहुत से मानसिक विकार थे जो सतह पर तो उन्माद से भिन्न लगते थे लेकिन उनके मूल में निहित गतिविज्ञान (डाइनैमिक्स) हिस्टीरिया के समान ही था।

इस कार्य को आगे बढ़ाने वाले फ्रांसीसी स्कूल के अग्रणियों में बर्नहाइम और लीबॉ और कदाचित् सबसे महत्वपूर्ण पियरे जैने थे जिनके शोध कार्यों ने साइकोजेनिक सिद्धांत को लोकप्रिय बनाने में पर्याप्त योगदान दिया। तथापि, फ्रांसीसी स्कूल पूर्णरूपेण उन संकल्पनाओं का प्रयोग करता रहा जो वयस्कता में घटित होने वाले मूलभूत उत्तरदायित्व और मानसिक आघात (ट्रॉमेटा या इमोशनल शॉक) पर अनावश्यक बल देने की ओर प्रवृत्त थीं। आज हम यह महसूस करते हैं कि मनोवृत्ति महत्वपूर्ण है और यह भी कि वयस्क संवेगात्मक अनुभव मानसिक असामान्यताओं को उत्पन्न करते हैं लेकिन अब हम यह विश्वास करते हैं कि मानसिक असमान्यताओं का सबसे महत्वपूर्ण कारण अचेतन अनुभवों में निहित है। फ्रांसीसी स्कूल इस दृष्टिकोण को स्वीकार करने के लिए तैयार नहीं था, अतः 19वीं शताब्दी के अंत तक आधुनिक मनोविकृति विज्ञान का केन्द्र जर्मनी हो गया।

1900 के लगभग यह स्पष्ट हो गया था कि कुछ ऐसे मानसिक रोग थे जिनका मनोजननिक हेतु विज्ञान (साइकोजेनिक ईशियॉलौजी) के अतिरिक्त कायजन्य उद्गम भी था। तथापि सिगमंड फ्रायड (1856-1939) के आगमन तक अनिश्चित रहा कि कैसे स्वः (सैल्फ) के कुछ भाग पृथक् और असंबद्ध हो जाते थे जिससे कि इनमें से एक भाग दूसरे भाग को सम्मोहित कर सकता था।

फ्रायड वियना के एक प्रखर-युवा चिकित्सक थे जो प्रथमतः औषधि वैज्ञानिक और न्यूरोलॉजी के विशेषज्ञ थे लेकिन वे ब्रुअर के साथ कार्य करके हिस्टीरिया में रुचि लेने लगे और शॉको के साथ अध्ययन करने के लिए पेरिस चले गए। वहां अध्ययन करते समय वे विश्वास करने लगे कि हिस्टीरिया के मूल में निहित आन्तरिक अंतर्द्वंद्व (इनर कन्फ्लिक्ट) का स्वरूप लैंगिक होता है। अतः फ्रायड ने सिद्धांत प्रतिपादित किया (जिससे विस्तार में हमारा संपर्क आगे के अध्यायों में रहेगा) कि अंतर्द्वंद्व जो स्वः के एक भाग के द्वारा दूसरे भाग को सम्मोहित करने का कारण होते थे और इस प्रकार उन्माद के लक्षण विकसित करते थे, वे स्वभाव से प्रायः लैंगिक (सैक्युअल) होते थे। फ्रायड ने सेक्स शब्द का प्रयोग उस सामान्य शैली में नहीं किया, जिसके हम अभ्यस्त हैं, बल्कि बहुत व्यापक अर्थ में किया। जैसा कि हम देखेंगे, फ्रायड के लिए सभी घनिष्ठ संबंधों के पीछे लैंगिक प्रेरणा (सेक्सुअल अर्ज) होती थी। फ्रायड के सिद्धांत की अत्यंत संक्षिप्त रूपरेखा यह है कि कुछ लैंगिक कामनाएं, समाज के द्वारा कुंठित होकर व्यक्तित्व के

अचेतन भाग में बलपूर्वक ढकेल कर भुला दी जाती हैं। लेकिन वे तब भी क्रियाशील रहती हैं और चेतन मन में आने का प्रयास करती रहती हैं। स्वः का एक भाग उन्हें ऐसा करने से रोकता रहता है। फिर भी वे छद्मवेश में लक्षणों के रूप में चेतन मन में अपने को वापिस लाने की क्षमता रखती हैं। इस प्रकार 19वीं शताब्दी के अंत तक फ्रायड ने उन्माद और सम्मोहन के बीच अंतर्संबंध की हमारी समझ को पूरा किया। उनसे पूर्व के विद्वान दिखा चुके थे कि ऐसा संबंध अस्तित्व में था। फ्रायड ने इसके 'कैसे' और 'क्यों' को प्रदर्शित किया। बड़ी रोचक बात है कि उन्होंने हिपोक्रेटिस के अनुमान मात्र को आधुनिक चिकित्सकीय अर्थ प्रदान किया जो हमें पहले सुनने में भी हास्यास्पद लगता था।

शीघ्र ही फ्रायड और उनके समर्थकों ने दूसरे मानसिक विकारों की समस्याओं पर भी अपना मूलभूत सूत्र प्रयोग करना शुरू कर दिया। समस्या को देखने-करने का उनका यह विशेष तरीका 'मनोविश्लेषण या साइकोएनालिसिस' कहलाया। लगभग 30 वर्षों बाद साइकोएनालिसिस को विविध साइकोजेनिक विचारधाराओं में सबसे अधिक वैज्ञानिक विचारधारा के रूप में पहचाना गया। 1920 के दशक में सोमैटोजेनिक और साइकोजेनिक विचारधाराओं का विवाद पराकाष्ठा पर पहुंच गया। इस विवाद का परिणाम ही अगले अध्याय की विषय वस्तु होगा। फ्रायड ने वस्तुतः यह प्रदर्शित किया कि चिकित्सकीय मनोविज्ञान, मनोवैज्ञानिक सूझबूझ के आधार पर आगे बढ़ाया जा सकता है जबकि सोमैटोजेनिक विचारधारा अवयव-संबंधी (ऑर्गेनिक) सूझबूझ का आग्रह कर रही थी। फ्रायड का कार्य किसी भी एक व्यक्ति के कार्य की तुलना में अधिक महत्वपूर्ण था क्योंकि इसने यहां प्रदर्शित किया कि असामान्य मानसिक घटनाएं साधारणतया सामान्य मानसिक घटनाओं का अतिरंजक और विकृत स्वरूप थीं तथा प्रत्येक लक्षण का एक कारण, एक अर्थ और एक मितव्ययता होती है। फ्रायड के ये दो विचार नींव के प्रमुख पत्थर हैं जिन पर आधुनिक मनोरोग विज्ञान टिका है। परिणामस्वरूप जैसे-जैसे हम आगे बढ़ेंगे, हमें फ्रायड और उनके सिद्धांत के बारे में बहुत कुछ कहने का अवसर मिलेगा।

4. चिकित्साशास्त्र का सहगामी विकास

इस पूरे अध्याय में हम मुख्यतया मनोवैज्ञानिक सिद्धांतों के विकास की बात करते रहे और यह दिखाया कि कैसे पहले जादू-टोना और धार्मिक पृष्ठभूमि में मनोवैज्ञानिक कारकों की व्याख्या की जाती थी, कैसे बाद में अंधविश्वास का स्थान कायजन्य दृष्टिकोण ने ले लिया और कैसे हाल ही में चिकित्साविज्ञान की एक शाखा के रूप में मनोविज्ञान स्वतः ही उभरा है। इस तर्क का स्पष्टीकरण करने के लिए चिकित्सा के सहवर्ती विकास के बारे में कुछ शब्द कहना सहायक होगा।

यदि प्राचीन युग में मनोवैज्ञानिक चिकित्साशास्त्र जादू-टोने पर आधारित था तो

शारीरिक (ऑर्गेनिक) चिकित्साशास्त्र भी ऐसा ही था। परिणामतः आरंभिक काल के लिए चिकित्साशास्त्र और मनोचिकित्सा के इतिहास के बीच में विभेद करना आवश्यक नहीं हैं। जो चिकित्सक शैतान को बाहर निकालते थे वही चिकित्सक साथ ही साथ शारीरिक चिकित्साशास्त्र के आरोग्यकर साधनों को भी प्रशासित करते थे। सभी आदिम समाजों में चिकित्सक और धर्मगुरु के बीच घनिष्ठ संबंध रहा है। मैडॉक्स तथा राडिन जैसे अनेक समाज मानवशास्त्रियों द्वारा इस संबंध का अध्ययन विस्तार से किया गया है। तथापि सर्वाधिक आदिम समाजों ने भी कुछ जड़ी-बूटियों और खाद्य पदार्थों के चिकित्सकीय (थरापुटिक) महत्व को अधिकांशतया प्रयत्न और भूलों द्वारा खोजा। परिणामतः चिकित्साशास्त्र की विकसित होने वाली पहली शाखा औषधशास्त्रीय रासायनिक चिकित्सा (फार्माकॉलौजिकल कैमीकल थैरापी) थी। चिकित्साशास्त्र के अन्य रूपों में हिपोक्रेटिस और एलैक्ज़ैन्ड्रियन स्कूल की सूक्ष्म दृष्टि और बहुत अधिक गहरी पहुंच होते हुए भी ईसाई युग के अंत तक रासायनिक चिकित्सा के प्रारंभ होने से अधिक कुछ नहीं हो पाया था। चिकित्साशास्त्र में पहली वास्तविक खोज पोषण-नलिका (ऐलीमैन्ट्री कैनाल) में औषधशास्त्रीय चिकित्सा प्रणालियों (फार्माकॉलौजिकल थरापुटिक्स) का उपयोग थी। यहां तक कि आधुनिक युग तक भी समस्त प्रतिष्ठित चिकित्सा प्रणाली, रासायनिक चिकित्सा ही थी। ऐसा इसलिए था क्योंकि 16वीं शताब्दी तक शरीर रचना विज्ञान (एनाटमी) के बारे में, 17वीं शताब्दी तक शरीर-क्रिया विज्ञान के बारे में; 18वीं शताब्दी तक सूक्ष्म जीवन संरचनाओं के बारे में और 19वीं शताब्दी तक जीवाणु विज्ञान के बारे में वास्तविक महत्व के कोई तथ्य ज्ञात नहीं थे। चिकित्सा में दैहिक विज्ञान का उपयोग क्रमशः दाई और नाई से आया जिनके पास मूल रूप से निस्संदेह ही चिकित्सा व्यवसाय की प्रतिष्ठा नहीं थी। यह संकेत करना रोचक रहेगा कि कुछ सीमा तक दांत निकालने वाला जो इस पूरे युग में दाई और नाई की श्रेणी में आता था, आज तक चिकित्सक के गौरव तक नहीं पहुंच पाया है। मात्र 18वीं और 19वीं शताब्दियों में ही शारीरिक चिकित्साशास्त्र का विकास हुआ जिससे कि शल्य-चिकित्सा और प्रसूति-विज्ञान प्रतिष्ठित चिकित्सकीय विद्या हो गए हैं। मात्र 19वीं शताब्दी में जीवाणु-विज्ञानी चिकित्सा और असंक्रमण-विज्ञान की स्थापना हुई। और मात्र वर्तमान युग में मनोवैज्ञानिक चिकित्सा की स्थापना हुई। आज सर्वाधिक प्रगतिशील चिकित्सा संबंधी क्षेत्र में मनोविज्ञान का महत्व स्वीकार किया जाता है। जैसा कि डॉ. कार्ल मैनिंजर ने लिखा :

रोग में (तथा स्वास्थ्य में) *मनोवैज्ञानिक* कारकों पर बल देना, धीरे-धीरे चिकित्सा के समूचे व्यवसाय में व्याप्त हो रहा था। अब मध्ययुग और उससे पहले की मात्र रासायनिक संकल्पनाएं अथवा 19वीं शताब्दी की रासायनिक *दैहिक* अवधारणाएं ही चिकित्सा के सिद्धांत और व्यवहार का अभिलक्षण नहीं रहती बल्कि शारीरिक *और* रासायनिक *और* मनोवैज्ञानिक कारकों के परस्पर अंतर्क्रिया की संकल्पना प्रारंभ होती है। कभी बुखार को रिकार्ड करना हास्यास्पद समझा जाता था, फिर मूत्र के नमूने का

परीक्षण हास्यास्पद समझा गया और जब ये कार्यविधियां सामान्यतः स्वीकार कर ली गईं तब भी रोगी के स्वप्नों के बारे में विस्तार से पूछताछ करना हास्यास्पद समझा जाता था। अब हम जानते हैं कि स्वप्नों और मूत्र और बुखार सभी का परीक्षण हो सकता है और यदि हमें रोगी को सही और पूर्ण रूप से समझना है तो होना *चाहिए* भी। आज कोई बुद्धिमान और जानकार चिकित्सक इन कार्यविधियों को निरर्थक नहीं समझता हालांकि वो दूसरी बात है कि उसे अपनी कार्य प्रणाली में इनमें से किसी की आवश्यकता न पड़े। क्योंकि प्रत्येक विचारशील चिकित्सक जानता है कि मनोवैज्ञानिक कारक उतने ही यथार्थ और प्रभावशाली हैं जितने कि शारीरिक और रासायनिक कारक।[8]

5. सारांश

अ-1 आदिम मानस समस्त कार्यों और व्यवहार के लिए 'आत्मा' को उत्तरदायी मानता था। अतः सामान्य व्यवहार सामान्य 'आत्मा' से निर्देशित होता था और असामान्य व्यवहार में कोई अन्य वस्तु (दुष्टात्मा या शैतान) इसका स्थान ले लेती थी। इस प्रकार शैतान द्वारा अधिकृत होने का सिद्धांत विकसित हुआ जो लगभग 100 वर्ष पहले तक किसी न किसी रूप में असामान्य मानव व्यवहार का लेखा-जोखा देता था।

अ-2 प्राचीन सभ्यताओं ने मानव व्यवहार के अर्धविकसित वैज्ञानिक ज्ञान को अर्जित किया, लेकिन यह क्रिश्चियन युग में लुप्त हो गया।

अ-3 ईसाई धर्म-विज्ञान पर आधारित ईसाई मनोविज्ञान, शैतान (दुष्टात्मा) अधिकृत सिद्धांत का मात्र परिष्कृत और संशोधित रूप था।

अ-4 पुनर्जागरण और सुधार आंदोलनों के बाद आधुनिक विज्ञान के विकास के साथ भूत-प्रेत वाले सिद्धांत की विश्वसनीयता पर प्रश्न-चिह्न लग गया और क्रमशः इसका परित्याग कर दिया गया। मनोवैज्ञानिक रूप से असामान्य व्यक्तियों के साथ अधिक दयामय व्यवहार किया जाने लगा और मानवतावादी युग की स्थापना हुई।

अ-5 19वीं शताब्दी में अंधविश्वास का स्थान सोमैटोजेनिक विचारधारा ने ले लिया जिसने इस बात पर बल दिया कि समस्त साइकोपैथोलॉजी, ब्रेन पैथोलॉजी के कारण है।

ब-1 यद्यपि सोमैटोजेनिक दृष्टिकोण की वैज्ञानिक विश्वसनीयता निर्विवाद है, लेकिन इस समस्या के मनोवैज्ञानिक पक्ष पर अनुसंधान नहीं हुआ। सम्मोहन के अध्ययन ने यह स्पष्ट किया कि अचेतन मानसिक प्रक्रियाएं अस्तित्व में थीं जो चेतन मानसिक और शारीरिक प्रक्रियाओं को प्रभावित करती थीं।

ब-2 हिस्टीरिया रोग को एक प्रकार का 'आत्म-सम्मोहन' माना गया और

साइकोजेनिक सिद्धांत की स्थापना हुई। इस सिद्धांत का विश्वास था कि कुछ मानसिक विकारों की उत्पत्ति अनुभव में इस प्रकार से है कि किसी ब्रेन पैथोलॉजी की पूर्वधारणा (पौस्चुलेट) अनावश्यक है।

ब-3 फ्रेंच स्कूल के सम्मोहन और उन्माद के अध्ययनों से फ्रायड मनोविश्लेषण की ओर बढ़े जिसने हमें साइकोजेनिक रोगों के स्वरूप का पहला आधुनिक वैज्ञानिक सिद्धांत प्रदान किया।

ब-4 आयुर्विज्ञान क्रमशः इस बिन्दु तक विकसित हो गया है कि आज हम सभी रोगों में मनोवैज्ञानिक कारकों की उपस्थिति देखते हैं।

संदर्भिका

मनोचिकित्सा का पूर्ण और अधिकृत इतिहास उपलब्ध नहीं है। इस पाठ के आधार में जो विषय वस्तु है उसका अधिकांश भाग ब्रैट, बोरिंग तथा मर्फी द्वारा रचित मनोविज्ञान के इतिहास की पुस्तकों और गैरीसन और गॉर्टन द्वारा आयुर्विज्ञान के इतिहासों में देखा जा सकता है। जैलीफ़ की 'सम रैण्डम नोट्स ऑन द हिस्ट्री ऑफ साइकिएट्री इन द मिडिल एजिज़' अच्छी है। प्राचीन काल की मनोचिकित्सा ऑलिवर द्वारा मध्य युग की व्हाइट द्वारा विकसित की गई है। आधुनिक मनोचिकित्सा के अग्रदूतों के बारे में ज़िलबूर्ग (1935) ने उत्कृष्ट अध्ययन किया है। कॉनकलिनकी तथा मॉस और हन्ट की पुस्तकों में इतिहास पर संक्षिप्त अध्याय हैं। साइकोजेनिक स्कूल के विकास पर जैने (1925), ज्वीग, विन्कलर एण्ड ब्रॉमवर्ग तथा फ्रायड ने अपनी 'ऑटोबायोग्राफी' (1935) तथा 'हिस्ट्री ऑफ द साइकोएनालिटिक मूवमेंट' (1938) में विचार किया है। ए. डौएश की 'दा मैन्टली इल इन अमेरिका' नामक पुस्तक में अमरीकी मनोचिकित्सा का पूर्ण इतिहास उसकी यूरोपीय पृष्ठभूमि के सबंध में दिया गया है।

संदर्भ

1. संभावित अपवाद मार्ग्रेट मीड (1932) द्वारा प्रस्तुत कुछ सामोआ समूह हैं। इस प्रकरण पर मैलिनकोव्स्की (1927, 1929), कार्डिनर, रोहीम की भी तुलना करें।
2. लेवी-ब्रूहल (1923, 1926, 1928)। कुछ मानवशास्त्री जैसे राडिन, लेवी-ब्रूहल की विवेचना को अस्वीकार करते हैं। उनका दावा है कि आदिम और सभ्य मनुष्यों का मानस अपने में भिन्न नहीं होता। यह एक तकनीकी और प्रणाली-विज्ञान संबंधी बिन्दु है जिसे हम विस्तारित नहीं कर सकते। सभी अवसरों पर आदिम समाज में आदिम मानस का कार्य करने का तरीका सभ्य समाज के सभ्य मानस से स्पष्ट रूप से भिन्न होता है।
3. कैरिन स्टीफैन, साइकोएनालिसिस एण्ड मेडिसिन, केम्ब्रिज यूनिवर्सिटी प्रैस, न्यूयॉर्क, 1935, पृष्ठ 223 से उद्धृत।
4. ए.डी. व्हाइट, द हिस्ट्री ऑफ द वारफेयर ऑफ साइंस विद थियोलॉजी इन क्रिस्टेनडम, डी. एपिलटन-सेंचुरी क्रॉफ्ट, इंक, न्यूयॉर्क, 1910, पृष्ठ 101 से उद्धृत।

5. ए.डी. व्हाइट, ए हिस्ट्री ऑफ द वारफेयर ऑफ साइंस विद थियोलॉजी इन क्रिस्टेनडम, डी. एपिलटन-सैन्चुरी कम्पनी, इंक, न्यूयॉर्क, 1910, पृष्ठ 102-107 से उद्धृत।
6. कन्वल्ज़न चिकित्सा विज्ञान की हाल की सफलता, जिनका संदर्भ 16वें अध्याय में दिया गया है, इन ऐन्द्रजालिक धार्मिक उपचारों को यदाकदा मिली सफलता की ओर संकेत करती है।
7. अपनी हाल की पुस्तक में ए. डौएश यह दावा करते हैं कि अरब के पागलखानों में मानवोचित व्यवहार को अनावश्यक महत्व दिया गया है।
8. के. मैनिंजर 'साइकिएट्री एण्ड मेडिसिन', बुले, मैनिंजर, क्लिन, 1:2, 1936 से उद्धृत।

अध्याय-3

मनोकायिक समस्या

1. समस्या के दार्शनिक पहलू

पिछले अध्याय में हमने मनोविकृति विज्ञान के सिद्धांत के धीमे विकास को देखा। इस अध्याय में हम शरीर और मन के बीच संबंध के बारे में अपने वर्तमान विचारों को कुछ विस्तार से प्रस्तुत करेंगे। कॉपरनिक्स की इस महान खोज ने कि पृथ्वी ब्रह्माण्ड का केन्द्र नहीं है, आधुनिक भौतिक विज्ञान को प्रोत्साहन दिया। डार्विन की परिकल्पना कि मनुष्य की देह पशु के समान ही और प्राकृतिक है तथा वह जैविक विकास से इस रूप में आया है, 19वीं शताब्दी के जीव-विज्ञान का आधार बनी। फ्रायड के सिद्धांत का आधारतत्व कि मनुष्य का मन कुछ विशिष्ट और निश्चित तरीकों से उसकी देह से अनुकूलित होता है एक ऐसा संगठनकारी नियम हो सकता है जिसके आधार पर वैज्ञानिक मनोविज्ञान स्थापित हो। इसके महत्व को देखते हुए देह- मन समस्या के बारे में विस्तार से विचार करने की आवश्यकता है।

दैनंदिन जीवन में, पूर्व वैज्ञानिक और अनुशासनहीन सोच में हम सब देह और मन के बीच विभेद करते हैं। इस बात से कोई फर्क नहीं पड़ता कि दार्शनिक इस बारे में क्या कहते हैं और इस बात से भी कोई फर्क नहीं पड़ता कि हमारा इस समस्या का सुविचारित समाधान क्या है। हम फिर भी सोचते हैं कि अहं (इगो) या स्वः (सैल्फ) या आत्मा (सोल) मन (माइंड) यदा-कदा हमारी देह की गतिविधि को निर्देशित करते हैं। हम अभी भी सोचते हैं कि यदि देह वृद्ध होती है या परिवर्तित होती भी है तो उस समय भी हमारा स्वः या आत्मा या व्यक्तित्व अनिवार्यतः वैसा ही रहता है। हम सोचते हैं कि एक ओर 'मैं' (आई), आत्मा, स्वः, मन–संक्षेप में मनोवैज्ञानिक–और दूसरी ओर शरीर, दैहिक जीव, रक्त और मांस पेशी और अस्थियां–संक्षेप में शारीरिक–के बीच में वास्तविक अंतर है। यह विभेद हमारे अधिकतर व्यावहारिक सोच-विचार में, हमारे गंभीर साहित्य में, यहां तक कि हमारे लोकप्रिय गीतों में भी आता है जैसे 'आई एम योर्स, बॉडी एण्ड सोल' तथा 'व्हाई नॉट टेक ऑल ऑफ मी?' संक्षेप में, हम व्यक्ति के मनोवैज्ञानिक पक्ष को उसकी देह से पृथक् कोई वस्तु, एक अपरिवर्तनीय निर्विकार

वस्तु और यदि हम धार्मिक हैं तो एक ऐसी वस्तु जो स्थायी रहती है, समझने की प्रवृत्ति रखते हैं।

आधुनिक विज्ञान और दर्शन-शास्त्र दोनों ही इस दृष्टिकोण के आलोचक हैं। पिछले अध्याय के अनुसार हम इसे कभी एक सर्वत्रमान्य कैथोलिक धर्मवैज्ञानिक सिद्धांत के लोकप्रिय चिंतन के अवशेष के रूप में देख सकते हैं। देह-मन समस्या के प्रचलित विचार की आध्यात्मिक (बुद्धिवादी) कमियों ने असंख्य दार्शनिकों, तत्वमींमासकों और वैज्ञानिकों को इसके स्थान पर कोई अधिक अच्छा दृष्टिकोण विकसित करने के लिए प्रेरित किया है। दर्शनशास्त्र में देह-मन समस्या से संबंधित साहित्य बहुत बड़ा है। यहां इस पर बात करने की हमारी कोई इच्छा नहीं है। फिर भी हमें देह-मन समस्या के कुछ मुख्य समाधानों के बारे में संक्षेप में बोलना चाहिए और जो समाधान हमारे बाद में आने वाली विवेचना के आधार के रूप में वर्गीकरण के अनुसार प्रणाली विज्ञान की दृष्टि से सबसे अधिक वैध हो उसे अपनाना चाहिए; यह आवश्यक है क्योंकि चिकित्सकीय मनोविज्ञान का संबंध मनोकायिक और मनोदैहिक संबंधों की कठिन समस्या से होना चाहिए।

प्रोफेसर सी.डी. ब्रॉड ने इस समस्या पर अपनी श्रेष्ठ पुस्तक में, देह और मन के संबंध के बारे में सत्रह प्रस्तावित समाधान सूचीबद्ध किए हैं। वे इनमें से दस सुझावों को असंभव, पांच को असंभावित और दो को संभव पाते हैं। हम यहां इन सभी सुझावों के पुनार्वलोकन का प्रयास नहीं करेंगे परन्तु हम कम से कम इस ओर ध्यान तो आकर्षित कर सकते हैं कि क्यों हमारे द्वारा पहले प्रस्तुत किया गया दृष्टिकोण विज्ञान के लिए अनुपयुक्त है तथा क्यों एक मेडिकल साइकोलॉजी के विकास के लिए कुछ विकल्प अन्य की अपेक्षा अधिक अच्छा आरंभिक क्षेत्र होंगे। देह-मन की समस्या पर विचार करने के तीन मुख्य तरीके हैं : *द्वैतवाद (डुएलिज़्म)* जिसे दो प्रकारों में बांट सकते हैं, *पारस्परिक क्रियावाद (इन्टरैक्शनिज़्म)* और *समानान्तरवाद (पैरेललिज़्म)*; *अद्वैतवाद (मोनिज़्म)*, जिसे दो किस्मों में बांटा जा सकता है, *आदर्शवाद* (आइडियलिज़्म) और *भौतिकवाद (मेटिरियलिज़्म)*; तथा *तटस्थवाद (न्यूट्रलिज़्म)*।

द्वैतवादी समाधान मन और पदार्थ, आत्मा और देह, मनोवैज्ञानिक परिघटना और दैहिक परिघटना दोनों को स्वीकार करता है। निस्संदेह यह ईसाई धर्म विज्ञान का मत है जो यह मानता है कि देह मन को और मन देह को प्रभावित कर सकता है। ईसाई नीति-शास्त्र और नैतिकता की संपूर्ण समस्या का संबंध देह पर आत्मा और अंतःकरण (स्पिरिट तथा सोल) के नियंत्रण को मजबूत बनाने से है तथा यह देखने से है कि सोल या अंतःकरण शुद्ध रहे जिसके परिणामस्वरूप वह स्वर्ग का प्रत्याशी बन जाए। हमारी प्रचलित विचारधारा में अभी भी पारस्परिक क्रियावादी द्वैतवाद जिस रूप में अवस्थित है उसका एक उदाहरण हम प्रस्तुत करते हैं : ''यह ग्रीष्म काल का एक सुहावना दिन है। मैं अच्छा महसूस करता हूँ। मैं बाहर घूमने जाने का निश्चय करता हूँ। मुझे भूख लगी है। मैं एक सेब देखता हूँ। मैं उसे खाता हूँ। यह एक हरा सेब है। मेरे पेट में

दर्द शुरू होता है। मैं बुरा महसूस करता हूँ।'' इस संक्षिप्त घटनाक्रम में एक व्यक्ति कहता है : ''ग्रीष्म ऋतु है। मेरी देह अच्छी स्थिति में है और मैं अच्छा महसूस करता हूँ (मन पर देह का प्रभाव)। मेरी सुखद भावना मेरी देह को संचालन में लाती है और मैं घूमने जाता हूँ। (देह पर मन का प्रभाव)। मुझे व्यायाम के कारण भूख लगी है (मन पर देह)। मैं सेब ढूंढ़ निकालता हूँ और खाता हूँ (देह पर मन)। मैं अस्वस्थ महसूस करता हूँ (मन पर देह)।''

अब इस प्रकार की व्याख्या दैनिक जीवन की आवश्यकताओं, समाज में परस्पर व्यवहार और प्रचलित व लोकप्रिय बोलचाल में पूर्णतया उपयुक्त रहती है लेकिन वैज्ञानिक और दार्शनिक क्षेत्र में बहुत अनुपयुक्त रहती है। कारण है कि वास्तव में हम ऊपर दिए गए समस्त तर्क को उलट सकते हैं। ''यह ग्रीष्म ऋतु है। मन द्वारा महसूस किया गया सुखद मौसम मुझे सुख का एहसास देता है (देह पर मन)। मांसपेशीय संकुचन द्वारा दैहिक तनाव होता है जिससे मैं घूमने का निश्चय करता हूँ (मन पर देह)। सेब का सुखद प्रत्यक्ष ज्ञान भूख के एहसास का सूत्रपात करता है और मेरी लार-ग्रंथियां क्रियाशील होती हैं (देह पर मन)। लार-ग्रंथियों की क्रिया सेब खाने के निर्णय की अगुवाई करती है (मन पर देह)। मैं स्पष्ट अनुभव करता हूँ कि सेब हरा है और यह विचार मेरा पेट गड़बड़ कर देता है (देह पर मन)।'' इस प्रकार हमारे पास एक ही घटना की व्याख्या करने के लिए कारण संबंधी घटना क्रम की दो बिल्कुल विपरीत शृंखलाएं हैं और दार्शनिक बुद्धि का व्यक्ति इससे भ्रांति में पड़कर निराश हो जाएगा। इससे अधिक बात यह है कि मेडिकल साइकोलॉजी के उद्देश्य से यह समाधान असंभव है। यदि हम एक ही घटना-क्रम के लिए हमेशा दो विपरीत बातें—मन देह को प्रभावित करता हुआ या देह मन को प्रभावित करते हुए दिखा सकते हैं तो इससे हमारे सैद्धांतिक विचार और हमारे द्वारा उनका उपयोग, दोनों ही बहुत अधिक गड़बड़ा जाएंगे। परिणामस्वरूप, हमारे समस्त व्यवहार का श्रेय मन की विकृतियों या मस्तिष्क के जीव-रसायन को दिया जा सकता है और हम इनमें से सही घटनाक्रम को पहचान भी नहीं सकते। तत्वमीमांसा में कुतर्क करने वाले व्यक्तियों के लिए ये देख पाना बहुत आसान है कि भाषाओं के इस परस्पर क्रियात्मक मिश्रण का परिणाम केवल भ्रांति ही होता है। जैसा कि साउथर्ड ने कहा है कि हम व्यवहारपरक घटनाओं के लिए 'मन की विकृति' (माइंड-ट्विस्ट) जैसे सिद्धांत को या मस्तिष्क स्थल ('ब्रेन-स्पॉट') जैसे सिद्धांत को श्रेय देते हैं लेकिन हमें इन दोनों को मिलाना नहीं चाहिए। अतः इसलिए द्वैतवादी परस्पर क्रियावाद लोकप्रिय बोलचाल में कितना भी लाभदायक क्यों न हो, हम इसे वैज्ञानिक दृष्टि से एक असंभव और अव्यावहारिक समाधान ही समझेंगे।

दूसरे प्रकार का द्वैतवाद 'समानान्तरवाद' कहलाता है। समानान्तरवादी समाधान देह और मन दोनों की यथार्थता को भी स्वीकार करता है। फिर भी यह कहता है कि देह और मन, दोनों एक-दूसरे पर कार्य नहीं करते (प्रभावित) बल्कि साथ-साथ सह-संबंधित होकर ठीक उसी प्रकार चलते हैं जिस प्रकार दो उत्कृष्ट घड़ियां एक सा

समय दिखाती हैं लेकिन दोनों अपनी-अपनी यंत्र रचना द्वारा चलती हैं। अतः सेब खाने की घटना का लेखा-जोखा केवल मनोवैज्ञानिक भाषा में या केवल शारीरिक भाषा में दिया जा सकता है। केवल मनोवैज्ञानिक भाषा में लेखा-जोखा देने पर हम इस प्रकार इसका वर्णन करेंगे : ''यह ग्रीष्म ऋतु है। सुहावने मौसम की मेरी चेतना, मेरे सुखद एहसास से संबंधित है। अपने अच्छे स्वास्थ्य की वजह से मैंने टहलने का फैसला किया। ताजी हवा में घूमने से भूख लग आई है'' और अंत तक इसी प्रकार! केवल शारीरिक भाषा में लेखा-जोखा देने पर यह वर्णन इस प्रकार होगा : ''कुछ निश्चित वायुमण्डलीय स्थितियां बनीं। कुछ निश्चित तरंग दीर्घताओं (वेव लैन्थ्स) के आलोक और तीव्रता का उद्दीपक कुछ निश्चित दैहिक गुणों की कोशिकाओं के समूह (पुँज) को प्रभावित करता है और इनमें से कुछ में दैहिक परिवर्तन प्रस्तुत करता है'' और अंत तक इसी प्रकार चलता है। यह समानान्तरवादी दृष्टिकोण मनोवैज्ञानिक और दैहिक भाषा के मनमाने सम्मिश्रण द्वारा उत्पन्न भ्रांति से दूर रहता है। लेकिन इसमें एक कठिनाई यह है कि एक दार्शनिक बुद्धि के व्यक्ति के लिए यह समझना कठिन है कि कैसे दो घड़ियां ठीक एक सा समय दिखा सकती हैं। यहां तक कि जो दार्शनिक इस स्थिति को स्वीकार करते थे वे यह मानते थे कि ईश्वर या कोई अन्य समय का रखवाला यह देखता है कि एक घड़ी दूसरी घड़ी से आगे न जाए। यह समानान्तरवादी स्थिति हाल तक जाने-माने जैविक वैज्ञानिकों द्वारा मानी जाती थी और यदि हम भी इसको माने तो इससे हमें कोई प्रणाली संबंधी भ्रांति नहीं होगी। परिणामस्वरूप वैज्ञानिक मनोविज्ञान के लिए यह एक संभावित समाधान है और यदि हमें समानान्तरवाद और परस्पर क्रियावाद में चयन करना पड़े तो हम इसे ही पसंद करेंगे।

द्वैतवादी स्थिति का कोई भी रूप वैज्ञानिक दृष्टि से विचारणीय नहीं है। आदर्शवादी कहते हैं कि मात्र मनोवैज्ञानिक संसार ही यथार्थ है और भौतिक संसार एक भ्रम या मायाजाल है। दूसरी ओर, भौतिकवादी कहते हैं कि मनोवैज्ञानिक संसार एक अनुघटना (एपीफिनॉमिनन) है (जिसका यथार्थ में कोई अस्तित्व नहीं होता लेकिन वह भौतिक संसार की एक प्रकार की छाया के रूप में उदित होती है) तथा केवल यथार्थ पदार्थ ही अस्तित्व में रहता है। पहली दृष्टि में इन दोनों स्थितियों में से भौतिकवादी स्थिति निस्संदेह अधिक तर्कसंगत लगती है। हमारे पास यह विश्वास करने का प्रत्येक कारण है कि मनोवैज्ञानिक घटनाओं के किंचित अस्तित्व में आने के पहले से ही भौतिक संसार का एक लम्बा और वास्तविक इतिहास अस्तित्व में था। तथापि दर्शनशास्त्र में आधुनिक शोध यह दिखाते हैं कि ऐसे मतभेद अर्थहीन हैं जिनका निर्णय किसी प्रयोगात्मक मानदण्ड द्वारा नहीं किया जा सकता। इस दृष्टिकोण को एक सूत्र वाक्य के रूप में रखने के लिए : 'एक ऐसा अंतर जिससे कोई अंतर नहीं पड़ता, अंतर नहीं होता'।[1] इस बात को हम इस प्रकार समझा सकते हैं। एक व्यक्ति, जो भौतिकवादी और आदर्शवादी दोनों का समान रूप से घनिष्ठ मित्र है, एक कार के नीचे आकर मर जाता है। अब केवल मानसिक घटनाओं के अस्तित्व में विश्वास रखने वाला आदर्शवादी यह मानता है कि

उसके मित्र के ऊपर से एक आदर्श मोटरकार निकल गई और वह एक आदर्श मृत्यु को प्राप्त हुआ। दूसरी ओर, इसी स्थिति में एक भौतिकतावादी अपने एक भौतिक मित्र को एक भौतिक मोटरकार के कारण खो देता है। अब मित्र की तो मृत्यु हो गई और हम यह मानते हैं कि दोनों दार्शनिक दयालु व्यक्ति हैं लेकिन फिर भी यहां हमारे पास आदर्शवादी की मनोव्यथा के उस *विचार (आइडिया),* को जिसे वह अपने आदर्श हृदय पर आरोपित करता है, भौतिकवादी का अन्तड़ियों (विसरा) में होने वाले *भौतिक (मटीरियल)* शारीरिक परिवर्तनों से भिन्न करने का कोई रास्ता नहीं है। दूसरे शब्दों में, हर व्यावहारिक दृष्टिकोण से यह महत्वहीन है कि हम आदर्शवादी हैं या भौतिकवादी हैं। हमारे पास यह निर्णय करने का कोई सही माध्यम नहीं है कि (इस स्थिति में) एक शुद्ध भौतिक व्यक्ति एक भ्रमिक मन के साथ, एक यथार्थ मोटरकार द्वारा एक यथार्थ मृत्यु झेलता है या भ्रामक सामग्री से बना हुआ एक शुद्ध मनोवैज्ञानिक जीव एक काल्पनिक मोटरकार द्वारा काल्पनिक मृत्यु को प्राप्त होता है। मन-देह समस्या के एकतत्ववादी (मोनिस्टिक) समाधान के साथ कठिनाई यह है कि यह दृष्टिकोण वास्तविक समस्या को नकार कर छोड़ देता है।

हाल ही में कुछ दार्शनिकों ने, जिनमें सबसे अधिक उल्लेखनीय तार्किक प्रत्यक्षवादी (लॉजिकल पॉज़िटिविस्ट्स) हैं (संदर्भ फाइग्ल और प्रैट के कार्य) हमारे लिए यह संभव बनाया कि हम भौतिक और मनोवैज्ञानिक वस्तुओं के बीच के अंतर को मात्र अभिव्यक्ति की भाषा में अंतर के रूप में देख सकें। मनोवैज्ञानिक वस्तुएं ही वास्तविक हैं। हम किसी भी वस्तु को मनोवैज्ञानिक वास्तविकता के माध्यम से ही जानते हैं। दूसरी ओर, अपने मनोवैज्ञानिक अनुभव से हमने एक ऐसे भौतिक संसार के अस्तित्व को मान लिया है, जिसके बारे में हम भौतिक शब्दावली या भौतिक भाषा में बहुत कुछ जानते हैं। कदाचित् विज्ञान के उद्‌देश्य से मन-देह समस्या का सबसे अच्छा समाधान जीवावीय *तटस्थवाद* (ऑर्गेनिज़्मिक *न्यूट्रलिज़्म*) है। आर्गेनिज़्मिक न्यूट्रलिज़्म यह मानता है कि संसार एक देह या मन, शारीरिक या मनोवैज्ञानिक के रूप में नहीं, बल्कि एक तटस्थ पदार्थ के रूप में अस्तित्व में हैं लेकिन इसके शारीरिक और मनोवैज्ञानिक पक्ष एक पदक के दो चेहरों की तरह विकसित होते हैं। मनोवैज्ञानिक यथार्थ घटित होता है और इसके अपने नियम और अनुक्रम होते हैं जो उतने ही स्वाभाविक हैं और उतने ही वैज्ञानिक विधि द्वारा जांच-पड़ताल के अधीन हैं जितना कि किसी यथार्थ के शारीरिक (भौतिक) पक्ष हैं। ये दोनों पक्ष इस प्रकार समन्वित हैं कि शारीरिक पक्ष में किए जाने वाले कोई भी परिवर्तन मनोवैज्ञानिक पक्ष में भी प्रतिक्रिया उत्पन्न करते हैं या मनोवैज्ञानिक परिवर्तन शारीरिक में ठीक उसी प्रकार प्रतिक्रिया उत्पन्न करते हैं जिस प्रकार पदक के एक पहलू में किए गए परिवर्तन को दूसरे पहलू के स्वरूप (कन्फिगुरेशन) को प्रभावित करना चाहिए। यद्यपि कभी-कभी यह परिवर्तन पहचानना कठिन होता है। परिणामस्वरूप, हम यह मानते हैं कि सभी व्यवहार के एक मानसिक या मनोवैज्ञानिक और एक शारीरिक या दैहिक दोनों पक्ष

होते हैं। शारीरिक व्यवहार को प्रभावित करना, जैसा कि ऑर्गेनिक मेडिकल प्रैक्टिसिज़ में होता है, व्यवहार के केवल शारीरिक पक्ष को सीधे प्रभावित करेगा और इस मामले में हमारी कारणात्मक अनुक्रमों की अभिव्यक्ति भौतिकी की भाषा में की जानी चाहिए। लेकिन इस परिवर्तन के साथ मनोवैज्ञानिक परिवर्तन सहसंबंधित होंगे। दूसरी ओर, मनोवैज्ञानिक अनुभव को प्रभावित करना, जैसा कि मनोवैज्ञानिक चिकित्सा में होता है केवल अनुभव के संदर्भ को सीधे परिवर्तित करेगा तथा ये घटनाक्रम मनोवैज्ञानिक भाषा में अभिव्यक्त होने चाहिए। इस परिवर्तन के साथ शरीर क्रियात्मक परिवर्तन सहसंबंधित होंगे। वस्तुतः यह दृष्टिकोण समानान्तरवाद में अंतर्निहित दर्शनशास्त्रीय कठिनाइयों पर विजय प्राप्त नहीं करता लेकिन हमारी विज्ञान की आधुनिक विचारधारा के लिए उपयुक्त रहता है।

देहिक और मनोवैज्ञानिक दो स्तरों की अपेक्षा चार या पांच स्तरों के बारे में बात करना अधिक तर्कसंगत होगा। इस दृष्टि से व्यवहार की प्रत्येक समस्या एक शारीरिक, एक शरीर क्रियात्मक, एक मनोवैज्ञानिक, एक समाजशास्त्रीय और कदाचित् एक नैतिक पक्ष प्रस्तुत करती है। इस पुस्तक में हम व्यवहार संबंधी समस्याओं के केवल मनोवैज्ञानिक पक्ष के बारे में ही बात करेंगे। फिर भी बहुत से मामलों में हम मनोवैज्ञानिक की अपेक्षा एक ओर समाजशास्त्रीय पक्ष के बारे में और दूसरी ओर शरीर क्रियात्मक पक्ष के बारे में अधिक जानते हैं तथा इसमें से कुछ सामग्री हमारी इस रचना में निहित होनी चाहिए। प्रचलित भाषा में हम यदाकदा द्वैतवादी परस्पर क्रियावाद की बात कर देते हैं जिससे बचना लगभग असंभव है। हम प्रयास करेंगे कि हम ऐसा कभी न कहें कि एक शारीरिक परिस्थिति सीधे-सीधे मनोवैज्ञानिक परिस्थिति का कारण बनती है। यदि हम किसी अवसर पर प्रचलित भाषा का प्रयोग करते भी हैं तो इसलिए कि दार्शनिक स्थिति पर हमारी निश्चित पकड़ कुछ परिस्थतियों के अंतर्गत असुविधाजनक सीमा तक बेढंगी और घुमावदार हो जाती है।

2. कायाजन्य (सोमॅटोजेनिक) समाधान

हमने देखा कि क्रैपलिन के समय में किस प्रकार अंत में अंधविश्वास पर विजय पाई गई तथा मानसिक विकृति का कारण ब्रेन पैथोलॉजी को माना गया। ऐसा 19वीं शताब्दी के अंत में हुआ, ये वह शताब्दी थी जब यंत्रवादी भौतिकवाद (मैकेनिस्टिक मटीरियलिज़्म) सभी जीव विज्ञानों के लिए आधारभूत दर्शन था। 19वीं शताब्दी में तुलनात्मक और प्रयोगात्मक शरीर विज्ञान तथा तुलनात्मक और प्रयोगात्मक तंत्रिका विज्ञान का जन्म हुआ। बहुत से शारीरिक रोगों को, जो पहले रोगलक्षणों के आधार पर समझे जाते थे अब उनके विशिष्ट निदानशास्त्रीय रोग विज्ञान (ईशियोलॉजिकल पैथोलॉजी) के संदर्भ में समझा जाने लगा। यह बहुत स्वाभाविक था कि शारीरिक रोगों को यंत्रवादी जीव विज्ञान के आधार पर समझने से और स्नायु तंत्र के बारे में तेजी से

बढ़ते हुए ज्ञान से उस समय क्रैपलिन का दृष्टिकोण प्रतिष्ठित हो जाना चाहिए था।

कायाजन्य विचारधारा ने मानसिक विकृति को मस्तिष्क का विकार या अस्तव्यस्तता माना। चूंकि मस्तिष्क को मनोवैज्ञानिक घटनाओं के लिए उत्तरदायी अवयव माना गया था और यह ठीक भी था, अतः यह बहुत स्वाभाविक था कि असाधारण मनोवैज्ञानिक घटनाओं की व्याख्या मस्तिष्क (ब्रेन) की असाधारण शरीर क्रियात्मक परिस्थितियों के द्वारा की जाए। इस विचारधारा का पूर्ण रूप से परिणामी तर्क था कि ''चूंकि हम जानते हैं कि हरे और लाल रंग की संवेदना में भिन्न-भिन्न जीव-रासायनिकी (बायोकैमिस्ट्री) और जीव-भौतिकी (बायोफ़िज़िक्स) निहित रहती है इसलिए हमें यह बात भी निश्चित हो जाएगी कि जॉन स्मिथ द्वारा अपनी सही पहचान करने में और नैपोलियन के साथ अपना एकात्मीकरण करने के मूल में भिन्न जीव-रसायनिकी और जीव-भौतिकी होती है। ''मानसिक विकृत्ति की समस्या पर 19वीं शताब्दी के उत्तरार्द्ध में इस दृष्टिकोण से किया गया शोध कार्य, कायाजन्य दृष्टिकोण से किया गया था। निस्संदेह किसी दूरस्थ भविष्य में मस्तिष्क की संरचना का हमारा ज्ञान इतना विकसित हो सकता है कि कायजन्य विचारधारा पुनः प्रचलन में आ सकती है। हमारा विश्वास है कि समस्त वैज्ञानिक मनोविज्ञान का एकमात्र न्यायसंगत उद्‌देश्य फ़िज़ियॉलॉजिकल साइकोलॉजी की प्रतिष्ठा करना होना चाहिए। स्नायविक ऊतकों (नर्वस टिशूज़) की जीव-भौतिकी और जीव-रासायनिकी में कुछ ऐसा है जो अधिक वास्तविक है और जब हम इसे जानेंगे तभी सही वैज्ञानिक अर्थ में शीघ्रता से आगे बढ़ सकेंगे। जीव-रासायनिकी और जीव-भौतिकी संबंधी तथ्य न केवल अधिक वास्तविक हैं और इस प्रकार नियंत्रण और परिवर्तन के अधीन हैं, बल्कि कायिक चिकित्सा प्रणाली (ऑर्गेनिक मेडिकल थेरैपी) के सिद्धांत को समझना और समझाना भी अपेक्षाकृत सरल है। यद्यपि इसका अभिप्राय यह नहीं है कि हम समस्त मनोवैज्ञानिक तथ्यों को शरीर विज्ञानी तथ्यों के रूप में अभिव्यक्त करने में सक्षम होंगे, जैसा कि 19वीं शताब्दी के विचारक सोचते थे कि ऐसा संभव है तथापि हम जैसे-जैसे मूल में निहित तंत्रिका-क्रियाविज्ञान (न्यूरो फिज़ियॉलौजी) का अधिक से अधिक ज्ञान प्राप्त करेंगे उतना ही मनोवैज्ञानिक थेरैपी की अधिक से अधिक प्रणालियों का दैहिक चिकित्सा के संदर्भ में उपयोग कर सकेंगे। कायजन्य सिद्धांत एक बहुत ऊंचे किस्म के वैज्ञानिक आदर्शवाद का प्रतिनिधित्व करता है। मेरी धारणा है कि मनोजन्य स्थिति के प्रबल अनुयायी भी कायजन्य विचारधारा के लक्ष्यों को चरितार्थ हुआ देख कर प्रसन्न होते। लेकिन दुर्भाग्य से आज यह लक्ष्य प्राप्य नहीं है। जिन व्यक्तियों ने इन लक्ष्यों को निर्धारित किया था तथा जो अभी भी इनमें विश्वास रखते हैं वे सभी एक आदर्श विज्ञान के बारे में सोच रहे हैं। यह सच है कि हमारी यह अभिधारणा है कि मनोवैज्ञानिक अनुभव में प्रत्येक परिवर्तन, मूल में निहित, न्यूरोफ़िजियोलॉजी में परिवर्तन के साथ-साथ आता है लेकिन इसके बावजूद भी हम दुर्भाग्य से सामान्य या असामान्य मानसिक स्थितियों के मूल में निहित शरीर विज्ञान के बारे में बहुत कम जानते हैं। जैसा कि हम देखेंगे कुछ ऐसे

मानसिक रोग हैं जिनमें एक सुनिश्चित और प्रदर्शनीय कायिक, रोग मूल विज्ञान (ऑर्गेनिक पैथोलॉजी) सुव्यवस्थित है। तो भी ये रोग बार-बार नहीं होते तथा बहुत सी ऐसी समस्याएं भी प्रस्तुत करते हैं जिनका स्वरूप मनोवैज्ञानिक होता है।

3. मनोजन्य समाधान

वास्तविक कार्य व्यापार में कायजन्य सिद्धांत व्यर्थ सिद्ध हुआ। हमने व्यवहार के मूल में निहित तंत्रिका क्रिया विज्ञान (न्यूरोफ़िज़ियोलॉजी) के अपने ज्ञान में तेजी से प्रगति नहीं की। यदि प्रगति की होती तो इस बात की काफी संभावना है कि मनोजन्य धारा का उदय ही नहीं होता। कायजन्य धारा के लोगों के दृष्टिकोण से पिछले पचास वर्षों में मानसिक रोग की समस्या पर किए गए अध्ययन से इस विषय के बारे में हमारे ज्ञान में अधिक वृद्धि नहीं हुई है। बार-बार होने वाले मनस्तापों (साइकोसिस) और सभी प्रकार की मनस्तंत्रिकाताप (साइकोन्यूरोसिस) के बारे में हम अभी तक यह नहीं जानते थे कि मानसिक रोग के तीव्र होने के दौरान हमारा स्नायु-तंत्र प्राणी द्वारा सामान्य व्यवहार करने की स्थिति की तुलना में कैसे जैव रासायनिक और जैव भौतिक रूप में भिन्न कार्य करता है। दूसरी ओर हम निश्चित रूप से जानते हैं कि ऐसे व्यवहार एक नियमितता के साथ कुछ निश्चित मनोवैज्ञानिक अनुभवों का अनुसरण करते हैं।

दूसरे विश्व युद्ध के अपने अनुभव से हम जानते हैं कि भय मनुष्य को उतना ही अशक्त करता है जितना कि बारूद। मनोविदलता या खंडित मनस्कता (स्काइज़ोफ्रीनिया) से पीड़ित युवाओं के अध्ययन से हम जानते हैं कि यह रोग अधिकतर केवल उन युवाओं में विकसित होता है जो वयस्क कामुकता के परिणामों का भार ग्रहण करने में या तो असमर्थ होते हैं या भयभीत होते हैं। हम जानते हैं कि जो व्यक्ति अपने प्रमुख मनःसंवेगात्मक प्रयासों में से किसी में निराश होते रहे हैं वे ही मानसिक रोगों से ग्रस्त होते हैं। यहां तक कि हम कई प्रकार के नैराश्य और रोग-लक्षणों में कार्य-कारण संबंधों को जानते भी हैं। अतः आज हम यह स्वीकार करते हैं कि मानसिक असामान्यता या विकृति निराशाजनक परिस्थितियों के कारण हो सकती है। अर्थात् रोग लक्षण उस तरीके से विकसित होते हैं जिस तरीके से प्राणी अपने मनोवैज्ञानिक क्षेत्र में स्थित रुकावटों का सामना करता है। विचाराधीन प्राणी के लिए निराशा का समाधान एक मितव्ययी ढंग से होता है। जैसा कि हमने पिछले अध्याय में देखा, यह दृष्टिकोण इस अनुभूति से आया कि सम्मोहन (हिपनौसिस) एक प्रकार का सुझाव है और भावोन्माद (हिस्टीरिया) एक प्रकार का आत्म-सम्मोहन। इस विचार का विकास बहुत से व्यक्तियों ने किया जिनमें सिगमंड फ्रायड और उनके अनुयायी मुख्य हैं।

मनोजन्य विचारधारा को इस अनुभूति ने बहुत प्रोत्साहित किया कि अधिकांश मानसिक रोग अनुभवजन्य कारकों से विकसित होते हैं। असामान्य मनोवैज्ञानिक घटनाओं का अध्ययन मनोवैज्ञानिक तरीके से (साइकोलॉजिकली) होना चाहिए यह

विचार निस्संदेह पिछले बीस वर्षों में जितना उन्नत हुआ है उतना इससे पहले के पूरे इतिहास में नहीं हुआ। एक समय तो ऐसा लगा मानो सभी मानसिक विकृतियां मेडिकल मनोवैज्ञानिकों द्वारा ही निपटाई जानी चाहिए और भविष्य में मनोचिकित्सा के व्यवसाय में उपकरण में रूप में मात्र एक कमरे की आवश्यकता होगी जिसमें दो व्यक्ति बैठकर एकान्त में बात कर सकें। इसके परिणामस्वरूप एक ऐसा समय आया जब अनेक मनोचिकित्सक रोग के मनोजन्य कारकों को पूर्णरूप से महत्व देने लगे। लेकिन मनोजन्य कारकों को सारा महत्व देना असंतुलनकारी था क्योंकि जिन रोगों में निहित मनो-संवेगात्मक (साइको-इमोशनल) कारकों के बारे में हम लगभग सभी कुछ समझते थे, उनमें दैहिक चिकित्सा की समस्याएं निरंतर खड़ी हो रही थीं।

4. जीवावीय समाधान

देह-मन समस्या के कायजन्य और मनोजन्य, दोनों समाधान एक पक्षीय हैं। हमने देखा है कि मन-देह समस्या का एक सर्वोत्तम आधुनिक दर्शनशास्त्रीय समाधान वह है जो प्रत्येक पक्ष पर विचार करे। कायजन्य और मनोजन्य की बात करने में हम एक ऐसे दृष्टिकोण से जो देह पर ही बल देता था उस दृष्टिकोण की ओर चले गए जो केवल मन (माइंड) को ही महत्व देता था। आज हम शरीर में मन या सोमा[2] में साइकी का अध्ययन करने में रुचि रखते हैं। यद्यपि मन देह में रहता है और अपने बहुत से गुण देह से प्राप्त करता है, फिर भी मनोवैज्ञानिक घटनाओं को मनोवैज्ञानिक नियमों के संदर्भ में ही समझना चाहिए। ऐसी अवस्था में हमारी समस्या जीव के एकीकरण की है। इस समस्या का अध्ययन विविध स्तरों और विविध भाषाओं में किया जा सकता है। यदि यह समस्या आरंभ से ही इस प्रकार अभिव्यक्त की जाती जिस प्रकार हम आगे बताएंगे तो कायिक और प्रकार्यात्मक दृष्टिकोण के बारे में आधी भ्रांति और अधिकांश विवाद से बचा जा सकता था। मानव व्यवहार चाहे (मल-मूत्र) निष्कासन और (रक्त) परिसंचरण जैसा शरीर-क्रिया संबंधी अचेतन कार्य हो या श्वसन जैसा अर्धचेतन या कविता लिखने जैसा पूर्णतया सचेतन कार्य हो, उसके प्रत्येक अंश का अध्ययन शरीर-वैज्ञानिक द्वारा शरीर-विज्ञानी भाषा में या मनोवैज्ञानिक द्वारा मनोवैज्ञानिक भाषा में किया जा सकता है। यह समाधान जीवावीय कहलाता है तथा इस पुस्तक के दृष्टिकोण का आधार है। वस्तुतः इन दो मुख्य वर्गीकरणों में जांच-पड़ताल के बहुत से उप-स्तर भी हैं। अतः पाचन क्रिया की भौतिकी, जैव भौतिकी, शरीर विज्ञान, मनोविज्ञान और समाजशास्त्र के बारे में बात करना असंगत नहीं होगा। इसी प्रकार किसी व्यक्ति के प्रेम में पड़ने की भौतिकी, जैव भौतिकी, शरीर विज्ञान, मनोविज्ञान और समाजशास्त्र के बारे में बात करना भी उतना ही तर्कसंगत है। लेकिन भ्रांति तब उत्पन्न होती है जब हम आधी बातचीत इनमें से एक भाषा में करते हैं और आधी दूसरी भाषा में। यह भ्रांति कभी-कभी बहुत अधिक होती है। यह भी प्रत्येक व्यक्ति को भली-भांति स्पष्ट

है कि कुछ समस्याओं के बारे में कुछ विशेष भाषाओं में (अन्य भाषाओं की अपेक्षा) अधिक लाभप्रद विचार-विमर्श किया जा सकता है। जैसे अधिकांश चिकित्सक पाचन क्रिया के बारे में सबसे अच्छा विचार-विमर्श शरीर विज्ञानी भाषा में ही कर सकते हैं। तथापि इसका मतलब यह नहीं है कि अन्य व्यक्तियों के लिए पाचन क्रिया की समस्या पर मनोवैज्ञानिक भाषा में विचार-विनिमय करना किसी भी तरह से हानिकारक होगा।[3] इसी प्रकार अधिकांश चिकित्सक मनोविदलताग्रस्त व्यक्तियों (स्काइज़ोफ्रीनिक्स) के विभ्रमों के बारे में मनोवैज्ञानिक भाषा में सबसे अधिक लाभप्रद तरीके से चर्चा कर सकते हैं। पुनः इसका यह अर्थ नहीं है कि इसकी शरीर विज्ञानी विवेचना अनावश्यक या अलाभकारी है। मेरे विचार से ऐसा समय आ सकता है जब इन सभी समस्याओं पर सभी भाषाओं में समान रूप से अच्छी तरह विचार-विमर्श किया जा सकेगा। ऐसी स्थिति में हम उस भाषा का प्रयोग करेंगे जो भाषा अपने कार्य व्यापार में सबसे अधिक मितव्ययी होगी। तथापि वर्तमान में मनोरोग विशेषज्ञ के लिए यह आवश्यक है कि वह दोनों भाषाओं (मनोवैज्ञानिक और शारीरिक) के व्याकरण और वाक्य रचना से परिचित हो। संक्षेप में : व्यवहार संबंधी प्रत्येक समस्या एक ही समय में एक शारीरिक या शरीर चिकित्सकीय और एक मनोवैज्ञानिक या मनोचिकित्सकीय समस्या होती है। चूंकि इस पुस्तक का लेखक एक मनोवैज्ञानिक है और चूंकि यह पुस्तक मुख्यतया मनोविज्ञान के विद्यार्थियों को संबोधित करती है, अतः हम अपना अधिकतर समय मनोविज्ञान की भाषा बोलने में लगाएंगे। लेकिन हम इस सत्य को भी याद रखने का प्रयास करेंगे कि दूसरी भाषाएं भी अस्तित्व में हैं।

5. जीवावीय समाधान के दृष्टांत

मन-देह समस्या के जीवावीय समाधान के व्यापक अंतर्निहित आशय को हम इस बात पर ध्यान देने से पूर्ण रूप से समझ सकते हैं कि एक ओर हम प्रायः जिन रोगों की विवेचना दैहिक भाषा में करते हैं उनमें निश्चित रूप से मनोवैज्ञानिक कारक भी पाए जाते हैं और दूसरी ओर हम प्रायः जिन रोगों के बारे में मनोवैज्ञानिक भाषा में विचार-विमर्श करते हैं उनमें निश्चित रूप से दैहिक कारकों का भी अस्तित्व होता है। इस स्थल पर वास्तविक मनोचिकित्सकीय समस्याओं का परिचय देने के लिए उनका सरलीकरण करना आवश्यक है। बाद में इस पुस्तक में इन समस्याओं का विस्तार से वर्णन करेंगे। अभी हम उन कुछ समस्याओं की विवेचना से प्रारंभ करेंगे जिनके बारे में 19वीं शताब्दी के बाद के वर्षों में यह समझा जाता था कि इनका समाधान (उपचार) तो ऑर्गेनिक चिकित्सा द्वारा किया गया है लेकिन ये मनोवैज्ञानिक कारकों की उपस्थिति भी दिखाती हैं। इनके बाद हम उन समस्याओं की ओर बढ़ेंगे जिन्हें बहुधा शुद्ध रूप से मनोवैज्ञानिक माना जाता है लेकिन वे दैहिक कारकों की उपस्थिति भी प्रदर्शित करती हैं।

शराबखोरी (कॉमन ड्रन्किननैस)–पाठक यह जानकर आश्चर्य कर सकते हैं कि शराबखोरी की लत एक मानसिक रोग या असामान्यता है। व्यक्तित्व-उत्पत्ति के आधुनिक सिद्धांत के दृष्टिकोण से, शराब के सेवन से शराबी का व्यक्तित्व इतना परिवर्तित हो जाता है कि उसके व्यवहार में बहुत बदलाव आ जाता है तथा आधुनिक दृष्टि से मानसिक रोग या असामान्यता से हमारा अभिप्राय भी ठीक यही है। शराब की लत व्यक्ति में एक भारी परिवर्तन लाती है तथा ऐसा व्यवहार बना देती है जो असामाजिक और व्यक्तिगत रूप से विनाशकारी होता है। यह बात इतनी सर्वविदित और बहुधा होने वाली है कि जिन पाठकों ने यदि व्यक्तिगत रूप से ऐसे व्यवहार का अनुभव नहीं किया होगा तो भी निस्संदेह वे अपने मित्रों से या यदि वे संयमी और शराब न पीने वाले हैं तो फिल्मों में ऐसा व्यवहार देखते हैं। यही कारण है कि यहां हम अच्छे व्यवहार से अपना विचार-विमर्श आरंभ करेंगे।

प्रत्येक व्यक्ति जानता है कि जब एक व्यक्ति में शराब के लिए विशेष सहिष्णुता नहीं होती तब दस पेग पीने के बाद क्या होता है। पहले दो पेग पीने के बाद वह बेझिझक बातूनी और अधिक मिलनसार हो जाता है। दो और पीने के बाद उसकी झिझक पूर्णतया विलीन हो जाती है। इस स्थिति में वह बुद्धि से पूर्णतया नियंत्रित व्यक्ति के स्थान पर संवेगों से पूर्णतया नियंत्रित व्यक्ति बन जाता है। वह बहुत प्रफुल्ल या बहुत उदास हो जाता है, बहुत स्नेही और प्रणयी या लड़ने को तैयार हो जाता है। छः या सात पेग ग्रहण करने के बाद मांसपेशीय क्रिया का समन्वय करने में उसकी अशक्तता धीरे-धीरे बढ़ती जाती है। इस मांसपेशीय व्यवहार पर नियंत्रण खोने के साथ-साथ उसकी अनिरोधितता और संवेगात्मकता भी बनी रहती है। वह एक सीधी लाइन में चल नहीं सकता और ठीक से बात नहीं कर सकता बल्कि वह लड़खड़ाता है और शब्दों को चबाकर बोलता है। नौ या दस पेग के बाद वह प्रायः उनींदा होने की स्थिति में चला जाता है, इसे प्रचलित भाषा में हम 'पासिंग आउट' या सिर्फ 'आउट' कहते हैं। लेकिन इस स्थिति तक आने से पहले वह बहुत सा असामान्य संवेगात्मक व्यवहार करता है। लेखक के एक मित्र का कहना है कि जब कभी भी वह बहुत शराब पी लेता है तो पहले वह भावुक (लैक्रिमोज़) फिर लड़ाकू (बैलीकोज़) और अंत में निद्रालु या तन्द्रिल (कोमाटोज़) हो जाता है, यद्यपि लड़ाकू और भावुकता वाली स्थितियां कभी-कभी उलट भी जाती हैं। कई बार इस प्रकार नशे में होने के बाद जो गंभीर मानसिक विचार इस व्यक्ति के मन में आया वह यह था कि बेचारा शेली मर गया और अब वह उससे कभी बात नहीं कर सकेगा।

फिर भी शराबखोरी के परिणाम कई बार अधिक गंभीर हो जाते हैं। ऐसे उदाहरण हैं जहां कि नेकनीयत (सदाशय) मित्र, तीव्र मदोन्मत्त व्यक्ति को शारीरिक रूप से उठाकर ले गए हैं और उस व्यक्ति के गले में और शराब उड़ेल दी है। ऐसे कुछ उदाहरणों में इसका परिणाम मृत्यु हुई। प्रायः अखबारों में प्राणघातक शराबखोरी का लेखा-जोखा मिलता है जिसमें व्यक्ति एक सीमित समय में तेज मादक पेय जैसे एक

घण्टे में एक पौवा या क्वार्ट, पीने का प्रयास करता है। इस प्रकार मादक उन्माद की अन्तिम स्थिति मृत्यु है।

इस प्रकार, व्यवहार की एक क्रमबद्ध शृंखला सामान्यतया मादक पदार्थ के उपभोग का अनुसरण करती है। इसके अलावा हम भली-भांति जानते हैं कि ऐसे नशे/उन्माद के दौरान स्नायु तंत्र में क्या होता है।

मस्तिष्क की बनावट और कार्य पद्धति जानने से पता चलता है कि मस्तिष्क के कुछ भाग किसी विशेष प्रकार के व्यवहार के लिए प्राथमिक रूप से उत्तरदायी होते हैं। मस्तिष्क में किस-किस के सुनिश्चित स्थानीकरण की कितनी मात्रा स्थित होती है यह निश्चित नहीं है लेकिन हम यह अवश्य जानते हैं कि सैरिब्रल कॉरटैक्स बौद्धिक प्रक्रियाओं के लिए, मिडब्रेन और थैलेमस संवेगात्मक प्रक्रियाओं के लिए तथा मैडुला और ब्रेन स्टैम निष्क्रिय प्रक्रियाओं के लिए मुख्य रूप से मध्यस्थ का कार्य करते हैं। इसके अलावा हम यह भी जानते हैं कि मस्तिष्क के उच्चतर भाग निचले भाग पर काफी निरोधक नियंत्रण करते हैं और यही उच्चतर भाग विषों से पहले प्रभावित होते हैं। जिन पाठकों का मस्तिष्क की संरचना का ज्ञान पुराना पड़ चुका है या जिन्हें इसका ज्ञान ही नहीं है उनके लिए चित्र 4 में इन संबंधों को रेखाचित्र से दिखाया गया है।

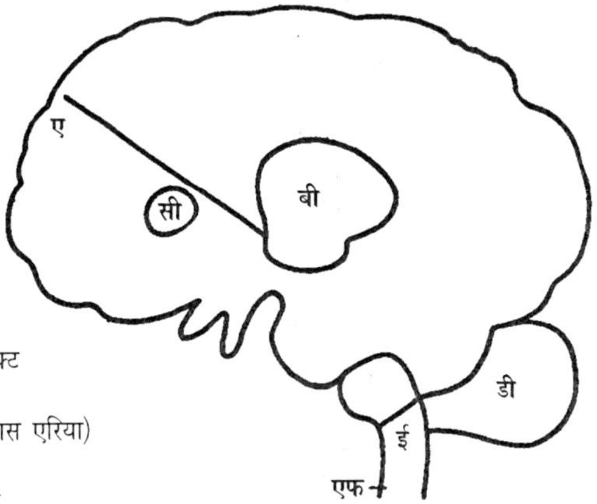

ए = फ्रन्टल लोब
एबी = फ्रन्टल-थॅलेमिक ट्रैक्ट
बी = थैलेमस
सी = स्पीच सैन्टर (ब्रोकास एरिया)
डी = सैरीबैलम
ई = मैडुला ओबलॉन्गेटा
एफ = टैन्थ (वैगस) नर्व

चित्र-4 : शराब के नशे में मस्तिष्क की संरचना तथा व्यवहार के क्रम के संबंध को दिखाते हुए।

शराब से सबसे पहले फ्रनटल-थैलेमिक ट्रैक्ट के तन्तु (फाइबर) प्रभावित होते हैं। इरा वजह से व्यक्ति के ऊपर थैलेमिक नियंत्रण और अधिक बढ़ जाता है तथा वह

अधिक असंयमी और संवेगात्मक हो जाता है। जब थैलेमिक क्रिया पर कॉर्टिकल नियंत्रण समाप्त हो जाता है तो व्यक्ति बहुधा पूर्ण रूप से संवेगात्मक हो जाता है। और अधिक शराब पीने से वाणी के क़ेन्द्र को आंशिक रूप से लकवा मार जाता है जिससे कि वाणी और उच्चारण अस्पष्ट हो जाता है। शराब का नशा इसके बाद भंगिमा (पॉस्चर) के समन्वय-केन्द्र, सैरीबैलम को प्रभावित करता है जिसके परिणामस्वरूप मांसपेशीय संचालन से समन्वय का अभाव हो जाता है। मैडुला में, जाग्रत अवस्था में चेतना को नियंत्रित करने वाला एक केन्द्र स्थित है। जब यह प्रभावित होता है तो व्यक्ति 'पास आउट' कर जाता है। प्राणघातक नशे के मामले वे उदाहरण हैं जहां शराब से हृदय और श्वसन को नियंत्रित करने वाली दसवीं या वेगस नर्व के केन्द्र को लकवा मार जाता है। कायजन्य सिद्धांत के मानने वाला इस व्याख्या के आधार पर स्वाभाविक रूप से यह कहेगा कि "इससे अधिक स्पष्ट और क्या हो सकेगा? शराबी का बेतुका व्यवहार स्नायु तंत्र पर शराब के विषाक्त प्रभाव के द्वारा उत्पन्न होता है। इसमें केवल इतना ही है।"

लेकिन असल में इसमें और भी बहुत कुछ है। व्यक्ति आखिकार शराब पीते ही क्यों हैं, इस सारी समस्या की व्याख्या पर ध्यान नहीं दिया गया है। इस संपूर्ण समस्या का लेखा-जोखा भी नहीं दिया गया है कि क्यों कुछ व्यक्ति अन्य व्यक्तियों की तुलना में बहुत अधिक शराब पीते हैं। इस तथ्य पर भी प्रकाश नहीं डाला गया है कि संवेगात्मक सदमा व्यक्ति को प्रायः तत्काल संयत और मर्यादित करता है। इस समस्या का स्पष्टीकरण भी नहीं किया गया है कि क्यों शराब पीकर मेरे मित्र द्वारा किया गया लड़ाकू व्यवहार कुछ केसों में भावुक व्यवहार के पहले आता है और कुछ में बाद में।

एक मजे देने वाले सामाजिक उत्तेजक के रूप में शराब के प्रयोग और एक मानसिक पीड़ानाशक के रूप में शराब के दुरुपयोग के अंतर को केवल मनोवैज्ञानिक संदर्भों में ही समझा जा सकता है। हम यह विश्वास करते आए हैं कि शराब का अतिसेवन साधारणतया आदत पड़ जाने का मामला है। अमरीका में मद्यनिषेध की महान् त्रासिक कामेडी (ट्रैजीकॉमेडी) के पीछे यही दर्शन था। यह विश्वास किया जाता था कि शराब की आपूर्ति को बंद करके व्यक्तियों को इसकी आदत पड़ने से बचाया जा सकता है और इससे शराबीपन शीघ्र ही समाप्त हो जाएगा। लेकिन यह सभी जानते हैं कि इसका प्रभाव उल्टा हुआ, शराबीपन बढ़ गया और इसके साथ संवेदन मन्दक औषध (नारकॉटिक ड्रग्स) का व्यसन भी संभवतया बढ़ गया। आज जबकि हम यह जानते हैं कि जब कोई व्यक्ति बहुत अधिक मद्यपान करता है तो शरीर विज्ञान के दृष्टिकोण से क्या होता है, तब हम यह भी जानते हैं कि व्यक्तित्व में अंतर्द्वंद्व की उपस्थिति, जो कि पूर्णतया मनोवैज्ञानिक कारक है, तीव्र और पुराने मद्यसेवन का कारण होती है। अतः शराबी मद्यपान करने के कारण मनोवैज्ञानिक रूप से बीमार नहीं होता बल्कि वह मनोवैज्ञानिक रूप से रोगी है इसलिए मद्यपान

करता है।[4]

न्यूरोसिफ़िलिस : न्यूरोसिफ़िलिस मुख्य चिकित्सकीय समस्याओं में से एक है जिस पर हमारा पूरा नियंत्रण है। हम जानते हैं कि इस रोग को व्यक्ति कैसे पकड़ता है, कैसे इसके तरंगाणु (स्पाइरोकीट्स या जीवाणु) रक्त प्रवाह में जाते हैं और सारे तंतुओं को प्रभावित करते हैं तथा कैसे यदा-कदा ये जीवाणु मेरूदण्डीय तरल (स्पाइनल फ्लुइड) में जाकर स्नायविक-तंतुओं को प्रभावित करते हैं। हम जानते हैं कि रक्त प्रवाह में और मेरुदण्ड तथा मस्तिष्क दोनों में इन जीवाणुओं को कैसे मारना है। सबसे पहली मुख्य साइकोसिस, जिसके कुछ केसों में हमने एक विशिष्ट इलाज खोज लिया है, डिमैंशिया पैरालिटिका है। न्यूरोसिफ़िलिस के कई प्रकार हैं लेकिन हम यहां केवल एक ही बात करेंगे। डिमैंशिया पैरालिटिका, या पॅरेसिस या जिसे विक्षिप्त को होने वाला सामान्य पक्षाघात भी कहते हैं, सिफ़िलिस के संक्रमण से होने वाली सबसे गंभीर मानसिक विकृति है। वस्तुतः इसमें मस्तिष्क नष्ट हो जाता है और इसके साथ मन (माइंड) भी नष्ट हो जाता है। इन उदाहरणों में हम शरीर चिकित्सा प्रणाली द्वारा रोग को बढ़ने से रोक सकते हैं जिससे कि इसके सबसे खराब प्रभाव से बचा जा सके। मनोचिकित्सक बड़े गर्व के साथ फॉन यारेग के कार्य की ओर संकेत करते हैं जिन्होंने पहली बार यह खोज की कि मनुष्य की शरीर रचना मलेरिया में बारी-बारी से बुखार चढ़ना और ठंड लगना तो सहन कर सकती है लेकिन सिफिलिस से पीड़ित व्यक्ति के लिए यह संभव नहीं है। कायजन्य धारा के लोग ऐसी स्थिति में यह कहेंगे कि "निश्चित रूप से यह एक साइकोसिस है जो शुद्ध रूप में एक कायिक चिकित्सा की (ऑर्गेनिक मेडिकल) समस्या है।"

निश्चित रूप से यह एक कायिक चिकित्सा की समस्या है, लेकिन साथ ही यह एक मनोवैज्ञानिक समस्या भी है। पॅरेसिस से पीड़ित व्यक्ति कुछ मनोवैज्ञानिक प्रतिक्रियाएं विकसित कर लेता है जिनमें आपस में इतनी अधिक समानता होती है कि हम इस रोग को एक रोग जैसी वस्तु (एन्टिटी) के रूप में तब से जानते हैं जब हमें यह मालूम भी नहीं था कि इसका कारण सिफिलिस का संक्रमण है। इन व्यक्तियों के मतिभ्रमों में बहुत समानता होती है। इनमें से एक प्रकार का मतिभ्रम बेतुकी और असंगत भव्यता का मतिभ्रम है। इसका एक उदाहरण हम एक पूरब के मामूली से यहूदी दर्ज़ी के मामले में देख सकते हैं जो एक मेहनती और पारिवारिक व्यक्ति था और जिसने कदाचित् वैवाहिक संबंधों का उल्लंघन करने के क्रम में सिफ़िलिस का रोग पकड़ लिया जो न्यूरोसिफ़िलिस में परिवर्तित होने के बाद पॅरेसिस में समाप्त हुआ। इस व्यक्ति को रक्त-सिफ़िलिस भी था जिससे कि इसके शरीर के कुछ भागों में और विशेषकर हाथों और पैरों में घाव हो गए थे। इस व्यक्ति को भ्रम था कि वह क्राइस्ट (ईसा मसीह) हैं। वह अपने हाथ-पैरों के घावों को क्रॉस की कीलों के निशान मानता था। यद्यपि हम निश्चित रूप से नहीं कह सकते लेकिन इस बात की बहुत संभावना है कि उस व्यक्ति के लिए इस मतिभ्रम का एक हल्का महत्व (इकोनॉमिक सिगनिफिकैन्स) हो। वह अपने

पापों के लिए एक भारी अपराध बोध से ग्रस्त था और इसका युक्तिकरण (रैशनॅलाइज़ेशन) वह यह मानकर कर सकता था कि वह पाप कर ही नहीं सकता (क्योंकि वह ईसा मसीह है) और उसके हाथों और पांवों में हुए घावों ने उसके मतिभ्रम को स्वरूप देने के लिए आवश्यक उद्दीपन प्रदान किया। वह क्राइस्ट था; अतः वह अपने पापों का अधिकारी नहीं था।

बहुत से व्यक्ति सिफ़िलिस के रोगी हो जाते हैं और कुछ अनुमानों के अनुसार कभी जनसंख्या का 8 प्रतिशत इस रोग से पीड़ित थे लेकिन इनमें से कुछ ही न्यूरोसिफ़िलिस विकसित करते हैं। रोचक बात है कि कदाचित् 4 या 5 प्रतिशत सिफ़िलिस के रोगियों में ही इस रोग से संबंधित मानसिक विकृतियां उभरती हैं। पाठकों को याद होगा कि हमने इस ओर संकेत किया था कि आबादी का लगभग 4 या 5 प्रतिशत दिमाग किसी न किसी मानसिक बीमारी की चपेट में है जो इतनी गंभीर होती है कि उन्हें अपने जीवन में किसी न किसी समय बंधन या सीमित दायरे में रहने की आवश्यकता होती है। इन प्रतिशतों के बीच सहमति मात्र संयोग नहीं है। न्यूरोसिफ़िलिस एक ऐसे स्नायुतंत्र के स्पाइरोकीट्स का आक्रमण मात्र हो सकती है जो स्वयं ही मनोवैज्ञानिक कारणों से अस्थिर है। यद्यपि वर्तमान में हमारे पास रोग में निहित इस मनोवैज्ञानिक कारक का कोई प्रमाण नहीं है फिर भी कदाचित् यह सबसे अच्छा सिद्धांत है क्योंकि इसके द्वारा हम इस तथ्य का लेखा-जोखा दे सकते हैं कि सिफ़िलिस के अधिकांश रोगियों में यह एक रक्त संबंधी रोग है।

इसके अतिरिक्त हम यह जानते हैं कि पॅरैसिस में पाया जाने वाला मनोवैज्ञानिक चित्र *मनोवैज्ञानिक* इलाज द्वारा ही परिवर्तित किया जा सकता है। कुछ वर्ष पहले लेखक ने एक डॉक्टर मित्र को प्रफुल्लित होकर ठहाके लगाते हुए सुना। इस उपहास का कारण यह था कि उसने एक पॅरैटिक रोगी का मनोविश्लेषण होते हुए सुना था। उसने कहा "यह तुम्हें दिखाता है कि मनोविश्लेषक स्वयं कितने सनकी हैं। यहां एक ऐसी मानसिक विकृति (की बात हो रही) है जिसके बारे में हम सब कुछ जानते हैं और जिसे हम ठीक कर सकते हैं और हम पाते हैं कि उसका उपचार मनोविश्लेषण से हो रहा है।" मेरे मित्र का यह परिहास नाहक है। कोई भी चिकित्सक न्यूरोसिफिलिस का उपचार केवल मनोविश्लेषण द्वारा नहीं करेगा, बल्कि जैसा कि फैरैन्ज़ी तथा हॉलॉस, ग्रोतिऐन (1938), शिल्डर (1930) ने दिखाया है, मनोविश्लेषण दैहिक चिकित्सा प्रणाली के सहयोग से इस रोग के गंभीर लक्षणों से व्यक्ति को छुटकारा दिलाने के लिए बहुत कुछ कर सकता है।[5]

(स्किड्ज़ोफ्रीनिया) या मनोविदलता : स्किड्ज़ोफ्रीनिया एक ऐसी समस्या है जिसके बारे में विचार-विमर्श करने में दैहिक भाषा की तुलना में मनोवैज्ञानिक भाषा अधिक उपयुक्त रहेगी। स्किड्ज़ोफ्रीनिया तथाकथित 'कार्यात्मक मनस्तापों' (फ़न्क्शनल साइकोसीस) में सबसे अधिक पाई जाने वाली तथा चित्ताकर्षक समस्या है। यहां हम

इसके लक्षणों का वर्णन नहीं करेंगे। स्किड्ज़ोफ़्रीनिक का मानसिक व्यवहार और उसके साथ संलग्न शारीरिक व्यवहार बहुत बेतुका होता है। किसी के मन में यह संदेह होगा कि एक स्किड्ज़ोफ़्रीनिक 'सनकी' होता है। (हम बाद में देखेंगे कि बहुत से मानसिक विकार किसी भी माध्यम से सतह पर प्रकट नहीं होते अतः उनका अवलोकन नहीं किया जा सकता) स्किड्ज़ोफ़्रीनिया एक रोग है जिसमें व्यक्ति शारीरिक और सामाजिक यथार्थ का सामना करने में असमर्थ होने के कारण स्वयं को उससे हटा लेता है और अपने मानसिक (वैचारिक) संसार में चला जाता है। हमने पहले भी संकेत किया था कि यह रोग बहुधा युवाओं को उस समय होता है जिस समय उनको संपूर्ण सामाजिक और लैंगिक उत्तरदायित्व ग्रहण करने चाहिए। समाज युवा से शिक्षा समाप्त करने के बाद स्वावलंबी होने, एक पत्नी या पति को ग्रहण करने तथा पुनः पारिवारिक इतिहास को प्रारंभ करने की अपेक्षा करता है। इसका अभिप्राय है अपने माता-पिता के सुरक्षात्मक वातावरण का त्याग करना और स्वयं पैत्रक उत्तरदायित्व ग्रहण करना। किशोरावस्था का काल सभी के लिए सामाजिक मनोवैज्ञानिक दृष्टि से (सोशियोसाइकोलॉजिकली) एक कठिन समय होता है, लेकिन कुछ व्यक्तियों के लिए, मनोवैज्ञानिक दृष्टि से यह इतना मानसिक आघात पहुंचाने वाला होता है कि वे मनोवैज्ञानिक यथार्थ का सामना करने के स्थान पर पूरी तरह पलायन कर जाते हैं। यथार्थ से पलायन करने से हमारा अभिप्राय यह है कि स्किड्ज़ोफ़्रीनिक फैन्टैसी के माध्यम से अपने एक सपनों के संसार की खोज कर लेता है जिसमें वह कठिन सामाजिक यथार्थ के संसार की तुलना में अधिक सुख-चैन से जी सकता है। इस प्रकार हम देखते हैं कि मनोवैज्ञानिक दृष्टि से रोग के लक्षणों का एक कारण होता है और मितव्ययता इस प्रकार है कि जब व्यक्ति के लिए यथार्थ संसार इतना कष्ट कारक हो जाता है कि वह इसे सहन नहीं कर पाता तो वह अपने स्वप्नों के संसार में रहने लगता है और इस प्रकार एक मनोजैविक प्राणी (साइकोबायोलॉजिकल ऑर्गेनिज़्म) के रूप में रहता है। हम यह भी देखेंगे कि स्किड्ज़ोफ़्रीनिया के लक्षणों का एक अभिप्राय होता है लेकिन इनके बारे में विस्तार से हम बात करेंगे। यद्यपि अभी भी स्किड्ज़ोफ़्रीनिया के बारे में बहुत कुछ जानना बाकी है तथापि उसके मनोविज्ञान के बारे में हम बहुत कुछ जानते हैं। लेकिन अभी हाल तक हम इसके शरीर विज्ञान के बारे में वास्तव में कुछ भी नहीं जानते थे। पिछले कुछ समय से यह ज्ञात है कि किसी भी गंभीर शारीरिक रोग के दौरान या उसके पश्चात् कुछ समय के लिए स्किड्ज़ोफ़्रीनिया की स्थिति में अस्थाई रूप से थोड़ा सुधार आता है। उष्णकटिबंधी देशों में मनोचिकित्सकों ने यह देखा है कि जब स्किड्ज़ोफ़्रीनिक्स के चिकित्सालय में रहने वाले समूह पर कोई गंभीर उष्णकटिबंधी (ट्रॉपिकल) बुखार आक्रमण करते हैं तो जो इस रोग से प्रभावित होते हैं वे मनोवैज्ञानिक दृष्टि से, उनकी तुलना में बेहतर हो जाते हैं जो इस बुखार से प्रभावित नहीं हैं।[6] हमारे पास यह विश्वास करने के कारण हैं कि मध्य युग में जादू-टोना और उत्पीड़न के द्वारा मानसिक रोगी व्यक्तियों के

तथाकथित उपचार असल में स्किड्ज़ोफ़्रीनिया के वे मामले हैं जिनमें व्यक्ति यथार्थ में वापिस आने पर मनोदैहिक विनाश की आशंका के प्रति प्रतिक्रिया करता है (न कि मानसिक रोग से मुक्त होता है)। इस पुस्तक के लिखे जाने के समय, कुछ मनोचिकित्सकीय क्षेत्र में यह दावा किया जाता था कि हाल ही में अपनाए गए इन्सुलिन शॉक और मैट्राज़ोल उपचारों के रूप में अब स्किड्ज़ोफ़्रीनिया का एक कायिक चिकित्सकीय उपचार उपलब्ध हो गया है।[7] अंतिम रूप से इस उपचार का मूल्यांकन करने के लिए कुछ समय चाहिए, लेकिन इस उपचार को जो सफलता मिली वह यह संकेत करती है कि कुछ सुनिश्चित शारीरिक समस्याएं हैं जो स्किड्ज़ोफ़्रीनिया से संबंधित हैं।

इंसुलिन शॉक थैरेपी पर इतना विचार-विमर्श किए जाने से पहले जीव भौतिकीशास्त्री बॅनक्रॉफ्ट ने तंत्रिका चालन की जीव भौतिकी तथा तंत्रिका तंत्र पर कुछ औषधियों के प्रभाव के संदर्भ में प्रमुख मनोविकृतियों (मेजर साइकोसिस) का एक कायिक (ऑर्गेनिक) सिद्धांत विकसित किया। बॅनक्रॉफ्ट के सिद्धांत के पूर्ण विकास के लिए यहां पर्याप्त स्थान का अभाव है, परंतु इतना अवश्य बताएंगे कि सोडियम एमीटॉल का अंतःशिरा प्रयोग उन स्किड्ज़ोफ़्रीनिक्स को जो लम्बे समय से सामाजिक यथार्थ के संपर्क में नहीं थे यथार्थ में इस सीमा तक वापिस लाया कि उनके साथ संवाद किया जा सका। प्रारंभ में उन्होंने सोचा कि उनके पास स्किड्ज़ोफ़्रीनिया का उपचार है, परन्तु योग्य मनोवैज्ञानिकों और मनोचिकित्सकों द्वारा बाद में किए गए अध्ययन यह प्रदर्शित करते हैं कि इन उपचारों का स्थायी महत्व बहुत कम है। एक बात तो यह है कि व्यक्ति को यथार्थ में वापिस लाने के लिए एमीटॉल की खुराक में उत्तरोत्तर वृद्धि करने की आवश्यकता होती है, और दूसरी बात कि व्यक्ति इससे मात्र समाजीकृत होता है न कि स्वस्थ; दूसरे शब्दों में यद्यपि वह सामाजिक स्थिति में सामाजिक तरीके से प्रतिक्रिया तो कर सकता है, तथापि उसके मनोविक्षिप्ति के लक्षण बने रहते हैं। परिणामतः सोडियम एमीटॉल की उपचार विधि को आज गंभीरतापूर्वक नहीं लिया जाता, यद्यपि एमीटॉल और उससे संबंधित औषधियों के प्रयोग ने, मनोवैज्ञानिक सिद्धांतों के क्षेत्र में औषधशास्त्र (फार्माकॉलौजिकल) संबंधी शोध के व्यापक क्षेत्र को खोल दिया। अतः स्किड्ज़ोफ़्रीनिया पर विचार करते समय हम तस्वीर के दूसरी ओर भी देखते हैं। यह मूलतः एक मनोवैज्ञानिक रोग है जो सुनिश्चित दैहिक समस्याएं प्रस्तुत करता है।[8]

मनस्तंत्रिकाताप (द साइकोन्यूरोसिस) : सामान्यतः साइकोन्यूरोसिस से हमारा अभिप्राय मंद प्रकार की मानसिक असामान्यताओं से हैं। यहां हम इन्हें विस्तार से प्रस्तुत करने का प्रयास नहीं करेंगे। केवल इतना कहना ही पर्याप्त है कि मनस्तंत्रिकाताप ग्रस्त व्यक्ति वह है जो कि ऐसे शारीरिक दोष से पीड़ित होता है जिसका कारण (खोजबीन करने पर) संवेगात्मक अंतर्द्वंद्व होता है, जैसे कि हिस्टीरिया, जिसके बारे में दूसरे अध्याय में विचार-विमर्श किया था अथवा कोई रोगग्रस्त

मनोवैज्ञानिक विकृति होती है जैसे कि भय या चिंता, जैसा कि दुर्भीति (फोबियाज़) में होता है। योग्य चिकित्सकों द्वारा बार-बार किए गए परीक्षण यह दिखाते हैं कि इन व्यक्तियों में कोई शारीरिक गड़बड़ नहीं होती। साइकोन्यूरोसिस के हेतु विज्ञानी सिद्धांत का विकास साइकोजेनिक संप्रदाय के लिए उतनी ही अपूर्व सफलता थी जितनी कि पॅरैलिसस के हेतु विज्ञान का विकास सोमॅटोजेनिक संप्रदाय के लिए। मनोजन्य सिद्धांत को मानने वालों ने कहा "यहां मनोचिकित्सा का अधिकार क्षेत्र है जिस पर हमारा आधिपत्य है। हम समझते हैं कि ये वस्तुएं कैसे आती हैं और इनमें से कुछ के लिए, विशेषकर हिस्टीरिया के लिए हमारे पास एक विशिष्ट उपचार विधि है।"

यह समस्या इतनी सरल नहीं है। चिकित्सक यह भली-भांति जानते हैं कि स्नायविक उत्तेजना की अवधि में बहुधा गैस्ट्रिक अल्सर विकसित हो जाते हैं। प्रायः हरेक व्यक्ति ने 'नर्वस इनडाइजेशन' या 'स्नायविक अजीर्ण' मुहावरा सुना होगा। प्रेम में पड़े व्यक्ति की या मंच के डर के कारण अभिनेताओं, गायकों या वक्ताओं की भूख गायब हो जाना एक ऐसी घटना है जिसमें से प्रत्येक व्यक्ति गुज़रता है। ऐसी स्नायविक उत्तेजना की लंबी अवधि, जिसको समझने का सबसे अच्छा और वस्तुतः एकमात्र तरीका मनोवैज्ञानिक शब्दावली है, पेट में फोड़ों (अल्सर्स) की उत्पत्ति का कारण हो सकती है। लेकिन जब एक बार फोड़े हो जाते हैं तो यह एक डॉक्टरी समस्या हो जाती है। 'हाइपोथाइरॉडिज़्म' नामक रोग में भी ऐसा ही होता है। लम्बे समय तक स्नायविक उत्तेजना रहने के कारण थाइरॉइड ग्रंथि अति क्रियाशील हो जाती है जिससे कभी-कभी इस ग्रंथि की अतिवृद्धि (हाइपरट्रॉफी) हो जाती है और फिर इसे ठीक करना एक शल्य-चिकित्सक का काम बन जाता है। लेकिन जब तक इस समस्या के प्रेरक मनोवैज्ञानिक कारण दूर नहीं हो जाते तब तक थाइरॉइडैक्टमी अर्थात् थाइरॉइड ग्रंथि के भाग का उन्मूलन करना किसी भी तरह समस्या का स्थाई उपचार नहीं होता। वस्तुतः जैसा कि एलैक्ज़ैण्डर (1936), डनबर (1935) तथा कार्ल मैनिंजर विश्वास करते हैं तथा आज हम भी जानते हैं कि बहुत से दैहिक रोगों में एक मनोवैज्ञानिक कारक निहित रहता है।

कुछ मानसिक बीमारियां किसी भी प्रकार की दैहिक गड़बड़ नहीं दिखातीं। ये मनोवैज्ञानिक समस्याओं को भी प्रस्तुत करती हैं। इस श्रेणी में रोगग्रस्त चिंताएं, मनोग्रस्तियां तथा बाध्यताएं (एन्गज़ाइटी, ऑबसैशन, कम्पल्शन) निहित हैं। मनोग्रस्तिबाध्यता से पीड़ित तंत्रिकातापी (ऑबसैशनल कम्पल्सिव न्यूरोटिक) वह व्यक्ति है जिसे यह भावना रहती है कि यदि वह इस-उस कार्य को नहीं करेगा तो ऐसा-वैसा कुछ हो जाएगा। मनोग्रस्ति का अभिप्राय ऐसे विचारों से है जैसे व्यक्ति सोचता है कि उसके हाथ गंदे हैं यद्यपि उसने पांच मिनट पहले ही धोए हैं। बाध्यता से अभिप्राय प्रेरक या गामक क्रिया से है; उसे अपने हाथ धोने चाहिए। इस न्यूरोसिस के कुछ उदाहरणों में बाध्यता को कार्यान्वित करना ही स्वयं दैहिक डॉक्टरी उपचार की आवश्यकता को

उत्पन्न करता है जिसे शरीर-विज्ञान की भाषा में ही सबसे अच्छे तरीके से व्यक्त किया जा सकता है। इसी प्रकार अस्पष्ट और अनिश्चित चिंता की भावना जिसका कोई विशिष्ट कारण नहीं होता, मनोवैज्ञानिक कारकों के कारण होती है। अतः उन्मुक्त तैरते भय (फ्री फलोटिंग फ़ीयर) की घटना, जहां व्यक्ति को यह मालूम नहीं होता कि वह किससे भयभीत है या जहां पहले व्यक्ति अस्पष्टतया इस समस्या के बारे में चिंतित होता है, फिर उस स्थिति का सामना करने से डरता है, फिर घबराता है कि उसे कुछ हो जाएगा, फिर आशंकित होता है कि वह इस-उस परीक्षण में से गुजर पाएगा या नहीं, मनोवैज्ञानिक कारणों से होती है यह हम भली-भांति जानते हैं। सबसे पहले फ्रायड ने यह बताया कि इस चिंता का कारण लैंगिक आवेग में बाधा आना है। कभी-कभी समाज कुछ व्यक्तियों को अपनी लैंगिक इच्छाओं को नकारने के लिए विवश करता है कुछ व्यक्तियों को समाज द्वारा डरपोक, चिंतित या भयभीत कहा जाना तो उचित लगता है, लेकिन वे यह स्वीकार नहीं कर सकते कि उनमें मैथुनिक लालसा (सेक्सुअल अर्ज) है। मनोचिकित्सकों के बीच व्यक्तिगत तौर पर इसके अतिवादी रूप को ''ओल्ड मेड्स न्यूरोसिस'' या 'वृद्ध अविवाहिता का तंत्रिकाताप' कहा जाता है। रात्रि के समय अपने बिस्तर के नीचे, इस भय से कि कोई वहां बैठा होगा, झांकती हुई वृद्ध अविवाहिता के एक प्रामाणिक चुटकुले को सर्वत्र एक ऐसी इच्छा के रूप में पहचाना जाता है जो प्रकट रूप में इसका ठीक विपरीत स्वरूप अपनाए हुए हैं। चिंता स्वयं एक दूषित वृत्त प्रारंभ कर सकती है जिससे कि वास्तविक शारीरिक परिवर्तन घटित होते हैं।

6. चिकित्साशास्त्र और मनोविज्ञान

आधुनिक चिकित्सा का संबंध एक रोगी अवयव से न होकर एक रोगी प्राणी से है। अब हम लक्षणों को एक रोग के रूप में नहीं लेते बल्कि व्यक्तित्व में किसी रोग के संकेतक के रूप में समझते हैं। इस बात को सभी व्यक्ति बुखार के बारे में हमारी आधुनिक संकल्पना के संदर्भ में जानते हैं। बुखार प्राणी के अंदर चल रही रोग की प्रक्रियाओं का लक्षण है और वास्तव में अवयव द्वारा स्वयं अपना उपचार करने की प्रक्रिया है। क्योंकि बुखार आक्रमणकारी बलों का विनाश करने का कार्य करता है। हमने इसका एक अच्छा कृत्रिम दृष्टांत न्यूरोसिफिलिस की मलेरिया थैरेपी के संबंध में देखा जो पहले दिया गया था।

इसी प्रकार आधुनिक मनोचिकित्सा का संबंध रोग के लक्षणों से नहीं बल्कि एक रोगी व्यक्तित्व से है। जैसा कि हम पुस्तक के अगले भाग में देखेंगे लक्षण मात्र संकेतक हैं कि (व्यक्तित्व के) नीचे कुछ गड़बड़ है। यह कुछ गड़बड़ मनोवैज्ञानिक और शारीरिक दोनों रूपों में होती है। हमने जिन रोगों की विवेचना की उनमें से प्रत्येक में हमने दोनों कारक देखे। आधुनिक चिकित्सा प्रणाली प्रत्येक उस उपकरण का प्रयोग

करती है जिसका प्रयोग वह व्यक्ति के जीवन को बढ़ाने के लिए संभवतया कर सकती है। जब कायिक चिकित्सा के उपकरण उपलब्ध हैं तो अवश्य ही उन्हें प्रयोग करना चाहिए। लेकिन अधिकांशतया हम ऐसे किसी उपकरण को नहीं जानते तथा इससे मनोविज्ञान के क्षेत्र में समस्याएं खड़ी होती हैं। आज यह माना जाता है कि आम नैदानिक रोगों में भी अनेक मनोवैज्ञानिक कारक निहित रहते हैं। एक सफल पेशेवर चिकित्सक प्रत्येक रोग के उपचार में मनोवैज्ञानिक स्वरूप के सुझावों का प्रयोग करते हैं। यहां तक कि शारीरिक रोगों जैसे हृदय रोग, गुर्दे का रोग ओर श्वास संबंधी रोगों के उपचार में स्वस्थ होने की इच्छा का होना या न होना एक सुप्रसिद्ध और महत्वपूर्ण कारक है।

चूंकि सभी रोगों में तथाकथित 'ऑर्गेनिक' और तथाकथित 'साइकोलॉजिकल', मनोवैज्ञानिक और शारीरिक कारक होते हैं, अतः निस्संदेह इनके बीच श्रम का विभाजन आवश्यक है। आधुनिक चिकित्सा के दोनों पक्षों में पूरी तरह से कोई भी व्यक्ति दक्षता प्राप्त नहीं कर सकता। लेकिन केवल दैहिक या केवल मनोवैज्ञानिक पहलू पर भी कोई व्यक्ति असल में अधिकार प्राप्त नहीं कर सकता। यद्यपि प्राइवेट जनरल पेशेवर चिकित्सक के लाभों के बारे में बहुत कुछ कहा गया है जो कुछ सीमा तक न्यायसंगत भी है, लेकिन चिकित्सा के क्षेत्र में उनके दिन अब तेजी से समाप्त हो रहे हैं। आज सर्वोत्तम आधुनिक चिकित्सा प्रणाली नैदानिक चिकित्सा प्रणाली है जिसमें अनेकों विशेषज्ञ प्रत्येक व्यक्तिगत रोग पर परस्पर सहयोग से मिलकर कार्य करते हैं। भविष्य में रोगी का उपचार करने के लिए रोगी विज्ञानी, अंतरंग डॉक्टर, मनोचिकित्सक, मनोविश्लेषक, मनोवैज्ञानिक, सभी को मिलकर कार्य करना चाहिए। मेरा विश्वास है कि वो समय अब दूर नहीं है जब लोग अपने चिकित्सक द्वारा प्रतिवर्ष या हर दूसरे वर्ष समझदारी से अपना जो परीक्षण कराते हैं वह अब क्लिनिक में भी होगा और इस परीक्षण का एक बड़ा भाग मनोचिकित्सकीय होगा। जीवावीय दृष्टिकोण के अनुसार मन के रोगों को वस्तुतः संपूर्ण प्राणी के रोगों के रूप में ही समझा जा सकता है। हम पुनः दोहराते हैं कि हमारे पास देह और मन नहीं, बल्कि देह में मन है। अपने सिद्धांत तथा अपने निदान और व्यवहार दोनों में, आधुनिक चिकित्सा प्रणाली सभी रोगों के जीव भौतिकीय तथा तंत्रिका विज्ञानी, शरीर विज्ञान और मनोवैज्ञानिक पक्षों से अधिक से अधिक संबंधित होगी। मैं सोचता हूँ कि यह विश्वास करने के लिए हमारे पास बहुत से कारण हैं कि आधुनिक चिकित्सा को शीघ्र ही रोग के समाजशास्त्रीय पहलुओं से भी संबंधित होना पड़ेगा।

आज हम यह मानते हैं कि मनोविज्ञान की बहुत सी महत्वपूर्ण घटनाओं की समाज में उत्पत्ति होती है। दूसरे शब्दों में, हम मानते हैं कि व्यक्ति की उपलब्धियां उसका व्यक्तित्व और अंत में उसका समायोजन और सुख मात्र उसके भौतिक शरीर या मनोवैज्ञानिक मन का कार्य-व्यापार नहीं है, बल्कि ये संपूर्ण सामाजिक व्यवस्था में व्यक्ति की स्थिति पर निर्भर करते हैं। यह विचारधारा पाश्चात्य यूरोपीय औद्योगिक संस्कृति

के विध्वंस की आशंका द्वारा बहुत अभद्र तरीके से हमारे ऊपर थोपी गई है। प्रथम और द्वितीय विश्व युद्धों ने हमें इसी बात का संकेत दिया है तथा महा मंदी तथा नए विश्व आर्थिक संकटों के भय ने भी हम तक यह बात पहुंचाई है। यह माना गया है कि स्वास्थ्य और रोग दोनों के मानसिक और शारीरिक पक्षों में, केवल सांस्कृतिक मानदण्डों द्वारा स्थापित मानकों के संदर्भ में ही विभेदीकरण किया जा सकता है। मानवता के हित के लिए चिकित्सकीय मनोविज्ञान का उपयोग संसार की वर्तमान आर्थिक और राजनीतिक संरचना के द्वारा न केवल जोखिम में पड़ गया है बल्कि विश्व में आर्थिक संकट और विश्व में साम्राज्यवादी युद्ध का निरंतर खतरा इतना बड़ा है कि इन आशंकाओं के समक्ष मेडिकल साइंस लगभग लाचार सा लगता है। असामान्य मनोविज्ञान की एक पुस्तक में हम केवल इन समाज मनोवैज्ञानिक समस्याओं की आवश्यकताओं का संकेत कर सकते हैं।[9]

इस पुस्तक में स्थान की सीमा है और लेखक की योग्यता शरीर-विज्ञान में नहीं बल्कि मनोविज्ञान में है, अतः इस पुस्तक में हमारी विवेचना दैहिक चिकित्साशास्त्र की अपेक्षा मनोवैज्ञानिक सिद्धांत और मनोवैज्ञानिक भाषा के साथ अधिक संबंधित रहेगी। फिर भी हम इस बात पर बार-बार बल देते हैं कि मनोकायजन्य समस्या का न तो कायजन्य और न ही मनोजन्य समाधान ही संतोषप्रद है। आधुनिक चिकित्साशास्त्र कायजन्य समाधान पर अधिकाधिक निर्भर करेगा।

7. सारांश

1. दर्शनशास्त्रीय विश्लेषण यह संकेत करता है कि मन-देह समस्या के विविध समाधानों में से कायजन्य तटस्थवाद ही वैज्ञानिक मनोविज्ञान के लिए सर्वोत्तम आरंभिक बिन्दु है।

2, 3, 4. मन-देह समस्या के कायजन्य, मनोजन्य तथा जीवावीय समाधानों के आधारभूत तत्व (बेसिक पॉस्चुलेट्स) दिए गए हैं। मनोजन्य और कायजन्य दोनों समाधानों की एक पक्षीयता की ओर संकेत किया गया है। इस पुस्तक के मूलभूत आधारतत्व के रूप में जीवावीय समाधान का चयन किया है।

5. विविध प्रकार की मानसिक विकृतियों के बारे में विचार-विनिमय, उन विकृतियों में मानसिक (साइकिक) कारकों की उपस्थिति का संकेत करते हैं जिन्हें प्रायः शुद्ध रूप से कायजन्य समझा जाता है तथा दैहिक कारकों का उनमें संकेत करते हैं जिन्हें प्रायः मनोजन्य समझा जाता है।

6. अतः आधुनिक चिकित्साशास्त्र को मनोविज्ञान की खोजों का अधिक से अधिक प्रयोग करना चाहिए। फिर भी व्यक्ति का मनोविज्ञान बहुत सीमा

तक समाजशास्त्रीय कारकों पर निर्भर करता है। भविष्य का चिकित्साशास्त्र संभवतया समाजशास्त्रीय तथा मनोवैज्ञानिक होगा।

संदर्भिका

ब्रोड ने मन-देह समस्या के दर्शन के विषय में व्यापक रूप से लिखा है।

उनकी पुस्तक के बाद, समस्या का महत्वपूर्ण दार्शनिक विवेचन फाइग्ल तथा (मनोविज्ञान पर बल देते हुए) प्रेट ने किया। मनोचिकित्सा की दृष्टि से डनबर (1935), मैनिंजर (1937, 1938) और एलैक्ज़ैण्डर (1936) के कार्य महत्वपूर्ण हैं। ग्रिसिंगर तथा क्रैपलिन (1915) के कार्यों के द्वारा कायजन्य विचारधारा की सर्वोत्तम व्याख्या दी गई है। बहुत कम आधुनिक पुस्तकें सुनिश्चित कायजन्य स्थिति को पकड़े रखती हैं। मॉस तथा हण्ट विशुद्ध कायजन्य दृष्टिकोण को अपनाते हैं। मनोजन्य दृष्टिकोण का विकास शॉको (1892), जैने (1925) तथा फ्रायड (1924 ए, संस्करण 1) के कार्यों से हुआ। पुनः बहुत कम पुस्तकें विशुद्ध मनोजन्य दृष्टिकोण का प्रतिनिधित्व करती हैं। मैक्डूगल (1926) तथा फिशर ने इसे अपनाया है। अधिकांश आधुनिक लेखकों ने यह दृष्टिकोण अपनाया है कि रोग मनोजन्य और कायजन्य दोनों प्रकार के होते हैं। डॉरकस तथा शैफ़र, प्रैसी और प्रैसी तथा मॉर्गन इन सभी की मनोविज्ञान पर आधारित पुस्तकें इस विचारधारा का प्रतिनिधित्व करती है। फिर भी प्रत्येक मानव व्यवहार में मनोजन्य और कायजन्य दोनों कारक होते हैं, ऐसी सुनिश्चित जीवावीय स्थिति पर अभी हाल ही में मैनिंजर (1938), डनबर (1935) तथा एलैक्ज़ैण्डर (1936) ने जोर दिया है। इस अध्याय में प्रस्तुत तर्क ग्रोतिएन (1938) के सूक्ष्म विश्लेषण पर आधारित हैं।

संदर्भ

1. इस सूत्र वाक्य के लिए हम प्रोफेसर एच. फाइग्ल के ऋणी हैं।
2. एक इसी प्रकार का विकास हाल के समाज मनोविज्ञान की विशेषता है। एक ऐसे स्थान से जहां हम मात्र एक व्यक्ति या मात्र एक समूह पर विचार करते थे, एक ऐसी स्थिति में से गुजरते हुए जहां हम व्यक्ति बनाम समूह या व्यक्ति और समूह पर विचार कर रहे थे, उस स्थान पर पहुंचे हैं जहां हम समूह *में* व्यक्ति पर विचार करते हैं। इस प्रकार व्यक्ति समूह का एक ऐसा भाग बन जाता है जो उस पर निर्भर करता है और अपनी बहुत सी विशेषताओं को समूह से प्राप्त करता है। फिर भी, वह कुछ अर्थों में एक पृथक् अस्तित्व के रूप में रहता है। संदर्भ ब्राउन (1936 सी)
3. संदर्भ, गैस्ट्रिक न्यूरोसिस की समस्या पर एलैक्ज़ैण्डर और द साइकोएनालिटिक इन्स्टीट्यूट ऑफ शिकागो द्वारा हाल ही में किया गया महत्वपूर्ण कार्य। इस कार्य का पुनरीक्षण कार्ल मैनिंजर (1938),

एलैक्ज़ैण्डर (1936) और डनबर (1935) ने किया।

4. अध्याय 20 में शराब के व्यसन की समस्या पर, इससे संबंधित साहित्य के संदर्भ में विस्तार से विचार किया गया है।
5. अध्याय 15 में न्यूरोसिफिलिस की समस्या को इसके साहित्य के संदर्भ में विस्तार से लिया गया है।
6 पनामा गणराज्य के राजकीय हॉस्पिटल के भूतपूर्व असिस्टेंट सुपरिन्टेन्डेन्ट डॉ. जेम्स मैरीमैन लिन्च से व्यक्तिगत संवाद।
7. इस उपचार का स्वरूप 16वें अध्याय में दिया जाएगा।
8. 16वें अध्याय में, स्काइज़ोफ़्रीनिया की समस्या को, संबंधित साहित्य के संदर्भ में, विस्तार से दिया गया है।
9. लेखक ने समाज मनोविज्ञान पर अपने विचार अपनी पुस्तक 'साइकोलॉजी एण्ड द सोशल ऑर्डर' में व्यक्त किए हैं।

खण्ड-2

रोग-लक्षण विज्ञान

अध्याय-4

रोग-लक्षणों के बारे में आधुनिक धारणाएं

1. रोग-लक्षण तथा लक्षण-समष्टि
(सिम्पटम्स एण्ड सिंड्रोम्स)

पिछले अध्याय में हमने देखा कि विशुद्ध मनोवैज्ञानिक प्रकार की मानसिक विकृतियां मनोवैज्ञानिक या शारीरिक आधार पर होती हैं। आगे हमने यह भी देखा कि जिन्हें हम साधारणतया शारीरिक रोग समझते हैं उन रोगों को विशिष्ट मनोवैज्ञानिक अनुभवों के परिणाम के रूप में देखने से उन्हें अधिक अच्छी तरह समझा जा सकेगा। परिणामस्वरूप चिकित्सा में हम कभी एक 'शारीरिक' बीमारी को 'शारीरिक' कारण के साथ, कभी 'दैहिक' रोग को 'मनोवैज्ञानिक' कारण के साथ, कभी 'मनोवैज्ञानिक' रोग को 'दैहिक' कारण के साथ, तथा कभी 'मनोवैज्ञानिक' रोग को 'मनोवैज्ञानिक' कारण के साथ पाते हैं। व्यवहार का प्रत्येक अंश एक ही समय में एक शारीरिक और एक मनोवैज्ञानिक समस्या होता है, इस अनुभूति ने हमें मन-देह समस्या के जीवावीय समाधान को स्वीकार करने के लिए बाध्य किया है तथा जीवावीय दृष्टिकोण से हम रोग लक्षणों को एकदम नई रोशनी में देखते हैं।

लक्षण एक सतही बीमारी है। यह स्वयं सुसमायोजित व्यवहार है। अतः पेट दर्द या कोई दूसरा दर्द, किसी संवेदी प्रकार्य की क्षति या अतिशयोक्ति, किसी गामक प्रकार्य की क्षति या अतिशयोक्ति आदि सभी रोग लक्षणों के रूप में देखे जाने चाहिए। इसी प्रकार शरीर के तापमान में, श्वास की गति में, रक्तचाप में सुस्पष्ट दैहिक परिवर्तन या आधारिक चयापचयी दर (बेसिक मैटाबॉलिक रेट) में निश्चित रूप से विचलन आना या अन्य दैहिक प्रकार्यों में विलचन आना भी रोग के लक्षण हैं। मानसिक और पर, अस्पष्ट और तर्कहीन भय, अनोखे और असामान्य संवेगात्मक प्रतिक्रियाएं, विवेकहीन धारणाएं तथा मिथ्या स्मृतियां भी लक्षण हैं। हम सोचा करते थे कि लक्षण ही रोग था और हमें इसी का उपचार करना था जैसे पहले बुखार होने पर चिकित्सा का लक्ष्य बुखार कम करना और, सिर दर्द या किसी अन्य दर्द के केस में कष्ट को कम करना होता था। मनोविज्ञान के क्षेत्र में प्रारंभिक मनोचिकित्सा का उद्देश्य व्यक्ति को उसके तर्कहीन भय

के समक्ष साहसी बनाना था और जहां वह पहले भ्रमित था वहां उसे सीधा सोच पाने में सहायता करना था। चिकित्सा की कुछ शाखाओं में आज भी केवल रोग लक्षण का उपचार ही व्यक्ति को उपयोगी और सुखद जीवन में वापिस लाने के लिए पर्याप्त होता है। उदाहरणार्थ, इस प्रकार, नेत्र चिकित्सक दृष्टि के अधिकांश शारीरिक दोष चश्मे से दूर करता है। बहुत से दर्द नाशक या पीड़ा नाशक औषधियों से अस्थायी रूप से ही सही, पर कम किए जा सकते हैं। ऐपॅन्डिसाइटिस और टॉन्सिलाइटिस जैसे विशिष्ट रोगों में, जिनमें रुग्ण अवयव को काटकर निकालना होता है, शल्य चिकित्सा का प्रयोग एक बड़ा वरदान है। कब्ज़ के कारण हुई परेशानी को रेचक से कम किया जा सकता है। यहां तक कि मानसिक विकृतियों के क्षेत्र में भी बहुत से तर्कहीन भय, मिथ्या धारणाओं और अनुपयुक्त संवेगात्मक प्रतिक्रियाओं को उनके मूल में निहित मनोगत्यात्मक प्रक्रियाओं को असल में प्रभावित किए बिना ही, गहन सुझाव और सम्मोहन द्वारा कम किया जा सकता है।

'लक्षण या सिम्पटम' शब्द का अर्थ है 'चिह्न या साइन'। *आधुनिक चिकित्साशास्त्र लक्षण को एक रोगी व्यक्तित्व के चिह्न के रूप में देखने की प्रवृत्ति रखता है (मॉडर्न मेडिसिन इज इन्क्लाइन्ड टु लुक ऑन द सिम्पटम एज़ ए साइन ऑफ ए सिक पर्सनैलिटी)*। यद्यपि कायिक चिकित्सा में लक्षण का संबंध प्रायः किसी निश्चित अवयव जैसे हृदय, फेफड़े या संवेदी अवयव (ज्ञानेन्द्रिय) से होता है, तथापि आधुनिक चिकित्सा प्रणाली का संबंध, गत्यात्मक उपचार या रुग्ण अवयव-संस्थान के उपचार से अधिक और लाक्षणिक उपचार या रोगी अवयव के उपचार से कम रहता है। एक लाक्षणिक उपचार का संबंध स्वयं लक्षण को दूर करने से होता है जो एक अस्थायी प्रविधि से अधिक नहीं है। एक गत्यात्मक या कारणात्मक उपचार आधारिक या मूल में निहित कुसमायोजन को दूर करता है जिससे कि लक्षण स्वतः गायब हो जाते हैं। क्योंकि मनोवैज्ञानिक चिकित्साशास्त्र बहुत देर से परिपक्व हुआ अतः इस पहलू से वह बहुत सौभाग्यशाली है। जिस समय मनोचिकित्सा प्रारंभिक अवस्था में थी उस समय सामान्य चिकित्सा के क्षेत्र में जीवावीय स्थिति पहले से ही पर्याप्त मात्रा में स्थापित हो चुकी थी फिर भी मनोवैज्ञानिक चिकित्सा लगभग प्रारंभ से ही लाक्षणिक उपचारों के बारे में सशंकित थी। ऐसा होना भी था क्योंकि लाक्षणिक उपचार (सिम्पटमॅटिक क्योर्स) मनोचिकित्सा में जितना अधिक स्पष्ट रूप से मात्र लाक्षणिक थे उतना कायिक चिकित्सा में नहीं। यद्यपि लक्षण सदैव सतह पर ही होते हैं लेकिन इनके मूल में निहित (डाइनैमिक) गतिशील कारणों को प्रायः एक निर्मित वैज्ञानिक सिद्धांत के आधार पर ही समझा जा सकता है। अतः यह पर्याप्त स्पष्ट है कि जब व्यक्ति को सिरदर्द या बुखार या कोई अस्पष्ट और तर्कहीन भय होता है तो वह बीमार है और वह जानता है कि वह बीमार है। रोग की ऐसी लाक्षणिक व्याख्याएं केवल व्याख्यात्मक भाषा में दी जाती हैं। प्राचीन चिकित्सा में रोग का कोई व्यवस्थित गतिशील सिद्धांत नहीं था। अतः प्राचीन चिकित्साशास्त्र स्वयं बुखार को रोग सूचक मानता था। आज हम बुखार को उस

विषाक्त प्रक्रिया का संकेत मानते हैं जो बुखार का कारण होती है। प्राचीन चिकित्साशास्त्र बुखार को कम करके उसकी चिकित्सा करता था, लेकिन बहुत से मामलों में बुखार को कम करने से रोग का उपचार नहीं होता बल्कि वह उसके मूल में निहित विकृति (पैथोलॉजी) को बढ़ाता है। इसका कारण यह है कि बुखार सामान्यतः उन प्रक्रियाओं के माध्यम से आता है जिनसे प्राणी (ऑर्गेनिज़्म) संतुलन की अवस्था (साम्यावस्था) की पुनर्उत्पत्ति करता है। अतः आधुनिक चिकित्सक बुखार को कम करने का निरंतर प्रयास करने के बजाय उसे नियंत्रित करता है और उसे अपनी दिशा लेने देता है। ऐसी अवस्था में सतह पर तो बुखार के रूप में लक्षण होता है लेकिन इसके आधार में चयापचय (मैटाबॉलिज्म) में संक्रमण (इन्फैक्शन) के कारण एक असंतुलन की अवस्था होती है जो प्राणी और किसी आक्रमणकारी शक्ति के बीच संघर्ष की स्थिति है। मनोवैज्ञानिक लक्षणों के मामले में यह स्थिति बिल्कुल शारीरिक स्थिति के सदृश्य है। अस्पष्ट और तर्कहीन भय को स्वयं में एक रोग समझा जाता था। इसका एकमात्र उपचार व्यक्ति को भय का तर्क देना या सुझाव और सम्मोहन के माध्यम से व्यक्ति को भय से छुटकारा दिलाने का प्रयास करना या कभी-कभी उस भय के स्थान पर कोई दूसरा भय रखना होता था। जिस प्रकार एक आधुनिक चिकित्सक अक्सर बुखार को कम करने के स्थान पर उसे नियंत्रित करना उचित समझता है उसी प्रकार आधुनिक मनोचिकित्सक को भी मनस्तापी भयों को दूर करने की प्रायः जल्दी नहीं होती। बुखार एक प्रक्रिया है जिसके माध्यम से प्राणी एक नए संतुलन को खोजता है। भय भी ठीक इसी प्रकार की वस्तु है। पिछले अध्याय में हमने देखा कि कैसे लैंगिक निराशा (सेक्सुअल फ्रस्ट्रेशन) के आधार पर कभी-कभी दुश्चिंता तंत्रिकाताप (एंक्ज़ाइटी-न्यूरोसिस) उत्पन्न होती है। आधुनिक समाज की संरचना इस प्रकार की है कि इसके सदस्य व्यक्ति अपनी लैंगिक इच्छाओं को स्वीकार नहीं करते लेकिन अपने भय को शीघ्रता से स्वीकार करने में अधिक समर्थ होते हैं। उनके लिए जैविक रूप से अनुबंधित लैंगिकता और इसके लिए किए गए प्रयास के परिणामों के सामाजिक बोध के बीच उठते हुए संघर्ष इतने गंभीर होंगे कि उन व्यक्तियों को पूरी तरह से पंगु बना देंगे। इस आधार पर विकसित हुआ मनस्तापी बुखार उसी प्रकार रोगी व्यक्ति का 'मित्र' होता है जिस प्रकार बुखार एक संक्रमित प्राणी का 'मित्र' होता है। भय व्यक्ति को दैहिक रूप से किसी भी प्रकार चलते रहने के योग्य रखता है।

यह स्थिति उन सभी लक्षणों के लिए समान है जिनके बारे में हमने पिछले अध्याय में बात की थी। बहुत से व्यक्तियों के लिए शराब उनके व्याकुल चित्त (साइकी) को कम से कम आंशिक रूप से ही सही, समायोजित बने रहने में सहायता करती है। एक स्किड्ज़ोफ्रीनिक का यथार्थ से पलायन उसे आत्महत्या करने से रोकता है। यहां तक कि जिन मामलों में ईशियोलॉजी मुख्यतया कायिक है, जैसा कि न्यूरोसिफलिस से पीड़ित दर्ज़ी के उदाहरण में था, उनमें भी मनोवैज्ञानिक लक्षण जीवन को अधिक सहने योग्य बना देते हैं।

ये सभी बातें मनोरोग विज्ञान के उस भाग की विवेचना में परिवर्तन करने की आवश्यकता की ओर संकेत करती हैं जिसे हम 'लक्षण विज्ञान' कहते हैं। इस विषय की पुरानी पुस्तकें अक्सर उन विविध स्थितियों की सूची से अधिक नहीं होती थीं जिनमें मानसिक कार्य-व्यापार पथ-भ्रष्ट हो जाता था। पुस्तकों की 90 प्रतिशत विषय वस्तु सामान्यतयाः लक्षण विज्ञान से संबंधित होती थी और केवल 10 प्रतिशत का संबंध व्यक्ति की संरचना और उसकी उत्पत्ति के गतिशील सिद्धांत से होता था। इसके अलावा चूंकि लक्षणों को रोगग्रस्त प्रतिक्रियाओं के अकेले और विशिष्ट रूपों में देखा जाता था। इसलिए वे स्वयं भी आपस में एक दूसरे से किसी भी प्रकार से संबंधित नहीं होते थे। मन-देह समस्या के जीवावीय दृष्टिकोण तथा फ्रॉयड के मनोविश्लेषण सिद्धांत के विकास ने मनोरोग विज्ञान के नए युग का सूत्रपात किया। परंतु अभी भी लक्षण विज्ञान की विवेचना करना आवश्यक है। लेकिन इतना अवश्य है कि आज हम इसके बारे में अधिक संक्षेप में और व्यवस्थित रूप में बात कर सकते हैं जैसा पहले नहीं कर पाते थे। हमारी पुस्तक का यह खण्ड मानसिक विकृतियों के लक्षणों के सूचीकरण को समर्पित किया जाएगा। हम यह आशा नहीं कर सकते कि यह सूची पूरी होगी क्योंकि जैसा कि हम देखेंगे, प्रत्येक मानसिक क्रिया विकृत हो सकती है और उस विकृति के कई भिन्न-भिन्न रूप हो सकते हैं। लेकिन चूंकि लक्षण मानसिक विकृतियों के सतह पर दिखाई देने वाले चिह्न हैं इसलिए हमें इन्हें सूचीबद्ध करना चाहिए और चूंकि लक्षण-विज्ञान की शब्दावली विचित्र है अतः हमें इसे सीखना भी आवश्यक है। यद्यपि पहले लक्षण विज्ञान को मनोरोग विज्ञान के लक्ष्य के रूप में समझा जाता था, लेकिन आज इसे मात्र मनोरोग विज्ञान का प्रारंभ मानते हैं। आवश्यक भाषाई साधनों को उपलब्ध कर लेने के बाद हम आगे अधिक रोचक विचार-विमर्श करेंगे।

लक्षण एकमात्र ऐसा चिह्न है जो रोगी व्यक्ति के रोग की शिकायत करता है। लक्षण अकेले और पृथक् रूप से बहुत कम आते हैं बल्कि पर्याप्त सुसंगठित समूहों के रूप में साथ-साथ आते हैं। अतः दुखता कंठ, सिर दर्द और बुखार कुछ दूसरे सीमा निर्धारक लक्षणों के साथ एक रोग के रूप में आते हैं जिसे हम टांसिलाइटिस कहते हैं। कुछ निश्चित लक्षणों की उपस्थिति और कुछ अन्य निश्चित लक्षणों का अभाव ही विभेदक निदान (डिफरैन्शियल डायग्नोसिस) के विज्ञान का आधार है। साथ-साथ रहने वाले लक्षणों के समूह के रोग के अस्तित्व (डिसीज़ एन्टिटीज़) या *सिंड्रोम्स* के नाम से जानते हैं। हम पुस्तक के इस खण्ड में एकाकी लक्षणों के बारे में विवेचना को प्रस्तुत करेंगे तथा सिद्धांत पर विचार-विमर्श करने के बाद सिंड्रोम्स या डिसीज़ एन्टिटीज़ पर लौटेंगे। इस स्थान पर हम सिंड्रोम की बात केवल इस बात पर बल देने के लिए कर रहे हैं कि लक्षणों का आविर्भाव प्रायः सिंड्रोम में ही होता है। वास्तविक प्रयोग में हम मानसिक रोग लक्षणों को अलग से बहुत कम पाते हैं। हमें जो प्राप्त होते हैं वे सिंड्रोम्स हैं जिनमें अक्सर पूर्णतया विभिन्न प्रकार के लक्षण निहित रहते हैं। जिन विद्यार्थियों को चिकित्सालय का अनुभव नहीं है वे रोग लक्षण विज्ञान के अध्ययन के प्रारंभ में इस तथ्य

से अनभिज्ञ रहते हैं और इसलिए जब मनोविकृति के केसों को नैदानिक दृष्टि से देखते हैं तो चकरा जाते हैं।

2. रोग-लक्षणों का कारण, सार्थकता तथा मितव्यता

हम पहले ही संकेत कर चुके हैं कि लक्षणों का एक कारण, महत्व या सार्थकता और मितव्ययता या उपापचय व्यवस्था होती है। आगे की पंक्तियों में हम इस कथन का विस्तार और स्पष्टीकरण करेंगे।

जब हम लक्षण को रोग का चिह्न न समझकर व्याधि या रोग समझते थे तब हमें व्याधि के मूल में निहित गतिविज्ञान का बहुत कम ज्ञान था। आज स्थिति यह है कि प्रत्येक लक्षण के मूल में निहित गतिकी की जांच-पड़ताल होनी आवश्यक हो गई है। हम यह भी मानते हैं कि मनोवैज्ञानिक लक्षणों की सार्थकता या अर्थ होता है, यद्यपि इस महत्व (सिग्निफिकेंस) या अर्थ (मीनिंग) को लक्षण के वर्णन मात्र से यथार्थ में कभी नहीं समझा जा सकता है। हम देखेंगे कि प्रायः एक लक्षण अपने मूल में निहित कारण का खंडन या उलटाव होता है तथा केवल इस तथ्य का बोध ही इसके अर्थ को स्पष्ट करेगा। ऐसा उलटाव या खंडन दुश्चिंता तंत्रिकाताप (एन्गज़ाइटी न्यूरोसिस) के केसों में देखने में आता है जिसका संदर्भ हम पहले दे चुके हैं। 'ओल्ड मैड्स न्यूरोसिस' के केस में शील भंग होने का भय या शील भंग करवाने की इच्छा, असल में लक्षण के मूल का ऐसा ही एक सुनिश्चित उलटाव है। जैसे-जैसे हम आगे बढ़ेंगे, लक्षणों के ऐसे विकृत अर्थ के बहुत से दूसरे उदाहरण देंगे। इसके अतिरिक्त लक्षण में मितव्ययता (इकोनॉमी) होती है। पाठक अब तक इस विचार से काफी परिचित हो जाने चाहिए। प्रत्येक केस में प्राणी रोगी होने पर एक नया संतुलन पुनः प्राप्त कर रहा है जो उसे एक संगठित समष्टि के रूप में अपना अस्तित्व बनाए रखने में सहायता देता है और यह भी है कि एक संगठित समष्टि के रूप में ही प्राणी अपना अस्तित्व बनाए रख सकता है। आगे के तीन अध्यायों में हमारे पास इतना स्थान नहीं होगा कि हम प्रत्येक विशिष्ट लक्षण के कारण, महत्व या सार्थकता और मितव्ययता का विस्तार व्यक्तिगत रूप से कर सकें। ऐसा करना एक कठिन कार्य भी होगा क्योंकि विशिष्ट लक्षण के स्वरूप को हम केवल प्रत्येक विशिष्ट मामले के मूल में निहित गति-विज्ञान से ही समझ सकते हैं। इस स्थल पर हम दो मामले दृष्टांत के रूप में देंगे जिससे कि अगले अध्यायों में साधारण रूप रो किगा जाने वाला लक्षणों का अध्ययन, आधुनिक मनोरोग विज्ञान की इन महत्वपूर्ण उपलब्धियों को ग्रहण न लगा दे।

ये दोनों मामले मौलिक रूप से प्रोफेसर इंगलिश बैगबी ने शिक्षात्मक प्रयोजनों के लिए प्रयोग किए तथा हमारा यह प्रस्तुतीकरण उनके व्याख्यानों और उनकी पुस्तक '*द साइकोलॉजी ऑफ पर्सनैलिटी*' से लिया गया है। पहले मामले में समस्या के मूल में निहित गतिकी रचना तंत्र एलिज़ाबेथ वी. आर. के उस मामले के बहुत समान है जिसको

सबसे पहले फ्रायड और ब्रूअर ने *'स्टडीज़ ऑन हिस्टीरिया'* में प्रस्तुत किया था। दूसरा मामला स्वयं बैगबी के अनुभव से लिया है तथा यहां उद्धरण की भांति दिया गया है। लेखक ने देखा है कि ये केस लक्षण निर्माण की आधुनिक अवधारणा का स्पष्टीकरण बहुत अच्छी तरह से उदाहरण देकर करते हैं। दोनों न्यूरोसिस के केस हैं। पहले केस में एक 'शारीरिक' लक्षण साइकिक द्वंद्व के द्वारा उत्पन्न होता है। दूसरे में, एक साइकिक लक्षण साइकिक द्वंद्व का परिणाम होता है।

रूपांतरण उन्माद (कन्वर्ज़न हिस्टीरिया) का मामला : एक युवती अपने चिकित्सक के पास जाकर शिकायत करती है कि उसकी दाईं ओर की जांघ में नितबास्थि से घुटने तक संवेदना समाप्त हो गई है। स्नायु संबंधी (न्यूरोलॉजिकल) जांच से पता चलता है कि स्नायु या नस की गड़बड़ी नहीं है। इसका निदान सरल है–यह हिस्टैरिकल ऐनस्थीसिया है। पहले साक्षात्कार में वह यह बताती है कि लगभग एक माह पूर्व पिता की मृत्यु के कारण उसे गंभीर नर्वस स्नायविक सदमा पहुंचा था क्योंकि वह पिता से बहुत स्नेह रखती थी। परिवार की आर्थिक स्थिति के कारण उसे अपने पिता की अंतिम गंभीर बीमारी में सेवा करनी पड़ी। इस बात से यह सदमा और बढ़ा। उसे यह याद था कि वह अपने पिता के अंतिम संस्कार के समय बहुत थकी हुई और दुखी थी तथा जांघ में संवेदनशीलता का लोप इसी अवधि के दौरान हुआ। अपने पिता के मामले से संबंधित सही डॉक्टरी उपचार के बारे में उसे बहुत कम याद था।

सम्मोहन के द्वारा पिता की अंतिम बीमारी के दौरान हुई घटनाओं के सही क्रम को उघाड़ना सरल था। सम्मोहन की अवस्था में उसे याद आया कि उसके पिता की परिचर्या एक आकर्षक युवा चिकित्सक कर रहा था जिससे वह निश्चित ही प्रेम करने लगी। उसे याद आया कि वह इस बात के लिए अपराधी महसूस कर रही थी कि वह चिकित्सक के प्रति केवल प्रेम की भावना को ही मन में नहीं रखे थी बल्कि उसके मन में चिकित्सक के प्रति कामविषयक लालसा भी थी और वो भी ऐसे समय जबकि उसके प्रिय पिता मृत्यु शैया पर थे। यह द्वंद्व एक दिन बहुत तीव्र हो गया जब युवती और चिकित्सक पिता की मुत्यु शैया पर झुक रहे थे और उस समय युवती की दाईं जांघ चिकित्सक की देह से छू गई। उस समय निश्चित रूप से उसे कामुक रोमांच का अनुभव हुआ जिसने इस द्वंद्वात्मक स्थिति को बहुत बढ़ा दिया। ऐसी द्वंद्वात्मक परिस्थिति ने उसे बहुत चिंतित कर दिया। सम्मोहन में उसे अपना यह संकल्प भी याद आया कि ऐसा दुबारा नहीं होना चाहिए लेकिन सम्मोहन से बाहर आने पर उसे डॉक्टर के प्रति अपना प्रेम बिल्कुल भी याद नहीं रहा।

आधुनिक मनोविकृति विज्ञान, इस ज्ञान की सहायता से, लक्षण निर्माण के कारण महत्व और उपापचय व्यवस्था की व्याख्या कर सकता है। कारण द्वंद्वात्मक परिस्थिति में निहित है। दो विपरीत काम लिप्साओं में द्वंद्व है। युवती का अपने पिता के प्रति स्नेह और कर्त्तव्य तथा युवा चिकित्सक के साथ प्रेम प्रसंग परस्पर विरोधी हैं। ये दोनों प्रेम विशेषकर इसलिए असंगत हैं क्योंकि युवती यह निश्चित नहीं कर पा रही है कि

चिकित्सक उसके पिता को रोग मुक्त कर रहा है या उन्हें मार रहा है। यह द्वंद्व उसमें घबराहट और चिंता उत्पन्न करता है। यह चिंता मनोवैज्ञानिक और दैहिक दोनों दृष्टियों से असुविधाजनक है। उसे चयन करना चाहिए। वह चिकित्सक को भूलने का 'चयन' करती है तथा इस दमन (रिप्रैशन) के द्वारा द्वंद्व से अपना बचाव करती है।[1]

ऐसे मामलों में कामलिप्सा की मनोजैविक ऊर्जा किसी भी तरह आसानी से विलुप्त नहीं होती। यह दूसरे रूप में परिवर्तित हो जाती है तथा यह ऐसा रूप लेती है जिसका व्यक्तित्व के लिए महत्व होगा। इसकी उपापचय व्यवस्था (इकोनॉमी) अब पर्याप्त स्पष्ट है। जांघ में संवेदना का लोप होना, उसे अनवरत व्यग्र करने वाली चिंता और अपराध बोध की तुलना में कम असमर्थ बनाता है। इसकी सार्थकता भी स्पष्ट है। यदि युवती की जांघ संज्ञाशून्य (एनेस्थैटिक) होती तो शारीरिक संपर्क होने पर वह कभी भी कामुक रोमांच का अनुभव नहीं करती। संज्ञाशून्य जांघ द्वंद्वात्मक परिस्थिति के खंडन का प्रतिनिधित्व करती है और एक ऐसा लक्षण है जिसका अस्तित्व अपने मृत पिता के लिए विषादग्रस्त (मैलनकोलिक) शोक के साथ बना रह सकता है। जैसाकि हम देखेंगे, इसके अतिरिक्त युवती की बीमारी उसे अपने परिवार के ध्यान की मांग करने का और दूसरे चिकित्सकों की तलाश करने का अधिकार देती है। इससे उसे कुछ निश्चित सामाजिक लाभ मिलते हैं जिन्हें गौण मितव्ययता *(सैकेन्डरी इकोनॉमी)* या गौण प्राप्ति *(सैकेन्डरी गेन्स)* कहते हैं। प्राथमिक प्राप्ति *(प्राइमरी गेन)* निस्संदेह द्वंद्व का समाप्त होना है।

उपर्युक्त मामला मनोवैज्ञानिक द्वंद्व के आधार पर एक शारीरिक लक्षण के विकसित होने का है। अब हम एक ऐसा ही मामला और देखेंगे जिसमें लक्षण मनोवैज्ञानिक है।

बहते हुए पानी की दुर्भीति का मामला : हम इस मामले को बैगबी के ही शब्दों में सबसे अच्छी तरह प्रस्तुत कर सकते हैं।

एक युवती ने, जिसकी पारिवारिक पृष्ठभूमि अच्छी थी, बाल्यावस्था में बहुते हुए पानी से दुर्भीति (फोबिया) विकसित कर ली। वह अपनी विकृति का कोई स्पष्टीकरण देने में असमर्थ थी तथा यह फोबिया उसमें बिना किसी सुधार के लगभग सात वर्ष की आयु से सत्रह वर्ष की आयु तक दृढ़तापूर्वक बना रहा। विशेषकर पानी छपछपाने की ध्वनियों के प्रति उसका भय बहुत तीव्र था। उदाहरण के लिए, जब उसके स्नान के लिए बाथटब में पानी भरा जाता था तो उसके लिए घर के किसी सुनसान भाग में चले जाना आवश्यक हो जाता था तथा प्रारंभिक वर्षों में तो उसके सुरक्षित और संतोषप्रद स्नान के लिए परिवार के तीन सदस्यों को मिलकर प्रयास करना पड़ता था। नहाते समय वह चीखती थी और बलपूर्वक हाथापाई करती थी। एक स्कूल सत्र के दौरान उसकी कक्षा के बाहर हॉल में पीने के पानी का फव्वारा था। यदि स्कूल के बच्चे पानी पीते समय ज्यादा आवाज करते थे तो वह इतनी भयभीत हो जाती थी कि एक बार वह बेहोश हो गई। जब वह ट्रेन में चढ़ती थी तो खिड़कियों के पर्दे खींचना आवश्यक होता था जिससे कि उसे रास्ते में आने वाले झरने दिखाई न दे जाएं। बहते हुए पानी के प्रति यह उसकी कुछ विशिष्ट प्रतिक्रियाएं थीं। इससे यह कल्पना की जा सकती है कि

यह विकार उसके जीवन में कितना गंभीर रूप से हस्तक्षेप करता होगा।

युवती के बीसवें वर्ष के दौरान उसकी एक चाची उसके घर मिलने आई। इस महिला ने अपनी भतीजी को उस तेरह वर्ष की पूरी अवधि के दौरान नहीं देखा था जिस अवधि में वह फोबिया से ग्रस्त थी। वह युवती की मां से स्टेशन पर मिली थी जहां उसने संक्षेप में अपनी पुत्री की अवस्था का वर्णन चाची से किया। घर पहुंचने पर चाची युवती से प्रवेश द्वार पर मिली और तत्काल कहा, "मैंने कभी नहीं कहा।" इस कथन ने उन परिस्थितियों के पुनःस्मरण को उकसाने का कार्य किया जिनके अंतर्गत उसमें बहते हुए पानी का भय स्थापित हुआ था। यह तथ्य दुगुना रोचक है क्योंकि उसकी स्मृति को उद्दीप्त करने का दृढ़ निश्चयी प्रयास इससे पहले युवती के माता-पिता और विविध चिकित्सकों ने भी किया था।

जब वह युवती सात वर्ष की थी तब वह अपनी मां और चाची के साथ पिकनिक पर गई थी। दोपहर बाद मां ने घर वापिस जाने का निश्चय किया लेकिन बच्ची मां से चाची के साथ कुछ समय और रुकने की अनुमति देने के लिए आग्रह करने लगी। मां ने बच्ची से आज्ञाकारी बने रहने का वचन लेकर उसके चाची के साथ रुकने की तत्काल व्यवस्था कर दी और दोनों मित्र जंगल में घूमने के लिए चली गईं। कुछ समय बाद ही लड़की अपने समझौते की उपेक्षा करके अकेली ही भाग ली। जब बाद में वह मिली तो वह एक छोटे से झरने की चट्टानों के बीच में पड़ी हुई थी और झरने का पानी उसके सिर पर गिर रहा था। वह भय से चीख रही थी। वे तत्काल उसे लेकर एक फार्म हाउस में गए जहां उसके गीले कपड़े सुखाए लेकिन इसके बाद भी वह बालिका उसी प्रकार चीख-चीख कर खतरे का संकेत जैसा अभिव्यक्त करती रही जिससे कि उसकी माता को उसके द्वारा आज्ञा का उल्लंघन किए जाने का पता न चल जाए। इस पर उसकी चाची ने उसे यह वचन देकर आश्वस्त किया कि "मैं कभी नहीं बताऊंगी।" अंत में वे घर वापिस आए और सो गए। जब अगली सुबह चाची दूसरे शहर जाने लगी तो लड़की के पास ऐसा कोई नहीं रहा जिस पर वह भरोसा कर सके। उलटे उसने अपनी दुर्घटना से संबंधित सभी विचारों का दमन कर दिया और अब कितना गंभीर प्रयास करने पर भी वह उन तथ्यों का पुनर्स्मरण (रिकॉल) करने में असमर्थ थी। यह एक दुर्भीति (फोबिया) का सबसे अधिक विशिष्ट लक्षण और इसके स्पष्टीकरण का दिखावटी अभाव है।

यह पहले ही स्पष्ट कर दिया गया है कि कैसे तेरह वर्ष बाद अंततोगत्वा पुनर्स्मरण को प्राप्त किया गया। यहां यह बताया जा सकता है कि स्मृति के बहाल हो जाने के बाद, युवती के लिए किसी असुविधा के बिना ही बहते हुए पानी के पास जाना संभव हो गया तथा क्रमशः व्यवहार के विशिष्ट समायोजन विलुप्त हो गए जिन्हें फोबिया ने अनिवार्य बना दिया था। (*ई.बैगबी, द साइकोलॉजी ऑफ पर्सनैलिटी,* हैनरी हॉल्ट एण्ड कम्पनी, इन्क, न्यूयॉर्क, 1928, पृ० 44-47 से)

इन दोनों मामलों में लक्षण के निर्मित होने का कारण युवती की शरारत के

संभावित परिणामों से उत्पन्न द्वंद्व में निहित है। यहां पुनः मानसिक सदमा देने वाले अनुभव का खंडन करने का महत्व है। यदि वह युवती पहले से ही पानी से भयभीत होती तो ऐसा भयभीत करने वाला अनुभव कभी घटित नहीं होता। द्वंद्व का समाधान हो जाने से मिलने वाले प्राथमिक लाभ तथा दूसरे व्यक्तियों के ध्यान को अपनी ओर बलात् आकर्षित करने से मिलने वाले गौण लाभ में लक्षण की मितव्ययता या उपापचय व्यवस्था निहित हैं।

3. बाह्य प्रतिरूप बनाम जीनप्रारूप

आधुनिक मनोरोग विज्ञान का संबंध स्वयं लक्षण से कम और उसके आधार में निहित गतिकीय स्थिति से अधिक है। विज्ञान की विधियों के क्षेत्र में हाल ही में किए गए शोध दिखाते हैं कि विज्ञान प्रकृति की व्याख्या दो सुस्पष्ट स्तरों पर करता है। पहला स्तर विवरणात्मक वर्गीकरण (डैस्क्रिप्टिव क्लासिफिकेशन) का है जिसमें घटनाओं का विवरण या वर्गीकरण प्रदत्तों की भाषा में या *फीनोटाइप्स* की भांति, उसी रूप में दिया जाता है जैसा कि वे प्रतीत होती हैं। फीनोटाइप से हमारा अभिप्राय उस विवरणात्मक श्रेणी से है जो वस्तुओं के आविर्भाव के लिए जिम्मेदार होती है। दूसरा स्तर गतिशील व्यवस्थापन (डाइनमिक सिस्टेमैटाइज़ेशन) का है जिसमें सैद्धांतिक व्याख्याओं (थ्योरिटिकल कंस्ट्रक्शंस) के प्रयोग के माध्यम से मूल में निहित कारण संबंधी अनुक्रमों की जांच की जाती है। विवरण के इस स्तर को रचना करने (संबंधी अन्वयों या कंस्ट्रक्ट्स) की भाषा या *जीनोटिपीकल* भाषा कहते हैं। विविध विज्ञानों से लिए गए कुछ उदाहरण इसे स्पष्ट करेंगे। गिरते हुए पदार्थों के नियम की स्थापना हमें एस=जीटी2/2 सूत्र में उपयुक्त मूल्य रखकर मुक्त रूप से गिरते हुए पदार्थों का निश्चित फीनोटिपीकल विवरण देने का अवसर देती है। जीनोटाइप्स की भाषा की शब्दावली में विवरण गुरुत्वाकर्षण और गुरुत्वाकर्षी क्षेत्र की संकल्पनाओं द्वारा दिया जाता है। तरल पदार्थ के क्वथनांक और हिमांक (बॉइलिंग पॉइन्ट तथा फ्रीजिंग पॉइन्ट) के फीनोटिपीकल प्रत्ययों के जीनोटाइपिक विवरण, फिज़ीकल कैमिस्ट्री या भौतिक रसायन विज्ञान में दी गई अवस्थाओं की संकल्पना के माध्यम से दिए जाते हैं। एक ओर चमगादड़ और चिड़िया तथा मछली और व्हेल, फीनोटाइपिकली समान होती हैं जबकि जीनोटाइपिकली चमगादड़ और व्हेल एक-दूसरे से संबंधित हैं। जीनोटाइपिक भाषा का एक बड़ा लाभ यह है कि एक जीनोटाइप से अनेक फीनोटाइप का निगमन किया जा सकता है। इस प्रकार गुरुत्वाकर्षी क्षेत्र के प्रत्यय से यांत्रिकी (मेकेनिक्स) का संपूर्ण विज्ञान निकलता है और फिज़ीकल कैमिस्ट्री के फेज़ के नियम से पदार्थ की विविध स्थितियों का निगमन किया जा सकता है।

अब यह समझ में आना सरल हो जाना चाहिए कि मनोरोग विज्ञान में लक्षणों के विवरण फीनोटाइपिक विवरण हैं जबकि लक्षणों के मूल में निहित मनोगति विज्ञान के

शब्दों में दिए गए विवरण (जैसे लक्षण के मूल में निहित कारण, महत्व और मितव्ययता के रचनातंत्र के विवरण) जीनोटाइपिक विवरण हैं। आधुनिक मनोरोग विज्ञान का संबंध लक्षणों के फीनोटाइपिक विवरणों को उनके मूल में स्थित उन ईशियोलॉजिकल (कारण संबंधी) कारकों के रूप में अनुवादित करने से है जो जीनोटाइपिक विवरणों की भांति अभिव्यक्त किए जाते हैं। जब हम यह कहते हैं कि लक्षण का एक कारण होता है तो हम एक जीनोटाइप के अस्तित्व की अपेक्षा कर रहे होते हैं क्योंकि सभी विज्ञानों में कारण-कार्य संबंध जीनोटाइपिक भाषा में होता है। एक लक्षण का महत्व या अर्थ फीनोटाइपिक को जीनोटाइपिक शब्दावली में अनुवादित करने से स्पष्ट हो जाता है। इसी प्रकार लक्षण रचना की मितव्ययता भी जीनोटाइपिक भाषा में ही बोधगम्य होती है।

सभी विज्ञान उस स्थिति में थे जिसमें अधिकांश समस्याओं की विवेचना फीनोटाइपिक भाषा में की जाती थी, लेकिन अब उन्नति करके उस स्थिति तक पहुंचे हैं जहां जीनोटाइपिक भाषा में उनकी विवेचना की जाती है। भाषाओं का यह पारगमन वास्तव में एक ऐसे विज्ञान से जो केवल विवरण देता है उस व्यवस्थित विज्ञान तक पारगमन का एक अंश है जो व्याख्या और भविष्यवाणी करता है। भौतिकी ने यह पारगमन कर लिया है, जीव विज्ञान कर रहा है तथा मनोविज्ञान और समाजशास्त्र इसके सामने खड़े हैं। फिर भी मनोविज्ञान की सभी शाखाओं में से एक मनोरोग विज्ञान ने जीनोटाइपिक संकल्पनाओं को सबसे आगे तक विकसित किया है। इसका प्रदर्शन करने से पहले हमें उस भाषा को सीखना आवश्यक है जिसमें मनोरोग विज्ञान फीनोटाइपिक विवरणों को प्रस्तुत करते हैं।

4. मनोगतिकी सिद्धांत से पूर्व स्थापित (विवरणात्मक रोग-लक्षण विज्ञान)

बीसवीं शताब्दी के शुरू होने तक विवरणात्मक लक्षण विज्ञान (डैस्क्रिप्टिव सिम्प्टमैटोलॉजी) भली-भांति स्थापित हो चुका था। उन्नीसवीं शताब्दी का जीव विज्ञान और मनोविज्ञान पूर्ण रूप से फीनोटाइपिक विवरणों से संबंधित था। यह विवरण अणुवादी थे जिससे कि संपूर्ण प्राणी को केवल खण्डों का योग और समग्र व्यवहार को रचनातंत्रों का योग (मैकेनिक्स) समझा जाता था। मनोरोग विज्ञान व्यवहार को एक एकीकृत या संघटित प्राणी के व्यवहार के रूप में न देखकर उसे बड़ी संख्या में अणुवादी मनोवैज्ञानिक रचनातंत्रों के रूप में उपविभाजित कर दिया गया था। इन रचनातंत्रों का पुनः उपविभाजन किया गया जिससे कि सूक्ष्म से सूक्ष्म वर्गीकरण संभव हो सके। अतः प्रत्येक मानसिक प्रक्रिया को उसके संघटक भागों में विभाजित किया गया और (यह माना गया कि) जिस प्रकार संपूर्ण प्रक्रिया में कुछ गड़बड़ हो सकती है उसी प्रकार इसके किसी भाग में भी गड़बड़ हो सकती है। इस प्रकार की अणुवादी-यांत्रिक मनोचिकित्सा

(एटमिस्टिक-मैकेनिस्टिक साइकिएट्री) का अंतिम परिणाम रूढ़िवादी विवरणात्मक मनोचिकित्सा के विकास के रूप में हुआ।

आधुनिक मनोरोग विज्ञान अब अधिक से अधिक जीवावीय हो गया है। अब समग्र प्राणी को एक एकीकृत गतिशील तंत्र समझा जाता है जो वातावरण के संपर्क में रहता है। इस प्रकार आधुनिक मनोविज्ञान का संबंध ऐसे प्राणी से नहीं है जो पृथक् तथा स्वाधीन भागों का योग है बल्कि वह प्राणी को एक एकीकृत समष्टि मानता है।

किसी भी विज्ञान का पारिभाषिक प्रयोग कभी इतनी शीघ्रता से नहीं बदलता जितनी शीघ्रता से वैज्ञानिक सिद्धांत बदलता है। यह तथ्य लक्षण विज्ञान की व्याख्या को थोड़ा अटपटा बना देता है। उदाहरणार्थ, हम संवेदना, प्रत्यक्ष ज्ञान, ध्यान, संवेग, बुद्धि व्यापार, स्मृति, क्रिया भाव आदि को पृथक् और असंबद्ध श्रेणियों में रखने की धारणा में विश्वास नहीं रखते, लेकिन इस तथ्य के बावजूद भी मानसिक विकारों के बारे में विचार-विमर्श और विवेचना करने की भाषा वही है जो उस समय प्रयोग की जाती थी जिस समय हम इन मानसिक प्रक्रियाओं को एक-दूसरे से पृथक् और असंबद्ध समझते थे। हमें या तो पारिभाषिक शब्दावली की इस प्रणाली को स्वीकार करना पड़ेगा या एक नई शब्दावली खोजनी पड़ेगी। आजकल विज्ञान के क्षेत्र में अनेकों पारिभाषिक शब्दावलियों की खोज हो गई है। इस बात की काफी संभावना है कि शैक्षणिक उद्देश्य से लक्षण विज्ञान को प्रतिष्ठित (क्लासिकल) भाषा में प्रस्तुत किया जाए। फिर भी हमें यह बात नहीं भूलनी चाहिए कि यहां पर हम केवल फीनोटाइपिक विवरणों पर विचार कर रहे हैं तथा हम जिन विशिष्ट लक्षणों का विवरण देंगे वे कभी अकेले और असंबद्ध रूप से नहीं आते हैं। आगे के तीन अध्यायों में पाठकों को यह बात अपने दिमाग में रखनी चाहिए।

5. रोग-लक्षणों की पारिभाषिक शब्दावली

चिकित्साशास्त्र संबंधी अधिकांश पारिभाषिक शब्दावलियों की भांति मनोरोग विज्ञान की अधिकांश शब्दावली यूनानी या लैटिन भाषा से आती है। हमने पहले देखा कि कोई भी मनोवैज्ञानिक संरचनाएं या तो अतिरंजना जैसे अति या कम विकास के द्वारा अथवा छद्मवेश में अर्थात् भ्रष्ट विकास के माध्यम से विकृत हो जाती हैं। विविध मानसिक संरचनाएं एकदम अनुपस्थित भी हो सकती हैं। परिणामस्वरूप, रोगविज्ञान में हम विविध संवेदी गामक और संवेगात्मक प्रक्रियाओं पर अपूर्ण विकास, अति विकास, भ्रष्ट विकास तथा अनुपस्थित इन चार श्रेणियों को लागू करते हैं।

शरीर रोग विज्ञान को हम इन वर्गीकरणों के लिए प्रयुक्त यूनानी भाषा के उपसर्गों तथा विविध मनोवैज्ञानिक रचनातंत्रों के लिए यूनानी और लैटिन भाषा की संज्ञाओं को सीखकर आसानी से अर्जित कर सकते हैं। इस प्रकार यूनानी उपसर्ग ए (किसी वस्तु) ''की कमी या अभाव'' सूचित करता है तथा हम संवेदना, भय, गति आदि के

ए-फंक्शंस (क्रिया के अभाव) की बात करेंगे। ग्रीक उपसर्ग *'हाइपो'* का अर्थ है 'अपूर्ण या बहुत कम' तथा हम संवेदना, बुद्धि व्यापार आदि के अल्पकार्य (हाइपोफंक्शंस) की बात करेंगे। यूनानी उपसर्ग *'हाइपर'* का अर्थ है ''ऊपर या बहुत अधिक'' और हम संवेदना आदि के अतिकार्य (हाइपरफंक्शंस) की बात भी करेंगे। यूनानी उपसर्ग *पैरा* का अर्थ है 'मिथ्या' या भ्रष्ट तथा हम संवेदना आदि के पॅराफंक्शंस की बात भी करेंगे। बार-बार आने वाले अन्य उपसर्ग हैं *हॅमी* (आधा या हाफ), *सिन* (के साथ या एक साथ), *डिस* (बुरा या रुग्ण, मोरबिड), *स्काईज़ो* (की ओर से बंद हुआ, शट अप फ्रॉम), *ऑटो,* (सैल्फ, स्व), प्रॅसबी (पुराना, ओल्ड) *स्टॅरिओ* (स्पेस, स्थान, समय, अंतराल, फासला)।

चिकित्साशास्त्र की पारिभाषिक शब्दावली में बार-बार आने वाली यूनानी और लैटिन संज्ञाएं तथा उनके अंग्रेजी समानार्थी अग्रलिखित सूची में दिए गए हैं। सूची में केवल वे शब्द दिए गए हैं जिनकी सबसे अधिक पुनरावृत्ति होती है तथा समानार्थी शब्द एकदम शुद्ध अनुवाद नहीं है बल्कि उनके चिकित्सकीय अभिप्राय हैं।

यहां हम विद्यार्थियों को इस सूची को रटने की सलाह देने का प्रयास नहीं कर रहे हैं, लेकिन बाद में हम देखेंगे कि लक्षणों के विवरण में प्रयोग किए गए अधिकांश पारिभाषिक शब्दों का अर्थ वह इस सूची को देख कर निकाल सकते हैं। इस प्रकार *एनोप्सिया* का अर्थ है 'दृष्टि के बिना' या अंधापन। *हीमियानोप्सिया* का अर्थ है 'आधी दृष्टि के बिना' या एक आंख का अंधापन इसी प्रकार, *एप्रैक्सिया* का अक्षरशः अर्थ है 'बिना आदत के' अर्थात् एक या अधिक अर्जित आदतों का लोप होना, *एमनीज़िया* 'बिना स्मृति के', वस्तुतः स्मृति का विलुप्त होना।

एक्यूसिया	-	ऑडिशन (श्रवण)
एनॅस्थीसिया	-	फीलिंग (बोध, अनुभव)
अलजॅसिया	-	पेन (पीड़ा)
बूलिया	-	विल (इच्छा)
ज्यूसिया	-	गस्टेशन (स्वादन)
न्योसिस	-	नॉलिज (ज्ञान)
काइनॅसिस	-	मूवमैंट (गति)
लॅक्सिया	-	रीडिंग (वाचन)
लोकीरिया	-	प्लेस (स्थान)
मेनिया	-	एक्साइटमेंट (उत्तेजना)
म्नेसिया	-	मॅमोरी (स्मृति)
नोइया	-	रीज़न (तर्क)
ऑप्सिया	-	विज़न (दृष्टि)
ओरॅक्सिया	-	हंगर (भूख)
ऑस्मिया	-	ऑलफॅक्शन (घ्रणा शक्ति)

प्लेजिया	-	पॅरालिसिस (लकवा)
फेज़िया	-	स्पीच (वाणी)
फ़ीलिया	-	लव (प्रेम)
फ़ोबिया	-	फ़ीयर (भय)
फ़ोनिया	-	साउण्ड (ध्वनि)
फ़्रीनिया	-	मॅन्टॅलिटी (मनोवृत्ति)
प्रॅक्सिया	-	हैबिट (आदत)
प्रोसैक्सिया	-	अटैन्शन (ध्यान)

हाइपोफ़्रीनिया का अर्थ 'बहुत अल्प मनोवृत्ति', अतः मंद बुद्धि (फ़ीबिल माइन्डिड)। *हाइपोम्नेसिया* अर्थात् 'बहुत अल्प स्मृति' या अल्प अथवा दुर्बल स्मृति। *हाइपोकॉन्ड्रिया* 'बहुत अल्प पेशी-संकोच' या रुग्णता के बोध का संकेत करता है। इसी प्रकार, *हाइपरफ़्रीनिया* का अर्थ 'बहुत अधिक मानसिकता' या प्रखर बुद्धि; *हाइपरम्नेसिया* 'बहुत अधिक स्मृति'; *हाइपरोपिया* 'अत्यंत तीक्ष्ण दृष्टि' है।

इस प्रकार *पैरानोइया* 'मिथ्या तर्क', या एक विशेष प्रकार का विभ्रम है जिसके बारे में विस्तार से हम बाद में पढ़ेंगे। *पैराम्नेसिया* 'मिथ्या स्मृति' है।

यूनानी अंतसर्ग (सफिक्स) *औइड* भी बार-बार प्रयोग में आता है जिसका अर्थ है 'लाइक या (के) सदृश, (के) तुल्य अथवा के रूप में'। अतः *पैरानोइया* का अर्थ है 'पैरानोइया के सदृश' या 'पैरानोइया के समान' इतना गंभीर हुए बिना ही; तथा *शिज़ोइड*, 'स्काइज़ोफ़्रीनिया के सदृश' या 'स्काइज़ोफ़्रोनिया के समान'।

आगे के तीन अध्यायों में हम (1) संवेदी प्रक्रियाओं, (2) चालक या गामक प्रक्रियाओं, तथा (3) संवेगात्मक प्रक्रियाओं के ए-, हाइपो-, हाइपर-, तथा पैरा - प्रकार्यों को प्रस्तुत करेंगे।

6. सारांश

1. लक्षण, मूल में निहित एक जीनोटाइपिक प्रक्रिया का फीनोटाइपिकल चिह्न है।
2. सभी लक्षणों का एक कारण (साइकिक द्वंद्व में), एक महत्व या अर्थ (किसी अचेतन आवश्यकता की संतुष्टि करने में) तथा एक मितव्ययता या उपापचय व्यवस्था (वे द्वंद्व के ऐसे समाधान का कारण होते हैं जो संपूर्ण परिस्थिति के अनुरूप होता है) होती है।
3. फीनोटाइप और जीनोटाइप की संकल्पनाएं हमें पुराने मनोरोग विज्ञान से जो मुख्यतया लक्षणों की व्याख्या करता था, नवीन मनोरोग विज्ञान को, जो लक्षण के मूल में निहित गति-विज्ञान की व्याख्या करता है, प्रभेद करने के योग्य बनाती हैं।
4. विवरणात्मक मनोरोग विज्ञान की स्थापना मनोगतिकी सिद्धांत से पहले हुई

थी अतः मनोरोग विज्ञान के विवरणों को समझने के लिए उस समय की पारिभाषिक शब्दावली को सीखना चाहिए।

5. लक्षणों की पारिभाषिक शब्दावली ग्रीक और लैटिन उपसर्गों और संज्ञाओं की शृंखला पर आधारित है। इन्हें सीखकर विद्यार्थी अधिकांश लक्षणों के अर्थ को समझ सकेगा।

ग्रंथ-सूची

मनोविज्ञान में जीनोटाइप और फीनोटाइप का प्रत्यय लेविन (1935, 1936); लेखक (1935, 1936 ए, 1936 बी, 1936 सी) द्वारा विकसित किया गया। यह धारणा कि लक्षणों के मूल में कारण, अर्थ और मितव्ययता होती है, सामान्यतया आज भी मानी जाती है। इन्हें अपनाने में फ्रायड का कार्य मुख्य महत्व का है। IX से XII अध्याय में हम उनके कार्य पर विचार करेंगे। मनोरोग विज्ञान पर किए गए कार्यों के संदर्भ के लिए V अध्याय के साथ संलग्न ग्रंथ सूची नोट देंखे।

संदर्भ

1. 'हां चयन करती है' शब्द बहुत ठीक नहीं है। यदि वह विभेदात्मक (डिस्क्रिमिनेटिव कॉन्शस डिसीज़) सचेतन निर्णय लेती तो दमन करने से बचा जा सकता था। चिकित्सक के प्रति प्रेम को अचेतन मन में बलात् ढकेल कर और चेतन अवस्था में इसका खण्डन करके, द्वंद्व से उत्पन्न असुविधा से बचाव किया गया है। दमन (रिप्रैशन) तथा अचेतन द्वंद्वों के निश्चित रचना तंत्र का तीसरे खण्ड में विस्तार किया गया है।

अध्याय-5

संज्ञानात्मक प्रक्रियाओं (जानना) की असामान्यताएं

1. जानने तथा क्रिया करने और महसूस करने के बीच संबंध के बारे में हमारे समसामयिक विचार

उन्नीसवीं शताब्दी के अणुवादी मनोविज्ञान ने, जिस पर हमारी लक्षणों की पारिभाषिक शब्दावली आधारित है, मानसिक जीवन को दिन-प्रतिदिन बढ़ते रहने वाले छोटे खण्डों में विभाजित करने का प्रयास किया। इस प्रक्रिया ने मानसिक लक्षणों की एक अति जटिल और विस्तारित सूची प्रस्तुत की। फिर भी उन्नीसवीं शताब्दी के अंत से अणुवादी मनोविज्ञान का स्थान जीवावीय मनोविज्ञान ने ले लिया है। जीवावीय मनोरोग विज्ञान की भांति ही जीवावीय मनोविज्ञान भी समग्र प्राणी के समूचे एकीकृत व्यवहारों पर बल देता है। नवीन दृष्टिकोण की ओर पहली बार उन्मुख होने के प्रयास में हम कह सकते हैं कि हम सभी का जीवन उन लक्ष्यों का *प्रत्यक्ष ज्ञान करने* से निर्मित होता है जिन्हें हम प्राप्त करने की *इच्छा* रखते हैं और जिनमें से कुछ को *प्राप्त कर रहे होते* हैं। यह दृष्टिकोण, व्यवहार का प्रारंभिक विभाजन संज्ञान, अनुभूति तथा क्रिया में करता है। दूसरों शब्दों में विशिष्ट मनोभावों और संवेगों के आधार पर हम किसी वस्तु का वांछित वस्तु के रूप में प्रत्यक्ष ज्ञान करते हैं या उसे *संज्ञान* में लाते हैं तथा यह संज्ञान होने पर क्रियाशील होते हैं या वांछित लक्ष्यों को हस्तगत करने के लिए कुछ *करते* हैं। अतः संज्ञान या बोध की प्रविधि मानसिक जीवन का एक महत्वपूर्ण पहलू है। उन्नीसवीं शताब्दी के मनोवैज्ञानिकों ने संवेदना, प्रत्यक्ष ज्ञान, साहचर्य, ध्यान, चिंतन तथा स्मृति जैसी उपप्रक्रियाओं में इस प्रक्रिया का विश्लेषण किया है। जीवन के वास्तविक व्यापार में ये सभी उपप्रक्रियाएं घनिष्ठ रूप से संबंधित रहती हैं, लेकिन सैद्धांतिक विश्लेषण और चिकित्सा व्यवसाय के उद्देश्य रो इन पर अलग-अलग विचार करना आवश्यक है। इस अध्याय में हम यही करेंगे।

संज्ञानात्मक प्रक्रियाओं की विकृति के लक्षणों के बारे में विस्तार में जानने से पहले यह जानना उपयुक्त होगा कि जीवित प्राणियों में संज्ञानात्मक प्रक्रियाएं किस प्रकार संवेगात्मक और प्रेरक या चालक प्रक्रियाओं से संबंधित हैं। वास्तव में इन तीनों में

घनिष्ठ संबंध है। आधुनिक मनोरोग विज्ञान की सभी खोजें हमें यह विश्वास करने के लिए प्रेरित करती हैं कि मानसिक कठिनाइयों की जड़ें संवेगों में अथवा संभवतः संवेगों के मूल में स्थित आधारभूत चालनाओं में होती हैं। महान स्विस मनोचिकित्सक ब्लूलर इस स्थिति (स्टेट ऑफ अफ़ेयर्स) की विशेषता सुन्दर शब्दों में इस प्रकार बताते हैं; 'ऑल साइकोपैथ्स आर थाइमोपैथ्स' अर्थात् सभी मनोरोगी थाइमस वैकारिक भी होते हैं। इससे उनका अभिप्राय यह है कि मानस (माइंड या साइकी) की सभी विकृतियों के आधार में संवेगों की विकृतियां होती हैं। हम इसे दूसरी तरह से इस प्रकार कह सकते हैं कि संवेगात्मक चालनाएं केवल संज्ञानात्मक और चालक या गामक क्षेत्र के *मनोरोग विज्ञान* संबंधी प्रक्रियाओं के मूल में ही नहीं होतीं बल्कि इस (संज्ञानात्मक और गामक) क्षेत्र की *समस्त* प्रक्रियाओं के मूल में होती हैं। पुरानी कहावत 'द विश इज़ फादर टु द थॉट' अर्थात् 'इच्छा ही चिंतन की जनक है', मूलतः विश्वसनीय लगती है। हम यह भी कह सकते हैं कि इच्छा या अभिलाषा ही क्रिया की जनक है। इससे हमारा अभिप्राय *संपूर्ण* चिंतन और *संपूर्ण* कार्य से है। वृद्धि और विभेदीकरण की प्रक्रिया में आधारभूत संवेगात्मक चालनाएं तथा उनके परिणामस्वरूप उत्पन्न होने वाली इच्छाएं सामाजिक यथार्थ के द्वारा संशोधित (या परिवर्तित) तथा संयमित होती हैं। अतः सामान्य व्यक्ति के चिंतन और कार्य, भौतिक और सामाजिक वातावरण के यथार्थ से अनुकूलित होते हैं। जबकि मानसिक रोग से ग्रस्त व्यक्तियों के चिंतन और कार्यों के साथ ऐसा नहीं होता। इसका अंतिम विश्लेषण यह है कि मानसिक विकृति मात्र कुसमायोजन है। अपने रूपक को आगे बढ़ाते हुए, यदि इच्छा बिल्कुल स्पष्ट रूप से मनस्तापी व्यक्ति के विचारों और कार्यों की जनक हैं तो सबसे अधिक विद्वान् दार्शनिकों के चिंतन और सबसे अधिक कुशल तकनीशियनों के कार्यों के सतर्कता से किए गए विश्लेषण उनके पूर्वजों में कहीं न कहीं इस इच्छा को दिखाएंगे। इस दृष्टिकोण से हम लक्षण विज्ञान के बारे में अपने विचार-विमर्श को संवेगों के विकारों के बारे में अपनी विवेचना से शुरू कर सकते हैं और वस्तुतः यह एक तर्कसंगत विधि भी होगी। लेकिन चूंकि सभी मानसिक प्रक्रियाओं में संवेगों की अभिप्रेरक भूमिका को केवल पिछली आधी शताब्दी में ही पहचाना गया है और चूंकि लक्षण विज्ञान की पारिभाषिक शब्दावली इससे पहले ही भली-भांति प्रतिष्ठित हो चुकी थी इसलिए हम पहले संज्ञानात्मक प्रक्रियाओं के विकारों, फिर गामक प्रक्रियाओं के विकारों और अंत में संवेगात्मक प्रक्रियाओं के विकारों की विवेचना करने की परंपरागत योजना का ही अनुसरण करेंगे। सही अर्थ में हम कहें तो इस नवीन दृष्टिकोण के अनुसार हमारे समझने के लिए संवेगात्मक प्रक्रियाओं के विकारों जैसा कुछ भी नहीं है बल्कि सभी मानसिक विकृतियां सामाजिक यथार्थ के साथ संवेगात्मक कुसमायोजन के परिणामस्वरूप होती हैं। लेकिन पुनः पारिभाषिक शब्दावली का प्रयोग सैद्धांतिक प्रगति से पीछे रह जाता है। इस मामले में भी पारिभाषिक शब्द का प्रयोग सैद्धांतिक प्रगति से पीछे रह गया है।

जानने की प्रक्रिया के महत्व पर जो अधिक बल दिया जा रहा है उसे शिक्षा के क्षेत्र में हुए नवीन विकास में अच्छे ढंग से समझाया गया है। मूलवृत्तियों, अनुभूतियों, संवेगों, मनोवेगों आदि के विपरीत, धर्म विज्ञान और प्रारंभिक तत्व मीमांसा द्वारा विवेकपूर्ण आत्मा को अधिक महत्व दिए जाने के परिणामस्वरूप (संदर्भ अध्याय 2), अभी हाल तक औपचारिक शिक्षा केवल संज्ञानात्मक प्रक्रियाओं के प्रशिक्षण से ही संबंधित रही है। दूसरे शब्दों में अधिकांश औपचारिक शिक्षा का उद्देश्य मनुष्य की क्षमताओं का विकास करके उसे एक जानकार जीव बनाना है। अभी हाल तक, विद्यार्थियों को किसी भी प्रकार की 'प्रैक्टिस' या व्यवसाय में प्रशिक्षित करने के प्रयास पर विश्वविद्यालय विशेष रूप से अप्रसन्नता प्रकट करते थे। उन्नीसवीं शताब्दी में बहुत बाद तक, गामक शिक्षा को पाठ्यक्रम में बिल्कुल नहीं रखा गया था जबकि आज यह शिक्षा व्यापक रूप से उन पाठ्यक्रमों में रखी जाती है जिनमें हाथों का प्रयोग करने की आवश्यकता है और जो व्यायाम और खेलकूद से संबंधित हैं। आज हम उस जगह पर आ गए हैं जहां गामक प्रशिक्षण को उतना ही महत्वपूर्ण समझा जाता है जितना कि संज्ञानात्मक प्रशिक्षण को; यद्यपि आज भी शिक्षा के क्षेत्र में 'कार्य करने की (डुइंग थिंग्स)' की तुलना में 'तथ्यों के ज्ञान (नोइंग थिंग्स)' को अधिक सम्मानजनक माना जाता है। केवल संवेगों की शिक्षा की दिशा में ही सबसे अनुपयुक्त शुरुआत हुई है। कदाचित् प्राइमरी स्कूलों में इसकी सबसे अधिक उपेक्षा हुई जहां कि इसकी सबसे अधिक आवश्यकता है। विद्यालय स्तर पर अवश्य मानसिक स्वास्थ आदि में कुछ साधारण और सतही पाठ्यक्रम देखने में आते हैं। संवेगात्मक शिक्षा के मार्ग में पाठ्यक्रम संबंधी कुछ विशेष कठिनाइयां आती हैं जिनमें से निस्संदेह ही मुख्य कठिनाई यह है कि इस शिक्षा को लैक्चर और पाठ्य पुस्तकों द्वारा बहुत आगे नहीं बढ़ाया जा सकता। फिर भी, मनोरोग विज्ञान के दृष्टिकोण से, उपयुक्त संवेगात्मक प्रतिक्रियाओं का प्रशिक्षण संभवतया ज्ञानात्मक और गामक प्रक्रियाओं के प्रशिक्षण से पहले दिया जाना चाहिए। कदाचित् वह दिन अभी दूर है और अब हमें वर्तमान महत्व के संदर्भ में लक्षणों के बारे में विचार-विमर्श करना चाहिए।

2. संज्ञानात्मक प्रक्रियाएं

संज्ञानात्मक प्रक्रियाओं के अंतर्गत हम उन समस्त क्रियाओं का परिचय निहित करते हैं जिनके माध्यम से व्यक्ति बाह्य और आंतरिक वातावरण से अवगत होता है। कार्य करने के लिए व्यक्ति को पहले बाहरी संसार के सामाजिक और भौतिक यथार्थ का तथा अपनी देह की स्थिति का प्रत्यक्ष ज्ञान करना चाहिए या उनके बारे में ज्ञान प्राप्त करना चाहिए। अपने चारों ओर के संसार के बारे में और अपनी देह की स्थिति के बारे में यह ज्ञान हमें ज्ञानेन्द्रियों द्वारा और केवल ज्ञानेन्द्रियों द्वारा ही प्राप्त होता है। ज्ञानेन्द्रियों के माध्यम से वातावरण के बारे में ज्ञान प्राप्त करने की प्रक्रिया तकनीकी रूप से संवेदना

(सैन्सेशन) कहलाती है। संवेदना नाम हम चेतना के सबसे अपरिष्कृत तत्वों को भी देते हैं। आज हम जानते हैं कि शुद्ध संवेदनाएं कदाचित् तकनीकी और पारिभाषिक कल्पनामात्र हैं तथा एक असल में जीवित व्यक्ति में संवेदना की शुद्ध मनोवैज्ञानिक प्रक्रिया अस्तित्व में नहीं होती। अतः तात्कालिक मनोविज्ञान में ऐसी कोई भी संवेदना नहीं दी हुई है जो साहचर्य, स्मृति, ध्यान आदि से स्वतंत्र हो। फिर भी यदि अन्य संबंधित प्रक्रियाएं अपेक्षाकृत अछूती रहें तो क्लिनिकल प्रैक्टिस में संवेदना की विकृतियों के बारे में बात करना लाभप्रद होगा। वरिष्ठ मनोवैज्ञानिक *प्रत्यक्ष ज्ञान* (परसैप्शन) को एक वयस्क व्यक्ति की सामान्य जानने की प्रक्रिया कहते हैं जिसमें विविध स्मृति प्रतिमाओं (मैमोरी इमेजिस) द्वारा संवेदना निरंतर संशोधित व परिवर्तित होती रहती है। साहचर्य (एसोसिएशन) से हमारा अभिप्राय उस प्रक्रिया से है जिसके माध्यम से स्मृति प्रतिमाएं संबद्ध और व्यवस्थित होती हैं। जन्म से ही स्मृति (मैमोरी) ज्ञानात्मक प्रक्रिया का अंतरंग भाग है। वर्तमान संवेदनाओं और प्रत्यक्ष ज्ञानों को पूर्व अनुभवों के साथ संयुक्त करने की क्रिया तथा स्मृतियां मिलकर, जानने की प्रक्रिया को बनाती हैं। वर्तमान प्रत्यक्ष ज्ञान का स्मृति प्रतिमाओं और साहचर्यों के साथ उपयोग हमें चिंतन (थिंकिंग) की प्रक्रिया प्रदान करता है। आगे आने वाले पैराग्राफों में हम संवेदना, प्रत्यक्ष ज्ञान, साहचर्य, ध्यान, स्मृति और चिंतन प्रक्रियाओं के मानसिक विकारों को व्यवस्थित करके इसी क्रम में एक सूची बनाएंगे। ये सभी प्रक्रियाएं संज्ञान की प्रक्रिया के भाग हैं जो परस्पर निर्भर करते हैं।

इन प्रक्रियाओं में से प्रत्येक से संबंधित विकृतियों का वर्गीकरण इस आधार पर किया जाता है कि प्रक्रिया में आई विकृति से संबंधित प्रकार्य कैसे प्रभावित हुआ है। इस प्रकार जैसा कि हम देख चुके हैं, हमारे पास विकृति के रूप में ए- या हाइपो-फंक्शंस होते हैं, जिनमें प्रक्रिया लुप्त या कम हो जाती है; हाइपर-फंक्शंस होते हैं, जिनमें प्रक्रिया बढ़ जाती है या उस पर अधिक बल दिया जाता है और पैरा-फंक्शन होते हैं, जिनमें प्रक्रिया मिथ्या या विकृत होती है। इसके अतिरिक्त हर प्रकार की विकृति प्राथमिक रूप से मनोजन्य या कायजन्य हो सकती है। 'प्राथमिक रूप से या प्राइमरिली' शब्द यहां निदान शास्त्र संबंधी कारकों के हमारे ज्ञान का उल्लेख करने के लिए किया गया है। वास्तविक कारण-कार्य संबंध या कॉज़ेशन के संदर्भ में प्रत्येक व्यवहार मनोवैज्ञानिक और शारीरिक दोनों प्रकार की समस्याएं प्रस्तुत करता है। कुछ समस्याओं के मूल में निहित कायिक प्रक्रियाओं का ज्ञान हमें अपेक्षाकृत अधिक होता है और हम इन नैदानिक कारकों को प्राथमिक रूप से कायिक कहते हैं जबकि दूसरी समस्याओं के बारे में हमें उनकी मूलभूत मनोवैज्ञानिक प्रक्रियाओं का ज्ञान अधिक होता है और हम उन्हें प्राथमिक रूप से कार्यात्मक या प्रकार्य संबंधी कारक कहते हैं। हमारी सैद्धांतिक स्थिति तो निस्संदेह जीवावीय ही है। चूंकि ज्ञानात्मक प्रक्रियाओं की विकृतियों के समस्त संभावित लक्षणों का विस्तार से विवेचन करने मात्र के लिए ही एक संपूर्ण पुस्तक की आवश्यकता होगी अतः हम विविध लक्षणों की परिभाषा और कुछ उदाहरणों की केवल रूपरेखा ही

देंगे और केवल उन लक्षणों का दृष्टांत सहित स्पष्टीकरण देंगे जिनका मनोरोग विज्ञान के लिए सबसे अधिक महत्व होगा। ऐसी रूपरेखा और संक्षिप्त विवरणों को याद करने से कुछ प्राप्त होने वाला नहीं है। यह केवल संपूर्णता के लिए दिए गए हैं और इसलिए भी दिए गए है कि आगामी खण्डों में परिभाषाओं को दोहराए बिना लक्षणों के नामों का परिचय दिया जा सके। समस्त मनोगत (साइकिक) प्रक्रियाओं के बीच अंतर्संबंध होने के कारण, अक्सर इस बात की आवश्यकता होगी कि आगामी खंडों में दूसरी प्रक्रियाओं से संबंधित लक्षणों को उपयुक्त रूप से परिभाषित करने से पहले उनका परिचय दिया जाए। जब ऐसे पारिभाषिक शब्द प्रस्तुत किए जाते हैं तो पाठक ये अपेक्षा कर सकते हैं कि इस अध्याय में या आगामी दो अध्यायों में इनकी परिभाषा और विवेचना भी दी जाए।

3. संवेदनाओं के विकार

दृष्टि : विविध प्रकार की संपूर्ण संवेदी प्रक्रियाओं में से दृष्टि कदाचित् सबसे अधिक विकसित और बाहरी संसार से समायोजित होने के लिए सबसे अधिक प्रयोग की जाने वाली प्रक्रिया है। दृष्टि एक ऐसी संवेदी प्रक्रिया भी है जिसके बारे में मनोवैज्ञानिकों और संवेदी विज्ञानियों (सैन्सरी फिज़ियोलॉजिस्ट्स) ने सबसे अधिक विशद् जांच-पड़ताल की है। बहुत से दृष्टि संबंधी दोष नेत्र-विज्ञान (आप्थैलमोलॉजी) के चिकित्सकीय विशेषज्ञता के क्षेत्र में आते हैं और यहां हमारा उनसे कोई संबंध नहीं है। यद्यपि बहुत सी पाठ्य पुस्तकों में क्रिस्टैलाइन लैन्स (के अनुपयुक्त कार्य) और नेत्रों के पेशी समूह (आई मस्कुलेचर) के अनुपयुक्त कार्य के कारण उत्पन्न हुए दृष्टि दोषों के लम्बे विवरण दिए गए हैं, लेकिन दृष्टि संवेदना संबंधी ऐसे कुसमायोजन मनोरोग विज्ञान के विशिष्ट क्षेत्र में नहीं आते हैं। मनोचिकित्सा के उद्देश्य से, विशेषकर ऐसे दृष्टि दोष कुसमायोजन में महत्वूपर्ण कारण बन सकते हैं जिनमें सुधार नहीं हुआ है लेकिन इन्हें मनोरोग लक्षणों के रूप में स्वीकार करने में एक मनोचिकित्सक की कोई रुचि नहीं होती। निम्नलिखित सूची दृष्टि के मुख्य दोषों को प्रस्तुत करती है :

बड़ी गड़बड़ (ए-फंक्शन)–एमोरोसिस का अर्थ है दृष्टि की पूर्ण क्षति होना या अंधापन। *हीमियानोप्सियस* अर्ध-अंधेपन हैं जो दोनों नेत्रों के एक ही अर्ध भाग में (होमोनॅमस) या दोनों नेत्रों के भिन्न अर्ध-भागों में (हॅटेरियोनॅमस) हो सकता है। *स्कोटोमा,* (बहुवचन, स्कॉटोमैटा) दृष्टि के क्षेत्र में स्थित एक अंध-बिन्दु (ब्लाइंड स्पॉट) है जो केन्द्र में उत्केन्द्रित (एसैन्ट्रिक) होता है तथा उससे भिन्न होता है जो एक स्वस्थ और सामान्य आंख में होता है। वर्णांधता (कलर ब्लाइन्डनैस) को तकनीकी भाषा में *एक्रोमेटोप्सिया* कहते हैं और यह आंशिक या संपूर्ण होता है। *कन्सैन्ट्रिक नैरोइंग* का अभिप्राय दृष्टि क्षेत्र के बाहरी भाग में दृष्टि की संवेदना का समाप्त हो जाना है।

छोटी गड़बड़ (हाइपो-फंक्शन)–दृष्टि के अल्प कार्यों (हाइपो-फंक्शन) में आमतौर

पर पाए जाने वाले विविध दृष्टि दोष जैसे *मायोपिया*, निकटदर्शीपन; *हाइपरओपिया* (यहां हमारे हिसाब से यह मिथ्या नाम या मिसनॉमर है), दूरदर्शीपन : *एंस्टिगमैटिज़्म* अर्थात् क्रिस्टैलाइन लैन्स के दोषपूर्ण घुमाव के कारण धुंधली दृष्टि : *प्रैसबायोपिया*, वृद्धावस्था में दोषपूर्ण समायोजन के कारण धुंधली दृष्टि : *डिप्लोपिया* या बाहरी नेत्र पेशी समूह की दुर्बलता के कारण दोहरी दृष्टि।

अति कार्य (हाइपर-फंक्शन)–दृष्टि का मुख्य हाइपर-फंक्शन *विज़ुअल हाइपरोस्थैसिया* है जिसका अर्थ है नेत्र में उत्तरोत्तर बढ़ती हुई संवेदनशीलता जिसमें कभी-कभी पीड़ा भी होती है; तथा *फोटोफोबिया* अर्थात् प्रकाश का भय। फोटोफोबिया की विवेचना संवेगात्मक प्रक्रियाओं की विकृतियों के संबंध में करेंगे।

अप-कार्य (पैरा-फंक्शन)–विज़ुअल पैरॅस्थीसियाज़ *फोटोमैटा* के साथ आते हैं, जिसका अर्थ है किसी वस्तुगत उद्दीपक की अनुपस्थिति में भी प्रकाश या रंग की चौंध दिखाई देना।

अतिरिक्त साइकिक लक्षणों के बिना, ऊपर बताए गए लक्षणों के आविर्भाव का प्राथमिक रूप से प्रायः कायिक आधार होता है और यह मुख्यतया एक नेत्र विज्ञानी (ऑक्युलिस्ट) की दिलचस्पी का विषय है। फिर भी कभी-कभी कन्वरज़न हिस्टीरिया के लक्षणों के रूप में ऐसी दृष्टि संबंधी विकृतियां देखने में आती हैं जिनका प्राथमिक रूप से प्रायः कायिक आधार होता है। इस प्रकार कार्यात्मक अंधापन (फंक्शनल ब्लाइंडनैस) या एनॉप्सिया या फंक्शनल हीमियामॉप्सिया या फंक्शनल कलर ब्लाइंडनैस के केस देखने में आते हैं। फिर भी इन मामलों में व्यावहारिक रूप से हमेशा ही दूसरे लक्षण भी होते हैं तथा संवेगात्मक कुसमायोजन के प्रमाण भी होते हैं। आगे के पैराग्राफों में हम प्रकार्यात्मक और कायिक कारणत्व के संबंध में ऐसी विकृतियों के विभेदीकरण के बारे में विचार करेंगे।

ऊपर दिए गए लक्षणों में से विशेषकर दृष्टि के पैरैस्थीसियाज़ या 'फोटोमैटा' का मनोरोग विज्ञान की दृष्टि से बहुत महत्व है। फोटोमैटा से दृष्टि संबंधी भ्रम (दृष्टि भ्रम या विज़ुअल हैल्यूसीनेशन) तक पारगमन में निरंतरता रहती है। सामान्य रूप से यदि रोगी इस तथ्य से पूरी तरह अवगत हो कि दृष्टि के क्षेत्र में कोई उपयुक्त उद्दीपक उपस्थित नहीं है तो हम इसे फोटोमैटा कहेंगे और उसे यह जानकारी न होने पर हम इसे दृश्य विभ्रम (विज़ुअल हैल्यूसीनेशन) कहेंगे। मति भ्रमों (डिल्यूज़ंस) के बिना विभ्रम (हैल्यूसीनेशंस) कदाचित् ही आते हैं।

श्रवण शक्ति (ऑडिशन) : निस्संदेह श्रवण दूसरी सबसे महत्वपूर्ण संवेदना है। दृष्टि विकारों की भांति बहुत सी श्रवण संबंधी विकृतियों में भी मुख्य रूप से कर्ण विज्ञानी (ओटोलॉजिस्ट) की ही रुचि होती है क्योंकि जब तक गौण मनोवैज्ञानिक लक्षण (सैकेन्डरी साइकोलॉजिकल सिम्प्टमस) नहीं दिखाई देते तब तक ये मनोरोग विज्ञानी की समस्याएं नहीं बनते। निम्नलिखित सूची में श्रवण शक्ति की मुख्य विकृतियां दी गई हैं :

बड़ी-गड़बड़ (ए-फंक्शन)–ऑडिटरी एनॅस्थीसिया, श्रवण असंवेदनता / श्रवण संज्ञाहीनता या *एनाक्यूसिया* (विशुद्ध तकनीकी शब्द का प्रयोग बहुत कम होता है) का अभिप्राय बहरेपन से है। यह यूनीऑराल (एक कान में) या बाईऑराल (दोनों कान में) हो सकता है।

अल्प-गड़बड़ (हाइपो-फंक्शन)–अपूर्ण श्रवण शक्ति एक कान में या दोनों कानों में हो सकती है। कुछ व्यक्ति टोन डैफनैस या तान-बधिरता से ग्रस्त होते हैं जो दृष्टि के क्षेत्र में होने वाली वर्ण अंधापन जैसी ही, श्रवण के क्षेत्र में पाई जाने वाली स्थिति है। आंशिक तान बधिरता में या तो *टोनल आइलैंड्स* जिनमें कुछ ध्वनियां (टोन) सुनी जाती हैं और अन्य का बहिष्कार कर दिया जाता है या *टोनल गॅप्स*, अर्थात् जहां ध्वनियों में विभेदीकरण नहीं किया गया है ऐसे ध्वनि स्केल में ध्वनियों का स्थापन करना निहित रहता है (अर्थात् भिन्न-भिन्न ध्वनियों को सुनना)।

अति-कार्य (हाइपर-फंक्शन)–श्रव्य अतिसंवेदिता या *ऑडिटरी हाइपरेस्थीसिया* का अभिप्राय ध्वनि के लिए बढ़ी हुई संवेदनशीलता से है तथा यह बहुधा *डिसएक्यूसिया* के साथ संलग्न रहती है। डिसएक्यूसिया का अभिप्राय हाइपरेस्थीसिया के साथ संलग्न असुविधा और खीज से है।

परा-कार्य (पैरा-फंक्शन)–श्रव्य-अपसंवेदन या *ऑडिटरी परेस्थीसियाज़*, जिन्हें *एकोज़्म्स* के नाम से जाना जाता है, का अभिप्राय कान के अंदर भनभनाने या दहाड़ने या यदाकदा विस्फोटक ध्वनियां सुनाई देने से है। जब इन्हें पूरी तरह से व्यक्तिनिष्ठ माना जाता है तो यह घटना सही अर्थ में मनोरोग विज्ञान का विषय नहीं होती। लेकिन जब इन्हें काल्पनिक बाहरी उद्दीपकों पर आरोपित किया जाता है तो ये मतिभ्रम (हैल्यूसिनेशंस) हो जाते हैं।

श्रवण संबंधी अधिकांश विकृतियां, जिनमें कोई मनोरोग विज्ञान नहीं है, मुख्य रूप से कायजन्य आधार पर आती हैं। जिस प्रकार कुछ दृष्टि दोषों का मुख्यतया मनोजन्य आधार होता है उसी प्रकार हमें श्रवण शक्ति के कार्यात्मक या उन्मादजन्य दोष भी देखने में आते हैं।

पीड़ा, दबाव, तापमान और स्पर्श की संवेदनाएं : स्पर्श पांच प्रतिष्ठित ज्ञानेन्द्रियों में से एक है तथा इसे आधुनिक तंत्रिका-रचना विज्ञान संबंधी (न्यूरोफिजियोलॉजिकल) शोध के माध्यम से बहुत सी भिन्न-भिन्न संवेदी रूपात्मकताओं (मॉडेलिटीज़) में अलग किया गया है। इनमें से प्रत्येक मॉडेलिटी विविध असामान्य प्रकार्यों के रूप में या तो मुख्यतया प्रकार्यात्मक या मुख्यतया कायिक आधार पर विकृत हो जाती हैं। इनमें जो सबसे अधिक महत्वपूर्ण हैं उन्हें अग्रलिखित सूची में दिया गया है। पहले की भांति यहां भी जब लक्षण किसी उलझाने वाले मनोरोग के बिना प्रकट होते हैं और उनका अनुभव व्यक्तिनिष्ठ होता है तो वे मनोरोग विज्ञानी (मनोचिकित्सक) के लिए महत्वपूर्ण नहीं रहते।

बड़ी-गड़बड़ (ए-फंक्शन)–क्यूटेनियस (त्वचीय) असंवेदनता *एनॅस्थीसिया* का अभिप्राय स्पर्श की संवेदना की क्षति या अनुपस्थिति से है। इसको संकुचित अर्थ में

प्रयोग किया जा सकता है या इसमें *एनलजैसिया,* पीड़ा की संवेदना का गायब होना तथा *थर्मोएनैस्थीसिया,* तापमान की संवेदना का लोप होना, भी निहित रहता है। तापमान की संवेदना को *एटॅलपोसिया,* उष्णता की संवेदना का लोप, तथा *एरिगोसिया,* शीत की संवेदना का लोप में उपविभाजित किया जाता है। लेकिन ऐसे प्रयोग व्यवहार में विरले ही हैं।

अल्प-गड़बड़ (हाइपो-फंक्शन)—सभी त्वचीय संवेदनाओं में कमी हो सकती है। क्यूटेनियस *हाइपेस्थेसियाज़* को *हाइपोएलजॅसिया* और *थर्मोहाइपॅस्थैसिया* आदि में उपविभाजित किया जा सकता है।

अति-कार्य (हाइपर-फंक्शन)—इसी प्रकार सामान्य त्वचीय संवेदना में अति-वृद्धि पाई जाती है जो *हाइपरएस्थेसिया* तथा विविध उपसंवेदनाओं की अति-वृद्धि *हारपरएलजॅसिया* कहलाती हैं।

अप-कार्य (पैरा-फंक्शन)—क्यूटेनियस *पैरॅस्थीसिया* से अभिप्राय स्पर्श की मिथ्या या विकृत संवेदनाओं से है। इनमें किसी उद्दीपक पदार्थ के बिना संवेदनाएं होना निहित रहता है जैसे सन्निपात ट्रॅमिन्स तथा कोकीन के व्यसन में होता है : *एक्रोपैरॅस्थीसियाज़,* जिनमें अग्रंग बार-बार सुन्न हो जाते हैं; *डायसकीरियाज़,* जहां संवेदनाएं गलत तरीके से स्थानीकृत होती हैं तथा अनिश्चित रूप से स्थानीकृत अप्रिय संवेदनाएं। यहां भी यदि व्यक्ति का यह विश्वास है कि उद्दीपक वस्तुनिष्ठ है तो पैरॅस्थीसिया मतिभ्रम बन जाता है।

स्पर्श की संवेदना के विकार आधुनिक मनोरोग विज्ञान के लिए विशेष रूप से महत्वपूर्ण हैं क्योंकि उनकी पुनरावृत्ति बहुत होती है और क्योंकि इनसे संबंधित आधुनिक उपागम के मुख्य सिद्धांत इनके अध्ययन के माध्यम से ही स्थापित हुए थे।

स्वाद की संवेदना (गस्टेशन या टेस्ट) : स्वाद की संवेदना भी अनुपस्थित, कम, बढ़ या विकृत हो सकती है। *एगुएसिया* का अभिप्राय स्वाद-संवेदना की अनुपस्थिति होने से है जो आंशिक या पूर्ण हो सकती है; *हाइपरगुएसिया* का अभिप्राय स्वाद की बढ़ी हुई संवेदना है। *पैरागुएसिया* स्वाद की वह संवेदना है जिसमें वास्तविक पदार्थ के रूप में उद्दीपक अस्तित्व में ही नहीं होता। जब पैरागुएसिया का अनुभव व्यक्तिनिष्ठ नहीं होता तो वह संवेदना भ्रांतिजनक (हैल्यूसिनेटरी) हो जाती है और विभ्रम का आधार हो सकती है।

गंध की संवेदना (ऑलफैक्शन, स्मैल) : *एनॉस्मिया* गंध की संवेदना का लोप होना है जो आंशिक या संपूर्ण, सामान्य या विशिष्ट हो सकता है। *हाइपरोएमैनिया* गंध की संवेदनशीलता का बढ़ जाना है तथा *पॅरोस्मिया* मिथ्या या विकृत गंध संवेदनाएं होती हैं। पुनः जब *पॅरोस्मिक* संवेदनाओं की अनुभूति व्यक्तिनिष्ठ नहीं होती तो यह बहुत से मतिभ्रमों तथा विभ्रमों का आधार बनती है।

संतुलनकारी, गतिबोधक तथा मांसपेशी, नस और जोड़ संबंधी संवेदना (इकुइलिब्रेटरी, काइनेस्थॅटिक एण्ड मसिल टैन्डन एण्ड जॉइन्ट सैन्सेशन) : संतुलनकारी, गतिबोधक संवेदनाएं तथा मांसपेशी, नस और जोड़ का संवेदन सभी अनुपस्थित, अतिरंजित या

विकृत (परवर्टिड) हो सकते हैं। जैसा कि अक्सर होता है इसका लक्षण विज्ञान ए-, हाइपर-, हाइपो- तथा पैरा- जैसे उपसर्गों पर आधारित है। इस प्रकार *एकिनॅसीनिया* का अर्थ है गति के संवेदन का ह्रास होना तथा *काइनॅस्थैटिक हारपॅरस्थनिया* का अर्थ है हाथ-पैरों की गति की बढ़ी हुई संवेदनशीलता। रोटेशन या चक्र-क्रम की संवेदनाओं की अति वृद्धि से वर्टीगो आदि होता है।

कायिक संवेदनशीलता (ऑर्गेनिक सैन्सिटिविटी) : कायिक संवेदनशीलता का संबंध भूख, मतली आना, प्यास तथा लैंगिक उत्तेजना से है। अतः हम *एनोरॅक्सिया,* क्षुधा कम होना या समाप्त हो जाना; *बिलूमिया* (*हाइपरओरॅक्सिया* के स्थान पर प्रयोग किया गया शब्द), असामान्य रूप से तीव्र क्षुधा तथा *पॅरोरॅक्सिया,* असामान्य भोज्य पदार्थ के लिए लालसा के उदाहरण देखते हैं। दूसरे पॅराफ़न्कशंस की भांति पॅरोरॅक्सिया भी अक्सर मतिभ्रमों और विभ्रमों का आधार होता है। हमें प्यास के संवेदन का एनॅस्थीसिया, हाइपरॅस्थीसिया तथा पॅरैस्थीसिया भी देखने में आता है। हालांकि इनके लिए विशेष तकनीकी नाम नहीं हैं। मतली के लिए एनॅस्थीसिया या हाइपरॅस्थीसिया या पैरॅस्थीसिया कोई भी नाम हो सकता है। इसी प्रकार लैंगिक उत्तेजना की संवेदनाएं भी अनुपस्थित या बढ़ी हुई या विकृत हो सकती हैं। कायिक संवेदनाओं की विकृतियां संवेगात्मक और संज्ञानात्मक विकृतियों के क्षेत्र से संबंधित हैं तथा इनके बारे में अध्याय VII में अधिक बात करेंगे।

अब तक हमें अनुमान हो गया है कि संवेदना का लक्षण विज्ञान कितना व्यापक है तथा विकसित होने वाले लक्षणों में कितनी विविधता होती है। अब जब हम आगे चलकर यह अनुभव करते हैं कि सैद्धांतिक रूप से इन लक्षणों में से प्रत्येक लक्षण एक कायिक और एक कार्यात्मक आधार पर विकसित हो सकता है तो इससे हमें मनोचिकित्सकीय निदान (साइकिएट्रिक डाइग्नोसिस) के कार्य में आने वाली कठिनाइयों का ज्ञान भी होता है। लक्षणों के विभेदीकरण में निहित समस्याओं के उदाहरण स्वरूप हम असंवेदनता पर विचार करेंगे। इस सर्वाधिक महत्वपूर्ण लक्षण के बारे में विस्तार से विचार-विमर्श करके हम उन समस्याओं को जान सकेंगे जो अन्य लक्षणों के संबंध में खड़ी होती हैं। एनेस्थीसिया का अर्थ है त्वचा की सतह पर स्पर्श की संवेदना समाप्त हो जाना। उपयुक्त प्रान्तस्था केन्द्रों (कॉर्टिकल सैन्टर्स) के साथ त्वचा की सतह को जोड़ने वाली प्रोप्रियोसॅप्टिव नर्व्स की चोट के कारण या संवेदी प्रकार्यों में कोई साइकिक अवरोध के कारण असंवेदनता या एनेस्थीसिया की स्थिति उत्पन्न होती है। इसमें पहला उदाहरण कायिक कारण-कार्य संबंधी (ऑर्गेनिक कॉज़ेशन) है और ऐसे केस चिकित्सकीय स्नायुतंत्र विज्ञानी (क्लिनिकल न्यूरोलॉजिस्ट्स) के कार्य क्षेत्र में आते हैं। दूसरे केस में कारण साइकिक है और मनोरोग विज्ञानी तथा मनोचिकित्सक के अध्ययन का विषय है। वस्तुतः कार्यात्मक एनेस्थीसियाज़ सबसे अधिक बार आने वाले उन लक्षणों में से हैं जिनके साथ मनोचिकित्सकों का संबंध रहता है। (इन्हें वातोन्मत्त या हिस्टॅरिकल भी कहा जाता है)।

इस पुस्तक के IV खण्ड में हम हिस्टीरिया के सिद्धांत का विस्तार से विकास करेंगे। फिर भी इस बिन्दु पर हमारे लिए यह आवश्यक होगा कि वातोन्मत्त और कायिक असंवेदनाओं में विभेद करने के लिए हम अपने तर्कों को पहले ही जान लें।

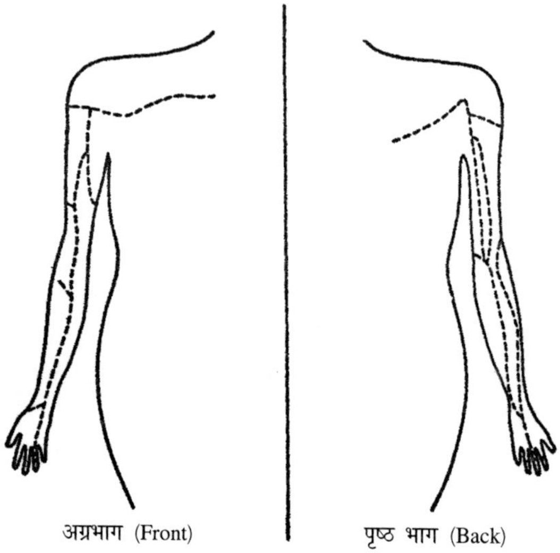

चित्र 5 : भुजा की सतहों के लिए नर्व आपूर्ति के क्षेत्रों को प्रदर्शित करते हुए।

जैसा कि हमने देखा कि प्रत्येक मानसिक लक्षण का एक कारण एक अर्थ या महत्व और मितव्ययता होती है। इस बारे में यह कहा जा सकता है कि लक्षणों का हमारे जीवन में कुछ महत्व होता है जिसे उघाड़ना सैद्धांतिक रूप से संभव होता है। इसके विपरीत कायिक संवेदनहीनता के जीवन वृत्त में लक्षणों का ऐसा कोई महत्व नहीं होता। कायिक संवेदनहीनताएं ऊतक संवेदी तंत्रों (प्रोप्रियोसॅप्टिव नर्वस) की कार्य शक्ति की असफलता या विनाश के कारण होते हैं और यह असफलता या विनाश प्रायः किसी दुर्घटना द्वारा या नाड़ी तंत्र के किसी कायिक रोग के प्रभाव के कारण होता है। अतः लक्षणों के बीच विभेदीकरण करने के लिए पहला सोपान यह है कि यदि संभव हो तो व्यक्ति के तात्कालिक पूर्व इतिहास के बारे में पता लगाया जाए क्योंकि व्यक्ति के साथ यदि कोई दुर्घटना या अन्य प्रदर्शनीय न्यूरोपॅथोलॉजी हुई है तो विभेदीकरण सरल होगा।

न्यूरोएनाटॉमी ने नर्व्स (स्नायु या तंत्रिकाएं) तथा त्वचा की सतह के बीच मुख्य सहसंबंधों की खोज की है जिसकी व्यवस्था पृथक् स्नायु करते हैं। अतः उदाहरण के लिए चित्र पांच में दिखाया गया है कि भुजा की सतही त्वचा अलग-अलग सुस्पष्ट क्षेत्रों में विभाजित होती है तथा एक पृथक् स्नायु मार्ग (नर्वरूट) इनमें से प्रत्येक क्षेत्र की

आपूर्ति करता है। स्नायु को वास्तविक कायिक चोट लगने के केस में इन सभी क्षेत्रों में या किसी भी एक या उससे अधिक क्षेत्रों में संवेदनहीनता हो सकती है। किसी भी स्थिति में यह संवेदनहीनता केवल हाथ में या केवल प्रबाहु में नहीं हो सकती। फंक्शनल एनेस्थीसिया की यह विशेषता है कि ये किसी शारीरिक इकाई (एनाटॉमिकल यूनिट) में होते हैं जो प्रायः विशिष्ट नर्व रूट के द्वारा आवृत्त (तंत्रिका के शरीर रचना संबंधी) क्षेत्र (न्यूरोएनाटॉमिकल एरिया) के साथ मेल नहीं खाती। अतः यदि हमें दस्ताना असंवेदनाता (ग्लव एनेस्थीसिया) अर्थात् हाथ के उस भाग का एनेस्थीसिया जिसमें दस्ताना पहनते हैं, या प्रबाहु एनेस्थीसिया है तो हम तुरंत यह अनुभव करते हैं कि इसका स्वरूप और प्रकृति कार्यात्मक है। शरीर के दूसरे भागों के बारे में भी ऐसा ही है। न्यूरोएनाटॉमिस्ट्स त्वचा के विशिष्ट क्षेत्र और नर्व आपूर्ति के संबंध को जानते हैं। इसी प्रकार 'जूता' या 'शू' एनेस्थीसिया भी सदैव कार्यात्मक होना चाहिए। इस प्रकार मनोवैज्ञानिक यह जान सकते हैं कि कुछ एनेस्थीसियाज़ (जैसे अध्याय IV में दिए गए मामले में उद्धृत जांघ का एनेस्थीसिया) कायिक न होकर क्रिया संबंधी या प्रकार्यात्मक होते हैं क्योंकि प्रभावित क्षेत्र तंत्रिका के छोरों (नर्व एन्डिंग्स) के बारे में ज्ञात शरीर रचना संबंधी तथ्यों से मेल नहीं खाता।

इसके अतिरिक्त कार्यात्मक असंवेदनता (निश्चेतनता) का झुकाव कायिक निश्चेतनता की तुलना में विविधता और सुझाव से प्रभावित होने की ओर अधिक होता है। मनोचिकित्सकों ने आमतौर पर यह अनुभव किया है कि रोगी के जीवन की परिस्थिति और संवेगों में अस्थिरता के कारण असंवेदनता से प्रभावित क्षेत्र और उसकी गहराई में परिवर्तन होते रहते हैं। उदाहरण के लिए प्रायः यह देखा गया है कि स्नायविक परीक्षण के दौरान व्यक्ति तीखी सुई चुभाने पर प्रतिक्रिया करने में असफल रहता है और अतिगहन असंवेदनता की स्थिति प्रदर्शित करता है लेकिन किसी दूसरे अवसर पर उसे प्रभावित क्षेत्र से मक्खी उड़ाते हुए या किसी अन्य मंद उद्दीपक पदार्थ को हटाते हुए देख सकते हैं। एक हाथ या जांघ से दूसरे हाथ या जांघ में प्रभावित क्षेत्र भी भिन्न-भिन्न होते हैं। इस तथ्य को सामान्य जाग्रत अवस्था में दिए सुझाव प्रायः प्रदर्शित कर सकते हैं और सम्मोहन द्वारा तो यह निरपवाद रूप से प्रदर्शित किया जा सकता है। कार्यात्मक असंवेदनता इस स्थिति में सभी कार्यात्मक विकारों के बहुत समान होती है।

यह सभी विशिष्टताएं कार्यात्मक विकृतियों के संवेगात्मक उत्पत्ति ग्रंथ (जेनेसिस) की हमारी वर्तमान संकल्पना से सहमति रखती हैं। असंवेदनता सदैव एक अचेतन इच्छा की किसी भी रूप में पूर्ति का प्रतिनिधित्व करती है। व्यक्ति में द्वंद्व होता है और उसे प्रायः खोजा जा सकता है, द्वंद्व के संबंध में एनेस्थीसिया का एक अर्थ होता है जैसा कि हमने संवेदनाहीन जांघ वाली लड़की के केस में देखा था तथा लक्षण जीवन की वर्तमान परिस्थिति के संदर्भ में मितव्ययी होता है। हम अन्य विकारों के साथ जैसे-जैसे आगे बढ़ेंगे हमें इसका अर्थ और स्पष्ट हो जाएगा।

4. प्रत्यक्षज्ञान के विकार

प्रत्यक्षज्ञान करने (पर्सीविंग) से हमारा अभिप्राय तात्कालिक संवेदी ज्ञान प्राप्त करने की वास्तविक क्रिया से तथा प्रत्यक्षज्ञान से हमारा अभिप्राय इस प्रकार से प्राप्त ज्ञान की विषय वस्तु से है। संवेदना सदैव प्रत्यक्षज्ञान से पृथक्करण का प्रतिनिधित्व करती है और कुछ मामलों में यह पृथक्करण उपयुक्त रूप से नहीं किया जा सकता । अतः फोटोमेटा, जो उपयुक्त संवेदी उद्दीपकों के बिना क्षणिक दृश्य प्रतिमाओं को देखना है, को या तो संवेदना की विकृतियों या प्रत्यक्षज्ञान की विकृतियों के रूप में वगीकृत किया जा सकता है। जब संवेदनाएं किसी वास्तविक या कल्पित बाहरी उद्दीपक पर आधारित नहीं होतीं तो इन्हें हम संवेदनाओं की विकृतियां कहते हैं। लेकिन जब हम किसी बाहरी उद्दीपकों के संदर्भ में उनकी व्याख्या करते हैं तो इस प्रकार की प्रत्यक्षज्ञानात्मक विकृतियों को 'विभ्रम' या 'हैल्यूसीनेशन' के नाम से जानते हैं। संवेदनाओं की भांति ही प्रत्यक्षज्ञान भी विविध संवेदी रूपात्मकताओं (सैन्स मॉडैलिटीज़) के संबंध में विकृत हो जाते हैं। हम देखते हैं कि प्रत्यक्षज्ञान के ए-कार्य, हाइपर-कार्य तथा पैरा-फंक्शंस भी कायिक और कार्यात्मक दोनों आधार पर हो सकते हैं, प्रत्यक्षज्ञान की मुख्य विकृतियों की सूची इस प्रकार है :

बड़ी गड़बड़ तथा अल्प गड़बड़ (ए-तथा हाइपो फंक्शन) : *सामान्य कुप्रत्यक्षण* या *जनरल इमूपरसॅप्शन* किसी भी संवेदी रूपात्मकता में हो सकते हैं तथा प्रत्यक्षज्ञानात्मक प्रक्रिया के ए-या हाइपो-फंक्शन के नाम से जाने जाते हैं। यह निस्संदेह एक सापेक्षिक शब्द है। सामान्यतया यह कहा जा सकता है कि बुद्धू या मंदबुद्धि व्यक्ति सभी प्रकार की संवेदी रूपात्मकताओं में कुप्रत्यक्षण से पीड़ित होते हैं इसीलिए वे कभी भी उचित प्रकार से यथार्थ वातावरण से अवगत नहीं होते। कुप्रत्यक्षण के इस अर्थ के बारे में हम बुद्धि के बारे में विचार-विमर्श करते समय बात करेंगे। कुप्रत्यक्षण का कायिक आधार भी हो सकता है जैसा कि सरसाम, बुखार तथा विषाक्त (टॉक्सिक) मनोविक्षप्ति के केस में होता है। कुप्रत्यक्षण कई प्रकार की कार्यात्मक मनोविक्षिप्ति में भी कमोबेश देखने में आता है तथा इसकी इस भूमिका के बारे में हम बाद में विचार-विमर्श करेंगे।

प्रत्यक्षज्ञान के ए-या हाइपो-फंक्शन्स अधिक विशिष्ट भी हो सकते हैं। अतः तथाकथित 'वाग्लोप (एफेसियाज़)' या भाषा संबंधी योग्यताओं का लोप होने की लम्बी शृंखला देखने में आती है। इनमें से कुछ जैसे पेशीय वाग्लोप (मोटर एफेसिया, मौखिक भाषा का प्रयोग करने की योग्यता का लोप) तथा एग्रॅफ़िया (लिखने की योग्यता विलुप्त होना), का संबंध भाषा का प्रयोग करने की क्षमता से है जिसके बारे में हम अगले अध्याय में पेशी संबंधी विकारों की बात करते समय करेंगे। लेकिन अन्य एफेसियाज़ का संबंध भाषा के प्रत्यक्षज्ञान की योगयता से है अतः उन पर यहीं विचार करना चाहिए। *एफ़ेसिया* एक सामान्य पारिभाषिक शब्द है जिसका अर्थ 'भाषा की

अनुपस्थिति' (एबसैन्स ऑफ लैन्गुएज) है। इसका प्रयोग हम उस भाषा संबंधी कार्य का लोप होने के अर्थ में करते हैं जो कभी विद्यमान था। *एलैक्सिया* लिखे हुए शब्दों को पढ़ने की योग्यता का लोप होना है। इससे पीड़ित व्यक्ति अक्षरों की रूपरेखा का प्रत्यक्षज्ञान करने में असमर्थ रहते हैं। *एसिम्बौलिया* सामान्य प्रतीकों के अर्थ निकालने की योग्यता का लोप होना है। इस प्रकार एक व्यक्ति यदाकदा साधारण विषय को तो पढ़ सकता है लेकिन गणितीय या अन्य चिह्नों का प्रत्यक्षज्ञान करने में असफल रहता है। *संवेदी वाग्लोप (सैन्सरी एफेसिया)* बोले गए शब्दों को समझने की योग्यता का विलोप हो जाना है। संगीत को समझने की योग्यता का लोप होना *अम्यूज़िया* कहलाता है। एफेसियाज़ स्मृति दोषों से इस प्रकार सीधे संबंधित हैं कि वाग्लोप से पीड़ित व्यक्ति की विचाराधीन योग्यता से संबंधित स्मृति लुप्त हो जाती है। अनेक तंत्रिका विज्ञानी वाग्लोप की समस्या का अध्ययन कर रहे हैं तथा यह आधुनिक तंत्रिका विज्ञान का एक महत्वपूर्ण अध्याय है। एफेसियाज़ मस्ष्तिक में किसी शारीरिक चोट के कारण सबसे अधिक होते हैं और तंत्रिका विज्ञानियों ने ऐसे जटिल चिकित्सकीय परीक्षणों की रचना की है जिनके माध्यम से वे एफेसिया के स्वरूप तथा तंत्रिका विज्ञान संबंधी सहायक या गौण चिह्नों के द्वारा मस्तिष्क की चोट का पता लगा सकते हैं। कायिक वाग्लोप (ऑर्गेनिक एफेसियाज़) का संबंध चिकित्सकीय तंत्रिका विज्ञान के क्षेत्र से है अतः हमारे लिए इनका महत्व नहीं है। इसमें रुचि रखने वाले विद्यार्थी हीड, आई.एस. वैश्लर (1928) तथा ग्रिन्कर की रचनाओं को संदर्भ के लिए देख सकते हैं।

वाग्लोप कार्यात्मक आधार पर भी विकसित हो सकते हैं। इनके कार्यात्मक रूप का कायिक रूप से विभेदीकरण उसी प्रकार से होता है जिस प्रकार संवेदी और कायिक एनेस्थीसियाज़ के बीच में भेदीकरण किया जाता है। चिकित्सकीय तंत्रिका विज्ञानियों के जो परीक्षण विविध वाणी केन्द्रों की अखंडता और उनके बीच संबंधों की संपूर्णता का परीक्षण करते हैं वे इनके पीछे एक सेरीब्रल चोट की उपस्थिति और स्थान निर्धारण की संभावना की ओर संकेत करते हैं। कायिक एफेसियाज़ के केस के इतिहास में प्रायः मस्तिष्क की चोट होती है। यहां भी लक्षण के कारण, महत्व और मितव्ययता के बारे में पूछताछ करने से निदान करने में सहायता मिलती है।

अति-कार्य (हाइपर-फंक्शन) : प्रत्यक्षज्ञान के हाइपर-फंक्शन इसके ए-या हाइपो-फंक्शन के विरोधी के रूप में घटित होते हैं। यहां भी, अत्यधिक प्रत्यक्षज्ञानात्मक योग्यता के मामले बुद्धि की सामान्य समस्या से संबंध रखते हैं तथा इस प्रकरण के अंतर्गत ही हम इन पर विचार करेंगें। जिस कार्यात्मक हाइपरस्थीसिया को हम विकार या रोग के रूप में देख सकते हैं उसमें हम प्रायः एक संवेदन (सेंस) के प्रत्यक्षज्ञानात्मक प्रक्रियाओं की अतिसंवेदनशीलता को पाते हैं जो दूसरे संवेदन के लिए घटती हुई संवेदनशीलता के कारण आती है। इस प्रकार एक व्यक्ति दृष्टि के संबंध में हाइपर परसैप्टिव हो सकता है अर्थात् उसे कुछ चीजों को बार-बार देखना पड़ता है और उसको उनमें बहुत सी चीज़ें नज़र आती हैं लेकिन वह केवल सामान्य संवेदी

प्रत्यक्षज्ञानों को अन्य उद्दीपकों से पृथक् करके ही ऐसा करता है ऐसा हाइपरस्थीसिया प्रायः ध्यान संबंधी विकृति तथा मतिभ्रम से संबंधित होता है। (जिस पर हम जल्दी ही बात करेंगे।)

अप-कार्य (पैरा-फंक्शन) : प्रत्यक्षज्ञान के पैरा फंक्शन चिंतन प्रक्रियाओं और साहचर्य प्रक्रियाओं के पैरा फंक्शन्स से घनिष्ठ रूप से संबंधित है। प्रत्यक्षज्ञान के सबसे महत्वपूर्ण पैरा फंक्शन्स *भ्रम (इल्यूज़न्स)* और *विभ्रम (हैल्यूसीनेशंस)* है। यहां हम उन रेखागणितीय दृश्यात्मक विभ्रमों की बात नहीं करेंगे जिन्हें प्रत्येक व्यक्ति देखता है और मनोचिकित्सा के लिए जिनका महत्व नहीं है। हमारी वास्तविक मनोरोग विषयक समस्याएं प्रत्याशा भ्रमों और विभ्रमों में आती हैं। प्रत्याशा भ्रम में एक वास्तविक उद्दीपक पदार्थ का मिथ्या प्रत्यक्षज्ञान होता है जबकि विभ्रम में यह मिथ्या प्रत्यक्षज्ञान वहां होता है जहां कोई उद्दीपक पदार्थ उपस्थित ही नहीं होता। कुछ मामलों में केवल यह मानदण्ड ही सीमांत के उन केसों को पहचानने में हमारी सहायता नहीं करेगा जिनमें प्रत्याशा भ्रम को विभ्रम या किसी विभ्रम को प्रत्याशा भ्रम कहा जा सकता है। यह बहुत स्पष्ट है कि जब एक महिला रोगी अपनी इस बात पर अड़ी रहती है कि उसकी परिचर्या करने वाला चिकित्सक उसका पति या पिता है तो यह भ्रम की स्थिति है लेकिन जब वही रोगी कमरे में किसी व्यक्ति के न होने पर भी अपने पिता को वहां देखती है तो यह विभ्रम की स्थिति है। प्रत्यक्षज्ञान और चिंतन के बीच का घनिष्ठ संबंध इस उद्धरण से पुनः स्पष्ट होता है क्योंकि इन दोनों केसों में अपने प्रत्यक्षज्ञान में रोगी का विश्वास ही मतिभ्रम को संघटित करता है। चूंकि प्रत्याशा भ्रम तथा विभ्रम के बीच भेद कर पाना सदैव संभव नहीं होता अतः हम इन दोनों पर एक साथ विभ्रम के सामान्य नाम के अंतर्गत विचार करेंगे। विभ्रम सभी संवेदी रूपात्मकताओं में घटित होते हैं लेकिन कदाचित् श्रवण के क्षेत्र में इनकी बहुत पुनरावृत्ति होती है। *श्रव्य विभ्रमों (ऑडिटरी हैल्यूसीनेशंस)* को 'फोनीम्स' या ध्वनिग्राम भी कहते हैं तथा इनमें केवल भनभनाहट की आवाज, चटकाहट की ध्वनि, आदि ही निहित नहीं होती बल्कि रोगी पर आक्रमण करने वाली या उसकी रक्षा करने वाली आवाजें भी निहित होती हैं। रोगी बार-बार नवनिर्मित शब्दों (निओलॉज़िम्स) या अपरिचित शब्दों को सुनता रहता है जो निरर्थक होते हैं। इसमें संदेह नहीं है कि प्रेतात्मावादियों द्वारा मृत व्यक्तियों की आवाजों को सुनने की घटनाएं विभ्रमात्मक प्रकृति की हैं। कभी-कभी यह आवाज रोगी को अपने अंदर से सुनाई देती है जो 'अधिजठरीय या ऐपीगैस्ट्रिक' आवाज कहलाती है। जब ये श्रव्य विभ्रम जटिल और व्यवस्थित हो जाते हैं तो वे रोगी के मतिभ्रमात्मक समूह (डिल्यूज़नल सिस्टम) का हिस्सा बन जाते हैं। इस प्रकार सुनाई देने वाली आवाजें प्रायः रोगी पर दोषारोपण कर रही होती हैं या कभी-कभी उसका बचाव भी कर रही होती है। कभी-कभी उसे स्वयं अपने विचार सुनाई देते हैं मानो कि उन्हें ऊंचे स्वर में बोला जा रहा हो। ऐसे निश्चित रूप से अनुभव किए गए विभ्रम वस्तुतः मतिभ्रम संबंधी प्रकरण हैं तथा इनके बारे में बाद में बात करेंगे। साइकिक या मानसिक द्वंद्व के क्षेत्र में इनका

एक कारण होता है, एक महत्व या अर्थ और मितव्ययता होती है। अतः व्यक्ति ऐसी कुछ आवाजें (या ईश्वर की आवाज़) सुन सकता है जो उसे अपनी संतान की हत्या करने का आदेश दे रही हों। ऐसे केसों में बहुधा लक्षण का कारण यह है कि व्यक्ति अपनी संतान के प्रति अथवा किसी ऐसे व्यक्ति के प्रति जिसके साथ वह अपनी संतान का तादात्म्य स्थापित करता हो, अचेतन घृणा का भाव रखता है जिसे उसका विवेक स्वीकार नहीं कर सकता। वह इसे बाहर से आते हुए आदेश के रूप में स्वीकार कर सकता है। अतः इस लक्षण का अर्थ और महत्व है। मितव्ययता या उपापचय व्यवस्था इस रूप में है कि इससे व्यक्ति का आंतरिक अचेतन द्वंद्व कम होता है। दृश्यात्मक विभ्रम बहुत विरले होते हैं तथा कम पाए जाते हैं। साधारण प्रकार के दृश्य विभ्रम फोटोमेटा या प्रकाश और रंगीन आकृतियों की क्षणिक चौंध की भांति होते हैं। जटिल प्रकार के दृश्य विभ्रमों का अस्तित्व व्यक्ति या दृश्यों के रूप में होता है। धार्मिक नेताओं और फरिश्तों की 'विजन्स' या 'दिव्य-दर्शन' वस्तुतः विभ्रम होते हैं। विशेषकर गंध और स्वाद के विभ्रम भी बार-बार देखने में आते हैं। इनका संबंध भी प्रायः दम घुटने या ज़हर दिए जाने के मतिभ्रमों से होता है।

असंवेदन और वाग्लोप (एफेसियाज़) की भांति, विभ्रमों का आधार भी कायिक और कार्यात्मक दोनों प्रकार का हो सकता है। लेकिन यहां इनमें विभेद करना बहुत आसान है क्योंकि विभ्रम कायिक आधार पर तब तक घटित नहीं होते जब तक कि स्नायु तंत्र को प्रभावित करने वाली शरीर की विषाक्त प्रक्रियाओं का स्पष्ट प्रमाण न हो। जैसे कि सरसाम, तीव्र बुखार या सभी प्रकार की दीर्घकालिक शारीरिक बीमारियों में हैल्यूसिनोसिस आमतौर पर देखने में आती है। कार्यात्मक विभ्रम, सामान्य व्यक्ति के मिथ्या प्रत्यक्षज्ञान या मिथ्या विश्वास से कई बातों में भिन्न हैं। सर्वप्रथम, विभ्रम ध्यान को उकसाते रहते हैं, अर्थात् व्यक्ति जिन आवाजों को सुनता है या जिन दृश्यों को देखता है वह उसके लिए अधिक महत्वपूर्ण होते हैं तथा जिनसे उसका संबंध होना चाहिए उनका वह बहिष्कार करता है। द्वितीय, विभ्रम व्यक्ति के निर्णय को इस प्रकार प्रभावित करते हैं कि वह अपने सभी सामाजिक और भौतिक वातावरण का प्रत्यक्षज्ञान विभ्रम के संदर्भ में ही करता है। तीसरे, विभ्रम अधिकांशतया क्रिया को प्रेरित करते हैं अर्थात् सुनाई देने वाली आवाज़ रोगी को कहती है कि उसको यह - वह कार्य करना चाहिए तथा ये कार्य बहुधा उसकी अपनी और समाज की सुरक्षा के लिए घातक होते हैं। इस प्रकार विभ्रम की ज्ञानात्मक प्रक्रियाओं से, विभ्रम से प्रेरित क्रिया करने की पेशीय प्रक्रिया तक का पारगमन धीरे-धीरे होता है। यह सत्य है कि व्यक्ति का ध्यान, निर्णय करने की क्षमता तथा क्रियाएं विभ्रम से प्रभावित होकर कुसमायोजित हो जाते हैं। उस समय इसमें हम यह स्पष्ट देख सकते हैं कि कैसे इच्छा, संज्ञानात्मक प्रक्रिया के उस सबसे महत्वूपर्ण भाग अर्थात् प्रत्यक्षज्ञान का तात्कालिक जनक बन जाती है। विभ्रम में हम सभी संज्ञानात्मक विकृतियों के आधारभूत पैटर्न को देखते हैं अर्थात् रोगी की इच्छाओं (यद्यपि प्राग : ये इच्छाएं अचेतन हो सकती हैं) के संदर्भ में यथार्थ की व्याख्या

करना। व्यक्ति के सुनिश्चित मनोचिकित्सकीय अध्ययन के माध्यम से इच्छा, जो प्रायः अचेतन होती है और विभ्रम के बीच के इस संबंध को उघाड़ा जा सकता है।

5. अवधान (अटैंशन) के विकार

प्रत्यक्षज्ञान की प्रक्रिया के सर्वाधिक सहगामी भागों में से एक अवधान है। अवधान की प्रक्रिया का अभिप्राय है प्राणी की अपने चारों ओर के वातावरण के कुछ निश्चित पहलुओं का प्रत्यक्षज्ञान के रूप में चयन करने की तथा अन्य पहलुओं को रोक देने की योग्यता। इसके पेशीय और संज्ञानात्मक, दोनों पहलू हैं। हम अवधान की विविध विकृतियों की सूची दे रहे हैं :

बड़ी और अल्प गड़बड़ियां (ए-तथा हाइपो-फंक्शन) : अवधान की अनुपस्थिति, यथार्थ वातावरण में किसी भी वस्तु पर ध्यान देने में व्यक्ति की पूर्ण असमर्थता से लेकर आंशिक *एप्रोसेक्सिया* तक विविध रूपों में पाई जाती है। एप्रोसेक्सिया में हम कुछ कारकों पर ध्यान देते हैं और कुछ पर नहीं। एप्रोसेक्सिया कम या अधिक मात्रा में कुप्रत्यक्षण की सामान्यीकृत कठिनाई में सदैव उपस्थित होता है तथा यह प्रत्यक्षज्ञान की प्रक्रिया से भी घनिष्ठ रूप से संबंधित होता है। यह साहचर्य संबंधी कुछ विकृतियों का भी आधार होता है जैसे विचारों की चंचलता, जिसमें रोगी विचारों के तर्कसंगत क्रम पर ध्यान एकाग्र करने में असमर्थ रहता है।

अति-कार्य (हाइपर-फंक्शन) : *हाइपरप्रोसेक्सिया* का अर्थ है आवश्यकता से अधिक ध्यान देना तथा यह सदैव स्थायी रूप से रुग्ण प्रत्यक्षज्ञान या विचारों के संबंध में पाया जाता है। अतः यह विभ्रम का अनिवार्य हिस्सा है तथा मनोग्रस्ति (ऑबसैशन) में देखा जा सकता है।

अप-कार्य (पैरा फंक्शन) : सैद्धांतिक दृष्टि से पैराप्रोसेक्सिया के केस भी होने चाहिए जिनमें अवधान की प्रक्रिया विकृत हो जाती है जिससे वातावरण में अनुपयुक्त पदार्थ पर ध्यान दिया जाता है। अतः एप्रोसेक्सिया और हाइपरप्रोसेक्सिया दोनों ही कुछ सीमा तक निस्संदेह अवधान के पैरा फंक्शंस का प्रतिनिधित्व भी करते हैं।

6. साहचर्य के विकार

क्लासिकल मनोवैज्ञानिकों के अनुसार *साहचर्य (एसोसिएशन)* का अर्थ है वह प्रक्रिया जो संवेदना और प्रत्यक्षज्ञान के माध्यम से प्राप्त संवेदी प्रभावों का संश्लेषण करती है। साथ ही साहचर्य में से इन संवेदी छापों का स्मृति प्रतिमाओं के साथ संबंध भी निहित रहता है। आधुनिक मनोविज्ञान ऐसे स्वेच्छाचारी खण्डों से एक मानसिक समष्टि निर्मित करने में रुचि नहीं रखता। लेकिन यहां भी हम पुनः शिक्षात्मक उद्देश्य को देखते हुए परंपरागत योजना का अनुसरण करेंगे। परंपरागत दृष्टि से सामान्य साहचर्य प्रक्रिया में

विचार परस्पर संबद्ध होते हैं। इस दृष्टिकोण के अनुसार, व्यक्ति किसी प्रकार के संवेदी प्रभावों से प्रारंभ करता है तथा एक निर्धारित लक्ष्य की दिशा में एक तर्कसंगत क्रम में बढ़ता है। इस प्रकार साहचर्य, विचार और चिंतन दोनों से संबंधित है। इसे हम विचार प्रक्रिया के वाहक के रूप में देख सकते हैं और उपयुक्त स्मृति प्रतिमाएं इसका आवश्यक हिस्सा हैं। व्यापक अर्थ में कहा जा सकता है कि साहचर्य संबंधी विकृतियां संज्ञानात्मक प्रक्रियाओं की सभी विकृतियों के साथ पाई जाती हैं।

बड़ी और अल्प-गड़बड़ (ए - तथा हाइपो-फंक्शन) : साहचर्य प्रक्रिया के ए-फंक्शंस में *विचारों का अभाव, बाधा और विलंबन (अर्थ ऑफ आइडियाज़, ब्लॉकिंग तथा रिटार्डेशन)* निहित रहता है। विचारों का अभाव कुप्रत्यक्षण या दोषपूर्ण प्रत्यक्षज्ञान के परिणामस्वरूप होता है और बौद्धिक न्यूनता में तो सदैव ही पाया जाता है। यह बाल्यावस्था में भी उपस्थित होता है लेकिन एक रोग लक्षण के रूप में नहीं एक पृथक् लक्षण के रूप में कुप्रत्यक्षण वास्तविक संसार से संपर्क हटा लेने के केसों जैसे खंडित मनस्कता (स्काईज़ोफ़्रीनिया) या अवसाद (डिप्रैशन) में दिखाई देता है। विचारों के अभाव या अल्पता से पीड़ित व्यक्ति निश्चित रूप से निम्न स्तर पर कार्य करता है और उसके पास विचारों के साहचर्य बहुत कम होते हैं, जैसा कि हम मंद बुद्धि व्यक्ति में पाते हैं या ऐसा व्यक्ति निश्चित व अटल विचारों का संरक्षण करता है जैसा कि मनोग्रस्ति तथा मतिभ्रमों में देखने में आता है। विचारों में बाधा आने का अभिप्राय है साहचर्यों के क्रम का अचानक असफल होना। इस प्रकार व्यक्ति बोलते समय वाक्य के बीच में या अंत में रुक जाता है और अपने विचारों की पंक्ति को पूरा करने में असमर्थ रहता है। जैसे रोगी से पूछें 'आप यहां क्यों हैं?' और इसका एकमात्र उत्तर यह मिले, 'मैं यहां हूं क्योंकि-' 'क्योंकि' शब्द के आगे वह कुछ नहीं कह पाता। विचारों में बाधा उन रोगियों में बार-बार देखी जा सकती है जो साहचर्य के कुछ निश्चित क्षेत्रों के संबंध में आदतन मौन (म्यूटिस्टिक) रहते हैं। अतः विखंडित मनस्कता के रोगी बहुधा कुछ कहने का प्रयास करते हैं लेकिन शब्दों को बोलने में असमर्थ रहते हैं। विचारों का विलम्बन, बाधा से इस बात में अलग है कि साहचर्य बनते तो हैं लेकिन बहुत धीमी गति से। बाधित व्यक्ति साहचर्यों को किसी भी तरह स्थापित नहीं कर सकता जबकि विलम्बित व्यक्ति साहचर्य बनाता तो है लेकिन सामान्य व्यक्ति की तुलना में बहुत धीमी गति से निदान के लिए बाधा और विलम्बन में विभेदीकरण करना महत्वपूर्ण है। अवसाद ग्रस्त व्यक्ति बहुधा *रिटार्डेशन* से पीड़ित होता है, खंडित मनस्कता ग्रस्त व्यक्ति बाधा से।

अति-कार्यात्मकता (हाइपर-फंक्शन) : विचारों की अल्पता या साहचर्य के धीमे हो जाने के स्थान पर हम साहचर्यों को बहुत शीघ्रता से घटित होता हुआ भी पाते हैं। ऐसे केस में साहचर्य के हाइपर-फंक्शंस होते हैं। शीघ्र गति से निरंतर तर्कसंगत साहचर्य करने की क्षमता एक सामान्य प्रखर मस्तिष्क की विशेषता होती है अतः साहचर्य की अति-कार्यात्मकता को हम रोग लक्षण के रूप में नहीं देख सकते। यह केवल तब लक्षणात्मक होता है जब बहुत शीघ्र गति से बनने वाले साहचर्यों की कोई क्रमिक

व्यवस्था या तर्कसंगतता नहीं होती। *विचारों की उड़ान (फ्लाइट ऑफ आइडियाज़)* में विचारों के साहचर्य बहुत शीघ्र गति से बनते हैं लेकिन उनमें विचारों की क्रमबद्धता नहीं होती। जैसे एक दैनिक समाचार पत्र के वर्गीकृत स्तम्भ में दिए गए एक विज्ञापन से : "असल में सितारों पर ध्यान दें। मैं मार्स (मंगल ग्रह) से आ रहा हूँ। यदि हम बीस व्यक्तियों को मिले जिनमें से प्रत्येक व्यक्ति के पास 10 हजार डॉलर अतिरिक्त हों जिससे कि 10 डॉलर घंटे के हिसाब से कार्यकर्त्ता किराए पर लिए जा सके तो हम अवसाद को एक दिन में समाप्त कर देंगे। अपना योगदान मुझे भेजें और फिर चर्च में जाकर प्रार्थना करें। अवसाद, हमारे पापों के लिए ईश्वर द्वारा दिया गया दंड है। जब मुझे आपसे पैसा मिलेगा तो समृद्धि प्रारंभ होगी। मैं एक नई राजनीतिक पार्टी की स्थापना करने जा रहा हूँ," इत्यादि। यदि, जैसा कि ऊपर दिया गया है, प्रस्तुत विचारों में कोई तात्कालिक तर्कसंगत क्रम होता है लेकिन वाक्यांश या वाक्य, तर्क के आधार पर संबंधित नहीं होते तो इसे विचारों की उड़ान कहा जाता है। यदि तुरंत संबद्ध किए गए विचारों में कोई तर्कसंगत क्रम नहीं होता तो हम उसे शब्दों की खिचड़ी कहते हैं। व्यक्तिगत रूप से प्रकाशित एक परचे में इस वर्ड हॅश का उदाहरण आगे दिया गया है।

चेतावनी सूचना

हमारे स्वतंत्रता के घोषणा-पत्र में बीस प्रस्ताव हैं। एक प्रस्ताव 'शर्ट बटालियन' के मिस्टर टिमथी ए. मॅटलॅक के द्वारा लिखा गया जो जन्म से नीम हकीम हैं। वे कहते हैं–"आने वाले खतरों और आपदाओं से बचने के लिए" अर्थात् हमारे एसॉ और इश्मा इलाइट्स के द्वारा, रैड इंडियंस जो हमें इन यू.एस. में मिले लेव 13:19, लेव, 5:19, जॅन. 38:28, जॅन. 27:41 की भांति–जब हम यहां पहुंचे, (एक्ट्स 12 : 15) "आराम और उपवास की घोषणा करनी पड़ेगी (लेव. 23:4)। अतः यह जानते हुए कि हमने उनकी भूमि में घुसपैठ की, हमें अपने इंडियंस का आदर करना चाहिए और उनकी सहायता करनी चाहिए जिन्होंने ईसाई धर्म अपना लिया है तथा हमें सभी जैन्टाइल परिवारों को उन्हें जंगली गधों के परिवारों के भाइयों के रूप में दावा करने का अवसर देकर उनके प्रति प्रेम और सुरक्षा का भाव प्रदर्शित करना चाहिए । डान. 5:21, आइसा, 27:6; जेर. 22:19

क्योंकि जीसस की हत्या के बाद, एक्स. 12:37, यहूदियों के ईश्वर को, एक्स. 5:3, जे एन. 4:22, यू.एस. ऑफ ए. तक पहुंचने के लिए, पुराना यरूशलम छोड़ना पड़ा, जैसा कि मूसा द्वारा देखा गया, ड्यूट. 3:27–गाय या बछड़े की आकृति के राज्य–एक्स. 32:4, 16, 27; I साम. 6:10, पैदल चलने के द्वारा, ड्यूट. 8:4; एक्स 11; 32, रुकते हुए, नम. 9:13-28; जन. 34:30, पी.एस. 105:12 तथा भिक्षा मांगते हुए, पी.एस. 109:24-नया यरूशलम, धरती का मध्य भाग, एज़्क. 38:12; रैव. 3:12:1; मात्र 1800

वर्ष एजेक 48:35 की भांति, जब तुम इन्हें डॅन., 12-7; नेह, 11:1; क्रॉन. 12:32; की भांति आंशिक खण्डों में विभाजित करो; सभी वस्तुओं के पुनरुद्धार को प्रारंभ करने के लिए एक्ट्स 3:21; हेब 9:10 की भांति-आराम और उपवास के लिए भी तैयार होने में; मेरे लिए अपने बीस्ट्स (पशुओं) की हत्या करना लेव 16:17; एज़िक 16:62, 63, इन यू.एस. ऑफ ए. में, जब स्वर्ग का ईश्वर भी उसी दिन हत्या करेगा रेब 8:1-10; आइसा. 34:4,5, तथा जिन काले यहूदियों को हमने यरूशलम में छोड़ा था, जॉब 30:30; लॅम 5:10; वे वहां मारेंगे नम. 7; ज़ेक 14:1-6; और जब हम इन पशुओं की हत्या करेंगे और इन्हें मुद्रांकित करेंगे, तो ये इन भूचालों का कारण होंगे एज़ेक. 38 : 19; रॅव 8:10; रॅव 10:11.

मामलों में शब्दों की खिचड़ी में प्रयुक्त शब्द रोगी के नवनिर्मित शब्द *(निओलॉजिज़्मस)* या नवीन शब्द-निर्माण *(कॉइनेजिज़)* होते हैं जो रोगी के अतिरिक्त अन्य सभी के लिए अर्थहीन होते हैं। आगे दी गई पंक्तियां एक व्यामोह खंडित मनस्कता से ग्रस्त रोगी (पैरानॉइड स्काईज़ोफ़्रीनिक पैशेंट) द्वारा लिखे गए ब्रह्माण्ड के इतिहास का हिस्सा हैं। ''सफेद हंस का घर पढ़ो। सी ऑफ डी इज़ सी ऑफ ईव हर सी इज़ वेना पेल पोनीज़ इन को ऑफ रीड एज़ मी डील एज़ वी गॉड''। शब्दों की खिचड़ी तथा विचारों की उड़ान के बीच पाया जाने वाला अंतर नैदानिक दृष्टि से महत्वपूर्ण है। विचारों की उड़ान उन्माद (मैनिक) के रोगियों में अधिक पाई जाती है जब कि शब्दों का घालमेल खण्डित मनस्कता का सूचक है।

अप-कार्य (पैरा-फंक्शन) : साहचर्य प्रक्रिया के अप-कार्य में हम *दृढ़ता* या *परसीवरेशन* को देखते हैं जिसमें एक अकेले शब्द या वाक्यांश की बार-बार पुनरावृत्ति होती है। यह बच्चों के नकल करने वाले कॉपीकैट गेम की भांति है लेकिन वयस्कों में घटित होता है। जैसे परसीवरेशन से पीड़ित व्यक्ति सभी प्रश्नों का उत्तर दृढ़ विचारों के आधार पर देते हैं। यह निस्संदेह विचारों में बाधा या ब्लॉकिंग, जिसमें कोई उपयुक्त साहचर्य नहीं बनता तथा *एप्रोसैक्सिया* (जिसके बारे में हम ऊपर बात कर चुके हैं) के साथ घनिष्ठ रूप से संबंधित है। एक शब्द या वाक्यांश पर दृढ़तापूर्वक बने रहने की प्रक्रिया *स्थिर विचारों* या *फिक्सड़ आइडियाज़* से भी घनिष्ठ रूप से संबंधित है, जिसमें शब्दों का अपेक्षाकृत लम्बा क्रम घटित होता है। स्थिर विचार संगठित रूप में *मनोग्रस्ति* और *मतिभ्रमों* का आधार होते हैं तथा हम इनके बारे में इसी अध्याय में बाद में बात करेंगे। साहचर्यों की असंगतता या महत्वहीनता, साहचर्य प्रक्रिया का दूसरा पैरा - फंक्शन है जो विचारों के उड्डयन से संबद्ध हो भी सकता है और नहीं भी। *साहचर्यों की असंगतता* या *इनकन्सीकुएनशिएलिटी* में रोगी बहुत असंगत विस्तृत विवरण प्रस्तुत किए बिना एक एकीकृत तर्कसंगत साहचर्य क्रम का वहन करने में असमर्थ रहता है। इस प्रकार की साहचर्यों की असंगतता पागल व्यक्तियों के साहचर्यों में बहुधा निरपवाद रूप से देखने में आती है। जैसे ''दादी आज सुबह आपने क्या किया था?'' ''क्यों, मैं उठी और तुम्हारे प्रिय मृत दादा के बारे में और उन सुखद दिनों के बारे में जब हमारा

विवाह हुआ था, सोचती रही और क्या मैंने कभी तुम्हें बताया कि मैं कब यूरोप गई थी और निस्संदेह तुम्हें अपनी आण्टी केट का अंतिम संस्कार याद नहीं है।" "लेकिन आज सुबह तुमने क्या किया?" तथा यह मालूम पड़ा कि बहुत से संस्मरण सुनाने के बाद वह पार्क में थोड़ी देर के लिए सैर करने चली गई।

7. स्मृति के विकार

स्मरण की प्रक्रिया के कारण प्रत्यक्षज्ञान मानस में संचित रहते हैं। सुविधा के लिए मनोवैज्ञानिक स्मृति प्रक्रिया को चार सोपानों में विभाजित करते हैं : सर्वप्रथम (अनुभवों की) छाप या इम्प्रैशन, जो प्रत्यक्षज्ञान के समान है और इसलिए हम इसे स्मृति से संबंधित नहीं करेंगे; धारणशक्ति या रिटैन्शन, जिसका अभिप्राय है कि मुद्रांकित सामग्री की कुछ मात्रा संचित हो गई; अनुस्मरण या याद दिलाना या रिकॉल, जिसमें व्यक्ति की स्वेच्छा से स्मृति प्रतिमाएं (मॅमोरी इमेजिज़) पुनः सक्रिय की जाती हैं; तथा पहचानना या रिकॉगनिशन जिसमें सामग्री या स्थिति के प्रस्तुत होने पर व्यक्ति को उसके साथ पूर्व-परिचय की भावना होती है। हम जानते हैं कि स्मरण की प्रक्रिया में कुछ विशिष्ट प्रकार के परिवर्तन सामान्य रूप से होते हैं। इस प्रकार, सामान्य स्मृति प्रतिमा पदार्थ के प्रत्यक्षज्ञान से बहुत भिन्न होती है। स्मृति के विकारों से हमारा अभिप्राय इस प्रकार के नियमित परिवर्तन से नहीं बल्कि अधिक उग्र और कठोर प्रकार के परिवर्तनों से है।

बड़ी गड़बड़ (ए-फंक्शन)–*स्मृति लोप* या *एमनीज़िया* का अर्थ है स्मृति का ह्रास होना। वाग्लोप पर विचार करते समय हम विशिष्ट प्रकार के स्मृति लोप को देख चुके हैं। एफेसिया में व्यक्ति वातावरण में स्थित कुछ प्रतीकों के महत्व को भूल जाता है। स्मृति लोप में भी ऐसा ही होता है। स्मृति लोप को आंशिक या पूर्ण की दृष्टि से अल्पकालिक या स्थायी के रूप में वर्गीकृत कर सकते हैं। आंशिक अल्पकालिक स्मृति-लोप की आवृत्ति इतना अधिक होती है कि यदि असामान्य व्यवहार के सिद्धांतों के क्षेत्र में इनकी महत्वपूर्ण भूमिका नहीं होती तो यहां इनके बारे में विचार-विमर्श करना उपयुक्त नहीं होता। यदि व्यक्ति किसी विशेष समय पर नाम, शब्द समूह या घटनाओं के विशेष क्रम को अनुस्मरण (रिकॉल) नहीं कर सकता लेकिन बाद में स्मरण कर लेता है तो यह कहा जा सकता है कि वह आंशिक अल्पकालिक स्मृति लोप से पीड़ित है। इस प्रकार के स्मृति लोप प्रत्येक व्यक्ति के दैनिक जीवन में होते हैं। इस प्रकार के स्मृति लोपों के अध्ययन ने फ्रायड को यह विश्वास करने के लिए प्रेरित किया कि मनोरोगियों तथा पूर्णतया सामान्य व्यक्तियों में एक ही प्रकार की संरचना पाई जाती है। उनकी पुस्तक *'साइकोपैथोलॉजी ऑफ एवरीडे लाइफ'* की विषय वस्तु यही है जिसके बारे में हम इस पुस्तक के तीसरे खण्ड में विचार करेंगे। पूर्ण स्मृति लोप से हमारा अभिप्राय सभी कुछ भूल जाने से नहीं है, जोकि जन्म के समय पर लौट जाने के समान होगा। बल्कि व्यक्तित्व के भीतर की संपूर्ण रचनाओं को और विशेषकर उन संरचनाओं को भूल जाने से है जिनका संबंध व्यक्ति

के सामाजिक संबंधों से होता है। इस प्रकार का स्मृति लोप एक बार-बार होने वाली विकृति कदापि नहीं है लेकिन यह इतना दिखाऊ होता है कि अपनी ओर आम लोगों का ध्यान आकर्षित करता है तथा प्रेस रिपोर्टों के माध्यम से प्रत्येक व्यक्ति ने इसके बारे में सुना भी होता है। इस स्थिति में व्यक्ति बहुधा अपनी पहचान और अपने पिछले इतिहास का विस्तृत ब्यौरा भूल जाता है, लेकिन अपने व्यक्तित्व के साधारण अभ्यासगत संरचनाओं को याद रखता है। उसे यह तो याद रहता है कि कैसे पढ़ना, लिखना, खाना, चलना आदि करना है लेकिन उसे अपना नाम, परिवार तथा जीवन वृत्त की दूसरी बातें विस्तार से याद नहीं रहती। इस लक्षण में कारण, अर्थ और मितव्ययता बहुत स्पष्ट दिखाई देते हैं। खोजबीन करने पर निरपवाद रूप से मनोवैज्ञानिकों को यह पता चलता है कि संवेगात्मक अंतर्द्वंद्व के कारण ऐसे व्यक्ति की जीवन परिस्थितियां बहुत अप्रिय थीं तथा इस द्वंद्व का समाधान व्यक्ति के द्वारा अपनी व्यक्तिगत पहचान खो देने से हो सकता था। क्योंकि इससे वह जीवन की अप्रिय परिस्थितियों से भागने में तथा नए वातावरण के साथ किसी प्रकार का समायोजन करने के योग्य हो सकता था। अखबारों में स्मृति लोप के केस बार-बार दिए जाते हैं अतः विद्यार्थी इससे परिचित होंगे। स्मृति लोप की घटना (एमनैसिक फिनॉमिना) में दैनिक जीवन के क्षणिक आंशिक स्मृति लोप से लेकर पूर्ण रूप से स्थायी स्मृति लोप तक पूरी शृंखला निहित रहती है।

अति-कार्यात्मकता (हाइपर-फंक्शन)—हाइपरप्रोसैक्सिया की भांति, *हाइपरएमनीज़िया* या अत्यधिक शीघ्रगामी साहचर्यों को भी स्वयं में लक्षण नहीं समझा जाता। लेकिन जब हाइपरएमनीज़िया विचारों की ऐसी संरचना के रूप में घटित होता है जहां इस विशिष्ट संरचना को बहुत विस्तार में याद तो रखा जा सकता है और ऐसा करने में अधिक प्रासंगिक विचारों का बहिष्कार कर दिया जाता है, तब निस्संदेह यह अभिलक्षणात्मक होता है। और इस तरह यह मनोग्रस्तियों और भ्रमों का अंतरंग भाग बन जाता है। हाइपरएमनीज़िया तीव्र संवेगात्मक उत्तेजना के अंतर्गत भी होता है जैसे पानी में डूबने पर, कुछ विशिष्ट प्रकार के सरसाम में, दण्डित कैदियों में, इत्यादि।

अप-कार्य (पैरा-फंक्शन)—*पैरॅमनीज़िया* का अर्थ है स्मृति की प्रक्रिया का अन्यथाकरण या मिथ्याकरण (फॉल्सिफिकेशन)। वस्तुतः स्मृति की प्रक्रिया में कुछ न कुछ मिथ्याकरण होता है क्योंकि स्मृति प्रतिमा कभी भी मौलिक संवेदी छाप के समान नहीं होती। पैरॅमनीज़िया विभ्रमकों (हैल्यूसीनेशंस) और मतिभ्रमों (डिल्यूज़न्स) के संबंध में होता है। अर्थात् इससे पीड़ित व्यक्ति विभ्रमों को वास्तविक घटना के रूप में याद रखता है और मतिभ्रमों की घटनाओं में विश्वास रखता है। इस प्रकार जिस व्यक्ति को श्रवण संबंधी विभ्रम होते हैं वह सुनी हुई आवाजों की स्मृति को वापिस लाता है अथवा जिस व्यक्ति को यह मतिभ्रम है कि उसकी पत्नी उसे विष देने का प्रयास कर रही है वह उसके चेहरे के वास्तविक भावों के स्थान पर उन भावों को याद रखता है जो उसके अपने विकृत प्रत्यक्षज्ञान का परिणाम हैं। इस प्रकार के कुछ पैरॅमनीज़िया हैं जो स्वयं में विशिष्ट लक्षण हैं। जैसे अजनबी स्थानों पर परिचय की भावना होना या परिचित

स्थानों पर अजनबीपन का भाव। बहुधा रोगी उन घटनाओं को याद रखते हैं जिनके बारे में उन्होंने पढ़ा है या जिनके बारे में उन्हें बताया गया है कि वे वास्तव में घटी थीं। ऐसे पैरॅमनीज़िया मतिभ्रम जन्य होते हैं।

8. चिंतन के विकार

सभी प्रथक प्रक्रियाएं जिन पर हमने विचार किया है, सामान्य वयस्क चिंतन के अंतरंग भाग के रूप में घटित होती हैं। विचारों का क्रम संवेदनाओं से आरंभ होता है और स्मृति प्रतिमाओं के माध्यम से प्रत्यक्षज्ञान बन जाता है। ध्यान की प्रेरणा (इम्पल्स)के अंतर्गत इसका आगे वहन होता है। यह साहचर्यों से निर्मित होता है और स्मृति के द्वारा निरंतर प्रबलित होता है। इसीलिए जब हम विचार प्रक्रिया की विकृतियों की बात करते हैं तो यह पहले से मानकर चलते हैं कि चिंतन के इन अंतरंग भागों में विकार आया है। फिर भी समष्टि के रूप में चिंतन प्रक्रिया की कुछ विशिष्ट विकृतियां हैं जिन्हें हमें पृथक् रूप से देखना होगा। ये *मनोग्रस्तियां* और *मतिभ्रम* हैं। मनोग्रस्तियां और मतिभ्रम दोनों ही वे दृढ़ विचार हैं जिनका यथार्थ में कोई आधार नहीं होता। मनोग्रस्ति में रोगी अपने विचारों के क्रम की रुग्णता को अनुभव करता है तथा इस अनुभूति के कारण ही द्वंद्व उत्पन्न होता है। अतः मनोग्रस्तियों को अटल अवांछनीय विचारों (परसिस्टेंट अनवैलकम थौट) के रूप में परिभाषित किया जा सकता है। मतिभ्रम में रोगी अपने विचारों के बारे में उतना ही यह विश्वास करता है कि उसका विचार सत्य है जितना कि उसके मित्र और साथी यह विश्वास करते हैं कि यह असत्य है। मतिभ्रमों की समस्या कठिन है क्योंकि संसार के बारे में हमारे विश्वास निरंतर परिवर्तित होते रहते हैं। इतिहास में ऐसे बहुत से व्यक्तियों के उदाहरण हैं जो अपने समय में मतिभ्रमित माने जाते थे लेकिन भावी पीढ़ियों ने उन्हें प्रतिभा संपन्न व्यक्तियों के रूप में देखा। अतः यदि हम मतिभ्रम को एक मिथ्या विश्वास या धारणा के रूप में परिभाषित करते हैं तो हमें किसी एक धारणा को उपयुक्त ठहराने के लिए मानदंड स्थापित करना चाहिए। परंतु यह कार्य सदैव आसान नहीं होता क्योंकि इसके लिए हमें यथार्थ की कोई परिभाषा बनानी होगी। हम इस निष्कर्ष पर अधिकाधिक आते हैं कि यथार्थ को समाज के परिप्रेक्ष्य में परिभाषित करना चाहिए। सामाजिक परिप्रेक्ष्य में परिभाषित करने का अभिप्राय यह है कि मतिभ्रम को किसी संस्कृति के तथाकथित 'समायोजित' व्यक्तियों के विश्वासों व धारणाओं के संदर्भ में परिभाषित करना चाहिए। परिणामस्वरूप मनोविज्ञान में यथार्थ, पूर्ण वस्तुनिष्ठता का विषय नहीं है बल्कि (व्यक्तियों की) धारणाओं के मतैक्य और सर्वसम्मति का विषय है। सामान्य प्रत्यक्षज्ञान और विभ्रम के बीच विभेदीकरण करना अपेक्षाकृत कुछ सरल है क्योंकि भौतिक पदार्थों की यथार्थता के बारे में सभी सक्षम पर्यवेक्षक भली-भांति सहमत होते हैं। विचार शक्ति के क्षेत्र में इस सक्षमता को प्रतिष्ठित करना इतना सरल नहीं है। हम सामान्यतः उसी मानदण्ड, यथा क्षेत्र के सक्षम पर्यवेक्षकों

में मतैक्य का प्रयोग करते हुए समस्या तक पहुंच सकते हैं। यदि एक विख्यात भौतिकशास्त्री यह घोषणा करता है कि उसकी धारणाएं अन्य अधिकांश भौतिकशास्त्रियों की धारणाओं से भिन्न है तो हम उसके विचारों को मतिभ्रम जन्य नहीं कहेंगे क्योंकि यह बात ऐसी ही है जैसी कि आइन्सटीन ने की थी और उससे पूर्व न्यूटन और गैलीलियो द्वारा किया गया था। इसी प्रकार जीव विज्ञान के क्षेत्र में यदि एक प्रतिष्ठित और विद्वान व्यक्ति यह कहता है कि उसके पास एबियोजनेसिस (अजीबात् जीवोत्पत्ति - यह सिद्धांत कि कुछ निश्चित परिस्थितियों में जीवन पृथक् रूप से उत्पन्न किया गया है) में विश्वास करने के ठोस कारण हैं तो हम उसकी बात सुनेंगे तथा उसे चिकित्सालय भेजने का आग्रह नहीं करेंगे। लेकिन यदि जीव-विज्ञान के क्षेत्र से संबंधित धारणा की एक भौतिकशास्त्री द्वारा, अथवा भौतिकी संबंधी धारणा के बारे में एक जीव विज्ञानी द्वारा अचानक घोषणा की जाए तो इसे हमें मतिभ्रम के रूप में लेना होगा। परिणामस्वरूप हम मतिभ्रम को ऐसी धारणा के रूप में परिभाषित कर सकते हैं जो न केवल सक्षम व्यक्तियों की धारणाओं की दिशा से अलग है बल्कि इस विश्वास को रखने वाले व्यक्ति के अपने जीवन इतिहास के अनुक्रम से भी अलग है।

मतिभ्रम की यह परिभाषा कुछ अन्य गौण मानदण्डों के साथ, व्यक्ति की धारणाओं की स्वस्थचित्तता के बारे में निर्णय लेते समय त्रुटियां करने से प्रायः हमारा बचाव कर सकती है। गौण मानदण्ड इस तथ्य को स्वीकार करते हैं कि संज्ञानात्मक प्रक्रियाओं की सभी विकृतियों की भांति मतिभ्रम भी सीधे-सीधे संवेगों से प्रभावित होते हैं तथा इस तथ्य के आधार पर परिणाम निकालते हैं। विभ्रमों की भांति मतिभ्रमित व्यक्ति की धारणाएं और विश्वास भी उसके ध्यान को उकसाते हैं, निर्णय को प्रभावित करते हैं तथा उसे ऐसे कार्य करने की ओर ले चलते हैं जो असामाजिक होते हैं और हो सकता है कि तर्क के द्वारा उनमें सुधार नहीं किया जा सके। एक उदाहरण से कदाचित् यह स्पष्ट होगा। एक व्यक्ति द्वारा ऐसे नवीन विचार जो मतिभ्रमजन्य नहीं हैं प्रस्तुत करने पर हो सकता है कि उसे अपने सहकर्मियों के घोर विरोध का सामना करना पड़े। साथी उस पर हंस सकते हैं और उसे थोड़ा 'सनकी' समझ सकते हैं। फ्रायड के न्यूरोसिस के सिद्धांत का स्वागत पहली बार इसी प्रकार किया गया था। ऐसे विरोध के प्रति वैज्ञानिक की प्रतिक्रिया प्रायः इस रूप में होती है कि वह समय की प्रतीक्षा करता है, और प्रमाण एकत्रित करता है तथा कभी-कभी अपने सिद्धांत के कुछ खण्डों के पुनः प्रस्तुतिकरण के लिए तब तक प्रतीक्षा करता है जब तक कि विषयपरक परिस्थिति अधिक पक्षीय न हो जाए। वह यह विश्वास बनाए रखता है कि उसका विचार सही है लेकिन वह पूरी तरह से यह भी समझता है कि विरोधी उसके विचारों को क्यों नहीं समझ सकते। एक मतिभ्रमित व्यक्ति प्रायः अपने विचारों के प्रति बिल्कुल भिन्न प्रकार की प्रतिक्रिया दिखाता है। अपने विरोधियों की आलोचना की वह या तो उपेक्षा कर देता है या उसे देखता-समझता नहीं है या फिर उसका युक्तिकरण करता है। उसके लिए स्वयं उसके विरोधी 'सनकी' या 'उत्पीड़क' होते हैं। प्रतीक्षा करने के स्थान पर वह अपने

विचारों के लिए और अधिक निरंकुश दावा करता है तथा द्वंद्व के क्षेत्र में दौड़ जाने की ओर प्रवृत्त होता है। प्रतीक्षा से समय उसके पक्ष में काम करेगा, यह स्वीकार करने की अपेक्षा वह विषय को जबरदस्ती मनवाने के प्रयास की ओर प्रवृत्त होता है। इन मानदण्डों के होते हुए भी, सभी केसों में मतिभ्रम और एक वास्तविक नवीन विचार के बीच तत्काल विभेदीकरण करना तब तक संभव नहीं है जब तक कि व्यक्ति के जीवन इतिहास की थोड़ी-बहुत जानकारी न हो। मेरी यह धारणा है कि इस जानकारी से व्यावहारिक रूप से वह विभेदीकरण सदैव किया जा सकता है। यदि हमें यह मालूम है कि विचारक किस संवेगात्मक नैराश्य से पीड़ित है तो हम कुछ विस्तार से प्रायः यह बता सकेंगे कि इच्छा कैसे विचार-शक्ति या चिंतन की जनक होती है।

मनोग्रस्तियां (ऑबसैशंस) साहचर्य प्रक्रिया में स्थिर विचारों की दृढ़ता से और एक कदम आगे है और इसलिए साहचर्य से संबंधित है। मनोग्रस्तियां सभी प्रकार की वस्तुओं और सभी संभव परिस्थितियों के संबंध में हो सकती हैं। एक ओर ये दुर्भीतियों (फोबियाज़) से घनिष्ठ रूप से संबंधित हैं जो तकनीकी दृष्टि से संवेगात्मक विकृतियां हैं और दूसरी ओर दबावों या कम्पलशंस से संबंधित हैं जो पेशीय तथा गामक विकृतियां हैं। मनोग्रस्ति सदैव अप्रिय होती है क्योंकि रोगी यह महसूस करता है कि उसकी धारणा या विचार सामाजिक यथार्थ के विपरीत है। व्यक्ति इस बात से (मनो) ग्रस्त हो जाते हैं कि क्या हो सकता है और क्या नहीं हो सकता। वे पाप करने के विचार से ग्रस्त हो जाते हैं। एक कैथोलिक महिला रोगी जिसकी पुत्री की सगाई हाल ही में एक प्रोटॆस्टॆन्ट से हुई है, रोते-रोते बताती है : ''यदि मेरी यह विवाह करती है तो उसकी संतानें घृणित और विकृतांग जन्तु होंगी। ओह, मैं जानती हूँ कि शायद ऐसा न हो, लेकिन वे ऐसे हो सकते हैं, इसके अलावा मैं और कुछ नहीं सोच पाती। हमारा पादरी कहता है, 'किसी भी ईसाई से शादी करना एक गैर-ईसाई नास्तिक से विवाह करने से अच्छा है', और मेरा पति कहता है, तुम अनाप-शनाप बातें कर रही हो, लेकिन मैं इस विचार से अपना पीछा नहीं छुड़ा पा रही हूँ। डॉक्टर आप क्या सोचते हैं? सवेरे मेरे जागने से लेकर मेरे सोने के समय तक यह मूर्खतापूर्ण विचार मुझे परेशान करते हैं यहां तक कि मैं इन्हें स्वप्न में भी देखती हूं।'' इसी प्रकार एक युवा पुरुष जिसने अभी-अभी अपने हाथ धोए हैं : ''मेरे हाथ गंदे हैं। मैं उन पर कोई गन्दगी नहीं देखता हूं। मुझे मालूम है कि मैंने अपने हाथ अभी-अभी धोए हैं। लेकिन मुझे लगता है कि वे गंदे होंगे। वे हर समय गंदे लगते हैं।'' मनोग्रस्ति की संरचनाएं अंत में केवल कम्पलशन के और मनोलैंगिक उत्पत्ति ग्रंथ (साइकोसेक्सुअल जेनॅसिस) के सामान्य सिद्धांत के संबंध में समझी जानी चाहिए।

मतिभ्रमों में विश्वास रखा जाता है और उनके बारे में संदेह नहीं किया जाता। मतिभ्रमों को सर्वप्रथम उनके व्यवस्थापन और क्रम स्थापन के संबंध में वर्गीकृत किया जाता है। व्यवस्थापन से हमारा अभिप्राय उस संबद्धता से है जिसके द्वारा मिथ्या विचारों की संयोजना में विचार एक दूसरे के साथ जुड़े रहते हैं। अव्यवस्थित मतिभ्रमों का निदान करने में कोई कठिनाई नहीं होती क्योंकि उनमें संदर्भ का बिन्दु निरंतर

परिवर्तित होता रहता है लेकिन बहुत अधिक व्यवस्थित मतिभ्रमों का निदान करना बहुत कठिन कार्य है।

लेखक ने एक बार, एक अच्छे कपड़े पहने (सुसज्जित) और शिक्षित लगने वाले व्यक्ति को बात करने के लिए चुना जो आने-जाने वाली गाड़ियों से लिफ्ट मांगकर सैर करता था। व्यक्ति की स्थिति के बारे में सहानुभूतिपूर्वक पूछताछ करने पर उसने लेखक को सूचित किया कि "चूंकि आप विद्यालय में प्रोफेसर हैं, मैं आपको एक गुप्त बात बताता हूँ। मैं वस्तुतः लिफ्ट मांगकर सैर करने वाला (हिचहाइकर) नहीं बल्कि विश्वविद्यालय की तरफ से बेरोजगारी के बारे में खोजबीन करने वाला समाजशास्त्री हूँ। मैं सड़क पर पाई जाने वाली परिस्थितियों का अध्ययन कर रहा हूँ।" उसकी यह बात पूर्णतया तर्कसंगत प्रतीत हुई तथा लेखक ने उसे अपनी कक्षा में भाषण देने के लिए कहा। वार्ता से एक दिन पहले वह व्यक्ति लेखक के कार्यालय में गया और उसने पेरूवियन इंडियंस के इस्पात की नालीदार चादर के घर बेचकर मंदी को समाप्त करने की योजना के अंतर्गत स्टॉक बेचने का प्रयास किया। विश्वविद्यालय को भेजे गए तार का उत्तर आया कि वे ऐसे किसी व्यक्ति को नहीं जानते। इस व्यक्ति को अत्यधिक व्यवस्थित पैरानॉइड मतिभ्रम थे।

मतिभ्रमों को उनकी विषय वस्तु के आधार पर भी वर्गीकृत किया जा सकता है। भव्यता के मतिभ्रम के पीछे छिपे संवेग का पता लगाना सरल है। हम सभी सुदर्शन, समृद्ध और अपने सामाजिक संपर्कों में सफल होना पसंद करेंगे। लेकिन हमारे बीच जो व्यक्ति सामान्य हैं वे इन सभी क्षेत्रों में अपनी सीमाओं को जानते हैं। फिर भी बहुत सामान्य व्यक्ति भी ऐसे दिवास्वप्न देखते हैं जिनमें वे राजकुमार, अभिनेता, वित्तदाता या डॉन जुआन होते हैं। इस प्रकार भव्यता के मतिभ्रम 'दिवास्वप्न' है जिन पर व्यक्ति द्वारा विश्वास किया जाता है। बहुधा ये मतिभ्रम संपत्ति के संबंध में, शक्ति और आभिजात्य के संबंध में ('नैपोलियन' के मतिभ्रम आदि), पुरुषत्व के संबंध में (बहुत सी संतानें होने का भ्रम) पाए जाते हैं। भव्यता के मतिभ्रम के बहुत से केसों में सामान्य संवेगात्मक अभिलाषा पर्याप्त विकृत होती है जिससे कि मतिभ्रम वास्तविक रूप की अपेक्षा प्रतीकात्मक रूप ले लेते हैं।

उत्पीड़न के मतिभ्रमों को समझना कठिन है। कम से कम ऊपरी तौर पर सामान्य व्यक्ति यह विश्वास करना कठिन समझता है कि वह सताया जाना, उत्पीड़ित होना या दुख भोगना पसंद करेगा। पुस्तक के तीसरे खण्ड में हम देखेंगे कि अत्यधिक सामान्य व्यक्तियों में भी बहुत अधिक मात्रा में आक्रमणशील विद्वेष होता है और इसमें से कुछ विद्वेष सदैव व्यक्ति के अंदर की ओर निदेशित होता है। मानसिक रोग से ग्रस्त व्यक्ति में यह आत्म-निदेशित विद्वेष बहुत प्रकट रूप में होता है और हम देखते हैं कि इसे प्रकट रूप में ही झेलने की आवश्यकता होती है।

उत्पीड़न के मतिभ्रम (डिल्यूज़न ऑफ पर्सीक्यूशन) को हम भव्यता के मतिभ्रम (डिल्यूज़न ऑफ ग्रैन्ड्यूर) के बिल्कुल विपरीत समझ सकते हैं। लेकिन फिर भी इनके

बीच एक घनिष्ठ संबंध होता है। कुछ मामलों में तो निस्संदेह ये मतिभ्रम इस तथ्य के युक्तिकरण का प्रतिनिधित्व करते हैं कि जो भव्यता रोगी स्वयं में देखता है उसे कुल मिलाकर संसार महत्व नहीं देता। यह फार्मूला, ''मैं विश्व का सबसे महान् अन्वेषक हूँ और मैंने एक ऐसी योजना विकसित की है जो मुफ्त में बिजली बनाएगी'' तस्वीर के भव्यता पक्ष का प्रतिनिधित्व करता है। लेकिन ''पेटैन्ट ऑफिस मेरे आविष्कार के लिए मुझे पेटैन्ट न दे इसलिए जनरल इलैट्रिक कम्पनी ने उसे रिश्वत दी है'', उत्पीड़न पक्ष का प्रतिनिधित्व करता है। यह संपूर्ण व्यवस्था (सिस्टम) मितव्ययता का प्रतिनिधित्व करती है क्योंकि इसमें विश्वास करके व्यक्ति अपनी वास्तविक स्थिति के बीच असंगति को नहीं देखता। इसमें संदेह नहीं कि उत्पीड़न के मतिभ्रम भी भव्यता के मतिभ्रमों को संतुलित किए बिना उसी प्रकार घटित होते हैं जिस प्रकार भव्यता के मतिभ्रम उत्पीड़न के मतिभ्रमों को संतुलित किए बिना घटित होते हैं। कुछ मामलों में दोनों मतिभ्रम एक साथ घुलमिल जाते हैं उदाहरण के लिए विशालता के मतिभ्रमों के केसों में, ''मैं इतना बड़ा हो गया हूँ कि यदि मैं मूत्र त्याग करूं तो बाढ़ की स्थिति उत्पन्न कर दूंगा और मेरी सामाजिक चेतना मुझे मूत्र त्याग का निषेध करने के लिए बाध्य करती है। परिणामस्वरूप मैं कष्ट में हूँ।''

भव्यता के मतिभ्रमों के अतिरिक्त स्वाकायदुश्चिंता रोग वर्ग के बहुत से मतिभ्रम देखने में आते हैं जो अप्रिय होते हैं और साथ ही अपराध-भाव के मतिभ्रम भी देखने में आते हैं। जिस, व्यक्ति का पूरा पाचन तंत्र अक्षुण्ण है उसके द्वारा यह कहा जाना कि ''मेरी पूरी आतें सड़ गई हैं'' या जिस व्यक्ति का व्यवहार अनुकरणीय है उसके द्वारा यह कहा जाना कि ''मैंने एक भीषण पाप किया है'', इसी प्रकार के मतिभ्रम के उदाहरण हैं। मतिभ्रम सर्वाधिक गंभीर प्रकार की संज्ञानात्मक मनोविकृति का प्रतिनिधित्व करते हैं। जैसाकि हम पहले ही देख चुके हैं, मतिभ्रमों में संज्ञानात्मक प्रक्रिया के विभिन्न भागों की मनोविकृति के प्रमाण मिलते हैं। हमने इस अध्याय में मतिभ्रमों का वर्णन अभिलक्षणात्मक फीनोटाइप भाषा में किया है। तीसरे खण्ड में हम इनके पीछे की मनोगति की और इनके मूल में निहित जीनोटाइप या जीन प्ररूप को समझना प्रारंभ करेंगे।

9. सारांश के रूप में एक वास्तविक उदाहरण (केस)

इस अध्याय के आरंभ में हमने देखा कि शिक्षात्मक व्याख्या की दृष्टि (डाइडैक्टिव एक्सपोजीशन) से संज्ञान (कॉगनिशन) को मानसिक प्रक्रियाओं या रचनातंत्रों के एक ऐसे समूह में विभाजित करना आवश्यक था जो वास्तविक अनुभव में अकेले कदाचित् ही आते हैं। जब संज्ञानात्मक रूप से अस्त व्यस्त व्यक्ति पर मनोवैज्ञानिकों का ध्यान जाता है तो यह व्यक्ति संवेदना, स्मृति, साहचर्य और इसी प्रकार के साधारण लक्षणों को कदाचित् ही प्रदर्शित करता है बल्कि वह जीवन की परिस्थिति में होने वाले दबावों और तनावों के साथ अपने सम्पूर्ण व्यक्तित्व के पुनर्गठन को प्रदर्शित करता है। अतः

इस अध्याय में शुरू से अंत तक हमने विविध प्रकार की विकृतियों का परिचय देते हुए उनके बीच धीरे-धीरे होने वाले पारगमन की ओर भी संकेत किया। सारांश के रूप में हम एक वास्तविक केस को देखते हैं और यह भी देखते हैं कि विविध लक्षण केवल आपस में ही नहीं बल्कि व्यक्ति के जीवन वृत्त के साथ कैसे जुड़े रहते हैं।

पैंतालीस वर्ष की आयु का एक सफल इंजीनियर अपनी पत्नी के लिए चिंता का कारण बन गया जब एक शाम उसने यह घोषणा की, ''मैं सोचता हूं कि वो मुझे पकड़ लेंगे।'' यदि उसकी पत्नी मनोविज्ञान में प्रशिक्षित होती तो वह यह नोटिस कर लेती कि उसका यह कथन वस्तुतः हवा में से ही नहीं आया था बल्कि उसके पति के व्यवहार में पहले भी कई पहलुओं से सनकीपन दिखाई दे रहा था। उदाहरणार्थ उसने इस बात पर ध्यान दिया होगा कि अपना कार्यालय छोड़ने से पहले उसका पति हमेशा गली में इधर-उधर देखता होगा, प्रातः जागने पर और सोने से पहले वह अपनी बाईं बांह को नोचता था, अपने कुछ व्यवसाय संबंधी साथियों के लिए जो अपमानजनक टिप्पणियां आदतन किया करता था उनकी बारम्बारता और विषाक्तता हाल ही में बढ़ गई थी और वह ठीक से नहीं सो रहा था। टिप्पणी करने के बाद ''मैं सोचता हूँ कि वे मुझे पकड़ लेंगे'', ''रोगी भय से संत्रस्त हो गया, टूट गया और रोने लगा, अपनी पत्नी की सुरक्षा की भीख मांगने लगा और अपनी बाईं भुजा में पूरी संवेदना खो बैठा। उसके पारिवारिक चिकित्सक को यह स्पष्ट हो गया कि उस व्यक्ति ने मानसिक रोग विकसित कर लिया था और उसे मनोचिकित्सकीय उपचार के लिए अस्पताल भेज दिया गया।

अब हम देखेंगे कि उस व्यक्ति में वस्तुतः कौन से लक्षण थे। उस व्यक्ति में सबसे अलग दिखाई देने वाला लक्षण उत्पीड़न का मतिभ्रम था। वह यह विश्वास करने लगा था कि व्यवसाय में उसके प्रतिद्वंद्वी उसके व्यवसाय को नष्ट करने की योजनाएं दो प्रकार से बना रहे थे। प्रथम, वे उसके बारे में विद्वेषपूर्ण अफवाहें फैलाने जा रहे थे और दूसरे, उनमें से एक व्यक्ति ने ऐसी इलैक्ट्रिक मशीन का अन्वेषण किया था जो विशेष तरंगों द्वारा उसकी बाईं भुजा को गतिहीन कर देगी। उत्पीड़न के इन मतिभ्रमों के साथ भव्यता के मतिभ्रम भी थे। जैसा कि हमने संकेत किया था, यह व्यक्ति एक सफल व्यवसायी तो था परंतु कदाचित् उतना सफल नहीं था जितना होने की वह आकांक्षा रखता था। उसके प्रतिद्वंद्वी उसे उत्पीड़ित कर रहे थे जिससे कि उसे महान् सफलता प्राप्त करने से रोका जा सके। मतिभ्रमों के साथ वह प्रत्यक्षज्ञान की विकृतियों से भी ग्रस्त था। वह जानता था उसके प्रतिद्वंद्वी उसे उत्पीड़ित कर रहे हैं क्योंकि आवाजों ने उसको ऐसा कहा था अर्थात् उसे विभ्रम भी हो रहे थे। वह संवेदना के विकारों से भी पीड़ित था क्योंकि उसने अपनी बाईं भुजा में एनेस्थीसिया विकसित कर लिया था, जिसके बारे में वह यह सोचता था कि उसके प्रतिद्वंद्वी ने यह एक इलैक्ट्रिक मशीन द्वारा उत्पन्न किया है। ध्यान की विकृतियां थीं क्योंकि वह उत्पीड़नकारी विचारों को अपने मानस से निकाल नहीं पा रहा था और साहचर्य की गड़बड़ें भी थीं क्योंकि स्थिर विचार उसकी लगातार रहने वाली चिंता का कारण बन रहे थे। चूंकि मतिभ्रमों और विभ्रमों दोनों में उसका विश्वास

था अतः वह *पैरामनेसिक* लक्षणों से पीड़ित था। उसे सुनाई देने वाली आवाजें वास्तव में याद थीं और उसे यह भी याद था कि उसने अपने प्रतिद्वंद्वी श्री ब्लैंक को अपने बारे में किसी के साथ कान में फुसफुसाते हुए देखा था और जब वो आखिरी बार मिले थे तो श्री ब्लैंक ने उसे अधम दृष्टि से देखा था।

अगले अध्याय में हम इस अभियंता के इससे आगे के इतिहास पर वापस आएंगे। हमने यह देखा कि उसकी पत्नी इस बात से अवगत होगी कि वह सड़क पर कई बार इधर-उधर देखने के बाद ही कार्यालय की इमारत छोड़ता था। यह पेशीय या गामक विकृति का एक उदाहरण है। इसके अतिरिक्त जैसे-जैसे हम आगे बढ़ेंगे यह देखेंगे कि इस व्यक्ति की संज्ञानात्मक प्रक्रियाओं के सभी विकार कैसे अनिवार्यतः उसके संवेगात्मक नैराश्य के कारण उदित हुए समझे जाते हैं।

वास्तविक व्यवहार में लक्षण पृथक् रूप से कदाचित् ही आते हैं। कभी-कभी ऐसे केस होते हैं जिनमें रोग स्वयं एक अकेला लक्षण हो सकता है। आमतौर पर हमें सिंड्रोम या लक्षणों के संबंधित समूह ही देखने में आते हैं। जैसाकि हमने मिस्टर एक्स के इस केस में देखा। निस्संदेह हमें सदैव संज्ञानात्मक प्रक्रियाओं की संपूर्ण श्रृंखला (रेंज) से लक्षण प्राप्त नहीं होते, लेकिन जब कभी हमें विचारों के उच्चतर एकीकरण गड़बड़ दिखाई देते हैं तो वहां हमें मूलभूत और महत्वपूर्ण भागों में भी गड़बड़ी दिखाई देती है। इसी कारण से केवल मात्र लक्षणों के अध्ययन का इतना महत्व नहीं है जब तक कि लक्षणों को एक-दूसरे के साथ एकीकृत न किया जाए और उसके पश्चात् व्यक्ति के वातावरण में संपूर्ण जीव के कार्य व्यापार के अध्ययन को सिंड्रोम के साथ एकीकृत न किया जाए।

संदर्भिका

विवरणात्मक रोग-लक्षण विज्ञान संबंधी साहित्य विशाल और ज़बर्दस्त है। असामान्य मनोविज्ञानों की सभी पुस्तकें (सी एफ, संदर्भ नोट, अध्याय 1) इन प्रकरणों पर विचार करती हैं। इसी प्रकार मनश्चिकित्सा संबंधी सभी मुख्य पुस्तकें, जैसे क्रैपलिन (1915), बम्के (1928-1932) रोसानॉफ़, ब्लूलर (1936), स्ट्रेकर एण्ड ऐबॉ तथा व्हाइट। ब्रिज की आउटलाइन (1919) लक्षणों के नामों और अर्थ का एक उत्तम तात्कालिक स्रोत है। मॉरगन की पुस्तक में अच्छी शब्दावलियां हैं। परिभाषिक शब्दों को किसी भी मनोवैज्ञानिक और चिकित्सकीय शब्द कोषों में देखा जा सकता है; सी.एफ; हचिंग्स, वॉरेन, डॉरलैंड तथा स्टैडमॅन। इस अध्याय में और अगले दो अध्यायों में विचारित विषय-वस्तु के संदर्भ इन सभी पुस्तकों में हैं।

संज्ञानात्मक प्रक्रियाओं को कार्यात्मक समष्टि के रूप में देखने वाला दृष्टिकोण निस्संदेह गेस्टाल्टवादी है; संदर्भ कोयलर (1927), कॉफ्का (1935) व्हीलर (1940) तथा हार्टमॅन।

अध्याय-6

पेशीय (चालक) प्रक्रियाओं (क्रिया करना) की असामान्यताएं

1. चालक प्रक्रियाएं

मिस्टर एक्स के मामले के बारे में विचार करते समय हमने इस बात पर बल दिया कि वास्तविक क्लिनिकल प्रैक्टिस में संज्ञानात्मक प्रक्रियाओं के लक्षण एकाकी कदाचित् ही देखने में आते हैं। वास्तविक व्यवहार में मनोरोग के अधिकांश मामलों में पेशीय चालक (मोटर) प्रक्रियाओं की गड़बड़ियां भी उपस्थित रहती हैं। यही कारण है कि मिस्टर एक्स अपना ऑफिस छोड़ने से पहले सड़क पर इधर-उधर देखना आवश्यक समझते थे। यह पेशीय चालक विकृतियों का एक उदाहरण है जिसे हम 'कम्पलशन या बाध्यता' कहते हैं। सामान्य रूप से चालक (मोटर) विकृतियां सामाजिक या भौतिक यथार्थ के त्रुटिपूर्ण संज्ञान का परिणाम होती हैं। जबकि त्रुटिपूर्ण संज्ञान की प्रक्रिया स्वयं संवेगात्मक कठिनाइयों के कारण उत्पन्न होती हैं। कुछ मामलों में हमें एकाकी पेशीय लक्षणों की उपस्थिति उसी प्रकार देखने को मिलती है जिस प्रकार यदा-कदा संज्ञानात्मक लक्षण एकाकी रूप से देखने में आते हैं, लेकिन सामान्यतः प्रत्यक्षज्ञान और विचार प्रक्रिया के दोषों से लेकर क्रिया संबंधी दोषों तक अनवरत आवागमन होता रहता है।

जिस प्रकार यंत्रवादी मनोवैज्ञानिकों ने आधारभूत इकाइयों के रूप में चेतन प्रक्रियाओं का विश्लेषण करने का प्रयास किया और विकसित चेतना की जटिलता को इन्हीं इकाइयों से बना हुआ बताया है उसी प्रकार इन्होंने चालक व्यवहार को भी उसके संघटक भागों में विश्लेषित करने का प्रयास किया है। अतः संवेदनाओं को संज्ञानात्मक प्रक्रियाओं की आधारभूत इकाइयों के रूप में माना गया और वैयक्तिक या अलग-अलग पेशीय चेष्टाओं को चालक प्रक्रियाओं की आधारभूत इकाइयां माना गया। जिस प्रकार हम यह मानते थे कि संवेदनाएं प्रत्यक्षज्ञान को निर्मित करती थीं उसी प्रकार अकेली पेशीय फड़कनें सहज क्रियाओं को बनाती थीं। जिस प्रकार स्मृति

प्रक्रियाएं और अनुभव संवेदनाओं को प्रत्यक्षज्ञान में परिवर्तित करते थे, उसी प्रकार स्मृति और अनुभव सहज क्रियाओं को आदतों के गठन के रूप में परिवर्तित करते थे। संवेदी पक्ष की एकीकृत चिंतन प्रक्रिया और चालक पक्ष का एकीकृत समग्र व्यवहार दोनों समानार्थी होते हैं। पेशीय व्यवहार और विशेषकर इसकी उत्पत्ति (जैनेसिस) संबंधी आधुनिक शोधों से यह पता चलता है कि अणुवादी (प्रकार का) विश्लेषण विकास की असली प्रक्रिया को लगभग पूर्ण रूप से उलट देता है। अतः समग्र व्यवहार अलग-अलग प्रतिवर्त चापों (रिफ्लैक्स आर्क्स) के योग से नहीं बनते बल्कि प्रतिवर्ती या सहज क्रियाओं (रिफ्लैक्सिज़) को समग्र शीरीरिक चेष्टाओं या गतिविधियों में से पृथक् किया जाता है। यह बात सत्य है कि इसकी अनुभूति करने के लिए हमें किसी अल्पवयस्क पशु की साधारण आदतों को निर्मित होते हुए देखना चाहिए। बहुत से प्रयोगात्मक अध्ययन हमें यह दिखाते हैं कि चालक या पेशीय क्रियाएं वैयक्तिक रूप से परिपक्वता और विभेदीकरण के माध्यम से आती हैं।[1]

प्रेरक चालक (मोटर) विकृतियों के लक्षणों के वर्गीकरण का आरंभ पेशीय विकास के आधुनिक सिद्धांतों के स्थापित होने से पहले ही हो गया था और परिचय देने के उद्देश्य से हम पुनः वर्गीकरण की पुरानी योजना का अनुगमन करेंगे। हमें साधारण और सरल पेशीय क्रियाओं के विकारों पर विचार-विमर्श करने से प्रारंभ करना चाहिए और सहज क्रियाओं, आदतों और ऐच्छिक क्रियाओं के विकारों का विवेचन जारी रखते हुए अंत में हम समग्र एकीकृत व्यवहार की विकृतियों पर परिचर्चा करेंगे। चूंकि, कम से कम सैद्धांतिक रूप से ही सही, इनमें से प्रत्येक विकार या तो एक कार्यात्मक या एक संरचनात्मक आधार पर घटित होता है, अतः इस समस्या की जटिलता स्वयं ही व्यक्त हो जाएगी। इस अध्याय में हम विस्तार से लक्षणों की सूची बनाएंगे और कुछ विशिष्ट समस्याओं पर विचार-विमर्श करेंगे।

पेशीय विकृतियों के लक्षण विज्ञान का प्रस्तुतीकरण, संज्ञानात्मक विकृतियों के लक्षण विज्ञान के प्रस्तुतीकरण की तुलना में अधिक सरल है क्योंकि मनोवैज्ञानिकों ने पेशीय व्यवहार के सामान्य या असामान्य रूप का अध्ययन हाल ही में किया है। ईसाई धर्म विज्ञान के सिद्धांतों के दृढ़ आग्रह के कारण प्रारंभिक मनोविज्ञान का संबंध उन समस्याओं से था जो विवेकी और बुद्धिसंपन्न आत्मा के संबंध में खड़ी होती थीं। शिक्षा का संबंध प्रायः जनसाधारण को केवल यह ज्ञान देने से था कि सामाजिक और भौतिक यथार्थ का प्रत्यक्षज्ञान कैसे किया जाए और इसके बारे में स्पष्ट रूप से कैसे सोचा जाए। व्यक्ति इसके प्रति क्या प्रतिक्रिया करेगा यह संयोग पर छोड़ दिया जाता था लेकिन जिन मामलों में यह प्रतिक्रिया विशेष रूप से असामाजिक होती थी उन्हें पादरी या पुलिस न्यायालय को भेज दिया जाता था। आज पेशीय या (मोटर) चालक विकृतियों के लक्षण विज्ञान में समग्र व्यवहार की विकृतियों के बहुत से ऐसे मामले निहित करने चाहिए जो सामान्य जन के मानस में तकनीकी दृष्टि से मनोचिकित्सकीय

समस्याएं नहीं बल्कि नैतिक और कानूनी समस्याएं होती हैं। इन समस्याओं को हाल ही में मनोचिकित्सकीय समस्याओं के रूप में समझा जाने लगा है। इनसे संबंधित लक्षणों के नामकरण की पद्धति (नोमॅनक्लेचर) भी, मनोगतिकी के बारे में नवीन सैद्धांतिक दृष्टिकोणों के साथ ही विकसित हुई। परिणामस्वरूप इनके लक्षण विज्ञान के बारे में विस्तार से बात करने की कोई विशेष आवश्यकता नहीं है। यही कारण है कि समग्र एकीकृत व्यवहार की बहुत सी उन विकृतियों की, जो सैद्धांतिक दृष्टि से चिंतन प्रक्रियाओं की विकृतियों के लगभग एकदम समानार्थी हैं, हम यहां केवल चर्चा करेंगे तथा खण्ड IV में साइकिएट्रिक सिंड्रोम्स के रूप में इनके बारे में विस्तार से बात करेंगे।

2. पेशीय गतिविधि की असामान्यताएं या विकृतियां

समस्त मानवोचित गतिविधियां या क्रियाकलाप मांसपेशी-तंत्र के द्वारा किए जाते हैं। इस तंत्र में कठोर पेशीसमूह जो वस्तुतः शरीर के विविध भागों को गति प्रदान करता है और आंतरिक अंगों (विसरा) के मृदु पेशी समूह निहित होते हैं। विसरा के मृदु पेशीसमूह संवेगात्मक व्यवहार के मोटर एजेंट या पेशीय कारण होते हैं जिनके बारे में हम अगले अध्याय में बात करेंगे। इस अध्याय में हम केवल कठोर पेशी समूह या 'कंकाली' पेशी समूह के कार्य की विकृतियों से ही संबंधित रहेंगे। गति के मूल में निहित दैहिकी (फिज़ियोलॉजी) पेशियों में बारी-बारी से होने वाले संकुचन और शिथिलन के माध्यम से घटित होती है। संकुचन और शिथिलन दोनों ही पेशी तंत्रिकाओं (मोटर नर्व्स) से मिलने वाली प्रेरणाओं (इम्पल्सिज़) से उत्तेजित होते हैं। मोटर नर्व इम्पल्सिज़ सामान्यतः अनायास ही स्वेच्छा से उत्पन्न नहीं होतीं तथा मोटर-नर्व्ज़ मस्तिष्क और सुषुम्ना के साहचर्य क्षेत्र मेरुरज्जु (एसोसिएशन ट्रैक्ट) के साथ तत्काल संपर्क में होती हैं। साहचर्य क्षेत्र का संवेदी क्षेत्रों के साथ सीधा संबंध होता है जिससे पेशीयक्रिया सदैव आंतरिक या बाहरी वातावरण के द्वारा उत्तेजित होती है। इस प्रकार प्रारंभ से ही पेशीय प्रक्रियाएं, संवेदी प्रक्रियाओं के साथ घनिष्ठ रूप से संबंधित होती हैं तथा उनके बीच में विभाजन मनमाना है। हमने इस बिन्दु पर बार-बार ज़ोर दिया है जिससे कि मनोवैज्ञानिक प्रक्रियाओं के संज्ञानात्मक और पेशीय पहलुओं की निरंतरता विद्यार्थी के ध्यान से उतर न जाए। साधारण पेशीय और मोटर-नर्व व्यवहार की विविध विकृतियों की सूची आगे दी जा रही है।

बड़ी और अन्य गड़बड़ी (ए-तथा हाइपो-फंक्शन) : पोषणज (ट्रोफिक) केन्द्रों के पोषण में बाधा पड़ने से पेशीय ऊतकों का ह्रास होने या शिथिल पड़ जाने को *पेशीय क्षय* (मस्कुलर *एट्रॉफी*) कहते हैं। इस विकार की हैतुकी (ईशियोलॉजी) प्रायः कायिक होती है लेकिन कई बार यह अनवरत कार्यात्मक पक्षाघात (फंक्शनल पैरालिसिस) के परिणामस्वरूप भी होती है। पेशी के चालक कार्य की पूर्ण क्षति होना पक्षघात या

पैरालिसिस कहलाता है। इससे कुछ कम क्षति होने की स्थिति को *आंशिक घात* या *पैरेसिस* कहते हैं। शारीरिक पक्षाघात के तीन मुख्य प्रकार हैं जो नाड़ी तंत्र को हुई क्षति (हानि) के स्थान और प्रकृति या स्वरूप पर निर्भर करते हैं तथा इन्हें अपर मोटर न्यूरॉन टाइप, लोअर मोटर न्यूरॉन टाइप तथा पॅरीफैरल पैरालिसिस कहा जाता है। परिधीय पक्षाघात कार्यात्मक पक्षाघात या फंक्शनल पैरालिसिस, परिवर्तन उन्माद (कन्वर्ज़न हिस्टीरिया) के लक्षण के रूप में बार-बार घटित होता है। *मसिल टोनस* या पेशी-संकोच का अभिप्राय पेशियों के आंशिक संकुचन की सामान्य स्थिति से है। *एटोनिसिटी* या *हाइपोटोनिसिटी* (संकुचन का अभाव या अल्पता) का अभिप्राय पेशी संकुचन की क्रमशः क्षति होने या कम होने से है।

अतिकार्यात्मकता (हाइपर-फंक्शन)–हम *हाइपरटोनिसिटी* अर्थात् संकुचन की अधिकता को प्रायः कायिक आधार पर देखते हैं लेकिन यह बहुधा परिवर्तन उन्माद के लक्षण के रूप में बार-बार घटित होता है।

परा कार्य (पॅरा फंक्शन)–पेशीय क्रिया के परा कार्य अनेक हैं। परा-कार्य से हमारा अभिप्राय अनुपयुक्त या कुसमायोजित पेशीय क्रिया से है। पेशीय तंतु के संकुचन और शिथिलन के रूप में शीघ्र गति से होने वाले प्रत्यावर्तन को *ट्रॅमर्स* या कम्पन कहते हैं। कम्पन धीमे या शीघ्रगामी, अपरिष्कृत या परिष्कृत, नियमित या अनियमित हो सकते हैं। शीघ्रगामी, नियमित और परिष्कृत कम्पनों का प्रायः कायिक आधार होता है जबकि धीमे, अपरिष्कृत और अनियमित कम्पनों का आधार कार्यात्मक हो सकता है। आशय कम्पन या *इन्टैन्शन ट्रॅमर* वे कम्पन हैं जो ऐच्छिक क्रियाओं के निष्पादन में ही घटित होते हैं और इनका आधार प्रायः कार्यात्मक होता है। *स्पाज़्म* या *अतिसंकुचन* का अर्थ है पेशियों के अनैच्छिक संकुचन जिन्हें *टोनिक* (अनवरत संकुचन) और *क्लोनिक* (संकुचन की पुनरावृत्ति) के रूप में विभाजित होता है। *कन्वल्ज़ंस* या ऐंठन का अभिप्राय टोनिक या क्लोनिक टाइप के व्यापक रूप से फैले हुए और निरंतर होने वाले अतिसंकुचन से है। *एथियोटोसिस* का अभिप्राय अंगुलियों और पंजों के असंगठित, अनवरत, स्पर्शक-प्रकार के संचलन से है। *टिक्स* या पेशियों का खिंचाव पेशियों के छोटे समूह विशेषकर चेहरा, गर्दन और कंधों की पेशियों की अनियमित फड़कन को कहते हैं। टिक्स की उत्पत्ति कार्यात्मक कारणों से होती है और ये बार-बार बाध्यता-तंत्रिकाताप (कम्पल्शन-न्यूरोसिस) के लक्षणों के रूप में आती हैं।

सैद्धांतिक रूप से सरल पेशीय क्रियाओं और पेशीय संकोच की इन सभी विकृतियों का आधार कायिक या कार्यात्मक हो सकता है। इनमें विभेद करना चिकित्सकीय तंत्रिकाविज्ञान का विषय है तथा यह सदैव एक सरल कार्य नहीं होता। सामान्यतया यह विभेदीकरण उसी मानदण्ड के आधार पर किया जाता है जिसके आधार पर कायिक और कार्यात्मक असंवेदनाओं के बीच विभेदीकरण करते हैं। हमें यह याद रखना चाहिए कि कार्यात्मक असंवेदनाएं सदैव किसी अंतर्निहित (अंडरलाइंग)

संवेग या इच्छा की पूर्ति का प्रतिनिधित्व करती हैं। और बिल्कुल इसी प्रकार की स्थिति कार्यात्मक पक्षाघात और अन्य पेशीय विकृतियों के मामले में भी होती है। लक्षणों का कोई कारण, अर्थ और मितव्ययता (कॉज़, सिगनिफ़िकैन्स तथा इकोनॉमी) होती है। कायिक पक्षाघात में हमें व्यक्ति के जीवन इतिहास के बारे में ऐसा कोई विशिष्ट अर्थ या महत्व नहीं दिखाई देता। कायिक या शारीरिक पक्षाघात स्वयं पेशियों की किसी रोग प्रक्रिया के कारण या उन्हें अनुप्राणित करने वाली मोटर नर्व्स के कारण होता है। कार्यात्मक असंवेदनताओं की भांति ऐसे व्यवहार भी प्रायः किसी दुर्घटना द्वारा या नाड़ी तंत्र पर किसी कायिक रोग के प्रभाव के माध्यम से घटित होते हैं। यहां पुनः यदि व्यक्ति के साथ कोई दुर्घटना हुई है या उसमें कोई स्नायु विकृति (न्यूरोपॅथोलॉजी) दिखाई देती है तो विभेदीकरण सरल हो जाएगा। स्नायु रचना विज्ञान (न्यूरोएनाटॉमी) ने पेशीय समूहों और उन्हें अनुप्राणित करने वाली चालक तंत्रिकाओं (मोटर नर्व्स) में निश्चित सह-संबंध को खोजा है जिससे कि असंवेदनताओं की भांति पक्षाघात भी विशिष्ट पेशीय समूहों में होता है जो परस्पर संबंधित होते हैं। फिर भी कार्यात्मक पक्षाघात बार-बार, स्नायविक संरचना (नर्व्स एनाटॉमी) की इकाइयों की अपेक्षा कार्यात्मक इकाइयों की प्रचलित धारणाओं के संदर्भ में घटित होता है। यहां पुनः चिकित्सकीय तंत्रिका विज्ञानियों को इन मामलों में विभेद करने में कोई कठिनाई नहीं होती। असंवेदनताओं की भांति ही, कार्यात्मक पक्षाघात भी कायिक पक्षाघातों की तुलना में अधिक अस्थिर, परिवर्तनीय और सुझाव से प्रभावित होता है। एक अतिरिक्त मानदण्ड यह है कि कार्यात्मक पक्षाघात अधिक संपूर्ण होते हैं। कायिक मामलों में पक्षाघात के स्थान पर आंशिक घात देखने में आता है जिससे कि विचाराधीन पेशी को अनुप्राणित करने वाली चालक तंत्रिका (मोटर नर्व) का पूर्ण क्षय कदाचित् ही देखने में आता है। कायिक पक्षाघात में प्रायः संचलन का घटाव होता है जबकि कार्यात्मक पक्षाघात अधिकतर, चेष्टा करने की पूर्ण असमर्थता का मामला है। इसका कारण यह है कि कार्यात्मक पक्षाघात किसी केन्द्रीय अवरोध से आता है यद्यपि यह कदाचित् अचेतन होता है। इसके अलावा, पेशीय विकृतियों के कायिक मामलों में यह विकृति प्रायः लक्षण मात्र ही होती है क्योंकि इनमें व्यक्तित्व का मनोवैज्ञानिक एकीकरण अक्षुण्ण बना रहता है। जैसा कि हमने संज्ञानात्मक विकृतियों के मामले में देखा था, जो विकार प्राथमिक रूप से कार्यात्मक होते हैं वे सदैव संवेगात्मक कुसमायोजन पर आधारित होते हैं तथा पृथक् रूप में कदाचित् ही आते हैं। ये सभी मानदण्ड मिलकर तंत्रिका विज्ञानी को कार्यात्मक (फंक्शनल) और वातोन्मत्त (हिस्टैरिकल) पक्षाघात के अधिकांश केसों में विभेद करने के योग्य बनाते हैं।

जिन मांसपेशियों और उन्हें अनुप्राणित करने वाली चालक तंत्रिकाओं की विकृतियों का कायिक आधार होता है उनमें बहुत अधिक विविधता होती है। ऐसी विकृतियां प्राथमिक रूप से तंत्रिका रोग विज्ञान तथा तंत्रिका विज्ञान की विषय-वस्तु है अतः यहां उन पर अधिक बात नहीं करेंगे। इस बारे में अधिक विस्तार से की गई विवेचना भावी

चिकित्सकों को तंत्रिका विज्ञान की किसी अच्छी पाठ्य पुस्तक में मिल सकती है।[2] मनोविकृति विज्ञान के अध्ययन की दृष्टि से पेशीय संकोच और सरल पेशीय क्रिया संबंधी कुछ रोग बहुत महत्वपूर्ण हैं क्योंकि वे तंत्रिकातापों (साइकोसीज़) में विभेदनकारी लक्षणों के रूप में पाए जाते हैं।

3. प्रतिवर्त अर्थात् सहज क्रिया के विकार (रिफलॅक्स डिसऑर्डर्स)

प्रतिवर्त या सहज क्रिया सबसे अधिक साधार और सरल एकीकृत पेशीय क्रिया है। एक उद्दीपक संवेदी स्नायु (सॅन्सरी नर्व) को क्रियाशील करता है, सैन्सरी न्यूरॉन का तंत्रिका आवेग (नर्वस इम्पल्स) अंतर्ग्रंथन (साइनैप्स) पर एक साहचर्यकारी तंत्रिका कोशिका (न्यूरॉन) को उत्प्रेरित करता है जो एक चालक स्नायु को सक्रिय करता है, जिससे पेशी के तंतु (मसिल फाइबर) उत्प्रेरित होते हैं। ऐसे साधारण प्रतिवर्त, जिनका अभी वर्णन किया था, मेरुदण्डीय प्रतिवर्त (स्पाइनल रिफ्लॅक्सिज़) कहलाते हैं तथा संभवतः अमूर्त प्रत्ययों के रूप में कल्पनामात्र होते हैं। पहले साइनैप्स पर उच्चस्तरीय संघटनकारी केन्द्रों के साथ तंत्रिकाओं के संबंध पाए जाते हैं जो सेरिब्रम को प्रेरणा भेजते हैं तथा पेशी समूह में स्थित प्रोप्रिओसैप्टिव तंत्रिका के सिरे (प्रोप्रिओसैप्टिव नर्व एन्डिंग्स) गतिविधि के पूर्ण होने से पहले तंत्रिका आवेग को वापिस सेरिब्रम की ओर प्रारंभ कर देते हैं। अतः प्रतिवर्त चापों (रिफ्लॅक्स आर्क्स) में भी पूरा केन्द्रीय नाड़ी संस्थान एकीकृत समष्टि के रूप में कार्य करता है। मेरुदण्डीय प्रतिवर्त (स्पाइनल रिफ्लॅक्स) की अमूर्त संकल्पना के आधार पर इतनी अधिक मात्रा में सैद्धांतिक कार्य किया गया है कि यह तंत्रिका विज्ञान के सिद्धांत का आरंभिक बिन्दु बन गई है। लेकिन, अनैच्छिक मेरुदण्डीय प्रतिवर्त केवल प्रतिवर्त तंत्रिका विज्ञान का ही आरंभिक बिन्दु है। प्रतिवर्त ऐच्छिक और अनैच्छिक दोनों प्रकार के होते हैं। ऐच्छिक प्रतिवर्तों के बारे में हम ऐच्छिक कार्यों के शीर्षक के अंतर्गत बात करेंगे। यहां हमारा संबंध केवल अनैच्छिक प्रतिवर्तों से है। विविध प्रतिवर्तों के वर्गीकरण तंत्रिका क्रिया विज्ञान (न्यूरोफिजियोलॉजी) का विषय है तथा हम यहां इसका विस्तार नहीं करेंगे। एक चिकित्सकीय तंत्रिका विज्ञानी को विविध प्रतिवर्त प्रतिक्रियाओं को प्रकाश में लाने या उत्पन्न करने और उनकी उपयुक्तता के बारे में निर्णय लेने के बारे में विशिष्ट प्रशिक्षण लेना चाहिए। चूंकि प्राथमिक रूप से कार्यात्मक आधार पर प्रतिवर्त लुप्त या अतिशय सक्रिय हो जाते हैं अतः इनकी एक सूची प्रस्तुत करना आवश्यक है। तालिका नं. 1 को डॉर्कस तथा शॅफर से लिया गया है। तालिका को चार स्तम्भों में विभाजित किया गया है। पहले स्तम्भ में प्रतिवर्त का नाम, दूसरे में प्रतिक्रिया का स्वरूप, तीसरे में उपयुक्त उद्दीपक की प्रकृति तथा चौथे स्तम्भ में प्रतिवर्त की अपूर्ण, अल्प या अति सक्रियता का तंत्रिका विज्ञान की दृष्टि से महत्व तथा अर्थ दिया गया है।

प्रतिवर्तों की अधिकांश विकृतियां कायिक होती हैं। कार्यात्मक असंवेदनताओं और कार्यात्मक पक्षाघातों की ही भांति प्रतिवर्तों की कार्यात्मक विकृतियां भी व्यक्ति के जीवन इतिहास के संबंध में महत्वपूर्ण होती हैं। इनमें विभेद करने के लिए भी हम पुनः उसी मानदण्ड का प्रयोग कर सकते हैं। कुछ मामलों में निश्चित तंत्रिका वैज्ञानिक चिह्नों और प्रदर्शनीय तंत्रिका रोग (न्यूरोपॅथोलॉजी) के कारण यह विभेद करना असाधारण रूप से सरल होता है। सीमांत के मामलों में भी यह विभेदीकरण प्रायः व्यक्ति के संपूर्ण मनोचिकित्सकीय जीवन वृत्त के आधार पर किया जा सकता है।

4. आदत के विकार

'आदत' शब्द का अभिप्राय है अनुभव के द्वारा साधारण सहज क्रियाओं का इस प्रकार एकीकरण या संघटन करना जिससे कि सचेतन इच्छाशक्ति की सुस्पष्ट अनुभूति के बिना इन क्रियाओं का निष्पादन किया जा सके। आदतों की विकृति के जैविक और कार्यात्मक दोनों आधार हो सकते हैं। आदतों का मुख्य विकार किसी आदत वाली क्रिया का निष्पादन करने की क्षमता का ह्रास ऐसी स्थिति में होना है जहां पेशी समूह का पक्षाघात नहीं हुआ है और न ही प्रतिवर्तों की क्षति हुई है। परिणामस्वरूप, क्षमता का ह्रास उच्चस्तरीय संघटनकारी केन्द्रों में कोई अवयव संबंधी टूट-फूट के कारण होना चाहिए अथवा यह क्षति पूर्णरूपेण कार्यात्मक आधार पर होनी चाहिए। इस विभेदीकरण के संबंध में वही समस्याएं आती हैं जो असंवेदनता और पक्षाघात पर विचार-विमर्श करते समय आई थीं। विभेदीकरण भी उसी आधार पर किया जाता है अर्थात् न्यूरोलॉजिकल परीक्षण, लक्षणों का व्यक्ति के जीवन वृत्त से संबंध, तथा लक्षण के अर्थ, महत्व तथा मितव्ययता का निगमन करने की संभावना।

आदतों का पृथक्कीकरण सामान्य आदतों और विशिष्ट आदतों के रूप में किया जा सकता है। सामान्य आदतों से हमारा अभिप्राय उन एकीकृत या संघटित अनुक्रियाओं से है जो कभी ऐच्छिक क्रियाओं के रूप में निष्पादित की जाती थीं लेकिन अब जिनका निष्पादन अर्धचेतन स्वचालित आधार पर किया जाता है। जब हमारी चेतन रूप से की गई क्रियाएं अन्य बातों में फंसी हुई होती हैं उस समय निम्नस्तरीय तंत्रिका केन्द्रों द्वारा दांत साफ करना, दरवाजों का ताला खोलना, अपना शृंगार करना, विशिष्ट मनोरंजक खेल खेलना, घर का काम करना, जैसी क्रियाओं पर नियंत्रण को अपने अधिकार में लेने की क्षमता एक बड़ी मनोवैज्ञानिक मितव्ययता है। इनमें से किसी भी सामान्य आदत का लोप होना *एप्रॅक्सिया* या गति-अक्षमता कहा जाता है। विशिष्ट गति-अक्षमताएं भी होती हैं जिनके लिए एक विस्तृत नामावली होती है इनमें गति-अक्षमताएं तथा भंगिमा, चलना और विविध भाषा संबंधी आदतों में अन्य बाधाएं आना विशेष रूप से महत्वपूर्ण है।

तालिका-1 : प्रतिवर्त

प्रतिवर्त	अनुक्रिया	द्वारा उत्पन्न	सूचित करती हैं
एबडॉमिनल (उदरीय ...)	नाभि के चारों ओर पेशियों का संकुचन	पसलियों की सीमा से नीचे की ओर उदर की दीवार पर तीक्ष्ण आघात	8वीं से 12वीं उदरीय तंत्रिकाओं के रज्जु की अखंडता
एकोमोडेशन (अनुकूलन/समायोजन) (एकाक्षिक या मोनोक्यूलर)	लैंस के समायोजन में परिवर्तन	दूर और पास के पदार्थों पर फोकस करना	संवेदी और नेत्र पेशीय तंत्रिकाओं (ऑक्यूलो मोटर नर्व्स) के अंशों की अखंडता दूसरी, तीसरी क्रेनियल (कपालीय) तंत्रिकाओं की शाखाएं।
एचिलिस...	टांग की पिंडली की पेशी का संकुचन	एचिलिस की नस (टेन्डन) पर आघात	चौथे, पांचवें (कटि) लम्बर, पहले सॅक्रल क्षेत्रों (सेक्रमी) की अखण्डता।
एंकिल (टखना...)	टेन्डन के क्लोनिक संकुचन	पैर के तलुवे पर हाथ का दबाव	पांचवें लम्बर, पहले और दूसरे लम्बर क्षेत्रों की अखण्डता (कटि प्रदेश)
द्विशिर पेशी...	बाइसेप्स (द्विशिर पेशी) में संकुचन	(द्विशिर पेशी की नस) बाईसेप्स की टेन्डन पर थपथपाना।	चौथे, पांचवें और छठे सरवाइकल (ग्रैव) खंडों की अखण्डता।
सीलियरी-सामान्य... (पक्ष्माभिकी या रोमक)	आंख की पुतली के साइज़ में परिवर्तन	प्रकाश की तीव्रता में परिवर्तन	टैबीज (क्षय), बेन एट्राफी (मस्तिष्क की क्षीणता) आदि के कुछ मामलों में पाई जाती है।
1. एरजिल-राबर्टसन प्यूपिल (पुतली)	दूरी के साथ समायोजन में पुतली के साइज़ में परिवर्तन, लेकिन प्रकाशों में नहीं	गर्दन की त्वचा मलना	कॉर्टिकल लिज़न (प्रान्तस्था की चोट)
2. हॉब का प्यूपिलरी रिफ्लैक्स (आंख की पुतली का प्रतिवर्त)	प्रकाश के लिए आकार में परिवर्तन लेकिन अभिसरण से समायोजन के लिए नहीं	विपरीत टांग की निष्क्रिय चेष्टा	आठवें सरवाइकल, (ग्रीवा के), पहले और दूसरे थोरॅसिक (वक्षीय) खण्डों की अखण्डता

सीलिओस्पाइनल...	पुतली का विस्तारण	(नेत्र श्लेषमला) कन्जंकटिवा में जलन होना! हवा के आंदोलित झोंके का समीप जाना	हेमीप्लोजिया, (अर्धांगघात), मैनिन्जाइटिस, (तानिकाशोथ) आदि का संकेत करती है
कॉन्ट्रालेटरल....	टांग का आकुंचन या मोड़ना या प्रसारण जबकि दूसरी टांग की निष्क्रिय चेष्टा हो	जांघ के अंदर की ओर की त्वचा का उत्तेजन	पांचवीं और सातवीं (क्रेनियल नर्व्स) (कपालीय तंत्रिका) की अखण्डता
कॉरनियल... (आंख के स्वच्छ मंडल संबंधी)	आंख के पलकों की बंदी	(कांख) एक्ज़िला के समीप पांचवीं और छठी इन्टरकोस्टल स्पेस में त्वचा का उत्तेजन (अन्तःतटीय अन्तराल)	पहली और दूसरी लम्बर नर्व्स (कटि प्रदेश की तंत्रिकाओं) के बीच की रज्जु की अखण्डता
क्रिमॅस्टॅरिक....	(वृषण) टॅस्टिकिल का एक ही ओर प्रत्याकर्षण	पेशी के बार्डर पर त्वचा को थपथपाना	चौथी से सातवीं थोरॅसिक नर्व्स (वक्षीय तंत्रिकाओं) के बीच की रज्जु (कार्ड) की अखण्डता
एपीगैस्ट्रिक... (अधिजठरीय)	(अधिजठर) एपीगॅस्ट्रम में गड्ढे (डिम्पिल) होना; रॅक्टस एबडॉमिनिस पेशियों का संकुचन	जांघ के ऊपरी अग्रवर्ती भाग की त्वचा का उत्तेजन	रज्जु (कार्ड) के पृष्ठीय (डॉरसल)क्षेत्र की अखण्डता
इरॅक्टर स्पाइनल... (उत्थापक मेरुदण्डीय) फेमोरल... (ऊरू संबंधी)	इरॅक्टर स्पाइनल	नितम्बों के ऊपर की त्वचा को सहलाना	पांचवें लम्बर (कटि प्रदेश), पहले और दूसरे सैकरल क्षेत्र में गड़बड़ी; माइलाइटिस (मेरुमज्जा शोथ) के कारण हो सकता है।
ग्लूटीअल ... नितंब-पेशी	(उत्थापक मेरुदण्डीय) पेशी में संकुचन पंजे की पहली तीन अंगुलियों के पदातल का आकुंचन; घुटने के जोड़ का विस्तारण	पैर के तलवों को थपथपना	चौथी और पांचवीं लम्बर नर्व्स (कटि की तंत्रिकाओं) के क्षेत्र की रज्जु (कार्ड) की अखडण्ता वयस्कों की सामान्य अनुक्रिया, पांचवें लम्बर, पहले, दूसरे सॅकरल के खंडीय नियंत्रण
प्लान्टॅर... (पादतल)	नितम्बों की पेशियों में संकुचन	पैर के तलवों को थपथपाना	शिशुओं में सामान्य प्रतिक्रिया, वयस्कों में यह अनुक्रिया एक पिरामिडी चोट या पिरामिडी तंतुओं

			की चोट का संकेत करती है। किसी विषाक्त (टॉक्सिक) स्थिति का परिणाम हो सकती है
1 बिबिन्स्की संकेत...	पंजे में संकुचन	टीबिया (अंतर्जंघिका) के आंतरिक बार्डर का उत्तेजन	पिरामिडी क्षेत्र में चोट या घाव
2. ओपॅनहीम प्रतिवर्त...	पैर के अंगूठे का विस्तारण	टांग की गहन आंकुचनी पेशियों पर दबाव	पिरामिडी क्षेत्र में चोट या घाव
3. गॉर्डन का प्रतिवर्त...	पैर के अंगूठे का विस्तारण	एक आकस्मिक उद्दीपक जैसे कोलाहल, प्रकाश, कोई संवेगात्मक स्थिति	विद्युदग्र या इलॅक्ट्रोड्स के उपयोग के क्षेत्र में मोटर नर्व्स की अखण्डता; संवेदी और केन्द्रीय संस्थानों की अखण्डता भी जब भी ये भाग सम्मिलित हो; अनुपस्थिति अनिवार्यतः किसी घाव का संकेत नहीं करती।
साइकोगॅलवानिक... (मनोउत्तेजक)	पैर के अंगूठे का विस्तारण	नीचे के जबड़े को अधोगामी आघात के साथ हल्के से प्रहार करना, जबड़े को हाथ से हल्के से थामना चाहिए	साधारणतया नहीं पाई जाती रज्जु (कार्ड) के लेटरल कॉलम्स (पार्श्विक स्तम्भों)के स्कलॅरोसिस (ऊतक दृढ़न) में पाई जाती है
जॉ (जबड़ा) ...	शरीर की ऊर्जा में परिवर्तन या त्वचा की प्रतिरोध शक्ति में परिवर्तन, संभवतया या स्वेद ग्रंथियों की क्रिया	पटेला के टेण्डन (जानु-फलक की नस) पर घूंसा	अनुपस्थिति रज्जु (कार्ड) के निचले भाग में चोट का संकेत करती है जो चलन विभ्रम (लोकोमोटर एटॉक्सिया), बाल संस्तम्भ (इनफैन्टाइल पैरालिसिज़), तानिका शोथ (मॅनिनजाइटिस) आदि में पाई जाती है। वृद्धि पिरामिडीय क्षेत्र में चोट या मोटर कॉर्टेक्स (चालक प्रान्तस्था) तथा कॉर्ड की अति संवेदनशीलता का संकेत करती है। सामान्यतः दूसरे, तीसरे और चौथे लम्बर (कटि के) खण्डों से नियंत्रित होती है।

नी (घुटना) ...	जबड़े की क्लोनिक गतिविधि	गले या स्वर यंत्र (लैरिंक्स) की म्यूकस मैमब्रेन (श्लेष्मा झिल्ली) में जलन होना	दसवीं और बारहवीं क्रेनियल नर्व्स की अखण्डता
लैरिन्जिअल... (कण्ठय) ...	क्वाड्रिसेप पेशियों का संकुचन	चक्रक्रम, कान में पानी का इंजेक्शन तथा फैरेडिक उद्दीपन	ऑडिटरी नर्व (श्रवण-संबंधी तंत्रिका) की वॅस्टीब्यूलर प्रकोष्ठीय शाखा की अखण्डता, अनुपस्थिति चोट या घाव का संकेत नहीं करती। स्वाभाविक और सहज उपस्थिति सॅरिबॅलर (अनुमस्तिष्कीय) चोट का संकेत कर सकती है
निस्टॅगमस ...(अक्षिदोलन)	खाँसना	तालू का उत्तेजन	दसवीं और ग्यारहवीं क्रेनियल नर्व्स की अखण्डता
पैलेटल ...(तालव्य)	आंख के सॅकेडिक संचलनों तथा ड्राफ्ट (मानचित्रक) संचलनों का बारी-बारी से आना	हथेली को गुदगुदाना	कॉर्ड (रज्जु) के क्रेनियल रीजन (कपालीय क्षेत्र) की अखण्डता; आठवीं सरवाइकल (ग्रीवा की) और पहली थोरॅसिक (वक्षीय)
पामर ...(करतल)...	निगलना		
पेरिऑसृटिअल... (परि-अस्थिक)	हाथ का संकुचन	इन अवयवों की अस्थियों पर आघात	मेरुदण्ड के लेटरल कॉलम्स (पार्श्विक स्तम्भों) के रोग
फॅरिनूजिअल... (ग्रसनीय)	भुजाओं और टांगों की पेशियों का संकुचन निगलना	ग्रसनी में जलन होना	नवीं, दसवीं और ग्यारहवीं क्रेनियल नर्व्स की अखण्डता

भाषा संबंधी पेशीय आदतों की विकृतियां : संवेदी वाग्लोप तथा पठन-अक्षमता (संदर्भ अध्याय V) के अतिरिक्त वाग्लोप में आगे प्रस्तुत की जाने वाली मोटर लैंग्वुएज हैबिट्स (आदतें) भी निहित रहती हैं। पेशीय वाग्लोप या *मोटर एफेसिया* का अर्थ है शब्दों को बोलने की क्षमता की क्षति होना तथा *एग्रॅफ़्रिया* का अर्थ है लिखने की क्षमता की क्षति होना। ये दूसरे प्रकार के वाग्लोप के साथ संयुक्त होकर आ सकता है या अकेले लक्षण के रूप में भी आ सकता है। कभी-कभी रोगी भाव-भंगिमा से अपने विचारों को अभिव्यक्त करने की क्षमता को खो देता है जिसे *ऐमीमिया* कहते हैं। *एफ़ोनिया* या स्वर हानि का अभिप्राय अपनी वाणी खो देना है। यदि व्यक्ति ऐसी भाव-भंगिमाओं का प्रयोग कर सकता है जो उसके विचारों के अनुपयुक्त हों तो ऐसा व्यक्ति *पैरामीमिया* से पीड़ित कहा जाता है। भाषा के पॅराफंक्शंस में बहुत से विशिष्ट लेखन और वाणी दोष भी निहित होते हैं। ये दोष *राइटिंग ट्रैमर्स,* झटके से लिखना या 'राइटिंग जिटर्स' से प्रारंभ होकर, जो शराब के व्यसन या संवेदन-मंदक के व्यसन में बार-बार देखने में आते हैं, *पैरेटिक राइटिंग* या आंशिक घात से प्रभावित लेख से होते हुए, जिसमें कम्पन के अतिरिक्त अक्षरों या अक्षरमालाओं (सिलेबिल्स) का छूटना, पुनर्द्विरावृत्ति तथा अदला-बदली देखी जा सकती है, *स्यूडोग्राफ़िया* या छद्म आलेख तक प्रसारित होते है जिसमें अर्थहीन लिखित चिह्नों की प्रस्तुति निहित रहती है। इसके अतिरिक्त लिखित भाषा की विकृतियों के वर्गीकरण में अन्य दोष भी आते हैं जैसे मिरर राइटिंग, जिसमें लेख उलटा या प्रतिलोमित होता है तथा ऑटोमैटिक राइटिंग (स्वचालित लेखन), जिसमें लेख का उत्पादन सीधे अचेतन (मन) के नियंत्रण से होता है।

वाणी संबंधी अन्य दोनों में हकलाना *(स्टॅमरिंग* तथा *स्ट्रटरिंग),* तुतलाना *(लिस्पिंग),* आंशिक घात ग्रस्त वाणी *(पॅरेटिक स्पीच),* मूकता *(म्यूटिज़्म),* प्रतिजल्पता *(इकोलेलिया),* वाक प्रवाह दोष *(लोगोरिया),* अश्लील वाच्यता *(कॉप्रोलेलिया),* मिथ्यावाच्यता *(स्यूडॅलेलिया),* तथा नवनिर्मित शब्द *(निओलॉजिम्स)* निहित रहते हैं।

आंशिक घात ग्रस्त वाणी (पॅरेटिक स्पीच) कम्पित होती है और व्यक्ति धीरे-धीरे बोलता है तथा आंशिक घात ग्रस्त लेखन (पॅरेटिक राइटिंग) की भांति कुछ अक्षरों या सिलेबिल्स को छोड़ता है, कुछ की बार-बार पुनरावृत्ति करता है तथा उनमें अदला-बदली भी कर देता है। अतः पॅरेटिक स्पीच से पीड़ित व्यक्ति 'मॅथडिस्थ एपिस्कोपल' को 'मेडिस्ट पिस्पोकल' या 'मेडिकल इलॅक्ट्रिसिटी' को 'मेडीकल एक्सट्रिसिटी' आदि उच्चारित करता है। *म्यूटिज्म* या मूकता का अभिप्राय बोलने में बिल्कुल असमर्थ होना है तथा निस्संदेह अवरोध (ब्लॉकेड) से संबंधित है (संदर्भ अध्याय V) लेकिन उसकी तुलना में अधिक पूर्ण होता है। *इकोलेलिया* या प्रतिजल्पता का अभिप्राय रोगी के द्वारा उसे संबंधित किए गए किसी वाक्यांश या शब्द की पुनरावृत्ति करना है। यह सभी बालकों द्वारा खेले जाने वाले किसी कॉपीकैट गेम की भांति है। *लोगोरिया* या वाक् प्रवाह दोष का अभिप्राय है अत्यधिक वाचालता और बातूनीपन जिसमें शब्द स्वतंत्र उड़ान की

भांति एक-दूसरे का अनुसरण करते हों जैसा कि विचारों की उड़ान में होता है। अश्लील वाच्यता *(कॉप्रोलेलिया)* में व्यक्ति अश्लील शब्दों का अत्यधिक प्रयोग करता है। जीवन के कुछ क्षेत्रों में पूर्णतया 'सामान्य' कॉर्पोलेलिक व्यक्ति उत्पन्न होते हैं। मनोरोग विज्ञान के क्षेत्र में इसका अभिप्राय मुख्यतया ऐसे व्यक्तियों द्वारा अश्लीलता भरे शब्दों का प्रस्फोटन करना है जो या तो सामान्यतया ऐसी भाषा का प्रयोग नहीं करते हैं या ऐसी भाषा का प्रयोग अत्यधिक अनुचित परिस्थितियों में किया जा रहा है। मिथ्यावाच्यता *(स्यूडोलेलिया)* का अभिप्राय अर्थहीन ध्वनियां उत्पन्न करने से है। (संदर्भ स्यूडोग्रफिया)। *निओलॉजिज़्म* या नये शब्दों की मनोरोग जनित गढ़न के बारे में हमने साहचर्य की विकृतियों के संबंध में विचार किया है।

अंगविन्यास (पोस्चर) तथा चलने (वॉकिंग) की विकृतियां : गति विभ्रम *(एटॅक्सिया)* का अभिप्राय पेशियों के संचलन और अंग विन्यास में समन्वय का अत्यधिक अभाव होना है। निष्क्रियता में या आराम करते समय समन्वय की अक्षमता स्थिर गति विभ्रम *(स्टैटिक एटॅक्सिया)* कहलाती है। जब किसी व्यक्ति के नेत्र बंद हों और वह गिरे बिना या हिले-डुले बिना खड़ा होने में असमर्थ हो तो स्टैटिक एटॅक्सिया के इस उदाहरण को हम *रॉम्बर्ग साइन* कहते हैं जो निदान की दृष्टि से महत्वपूर्ण है। पेशीय गति भ्रंश *(मोटर एटॅक्सियाज़)* चेष्टाओं को समन्वय करने की अक्षमता में पाए जाते है, जैसे आंखों पर पट्टी बंधी होने पर उंगली पर उंगली या नाक पर उंगुली रखने में असमर्थ होना। तंत्रिका विज्ञान में भी इनका पर्याप्त निदानात्मक महत्व है। टहलने से संबंधित विकृतियों में आंशिकघात ग्रस्त चाल *(पॅरेटिक गेट)* जो आंशिक घात ग्रस्त पॅरेटिक लेखन या वार्तालाप की भांति अनियमित, धीमी और ढुलमुल होती है : गति विभ्रम ग्रस्त चाल *(एटॅक्सिक गेट)* जिसकी विशेषता पैर पटकना तथा एक पैर आगे रखने के बाद दूसरे को धीरे से आगे खींचना है : सीढ़ी चढ़ने जैसी चाल *स्टॅप्पेज गेट*, पैर झुलाने और पंजा खुरचने के साथ घुटने की अधिक क्रिया, निहित होती है। इन सभी प्रकार की दोषपूर्ण चालों की उत्पत्ति प्रायः जैविक (ऑर्गेनिक) कारणों से होती है तथा चिकित्सकीय तंत्रिका विज्ञान में इनके बारे में विस्तार से की गई विवेचना मिलती है। *एस्टॅसिया-ऐबैसिया* का अभिप्राय है बिना सहारे के चलने या खड़े रहने की अक्षमता जो प्रायः कार्यात्मक आधार पर उन्माद के रोगियों में पाई जाती है।

5. ऐच्छिक क्रियाओं के विकार

आदतों के ठीक विपरीत, ऐच्छिक क्रियाओं का अर्थ है पूर्ण रूप से संघटित अनुक्रियाएं जिनकी पूर्ति के लिए विषयी को जानबूझ कर निर्णय लेने की आवश्यकता होती है। इनमें इच्छा पर निर्भर होने वाली और इरादा करके की जाने वाली क्रियाओं की पूर्ति निहित रहती है। अतः इच्छा शक्ति की मनोविकृति से संबंधित कुछ विशिष्ट लक्षण हैं हमें जिन पर पहले ध्यान देना चाहिए।

अवसाद *(एबूलिया)* शब्द का अभिप्राय है इच्छा शक्ति की कमी या अभाव होना। यदा-कदा यह देखने में आता है कि रोगी में किसी कार्य को करने की इच्छा शक्ति की कमी होती है। अवसाद (एबूलिया) डिप्रैशन के संवेगात्मक लक्षणों से घनिष्ठ रूप से संबंधित है। एबूलिया सामान्यीकृत हो सकता है या किसी विशिष्ट कार्य को करने की प्रवृत्ति के संदर्भ में भी हो सकता है जिनमें केवल कुछ विशेष क्रियाओं के संबंध में 'इच्छा शक्ति में अवरोध या ब्लॉकिंग ऑफ द विल' पाई जाती है। अतः रोगी सभी प्रकार के कार्य कर लेता है लेकिन उसमें खाने की इच्छा या 'उठने की इच्छा' या 'जीने की इच्छा' नहीं होती। एबूलिया के अतिरिक्त तीव्र अवसाद (*हाइपरबूलिया*) के केस भी पाए जाते हैं जिसमें व्यक्ति पर या तो सामान्य रूप से क्रिया करने के लिए सामान्य दबाव होता है या फिर किसी विशेष क्रिया के लिए विशिष्ट दबाव होता है।

ऐच्छिक क्रियाओं के संबंध में इच्छा शक्ति की मनोविकृति के साथ-साथ क्रियाओं की विकृति पर भी ध्यान देना चाहिए। *कैटॅलेप्सीज़* पेशीय कठोरता की स्थितियां हैं जो कार्यात्मक आधार पर उत्पन्न होती हैं और ऐच्छिक क्रियाओं में रोगी की रुचि को वापिस खींच लेती हैं। तंत्रिका विज्ञान की पृष्ठभूमि में तथा रोगी के जीवन वृत्त की जानकारी के माध्यम से इन्हें कायिक या आंगिक (ऑर्गेनिक) संकुचन से पृथक् किया जा सकता है। कैटलेप्सीज को प्रायः दो भागों में विभाजित किया जाता है जो अक्सर एक-दूसरे में विलीन हो जाते हैं। इनमें से पहले विभाजन को *सिरियाफ्लैक्सिबिलिटास* कहते हैं जो 'मोम' जैसे लचकीलेपन या वैक्सलाइक फ्लैक्सिबिलिटी के लिए लैटिन भाषा का शब्द है। ऐसे रोगी सर्वाधिक असामान्य अवस्थाओं में रह (रखे जा) सकते हैं; तथा वे इन स्थितियों में तब तक बने रहते हैं जब तक कि स्थितियां परिवर्तित न हो जाएं या रोगी निढाल होकर या थकान के कारण स्वयं ही अधिक स्वाभाविक स्थिति को पुनः प्राप्त न कर लें। इस प्रकार रोगी टांगों या भुजाओं को ऊपर उठाता है, हाथों को बाहर की ओर तानता है या शरीर को झुकाता है जैसे कि वह मोम का बना स्वचालित यंत्र हो। रिजिड कैटालॅप्सी (दृढ़ पेशीप्रतिष्टंभ) में रोगी स्वयं ही एक सुनिश्चित मुद्रात्मक या शारीरिक मनोवृत्ति को अपनाता है तथा केवल अत्यधिक बलपूर्वक ही उसे इस स्थिति से हटाया जा सकता है। उसके हाथ एक प्रार्थना करने जैसी मुद्रा को या मुट्ठी (घूंसा) एक धमकी की मुद्रा को धारण कर लेती है। वह शरीर को झुकाकर या सिर पीछे की ओर करके बनाए रखता है। ऐसे पेशी-प्रतिष्टंभित (कैटालॅप्टिक) मुद्राओं का मनोविश्लेषण प्रायः अंग विन्यास (पोस्चर) या मुद्रा के कारण और अर्थ का संकेत करता है।

कम्पल्शंस या बाध्यताएं वे क्रियाएं हैं जो सामाजिक यथार्थ की दृष्टि से अनुपयुक्त होती हैं लेकिन व्यक्ति इन क्रियाओं को इस भावना के साथ करता है कि उसे ऐसा करना चाहिए अथवा ये अर्थहीन क्रियाओं की अचेतन रूप से की गई पुनरावृत्ति है। *रिचुअलिस्टिक एक्ट्स* या कर्मकाण्डी क्रियाएं इस प्रकार की बाध्यताएं हैं जिनमें रोगी द्वारा दैनिक जीवन के साधारण कार्यों की प्रारंभिक तैयारी या अतिरिक्त सहायक के रूप में कुछ आनुष्ठानिक विधि-विधान किए जाते हैं। इस प्रकार, कुछ व्यक्ति द्वार को

पार करने से पहले झुकते हैं या बैठने से पहले एक चक्र में फेरा लेते हैं या सैर करते समय अहाते के खम्भों को गिनते हैं या बैंक के नोट खर्च करने से पूर्व उन पर लिखे सभी नंबरों को पढ़ते हैं। कुछ विशिष्ट प्रकार की बाध्यताएं भी देखने में आती हैं जैसे क्लॅप्टोमॅनिया या चौर्योन्माद अर्थात् चोरी करने की एक उत्तरदायित्वहीन अंतः प्रेरणा; *पायरोमॅनिया* या दहनोन्माद अर्थात् आग जलाने (लगाने) की एक उत्तरदायित्वहीन प्रेरणा; *डिप्सोमॅनिया* या मद्योन्माद अर्थात् नशे में धुत होने की प्रेरणा।[3] बाध्यता की समस्या मनोविकृति विज्ञान के सिद्धांत के लिए इतनी महत्वपूर्ण है कि यहां उसके बारे में संक्षेप में बात करना तर्कसंगत है।

'बाध्यताओं' (*कम्पलशंस*) का संबंध मनोग्रस्तियों (ऑबसैशंस) से है। मनोग्रस्तियां ऐसे विचार हैं जो दुराग्रही, अवांछनीय और रुग्ण होते हैं। बाध्यताएं विकृत तरीके से कार्य करने की दुराग्रही व अटल प्रवृत्ति हैं। दोनों ही केसों में रोगी प्रायः प्रक्रिया की विकृत प्रकृति की पूरी जानकारी रखता है लेकिन उसे नियंत्रित करने में असमर्थ होता है। बाध्यताएं मनोग्रस्तियों से घनिष्ठ रूप से संबंधित हैं और प्रायः दोनों एक ही रोगी में साथ-साथ उपस्थित रहती हैं। उदाहरणार्थ एक व्यक्ति इस विचार से ग्रस्त (ऑबसॅस्ड) हो सकता है कि उसके हाथ गंदे हैं हालांकि यदि वह अपने हाथ देखता है तो वह पूर्णतया स्वच्छ होते हैं । यह दुराग्रही, अवांछनीय, रुग्ण विचार दिनभर में उसके ध्यान में कई बार आ सकता है और उसके मन से यह विचार जाकर उसके हाथ धोने से ही दूर किया जा सकता है। इस मामले में हम देखते हैं कि हाथ धोने का मेनिया या कम्प्लशन एक विकृत न्यूरॉटिक विचार का सीधा परिणाम है। बाध्यता के लक्षण इस ओर स्पष्ट संकेत करते हैं कि विकृत मस्तिष्क के संज्ञानात्मक (कॉगनिटिव) और प्रेरक चालक (मोटर) पक्षों में कितना प्रत्यक्ष और घनिष्ठ संबंध है। बाध्यताएं समग्र व्यवहार की विकृतियों के अनेक रूपों से भी घनिष्ठ संबंध रखती हैं। ये सभी अपने क्रम में दुश्चिंता की स्थितियों और फोबिया जैसे संवेगात्मक विकारों से भी घनिष्ठ संबंध रखते हैं। वस्तुतः केवल वर्गीकरण की सुविधा के उद्देश्य से इन्हें पृथक् कर सकते हैं। बाध्यताएं विशिष्ट और प्रतिनिधि प्रकार की कार्यात्मक और मनोजन्य विकृतियां हैं जिनके लिए प्रत्येक केस में यदि हम विचाराधीन व्यक्ति के जीवन वृत्त के बारे में पर्याप्त जानकारी रखते हैं तो उसका एक कारण, महत्व और मितव्ययता देख सकते हैं।

6. समग्र व्यवहार के विकार

हमने यह देखा कि कुछ समय पहले तक मनोचिकित्सा का संबंध प्राथमिक रूप से संज्ञानात्मक प्रक्रियाओं की विकृतियों के साथ था। अब आधुनिक मनोचिकित्सा केवल यथार्थ भौतिक और सामाजिक वातावरण के असामान्य और विकृत प्रत्यक्षज्ञान से ही संबंधित नहीं है बल्कि इस वातावरण के प्रति व्यक्ति की समाज विरोधी और विकृत अनुक्रियाओं के साथ भी समान रूप से संबंधित है। अब यह अपना संबंध उन क्षेत्रों

से अधिक से अधिक रखती है जो पहले नीतिज्ञ, अपराध विज्ञानियों और वकीलों से ही संबंधित थे। अतः जिस प्रकार मतिभ्रम की विकृत विचार प्रक्रिया संसार के असामान्य प्रत्यक्ष ज्ञान करने की असामान्यता की पराकाष्ठा का प्रतिनिधित्व करती है उसी प्रकार आपराधिक और समाज विरोधी कार्य, संसार के प्रति अनुक्रिया करने की असामान्यता की चरम सीमा का प्रतिनिधित्व करते हैं। मनोचिकित्सा का यह क्षेत्र इतना नवीन है कि इस समय हमारे पास परिचय देने के लिए लक्षणों की कोई विशिष्ट नामावली नहीं है। फिर भी यदि यहां हम यह नहीं बताते कि आज मनोचिकित्सक अपराध, लैंगिक विकार तथा अन्य समाज विरोधी कार्यों जैसे शराब की लत और नशीले पदार्थों का व्यवसन के अधिकांश मामलों को मनोचिकित्सकीय समस्या के रूप में देखते हैं तब तक पेशीय विकृतियों के लक्षण विज्ञान का हमारा प्रस्तुतीकरण अधूरा रहेगा। इनके बारे में हम खण्ड V में विस्तार से बात करेंगे।

7. सारांश के रूप में पहले उद्धृत केस की ओर वापसी

हम इस अध्याय के प्रारंभ में मिस्टर एक्स के बारे में किए गए अपने सोच-विचार की ओर वापस चलते हैं। हम यह पहले ही बता चुके हैं कि कार्यालय छोड़ने से पहले मिस्टर एक्स सड़क पर इधर से उधर देखना आवश्यक समझते थे। उनका यह व्यवहार उसी प्रकार की पेशीय विकृति है जिसकी व्याख्या इस अध्याय में हमने बाध्यता के नाम से की है। लेकिन यह व्यक्ति वस्तुतः अन्य पेशीय विकृतियों से भी ग्रस्त था। जैसे कि हमने देखा कि सवेरे जागने पर और रात को सोने से पूर्व वह अपनी बाईं भुजा को चिकोटी काटता था जो कि एक प्रकार की बाध्यता है जिसका आधार यह मतिभ्रम है कि उसके व्यवसाय के सहयोगी एक बिजली की मशीन के द्वारा उसकी भुजा को संवेदनहीन करना चाहते थे। जब उसने इस असंवेदनता को वास्तव में विकसित कर लिया और आतंक से संत्रस्त हो गया तो वह एबूलिया अर्थात् सामान्य इच्छा शक्ति के विलुप्त हो जाने से ग्रस्त हो गया। अंत में उसने नवनिर्मित शब्दों का विशिष्ट सूत्र विकसित कर लिया क्योंकि उसके विचार से वह इस सूत्र के द्वारा शत्रुओं से अपना बचाव कर सकता था। उसे यह भय था कि कुछ विशिष्ट स्थानों पर वह दूसरों के द्वारा नोटिस न कर लिया जाए और इसलिए वह कुछ विशेष प्रतिवेशों में गूंगा हो जाता था और इसी भय ने उसके लिए कोई भी संख्या लिखने के कार्य को असंभव बना दिया था क्योंकि उसके विचार से ऐसा करके वह अपने द्वारा विकसित गुप्त सूत्र का खुलासा कर देगा। बाईं अग्रबाहु में निरंतर कार्यात्मक असंवेदनता बने रहने के कारण उसमें धीरे-धीरे पक्षाघात (पैरालिसिस) विकसित हो गया जिससे कि उसकी बाहु का वह भाग किसी भी प्रकार की चेष्टा करने में किंचित असमर्थ हो गया। उसके जीवन वृत्त के बाद के क्रम में, विशेषकर गंभीर दुश्चिंता और संत्रास की अवधि के दौरान उसे स्यूडोकन्वल्सिव स्पाज़्मस (कृत्रिम आपेक्षी ऐंठन) होने लगे।

इस प्रकार हम वास्तविक केसों में पेशीय प्रक्रियाओं की विकृतियों को संज्ञानात्मक प्रक्रियाओं की विकृतियों के साथ घनिष्ठ रूप से संबंधित पाते हैं। इस केस में हम भय से उस व्यक्ति के संत्रस्त होने की बात कर चुके हैं जिसकी वजह से वह व्यक्ति अपने रोग के प्रारंभ में परेशान था। इस प्रकार की दुश्चिंताएं व्यावहारिक रूप से सभी प्रकार की साइकोसिस और साइकोन्यूरोसिस का वास्तविक विकास होने से पहले पाई जाती हैं तथा यह इनका आधार भी हैं क्योंकि संज्ञानात्मक (कॉगनिटिव) और चालक (मोटर) दोनों प्रक्रियाओं की विकृतियां संवेगात्मक विकृतियों के आधार पर ही उत्पन्न होती हैं। अगले अध्याय में हम संवेग के लक्षण विज्ञान पर विचार करेंगे और इस प्रकार इस चित्र को पूरा करेंगे। इस संबंध में हम पुनः मिस्टर एक्स के केस पर वापिस लौटेंगे तथा यह दिखाएंगे कि विकृत विचार शक्ति और विकृत क्रिया किस प्रकार संवेगात्मक नैराश्य से संबंधित हैं।

संदर्भिका

सामान्य पुस्तकों के लिए अंतिम अध्याय के अंत में दिए गए संदर्भिका नोट को देखें। यह दृष्टिकोण, कि पेशीय या मोटर व्यवहार कार्यात्मक समष्टियों का प्रतिनिधित्व करता है, गॅस्टॉल्ट मनोविज्ञान का और लैश्ले, कॉगहिल तथा चाइल्ड का है।

संदर्भ

1. संदर्भ, लैश्ले, कॉगहिल तथा इर्विन के उद्यम।
2. उदाहरण के लिए, आई.एस. वैशलर तथा ग्रिन्कर।
3. प्रचलित अशुद्ध प्रयोग के विपरीत, मद्योन्मादी एक पुराना शराबी नहीं होता। यह एक ऐसा व्यक्ति है जो शराब तो यदाकदा पीता है लेकिन कम्पलसिव ढंग से जैसे कि शराब पीना उसकी विवशता हो।

अध्याय-7

संवेग प्रक्रियाओं (भाव, अनुभूति) की असामान्यताएं

1. संवेगात्मक प्रक्रियाएं

वैज्ञानिक मनोविज्ञान के क्षेत्र में हुए नवीन विकास संवेगों के मनोविज्ञान से संबंधित रहे हैं। पचास वर्ष पहले तक (यह पुस्तक 1940 में लिखी गई थी अतः यहां पचास वर्ष पहले का अभिप्राय उन्नीसवीं शताब्दी के अंतिम वर्षों से है।) वैज्ञानिक भी निश्चित रूप से संज्ञानात्मक प्रक्रियाओं की तुलना में संवेगों को अध्ययन का पात्र कम समझते थे तथा इन्हें क्रियाशीलता के निम्न और हीन रूपों में देखा जाता था। उपन्यासकारों, कवियों तथा कुछ दार्शनिकों का संबंध मात्र संवेगों से रहा है इस सत्य के बावजूद भी मनोवैज्ञानिकों ने इनका वर्गीकरण करने से अधिक कुछ नहीं किया था और इनकी प्रकृति के बारे में बहुत सामान्यीकृत सिद्धांत बनाए थे। संवेगों के मनोविज्ञान की प्रगति की धीमी गति उस समय प्रचलित द्वैतवादी धर्मशास्त्र का परिणाम थी। धर्मशास्त्र यह मानता था कि देह और मन अथवा देह और आत्मा के बीच अंतर्क्रिया तथा कभी-कभी संघर्ष भी अनवरत, चलता रहता है। तर्कपरक, विवेकपूर्ण आत्मा सीधे ईश्वर से इस धरती पर आती थी तथा धरती पर अपने यथाक्रम में देह से उठने वाले प्रलोभनों के संबंध में उसे स्वयं को सिद्ध करना होता था। इन प्रलोभनों में दृढ़ संवेगात्मक भाव होता था। विवेकपूर्ण जीवन की तुलना में संवेगात्मक जीवन को हीन समझा जाता था क्योंकि इसका संबंध सीधे-सीधे देह से होता था। प्राचीन और मध्यकाल के वे सिद्धांतकार का यदि संवेगों और मनोभावों को मनोवैज्ञानिक समस्याओं के रूप में समझते भी थे तो भी इन्हें निम्न स्तर की आत्मा पर आरोपित करते थे। प्लेटो ने बुद्धि की आत्मा, हृदय की आत्मा, उदर की आत्मा (हेड सोल, हार्ट सोल, बेली सोल) के बारे में लिखा था तथा अब हम जिन्हें संवेगात्मक प्रक्रियाएं कहते हैं उनका माध्यम आंशिक रूप से हृदय की आत्मा (हार्टसोल) और आंशिक रूप से उदर की आत्मा (बेलीसोल) होती थीं। प्लेटो का अनुसरण करते हुए अरस्तु ने विवेकी (रैशनल) अभिलाषी (एपीटाइटिव) तथा पोषक आत्माओं (न्यूट्रिटिव सोल्स) के बारे में लिखा तथा अब हम जिन्हें संवेग कहेंगे उनकी देख-रेख एपीटाइटिव सोल करती थी। अरस्तू के मनोविज्ञान में किए गए आत्मा के इस विभाजन ने कैथोलिक चर्च के नव अरस्तूवाद में तथा कुछ

संशोधनों के साथ प्रोटॅस्टॅन्टवाद में रास्ता बनाया। अतः आज भी व्यक्ति का नैतिक जीवन संवेगात्मक क्रियाओं के नियंत्रण से संबंध रखता है। नैतिक समस्याओं तथा उचित व्यवहार की समस्याओं के बारे में प्रशिक्षण की संपूर्ण दिशा अभी हाल तक निषेध के प्रशिक्षण की ओर उन्मुख रही है। बालक को अपने अनुराग और द्वेष, अपने भय और क्रोध, उत्तेजना और अवसाद के भावों को नियंत्रण में रखना सीखना चाहिए। सभ्यता संवेगों पर नियंत्रण और संवेगात्मक निषेध की अपेक्षा करती है इस सत्य के बावजूद, हममें से ऐसे अधिकांश व्यक्ति जो अपने साथ ईमानदार हैं यह अनुभव करते हैं कि यदि जीवन में कुछ संतोष प्राप्त करने की आशा नहीं होती तो जीवन कदाचित् जीने योग्य नहीं होता। इस प्रकार, एक किशोर को यह विश्वास दिलाया जाता है कि यदि वह किशोर-अवस्था के दौरान नैतिकता के नियमों का पालन करेगा तो उसके सफल वैवाहिक जीवन की संभावना बढ़ जाएगी। इतना ही नहीं घृणा के आक्रामक आवेगों को संभावित युद्धों में नियतकालिक अभिव्यक्ति देने का विश्वास दिलाया जाता है।

इसमें संदेह नहीं है कि संवेगों के बारे में पुरानी विचारधाराएं बुनियादी तौर पर ठोस थीं। सभी यह भलीभांति जानते हैं कि यदि सभ्यता को बने रहना है तो कभी संवेगों को नियंत्रित करना चाहिए और कभी उनकी दिशा बदल देनी चाहिए। संवेगों के बारे में आधुनिक दृष्टिकोण नैतिक नियमों (*ऍथिक्स*) के प्रश्नों पर नहीं बल्कि संवेगों की *प्रकृति के* प्रश्नों पर पुरानी पूर्व वैज्ञानिक विचारधारा से भिन्न है। आज संवेगों को पूर्णतया स्वाभाविक घटना माना जाता है जो मनोवैज्ञानिक अध्ययन के लिए उतनी ही उपयुक्त है जितना कि व्यवहार के अन्य स्वरूप हैं। जीव विज्ञान की दृष्टि से संवेगों को व्यवहार के अन्य रूपों की तुलना में अधिक बुनियादी समझा जाता है। संवेग, एक ओर तो संज्ञानात्मक प्रक्रियाओं या नोइंग (संज्ञान) के लिए उपलब्ध शक्ति के स्रोतों से और दूसरी ओर चालक प्रक्रियाओं या क्रिया से (डुइंग) घनिष्ठ रूप से संबंधित हैं। हम पहले संकेत कर चुके हैं कि आधुनिक मनोविज्ञान व्यक्तित्व की उत्पत्ति को उन तरीकों के परिणाम के रूप में देखने की प्रवृत्ति रखता है जिनके माध्यम से कुंठित और विफल प्रेरणाओं का निराकरण किया जाता है। लालसाओं की विफलता एक अप्रिय प्रकृति के संवेगात्मक अनुभव को जन्म देती है जबकि निराशा और कुण्ठा पर विजय प्राप्त करना एक सुखद संवेगात्मक अनुभव को उत्पन्न करता है। हमारे जीवन का संबंध पहले प्रकार के अनुभव से अपना बचाव करने और दूसरे को प्राप्त करने से होता है। तथापि मनुष्य में पीड़ा से बचाव करना और सुख प्राप्त करना, दोनों ही बहुत जटिल घटनाएं होती हैं जिसका कारण है मनुष्य की बुद्धि का इन पर नियंत्रण होना।

संवेगों के मनोविज्ञान संबंधी सभी आधुनिक खोजें हमें यह विश्वास करने के लिए प्रेरित करती हैं कि समस्त मानवोचित क्रियाकलापों के पीछे पाई जाने वाली गत्यात्मक शक्ति (डाइनैमिक एनर्जी) लालसाओं और आवश्यकताओं (*अर्जिज़* तथा *नीड्स*) से आती है जो संवेगों से घनिष्ठ रूप से संबंधित होती हैं। शक्ति के इन आधारभूत स्रोतों

में किसी प्रकार के असंतुलन (डिसइक्विलिब्रेशन) के कारण हम चीजों को सीखते हैं और चीजों को करते हैं। सभी वाक्यांश जैसे 'मैं चाहता हूँ', 'मुझे आवश्यकता है,' और 'मेरी इच्छा है' इस हलचल से संबंधित होते हैं। लक्ष्यों का, अभीष्ट और इसलिए तलाशने योग्य या प्राप्य होने के रूप में अथवा अवांछनीय और इसलिए वर्जनीय के रूप में प्रत्यक्षज्ञान इन संवेगों के साथ अनुभव किया जाता है। वस्तुतः सभी मनोवैज्ञानिक कार्य संवेगात्मक घटकों के साथ-साथ आते हैं यद्यपि सरसरी तौर पर किया गया अवलोकन इसे प्रदर्शित करने में असफल रहता है। ऐसे संवेगात्मक घटक पर्याप्त स्पष्ट होते हैं और लड़ाई-झगड़ा और प्रेम व्यवहार जैसे व्यवहारों के मामलों में सतह के समीप होते हैं, जिन्हें प्रत्येक व्यक्ति संवेगात्मक के रूप में अनुभव करता है लेकिन ये अत्यंत विद्वान दार्शनिकों और अत्यंत कुशल तकनीशियनों के विचारों में भी खोजे जा सकते हैं। विक्षिप्त (साइकोटिक) और मनस्तापी (साइकोन्यूरॉटिक) व्यक्तियों के विचार और क्रिया की प्रक्रिया के अध्ययन द्वारा मनोविकृति विज्ञान ने इसे सिद्ध किया है जो इसका एक महान योगदान है। साइकोसीज़ (या मुख्य मानसिक रोग) वह व्यवहार हैं जो इस तथ्य से निर्धारित होते हैं कि जिन संवेगों को सामान्य व्यक्ति पृष्ठभूमि में रोक कर रखता है उन्हें तत्काल किसी विकृत रूप में असंगत मानसिक व्यवहार में निकास मिल जाता है।

लालसाओं (अर्जिज़), संवेग (इमोशन) तथा भाव (फ़ीलिंग) की परिभाषा और पारिभाषिक शब्दावली के संबंध में बहुत भ्रांति है। अतः एक उपयुक्त व्यावहारिक परिभाषा के लिए हम *संवेग* को *एक मनोवैज्ञानिक क्षेत्र में द्वंद्व या कुंठा के सचेतन सहगामी* के रूप में परिभाषित करेंगे। ऐसे द्वंद्व सुख और दुख की आधारभूत भावनाओं को उत्पन्न करते हैं। मनोवैज्ञानिक क्षेत्र में उत्पन्न हुए द्वंद्व व्यक्तित्व के हिस्सों में उतार-चढ़ाव को मान लेते हैं और इस उतार-चढ़ाव से कार्य करने की ऊर्जा मिलती है। ऐसा उतार-चढ़ाव आधारभूत लालसाओं और आवश्यकताओं से उत्पन्न होता है जिनकी प्रकृति अधिकांशतः जैविक (बायोलॉजिकल) होती है। जो शक्तियां द्वंद्व की स्थिति में संवेग को जन्म देती हैं वे व्यवहार की चालक शक्तियां हैं। हम लालसा या *अर्ज* शब्द का प्रयोग द्वंद्व के लिए मिलने वाली शक्ति के स्रोतों तथा संवेग या *इमोशन* शब्द का प्रयोग द्वंद्व के सचेतन सहगामी (कॉन्शस कॉनकॉमिटॅन्ट) के लिए करेंगे। सामान्य रूप से खुशी का भाव तब उत्पन्न होता है जब क्षेत्र (फील्ड) में स्थित बाधाओं (बैरिअर्स) को पराजित कर दिया जाता है और अप्रियता (अनप्लॅजॅन्टनॅस) का भाव तब आता है जब यह बाधाएं और मजबूत हो जाती हैं। संवेगों के चेतन तत्वों को पुराने समय से 'फीलिंग्स या भाव' कहा जाता है।

2. प्रियता और अप्रियता

मनोवैज्ञानिकों ने भावों और संवेगों के व्यक्तिनिष्ठ संघटन से संबंधित सिद्धांतों की रचना करने में बहुत समय व्यतीत किया है तथा विभिन्न विचारधाराओं के अनुयायियों

के बीच पर्याप्त तर्क-वितर्क भी हुआ है। अतः वुण्ट के सिद्धांत की भांति तथाकथित 'त्रिआयामी सिद्धांत', रॉइस की भांति 'द्विआयामी सिद्धांत' तथा टिचनर के 'एकआयामी सिद्धांत' देखने में आते हैं। इन सिद्धांतों का अब केवल ऐतिहासिक महत्व ही रह गया है। पुराने मनोवैज्ञानिकों ने केवल संवेग और भावों के विविध पहलुओं के बारे में वाद-विवाद करने में ही समय नहीं लगाया बल्कि संवेगों की प्रकृति के बारे में सिद्धांतों का विकास करने पर भी पर्याप्त समय व्यतीत किया। इस प्रकार मनोविज्ञान के करीब-करीब प्रत्येक विद्यार्थियों ने संवेग के जेम्स-लैन्ग सिद्धांत से कुछ सीखा है, जो संवेग को मात्र संवेग के शारीरिक सहवर्ती की चेतना के रूप में लेता है। विद्यार्थियों ने संभवतया कैनन के शरीर विज्ञान पर आधारित शोधों के बारे में भी सुना होगा जो यह बताते हैं कि मस्तिष्क के थैलेमिक क्षेत्रों में भावना के बोध और संवेग के केन्द्र होते हैं तथा कुछ सीमा तक जेम्स लैन्ग सिद्धांत का खण्डन करते हैं। हमें यहां इस वाद-विवाद की बारीकियों में पड़ने की आवश्यकता नहीं है। मनोवैज्ञानिक के रूप में हमें व्यवहार का लेखा-जोखा देने के लिए किसी चालक शक्ति को मानना होगा। अतः हम उन अर्जिज या लालसाओं को मानते हैं जो द्वंद्व को जन्म देती हैं। इस आधार पर संवेग मनोवैज्ञानिक क्षेत्र में उपस्थित द्वंद्व या नैराश्य के चेतन सहवर्ती हो जाते हैं।

संवेग के पुराने सिद्धांत संवेगों की चेतना या बोध के विवरण से संबंधित थे। इतने विविध सिद्धांतों की उत्पत्ति का कारण यह था कि संवेगों को शब्दों में व्यक्त करने के प्रयास में बहुत कठिनाइयां अंतर्निहित थीं। निस्संदेह संवेगात्मक अनुभव आदिम और छितरा हुआ होता है तथा इसमें विभेदीकरण कम होता है जबकि शाब्दिक या मौखिक अनुक्रियाएं विकसित संज्ञानात्मक प्रक्रिया की सबसे अधिक विशिष्ट अनुक्रियाएं हैं। हम सभी में किसी को अत्यधिक प्रेम करने या घृणा करने की भावना होती है, लेकिन इन संवेगों को मौखिक रूप से अभिव्यक्त करना प्रायः असंभव होता है। भावना का बोध (फीलिंग टोन) सदैव संवेग के साथ संलग्न रहता है तथा व्यक्ति के लिए सुखद या अप्रिय हो सकता है। प्रिय और अप्रिय भावना में विभेदीकरण करना बहुत कठिन नहीं है। सामान्य रूप से प्रियता या (प्लेजॅन्टनेस) उन क्रियाओं के साथ संलग्न रहती है जिनके द्वारा मनोवैज्ञानिक क्षेत्र में स्थित बाधा को दूर कर दिया जाता है तथा अप्रियता (अनप्लेजॅन्टनेस) के साथ में वे क्रियाएं संलग्न होती हैं जिनके द्वारा मनोवैज्ञानिक क्षेत्र की बाधाएं बढ़ जाती हैं। हम बाद में यह देखेंगे कि अधिकांश व्यक्ति कभी-कभी अप्रिय स्थिति से संतोष प्राप्त करते हैं और कभी-कभी सुखद स्थिति को नीरस पाते हैं। फिर भी कुल मिलाकर एक समायोजित व्यक्ति सुख प्राप्ति का प्रयास करते हैं और अप्रिय स्थिति से अपना बचाव करते हैं। सुख और दुख के बोध का भाव *मुख्यतया लक्ष्य प्राप्ति के लिए की जाने वाली क्रियाओं से उत्पन्न होता है।* संवेग के प्राचीन सिद्धांतों में सबसे बड़ी त्रुटि यह है कि ये सिद्धांत यह मानते हैं कि भावनाएं या संवेग लक्ष्यों पर पहुंचने के पश्चात् उत्पन्न होते हैं या लक्ष्यों के सहज गुण होते हैं। यह दृष्टिकोण हमें सुख और

दुख के बोध की प्रकृति के बारे में एक असत्य धारणा की ओर ले जाता है। गेटे जैसी कुछ महान साहित्यिक हस्तियों ने सदैव यह अनुभव किया कि सुख की अनुभूति प्राप्ति में नहीं बल्कि (लक्ष्य की ओर) प्रयास करने में है। गेटे के महान महाकाव्य 'फाउस्ट' में मुख्य रूप से यही प्रदर्शित किया गया है। अणुवादी विश्लेषण करने के प्रयास में मनोवैज्ञानिक एक समय यह मानने की प्रवृत्ति रखते थे कि भावनाएं और क्रियाएं एक-दूसरे से संबद्ध नहीं हैं। भावनाएं मनोवैज्ञानिक क्षेत्र के द्वंद्व के साथ उत्पन्न होती हैं इस सैद्धांतिक मान्यता का हाल ही में *शिआ* ने अपरिष्कृत प्रयोगात्मक सत्यापन किया है।

प्रियता और अप्रियता में गड़बड़, अल्प गड़बड़, अति कार्यात्मकता तथा परा-कार्य : यूनानी भाषा की संज्ञा *'पॅथोस'* का अर्थ है 'भावना या फीलिंग'। *एपॅथी* या उदासीनता शब्द का अर्थ है बाधाओं को सफलतापूर्वक पराजित करके सुख का स्पष्ट भाव प्राप्त करने में असफल रहना या बाधाओं की संख्या बढ़ने से अप्रियता का स्पष्ट भाव दिखाना। उदासीन व्यक्ति, परिणामस्वरूप, न तो उन लक्ष्यों की प्राप्ति के लिए प्रयास करता है जिन्हें हममें से अधिकांश व्यक्ति वांछनीय कहते हैं और न ही उन लक्ष्यों से पीछे हटता है जिन्हें अधिकांश व्यक्ति अवांछनीय समझते हैं। वह उपयुक्त अभिप्रेरणा की कमी से ग्रस्त रहता है। उदासीनता का भाव स्वयं में उपयुक्त अभिप्रेरणा की कमी का लक्षण है जिससे कि सुख या दुख के सामान्य सहवर्ती के बोध का अभाव रहता है। उदासीनता वस्तुतः एक सापेक्षिक शब्द है जिसका वास्तविक अर्थ प्रियता तथा अप्रियता की सामान्य भावनाओं की अनुपस्थिति नहीं बल्कि (उनका) कम होना है। सही अर्थ में कहें तो यह शब्द ''हाइपोपॅथी'' होना चाहिए। पूर्ण उदासीनता के मामलों में किसी भी प्रकार की कोई भी क्रिया नहीं होती तथा व्यक्ति अस्तित्व में बने रहना बन्द कर देता है। वास्तविक सामाजिक और भौतिक वातावरण के लक्ष्यों के प्रति अत्यधिक उदासीनता कॅटोटोनिया स्काइज़ोफ्रीनिया के कुछ मामलों में पाई जाती है। उदासीनता, स्वाभाविक रूप से, एक ओर तो कुप्रत्यक्षण (इम्पर्सैशन) साहचर्यों के विलंबन और गड़बड़ी, *अत्यनवधानता* (एप्रोसॅक्सिया) और विचारों के अभाव की दिशा में संज्ञानात्मक और चालक प्रक्रियाओं की मनोविकृति की ओर तथा दूसरी तरफ चालक विलंबन के सभी पहलुओं की ओर ले जाती है।

हाइपरपैथी का अर्थ है सामाजिक और भौतिक यथार्थ के संबंध में प्रियता और अप्रियता की बढ़ी हुई भावनाएं। इसे स्वयं में एक लक्षण तो मुश्किल से समझा जाता है; बल्कि इसे अत्यधिक संवेदनशील और संवेगात्मक रूप से प्रतिक्रियात्मक व्यक्तित्व का एक विशिष्ट शीलगुण समझा जाता है। फिर भी, अत्यधिक गंभीर मामलों में इसे एक लक्षण समझा जा सकता है क्योंकि यह व्यक्ति को उपयुक्त सामाजिक समायोजन करने में उतना ही अक्षम बनाता है जितनी कि उदासीनता। अतः मिश्रित उन्मादी-अवसादी मनस्ताप (मिक्स्ड मैनिक-डिप्रॅसिव साइकोसिस) या क्षुब्ध अवसाद (एजीटेटिड डिप्रॅशन) में हम प्रियता तथा अप्रियता के भावों को शीघ्रता से बारी-बारी से आते हुए

पाते हैं जो व्यक्ति को वास्तव में अक्षम बनाते हैं। हाइपरपैथी स्वाभाविक रूप से संज्ञानात्मक और चालक प्रक्रियाओं की मनोविकृति को उत्पन्न करती है। हाइपरपैथेटिक व्यक्ति में हम संज्ञानात्मक रूप से विचारों की उड़ान, अवधान के विचलन तथा चालक उत्तेजन (मोटर एक्साइटेशन) की प्रवृत्ति देखते हैं।

प्रियता और अप्रियता के विकृत या पैरा-फंक्शन्स भी लक्षणों के रूप में आते हैं। अतः परपीड़ित-कामुकता या स्वपीड़न-रति (मैज़ोकिज़्म) में कभी-कभी बाधा या अवसाद के प्रति सुखद प्रतिक्रियाएं पाई जाती हैं। फिर भी प्रियता और अप्रियता के पॅरा-कार्य के मामले में किंचित निरपवाद रूप से प्रेम और घृणा अथवा भय और रोष की अधिक विशिष्ट संवेगात्मक प्रतिक्रियाओं से संबंधित होते हैं तथा हम इन्हीं शीर्षकों के अंतर्गत इन पर विचार करेंगे।

3. मनोभाव (मूड) के विकार

यद्यपि प्रियता और अप्रियता प्रत्येक क्रिया के साथ संलग्न रहती हैं लेकिन मनोभाव या मनोदशा व्यक्तित्व की ऐसी विशेषता है जो कमोबेश स्थाई होती है। *मूड* या मनोदशा का अर्थ है वे संवेगात्मक अनुभव जो अधिक स्थाई होते हैं और व्यक्तित्व की विशेषताओं को उसकी सामान्य प्रतिक्रियाओं में देखते हैं। उल्लासित मनोदशा (*इलेटिड* मूड) का अर्थ है किसी व्यक्ति में एक औसत सामान्य व्यक्ति से तुलना करने पर प्रियता की भावनाओं का असामान्य प्रचलन पाया जाना। अवसादग्रस्त मनोदशा (*डिप्रेस्ड* मूड) का अर्थ है किसी व्यक्ति में सामान्य औसत व्यक्ति की तुलना में प्रियता की भावना का असामान्य अभाव होना। हम सभी के लिए मनोदशा में विचलन होना बहुत सामान्य बात है। सामान्यतया मनोदशा के छोटे-मोटे उतार-चढ़ाव प्रत्येक व्यक्ति के दैनिक जीवन में आते हैं। जैसे कुछ व्यक्ति कहते हैं, "मैं सदैव प्रातः काल में अच्छा महसूस करता हूँ।" अन्य व्यक्ति कहते हैं, "मैं सदैव सोने से जरा पहले खिन्न महसूस करता हूँ।" लेकिन कुछ व्यक्ति प्रतिदिन अपनी मनोदशा में ऐसे उतार-चढ़ाव महसूस करते हैं जो निश्चित रूप से अनियमित होते हैं। मनोदशा में ऐसे दैनिक विचरण कदाचित् ही इतने तीव्र होते हैं कि उन्हें विकृति समझा जाए। अधिकांश व्यक्ति नित्य प्रति या माह-दर-माह, यदाकदा बहुत उल्लासित महसूस करते हैं जबकि उनके जीवन की वस्तुनिष्ठ परिस्थितियों में इसका कोई उचित कारण नहीं होता अथवा वे थोड़ा अवसाद ग्रस्त हो जाते हैं जबकि उनके जीवन की वस्तुनिष्ठ परिस्थितियां अपेक्षाकृत अच्छी होती हैं। लेकिन मनोदशा की विकृतियों में भावना के ये सामान्य उतार-चढ़ाव अत्यधिक गड़बड़ हो जाते हैं।

उल्लास और अवसाद की कुछ निश्चित अवस्थाओं में विभेद किया जा सकता है। जैसे हम मन्द (माइल्ड) उल्लास, उल्लास और सुखाभास में विभेद कर सकते हैं। *माइल्ड इलेशन* या मन्द उल्लास कदाचित् ही साइकोपॅथिक कहा जा सकता है जब तक कि

यह जीवन की ऐसी परिस्थिति में घटित न हो जहां कि इसका कोई उचित कारण बिल्कुल ही नहीं है। *इलेशन* या उल्लास, व्यक्ति में यह भावना होना है कि वस्तुनिष्ठ परिस्थिति ऐसी न होने के बावजूद भी सब कुछ बहुत अच्छा है। उल्लास से ग्रस्त व्यक्ति वास्तविक वस्तुनिष्ठ परिस्थिति से प्रभावित नहीं होते और स्वतंत्र रूप से प्रसन्न, निश्‍चित और अतिक्रियाशील होते हैं। *यूफोरिया* या सुखाभास में अत्यधिक उल्लास होता है। इससे प्रभावित व्यक्ति अपने व्यवहार और क्रिया-कलापों में सनकी (मैनिक) होता है।

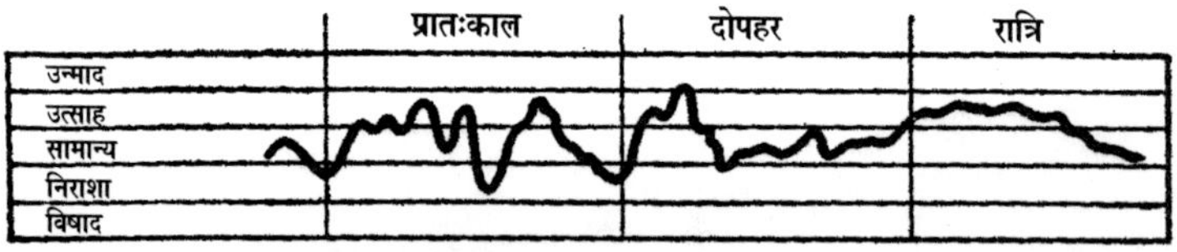

एक औसत दिन पर सामान्य व्यक्ति की औसत भावनात्मक सीमा

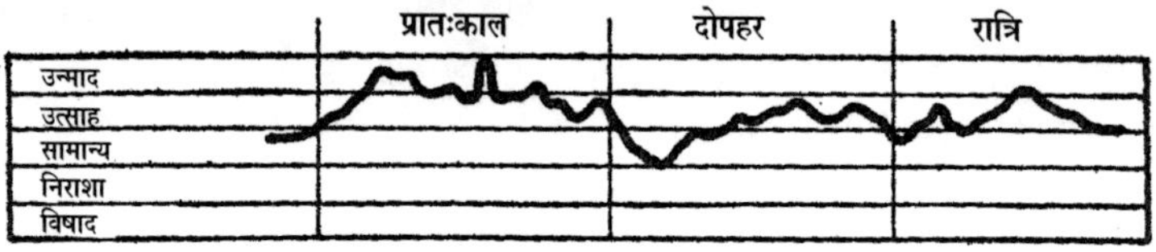

भावनात्मक पहुंच (उत्साह) को दर्शाते हुए

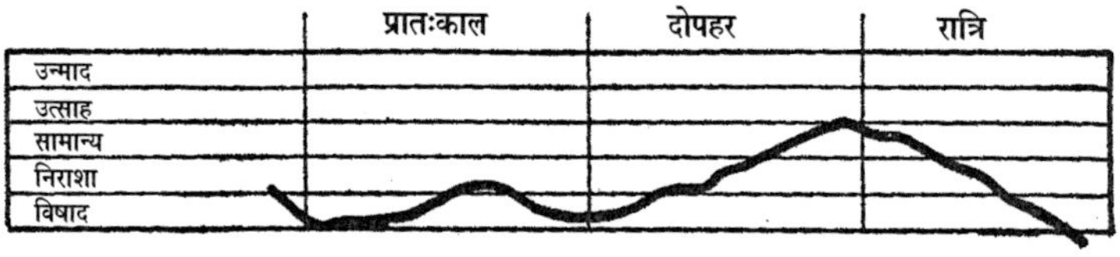

भावनात्मक पहुंच (निराशा) को दर्शाते हुए

भावनात्मक पहुंच के बदलाव को विभिन्न क्षेत्रों में दर्शाते हुए

चित्र-6 : मनोदशा के सामान्य और असामान्य उतार-चढ़ाव को प्रदर्शित करते हुए।

उनके लिए सब कुछ मात्र अच्छा ही नहीं होता बल्कि श्रेष्ठ होता है। ऐसा प्रतीत होता है कि इनमें कार्य करने की शक्ति के स्रोत असीम हैं, लेकिन इस सबका व्यक्ति की वास्तविक जीवन परिस्थिति से कोई संबंध नहीं होता।

इसी क्रम में *माइल्ड डिप्रेशन्स* या मंद अवसाद पाए जाते हैं जो मन्द उल्लास की मनोदशा के ठीक विपरीत मनोदशा का प्रतिनिधित्व करते हैं। *डीप डिप्रेशन्स* या गहन अवसाद वे हैं जिनमें सब कुछ असंभव लगता है तथा जीवन में कोई वस्तु प्राप्त करने योग्य नहीं होती तथा बहुत गंभीर मामलों में *सुइसाइडल डिप्रेशन्स* या आत्मघाती अवसाद पाए जाते हैं। मनोदशा में ऐसे उतार-चढ़ाव सदैव शारीरिक पेशी संकोच (बॉडीली टोन्स) की सामान्य भावनाओं और शारीरिक स्वास्थ्य से संबंधित कुछ विशिष्ट भावनाओं के साथ आते हैं। अतः उल्लसित व्यक्ति स्वस्थ और अच्छा महसूस करते हैं। अवसादग्रस्त व्यक्ति अस्वस्थ और उदास महसूस करता है। इन व्यक्तियों में क्रिया करने की प्रवृत्तियां भी रहती हैं जिससे कि उल्लसित व्यक्तियों का व्यवहार, संज्ञानात्मक और चालक प्रक्रियाओं में उन्मत्त (मैनिक) और तीव्र गति से होता है। जबकि अवसाद ग्रस्त व्यक्ति का व्यवहार विविध संज्ञानात्मक और चालक प्रक्रियाओं के संबंध में अवसादपूर्ण और धीमी गति से होता है। अतः मनोदशा के उतार-चढ़ाव की चरम दशाएं संपूर्ण व्यक्तित्व को प्रभावित करती हैं और विशिष्ट मानसिक रोगों में परिणत हो जाती हैं। इनमें, उल्लसित टाइप (किस्म) को हम उन्मादी-अवसादी मनस्ताप (मैनिक डिप्रॅसिव साइकोसिस) का 'मैनिक फ़ेस' कहते हैं और अवसादी टाइप को इस मनस्ताप का 'डिप्रॅसिव फ़ेस' कहते हैं। हमने यह देखा है कि ये दोनों अवस्थाएं प्रायः किसी प्रकार से संबंधित रूप में आती हैं जिससे कि उल्लसित मनोदशा की कुछ चीजें अवसादी मनोदशा के और अवसादी मनोदशा की कुछ चीजें उल्लसित मनोदशा के पहले या बाद में आती हैं। एक रोग के रूप में मैनिक-डिप्रॅसिव साइकोसिस की समस्या के बारे में हम खण्ड IV में बात करेंगे। चित्र 6 को कार्ल मैनिंजर की पुस्तक 'द ह्यूमन माइंड' से लिया गया है। इसमें हम मनोदशा के सामान्य और असामान्य उतार-चढ़ाव का ग्राफ़िक स्पष्टीकरण देखते हैं।

4. भय और क्रोधोन्माद

अब हम विशिष्ट संवेगों की ओर आते हैं। विशिष्ट संवेगों की व्याख्या करना एक कठिन कार्य है। इसका कारण यह है कि गहराई में स्थित और आदिम अनुभवों की शाब्दिक अभिव्यक्ति में कठिनाई होती है। हम इस विवाद में नहीं पड़ेंगे कि निश्चित रूप से कितने संवेगों का पृथक्कीकरण किया जा सकता है तथा ये संवेग किस प्रकार आपस में एक-दूसरे से और भावनाओं से जुड़े हुए हैं, बल्कि इसके स्थान पर हम सामान्य संवेगों की विकृति के बारे में ज्ञात तथ्यों को प्रस्तुत करेंगे जिनका अनुभव प्रत्येक सामान्य व्यक्ति करता है। खण्ड III में हम देखेंगे कि संवेगों और मनोभावों के विविध अर्थभेद प्रतिक्रिया करने के दो आधारभूत रूपों (फॉर्म्स) के विभेदीकरण के माध्यम से उत्पन्न होते हैं। इनमें से एक को जिसे यहां हम अतिरिक्त विभेदीकरण का प्रयास किए बिना 'प्रेम' कहेंगे, ऐसे सभी व्यवहारों के उकसाने वाली शक्ति माना जा सकता है जिसका

संबंध मनोवेगों, परिरक्षण और सृजन से होता है। दूसरा, जिसे हम 'घृणा' कहेंगे, समस्त विद्वेषपूर्ण मनोवेगों तथा उग्रता और नष्ट करने से संबंधित सभी प्रकार के व्यवहार का स्रोत होता है। लेकिन कैसे यह मनोवेग प्रेम और घृणा, भय, चिंता और रोष, सहानुभूति और विद्वेष, स्नेह और नापसंद में परिवर्तित होते हैं इस बारे में हम बाद में बात करेंगे। अभी हम पृथक् रूप से भय और रोष तथा प्रेम और घृणा के बारे में बात करते हैं।

भय और रोष आनुवांशिक रूप से (जेनिटिकली) घनिष्ठ रूप से संबंधित है क्योंकि ये बाहरी भौतिक और सामाजिक वातावरण से होने वाली क्षति की आशंका के प्रति वैकल्पिक संवेगात्मक प्रतिक्रियाएं हैं। जब कोई व्यक्ति किसी सामाजिक शत्रु या वातावरण से किसी शारीरिक संकट की आशंका रखता है तो ऐसी स्थिति में यदि उसमें भय की भावना होती है तो वह उस स्थिति से भागने का (प्रयास करता है) और यदि रोष की भावना होती है तो आक्रमण करने का प्रयास करता है। स्थिति से भागना या उस पर आक्रमण करना आधारभूत और आदिमक्रियाएं हैं जो भय और रोष के संवेगों की सहगामी होती हैं। लेकिन सभ्यता की प्रक्रिया उनका अपने आदिम रूप में आना लगभग असंभव बना देती है इसलिए वे प्रायः कम होकर या किसी निषेधात्मक रूप में आती हैं। इस प्रकार सभ्य समाज में भय अधिकांशतः परिस्थिति से शारीरिक रूप से भागे बिना ही पाया जा सकता है, यद्यपि जैसा कि हम देखेंगे भय की स्थिति में मनोवैज्ञानिक पलायन आमतौर से देखने में आता है। इसी प्रकार क्रोधोन्माद भी प्रायः वास्तव में शारीरिक आक्रमण किए बिना महसूस किया जा सकता है यद्यपि यहां भी आक्रमण के वैज्ञानिक रूप बहुधा घटित होते हैं। भय और रोष या क्रोधोन्माद दोनों ही सामान्य अवस्थाएं हैं और निस्संदेह आज के सभ्य समाज के आवश्यक संवेगात्मक व्यवहार भी हैं। तथापि कुछ मामलों में ये अनुपयुक्त और अतिशयोक्तिपूर्ण रूपों में प्रदर्शित किए जाते हैं और तब इन्हें आधारभूत रूप से कुसमायोजित व्यवहार समझा जाता है। हम प्रत्येक के बारे में पृथक् रूप से विचार करेंगे।

भय कई रूप में आता है। *रीयल फ़ीयर्स* या वास्तविक भय, वातावरण में किसी वास्तविक धमकी भरी परिस्थिति से उत्पन्न होते हैं। परिस्थितियों के हूबहू वैसे ही और विस्तृत भय भी होते हैं जो व्यक्ति के लिए वस्तुनिष्ठ रूप से संकटपूर्ण नहीं होते। कभी-कभी व्यक्ति *दुश्चिंता* से ग्रस्त होते हैं जो मनोवैज्ञानिक दृष्टि से व्यक्ति को उतना ही अक्षम बनाती है जितना कि भय के चरम रूप, लेकिन इसमें व्यक्ति को वस्तुतः यह ज्ञात नहीं होता कि उसे किसका भय है। संवेगों की मनोविकृति के क्षेत्र में कदाचित् तंत्रिकातापीय दुश्चिंता (न्यूरॉटिक एन्गज़ाइटी) सबसे अधिक महत्वपूर्ण लक्षण है। इससे पीड़ित व्यक्ति भय के अधिक या कम आसानी से दिखाई देने और पहचान में आने वाले सभी सहवर्तियों को महसूस करता है जिनका प्रत्यक्षज्ञान एक सुसमायोजित व्यक्ति या तो किसी डाकू द्वारा आक्रमण किए जाने पर करता है या तब करता है जब उसे यह महसूस हो रहा हो कि उसकी कार चट्टान

पर गिरने ही वाली है। इसी प्रकार टॅकीकार्डिया (तेज हृदय गति) बढ़ी हुई श्वांस, कम्पन, वास्तविक भय से त्वचा की सतह पर पसीना आने के दैहिक सहवर्ती (कॉनकॉमिटॅन्ट्स) (उसी भांति) दुश्चिंताओं की विशेषताएं बताते हैं। चरम मामलों में ये इतने गंभीर होते हैं कि व्यक्ति जिस कार्य में उलझा हुआ होता है उसे जारी रखने में असमर्थ हो जाता है। इसके अतिरिक्त बहुत से मामलों में दुश्चिंता का कोई निश्चित विषय नहीं होता जिससे कि व्यक्ति यह जाने बिना कि उसे किसका भय है, भय की चरमसीमा का अनुभव करता है। एक लक्षण के रूप में दुश्चिंता के इस रूप का बहुत महत्व है क्योंकि सैद्धांतिक दृष्टि से यह इस बात की चेतावनी के संकेत के रूप में आता है कि (सावधानी से किए हुए) दमन (रिप्रैशन्स) भंग होने ही वाले है और (व्यक्ति के) अचेतन द्वंद्व चेतन में आने की धमकी दे रहे हैं। जब दमन भंग हो जाते हैं तो वास्तविक साइकोसिस (तंत्रिकाताप) या साइकोन्यूरोसिस (मनस्तंत्रिकाताप) उत्पन्न होती है। परिणमस्वरूप, रिप्रेशन्स लगभग सभी प्रकार की मनोविकृत्तियों (साइकोसीज़) और मनस्तंत्रिकातापों (साइकोन्यूरासीज़) को उकसाने वाली अवस्थाओं (प्रोडोमल स्टेर्जिज़) में उपस्थित रहते हैं और यदि अन्य लक्षण विकसित नहीं होते तो इसे स्वयं में तंत्रिकाताप समझा जा सकता है। दुश्चिंता के ऐसे चरम रूप देखने में आते हैं और *पैनिक* या संत्रास कहलाते हैं, जिनमें संपूर्ण सामाजिक और शारीरिक यथार्थ भय से निहित होता है और खतरे का संभावित स्रोत माना जाता है। एक सामान्य व्यक्ति के लिए यह कल्पना करना कठिन है कि संत्रास को झेल रहे व्यक्ति कितना गंभीर रूप से पीड़ित हैं। *फ्री फ्लोटिंग फीयर* नामक घटना (फिनॉमिनन) में या तो दुश्चिंता के कारण स्वरूप कोई दिखाई देने वाला उद्दीपक होता ही नहीं (व्यक्ति भयभीत तो होता है पर यह नहीं जानता कि किससे भयभीत है) या उद्दीपक शीघ्रता से बदल जाता है । जैसे कि एक व्यक्ति को यह डर हो सकता है कि उसकी पत्नी कैंसर से मरने वाली है तथा उसे बताए जाने पर कि वह बेतुकी बात कर रहा है वह उस बैंक की स्थिरता के बारे में चिंता करने लगता है जिसमें उसका खाता है और जैसे ही यह स्पष्ट होता है (मामला सुलझता है) तो वह फिर यह सोचकर उतना ही भयभीत हो जाता है कि यदि वह मुख्य सड़क को पार करेगा तो कोई गाड़ी उसे कुचल जाएगी। उसके लिए संसार परेशानियों से भरा है और निरंतर परेशान रहने वाला यह व्यक्ति मंद प्रकार के फ्री फ्लोटिंग फीयर से पीड़ित होता है और इस तरीके से वह मंद तंत्रिकाताप से पीड़ित कहा जा सकता है। फ्री फ्लोटिंग फीयर वस्तुतः चरम सीमा तक परेशान रहने वाले व्यक्ति का मुख्य लक्षण है, लेकिन दुश्चिंता की भांति यह भी किसी गहरी मूल में निहित द्वंद्वात्मक स्थिति के लक्षण का द्योतक होता है।

जब भय किसी विशेष पदार्थो, वस्तुओं या परिस्थितियों के साथ संबद्ध हो जाता है और वातावरण के अन्य पदार्थ या परिस्थितियां इसमें निहित नहीं होते तो तकनीकी दृष्टि से यह स्थिति *फोबिया* कहलाती है। फोबिया किसी वस्तु का निरंतर बना रहने

वाला भय है जो वस्तुनिष्ठ दृष्टि से खतरे का स्रोत नहीं होता लेकिन जिसके प्रति रोगी यह महसूस करते हुए भी कि उसकी यह प्रतिक्रिया अनुपयुक्त है, वास्तविक रूप से भयभीत होकर प्रतिक्रिया करता है। इस दृष्टि से सभी फोबिया बाध्यताओं से घनिष्ठ रूप से संबंधित हैं। फोबिया सभी सम्भाव्य शारीरिक परिस्थितियों, सामाजिक परिस्थितियों या पदार्थों के संबंध में घटित हो सकते हैं। सबसे अधिक ज्ञात फोबिया हैं:

एक्रोफ़ोबिया, ऊंचाई पर स्थिति स्थानों का भय; *एगोराफोबिया,* खुले स्थानों का भय; *एलगोफ़ोबिया,* पीड़ा का भय; *एन्थ्रोफ़ोबिया,* पुरुषों या किसी विशेष पुरुष का भय; *बोटोफोबिया,* तहखानों का भय; *क्लॉस्ट्रोफ़ोबिया,* बंद स्थानों का भय, *एगोराफ़ोबिया* के विपरीत; *एरिथ्रोफोबिया,* शरमाने का भय; *गाइनोफ़ोबिया,* महिलाओं या किसी विशेष महिला का भय; *हीमॅटोफोबिया,* रक्त का भय; *निक्टोफ़ोबिया,* अंधकार का भय; *पॅथोफ़ोबिया,* रोग का भय या किसी विशेष रोग (जैसे सिफिलिस) का भय; *पेकॅटिफ़ोबिया,* पाप करने का भय; *फ़ोबोफोबिया,* भय का भय, यह भय कि वह भयभीत होगा; *थॅनेटोफ़ोबिया,* मृत्यु का भय; *ज़ूफोबिया,* पशुओं का या किसी विशेष पशु का (प्रायः कीड़े-मकोड़े का) भय।

यहां भय के विकृत तथा अति रूपों के बारे में भी बात करनी चाहिए क्योंकि यह भी लक्षणात्मक हो सकते हैं। भय का अति रूप चरम कायरता तथा साहस की कमी में देखे जा सकते हैं जो 'कॅस्पर मिल्कॅटोस्ट' व्यक्तित्व की विशेषता होती है जिसके बारे में हम सभी जानते हैं। दूसरी ओर हम भय का गड़बड़ रूप उन व्यक्तियों में देखते हैं जो एक वस्तुतः धमकी भरी वस्तुनिष्ठ परिस्थिति में झिझकते नहीं। दुःसाहसी, टेस्ट पायलट, मानव उड़ाकू की मनोवैज्ञानिक जांच करने से पता चलता है कि ये व्यक्ति भय से संबंधित किसी अंतर्द्वंद्वात्मक स्थिति पर आवरण डालने के लिए बहादुरी का प्रयोग करते हैं।

रोष के लक्षण विज्ञान के बारे में उतना विस्तार से बात करने की आवश्यकता नहीं है जितना कि भय के लक्षण विज्ञान के बारे में थी। रोष या क्रोधोन्माद के क्षेत्र में भी गड़बड़ी, जो कायरता और निष्क्रियता से घनिष्ठ रूप से संबंधित हैं, अति कार्यात्मकता, जो दुस्साहस और अकारण डींग हांकने से घनिष्ठ रूप से संबंधित है और परा-कार्य, जिनमें व्यक्ति ऐसे पदार्थों या सामाजिक स्थितियों पर आक्रमण करता है जो उसके व्यक्तित्व के लिए किसी खतरे का वास्तविक स्रोत नहीं होतीं-पाई जाती हैं। क्रोधोन्माद के परा-कार्य निस्संदेह घृणा के परा-कार्यों से घनिष्ठ रूप से संबंधित हैं। क्रोधोन्माद के परा-कार्यों का उल्लेख करने के लिए कोई विशिष्ट पारिभाषिक शब्दावली नहीं है। तथापि हम सभी प्रायः अत्यधिक चिड़चिड़े, झगड़ालू और गुस्सैल (कोलॅरिक) व्यक्तियों को जानते हैं जो जरा सा छेड़ने से ही पूरी तरह उखड़ जाते हैं। क्रोधोन्माद के परा-कार्य मनोविक्षिप्तियों में विशेष रूप से और कुछ मात्रा में तंत्रिकाताप में पाए जाते हैं। विशेषकर स्किड्ज़ोफ्रीनिया के रोगियों को दूसरे व्यक्तियों पर शारीरिक आक्रमण करते

हुए देखा जा सकता है तथा इन आक्रमणों का वास्तविक स्थिति से कोई संबंध नहीं होता। अतः स्किड्ज़ोफ्रीनिया के रोगी अक्सर अपनी सहायता का प्रयास करने वाले किसी सेवक या चिकित्सक पर आक्रमण कर देते हैं।

5. प्रेम और घृणा

प्रेम का अर्थ है–उस इच्छा या लालसा का संवेगात्मक सहवर्ती, जो हमें दूसरे व्यक्तियों के साथ तत्काल व्यक्तिगत संपर्क की ओर ले जाता है। प्रेम भाव के साथ कोमलता की भावनाएं संलग्न होती भी हैं और नहीं भी होतीं। घृणा उस इच्छा या लालसा की संवेगात्मक सहवर्ती है जो हमें व्यक्तियों के साथ विरोधी या विद्वेषपूर्ण व्यक्तिगत संपर्क में लाती है। चूंकि व्यक्तित्व में परिवर्तन का सबसे महत्वपूर्ण कारण प्रेम और घृणा के मनोवेगों (इम्पलूसिज) के विफलीकरण (फ्रस्टेशन) में ढूंढ़ा जाना है। अतः हम प्रेम और घृणा की विकृतियों के बारे में विस्तार से विवेचना करना मनोचिकित्सा पर लिखे अध्याय तक स्थगित करते हैं जहां हम सुनिश्चित सिंड्रोम्स की भांति इनका निरूपण करेंगे। तथापि, यहां पूर्णता के लिए और आगे आने वाले विचार-विमर्श हेतु आवश्यक पारिभाषिक शब्दावली का परिचय देने के लिए हम यहां प्रेम और घृणा के मनोवेगों की असामान्यताओं के मुख्य रूपों की सूची दे रहे हैं जिनका वर्गीकरण ब्रिजिज़ ने किया है :

I अवस्था की असंगतियां
   1. लैंगिक उदासीनता, (एनेस्थीसिया सेक्सुअलिस, सेक्सुअल फ्रिजिडिटी)
   2. कामुकता (हाइपरॅस्थीसिया सेक्सुअलिस या इरॉटिसिज़्म)
      अ. पुरुष में लम्पटता (सॅटायराइसिस)
      ब. स्त्रीकामोन्माद (निम्फोमॅनिया)

II गुणात्मक अनियमितताएं (परॅस्थीसिया सेक्सुअलिस) इन सभी मामलों में वास्तविक या काम विकृति (पर्वर्ज़न) तथा मात्र विकृति (परवर्सिटी) में विभेद करना महत्वपूर्ण है।
   1. काम-भावना के पात्र के संबंध में विचलन
      अ. स्वरति (ऑटोइरॉटिज़्म या ऑटोसेक्सुअलिटी)
      कामुकता का पात्र वरीयता से स्वयं अपनी देह होती है। नारसिसिज़्म या सेल्फ-लव, आत्ममोह, आत्मासक्ति (ऑटोसेक्सुअलिटी) का आंशिक रूप से परिष्कृत या उदात्तीकृत रूप है। (संदर्भ नारसीसस का मिथक)।
      ब. समलैंगिक कामुकता या लैंगिकता का उलटाव (होमोसेक्सुअलिटी या सेक्सुअल इनवर्ज़न) काम-भावना का पात्र समान लिंग का व्यक्ति होता है। *विषयी के शारीरिक और मानसिक काम-भाव में परस्पर विरोध है।*
      (क) मनोलैंगिक उभय लिंगिता (साइकोसेक्सुअल हरमाफ्रोडाइटिज़्म या

बाई सेक्सुअलिटी) उभय लैंगिकता, काम वासना का पात्र किसी भी लिंग का हो सकता है।

(ख) समान लिंग का विशिष्ट चयन।

(ग) कामुकता की भावना के साथ सामंजस्य रखते हुए (व्यक्ति की) संपूर्ण मानसिक बनावट का विपरीत लिंग के व्यक्ति जैसा हो जाना। यह पुरुषों का स्त्रैण (ए*फॅमिनेशन*) हो जाना तथा महिलाओं में पुरुषोचित कर्कशता (*विरॅजिनिटी*) कहलाता है।

(घ) शरीर का स्वरूप भी विपरीत लिंग के व्यक्ति के समान हो जाता है। यह पुरुषों में *एन्ड्रोजिनी* और महिलाओं में *गायनॅन्ड्री* नाम से जाना जाता है।

स. पशुगमन (बीसूटिएलिटी या जूएरॅस्टी), काम वासना का पात्र पशु होता है।

द. पीडोफ़ीलिया इरॉटिका (जैसे पिडिरॅस्टी), काम वासना का पात्र अपरिपक्व बालक होता है।

ध. शवकामुकता (नॅक्रोफीलिया), काम वासना का पात्र शव होता है।

2. लैंगिक उद्देश्य के विषय में विचलन

अ. उद्देश्य में विचलन काम भावना के पात्र 'ओवरवॅलुएशन' या अतिमूल्यांकन पर निर्भर; प्रेम पात्र के कुछ विशिष्ट पहलू या संबद्ध तत्व एक तीव्र, जैविक दृष्टि से अनुचित संवेगात्मक आकर्षण रखते हैं।

(क) संरचनात्मक अतिक्रमण (एनाटॉमिकल ट्रांसग्रॅशनूस), शरीर के किसी ऐसे भाग का उपयोग करना जो मैथुनिक सम्मिलन के लिए अभीष्ट नहीं होता।

(ख) वस्तु-रति (फॅटिशिज़्म), किसी संबंध पदार्थ द्वारा वास्तविक लैंगिक पदार्थ के प्रतिस्थापना के कारण लैंगिक उद्देश्य में विचलन जैसे पैर, केश, दस्ताना, जूता, रूमाल, अधोवस्त्र आदि।

ब. 'फ़ोरप्लॅज़र्स' के अति महत्व देने के कारण लक्ष्य में विचलन। पूर्वगामी या प्रारंभिक उपक्रमात्मक लैंगिक उद्देश्य जैसे देखना, स्पर्श करना आदि का स्थायीकरण (फ़िक्सेशन) होता है। यहां जिन विकृतियों की सबसे अधिक पुनरावृत्ति होती है उन्हें *एक्टिव* तथा *पैसिव एग्ज़िबिशनिज़्म* (सक्रिय और निष्क्रिय कामांग प्रदर्शन) कहते हैं।

स. पीड़ा रति (एलगोलॅगनिया), कामुक आवेग के कम समझे गए *पेन-क्रुएलिटी कॉम्पोनेंट* या पीड़ा-क्रूरता घटक की अतिरंजना।

(क) सक्रिय पीड़ा रति या *सॅडिज़्म*, पीड़ा पहुंचाकर लैंगिक कामना का तुष्टीकरण।

(ख) निष्क्रिय पीड़ा रति या *मॅजोकिज़्म*, पीड़ा भोग कर लैंगिक मूलवृत्ति

का तुष्टीकरण करना है दोनों मामलों में यह पीड़ा पीड़ित या विषयी के म्यूटिलेशन या अंगविच्छेद के परिणामस्वरूप शारीरिक हो सकती है या तथाकथित ''सिम्बॉलिंक (प्रतीकात्मक) सैडिज़्म या मॅजोकिज़्म के परिणामस्वरूप मानसिक हो सकती है। सक्रिय और निष्क्रिय दोनों प्रकार के एलगोलॅगनिया प्रायः एक ही व्यक्ति में पाए जाते हैं जिनमें से कोई एक अधिक मजबूती से विकसित होता है तथा अक्सर ये पात्र के विषय में विकृतियों के साथ मिले-जुले होते हैं।

(ग) पैराडॉक्सिया सेक्सुअलिस–जनन अवयवों में एनाटॉमिको-फिजियोलॉजिकल प्रक्रियाओं की अवधि के बाहर व्यक्त काम-वासना की मूलवृत्ति

1. मूलप्रवृत्ति का कालपूर्व विकास, परिणामतः बालक द्वारा आयु से पहले कामुक अभिव्यक्तियां।
2. वृद्धावस्था में, विशेषकर डिमॅनूशिया सैनिलिस में, प्रायः लैंगिक लिबिडो की पुनर्जाग्रति होती है जो नपुंसकता और उसके परिणामस्वरूप विकृत क्रियाओं के साथ चलती है (जे.डब्ल्यू. ब्रिजिज़, 'एन आउटलाइन ऑफ एबनॉर्मल साइकोलॉजी', आर.जी. एडम्स एण्ड कम्पनी, कोलम्बस, ओहायो, 1921, पृष्ठ 82-83 से)

6. सारांश के रूप में पहले दिए गए उदाहरण की ओर वापसी

मनोचिकित्सकीय जांच-पड़ताल करने पर मिस्टर एक्स के संज्ञानात्मक और चालक लक्षणों के मूल में गहन संवेगात्मक कुसमायोजन अंतर्निहित पाया गया। उनके जीवन इतिहास से यह पता चला कि वे इस संभावना से कि उनके आविष्कार को उनके सहयोगी चुरा लेंगे, दुश्चिंता से ग्रस्त थे और संत्रस्त होकर कहने लगे कि 'वे मुझे पकड़ लेंगे' (पा लेंगे)। बिजली की मशीन के बारे में उनकी मनोग्रस्ति उनके बिजली के फोबिया से जुड़ी हुई थी। मनोविक्षिप्ति के प्रारंभ होने से पहले वे मनोदशा में बारी-बारी से होने वाले परिवर्तन से पीड़ित थे जैसे उल्लास की मनोदशा में उन्हें सब कुछ वास्तविकता में जैसा था उससे अधिक अच्छा लगता था और अवसाद की मनोदशा में सब कुछ बिगड़ा हुआ लगता था। मनोविकृति के दौरान वह पूर्णतया नपुंसक हो गए थे। मनोविश्लेषणात्मक जांच-पड़ताल से यह पता चलता है कि उनका रोग प्रारंभिक बाल्यावस्था में मिली संवेगात्मक कुंठाओं से उत्पन्न हुआ था। लेकिन हम इस कहानी से आगे जाते हैं। अगले अध्याय में हम सभी लक्षणों के मूल में निहित जीनोटाइप और गत्यात्मक कारणों के बारे में अपना विचार-विमर्श आरंभ करेंगे।

संदर्भिका

सामान्य विषय-वस्तु के लिए अध्याय V के अंत में प्रस्तुत संदर्भिका नोट से संदर्भ लें। संवेगों के वर्गीकरण और शाब्दिक व्याख्या की समस्या हल नहीं हुई है। इस बारे में नाहूम द्वारा हाल ही में दार्शनिक दिशा में किए गए पुनरीक्षण अच्छे हैं। हाल ही में प्रयोगात्मक दृष्टिकोण से किया गया अधिक सुनिश्चित पुनरावलोकन डब्ल्यू.ए. हंट का है। *रूकमिक* की पुस्तक संपूर्ण क्षेत्र का अच्छा सर्वेक्षण प्रस्तुत करती है।

खण्ड-3

व्यक्तित्व की उत्पत्ति और संरचना का सिद्धांत

(द थ्योरी ऑफ पर्सनॅलिटी स्ट्रक्चर एंड जेनेसिस)

अध्याय-8

मनोगतिकी सिद्धांत का प्रणाली-विज्ञानपरक आधार
(द मेथडोलॉजिकल बेसिस ऑफ साइकोडाइनेमिक थ्योरी)

1. क्षेत्र सिद्धांत

चूंकि हमने मानसिक संरचनाओं (साइकिक मैकॅनिज़्म) के कुसमायोजन के विविध रूपों का सर्वेक्षण कर लिया है और उनके नाम भी जान लिए हैं अतः अब हम मनोगतिकी की अधिक मूलभूत समस्या की ओर लौटते हैं। जैसा कि हम बार-बार संकेत कर चुके हैं, लक्षण सतही घटनाएं हैं जिनका संबंध मूल में निहित गत्यात्मक कारकों से होता है। लक्षण और मूल में निहित गत्यात्मक परिस्थिति के बीच भिन्नता को हम विज्ञान में पाए जाने वाले जीन प्ररूपात्मक (जीनोटाइपिकल) और समलक्षणी (फीनोटाइपिकल) विवरणों के बीच पाई जाने वाली भिन्नता के एक विशिष्ट उदाहरण के रूप में देख सकते हैं। लक्षण विज्ञान पर लिखे गए खण्ड II में मानसिक प्रक्रियाओं की विविध असामान्यताओं की समलक्षणी व्याख्याएं दी गई थीं। खण्ड III में लक्षणों के मूल में निहित प्रक्रियाओं की जीनप्ररूपात्मक (जीनोटाइपिकल) व्याख्याओं का विकास किया जाएगा। ऐसा करके यह आधुनिक मनोरोग विज्ञान की सबसे महत्वपूर्ण खोजों को प्रस्तुत करता है। इनमें विस्तार से जाने से पहले हम तथ्यों के विवरणात्मक वर्गीकरण (फीनोटाइप्स) से लेकर मूल में निहित गत्यात्मक परिस्थिति (जीनोटाइप या जीनप्ररूप) तक जाने में जो प्रवृत्ति सभी विज्ञानों में पाई जाती है उसका संक्षेप में पुनर्वलोकन करेंगे। ऐसा करने से हमें नवीन खोजों की प्रकृति और महत्व दोनों के बारे में जानकारी प्राप्त करने में सहायता मिलेगी।

विज्ञान को तथ्यों के वर्णन और वर्गीकरण से प्रारंभ करना चाहिए। एक बार तथ्यों का वर्गीकरण और वर्णन करने के बाद उनका सैद्धांतिक विश्लेषण और फिर प्रयोग किया जाता है और तब विज्ञान व्याख्यात्मक हो जाता है और भविष्य के तथ्यों के बारे में भविष्यवाणियां करने में समर्थ हो जाता है। ऐसा विज्ञान व्यवस्थित और क्रमबद्ध हो जाता है। हम इसका यह अर्थ कदापि नहीं निकालते हैं कि विज्ञान को उद्यम के दो सुनिश्चित क्षेत्रों में विभाजित किया जा सकता है या प्रत्येक वैज्ञानिक को या तो

वर्गीकरणकर्त्ता या एक व्यवस्थाकर्त्ता मानना है। बल्कि यह प्रक्रिया धीरे-धीरे होने वाले पारगमन की प्रक्रिया है। व्यावहारिक रूप से वस्तुतः समस्त यूनानी विज्ञान का संबंध वर्गीकरण से था, लेकिन यूनानी विद्वानों को भी 'स्टैटिक्स' या स्थिति विज्ञान कही जाने वाली बल-विज्ञान की शाखा के नियमों की खोज करनी पड़ी थी। मध्य युगों का विज्ञान अधिकांशतः एक वर्गीकरणकारी वर्णन का विज्ञान था जिसका आधार विज्ञान न होकर धर्म विज्ञान था। गैलीलियों और न्यूटन के बल-विज्ञान (मॅकेनिक्स) का आविर्भाव इतिहास में वह पहला समय था जब कोई विज्ञान पूर्णरूप से सुव्यवस्थित गतिशील आधार पर विकसित हुआ था। गैलीलियो के बाद तीन सौ वर्षों में समस्त भौतिकी अन्ततः वर्गीकरण के स्थान पर सुव्यवस्थित गतिशील आधार पर व्यक्त की जाने लगी। इसका अर्थ यह नहीं है कि आज भी भौतिकी में वर्णनात्मक वर्गीकरण अनावश्यक है और कुछ भौतिक विज्ञान अन्य की अपेक्षा अधिक सुव्यवस्थित हैं। उदाहरण के लिए भौतिकी स्वयं, जिसे पदार्थ की 'फिजियौलॉजी या शरीर-विज्ञान' समझा जा सकता है, पूर्णतया सुव्यवस्थित विज्ञान है जबकि रसायन शास्त्र का संबंध अभी भी वर्गीकरण के साथ ही अधिक है। जैविक विज्ञानों में विशेषकर मनोविज्ञान और समाज शास्त्र में सुव्यवस्थित गतिशील विज्ञान का प्रारंभ हाल ही में हुआ है। जीव विज्ञान के क्षेत्र में, डार्विन ने पहली सामान्य परिकल्पना दी जिसके द्वारा जैविक प्रकृति में गतिशील क्रम को समझा जा सकता था। मनोविज्ञान के क्षेत्र में सिगमण्ड फ्रायड पहले व्यक्ति थे जिन्होंने मानव व्यवहार के एक लगभग संपूर्ण सुव्यवस्थित गत्यात्मक सिद्धांत को संपादित किया। यद्यपि न तो डार्विन की और न ही फ्रायड की परिकल्पनाएं पूर्णरूप से इतनी व्यवस्थित हैं जितना कि भौतिक सिद्धांत होते हैं फिर भी ये एक ही दिशा में प्रवृत्त हैं।

आधुनिक मनौवैज्ञानिक विज्ञान का संपूर्ण झुकाव ऐतिहासिक दृष्टि से आधुनिक भौतिक विज्ञान के विकास को प्रतिबिम्बित करता है। लेकिन हमें यह कदापि नहीं मान लेना चाहिए कि अब मनोवैज्ञानिकों का संबंध भौतिक शब्दावली में मनोवैज्ञानिक प्रक्रियाओं का वर्णन करने से हो गया है। बल्कि इसका अर्थ यह है कि मनोवैज्ञानिक प्रक्रियाओं के बारे में विचार करने का तरीका आधुनिक भौतिक (फ़िजीकल) चिंतन के रूप विधान को ग्रहण करने की ओर प्रवृत्त है। आधुनिक भौतिक विज्ञान की मुख्य विशेषता संभवतया इसके द्वारा निर्मित गणितीय सिद्धांत का प्रयोग किया जाना है। गुरुत्व या घनत्व का बल, विद्युत-चुम्बकीय क्षेत्र, ताप का गति संबंधी सिद्धांत जैसी सभी सैद्धांतिक (वैचारिक) संरचनाएं उन उपायों या साधनों का प्रतिनिधित्व करती हैं जिनका आविष्कार भौतिक विज्ञानियों ने अपने द्वारा निरीक्षित तथ्यों को सह संबंद्धित करने और क्रमबद्ध (व्यवस्थित) करने के लिए किया है। कभी भी किसी ने गुरुत्व के बल को नहीं देखा है, लेकिन इसे मान लेने से और वास्तविक गतिविधियों का संचलन अवलोकन करने से बल-विज्ञान की बहुत सी समस्याओं का समन्वय और व्याख्या हो जाती है। इसी प्रकार विद्युत-चुम्बकीय

क्षेत्र, प्रत्यक्ष रूप से दर्शनीय न होते हुए भी एक ऐसा आधार तत्व है जो हमें चुम्बकीय सूइयों के विविध अपस्फीतियों को समझने का अवसर देता है जिन्हें हम देख सकते हैं।

कोई अधीर छात्र पूछ सकता है, 'इस सबका मनोविज्ञान से क्या संबंध है?' तो इसका बहुत कुछ संबंध है। आधुनिक जीव विज्ञान संबंधी विज्ञान ऐसे संरचित सिद्धांत को (यद्यपि यह सिद्धांत गणितीय हो भी सकता है और नहीं भी) भौतिक विज्ञान की भांति सामान्य ढंग में प्रयोग करने की ओर प्रवृत्त रहते हैं। अतः जीव विज्ञान में 'इन्सटिंक्ट्स' (मूल वृत्तियां), 'ट्रौपिज़्मस' (अनुवर्तन), और 'ग्रेडिएन्ट' (पादचारी) जैसी संकल्पनाएं होती हैं। मनोविज्ञान में 'अर्ज' (आवेग या लालसा), 'एसोसिएशन (साहचर्य), 'गेस्टाल्ट' जैसी संकल्पनाएं ऐसी सैद्धांतिक संरचनाओं की प्रतिनिधि हैं जिनके प्रयोग से हमें अवलोकित व्यवहार को समझने में सहायता मिलती है।[1] मनोरोग विज्ञान के सिद्धांत ने 'लिबिडो', 'अनकॉन्शस' (अचेतन), 'सुपरईगो' (परा-हम्) आदि जैसे कन्सट्रक्ट्स का एक विशिष्ट समूह विकसित किया है। इन कन्सट्रक्ट्स का प्रयोग मनोविज्ञान में उसी प्रकार किया जाता है जिस प्रकार गुरुत्व का भौतिकी में। कभी भी किसी ने लिबिडो (काम प्रवृत्ति) या सुपरईगो (परा-हम्) को न देखा है और न महसूस किया है, लेकिन हम हर ओर उनके कार्यकलापों को देखते हैं। हमारी पुस्तक का यह खण्ड अधिकांशतः ऐसी संकल्पनाओं का परिचय देने तथा ये संकल्पनाएं किस प्रकार समन्वित होती हैं और लक्षणों की व्याख्या करती है, यह दिखाने से संबंधित रहेगा। ये विशिष्ट कन्स्ट्रक्ट्स उतने श्रेष्ठ हैं जितना कि हो सकते है यह प्रश्न इनका प्रस्तुतीकरण होने तक विचाराधीन छोड़ दिया जाएगा।

जैसे-जैसे विज्ञान उन्नति करता है, जीनोटाइपिकल (जीन प्ररूप) वर्णनों के विकास और संरचित (कन्सट्रक्टेड) सिद्धांत के विकास के साथ सहगामी के रूप में कुछ दूसरी भिन्नताएं भी होती हैं। यदि हम विज्ञान की सबसे सरल और प्रारंभिक प्रकार की विशेषताओं को श्रेणी सैद्धांतिक या 'क्लास-थियोरिटिकल' मानते हैं, तो हम कह सकते हैं कि सबसे जटिल और व्यवस्थित विज्ञान 'फील्ड-थ्योरिटिकल' है। इस प्रकार का विभेदीकरण किसी भी विज्ञान के विकास का मूल्यांकन करने के लिए उपयोगी है। एक दूसरे संदर्भ में लेखक (1936 सी) ने समस्या पर विचार करने की क्लास-थ्योरिटिकल और फील्ड थ्योरिटिकल पद्धतियों के बीच विभेदीकरण करने के कुछ विशिष्ट मानदण्ड स्थापित करने का प्रयास किया। यदि हम इन मानदण्डों का संक्षिप्त लेखा-जोखा यहां दें तो समझने में पाठक को सहायता मिलेगी।[2] इन्हें स्पष्ट करने के लिए अरस्तु द्वारा किए गए काइनॅटिक्स या गतिक सिद्धांत (अर्थात् देह के संचलन का विज्ञान) के विवेचन की तुलना आधुनिक भौतिकी के सिद्धांत से करेंगे। इस विषय पर अरस्तु द्वारा की गई विवेचना विशुद्ध 'क्लास-थ्योरिटिकल' (श्रेणी-सैद्धांतिक) है। जबकि आधुनिक विवेचन विशुद्ध फील्ड-थ्योरिटिकल (क्षेत्र-सैद्धांतिक) है।

श्रेणी सिद्धांत (क्लास-थ्योरी) के मानदण्ड	क्षेत्र सिद्धांत (फील्ड-थ्योरी) के मानदण्ड
1. पदार्थों का व्यवहार उस क्लास या श्रेणी से निर्धारित होता है जिसके वे सदस्य हैं।	1. पदार्थों का व्यवहार उस 'फील्ड या क्षेत्र' की संरचना से निर्धारित होता है जिसका वे भाग हैं।

'क्लास या श्रेणी' सिद्धांत में व्यवहार की वे विशेषताएं जो एक क्लास या श्रेणी के विभिन्न व्यक्तियों में समान होती हैं, पृथक् की जाती हैं। यदि किसी दूसरे व्यक्ति का व्यवहार यही विशेषताएं प्रदर्शित करता है तो व्यवहार को उस श्रेणी (क्लास) में निहित कर लिया जाता है और तब यह समझ लिया जाता है कि व्यवहार की व्याख्या हो गई है। 'फील्ड या क्षेत्रीय' सिद्धांत में एक घटना का स्पष्टीकरण करने में क्षेत्र की संरचना नियमों के आधार पर स्पष्ट की जाती है जो कि तार्किक संरचनाएं (लॉजिकल कन्स्ट्रक्ट्स) होती हैं। यदि किसी पदार्थ का व्यवहार इन नियमों का पालन करता है तो इससे उस व्यवहार की व्याख्या हो जाती है। लैविन का अनुसरण करते हुए हम अरस्तु के काइनॅटिक्स या गतिक सिद्धांत के उदाहरणों और आधुनिक भौतिकी द्वारा किए गए इसी प्रकरण के विवेचन के आधार पर अपने मानदण्डों पर प्रकाश डालेंगे। अरस्तु का गतिक विज्ञान उनके रसायन शास्त्र पर निर्भर करता है। ब्रह्माण्ड के केन्द्र से बाहर की ओर धरती, जल, वायु, अग्नि और आकाश इसी क्रम में अपनी 'न्यायसंगत' स्थितियां रखते हैं। किसी भी पदार्थ का संचलन ऊर्ध्वगामी होगा या अधोगामी यह उस दिशा पर निर्भर करता है जहां से उस पदार्थ को उसके 'न्यायसंगत' स्थान से हटाया गया है। यदि धरती की सतह पर अग्नि की उत्पत्ति होती है तो यह विस्थापित होने का द्योतक है और यह ऊपर की ओर गतिमान होती है क्योंकि यह अग्नि श्रेणी (क्लास फायर) का हिस्सा है। हवा में फेंका गया एक पत्थर नीचे की ओर लौटता है क्योंकि वह धरती श्रेणी (क्लास अर्थ) का हिस्सा है।

आधुनिक भौतिकशास्त्रियों के अनुसार काया या पिण्ड जिस दिशा में और जिस गति से गिरते हैं वह अंतरिक्ष में पिण्डों के आकाशीय-कालिक (स्पैशियल-टॅम्पोरल) विभाजन के निर्णायक विश्लेषण से अथवा (यदि हम मिनट के हिसाब से ब्योरेवार विवरण का आग्रह करते हैं) आकाश और काल के नानारूप (स्पेस-टाइम मॅनीफोल्ड) की संरचना द्वारा निर्धारित होते हैं। जब इस संरचना की विशेषताएं मालूम हो जाती हैं तो संचलन की दिशा और गति एक तार्किक आवश्यकता के अर्थ में निकाली जा सकती है। सामान्य रूप से, एक क्षेत्र के अंदर पदार्थों का व्यवहार स्वयं पदार्थों के स्वरूप पर भी निर्भर करता है। विद्युतचुम्बकीय क्षेत्र के अन्दर पदार्थों के व्यवहार के साथ भी आश्चर्यजनक रूप से ऐसा ही है। फिर भी, पदार्थों की सूक्ष्म क्षेत्र संरचना हमें इन विशेषताओं का निगमन करने के समर्थ बनाती है।

2. व्यवहार को निदेशित करने वाला बल अंतस्तत्व (एन्टेलॅकी) के धर्मों को प्रदर्शित करता है।	2. व्यवहार को निदेशित करने गुण वाला बल सदिश या वेक्टर के गुण धर्मों को प्रदर्शित करता है।

अरस्तु के अनुसार, पिण्ड या काया इसलिए गतिमान होते हैं क्योंकि इनमें से प्रत्येक एक 'अंतस्तत्व या एनूटेलॅकी' को आश्रय देता है जो पिण्ड या काया को उसके 'न्यायसंगत' स्थान की ओर वापिस लौटाने के लिए संघर्ष करता रहता है। जैसा कि लैविन ने बताया कि पदार्थ जिस क्लास या श्रेणी का सदस्य होता है स्वयं अंतस्तत्व या एनूटेलॅकी भी उस श्रेणी या क्लास से निर्धारित होती है। आधुनिक काइनॅटिक्स या गति विज्ञान में, संचलन (मूवमेंट) को एक सदिश या वैक्टर द्वारा परिभाषित किया जाता है जिसकी दिशा और किसी भी स्थान पर विस्तार दोनों ही उस क्षेत्रीय संरचना द्वारा निर्धारित होते हैं जिसमें वह सदिश स्थित है। क्षेत्रीय सिद्धांत के अनुसार, क्षेत्र के बिना कोई पत्थर बिल्कुल व्यवहार (क्रिया) नहीं करेगा; श्रेणी सिद्धांत के अनुसार, यह संभाव्यतः दूसरे पत्थरों को खोजना प्रारंभ कर देगा।

3. इसमें स्थान का निर्धारण होता है।	3. इसमें स्थान का कोई निर्धारण नहीं होता।

अरस्तु के अनुसार पत्थर का धरती की ओर वापिस लौटना उस पत्थर के 'अन्दर' निर्धारित है। बाहरी या आकस्मिक बल पत्थर को उसके स्थान से विस्थापित करते हैं, फिर अंतस्तत्व या एनूटेलॅकी कार्य करना प्रारंभ कर देती है और पत्थर अपने 'न्यायसंगत' स्थान की ओर वापिस आने के लिए प्रयास करता है। आधुनिक गतिकी विज्ञान या काइनॅटिक्स में स्थान का ऐसा कोई निर्धारण नहीं होता। यह उपर्युक्त विचार से स्पष्ट होना चाहिए।

4. श्रेणी सिद्धांत में प्रयुक्त संकल्पनाएं प्राथमिक रूप से तात्विक (सब्सटैंशियल) होती हैं।	4. क्षेत्र सिद्धांत में प्रयुक्त संकल्पनाएं प्राथमिक रूप से कार्यात्मक (फंक्शनल) होती हैं।

अरस्तु का विश्लेषण उस तत्व से संबंधित है जिससे पदार्थ निर्मित हुआ है। जबकि पदार्थ जिस तत्व का बना है वह क्षेत्र सिद्धांतकारों के लिए पूर्णतया उदासीनता का विषय है।

5. वैज्ञानिक विश्लेषण की विधि प्राथमिक रूप से संरचनात्मक है।	5. वैज्ञानिक विश्लेषण की विधि प्राथमिक रूप से कार्यात्मक (युक्तिमूलक) (फंक्शनल, रैशनल) है।

अरस्तुवादी भौतिक विज्ञानी की समस्या यह निर्धारित करना है कि पदार्थ किस वस्तु से निर्मित हुआ है। यदि यह पत्थर है तो मिट्टी (अर्थ) का बना है और हवा में

उछालने पर नीचे की ओर गतिमान होता है। दूसरी ओर, आधुनिक काइॅनटिक्स या गतिविज्ञान का विकास उन स्थितियों में विविधता लाने से हुआ जिनके अंतर्गत संचलन घटित होता है। आधुनिक भौतिक विज्ञानी सदैव अपने विश्लेषण को संबंधों की एक शृंखला के रूप में अभिव्यक्त करता है।

6. विश्लेषण ऐतिहासिक और भौगोलिक रूप से अनुकूलित अनियमितताओं के संबंध में है।	6. विश्लेषण अनैतिहासिक विशेषतामूलक नियमों के संबंध में है।

आधुनिक काइनैटिक्स या गतिविज्ञान में गिरती हुई चीजों या पिण्डों के बारे में कथन वस्तुतः उन घटनाओं के प्रकार (*टाइप्स*) के बारे में कथन हैं जो आद्योपांत (शुरू से अंत तक) दिक और काल (दिक्काल) को पकड़कर रखती हैं। ये कथन तार्किक संरचनाओं (लॉजिकल कन्स्ट्रक्ट्स) के बारे में वक्तव्य हैं जिनके बारे में भौतिक विज्ञानी विचाराधीन तत्कालीन अनुभव के मूल में निहित होने की अभिधारणा (पॉस्चुलेट) रखता है। क्षेत्र सिद्धांतकारी अपने अनुभवों को इन तार्किक संरचनाओं (लॉजिकल कंस्ट्रक्ट्स) के साथ *व्यवस्थित या क्रमबद्ध* करता है। वह अपने फीनोटाइपिकल अनुभवों को जितना इन जीनोटाइपिकल कंस्ट्रक्ट्स के साथ इस प्रकार सुव्यवस्थित करता है कि वह (इसके आधार पर) आगे आने वाले अनुभव क्या होंगे इसका निगमन कर सके, उतना ही अपने वैज्ञानिक विश्लेषण को वह सफल मानता है। गिरते हुए पिण्डों के नियमों में अभिव्यक्त काल और दिक के संबंध यद्यपि वास्तविक आंकड़ों के साथ कभी भी हूबहू सहमत नहीं होते हुए भी, संभवतया समस्त बीते हुए और भावी ऐतिहासिक कालों के लिए और ब्रह्मांड में सारी स्थितियों के लिए लागू होते हैं। घटना की व्याख्या में, मूल में निहित जीनोटाइप या जीन प्ररूप का वर्णन करना और यह देखना कि क्या फीनोटाइप (समलक्षणी) इसके साथ सुनिश्चित रूप से *सुव्यवस्थित* हैं, निहित रहता है। नियम जीनप्ररूपों (जीनोटाइप्स) के विवरण हैं।

यहां पर क्षेत्र सिद्धांत को श्रेणी सिद्धांत की तुलना में बहुत अधिक लाभ होता है। जब हमें नियमों (जीनप्ररूप, मूल में निहित गतिकी) का इतना ज्ञान हो जाता है कि उनका मापन किया जा सके तो हम भविष्य के बारे में भूतकाल से बिल्कुल स्वतंत्र होकर कुछ कह सकते हैं। बीता हुआ मौसम, पिछले वर्षों में धरती में हुआ कटाव (भूक्षरण), शरद ऋतु में बर्फ पिघलने के आंकड़े आदि, यह सभी मिलकर उस समय का निर्धारण करते हैं जब कोई सेब (पक कर) गिरेगा। लेकिन यदि समकालीन भौतिक विज्ञानी कुछ विशिष्ट मापनों को कर सकेगा तो पिछले इतिहास के संदर्भ के बिना ही बिल्कुल विशुद्धता के साथ इस बारे में भविष्यवाणी कर सकेगा कि सेब कब और किस स्थान पर गिरेगा। वह एक अकेले सदिश (वॅक्टर) से ही गिरने की विशेषता बता सकता है। उसे पेड़ के इतिहास के बारे में जानने की आवश्यकता नहीं है। अंतरिक्षीय क्रम विकास के परस्पर विरोधी सिद्धांत अनेक हैं यह तथ्य भौतिकशास्त्री के लिए उदासीनता का विषय

है। उत्पत्तिमूलक प्रकृति की कठिनाइयां मनोवैज्ञानिक के मार्ग में सदैव बाधा प्रस्तुत करती हैं जिनका संदर्भ लेकर वह अपनी परिशुद्धता की कमी के लिए सफाई देता है।

7. विधि प्राथमिक रूप से अनुभवजन्य या (एम्पिरिकल) है।	7. विधि परिकल्पनात्मक-निगमनात्मक या हाइपोथॅटिको-डिडक्टिव है।

यह बात पूर्वोल्लिखित बात से घनिष्ठ रूप से संबंधित है। अरस्तु के विवरण उनके अनुभवों से हू-ब-हू मेल खाते थे। उनके अनुभव (प्रयोगात्मक विधि के द्वारा नियंत्रण या सत्यापन के बिना) उनके सिद्धांतों को लिखवाते थे। गैलीलियो के *डिस्कोर्सोई* का पठन व्यक्ति को यह विश्वास दिलाता है कि गैलीलियो ने झुके हुए समतल (इनक्लाइंड प्लेन) पर न्यायसंगत रूप से प्रसिद्ध आलोचना परीक्षणों को करने से पूर्व ही काल और दिक के बीच संबंध का निगमन कर लिया था। क्षेत्रीय सिद्धांत पर आधारित विश्लेषणों में सभी प्रयोग आलोचनात्मक हैं अर्थात् ये प्रयोग परिशुद्ध कामचलाऊ परिकल्पनाओं की वैधता का परीक्षण करने के लिए किए गए हैं। स्वयं परिकल्पनाओं को मौलिक संकल्पनाओं के संबंध में एक उपयुक्त परिभाषा की आवश्यकता होती है तथा प्रयोगात्मक स्थिति परिकल्पनाओं की वैधता के बारे में निर्णय लेने के लिए उपयुक्त होनी चाहिए। तब कामचलाऊ परिकल्पनाएं प्रयोग से पहले आती हैं।

8. विश्लेषण द्विभागीकरणों को होने देता है।	8. विश्लेषण द्विभागीकरणों को नहीं होने देता है।

अरस्तु के अनुसार, केवल आकाश (ईथर) के क्षेत्र में एकदम नियमित नियम पाए जाते हैं। ऐसे नियम जिनमें अपवाद नहीं होते वे केवल खगोल भौतिकी या एस्ट्रोफिज़िक्स में पाए जाते हैं। दूसरी ओर, गुरुत्वाकर्षी क्षेत्र के सिद्धांत में धरती पर होने वाली घटनाओं और चन्द्रमा पर होने वाली घटनाओं में कोई सारभूत अंतर नहीं होता।

9. श्रेणी सिद्धांत मूल्यांकनपरक संकल्पनाओं का प्रयोग करने की ओर प्रवृत्त हैं।	9. क्षेत्र सिद्धांत मूल्यांकनपरक संकल्पनाओं के प्रयोग न करने पर बल देता है।

अरस्तु के अनुसार, आकाश (ईथर) में गतिविधियां 'उच्चतर' तल पर होती थीं (अर्थात् पूर्णता प्रदर्शित करती थीं) जबकि धरती पर होने वाली गतिविधियां 'त्रुटिपूर्ण या इम्परफैक्ट' होती थीं। दूसरी ओर जैसा कि बार-बार बताया गया है (समस्या तंत्र) आधुनिक विज्ञान की पहुंच का संबंध न तो अच्छे से होता है न ही बुरे, न सुन्दर से होता है न ही कुरूप से।

10. श्रेणी सिद्धांत अलौकिक 'क्यो'? का उत्तर देने का प्रयास करता है।	10. क्षेत्र सिद्धांत एक वैज्ञानिक 'कैसे?' का उत्तर देने का प्रयास करता है।

अरस्तु इस प्रश्न का उत्तर देने का प्रयास कर रहे थे : पिण्ड क्यों गतिमान होते

हैं? जबकि क्षेत्र-सिद्धांतिक परम्परा के पहले चिंतक गैलीलियों ने अधिक साधारण प्रश्न को हाथ में लिया : 'पिण्ड कैसे गति करते हैं?' मेरी धारणा है कि यह दिखाया जा सकता था कि अरस्तु द्वारा प्रस्तुत 'क्यों'? प्रश्न का एक मॅटाफिजीकल या अलौकिक उत्तर अपेक्षित होना चाहिए। जब कभी-भी कोई व्यक्ति 'संचलन क्यों?' 'जीवन क्यों?' 'प्रेम क्यों?' जैसे प्रश्न प्रस्तुत करता है तो उसे श्रेणी सिद्धांत या अनध्यात्मवाद (एनिमिज्म) के विषय में सोचना आरंभ कर देना चाहिए। क्षेत्र सिद्धांत भी कुछ सीमा तक 'क्यों?' प्रश्न का उत्तर देते हैं, लेकिन यह एक भिन्न प्रकार का 'क्यों?' है। मेरी धारणा है कि यह अर्थात् (क्षेत्र सिद्धांतियों का 'क्यों?') 'कैसे?' का पर्यायवाची है। जैसा कि हमने ऊपर देखा, क्षेत्र सिद्धांत जीनोटिपिकल कंस्ट्रक्ट्स के साथ समलक्षणी (फीनोटिपीकल) अवलोकित प्रदत्तों को व्यवस्थित करके, घटनाओं के बीच संबंध की तार्किक आवश्यकता को प्रदर्शित करता है। विज्ञान कभी इसकी व्याख्या (इसका कारण) नहीं करता कि प्रकृति जैसी है वैसी क्यों है लेकिन तार्किक आवश्यकता के संबंध में (विषय में) कुछ विशिष्ट घटनाओं को अन्य से मात्र संबद्ध करता है। वह इसका उत्तर तक नहीं देता कि आखिकार ये *क्यों* संबद्ध होने चाहिए, बल्कि मात्र यह दिखाता है कि ये *कैसे* संबंधित हैं। विज्ञान में दिए गए स्पष्टीकरण असल में ऐसी भाषा में दिए गए विवरण होते हैं जो हमें कुछ विशिष्ट मूर्त या प्रत्यक्ष उदाहरणों (केसों) से कुछ आवश्यक निहितार्थ प्राप्त करने का प्रबंध करते हैं।[3]

वर्तमान समय में, मनोविकृति विज्ञान श्रेणी सिद्धांत से क्षेत्र सिद्धांत का रूप ले रहा है। उन्नीसवीं शताब्दी ने विवरणात्मक, लक्षण विज्ञान को स्थापित किया है (जैसा कि हमने इसके बारे में खण्ड II में पढ़ा), जबकि बीसवीं शताब्दी ने मनोगतिकी सिद्धांत को विकसित किया। यह दावा करना निरर्थक होगा कि मनोगतिकी के सबसे आधुनिक सिद्धांत भी उसी अर्थ में अकाट्य और सुनिश्चित हैं जिस अर्थ में भौतिक सिद्धांत हैं। निस्संदेह ऐसा नहीं है। लेकिन इतना अवश्य है कि आधुनिक मनोरोग विज्ञान का विकास सामान्य प्रणाली संबंधी उन्हीं सिद्धांतों का अनुसरण करता है जिनका अनुसरण भौतिक सिद्धांत करते हैं।

सभी विज्ञानों में, क्षेत्र-सिद्धांत के उपागमों का विकास करने में सदैव सैद्धांतिक निर्मितियों के प्रतिस्पर्धी सेट (समूह) प्रकट हो जाते हैं। अतः भौतिक विज्ञान के इतिहास में हम खगोलशास्त्र में टॉलेमी और कॉपरनिकस के दृष्टिकोणों के अनुयायियों के बीच; प्रकाश के स्वरूप या प्रकृति के संबंध में (हाइगिन्स) और न्यूटन के अनुयायियों में और हाल ही में दिक्काल के संबंध में आइन्सटाइन और प्राच्यवादियों के अनुयायियों के बीच में होने वाले प्रसिद्ध विवादों को देखते रहे हैं। आज मनोविज्ञान और मनोविकृति विज्ञान में प्रतिस्पर्धी सम्प्रदाय देखने में आते हैं। आगामी अध्यायों में हम इनमें से प्रत्येक के मुख्य सिद्धांतों को प्रस्तुत करेंगे। लेकिन कुछ ऐसे सामान्य सिद्धांत भी हैं जो बहुत महत्वपूर्ण हैं तथा जिनके बारे में सभी प्रतिस्पर्धी सम्प्रदायों के बीच सहमति है और पहले इन्हें प्रस्तुत करना चाहिए।

2. सभी आधुनिक गतिक-सिद्धांतों में सहमति वाले मुद्र्दे

1. सभी महत्वपूर्ण आधुनिक सिद्धांत इस बारे में सहमति रखते हैं कि व्यक्तित्व को एक संरूप (पैटन) या व्यक्तित्व के लक्षणों (ट्रेट्स) के गैस्टाल्ट के रूप में समझना चाहिए। ये लक्षण (ट्रेट्स) जैविक संरचना (बायोलॉजिकल कॉन्सीट्यूशन) में से, वातावरण में क्रिया करने के माध्यम से विकसित होते हैं। दूसरे शब्दों में, वे सभी इस पर सहमत हैं कि हमें न तो एक जीव बनाम वातावरण के बारे में और न ही जीव और वातावरण के बारे में, बल्कि वातावरण *में* (अर्थात् वातावरण के अन्दर) एक जीव के बारे में विचार करना चाहिए। जैसा कि हम पहले अध्याय में बता चुके हैं, मनोवैज्ञानिक क्षेत्र (साइकोलॉजिकल फील्ड) में जीव और वातावरण एक विवरणात्मक इकाई के रूप में निहित रहते हैं। इस अर्थ में सभी आधुनिक मनोगत्यात्मक सिद्धांत, क्षेत्र सिद्धांत की आधारभूत अपेक्षाओं का अनुगमन करते हैं। परन्तु वातावरण में किए गए परिवर्तनों के प्रभावस्वरूप व्यक्तित्व में कितना परिवर्तन होता है इस बारे में कुछ असहमति है। किंचित् जैविक रूप से, किंचित मनोवैज्ञानिक रूप से और किंचित सामाजिक रूप से क्या अनुकूलित है यह अभी भी वाद-विवाद की विषय वस्तु है। विशेष रूप से इस बात पर असहमति है कि सामाजिक कारकों को कितना महत्व दिया जाना है फिर भी, कोई भी सिद्धांत व्यक्तित्व की उत्पत्ति (जेनेसिस) और सामान्य तथा असामान्य व्यवहार का ब्यौरा देने में सामाजिक पहलुओं की पूर्ण रूप से उपेक्षा नहीं करता। सभी सिद्धांत सहमत हैं कि व्यक्तित्व आधारभूत रूप से एक *मनोजैवसामाजिक* या *सोशियो-साइको-बायोलॉजिकल* समस्या है। मनोजैविक क्षेत्र (साइकोबायोलॉजिकल फ़ील्ड) के अनिवार्य भागों के रूप में जीव और वातावरण का ऐसा विवेचन वंशानुक्रम और वातावरण की समस्या के समाधान के लिए कुछ विशिष्ट निहितार्थों की ओर ले जाता है जिनका जिक्र हमने पहले अध्याय में किया था। आज मनोवैज्ञानिक इस समस्या को वंशानुक्रम बनाम पर्यावरण के रूप में नहीं बल्कि वंशानुक्रम और पर्यावरण को सदैव उपस्थित कारकों के रूप में देखते हैं जिनका सापेक्षिक महत्व संपूर्ण मनोवैज्ञानिक क्षेत्र की प्रकृत्ति पर निर्भर करता है।

2. समस्त आधुनिक सिद्धांतों की रुचि जीव को एक अतिसंकलनकारी समष्टि (सुपरसमेटिव होल) या एक समष्टि (होल) के रूप में देखने में होती है जो अपने अंशों के योग से कुछ अधिक होता है। एक अतिसंकलनकारी समष्टि (सुपरसमेटिव होल) का अर्थ है एक संगठित समग्रता जिसके किसी एक अंश में भी हुआ परिवर्तन सभी अंशों को प्रभावित करके परिवर्तित करता है। ऐसी समग्रताओं को तकनीकी भाषा में *गेस्टाल्टिन* नाम से जानते हैं तथा कुछ क्षेत्रों में हुए आधुनिक अनुसंधानों ने इनके बारे में बहुत कुछ खोजा है। समग्रता के किसी भी अंश में हुआ परिवर्तन पूरे संरूप (कनूफिगुरेशन) को परिवर्तित करता है। इस दृष्टि से रोग एक पुनर्गठित समग्रता को उपलब्ध या अर्जित करने के प्रयास में समष्टि के अंशों की मनोजैविक पुनर्संरचना करना

है। जीवन और मृत्यु के बीच अंतर का सबसे अच्छा ब्यौरा एक जीवित प्राणी को अतिसंकलनकारी समष्टि (सुपरसमेटिव होल) के रूप में परिभाषित करके दिया जा सकता है जबकि मृत जीव मात्र एक समुच्चय (एग्रीगेट) होता है। परिणामस्वरूप, जो मनोवैज्ञानिक संपूर्ण व्यवहार की समस्या में रुचि लेते हैं उनके लिए जांच-पड़ताल करने का सबसे महत्वपूर्ण विषय व्यक्तित्व की संरचना की समस्या है। आगामी अध्यायों में हमें इसके बारे में कहने के लिए बहुत कुछ होगा। व्यक्तित्व को एक अतिसंकलनकारी समष्टि (सुपरसमेटिव होल) समझना क्षेत्र सिद्धांत की अपेक्षाओं को पूरा करता है।

3. एक सामान्य वयस्क प्राणी एक संघटित समष्टि मात्र ही नहीं होता, बल्कि प्रत्येक प्राणी जन्म से मृत्यु तक एक संघटित समष्टि होता है। तब वृद्धि और व्यक्तित्व का उत्पत्ति ग्रंथ (जेनेसिस) पुनर्संरचना और विभेदीकरण के विषय हो जाते हैं। यह दृष्टिकोण उन्नीसवीं शताब्दी में प्रचलित यंत्रवादी दृष्टिकोण के विपरीत है। पुराना दृष्टिकोण यह मानता था कि संघटन (ऑर्गेनाइजेशन) मौलिक रूप से स्वतंत्र भागों को एक साथ जोड़कर प्राप्त किया जा सकता है। मानसिक रोगी व्यक्ति के बारे में हमें यह नहीं समझना चाहिए कि इसकी संरचना में (समष्टि के) किसी भाग का अभाव है या ये भाग अनुपयुक्त तरीके से एक-दूसरे से संबद्ध हैं बल्कि यह समझना चाहिए कि एक गेस्टाल्ट पुनर्संरचना से गुजर रहा है। यह विचारधारा मनोगतिकी सिद्धांत के लिए सैद्धांतिक रूप से और मनोचिकित्सा के लिए व्यावहारिक रूप से महत्वपूर्ण है। एक नवजात शिशु को मुख्य रूप से स्वतंत्र संवेदनाओं और सहज क्रियाओं का पुलिन्दा माना जाता था जो व्यक्तित्व के विकास की प्रक्रिया में किसी प्रकार एक दूसरे से संबद्ध हो जाती थीं। यह पुराना दृष्टिकोण यह मानता था कि मानसिक रूप से विकृत व्यक्ति के (समग्र व्यक्तित्व के) एक या कुछ भाग विकृत हो गए हैं। परिणामस्वरूप उन्नीसवीं शताब्दी में पृथक् लक्षणों और अभिलक्षणात्मक उपचार के अध्ययन पर बल दिया गया। आज हम बालक को एक अधूरे असंबद्ध वयस्क के रूप में नहीं बल्कि वयस्क से संरचनात्मक रूप से भिन्न प्राणी या जीव के रूप में देखते हैं। शिशु भी एक संगठित समष्टि है लेकिन उसके व्यक्तित्व की संरचना वयस्क से भिन्न है। इस विचारधारा पर विश्वास करने के लिए भ्रूण-विज्ञान, तंत्रिका-विज्ञान, शरीर क्रिया विज्ञान, सामान्य मनोविज्ञान तथा मनोविकृति विज्ञान के क्षेत्र में अच्छे प्रयोगात्मक कारण मिलते हैं।

4. सभी आधुनिक सिद्धांत एक सुव्यवस्थित विज्ञान तक पहुंचने के लिए सैद्धांतिक निर्मिति (थियोरिटिकल कंस्ट्रक्ट्स) का आविष्कार करते हैं। यह उत्तरोत्तर स्पष्ट है कि मनोविज्ञान में निर्मिति (कंस्ट्रक्ट्) वही भूमिका निभाते हैं जो भौतिक विज्ञानों में गणितीय सिद्धांत निभाते हैं। आश्वस्त होने के लिए, इन विविध निर्मितियों की तार्किक और प्रणाली संबंधी उपयुक्तता में पर्याप्त अंतर है। लेकिन सैद्धांतिक निर्मितियों के प्रयोग को बढ़ाकर आधुनिक मनोगतिकी विज्ञान क्षेत्र-सिद्धांती होता जा रहा है।

5. सभी सिद्धांत क्रिया की व्याख्या करने के लिए किसी गत्यात्मक बल को आधार मानते हैं। इसका अर्थ यह हुआ कि सभी विचारधाराएं (स्कूल्स) अभिप्रेरणा की समस्या

के महत्व के बारे में सहमत हैं। पुनः, कुछ सिद्धांत प्रेरणात्मक बल को जैविक आधार पर प्राप्त हुआ अधिक मानते हैं, जबकि कुछ अन्य सिद्धांत मनोसामाजिक या सोशियोसाइकोलॉजिकल आधार को अधिक मानते हैं, लेकिन इस बात पर सभी सहमत हैं कि समस्या के दोनों पक्ष इसमें निहित हैं। अतः माने हुए अभिप्रेरणात्मक बल सदिशों या वेक्टर्स के प्रत्यय को अन्तर्निहित मानते हैं और इस प्रकार क्षेत्र सिद्धांत की अपेक्षा की पूर्ति करते हैं।

6. सभी आधुनिक सिद्धांत इस बात पर सहमत हैं कि कुछ विशिष्ट अभिप्रेरणात्मक बल सामाजिक या शारीरिक बाधाओं (बैरीयर्स) के द्वारा अवरुद्ध हो जाते हैं। नैराश्य या कुंठा (फ्रस्ट्रेशन) इसका परिणाम है। कुंठा के प्रति प्रतिक्रिया व्यक्तित्व के विभेदीकरण और पुनर्संरचना का निर्धारण करने में प्रमुख कारण बन जाते हैं।

7. सभी सिद्धांतों की सहमति है कि प्रत्येक लक्षण का एक कारण, एक अर्थ और मितव्ययता होती है। इसके महत्व को हम खण्ड III में देख चुके हैं।

8. सभी सिद्धांत इस बात पर सहमति रखते हैं कि अभिप्रेरणा के कुछ स्रोत सामान्य जाग्रत अवस्था में व्यक्ति को ज्ञात नहीं होते तथा इस प्रकार अचेतन होते हैं। इसके महत्व को हम इस अध्याय में तथा आगामी अध्यायों में देखेंगे।

प्रारंभिक सिद्धांतों के बारे में इतनी व्यापक रूप से फैली हुई सहमति, अंततः व्यक्तित्व की वृद्धि और उत्पत्ति की समस्याओं का एक सुदृढ़ वैज्ञानिक आधार पर समाधान करने की संभावना की ओर ले जाती है। लेकिन इस या उस गतिशील बल के सही महत्व या इस-उस कुंठा के सही कार्य (फंक्शन) के बारे में बहुत सी असहमतियां हैं। आगामी कुछ अध्यायों के क्रम में हम इनमें से बहुत सी असहमतियों को देखेंगे लेकिन एक संरचित मनोजैविक-सामाजिक क्षेत्र (स्ट्रक्चर्ड सोशियो-साइको-बायोलॉजिक फील्ड) में एक व्यवस्थित समष्टि के रूप में व्यवहार करने वाले मानव व्यक्तित्व के बारे में हमारी सामान्य धारणा एक मजबूत मनोवैज्ञानिक सिद्धांत से इतनी प्रभावित रहती है कि हम इससे संबंधित भावी शोध के परिणामों के बारे में बहुत आशावादी हो सकते हैं।

3. सामाजिक क्षेत्र और अन्तर्वैयक्तिक संबंध

शिक्षा शास्त्र और मनोविज्ञान व्यक्तित्व के संज्ञानात्मक पक्ष (संदर्भ अध्याय V) से इतना अधिक संबंधित रहे हैं कि व्यवसायिक मनोवैज्ञानिक तक व्यक्तित्व के जैविक और सामाजिक आधारों की उपेक्षा करने की ओर प्रवृत्त हो रहे हैं। पुराने दृष्टिकोण से कि मनुष्य एक पशु है जिसका जैविक शरीर एक विवेकपूर्ण आत्मा या मानस से संचालित हो सकता है, हम एक अधिक आधुनिक दृष्टिकोण पर पहुंचे हैं जो यह मानता है कि मनुष्य एक पशु है जिसकी जैविक देह उसके मन की प्रकृति का निर्धारण करती है। हमें यह नहीं भूलना चाहिए कि मनुष्य एक पशु है जो अवमानवीय (सबह्यूमन) जाति के साथ जैविक रूप से और घनिष्ठ रूप से संबद्ध है। जन्म के समय उसके जैविक

संघटक मनोवैज्ञानिक संघटकों की तुलना में बहुत अधिक स्पष्ट होते हैं। मनुष्य के मानस (माइंड) का विकास जैविक लालसाओं को वातावरण के साथ अनुकूलित करने के माध्यम से होता है। यह वातावरण जन्म से मृत्यु पर्यन्त सामाजिक होता है। मनुष्य मनोवैज्ञानिक दृष्टि से अभिन्न या समरूप पैदा होता है तथा वह अपनी मनोवैज्ञानिक विशिष्टताएं सामाजिक समूह में प्राप्त करता है। लेकिन उसकी पहली वास्तविक क्रिया मां का स्तनपान करना है अतः यह सामाजिक क्रिया है। परन्तु यह तथ्य इतना साधारण है कि वैज्ञानिक मनोविज्ञान ने अभी हाल तक इसकी उपेक्षा की।

मनुष्य का पहला शारीरिक लक्ष्य (पोषण लेना) व्यावहारिक रूप से उसके पहले सामाजिक लक्ष्य (उसकी माता के लिए स्नेह) से अविभेद्य या अलग नहीं होता है। अवरुद्ध-लक्ष्य की स्थिति (संदर्भ अध्याय I) वह आधारभूत स्थिति है जिसमें व्यक्तित्व का उत्पत्ति-ग्रंथ होता है। वे लक्ष्य जिनके लिए मनुष्य प्रयास करते रहते हैं और वे अवरोध जो उन्हें लक्ष्य तक पहुंचने से रोकते हैं, उनकी प्रकृति शारीरिक और सामाजिक दोनों प्रकार की होती है। शारीरिक लक्ष्य निस्संदेह ऐसी वस्तुएं हैं जैसे आर्थिक पदार्थ, और भौतिक या शारीरिक अवरोध दीवारों और जंगल जैसी बाधाएं होती हैं। सम्मान और प्रेम सामाजिक लक्ष्य हैं, जबकि नियम-कानून और रीति-रिवाज अवरोध हैं। अवरुद्ध-लक्ष्य परिस्थितियों का अध्ययन, जिनमें लक्ष्य और अवरोध दोनों शारीरिक हैं, मनोवैज्ञानिकों ने उन परिस्थितियों की तुलना में अधिक किया है जिनमें अवरोध और लक्ष्य दोनों सामाजिक हैं। लेकिन यह एक त्रुटि रही है। अभी हाल तक, मनोवैज्ञानिक सामाजिक लक्ष्यों और अंतरव्यक्तिगत संबंधों के महत्व पर बल देने में असफल रहे हैं। सिगमण्ड फ्रायड की महान सेवाओं में से एक, सबसे प्रारंभिक अंतरव्यक्तिगत संबंधों का उनके द्वारा किया गया सावधानीपूर्व परीक्षण था। सिगमण्ड के अग्रगामी कार्य से अब तक, व्यक्तित्व का सिद्धांत आवश्यक रूप से शारीरिक लक्ष्यों और अवरोधों की अपेक्षा सामाजिक लक्ष्यों और सामाजिक अवरोधों से अधिक संबंधित रहा है। फ्रायड ने इस ओर ध्यान दिलाया :

वैयक्तिक मनोविज्ञान तथा समाज या समूह मनोविज्ञान के बीच विरोध, जो पहली दृष्टि में सार्थकता से पूर्ण लग सकता है, अधिक निकट से परीक्षण करने पर अपनी अधिकांश तीक्षणता खो देता है। यह सत्य है कि वैयक्तिक मनोविज्ञान का संबंध व्यक्तिगत मनुष्य से है तथा यह उन मार्गों की खोज करता है जिनके द्वारा व्यक्ति अपनी मूलवृत्तियों की संतुष्टि खोजता है, लेकिन कदाचित् ही और विशिष्ट अपवादिक परिस्थतियों के अंतर्गत ही वैयक्तिक मनोविज्ञान इस स्थिति में होता है कि इस व्यक्ति के अन्य व्यक्तियों के साथ संबंधों की उपेक्षा कर सके। व्यक्ति के मानसिक जीवन में कोई अन्य व्यक्ति मॉडल के रूप में, लक्ष्य के रूप में, सहायक के रूप में, विरोधी के रूप में, निरपवाद रूप से सम्मिलित होता है और इसलिए आरंभ से ही वैयक्तिक मनोविज्ञान एक ही समय में समाज मनोविज्ञान भी होता है–इस विस्तारित लेकिन (शब्द के) पूर्ण रूप से न्यायसंगत अर्थ में।[4]

बहुत प्रारंभ के समय से ही व्यक्ति एक सामाजिक वातावरण में होता है, और एक बार जब उसकी शारीरिक आवश्यकताओं की पूर्ति हो जाती है तो वह किसी अन्य व्यक्ति के संबंध में *सामाजिक मनोवैज्ञानिक* आवश्यकताएं विकसित कर लेता है। एक आधारभूत *सामाजिक-मनोवैज्ञानिक* समस्या दो व्यक्तियों के बीच संबंध (को समझने) की है।

व्यक्तित्व के विकास में दो व्यक्तियों के बीच अंतरव्यक्तिगत संबंध ही एकमात्र महत्वपूर्ण वस्तु नहीं है। एक ओर राजनीतिक और आर्थिक कारक और दूसरी ओर वातावरण के भौतिक कारक इसके गढ़न में भूमिका निभाते हैं। लेकिन व्यक्तित्व अपना विकास माता-शिशु के संबंध में ही प्रारंभ करता है। इस संबंध के द्वारा ही व्यक्ति सभ्य बनता है और समाज का सदस्य बनता है। यदि यह सत्य है कि व्यक्तित्व कुंठा के द्वारा विकसित होता है, तो बालक जो आदिम और असभ्य होता है, प्राथमिक रूप से अन्तर-व्यक्ति संबंधों के नैराश्य द्वारा एक सामान्य सभ्य वयस्क बनता है। यह ठीक से स्पष्ट होना चाहिए कि मनुष्य की आधारभूत शारीरिक आवश्यकताएं कुंठित नहीं हो सकतीं या कुछ सीमा तक कुंठित हो सकती हैं। उदाहरण के लिए, भोजन की आवश्यकता का संपूर्ण नैराश्य मनुष्य के जीवन की हानि में परिणित होगा और इसके फलस्वरूप समाज अपने सदस्यों को भूखा रखकर सभ्य नहीं बना सकता। लेकिन समाज अंतरव्यक्तिगत संबंधों को कुंठित कर सकता है और हम सभी जानते हैं कि समाज शिशु के साथ जन्म से ही ऐसा करता है। इसके परिणामस्वरूप सामाजिक कुंठा (निराशा) की प्रक्रिया के द्वारा जैसे-जैसे हमारे व्यक्तित्व का विशिष्टीकरण (विभेदीकरण) होता है हम सभ्य होते जाते हैं। यह मनोविश्लेषण सिद्धांत की आधारभूत खोज है जिस पर अब हम वापिस लौटते हैं।

4. क्षेत्र सिद्धांत के एक प्रकार के रूप में मनोविश्लेषण सिद्धांत

व्यक्तित्व की संरचना के विस्तृत स्वरूप और मनोवैज्ञानिक क्षेत्र की संरचना से संबंधित विविध सिद्धांतों में मनोविश्लेषण सिद्धांत सबसे अधिक व्यवस्थित है और अधिक विस्तृत सोच-विचार करने की सबसे अधिक योग्यता रखता है। इस सिद्धांत में बहुत से बिन्दु हैं जिन्हें प्रणाली संबंधी स्पष्टीकरण की आवश्यकता है। इसके स्थापक फ्रायड प्राथमिक रूप से मेडिकल व्यवसायी थे न कि सिद्धांतपरक वैज्ञानिक। निस्संदेह ही, जैसे-जैसे मनोगतिकी का विज्ञान उन्नति करता है, फ्रायड ने जो कुछ कहा उसके अधिकांश भाग के स्वरूप (फॉर्म) में तथा उसके कुछ भाग की विषय वस्तु (कंटॅन्ट) में संशोधन और परिवर्तन होगा। लेकिन यह निश्चित है : आधुनिक मनोविकृति विज्ञान जितना सिगमण्ड फ्रायड का ऋणी है उतना किसी भी एक व्यक्ति का नहीं। अगले तीन अध्याय फ्रायड के मनोविश्लेषण सिद्धांत के वर्तमान स्वरूप के आधारीय बिन्दुओं को विकसित करने का प्रयास करेंगे। हम सकारात्मक प्रतिपादन के अंत तक अपनी

आलोचना को सुरक्षित रखेंगे क्योंकि लेखक ने देखा है कि यदि फ्रायड के सिद्धांत को सकारात्मक रूप से प्रस्तुत किया जाए तो विद्यार्थी उसे अधिक अच्छी तरह समझ पाएगा। इस सकारात्मक प्रस्तुतीकरण के पश्चात् हम इसकी कुछ कमियों को देखने का प्रयास करेंगे और उनकी तुलना व्यक्तित्व की उत्पत्ति के कुछ प्रतिस्पर्द्धी सिद्धांतों के साथ भी करेंगे।

5. सारांश

1. समलक्षणी (फीनोटाइपिकल) विवरणों पर आधारित वर्गीकरण विज्ञान (लक्षण विज्ञान खण्ड II की विषय वस्तु), जीनोटाइपिकल (जीनप्रारूपी) विवरणों (मनोगतिकी सिद्धांत खण्ड III की विषय-वस्तु) पर आधारित सुव्यवस्थित व क्रमबद्ध विज्ञान के रूप में विकसित होने की ओर प्रवृत्त है। सुव्यवस्थित विज्ञान क्षेत्र सिद्धांती हैं। आधुनिक मनोविकृति विज्ञान क्षेत्र-सिद्धांती होने की ओर प्रवृत्त है।
2. जैसे-जैसे सभी विज्ञान सुव्यवस्थित होते हैं, वैसे ही विविध प्रतिस्पर्धी सिद्धांतों के प्रकट होने की प्रवृत्ति हो जाती है। मनोविकृतिविज्ञान के विविध प्रतिस्पर्धी सिद्धांतों के बावजूद ये सभी सिद्धांत कुछ विशिष्ट मूलभूत विषयों पर सहमति रखते हैं। ये सूचीबद्ध किए हैं।
3. मनोवैज्ञानिक क्षेत्र के भीतर व्यक्तित्व में परिवर्तन लाने वाले सबसे महत्वपूर्ण अवरोध हैं—अंतरव्यक्तिगत संबंधों का सामाजिक नैराश्य।
4. सर्वप्रथम फ्रायड ने इनके महत्व को स्थापित किया और उन्होंने सबसे पहले व्यक्तित्व की उत्पत्ति के एक व्यवस्थित सिद्धांत का विकास किया था।

संदर्भिका

श्रेणी सिद्धांत और क्षेत्र सिद्धांत में भेद करने के लिए लैविन (1935) बैन्टली, फॉन बर्टालॅन्फी, ब्राउन (1934, 1936, 1936सी) को देखें। व्यक्तित्व की उत्पत्ति में अंतरव्यक्तिगत संबंधों के सामाजिक नैराश्य का विशेष महत्व है इसकी सूची मनोविश्लेषकों की सभी रचनाओं में दी गई है, जिससे हमारा संबंध आगे आने वाले अध्यायों में होगा। सलीवन (1938) ने भी इस दृष्टिकोण की अच्छी अभिव्यक्ति की है। फ्रायड की *ऑटोबायोग्राफी* (1935), *हिस्ट्री ऑफ द साइकोएनालिक मूवमेंट* (1917) तथा इन्ट्रोडकट्री लेक्चर्स (1920), सभी पुस्तकें उनके द्वारा मनोविश्लेषण सिद्धांत की स्थापना से संबंध रखती हैं। संदर्भ के लिए विटिल्स, ज़्वीग, विंकलर तथा ब्रॉमबर्ग की रचनाएं भी। मनोविश्लेषण को क्षेत्र सिद्धांत के एक प्रकार की भांति देखना चाहिए यह तर्क लेखक (1940) तथा एलेक्जेंडर (1940) द्वारा प्रस्तुत किए गए हैं।

संदर्भ

1. इन संरचनाओं (कनूस्ट्रक्ट्स) की प्रणाली संबंधी उपयुक्तता के प्रश्न को यहां विस्तारपूर्वक प्रस्तुत नहीं कर सकते। कुछ मनोवैज्ञानिकों द्वारा ऐसी सैद्धांतिक संकल्पनाओं का विकास करने का प्रयास जो गणितीय ढंग से अकाट्य भी होंगे, आधुनिक मनोविज्ञान के सबसे महत्वपूर्ण सैद्धांतिक प्रयासों में से एक है। संदर्भ लॅविन (1936, 1938), टॉलमॅन, हल, ब्राउन (1936 सी)।
2. क्लास-थ्योरिटिकल तथा फील्ड-थ्योरिटिकल के बीच विभेदीकरण सर्वप्रथम लेखक (1934) द्वारा स्थापित किया गया था। यह विभेदीकरण करते समय लेखक लेविन (1933) से बहुत प्रभावित थे जो स्वयं कैसिरर से प्रभावित थे।
3. जे.एफ. ब्राउन, 'साइकोलॉजी एण्ड द सोशल ऑर्डर' मॅक्ग्रो-हिल बुक कम्पनी, इन्क, न्यूयॉर्क, 1936, पृष्ठ 35-41 से उद्धृत। कुछ ऐसे पैरों को छोड़ दिया गया है जो दोनों दृष्टिकोणों के समाजशास्त्रीय उदाहरणों को देते हैं।
4. एस. फ्रायड, 'ग्रूप साइकोलॉजी एण्ड एनालिसिस ऑफ दी ईगो', इंटरनेशनल साइको-एनालिटिक लाइब्रेरी, लंदन, 1922, पृष्ठ 1-2 से।

अध्याय-9

मनोविश्लेषणवाद : मूलभूत आधारतत्व, व्यक्तित्व की संरचना का सिद्धांत

1. मनोविश्लेषणवाद का इतिहास

हम पहले ही यह देख चुके हैं (अध्याय II) कि उन्नीसवीं शताब्दी के उत्तरार्द्ध में किस प्रकार सिगमण्ड फ्रायड ने उन्माद (हिस्टीरिया) और सम्मोहन (हिपनॉसिस) के बीच अंतर्संबंधों का ब्यौरा देने के लिए किस प्रकार एक गत्यात्मक सिद्धांत का विकास किया। उन्होंने इस सिद्धांत को एक चिकित्सकीय प्रविधि के आधार पर विकसित किया। उन्होंने यह देखा कि, यदि वह उन्मत्त (हिस्टॅरिक) व्यक्ति के व्यक्तित्व के चेतन भाग के द्वारा उस द्वंद्व को स्वीकार करा पाते थे जो द्वंद्वात्मक लालसाओं में से किसी एक को दमन (रिप्रेशन) के द्वारा अचेतन में ले जाने का रास्ता दिखाता था, तो उन्माद (हिस्टीरिया) के लक्षण गायब हो जाते थे। इस विधि को मनोविश्लेषण विधि कहते थे जो मनस्तंत्रिकातापों (साइकोन्यूरीसीज़) में से एक का उपचार करने के लिए एक विशिष्ट प्रविधि के रूप में प्रारंभ हुई। इस शालीन आरंभ से मनोविश्लेषण, मनोवैज्ञानिक व्यवहार का हमारे पास उपलब्ध सबसे अधिक व्यवस्थित सिद्धांत के रूप में और निस्संदेह कुछ आधारभूत मानसिक विकृतियों के लिए हमारे पास उपलब्ध सबसे अधिक सफल चिकित्सा-प्रणाली के रूप में विकसित हुआ है। उन्माद और सम्मोहन के बीच संबंध होने की धारणा शाको और बर्नहईम के द्वारा स्थापित की गई। फ्रायड ने प्रारंभ में ही जोज़ेफ़ ब्रूअर का सहयोग प्राप्त कर लिया और वे उनके विरेचक सिद्धांत (कॅथार्टिक थ्योरी) से परिचित थे। लेकिन वास्तविक मनोविश्लेषण में समस्त महत्वपूर्ण आरंभिक अनुसंधान फ्रायड द्वारा अकेले ही किया गया। शीघ्र ही यह स्पष्ट हो गया कि फ्रायड का मनोविश्लेषण केवल मनोविकृति के लिए ही नहीं बल्कि एक ओर तो अत्यधिक विविध प्रकार की चिकित्सकीय समस्याओं के लिए और दूसरी ओर समाजशास्त्रीय और नृशास्त्रीय समस्याओं के लिए महत्वपूर्ण निहितार्थ रखता है। शीघ्र ही फ्रायड ने स्वयं को अनुसंधानकत्ताओं के एक गंभीर समूह के केन्द्र में पाया जो आधुनिक मनोविश्लेषण का विकास करने के लिए नियत थे। मनोविश्लेषकों ने, यह जानने के पश्चात् कि कुछ

मनस्तंत्रिकाताप (साइकोन्यूरोसीज़) मनोविश्लेषणात्मक उपचार के अधीन थे, और फिर इनकी व्याख्या करने के लिए हेतु-विज्ञान (ईशियोलॉजी) का सिद्धांत भी विकसित कर लिया तो फिर उन्होंने यह पाया कि मनस्तंत्रिकाताप (साइकोन्यूरोसिस), मनोविक्षिप्ति (साइकोसिस) तथाकथित 'मनोरोगमय चारित्रिक विकृतियां या साइकोपॅथिक कॅरेक्टर डिस्ऑर्डर्स' तथा काम विकृति, संबंधित घटनाएं हैं। आगे उन्होंने यह भी पाया कि विशेष प्रकार के ये व्यवहार संबंधी कुसमायोजन मुख्य रूप से जीवन के प्रारंभिक वर्षों में हुए अनुभवों का परिणाम हैं। उन्होंने यह भी दिखाया कि यह सभी कुसमायोजन वस्तुतः तथाकथित 'सामान्य' मानसिक संरचनाओं की अतिरंजना या विकार मात्र हैं। अंत में उन्होंने यह भी प्रदर्शित किया कि जिन घटनाओं का हम सभी अनुभव करते हैं जैसे स्वप्न, तथा दैनिक जीवन में की गई त्रुटियां, वे व्यवहार संबंधी कुसमायोजनों के साथ अधिक गंभीर स्वरूप से संबंधित हैं।

निस्संदेह ये सभी अन्वेषण एक रात्रि में ही नहीं हुए थे। उन्माद के बारे में पहला संवाद जो फ्रायड ने ब्रूअर के सहयोग में किया गया, 1893 में प्रकाशित हुआ। फ्रायड अपनी मृत्यु के वर्ष, 1939 तक अपनी रचनाओं को प्रकाशित कर रहे थे। इस प्रकार उनके प्रमुख योगदान लगभग 50 वर्ष के समय में फैले हुए हैं। अग्रलिखित पंक्तियों में फ्रायड के वैज्ञानिक पेशे के इतिहास की कुछ युगान्तरकारी घटनाएं रेखांकित की गई हैं। प्रस्तुत और आगामी अध्यायों में उन तकनीकी पारिभाषिक शब्दों को विस्तार से विकसित किया जाएगा जो पाठक के लिए अभी अपरिचित हैं।

1856, फ्रायड का जन्म फ्राइडबर्ग, मोराविया में यहूदी माता-पिता के घर में हुआ। 1860 में परिवार निवास-परिवर्तन करके वियना चला गया, जहां फ्रायड का बचपन बीता, शिक्षा हुई तथा अधिकांश जीवन वहीं व्यतीत हुआ।

1873, फ्रायड ने वियना विश्वविद्यालय में प्रवेश किया जहां उन्होंने चिकित्सशास्त्र (आयुर्विज्ञान) का अध्ययन किया तथा महान शरीर क्रिया विज्ञानी ब्रूक के सहायक के रूप में कार्य किया।

1881, फ्रायड विश्वविद्यालय के स्नातक हुए तथा वियना के सार्वजनिक अस्पताल में प्रवेश किया, जहां उन्होंने मुख्य रूप से तंत्रिका विज्ञान में कार्य किया तथा इससे संबंधित बहुत से महत्वपूर्ण लेख प्रकाशित किए।

1885, शाको के साथ पेरिस में तंत्रिका विज्ञान का अध्ययन किया, 1886 में वियना में व्यक्तिगत या गैर सरकारी (प्राइवेट) व्यवसाय करने वापिस आ गए।

1893, जोसेफ़ ब्रूअर के साथ *साइकिक मैकेनिज़्म्स ऑफ हिस्टॅरिकल फिनॉमिना का* आरंभिक प्रकाशन।

1895, ब्रूअर के साथ *स्टडीज इन हिस्टीरिया*। वर्ष 1890 से 1895 के काल में फ्रायड ने हिस्टीरिया के बहुत से रोगियों का उपचार किया। इस अवधि में उन्होंने ट्रोमॅटा सिद्धांत और रेचक चिकित्सा-प्रणाली (कॅथार्टिक थ्योरी) जिसकी उत्पत्ति ब्रूअर के साथ हुई थी, छोड़ दी तथा वास्तविक मनोविश्लेषण के लिए आधार विकसित किया। इसके

कुछ समय पश्चात् ही ब्रूअर ने फ्रायड के साथ सहयोग को समाप्त कर दिया लेकिन ब्रूअर की मृत्यु तक ये दोनों मित्र बने रहे।

1900, *दी इंटरप्रिटेशन ऑफ ड्रीम्स* का प्रकाशन जिसमें स्वप्नों के मनोविश्लेषण सिद्धांत पर प्रकाश डाला गया है। अध्याय XI में हम इसके संबंध में बात करेंगे।

1904, *साइकोपॅथोलॉजी ऑफ एवरी डे लाइफ* का प्रकाशन जो त्रुटियों (लैप्सिज़) के मनोविश्लेषण विज्ञान की व्याख्या करती है जिसका विकास हम अध्याय XI में करेंगे।

1905, *थ्री कंट्रीब्यूशंस ऑफ दी थ्योरी ऑफ सेक्स* का प्रकाशन, मनोलैंगिक उत्पत्ति (साइकोसेक्चुअल जेनेसिस) के सिद्धांत का प्रतिपादन जिससे हमारा संबंध अध्याय X में होगा।

1905-1909, मनोविश्लेषण सिद्धांत और तंत्रिकाताप (न्यूरोसिस) पर विविध तकनीकी मेडिकल लेखों का प्रकाशन।

1909, क्लार्क विश्वविद्यालय को जाना तथा अमरीका को मनोविश्लेषण का परिचय देना। ये भाषण मनोविश्लेषण सिद्धांत का प्रथम लोकप्रिय प्रस्तुतीकरण थे।

1910, न्यूरेमबर्ग में पहला अंतरराष्ट्रीय मनोचिकित्सक सम्मेलन का आयोजन होना।

1915, *द अनकांशस* का प्रकाशन जिसमें अचेतन के स्वरूप और प्रकृति के बारे में अत्यधिक महत्वपूर्ण विचार-विमर्श निहित हैं, इसके बारे में हम इस अध्याय में बात करेंगे।

1918, जर्मन भाषा में *इन्ट्रोडक्शन टू साइकोएनालिसिस* का प्रकाशन।

1920, *बियॉन्ड द प्लॅजर प्रिन्सिपल* का प्रकाशन जो डैथ इंसटिंक्ट (मरणवृत्ति) की धारणा का परिचय देता है तथा इस अध्याय में हम इसके सबंध में बात करेंगे।

1923, *द ईगो एण्ड द इड* का प्रकाशन जो हमें व्यक्तित्व की संरचना का मनोविश्लेषण सिद्धांत देता है जिसके बारे में हम इस अध्याय में बात करेंगे तथा *द प्रॉब्लम ऑफ एंग्ज़ाइटी का* प्रकाशन जो तंत्रिकाताप (न्यूरोसिस) में दुश्चिंता (एंग्ज़ाइटी) की भूमिका के अंतिम (फाइनल) सिद्धांत प्रस्तुत करता है।

1925-1939, फ्रायड चिकित्सकीय मनोविज्ञान के क्षेत्र में पुस्तकें प्रकाशित करते रहे लेकिन इस अवधि में उनकी सबसे महत्वपूर्ण रचनाएं *द फ्यूचर ऑफ एन इल्यूज़न, सिविलाइज़ेशन एण्ड इट्स डिस्कंटॅन्टस, मोज़िज़ एण्ड मॉनोथीइज़्म* समाजशास्त्र और सामाजिक दर्शन से संबंधित थीं। 1939 में लंदन में उनकी मृत्यु हो गई।

इस पूरे समय में आरंभ से अंत तक, किसी भी स्वस्थ और विकासशील विज्ञान की भांति, फ्रायड के मनोविश्लेषण के आधारभूत ढांचे में कई बार परिवर्तन हुआ है। अधिकांश पाठ्य पुस्तकों में इसके प्रस्तुतीकरण में मुख्य दोष यह है कि इनमें बहुधा मनोविश्लेषण का प्रारंभिक और अधूरा स्वरूप ही दिया गया है। हम इस पुस्तक में इस सिद्धांत को उस रूप में देने का प्रयास करेंगे जैसा कि यह आज है।

वर्ष 1900 के बाद केन्द्रीय यूरोप में और 1911 के बाद पूरे विश्व में फ्रायड के शिष्य फैल गए थे। इनमें मनोविश्लेषक सी.जे. युंग और एल्फ्रैड एडलर थे जिन्होंने बाद में मनोविश्लेषण सिद्धांत में निश्चित संशोधन प्रस्तुत किए और मुख्य आंदोलन को छोड़ दिया। यह सिद्धांत धीरे-धीरे पूरे सभ्य संसार में फैल गया है। महत्वपूर्ण मनोविश्लेषणात्मक तथ्यों को खोजने वाले और नवीन सैद्धांतिक संरचनाओं को प्रस्तुत करने वाले अन्य मनोवैज्ञानिकों में हम अब्राह्म, फॅरेन्जी, एलेक्जेन्डर, डॉएश तथा रीख़ के नाम का उल्लेख कर सकते हैं। फ्रायड का मनोविश्लेषणवाद अमेरिका तक जी. स्टॅनले हॉल और हार्वर्ड के प्रोफेसर पुटनॅम के द्वारा लाया गया। इस देश में न्यूयॉर्क के चिकित्सक ए.ए. ब्रिल ने भी इसे आगे बढ़ाया। इंग्लैंड में इस सिद्धांत को स्थापित करने वालों में अर्नेस्ट जोन्स सबसे महत्वपूर्ण हैं।

आज संसार में सैकड़ों योग्य मनोविश्लेषक हैं, एक इंटरनेशनल साइकोएनालिटिकल सोसायटी है जिसका अपना प्रेस है, सभी मुख्य सभ्य देशों में नेशनल साइकोएनालिटिकल सोसाइटीज़ हैं और बड़ी संख्या में मनोविश्लेषण संबंधी लेखों के प्रकाशन को पूर्ण रूप से समर्पित पत्रिकाएं हैं।[1]

मनोविश्लेषणवाद आज व्यक्तित्व के सामान्य और असामान्य दोनों पक्षों में शोध करने के लिए एक अग्रगण्य सैद्धांतिक संप्रदाय कहा जा सकता है। 'मनोविश्लेषणवाद' के आज तीन अर्थ हैं। प्रथम, यह एक प्रविधि (टैक्नीक) है जो व्यक्ति के अचेतन और चेतन मानसिक जीवन की गतिकी (डायनैमिक्स) की जांच-पड़ताल करती है। इस संदर्भ में गतिकी का अर्थ है मानसिक बलों (साइकिक फोर्सेज) का विभाजन करना और उनके विभाजन में परिवर्तन करना। व्यक्ति के मानसिक जीवन की जांच-पड़ताल के माध्यम से मानसिक बलों (साइकिक फोर्सेज) का परिचालन (मैनीपुलेशन) करना बहुधा संभव हो जाता है जिसके परिणामस्वरूप व्यक्तित्व का पुनर्गठन होता है। अतः दूसरे अर्थ में मनोविश्लेषण मनोचिकित्सा का एक स्वरूप है जो तंत्रिकातापग्रस्त या मनोविकृतिग्रस्त या विकृत या मनोरोगी चरित्र (न्यूरोटिक, साइकोटिक या परवर्स या साइकोपॅथिक कैरेक्टर) के पुनर्गठन का प्रयास करता है जिससे कि ग्रस्त व्यक्ति अपने जीवन की समस्याओं के साथ बेहतर और अधिक सुखद समायोजन कर सके। मनोविश्लेषण की प्रविधि का एक चिकित्सा प्रणाली के रूप में प्रयोग करने से यह एक महत्वपूर्ण और सुव्यवस्थित सैद्धांतिक संरचनाओं की शृंखला के रूप में विकसित हो गई है। अतः तीसरे अर्थ में, मनोविश्लेषण मनोविज्ञान का एक संप्रदाय या प्रणाली (सिस्टम) है। इन अध्यायों में हम मुख्यतया मनोविश्लेषण के इस तीसरे अभिप्राय से ही संबंधित रहेंगे। एक व्यवस्थित मनोविज्ञान के रूप में मनोविश्लेषण के निहितार्थ हमारे समाज के 'असामान्य' वयस्क के लिए ही नहीं बल्कि 'सामान्य' वयस्क के लिए भी है। इसके अतिरिक्त मनोविश्लेषकों ने आदिम मनुष्यों के मनोविज्ञान, सौन्दर्यशास्त्र के मनोविज्ञान, धर्म के मनोविज्ञान तथा बाल मनोविज्ञान और समाज मनोविज्ञान की अनेक समस्याओं की जांच-पड़ताल की है। इस पुस्तक में हम इन जांच-पड़तालों के

बारे में बहुत कम बात करेंगे और मनोविश्लेषण के प्रविधि और उपचार संबंधी पहलुओं से हमारा संबंध केवल यदा-कदा ही रहेगा। मनोविश्लेषण की प्रविधि और चिकित्सा (थैरेपी) में इसके उपयोग के बारे में केवल एक पुस्तक के द्वारा नहीं पढ़ाया जा सकता है। इन मामलों में निपुणता प्राप्त करने के लिए मान्यता प्राप्त शिक्षकों के द्वारा वर्षों तक विशिष्ट प्रशिक्षण लेने की आवश्यकता होती है। हम प्रविधि के रूप में मनोविश्लेषण की समस्या पर खण्ड IV में लौटेंगे तथा अध्याय XII में, समाज विज्ञानों के लिए मनोविश्लेषण की उपयोगिता के बारे में कुछ कहेंगे। अभी हमारी केन्द्रीय समस्या मनोविज्ञान के एक संप्रदाय के रूप में मनोविश्लेषणवाद पर प्रकाश डालने की होगी।

2. मनोविश्लेषणवाद के आधारतत्व

आधारभूत प्रेरणा वृत्ति (बेसिक अर्ज़) का सिद्धांत : विज्ञान की आधारभूत अभिधारणा का अर्थ है वे सैद्धांतिक निर्मिति (कन्स्ट्रक्ट्स) जो एक विज्ञान के तथ्यों को व्यवस्थित क्रम देने के आरंभिक बिन्दु हैं। एक स्वस्थ सुव्यवस्थित विज्ञान में तथ्य या आंकड़े और सिद्धांत या निर्मितियां हाथ और दस्ताने की भांति परस्पर जुड़े होते हैं। कुछ तथ्यात्मक अवलोकन एक सिद्धांत या परिकल्पना का आधार बनते हैं और फिर यही सिद्धांत या परिकल्पना सुझाती है कि नए तथ्य कहां से एकत्रित किए जा सकते हैं। मनोविश्लेषणवाद ने सदैव सिद्धांत और तथ्य के बीच में इस घनिष्ठ प्रकार का समन्वय प्रदर्शित किया है। इसने तथ्यों के विशाल क्रम विन्यास को उद्‌घाटित किया है जो अपने सिद्धांतों के परिणाम से अलग होकर पर्याप्त वैध हैं। लेकिन इतना अवश्य है कि इन सिद्धांतों के बिना इन तथ्यों की कदाचित् ही खोज हो पाती। इस अध्याय में हम उन आधारिक अभिधारणाओं को प्रस्तुत करेंगे जिनका प्रयोग व्यक्तित्व की उत्पत्ति के बारे में तथ्यों का विवरण देने के लिए किया जाएगा, जिनको अगले अध्याय में प्रस्तुत करेंगे। फिर भी पाठक को यह चेतावनी दी जाती है कि कुछ तथ्य और सिद्धांत इस अध्याय में भी प्रस्तुत किए जाएंगे।

चूंकि फ्रायड उन्नीसवीं शताब्दी के अंत में लेखन कार्य में रत जीव-विज्ञान संबंधी वैज्ञानिक थे अतः उनके लिए अपने समय में प्रचलित मूलप्रवृत्ति के जीव-विज्ञान (इल्सटिन्क्ट बायोलॉजी) में से कुछ लेना स्वाभाविक था। पहली महत्वपूर्ण मनोविश्लेषणात्मक अभिधारणा जीव-विज्ञान द्वारा अनुकूलित मूलप्रवृत्तियों, चालनाओं तथा प्रेरणाओं की है। मूलप्रवृत्तियों, चालनाओं तथा प्रेरणाओं की चर्चा करना आवश्यक है क्योंकि 'मूलप्रवृत्तियों' अर्थात् *ट्रीब* की फ्रायड की संकल्पना अंग्रेजी शब्द 'इन्सटिंक्ट्स' (मूलप्रवृत्तियों) तथा 'ड्राइव' (चालनाओं) के बीच में आता है तथा संभवतया इसका सबसे अच्छा अनुवाद 'अर्ज' या लालसा शब्द में हो सकता है। चूंकि फ्रायड स्वयं प्रायः 'इन्सटिन्क्ट्स' शब्द का प्रयोग करते थे और चूंकि उनके इस (शब्द के) प्रयोग का

अनुगमन किया गया है, अतः हमें भी यह शब्द प्रयोग करना चाहिए। पाठक से इस शब्द के सही अर्थ को ध्यान में रखने का अनुरोध किया जाता है। हम बाद में देखेंगे कि ऐसी मूलप्रवृत्तियों की अभिधारणा की आलोचना प्रणाली संबंधी आधार पर की जा सकती है लेकिन अभी तो हमें यह देखना है कि फ्रायड ने इनके बारे में क्या कहा है। फ्रायड के अनुसार, मनुष्य ने कहीं अपने जातिवृत्त इतिहास (फाइलोजैनेटिक हिस्ट्री) में कुछ विशिष्ट जन्मजात, अपठित संघर्ष (अनलर्न्ड स्टाइविंग्स) या लालसाओं (अर्जिज़) या मूलप्रवृत्तियों (इंसटिन्क्ट्स) को प्राप्त किया है। फ्रायड की मूलप्रवृत्तियां पशु मनोवैज्ञानिकों की विशिष्ट मूलप्रवृत्तियों की पर्यायवाची नहीं हैं क्योंकि वे विशिष्ट पर्यावरणपरक लक्ष्यों के साथ संबद्ध नहीं हैं। बल्कि ये वस्तुतः अभिगृहीत आधारिक मानसिक शक्तियां हैं जो जन्मजात और अपठित हैं। व्यक्ति किसी विशेष समय पर जो कुछ भी है या जो कुछ भी वह करता है इसका निर्धारण ये लालसाएं (अर्जिज) उसके व्यक्तित्व की मौजूदा संरचना के माध्यम से उसके (अर्थात् व्यक्ति के चारों तरफ के) वातावरण में कार्य करके करती हैं। हम व्यवहार करते हैं इसका एकमात्र कारण लालसाओं की प्रेरणादायक शक्ति है। ये लालसाएं व्यक्ति के जीवन के अनुभवों से और विशेषकर जीवन के प्रारंभिक अनुभवों से संशोधित या परिवर्तित होती हैं लेकिन अपने सब्सटैन्स या सार तत्व में वे जैविक रूप से निर्धारित ही रहती हैं। चूंकि व्यक्ति जो कुछ भी करता है या जिस बारे में सोचता है उसके मूल में ये जैविक प्रकृति की लालसाएं ही निहित रहती हैं, *अतः जैविक तथा मनोवैज्ञानिक विकास अलग न किए जा सकने वाले रूप से अंतःसंबंधित हैं*। लालसा (अर्ज) की तीव्रता और दिशा अनुभव से संशोधित और परिवर्तित होती हैं, लेकिन अपने सरल और साधारण रूप में ये वंशानुक्रमगत संरचना का हिस्सा होती हैं। अतः इसके परिणामस्वरूप, मनोविश्लेषणवाद मनुष्यों की जैविक संरचनाओं के मतभेद (वेरिएन्स) में विश्वास रखता है। यह बात यहां इसलिए बताई जा रही है क्योंकि इसकी आलोचना करने वाले कायिक (सोमैटोजेनिक) विचारधारा के व्यक्ति मनोविश्लेषकों पर एक सहज मनोजन्य (साइकोजेनिक) दृष्टिकोण को स्वीकार करने का असत्य आरोप लगाते हैं। मूलप्रवृत्यात्मक लालसाओं की तीव्रता और दिशा में परिवर्तन निश्चित रूप से एक सामाजिक वातावरण में लाए जाते हैं। लेकिन फ्रायड ने कभी समस्त व्यवहार को मनोवैज्ञानिक रूप से अनुकूलित नहीं माना। बल्कि, आरंभ से ही वे सदैव सामाजिक मनोजैविक (सोशियो-साइको-बायलॉजी) भाषा में बात करते रहे।

फ्रायड के अनुसार, दो बुनियादी मूलवृत्तियां या लालसाएं (इंसटिक्ट, अर्जिज़) होती हैं। अपनी आरंभिक रचनाओं में उन्होंने सबसे अधिक ईरोस[2], जीवनवृत्ति या प्रेम की मूलवृत्ति का प्रयोग किया, परिणामतः फ्रायड के आरंभिक लेखों ने व्यापक रूप से इस धारणा को जन्म दिया कि फ्रायड यह कहना चाहते थे कि सब कुछ सेक्स (कामवृत्ति) के कारण होता है। यह सत्य है कि ईरोस या जीवनवृत्ति व्यापक अर्थ में लिए गए यौन व्यवहार का स्रोत है जिसे फ्रायड ने 'सेक्स या कामवृत्ति' नाम दिया। जीवनवृत्ति की

वह ऊर्जा जिसे व्यक्तियों के घनिष्ठ शारीरिक संपर्क में आने से निकास मिलता है कामप्रवृत्ति (लिबिडो) कहलाती है। लिबिडो को प्रायः जीवनवृत्ति के साथ भ्रमित किया जाता है जबकि ऐसा नहीं किया जाना चाहिए क्योंकि लिबिडो जीवनवृत्ति का भाग है। जीवनवृत्ति उन सभी शक्तियों का स्रोत है जो व्यक्ति को निर्माण करने, रचना करने तथा स्वयं का और अपनी प्रजाति का संरक्षण करने के लिए बाध्य करती है। इस प्रकार घर बनाने या पोषण प्राप्त करने को उतना ही ईरोस (जीवनवृत्ति) की मूलप्रवृत्ति से उत्पन्न समझा जाना चाहिए जितना कि यौन जीवन को। हम अगले अध्याय में देखेंगे कि यौन जीवन से फ्रायड का अभिप्राय केवल उससे ही नहीं था जिसे हम प्रचलित भाषा में सेक्स (यौन) अर्थात् वयस्कों के बीच सामान्य विषम लैंगिक संबंध के रूप में परिभाषित करते हैं, बल्कि मनुष्यों के बीच में होने वाले उस समस्त व्यवहार से था जिसमें वे परस्पर घनिष्ठ शारीरिक संपर्क में आते हैं। अतः जीवनवृत्ति की संकल्पना में फ्रायड उन्नीसवीं शताब्दी के जीव वैज्ञानिकों की मुख्य मूलवृत्तियों, अर्थात् आत्मसंरक्षण और प्रजाति के संरक्षण की मूलवृत्तियों को सम्मिलित करते हैं। शरीर विज्ञान की दृष्टि से, वैयक्तिक जीव को कायम रखने और उसकी वृद्धि का कारण बनने वाली मूलभूत प्रवृत्ति को जीवनवृत्ति समझा जा सकता है। मनोवैज्ञानिक दृष्टि से, यह यौन संबंधी मनोवेग और परिरक्षी (प्रिज़र्वेटिक) मनोवेग (इम्पल्सिज़) उत्पन्न करती है जिसमें भोजन लेने के अतिरिक्त वे सभी क्रियाएं निहित होती हैं जिन्हें हम भौतिक वातावरण से अपने शरीर की रक्षा करने के लिए करते हैं जैसे घर बनाना, कपड़े बनाना आदि। जीवनवृत्ति समस्त सर्जनात्मक बौद्धिक क्रिया का मनोवैज्ञानिक स्रोत भी है।

1919 के बाद के अनुसंधानों में फ्रायड ने यह पाया कि मनुष्य आधारभूत रूप से सर्जनात्मक, परिरक्षी और जीवनवृत्ति से अभिप्रेरित मात्र ही नहीं होता बल्कि यह भी कि कम से कम कुछ परिस्थितियों के अंतर्गत मनुष्य घृणा और प्रेम करते हैं, विनाश और सर्जन करते हैं, बिगाड़ते और बनाते हैं। उन्होंने यह अन्वेषण मुख्य रूप से इन अवलोकनों से किया कि व्यक्ति बार-बार दूसरे व्यक्तियों से उतना ही घृणा करते हैं और उन्हें नष्ट करने की इच्छा रखते हैं जितना कि उन्हें प्रेम करते हैं या उन्हें खुश करने की इच्छा रखते हैं। उन्होंने आगे यह भी देखा कि मनुष्यों के मन में केवल मानवघाती इच्छाएं ही नहीं होतीं बल्कि वे मन में आत्मघाती इच्छाएं भी रखते हैं। अंत में वे इस प्रश्न को उठाने के लिए बाध्य हुए कि आखिरकार व्यक्ति मरता क्यों हैं? अतः उन्होंने थैनाटोस[3] की मूलवृत्ति को भी माना जिसे मरण-वृत्ति या घृणा-वृत्ति भी कहते हैं। शरीर-विज्ञान की दृष्टि से यह मूलवृत्ति उस बल का प्रतिनिधित्व करती है जो जैविक जीवन (ऑर्गेनिक लाइफ) को नष्ट करता है और इसलिए जैविक पदार्थ अजैविक स्थिति में वापिस ले जाता है। मनोवैज्ञानिक दृष्टि से, मरणवृत्ति विद्वेषी या आक्रमणशील व्यवहार को, आक्रमणशील यौन क्रिया-कलापों को आत्म और जातिगत विनाश को उत्पन्न करती है। यह विनाशकारी बौद्धिक क्रिया जैसे आलोचना, व्यंग्य या वाद-विवाद में भी अपना (अपनी उपस्थिति का) एहसास कराती है।

जिस प्रकार पहले 'प्रत्येक वस्तु को यौन भावना पर आरोपित करने के लिए' फ्रायड की निन्दा की गई थी उसी प्रकार बाद के आलोचकों ने 'प्रत्येक वस्तु को आक्रमण पर आरोपित' करने के लिए उनकी निंदा की। फिर भी मरण-वृत्ति को अपनाने पर भी फ्रायड ने जीवन-वृत्ति को किसी भी प्रकार नहीं छोड़ा। चूंकि जीवन आगे चलता रहता है अतः हमें इसका हिसाब रखना पड़ेगा। इसके अतिरिक्त, मूलप्रवृत्ति का सिद्धांत मनोविश्लेषणवाद का *आरंभिक बिन्दु* है *आधारशिला* नहीं। इस अध्याय में और अगले अध्याय में जिन तथ्यों की व्याख्या करनी है उनका विवरण हम यह मानकर दे सकते हैं कि आक्रमण की वृत्ति व्यक्ति जीवन के प्रारंभ में ही प्राप्त कर लेते हैं और सर्जनात्मक लालसाओं के नैराश्य से इसकी उत्पत्ति होती है। जैसा कि एलेक्ज़ेण्डर[1] ने बताया कि इस तरह ईर्ष्या के कारण प्रेम को खो देने के परिणामों का भय, मरण-वृत्ति को माने बिना ही आक्रामकता (एग्रेशन) को जगाता है। प्रेम और घृणा, मूलप्रवृत्यात्मक हों या जीवन के आरंभिक वर्षों में अर्जित किए गए हों, ये सदैव हमारे साथ होते हैं। प्रेम और भय के 'तथ्य' मनोवैज्ञानिक आंकड़े हैं जो सिद्धांत से स्वतंत्र होते हैं।

ईरोस और थैनाटोस–दोनों मूलवृत्तियों को विरोधी या परस्पर स्वाधीन बलों की भांति नहीं देखना चाहिए। प्राथमिक रूप से जीवनवृत्ति से अभिप्रेरित व्यवहार में मरण-वृत्ति के बलवान् घटक हो सकते हैं तथा प्राथमिक रूप से मरण-वृत्ति से अभिप्रेरित व्यवहार में कामविषयक (इरॉटिक) मूलवृत्ति के बलवान् घटक हो सकते हैं। केवल सर्जनात्मक प्रवृत्तियों (अर्ज) के द्वारा विनाशकारी प्रवृत्तियों को प्रभावहीन करके ही हम जीवन चला पाते हैं। अंत में जब जीवन वृत्ति मरण-वृत्ति को निष्प्रभाव करने के लिए पर्याप्त बलवान् नहीं रहती तब वृद्धावस्था और मृत्यु आती है। दो मूलप्रवृत्तियों का यह अंतःमिश्रण फ्रायड के *द्वैधवृत्ति (एम्बीवेलॅन्स)* के सिद्धांत को प्रस्तुत करता है। एक पुरुष का एक महिला के लिए सर्वाधिक उत्कट प्रेम भी घृणा या आक्रामकता की कुछ मात्रा से स्वतंत्र नहीं होता। पुरानी कहावत 'सच्चा प्रेम कभी भी आसानी से नहीं चलता' इस तथ्य की एक लोकप्रिय अनुभूति हो सकती है। मनुष्यों के प्रेम में आक्रामता के तत्व को समझने के लिए व्यक्ति को अधिकांश महिलाओं के साथ 'गुफा मानव के दांवपेच या केवमैन टॅक्टिक्स' की लोकप्रियता, नायकों द्वारा नायिकाओं पर प्रहार करने से चलचित्र के दर्शकों को मिलने वाले असंदिग्ध सुख को समझना होगा। यहां तक कि संभोग क्रिया में प्रायः कुछ मात्रा में आक्रमणशील पीड़ा पहुंचाई जाती है। आलिंगन 'इतना उत्कट था कि पीड़ादायक था' जैसे कथन सुनने में आते हैं। चरम मामलों में हम परपीड़क हत्याओं के बारे में भी जानते हैं जिन्हें मनोरोग विज्ञानी काफी समय से काम विषयक अभिवृत्ति (इरॉटिक टेन्डेन्सी) का विकृत रूप मानते हैं। इस प्रकार आक्रमणशील प्रवृत्तियां (अर्जिज़) कामविषयक व्यवहार में बहुधा उपस्थित रहती हैं। दूसरी ओर कामविषयक प्रवृत्ति के द्वारा आक्रमणशील प्रवृत्ति को निष्प्रभाव करके ही हम अपने आलोचकों पर पिस्तौल या कोड़े से सीधे आक्रमण करने की अपेक्षा उनके

खिलाफ व्यंग्य लिखते हैं। द्वैधवृत्ति या एम्बीवेलॅन्स एक घटना (फिनॉमिनन) है जो प्रत्यक्ष व्यक्तिगत अंतर्संबंधों में ही नहीं बल्कि अधिकांश सामाजिक अभिवृत्तियों में भी पाई जाती है।

ये आधारभूत प्रवृत्तियां फिर एक हो जाती हैं, मिल जाती हैं और कभी-कभी बिखर जाती हैं। संपूर्ण जीवन को इनके बीच में एक द्वंद्व या समझौते के रूप में देखना चाहिए। जब जीवन या प्रेम की मूलवृत्ति प्रबल होती है तो जीवन चलता रहता है। जब जीवन की मूलवृत्ति इतनी बलशाली नहीं रहती कि मरणवृत्ति को प्रभावहीन कर सके तो इसका परिणाम मृत्यु होती है। व्यक्तित्व घृणा और प्रेम के बलों के बीच होने वाले संघर्ष का परिणाम है। जैसा कि फ्रायड ने स्वयं स्पष्ट किया, मनोविश्लेषण विज्ञान का यह पक्ष उतना परिशुद्ध नहीं है जितना कि हम अपेक्षा करेंगे। इसके बहुत से पक्ष काव्यात्मक और कुछ पक्ष लगभग रहस्यात्मक हैं। फिर भी ये निर्मितियां जन्म, वृद्धि, प्रजनन और अंत में मृत्यु संबंधी आधारभूत तथ्यों का विवरण देने के लिए मनोवैज्ञानिक साधन उपलब्ध कराती हैं। क्योंकि ऐसी अपरिष्कृत सामान्य संकल्पनाओं से दूसरी अधिक सुनिश्चित परिकल्पाएं सहज ही विकसित होती हैं।

मूलप्रवृत्तियां, इस प्रकार, ऊर्जा का आधारभूत स्रोत हैं जो एक ओर सबसे विविध सर्जनात्मक व्यवहारों को और दूसरी ओर सबसे विविध विध्वंसक व्यवहारों को उत्पन्न करती हैं। जन्म के समय से (तथा कुछ विश्लेषकों के अनुसार जन्म से पूर्व ही), ये व्यवहार हमारे चारों ओर के संसार के साथ द्वंद्व में आते हैं। न तो हम जिन्हें प्रेम करने की इच्छा रखते हैं उनमें से सभी को प्रेम कर सकते और न ही जिनकी इच्छा करते हैं उन सभी वस्तुओं का सर्जन कर सकते हैं। हम प्रत्येक उस व्यक्ति को नष्ट नहीं कर सकते जिससे हम घृणा करते हैं और न ही उन सबके घर जला सकते हैं। दूसरे शब्दों में घृणा और प्रेम, दोनों मूलवृत्तियां व्यक्तियों और पदार्थों दोनों के साथ संबद्ध हो जाती हैं। समाज की संरचना इस प्रकार की है कि वह हमारी बहुत सी इच्छाओं की पूर्ति में रुकावट डालता है। जिस प्रक्रिया के माध्यम से प्रेम या घृणा की मूलवृत्ति बाहर की ओर वातावरण में उपस्थित पदार्थों के साथ या अंदर की ओर स्व या सैल्फ के साथ संबद्ध हो जाती है यह *भावाभिनिवेश* (*कैथॅक्सिस*) की प्रक्रिया कहलाती है।

हम इस प्रकार वस्तुनिष्ठ (*ऑब्जेक्टिव*) और आत्ममोही (*नारसिसिस्टिक*) कैथॅक्सिस की बात करते हैं। व्यक्ति दूसरे व्यक्तियों और पदार्थों के लिए प्रेम और घृणा दोनों प्रकार के भाव रखता है और स्वयं से भी प्रेम और घृणा करता है (आत्ममोही प्रेम और घृणा)।[5] यद्यपि ये ऐसी मानसिक शक्तियां (साइकिक एनर्जीज़) नहीं हैं जिनका यथार्थ में मापन किया जा सके लेकिन अभी तक जिन संबंधों का विवेचन किया गया उन्हें समीकरणों की श्रेणियों में वर्गीकृत किया जा सकता है।[6] यदि *एल* जीवनवृत्ति की शक्तियों के कुल योग के बराबर है और *डी* मरण वृत्ति की शक्तियों के कुल योग के बराबर है और *बी* व्यवहार के बराबर हैं तो हम कह सकते हैं कि *बी=एफ (एल.डी.)*।

यदि एल > डी (एल डी से अधिक है) तो बी प्राथमिक रूप से सर्जनात्मक और यदि एल < डी (एल डी से कम है) तो विध्वंसक होगा। जब एल < < डी होता है तो इसका परिणाम मृत्यु होती है।

इसी प्रकार यदि *ओ* का अर्थ पदार्थ कामप्रवृत्ति (ऑब्जैक्ट लिबिडो), *एन* का अर्थ आत्ममोही कामप्रवृत्ति या नारसिसिस्टिक लिबिडो तथा *सी* का अर्थ स्थिर (कॉन्सटैन्ट) है तो यह मानना एक अच्छी कामचलाऊ परिकल्पना होगी कि ओ.एल.+एन.एल.= सी और यह भी कि ओ.डी.+एन.डी.= सी। अतः जब व्यक्ति किसी से अत्यधिक प्रेम करते हैं तो वे अपने बारे में बहुत कम सोचते हैं जबकि प्रेम का भाव समाप्त होने पर वे अत्यधिक आत्ममोही हो जाते हैं। इसी प्रकार यद्यपि इस बात को अभी यहां समझ पाना कठिन हो सकता है लेकिन जो व्यक्ति दूसरों से और अधिक घृणा नहीं कर सकते वे स्वयं से घृणा करने लगते हैं और हम उनमें अपराध की भावनाओं और अवसादों का विकास होते हुए देखते हैं।

ऐसी अवस्था में जन्म से ही हम प्रेम की मूलवृत्ति के साथ या घृणा की मूलवृत्ति के साथ स्वयं अपना या दूसरों का विरेचन कर रहे होते हैं (कैथॅक्टिंग)। इनमें से मात्र कुछ मामलों में ही हम जिन व्यक्तियों को प्रेम करते हैं उन्हें प्राप्त कर पाते हैं और जिनसे घृणा करते हैं उन्हें नष्ट कर पाते हैं। इनमें से कुछ इच्छाओं के नैराश्य के माध्यम से ही व्यक्तित्व की उत्पत्ति और वृद्धि होती है। कुछ नैराश्य या कुंठाएं प्राणी (ऑर्गेनिज़्म) की संरचनात्मक अनुपयुक्तता के द्वारा और भौतिक पर्यावरण द्वारा आरोपित प्रतिबंध के माध्यम से उत्पन्न होती हैं। सबसे अधिक महत्वपूर्ण कुंठाएं मनोवैज्ञानिक रूप से हमारी सामाजिक संस्थाओं अर्थात् पारिवारिक, राजनीतिक और आर्थिक संस्थाओं के माध्यम से उत्पन्न होती हैं। विशेष रूप से इन कुंठाओं के माध्यम से ही व्यक्तित्व अपनी संरचना का विकास करता है।

कुछ अन्य ध्रुवताएं पोलॅरिटीज : जीवनवृत्ति और मरणवृत्ति के बीच आधारभूत ध्रुवता के अतिरिक्त फ्रायड ने कुछ अन्य द्विध्रुवी प्रवृत्तियों को भी माना है।

(अ) सक्रियता *(एक्टिविटी)* तथा निष्क्रियता (*पैसिविटी*) के बीच सुनिश्चित ध्रुवता है। यह सामान्य रूप से (जैसा कि हम देखेंगे) उस भूमिका से उत्पन्न होती है जिसका निर्वाह व्यक्ति यौन संबंध में करता है। कुल मिलाकर पुरुषत्व का संबंध क्रियाशील होने और स्त्रीत्व का संबंध निष्क्रिय होने से है। फ्रायड के अनुसार चूंकि सभी पुरुषों में स्त्रीत्व के रंग और सभी स्त्रियों को पुरुषत्व के रंग पाए जाते हैं, अतः सक्रियता और निष्क्रियता के बीच यह अंतर भी व्यक्तित्व में मिल जाता है।

(ब) नारीत्व-पुरुषत्व (*फैमिनिटी-मैस्कुलिनिटी*) एक और ध्रुवता का प्रतिनिधित्व करते हैं। मनोवैज्ञानिक अर्थ में व्यक्ति का लिंग केवल उसके जीवन इतिहास की प्रक्रिया में ही निर्धारित होता है। परिणामस्वरूप, पुरुषत्व प्रधान व्यक्तियों में नारीत्व के लक्षण हो सकते है या इसके विपरीत भी हो सकता है। हमारी

क्रियाएं उस सुख के भाव से निर्देशित होती हैं जो हमें उन्हें करने से मिलता है लेकिन हमारी यथार्थ की धारणाओं से जिनमें निरंतर परिवर्तन या संशोधन होते रहना चाहिए। यह सुख सिद्धांत और वास्तविकता सिद्धांत (*प्लेज़र प्रिंसिपल* और *रिएलिटी प्रिंसिपल*) की विपरीतता का मार्गदर्शन करता है। हम उन लक्ष्यों की ओर प्रयास करते हैं जो हमें सुख देते हैं। फिर भी बहुधा ऐसे व्यवहार के यथार्थ में छुपे हुए परिणाम की अनुभूति हमें इन प्रयासों को रोकने के लिए बाध्य करती है और इस प्रकार सुख सिद्धांत और वास्तविकता सिद्धांत के बीच विपरीतता (एण्टीथीसिस) विकसित होती है। प्रारंभ में एक शिशु प्राथमिक रूप से सुख से प्रेरित होता है लेकिन जीवन की स्थिति के नैराश्य के द्वारा यथार्थ की धारणा को विकसित करने के लिए बाध्य होता है।

फ्रायडवादी वस्तुनिष्ठता-व्यक्तिनिष्ठता (*ऑब्जेक्टिविटी-सब्जेक्टिविटी*), सुख-पीड़ा (*प्लेजर-पेन*) तथा प्रेम-घृणा (*लव-हेट*) जैसी ध्रुवताओं की बात भी करते हैं। प्रतिक्रिया करने की ये विविध अभिवृत्तियां व्यक्ति के जीवनकाल के दौरान मुख्य रूप से जीवन और मरणवृत्ति के बीच विपरीतता के आधार पर विकसित होती हैं। वस्तुनिष्ठता-व्यक्तिनिष्ठता का अर्थ है भौतिक और मनोवैज्ञानिक जगत के बीच का अंतर या स्वः और दूसरे जगत के बीच का अंतर, जिसे हम सभी पहचानते हैं। हम देखेंगे कि यह विकास, अहं या ईगो के विकास तथा वास्तविकता सिद्धांत की वृद्धि के साथ होता है। यह एक महत्वपूर्ण ध्रुवता है, क्योंकि असामान्य व्यवहार के कुछ केसों में स्वः और बाहरी जगत स्पष्ट रूप से अलग गोचर नहीं होता जिसमें स्वः को कभी-कभी बाहरी जगत का हिस्सा समझ लिया जाता है या बाहरी जगत को कभी-कभी स्वः का ही भाग समझ लिया जाता है।

सुख-पीड़ा (*प्लेजर-पेन*) की ध्रुवता सुख सिद्धांत के कामकाज से प्रत्यक्ष रूप से संबंधित है और पुनः जीवनवृत्ति (लाइफ अर्जिज) और मरणवृत्तियों (डेथ अर्जिज) के बीच विपरीतता से प्रत्यक्ष रूप से उत्पन्न हुई है। सुख सिद्धांत, सुख-पीड़ा की ध्रुवता पर आधारित है और फ्रायडवादियों के अनुसार सभी प्रकार की क्रियाशीलता के पीछे मुख्य अभिप्रेरक कारकों में से एक कारक सुख प्राप्त करने और पीड़ा से बचने का है। *प्रेम* और *घृणा* के बीच की ध्रुवता अनिवार्यतः आक्रमणशील और कामविषयक (एग्रेसिव तथा इरॉटिक *अर्जिज*) के बीच ध्रुवता के समान है तथा द्वैधवृत्ति (एम्बीवेलॅन्स) की सामान्य समस्या से संबंधित है जिसकी विवेचना हमने पहले की है।

द्वंद्व (कंफ्लिक्ट) : सभी ध्रुवताएं *द्वंद्व* या *कंफ्लिक्ट* का स्रोत्र हो सकती हैं। मनोविश्लेषकों के अनुसार द्वंद्व का अर्थ है एक ऐसी परिस्थिति जिसमें दो इच्छाएं इतनी परस्पर विरोधी होती हैं कि इनमें से एक की पूर्ति दूसरी इच्छा की पूर्ति में बाधा डालती है। फ्रायड के अनुसार जीवन द्वंद्वात्मक स्थितियों की शृंखला से बना है। शिशु अपनी मां पर निष्क्रिय निर्भरता में बने रहने की इच्छा रखता है लेकिन मां का दूध पीने संबंधी अपनी आदतों के कुंठित होने से वह सक्रिय होने के लिए तथा स्वयं भोजन खाने के लिए

बाध्य होता है। निष्क्रियता बनाम सक्रियता, सुख-सिद्धांत बनाम वास्तविकता सिद्धांत, प्रेम-बनाम घृणा, यह सभी इस द्वंद्व में निहित होते हैं। एक छोटा बालक अपनी संवेगात्मक संबद्धताओं को अपने परिवार के अंदर बनाए रखना चाहता है लेकिन कौटुम्बिक व्यभिचार का निषेध (इन्सैस्ट टैबू) तथा सामाजिक कुंठा के कारण वह परिवार से बाहर मित्र बनाता है। एक विद्यार्थी अपनी परम मित्र से विवाह करना चाहता है लेकिन समाज उसे अपना व्यवसायिक प्रशिक्षण पूरा करने के लिए दबाव डालता है। यह सभी *द्वंद्वात्मक स्थितियां (कंफ्लिक्टिंग सिचुएशन्स)* हैं। व्यक्तित्व इन्हीं द्वंद्वात्मक परिस्थितियों में से विकसित होता है। यह बताने की आवश्यकता नहीं कि द्वंद्वात्मक स्थितियां प्रत्येक व्यक्ति के जीवन में आती हैं। यह एक तथ्य है। मनोविश्लेषकों ने ऐसे सिद्धांत विकसित किए हैं जो विस्तार से यह बताते हैं कि द्वंद्व से कैसे व्यक्ति का विकास होता है। अगले अध्याय में हम देखेंगे कि एक जटिल विभेदीकृत वयस्क व्यक्तित्व कैसे एक शिशु के सरल, समरूप व्यक्तित्व में से विकसित होता है लेकिन हम इस विकास को तब अधिक अच्छी तरह समझ सकेंगे जब हम पहले यह देख लें कि मनोविश्लेषणवाद वयस्क व्यक्तित्व की संरचना की व्याख्या किस प्रकार करता है और द्वंद्वों का समाधान करने के किन तरीकों को बताता है। इस स्थान पर आकर अब हम सामान्य वयस्क व्यक्तित्व की संरचना के मनोविश्लेषण सिद्धांत और सामान्य व्यवहार रचनातंत्रों के सिद्धांत का अनुगमन, व्यक्तित्व की उत्पत्ति के सिद्धांत की तुलना में अधिक अच्छी तरह कर सकते हैं। इसका कारण स्पष्ट है यह पुस्तक सामान्य वयस्कों को संबोधित की गई है और हम सभी अपने व्यक्तित्व के बारे में कुछ न कुछ जानते हैं।

3. व्यक्तित्व की संरचना

गत्यात्मक (डाइनॅमिक) पक्ष : पिछले अध्यायों में बहुत बार हमने यह देखा कि व्यक्तित्व की संरचना जटिल होती है। यह सत्य है कि हमें अपने बारे में यह सोचना अच्छा लगना चाहिए कि हमारी एक आत्मा (सोल), एक स्वः (सैल्फ़), एक मानस (साइकी), एक व्यक्ति, एक व्यक्तित्व है - आंतरिक 'मैं' के बारे में हमारी धारणा - ऐसा कुछ जो जन्म से मृत्युपर्यंत अपरिवर्तित रहता है। धार्मिक व्यक्ति तो यह भी मानते हैं कि आत्मा मृत्यु के बाद भी रहती है। लेकिन जब कभी भी हम द्वंद्वात्मक स्थिति में आते हैं हमें यह अनुभव होता है कि स्वः (सैल्फ) कम से कम दो भागों में विभाजित हो सकता है। जब कभी भी दो समान रूप से आकर्षक लेकिन परस्पर विरोधी लक्ष्यों के बीच संघर्ष होता है उस समय स्वः (सैल्फ) की आभासी एकता पर प्रश्न चिह्न लगाना चाहिए। ऐसे द्वंद्व आजीवन आते रहते हैं तथा अपने मंद रूपों में तो दैनिक जीवन में बार-बार आते हैं। जैसे विद्यार्थी अपनी प्रेमिका से विवाह भी करना चाहता है और साथ-साथ अपनी आयुर्विज्ञान की पढ़ाई भी जारी रखना चाहता है लेकिन वह यह भी अनुभव करता है कि आर्थिक दृष्टि से यह संभव नहीं है। एक धर्मोन्मत व्यक्ति पूर्णतया निष्पाप बने रहने

की इच्छा रखता है, लेकिन कामोत्तेजक विचार उसे निरंतर परेशान भी करते रहते हैं। द्वंद्व के चरम मामलों में स्वः स्पष्ट रूप से पृथक् दो या तीन या उससे भी अधिक भागों में विभाजित हो सकता है जिससे सुपरिचित बहुखण्ड व्यक्तियों का विकास होता है। व्यक्तित्व द्वंद्व में मात्र सम्मिलित ही नहीं होता बल्कि निरंतर गत्यात्मक परिवर्तन से गुजरता रहता है। मनोविकृति (साइकोसिस) और मनस्तंत्रिकाताप (साइकोन्यूरोसिस) तथा मनोरोगी चारित्रिक विकृतियों (साइकोपैथिक कैरेक्टर डिस्आर्डर्स) में व्यक्तित्व का पूर्ण रूप से पुनर्गठन होता है। प्राचीन यूनान के समय से ही दार्शनिकों ने यह अनुभव किया है कि व्यक्तित्व शायद अपरिवर्तनीय, एकात्मक और सक्रिय नहीं होता। प्लेटो और अरस्तु दोनों ही व्यक्तित्व के त्रिपक्षीय विभाजन की बात करते थे। इतिहास में शुरू से अंत तक कवि और साहित्यिक व्यक्तियों ने आत्मा (साइकी) के विविध भागों के बीच होने वाले द्वंद्वों को बहुत महत्व दिया। फिर भी फ्रायड स्वः (सैल्फ) और व्यक्तित्व के खण्डों का वैज्ञानिक विवरण देने और इन्हें सामान्य और रोगी (पॅथोलॉजिक) व्यवहार से जोड़ने का प्रयास करने वाले पहले आधुनिक मनोवैज्ञानिक थे। फ्रायड ने यह अनुभव किया कि एक सुव्यवस्थित सिद्धांत के आधार पर सभी प्रकार के मानव व्यवहार का स्पष्टीकरण देने के लिए हम स्वः को विभाजित मानकर ही बात करेंगे। परिणामस्वरूप वह एक सामान्य वयस्क को कामतत्व (इड), अहं (*ईगो*) और पराहम् (*सुपर ईगो*) से संघटित हुआ बताते हैं। *कामतत्व* या *इड* जीवन वृत्ति और मरणवृत्ति दोनों का भंडार है। यह अधिकांश मनोजैविक (साइकोबायलॉजिक) शक्ति का स्रोत है। इड का संबंध पूर्णतया सुख प्राप्त करने के प्रयासों और आधारभूत आक्रमणशील प्रयासों से रहता है। इड को समय की या यथार्थ की कोई धारणा नहीं होती। फलस्वरूप इसका संबंध केवल हमारे अनुराग और हमारी घृणाओं द्वारा निर्धारित लक्ष्यों तक पहुंचने से होता है। यदि इड से उत्पन्न हुए हमारे प्रयास यथार्थ और समाज द्वारा नियंत्रित नहीं होते तो हम न तो वयस्क होते और न ही सभ्य, बल्कि इन्द्रियों की तात्कालिक संतुष्टि या असुविधा के एक कालातीत जगत में रह रहे होते। हम देखेंगे कि शिशु जन्म के समय गत्यात्मक दृष्टि से (डाइनॅमिकली) लगभग संपूर्ण इड होता है। यथार्थ का सामना करने और विकसित होने की प्रक्रिया में, ईगो या अहं और सुपर ईगो या पराहम्, इड में से ही विकसित होते हैं।

अहं या *ईगो* से फ्रायड का अभिप्राय उससे है जिसे साधारणतया हम स्व (सैल्फ) या चेतन बुद्धि (कांशस एंटॅलीजेन्स) कहते हैं। ईगो स्वः का वह भाग है जो भौतिक या सांसारिक यथार्थ के साथ घनिष्ठ संपर्क में रहता है। ईगो व्यवहार को, सामाजिक और सांसारिक यथार्थ के अपने ज्ञान के साथ *सामंजस्य* या *कन्सिस्टॅन्ट* करके व्यक्ति की प्रवृत्तियों की अधिकतम संतुष्टि की ओर निदेशित करती है। इस प्रकार यह (अहं) इड या कामतत्व की इच्छाओं और भौतिक सांसारिक यथार्थ की अपेक्षाओं का एक समायोजक है। इसे अपने कार्यों के परिणामों का ज्ञान होता है और यह वातावरण और प्राणी (ऑर्गेनिज़्म) के बीच संतुलन स्थापित करने में समर्थ होता है। यह स्वयं नैतिकता,

पश्चाताप् या अपराध की भावनाओं के साथ संबंध नहीं रखता। यह भावनाएं पराहम् या सुपरईगो में उत्पन्न होती हैं।

पराहम् या *सुपरईगो* व्यक्ति का समाजीकरण करने वाली मुख्य शक्ति है। इड (कामतत्व) और ईगो (अहम्) दोनों को ही हम उन व्यक्तियों में उपस्थित मान सकते हैं जो परिपक्वता प्राप्त करने तक एक सामाजिक समूह के बाहर विकसित हुए हों। व्यक्ति का ऐसा विकास (ग्रोथ) निस्संदेह मनोजैविक दृष्टि से असंभव है लेकिन दृष्टांत देने के उद्देश्य से हम मान लेते हैं कि ऐसा संभव है। ऐसे व्यक्ति को अपनी इड प्रवृत्तियों (अर्जिज) को भौतिक, सांसारिक वातावरण के यथार्थ के साथ समायोजित करना होगा। लेकिन उसके पास कोई सामाजिक विवेक, कोई प्रतियोगी आदर्श नहीं होंगे क्योंकि वह किसी सामाजिक समूह का सदस्य नहीं होगा और उसके कोई साथी भी नहीं होंगे जिनके साथ उसे प्रतियोगिता करनी पड़े। प्राथमिक दृष्टि से इड जैविक रूप से अनुकूलित (बायोलॉजिकली कंडीशन्ड) होती है, ईगो प्राथमिक रूप से भौतिक वातावरण से अनुकूलित होती है लेकिन सुपरईगो प्राथमिक रूप से समाजशास्त्र या संस्कृति से अनुकूलित होती हैं। चूंकि यह बात ऐसी है इसलिए मनोविश्लेषणवाद को प्रारंभ से ही व्यक्तित्व पर संस्कृति के प्रभावों को उसी प्रकार महत्व देना पड़ा जिस प्रकार कि जैविक विरासत के प्रभावों को महत्व दिया था। सुपरईगो व्यक्तित्व के साथ जीवन में अपेक्षाकृत देर से ही संलग्न होती है। व्यवहार में यह व्यक्ति के विवेक की धारणा की लगभग पर्यायवाची ही बन जाती है क्योंकि इसमें पश्चाताप् की भावनाएं और अपराध की भावनाएं उत्पन्न होती हैं। इसमें जो कुछ भी है उसे फ्रायड ने *ईगो आइडियल* या *अहं आदर्श* कहा। दूसरे शब्दों में, इसमें वह आदर्श निहित या अंतर्विष्ट होता है जिसे हम अपने व्यवहार के लिए निर्धारित करते हैं लेकिन जिस तक हम कभी-कभार ही पहुंच पाते हैं। सुपरईगो नैतिक दृष्टि से श्रेष्ठ होती है। जब इड की शक्तियां व्यक्ति को ऐसे व्यवहार की ओर ले जाती हैं जो उसकी अपेक्षाओं पर खरा नहीं उतरता तो यह प्रतिकार या दण्ड मांगती है। गत्यात्मक दृष्टि से, इड (कामतत्व) की शक्तियां पूर्ण रूप से कामप्रवृत्यात्मक (लिबिडिनल) और आक्रमणशील (एग्रैसिव) वृत्तियों की संतुष्टि की ओर उन्मुख होती हैं; सुपरईगो या पराहम् (व्यक्ति के) विकसित होने और सभ्य होने की प्रक्रिया में विकसित हुई सामाजिक (सोसाइल) उत्तरदायित्व की आवाज़ है; ईगो हमारे स्वः (आवरसैलूव्स) अर्थात् स्वः के रूप में या चेतन बुद्धि के रूप में प्रायः क्या सोचते हैं इसका प्रत्यक्ष रूप से सबसे परिचित भाग है तथा इन तीनों के बीच निरंतर संघर्ष होता रहता है। उदाहरण के लिए जब हम किसी प्रलोभन में पड़ने, उसके साथ संघर्ष करने और अंत में उस पर विजय प्राप्त करने की बात करते हैं तो हम एक ऐसी स्थिति में आते हैं जिसमें ईगो, इड की शक्तियों को सुपरईगो की शक्तियों के साथ समायोजित करती हैं। उदाहरण के लिए यह इच्छा (इम्पलस) कि 'मुझे उस लड़की का चुम्बन लेना अच्छा लगना चाहिए', इड के मनोवेग की चेतन अभिव्यक्ति है जबकि 'मैं अभी ऐसा नहीं करूंगा। क्योंकि वह मुझे इतने सारे व्यक्तियों के बीच में झिड़क देगी' ईगो द्वारा

किया गया समायोजन है और अंत में 'मुझे ऐसा बिल्कुल भी नहीं करना चाहिए, क्योंकि चुम्बन लेना उचित नहीं है' सुपरईगो से आता है। इसी प्रकार 'मुझे अपने आलोचक की पिटाई करना अच्छा लगना चाहिए' इड से आता है, 'लेकिन वह मेरी तुलना में विशाल है और मेरी पिटाई कर सकता है' ईगो से आता है, जबकि 'तुम्हें (विवेक की आवाज की भांति) दूसरा गाल आगे करना चाहिए' सुपरईगो से आता है। यह सचेतन द्वंद्व के उदाहरण हैं। संभवतया, अचेतन द्वंद्व ज्यादा बार-बार आते हैं जिनके बारे में अचेतन की परिकल्पना का परिचय देने के बाद ही बात कर सकते हैं।

इस प्रकार फ्रायड के अनुसार स्वः के गत्यात्मक पक्ष का अर्थ है वे कारण या एजेंट्स जिनके द्वारा मूल प्रवृत्तियों में से उत्पन्न होने वाले द्वंद्व को हल किया जाता है। एक सामान्य वयस्क व्यक्तित्व में इड, ईगो, सुपरईगो और बाहरी यथार्थ के बीच पर्याप्त और सद्भावपूर्ण व्यवस्थित संतुलन बना रहता है। यह संतुलन, निस्संदेह, निरंतर गड़बड़ होता रहता है और हमारा वास्तविक व्यवहार, इन द्वंद्वों के समाधानों का परिणाम है जो (द्वंद्व) सामाजिक, मनोवैज्ञानिक और यहां तक कि बहुत सीमा तक शरीर रचना संबंधी भी हो सकते हैं। हम बाद में देखेंगे कि एक सामान्य वयस्क, जीवन परिस्थिति में प्रारंभ में होने वाले द्वंद्वों के माध्यम से कैसे इड में से ईगो और सुपरईगो का विकास करता है। हम यह भी देखेंगे कि विनिध मनोरोग संबंधी घटनाएं द्वंद्व परिस्थितियों के निराकरण या (व्यक्तित्व की) मितव्ययी पुनर्संरचना का प्रतिनिधित्व करती हैं।

स्वः के स्थलाकृति संबंधी पक्ष (द टॉपोग्राफिकल आस्पॅक्ट्स ऑफ द सैल्फ) : ईगो, सुपरईगो और इड के द्वंद्व मानस (साइकी) के चेतन, अग्रचेतन और अचेतन स्तरों पर घटित हो सकते हैं। फ्रायड अचेतन (अनकॉन्शस), अग्रचेतन (फोरकॉन्शस), चेतन (कॉन्शस) को स्वः के स्थाकृति संबंधी (टॉपोग्राफिकल) पक्षों के रूप में मानते हैं। 'अचेतन या अनकॉन्शस' शब्द को लोकप्रिय बनाने के लिए जितना कार्य फ्रायड ने किया है उतना किसी भी व्यक्ति ने नहीं किया। स्वः के स्थलाकृति संबंधी पक्षों से फ्रायड का क्या अभिप्राय था इसकी व्याख्या लेखक ने किसी अन्य स्थान पर की है जिसे यहां पर उद्धृत कर रहे हैं।

''चेतन मन के एक आवश्यक पूरक के रूप में अचेतन की धारणा फ्रायड की मौलिक धारणा नहीं है। फ्रायड के मौलिक शोधों से पहले भी लगभग दो शताब्दियों तक बहुत से चिंतनशील दार्शनिक अचेतन मानसिक घटनाओं (फिनॉमिना) की धारणा का प्रयोग कर रहे थे। लाइबनीज़, इ.वॉन हार्टमैन ने इसका प्रयोग किया और फ्रायड के थोड़ा पहले इस धारणा ने शोपॅनहावर के दर्शन में अंतरंग भूमिका निबाही जिसने नीत्शे के माध्यम से फ्रायड की विचारधारा को बहुत प्रभावित किया। कुछ समय से इस बात को अधिकांश मनोवैज्ञानिक अनुभव कर रहे हैं कि अस्थायी विस्मृति जिसमें (घटनाएं) बाद में स्मरण (रिकॉल) में आ जाती हैं, अभ्यास, सम्मोहन और बहुव्यक्तित्व की मनोवैज्ञानिक घटनाओं (फिनॉमिना) में, चेतना के प्रवाह की अभिधारणा से अलग अन्य मानसिक प्रक्रियाओं की आवश्यकता होती है। फ्रायड की यह उपलब्धि उनकी इस उपलब्धि के समान थी जो उन्हें व्यक्तित्व के गत्यात्मक पक्षों के सिद्धांत को स्थापित

करने में हुई। उन्होंने इस परिकल्पना को मनोरोग विज्ञान के क्षेत्र में स्वयं अपने और अन्य विद्वानों के निष्कर्षों से संबद्ध करके अधिक फलदायी और व्यावहारिक बनाया।"

चेतन, अग्रचेतन और अचेतन (कॉन्शस, फोरकॉन्शस और अनकॉन्शस) : हम सभी जानते हैं कि चेतना से हमारा क्या अर्थ है लेकिन फ्रायड के लिए *चेतना* (*कॉन्शस*) का अर्थ है चित्त या माइन्ड का वह खंड जिसका संबंध तात्कालिक बोध से होता है। हममें से अधिकांश, चेतना में बहुत सी दूसरी वस्तुओं जैसे नाम, तारीखें, तर्क-वितर्क, पूर्व अनुभव के संस्मरण, आदि का आह्वान करते हैं जो निरंतर उपस्थित नहीं होतीं। चित्त का वह खण्ड जहां सहज ही स्मरण करने योग्य (रिकॉलेबिल) वस्तुओं का पता लगाना है उसे फ्रायड ने *अग्रचेतन* (*फोरकॉन्शस*) कहा। लेकिन हम सभी ने यह अनुभव किया है कि कुछ ऐसी सामग्री भी होती है जो हमें इच्छा करने पर भी याद नहीं आती, लेकिन जो फिर अपने-आप ही हमारी स्मृति में आ जाती है और जिसके बारे में हम सम्मोहन या अन्य प्रयोगात्मक प्रविधि से जान जाते हैं कि यह हमारे मानस में उपस्थित है। मानस का यह खण्ड फ्रायड का *अचेतन* (*अनकॉन्शस*) है। इसमें वे विचार, इच्छाएं और संघर्ष रहते हैं जो कभी चेतन में थे लेकिन अब बलात् अचेतन में ढकेल दिए गए हैं। इसके अतिरिक्त इसमें बहुत से संघर्ष और (स्ट्राइविंग्स) इच्छाएं स्थित रहती हैं जो कामतत्व

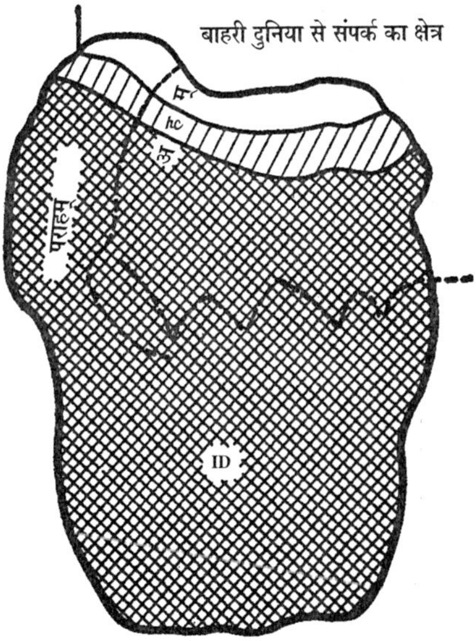

चित्र-7 : चेतन, अचेतन, अग्रचेतन तथा अहम्, पराहम् और कामतत्व के स्थान-वर्णन संबंधी (टॉपोग्राफिकल) संबंधों को प्रदर्शित कर रहा हे। गहरा छायाकरण = अचेतन, हल्का छायाकरण = अग्रचेतन, छायाकरण रहित = चेतन।[7]

(इड) की शक्ति से उत्पन्न होती हैं और कभी चेतन में नहीं रही होतीं। समस्त व्यवहार कामतत्व, पराहम् और अहम् (इड, सुपरईगो और ईगो) की शक्तियों के बीच गतिशील द्वंद्वों का पारिमाणिक होता है। ये द्वंद्व और इनके समाधान चेतन, अग्रचेतन या अचेतन में घटित होते हैं। प्रारंभिक विद्यार्थी कभी-कभी व्यक्तित्व के गत्यात्मक पक्षों को मानस (माइण्ड) की स्थलाकृति संबंधी स्थितियों के साथ ठीक ही भ्रमित करते हैं। जबकि ईगो की शक्तियां मुख्य रूप से चेतन मन की निवासी होती हैं और इड की शक्तियां मुख्यतया अचेतन मन की निवासी होती हैं, इनमें पर्याप्त अंतर्व्याप्ति भी पाई जाती है। उदाहरण के लिए, सुपरईगो या पराहम् में चेतन, अचेतन और अग्रचेतन भाग रहते हैं तथा ईगो के बड़े खण्ड अग्रचेतन और अचेतन में पड़े रहते हैं। यह हेली, ब्रोनर तथा बोअर्स से लिए गए और आगे दिए गए चित्र में स्पष्ट रूप से दिखाया गया है। (चित्र 7) इसी खोज के आधार पर फ्रायड ने यह कहा कि समस्त मानव व्यवहार में गत्यात्मक समस्या के साथ-साथ एक स्थलाकृति संबंधी समस्या अर्थात् मानस में द्वंद्व परिस्थिति की गतिकी कहां घटित होती है? यह समस्या भी होती है,।[8]

व्यवहार के मितव्ययी पक्ष–अचेतन मन, चेतन मन और अग्रचेतन मन में अहम् (ईगो), पराहम् (सुपरईगो) तथा कामतत्व (इड) के मध्य होने वाले मनोवैज्ञानिक संघर्ष व्यवहार के लिए जिम्मेदार होते हैं। इनके समाधान में सामान्य संतुलन (इकुईलिब्रियम) और व्यक्तित्व के विकास का पुनः प्रतिष्ठापन्न बार-बार और सामान्यतया निहित होता है। इन मनोवैज्ञानिक संघर्षों का समाधान कभी मानसिक रोग या चारित्रिक दोषों की उत्पत्ति में और कभी प्रतिभाशाली व्यक्ति के कार्यों के रूप में होता है। तथापि यह सदैव संपूर्ण परिस्थिति की मांग की गत्यात्मकता के रूप में घटित होता है तथा यह बात फ्रायड की गहरी पहुंच में से एक है। फ्रायडवादियों के अनुसार, द्वंद्व का यह गत्यात्मक समाधान (डाइनॅमिकल रिज़ॉल्यूशन) ही व्यक्तित्व का *मितव्ययी* या *इकोनॉमिकल* पक्ष है। इस प्रकार, किसी बड़े मानसिक रोग की उत्पत्ति यद्यपि एक भयंकर वस्तु के रूप में देखी जा सकती है, लेकिन फिर भी यह मितव्ययी है, क्योंकि प्रायः केवल ऐसा करके ही व्यक्ति को एक अखंड जीव के रूप में बनाए रखा जा सकता है। यह भली-भांति विदित है कि जीवन प्रायः इतना असहनीय हो जाता है कि केवल मनोविक्षिप्ति की उत्पत्ति (विकास) के माध्यम से ही हम आत्महत्या करने से बच सकते हैं; अर्थात् पागल न होते तो आत्महत्या कर लेते। इसी प्रकार यद्यपि प्रतिभाशाली व्यक्ति के कार्य विक्षिप्त व्यक्तियों (साइकोटिक्स) के उत्पादों की तुलना में सामाजिक दृष्टि से अधिक वांछनीय समझे जाते हैं, लेकिन फिर भी आज हम यह जानते हैं कि चरम प्रचण्डता की द्वंद्वात्मक परिस्थितियों से ही प्रतिभा का उदय होता है। हमने पहले ही, लक्षण के निर्माण के मितव्ययी पक्षों के बहुत से उदाहरण देखे हैं। फिर भी, लक्षण केवल इस अर्थ में मितव्ययी होते हैं कि समस्त व्यवहार मितव्ययी होता है; अर्थात्, एक विद्यमान समग्र परिस्थिति में द्वंद्वात्मक स्थितियों का समाधान शक्ति के यथासंभव न्यूनतम व्यय के साथ अनुरूपता से होता है। यह अनुपात अभी सिद्ध नहीं किया जा सकता लेकिन मनोविज्ञान

के लिए यह एक बहुमूल्य कामचलाऊ परिकल्पना है। इस परिकल्पना को स्वीकार करके हम उन व्यवहारों में व्यवस्था को देख सकते हैं जो पहले सांयोगिक और अव्यवस्थित समझे जाते थे।[9]

4. युक्तियां या प्रक्रियाएं (क्रियाविधियां)

अहं (ईगो), पराहम् (सुपरईगो) और कामतत्व (इड) के बीच चेतन या अचेतन मन में होने वाले द्वंद्व का समाधान एक मितव्ययी ढंग से, विविध रीतियों में तथाकथित ''युक्तियों या मॅकॅनिज़्म्स'' के माध्यम से होता है। ये युक्तियां विविध अचेतन और चेतन प्रक्रियाएं हैं जिनके द्वारा आंतरिक द्वंद्व की स्थिति की गंभीरता को दूर किया या कम किया जाता है। अतः इनका मितव्ययी कार्यभार (इकोनॉमिक फंक्शन) होता है। ऐसे बहुत से तरीके हैं जिनके द्वारा द्वंद्वों का समाधान किया जाता है। द्वंद्वात्मक स्थिति के ऐसे निकास उपलब्ध कराए जा सकते हैं जो समाज द्वारा स्वीकृत हों। व्यवहार में शक्ति का ऐसा विस्थापित विसर्जन जो अहम् (ईगो) और पराहम् (सुपरईगो) के मानदण्डों के साथ सामंजस्य रखता हो, लाया जा सकता है। द्वंद्वात्मक शक्ति के विसर्जन के खिलाफ बाधाएं (बैरिअर्स) या बचाव (डिफैन्सिज) खड़े किए जा सकते हैं और इस तरह जीव (ऑर्गेनिज़्म) की अखण्डता को सुरक्षित रखा जा सकता है। उदाहरण के लिए, जो विद्यार्थी अपनी प्रेमिका से विवाह करने में समर्थ नहीं होता वो अपनी उस कामुक शक्ति (लिबिडिनल एनर्जी) को, जो पहले प्रेमिका की ओर उन्मुख थी, प्रेम-गीतों के लिखने में प्रयोग कर सकता है। वह इस कार्य को जिस युक्ति द्वारा करता है उसे *उदात्तीकरण* (*सब्लीनेशन*) नाम से जानते हैं। एक युवा पुरुष जो अपने अमीर चाचा से घृणा करता है और उसकी मृत्यु की इच्छा रखता है वह इससे उत्पन्न द्वंद्व को *विस्थापन* या *डिस्प्लेसमॅन्ट* की युक्ति द्वारा अपने स्वामी के प्रति घृणा का भाव विकसित करके, पराजित कर सकता है। वृद्ध सेविका, जो एक प्रेमी की इच्छा से उत्पन्न द्वंद्व से पीड़ित है, इस भय का विकास करके कि उसकी शैया के नीचे कोई है, इस द्वंद्व से अपनी सुरक्षा कर सकती है; ऐसा करने में यह *प्रतिक्रिया विधान* या *रीएक्शन फॉर्मेशन* की युक्ति का उपयोग करती है।

बहुत से कारणों से मनोविश्लेषणात्मक युक्तियों (साइकोएनालिटिक मॅकॅनिज़्मस) का क्रमबद्ध विवरण देना एक कठिन कार्य है। फ्रायड ने मात्र कुछ युक्तियों से आरंभ किया और सिद्धांत के विकास के साथ अवसर की अपेक्षा के अनुसार उन्होंने और उनके अनुयायियों ने अन्य युक्तियां जोड़ीं। जहां तक लेखक को ज्ञात है अभी तक रक्षा युक्तियों को एक योजनाबद्ध और क्रमबद्ध वर्गीकरण प्रदान करने का कोई प्रयास नहीं किया गया है। बाद में जिन युक्तियों की व्याख्या की गई उनमें से कुछ युक्तियां पहले प्रस्तुत की गई युक्तियों की तुलना में अधिक आधारभूत हैं तथा उनमें से कई युक्तियों में पर्याप्त परस्पर व्याप्ति है। उनमें से कुछ तो व्यवहारपरक समस्याओं के संपूर्ण क्षेत्र

में शुरू से आखिर तक सक्रिय रहती हैं जबकि कुछ अन्य युक्तियां एक सीमित दायरे में अतिविशिष्ट मानसिक क्रियाओं से संबंधित होती हैं। आगे के पैरे में हम केवल सबसे अधिक आधारीय युक्तियों का इतने व्यवस्थित ढंग से परिचय देने का प्रयास करेंगे जितना कि संभव है। विविध गौण युक्तियों का परिचय विषय वस्तु में अवसर अनुसार दिया जाएगा।

हमने द्वंद्व परिस्थिति के बारे में पहले ही बात की है। सभी युक्तियां इससे ही उत्पन्न होती हैं क्योंकि ये द्वंद्व का निराकरण करने की विधियां हैं। लेकिन सभी द्वंद्वों का निराकरण नहीं होता और न ही इसकी आवश्यकता होती है। जैसे बहुत से विद्यार्थी पहले अपना व्यवसायिक प्रशिक्षण समाप्त करते हैं और फिर अपनी प्रेमिका से विवाह करते हैं। बहुत से भावी संगीतज्ञ व्यापार के क्षेत्र में चले जाते हैं और सदैव संगीत के पेशे के लिए सचेतन रूप से लालायित रहते हैं। ऐसे केस में हम द्वंद्व की *निरंतरता* या *कन्टीनुएशन* की बात करते हैं। कुछ मामलों में ऐसी निरंतरता व्यक्तित्व के लिए खतरनाक हो सकती है, लेकिन बहुत से द्वंद्वों की निरंतरता के बारे में हम सभी जानते हैं।

सामान्य वयस्कों में ज्यादा बार और बालकों में कम बार, द्वंद्वों का निराकरण *भेदमूलक निश्चय* और *आत्मत्याग* अथवा *डिस्क्रिमिनेटरी डिसीज़न* तथा *रिनन्सिएशन* द्वारा होता है। युवा व्यक्ति अपनी प्रेमिका से स्नेहशील और भावुक विदाई ले सकता है और सफलतापूर्वक अध्ययनरत् रह सकता है तथा उस युवती के लिए आजीवन हल्के विरह का भाव रख सकता है। एक जन्मजात संगीतज्ञ यह निश्चय करता है कि व्यापार करने से धन की अधिक प्राप्ति होती है तथा गाने-बजाने की महत्वाकांक्षा को त्याग देता है लेकिन बाद में संगीत गोष्ठियों में जाने में बहुत आनंद का अनुभव करता है। एक प्रसन्नचित युवा बुद्धिमानी से यह निश्चय करता है कि समाज में सम्मानित स्थिति की तुलना में शराब और तड़क-भड़क कम वांछनीय है तथा उन्हें छोड़ देता है और इसके लिए यदा-कदा ही पश्चाताप् करता है। भेदमूलक निश्चय में अहं (ईगो) द्वंद्वात्मक परिस्थिति के पक्ष-विपक्ष को समझबूझ कर तोलती है तथा उनमें से किसी एक विरोधी वृत्ति का परित्याग करती है। ऐसा भेदमूलक निश्चय सदैव ही चेतन मन के स्तर पर द्वंद्वों का निराकरण करने का उपयुक्त युक्ति (मॅकॅनिज़्म) है। लेकिन यह भी है कि सभी द्वंद्व संज्ञान (कॉन्शस) में नहीं होते और संज्ञान में रहने वाले द्वंद्व भी सदैव ऐसे नहीं होते कि उनका निराकरण हो सके। सामान्यतया भेदमूलक निश्चय को तब प्रयोग में लाया जा सकता है जब अहम् (ईगो) सबल, सुदृढ़ हो और द्वंद्व अपेक्षाकृत कमजोर (माइल्ड) हो। अगले अध्याय में हम देखेंगे कि बाल्यावस्था में यह संभव नहीं है क्योंकि इस अवस्था में अहम् (ईगो) दुर्बल होता है और द्वंद्व विशेषकर गंभीर होते हैं।

द्वंद्व की निरंतरता और भेदमूलक निश्चय, व्यक्तित्व की उत्पत्ति के लिए अधिक महत्वपूर्ण नहीं होते। बल्कि इस दृष्टि से *दमन* या *रिप्रैशन* का बहुत अधिक महत्व होता

है। द्वंद्व परिस्थिति का जो भाग अहम् (ईगो) या पराहम् (सुपरईगो) को पूर्णतया अस्वीकार्य होता है उसे ईगो के द्वारा अचेतन में ढकेल दिया जाता है। जब ऐसा होता है तो इस युक्ति को 'दमन या रिप्रेशन' कहते हैं। दमन या रिप्रेशन को प्रायः *झिझक* या *इनहिबिशन* के साथ भ्रमित किया जाता है जिसमें व्यक्ति जानबूझकर तय करके किसी उद्देश्य के साथ स्वयं को कोई क्रिया करने से रोकता है जैसे कि अंतर्द्वंद्व की निरंतरता या भेदमूलक निश्चय के मामलों में होता है। दमन को कभी-कभी *प्रतिबंध* या *सप्रेशन* के साथ भी भ्रमित किया जाता है जिसमें एक अस्वीकार्य विचार को प्रयास करके व्यक्ति कुछ समय के लिए जानबूझकर अपने मानस से बाहर सफलतापूर्वक ढकेल देता है। दमन या रिप्रेशन विचार को अचेतन मन की गहराई में ढकेलता है और अहम् या ईगो इसके बारे में पृथक् से निश्चय नहीं करती। दमन या रिप्रेशन ऐसी परिस्थिति में होता है जहां किसी इच्छा-पूर्ति के परिणामों के संबंध में तीव्र भय विकसित हो जाता है। ऐसी स्थिति बाल्यावस्था में बार-बार आती है जहां बालक का दुर्बल अहम् उसकी कुछ प्रीतियों (लव्ज़) या अप्रीतियों (हेट्स) के वास्तविक या काल्पनिक परिणामों का सामना करने में असमर्थ होता है। अगले अध्याय में हम देखेंगे कि कैसे प्रेम-ईर्ष्या-ईर्ष्या के पात्र के प्रति विद्वेष—इस विद्वेष के परिणामों का भय, का यह क्रम बाल्यावस्था में दमन की ओर ले जाता है। कुछ दमन (रिप्रेशन्स) इस अर्थ में सफल होते हैं कि दमित भावनाएं अचेतन मन में पूर्ण रूप से निष्क्रिय पड़ी रहती हैं। फिर भी अधिकांश केसों में द्वंद्व *अचेतन* या *अनकॉन्शस* द्वंद्व के रूप में बने रहते हैं तथा इस गौण द्वंद्व से द्वंद्व का निराकरण करने वाली अन्य युक्तियों (मॅकॅनिज़्म्स) की आवश्यकता उत्पन्न होती है।

चेतन मन में होने वाले द्वंद्वों (कॉन्शस कंफ्लिक्ट) से हमें संबंधित रहने की और अधिक आवश्यकता नहीं है। प्रतिदिन कई बार हम द्वंद्वात्मक परिस्थितियों में किए जाने वाले कार्य की दिशा के बारे में कमोबेश संतोषप्रद निर्णय लेते हैं। आधुनिक गतिकी सिद्धांत की सबसे महत्वपूर्ण खोज अचेतन का द्वंद्व और उसके निराकरण की युक्तियों या मॅकॅनिज़्म्स से संबंधित है। हमने देखा कि इच्छा, जो विचार और कार्य दोनों की जनक है, प्रायः एक अचेतन इच्छा होती है जो कि मूलतः चेतन मन में थी और दमित कर दी गई। इस ढंग से अचेतन द्वंद्व का अस्तित्व द्वंद्व के चेतन रूप से किए गए समाधानों पर एक दर्शनीय प्रभाव रखता है। एक युवा जो व्यवसायिक प्रशिक्षण समाप्त करने के लिए अपनी प्रेमिका से अलग होने का विवेकपूर्ण निर्णय लेता है तो वह अपने इस निर्णय को एक आभासी उन्मुक्तकर्त्ता के रूप में लेता है। मनोविश्लेषण करने से हमें यह ज्ञात होगा कि अचेतन मन के द्वंद्वों और दमित इच्छाओं का व्यक्ति के चेतन रूप से लिए गए निर्णयों से बहुत संबंध होता है। उदाहरण के लिए, उसके अचेतन मन में यौन संबंधों के परिणामों का भय हो सकता है और स्वयं को प्रदर्शित करने की अचेतन इच्छा हो सकती है जो कि वस्तुतः उस लड़की को त्यागने और वकील बनने का निर्णय करने की दृष्टि से उन कारणों से अधिक महत्वपूर्ण है जिन कारणों को वह स्वयं को देता है।

अचेतन द्वंद्व का बहुत सी विविध प्रकार की युक्तियों से निराकरण (रिजॉल्व) किया जाता है। इनका निराकरण जिस ढंग से किया गया है (पूर्ण रूप से या आंशिक रूप से, संपूर्ण परिस्थिति के अर्थशास्त्र के अनुसार), यह व्यक्तित्व का सबसे महत्वपूर्ण निर्धारक है। निस्संदेह, व्यक्तित्व का निर्धारण केवल एक ही द्वंद्व के निराकरण से नहीं होता बल्कि द्वंद्वों की शृंखला के निराकरण से होता है जो व्यक्ति का जीवन वृत्त बनाते हैं। अचेतन द्वंद्व 'सामान्य' व्यक्तित्व के विकास में महत्वपूर्ण भूमिका निभाते हैं। अगले अध्याय में हमारा यही प्रकरण होगा। असल में एक 'सामान्य' वयस्क का अधिकांश व्यवहार अचेतन मन के द्वंद्व से ही निर्धारित होता है तथा अध्याय XI में हम इसके बारे में ही बात करेंगे। अंत में, खण्ड IV में हमारा संबंध उन रीतियों से होना चाहिए जिनके द्वारा अचेतन द्वंद्वों का निराकरण असामान्य या मनोरोगपरक समायोजन की ओर ले जाता है।

अचेतन द्वंद्व के निराकरण हेतु उपयोग में आने वाली युक्तियों का वर्गीकरण करने से पहले हमें ये बता देना चाहिए कि पूर्णरूपेण चेतन द्वंद्व से लेकर गहन अचेतन द्वंद्व तक पारगमन करने में निरंतरता होती है। परिणामतः, अचेतन द्वंद्वों के निराकरण की युक्तियों को अग्रचेतन (प्रीकॉन्शस) और कभी-कभी चेतन मन के स्तर पर भी देखना है। यह सौभाग्य की बात है क्योंकि अचेतन मन की गहराई में स्थित द्वंद्व के निराकरण की युक्तियों को मनोविश्लेषक कदाचित् ही खोज पाते यदि वे अग्रचेतन के स्तर पर समान युक्तियों की कार्य प्रणाली को स्वयं में या अपने रोगियों में नहीं देख पाते। अतः यद्यपि इन युक्तियों के काम करने की सबसे महत्वपूर्ण जगह अचेतन होती है फिर भी हम उनका स्पष्टीकरण करने के लिए उपयुक्त चेतन युक्तियां प्राप्त कर सकते हैं।

युक्तियों को हम मोटे तौर पर दो समूहों में वर्गीकृत कर सकते हैं, (अ) वे जो एक विशिष्ट ढंग से द्वंद्व को स्वयं में निराकरण करती या कम करती हैं, जिन्हें हम 'मुख्य युक्तियां या मेजर मॅकॅनिज़्मस' कहेंगे, तथा (ब) वे युक्तियां जो मुख्य युक्तियों द्वारा सहायक उपकरणों की भांति प्रयोग की जाती हैं, जिन्हें हम 'गौण युक्तियां या माइनर मॅकॅनिज़्म्स' कहेंगे। यह विभेदीकरण पूर्ण रूप से सुस्पष्ट, तार्किक द्विभाजन नहीं है क्योंकि कुछ मामलों में गौण युक्तियां मुख्य युक्तियों के या मुख्य युक्तियां गौण युक्तियों के प्रकार्यों को अधिकार में ले लेती हैं।

दमन (*रिप्रेशन*) चेतन द्वंद्व का समाधान करने की मुख्य युक्ति है। रूपांतरण (कन्वर्जन), प्रतीपायन (रिग्रेशन), उदात्तीकरण, (सब्लीमेशन), प्रतिक्रिया विधान (रीएक्शन फॉर्मेशन) तथा बुद्धि संगत यौक्तिकीकरण (रैशनलाइज़ेशन) अचेतन द्वंद्व का निराकरण करने के लिए मुख्य युक्तियां हैं।

रूपांतरण वह क्रियाविधि (मॅकॅनिज़्म) है जिसके माध्यम से आधारभूत चालना के नैराश्य से संबद्ध दमित शक्ति शारीरिक रोग के कार्यात्मक (फंक्शनल) लक्षणों में परिवर्तित होती है। मनोविश्लेषण सिद्धांत में यह क्रियाविधि विशेष रूप से महत्वपूर्ण है क्योंकि इसके द्वारा विश्लेषक उन्माद या हिस्टीरिया की सभी घटनाओं का तथा

साधारणतया जिन्हें हम शारीरिक रोग समझते हैं उनकी बहुत सी घटनाओं का तथा आंतरिक चिकित्साशास्त्र (इन्टर्नल मेडिसिन) की बहुत सी समस्याओं का ब्यौरा देने में समर्थ होते हैं। मानसिक रोग के साथ संबद्ध विशिष्ट क्रिया विधियों में से रूपांतरण संभवतया सबसे अधिक अच्छी तरह से समझा हुआ है। हमने पहले ही कन्वर्जन हिस्टीरिया या रूपांतरण उन्माद के एक उदाहरण (केस) का कुछ विस्तार से अध्ययन किया है। उस युवती का केस जिसकी निश्चेतक जांघ थी, हमें यह दिखाता है कि किस प्रकार उन्मादग्रस्त असंवेदनता (हिस्टॅरिकल एनॅस्थीसिया) का विकास करके दमित कामुक (लिबिडिनल) शक्ति को विकृत निकास देने का अवसर दिया गया। रूपांतरण के सभी मामलों की भांति इस मामले में भी हम पहले एक संवेगात्मक द्वंद्व का दमन करते हैं, इसके बाद शक्ति पूर्ण दमन की असफलता के कारण एक छद्‌म रूप में चेतना में वापिस लौट आती है। रूपांतरण उन्माद (कन्वर्जन हिस्टीरिया) के लक्षण जो रूप अपनाते हैं उसे व्यक्तित्व के विकास के बारे में (अगले अध्याय में) ज्ञान प्राप्त करके ही पूर्ण रूप से समझा जा सकता है। चेतन स्तर पर हम सभी ने पीड़ादायक स्थिति से बचने के लिए बीमार होने की इच्छा की होगी। इन परिस्थितियों के अंतर्गत कुछ व्यक्ति वास्तव में बीमार हो जाते हैं। द्वंद्व से बचाव करने के उपायों में से एक उपाय चेतन या अचेतन रूप से 'रोग में पलायन करना या फ्लाइट इनटू सिकनॅस' है।

प्रतीपायन या *रिग्रेशन* का अर्थ है विकास के सामान्यतया प्रगतिशील क्रम का उलटाव और इसलिए व्यक्तित्व संरचना के अधिक आदिम तरीकों की ओर वापिस जाना। मनोविश्लेषण का संबंध प्रतीपायन या रिग्रेशन के रूपों से होता है : अहम् का प्रतीपायन या *ईगो रिग्रेशन* तथा कामप्रवृत्ति का प्रतीपायन या *लिबिडो रिग्रेशन*। ये साथ-साथ भी हो सकते हैं या लिबिडो रिग्रेशन, ईगो रिग्रेशन के बिना भी हो सकता है। लेकिन दूसरी ओर, लिबिडो रिग्रेशन के बिना ईगो रिग्रेशन बहुत कम देखने में आता है। लिबिडो रिग्रेशन से हमारा अभिप्राय है कामवासनात्मक आवेगों (लिबिडिनल इम्पल्सेज़) के निकास के प्रारंभिक ढंगों की ओर वापिस जाना। जैसे एक वयस्क अपने अचेतन द्वंद्व का निराकरण बालक के प्रेम संबंधों के ढंग को अपनाकर कर सकता है। मनोविक्षिप्ति के बारे में अपने विचार-विमर्श में हम इसके बहुत से उदाहरण देखेंगे। इसी प्रकार एक ऐसा व्यक्ति जिसने अपने पराहम् (सुपरईगो) को बहुत विकसित कर लिया है, अपने पराहम् को पूर्ण रूप से उस समय खो देता है जिस समय वह सामाजिक उत्तरदायित्व और विवेक को खोता है। जिस प्रकार उन्माद की घटनाओं और चिकित्सा मनोविज्ञान से संबंधित समस्याओं की व्याख्या करने के लिए रूपांतरण सबसे महत्वपूर्ण क्रियाविधि था उसी प्रकार मुख्य कार्यात्मक मनोविकृति (फंक्शनल साइकोसिस) के विकास का स्पष्टीकरण करने में प्रतीपायन या रिग्रेशन आधारभूत संकल्पना है। मनोविश्लेषक प्रतीपायन का प्रयोग बहुत अधिक मंद लक्षणों का ब्यौरा देने के लिए भी करते हैं, जिससे कि हम वयस्क के बचकाने व्यवहार को प्रतिगामी होना कहते हैं या सामान्य बाल सुलभ व्यवहार का खीझ भरी झल्लाहट के रूप में आदिमीकरण या विघटन

को प्रतीपायन कहते है या अन्य बातों में सामान्य दृष्टि से समायोजित व्यक्ति में यौन व्यवहार के पहले के तरीके के अस्थायी विकास को प्रतीपायन कह सकते हैं। इस प्रकार, द्वन्द्व का निराकरण 'बाल्यावस्था में वापिस जाने या फ्लाइट इन टु चाइल्डहुड' के द्वारा हो सकता है।

उदात्तीकरण या *सब्लीमेशन* का अर्थ है एक समाज द्वारा स्वीकृत लक्ष्य के प्रतिस्थापन के द्वारा आधारभूत प्रवृत्ति (अर्ज) के नैराश्यों का निराकरण करना। उदात्तीकरण शब्द का सुनिश्चित मूल्यांकनकारी अर्थ होने के कारण वैज्ञानिक रूप से प्रयोग करने के लिए यह कठिन शब्द है। जैसा कि हम पहले देख चुके हैं, रूपांतरण का अर्थ है उन व्यवहारों का प्रतिस्थापन जो समाज द्वारा स्वीकृत हैं लेकिन साथ ही व्यक्ति को भी असमर्थ बनाते हैं। उदात्तीकरण से हमारा अभिप्राय उन व्यवहारों से है जो समाज की दृष्टि में केवल स्वीकृत ही नहीं होते बल्कि उनके निश्चित सामाजिक मूल्य भी होते हैं। मनोविश्लेषकों के अनुसार सभी प्रकार के सर्जनात्मक बौद्धिक प्रयास मूल में निहित आधारीय प्रवृत्तियों (अर्जिज) का उदात्तीकरण होते हैं। इस प्रकार उदात्तीकरण एक अति महत्वपूर्ण कार्य विधि (मॅकॅनिज़्म) हो जाता है क्योंकि इसके माध्यम से हम प्रतिभाशाली व्यक्ति के व्यवहार की व्याख्या करने और परिणामस्वरूप प्रतिभाशाली को सामान्य, विक्षिप्त (साइकोटिक) मनस्तंत्रिकातापग्रस्त (न्यूरोटिक) और विकृत के साथ संबद्ध करने में समर्थ होते हैं। हम उदात्तीकरण के मूल्यनिर्धारक अर्थ से, उदात्तीकरण को समाज द्वारा स्वीकृत तरीकों में आधारीय प्रवृत्तियों (अर्जिज) की दिशा बदलना मानकर बच सकते हैं जिससे व्यक्ति न तो असमर्थ करने वाले दैहिक और न ही असमर्थ करने वाले मनोवैज्ञानिक लक्षणों का विकास करता है। उदात्तीकरण के द्वारा केवल कलात्मक कार्यों के सृजन और महान वैज्ञानिक खोजों को ही नहीं बल्कि बड़ी मात्रा में साधारण रूप से रचनात्मक सामान्य व्यवहार को भी समझना है। इस प्रकार, अचेतन द्वंद्व का निराकरण सृजनात्मक कार्य में पलायन करके (फ्लाइट इन टु क्रिएटिव वर्क) के द्वारा किया जा सकता है।

उपर्युक्त क्रियाविधियाँ दमित इच्छा की विकृत और स्थानापन्न मुक्ति को होने देती हैं। अब हम एक ऐसी क्रियाविधि पर आते हैं जो इस दृष्टि से कार्यकुशल है कि वह द्वंद्व को टाल कर दमन को और बल देती है। प्रतिक्रिया विधान (*रीएक्शन फार्मेशन*) या अतिक्षतिपूर्ण या (*ओवरकम्पेंसेशन*) से हमारा अभिप्राय उन व्यवहारों का विकास करना है जो अचेतन इच्छा से व्यासीय रूप में (डाईमेट्रीकली) विपरीत होती है। किसी इच्छा के विपरीत कार्य करना हमारी दमित शक्ति को निकास देता है तथा मनोवैज्ञानिक अर्थ में मितव्ययी भी होता है क्योंकि ऐसा करने से हम मौलिक इच्छा का पूर्ण रूप से और बिल्कुल खण्डन करते हैं और इस प्रकार इसके दमन को सुदृढ़ बनाते हैं। मनोविश्लेषकों के अनुसार, इसके परिणामस्वरूप बहुत सी सकारात्मक चीजें जिन्हें हम करते हैं वस्तुतः उन इच्छाओं के विरुद्ध प्रतिक्रिया विधान (रीएक्शन फॉरमेशन) है जिन्हें हम स्वीकार नहीं करते लेकिन जिनकी दिशा एक दूसरे के पर्याप्त विपरीत होती है।

हम इसका एक उदाहरण पहले ही सुपरिचित 'वृद्ध परिचारिका के तंत्रिकाताप (ओल्ड मेड्स न्यूरोसिस)' के बारे में विचार-विमर्श करते समय देख चुके हैं। वृद्ध परिचारिका इस बात से निरंतर भयभीत है कि उसके पलंग के नीचे शील भंग करने वाला होगा, लेकिन वस्तुतः इस भय को विकसित करके वह एक व्यक्ति को मिलने की अपनी इच्छा को स्वीकार करने से अपना बचाव करती है; यह उस इच्छा के विरोध में एक प्रतिक्रिया विधान है। अधिकांश अतिनैतिकता (ओवर मॉरैलिटी) और छद्‌म लज्जा संभवतया प्रतिक्रिया विधानों के आधार पर उदित होती है। वास्तविक मामलों के विश्लेषण के द्वारा मनोविश्लेषकों ने यह ज्ञात किया है कि बहुत से शाकाहारी अपने मौखिक-परपीड़नशील मनोवेगों (ओरल-सैडिस्टिक इम्पल्सिेज) से भयभीत होते हैं तथा मांस को किसी भी रूप में न खाकर इन मनोवेगों के दमन को तेज करते हैं। बहुत से दुराचार के खिलाफ जेहादी और कामुक साहित्य को खोजने वाले व्यक्ति अपने उन कामविषयक मनोवेगों (लिबिडिनल इम्पलसिज़) से अपनी रक्षा कर रहे होते हैं जिन्हें उनका पराहम् या सुपरईगो स्वीकार नहीं कर सकता। इस तरह मनोविश्लेषण के मनोविज्ञान में प्रतिक्रिया विधान एक अति महत्वपूर्ण क्रियाविधि या युक्ति (मॅकॅनिज़्म) है क्योंकि यह हमें तथाकथित 'सामान्य' व्यक्तित्व की बहुत सी विशिष्टताओं को प्राप्त करने की अनुमति देता है और हमें चरित्र की विकृतियों को समझने के लिए एक आधार प्रदान वाली मुख्य क्रियाविधियों (युक्तियों) में से एक है। इस प्रकार हम अचेतन मन के द्वंद्व को, 'इसके व्यवहारपरक खण्डन (विहेवियरल डिनायल ऑफ इट)' के द्वारा निराकरण कर सकते हैं या कम से कम उसे घटा तो सकते ही हैं।

बुद्धिसंगत यौक्तिकीकरण (रैशनलाइज़ेशन) से हमारा अभिप्राय है जिन्हें ईगो या अहम् स्वीकार नहीं कर सकता उस अचेतन मन की अभिप्रेरणाओं (मोटिव्ज़) को ढकने के लिए अहम् (ईगो) द्वारा चेतन रूप से स्वीकार्य अभिप्रेरणाओं का अविष्कार करना। बुद्धिसंगत होने की प्रक्रिया बहुत सी दूसरी युक्तियों या क्रियाविधियों के साथ घटित होती है। रैशनलाइजेशन का अर्थ है—युक्ति संगत बनाना। यह उन कारणों का उल्लेख करता है जिन्हें व्यक्ति अपने व्यवहार के लिए सचेतन ढंग से आधार बनाता है। अतः रूपांतरण में व्यक्ति रोग को दुर्घटना या कीटाणुओं पर आरोपित करके उसको बुद्धिसंगत बनाता है (रैशनलाइज़); प्रतीपायन या रिग्रेशन में व्यक्ति अपने बचकानेपन के लिए इसलिए क्षमा प्रार्थना करता है कि अन्य व्यक्ति उसके प्रति अनुदार हैं या उसको समझते नहीं हैं; उदात्तीकरण में कला 'कला के लिए कला या आर्ट-फॉर-इट्स-ओन सेक' बन जाती है या 'केवल विज्ञान ही शुद्ध है अथवा ओनली साइंस इज़ प्योर' बन जाता है; और प्रतिक्रिया विधान में दूसरे व्यक्तियों की रक्षा करनी है इस आधार पर क्षमा प्रार्थना करके कामुक साहित्य में अपनी रुचि का बुद्धिसंगत तर्क दिया जाता है। फिर भी बहुत से मामलों में बुद्धिसंगत व्यवहार अचेतन द्वंद्व का निराकरण करने की मुख्य युक्ति है। अतः 'अपराध की भावनाएं और अनेकों महान् मानव प्रेमियों में पाया जाने वाला (दूसरे व्यपितयों के प्रति) स्नेह का प्रदर्शन' मानव प्रेम (फिलॅनथ्रॉपी) में औचित्य स्थापित करता

है; वैज्ञानिक प्रतिस्पर्धियों के कटु बल्कि परपीड़क और विवादी निन्दा और दोषारोपण का बुद्धिसंगत तर्क, वैज्ञानिक विज्ञान की शुद्धता में रुचि के रूप में दिया जाता है। अतः हम अचेतन द्वंद्व का निराकरण 'एक दमित इच्छा को बाहर निकालने के लिए अप्रामाणिक लेकिन चैतन्य रूप से स्वीकृत कारणों पर निर्धारित करके अथवा एसाइनिंग स्प्यूरिअस बट कॉन्शसली ऐक्सॅप्टिबिल रीज़न्स फार फॉलोइंग आउट ऐ रिप्रैस्ड विश' द्वारा करते हैं।

ये मुख्य युक्तियां या क्रियाविधियां (मॅकॅनिज़्म्स) गौण युक्तियों (माइनर मॅकॅनिज़्म्स) के एक संपूर्ण दल का उपयोग करती हैं। स्थान के अनुसार यहां इनमें से सबसे अधिक महत्वपूर्ण युक्तियां प्रस्तुत की जा रही हैं।

स्थानांतरण या *ट्रान्सफरैन्स,* प्रेम के भावों का एक वस्तु, पदार्थ या व्यक्ति से किसी अन्य पर स्थानांतरित होने या स्थान बदलने - कामविषयक भावाभिनिवेश (इरॉटिक कैथैक्सिस) को सूचित करता है। हम आक्रमणशील प्रवृत्तियों (एग्रैसिव अर्जिज) के स्थानांतरण की बात भी कर सकते हैं। व्यक्ति के जीवन की विविध अवस्थाओं पर, और विशेषकर तब जबकि परिवार या समाज उसके विद्यमान कामविषयक भावाभिनिवेश (लिबिडिनल कैथेक्सिस) को निराश करता है, स्थानांतरण बहुत महत्वपूर्ण हो जाता है। स्थानांतरण के उदाहरण माता-पिता के साथ कामविषयक संबद्धता में पाए जाते हैं जो किशोरावस्था में किसी अन्य पर जाने के लिए बाध्य कर दिए जाते हैं। हम यह भी देखेंगे कि स्थानांतरण मनोविश्लेषण की प्रक्रिया में भी बहुत महत्वपूर्ण है।

तादात्मीकरण (आईडैन्टीफिकेशन) वह क्रियाविधि है जिसके द्वारा एक व्यक्ति अपने अहम् (ईगो) या स्वः (सैल्फ) को किसी अन्य व्यक्ति के स्वः के साये में ढालने का प्रयास करता है या यह विश्वास करता है कि वह स्वयं किसी अन्य व्यक्ति का व्यक्तित्व रखता है। प्रायः यह देखा गया है कि बालक अपने अभिभावकों के व्यवहार-वैचित्र्य की नकल करते हैं। सभी व्यवसायों में वरिष्ठ का अनुकरण उसके अधीनस्थ करते हैं। अन्य व्यक्तियों की सभी प्रकार की विशिष्टताओं को अपनाना तादात्मीकरण की प्रक्रिया से संबंध रखता है। तादात्मीकरणों को दमन के द्वारा अचेतन बनाया जा सकता है। ये बहुत सी मुख्य युक्तियों में भी महत्वपूर्ण भूमिका का निर्वाह करते हैं। उदाहरण के लिए एक युवा अपनी प्रेमिका को छोड़ते समय किसी आदर के पात्र अविवाहित प्रोफेसर के साथ अपना तादात्मीकरण कर सकता है और इस प्रकार अपने प्रेम-प्रसंग को त्यागने के लिए आवश्यक शक्ति प्राप्त कर सकता है।

अंतःक्षेपण (इन्ट्रोजैक्शन) का संबंध ईगो द्वारा बाहरी वातावरण या अन्य व्यक्तियों का स्वयं में संस्थापन (इनकार्पोरेशन) करने से है। अंतःक्षेपण तादात्मीकरण (आईडेंटीफिकेशन) की भांति होते हुए भी इस बात में भिन्न है कि एकात्मीकरण में व्यक्ति उस पदार्थ (ऑब्जॅक्ट) की भांति होना चाहता है जबकि अंतःक्षेपण में वह उस वस्तु को अपना अंश समझता है। स्किड्ज़ोफ्रीनिया जैसे पराकाष्ठा वाले मामलों में व्यक्ति यह विश्वास करता है कि उसमें दूसरे व्यक्ति की विशिष्टताएं या योग्यताएं हैं।

इस अर्थ में भ्रांतिपूर्ण एकात्मता के मतिभ्रम, अंतःक्षेपणों के उदाहरण हैं। जिस घटना के माध्यम से हम सभी अंतःक्षेपण का उसके मन्द रूप में सेवन करते हैं उसे मनोवैज्ञानिक समानुभूति (एम्पैथी) कहते हैं। सुखद अंत होने वाली सफल फिल्म की भारी लोकप्रियता का कारण दर्शक-समूह के सदस्यों द्वारा नायक और नायिका के साथ अचेतन अंतःक्षेपण करना है। अभिन्न समझे जाने वाले व्यक्ति जैसे माता-पिता के साथ अचेतन रूप से अंतःक्षेपण हो सकता है जिससे कि वे व्यक्ति का महत्वपूर्ण अंश बन जाते हैं। हम इस प्रक्रिया में पराहम् या सुपरईगो की उत्पत्ति को देखेंगे। सामान्य जीवन में हम अपनी श्रद्धा के पात्र या स्नेह के भाजन के साथ अंतःक्षेपण करने की वृत्ति करते हैं। 'मैं सदैव आपको अपने हृदय में रखूंगा', 'तुम सदैव मेरे साथ हो', और इसी प्रकार के दूसरे कथन इसके उदाहरण हैं कि अंतःक्षेपण किस प्रकार कार्य करता है। अंतःक्षेपण अधिकांश मुख्य युक्तियों (मॅकॅनिज़्मस) में अपनी भूमिका का निर्वाह करता है।

प्रक्षेपण (प्रोजैक्शन) को अंतःक्षेपण के विपरीत इस बात में समझा जा सकता है कि इसमें अहम् (ईगो) वातावरण में स्थित पात्रों (ऑब्जॅक्ट्स) या अन्य व्यक्तियों पर अपने व्यक्तित्व की उन विशेषताओं को आरोपित करता है जो उसे (ईगो को) स्वीकार्य नहीं होतीं। कम से कम अर्धचेतन रूप (सेमीकॉन्शस फॉर्म) में, प्रक्षेपण हम सभी में पाई जाने वाली एक ऐसी अभिवृत्ति है जिसके द्वारा हम अपने दोषों को दूसरों में देखते हैं। 'टू कोक' तर्क (अर्थात् यह तर्क कि 'तुम भी कमजोर हो') इसका आदर्श उदाहरण है। प्रक्षेपण अचेतन भी हो सकते हैं। पाप के खिलाफ जेहाद करने वाला व्यक्ति प्रतिक्रिया विधान की प्रक्रिया में अपने मन की कामवासना को दूसरों पर प्रक्षेपित करता है। प्रक्षेपण हमें अपनी आक्रमणशीलता को दूसरों पर आरोपित करके इसके परिणामों से हमारी रक्षा करता है। चरम सीमा के केसों में यह व्यामोहाभ मनस्ताप (पॅरानॉइड साइकोसिस) में एक आधारभूत क्रियाविधि (मॅकॅनिज़्म) बन जाता है।

विस्थापन (डिस्प्लेसमैंट) का संबंध एक पात्र से दूसरे पात्र पर संवेग का स्थानांतरण होने से है। कुछ विशेष संवेगात्मक प्रतिक्रियाएं जैसे माता-पिता के लिए घृणा का भाव या भाई-बहनों के बीच जनन-संबंधी प्रयास अहम् (ईगो) द्वारा स्वीकृत नहीं हो सकते। जब हम किसी ऐसे व्यक्ति से घृणा करते हैं जिसके बारे में समाज की अपेक्षा होती है कि हमें उससे प्रेम करना चाहिए या हम किसी ऐसे व्यक्ति से प्रेम करते हैं जिससे प्रेम करने की अनुमति समाज हमें नहीं देगा तो ऐसी स्थिति में निस्संदेह एक द्वंद्व का संकट खड़ा हो जाता है। किसी दूसरे पात्र पर संवेग का विस्थापन करने से इस द्वंद्व का निराकरण हो जाता है। जब हम अपनी पत्नियों से नाराज़ होते हैं और इस रोष को कुते या बिल्ली पर निकालते हैं (कभी-कभी इसके तिपरीत भी हो सकता है) तो हम इसे अर्धचेतन (सेमीकॉन्शस) रीति से करते हैं। लेकिन विस्थापन अचेतन रूप से भी कार्य करता है। जैसे जिस आक्रमणशीलता को हम माता-पिता के लिए महसूस करते हैं वह प्रायः सामाजिक आंदोलनों या दूसरे व्यक्तियों पर विस्थापित हो जाती है। एक युवा जो पिता के लिए अपने घृणा भाव को स्वीकार नहीं कर सकता वह क्रान्तिकारी

बन जाता है अथवा अपने बॉस से घृणा करने लगता है।

स्थानांतरण, एकात्मीकरण, अंतःक्षेपण और विस्थापन मुख्य क्रियाविधियों (मेजर मॅकॅनिज़्म्स) में अपनी भूमिका के लिए ही नहीं बल्कि व्यक्तित्व के विकास की प्रक्रिया में भी अपनी भूमिका की दृष्टि से बहुत अधिक महत्वपूर्ण है। क्रियाविधियों (मॅकॅनिज़्म्स) का प्रस्तुतीकरण करने में हमें इनका सरलीकरण करना पड़ा और इन्हें उन परिस्थितियों से हटाना पड़ा जिनमें ये घटित होती हैं। वास्तविक व्यवहार में ऐसा नहीं होता कि साधारण द्वंद्वों का सीधे-सीधे दमन कर दिया गया हो और एक साधारण सरल क्रियाविधि के माध्यम से अचेतन द्वंद्व का तत्काल निराकरण हो गया हो।

वस्तुतः एक द्वंद्व परिस्थिति में प्रायः बहुत से प्रतिद्वंद्वी मनोवेग होते हैं। इनमें सदैव द्वैधवृत्ति (एम्बीवेलॅन्स) होती है। अचेतन द्वंद्व का निराकरण प्रायः अनेक गौण युक्तियों का उपयोग करते हुए, अनेक मुख्य युक्तियों के पारस्परिक प्रभाव के द्वारा होता है। वास्तविक व्यवहार को फ्रायड ने अतिनिर्धारित (ओवरडिटरमिन्ड) कहा। व्यवहार में चैतन्य (कॉन्शस) निर्धारक कारक होते हैं जो पर्याप्त विवेकपूर्ण और बुद्धिसंगत हो सकते हैं; यौक्तिकीकरण होते हैं; और अंत में अचेतन युक्तियां होती हैं जो कार्य करती हैं। एक युवा जो विवाह करने की अपेक्षा व्यवसाय के लिए अध्ययन करना पसंद करता है वह कदाचित् पर्याप्त विवेक के साथ यह निश्चय करता है कि वह विशेष रूप से उस समय विवाह नहीं कर सकता। लेकिन उसका यह निर्णय महिलाओं के प्रति एक अचेतन भय के यौक्तिकीकरण पर आधारित होता है और यह अचेतन भय प्रारंभिक द्वंद्वात्मक परिस्थितियों, दमन और उसके बाद बहुत सी विविध प्रकार की मुख्य और गौण क्रियाविधियों और युक्तियों द्वारा न्यूनीकरणों और आंशिक निराकरणों की एक पूरी श्रृंखला पर आधारित हो सकते हैं।

आधारभूत वृत्तियों (अर्जिज़), द्वंद्व, व्यक्तित्व की संरचना और युक्तियों के सिद्धांत वे नींव के पत्थर हैं जिन पर मनोविश्लेषण सिद्धांत की रचना हुई है। इनकी खोज अन्वयों या कंस्ट्रक्ट्स के रूप में की गई जिससे कि मनोविश्लेषण के सिद्धांत द्वारा उद्घाटित तथ्यों का स्पष्टीकरण किया जा सके। ये हमें व्यक्तित्व के विकास संबंधी तथ्यों को समझने में सहायता करते हैं जिसके बारे में हम अगले अध्याय में बात करेंगे।

5. सारांश

1. मनोविश्लेषण की स्थापना फ्रायड ने तंत्रिकाताप (न्यूरोसिस) को निपटाने के लिए एक उपचारात्मक विधि के रूप में की। पिछले पचास वर्षों में (उन्नीसवीं शताब्दी के अंतिम दशक में) यह एक साधारण शुरुआत से अब तक मनोविज्ञान का सबसे अधिक व्यवस्थित संप्रदाय हो गया है। फ्रायड के व्यवसायिक जीवन में और मनोविश्लेषण के विकास में होने वाली मुख्य घटनाएं दी गईं।

2. मनोविश्लेषणवाद का सिद्धांत जीवनवृत्ति और मरणवृत्ति दोनों की अभिधारणा (पॉस्चुलेशन) से आरंभ होता है। ये अन्य ध्रुवताओं जैसे सक्रियता बनाम निष्क्रियता तथा सुख-सिद्धांत बनाम यथार्थ-सिद्धांत (एक्टिविटी वर्सस पॅसिविटी तथा प्लॅज़र प्रिंसिपल वर्सस रीएलिटी प्रिंसिपल) को उत्पन्न करती हैं। आधारभूत वृत्तियों का नैराश्य द्वंद्वों को उत्पन्न करता है।
3. एक सामान्य वयस्क व्यक्तित्व के तीन गीतशील संघटक भाग होते हैं : कामतत्व (ईड), अहम् (ईगो), पराहम् (सुपरईगो), तीन स्थलाकृतिक स्थान (टॉपोग्राफिकल लोकेशन्स), चेतन मन, अग्रचेतन मन और अचेतन मन होते हैं। आधारीय वृत्तियों और वातावरण के बीच द्वंद्वों का निराकरण स्थलाकृतिक क्षेत्रों में (टॉपोग्राफिकल रीजनूस) मितव्ययी ढंग से कार्यरत गतिशील भागों द्वारा किया जाता है।
4. द्वंद्वों का निराकरण क्रियाविधियों (युक्तियों, मॅकॅनिज़्म्स) द्वारा किया जाता है। विभेदक निर्णय, दमन, रूपांतरण, प्रतीपायन, उदात्तीकरण, प्रतिक्रिया विधान तथा यौक्तिकीकरण मुख्य युक्तियां हैं। स्थानांतरण, एकात्मीकरण, अंतःक्षेपण, प्रक्षेपण और विस्थापन गौण युक्तियां हैं।

संदर्भिका

सबसे पहले उन रचनाओं को सूचीबद्ध करना है जिनका संबंध संपूर्ण सिद्धांत से है। इस अध्याय में फ्रायड की मुख्य रचनाओं के बारे में बताया गया है। आधारिक पुस्तकें हाल ही में मॉडर्न लाइब्रेरी द्वारा सस्ते एक-खण्डीय संस्करण में प्रकाशित की गई हैं। इस संस्करण की बहुत सिफारिश करते हैं। इसके अतिरिक्त एक शुरुआती विद्यार्थी *इन्ट्रोडक्टरी लॅक्चर्ज़* और *न्यू सीरीज़ ऑफ इन्ट्रोडक्टरी लॅक्चर्ज़* पढ़ सकता है। फ्रायड की रचनाओं के अतिरिक्त सबसे महत्वपूर्ण मौलिक रचनाएं अब्राहम (1927), फॅरॅन्जी (1916), जोन्स (1923), एलॅक्जॅन्डर (1930) की हैं। अंग्रेजी भाषा में मनोविश्लेषण सिद्धांत के सामान्य परिचय से संबंधित पुस्तकें बड़ी संख्या में हैं, लेकिन हम केवल हाल में प्रकाशित और उपयोगी पुस्तकों को सूचीबद्ध करेंगे। हेली, ब्रोनर तथा बॉवज़ समसंख्या के पृष्ठों पर मुख्य परंपरागत और रूढ़िवादी दृष्टिकोण और विषम संख्या के पृष्ठों पर इससे विचलित दृष्टिकोण देते हैं तथा 1930 तक के साहित्य का विवरण देते हैं। हैंड्रिक अभी तक का संपूर्ण साहित्य देते हैं तथा चिकित्सा और सामाजिक विज्ञानों के लिए मनोविश्लेषण सिद्धांत के विनियोगों की व्याख्या करते हैं। मैनिंजर की दो पुस्तकें (1937, 1938) मिलकर इस सिद्धांत का विश्वस्त और बहुत पठनीय प्रस्तुतीकरण करती हैं। एलेक्ज़ेन्डर (1936) सिद्धांत का विकास करते हैं और बताते हैं कि कैसे इस सिद्धांत का चिकित्साशास्त्र में उपयोग किया जा सकता है। स्टीफेन इसी विषय को संक्षेप में प्रस्तुत करते हैं।

अगले नम्बर पर सिद्धांत के विशिष्ट भागों पर लिखी गई सबसे अधिक महत्वपूर्ण रचनाएं सूचीबद्ध करनी हैं। आधारभूत वृत्तियों के सिद्धांत के बारे में सबसे महत्वपूर्ण रचना फ्रायड (1930) की है। मैनिंजर (1938) तथा विटिल्स (1939) जैसे कुछ विश्लेषक चालनाओं की मूलप्रवृत्यात्मक प्रकृति को स्वीकार करते हैं जबकि फॅनीकेल जैसे अन्य विद्वान ऐसा नहीं करते तथा एलेक्जेण्डर (1940) जैसे दूसरे विद्वान बीच का रास्ता लेते हैं। मनी-काईरल आधारभूत प्रवृत्तियों (अर्जिज) के सिद्धांत को मनोविज्ञान और जीव-विज्ञान दोनों की संकल्पनाओं (कॉनसैप्ट्स) से जोड़ते हैं।

सामान्य व्यक्ति की संरचना की व्याख्या फ्रायड (1927) ने की। विश्लेषण के लिए इन संकल्पनाओं या अवधारणाओं (कन्सैप्शन्स) का महत्व एलेक्जेंडर (1930) द्वारा विकसित किया गया।

युक्तियों या क्रियाविधियों (मॅकॅनिज़्म्स) का विकास फ्रायड और उनके अनुयायियों की विविध रचनाओं में विकसित किया गया। फ्रायड का इन्टरप्रिटेशन ऑफ ड्रीम्स (1933) मॅकॅनिज़्म्स के लिए विशेष रूप से महत्वपूर्ण है। (ब्रूअर के साथ) स्टडीज इन हिस्टीरिया रूपांतरण की धारणा का विकास करती है। दमन (रिप्रेशन), प्रतीपायन (रिग्रेशन) तथा प्रतिक्रिया विधान (रीएक्शन फॉर्मेशन) पर विशेष रूप से कलॅक्टिड पेपर्स (1924) IV खण्ड में विचार किया गया है। सबसे पहले जोन्स ने यौक्तिकीकरण की धारणा का विकास किया।

रिक्मॅन (1928) ने 1926 के आदि से अंत तक के संपूर्ण मनोविश्लेषण साहित्य को सूचीबद्ध किया है।

संदर्भ

1. फासीवाद के उदय ने दुर्भाग्य से केन्द्रीय यूरोप में मनोविश्लेषणवाद के आंदोलन में विघ्न डाला। विशेषकर फ्रायड की मृत्यु के समय से मनोविश्लेषणवाद का केन्द्र अमरीका हो गया है। (संदर्भ एलेक्ज़ेन्डर, 1938)।
2. प्रेम के यूनानी देवता के नाम पर काव्यात्मक दृष्टि से यह नाम दिया गया है।
3. मृत्यु के देवता के नाम पर साहित्यिक भाषा में ऐसा बोला जाता है।
4. शिकागो इंस्टीट्यूट ऑफ साइकोएनालिसिस में उनके भाषणों से।
5. नारसिस्टिक यूनानी मिथक मात्र नारसीसस से लिया है, जो स्वयं अपने प्रतिबिम्ब के साथ प्रेम करने लगा था। हम सभी कमोबेश आत्ममोही (नारसिस्टिक) होते हैं।
6. इन 'समीकरणों (इक्वेशंस)' के प्रत्यय के लिए मैं डॉ. फ्रांज़ एलेक्जेण्डर के भाषणों का ऋणी हूँ।
7. हेली, ब्रोनर तथा ब्रोअर्स की अनुमति से पुनः चित्रित, 'द स्ट्रक्चर एण्ड मीनिंग ऑफ साइकोएनालिसीज़', न्यूयॉर्क, एल्फ्रेड के. नॉफ, इन्क 1931
8. जे.एफ. ब्राउन, साइकोलॉजी एण्ड द सोशल आर्डर, मॅकग्रो-हिल बुक कम्पनी, इन्क, न्यूयॉर्क, 1936, पृष्ठ 314-316 से उद्धृत।
9. मितव्ययता के इस प्रस्ताव को एकेडॅमिक मनोविज्ञान में भी अनुयायी मिले हैं। संदर्भ व्हीलर (1932) तथा लेविन (1935)।

अध्याय-10

मनोविश्लेषणवाद : मनोलैंगिक उत्पत्ति का सिद्धांत (थ्योरी ऑफ साइकोसेक्सुअल जेनॅसिस)

1. मनोवैश्लेषिक सिद्धांत के लिए साक्ष्य

पिछले अध्याय में हमने देखा कि एक 'सामान्य' वयस्क व्यक्तित्व कैसे संरचित हुआ और कैसे विविध मनोवैज्ञानिक युक्तियों (मॅकॅनिज़्मस) के द्वारा व्यक्तित्व के विभिन्न भागों के बीच उठने वाले द्वंद्वों और संघर्षों का निराकरण किया गया। इस अध्याय में हम देखेंगे कि 'सामान्य' वयस्क व्यक्तित्व की संरचना कैसे होती है। मनोविश्लेषण की प्रविधि में फ्रायड शीघ्र ही इस निष्कर्ष पर आ गए थे कि उनके तंत्रिकातापग्रस्त (न्यूरॉटिक) रोगियों ने जो लक्षण प्रदर्शित किए थे उनका संबंध उनके जीवन के आरंभिक वर्षों की घटनाओं से था। सबसे पहले उन्होंने देखा कि वयस्क रोगियों के लक्षणों का संबंध कामविषयक (इरॉटिक) मूलप्रवृत्ति के कामप्रवृत्यात्मक (लिबिडनल) भाग की कुंठाओं (फ्रस्ट्रेशंस) से था। ये कुंठाएं जीवन के प्रथम वर्ष में घटित हुईं तथा बाल्यावस्था के दौरान निरंतर बनी रहीं। अतः फ्रायड यह विश्वास करने की ओर प्रवृत्त हुए कि बच्चे भी यौन वृत्तियों (सेक्सुअल अर्जेज़) के आविर्भावों को प्रदर्शित करते हैं तथा व्यक्तित्व उत्पत्ति के सिद्धांत में हमें शैशव-कामुकता (इनफॅन्टाइल सेक्सुअलिटी) को महत्व देना पड़ेगा। शैशव कामुकता को स्वीकार करने के पश्चात फ्रायड ने क्रमशः मनोलैंगिक उत्पत्ति (साइकोसेक्सुअल जेनॅसिस) के अपने सिद्धांत का विकास किया। इस सिद्धांत को *साइकोसेक्सुअल जेनॅसिस* का नाम देकर, फ्रायड ने इस तथ्य पर बल दिया कि यौन वृत्ति का ऐंद्रिय या जैविक और मनोवैज्ञानिक दोनों पक्ष होते हैं। (दैट सेक्स हॅज़ बोथ एन ऑर्गेनिक बायोलॉजिकल एण्ड ए साइकोलॉजिकल आस्पॅक्ट)। जब बाद में उन्होंने विनाशकारी मूलवृत्तियों (डैस्ट्रक्टिव अर्जेज़) के महत्व को खोज लिया तो उन्होंने इस ओर भी ध्यान दिलाया कि कैसे इन वृत्तियों का कुंठा भाव भी व्यक्तित्व के विकास में महत्वपूर्ण भूमिका निभाता है। यद्यपि अभी भी इस सिद्धांत को प्रायः मनोलैंगिक उत्पत्ति का सिद्धांत कहा जाता है तथापि व्यक्तित्व के विकास में विनाशकारी वृत्तियों और उनकी कुंठा की इतनी महत्वपूर्ण भूमिका है कि इसे मनोलैंगिक आक्रामकता की उत्पत्ति

(साइकोसेक्सुअल-एग्रेसिविटी जेनॅसिस) का सिद्धांत कहा जा सकता है। मनोलैंगिक उत्पत्ति के सिद्धांत का संबंध उस कुंठा (फ्रस्ट्रेशन) से है जिसे आधारभूत वृत्तियां (बेसिक इंसटिंक्ट) शैशवावस्था में झेलती हैं।

बाल्यावस्था के जैविक रूप से अनुकूलित व्यवहारों (बायलॉजिकली कंडीशन्ड बिहेवियर्स) की कुंठा (फ्रस्ट्रेशन) के आधार पर केवल मानसिक रोगियों की मनोवैज्ञानिक विशेषताएं ही विकसित नहीं होतीं बल्कि 'सामान्य' व्यक्तित्व के बहुत से शीलगुण (ट्रेट्स) भी विकसित होते हैं। इस अध्याय में हम साधारण व्यक्ति के विकास के बारे में विचार-विमर्श करेंगे। चूंकि हमारे निष्कर्ष जिन साक्ष्यों पर आधारित हैं उन सभी प्रमाणों को यहां प्रस्तुत करना असंभव है अतः पहले इन साक्ष्यों की प्रकृति और विस्तार का खुलासा करना चाहिए। ऐसा करना विशेष रूप से महत्वपूर्ण है क्योंकि अभी भी कुछ समुदायों में यह धारणा व्यापक रूप से फैली हुई है कि मनोविश्लेषणवाद फ्रायड की कल्पना का हिस्सा अधिक है।

फ्रायड एक महान अंतर्दर्शी, प्रतिभा संपन्न व्यक्ति थे। उनके सिद्धांत के पक्ष में उपलब्ध मौलिक प्रमाण स्वयं उनके द्वारा विश्लेषित मुट्ठी भर मामलों पर आधारित थे। अपने सिद्धांत की लगभग सभी आधारभूत अभिधारणाएं फ्रायड ने अकेले ही स्थापित की थीं। फिर भी जल्दी ही उन्हें अनुयायी मिल गए और इस प्रकार अनेक व्यक्तियों का विश्लेषण भी किया गया। आज कई हज़ार व्यक्तियों का विश्लेषण कर लिया गया है और उनके विश्लेषण में कुछ निश्चित नियमितताएं भी पाई गई हैं। मूलतः यह सिद्धांत तंत्रिकातापग्रस्त (न्यूरॉटिक) व्यक्तियों की बाल्यावस्था की उन स्मृतियों पर आधारित था जो मनोविश्लेषणात्मक उपचार के क्रम में पुनः प्राप्त हुई थीं। यह प्रमाण स्वयं में बहुत अर्थगर्भित होते हुए भी दो कारणों से निर्णायक नहीं हो सकता। प्रथम यह संभावना है कि मनोविश्लेषक द्वारा दिए गए सुझाव (सजेशन) के कारण रोगी वह बातें 'स्मरण करता है' जो वस्तुतः विश्लेषक के मानस में अवस्थित होती हैं। मनोविश्लेषण के आलोचक सदैव इस संभावना का उल्लेख करते हैं। दूसरे यद्यपि फ्रायड के सिद्धांत सहित सभी आधुनिक सिद्धांत यह मानते हैं कि 'सामान्य' और 'न्यूरॉटिक' मानस में एक प्रकार की क्रियाविधियां (मॅकॅनिज़्म्स) क्रियाशील होती हैं फिर भी यह हो सकता है कि न्यूरॉटिक और सामान्य मानस अपने किस्म (काइंड) में अंतर प्रदर्शित करते हों। मनोविश्लेषण के आरंभिक दिनों में ऐसी आलोचनाएं निस्संदेह गंभीरतापूर्वक ली जानी थीं। आज हम इन्हें गंभीरतापूर्वक नहीं लेते हैं क्योंकि इनके पक्ष में बहुत से दूसरे प्रकार के प्रमाण मिल गए हैं। इनमें से कुछ को सूचीबद्ध करेंगे।

1. 'सामान्य' व्यक्तियों (नार्मलूस) का विश्लेषण : तंत्रिकातापग्रस्त के अतिरिक्त आज सैकड़ों सामान्य व्यक्तियों का विश्लेषण भी किया गया है। इनमें से अधिकांश मनोचिकित्सक हैं जिन्होंने प्रशिक्षित मनोविश्लेषक बनने के लिए विश्लेषण का अनुभव किया था। (भाग IV में हम यह देखेंगे कि क्यों मनोविश्लेषकों के लिए स्वयं

मनोविश्लेषित होना आवश्यक है) ऐसे 'सामान्य व्यक्तियों' के मनोविश्लेषण से प्राप्त निष्कर्ष यद्यपि विषय-वस्तु (कन्टॅन्ट) की दृष्टि से परस्पर भिन्नता रखते हैं लेकिन मनोलैंगिक उत्पत्ति के सामान्य सिद्धांत की पूर्णतया पुष्टि करते हैं। यह तथ्य इस आपत्ति को समाप्त करता है कि न्यूरॉटिक विकास अनिवार्यतः सामान्य विकास से भिन्न प्रकार (काइन्ड) का होता है।

2. सामान्य और न्यूरॉटिक बच्चों के व्यवहार का अवलोकन : मनोलैंगिक उत्पत्ति के सिद्धांत का ढांचा तैयार होने के पश्चात् मनोवैज्ञानिकों द्वारा किए गए बालकों के सभी अवलोकन (इनमें से अनेक सिद्धांत के विपक्ष में थे) इस सिद्धांत की आधारभूत सत्यता की ओर संकेत करते थे। यह कहना तो गुमराह करना होगा कि सिद्धांत के विस्तृत बिन्दुओं के बारे में सभी अवलोकनकर्त्ता पूर्ण रूप से सहमति रखते हैं लेकिन सिद्धांत की व्यापक रूपरेखा का समर्थन करने के बारे में मतैक्य है। बहुत छोटे शिशु (एक वर्ष की आयु से कम) निश्चित रूप से अपने माता-पिता और सहोदर भाई-बहनों (सिबलिंग्स) के लिए सुस्पष्ट कामप्रवृत्यात्मक और आक्रमणशील अनुरक्ति प्रदर्शित करते हैं। बालकों में यौन 'विकृतियों (पर्वर्ज़न्स)' का पाया जाना सामान्य बात है और वयस्कों में यह बार-बार पाई जाने वाली घटना है, इस बात को भी सभी मनोवैज्ञानिक जानते हैं। अधिकांश व्यक्ति एक निश्चित समय तक परिवार में रहते हैं यह तथ्य भी विवादास्पद नहीं हैं। इन तथ्यों को ध्यान में रखते हुए शैशव कामुकता की मनोविश्लेषणवादी अभिधारणा जननिक मनोविज्ञान (जैनेटिक साइकोलॉजी)[1] के लिए अपरिहार्य है। व्यवसायिक मनोवैज्ञानिकों ने ही नहीं बल्कि शिक्षित अविशेषज्ञ माता-पिता ने भी शैशवीय कामुकता के चिह्नों को नोटिस किया है। आइवूज़ हैनूड्रिक ने इनमें से कुछ को नोट भी किया है : जो माताएं 'निष्कपटता' के मिथक की बहुत पक्की भक्त नहीं हैं वे फ्रायड की घोषणा की सत्यता को वैज्ञानिकों की तुलना में अधिक पहचानती हैं। वे शिशुओं के लिंग का उत्थापन (इरैक्शन) देखती हैं, शिशुओं के हस्तमैथुन (मास्टरबेशन) को नोटिस करती हैं; और कदाचित् यह देखकर हंसती हैं कि जब एक शिशु कन्या का हाथ उसके जननांगों से हटाया गया तो उसने हाथ को मुंह में ले लिया। वे शिशुओं में अपने मल के प्रति तीव्र उत्सुकता देखती हैं और इस असंदिग्ध तथ्य पर एक सामान्य वयस्क की जुगुप्सा को भी कदाचित् महसूस करती हैं कि एक दो वर्ष का बालक अपने मल को स्पर्श करके प्रत्यक्ष आनंद का अनुभव करता है। उन्होंने यह भी देखा है कि एक लड़का अपने मूत्र के प्रवाह को देखकर गर्वित होता है। बालचिकित्सकों ने यह नोट किया कि दूध पीने वाले शिशु अपने निरंतर रहने वाले परिचायक के द्वारा उठाए जाने पर प्रायः मूत्र त्याग कर देते हैं, लेकिन किसी अन्य व्यक्ति के द्वारा गोद में लिए जाने पर ऐसा नहीं करते। यदि माताएं गहरा रोष व्यक्त न करें तो लैंगिक भेद और प्रजनन के बारे में शिशुओं के प्रश्न संबंधी दुराग्रह बने रहेंगे। जो व्यक्ति यह दावा करते हैं कि बालकों का प्रत्यक्ष अवलोकन करने पर उन्हें बालकों में यौन प्रकरणों में उत्सुकता और अपने शरीर के रन्ध्रों से आनन्द प्राप्त होता नहीं

दिखाई दिया, उन्हें विश्लेषक केवल यह उत्तर दे सकते हैं : "उन जैसा अंधा कोई नहीं जो देखेंगे ही नहीं", अथवा अपनी शालीनता के कारण वे जो देखते हैं उसे नकारते हैं। और वह यह अनुभव करेगा कि वयस्क की तुलना में शिशु आश्चर्यजनक रूप से अंतर्दर्शी होता है, वह क्षणिक भ्रूभंग को, अप्रसन्नता के सामान्य से संकेत को तत्काल पहचान लेता है और ऐसे माता-पिता से अपनी कामुकता को गुप्त रखना बहुत शीघ्रता से सीख जाता है जो इस विचार से घृणा करते हैं कि एक शिशु में यह (कामुकता) प्रकट हो सकती है।[2]

इस प्रकार के अवलोकन इस आलोचना को पराजित करते हैं कि परिणाम सुझाव के फलस्वरूप हैं।

3. मनोविकृति विज्ञान के क्षेत्र में किए गए अवलोकन : मनोविश्लेषण (साइकोएनालिसिस), मनोविक्षिप्त (साइकोटिक), काम विकृति से ग्रस्त (सेक्सुअली पर्वर्स) तथा चारित्र दोष से पीड़ित (कॅरॅक्टरॉलॉजिकली डिस्ऑर्डड) व्यक्तियों (के मनोविश्लेषण) से स्वतंत्र होकर किया गया अध्ययन यह स्पष्ट रूप से दिखाता है कि मनोलैंगिक उत्पत्ति के सिद्धांत की मुख्य रूपरेखा को स्वीकार करके हम इन घटनाओं को आपस में और सामान्य व्यवहार के साथ बहुत अच्छी तरह संबद्ध कर सकते हैं। मनोविश्लेषण के इस पहलू पर हम खण्ड IV में विचार विमर्श करेंगे। यदि अधिक गहराई में स्थापित प्रत्यक्ष मनोविश्लेषणात्मक अध्ययन उपलब्ध नहीं होते तो केवल यह अवलोकन तो मात्र संकेत करने लायक ही होता। इन अध्ययनों की सहायता से यह अवलोकन निर्णायक प्रमाण जुटाता है।

4. प्रतिभाशाली व्यक्तियों पर किए गए अध्ययन; सांस्कृतिक नृशास्त्र (कल्चरल एन्थ्रॉपॉलॉजी) के क्षेत्र के अध्ययन; मनोदैहिक चिकित्सा प्रणाली (साइकोसोमॅटिक मेडिसिन) के क्षेत्र में किए गए अध्ययन : ये सभी अध्ययन दिखाते हैं कि मनोलैंगिक उत्पत्ति के सिद्धांत की व्यापक रूपरेखा, जिसे कुछ न्यूरॉटिक रोगियों के व्यक्तिगत विश्लेषण के द्वारा फ्रायड ने विकसित किया था, सही है। निस्संदेह, काल के क्रम में इस सिद्धांत में बहुत से संशोधन किए गए हैं और कुछ विशिष्ट बिन्दुओं के बारे में अभी भी कुछ विवाद है। फिर भी, आंकड़ों का विशाल संचयन मनोविश्लेषण के मूलभूत विवादों को समर्थन देता है।

2. 'सामान्य' वयस्क को मनोविश्लेषणवाद को स्वीकार करना कठिन क्यों लगता है?

मनोविश्लेषण सिद्धांत जिन पर टिका हुआ है बड़ी मात्रा में उन प्रमाणों के उपलब्ध होने के बावजूद एक सुसमायोजित वयस्क फ्रायड के मनोलैंगिक उत्पत्ति के सिद्धांत के बारे में पहली बार सुनने पर इसे किंचित अनर्गल और हास्यास्पद रूप में देखने की प्रवृत्ति रखता है। यह मौलिक और प्रथम प्रतिक्रिया एक स्वस्थ प्रतिक्रिया है और भली भांति

समझ में भी आती है। यदि हम यह देखने के लिए समय निकालें कि ऐसा क्यों है तो इससे इस सिद्धांत के बारे में हमारी सूझबूझ बढ़ेगी।

फ्रायडवादी मनोविज्ञान के मूल निरूपण के समय साधारण जन में इस सिद्धांत के प्रति अविश्वास या संशय की भावना में अधिकांश चिकित्सक भी साझेदार थे। फ्रायड को एक कुत्सित-मनस्कता का व्यक्ति समझा गया जिसका संबंध एक पतित और भ्रष्ट सभ्यता से था। इस समय नाराजगी का मुख्य कारण था शिशुओं पर कामभावना आरोपित करना। विक्टोरियाई काल में वयस्क कामुकता का भी गलत अर्थ लगाया जाता था तथा क्राफ्ट-एबिन्ग और हॅवलॉक एलिस जैसे कुछ पथ प्रदर्शक यौन विज्ञानियों के अपवादों के अतिरिक्त कोई इसका अध्ययन भी नहीं करता था। निस्संदेह आज की भांति उस समय भी कामुकता (सेक्स) में लोगों की बहुत अधिक रुचि थी। लेकिन इसे हमारी निम्नतर प्रकृति का हिस्सा समझा जाता था जो किंचित् अश्लील होता है तथा जो गुप्त रूप से विचार-विमर्श करने के लिए कितना भी चित्ताकर्षक प्रकरण क्यों न हो, सार्वजनिक रूप से बात करने योग्य मानवोचित कार्य नहीं है। विषमलिंगी वैवाहिक संबंध को कुछ प्रतिबंधों के साथ सहन किया जा सकता था लेकिन किसी भी दूसरे प्रकार का लैंगिक संबंध बहुत अधिक अनैतिक समझा जाता था। इन सबसे परे शिशु निष्पाप और काम-वासना रहित होते थे। अब तक हम देख चुके हैं कि फ्रायड ने किस प्रकार वयस्कों के बीच विषमलिंगी आसक्तियों को जीवन वृत्ति के कामप्रवृत्यात्मक (लिबिडिनल) तत्व की सामान्य कार्य प्रणाली के केवल एक विशिष्ट दृष्टांत की भांति माना। हम पुनः यह याद करते हैं कि कामवृत्ति (लिबिडो) का अभिप्राय अन्य व्यक्तियों के साथ घनिष्ठ शारीरिक संपर्क में आने की अति सामान्य प्रवृत्ति (अर्ज) से है। केवल वयस्कों के मध्य विषमलिंगी प्रेम संबंध ही कामवासनात्मक (लिबिडिनल) प्रकृति का नहीं होता बल्कि माता-पिता का प्रेम, भाई-बहनों का प्रेम और विषमलिंगी और समलिंगी अर्थ में घनिष्ठ मित्रता का प्रेम भी इसी प्रकार का होता है।

सामान्य वयस्कता तक हम शैशव कामुक प्रवृत्तियों पर विजय प्राप्त करके पहुंचते हैं। सामान्य विकास के क्रम में, शिशु को स्तनपान करना छोड़ना पड़ेगा, उसे व्यक्तिगत स्वच्छता की आदतों को सीखना पड़ेगा तथा उसे शैशव हस्तमैथुन की सार्वभौमिक आदत को छोड़ना पड़ेगा। स्तनपान छोड़ने की प्रक्रिया में, उसे अपनी मुखीय कामुकता का परित्याग करना चाहिए अर्थात् शिशु को अपनी माता का स्तन चूसने के माध्यम से प्राप्त होने वाली कामवासनात्मक संतुष्टि के लिए अपनी अभिलाषा को छोड़ देना चाहिए। शौच-प्रशिक्षण की प्रक्रिया में उसे अपने मूत्रमार्ग व गुदा-संबंधी निष्कासन पर नियंत्रण करना सीखना पड़ेगा। शैशव हस्तमैथुन की आदत छोड़ने की प्रक्रिया में कामप्रसुप्ति की अर्थात् सात से चौदह वर्ष की लम्बी अवधि के लिए सभी प्रकार की कामुकता का परित्याग करना पड़ेगा। अगले अनुच्छेदों में इन सभी को विस्तार से दिया जाएगा। ये सभी परित्याग और इनके परिणामस्वरूप होने वाले दमन द्वंद्व के माध्यम से होते हैं और बच्चे के जीवन में अधिकांशतया मनोवैज्ञानिक रूप से आघात पहुंचाने

वाले (ट्रॉमैटिक) अनुभव होते हैं। एक बार जब इन द्वंद्वों का संतोषप्रद समाधान कर लिया जाता है तो केवल पूर्ण दमन करने के माध्यम से ही अर्थात् इन्हें नकार के ही व्यक्ति इन्हें सुलझाए रख सकता है। परिणामस्वरूप यह देखना बहुत सरल हो जाता है कि एक साधारण सामान्य वयस्क इन गंभीर मनोवैज्ञानिक द्वंद्वों का पुनर्जागरण होने पर उनके खिलाफ अवरोध (डिफॅन्सिज़) खड़े कर लेते हैं। ऐसा करने में सामान्य वयस्क उसी प्रकार मितव्ययता से व्यवहार कर रहा होता है जिस प्रकार एक असामान्य व्यक्ति अपने लक्षणों का विकास करके अपने द्वंद्वों से स्वयं की रक्षा करता है। एक उदाहरण लेने के लिए : एक साधारण वयस्क मल-त्याग की क्रिया में अपनी सुखद रुचि को तीव्रता से नकारने की ओर प्रवृत्त रहता है। हम बाद में देखेंगे कि कुछ मनोविक्षिप्तियों में मल-त्याग बहुत महत्वपूर्ण भूमिका निभाता है फिर भी शौचगृह परिहास (बाथरूम ह्यूमर) का प्रचलन मात्र इस बात का द्योतक है कि साधारण वयस्क गुदा-संबंधी दिलचस्पियां रखते हैं। यदा-कदा, सामान्य वयस्क में भी गुदा-संबंधी व्यवहार में दिलचस्पी के क्षीण रूपों को अवसर दिया जाता है। प्रहसन तमाशों में और समवेत नृत्यों में मंच पर नितम्बों के क्षेत्र का (अनुचित) लाभ उठाया जाता है। विक्षिप्त व्यक्तियों की भांति, बालक और आदिम मनुष्य गुदा क्षेत्र में और मल-त्याग की प्रक्रिया में अपनी रुचि को स्वीकार करने के लिए कुछ सीमा तक इच्छुक रहते हैं।

आज हमें दो प्रकार के व्यक्ति मिलते हैं जो फ्रायड के मनोलैंगिक उत्पत्ति के सिद्धांत का पूरे जोर-शोर से बहिष्कार करने की ओर प्रवृत्त हैं। पहले समूह में वे सभी आते हैं जो इसके बारे में कुछ नहीं जानते हैं अतः उनका बहिष्कार बहुत स्वाभाविक है और समझा जा सकता है। दूसरी ओर बहुत से मनोवैज्ञानिक और कुछ मनोचिकित्सक अभी भी फ्रायड के सिद्धांत की विवादात्मक ढंग से भर्त्सना करते हैं। वे 'प्रतिरोध (रेज़िस्टेंस)' के सुपरिचित कारक को प्रदर्शित कर रहे हैं। यहां तक कि ऐसे मनोचिकित्सक जो शैशव कामुकता को दूसरों पर आरोपित करने के लिए पर्याप्त तत्पर रहते हैं, प्रायः स्वयं अपना मनोविश्लेषण किए जाने पर प्रतिरोध प्रदर्शित करते हैं।

साधारण जन, और अभी हाल तक मनोवैज्ञानिक भी बालक को अधूरा वयस्क समझने की ओर झुकाव रखते हैं। वे यह सोचते हैं कि बालक संसार का प्रत्यक्षज्ञान उसी प्रकार करते हैं जिस प्रकार एक वयस्क करता है लेकिन उनका प्रत्यक्ष ज्ञान उतना पूर्ण नहीं होता और सूक्ष्म अर्थभेद से रहित होता है तथा शिशु संसार के प्रति उसी प्रकार प्रतिक्रिया करता है जिस प्रकार वयस्क करते हैं, केवल प्रतिक्रिया उतनी कुशलतापूर्वक नहीं होती। इससे बाल मनोविज्ञान को समझने में कठिनाइयां होती हैं। जब मनोविश्लेषणवाद कहता है कि बालक माता-पिता में किसी एक के साथ अपना एकात्मीकरण करता है और बाद में अपने अभिभावक के प्रतिरूप का अपने व्यक्तित्व के हिस्से के रूप में अंतःक्षेपण करता है और अपने स्वः के एक भाग के रूप में उस धारणा (इमेज) के साथ तादात्म्य स्थापित करता है। एक साधारण व्यक्ति यह विश्वास करता है कि यह असंभव है क्योंकि वह स्वयं इतना भ्रमित नहीं होगा। बाल मनोविज्ञान

के क्षेत्र में केवल फ्रायडवादियों द्वारा ही नहीं बल्कि विद्वतापूर्ण मनोवैज्ञानिकों द्वारा भी किए गए नवीन शोध हमें इस धारणा की ओर ले जाते हैं कि शिशु का संगठन और संरचना वयस्क से भिन्न होती है। बहुत लम्बे समय तक हमारी यह धारणा रही है कि शारीरिक रूप से (एनाटॉमिकली) शिशु वयस्कों से पर्याप्त भिन्न होते हैं। लेकिन अब हम यह महसूस करते हैं कि मनोवैज्ञानिक अंतरों की तुलना में ये शारीरिक अंतर संभवतया कम हैं। वयस्क की तुलना में एक शिशु बहुत ही कम विशिष्टीकृत (डिफरैंशिएटिड) होता है और एक मनोजैविक इकाई (साइकोबायोलॉजिकल यूनिट) अधिक होता है। इसके अतिरिक्त बालक कल्पना के आंतरिक संसार और यथार्थ के बाहरी संसार में वयस्क की भांति विभेद नहीं कर सकता। वयस्कों और बालकों में ये अंतर मनोलैंगिक उत्पत्ति की फ्रायडवादी धारणाओं में ठीक बैठते हैं। इनका ज्ञान एक साधारण व्यक्ति के लिए सिद्धांत को ऊपर से देखने में बहुत अधिक विश्वसनीय बना देता है। जब बालक के व्यक्तित्व के बारे में हमारे आधुनिक मनोवैज्ञानिक मत अधिक संज्ञान में होंगे तो फ्रायड के सिद्धांत की स्वीकृति के मार्ग में आने वाली मुख्य कठिनाइयां दूर हो जाएंगी।[3]

मनोलैंगिक उत्पत्ति का सिद्धांत केवल वयस्कों के मनोविश्लेषण पर ही आधारित नहीं है अपितु बाल्यावस्था के सबसे सरल और सबसे अधिक सीधे-सादे मानवीय संबंधों पर भी आधारित है। जैसे-जैसे शिशु विकसित होने के लिए बाध्य होता है और जिस संसार में हम रहते हैं उसका सामना करता है और बढ़ती हुई आत्मनिर्भरता के साथ उत्तरदायित्व प्राप्त करता है वैसे-वैसे यह सिद्धांत व्यक्ति का वर्णन नवजात शिशु की जैविक संरचना (बायोलॉजिकल कांस्टिट्यूशन) में से विकसित होने वाली किसी वस्तु के रूप में देने का प्रयास करता है। पहले के सभी सिद्धांत वृद्धि और विकास को जीव (ऑर्गेनिज़्म) के अंदर छुपे हुए स्रोतों को खोलने के रूप में समझते हैं। फ्रायड का सिद्धांत क्षेत्र सैद्धांतिक है क्योंकि यह सदैव प्राणी (ऑर्गेनिज़्म) के अंदर स्थित बलों (फोर्सेज़) और पर्यावरण के बलों में अंतर्क्रिया को महत्व देता है। जब शुक्राणु द्वारा डिम्ब निषेचित होता है तो एक व्यक्ति की रचना होती है। प्रारंभ में वह पूर्णतया माता के जीव (मदर ऑर्गेनिज़्म) पर आश्रित होता है। वह अपने लिए सांस भी नहीं लेता। जन्म लेने पर वह सांस लेना प्रारंभ करता है लेकिन स्तनपान की अवस्था के दौरान मदर ऑर्गेनिज़्म ही उसे भोजन प्रबंध कराता है। उसे स्वयं भोजन करना, चलना, बात करना, अपनी अवरोधिनी पेशियों को नियंत्रित करना, पढ़ना और लिखना और अंत में माता-पिता का घर छोड़कर अपना घर बसाना सीखना पड़ेगा। इनमें से प्रत्येक अवस्था उसे अधिक आत्मनिर्भर बनाती है। इनमें निस्संदेह दैहिक और मनोवैज्ञानिक परिपक्वता के कारक भी होते हैं जो उसे इस प्रक्रिया की ओर 'ढकेलते' हैं लेकिन इसमें दैहिक (फ़िजियोलॉजिकल) मनोवैज्ञानिक जड़ता के किसी सिद्धांत का होना भी प्रतीत होता है जो *यथास्थिति* (स्टेटस क्वो) को सुखद होने पर व्यक्तियों को संतुष्ट करता है। इस प्रकार, मनोवैज्ञानिक और दैहिक (फ़िजियोलॉजिकल) दोनों प्रकार की वृद्धि, एक प्रक्रिया

है जो स्वतः स्वचालित ढंग से नहीं खुलती बल्कि स्थापित यथास्थिति या स्टेटस क्वो के संतुलन (इकुईलिब्रियम) को अस्त-व्यस्त करके उसे लाया जाता है।

कभी-कभी विकसित होने की प्रक्रिया से संबंधित कर्त्तव्य और उत्तरदायित्व, विकसित होने में मिली आत्मनिर्भरता के सुखों की तुलना में अधिक दुखद होते हैं और हममें से सभी कभी न कभी अपनी बाल्यावस्था के लिए तरसते हैं। जब हम निश्चिंत और संतुष्ट होते हैं तो हमारी प्रवृत्ति चीजों को चलने देने की होती है और इसमें बालक हमारे समान ही होते हैं। फ्रायड ने यह बताया कि हम केवल इसलिए विकसित होते हैं (अर्थात् स्वयं को पहले मदर ऑर्गनिज़्म पर निर्भरता से और फिर पारिवारिक (फॅमिलियल) वातावरण पर निर्भरता से 'अलग करने या वीन्ड होने' की अनुमति देते हैं) क्योंकि हम ऐसा करने के लिए बाध्य किए जाते हैं (अर्थात् हमारी यथास्थिति या स्टेटस क्वो में गड़बड़ पैदा होती है)। फ्रायड ने वस्तुनिष्ठ और वैज्ञानिक तरीके से इसका अध्ययन किया कि ''मां से अलग होने (बीइंग वीन्ड) की प्रक्रिया में हम किस प्रकार से केवल मां से अपने को अलग (या वीन्ड होने) के सीधे और महत्वपूर्ण अर्थ में ही नहीं बल्कि सभी प्रकार की वीनिंग्स जिनमें से हम गुजरते हैं, कैसे प्रतिक्रिया करते हैं।

यह आश्चर्य की बात है कि तब तक मां से अलग होने अर्थात् वीनिंग्स की गतिकी का अध्ययन नहीं किया गया था। ये बाल्यावस्था के सर्वमान्य समान तथ्य हैं लेकिन वयस्कों के लिए इन्हें स्वीकार करना कठिन होता है क्योंकि हममें से अधिकांश व्यक्तियों में इनसे संबंधित स्मृति का दमन हो जाता है। शिशु में व्यक्तित्व के विकास की प्रक्रिया को मनोविश्लेषकों ने पांच अपेक्षाकृत पृथक् लेकिन अस्थायी रूप से परस्परव्यापी अवस्थाओं में विभाजित किया। पहली अवस्था मुखीय अवस्था या *ओरल स्टेज* कहलाती है जो मुखीय (मां का स्तन) *चूसना या ओरल सकिंग* और मुखीय (दांत से) काटना या *ओरल बाइटिंग* में उपविभाजित है। इस अवस्था में शिशु के मुख्य वैज्ञानिक नैराश्य वीनिंग से संबंधित होते हैं। इसके बाद गुद अवस्था *(एनल स्टेज)* आती है जो पुनः गुद बहिष्कार या (*एनल एक्सपल्सिव*) और गुदधारणशील (*एनल रिटॅन्टिव*) में उपविभाजित है। इस अवस्था के मुख्य नैराश्य (फ्रस्ट्रेशनूस) वे हैं जिनका संबंध शौच प्रशिक्षण (टॉयलेट ट्रेनिंग) से होता है। इसका अनुगमन लैंगिक अवस्था (*फॅलिक स्टेज*) करती है जहां मुख्य नैराश्यों का संबंध शैशव हस्तमैथुन से होता है। इसके पश्चात् आने वाले कामप्रसुप्ति काल (*लेटॅन्सी पीरियड*) में मनोलैंगिकता के अधिकांश अनुभवों का दमन कर दिया जाता है। यौवनारंभ (प्यूबर्टी) पर जननिक अवस्था (*जैनाइटल स्टेज*) पर मनोलैंगिकता पुनः प्रकट होती हैं और इस समय से मनोलैंगिकता हमारे संज्ञान में (कॉन्शस) बनी रहती हैं।

बहुत से विद्यार्थी जब पहली बार यह जानते हैं कि मुखीय और गुद अवस्थाएं 'मनोलैंगिक अवस्थाएं या साइकोसेक्सुअल स्टेजिस' कहलाती हैं तो उनकी प्रतिक्रिया घृणा से भरी होती है। अनेक आलोचक, जिनमें लेखक भी शामिल हैं, यह महसूस करते

हैं कि इन अवस्थाओं के नामों का चयन उपयुक्त नहीं है। लेकिन विद्यार्थी और आलोचक को यह याद रखना चाहिए कि फ्रायड ने 'लैंगिकता या सेक्सुअलिटी' को व्यापक अर्थ में प्रयोग किया था और 'कामप्रवृत्ति' की परिभाषा सभी प्रकार के घनिष्ठ मानवीय प्रेम संबंधों के अर्थ में दी थी। इसे ध्यान में रखकर हमें यह जानकर निश्चित रूप से अप्रसन्न नहीं होना चाहिए कि 'वीनिंग' और 'टॉयलेट ट्रेनिंग' में 'कामप्रवृत्यात्मक (लिबिडिनल)' और यौन संबंधी या (सेक्सुअल) घटक रहते हैं। हाल ही में एलेक्ज़ेन्डर (1940) ने यह सुझाव दिया कि सेक्सुअॅलिटी की अवधारणा का पूर्ण रूप से पुनर्मूल्यांकन करने का प्रयास होना चाहिए जिसमें सेक्सुअल या लैंगिक का अर्थ व्यवहार के केवल जननिक पक्ष तक ही सुरक्षित रखा जाए। और ऐसा करने तक, व्यापक रूप से प्रयोग किए जाने वाले शब्द 'मुखीय या ओरल' और 'गुद या एनल' शब्दों को बने रहने दिया जाए। एक बार फिर हम पाठक से इस अध्याय और आने वाले अध्यायों के दौरान इन पारिभाषिक शब्दों के इन अतिविशिष्ट अर्थों को ध्यान में रखने का आग्रह करते हैं

आगे आने वाले खण्डों में हम इन पांच अवस्थाओं के विकास का रेखाचित्र विस्तार से प्रस्तुत करेंगे। इनमें से प्रत्येक के लिए हम यहां प्रस्तुत करेंगे : (1) विकास की अवस्था का नाम; (2) अनुमानित आयु और अवधि; (3) कामप्रवृत्यात्मक स्थानीकरण (लिबिडिनल लोकलाइज़ेशन)[4] अर्थात् शरीर का वह अंग जहां अधिकांश लिबिडो व्यय होती हैं; (4) कामप्रवृत्यात्मक पद्धति (लिबिडिनल मोड); (5) कामप्रवृत्यात्मक वस्तु (लिबिडिनल ऑब्जेक्ट) अर्थात् वह पदार्थ जिस पर लिबिडो केन्द्रित है (कैथेक्साइज़्ड); (6) नैराश्य जो द्वंद्व को जन्म देता हैं; (7) द्वंद्व की प्रकृति; (8) द्वंद्व के निराकरण के परिणामस्वरूप व्यवहार में होने वाला परिवर्तन तथा (9) इस विकास के परिणामस्वरूप व्यक्तित्व में होने वाला परिवर्तन। प्रदत्तों का क्रम योजनाबद्ध तरीके से सारिणी 2 में इस अध्याय के अंत में दिया गया है। फिर भी पाठक से यह अनुरोध किया जाता है कि वे इस चार्ट पर तब तक ध्यान न दें जब तक कि वह मुखीय चूषण (ओरल सकिंग) अवस्था के विकास को समझ न लें जो तत्काल प्रस्तुत किया जा रहा है।

3. मुखावस्था (द ओरल स्टेज)

चूषण—मां से सबसे पहला अलगाव या 'वीनिंग' जन्म के समय होती है। नवजात शिशु, श्वांस की 'आत्मनिर्भरता' का और ऐसा करने के 'उत्तरादायित्व' का विकास करके, जन्म लेने के नैराश्य (फ्रस्ट्रेशन) के प्रति प्रतिक्रिया करता है। ओटो रैन्क (1929) जन्म को ही प्रथम और महानतम सर्वव्यापक मानव नैराश्य मानते हैं। अधिकांश मनोविश्लेषकों का यह सोचना है कि रैन्क ने जन्म के महत्व पर आवश्यकता से अधिक बल दिया लेकिन वे सभी यह भी स्वीकार करते हैं कि इसका मनोवैज्ञानिक महत्व हो सकता है। शिशु की तंत्रिका प्रणाली (नर्वस सिस्टम) अपेक्षाकृत इतनी अविकसित होती है कि

इसका प्रभाव, रैन्क जितना विश्वास करते हैं, संभवतया, उससे कम होता है। फिर भी मनोविश्लेषकों के पास इसका बहुत प्रमाण है कि नर्सिंग और वीनिंग में होने वाले शिशु के व्यवहार का उसके व्यक्तित्व के लिए अत्यधिक महत्व होता है।

नवजात शिशु एक पूर्णतया असहाय व्यक्ति होता है। हमारे पास यह विश्वास करने के कारण हैं कि वह व्यक्ति के रूप में बहुत अलग नहीं होता है। वह मुख्यतया *कामतत्व* (इड) उस अर्थ में होता है जिस अर्थ को हमने पिछले अध्याय में (इस शब्द का) प्रयोग किया तथा उसमें स्वः (*सैल्फ*) या अहम् (*ईगो*) या विवेक (कान्शिएंस) या पराहम् (*सुपरईगो*) की धारणा नहीं होती। उसकी अपेक्षाएं कम होती हैं। वह चाहता है कि भूखा होने पर उसे भोजन मिल जाए, उसे सूखा और गर्म रखा जाए तथा उसके जीवन के लगभग पहले आठ माह[5] इन आवश्यकताओं की देख-रेख करने से संबंधित होते हैं। उसे प्रायः मां के स्तन से भोजन मिलता है, लेकिन आज के आधुनिक समय में जबकि शिशु को स्तनपान करने का प्रचलन कम होता जा रहा है, उसे सामान्यतया गर्म दूध पिलाया जाता है तथा यह मां के साथ घनिष्ठ शारीरिक संपर्क में किया जाता है। छोटा बालक संभवतया स्तनपान और कृत्रिम दुग्धपान में भिन्नता नहीं करता। प्रारंभ में वह प्राथमिक रूप से एक दैहिक जीवन (फ़िजियोलॉजिकल ऑर्गेनिज़्म) होता है। जब उसका पेट खाली होता है, या ठंड लग रही होती है या जब वह मल या मूत्रत्याग की आवश्यकता के कारण असुविधा महसूस कर रहा होता है, उसकी दैहिक स्थिति (फिज़ियोलॉजिकल स्टेटस) प्रथम मनोवैज्ञानिक अप्रियता (साइकोलॉजिकल अन्प्लॅजॅन्टनॅस) में परिवर्तित या अनुवादित होती है।

मां का स्तनपान करके पोषण प्राप्त करना शिशु के लिए शारीरिक और मनोवैज्ञानिक दृष्टि से सबसे महत्वपूर्ण क्रिया है। इस कारण से मनोविश्लेषक जन्म से लगभग आठ माह के काल को मुखीय चूषण काल (ओरल सकिंग पीरियड) कहते हैं। कामवृत्ति (लिबिडो) मुख्यतया मुख या मुखीय क्षेत्र में स्थित होती है; सुख प्राप्त करने का और इस तरह तनाव से मुक्त होने का तरीका चूसना और निगलना है। शिशु को अपनी आक्रमणशील प्रवृत्तियों का चेतन संज्ञान नहीं होता। वह प्राथमिक रूप से कामविषयक चालना (इरॉटिक ड्राइव) के द्वारा अभिप्रेरित होता है जो (उसके) मुख में स्थित होती है और उसके प्रथम और कुछ-कुछ असंगठित प्रयास मुखीय संतुष्टि के लिए होते हैं। इसी कारणवश, शिशु के मूलप्रवृत्तिपरक (इन्स्टिंक्चुअल) जीवन को पूर्वउभयभावी (*प्रीएम्बीवेलेंट*) कहा जाता है। वह अपनी मां और स्वयं के बीच में स्पष्ट रूप से भेद भी नहीं कर पाता। वह अपनी त्वचा और शारीरिक पेशी-समूह से कामुक (लिबिडिनल) संतुष्टि प्राप्त करता है लेकिन उसे इसका चेतन संज्ञान नहीं होता कि वह स्वयं से प्रेम करता है। अतः उसको लिबिडिनल संतुष्टियां स्वरत्यात्मक (ऑटोइरॉटिक) (आत्मरतिक (नारसिसिस्टिक) के विपरीत) कहलाती हैं। उसका संपूर्ण नजरिया निष्क्रिय निर्भरता का होता है।

यद्यपि कुछ बच्चे (निम्न स्तर के मूढ़ या ईडियट्स) कभी भी इस अवस्था से आगे

उन्नति नहीं करते, एक साधारण बालक 'वीनिंग' से जनित नैराश्य के द्वारा बाध्य होकर एक पृथक् वैयक्तिक संरचना (डिफरॅन्शिएटिड पर्सन स्ट्रक्चर) के रूप में विकसित होना आरंभ कर देता है। आठ माह की आयु के लगभग 'वीनिंग' शिशु के जीवन में एक महत्वपूर्ण भूमिका निभाने लगती है। उसे मां के स्तन से अलग किया जाता है और उसका कुछ भोजन चूसने (सकिंग) के अलावा दूसरी विधियों से प्राप्त किया जाता है। शिशु के लिए यह आघात पहुंचाने वाला अनुभव होता है। उसे अपनी आवश्यकताओं की संतुष्टि के लिए चूषण के अतिरिक्त कोई दूसरी स्वः निर्देशित क्रिया का विकास करना प्रारंभ करना होता है। बाहरी यथार्थ के बारे में प्रारंभिक अपरिष्कृत धारणाएं और एक व्यक्ति के रूप में अपने बारे में प्रारंभिक असंगठित धारणाएं इसी समय विकसित होती हैं। इसी समय, उसके दांत निकलते हैं और पहली बार उसके पास एक उपकरण होता है जिससे वह आक्रमणशील व्यवहार प्रदर्शित करता है। अधिकांश माताएं जो शिशु के दांत उगने तक उसे स्तनपान कराती हैं, इस बात से भली-भांति अवगत हैं कि लगभग इसी समय शिशु 'वीनिंग' से उत्पन्न नैराश्यों को लेकर शिशु अपने असंतोष को, काटने के (बाइटिंग) द्वारा प्रदर्शित करता है। इस द्वंद्व परिस्थिति में, उस स्थिति की शुरुआत हो जाती है जिसे हम बाद में 'इडीपस स्थिति (इडीपस सिचुएशन)' कहेंगे। शुद्ध रूप से निष्क्रिय चूषण व्यवहार के नैराश्य द्वारा उत्पन्न द्वंद्व के निराकरण के परिणामस्वरूप मुखीय आक्रमणशीलता या मुखीय परपीड़नशील काल का विकास होता है। इसके साथ पर्याप्त दमन भी आता है। ओरल सकिंग के प्रारंभ से अंत तक शिशु प्रधानतः सुख के सिद्धांत (प्लॅज़र प्रिंसिपल) के आधिपत्य में होता है। प्रारंभ में उसका व्यक्तित्व अपने गत्यात्मक पक्षों में पूर्ण कामतत्व (इड) और स्थान-वर्णन संबंधी (टॉपोग्रफिकल) पक्षों में मुख्यतया अचेतन होता है। ओरल सकिंग काल का अंत होने पर ईगो और इसके साथ चेतना (कॉन्शसनॅस) और यथार्थ का विस्तारित बोध प्रकट होना प्रारंभ हो जाता है। इससे हमें यह धारणा नहीं बनानी चाहिए कि यह प्राकट्य ठीक-ठीक आठ माह या किसी अन्य निश्चित समय पर होता है। वस्तुतः यह एक द्वंद्वात्मक प्रकृति की एक अत्यंत क्रमिक प्रक्रिया है।

मुखीय काल के प्रारंभ से संबंधित मुख्य तथ्य संक्षेप में इस अध्याय के अंत में दिए गए चार्ट में योजनाबद्ध तरीके से देखे जा सकते हैं। 1 से 9 स्तम्भों तक मनोलैंगिक उत्पत्ति के वे सोपान दिए गए हैं जिनके बारे में अभी तक विचार विमर्श किया गया था। पाठक को फिर उस पंक्ति के स्तम्भ 1 पर ध्यान देना चाहिए जिस पर 'ओरल सकिंग' लिखा है। स्तम्भ 10 से 12 का प्रयोग अगले अध्याय के संबंध में और स्तम्भ 13 से 15 का प्रयोग खण्ड IV के संबंध में किया जाएगा। लेखक यह अनुभव करते हैं कि एक ऐसे चार्ट के द्वारा वे मनोविश्लेषणवाद द्वारा वर्णित मनोलैंगिक विकास की जटिलता को समझ सकते हैं। लेकिन कुछ सीमा तक ऐसे चार्ट भ्रामक होते हैं क्योंकि मनोलैंगिक विकास की प्रक्रिया गत्यात्मक और द्वंद्वात्मक होती है। यह क्रमशः खुलती है। चार्ट में हम केवल कुछ खास अवसर पर विशिष्ट स्थिर स्थितियों को इंगित कर

सकते हैं। फिर भी यदि हम अवस्थाओं के बीच होने वाले क्रमिक संक्रमण के सत्य को ध्यान में रखें तो यह चार्ट बहुत सहायक होना चाहिए।

दांत काटना (ओरल बाइटिंग) : दांतों के उगने के साथ ही शिशु आक्रमणशील व्यवहार प्रदर्शित करने लगता है और इस प्रकार विकास की एक नवीन अवस्था में प्रवेश करता है। यह अवस्था लगभग आठ माह से लगभग अट्ठारह माह की आयु तक रहती है। यहां भी पुनः समय की सीमाओं में बहुत विविधता रहती है। हमें यह धारणा नहीं बनानी चाहिए कि चूषक अवस्था का समस्त व्यवहार आठ माह होने पर स्वतः ही अंतर्धान हो जाता है या अट्ठारह माह की आयु तक इसका स्थान दांत काटने वाले व्यवहार द्वारा पूर्णतया ले लिया जाता है। इसके विपरीत अधिकांश चूषण (ओरल सकिंग) व्यवहार इस समय तक रहता है और बल्कि विकसित व्यक्तित्व और वयस्क आचरण के कुछ विशिष्ट पक्ष आठ माह तक पहले से ही निर्धारित हो गए होते हैं। आगामी अध्यायों में हम देखेंगे कि ये शीलगुण (ट्रेट्स) क्या हैं। अभी कुछ उदाहरण देने के लिए, हम कह सकते हैं कि जीवन में हमारा खाने और पीने से संबंधित समस्त व्यवहार ओरल सकिंग अवस्था की निरंतरता का प्रतिनिधित्व करता है, यद्यपि वातावरण संबंधी प्रभावों के माध्यम से इसका रूप बहुत परिवर्तित हो जाता है। अतः खाना और भोजन में रुचि मुखीय विशेषताओं का प्रतिनिधित्व करते हैं। उसी प्रकार किसी प्रिय जन के अधरों का चुम्बन लेने से हमें जो आनंद प्राप्त होता है उसकी उत्पत्ति मुखीय अवस्था में होती है।

यद्यपि ओरल सकिंग काल के कुछ रूपांतर स्थायी रूप से व्यक्तित्व में बने रहते हैं, पर नये शीलगुण (ट्रेट्स) भी प्रकट होते हैं तथा 'वीनिंग' से होने वाले नैराश्य के साथ व्यक्तित्व और अधिक विशिष्टीकरण विकसित करता है। दांत काटने की अवस्था में, आनंद को ढूंढ़ने का उद्देश्य और तरीका काटना, चूसना और निगलना होता है। शिशु केवल कोमल चूषण की कामविषयक प्रवृत्तियों (इरॉटिक अर्जिज़) से ही अभिप्रेरित नहीं होता बल्कि विनाश करने की आक्रमणशील प्रवृत्तियों (एग्रेसिव अर्जिज़) से भी प्रेरित होता है। वह अपनी मां की ओर उभयभावी (एम्बीवेलेन्ट) हो जाता है। वह अपनी संतुष्टि के स्रोत के रूप में उससे प्रेम करता है लेकिन उसी समय उससे घृणा भी करता है क्योंकि कुछ सीमा तक, मां ने उसकी इस रूप में उपेक्षा की है कि वह पूरी तरह से उस पर अब और निर्भर नहीं करता (अर्थात् मां अब शिशु को अपने ऊपर और अधिक निर्भर नहीं रहने देती)। हमने देखा है कि स्तनपान करने वाला शिशु प्राथमिक रूप से स्वरतिक (ऑटोइरॉटिक) होता है। यह स्वरति (ऑटोइरॉटिज़्म) तो बनी रहती है लेकिन अहम् (ईगो) के प्रकाट्य के साथ-साथ हम प्रारंभिक *आत्मरति* (*नारसिसिज़्म*) के आविर्भाव को भी देखते हैं। एक शिशु केवल अपनी देह और उसके परिणामस्वरूप होने वाली सुखद अनुभूतियों को ही प्रेम नहीं करता बल्कि वह एक पात्र के रूप में स्वयं के बारे में एक धारणा बनाना भी प्रारंभ करता है और कामवृत्ति (लिबिडो) का हिस्सा स्वयं उसकी (अपनी) ओर निर्देशित होता है। दांत काटने वाली अवस्था का विकास

होने के शीघ्र बाद ही शिशु को अंततः दूध की बोतल से अलग किया जाता है (वीन्ड) तथा उसे अपने भोजन प्राप्ति की प्रक्रिया में स्वयं एक सक्रिय भूमिका का निर्वाह करने के लिए बाध्य किया जाता है। इसके अतिरिक्त इस अवधि में शुरू से अंत तक उसे व्यक्तिगत स्वच्छता की आदतों में प्रशिक्षित किया जाता है। लगभग इसी समय बहुधा एक दूसरे शिशु का आगमन होता है और हम जानते हैं कि इस समय तक इस शिशु को यथार्थ का इतना बोध हो जाता है जो दूसरे शिशु से ईर्ष्या करने के लिए पर्याप्त होता है। मां का अंतिम रूप से दूध छोड़ने (फाइनल वीनिंग), व्यक्तिगत स्वच्छता की आदतों का प्रशिक्षण प्रारंभ होने, और दूसरे शिशु का संभावित आविर्भाव, इन सबका संयोग शिशु को आघात पहुंचाने वाले दूसरे बड़े अनुभव का प्रतिनिधित्व करता है। अहम् (ईगो) कामतत्व (इड) से और अधिक विभेदीकृत (डिफरॅन्शिएटिड) हो जाता है तथा शिशु यह सोचने के लिए बाध्य हो जाता है कि वह अब संसार के केन्द्र में नहीं है, बल्कि इसके अतिरिक्त एक बाहरी यथार्थ है जिसका सामना अब उसे करना होगा। इस ग्रंथि (कॉम्प्लॅक्स) के निराकरण का प्रभाव अहम् को दृढ़ता प्रदान करता है और एक अभिप्रेरक बल के रूप में वास्तविकता सिद्धांत (रीएलिटी प्रिंसिपल) का आगे विकास करता है, यद्यपि सुख का सिद्धांत (प्लॅजर प्रिंसिपल) अभी भी प्रधान होता है। बहुत से मामलों में 'ठगे जाने की' भावना (फीलिंग ऑफ 'बींइग चीटिड') विकसित होती है। जिस ढंग से शिशु उत्तर-मुखीय काल (लेट पीरियड) ओरल के पार होता है वह तरीका बाद में उसके व्यक्तित्व की संरचना और चरित्र की दृष्टि से सबसे अधिक महत्वपूर्ण होता है। विकास की प्रक्रिया में अब तक अहम् (ईगो) कम से कम आंशिक रूप से ही सही, विभेदीकृत (डिफरॅन्शिएटिड) हो जाती है। व्यक्ति की स्थलाकृति (टॉपोग्राफी) का अधिकांश चेतना (कांशसनैस) से और अधिक संबंधित हो जाता है। मनोविश्लेषण का ब्रिटिश संप्रदाय (उदाहरणार्थ, एम. क्लाइन और ई. ग्रोवर; 1928) यह मानता है कि इस समय पराहम् (सुपरईगो) की प्रारंभिक अवस्था अपना स्वरूप लेने लगती है।

इस प्रकार से, मनोविश्लेषक बाद की अधिकांश चरित्र और व्यक्तित्व संरचना को प्रारंभिक शैशवावस्था के नैराश्यों पर आरोपित करते हैं। अब हमें इसका और अच्छी तरह से अनुमान हो जाना चाहिए कि शैशव-कामुकता का क्या अर्थ है। चूंकि हमारा मूल भक्षण व्यवहार एक कामप्रवृत्यात्मक संतोष के संबंध में प्रारंभ होता है, अतः फ्रायड यह बताते हैं कि भोजन प्राप्ति की प्रक्रिया में भी यौन संबंधी तत्व होते हैं। आरंभ से ही शिशु एक समाजीकृत और काम वासना वाला व्यक्ति होता है। जैसा कि हमने पहले देखा जिस प्रमाण पर हमारी मुखीय अवस्था की संक्षिप्त रूपरेखा आधारित है वह अनेकों व्यक्तियों के विस्तृत मनोविश्लेषण से और दूसरे बहुत से क्षेत्रों से प्राप्त सहयोगी अवलोकनों से प्राप्त हुआ है। जो पाठक इस पर विश्वास नहीं करते उन्हें इस अध्याय के साथ संलग्न संदर्भिका में दिए गए अधिक विस्तार से किए गए अध्ययनों को पढ़ना चाहिए। तालिका-2 पुनः पाठक को दांत काटने वाले काल की बारीकियों को समझने

में छात्र की सहायता करेगी। पुनः, इस बात पर जोर देना पड़ेगा कि यह चार्ट केवल स्थिर प्रकृति के कुछ विशिष्ट प्रतिनिधिक समूहों को ही चुन सका है।

4. गुदावस्था (द एनल स्टेज)

1. गुद बहिष्कारक काल (द एनल एक्सपल्सिव पीरियड)[6] : साधारण विद्यार्थी को गुदा-संबंधी विकास से संबंधित धारणाओं की अपेक्षा मुखीय विकास के बारे में मनोविश्लेषकों की धारणाओं की सत्यता को स्वीकार करना अधिक सरल प्रतीत होगा। मुखीय अवस्था का संबंध मुख्यतया भोजन प्राप्ति से ऐसे समय पर होता है जब शिशु बहुत अभिन्न (अनडिफरॅनूशिएटिड) होता है और जब भोजन प्राप्ति के तरीके में संशोधन किया जा सकता है। इसके अलावा, भोजन प्राप्ति स्वयं भी पूर्ण रूप से नैराश्यपूर्ण नहीं हो सकती। यदि व्यक्ति को जीवित रहना है तो उसे भोजन चाहिए। यहां तक कि मुखीय (ओरल) व्यवहार की आंशिक निरंतरताएं गुदीय व्यवहार की अपेक्षा सामाजिक दृष्टि से अधिक स्वीकार्य होती हैं जिसके बारे में हम अब विचार-विमर्श करेंगे। उपयुक्त परिस्थितियों के अंतर्गत, हम सभी को खाने और चुम्बन लेने की अनुमति होती है। सुन्दर मुख के लिए प्रशंसा का भाव सभी के द्वारा स्वीकार्य है। इसी प्रकार हमारी शौच-संबंधी आदतें समाज के द्वारा कड़ाई से नियंत्रित होती हैं। मलत्याग करने में मिलने वाले आनन्द को स्वीकार करने की अनुमति समाज नहीं देता। लेकिन हम जानते हैं कि बहुत से न्यूरॉटिक (मनस्तंत्रिकातापग्रस्त) और साइकोटिक (मनोविक्षिप्तिग्रस्त) व्यक्तियों को मलत्याग और मूत्रत्याग करने की प्रक्रियाओं में आनन्द की प्राप्ति होती है। नितम्बों और गुदीय क्षेत्र के लिए प्रशंसा के भाव को सार्वजनिक रूप से स्वीकार करना भी हमारे समाज के द्वारा कदाचित् ही उचित ठहराया जाता है। कॅरिन स्टेफेन यह स्पष्ट करते हैं कि प्रशंसा का ऐसा भाव कुछ आदिम समाजों में पर्याप्त उचित माना जाता है और हमारे पास यह विश्वास करने के बहुत अच्छे कारण हैं कि एक साधारण व्यक्ति अपनी शैशवावस्था में नितम्बों और गुदीय क्षेत्र में रुचि रखता था और मूत्रत्याग और मलत्याग से सुख प्राप्त करता था।

कुछ परिस्थितियों में वयस्क भी मूत्र और मल त्याग करके काफी सुखद उन्मुक्ति की भावना प्राप्त करता है। हम सभी ऐसी स्थितियों का अनुभव कर चुके हैं जहां हम शौचघर जाना चाहते हैं लेकिन सुविधा के अभाव या लज्जावश तत्काल नहीं जा सकते। ऐसी स्थिति में पेट में बहुत तनाव उत्पन्न होता है जिससे मुक्त होना वस्तुतः सुखद हो सकता है। मुखीय अवस्था के संबंध में हमने देखा कि दांतों का उगना और काटने की आक्रमणशील क्षमता मुखीय नैराश्यों (फ्रस्ट्रेशन्स) से विभेदीकृत (डिफरॅशिएटिड) हुई। प्रारंभ में छोटे शिशु में अवरोधिनी (स्फिंक्टर) नियंत्रण का अभाव होता है। शुरू में मूत्र थैली (ब्लॅडर) आतों (बाउॲलस) के निकास से संबंधित पेशी-समूह प्रारंभ में अभेदीकृत (अनूडिफरॅनशिएटिड) होता है। संभवतया शिशु मल निकास का अनुभव केवल तब

करता है जब आंतों का तनाव बहुत अधिक होता है जिससे कि मलत्याग की सामान्य क्रिया बालक में (तनाव से) मुक्ति का भाव लाती है जो वयस्क को गुदा संबंधी कार्य (एनलफंक्शन) के अत्यधिक अवरोध के पश्चात् (वयस्क को) होने वाले अनुभवों के समान होता है। बालक अपनी व्यक्तिगत आदतों में स्वभाव से ही सफाई-पसंद नहीं होते और उन्हें पिल्लों की भांति साफ़-सुथरे ढंग से शौच जाने और सफाई करना सिखाना पड़ता है। गुद बहिष्कारक काल, मुखीय काल के साथ *परस्परव्याप्त* रहता है तथा लगभग छह माह से तीन वर्ष तक रहता है। गुद बहिष्कारक काल में सुख खोजने का उद्‌देश्य और तरीका मल और मूत्र का निष्कासन करना है। लेकिन शिशु यह अनुभव करने लगता है कि उसके माता-पिता इस बात पर बहुत बल देते हैं कि वह (शिशु) मल और मूत्र का त्याग उपयुक्त सामाजिक परिस्थितियों में ही करे। शिशु को प्रायः यह कहा जाता है कि 'अब मम्मी पर रहम करो' या 'हमारे बाहर जाने से पहले तुम शौचघर जाना सुनिश्चित करो'। इसके बाद शीघ्र ही शिशु एक ओर तो मूत्र और मल को एक ऐसी गंदी वस्तु के रूप में देखता है जिससे उसे पीछा छुड़ाना चाहिए और दूसरी ओर एक मूल्यवान वस्तु के रूप में देखता है जिसे धारण करना चाहिए। चूंकि इस अवधि में अहम् (ईगो) और यथार्थ का बोध अच्छी तरह विकसित हो जाता है, शिशु इस संबंध में बहुत सशक्त महसूस करने लगता है। अधिकांश अभिभावकों द्वारा प्रातः काल शौच जाने पर इतना बल दिया जाता है कि एक बालक को समुचित आन्त्र संचलन अपनी दिनचर्या में सबसे महत्वपूर्ण वस्तु प्रतीत होता है। यह एक ऐसी वस्तु है जिसके लिए वह पुरस्कृत किया जाता है। दूसरी ओर, वह शीघ्र ही यह अनुभव करता है कि मूत्रत्याग और मलत्याग के मिलने वाले व्यक्तिगत सुख और सही परिस्थितियों में इनके लिए मिलने वाले पुरस्कार के अतिरिक्त, अनुचित परिस्थितियों के अंतर्गत वह मूत्र और मल त्याग का आक्रमणशील प्रयोग भी कर सकता है। जैसे, सभी व्यक्तियों ने, जिनके बच्चे हैं, वह लगभग क्रूर, उल्लास देखा है जिसके साथ शिशु ऐसी परिस्थितियों में 'पौटी' की मांग करते हैं जहां इसके लिए एक उपयुक्त स्थान उपलब्ध नहीं होता। बहुत से मनोविश्लेषात्मक रूप से बुद्धिमान माता-पिता यह अनुभव करते हैं कि बिस्तर में मूत्रत्याग (बैडवैटिंग) एक ही समय पर सुख और आक्रमण, दोनों होता हैं।

गुद निष्कासन काल में, स्वरति (ओटोइरॉटिसिज़्म) अनवरत रूप से बनी रहती है लेकिन इसका स्वरूप और प्रकृति प्रधानतः गुदीय (एनल) हो जाती है। इसी प्रकार मुखीय अवस्था की आत्मरति (नारसिसिज़्म) भी इस समय बनी रहती है (या जारी रहती है)। व्यक्तिगत आदतों के प्रशिक्षण में सामाजिक नैराश्य होता है। इस अवधि में, अहम् (ईगो) भली-भांति स्थापित हो जाता है और वास्तविकता सिद्धांत (रीएलिटी प्रिंसिपल) की तुलना में सुखेप्सा सिद्धांत (प्लेज़र प्रिंसिपल) बालक के व्यवहार को अपेक्षाकृत बहुत थोड़ी मात्रा में ही अधिक क्रियाशील करता है। शिशु उस स्तर पर आ जाता है जिसे मनोविश्लेषक 'यथार्थ परीक्षण का स्तर' (द लॅविल ऑफ रीएलिटी टैस्टिंग) कहते हैं।

यथार्थ परीक्षण के स्तर पर वास्तविकता सिद्धांत पर्याप्त विकसित होकर इतना सुदृढ़ हो जाता है कि शिशु कुछ विशिष्ट परिस्थितियों के अंतर्गत सुखेप्सा सिद्धांत के समक्ष झुक जाने के परिणामों को समझने लगता है। सामान्य विकास की प्रक्रिया में, इस समय से आगे सुखदायक कार्यों का वहन सामान्यतया उतना ही किया जाता है जहां तक कि वे यथार्थ के साथ पूर्णतया असंगत नहीं होते। यह एक महत्वपूर्ण बिन्दु है जिस पर हम बाद में विक्षिप्त (साइकोटिक) मौर मनस्तंत्रिकातापग्रस्त (न्यूरॉटिक) व्यवहार के मध्य प्रभेद करने के संबंध में वापिस लौटेंगे।

इस समय में पराहम् (सुपरईगो) के निर्माण का आरंभ हो जाता है, जिसके बारे में हम शीघ्र ही विस्तार से बात करेंगे। इसी समय शिशु के मानस में लिंग भेद की धारणाओं का निर्मित होना भी आरंभ हो जाता है जो बालक की प्रथम अनुभूति (के रूप में) होती है कि उसे एक सुनिश्चित लिंग के व्यक्ति के रूप में बनाना पड़ेगा। इडीपस स्थिति मुख्य द्वंद्वात्मक स्थिति के रूप में जारी रहती है। छोटा लड़का पहली बार स्वयं के बारे में एक भावी पुरुष के रूप में सोचना आरंभ करता है और छोटी लड़की को पूर्ण रूप से यह समझना पड़ता है कि अंततः उसे मां से पिता की ओर मुड़ना होगा। इडीपस स्थिति का विकास इतना उलझा हुआ है कि हम इसके बारे में मनोलैंगिक उत्पत्ति के बाकी बचे सिद्धांत का विकास करने के पश्चात् अलग से बात करेंगे। व्यक्तिगत आदतों के प्रशिक्षण के सामाजिक नैराश्य के प्रभाव के रूप में गुद धारणशील अवस्था (एनल रिटॅन्टिव स्टेज) का विकास होता है। इन गुदा संबंधी नैराश्यों में हमें एक दूसरा अनुभव होता है जो मनोवैज्ञानिक दृष्टि से आघात पहुंचाने वाला हो सकता है। हमने देखा कि गुदा संबंधी नैराश्य के माध्यम से व्यक्ति यथार्थ या वास्तविकता का सामना करने के लिए अधिक से अधिक बाध्य होता है। उसे अहम् के उत्तरदायित्व (ईगो रॅस्पौनूसिबिलिटी) की प्रथम धारणाएं उपलब्ध होती हैं। उसे परिवार में एक व्यक्ति की भांति स्थित होना है।

गुदा धारणशील काल (द एनल रिटॅन्टिव पीरियड) : जहां पहले शिशु मूत्र और मल के निष्कासन से सुख प्राप्त करता था, वहीं अब शिशु उन्हें रोक रखने, नियंत्रित करने और अपने अधिकार में रखने के सामाजिक महत्व का स्पष्ट अनुभव करने लगता है। इसके अतिरिक्त शिशु की सोच-विचार करने की क्षमता हमसे भिन्न होती है। शिशु मल-मूत्र को स्वतंत्र महत्व (वैल्यू) की वस्तुओं के रूप में देखने लगता है। यद्यपि हमारे लिए यह मानना कठिन है, लेकिन इस समय शिशु के चिंतन में कुछ भ्रम होते हैं। शिशुओं को अपनी शरीर-रचना के बारे में जानना होगा। अतः शरीर के सभी निकास कुछ सीमा तक समान समझे जाते हैं; मुख, गुदा और योनि स्पष्ट रूप से विभेदीकृत नहीं होते; देह से बाहर की ओर विस्तारित सभी वस्तुएं भी गड्मड् हो जाती हैं। अतः लिंग, स्तनाग्र तथा मल अचेतन रूप से समान है। मल (फीसीज़) स्वयं एक दोहरा नियम का पालन करते हैं। ये कुछ विशिष्ट परिस्थितियों के अंतर्गत उपहार की भांति मूल्यवान होते हैं; और कुछ दूसरी परिस्थितियों के अंतर्गत वे गंदे होते हैं और अनादर

का कारण हो सकते हैं।

शैशवावस्था की यह भ्रांति वयस्क होने पर भी कुछ-कुछ बनी रहती है। गुदा का क्षेत्र मूल्यवान और सुन्दर वस्तु बन जाता है या एक ऐसी वस्तु बन जाता है जो घृणास्पद होती है और अपमान करने के लिए प्रयुक्त होती है। इस प्रकार अपानवायु (फ्लॅटस) के अपमानजनक घटक को सभी व्यक्ति अनुभव करते हैं। सभी यह अनुभव करते हैं कि 'गिविंग द बर्ड' या 'ब्रॉन्क्स चीयर' का क्या अर्थ है। असल में, प्रत्येक भाषा में बोलचाल की भाषा होती है जिसमें अपमानित व्यक्ति को गुदा-क्षेत्र का चुम्बन लेने के लिए कहा जाता है। दूसरी ओर, शिशु का उपयुक्त रूप से मल त्याग करना उपहार का प्रतिनिधित्व करता है। इस प्रकार, सर्वशक्तिमत्ता और असाधारण शक्ति की भावना शिशु में उस समय से आती है जिस समय उसे यह अनुभूति होती है कि यह मूत्र त्याग और मल त्याग की अतिमहत्वपूर्ण प्रक्रिया को नियंत्रित कर सकता है।

लगभग बारह माह से चार वर्ष के काल में, शिशु व्यक्तिगत स्वच्छता की ओर आता है। उसके गुदा संबंधी व्यवहार का अंतिम नैराश्य लगभग चार वर्ष पर घटित होता है। इस समय एक अन्य प्रकार की मनोलैंगिकता (साइकोसेक्सुअलिटी) यथा जननिकिता (जैनाइटॅलिटी) क्रियाशील होना प्रारंभ कर देती है। गुदा संबंधी सुख के भाव का त्याग करने से उत्पन्न द्वंद्व गुद धारणशील काल (एनल रिटॅन्टिव पीरियड) के निराकरण की ओर ले जाता है। गुद बहिष्कारक काल से गुद धारणशील काल तक आकस्मिक परिवर्तन होने में वास्तविकता-परीक्षण के काल का विकास होता है। वास्तविकता को शिशु मात्र ऐसी वस्तु के रूप में ही नहीं देखता जिसका उसे सामना करना है और जो सदैव मित्रतापूर्ण नहीं है, बल्कि उसे यह अनुभूति होती है कि परिवार में उसे अकेला खड़ा होना है। उसे पहली बार यह अस्पष्ट सी अनुभूति होती है कि इतना ही नहीं है कि वह अब (दूसरों की) रुचि का केन्द्र नहीं है बल्कि वह यह भी अनुभव करता है कि असल में उसके माता-पिता कदाचित् उसमें इतनी रुचि नहीं रखते जितना कि एक-दूसरे में रखते हैं। यह शिशु के लिए एक कठोर आघात होता है। वह लैंगिक काल (फैलिक पीरियड) की ओर विकसित होता है जिसमें 'इडीपस' और 'बधियाकरण या कैस्ट्रेशन' स्थितियां संपादित या तैयार की जाती हैं और शिशु को शैशव कामुकता (इन्फॅन्टाइल सेक्सुअलिटी) को पूर्णतया त्यागने के लिए बाध्य किया जाता है। गुद अवस्था के विकास का अनुसरण सारिणी 2 में उन सीमाओं को ध्यान में रखकर किया जा सकता है जिन पर हमने पहले जोर दिया था।

5. शिश्नावस्था (द फैलिक स्टेज)

जिस प्रकार शिशु को व्यक्तिगत स्वच्छता सिखानी होती है उसी प्रकार उसे वस्त्र पहनने के लिए भी कहा जाता है। अल्पवयस्क शिशुओं में नग्नवाद बहुत स्वाभाविक घटना है। लिंग भेदों के बारे में बच्चे बहुत प्रारंभिक काल में ही जान लेते हैं। उन्हें प्रायः सदैव

ही अपने भाई-बहनों को ही नहीं बल्कि माता-पिता को भी नग्न देखने का अवसर मिलता है। इस प्रकार वे लिंग के बीच अंतरों को अनुभव करने लगते हैं। इसके अतिरिक्त प्रायः बालक अपने माता-पिता को यौन सहवास की स्थिति में देख लेते हैं और यदि वे अपने अभिभावकों के सहवास को वास्तविकता में नहीं भी देखते तो भी उन्हें शीघ्र ही इसके बारे में कुछ अनुभूति होने लगती है। जब वे कमरे से बाहर होते हैं या उन्हें बिस्तर में जाने के लिए कहा जाता है या बाहर जाकर खेलने के लिए दबाव डाला जाता है तो यह स्पष्ट है कि माता-पिता के बीच कुछ बहुत रोचक घटित होता है। प्रारंभिक लैंगिक काल में सुख खोजने का लक्ष्य और तरीका (मोड) गुदा क्षेत्र से जननांग (जैनिटॅलिया) की ओर रुख कर लेता है। फिर भी, जैसा कि हमने देखा गुद (एनल) काल का प्राकट्य होने पर मुखीय (ओरल) अवस्था का अस्तित्व समाप्त नहीं हुआ था, उसी प्रकार प्रारंभिक लैंगिक काल का विकास होने पर मुखीय (ओरल) और गुद (एनल) दोनों ही कालों का अस्तित्व समाप्त नहीं होता।

प्रारंभिक जननिक या लैंगिक काल (जॅनाइटल ऑर फॅलिक पीरियड) तार्किक दृष्टि से (डाइलॅक्टिकली) गुद काल (एनल पीरियड) में से विकसित होता है। कुछ विश्लेषक इससे पूर्व तथाकथित 'मूत्रमार्गीय काल या यूरेथ्रल पीरियड' नाम से एक अन्य काल को भी सम्मिलित करते हैं। कुछ विशिष्ट परिस्थितियों के अंतर्गत मूत्रत्याग की प्रक्रिया सुखद होती है। इसके अतिरिक्त, यह विदित है कि मूत्रीय आन्त्रिक (विसरल) तनाव वयस्कों में प्रायः यौन सुख की वृद्धि करता है। परिणामतः अल्पवयस्क लड़का और अल्पवयस्क लड़की दोनों के जीवन में संभवतया एक ऐसा समय होता है जबकि मूत्रत्याग से मिलने वाला आनन्द आंशिक रूप से गुदा संबंधी (शब्द के तकनीकी अर्थ में) और आंशिक रूप से जननिक होता है।[7] बाल मनोवैज्ञानिकों के बहुत से अवलोकनों से हमें ज्ञात होता है कि प्रारंभिक बाल्यावस्था के दौरान सभी बालक समय-समय पर हस्तमैथुन करते हैं तथा चौथे और पांचवें वर्ष में हस्तमैथुन मनोलैंगिक संतुष्टि (साइकोसेक्सुअल सॅटिस्फॅक्शन) का सबसे महत्वपूर्ण स्रोत बन जाता है। प्रारंभिक जेनाइटल या फॅलिक काल में सुख खोजने का उद्देश्य और तरीका (मोड) जननेन्द्रिय (जॅनिटॅलिया) को छूना, रगड़ना और उसका प्रदर्शन करना होता है। लैंगिक रुचि का स्वरूप प्राथमिक रूप से आत्मरतिक (नारसिसिस्टिक) होता है। शिशु विपरीत लिंग के जननांग (जॅनिटॅलिया) की अपेक्षा अपने में अधिक रुचि रखता है। अधिकांश वयस्क पुरुष वो समय याद कर सकते हैं जब वे मूत्र प्रतियोगिता करते थे और अपने व अपने मित्रों के लिंग के साइज़ में अधिक रुचि रखते थे। इसी प्रकार, अधिकांश वयस्क महिलाओं को दोनों लिंगों के जॅनिटॅलिया में अपनी रुचि याद रहती है। प्रायः विपरीत लिंगों के बालक पारस्परिक हस्तमैथुन में रत होते हैं जबकि छोटे शिशु का संबंध अपने लिंग और उसके आकार से होता है तथा अल्पवयस्क लड़की अपने में लिंग के अभाव से संबंध रखती है। सभी बच्चे इस समय तक यह समझ जाते हैं कि उनके पिता के पास एक बड़ा सा लिंग है जबकि मां के पास यह बिल्कुल ही नहीं है। जननेद्रियां किस प्रकार कार्य करती हैं इस

बारे में बालक के मस्तिष्क में बहुत भ्रांति रहती है। फिर भी, चौथे या पांचवें वर्ष तक सामान्य शिशुओं को यह अनुभूति हो जाती है कि घोंघिल पंक्षी द्वारा बच्चे लाने की कहानी एक झूठ है। बच्चे जानते हैं कि नया शिशु मां के अंदर से बाहर आता है, लेकिन यह अंदर कैसे पहुंचता है और फिर बाहर कैसे आता है। यह एक दूसरी समस्या है, इस समय तक कामवासना (सेक्सुअलिटी) के बारे में बालक की धारणाएं बननी शुरू हो जाती हैं चाहे वे कितनी भ्रांतिपूर्ण ही क्यों न हो। वह बार-बार हस्तमैथुन करता है और कामवासना (सेक्सुलिटी) के परिणाम क्या हैं इस बारे में चकित होने लगता है। पहली बार शिशु को यौन क्रिया (सेक्सुअल एक्ट) के लिए पात्र ढूंढ़ना पड़ता है और यह चुनाव करने का कार्य स्वाभाविक रूप से अभिभावकों पर या कुछ मामलों में सहोदर भाई-बहनों (सिबूलिन्गूस) पर आता है। ऐसा किसी वंशानुगत प्रक्रिया (मॅकेनिज़्म) के कारण नहीं बल्कि शिशु की जीवन स्थिति में माता-पिता और सहोदर भाई-बहनों के अवस्थित होने के कारण होता है। यह भी कि, शिशु के लिए माता-पिता अत्यधिक शक्तिशाली और ज़बरदस्त प्रतिष्ठा रखने वाले व्यक्ति होते हैं। नर शिशु या लड़का जिसकी रुचि अपने लिंग में होती है, यह सोचता है कि 'मैं जब बड़ा होऊंगा तो पिता की भांति मेरे पास भी एक लिंग होगा'। मादा बालक या लड़की प्रायः यह सोचती है 'मैं जब बड़ी होऊंगी तो मां की भांति मेरे भी स्तन होएंगे'। बालक अपनी हीनता की भावना पर इस प्रकार विजय प्राप्त करते हैं। फिर भी, शिशु की हीन भावना के ऐसे समाधान अकेले मात्र संभावित समाधान नहीं हैं। अल्पवयस्क लड़के और लड़कियां अचंभा करते हैं कि मां का लिंग क्यों नहीं है, जबकि पिता के पास एक है तथा इस संबंध में उन्हें बार-बार जो विचार आता है वह यह कि शुरू में मां के लिंग था जो किसी प्रकार लुप्त हो गया। इसी प्रकार अल्पवयस्क लड़कियां प्रायः सोचती हैं कि किसी समय उनके लिंग था जो गायब हो गया। नर शिशु (लड़का) लिंग के लुप्त होने को एक बहुत बड़ी दुर्भाग्यपूर्ण संभावना के रूप में सोचने की वृत्ति रखता है; मादा शिशु (लड़की) यह सोचने की वृत्ति रखती है कि उसका लिंग पहले ही लुप्त हो गया। पुरुष में यह परिस्थिति इडीपस स्थिति की ओर, बधियाकरण मनोग्रंथि (कॅस्ट्रेशन कॉम्पलॅक्स) तथा शैशवीय कामुकता (इनूरफॅन्टाइल सेक्सुअलिटी) के दमन की ओर ले जाती है। स्त्रियों में भी यह स्थिति इसी प्रकार की स्थितियों की ओर ले जाती है, लेकिन घटनाओं का क्रम कुछ भिन्न होता है; अतः पुरुष और स्त्री के लैंगिक काल को पृथक् करके समझना चाहिए।

पुरुष सदैव अपनी मां पर निर्भर करता रहा है और जब वह कामुकता (सेक्सुअलिटी) और उसके महत्व के बारे में अपनी प्रथम धारणाएं विकसित करता है तो वह एक प्रेमपात्र के रूप में मां का चयन करता है। फिर भी, उसे यह स्पष्ट रूप से मालूम रहता है कि मां, पिता के अधिकार में है। वह पिता को मां के अनुराग के लिए एक संभावित प्रतिद्वंद्वी के रूप में ही नहीं देखता बल्कि मां के लिए उसकी कामनाओं के संभावित प्रतिशोधी के रूप में भी देखता है। इस समय के दौरान, उसके

हस्तमैथुन के कल्पना चित्रों में प्रायः मां एक मैथुनिक साथी के रूप में निहित रहती है। इससे किसी को भी यह धारणा नहीं बना लेनी चाहिए कि मैथुन (कोइटस) का क्या अर्थ है, इस बारे में बालक को आवश्यक रूप से सुनिश्चित और सही धारणाएं होती हैं। फिर भी वह यह जानता है कि लिंग का मैथुन से संबंध है तथा माता-पिता के लिए मैथुन बहुत महत्वपूर्ण और सुखद क्रिया है। माता-पिता महसूस करते हैं कि जननांग (जॅनिटॅलिया) में शिशु की यह बाल सुलभ (एनूफैल्टाइल) रुचि और उसके परिणामस्वरूप होने वाले हस्तमैथुन उन्हें रोकना चाहिए। उसे माता-पिता दोनों के द्वारा यह सिखाया जाता है कि हस्तमैथुन बन्द कर देना चाहिए, 'अपने हाथ वहां से हटा लेने चाहिए', 'अपने साथ क्रीड़ा नहीं करनी चाहिए'। उसे अक्सर हस्तमैथुन के भयंकर परिणामों के बारे में बताया जाता है कि यह बुरा और घिनावना (गंदा) है, तथा कुछ मामलों में उसे बन्ध्याकरण (कॅस्ट्रेशन) की धमकी भी दी जाती है। माता या पिता कहते हैं 'यदि तुम अपने साथ क्रीड़ा करना बंद नहीं करोगे तो मैं इसे काट दूंगी/दूंगा।' इससे जो स्थिति उभरती है उसे इडीपस स्थिति कहते हैं। लड़का अपनी मां से प्रेम करता है, स्वयं को मां के अधिकार में रखना चाहता है, लेकिन वह पिता का वास्तविक प्रतिस्पर्धी बनने के परिणामों से भी अवगत होता है। बंध्याकरण (कॅस्ट्रेशन) का *भय* इडीपस स्थिति के संबंध में शैशव हस्तमैथुन (इन्फॅन्टाइल मास्टरबेशन) को निराश (फस्ट्रेट) करता है और शैशवीय कामुकता के दमन की ओर ले जाता है। चूंकि बालक के मानस में कामुकता (सेक्सुअलिटी) के मुखीय (ओरल) और गुदीय (एनल) घटक, लैंगिक (फॅलिक) घटकों से पूर्णतया स्पष्ट रूप से विभेदीकृत नहीं होते, फिर भी इडीपस सिचुएशन का यह दमन अपने साथ शैशवीय कामुकता की समस्त धारणाओं (आइडियास) का वहन करता है। फिर भी, नर बालक (लड़का) अपनी माता से मात्र प्रेम ही नहीं करता बल्कि स्वयं को अपने पिता के साथ एकात्मीकृत (आइडॅन्टीफाई) भी करता है। जब वह बड़ा होगा तो पिता के जैसा हो जाएगा; जब वह बड़ा होगा तो उसके पास भी पिता के जैसे एक लिंग होगा। परिणामस्वरूप, वह पिता के एक अंश का *अंतःक्षेपण* (*इन्ट्रोजेक्ट*) करता है, विशेषकर पिता के उस भाग (पार्ट) का जो उससे यह कहता है कि उसे शैशवीय कामुकता को त्याग देना चाहिए। यह उसका *पराहम्* या *सुपरईगो* हो जाता है। वस्तुतः गुदीय (एनल) व्यवहार के निषेध के संबंध में माता के कुछ अंशों (पाट्र्स) का भी अंतःक्षेपण कर लिया गया है। हम जिसे विवेक या कान्शिएनूस कहते हैं वह वस्तुतः माता-पिता की ही आवाज है जो यह कह रही है, 'तुम अपनी आंत्रिक चेष्टाओं को नियंत्रित करोगे'; दूसरे शब्दों में, 'तुम अपना कर्त्तव्य करोगे।' यह माता-पिता की आवाज है जो कह रही है, 'तुम हस्तमैथुन में मग्न नहीं होंगे', दूसरे शब्दों में 'तुम कामुकता को नकारोगे।'[8]

इडीपस और बंध्याकरण मनोग्रंथियों (काम्प्लॅक्सिज़) का ऐसा समाधान समस्या का *सकारात्मक* (*पॉजिटिव*) समाधान कहलाता है। यह एक सामान्य समाधान है और शिशु को तथाकथित 'कामप्रसुप्ति काल या लेटॅन्सी पीरियड' में रहने के लिए छोड़ देता

है जिसमें कामुकता अचेतन में रहती है जिससे कि वह विकसित होकर सभ्य बन सके तथा अंततः अपने परिवार में पिता की भूमिका ग्रहण करे। फिर भी यह प्रक्रिया प्रायः विपरीत (उलट) हो जाती है। नर शिशु (लड़का) प्रेम पात्र के रूप में पिता को चुनता है, माता को प्रतिस्पर्धी के रूप में देखता है और मां के साथ आत्मीकरण करता है। ऐसे मामलों में हमें वयस्क पुरुष विषमलैंगिकता (हॅटरोसेक्सुअलिटी) की अपेक्षा वयस्क पुरुष समलैंगिकता (होमोसॅक्चुएलिटी) का आधार मिलता है। अध्याय XIX में हम इसका विस्तार करेंगे।

वास्तविक बंध्याकरण के भय (की स्थिति) में जो बालोचित (इन्फैन्टाइल) व्यवहार दिखाई देता है उसकी तुलना में मनोविश्लेषक, बंध्याकरण मनोग्रंथि के द्वारा इस व्यवहार को बहुत अधिक समझ सकता है। बंध्याकरण मनोग्रंथि में अभिभावकों की ओर से आने वाले सभी प्रकार के कष्टकर प्रतिकारों के भय निहित रहते हैं जिनका (भयों का) कारण शैशवावस्था की कामुक और आक्रमणशील इच्छाएं होती हैं। नर और मादा शिशु, सदैव द्विलिंगी होता है तथा उसे पिता का स्नेह खो देने और मां के प्रति अपनी आसक्ति के लिए पिता से वास्तविक दण्ड मिलने का भय रहता है। स्वामित्वपूर्ण प्रेम शिशु में ईर्ष्या उत्पन्न करता है, जो उसे काल्पनिक आक्रमणशीलता की ओर ले जाता है, जिससे उसमें इन काल्पनिक आक्रमणों के लिए दण्ड (जिसका एक रूप बंध्याकरण है) मिलने का भय और आक्रमणों के पात्र व्यक्ति का प्रेम खो देने का भय उत्पन्न होता है। बंध्याकरण मनोग्रंथि का अभिप्राय इस संपूर्ण व्यवहारपरक स्थिति से है। फ्रायड ने इसे बंध्याकरण मनोग्रंथि इसलिए कहा क्योंकि अपने सर्वाधिक गंभीर मनोविकृत्यात्मक अभिव्यक्तियों में सदैव वास्तविक बंध्याकरण ही है जिसका बालक को भय होता है। यद्यपि हमारे समाज में वास्तविक बंध्याकरण की आशंका कदाचित् ही हो, तथापि कुछ समुदायों में इसकी मात्र आशंका ही नहीं होती बल्कि यह व्यवहार में भी लाया जाता है। वयस्क पुरुष अन्य अंगों की अपेक्षा अपने जननांगों को बहुत अधिक महत्व देते हैं यह तथ्य एक ईमानदार व्यक्ति के लिए इतना प्रत्यक्ष है कि इसके लिए विशेष प्रमाण की आवश्यकता नहीं है।[9]

इडीपस और बंध्याकरण स्थितियां (इडीपस एण्ड कॅस्ट्रेशन सिचुएशन्स) स्त्रियों में उतनी ही महत्वपूर्ण हैं जितना कि पुरुषों में लेकिन दोनों में इनका क्रम थोड़ा भिन्न होता है। स्त्री में भी पराहम् (सुपरईगो) का विकास होता है जो उसे शैशव हस्तमैथुन में आसक्ति को जारी रखने से रोकता है और कामुकता से उसकी तब तक रक्षा करता है जब तक कि समाज किशोरावस्था काल के बाद उसे इसकी अनुमति न प्रदान कर दे। सामान्य रूप से हम कह सकते हैं कि अल्पवयस्क लड़की प्रक्रिया को उलट देती है कि वह पिता को लेकर हस्तमैथुनिक स्वप्नचित्र (मास्टरबेटरी फॅन्टॅसीज़) बनाती है और मां को संभावित प्रतिस्पर्धी समझती है। यह उसकी मां की चेतावनी देती हुई आवाज ही है जो लड़की के मानस में अंतःक्षेपण (इन्ट्रोजॅक्शन) की प्रक्रिया के माध्यम से संस्थापित होती है और पराहम् (सुपरईगो) बन जाती है। फिर भी अल्पवयस्क

लड़की के लिए पहला कामवासनापरक भावाभिनिवेश (लिबिडिनल कॅथॅक्सिस) वैसा ही होता है जैसा कि अल्पवयस्क लड़के के लिए होता है। मुखीय और गुद (ओरल एण्ड एनल) अवस्थाओं में उसके पर्यावरण में सभी अच्छी वस्तुओं का स्रोत पिता से अधिक माता होती है। परिणामस्वरूप, हम देखते हैं कि स्त्रियों में इडीपस स्थिति माता के प्रेम से प्रारंभ होती है। तथापि, कामुकता में जो रुचि अल्पवयस्क लड़के की विशेषता होती है वही रुचि लड़की की विशेषता भी होती है। वह भी यह आश्चर्य करती है कि वह क्यों भिन्न है और उसके लिंग क्यों नहीं है। एडलर ने यह बताया कि एक अल्पवयस्क लड़की में *लिंग ईर्ष्यालु* (*पेनिस एनवी*) होना सामान्य बात है। मूत्रभाग संबंधी काल (यूरेथ्रल पीरियड) में मूत्रत्याग करने से उसे यौन उत्तेजना होती है और वह शैशवीय हस्तमैथुन (इनफॅन्टाइल मास्टर बेशन) प्रारंभ कर देती है। कामवासना (सेक्सुअलिटी) के बारे में उसका बढ़ता हुआ ज्ञान उसे विश्वास दिला देता है कि वह कामवासना के पात्र के रूप में मां का चयन अब और अधिक नहीं कर सकती, बल्कि अब उसे अपने पिता को इस रूप में चुनना पड़ेगा। अचेतन रूप से, एक बच्चे के रूप में उसके लिए लिंग उतना ही महत्वपूर्ण हो सकता है। इस प्रकार संतान उत्पन्न करने की संभावना में लड़की अपने द्वारा लिंग को खो देने की क्षतिपूर्ति के रूप में देखना आरंभ कर देती है। तब, उसके हस्तमैथुन के कल्पना चित्र (फॅन्टॅसीज़) सामान्यतया काल्पनिक मैथुन के साथ संबंधित होते हैं, लेकिन पुनः हमें यह नहीं मान लेना चाहिए कि बालिका यह निश्चित रूप से जानती है कि पिता के साथ मैथुन या इन्टरकोर्स में क्या होता है या इसके परिणामस्वरूप उसके बच्चे पैदा होंगे। इस आयु पर अधिकांश अल्पवयस्क लड़कियां केवल यही नहीं चाहतीं कि उनके संतान हों बल्कि यदि उन्हें अपनी इच्छा जाहिर करने की अनुमति हो तो बहुत सी संतानें चाहती हैं। परिणामों के भय से होने वाला इडीपस स्थिति का दमन लड़कों की अपेक्षा लड़कियों में बहुत धीरे-धीरे होता है। लड़की को यह भी सिखाया जाता है कि उसे अपने शैशव हस्तमैथुन का त्याग करना पड़ेगा क्योंकि ऐसा करते रहने से प्रेम की हानि होने की आशंका है। इस तरह, इडीपस स्थिति के सामान्य परिणाम के रूप में लड़की का पराहम् (सुपरईगो) अंतःक्षेपण (इन्ट्रोजॅक्शन) के माध्यम से माता से एकात्मीकरण (मदर आइडॅन्टीफिकेशन) है। विवेक की आवाज माता-पिता की आवाज को आगे बढ़ाती है जो यह कह रही होती है, 'तुम्हारा गुदा-क्षेत्र साफ होना चाहिए; तुम्हें अपना कर्त्तव्य करना पड़ेगा' तथा माता-पिता की आवाज यह कहते हुए, 'तुम्हें अपना शैशव हस्तमैथुन रोकना पड़ेगा, यदि तुम्हें बाद में संतानें चाहिए तो अब कामवासना (सेक्सुअलिटी) को रोकना पड़ेगा'। अतः जिस प्रकार पुरुष का विवेक व्यक्ति को सक्रिय और कर्त्तव्यनिष्ठ बनाता है और समाज के नियमों के अनुरूप उपयुक्त होने के लिए उसकी कामवासनात्मक प्रकार्यों को अवरुद्ध करने का कारण बनता है, नारी का विवेक भी वही कार्य करता है।

जिस प्रकार एक अल्पवयस्क लड़का इडीपस परिस्थिति में से नकारात्मक ढंग से गुजर सकता है उसी प्रकार अल्पवयस्क लड़की भी ऐसी स्थिति में हो सकती है। इस

केस में अल्पवयस्क लड़की अपने पिता के जैसा होना चाहती है और पिता के साथ अपना तादात्म्य (आइडॅन्टिफाई) स्थापित करती है जिससे कि वह अपनी मां जैसे किसी व्यक्ति को प्रेम कर सके या उसका प्रेम प्राप्त कर सके। स्त्री समलैंगिकता (फीमेल होमोसेक्सुअलिटी) के विकास में यह महत्वपूर्ण है और इस पर बाद में लौटेंगे।

लड़कियों की इडीपस और बंध्याकरण की मनोग्रंथियों को इतना भली प्रकार से नहीं समझा गया जितना कि लड़कों की। हमने सिद्धांत का विकास उन्हीं पद्धतियों पर किया है जिन्हें स्वयं फ्रायड ने अपनाया था। फ्रायड के नारी-समलैंगिकता के सिद्धांत की व्यापक रूप से आलोचना की गई जो कदाचित् सही भी है। मनोविश्लेषण के साहित्य में किसी दूसरे सैद्धांतिक बिन्दु को लेकर कदाचित् इतना विवाद नहीं है जितना कि विकास के सुनिश्चित क्रम और स्त्रियों में इडीपस परिस्थिति के निराकरण के बारे में है। इसके स्वरूप को देखते हुए हम इस पुस्तक में इन विवादों के विस्तार में नहीं जा सकते। इस अध्याय में संलग्न संदर्भिका नोट में, इससे संबंधित साहित्य के संदर्भ दिए गए हैं।

जैसा कि मुखीय (ओरल) और गुदा संबंधी (एनल) कालों के केस में होता है, लैंगिक जननिकता या फॅलिक जॅनिटॅलिटी के कुछ विशिष्ट पहलू वयस्क व्यक्तित्व और वयस्क चरित्र की संरचना में जारी रहते हैं। अगले अध्याय में हम इसके बहुत से उदाहरण देंगे।

6. काम-प्रसुप्ति काल (लेटॅन्सी पीरियड)

पांचवें वर्ष से सातवें वर्ष तक, सामाजिक परिणामों के भय के कारण शैशव कामुकता क्रमशः दमित होती है और लगभग पांच या छः वर्षों की अवधि के लिए व्यक्ति लैंगिक विषयों के साथ चेतन रूप से संबंधित नहीं रहता। कामप्रसुप्ति काल में होने वाला ऐसा दमन कदाचित् ही संपूर्ण होता है और कभी भी अकस्मात् नहीं होता। हम सभी इस काल के दौरान कामुकता में अपनी थोड़ी-बहुत रुचि को याद कर सकते हैं। तेरह या चौदह वर्ष की आयु पर कामुकता पुनः प्रकट होती है। मनोविश्लेषण सिद्धांत से पहले यह समझा जाता था कि कामुकता (सेक्सुअलिटी) व्यक्तित्व का धीरे-धीरे परिपक्व होने वाला भाग था तथा इसका प्रथम प्राकट्य इस समय होता था। पांच वर्ष से यौवनारंभ (प्यूबर्टी) के बीच का काल 'लेटॅन्सी पीरियड या कामप्रसुप्ति काल' कहलाता है। इस काल में, शैशव कामुकता (इन्फॅन्टाइल सेक्सुअलिटी) दमित होती है तथा प्रतिक्रिया विधान (रीएक्शन फॉर्मेशन्स) इस दमन को सुदृढ़ करते हैं। शिक्षा की प्रक्रिया में यह कामवासनापरक प्रवृत्तियां (लिबिडिनल अर्जेज़) परिष्कृत (सब्लीमेट) होती हैं। यह काल अत्यधिक द्रुत औपचारिक अधिगम का है। अधिकांश बच्चे वह समस्त प्रशिक्षण प्राप्त करते हैं जो उन्हें इस समय प्राप्त होना है। लेकिन, कदाचित् इससे भी अधिक महत्वपूर्ण यह है कि वे यह सीखते हैं कि समाज में कैसे व्यवहार करना है और आदर्शों

को कैसे प्राप्त करते हैं। कामप्रसुप्ति काल में कामुकता और आत्मरति कम हो जाती है लेकिन माता-पिता, शिक्षकों और मित्रों के साथ कामवासनात्मक (लिबिडिनल) आसक्तियां जारी रहती हैं यद्यपि इनकी ओर प्रत्यक्ष कामुक प्रयास बहुत कम होते हैं। इस अवधि के दौरान अल्पवयस्क लड़का कदाचित् ही अपने सहपाठियों को चूमने या उनके साथ अनुरागमयी क्रीड़ा करने की सोचता है। छद्मवेश में कुछ कामवासनापरक शक्ति (लिबिडिनल एनर्जी) को 'रफहाउसिंग' के द्वारा और सभी प्रकार के खेलों में निकास मिलता है। लेकिन अल्पवयस्क लड़का अपने माता-पिता द्वारा, विशेषकर सार्वजनिक स्थानों पर, स्नेह का प्रदर्शन करने पर लज्जित महसूस करता है। सतही तौर पर वह विषमलिंगी (हॅटरोसेक्सुअल) या समलिंगी (होमोसेक्सुअल) कामशक्ति (लिबिडो) से रहित प्रतीत होता है। एक अल्पवयस्क लड़की के साथ भी ऐसा ही होता है, यद्यपि कामप्रसुप्ति काल में लड़की, लड़कों की अपेक्षा बाद में प्रवेश करती है और पहले बाहर निकलती है। लड़कियां इस काल में लड़कों की अपेक्षा सामान्यतया अधिक स्नेही होती हैं। मनोविश्लेषक इसके कारण की व्याख्या इस प्रकार करते हैं कि लड़की ने (इस काल में) अपने बंध्याकरण को स्वीकार कर लिया है जबकि लड़का अभी भी अपने बंध्याकरण से डरता है। कुछ व्यक्ति कभी भी अपने शैशव हस्तमैथुन का त्याग नहीं करते। कुछ लड़के इस अवधि में मैथुन (सेक्स) के बारे में सब कुछ जानते हैं और इसके बारे में सोचते हैं। कुछ लड़कियां भी उसी प्रकार करती हैं। यदि ऐसा नहीं होता तो हम लैंगिक विकृतियों (सेक्सुअल पर्वर्ज़न्स) या वयस्कता में, विशिष्ट प्रकार के रत्यात्मक (इरॉटिक) व्यवहार के विकास का स्पष्टीकरण नहीं दे पाते। सामाजिक नृविज्ञानियों (सोशल एन्थ्रॉपॉलॉजिस्ट्स) के अध्ययन यह बताते हैं कि यह कामप्रसुप्ति काल जैविक प्रकृति में निहित नहीं होता बल्कि हमारी विशिष्ट पैतृक सभ्यता का शिल्प-तथ्य (आर्टीफॅक्ट) होता है। कुछ संस्कृतियों में कामप्रसुप्ति काल नहीं होता। हमारी सभ्यता में, जिसमें शिक्षा की प्रक्रिया इतनी महत्वपूर्ण है, इसकी आवश्यकता होती है।[10]

दमित कामवासनात्मक प्रवृत्तियां (लिबिडिनल अर्जेज़) अचेतन द्वंद्व का स्रोत बनी रहती हैं। शक्तिशाली कामवासनात्मक प्रवृत्तियों को चेतन (कॉन्शस) में आने से रोकने के लिए इनके खिलाफ प्रतिक्रिया विधानों को विकसित करना आवश्यक है। प्रतिक्रिया विधान जिस वस्तु के विकास के फलस्वरूप घटित होते हैं उसे हम एक उपयुक्त पारिभाषिक शब्द के अभाव में 'सन्डे-स्कूल माइन्ड' कहते हैं। बालक इस आयु के दौरान बहुत भले, छद्मलज्जालु और अपने माता-पिता के कोई भी सामाजिक 'भ्रष्टाचारों' जैसे धूम्रपान, मद्यपान, शृंगार-प्रसाधनों के प्रयोग की आलोचना करने की ओर रुझान रखते हैं। वे लड़की या लड़का स्काउट बन जाते हैं, नित्य एक अच्छा काम करते हैं तथा नैतिक रूप से बहुत श्रेष्ठ महसूस करते हैं।

स्नोव्हाइट की कहानी में हमें कामप्रसुप्ति काल के बारे में सुन्दर प्रतीक कथा मिलती है। हम संक्षेप में इस कथा का पुनर्वलोकन करते हैं। स्नोव्हाइट एक सुन्दर शिशु राजकुमारी

है जिसके विधुर पिता ने दूसरा विवाह कर लिया है। यह दूसरी पत्नी 'देश की सबसे सुन्दर महिला है' तथा उसके पास एक जादुई शीशा है जो उसे इसका विश्वास भी दिलाता रहता है। फिर भी, जैसे-जैसे स्नोव्हाइट कुछ बड़ी होती है, वह शीशा सौतेली मां को यह चेतावनी देता है कि स्नोव्हाइट उससे अधिक सुन्दर हो जाएगी। इससे रानी की ईर्ष्या उत्तेजित होती है तथा वह उसका काम तमाम करने की योजना बनाती है। वह स्नोव्हाइट की हत्या का आदेश देकर उसे एक शिकारी के हाथों में दे देती है। फिर भी स्नोव्हाइट शिकारी को इस बात के लिए तैयार करने में सफल हो जाती है कि वह उसे जंगल में स्वतंत्र छोड़ दे जहां सात बौने, जो भूमिगत होकर कार्य करते हैं, उसकी देखभाल करते हैं। सौतेली मां को शीशे के द्वारा स्नोव्हाइट के जीवित होने तथा सात छोटे बौनों के साथ उसके अस्तित्व में बने रहने का पता चल जाता है और वह पुनः उसकी हत्या का प्रयास करती है। सात असफल प्रयासों के बाद वह उसे मारने में तो नहीं लेकिन उसे बेहोशी की स्थिति (कोमाटोज़ स्टेट) में लाने में सफल हो जाती है। किसी भी तरह वे बौने स्नोव्हाइट को सात वर्ष तक एक सुन्दर ताबूत में रखते हैं। वह मरती नहीं है लेकिन एक गहरी बेहोशी की नींद में बनी रहती है। सात वर्ष समाप्त होने पर उस दुष्ट रानी की मृत्यु हो जाती है तथा एक परियों का राजकुमार तलवार लेकर आता है जिससे वह उस शवपेटिका को खोलता है तथा स्नोव्हाइट को अपनी दुल्हन बनाता है।

स्नोव्हाइट फन्तासी का पूर्ण विश्लेषण हमें बाहर बहुत दूर तक ले जाएगा। हम केवल इस बात पर ध्यान केन्द्रित करना चाहते हैं कि स्नोव्हाइट फन्तासी कामप्रसुप्ति काल के बारे में मात्र एक परीकथा है। कथा का केन्द्रीय कथानक पर्याप्त स्पष्ट है। स्नोव्हाइट लम्बी निद्रा के बाद जागती है और राजकुमार से विवाह करने के लिए स्वतंत्र है। उसकी लम्बी निद्रा में सात बौने उस पर पहरा देते हैं। ये सात बौने कामप्रसुप्ति काल के सात वर्षों का प्रतिनिधित्व करते हैं। वे बौने हैं, भूमिगत जीव हैं, तथा यह संकेत करते हैं कि स्नोव्हाइट अर्थात् स्त्री-कामुकता (फीमेल सेक्सुअलिटी), भूमिगत है, पृष्ठभूमि में है, या सात वर्षों के लिए दबा दी गई है। वास्तविक जगाना एक राजकुमार के द्वारा किया जाता है जिसके हाथ में तलवार है, जिससे वह शव-पेटिका को ठकठकाता है। राजकुमार निस्संदेह पुरुष-कामुकता (मैस्कुलाइन सेक्सुअलिटी) का प्रतीक है, तलवार लिंग का प्रतिनिधित्व करती है। सात वर्षों की निद्रा के पश्चात् अर्थात् कामप्रसुप्ति काल के पश्चात् स्नोव्हाइट सुखी हो सकती है और राजकुमार से विवाह कर सकती है। कामप्रसुप्ति काल के पश्चात्, पुनः कामेच्छा (सेक्सुअलिटी) की अनुमति मिल जाती है।

लेकिन स्नोव्हाइट को किसने सुला दिया? इस केस में, यह कार्य ईर्ष्यालु विमाता अर्थात् रानी का था। निस्संदेह मनोविश्लेषण सिद्धांत में वस्तुतः यह वास्तविक माता है जो पिता के स्नेह के लिए उसकी प्रतिद्वंद्वी है। मूल कहानीकार के मानस में निश्चय ही, असली मां के द्वारा, पुत्री के विषय में (के प्रति) शत्रुतापूर्ण या प्रतिकूल प्रभावों को आरोपित करने के विरोध में प्रतिक्रिया विधान इतना प्रबल था कि इस भूमिका का

निर्वाह करने के लिए एक विमाता का चयन किया गया।[11] यह परिस्थिति बालक और माता-पिता के सामान्य वैवाहिक संबंध की परिस्थिति है। स्वप्नों और परी-कथाओं में, राजा पिताओं का प्रतिनिधित्व करते हैं, रानियां मांओं का प्रतिनिधित्व करती हैं और राजकुमार और राजकुमारियां संतानों का प्रतिनिधित्व करते हैं। विमाता की ईर्ष्या इस कहानी में एक बड़ी उम्र की स्त्री की संभवतया सामान्य भावना का प्रतिनिधित्व करती है जो उस काल के समीप पहुंच रही है जबकि उसे अपनी कामेच्छा का त्याग करना पड़ेगा। वास्तविक जीवन में भी, माता-पुत्री के बीच ईर्ष्याएं सभी अवसरों पर वैसे ही बार-बार होती हैं जैसे कि परी कथाओं में होती हैं। शिकारी जिसे स्नोव्हाइट का दिल चीरकर बाहर निकालने का आदेश दिया गया था, वह इस कथा में बंध्याकरण की आशंका का प्रतिनिधित्व करता है। यह विश्लेषण करना सरल है क्योंकि संसार की लगभग प्रत्येक भाषा में हृदय और कामेच्छा का समानार्थी एक है। 'मैं अपना हृदय तुम्हें देता हूं' वाक्यांश एक प्रियोक्ति है जो कामवासना के क्षेत्र में (सेक्सुअल स्फिअर) एक वास्तविक या इच्छित समर्पण का संकेत करती है। स्नोव्हाइट द्वारा शिकारी की चिरौरी करना, बंध्याकरण स्थिति (कैस्ट्रेशन सिचुएशन) के समक्ष कामुकता (सेक्सुअलिटी) के परित्याग का प्रतिनिधित्व करता है। ''यदि मैं इस अवधि में बौनों के साथ रहती हूं (अर्थात् यदि मैं कामुकता (सेक्सुअलिटी) का त्याग करती हूं), तो मैं जीवित रह सकती हूं (अर्थात् मैं अपनी कामुकता को बाद तक सुरक्षित रख सकती हूँ)।'' छद्म रूप में बाद में रानी द्वारा निरीक्षण करने जाना तथा रानी के द्वारा स्नोव्हाइट को मार डालने की कोशिश इस तथ्य के प्रतिनिधि के रूप में माना जा सकता है कि कामप्रसुप्ति काल, विशेषकर स्त्रियों में, एक ही अभिघातज (ट्रॉमैटिक) स्थिति के द्वारा नहीं लाया जाता बल्कि धीरे-धीरे कुछ समय में आता है।

यदि हम सामान्य रूप से परिवार का प्रतीकात्मक महत्व स्नोव्हाइट के परिवार को और नारी-कामुकता (फीमेल सेक्सुअलिटी) का प्रतीकात्मक महत्व स्वयं स्नोव्हाइट को प्रदान करें, तो इस कहानी का एक विलक्षण अर्थ प्रकट होता है। बच्चों में इस प्रकार की परीकथाओं की असीम लोकप्रियता इस तथ्य के कारण है कि बच्चे, कम से कम अर्धचेतन रूप से, प्रतीकात्मक एकात्मीकरण (सिम्बॉलिक आइडॅन्टिफिकेशन) करते हैं जिसका हमने उल्लेख किया। यदि स्नोव्हाइट की कथा इस कथा वस्तु पर आधारित एकाकी परीकथा होती तो यह समझा जा सकता था कि कहानी और कामप्रसुप्ति काल (लेटैन्सी पीरियड) की वास्तविक घटनाओं के बीच समरूपता पूरी तरह से आकस्मिक है। लेकिन परिवार के सदस्यों के बीच और पारिवारिक परिस्थिति में, आंतरिक व्यक्तिगत संबंधों के संबंध में इस प्रकार की प्रतीकात्मकता सभी परी कथाओं का आधारिक ढांचा होती है। मनोविश्लेषण सिद्धांत के बारे में पाठक जितना जानता है उसे दृष्टि में रखते हुए विविध परी कथाओं के बारे में थोड़ा सा सोच-विचार हमें इस कथन की सच्चाई के बारे में विश्वास दिलाएगा। कामप्रसुप्ति काल (लेटैन्सी पीरियड) के बारे में मुख्य बिन्दु तालिका 2 में संक्षेप में दिए गए हैं। इन्हें पुनः लगभग नौ वर्ष की आयु

पर सामान्य स्थिर प्रतिनिधिक समूह (एवरेज स्टॅटिक क्रॉस सैक्शन) के मात्र एक चित्र के रूप में देखा जा सकता है।

7. जननेन्द्रियावस्था (द जॅनाइटल स्टेज)

यौवनारंभ (प्यूबर्टी) की आयु पर समस्त शैशवीय यौन अवस्थाओं (इन्फैन्टाइल सेक्स स्टेजज़) का क्रमिक पुनर्जागरण होता है। सामान्य केस में लैंगिक (फॅलिक) अवस्था अधिक प्रबल होती है लेकिन क्रमशः यह लैंगिक रुचि ऐसी वास्तविक जननिक (जैनाइटल) रुचियों में बदल जाती है जो लैंगिक अवस्था की तुलना में कम शैशवीय (इन्फैन्टाइल) होती हैं। मुखीय और गुदा संबंधी रुचियों का भी पुनर्जागरण होता है। बालक चुम्बन में और पोस्ट ऑफिस जैसे खेलों में रुचि दिखाना शुरू कर देता है। गुदा संबंधी (एनल) कहानियों और गुदीय (एनल) व्यवहार में निश्चित रूप से उनकी रुचि पुनर्जागृत हो जाती है। वस्तुतः बालचर टोली या बॉय स्काउट ट्रूप *में* प्रायः लड़के चार-अक्षरों के ऑग्ल-सेक्सन शब्दों को सीखते हैं। फिर भी, बंध्याकरण की आशंका अभी भी बोझ की तरह व्यक्ति पर रहती है और पात्र के लिए उसकी पहली पसंद प्रायः समलैंगिक (होमोसेक्सुअल) होती है। इस आयु पर अधिकांश लड़के या तो परस्पर हस्तमैथुन में या सामूहिक (सोशल) हस्तमैथुन में भाग लेते हैं। सामूहिक हस्तमैथुन का अर्थ है दूसरों की संगति में हस्तमैथुन करना। इस समय पर अनुरक्तियां समलैंगिक होती हैं यह तथ्य किसी अंतर्निहित जैविक प्रकृति (इनहॅरैन्ट बायोलॉजिकल नेचर) के कारण नहीं होता बल्कि हमारे उन सामाजिक रीति-रिवाजों (सोशल मोरेज़) के कारण होता है जो हमारे इस आयु के बच्चों को (लिंग भेद के आधार पर) पृथक् करके रखते हैं। प्रारंभ में, प्रायः विपरीत लिंग के लिए प्रतिरोध का भाव विकसित होता है। हम सभी को याद है कि अपने 'दल या गैंग' को पहली बार 'लड़कियों के पीछे पागल या गर्ल क्रेजी' होते देखकर हमने तिरस्कार से देखा था। हम सभी को वह उलझन भी याद है जिसे हमने अपने पहले पपी-प्रेम प्रसंगों (पपी-लव अफेयर्स) के बारे में महसूस किया था। लेकिन क्रमशः समाज वयस्क स्तर पर कामवासनापरक व्यवहार के लिए निकास की अनुमति देता है। लेकिन ऐसा निकास एकदम ही स्थापित नहीं होता। किसिंग गेम्स और नैकिंग पार्टियां पर्याप्त अनुज्ञेय हो जाती हैं बशर्ते कि वे बहुत दूर तक न जाएं। भद्दे मजाकों में रुचि किशोरावस्था की प्रक्रिया का भाग बन जाती है। प्रारंभिक प्रेम-प्रसंगों की प्रकृति और स्वरूप असल में जननिक न होकर लैंगिक रहती है। जैसाकि हमने देखा, लैंगिक (फॅलिक) अवस्था में आत्मरतिक घटक (नारसिसिस्टिक कॉम्पोनैन्ट) विशेष रूप से प्रबल रहते हैं। व्यक्ति प्रेमी के रूप में मुख्यतया स्वयं अपने से संबंधित होता है। वास्तविक जननिक अवस्था (जैनाइटल स्टेज) में, इस आत्मरति (नारसिसिज़्म) का स्थान वास्तविक प्रेम-पात्र ले लेता है । व्यक्ति का संबंध मुख्यतया प्रेम-पात्र के साथ रहता है। किशोर व्यक्ति का संबंध प्रेम देने की अपेक्षा स्वयं अपनी कामुकता को संतुष्ट करने से रहता

है। लड़का स्वयं को आश्वस्त करना चाहता है कि वह एक पुरुष है, अथवा लड़की स्वयं को स्वीकार कराना चाहती है कि वह एक स्त्री है। फिर भी 18 से 20 वर्ष के लगभग वयस्क में वास्तविक सामान्य विषमलैंगिकता (हॅटरोसेक्सुलिएटी) क्रमशः प्रकट होती है। व्यक्ति जब इस तक पहुंच जाता है तो समाज उसे वास्तविक मैथुनिक संबंध प्रारंभ करने और पारिवारिक इतिहास पुनः प्रारंभ करने की अनुमति देता है। यदि जिन सीमाओं को निरंतर प्रतिबलित किया जा रहा है उन्हें ध्यान में रखें तो सारिणी 2 में पुनः इस विकास का अनुसरण किया जा सकता है।

8. विकासात्मक प्रक्रिया का सार

फ्रायड का मनोलैंगिक उत्पत्ति का सिद्धांत बहुत जटिल है। जब हम मनोलैंगिक उत्पत्ति की प्रक्रिया में अनुकूलित सामान्य व्यवहारों के बारे में विचार-विमर्श कर लेते हैं, जो हम अगले अध्याय में करते हैं, तथा यह सिद्धांत मनोविकृति संबंधी संलक्षणों (साइक्रिएटिक सिंड्रोम्स) के बारे में जो दृष्टिकोण रखता है उसकी विवेचना कर लेंगे, जो हम खण्ड IV में करेंगे; तो पाठक निस्संदेह ही इसे और अच्छी तरह से समझ पाएंगे। वर्तमान में साइकोसेक्सुअल जॅनसिस के सिद्धांत का स्पष्टीकरण मुख्य नैराश्यों (फ्रस्ट्रेशन्स) और उनके परिणाम को एक संघनित रूप में सारांश प्रस्तुत करने में सहायता कर सकता है।

प्रत्येक सामान्य जीवन में चार मुख्य नैराश्यपूर्ण (फ्रस्ट्रेटिंग) अनुभव होते हैं, ऐसे अनुभव जिनमें व्यक्ति को समायोजन के ऐसे तरीके को छोड़ना पड़ता है जो उसके लिए संतोषप्रद था और एक नए प्रकार के समायोजन को स्वीकार करना पड़ता है। ऐसे प्रत्येक पुनर्समायोजन में, व्यक्ति और अधिक उत्तरदायित्व को स्वीकार करता है, लेकिन अधिक आत्मनिर्भरता प्राप्त करता है। वास्तविकता और उत्तरदायित्व को स्वीकार करने के साथ विशेषाधिकार और अधिकार और सामर्थ्य आती है, जिससे कि नैराश्य (फ्रस्ट्रेशन) को एक नकारात्मक प्रक्रिया के रूप में न देखना पड़े। इन नैराश्यों के साथ व्यक्तित्व का विभेदीकरण (डिफरॅन्सियेशन ऑफ पर्सनैलिटी) तथा विशेष क्षमताओं का विकास भी होता है। पहला बड़ा नैराश्य, निष्क्रिय मुखीय भोजन करने की आदत का नैराश्य (फ्रस्ट्रेशन ऑफ पैसिव ओरल फीडिंग हैबिट) है। शिशु प्रसन्न है, (दूसरों के) ध्यान का केन्द्र है, उसकी देखभाल की जाती है, सब कुछ उसी के लिए किया जाता है : मनोजैविक दृष्टि से (साइकोबायलॉजिकली) वह या तो अनवरत संतुलन (इकुईलीब्रियम) की स्थिति में या आसानी से संतुलन तक लौटने की स्थिति में होता है। वीनिंग के माध्यम से किए जाने वाले समायोजन का नैराश्य (फ्रस्ट्रेशन) शिशु को अपने अहम् (ईगो) को आंशिक रूप से अलग करके देखने (टु डिफरैंशिएट समथिंग ऑफ़ हिज़ ईगो) तथा यह अनुभूति करने की ओर ले जाता है कि एक बाहरी दुनिया भी है।

तालिका-21 : व्यक्तित्व की संरचना और उत्पत्ति

सैद्धांतिक सामान्य विकास (थ्योरिटिकल नॉर्मल डॅवलपमैन्ट)

नाम	आयु	कामप्रवृत्तिपरक स्थानीकरण (लिबिडिनल लोकलाइज़ेशन)	कामप्रवृत्ति का तरीका (लिबिडिनल मोड)	कामप्रवृत्ति का पात्र (लिबिडिनल ऑब्जॅक्ट)
1	2	3	4	5
मुख से चूसना (ओरल सकिंग)	जन्म से 8 माह तक	मुख, ओठ, जिव्हा	चूसना, निगलना, अंतःक्षेपण पूर्व उभयभावी	स्वः रत्यात्मक, निष्क्रिय, निर्भर
दांत से काटना (ओरल बाइटिंग)	6 से 18 माह तक	दांत, जबड़े	काटना, निगल जाना, नष्ट करना, परपीड़क	स्वः रत्यात्मक तथा आत्मरत्यात्म मां से मुखीय-परपीड़क अनुरक्ति
गुद-बहिष्कारक (एनल एक्सपलसिव)	8 माह से 3 वर्ष तक	गुदा और नितम्ब	बहिष्करण, अस्वीकृति, अस्वीकृति, नष्ट करना, प्रक्षेपण	सतत् आत्मरत्यात्मक (नॉरसिसिस्टिक तथा माता-पिता
गुद धारणशील (एनल रिटॅन्टिव)	12 माह से 4 वर्ष तक	गुदा, नितम्ब, अवरोधिनी नियंत्रण मूत्रमार्ग	मल और मूत्र को रोकना और नियंत्रित करना उभयभावी	सतत् आत्मरत्यात्मक (नॉरसिसिस्टिक तथा माता-पिता दोनों के साथ गुद-परपीड़क अनुरक्ति
लैंगिक (फॅलिक)	3 से 7 वर्ष	मूत्रमार्ग और बाहरी जननेन्द्रिय भग-शिश्न और शिश्न	मूत्र त्याग शैशव हस्तमैथुन उभयभावी	उभयभावी स्तर पर इडीपस वरण (चुनाव)
कामप्रसुप्ति (लेटैन्सी)	5 से 12 वर्ष	नवीन क्षेत्र नहीं पुराने क्षेत्रों को नकारना	दमन और प्रतिक्रिया विधान	स्वरति का पतन तथा सामाजिकता की भावना का विकास
जनन संबंधी (जॅनाइटल)	12 से 20 वर्ष	जननेन्द्रिय	मैथुन उत्तर-उभयभावी	प्रथम समलिंगी अभिभूत होना, वीर पूजा, तत्पश्चात् काम-भावना का विषमलिंगी पात्र

तालिका-2 (जारी) : मनोविश्लेषणवाद : मनोलैंगिक उत्पत्ति का सिद्धांत

सैद्धांतिक सामान्य विकास

नैराश्य द्वंद्व (फ्रस्ट्रेशन	मनोग्रंथि कॉम्प्लैक्स	व्यवहारपरक परिणाम (विहेवियरल)	संरचना (स्ट्रक्चुरल) परिणाम
6	7	8	9
मां का दूध छुड़ाना (वीनिंग)	इडीपस मनोग्रंथि का प्रारंभ लड़का और लड़की दोनों की पसंद मां	मुखीय आक्रमणशीलता का विकास उभयभाव	अत्यधिक प्रबल सुख-सिद्धांत व्यावहारिक रूप से संपूर्ण कामतत्व (इड) और अचेतन
अंतिम वीनिंग नया शिशु	उभयभावी इडीपस मनोग्रंथि का जारी रहना लड़का और लड़की दोनों की पसंद मां	वास्तविकता की प्रथम चेतना, ठगे जाने का भाव, गुदा से संबंधित रुचि	वास्तविकता के प्रथम बोध का विकास; अहम, (ईगो) और चेतना का आविर्भाव
अवरोधिनी नियंत्रण की अनिवार्यता	उभयभावी इडीपस मनोग्रंथि का जारी रहना, कामुकता की अनुभूति दोनों लिंगों (लड़का-लड़की) का पिता से अभिज्ञ (कॉन्शस) होना	सामाजिक यथार्थ सामर्थ्य या क्षमता का बोध अवरोधिनी नियंत्रण का विकास	बढ़ते हुए महत्व की वास्तविकता अहम् (ईगो) निश्चित रूप से विकसित पराहम् (सुपरईगो) का प्रारंभ (वास्तविकता परीक्षण का स्तर)
सामाजिक यथार्थ को स्वीकार करने की आवश्यकता और पूर्ण अवरोधिनी नियंत्रण	लड़कियों में बंध्याकरण लड़कों में सकारात्मक इडीपस का प्रारंभ	जननेन्द्रिय में रुचि का विकास	वास्तविक सुख (प्लॉज़र) पर हावी ईगो (अहम) का विकास आवश्यक रूप से पूर्ण एकात्मीकरण (आइडॅन्टिफिकेशन) और पराहम् (सुपरईगो) का प्रारंभ
शैशव हस्तमैथुन के लिए बंध्याकरण की आशंका	लड़कों में बंध्याकरण और लड़कियों में आत्मत्याग	शैशव लैंगिकता का दमन	वास्तविकता की स्थापना पराहम् (सुपरईगो) संपूर्ण कामतत्व (इड) अचेतन में दमित
उत्तर बाल्यावस्था में व्यवहारपरक समस्याएं	उत्तर बाल्यावस्था के पराहम् संबंधी द्वंद्व	'लड़का और लड़की स्काउट' व्यवहार	पराहम् (सुपरईगो) का संस्थापन
यौवनारंभ (प्यूबर्टी)	किशोर समलैंगिकता	किशोर हस्तमैथुन विपरीत लिंग में रुचि	सुख-सिद्धांत और कामतत्व (इड) की चालनाओं का पुनर्प्राकट्य व्यक्तित्व संपूर्ण

तालिका-2 (जारी) : व्यक्तित्व की संरचना और उत्पत्ति

सामान्य व्यवहार की रचना (नॉर्मल बिहेवियर फॉर्मेशन)			लक्षणों की रचना (सिमूपटम फॉर्मेशन)		
अवस्थितियां (कंटीनुएशनूस)	उदात्तीकरण सबूलीमेशन	प्रतिक्रिया विधान रीएक्शन फॉर्मेशन	साइकोसिस (मनस्ताप) न्यूरोसिस (मनस्तंत्रिका ताप)	विकृतियां (परवर्जनूस)	चारित्रिक दोष कॅरक्टर डिफॅक्ट
10	11	12	13	14	15
पीना खाना (चबाना) धूमपान चूमना मुख का स्वास्थ्य (हाइजीन) आदि	मदिरा चखना भोगवाद वाकपटुता हाज़िर-जवाबी व्यंगोक्ति, आदि	भोजन सनकीपन दूध के लिए अरुचि निषेध उत्साह बोली में विशुद्धता दन्त चिकित्सक से भेंट करना जारी रखना आदि	मनोविदलता (स्काइज़ोफ्रीनिया) उन्मादी-अवसादी (मैनिक-डिप्रैसिव)	निष्क्रिय मुखीय उत्क्रमण सक्रिय मुखीय परपीड़न	शिजॉइड (विदलनाभ) आत्मरतिक (नारसिसिस्टिक) शैशवीय (इफैन्टाइल) साइक्लॉइड (चक्राभ)
दैनिक आंत्रिक संचलन में रुचि कब्ज़, अतिसार मलत्याग में कामवासनात्मक सुख 'शिक सेल लिटरेचर' गुदा संबंधी कहानियां, आदि	चित्रकारी मूर्तिकला परोपकार सांख्यिकीय अध्ययन, आदि	मल से विरक्ति, घृणा गंदगी का अत्यधिक भय छद्मलज्जा पाण्डित्य-प्रदर्शन मितव्ययता चिड़चिड़ापन, आदि	व्यामोह या संभ्रांति (पॅरानोइया) बाध्यता तंत्रिकाताप (कम्प्लशन न्यूरॉसिस)	निष्क्रिय गुद-उत्क्रमण समलैंगिकता सक्रिय गुद-परपीड़न	संभ्रांत (पॅरानॉइड) बाध्य (कम्पल्सिव)
हस्तमैथुन आत्मरतिक डेटिंग दुलारना गंदे मजाक नृत्य करना आदि	प्रेम काव्य अभिनय पवित्र प्रेम, आदि	सेक्स के बारे में शुद्धिवाद शालीनता, आदि	दुश्चिंता हिस्टीरिया (एंग्जाइटी हिस्टीरिया) परिवर्तन हिस्टीरिया (कन्वर्ज़न हिस्टीरिया)	लैंगिक आत्मरति कामांगप्रदर्शन दृश्यरतिकता स्त्रीकामोन्माद पुरुषकामोन्माद	न्यूरॉटिक उन्मादी (हिस्टॅरिकल)
कामप्रसुप्ति काल की अवस्थितियां, उदात्तीकरण और प्रतिक्रिया विधान अन्य सभी को एक सामाजिक दृष्टि से संशोधित रूप में निहित करते हैं।					
सामान्य लैंगिक जीवन	कला, विज्ञान, समाज के लिए कामवासना का परित्याग, कामुकता का बहिष्कार		सामाजिक रूप से रचनात्मक कार्य	जननिक स्तर पर कोई लक्षण नहीं पाए जाते	

शिशु के द्वारा अहम् का विकास कर लेने के बाद भी उसके अहम् (ईगो) पर कोई उत्तरदायित्व नहीं होता। उसे मात्र अधिक सक्रिय और कम निष्क्रिय होना है। अंत में गुदा-संबंधी स्तर (एनल लैविल) पर होने वाले नैराश्य उसमें अहम् संबंधी उत्तरदायित्व (ईगो रैस्पॉन्सिबिलिटी) विकसित करते हैं। यह शायद पहले की तुलना में और भी अधिक निराशापूर्ण अनुभव होता है। पहला अनुभव उसे इस अनुभूति की ओर ले जाता है कि इसका एक अहम् (ईगो) है, कि वह कोई है। गुदा संबंधी स्तर पर होने वाला नैराश्य उसे यह अनुभूति करने के लिए बाध्य करता है कि उसे इस बारे में कुछ करना चाहिए, उसके अहम् का उत्तरदायित्व (ईगो रैस्पॉन्सिबिलिटी) है, कि वह संसार का केन्द्र नहीं बल्कि उसका एक भाग है कि वह एक व्यक्ति के रूप में खड़ा है। वह यह देखने के लिए बाध्य होता है कि सामाजिक और भौतिक यथार्थ के समायोजन करना व्यवस्था का उतना ही महत्वपूर्ण भाग है जितना कि सुख की खोज करना। उसका अहम् इस समय तक वस्तुतः पूर्ण हो जाता है।

दूसरा महान धक्का लैंगिक नैराश्य (फैलिक फ्रस्ट्रेशन) से संबंधित होता है। व्यक्ति पहले से ही आंशिक रूप से समाज के प्रति उत्तरदायी होता है लेकिन फिर भी वह अपनी समस्त कामवृत्यात्मक (इरॉटिक) संतुष्टि परिवार के अंदर ही प्राप्त करता है। इस समय तक उसे केवल पारिवारिक संसार के यथार्थ का सामना करना होता है। अहम् का उत्तरदायित्व तो विकसित हो गया होता है लेकिन पराहम् के उत्तरदायित्व (सुपरईगो रैस्पॉन्सिबिलिटी) का नहीं। हम अपनी संतानों का पालन पारिवारिक स्थिति की घनिष्ठता में करते हैं और अचानक उनसे कहते हैं कि वे इसमें वास्तविक कामवृत्यात्मक (लिबिडिनल) संतुष्टि प्राप्त नहीं कर सकते। यह बात अहम् (ईगो) के स्वाभिमान के लिए एक बहुत बड़ा आघात होता है और नया संतुलन (इकुईलिब्रियम) स्थापित करने के लिए बड़ी मात्रा में आत्मिक मानसिक बल (साइकिक एनर्जी) का व्यय करने की आवश्यकता होती है। इडीपस और बंध्याकरण की स्थितियों के निराकरण के माध्यम से नया संतुलन स्थापित होता है। जिस प्रकार मुखीय अवस्था (ओरल स्टेज) वास्तविकता के बोध के विकास और अहम् (ईगो) की धारणा के प्रारंभ की ओर ले गई थी, और जिस प्रकार गुदीय अवस्था ईगो रैस्पॉन्सिबिलिटी के विकास और वास्तविकता के और भी अधिक विकसित बोध की ओर ले गई थी, उसी प्रकार यह कहा जा सकता है कि लैंगिक अवस्था सुपरईगो रैस्पॉन्सिबिलिटी के विकास की ओर ले जाती है। अब व्यक्ति को निकटतम परिवार की अपेक्षा समाज में और विस्तृत संसार में अकेले खड़ा होना पड़ेगा।

अगला महान नैराश्य किशोरावस्था का है। मनोविश्लेषण सिद्धांत के स्थापित होने से पहले भी यह ज्ञात था कि व्यक्तित्व का विकास करने में किशोरावस्था कितनी महत्वपूर्ण है। पारिवारिक परिधि और पारिवारिक बंधन इस समय तक तोड़ देने पड़ेंगे। व्यक्ति के पूर्ण सामाजिक लैंगिक उत्तरदायित्व (सोशियोसेक्सुअल रैस्पॉन्सिबिलिटी) और साथ ही अहम् (ईगो) और पराहम् (सुपरईगो) के उत्तरदायित्व स्वीकार करने पड़ेंगे।

किशोरावस्था के संबंध में फ्रायड का महान महत्व इसमें है कि उन्होंने यह संकेत किया कि किशोरावस्था के द्वंद्व की जड़ें पीछे की ओर (इन्फैन्टाइल पीरियड) शैशवावस्था तक जाती हैं। विकास और शिक्षा वे प्रक्रियाएं हैं जिससे शिशु का निष्क्रिय रूप से पूर्णतया आत्मनिर्भर, अभिन्न (अनडिफरैन्शिएटिड), अचेतन अहम् (ईगो), अत्यंत विभेदीकृत (अनडिफरैन्शिएटिड), उत्तरदायित्वपूर्ण, चेतन व्यक्तित्व संरचना के रूप में विकसित होता है जिसमें वयस्क का अहम् (ईगो), कामतत्व (इड) तथा पराहम् (सुपरईगो) निहित रहता है। यह विकास एक क्रमिक विकासशील द्वंद्वात्मक प्रक्रिया है। किसी भी स्तर पर एक समायोजन का स्थान बार-बार होने वाले नैराश्य के साथ किए जाने वाले नए समायोजन लेते हैं। चार नैराश्य जिनका हमने अभी वर्णन किया था अर्थात् मुखीय, गुदा-संबंधी लैंगिक तथा जननिक ही मात्र वे नैराश्य नहीं हैं व्यक्ति को जिनका सामना करना है। उसे चलना, बात करना, अपना गृह कार्य करना और बहुत सी दूसरी वस्तुएं सीखनी पड़ती हैं, लेकिन जैसा कि अब स्पष्ट हो जाना चाहिए, हमारी संस्कृति में ये कार्य विशेष रूप से गंभीर प्रकृति के हैं तथा व्यक्ति के जीवन में नाजुक स्थितियों में आते हैं।

संदर्भिका

मनोविश्लेषण सिद्धांत के लिए साक्ष्य की समस्या को हैन्ड्रिक की पुस्तक में अच्छी तरह से निपटाया गया है।

साइकोसेक्सुअल जॅनॅसिस का सिद्धांत सर्वप्रथम फ्रायड (1930ए) में प्रस्तुत किया गया। यह उस संपूर्ण सिद्धांत और समस्त साहित्य (संदर्भ अध्याय IX) का आधार है जो किसी भी रूप में उसकी बात करता है। अन्ना फ्रायड (1937) और कैरिन स्टीफेन की पुस्तकें विशेष रूप से अच्छी हैं। मनी-काइरल विशिष्ट मनोविश्लेषण सिद्धांत को जीव-विज्ञान और मनोविज्ञान से संबद्ध करते हैं। फ्रायड के अलावा, साइकोसेक्सुअल जॅनॅसिस पर सबसे महत्वपूर्ण मौलिक योगदान अब्राहम (1927) फॅरॅन्ज़ी (1916) तथा जोन्स (1923) का है। स्त्री-कामुकता (फीमेल सेक्सुअलिटी) के विकास से संबंधित वैचारिक मतभेदों के बारे में एच. डॉएश (1925) हॉर्ने (1937, 1938) तथा फ्रायड (1933) की रचनाओं में संकेत किया गया है। डूले (1938) ने सार संक्षेप और पुनर्विवेचन दिया है।

संदर्भ

1. संदर्भ, क्लाइन, ए. फ्रायड (1928) तथा आइसाक्स की रचनाएं।
2. आइव्ज़ हॅन्ड्रिक, *फॅक्ट्स एंड थ्योरीज़ ऑफ साइकोएनालिसिस*, एल्फ्रेड ए. नॉफ, इन्क, न्यूयॉर्क, 1939, पृष्ठ 62 जी-62 एच।
3. शिशु और वयस्क के बीच संरचना के भेदों के संबंध में, अविश्लेषणवादी मनोवैज्ञानिकों जैसे लॅविन

(1953), एण्डर्सन, प्याज़े (1926) की और विश्लेषणवादियों के बाल मनोविज्ञान के सुपरिचित शोध-प्रबंधों की तुलना करें।

4. वस्तुतः 'लिबिडो' पद संज्ञा को सदैव *लिबिडिनल* (कामप्रवृत्यात्मक) तथा *एग्रैसिव (आक्रमणशील)* अंतःप्रेरणाओं (इम्पल्सिज़) के अर्थ में समझना चाहिए। मनोलैंगिक उत्पत्ति सिद्धांत की पारिभाषिक शब्दावली उस समय तक भलीभांति स्थापित हो चुकी थी जब फ्रायड ने मरणवृत्ति (डॅथ इंसटिंक्ट) की अवधारणा प्रस्तुत की। संदर्भ पृष्ठ-158।
5. इस खण्ड में शुरू से अंत तक दिए गए समय पद नाम औसत समय के आधार पर दिए गए हैं तथा यह ध्यान में रखना चाहिए कि विशिष्ट व्यक्ति के लिए इनमें प्रायः पर्याप्त विचलन होता है।
6. डॉ. फ्रान्ज एलेक्ज़ेण्डर (शिकागो इंस्टीट्यूट फॉर साइकोएनालिसिस में दिए गए अपने भाषणों में) गुद धारणशील काल को, गुद बहिष्कारक काल से पहले स्थान देने की ओर प्रवृत्त हैं। अब्राहम (1927) ने सबसे पहले इनमें विभेद किया और हम उनके दिए पदनामों का अनुगमन करेंगे। दो इतने प्रतिष्ठित मनोविश्लेषकों के मध्य यह हल्का सा मतभेद इन विविध कालों की परस्परव्यापी प्रकृति और साइकोसॅक्युअल जैनॅसिस की द्वंद्वात्मक प्रकृति की ओर संकेत करता है।
7. फॅरॅन्ज़ी की चित्ताकर्षक, यद्यपि अत्यधिक सैद्धांतिक रचना, *थॅलॅसा* (1938)।
8. वस्तुतः शिशु पैत्रक की अपेक्षा बहुत से दूसरे प्रभावों के अधीन होता है। सहोदर भाई-बहन (सिबिलिंगस) अंकिल्स तथा आन्ट्स, पूर्व-पाठशाला शिक्षक और खेल के साथी, सभी पराहम् (सुपरईगो) के स्वरूप को बनाने में भूमिका निभाते हैं। फिर भी, माता-पिता का प्रभाव इतना अधिक होता है कि फ्रायड ने इस पर कदाचित् नितांत अनन्य रूप से महत्व दिया।
9. बंध्याकरण मनोग्रंथि के किंचित् भिन्न विवेचन और उपयोगी पुनरीक्षण के लिए एलेक्ज़ेण्डर (1935) के लेख से तुलना करें।
10. संदर्भ मार्गरेट मीट (1932) तथा अन्ना फ्रायड (1929)।
11. इडीपस स्थिति के बारे में अंग्रेजी साहित्य की महानतम रचना, शेक्सपियर के *हैमलेट* में, नायक पिता से नहीं, सौतेले बाप से लड़ाई करता है। यह उदात्तीकरण (सब्लीमेशन) के माध्यम से कलापूर्ण मिथ्या-वर्णन का एक उदाहरण है।
12. यह तालिका कुछ संशोधनों के साथ अब्राहम (1927), हेली ब्रोनर तथा बावर्स, रिकमॅन (1928) की इसी के समान तालिकाओं और डब्ल्यू.सी. मैनिंजर की एक अप्रकाशित तालिका के साथ संयुक्त की गई थी।

अध्याय-11

मनोविश्लेषणवाद : सामान्य व्यवहार का अनुकूलन

1. 'सामान्य' वयस्क व्यक्तित्व पर शैशव कामुकता का प्रभाव

इस अध्याय में हम देखेंगे कि कैसे 'सामान्य' वयस्क व्यक्तित्व के कुछ विशिष्ट लक्षण और व्यवहार मनोलैंगिक विकास की उन अवस्थाओं के परिणामस्वरूप विकसित होते हैं जिनसे हम सभी को गुजरना पड़ता है। हम 'सामान्य' विश्लेषण को उद्धरण चिह्नों में रखते हैं, क्योंकि गतिकी मनोविज्ञान के शब्दों में, सामान्यतया और असामान्यता की अवधारणाओं के बीच कोई स्पष्ट रेखा नहीं खींची जानी है। व्यवहार के कुछ तरीके और चरित्र के कुछ लक्षणों, जिनके बारे में हम इस अध्याय में बात करेंगे, बहुत से व्यक्तियों के द्वारा निश्चित रूप से 'असामान्य' की भांति देखे जाते हैं। दूसरी ओर, मनोविश्लेषक व्यवहार के बहुत से तरीकों और चरित्र के लक्षणों (ट्रेट्स) को इसलिए 'सामान्य' समझते हैं क्योंकि ये अपेक्षाकृत सुसमायोजित व्यक्तियों में भी बार-बार दिखाई देते हैं। हम इसके कुछ उदाहरण देते हैं। हम सभी में शैशव काल में परपीड़न-कामुकता (सैडिज़्म) पाई जाती है। विकास की इस अवस्था के पश्चात् प्रायः इसका दमन कर दिया जाता है लेकिन बाद में यह अत्यंत छद्म रूप में अचानक प्रकट हो सकती है। बहुत से स्कूल शिक्षक जो सोच-समझ कर छड़ी का प्रयोग करने की आवश्यकता से घृणा करने का दावा करते हैं, अपने छात्रों के नितम्बों पर थप्पड़ मार कर परपीड़क संतोष (सेडिस्टिक सॅटिस्फैक्शन) प्राप्त करते हैं। हम देख सकते हैं कि स्कूल शिक्षक का बालक को थप्पड़ लगाने और बालक की शरारत के बहाने अपने लिए इसका औचित्य ठहराने जैसा व्यवहार और दूसरे को पीड़ा देने वाला कशाघात (सेडिस्टिक फ्लैगिंग) जिसमें व्यक्ति कुछ मात्रा में चेतन रूप से परपीड़क संतोष की अनुभूति करता है, इनके बीच में मनोवैज्ञानिक के सिवाय अन्य किसी भी दृष्टि से अंतर करना कठिन है। यद्यपि मनोविश्लेषक शारीरिक दण्ड के इन दोनों रूपों को भूतकाल के जिम्मे कर देना पसंद करेंगे, फिर भी दोनों प्रकार के दण्ड अभी भी अस्तित्व में हैं और कदाचित् कुछ व्यक्तियों में बने भी रहेंगे। सामान्य परकेन्द्रित कामप्रवृत्ति (ऑब्जॅक्ट लिबिडो) कभी-कभी प्रेम पात्र (लव ऑब्जॅक्ट) के निश्चित भागों पर विस्थापित हो जाती

है। ऐसा विस्थापन (डिस्प्लेसमैण्ट) फैटिशिज़्म या वस्तु-रति कहलाता है। आमतौर पर पाई जाने वाली वस्तु-रति तथाकथित 'टुथ फैटिशिसिज़्म' है। बहुत से ऐसे मामले रिकॉर्ड किए गए जिनमें व्यक्ति वेश्याओं को इसलिए बहुत अधिक धन देते थे क्योंकि उन्हें उनके दांत खींचकर निकालने में बहुत आनंद का अनुभव होता था। इस बात से सभी सहमत होंगे कि यह असामान्य व्यवहार है। यदि ये व्यक्ति किसी दन्त विद्यालय में गए होते और यह कार्य समाज द्वारा स्वीकृत तरीके से करते तो उनका यह व्यवहार असामान्य व्यवहार के रूप में नहीं देखा जाता। इसी प्रकार अतिशय शर्म अक्सर कामुक प्रवृत्तियों की प्रतिक्रिया में होती है। भ्रष्टता विरोधी समाजों के सदस्य, साहित्य में निर्नैतिक परिच्छेद या लेखांश खोजने में, स्वयं अपने मानस की कामुकता को संतुष्ट करते हैं और आक्रमणशील व्यवहार में रत होते हैं। जबकि गतिकी मनोविज्ञान के शब्दों में हम इन व्यक्तियों को विकृत व्यक्तियों के रूप में देखेंगे, लेकिन यह हम निश्चित रूप से नहीं कह सकते कि विस्तृत समाज उन्हें न्याय के लिए लड़ने वाला जेहादी नहीं समझता होगा। अत्यधिक तीखे वाद-विवाद और उन्माद के दौरे में उन्मादी-अवसादी रोगी के द्वारा असामान्य भाषा में किए गए अपमानों जैसे व्यवहारों के मध्य विभाजक रेखा खींचना कठिन है। चूंकि शैशव कामुकता की कुंठाओं द्वारा अनुकूलित सामान्य व्यवहारों और असामान्य व्यवहारों में विभेद करने के लिए कोई निश्चित मानदण्ड नहीं है, अतः हमें स्वेच्छा से कुछ मानदण्ड चुनने पड़ेंगे। शैशव यौन चालनाओं के अतिरेक या विकृतियों से पीड़ित व्यक्ति अक्सर ही ऐसे समायोजन कर लेते हैं जो सामाजिक दृष्टि से पर्याप्त संतोषप्रद होते हैं। ऐसे व्यक्तियों के लिए मनोचिकित्सकीय सहायता का सुझाव भी देना बहुधा अनुपयुक्त है। फिर भी, कुछ अन्य व्यक्तियों के समायोजन ऐसे असामाजिक और खतरनाक (संकटपूर्ण) होते हैं कि वहां निश्चित रूप से मनोचिकित्सकीय सहायता प्रदान करने का निर्देश देना पड़ता है। खण्ड IV में हम उन व्यवहारों का अध्ययन करेंगे जिन्हें समाज असामान्य और असामाजिक व्यवहार के रूप में पहचानता है, जिससे कि जो ऐसा व्यवहार कर रहे हैं उन व्यक्तियों को शेष समाज से पृथक् किया जा सके तथा उन दोषों का भी अध्ययन करेंगे जो स्वयं व्यक्ति को इतना दुःखी करते हैं कि वह मनोचिकित्सक की सहायता मांगता है। इस अध्याय में हम ऐसे कुछ व्यवहारों की विवेचना करेंगे जो कुल मिलाकर समाज की दृष्टि में सामान्य ही नहीं होते बल्कि कभी-कभी अभीष्ट भी होते हैं।

अध्याय IX में हमने उन विविध युक्तियों (मॅकेनिज़्मस) को देखा जिनके द्वारा व्यक्तित्व के पुनर्गठन के माध्यम से आन्तरिक तनावों से उत्पन्न द्वंद्वों का निराकरण किया जाता है। अध्याय X में हमने देखा कि मूल आधारिक वृत्तियों (बेसिक अर्जेज़) से संबंधित समस्त शक्ति कुंठित (फ्रस्ट्रेटिड), प्रतिबंधित, दमित या बाधित (सप्रैस्ड, रिप्रैस्ड या हॅल्ड बैक) नहीं होती है। कुछ शक्ति (एनर्जी) या तो अपने मूल रूप में या इसके समाज द्वारा स्वीकृत संशोधित रूप में बनी रहती है। हमारे व्यवहार के बहुत से तरीके और हमारे चरित्र के बहुत से विशेषक शैशवावस्था की मनोलैंगिक अवस्थाओं

की *निरंतरताओं* या *कन्टीनुएशंस* के रूप में देखे जा सकते हैं। समाज में वयस्क के रूप में आधारिक मनोवृत्ति की शक्ति (बेसिक अर्ज़ एनर्जी) का उपयोग करने का एक अन्य तरीका *उदात्तीकरण* या सब्लीमेशन की प्रक्रिया है। उदात्तीकरण को हमने, कामप्रवृत्यात्मक (लिबिडिनल) और आक्रमणशील शक्ति (एग्रेसिव एनर्जी) का एक समाज द्वारा स्वीकृत माध्यम से उपयोग करने के रूप में परिभाषित किया। निरंतरता और उदात्तीकरण की प्रक्रिया के बीच सर्वथा स्पष्ट विभाजन नहीं किया जाना है। उदात्तीकरण एक दुर्भाग्यपूर्ण शब्द है क्योंकि इसके बारे में प्रायः मूल्य-निर्धारक हिसाब से सोचा जाता है। हम उन व्यवहारों और चरित्र के विशेषकों के लिए निरंतरता का प्रयोग करेंगे जिनमें व्यवहार या विशेषक (ट्रेट) का शैशव व्यवहार से प्रत्यक्ष संबंध होता है (अथवा कम से कम मनोविकृतिविज्ञानियों के लिए प्रत्यक्ष होता है) तथा *उदात्तीकरण* (*सब्लीमेशन*) का प्रयोग तब करते हैं जबकि मूल शैशव अभिप्राय (ओरिजिनल इन्फॅन्टाइल सिगनिफिकैन्स) अपनी वयस्क अभिव्यक्ति में अधिक विकृत होती है। इस प्रकार कामुक दिवास्वप्न या स्वप्न-चित्र जिनमें सभी वयस्क व्यस्त रहते हैं वे असाधारण रूप से, लैंगिक जननांगपरकता (फैलिक जॅनाइटॅलिटी) की निरन्तरता के रूप में बार-बार देखे जाएंगे। दूसरी ओर, वैज्ञानिक शोध-प्रबंध का लेखन एक ऐसा व्यवहार है जो प्रायः शैशव कामुकता (इन्फैटाइल सेक्सुअलिटी) में तो आता है लेकिन जिसे उदात्तीकरण की श्रेणी में रखना पड़ेगा। प्रेम-काव्य निस्संदेह इन दोनों के बीच कहीं पर आता है। यदि वह अच्छी कविता होगी तो हम इसे उदात्तीकरण कहेंगे और यदि यह खराब कविता है तो इसे निरंतरता कहा जाएगा।

निरंतरताओं (कन्टीनुएशन्स) और उदात्तीकरण (सब्लीमेशन्स) के अतिरिक्त *प्रतिक्रिया विधान* (*रीएक्शन फार्मेशन्स*) भी सामान्य व्यवहार में एक सतत् भूमिका निभाते हैं। प्रतिक्रिया विधान वह प्रक्रिया है जिसके द्वारा व्यक्ति व्यासीय रूप से विपरीत व्यवहार को अपनाकर या चरित्र के विरोधात्मक विशेषकों को अपनाकर शैशव कामुकता के बोध से अपनी सुरक्षा करता है। इस प्रकार हम देखेंगे कि अति सफाई पसंदगी या व्यवस्था तथा समय निष्ठा को अत्यधिक महत्व देना अथवा कर्त्तव्य का अतिशय ध्यान, शैशवीय मनोलैंगिकता (इन्फैन्टाइल साइको सेक्सुअलिटी) की गुदीय (एनल) अवस्था के विरुद्ध प्रतिक्रिया विधान हो सकते हैं। जबकि नियमित भक्षण (भोजन खाना) को मुख-चूषण अवस्था की निरंतरता और भोगवाद को इसका उदात्तीकरण समझा जा सकता है, उसी प्रकार शाकाहार को इसके विरुद्ध प्रतिक्रिया विधान समझा जा सकता है। इसी प्रकार से कामवासनात्मक स्वप्न-चित्र को लैंगिक जननांगपरकता (फैलिक जॅनाइटॅलिटी) की निरंतरता, सामाजिक न्याय की योजनाओं को इसका उदात्तीकरण तथा शुद्धता (या ब्रह्मचर्य) के व्रत को इसके विरुद्ध प्रतिक्रिया विधान समझा जा सकता है। सारिणी 2 में 'सामान्य व्यवहार की रचना (नॉर्मल विहेवियर फॉर्मेशन)' के स्तंभ में साइकोसेक्सुअल जॅनॅसिस की अवस्थाओं में से प्रत्येक के लिए निरंतरताओं, उदात्तीकरणों और प्रतिक्रिया विधानों के उदाहरण दिए गए हैं। सारिणी के इस भाग के

संबंध में भी उन्हीं सीमाओं को ध्यान में रखना चाहिए जिन्हें दूसरे भागों के संबंध में ध्यान में रखा गया है। पुनः हम इस बात पर जोर देते हैं कि साइकोसेक्सुअल जॅनॅसिस की प्रक्रिया द्वंद्वात्मक विकास की प्रक्रिया है। इस प्रकार से सूचीबद्ध किए हुए सामान्य व्यवहार और सामान्य चरित्र विशेषक (ट्रैट्स) केवल विचाराधीन अवस्था पर ही स्थापित नहीं होते बल्कि मुख्यतया उस अवस्था पर ही स्थापित होते हैं। इस सारिणी में, शैशव कामुकता के संदर्भ में मुख्य मनोचिकित्सकीय व्यवहारपरक श्रेणियों की एक रूपरेखा भी निहित है, जो खण्ड IV की विषय-वस्तु होगी। फिर भी, इस पुस्तक के जो पाठक पहले से ही मनोविकृति विज्ञान का कुछ ज्ञान रखते हैं, उन्हें इस स्थल पर ''सामान्य'' व्यवहारों और विविध मनोचिकित्सकीय श्रेणियों में वर्णित व्यवहारों के बीच के संबंधों की तुलना करना उपयोगी लग सकता है।

जिस प्रकार विद्यार्थी मुखीय और गुदीय लैंगिकता से कभी-कभी खिन्न होते हैं उसी प्रकार उन्हें ''मुखीय विशेषकों और व्यवहारों'' (ओरल ट्रेट्स एण्ड विहेवियर्स) और ''गुदीय विशेषकों और व्यवहारों (एनल ट्रेट्स एण्ड विहेवियर्स)'' की अवधारणाएं भी क्षुब्ध करती हैं। यह सुनकर अवश्य ही परेशान होगी कि शैशव उपचर्या (इन्फैन्टाइल नर्सिंग) और शौच-प्रशिक्षण का ढंग अधिकांश ''सामान्य'' वयस्क व्यवहार को प्रभावित करता है। कुछ मनोचिकित्सकों ने निस्संदेह इस प्रभाव के बारे में यह स्पष्ट किए बिना ही, कि यह प्रभाव क्या है, अपमानजनक और आक्रामक ढंग से लिखा है। जैसे ही मानव शिशु अहम् (ईगो) और पराहम् (सुपरईगो) को विकसित करता है और वास्तविक भौतिक और सामाजिक संसार से अनुकूलन करता है उसका व्यवहार और व्यक्तित्व निश्चित रूप से मूलतः परिवर्तित हो जाता है। लेकिन व्यक्तित्व का सारभाग वैसा ही बना रहता है जैसा कि शैशवावस्था में निर्धारित हुआ था। अतः प्रीतिभोज भवन में सरसरी तौर पर भोजन करना मां का स्तनपान करने से कितना भी भिन्न क्यों न हो, ये दोनों ही क्रियाएं एक सामाजिक पृष्ठभूमि में जैविक आवश्यकताओं की पूर्ति करती हैं। मनोविश्लेषक मात्र यह दावा करते हैं कि मानव मनोविज्ञान जन्म से मृत्यु तक निरंतरता प्रदर्शित करता है। इस अध्याय के दौरान पाठक से यह बात ध्यान में रखने का आग्रह किया जाता है कि ''गुदीय विशेषक (एनल ट्रेट)'' या ''मुखीय व्यवहार (ओरल विहेवियर)'' का अर्थ मात्र यह है कि उत्तरकालीन अनुभवजन्य संशोधकों के होते हुए भी मुखीय (ओरल) या गुदीय (एनल) स्तर पर विचाराधीन विशेषक या व्यवहार अपने सबसे आदिम रूप में घटित हुए।

2. सामान्य व्यवहार तथा मुखीय कामुकता से उत्पन्न आचरण संबंधी विशेषक (कैरॅक्टर ट्रेट्स)

पदार्थों के मुखीय संस्थापन को चूषण अवस्था (ओरल सकिंग स्टेज) की निरंतरता माना जा सकता है। इनमें से कुछ जैसे भोजन और पानी ग्रहण करना और कुछ परिस्थितियों

में चुम्बन को हम पूर्णतया सामान्य समझते हैं। कुछ अन्य व्यवहार बिल्कुल असामान्य होते हैं। मल खाना या मूत्र पीना जो कभी-कभी साइकोसिस में होता है, पेटू व्यक्ति का बहुत अधिक भोजन खाना, शराबी द्वारा शराब का अतिसेवन या लिंग का मौखिक अंतःक्षेपण (इन्ट्रोजॅक्शन) जैसे कि (फॅलॅशियो) में, असामान्य व्यवहार की श्रेणी में आते हैं। पूर्णतया प्रकट रूप से सामान्य व्यवहार और पूर्णतया प्रत्यक्ष रूप से असामान्य व्यवहार के स्वरूपों के बीच में बहुत से मध्यवर्ती रूप होते हैं, जिनकी सामान्य या असामान्य के रूप में स्थिति बहुत स्पष्ट नहीं होती। इस प्रकार, क्षुधा संबंधी असाधारणताएं जैसे अत्यधिक मसालेदार भोजन करना, बहुत अधिक ठंडे या गर्म पेय पीने की क्षमता, जरूरत से थोड़ा ज्यादा खाना खाना या शराब पीना, प्रेम पात्र के मुख विवर में जीभ घुसेड़ना, ऐसे ही मध्यवर्ती रूपों के उदाहरण हैं।

ऐसे मुखीय संस्थापन, जो चूषण काल (ओरल सकिंग पीरियड) की निरंतरताएं हैं, निस्संदेह समाज-मूलक नैराश्यों (सोसाइटल फ्रस्ट्रेशंस) के द्वारा और लोकाचारों और लोक-प्रथाओं के माध्यम से बहुत अधिक संशोधित/परिवर्तित होते हैं। फिर भी एक साधारण व्यक्ति केवल भोजन और पेय को ही अपने मुख-विवर में नहीं रखता बल्कि प्रायः बहुत से दूसरे पदार्थों को भी रखता है। अंगूठा चूसना, पेंसिल चूसना, ओठों को सिकोड़ना और सीटी बजाना वो तरीके हैं जिनसे सामान्य वयस्क अपनी आरंभिक मुखीय कामुकता (ओरल सेक्सुअलिटी) को संतुष्ट करता है और उससे संबंधित तनाव को कम करता है।

मुखीय उदात्तीकरणों (सब्लीमेशनूस) में हम उस आनन्द का उल्लेख कर सकते हैं जो एक अच्छे वक्ता को अपने होंठों के संचलन में प्राप्त होता है। जो वाक्पटुता विशेष रूप से चाटुकारी पूर्ण और निराशावादी नहीं बल्कि आशावादी प्रकार की होती है, उसे हम मुखीय चूषण काल में से प्राप्त किया हुआ मान सकते हैं। मुखीय व्यवहारों (ओरल विहेवियर्स) के संबंध में भोगवाद, शराब चखना, तथा समस्त सामान्य कला प्रेम भी आरंभिक मुखीय व्यवहार के उदात्तीकरण हैं।

शाकाहार और भोजन संबंधी सनक, मुखीय लैंगिकता (ओरल सेक्सुअलिटी) के विरुद्ध सामान्य प्रतिक्रिया विधान है। बहुत से मद्यनिषेधवादी वे व्यक्ति हैं जिनकी मुखीय संतुष्टियां नकार दी जाती हैं लेकिन जो दूसरों के मुखीय आनन्दों के विरुद्ध एक परपीड़क आक्रमणशीलता (सेडिस्टिक एग्रेसिविटी) के द्वारा सक्रिय होते हैं। साधारण मद्य त्यागी प्रायः मुखीय संतोष के विरुद्ध प्रतिक्रिया विधान के द्वारा प्रेरित होते हैं। इसी प्रकार, हम धूमपान के विरुद्ध प्रतिक्रिया विधानों और चुम्बन के विरुद्ध प्रतिक्रिया विधानों को देखते हैं। चरम मामलों में ऐसे प्रतिक्रिया विधान स्पष्टतया रोगात्मक (पैथॉलॉजिक) होते हैं। अतः कुछ व्यक्तियों में चुम्बन और धूम्रपान के लिए सुनिश्चित अवरोध पाए जाते हैं।

इतने पर भी सभी मुखीय निरंतरताएं, उदात्तीकरण और प्रतिक्रिया विधान (कन्टीनुएशन्स, सब्लीमेशन्स, रीएक्शन फॉर्मेशन्स) निश्चित रूप से मुखीय चूषण काल

में ही तैयार नहीं होते बल्कि इनमें से बहुतों का निर्धारण दांत काटने वाले काल (ओरल बाइटिंग स्टेज) में होता है। सामान्य निरंतरताओं और उदात्तीकरणों और मुखीय कामुकता (ओरल सेक्सुअलिटी) के विरुद्ध प्रतिक्रिया विधानों की संपूर्ण सूची में हमारे होंठों और मुख-विवर के सभी प्रकार से किए गए उपयोग निहित होंगे। पहले सूचीबद्ध किए गए व्यवहार तो मात्र उदाहरण हैं। चूंकि पोषण का पहली बार ग्रहण करना पहले कामवृत्यात्मक (लिबिडिनल) संबंध के साथ सहगामी होकर घटित होता है अतः सभी आनुक्रमिक पोषणों में और मुखीय प्रेमालाप में मुखीय (ओरल) घटक होते हैं।

यह याद करना पड़ेगा कि मनोलैंगिक विकास की ओरल बाइटिंग अवस्था वीनिंग या मां का दूध छुड़ाने से संबंधित नैराश्यों से उमड़ती है। मनोलैंगिक विकास की सभी अवस्थाओं की भांति, यह संबंध भी द्वंद्वात्मक होता है। दांतों का परिपक्व होना शिशु को आक्रमणशील व्यवहार की ओर ले जाता है जो मां के लिए शिशु का दूध छुड़ाना (वीन) आवश्यक कर देता है। वीनिंग की हताशाएं शिशुओं में आक्रमणशीलता (एग्रैसिविटी) के और अधिक विकास की ओर ले जाती हैं। परिणामस्वरूप, लगभग आठ माह पर शिशु उभयभावी (एम्बीवेलेन्ट) व्यवहार के प्रारंभिक चिह्न विकसित करता है। मां से, पहले की निष्क्रिय आसक्ति (पैसिव एटॅचमॅन्ट) का स्थान ऐसी आसक्ति ले लेती है जो निष्क्रिय रूप से रत्यात्मक (पैसिवली इरॉटिक) और सक्रिय रूप से आक्रमणशील (एक्टिवली एग्रैसिव) दोनों प्रकार की होती है। निस्संदेह, इस समय चबाने की क्रिया (च्यूंइग) पहले प्रकट होती है और शिशु की सभी भोजन खाने संबंधी आदतें बदल जाती हैं। यदि हम पीने की आदतों को उनके सभी परिष्कारों के साथ, प्राथमिक रूप से चूषण काल (ओरल सकिंग पीरियड) की सामान्य निरंतरताएं (नॉर्मल कन्टीनुएशंस) मानते हैं, तो भोजन खाने संबंधी आदतें ओरल बाइटिंग काल की सबसे अधिक महत्वपूर्ण निरंतरताएं हो जाती हैं।

चबाने की क्रिया सीखने में जबड़ों का संचलन और दांतों और मसूड़ों का विकास वाणी के विकास के लिए भी आवश्यक है। प्रारंभ में बोले गए शब्द ओरल बाइटिंग काल के विकास के दौरान आते हैं। भाषा और भोजन खाने के बीच संबंध का स्पष्ट संकेत वाणी से संबंधित हमारी बहुत सी लोकप्रिय अभिव्यक्तियों में मिलता है। अतः उदाहरण के लिए, हम 'तीखी या बाइटिंग' टिप्पणी की बात करते हैं, और व्यंग्यपूर्ण और विवादी टिप्पणियों के साथ अक्सर आने वाली मुख विकृतियां भी काटने से संबंधित समस्त पेशीय आदतों का कुछ मात्रा में प्रयोग करती हैं। हम 'च्यूंग इट ओवर या किसी प्रसंग के बारे में तर्क-वितर्क करते रहने' की बात कोई निर्णय लेने के अर्थ में ही नहीं करते बल्कि एक विद्वतापूर्ण कार्य में सिद्धांतों का संपादन करने के अर्थ में भी करते हैं। इसलिए ओरल बाइटिंग काल की निरंतरताओं में केवल भोजन खाने की आदतें ही निहित नहीं होतीं बल्कि गम चबाने, तम्बाकू चबाने, अंगुली का नाखून खाने, मुख में पेंसिल और दूसरे पदार्थों का अंतःक्षेपण और पाइप का एक किनारा चबाने जैसी आदतें भी निहित होती हैं।

विवादात्मक साहित्य, वाक्पटुता, हाजिर जवाबी और व्यंगोक्ति ओरल बाइटिंग फ़ेज के सामान्य उदात्तीकरण (सब्लीमेशंस) हैं। इसी तरह खा जाने या नष्ट करने की धारणा से संबद्ध उस प्रकार खाना है जिसे हम आंखों से खाना कहते हैं। कुछ व्यक्ति दूसरे व्यक्तियों पर से अपनी आंख नहीं हटा पाते, कुछ सर्वाहारी पाठक होते हैं, कुछ व्यक्तियों में अध्ययन के द्वारा किसी विशेष विषय वस्तु के बारे में सब कुछ जानने की चालना होती है और ये सभी क्रियाएं ओरल बाइटिंग काल के कुछ विशिष्ट उदात्तीकरणों से संबद्ध होती हैं।

ओरल बाइटिंग काल और मुखीय परपीड़न-कामुकता (ओरल सैडिज़्म) के विरुद्ध प्रतिक्रिया विधानों के रूप में हम, वाणी में अत्यधिक शालीनता का विकास, सभी प्रकार के शाब्दिक शुद्धिवाद, रुखे शब्दों को बोलने की असमर्थता, 'बाइटिंग या काट खाने जैसे' ढंग से बोलने में असमर्थता पाते हैं। इसी तरह इस संबंध में खाने की आदतों से संबंधित सभी प्रकार के सनकीपन (फैडिज़्मस) भी हमारे देखने में आते हैं। विश्लेषण करने पर बहुत से शाकाहारियों में अपने उस मुखीय परपीड़क व्यवहार (ओरल सॅडिस्टिक विहेवियर) के प्रादुर्भाव के विरुद्ध प्रबल भय देखा गया है, जो एक समय पर वस्तुतः नरभक्षितापरक (कैनिबालिस्टिक) था।

इस प्रकार पहले वर्ष में ही संपूर्ण व्यक्तित्व की खास विशेषताएं स्थापित हो जाती हैं। कुछ व्यक्तियों को चूषण अवस्था की चरम निष्क्रियता पर कभी भी विजय प्राप्त नहीं होती और व्यक्ति पर्याप्त मुखीय आक्रमणशील (ओरल एग्रैसिव) व्यवहार का विकास नहीं कर पाता। ऐसे चरित्र सामाजिक यथार्थ के साथ बहुत निष्क्रियतापूर्ण संबंध ग्रहण करने की ओर प्रवृत्त होते हैं, यह मानते हैं कि उनकी भूतपूर्व मां की भांति इस संसार पर भी उनकी आजीविका का ऋण है और उसे उनके लिए सब कुछ करना चाहिए और एक ऐसा आशावाद प्रदर्शित करने की ओर रुझान रखते हैं जो प्रायः सामाजिक यथार्थ की दृष्टि से अनुचित होता हैं। हम 'वीनिंग' मुहावरे का प्रयोग केवल अक्षरशः पारिभाषिक अर्थ में ही नहीं करते बल्कि लाक्षणिक अर्थ में भी करते हैं और परिणामस्वरूप इन व्यक्तियों के बारे में ऐसे बात करते हैं जैसे कि वे कभी उपयुक्त तरीके से 'वीन्ड' न हुए हों। दूसरे शब्दों में, प्रारंभिक चूषण अवस्था में अतिस्थिरण (ओवर फिक्सेशन) होने के कारण वे आत्मनिर्भर होने में असमर्थ रहते हैं। जब हम मनोचिकित्सा की समस्याओं तक आएंगे तो हम देखेंगे कि बहुत से शराबी और नशे के व्यसनी तथा अधिकांश खंडित मनस्कताग्रस्त व्यक्ति (स्किड्ज़ोफ़्रीनिक्स) इस समूह के चरम उदाहरण हैं।

यदि अनुचित आशावाद उन व्यक्तियों की विशेषता है जो चूषण काल में मजबूती से स्थिर (फिक्सेटिड) हो गए हैं तो अनुचित निराशावाद उन व्यक्तियों का विशिष्ट विशेषक है जिन्होंने ओरल बाइटिंग स्टेज के नैराश्यों का निराकरण कभी किया ही नहीं। जबकि आशावादी आरंभिक मुखीय चरित्र (अरली ओरल कैरेक्टर) का रुझान यह सोचने की ओर होता है कि उसके द्वारा बिना कुछ किए ही यह संसार उसकी जीविका का

ऋणी है, वहीं ओरल बाइटिंग कैरेक्टर का रुझान संपूर्ण संसार को एक संतोष देने वाली मां के रूप में नहीं बल्कि एक ऐसी मां के रूप में समझने की ओर प्रवृत्त होता है जिसने उसे स्तनपान से वंचित (वीन) किया है। इसलिए पराश्रयिक, आरामतलब, निश्चिंत व्यक्तियों के स्थान पर हमें बहुत से ऐसे व्यक्ति मिलते हैं जिनकी संपूर्ण प्रतिक्रिया निराशावादी और मुखीय आक्रमणशीलता (ओरल एग्रैसिविटी) की होती है। ये वह व्यक्ति हैं जो सदैव अप्रिय टिप्पणियां करते हैं, जो अपने सहकर्मियों की अभिप्रेरणा के बारे में सदैव संशयी होते हैं, जो संसार को एक अभावग्रस्त स्थान और समाज को अपना एक सदा उपस्थित शत्रु मानते हैं। चरम मामलों में यह निराशावाद सामान्य सीमा के पूर्णतया बाहर हो जाता है और गहन विषाद (डिप्रैशन) बन जाता है। और इसलिए हम देखेंगे कि अधिकांश उन्मादी-अवसादी-मनस्तापग्रस्त (मैनिक-डिप्रैसिव-साइकोटिक्स) व्यक्ति दृढ़ मुखीय बाइटिंग स्थिरणों (ओरल बाइटिंग फिक्सेशंस) की उपस्थिति प्रदर्शित करते हैं।

3. सामान्य व्यवहार और गुदीय कामुकता से उत्पन्न आचरण संबंधी विशिष्टताएं

सामान्य विकास में 'वीनिंग' के शीघ्र बाद और कभी-कभी पहले भी शिशु को शौच संबंधी उपयुक्त आदतों (टॉयलेट हैबिट्स) का प्रशिक्षण देने के लिए कदम उठाए जाते हैं। जैसा कि हमने अध्याय X में संकेत किया था हम अल्पवयस्क बालक के मृदु पेशीसमूह के बारे में ऐसा सोच सकते हैं कि यह बढ़ते हुए आंत्रिक तनाव (विसरल टेंशन) के प्रति प्रतिक्रिया करने में धीमा होता है और अल्पवयस्क शिशु के जीवन में बिल्कुल सामान्यतः मलत्याग और मूत्रत्याग दोनों ही आंत्रिक तनाव से सुखद मुक्ति की ओर ले जाते हैं। दूसरे शब्दों में, शिशु को अपना बिस्तर गीला करने (बैड वैटिंग) और आंत्रिक संचलनों (बावल मूवमैन्ट्स) में केवल रुचि ही नहीं होती बल्कि वह उनसे कुछ काम विषयक संतोष भी प्राप्त करता है। इस काम विषयक संतोष (इरॉटिक ग्रैटिफिकेशन) को सामाजिक नियंत्रण के अंतर्गत लाना होता है। जैसे कि एक शिशु को विशिष्ट समयों पर विशिष्ट तरीके से भोजन करना सीखना होता है, वैसे ही उसे विशिष्ट समयों पर विशिष्ट तरीके से शौचघर का प्रयोग करना भी सीखना होगा। इतना होने पर भी शिशु के द्वारा पूर्ण अवरोधिनी नियंत्रण (स्फिंक्टर कंट्रोल) विकसित कर लेने के बाद भी, आंत्रिक संचलन यह रुचि माता-पिता के द्वारा बनाए रखी जाती है। दो वर्ष के बालक के लिए दैनिक आंत्रिक संचलन सामान्य दिनचर्या की वह गतिविधि है जिस पर सबसे अधिक जोर दिया जाता है। लोकप्रिय अर्थ में यह केवल व्यक्ति के द्वारा अपना कर्त्तव्य निर्वाह का पर्याय ही नहीं बन जाती बल्कि वस्तुतः मुख्य कर्त्तव्य बन जाती है जिसका पालन व्यक्ति को करना ही पड़ेगा। यह थोड़ा अचम्भे की बात है कि यह शिशु की संपूर्ण मनोवैज्ञानिक स्थिति (साइकोलॉजिकल सिचुएशन) का

महत्वपूर्ण पहलू बन जाती है। गुद बहिष्कारक काल (एनल एक्सपलसिव पीरियड) की सामान्य निरंतरताओं में आंतों, आंत संबंधी आदतों और दैनिक आंत्र संचलनों (बाव्लूस, बावूल हैबिट्स, डेली बावूल मूवमेंट्स) में रुचि निहित रहती है। नैदानिक चिकित्सा शास्त्र (क्लिनिकल मेडिसिन) अब इस बात पर बल देती है कि इस संबंध में अधिकांश सभ्य व्यक्ति अपने लिए जिस नियमितता की मांग करते हैं वह नितांत अनावश्यक है; यह तथ्यतः शैशव गुद-कामुकता (इन्फैन्टाइल एनल सेक्सुअलिटी) की निरंतरता है। कुछ व्यक्ति आंत्र संचलन से इतना अधिक चिंतित होते हैं कि यह रुचि उनके व्यक्तित्व के केन्द्र में आ जाती है। इस दृष्टि से मनोविश्लेषण सिद्धांत आंतरिक चिकित्सा शास्त्र (इन्टरनल मेडिसिन) के अध्ययन के साथ घनिष्ठ रूप से संबंधित है। गुद बहिष्कारक काल (एनल एक्सपल्सिव पीरियड) की निरंतरताओं के रूप में हम केवल बावल्स और आंत्रिक संचलनों में रुचि को ही नहीं बल्कि कुछ मामलों में मलत्याग में कामवासनात्मक (इरॉटिक) सुख की वास्तविक निरंतरताएं भी पाते हैं। इसके अतिरिक्त, गुदीय व्यवहार से संबंधित गंदे मज़ाकों में रुचि को भी ऐसी निरंतरताओं के रूप में समझा जा सकता है। लगभग सभी व्यक्ति 'बाथरूम' परिहास (ह्यूमर) पर हंसते होंगे। बाथरूम परिहास समाज के कुछ हिस्सों में और कुछ देशों में बिल्कुल निषिद्ध हैं जबकि कुछ अन्य समाज या देशों में ये स्वीकृत हैं। उदाहरण के लिए, दक्षिण जर्मनी में एक सामान्य नाटकीय किस्सा लगभग हर विज्ञापन में दिखता है जिसमें एक शक्की पति उस प्रेमी पर खज़ाने का पात्र खाली कर देता है जो एक सीढ़ी के द्वारा उसकी पत्नी के शयनकक्ष में चढ़ने ही वाला है। शिक सेल के निबंध 'द स्पेशलिस्ट' को पढ़कर हंसने वाले करोड़ों अमरीकी इसी श्रेणी में आते हैं। हाल ही में 'जैम्स ऑफ अमेरिकन आर्कीटैक्चर' नाम से एक परचा प्रचारित हुआ है। इस परचे में लगभग एक दर्जन व्यापारिक नामों से नामित उपभवनों या आउटहाउसिज़ के चित्र उनके विशिष्ट गुणों के संक्षिप्त विवरण के साथ दिए गए हैं। ऐसे अधिकांश अमेरिकी, जिनमें गुद-कामुकता (एनल सेक्सुअलिटी) के विरुद्ध गंभीर प्रतिक्रिया विधान नहीं हैं, ऐसे प्रकाशनों को मनोरंजक समझते हैं। लगभग सभी देशों में अपानवायु को हास्यजनक अपमान समझा जाता है। पेट गुड़गुड़ाने, हवा छूटने, डकार लेने जैसे व्यवहार वास्तविक अपानवायु के समानार्थी हैं जो एक सामाजिक वर्जना (सोशल टैबू) हैं।

गुद-बहिष्कारक व्यवहार के महत्वपूर्ण उदात्तीकरण (सब्लीमेशंस) प्लास्टिक कलाओं में पाए जाते हैं। शिशु के लिए मल का अत्यधिक या चरम महत्व होता है और शिशु के मानस में ये आसानी से उपहारों के साथ विशेषकर धन रूपी उपहारों के साथ, आसानी से घनिष्ठ रूप से संबंधित हो जाते हैं। परोपकार को उसी प्रकार गुद बहिष्कारक काल का उदात्तीकरण समझा जा सकता है जिस प्रकार हम देखेंगे कि धन संचय करना गुदधारणशील (एनल रिटैन्टिव) काल का उदात्तीकरण समझा जा सकता है। यद्यपि विद्यार्थी को इस पर विश्वास करना कठिन प्रतीत होगा, लेकिन मनोविश्लेषक के लिए कब्ज़, संचय करने और कुछ महान पूंजीपति

परोपकारियों (लोकोपकारी) के लोकोपकार या परोपकार के बीच असंदिग्ध कारण-संबंध होता है।

शिशु में उपयुक्त शौच-प्रशिक्षण का विकास करने के लिए माता-पिता को शिशु के मानस में यह धारणा बनानी चाहिए कि मल और मूत्र गंदे हैं। उदाहरण के लिए यह ज्ञात है कि आदिम मनुष्यों जैसे सू इंडियन्स[1] (अमरीकी इंडियन्स की एक उपजाति) के बीच, जिनमें सभ्य प्रकार का शौच प्रशिक्षण कभी भी स्थापित नहीं होता, यह भावना नहीं होती कि मल विशेष रूप से गंदा होता है या उसकी गंध घृणास्पद होती है। ये भावनाएं गुदीय-कामुकता तथा मूत्र और मल के विरुद्ध प्रतिक्रिया विधानों की भांति उदित होती हैं।

जिस प्रकार मनोलैंगिक उत्पत्ति की मुखीय अवस्था का उपयुक्त प्रकार से निराकरण करने की असफलता का परिणाम विशिष्ट प्रकार के चरित्र होते हैं, उसी प्रकार गुदीय द्वंद्वों का निराकरण करने में असफलता भी चरित्र विशेषकों के एक निश्चित समूह का विकास करती है जिसे हम गुदीय चरित्र (एनल कैरेक्टर) कहते हैं। फ्रायड (1924 ए, खण्ड-II) तथा अब्राहम (1927) ने सबसे पहले यह बताया कि बहुत से व्यक्तियों में हम धन में विशेष रूप से सुस्पष्ट रुचि, विस्तृत विवरण के लिए अत्यधिक समर्पण, और चरित्र की अनियमितता जो आसानी से रोष के विस्फोट को उत्पन्न करती है, इनका एक साथ सम्मिश्रण देखते हैं। फ्रायड के अनुसार कृपणता, पांडित्य-प्रदर्शन और चिड़चिड़ापन, चरित्र के यह तीन विशेषक गुदीय (एनल) चरित्र के आधारभूत विशेषक हैं। एनल चरित्र के व्यक्ति प्रायः एक प्रकार का महत्वोन्माद (मिगैलोमैनिया) प्रदर्शित करते हैं जिसका संबंध उनकी शक्तिशाली होने की भावनाओं से होता है जो उन्हें गुदा संबंधी कार्यों पर नियंत्रण करने के माध्यम से प्राप्त होती हैं; इससे वे महान कार्यों को करने का प्रयास करते हैं जिन्हें वह अपने पाण्डित्य प्रदर्शन, अपने चिड़चिड़ेपन और अपनी कंजूसी के कारण अधिकतर पूरा नहीं कर पाते। ऐसा व्यवहार उन व्यक्तियों की विशेषता है जो बाद में व्यामोह (पैरानोइया) का विकास कर लेते हैं। जैसा कि हम देखेंगे, व्यामोह (पैरानोइया) में सबसे दृढ़ स्थिरीकरण (फ़िक्सेशंस) गुद बहिष्कारक (एनल एक्सपल्सिव) स्तर पर होते हैं। कुछ व्यक्ति अपनी चरम महत्वाकांक्षा पर विजय तो प्राप्त कर लेते हैं लेकिन पण्डिताऊ और विस्तृत विवरणों से भागने में असमर्थ बने रहते हैं और जैसा कि हम देखेंगे ऐसे व्यक्ति यदि मानसिक रोग से ग्रस्त होते हैं तो बाध्यता तंत्रिकातापग्रस्त (कम्पल्ज़न न्यूरोटिक) हो जाते हैं।

4. जननेन्द्रियावस्थाएं

प्रारंभिक जननिक अवस्था पर लैंगिक व्यवहार के प्रचलित रूप हस्तमैथुन (मास्टरबेशन), कामांग प्रदर्शन (एग्ज़िबिशनिज़्म) तथा अत्यधिक स्वरत्यात्मक (नारसिसिस्टिक) प्रकार के लैंगिक प्रयोग होते हैं। प्रेम का स्वरत्यात्मक रूप वह है जिसमें व्यक्ति की रुचि

वस्तुतः किसी दूसरे व्यक्ति से प्रेम करने में तो नहीं होती लेकिन उसका प्रेम प्राप्त करने में होती है। हस्तमैथुन को हम इस प्रारंभिक लैंगिक (फैलिक) अवस्था की निरंतरता के रूप में देख सकते हैं, जो समय-समय पर सामान्य लैंगिक अभिव्यक्ति न मिलने पर जीवन पर्यंत बार-बार देखने में आता है। स्वरत्यात्मक प्रकार के दिखावटी प्रेम-प्रदर्शन इसी प्रकार के लैंगिक व्यवहार हैं। कामुकता (सेक्स) में, कामुक किस्म की गंदी कहानियों में, और गंदे तुकांतकों (लिमॅरिक्स) में रुचि सभी सभ्यताओं में पाई जाती है तथा इसे लैंगिक (फैलिक) अवस्था की निरंतरताएं भी समझा जा सकता है। इसके उदात्तीकरणों के रूप में हम प्रेम काव्य, नृत्य, अभिनय तथा किशोरावस्था में प्रायः किशोर बालक और बालिका दोनों लिंगों में पाया जाने वाला कामुक प्रदर्शन पाते हैं। अभिनेता विशेष रूप से लैंगिक चरित्रों (फैलिक कैरेक्टर्स) के अच्छे उदाहरण हैं। इस ओर संकेत करना रुचिकर बात है कि अभिनेता, विशेषकर पुरुष अभिनेता, प्रायः सदैव ही लैंगिक स्वरत्यात्मक स्थिरणों (फैलिक नारसिसिस्टिक फिक्सेशंस) का उदात्तीकरण कर रहे होते हैं। यह बात हॉलीवुड के लैंगिक रीति-रिवाजों (सेक्सुअल मोरेज़) से सिद्ध होती है जहां सिनेमा के अभिनेता तथा अभिनेत्रियों के बीच विवाह, तलाक और पुनर्विवाह (इतना) बार-बार घटित होते हैं। हमारे पास यह विश्वास करने का अच्छा उदाहरण है कि उनमें से अधिकांश व्यक्ति कभी भी जो लैंगिक संतोष प्राप्त करते हैं वह केवल स्वरत्यात्मक प्रकार का होता है। लैंगिक जननांगता (फैलिक जॅनाइटॅलिटी) के विरुद्ध प्रतिक्रिया विधानों (रिएक्शन फार्मेशन) के रूप में हम वासनात्मक या कामुक विषयों के संदर्भ में शुद्धिवाद, काम विषयक अत्यधिक संकोच या शालीनता, पवित्र और सांसारिक प्रेम में विभाजन करने के विश्वास का उल्लेख करते हैं। लैंगिक अवस्था पर प्रतिक्रिया विधानों को उदात्तीकरणों से पृथक् करना कभी-कभी लगभग असंभव होता है। लैंगिक कामुकता के उच्चतर स्तर पर उदात्तीकरण (सब्लीमेशंस) और प्रतिक्रिया विधान (रीएक्शन फार्मेशंस) कमाबेश समरूप हो जाते हैं तथा हम कलाओं में, विज्ञानों में और सामाजिक नेतृत्व के क्षेत्र में सभी प्रकार की महान उपलब्धियों को विकसित जननांगता (जैनिटॅलिटी) के आंशिक त्याग के रूप में देख सकते हैं। इस प्रकार के परित्यागों को निश्चित ही किसी भी प्रकार से असामान्य के रूप में नहीं देखना है क्योंकि ये प्रायः कम से कम चेतन रूप से तो पहचाने जाते हैं। लेकिन हम प्रसंग से आगे जा रहे हैं।

कामप्रसुप्ति काल (लेटॅन्सी पीरियड) के पश्चात्, कामुकता (सेक्सुअलिटी) का पुनर्विकास होता है जो घटनाओं के सामान्य क्रम में विवाह में पूर्णता प्राप्त करता है। अतः इस प्रकार की कामुकता की निरंतरता के रूप में हमें सामान्य यौन जीवन का उल्लेख करना चाहिए जिसमें व्यक्ति का प्रेम स्वयं उसे और उसके साथी दोनों को संतोष प्रदान करता है और जिसमें दोनों ओर से उत्तरदायित्व को महसूस किया जाता है। इस प्रकार की कामुकता (लैंगिकता) के उदात्तीकरण तथा इसके विरुद्ध प्रतिक्रिया विधानों के बारे में बोलने की आवश्यकता नहीं के बराबर है। वयस्क के यौन व्यवहार

के प्रसरण (रेंज) का अध्ययन करने से मनोविश्लेषक यह जानते हैं कि इस प्रकार का अधिकांश व्यवहार वर्जित होता है तथा इसके पीछे की अधिकांश काम प्रवृत्यात्मक (लिबिडिनल) शक्ति साधारण सभ्य वयस्क व्यक्तियों के कार्यकलापों में दूसरा मार्ग ढूंढ लेती (रीचैनलाइज़) है। परिणामस्वरूप, हम मनुष्यों के समस्त तथाकथित 'उच्चतर उद्यमों' को उनकी सामान्य कामप्रवृत्यात्मक चालनाओं (लिबिडिनल ड्राइव्स) के उदात्तीकरण (सब्लीमेशन) के रूप में या उनके विरुद्ध प्रतिक्रिया विधानों के रूप में देखने की ओर प्रवृत्त रहते हैं। जननिक चरित्र (जेनाइट कॅरॅक्टर) के बारे में पृथक् रूप से बोलने का कोई विशिष्ट कारण नहीं है। एक जननिक चरित्र (जॅनाइटल कॅरॅक्टर) साधारणतया विशिष्ट मानसिक द्वंद्वों से रहित एक साधारण वयस्क सभ्य व्यक्ति होता है। तथापि, हमें चरित्र के लक्षणों (ट्रेट्स) के उस समूह के बारे में कुछ कहना चाहिए जो प्रारंभिक जननिक या लैंगिक अवस्था में हुई निराशा (फ्रस्ट्रेशन) या स्थायीकरण (फिक्सेशन) से विकसित हुए हैं। इस अवस्था पर विकसित होने वाली मुख्य विशिष्टता है बढ़ा-चढ़ा कर दिखाने की प्रदर्शन-प्रवृत्ति (एगज़ीबिशनिज़्म)। कॉलेज के जिन विद्यार्थियों का मनोलैंगिक विकास अभी तक पूर्ण नहीं हुआ है उनमें से बहुत से विद्यार्थियों के व्यवहार में यह विशेषता देखने में आती है। बहन-संघ की एक लोकप्रिय लड़की जो नृत्य के आयोजन में जाती है और इस बात से संतोष प्राप्त करती है कि उसने कभी भी किसी एक व्यक्ति के साथ तीन मिनट से अधिक नृत्य कभी नहीं किया तथा भ्रातृ संघ का पुरुष जिसने किसी बहन-संघ की सभी लड़कियों का चुम्बन लिया है, इसी श्रेणी में आते हैं। जो व्यक्ति केवल उन स्थितियों में प्रसन्न रहते हैं जहां वे अपने बारे में बढ़ा-चढ़ा कर बात कर सकते हैं, जो व्यक्ति दूसरों को बदले में कुछ देने की इच्छा नहीं रखते लेकिन उनसे चाटुकारी की अपेक्षा करते हैं, ऐसे व्यक्ति जिनके पास जनसाधारण (या दर्शक) होने चाहिए (अर्थात् सदैव भीड़ से घिरे रहना पसंद करते हैं) लैंगिक किस्म के चरित्र (फॅलिक कॅरॅक्टर टाइप) के उदहारण हैं।

इस प्रकार एक साधारण वयस्क निरंतर ऐसे व्यवहार और चारित्रिक विशेषक (ट्रेट्स) प्रदर्शित कर रहा होता है जो शैशवीय लैंगिक अवस्थाओं (इनफॅन्टाइल सेक्सुअल स्टेजिज़) के अवशेष (यद्यपि समाजीकृत और परिवर्तित रूपों में) होते हैं। व्यक्तित्व की संरचना शैशवावस्था के लचकीले (प्लास्टिक) वर्षों में निर्धारित होती है। बाल्यावस्था के नैराश्यों (फ्रस्ट्रेशंस) को पराजित करने के प्रयास में, साधारण व्यक्ति निरंतर अपनी मनोलैंगिक प्रतिक्रिया स्वरूपों में से कुछ को कम करके या क्षीण रूप में प्रदर्शित करता रहता है, कुछ अन्य का उदात्तीकरण (सब्लीमेट) करता रहता है और कुछ के विरुद्ध प्रतिक्रिया विधानों को विकसित करके अपनी सुरक्षा करता है। इस प्रकार, मनोवैज्ञानिक दृष्टि से बालक पुरुष का पिता है। एक साधारण वयस्क वह व्यक्ति है जो अपनी कामवासना परक और आक्रमणशील लालसाओं (लिबिडिनल एण्ड एग्रैसिव अर्जेज़) के सिलसिले को समाज की अपेक्षाओं के साथ अनुकूलित करने में सफल रहा है। फिर भी, एक साधारण वयस्क अपने साथ अभी भी इन प्रारंभिक कामवासनापरक और

आक्रमणशील प्रयासों (स्ट्राइविंग्स) को अपने अचेतन मानस में वहन करता है और वे किसी भी समय वयस्कता की घटनाओं के माध्यम से चेतना में फिर से सक्रिय हो सकते हैं। उनके पुनः सक्रिय होने से व्यक्ति मानसिक रूप से रुग्ण हो जाता है।

एक साधारण व्यक्ति की पहली विशेषता यह तथ्य होता है कि शैशव कामुकता (इन्फैन्टाइल सेक्सुअलिटी) के सामाजिक दृष्टि से पूर्णतया अस्वीकृत पहलू, जैसे मां के साथ मुखीय आसक्ति (ओरल एटॅचमैंट) या पिता के विरुद्ध उनकी मृत्यु की इच्छा, जो अभी तक जारी है, सफलतापूर्वक दमित हो जाते हैं। इसका अर्थ है कि उसने एक शक्तिशाली अहं विकसित कर लिया है जो सामाजिक और भौतिक यथार्थ की अपेक्षाओं के साथ अपने को पंक्तिबद्ध करके, कामतत्व (इड) की शक्तियों को नियंत्रित करने के सक्षम है। उसके पास एक सुदृढ़ पराहम् (सुपरईगो) और समाज द्वारा स्वीकृत एक अहं आदर्श (ईगो आइडियल) होता है। फिर भी, पराहम् (सुपरईगो) अत्याचारी नहीं होता। कुछ कामतत्व संबंधी संतुष्टियों को और कुछ अहम् संबंधी तुष्टियों को, अहम् (ईगो) के द्वारा अनुमति मिल जाती है। इन संतुष्टियों के माध्यम से व्यक्ति कुछ सीमा तक प्रसन्न रहता है। उसकी सबसे शक्तिशाली कामवासनापरक आसक्ति वयस्क जननिक अवस्था पर विषमलिंगी (हॅट्रो सेक्सुअल) होती है। उसकी समलैंगिकता का उदात्तीकरण हो जाता है। उसके आक्रमण उदात्तीकृत हो जाते हैं या उन पर पर्याप्त अंकुश लग लाता है। वह उपयोगी रचनात्मक कार्य में रत हो जाता है और उसमें आत्म-सम्मान तथा समुदाय के लिए आदर का भाव होता है। अब बात यह है कि कोई भी व्यक्ति सदैव पूर्णतया प्रसन्न या पूर्णतया सफल नहीं बना रहता, अतः सामान्यता मात्र एक लक्ष्य है जिसकी ओर हमें प्रयास करना पड़ेगा।

सामान्य की संकल्पना, फिर भी हमारे लिए महत्वपूर्ण है क्योंकि असामान्य प्रतिक्रिया प्रकारों को परिभाषित करने के लिए यह सबसे अच्छा आधार है। तालिका 3 और चित्र 8 में हमने सैद्धांतिक रूप से सामान्य व्यक्ति के शाब्दिक और चित्रात्मक विवरण देने का प्रयास किया है। इनका अध्ययन सावधानीपूर्वक करना चाहिए क्योंकि ये असामान्य व्यक्तित्व के प्रकारों के हमारे विवरणों का आधार के रूप में काम करेंगे। यह सारिणी कदाचित् आरेखी निरूपण की अपेक्षा व्यक्तित्व की सरंचना के स्वरूप का अधिक सही वर्णन करती है। तथापि, जो व्यक्ति स्थानिक मूल्यों (स्पेशल वैल्यू) के संदर्भ में सोचते हैं उनके लिए यह रेखाचित्र महत्वपूर्ण हो सकता है। चित्र के बलों के आंतरिक संतुलन के स्वरूप को छोटे बाण, बाहरी वातावरण के साथ संपूर्ण व्यक्तित्व के परिणामिक समायोजन को लम्बा बाण, तथा व्यवहार को कामतत्व में उत्पन्न होता बताते हुए, खण्डित वाणों के द्वारा दिखाया गया है।[2] वक्ररेखा, एक व्यक्ति के खण्डों को बाहरी संसार या वातावरण के साथ संपर्क में प्रदर्शित करती है। संदर्भ चित्र 7। परिणामस्वरूप यह रेखा लेख तालिका 3 में दिए गए मुख्य बिन्दुओं को चित्र के रूप में प्रस्तुत करता है।

तालिका-3 : सामान्य व्यक्तित्व

1	2	3	4	5
आंतरिक द्वंद्व का स्वरूप	पारिमाणिक व्यवहार का सामाजिक स्वरूप	प्रतीपायन (रिग्रैशन) की मात्रा	प्रेम पात्र के साथ आधारिक प्रवृत्तियों का संबंध	परिणाम, जो द्वंद्व का निराकरण है
अहम्, काम-तत्व, पराहम् और बाहरी यथार्थ के मध्य सुसंगत संतुलन	सभी क्षेत्रों में व्यवहार रचनात्मक और समाज द्वारा स्वीकृत	कुछ भी नहीं, अवस्था का आगमन	उत्तर द्वैधवृत्ति (पोस्ट एम्बीवेलेंट) कुछ प्रवृत्तियां (अर्जिज़) संतुष्ट, अन्य उदात्तीकृत	द्वंद्व नहीं

व्यक्तित्व संरचना के आरेखी चित्रण

→ ← सुव्यवस्थित या सुसंगत संतुलन

→ ← अव्यवस्थित या असंगत संतुलन

लम्बे बाण वातावरण के साथ संपूर्ण व्यक्तित्व के सापेक्षिक संतुलन का उल्लेख करते हैं।

छोटे बाण व्यक्तित्व के अंदर के बलों के सापेक्षिक संतुलन का उल्लेख करते हैं।

.... समाज द्वारा स्वीकृत व्यवहार

एस ई – सुपर-ईगो (पराहम्)

सी तथा एम – क्रमशः अहम् के संज्ञानात्मक तथा गामक पक्ष

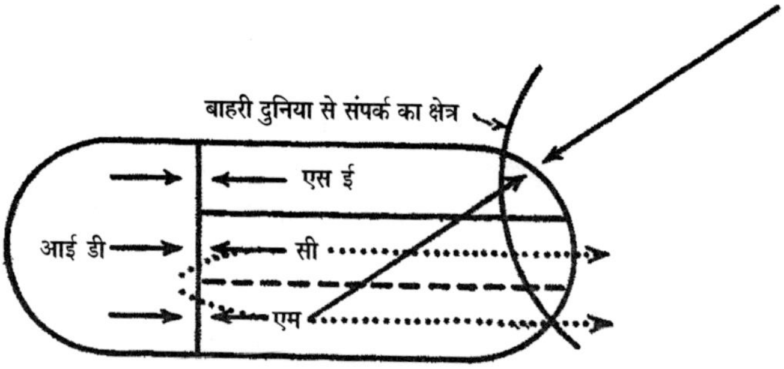

चित्र-8 : सामान्य व्यक्तित्व का आरेखीय चित्रण

5. स्वप्नों के सिद्धांत

मनोविश्लेषण सिद्धांत कुछ विशिष्ट घटनाओं (फिनॉमिना) के बारे में भी विचार करता है जो इस अर्थ में सामान्य है कि ये घटनाएं लगभग हर रोज़ हम सभी के साथ घटित होती हैं लेकिन इस अर्थ में असामान्य हैं कि वे यथार्थ के संपर्क में रहने वाले एकीकृत सक्रिय अहम् के अनुभव नहीं हैं। स्वप्न ऐसी ही घटनाओं (फिनॉमिना) में आते हैं। स्वप्न वे विभ्रम/मतिभ्रम (हैल्यूसीनेशंस) हैं जिनका अनुभव हर रात को हम सभी करते हैं; जब हम जागते हैं तो उनका भ्रामक (हैल्यूसीनेटरी) स्वरूप हमें पर्याप्त स्पष्ट होता है। फ्रायड आरंभ से ही स्वप्नों में रुचि लेने लगे थे, क्योंकि लोगों ने मनोविश्लेषण में उन्हें स्वप्न के बारे में बताना प्रारंभ कर दिया था। उन्होंने शीघ्र ही अनुभव किया कि स्वप्न एक विशेष प्रकार की भाषा का प्रतिनिधित्व करते हैं और दमित आक्रमणशील और कामुक (इरॉटिक) प्रवृत्तियों का स्वरूप दिखाने के लिए जिसकी व्यवस्था की जा सकती है।

आदिम काल से मनुष्य स्वप्नों में रुचि रखते आए हैं। सभी आदिम धर्मों में बहुत सी संकल्पनाएं दिखाई जा सकती हैं जो स्वप्नों और स्वप्न देखने पर आधारित हैं। फ्रायड से पूर्व स्वप्नों को ऐसे अनुभवों के रूप में समझा जाता था जो या तो चेतन जाग्रत अवस्था से बहुत श्रेष्ठ होते थे जैसे कि उन सिद्धांतों में है जो स्वप्नों पर स्वप्न विपत्ति (ड्रीम्स विज़िटेशन) या भविष्यसूचक अर्थवत्ता (प्रोफ़ेटिक सिग्निफिकेन्स) को आरोपित करते हैं या चेतन जाग्रत अवस्था से बहुत हीन समझा जाता है जैसे कि अधिकांश आरंभिक मनोवैज्ञानिक और शरीर विज्ञान के अध्ययनों में हैं।[3] ऐसे अधिकांश दैहिक (फ़िज़ियोलॉजिकल) सिद्धांत स्वप्नों को उन अव्यवस्थित स्नायविक अंतःप्रेरणाओं (केऑटिक न्यूरल इंपल्सिज़) का परिणाम मानते हैं जो संयोग से नींद के दौरान सक्रिय हो गई थी। अधिकांश प्रारंभिक मनोवैज्ञानिक सिद्धांत उन्हें वातावरण संबंधी उद्दीपकों की त्रुटिपूर्ण व्याख्या मानते हैं। फ्रायड ने यह बताया कि स्वप्न पूर्ण रूप से स्वाभाविक मानसिक घटना (साइकिक) थे जिनका संबंध सामान्य जाग्रत जीवन की घटना से निश्चित रूप से था। फ्रायड ने बताया कि स्वप्न में पूर्वगत वास्तविक अनुभवों से उत्पन्न स्नायविक अंतःप्रेरणाओं द्वारा उत्प्रेरित अस्त-व्यस्त तत्व, तथा वातावरण संबंधी उद्दीपकों के द्वारा उत्पन्न अंतःप्रेरणाएं एक साथ मिलकर ऐसे वाहकों का काम करती हैं जिनके द्वारा अचेतन अभिलाषाएं और इच्छाएं प्रतीकात्मक रूप में अपनी पूर्ति करती हैं। अतः फ्रायड ने पहले के शरीर विज्ञानियों और मनोवैज्ञानिकों की उन खोजों को स्वीकार कर लिया जिनके अनुसार स्वप्न अनुभवों के उन अवशेषों पर आधारित होते थे जिन्हें वातावरण में स्थित उद्दीपक पुनः सक्रिय कर देते थे। फ्रायड के पहले, यह अनुभव किया जाता था कि कुछ स्वप्न अर्थपूर्ण होते हैं पर अधिकांश स्वप्नों का कोई अभिप्राय नहीं होता। फ्रायड ने अपनी सामान्य धारणा का अनुसरण करते हुए कि समस्त मानसिक घटनाएं (या विषय) निर्धारित होती हैं, इस बात पर बल दिया कि सभी

स्वप्नों का एक कारण, एक अभिप्राय और मितव्ययता होती है। सबसे अधिक अस्त-व्यस्त स्वप्नों का भी अर्थ है, यह केवल उसका गहन विश्लेषण करने के बाद ही स्पष्ट होता है। हम कुछ स्वप्नों से प्रारंभ करेंगे जिनका अर्थ स्पष्ट है। हम सभी जानते हैं कि दिवास्वप्न या सजग स्वप्नचित्र में, द्वंद्व स्थितियों का निराकरण अपनी संतुष्टि के अनुसार, चेतन स्तर पर किया जाता है। एक तिरस्कृत प्रेमी स्वप्नचित्र (फॅन्टॅसी) में अपने नैराश्य के लिए जो प्रतिक्रिया करता है उसमें वह एक महान व्यक्ति के रूप में वापिस लौटता है और कदाचित् इन परिस्थितियों के अंतर्गत महिला की मौन सम्मति अस्वीकृत कर देता है। एक महत्वाकांक्षी लेखक (संपादक से) अस्वीकृति की पर्ची मिलने पर स्वप्नचित्र में ऐसी प्रतिक्रिया करता है जिसमें वह संपादक होता है और पूरी प्रक्रिया उलट जाती है। सामान्य लैंगिक विकास के अभाव में व्यक्ति शुद्ध रूप से कामुक (इरॉटिक) प्रकृति के स्वप्नचित्र के साथ प्रतिक्रिया करता है। एक डरपोक व्यक्ति जो अपनी आक्रमणशीलता को अभिव्यक्त करने में डरता है, वह ऐसे स्वप्नचित्रों के रूप में प्रतिक्रिया करता है जिनमें वह विजेता नायक होता है। स्वप्नचित्र या दिवास्वप्नों का मैकेनिज़्म हम सभी को पर्याप्त स्पष्ट है। दिवास्वप्नों में हम उन चीजों को निष्पादित या पूरा करने में सक्षम होते हैं जिन्हें वास्तविक जीवन में पूरा नहीं कर सकते। दिवास्वप्नों में हम अपने लक्ष्यों तक पहुंच जाते हैं और इसलिए कुछ प्रतिस्थापित संतोष प्राप्त करते हैं। यह कैसे कार्यान्वित होता है इसे लॅविन और उनके विद्यार्थियों ने प्रयोगों द्वारा जांच-पड़ताल करके स्पष्ट किया है।

यदि दिवास्वप्नों का इच्छा पूर्ति चरित्र स्पष्ट है तो कुछ रात्रि स्वप्नों का भी यह चरित्र स्पष्ट है। लोकप्रिय गीतों के शीर्षक इसके लिए प्रमाण प्रस्तुत करते हैं : उदाहरण के लिए 'मैं तुम्हें अपने स्वप्नों में देखूंगा', 'आप मुझे स्वप्न देखने से नहीं रोक सकते', 'मैं मुस्कुराते हुए जागता हूँ'। गरीब व्यक्तियों द्वारा भोजन के बारे में देखे हुए स्वप्नों में, कामवासना संबंधी नैराश्य से पीड़ित यौन व्यवहार के बारे में किशोर के स्वप्नों में, खंदक में सिपाहियों द्वारा घर के बारे में देखे गए स्वप्नों में, इच्छा पूर्ति पर्याप्त स्पष्ट होती है। कभी-कभी स्वप्न अन्य तात्कालिक दैहिक आवश्यकताओं की पूर्ति भी करते हैं जैसे वे स्वप्न, जिनमें प्यास बुझ जाती है और मूत्रत्याग के स्वप्नों में। फ्रायड पहले व्यक्ति नहीं थे जिन्होंने यह बताया था कि स्वप्न प्रायः इच्छा-पूर्ति का प्रतिनिधित्व करते हैं। फ्रायड का महान योगदान यह प्रदर्शित करने में था कि जहां स्पष्ट इच्छा पूर्ति नहीं भी होती वहां इच्छाएं या अभिलाषाएं छद्म रूप में पूर्ण होती हैं। यहां तक कि दुखद स्वप्न भी 'सॅडोमॅज़ोकिस्टिक' प्रकार की इच्छाओं की पूर्ति करते हैं। अतः स्वप्न प्रतीकात्मक भ्रांतिजनक (हैल्यूसीनेटरी) अनुभवों के द्वारा आंतरिक द्वंद्व को कम करते हैं। इनका एक कारण (द्वंद्व में), एक अभिप्राय (क्योंकि ये द्वंद्व के प्रतीकात्मक निराकरण का प्रतिनिधित्व करते हैं) और मितव्ययता होती है क्योंकि ये निद्रा को बनाए रखते हैं। एलेक्ज़ेन्डर के अनुसार निद्रा में बाधक उद्दीपकों के दृष्टिकोण से स्वप्नों को वर्गीकृत किया जा सकता है। यह तालिका 4 में किया गया है। इस तालिका में 1 तथा 2 श्रेणियों

की आसानी से व्याख्या हो सकती है जबकि 3 तथा 6 के लिए मनोविश्लेषण की आवश्यकता होती है।

तालिका-4 : निद्रा-बाधक उद्‌दीपकों के अनुसार एलेक्ज़ेन्डर का स्वप्नों का वर्गीकरण

उद्‌दीपक	स्वप्न का प्रकार
1. दैहिक प्रेरणा (फिज़ियोलॉजिकल अर्ज)	आराम का स्वप्न
2. बाहरी परिस्थितियों से बाधित (थ्वार्टिड) इच्छाएं	शैशव प्रकार की साधारण इच्छा पूर्ति
3. दमित इच्छाएं (आंतरिक द्वंद्व)	(अ) विकृत इच्छापूर्ति (ब) अव्यक्त इच्छा को नकारना
4. अंतःकरण या विवेक का द्वंद्व	(अ) स्वतः दण्डित होने का स्वप्न (ब) कामुक-परपीड़क (मैज़ोकिस्टिक) या निष्क्रिय समलैंगिक रूप में रत्यात्मक (इरॉटिसाइज़्ड) दण्ड
5. रोगी जिन अभिप्रेरणाओं को अस्वीकार करना चाहता है उनमें अंतर्दृष्टि प्रकट होना।	• स्वप्नों का विश्लेषणात्मक प्रक्रिया से संबंध • प्रतिरोध के स्वप्न • मिथ्या अपराध-स्वीकृति के स्वप्न
6. स्वप्न जो निद्रा की सुरक्षा करने में असफल होते हैं और इस प्रकार चिंता (एंग्ज़ाइटी) उत्पन्न करते हैं	(अ) अपर्याप्त विकृति (या मिथ्या-वर्णन) (ब) अपर्याप्त न्यूनीकरण

मनोविश्लेषण में स्वप्न केवल इसलिए ही महत्वपूर्ण नहीं हैं क्योंकि वे अचेतन प्रक्रियाओं का अर्थ निकालने में विश्लेषक की सहायता करने की दृष्टि से महत्वपूर्ण हैं बल्कि इसलिए भी महत्वपूर्ण हैं कि वे उन तरीकों में से एक हैं जिनके द्वारा विश्लेषक रोगी को उसके अचेतन द्वंद्वों का संज्ञान सबसे अधिक स्पष्ट रूप से करा सकता है। इसी कारण से मनोविश्लेषक लम्बे समय से स्वप्नों से संबंधित रहे हैं, और फ्रायड की 'इन्टरप्रिटेशन ऑफ ड्रीम्स' वह पुस्तक है जिसे फ्रायड स्वयं अपनी सबसे महत्वपूर्ण रचना समझते हैं। यहां हम स्वप्नों के सिद्धांत पर केवल संक्षेप में प्रकाश डालने के लिए स्थान रखेंगे।

चूंकि बहुत से स्वप्नों में इच्छा पूर्ति स्पष्ट रूप से प्रकट नहीं होती, अतः फ्रायड ने स्वप्नों के दोहरे विषय वस्तु (डबल कन्टॅन्ट ऑफ ड्रीम्स) के संबंध में महत्वपूर्ण विभेद किया। स्वप्न की व्यवत विषय वस्तु (*मेनिफेस्ट कन्टॅन्ट*) वह है जो स्वप्न दृष्टा को

ठीक-ठीक याद है। ऐसा स्वप्न अपने समस्त बेतुके साहचर्य, अपने द्रुत परिवर्तन और अपने अनोखे अनुक्रमों के साथ होता है। स्वप्न की अव्यक्त विषय-वस्तु (*लेटॅन्ट-कन्टॅन्ट*) का अर्थ है मूल में निहित अचेतन इच्छा जो व्यक्त विषय-वस्तु का छद्म वेश अपना कर उसके माध्यम से चेतना में आती है। कुछ स्वप्नों में व्यक्त विषय-वस्तु और अव्यक्त विषय-वस्तु बहुत कुछ एक ही समय होती है जैसे बच्चों के, खंदकों में रहने वाले सैनिकों के, तथा किशोर लड़कों के स्वप्नदोष (नौक्टर्नल एमिशंस) संबंधी इच्छा पूर्ति के स्वप्न जिनके बारे में हमने ऊपर बात की थी। कुछ अन्य स्वप्नों में अव्यक्त विषय वस्तु को केवल तब खोजा जा सकता है जबकि व्यक्ति के जीवन वृत्त का और हाल ही में वह व्यक्ति क्या करता रहा है, इसका ज्ञान हो तथा स्वप्नदृष्टा के स्वप्न के बारे में पूर्ण स्वतंत्र साहचर्य (फ्री एसोसिएशन) प्राप्त हो जाएं। चूंकि स्वप्न ऐसी प्रक्रिया है जिसके माध्यम से अचेतन इच्छाएं छद्म वेश में चेतना में प्रविष्ट होती हैं, अतः स्वप्न का तर्क (लॉजिक) बहुत कुछ बालक के विचारों और आदिम मनुष्य के विचारों के तर्क के समान होता है। जिन प्रक्रियाओं या क्रियाविधियों (मॅकॅनिज़्मस) के माध्यम से अव्यक्त विचार व्यक्त होता है (मॅनीफॅस्ट) वे द्वंद्व निराकरण की मुख्य मानसिक क्रियाविधि या प्रक्रियाएं (साइकिक मैकॅनिज़्मस) हैं। इस प्रकार स्थानांतरण, प्रतीक -प्रयोग, संक्षेपण, प्रतिक्रिया विधान, अंतःक्षेपण, एकात्मीकरण (डिस्पलेसमैन्ट, सिम्बॉलाइज़ेशन, कन्डेंसेशन, रीएक्शन फॉर्मेशन, इन्ट्रोजैक्शन, आइडॅन्टिफिकेशन), यह सभी स्वप्न में घटित होते हैं। स्वप्न कार्य (ड्रीमवर्क) फ्रायड द्वारा क्रियाविधि (मैकॅनिज़्म) को दिया हुआ वह नाम है जिसके द्वारा अव्यक्त स्वप्न विचार स्वप्न की व्यक्त विषय वस्तु में परिवर्तित होते हैं। स्वप्न कार्य में स्थानांतरण, संक्षेपण, प्रतीक-प्रयोग विशेष रूप से महत्वपूर्ण हैं।

जिस प्रकार अचेतन कुछ बहुत आदिकालीन और आधारिक अवधारणाओं को सूचित करने के लिए कुछ विशेष प्रतीकों का प्रयोग करता है उसी प्रकार स्वप्नों में भी कुछ विशेष प्रतीक होते हैं जिनका लगभग सर्वव्यापक अर्थ होता है। यह अर्थ या आशय कैसे अर्जित किया गया है इस बारे में पर्याप्त सैद्धांतिक मतभेद हैं तथा इस अत्यंत विवादास्पद समस्या में जाना इस पुस्तक के लिए तय की गई सीमाओं के बाहर आता है। इन प्रतीकों को अपना सही अर्थ कैसे भी प्राप्त हो यह पर्याप्त स्पष्ट है कि स्वप्नों में कुछ विशेष पदार्थों का सामान्यतया कुछ प्रतीकात्मक अभिप्राय व महत्व होता है। हम इन स्वप्नों का फ्रायड के द्वारा दिया गया स्पष्टीकरण उनकी पुस्तक, *द इन्टरप्रिटेशन ऑफ ड्रीम्स* में से प्रस्तुत करते हैं।

"सम्राट और सम्राज्ञी (राजा और रानी) अधिकांश मामलों में वस्तुतः स्वप्न देखने वाले व्यक्ति के माता-पिता का प्रतिनिधित्व करते हैं; स्वप्न देखने वाला या देखने वाली स्वयं राजकुमार या राजकुमारी होते हैं। लेकिन सम्राट को प्रदान किया गया उच्च प्रभुत्व महान व्यक्तियों को भी प्रदान किया जाता है, जिससे कि कुछ स्वप्नों में, उदाहरण के लिए, गेटे पिता के प्रतीक के रूप में दिखाई देते हैं....समस्त दीर्घीकृत वस्तुएं, छड़ियां, पेड़ के तने, छतरियां (खुलने के कारण जिनकी उत्थापन से समानता हो सकती है),

समस्त नुकीले और दीर्घीकृत शस्त्र, चाकू, छुरे और भाले, पुरुष सदस्य के प्रतिनिधि हैं। इसके लिए एक बारंबार होने वाला लेकिन जो बहुत अधिक बोधगम्य प्रतीक नहीं है वह है नाखून की रेती (रगड़ने और घिसने का संदर्भ?) ...छोटे बक्से, पेटियां, अलमारियां और भट्टियां नारी अवयवों के सदृश्य होती हैं; कोटर, जहाज़ और सभी प्रकार के पात्र भी...एक कमरा स्वप्न में सामान्यतया महिला का प्रतिनिधित्व करता है; पर इसके विविध प्रवेश द्वार और निकास की गिनती का हिसाब इसकी इस व्याख्या को हमारे लिए संदेहास्पद बनाता है। कमरा 'खुला' या 'बंद' है इसमें रुचि को आसानी से समझा जा सकेगा। जिस प्रकार की ताली कमरे का ताला खोलेगी उसके बारे में खुलासा करने की आवश्यकता नहीं हैं; 'ताले और चाबी' की प्रतीकात्मकता उहलैण्ड के द्वारा अपने *ग्राफ एबरस्टीन* के गीत में शालीनता से मोटे तौर पर प्रयोग की गई है...कमरों के एक सेट में इधर से उधर चहलकदमी करने का स्वप्न एक वेश्यालय या हरम का अर्थ दिखाता है। लेकिन जैसा कि, एच. साक्स ने एक प्रशंसनीय उदाहरण के द्वारा बताया है, यह विवाह का प्रतिनिधित्व करने के लिए भी प्रयोग किया जाता है (विषमता)। बाल्यावस्था की लैंगिक जांच-पड़तालों के साथ एक रुचिकर संबंध तब उभरकर आता है जबकि स्वप्नदृष्टा दो कमरों को स्वप्न में देखता है जो पहले एक थे, अथवा वह यह देखता है कि जिस घर में वह स्वप्न में देखता है उसका एक कमरा दो भागों में विभाजित हो गया है, या इसके विपरीत हो गया है। शैशव अवस्कर सिद्धांत (इन्फॅन्टाइल क्लोएका थ्योरी) के अनुसार बाल्यावस्था में स्त्री के जननांग (जॅनाइटल्स) और गुदा ('पीछे' का भाग) एकमात्र मार्ग के रूप में समझा जाता है और फिर बाद में ही यह पता चलता है कि शरीर के इस क्षेत्र में दो विवर और मार्ग होते हैं। खड़े ढलाव, सीढ़ियां, निसेनियां या उनसे ऊपर-नीचे आना-जाना यौन क्रिया के प्रतीकात्मक प्रतिनिधित्व हैं। चिकनी दीवारें जिन पर कोई चढ़ता है, घरों के अग्रभाग, जिनको पार करके कोई नीचे उतरता है—बहुधा अत्यधिक चिंता (एन्गज़ाइटी) के भाव के साथ—उर्ध्व मानव देहों के सदृश हैं और संभवतया हमारे स्वप्नों में, माता-पिता और आयाओं पर चढ़ने की बचकानी स्मृतियों को दोहराते हैं। 'चिकनी (स्मूथ)' दीवारें पुरुष हैं; दुश्चिंता (एन्गज़ाइटी) स्वप्नों में व्यक्ति प्रायः दृढ़तापूर्वक घरों पर 'प्रक्षेपण या प्रोजेक्शन' करने पर टिका रहता है। ढकी हुई या अनावृत मेज़ें महिलाएं हैं, कदाचित् विरोधाभास की विशेषता से, चूंकि उनमें कोई बाहर की ओर निकली हुई रूपरेखा नहीं होती। 'लकड़ी' सामान्यतया, अपने भाषाई संबंधों के अनुरूप, स्त्रियोचित विषय वस्तु का प्रतिनिधित्व करती प्रतीत होती हैं। पुर्तगाली भाषा में मैडियेरा नामक द्वीप का अर्थ है 'लकड़ी'। चूंकि 'बिस्तर और तख्ता (बैड एण्ड बोर्ड)' (*मॅन्सा एट थोरस*) विवाह संस्थापित करते हैं, अतः स्वप्नों में बिस्तर को प्रायः तख्ता से विस्थापित किया जाता है तथा जहां तक उपयोगी या व्यवहार्य है, अक्सर खाना या भक्षण सेक्स ग्रंथि का स्थानांतरण है...वेशभूषा की वस्तुओं के बारे में, महिला का टोप प्रायः निश्चित रूप से पुरुष जननांगों के रूप में समझा जा सकता है। पुरुषों के स्वप्नों में टाई को प्रायः लिंग के प्रतीक के रूप में देखते हैं, यह केवल

इसलिए ही नहीं कि टाइयां देह के सामने की ओर (ऊपर से नीचे की ओर) लटकती हैं और पुरुषों की विशिष्टता हैं; बल्कि इसलिए भी कि व्यक्ति इन्हें अपनी इच्छा से चुन सकता है, जो एक ऐसी स्वतंत्रता है प्रकृति जिसका (इच्छा से चयन करने की) निषेध प्रतीक की मौलिक वस्तु के संबंध में करती है। जो व्यक्ति स्वप्नों में इस प्रतीक का प्रयोग करते हैं वे टाई के विषय में बहुत फिजूल खर्च होते हैं और उनके पास टाइयों का संग्रह होता है। अधिकांश जटिल मशीनें और उपकरण बहुत संभव है कि जननांग होते हैं–नियमतः पुरुष जननांग–जिनका विवरण देने में स्वप्नों की प्रतीकात्मकता उतनी ही अथक है जितनी कि मनुष्य की समझ। यह पर्याप्त सुस्पष्ट है कि समस्त हथियार और उपकरण पुरुष इन्द्रिय के प्रतीकों के रूप में प्रयोग किए जाते हैं : उदाहरणार्थ, फाल, हथौड़ा, बन्दूक, पिस्तौल, छुरा, तलवार आदि। पुनः स्वप्नों में देखे गए बहुत से भू-दृश्य या प्राकृतिक दृश्य, विशेषकर वे जिनमें पुल और लकड़ी के पहाड़ निहित रहते हैं, जननांगों के विवरण के रूप में सहज ही पहचाने जा सकते हैं। मार्सिनोवस्की ने उदाहरणों की शृंखला एकत्रित की जिसमें स्वप्नदृष्टा ने रेखाचित्रों के द्वारा अपने स्वप्नों को स्पष्ट किया जिससे कि उसमें दिखाई पड़ने वाले प्राकृतिक दृश्यों और स्थानों का वर्णन किया जा सके। इन रेखाचित्रों ने स्वप्न के व्यक्त और अव्यक्त अर्थ के बीच भिन्नता स्पष्ट रूप से दिखाई। जबकि, सहज रूप से देखते हुए वे रेखाचित्रों, नक्शों आदि का वर्णन करते प्रतीत होते हैं, लेकिन सघन जांच-पड़ताल यह दिखाती है कि वे मानव शरीर का, जननांगों आदि का वर्णन करते हैं और इन्हें इस रूप में समझने के बाद ही स्वप्न को समझा जा सकता है। अंत में, जहां व्यक्ति को अबोधगम्य नवनिर्मित शब्द मिलते हैं वहां व्यक्ति घटकों के सम्मिश्रण को लैंगिक महत्व का समझ सकता है।...बालक भी बहुधा जननांगों को व्यक्त करते हैं जैसे 'छोटा आदमी', 'छोटी औरत', 'छोटी वस्तु'। स्टॅकूल द्वारा 'छोटे भाई' को लिंग के रूप में ठीक ही पहचाना गया। छोटे बालक के साथ खेलना या उसकी पिटाई करना प्रायः स्वप्न में हस्तमैथुन का द्योतक है। स्वप्न कार्य गंजापन, केश काटना, दांतों का गिरना और सिर काटना के द्वारा बधियाकरण को सूचित करता है। बधियाकरण के विरुद्ध बीमा के रूप में, स्वप्न लिंग के आम प्रतीकों का दोहरे या बहुल रूपों में प्रयोग करता है; तथा स्वप्न में एक छिपकली–एक ऐसा जानवर जिसकी पूंछ काट दी जाए तो उसकी जगह नई उगकर पुनः उत्पन्न हो जाती है–के आविर्भाव का भी यही अभिप्राय है। अधिकांश जानवर जिनका प्रयोग जननांग प्रतीकों के रूप में पौराणिक कथाओं और लोक कथाओं में किया जाता है वे स्वप्न में भी यह भूमिका निभाते हैं; मछली, घोंघा, बिल्ली, चूहा (जननांगों की रोमिलता के कारण), लेकिन सर्प इनमें सर्वोपरि है, जो पुरुष सदस्य का सबसे महत्वपूर्ण प्रतीक है। छोटे जानवर और कीड़े-मकोड़े छोटे बालकों के स्थान लेते हैं, जैसे अवांछित बहनें या भाई। कीड़े-मकोड़ों से संक्रमित होना प्रायः गर्भावस्था के समान होता है।... पुरुष जननांग के अपेक्षाकृत अधिक नवीन प्रतीक के रूप में मैं हवाई जहाज़ का उल्लेख कर सकता हूं, जिसका प्रयोग करने का औचित्य उड़ने से उसका संबंध और कभी-कभी

उसका स्वरूप भी है। ...स्टेकूल ने बहुत से दूसरे प्रतीक भी, जो पर्याप्त सत्यापित नहीं हैं, प्रस्तुत किए हैं, जिन्हें उन्होंने उदाहरणों के द्वारा स्पष्ट किया है। इस लेखक की रचनाएं और विशेषकर इनकी पुस्तक *डाई स्प्राश डॅस ट्रॉमिस,* में प्रतीकों की व्याख्या का अति समृद्ध संकलन निहित हैं, जिनमें से कुछ का अनुमान बहुत बढ़िया तरीके से किया गया था और जांच-पड़ताल करने पर जो सही सिद्ध हुए, उदाहरणार्थ, मृत्यु की प्रतीकात्मकता के खण्ड में। लेखक का आलोचनात्मक चिंतन का अभाव तथा उनकी हर कीमत पर सामान्यीकरण करने की वृत्ति, उनकी व्याख्याओं को संदेहास्पद और अनुपयुक्त बनाती है, जिससे कि उनके कार्यों का प्रयोग करने में सावधानी बरतने की सलाह अत्यंत महत्वपूर्ण है। अतः मैं कुछ उदाहरणों का उल्लेख करने तक ही सीमित रहूंगा।

स्टेकूल के अनुसार, स्वप्न में *दाहिने* और *बाएं* को नैतिक अर्थ में समझना है। ''दाएं हाथ की ओर का मार्ग सदैव धर्मपरायणता और बाएं हाथ का मार्ग अपराध का रास्ता व्यक्त करता है। अतः वाम (बायां) भाग समलैंगिकता, कौटुम्बिक व्यभिचार और विकृतियां सूचित करता है, जबकि दक्षिण (दायां) भाग विवाह, वेश्या से संबंधों आदि को सूचित करता है। यह अर्थ सदैव स्वप्नदृष्टा के व्यक्तिगत नैतिक दृष्टिकोण के द्वारा निर्धारित होता है।'' स्वप्न में रिश्तेदार सामान्यतया जननांगों का प्रतीक होते हैं। यहां मैं इस अर्थ की पुष्टि केवल पुत्र, पुत्री और छोटी बहन के लिए कर सकता हूं—अर्थात् जहां भी 'छोटी वस्तु' का प्रयोग हो सकता था। दूसरी ओर, सत्यापित उदाहरण हमें *बहनों* को स्तनों के प्रतीक और *भाइयों* को वृहत् गोलार्ध के प्रतीकों के रूप में पहचानने की अनुमति देते हैं। एक गाड़ी से आगे निकल जाने में असमर्थता को स्टेकूल के द्वारा आयु में अंतर को पूरा करने में असमर्थ होने के कारण खिन्नता के रूप में प्रस्तुत किया गया है। यात्री का *सामान* पाप का बोझ है जिसके भार से व्यक्ति दबा हुआ है। लेकिन एक यात्री का सामान प्रायः व्यक्ति के स्वयं के जननांगों के सुस्पष्ट प्रतीक के रूप में सिद्ध होता है। संख्याओं को, जो स्वप्नों में बार-बार आती हैं, स्टेकूल ने निश्चित प्रतीकात्मक अर्थ प्रदान किया है, लेकिन ये व्याख्याएं न तो पर्याप्त सत्यापित प्रतीत होती हैं और न ही इनकी व्यापक वैधता है, यद्यपि व्यक्तिगत केसों में इन्हें प्रायः ऊपर से देखने में विश्वसनीय के रूप में पहचाना जा सकता है। हमारे पास सभी घटनाओं (विषयों) में, प्रचुर मात्रा में पुष्टीकरण है कि तीन का अंक पुरुष जननेन्द्रिय का प्रतीक है। स्टेकूल के सामान्यीकरणों में से एक का संबंध जननांग प्रतीकों के दोहरे अर्थ से हैं। वे पूछते हैं ''ऐसे प्रतीक कहां हैं जो (यदि किसी भी तरीके से यह कल्पना द्वारा अनुमत हो) पुरुषवाचक और स्त्रीवाचक अर्थ में साथ-साथ प्रयोग न किया जा सकता हो?'' निश्चित होने के लिए, लघु प्रकोष्ठ में दिया गया वाक्यांश इस दावे के अधिकांश परिशुद्ध स्वरूप को वापिस ले लेता है, क्योंकि यह दोहरा अर्थ कल्पना द्वारा सदैव अनुमत नहीं होता। फिर भी, मैं सोचता हूँ कि यह कहना अनावश्यक नहीं होगा कि मेरे अनुभव में स्टेकूल का यह सामान्य कथन विस्तार को मांगता है। जो प्रतीक बार-बार

पुरुष और स्त्री के जननांगों के लिए प्रयोग किए जाते हैं उनके अतिरिक्त कुछ अन्य प्रतीक भी हैं जो प्रभावी तरीके से या लगभग विशिष्ट रूप से, किसी एक लिंग को नामित करते हैं और इनके अलावा भी कुछ और प्रतीक हैं जिनका, जहां तक कि हम जानते हैं, केवल पुरुषवाचक या केवल स्त्रीवाचक अर्थ है। स्त्री के जननांगों के प्रतीक के रूप में लम्बे या सख्त पदार्थों का प्रयोग या पुरुष जननांगों के प्रतीक के रूप में खोखले पदार्थों (पेटियों या बक्सों आदि) का प्रयोग निश्चित रूप से कल्पना के द्वारा सम्मत नहीं है।

यह सच है कि लैंगिक (सेक्सुअल) प्रतीकों का द्विलिंगी रूप में प्रयोग करने की स्वप्नों की और अचेतन स्वैरकल्पना (फैंटैसी) की वृत्ति पुराकालीन विशेषता (ट्रेट) प्रदर्शित करती है क्योंकि बाल्यावस्था में जननांगों में भिन्नता ज्ञात नहीं होती है तथा एक ही जननांग दोनों लिंगों के सदस्यों को प्रदान किया जाता है। यदि कोई इस तथ्य को भूल जाएं कि कुछ स्वप्नों में लिंगों का एक सामान्य उलटाव हो जाता है, जिससे कि पुरुष अवयव का द्योतक स्त्री अवयव और स्त्री अवयव का द्योतक पुरुष अवयव होता है, तो हम द्विलिंगी प्रतीक के महत्व के संबंध में भ्रम में पड़ सकते हैं। उदाहरण के लिए, ऐसे स्वप्न महिला की पुरुष होने की इच्छा व्यक्त करते हैं।

स्वप्न में जननांगों को शरीर के अन्य भागों द्वारा भी प्रस्तुत करते हैं : हाथ या पैर के द्वारा पुरुष सदस्य; मुख कान, यहां तक कि आंख के द्वारा स्त्री जननांग का छिद्र। मानव देह के स्त्राव-श्लेष्मा, अश्रु, मूत्र, वीर्य आदि का स्वप्नों में अदल-बदलकर प्रयोग किया जा सकता है।[4] पाठ्य वस्तु को पाठक के लिए अधिक बोधगम्य बनाने की दृष्टि से, फ्रायड के फुटनोट को छोड़ा हुआ है।)

स्वप्नों की व्याख्या करना केवल एक ऐसे मनोविश्लेषक द्वारा ही संभव है जो विचाराधीन व्यक्ति के व्यक्तित्व के बारे में और स्वप्न में उसके विचारों के स्वतंत्र साहचर्यों के बारे में पर्याप्त जानकारी रखता हो। पाठक को यह नहीं समझना चाहिए कि प्रतीकों की सूची याद करके वह अपने या किसी अन्य व्यक्ति के स्वप्न की व्याख्या कर सकता है। मनोविश्लेषणात्मक अर्थ में स्वप्न विश्लेषण करना एक बहुत अधिक जटिल तकनीक है जिसके बारे में हम खण्ड IV में संक्षेप में बात करेंगे।

उदाहरणों के रूप में कुछ संक्षिप्त स्वप्न प्रस्तुत हैं। लेखक सबसे पहले स्वयं अपना स्वप्न प्रस्तुत करेंगे जिसकी व्याख्या केवल अग्रचेतन स्तर तक ही की गई है। यह स्वप्न तब घटित हुआ जब लेखक बर्लिन विश्वविद्यालय में प्रथम-वर्ष स्नातक विद्यार्थी थे। उसने स्वप्न में देखा कि वे संस्थान के विविध प्रोफेसरों और उच्चस्तरीय जर्मन विद्यार्थियों के साथ मनोवैज्ञानिक संभाषण में बैठे थे तथा जर्मन भाषा का अल्प ज्ञान होने के कारण प्रकरण पर परिचर्चा करते रहने में उन्हें कुछ कठिनाई हो रही थी। अकस्मात् ही संस्थान के निदेशक प्रोफेसर कोयलर ने एक जादुई प्रस्ताव रखा और अन्य सभी विद्यार्थी और प्रोफेसर वनमानुषों में बदल गए। प्रोफेसर कोयलर ने तब कहा "चूंकि ये वनमानुष जर्मन और अंग्रेजी नहीं समझते, मैं और तुम अंग्रेजी में इस परिचर्चा को जारी रखते हैं।" इससे

उन्हें असीम प्रसन्नता हुई और उन्होंने प्रोफेसर कोयलर के साथ विचाराधीन प्रकरण पर अति प्रतिभाशाली ढंग से वार्तालाप किया। वनमानुष आपस में ही बकवास करते रहे। सत्र के अंत में कक्ष का द्वार खुला तथा मनोवैज्ञानिक संस्थान के द्वारपाल ने बीयर की बड़ी ट्रे और दो सुसज्जित, सुन्दर युवा अमरीकी लड़कियों के साथ कक्ष में प्रवेश किया और लड़कियों ने कहा, ''हम सब नृत्य करते हैं।''

अपनी सतही असंगति, अस्त-व्यस्तता और सामान्य प्रत्यक्षज्ञानात्मक यथार्थ से अपना संबंध पूर्णरूपेण विच्छेद होने के कारण यह एक विशिष्ट स्वप्न है। इसके बारे में कोई यह सोच सकता है कि यह हाल की घटनाओं का मात्र एक बेतुका घाल-मेल था। इतने पर भी लेखक द्वारा उस समय की व्यक्तिगत सामाजिक स्थिति की संक्षिप्त व्याख्या इस स्वप्न को एक निश्चित अर्थ प्रदान करती है। एक स्वप्न की व्यक्त विषय-वस्तु बहुधा हाल की घटनाओं, जाग्रत अवस्था के विचारों, उन वस्तुओं जिनके साथ स्वप्न देखने वाले का मानस पूर्वाधिकृत है, से आदेशित होती है। एक प्रकार से यह पहले से ही चेतना के स्तर के करीब होते हैं तथा स्वप्न कार्य में, अचेतन अव्यक्त विषय वस्तु के बचाव के लिए, वाहक के रूप में इनका प्रयोग करना निहित रहता है। लेखक का एक बड़े अमेरिकी विश्वविद्यालय में अच्छा शैक्षिक रिकार्ड था और उसे एक जर्मन विश्वविद्यालय में अध्ययन करने के लिए छात्रवृत्ति मिली थी। वह अमरीकी कक्षा में (विचाराधीन) प्रकरण के बारे में धारा प्रवाह परिचर्चा करता था और अपनी ओर पर्याप्त ध्यान आकर्षित करता था। स्वप्न देखते समय उसका जर्मन भाषा का ज्ञान बहुत अपर्याप्त था। प्रोफेसर कोयलर के लिए उनके मन में व्यवसायिक दृष्टि से पर्याप्त प्रशंसा थी और उन्हें अच्छी तरह प्रभावित करने के लिए वह बहुत चिंतित था। लेकिन उसे यह भय था कि वह प्रोफेसर को प्रभावित नहीं कर पा रहा है। परिचर्चा सेमीनार में वह जब तक स्वयं को व्याकरणपरक जर्मन भाषा में अभिव्यक्त करने के लिए तैयार हो पाते, तब तक विचाराधीन प्रकरण प्रायः बदल जाता था। विचाराधीन सेमीनार, प्रोफेसर कोयलर के मानवाकार बंदरों की बुद्धि पर किए गए न्यायतः प्रसिद्ध कार्य से संबंधित थी। लेखक अर्धचेतन रूप से प्रायः यह सोचते थे कि ''यदि मैं जर्मन ठीक प्रकार से बोल पाता तो मैं निश्चित रूप से इन सभी 'गूंगे बंदरों' से श्रेष्ठ होता।'' स्वप्न में यह श्रेष्ठता अभिव्यक्त हुई। प्रतीकात्मक रूपांतरण के द्वारा विद्यार्थियों के ''बन्दर'' वास्तविक बंदर बन गए। परिणामस्वरूप वार्तालाप अंग्रेजी में हो सका। लेखक न केवल प्रोफेसर के द्वारा अपने बारे में उत्कृष्ट सोचने की अभिलाषा को साकार करने में ही सक्षम हुआ बल्कि उसने इस अभिलाषा को इस सीमा तक साकार किया जिसे वे चेतन रूप से स्वीकार नहीं करते। स्वप्न में वह केवल जर्मन विद्यार्थियों के बराबर मात्र ही नहीं हुआ बल्कि एक उच्चतर प्रजाति का सदस्य हो गया। इसके अतिरिक्त, वह जर्मन सामाजिक जीवन को दिखाऊ समझने की ओर प्रवृत्त था। उसने बहुत से उपन्यास और जर्मनी के विश्वविद्यालयी जीवन के आमोद-प्रमोद के प्रचलित विवरण पढ़े थे और वह यहां इनमें से कुछ में सम्मिलित होने की आशा से आया था। परिणामस्वरूप स्वप्न में

वह प्रोफेसर के साथ सामाजिक समानता तक ही नहीं आते बल्कि वह ऐसी परिस्थिति में यह करते हैं जो एक सुरुचि संपन्न जीवन व्यतीत करने की उसकी अर्धचेतन लालसा की पूर्ति करती है। यह स्वप्न के अंत में दिखाया गया है। द्वारपाल, जो वास्तविक जीवन में अच्छे स्वभाव का साधारण मोटा और अधेड़ तुच्छ जर्मन अफसर है, स्वप्न में बना-ठना चपरासी की भांति वेशभूषा पहनकर बीयर के साथ प्रकट होता है, जिसके पीछे दो मनोहारी अमरीकी युवतियां आती हैं जो दो व्यवसायिक सहकर्मियों को आमोद-प्रमोद की संध्या बिताने के लिए आमंत्रित करती हैं।

आगे एक पूर्वी सहशैक्षिक विश्वविद्यालय की एक युवा महिला विद्यार्थी का स्वप्न दिया गया है। उसने स्वप्न देखा ''मैं न्यूयॉर्क में बिल नाम के एक युवा के साथ थी जिसके साथ मेरी लगभग सगाई हो गई है। बादलों से भरा दिन था और वह एक छतरी लिये था। हम एक फिफ्थ एवेन्यू बस में सैर पर गए। बिल ने जब अकस्मात् कहा 'मैं भूखा हूं' तो हम बस से उतर गए और एक रेस्तरां में गए जहां हमने भरपूर और संतोषप्रद भोजन किया। बिल अकस्मात् उठा और कहा 'मैं तुम्हारे पास अपनी छतरी छोड़ दूंगा और तुम बिल का भुगतान कर सकती हो।' वह रेस्तरां के दरवाजे के पार भाग गया और मैं संत्रस्त होकर जाग गई क्योंकि मेरे पास पैसे नहीं थे।''

जीवन की परिस्थितियों और स्वतंत्र साहचर्यों के विश्लेषण से, यह पाया गया कि विचाराधीन युवती इस अवधि में युवक से संबंधित संवेगात्मक द्वंद्व से ग्रसित थी। युवक उसे अपनी रखैल बनाने की प्रार्थना इस आशा से कर रहा था कि बाद में उनका विवाह हो सकता है। उसके समस्त पालन-पोषण तथा एक सम्मानित विवाहित महिला होने की उसकी महत्वाकांक्षा ने उसे उन यौन कामनाओं के समक्ष झुकने नहीं दिया जो उस युवक के प्रस्तावों से उसमें उदित हुई थीं। उन्होंने फिफ्थ एवेन्यू बसों की सवारी में बहुत समय व्यतीत किया था। युवक ने ये सुझाव दिया कि वे लोग उसके एक मित्र के फ्लैट में जाकर वहां रात्रि-भोज तैयार करें और शाम वहीं पर व्यतीत करें। युवती ने ऐसा करने से मना कर दिया, क्योंकि उसने यह अनुभव किया कि ऐसी परिस्थितियों में वह अपने सामाजिक आदर्शों और अपनी कामुक इच्छाओं के बीच पर्याप्त द्वंद्व में पड़ जाएगी। यह लगभग वही समय था जब उसने यह स्वप्न देखा। विश्लेषण से यह स्वप्न स्पष्ट रूप से इच्छा पूर्ति है, जिसमें यौन सहवास होता है। युवक के साथ बड़ा भोज खाने का अभिप्राय यौन सहवास है। यौन और भोजन खाने का काव्यात्मक संबंध सुपरिचित है। कुछ व्यक्ति 'प्रणय प्रीतिभोज' आदि की बात करते हैं। मित्र के फ्लैट पर जाना भोजन की दावत होती जो प्रणय के प्रीतिभोज में परिवर्तित हो सकती थी। स्वप्न में बिल अपनी छतरी युवती के पास छोड़ जाता है। यह छतरी शिश्न का एक प्रतीक है। बिल उस स्थान से भाग जाता है जहां वे इस निषिद्ध प्रीतिभोज का आनंद उठा रहे थे। युवती आंतकित हो जाती है क्योंकि वह बिल अदा नहीं कर सकती; अर्थात्, वह अवैध प्रणय द्वारा अपेक्षित सामाजिक त्याग नहीं कर सकती है। उसके साहचर्यों में यह पुरानी कहावत उसके मन में आती है कि 'सदैव महिला ही होती है जिसे भोगना पड़ता है।'

यह भी, निस्संदेह स्वप्न में घटित होता है। प्रारंभ में उस युवती को इस स्वप्न का अर्थ बिल्कुल भी स्पष्ट नहीं था, लेकिन उसके स्वतंत्र साहचर्य के आधार पर उसने इसके महत्व को शीघ्र ही अनुभव कर लिया और शीघ्र ही अपने समस्त तात्कालिक द्वंद्व बताए।

उपर्युक्त स्वप्न मुख्यतया ऐसी विषय-सामग्री से संबंधित थे जो कम से कम चेतना के निकट थी और अधिक वयस्क स्तर के द्वंद्वों से संबंधित थी। अब हम अधिक आदिम और शैशव स्तर के एक-दो स्वप्नों के बारे में विचार करेंगे। बच्चे भी स्वप्न देखते हैं।

आगे छह वर्ष की छोटी बालिका का स्वप्न संक्षिप्त करके दिया गया है। ''वह अतिथि कक्ष के स्नानगृह में टायलेट पर बैठी थी जबकि उसके पिता ने माता-पिता का स्नानघर घेर रखा था, तथा मां को टॉयलेट जाने के लिए कोई स्थान नहीं था अतः उसने (मां ने) बिस्तर गीला कर दिया।'' वस्तुतः उस लड़की ने स्वप्न देखते समय स्वयं अपना बिस्तर गीला कर दिया था। इस स्वप्न में मां के साथ बच्चे का एकात्मीकरण (आइडॅन्टिफिकेशन) मनोविश्लेषण सिद्धांत के संदर्भ में पर्याप्त स्पष्ट है। स्वप्न में वह मां के रूप में प्रकट होती है क्योंकि वह पिता के ही समान स्थिति में थी; बच्ची और पिता दोनों ही टॉयलेट का प्रयोग कर रहे थे। मां को इसलिए उसकी प्रतीक्षा करनी पड़ रही थी। स्वप्न में मां ही थी जिसे बिस्तर गीला करने का लज्जाजनक अनुभव करना पड़ा। लेकिन वस्तुतः बच्ची ने जब बिस्तर गीला किया तो यह उसने मां के रूप में अपनी भूमिका में किया। फलस्वरूप, बिस्तर गीला करने की लज्जाजनक भूमिका को स्वप्न में अपने से मां पर स्थानांतरित करके इडीपस स्थिति के निराकरण के द्वारा बालिका स्वप्न में प्रतीकात्मक संतुष्टि प्राप्त कर रही है। दूसरे शब्दों में एक ही समय पर वह स्वयं भी है और अपनी मां भी। जिन वयस्कों के लिए ऐसी व्याख्याओं को स्वीकार करना कठिन होता है वे प्रायः यह भूल जाते हैं कि एक शिशु की मानसिकता वयस्क की मानसिकता से बहुत भिन्न होती है। आठ या नौ वर्ष की आयु तक शिशु के वास्तविक प्रत्यक्षों (पर्सप्शनूस) और स्वप्नचित्रों (फैन्टैसीज़) में बहुत कम अंतर होता है। बालकों की प्रतिष्ठाएं महा मिथ्याभाषियों की होती हैं, लेकिन वे वस्तुतः उस अर्थ में मिथ्याभाषी नहीं होते जिस अर्थ में वयस्क इस शब्द को लेते हैं। वे केवल अपने वास्तविक प्रत्यक्षों (पर्सेप्शन्स) और स्वप्नचित्रों में अंतर करने में असफल रहते हैं। फलस्वरूप एक बालिका दिवास्वप्नों में और वास्तविक स्वप्नों में सरलता से स्वयं को उस रूप में प्रत्यक्ष या प्रस्तुत कर सकती है जैसा कि वह बनना चाहती है।

एक आकर्षक युवा अंग्रेज महिला ने, जो मंदकाम (सेक्सुअली फ्रिजिड) थी और जिसमें उन्मादी प्रवृत्ति के कुछ लक्षण थे, अग्रलिखित स्वप्न सूचित किया। ''मैंने स्वप्न में देखा कि मैं अपने घर में बैठक में थी। इस बैठक के फर्श पर बहुत उत्कृष्ट बुनावट का महंगा प्राच्य कालीन बिछा है। कमरे में एक सुन्दर अंगीठी भी है। मैं इस बात से स्तब्ध थी कि प्राचीन कालीन पर इतनी आग जल रही थी जो अंगीठी को भरने के लिए पर्याप्त थी और अंगीठी में कभी आग थी ही नहीं। मैंने निश्चय किया कि आग कालीन से अंगीठी पर स्थानांतरित होनी चाहिए।''

यह युवती मंदकाम थी और विरुपित करने वाले त्वचा के ददोड़ों के रूप में अपने कामवासनापरक आवेगों का रूपांतरण होने से पीड़ित थी। एक सामान्य पाठक तत्काल ही इस स्वप्न के महत्व का कुछ देख सकता है: ''अंगीठी महिला के जननांग को प्रस्तुत करती है, क्योंकि घर प्रायः शरीर का प्रतिनिधित्व करता है। अंगीठी में आग नहीं है यह तथ्य उसकी मंदकामता का सूचक है। स्वप्न में आग का कामवासनात्मक अभिप्राय होता है जैसा प्रायः रोजमर्रा की भाषा और व्यवहार में होता है। व्यक्ति यौन उत्तेजना के संदर्भ में 'उत्तेजक भावातिरेक' की बात करते हैं या और अधिक अशिष्टता से व्यक्ति 'गर्म' होने (गैटिंग 'हॉट') की बात करते हैं।'' यह भी कहते हैं कि अमुक व्यक्ति आग से भरा है। खण्ड IV में हम देखेंगे कि पाइरोमैनिया में आग जलाना कामुक व्यवहार का अचेतन समानार्थक है। यह महिला यह जान गई है कि रूपांतरण की प्रक्रिया के द्वारा उसकी त्वचा का ददोरा कामवासनात्मक आवेगों से संबंधित है। स्वप्न का अर्थ था कि जिस भावातिरेक (पैशन) को उसके जननांग से संबंधित होना चाहिए वह असंगत है और उस सुन्दर प्राचीन कालीन को जलाकर उसमें छेद कर रहा है, जो उसकी त्वचा का परिचायक है। स्वप्न में उसने आग को अंगीठी में रखने की अर्थात् अपने कामवासनात्मक प्रयासों को उनके जैविक दृष्टि से उपयुक्त स्थान पर रखने की इच्छा महसूस की।

इस प्रकार, मनोविश्लेषण सिद्धांत स्वप्नों का स्पष्टीकरण करता है और हमें यह ज्ञात करने की विधि बताता है कि स्वप्न किस प्रकार गहन अचेतन प्रवृत्तियों (अर्जिज़) से संबंधित होते हैं। स्वप्न में ये प्रवृत्तियां या आवेग छद्म रूप में चेतना में प्रकट होकर प्रतिनिधि संतुष्टि प्राप्त करते हैं। यह छद्म वेश, स्वप्न के द्वारा देखने वाले के मानस में अनावश्यक चिंता का उदय करने से बचाव करता है और इस प्रकार उसकी निद्रा की रक्षा करता है। कभी-कभी द्वंद्व के अत्यधिक प्रबल होने के कारण स्वप्न हमें जगा देते हैं। यह रोचक बात है कि हममें से अधिकांश व्यक्ति हर रात स्वप्न देखते हैं। इन स्वप्नों की अधिकांश सामग्री शीघ्र ही विस्मृत हो जाती है क्योंकि जब निद्रा खर्च हुई शक्तियों का निर्माण कर लेती है तो उसके बाद अहं (ईगो) को पुनः यथार्थ का सामना करना पड़ता है और इसलिए स्वप्न की विषय वस्तु का दमन कर दिया जाता है।

6. दैनिक जीवन का मनोरोग विज्ञान

हम सभी त्रुटियां करते हैं। कुछ त्रुटियां निस्संदेह अज्ञानता के या संयोग के द्वारा होती हैं, लेकिन बहुत सी त्रुटियों को हम 'अधिक अच्छी तरह जानते हैं' और शीघ्र ही उनमें सुधार करते हैं। प्रश्न है कि प्रथमतः हम ऐसी त्रुटियां कैसे करते हैं?

फ्रायड के कार्य से पूर्व, भूलें और चूकें, प्रतिदिन की जाने वाली गलतियां जो हम सभी करते हैं, सभी आकस्मिक समझी जाती थीं। इस श्रेणी में लेखनी की चूकें, भाषा की चूकें, स्मरण शक्ति की छोटी भूलें, वस्तुओं को गलत स्थान पर रखना तथा छोटी

अप्रत्याशित घटनाएं आती थीं। मनोविज्ञान के क्षेत्र में शुरू से अंत तक, 'संयोग या एक्सीडेन्टल' से सामान्यतया हमारा अभिप्राय उस श्रेणी से होता है जिसमें हम वह समस्त व्यवहार निहित करते हैं जिसके लिए हमारे पास कोई कारणात्मक गत्यात्मक स्पष्टीकरण नहीं होता। स्वप्नों पर किए गए कार्य के बाद, फ्रायड का सबसे महत्वपूर्ण प्रणाली संबंधी योगदान उनकी पुस्तक '*द साइकोपैथोलॉजी ऑफ एवरीडे लाइफ*' (1914) में किया गया है। इस पुस्तक में फ्रायड पुनः बताते हैं कि मनोवैज्ञानिक व्यवहार का कोई भी भाग एक कारण, अर्थ और मितव्ययता से रहित नहीं होता। वे बताते हैं कि स्वप्नों की भांति, दैनिक जीवन की ये छोटी त्रुटियां भी ऐसी युक्तियों (मैकेनिज़्म्स) को प्रस्तुत करती हैं जो हमारे सामान्य आदतजन्य कार्यों में हस्तक्षेप करके हमारी आक्रमणशील और कामुक प्रवृत्तियों (इरॉटिक अर्जिज़) के अचेतन पक्षों को आंशिक संतुष्टि प्राप्त करती हैं। रोज़मर्रा के जीवन की त्रुटियां जाग्रत अवस्था में घटित होती हैं और उन विधियों को प्रस्तुत करती हैं जिनके द्वारा अग्रचेतन (प्रीकौन्शियस) या सतही अचेतन के विचार छद्म वेश में स्वयं को चेतन बनाते हैं। फ्रायड यह बताते हैं कि व्यक्तिगत नामों और विदेशी शब्दों के पुनः स्मरण में विस्मृति, भाषा की चूकें, लेखनी की चूकें, प्रस्तावों को भूलना, वस्तुओं को गलत स्थान पर रखना और तथाकथित 'उद्देश्यपूर्ण' संयोगों के वास्तविक अभिप्राय होते हैं।

हमारे पास इनके मात्र कुछ उदाहरणों के लिए ही स्थान है। सर्वप्रथम फ्रायड ने यह प्रदर्शित किया कि हम प्रायः नामों और तारीखों का दमन करते हैं क्योंकि अचेतन या अग्रचेतन में हम ये इच्छा करते हैं कि ये नाम या तारीख अन्य होते (अर्थात् ऐसे न होते)। फ्रायड के अनुसार, इसका सबसे अधिक बार पाया जाने वाला उदाहरण है अपनी पुरानी प्रेमिका को उसके विवाह पूर्व नाम से पुकारना अर्थात् उसे श्रीमती स्मिथ के बजाय मिस जोन्स पुकारना जबकि हम भलीभांति जानते हैं कि उसका नाम श्रीमती स्मिथ है। नामों के बारे में संदेह की उत्पत्ति भी इसी प्रकार की है। 'अमुक का विवाहित नाम मैं क्यों याद नहीं कर सकता?' (यह वाक्य) इस इच्छा का संकेत कर सकता है कि अमुक अभी भी अविवाहित ही रहती और अभी भी मेरी संभावित लैंगिक (सेक्सुअल) पसंद होती तथा इसी कारण से (उसके विवाहित नाम पर) दमन घटित होता है। हम उन व्यक्तियों के नाम भी भूल जाते हैं जिनके प्रति हम विशेष रूप से आक्रमणशील होते हैं, यद्यपि हमने इस आक्रमणशीलता का दमन कर दिया होता है। जिस व्यक्ति से हम मिल चुके हैं उसके नाम को न जानना यह कहने के समान है, 'तुम इतने महत्वहीन हो कि मुझे यह याद नहीं कि आखिर तुम हो कौन।' इससे किसी को यह संदेह हो सकता है कि जिन व्यक्तियों को सामाजिक परिस्थिति में नामों के साथ बहुत कठिनाई होती है वे इस प्रकार दमन के शिकार हैं और वस्तुतः पर्याप्त आक्रमणशील भी हैं। हाल ही में लेखक स्मिथ नाम के अपने एक सहकर्मी के नाम का पुनः स्मरण नहीं कर सके। स्मिथ के प्रति उनकी भावनाओं का ईमानदारी से परीक्षण करने पर मालूम हुआ कि वे अपने सहकर्मी के प्रति बहुत विद्वेष रखते थे। हाल ही में

एक मित्र ने एक अत्यधिक चर्चित हत्या के मामले के शिकार को (कहने के लिए) विट्‌लबी के नाम से उल्लेखित किया। उसका सही नाम विदरसन था और विट्‌लबी उसके एक ऐसे परिचित का नाम है जिस पर मित्र को बहुत गर्व नहीं था। एक युवा विवाहित महिला भी अपने वैवाहिक जीवन के प्रारंभ में प्रायः अपने विवाह के पूर्व का नाम ले लेती है। यह मात्र आदत के कारण नहीं होता यह बात इस तथ्य से सिद्ध होती है कि ऐसा वैवाहिक जीवन के एकदम प्रारंभ के समय बहुत कम होता है, बल्कि हनीमून काल के समाप्त होने पर होता है जब प्रारंभिक मोह समाप्त हो जाता है। यह बहुत बोधगम्य है कि युवतियां जो कुंआरी रह चुकी हैं पुनः ऐसा होने की इच्छा रख सकती हैं और इसके फलस्वरूप अपने वास्तविक सामाजिक या विवाहित नामों से अपना उल्लेख करने में असफल होती हैं।

वाणी की चूकें और लेखनी की चूकें भी प्रतिदिन के जीवन के मनोरोग विज्ञान (साइकोपॅथौलॉजी) से संबंध रखती हैं। स्वप्नों की भांति इनके बारे में भी फ्रायड से पूर्व के शरीर विज्ञानियों (फ़िज़ियोलॉजिस्ट्स) ने विचार-विमर्श किया है। यहां भी इस प्रकार के स्पष्टीकरण, व्यवहारों को कोई अर्थ देने में असफल रहे। हाल ही में लेखक का एक मित्र जो अपने बारे में बहुत ऊंची राय रखता था एक वैज्ञानिक सभा में अपने एक ऐसे सहकर्मी के लेख पर टिप्पणी देने के लिए खड़ा हो गया जिसके लिए उसके मन में बहुत अधिक आदर नहीं था। उसने कहा ''क्या मैं इस बहुत सीधे-सादे लेख के बारे में कुछ प्रतिभाशाली टिप्पणियां प्रस्तुत कर सकता हूँ।'' सामाजिक लोकाचार की अपेक्षाओं के अनुसार उसे क्या कहना है और जिसे कहने के लिए उसने इरादा भी किया था वह यह था, ''क्या मैं इस अति प्रतिभाशाली लेख के बारे में कुछ मर्यादित टिप्पणियां प्रस्तुत कर सकता हूँ?'' यह एक ऐसा मामला है जिसमें विचार बोले हुए शब्द का वास्तविक जनक हो गया। एक अन्य मित्र जो राजनीतिक दृष्टि से बहुत उदार होने का दावा करता था उसने कहा, ''रूज़वैल्ट की हार को मास्को के पतन की आशंका ने काफी कुछ भुला दिया है।'' वह निरंतर चेतन रूप से सोचता रहा कि वह यह कह रहा है, ''लंदन की हार मैड्रिड के पतन की आशंका (धमकी) से कुछ-कुछ धुंधली हो गई है।'' लेखक के प्रोफेसरों में से एक, जो एक योग्य खनिज विज्ञानी था और अपनी योग्यता से अवगत था, उसने अपनी कक्षा को संबोधित करते हुए एक दिन कहा, ''अमरीका के सबसे प्रमुख भूविज्ञानियों में से तीन साथ बैठे हुए थे और मेरा-मेरा अभिप्राय है *एक-* ने अन्य दो से कहा।'' एक अन्य सहकर्मी ने अपने द्वारा लिखे लेखों में से एक के लिए कहा, ''मैंने जो (लेख) कभी भी पढ़े उनमें यह सर्वोत्तम'' (है) और फिर संकोच के साथ कहा ''मेरा अभिप्राय है लिखे'', स्वभावतः ऐसी परिस्थिति में सामाजिक लोकाचार के अनुसार एक विशेष प्रकार की शालीनता की अपेक्षा की जाती है, लेकिन हमारा मूलप्रवृत्तिपरक जीवन आत्म-तुष्टि की मांग करता है। फ्रायड एक अन्य प्रोफेसर के बारे में बताते हैं जिन्होंने कहा ''कोई (भी व्यक्ति) उन व्यक्तियों के नाम एक उंगली पर गिन सकता है जो इस क्षेत्र के बारे में कुछ भी जानते हैं।'' अब उसके सभी विद्यार्थियों

ने यह मान लिया कि यह व्यक्ति अपने क्षेत्र का असली विशेषज्ञ है लेकिन उसके लिए यह स्वीकार करना कि उसके चार सहकर्मियों को भी इस विषय-वस्तु का उसके बराबर ज्ञान होगा, सहज रूप से कठिन था। लेखनी की चूकें भी इसी तरीके से घटित होती हैं। हाल ही में लेखक ने अपनी एक पुस्तक के बारे में लिखा जो उन्होंने प्रकाशित की हैं, ''मैं अपनी पुस्तक के लिए पूर्व (के देशों) में बहुत पक्षीय प्रतिक्रिया प्राप्त कर रहा हूं, लेकिन अपने ही देश में कभी भी कोई *लाभ* में नहीं रहता।'' इस विचार को वह स्वयं स्वीकार नहीं कर पाए कि बहुत अच्छा होता कि जहां वह रहते हैं उस स्थान पर यह पुस्तक लोकप्रिय बिक्री में होती। एक मित्र ने जो इंग्लैंड जाने की इच्छा रखता था लेकिन उसे शिकागो जाना पड़ा, लिखा और कहा, ''मैं बहुत प्रसन्न हूँ कि मैं शीघ्र ही तुम्हें देखने आ रहा हूं'', तथा लिफाफे पर पता लिखा शिकागो, इंग्लैंड। डॉ. कार्ल मैनिंजर ने बताया कि वे एक व्यक्ति से व्यवसायिक मुलाकात करने गए तो उसने इस परिचय के दौरान व्यवसायिक और सामाजिक दोनों अर्थों में अन्यमनस्क होकर आदर सत्कार दिया, बल्कि उन्हें झिड़क दिया। लोगों को धन्यवाद पत्र भेजने से पहले उन्हें चैक करते समय उन्होंने यह नोटिस किया कि इस व्यक्ति के लिए उन्होंने यह लिखा है, ''मैं आपको उन किसी भी शिष्टाचारों के लिए धन्यवाद देना चाहता हूं जो आपने मेरी ओर विस्तारित किए थे।'' जबकि चेतन रूप से उन्होंने 'बहुत से शिष्टाचारों के लिए' कहने का इरादा किया था। ऐसी वाणी की चूकें और लेखनी की चूकें जिनका अभी उल्लेख किया गया था, रोजमर्रा के जीवन के मनोरोग विज्ञान से संबंधित हैं। हम सभी रोज़ इन्हें करते हैं। जो रोगी वस्तुतः मानसिक रूप से बीमार हैं वे कदाचित् इन त्रुटियों को, उन व्यक्तियों की अपेक्षा जो अपने को सामान्य समझते हैं, बहुत अधिक बार करते हैं तथा मानसिक रोगियों की त्रुटियों की व्याख्या मनोविश्लेषण में बहुत महत्वपूर्ण सिद्ध हुई है।

लेखक ने हाल ही में एक ऐसी महिला का परीक्षण किया जो अपनी बहन की मृत्यु का शोक मनाने का और अपनी पुत्री के स्वास्थ्य के बारे में चिंतित होने का दावा कर रही थी। उसके जीवन इतिहास (केस हिस्ट्री) को देखकर लेखक के पास यह विश्वास करने का कारण है कि यह चिंता उसकी अपनी पुत्री के प्रति आक्रमणशीलता (एग्रेसिविटी) के लिए एक प्रतिक्रिया विधान (रीएक्शन फॉर्मेशन) थी। अपने इतिहास के बारे में बताते हुए उसने कहा, ''पिछले वर्ष नवम्बर में मेरी पुत्री की मृत्यु हो गई– मेरा अभिप्राय निस्संदेह, मेरी बहन से है।'' यही महिला बहुत धार्मिक होने का और अपने पादरी से बहुत प्रभावित होने का दावा करती थी। उसका दावा था कि नया पादरी पादरियों के अम्बार में सर्वोत्तम था और इससे पहले वाला पादरी कुछ-कुछ निम्न स्तर का था। उसने कहा, ''श्रद्धेय (रेवरॅन्ड), जो एक भले और ईमानदार व्यक्ति थे, श्रद्धेय के बाद आए, जिनके बारे में मैं निश्चित रूप से नहीं कह सकती कि वे इनमें से कुछ भी थे।'' फिर उसने कहा, ''मैंने वो नाम किस क्रम में दिए थे?'' बताए जाने पर, उसने कहा, ''मेरा अभिप्राय, निस्संदेह, इसका विपरीत था।'' दैनिक जीवन की

त्रुटियों के माध्यम से केवल आक्रमणशील प्रवृत्तियां (अर्जेज़) ही व्यक्तित्व की दमनकारी शक्तियों से इस प्रकार पलायन नहीं करतीं, बल्कि कामविषयक प्रवृत्तियां (इरॉटिक अर्जेज़) भी ऐसा ही करती हैं। एक मित्र किसी युवती से परिचित होना चाहता है तो उसके बारे में कहता है, ''मैं व्यक्तिगत रूप से उस तक पहुंचना बहुत पसंद करूंगा।''

गलत जगह पर रखना (मिसप्लेसिंग) भी प्रायः दैनिक जीवन के मनोरोग विज्ञान (साइकोपॅथोलॉजी) का भाग होता है। कोई अपनी छतरी या पुस्तक या टोप को उस समय तो बिल्कुल अनजाने में छोड़ देगा, लेकिन जहां वह इन्हें छोड़ आया था वहां वापिस लौटने का बहाना मिल जाने पर बहुत प्रसन्न होगा। पूर्व की ओर के विश्वविद्यालय में एक अंग्रेजी का प्रोफेसर रिपोर्ट करता है कि एक विशेष समय आया जब उसके व्याख्यान कक्षा में जैसे-तैसे चलते हुए प्रतीत होते थे। उसके मज़ाक बासी लगते थे और विद्यार्थी लगभग बीस मिनट बाद ही अधीर होने लगते थे जबकि पहले वह उनके ध्यान को सम्पूर्ण व्याख्यान की अवधि तक आकृष्ट किए रख सकता था। यह भाव उसे ऐसी स्थिति में ले गया जहां वह छात्रों के समक्ष प्रकट होने में सचमुच लज्जित महसूस करने लगा और, शहर के मुख्य बाजार के बैंक में कुछ काम होने के कारण वह अपने व्याख्यान के नोट्स अपने साथ ब्रीफकेस में ले गया। ग्यारह बजे उन्होंने शहर छोड़ा और विश्वविद्यालय के व्याख्यान हॉल में पहुंचने पर उन्होंने पाया कि उनके पास नोट्स नहीं थे। उन्होंने तत्काल बैंक वापिस जाने के लिए टैक्सी ली, व्याख्यान हॉल वापिस आए, टैक्सी को भाड़ा दिया - और तब यह पता लगा कि उसने अपने नोट्स टैक्सी में छोड़ दिए। उन्होंने क्षमायाचना की और फिर अगले सत्र तक उन्हें कक्षा का सामना नहीं करना पड़ा। प्रत्येक मनोविश्लेषक को यह अनुभव होता है कि उनके रोगी उनके परामर्श कक्ष में अपनी वस्तु छोड़ जाते हैं और उन्हें लेने के लिए वापिस लौटना पड़ता है।

बहुत सी आकस्मिक घटनाएं इन्हीं कारणों से होती हैं। 'संयोग से जानबूझकर' एक प्रचलित वाक्यांश है और यह सूचित करता है कि दैनिक जीवन के मनोरोग विज्ञान से आम व्यक्ति भी परिचित है। कैसे बार-बार युवा गृहणी मात्र सतही तौर पर घबराती है जब वह आण्टी मिन्नी से भोजन के पहले नाश्ते की तश्तरी छीनती है। कितनी बार कोई कहता है, ''बहुत बुरी बात है; मुझे नया सूट लेना पड़ेगा'', जब उसे अपने उस सूट में सिगरेट का छेद दिखाई देता है जिसे अभी फेंक देने का उसका विचार नहीं हैं।

अचेतन आक्रमणशीलता के कारण केवल जायदाद के साथ ही दुर्घटनाएं नहीं होतीं बल्कि व्यक्ति के अपने साथ भी बार-बार दुर्घटनाएं होती हैं। यह मनोविश्लेषकों द्वारा जांच पड़ताल करने के लिए एक नया विषय है, तथा डॉक्टर कार्ल मैनिंजर ने इस पर सबसे अधिक सुव्यवस्थित पुस्तक लिखी है। अपनी पुस्तक *मैन अगेन्स्ट हिमसॅल्फ* (1938) में, मैनिंजर यह सिद्ध कर सके हैं कि आत्महत्या के पीछे प्रायः गहराई में स्थित अचेतन अभिप्रेरणा होती है तथा सम्भावित आत्महत्याओं द्वारा अपने कार्यों के लिए

दिए गए सतही कारण, उस कार्य का (वास्तविक) कारण स्पष्ट करने के लिए किसी भी तरह पर्याप्त नहीं होते। वे बताते हैं कि जब आक्रमणशील प्रवृत्तियां (अर्जेज़) अपने सभी घटकों के साथ अन्दर की ओर निदेशित होती हैं तो इनका परिणाम आत्महत्या होती है; दूसरे शब्दों में, जब मारने की इच्छा स्वयं व्यक्ति पर निदेशित होती है, उसमें मारे जाने की इच्छा प्रबल होती है, तथा मर जाने की इच्छा भी उपस्थित रहती है। इन केसों में आत्महत्या घटित होती है चाहे ये इच्छाएं चेतन रूप से नितान्त महसूस की गई हों या नहीं। यदि आधारिक जीवन वृत्तियों की द्वैधवृत्ति (एम्बीवेलैन्स) नहीं होती तो हम सभी आत्महत्या कर लेते तथा जो तथ्य अधिकांश व्यक्तियों को जीवन की सामान्य अवधि (पूरी होने) तक जीवित रखता है वह यह है कि आधारभूत आक्रमणशीलता (ऍग्रेसिविटी) जो अन्दर की ओर निदेशित हो सकती है वह वस्तुतः कामविषयक वृत्तियों (इरॉटिक अर्जेज़) की कुछ मात्रा के द्वारा निष्प्रभावी हो जाती है। सुस्पष्ट प्रकार की आत्महत्या, जिसमें व्यक्ति सचमुच ही अपने को मार लेता है, और मानसिक स्वास्थ्य के बीच में सभी प्रकार के मध्यस्थ रूप होते हैं। परिणामस्वरूप, मैनिंजर यह सिद्ध कर सके कि तपस्या और आत्मबलिदान, तंत्रिकातापी अशक्तता (न्यूरॉटिक इनवॅलिडिज़्म), शराब का व्यसन, असामाजिक व्यवहार और मनस्तंत्रिकाताप (साइकोसिस) जैसे सभी व्यवहार चिरकालिक आत्महत्या (क्रॉनिक सुसाइड) के रूप हैं; दूसरे शब्दों में वे रूप जिनमें व्यक्ति स्वयं को धीरे-धीरे लम्बे समय में मारता है। ऐसा इसलिए कि व्यक्ति में पर्याप्त कामविषयक शक्ति (इरॉटिक एनर्जी) होती है जो तुरन्त आत्महत्या करने से उसका बचाव करती है। इनमें से कुछ समस्याओं की खण्ड-IV में विवेचना करेंगे।

संदर्भिका

मनोविश्लेषण साहित्य में शैशवीय लैंगिकता के सम्बन्ध में 'सामान्य' व्यवहार के वर्णन प्रचुर मात्रा में हैं। फ्रायड, अब्राहम, फॅरेन्ज़ी तथा जोन्स (संदर्भ अध्याय X) के उत्कृष्ट वर्णनों के अतिरिक्त, फ्लूगल सामान्य पारिवारिक जीवन से मनोविश्लेषण के सम्बन्ध पर बल देते हैं। बाल मनोविज्ञान पर किए गए महत्वपूर्ण कार्य जो इस अध्याय पर लागू होते हैं वे क्लाइन और अन्ना फ्रायड (1928, 37) के हैं। ग्रोडॅक के कार्य भी इस सम्बन्ध में बहुत रुचिकर हैं। अध्याय XX में मुखीय, गुदीय और जननेन्द्रिय चरित्रों से सम्बन्धित विशिष्ट साहित्य का पुनर्वलोकन किया जाएगा।

फ्रायड स्वप्न के क्लासिकी सिद्धान्त को प्रस्तुत करते हैं। इससे पूर्व आरम्भिक खण्ड में स्वप्न के दूसरे सिद्धांतों का पुनर्वलोकन भी किया गया है। स्टेकल (1922) के स्वप्न संबंधी अध्ययन महत्वपूर्ण हैं। *द साइकोलॉजी ऑफ एवरी डे लाइफ* (1914) तथा *विट एण्ड इट्स रिलेशन टू दी अनकॉन्शस* (1916) फ्रायड के 'सामान्य या नॉर्मल' मनोविज्ञान सम्बन्धी दूसरे महत्वपूर्ण कार्य हैं।

संदर्भ

1. संदर्भ, एरिक्सन।
2. चूंकि लेखक में टॉपोग्राफिकल साइकोलॉजी के क्षेत्र में भी लिखा है, उन्हें यह स्पष्ट करना चाहिए कि ये डायग्राम टॉपोलॉजिकल *नहीं* हैं बल्कि मात्र आरेखीय (स्कीमॅटिक) हैं।
3. हम केवल स्वप्नों के मनोविश्लेषण सिद्धांत के स्पष्टीकरण के लिए स्थान रखेंगे। अन्य का संदर्भ इस अध्याय के संदर्भिका नोट में निहित है।
4. सिगमण्ड फ्रायड से, *द बेसिक राइटिंग्स ऑफ सिगमण्ड फ्रायड* से *द इन्टरप्रिटेशन ऑफ ड्रीम्स* से, द मॉडर्न लाइब्रेरी, न्यूयॉर्क, 1938, पृष्ठ 371-375

अध्याय-12

मनोविश्लेषणवाद : सारांश, समीक्षा

1. मनोविश्लेषण सिद्धांत का सारांश

आखिर के तीन अध्यायों में हमने मनोविश्लेषण सिद्धांत के व्यवस्थित पहलुओं का विकास किया है। इस अध्याय के अगले भाग में हमें इसके बारे में कुछ आलोचनात्मक या विवेचनात्मक बातें कहनी होंगी। सिद्धांत को जिस ढंग से अभिव्यक्त किया गया है उस बारे में बहुत कुछ कहा जा सकता है और वह न्यायसंगत भी होगा; यहां तक कि इस सिद्धांत की कुछ विषय-वस्तु में भी निस्संदेह संशोधन करने की आवश्यकता है। लेकिन यह तथ्य फिर भी बना रहता है कि फ्रायड और उनके मुख्य अनुगामियों के कार्य के माध्यम से ही हमारे पास मनोविज्ञान का एक ऐसा एकमात्र सुव्यवस्थित सिद्धांत है जो समस्त मानव व्यवहार के सामान्य और विसामान्य (डैविएट) दोनों रूपों का वर्णन प्रस्तुत करता है। विद्वतापूर्ण मनोवैज्ञानिकों ने कुल मिलाकर ऐसी समस्याओं पर विचार किया है जो निस्संदेह मनोवैज्ञानिक समस्याएं तो हैं, लेकिन फिर भी प्राणी (ऑर्गेनिज़्म) के एकीकृत व्यवहार की समस्याओं का केवल अंश मात्र ही हैं। प्रत्यक्षज्ञान (परसेप्शन) पर किया गया कार्य शरीर विज्ञान तथा शरीर तंत्रिका विज्ञान (फ़िज़ियोलॉजी और न्यूरोफिजियोलॉजी) दोनों के लिए कितना भी महत्वपूर्ण क्यों न रहा हो, अधिगम पर किया गया कार्य शिक्षा शास्त्र या अध्ययन (पॅडागॉगी) तथा सैद्धांतिक जीवविज्ञान (थ्योरिटिकल बायोलॉजी), दोनों के लिए कितना भी महत्वपूर्ण क्यों न रहा हो, यह सत्य है कि विद्वान मनोवैज्ञानिकों द्वारा जिन क्षेत्रों में विस्तार से खोजबीन की गई है उनका संबंध व्यक्तित्व की संरचना और उत्पत्ति की गहन समस्या से कम है। यह सत्य है कि हाल ही में कुछ प्रयोगात्मक मनोवैज्ञानिकों ने, जिनमें लैविन और उनके सहकर्मियों के नाम सबसे अधिक उल्लेखनीय हैं, इस क्षेत्र से अपना संबंध रखना आरंभ किया है और उनके कार्य के बारे में इस पुस्तक के अंतिम अध्याय में, अन्य विद्वान मनोवैज्ञानिकों के उस कार्य के साथ मिलकर जिसका मनोविकृति विज्ञान (साइकोपैथोलॉजी) के लिए निहितार्थ है, विचार-विमर्श करेंगे।

मनोविश्लेषणवाद अवलोकन की एक विधि, मनोचिकित्सा की एक विधि तथा मनोविज्ञान का एक संप्रदाय है (साइकोएनालिसिस एज़ ए मैथड ऑफ ऑब्जर्वेशन, ए साइकोथरापी, एण्ड ए सिस्टम ऑफ साइकोलॉजी)। अभी तक हमने इसके केवल व्यवस्था संबंधी पहलुओं (सिस्टॅमैटिक आस्पॅक्ट्स) को ही विस्तार से प्रस्तुत किया है। इस व्यवस्था (सिस्टम) को कई भागों में विभाजित किया जा सकता है और इनके पुनर्वलोकन के लिए हम इससे अच्छा और कुछ नहीं कर सकते कि हम इन भागों को अलग-अलग लें और यह दिखाएं कि ये आपस में कैसे संबंधित हैं। आधारिक वृत्तियों का सिद्धांत (*थ्योरी ऑफ बेसिक अर्जेज़*) फ्रायड के सिद्धांत का वह हिस्सा है जो समस्त मानव व्यवहार के मूल में निहित गतिकी (डायनॅमिक्स) पर विचार करता है। सर्जनात्मक प्रकार की आधारिक वृत्तियां (कामविषयक अंतःप्रेरणाएं, कोमल अंतःप्रेरणाएं, निर्माण करने की अंतःप्रेरणाएं-इरॉटिक इम्पल्सेज़, टॅन्डर एम्पल्सेज़, बिल्डिंग-अप इम्पल्सेज़) तथा विनाशक प्रकार की आधारिक वृत्तियां (आक्रमणशील अंतःप्रेरणाएं, विद्वेषी अंतःप्रेरणाएं, ढा देने की अंतःप्रेरणाएं-एग्रेसिव, होस्टाइल, टीयरिंग डाउन इम्पल्सेज़) को जैविक रूप से निर्धारित और जन्मजात समझा जाना है। ये जन्म के समय से ही मनुष्य में उपस्थित होती हैं और कदाचित् कभी भी एक-दूसरे से स्पष्टतया पृथक् नहीं होती हैं। जब तक व्यक्ति में आक्रमणशील शक्ति (एग्रेसिव फोर्स) को पर्याप्त मात्रा में निष्प्रभाव करने के लिए पर्याप्त यथेष्ट सर्जनात्मक शक्ति होती है तब तक व्यक्ति अपनी जीवन परिस्थिति के साथ कमोबेश सुसमायोजित बना रहता है। जब आक्रमणशील वृत्तियां (अर्जेज़) कामविषयक वृत्तियों से अधिक प्रभावशाली हो जाती हैं तो इसके परिणामस्वरूप रोग और कुसमायोजन होता है। ऐसा कैसे होता है यह *द्वंद्व* के सिद्धांत (थ्योरी ऑफ कंफ्लिक्ट) में बताया गया है। द्वंद्व के सिद्धांत के अनुसार, जन्म से मृत्यु तक इन आधारभूत वृत्तियों (बेसिक अर्जेज़) को आंशिक रूप से प्रकृति की वास्तविक भौतिक शक्तियों द्वारा, लेकिन इससे भी प्रबल रूप में सामाजिक संरचना के द्वारा आरोपित रुकावट (ब्लॉकेड) और नैराश्य (फ्रस्ट्रेशन) का सामना करना पड़ेगा। समाज का संरक्षण करने के लिए व्यक्ति को अपनी कामविषयक और आक्रमणशील दोनों प्रकार की वृत्तियों (अर्जिज़) पर प्रतिबंध लगाना सीखना चाहिए। तार्किक ढंग से, यह चीज व्यक्तित्व की संरचना में परिवर्तन करती है और दूसरी ओर प्राणी जिस तरीके से नैराश्य का सामना करता है उससे व्यक्तित्व की संरचना में हुए परिवर्तन भी प्रभावित होते हैं। यदि आधारभूत वृत्तियां (बेसिक अर्जेज़) मानव व्यवहार के लिए आवश्यक शक्ति की *स्रोत* हैं, तो इस व्यवहार का स्वरूप द्वंद्व के द्वारा निरंतर परिवर्तित होता रहता है। एक द्वंद्व परिस्थिति में क्या होता है अर्थात् वे कौन से संभावित तरीके हैं जिनके द्वारा द्वंद्व का निराकरण होता है इस बारे में फ्रायड के कुछ निश्चित विचार हैं। व्यक्ति के जीवन इतिहास के संबंध में निराकरण या समाधान के लिए किए जाने वाले व्यवहार का महत्व होता है तथा जब हम व्यक्ति को एक मनोजैविक इकाई (साइकोबायोलॉजिकल यूनिट) के रूप में देखेंगे तो द्वंद्व के समाधान की विधि मितव्ययी होगी।

मनोविश्लेषण सिद्धांत का तीसरा महत्वपूर्ण भाग *सामान्य वयस्क व्यक्तित्व की संरचना* से संबंधित है। यह मानता है कि सामान्य वयस्क व्यक्ति वह प्रस्तुत करता है जिसे फ्रायड ने गत्यात्मक (डायनैमिक) समस्याएं, सामयिक (टॉपिकल) समस्याएं और अर्थशास्त्रीय (इकोनॉमिक) समस्याएं कहा है। सामान्य वयस्क जीवन, व्यक्तित्व के गत्यात्मक पहलुओं : अहम् (ईगो), पराहम (सुपरईगो) तथा कामतत्व (इड) के द्वारा आधारभूत गत्यात्मक वृत्तियों (बेसिक डायनैमिक अर्जेज़) पर नियंत्रण करने से बनता है। स्वः (सैल्फ) के विविध स्थलाकृति संबंधी (टॉपोग्राफ़िकल) हिस्सों : अचेतन, अग्रचेतन और चेतन के बीच होने वाले द्वंद्वों का हल निकालने से ये गत्यात्मक शक्तियां (डायनैमिक फोर्सेज़) अंतिम मितव्ययी पुनर्सन्तुलन (इकोनॉमिकल रीइकुइलिब्रियम) प्राप्त करती हैं। फ्रायड के सिद्धांत का अगला महत्वपूर्ण उपविभाजन *मनोलैंगिक उत्पत्ति* का सिद्धांत है। इसका संबंध घटनाओं के सामान्य या साधारण क्रम से है जिसके माध्यम से एक शिशु के अभिन्न अपरिष्कृत जीवन (अनडिफरैन्शिएटिड प्रिमिटिव ऑर्गेनिज़्म) से सामान्य वयस्क प्रकट होता है। यह असामान्य व्यक्तित्व के विशेषकों (ट्रेट्स) के संभावित विकास से भी संबंधित है। सामान्य रूप से, विकास की यह प्रक्रिया द्वंद्वात्मक (डायलैक्टिकल) है जिसमें व्यवहार के किसी स्वरूप का नैराश्य व्यक्तित्व के विकास और पृथक्कीकरण (डिफरैनूसियेशन) की ओर ले जाता है जिससे कि उसके बाद आने वाले नैराश्य उच्चतर स्तर पर होते हैं। अतः वीनिंग में निष्क्रिय मुखीय व्यवहार के नैराश्य आक्रमणशील मुखीय व्यवहार के विकास की ओर ले जाते हैं। गुदीय लैंगिकता का नैराश्य लैंगिक जननिकता की ओर ले जाता है, लैंगिक जननिकता का नैराश्य काम प्रसुप्ति काल की ओर ले जाता है, जिस पर यौवनारंभ (प्यूबर्टी) में लैंगिकता का पुनर्जागरण होने से विजय प्राप्त की जाती है। मनोलैंगिक उत्पत्ति ग्रंथ का सिद्धांत एक ओर सीधे-सीधे व्यवहार के सामान्य तरीकों और व्यक्तित्व के विशेषकों (ट्रेट्स) की समझ और दूसरी ओर मनोविश्लेषणात्मक मनोचिकित्सा के सिद्धांत की ओर ले जाता है। अभी तक हम सामान्य व्यक्तित्व और दैनिक जीवन की मनोविकृतियों (साइकोपैथोलॉजीज़) और स्वप्नों से ही संबंधित रहे। खण्ड 4 में मनोविश्लेषणात्मक मनश्चिकित्सा (साइकोएनालिटिक साइकिएट्री) के सिद्धांत प्रस्तुत किए जाएंगे।

सामान्यतया (व्यक्ति की) संरचना अच्छी हो और/या वातावरण की परिस्थितियां अत्यधिक प्रतिकूल न हों तो, मनोलैंगिक उत्पत्ति का परिणाम एक सामान्य वयस्क व्यक्तित्व और एक साधारण रूप से प्रसन्न व्यक्ति का विकास होता है जो मनुष्य की आयु की सामान्य अवधि जीता है। यदि (व्यक्ति की) संरचना अधिक पक्षीय न हो और/अथवा वातावरण भी अधिक विपक्षीय हो तो व्यक्ति एक मानसिक रोगी, एक लैंगिक विकारग्रस्त, एक विकृत चरित्र अथवा एक प्रतिभाशाली के रूप में विकसित हो सकता है। इस प्रकार, मनोविश्लेषणवाद एक ऐसा सिद्धांत प्रस्तुत करता है जो लगभग सभी प्रकार की सक्रिय और अत्यावश्यक मनोवैज्ञानिक समस्याओं पर विचार करता है।

केवल जब हम व्यवहार के इन सभी रूपों के बारे में प्रचलित सिद्धांतों और पुराने वैज्ञानिक मनोचिकित्सकीय सिद्धांतों के बारे में भी सोचते हैं तभी हम यह अनुभव कर पाते हैं कि मनोविश्लेषण सिद्धांत ने कितनी महत्वपूर्ण प्रगति की है। तालिका नं0-5 में हम साधारण व्यक्ति के दृष्टिकोण और मनोचिकित्सा की पुरानी किस्मों द्वारा व्यवहार के विविध रूपों की प्रदत्त व्याख्याएं और स्पष्टीकरण संक्षेप में देते हैं।

तालिका-5 : विविध मनोवैज्ञानिक दृष्टिकोणों से व्यवहार की श्रेणियों की व्याख्या कैसे की जाती है यह प्रदर्शित करते हुए

	मनोविकृति (साइकोसिस)	**तंत्रिकारोग (न्यूरोसिस)**	**विकृतियां (पर्वर्जन)**	**विकृत चरित्र (डिस्ऑॅर्डर्ड कैरेक्टर)**	**प्रतिभाशाली (जीनियस)**
ईश्वरपरक और अप्रबुद्ध साधारण दृष्टिकोण	पाप के लिए ईश्वर द्वारा दण्ड	स्नायविक उत्तेजना (नर्वसनैस)	पापी	पापी तथा क्षुद्र (कमीना)	ईश्वर द्वारा उत्प्रेरित
साधारण, अविशेषज्ञ दृष्टिकोण या विचारधारा	निकृष्ट वंशानुक्रम और गंभीर संवेगात्मक दबाव का परिणाम	उत्तेजना या अधीरता (नर्वसनैस)	पापी	पापी तथा क्षुद्र (कमीना)	काव्यात्मक उत्प्रेरणा
रूढ़िवादी मनोचिकित्सकीय दृष्टिकोण	स्वाभाविक हीनता प्लस व्यवहारपरक श्रान्ति (दबाव)	स्वभावगत-हीनता तथा स्नायविक श्रान्ति (दबाव)	वंशानुक्रम या निकृष्ट अनुकूलन (कंडीशनिंग) या कोई समस्या नहीं	वंशानुक्रम या निकृष्ट अनुकूलन या कोई समस्या नहीं	कोई समस्या नहीं
मनोविश्लेषण वादी दृष्टिकोण	इन सभी की व्याख्या उन विविध तरीकों के रूप में की गई है जिनके द्वारा आंतरिक द्वंद्व का मितव्ययी निराकरण व्यक्तित्व के पुनर्गठन या पुनर्संरचना के माध्यम से किया जाता है। संदर्भ तालिका 3 तथा खण्ड 4 में दी गई तालिकाएं				

इस तालिका के द्वारा हम देखते हैं कि व्यक्तित्व की संरचना के बारे में रहस्यवादी (मिस्टिकल), पूर्ववैज्ञानिक विचारधाराएं कैसे फ्रायड के एकीकृत सुव्यवस्थित प्रस्तुतीकरण में परिवर्तित हुई हैं। जिन सुनिश्चित प्रक्रियाओं (मैकेनिज़्म्स) के द्वारा मानसिक असमान्यताओं के ये विविध प्रकार विकसित होते हैं वे केवल आगामी अध्यायों में ही

दी जा सकती हैं। यद्यपि फ्रायड की रचनाओं के द्वारा सामान्य और असामान्य व्यवहार के पूर्णतया एकीकृत और सुव्यवस्थित सिद्धांत की रूपरेखा निर्धारित की गई है फिर भी बहुत से विवरणों का स्पष्टीकरण करने की आवश्यकता है।

2. मनोविश्लेषणवाद की समीक्षा

मनोविश्लेषणवाद की आलोचना सबसे अधिक विविध आधारों पर की गई है। इसमें से अधिकांश आलोचना नैतिक रूप से प्रभावित व्यक्तियों ने की जिन्होंने फ्रायड के काम (सेक्स) के अर्थ के बारे में कुछ भी समझे बिना मनोविश्लेषणवाद को 'अनैतिक' (इम्मॉरल), 'पापी' (विकिड), 'शरारती' (नॅस्टी) प्रदर्शित करने का प्रयास किया। हमारे पूर्वोल्लिखित प्रस्तुतीकरण से यह पर्याप्त स्पष्ट होना चाहिए कि सिद्धांत में ऐसा कुछ भी नहीं है। परिणामस्वरूप, इस प्रकार की आलोचना पर हम विचार नहीं करेंगे।

एक अन्य प्रकार की आलोचना, जिसके बारे में हम विस्तार से विचार नहीं करेंगे, वह मनोविश्लेषण में जैविक कारकों की भूमिका के बारे में आधारभूत भ्रम के कारण की जाती है। यह दावा किया जाता है कि मनोविश्लेषणवाद में भौतिक (फ़िजीकल) वंशानुक्रमपरक (हैरिडिटरी) तथा संरचना संबंधी (कॉन्स्टीट्यूशनल) घटकों का कोई स्थान नहीं है। इस प्रकार का भ्रम केवल उन व्यक्तियों के मानस में हो सकता है जिन्होंने फ्रायड को कभी पढ़ा नहीं है। यह सिद्धांत वस्तुतः *मनोजैविक* या *साइकोबायोलॉजिकल* है तथा अपने सभी उद्यमों में फ्रायड इस बात पर बल देते हैं। अन्य आलोचकों ने फ्रायड पर इसलिए नियंत्रण (सेंसर) लगाया है क्योंकि उन्होंने व्यक्तित्व निर्धारण (पर्सनैलिटी डिटरमिनेशन) के अपने सिद्धांत में समाजशास्त्रीय या सांस्कृतिक घटकों की किसी भी भूमिका को स्थान नहीं दिया है। चूंकि पराहम् (सुपरईगो) लगभग पूर्णतया समाजशास्त्रीय आधार पर निर्धारित होती है, अतः इस प्रकार की आलोचना को भी गंभीरतापूर्वक नहीं लिया जा सकता। इस प्रकार यह सिद्धांत वस्तुतः *मनो-जैविक-समाजशास्त्रीय* (*सोशियो-साइको-बायोलॉजिकल*) सिद्धांत है। इन प्रचलित भ्रांतियों के अतिरिक्त, विद्वान मनोवैज्ञानिकों और रूढ़िवादी मनोचिकित्सकों के द्वारा की गई बहुत सी आलोचनाएं सिद्धांत की कुछ आधारिक अभिधारणाओं (बेसिक पॉस्चुलेट्स) के अधूरे अथवा विकृत ज्ञान पर आधारित हैं। सभी स्वस्थ सिद्धांतों की भांति पिछले पचास वर्षों में मनोविश्लेषणवाद में भी निरंतर परिवर्तन और संशोधन हुए हैं। यह स्पष्ट होना चाहिए कि इस सिद्धांत के कुछ पहलू अन्य पहलुओं की अपेक्षा अधिक पूर्ण हैं, कि इसमें बहुत से झोल बचे हुए हैं, कि बहुत सी समस्याओं को केवल आंशिक रूप से समझा गया है। फ्रायड के सिद्धांत के बारे में हमें कहना पड़ेगा कि इस सिद्धांत के पास सभी प्रश्नों के उत्तर नहीं होते हुए भी यह सभी प्रश्नों को प्रस्तुत करता है। वैज्ञानिक ढंग से प्रश्नों को प्रस्तुत करना उस विशाल प्रगति का वर्णन करता है जो उन्नीसवीं शताब्दी के मनोविज्ञान और

मनोचिकित्सा की तुलना में, इस सिद्धांत ने की।

हम विश्वास करते हैं फ्रायड की क्रियाविधियां समकालीन समाज में कार्य करती हैं और बहुत कुछ उसी तरीके से कार्य करती हैं जैसा कि फ्रायड दावा करते थे। मनोविश्लेषणवाद की अच्छी सैद्धांतिक पृष्ठभूमि प्राप्त करने के बाद कोई भी व्यक्ति जिसे पागलपन (साइकोटिक) और मनस्तंत्रिकारोग (साइकोन्यूरॉसिस) के रोगियों के साथ कोई भी विस्तारित अनुभव रहा है, कोई भी जिसने समलैंगिक व्यक्तियों (होमोसेक्चुअल्स) के साथ वस्तुतः बातचीत की है, कोई भी जो अपराधियों और दूसरे प्रकार की चरित्र विकृतियों से ग्रस्त व्यक्तियों से परिचित रहा है, वह फ्रायड के सिद्धांत की विषयवस्तु की आधारभूत सत्यता का कायल होगा। कुछ पहलू अन्य की अपेक्षा अधिक आसानी से समझ में आते हैं और सही माने जाते हैं। कदाचित् एक साधारण व्यक्ति के लिए गुदकाल (एनल पीरियड) के मनोविज्ञान को समझना सबसे कठिन है। एक सामान्य, स्वस्थ्य व्यक्ति, इस बारे में पहली बार सुनकर, यह कह सकता है, 'यह अनर्गल सामग्री और मूर्खता है'। साधारण व्यक्ति क्यों इसे अनर्गल सामग्री मानते हैं इस ओर मनोविश्लेषकों ने निस्संदेह, संकेत किया है। साधारण व्यक्ति प्रारंभिक शैशवावस्था में गुद-लैंगिकता। (एनल सेक्सुअलिटी) में अपनी रुचि का दमन कर देता है। लेकिन ऐसा कोई भी व्यक्ति जो बाध्यता तंत्रिका रोग (कम्पलशन न्यूरॉसिस) से पीड़ित अथवा एक संभ्रांतिग्रस्त (पैरानॉइक) या समलिंगी (होमोसेक्चुअल) के घनिष्ठ संपर्क में रहा है वह संबंधित व्यक्ति के व्यवहार में फ्रायड के सिद्धांत के अति सूक्ष्म विवरणों को बार-बार सत्यापित होता देखने में असफल नहीं हो सकता। फ्रायड ने जिन क्रियाविधियों (मैकेनिज़्म्स) को उद्घाटित किया है वे निस्संदेह केवल मानसिक रोगी में ही नहीं अपितु हम सभी में घटित होती हैं।

अब यदि हम सामान्यतया इस बात से सहमत हैं कि फ्रायड के सिद्धांत में जिन तथ्यों को उत्तरदायी ठहराया गया है वे उपयुक्त हैं तो अब हमें फ्रायड के सिद्धांत के अधिक औपचारिक पहलुओं और उसके मूल में निहित आधारभूत आधारतत्वों (पॉस्चुलेट्स) पर ध्यान देना चाहिए। बहुत से आधुनिक वैज्ञानिक फ्रायड के द्वारा उद्घाटित और प्रस्तुत तथ्यों और उनके अंतर्संबंधों को तो स्वीकार करते हैं लेकिन एक प्रणाली विज्ञान (मैथोलॉजिस्ट) के रूप में फ्रायड की बहुत आलोचना करते हैं। संपूर्ण फ्रायडवादी सिद्धांत आधारभूत वृत्तियों (बेसिक अर्जेज़) के सिद्धांत पर आधारित है तथा ये वृत्तियां (अर्जेज़) उन्नीसवीं शताब्दी के जीवविज्ञानियों की मूलप्रवृत्तियों (इंस्टिंक्ट्स) के लगभग समानार्थी हैं। फ्रायड स्वयं आयुर्विज्ञान व चिकित्सा से संबंधित व्यक्ति थे और उन्होंने स्वाभाविक रूप से उन्नीसवीं शताब्दी में प्रचलित दृष्टिकोण को स्वीकार किया कि जैविक आधार पर (बायलॉजिकली) प्रतिक्रिया करने की जन्मजात प्रवृत्तियां या मूलप्रवृत्तियां होती हैं। प्रतिक्रिया करने की जैविकी द्वारा स्थापित जन्मजात प्रवृत्तियां या मूलप्रवृत्तियां पाई जाती थीं। निस्संदेह वे सामान्यतः स्वीकृत मूलप्रवृत्ति सिद्धांत से बहुत आगे बढ़े। फ्रायड के प्रारंभिक लेखों के समय प्रत्येक व्यक्ति ने आत्म–और

प्रजाति–संरक्षण की मूलप्रवृत्तियों के अस्तित्व को बिना कोई प्रश्न किए स्वीकार कर लिया था। कदाचित् अन्य किसी भी आधुनिक वैज्ञानिक के लेखों की तुलना में, फ्रायड के अपने लेखों ने हमें उन्नीसवीं शताब्दी के मानव मूलप्रवृत्तियों के सिद्धांत के बारे में संदेह करने के कारण प्रदान किए। फ्रायड ने प्रारंभ में ही यह बताया कि कामवृत्ति (लिबिडो) के विषमलिंगी स्थिरणों (हॅट्रोसेक्सुअल फिक्सेशन्स) की ओर ले जाने वाले संघटकों के अतिरिक्त हम सभी में ऐसे कामवृत्यात्मक संघटक (लिबिडिनल कॉम्पोनॅन्ट्स) होते हैं जो समलैंगिकता की ओर उन्मुख होते हैं। स्पष्ट समलैंगिकता के उदाहरणों में ऐसे व्यक्ति आते हैं जिनका लैंगिक व्यवहार प्रजाति के संरक्षण की मूल प्रवृत्ति (इंसटिंक्ट फॉर रेस प्रिज़र्वेशन) की धारणा को पूर्ण रूप से अमान्य ठहरा देता है। परिणामस्वरूप, उन्नीसवीं शताब्दी के जैविकी सिद्धांत के इस पहलू के संबंध में, फ्रायड के सिद्धांत का अनुसरण करते हुए हम कह सकते हैं कि व्यक्ति मूलप्रवृत्यात्मक रूप से प्रजाति-संरक्षक या मूलप्रवृत्यात्मक रूप से प्रजाति-विनाशक होते हैं। फ्रायड के समय से पूर्व जीवविज्ञानी, जहां तक कि वह समलैंगिक व्यवहार से किसी भी तरह संबंधित था, इसे नैतिक दृष्टि से निन्दनीय विकृति और एक ऐसी असामान्यता समझने की ओर प्रवृत्त था जो विकास के सामान्य नियमों से बहुत परे थी। परिणामस्वरूप, फ्रायड ने जब इस बात पर बल दिया कि लैंगिक व्यवहार के असामान्य (पथभ्रष्ट) रूप उन्हीं आधारभूत सिद्धांतों के अंतर्गत आते हैं जिनके अंतर्गत सामान्य रूप आते हैं तो यह एक महान प्रणाली संबंधी प्रगति थी। ऐसा करके वह स्वयं जैविक-मूलप्रवृत्ति सिद्धांत की कब्र खोदना आरंभ कर रहे थे। फ्रायड और उनके अनुगामियों ने आत्म-संरक्षण की मूलप्रवृत्ति के साथ-साथ व्यवहार के उन आत्म-विनाशक और आक्रमणशील पहलुओं को प्रारंभ में ही खोज लिया था जिन्हें हममें से सबसे अधिक सामान्य व्यक्ति भी किसी न किसी समय प्रदर्शित करते हैं। परिणामतः, हम पुनः केवल यह कह सकते हैं कि व्यक्ति या तो आत्म-संरक्षक होता है या आत्म-विध्वंसक। यह तथ्य व्यापक रूप से स्वीकृत है कि मानव व्यवहार का कोई भी ऐसा विशेषक नहीं है जो पूर्णतया जैविकी या वंशानुक्रम से अनुकूलित हो तथा इस तथ्य ने मूलप्रवृत्ति को एक व्याख्यात्मक तंत्र के रूप में पूरी तरह से छोड़ देने के लिए अधिकांश आधुनिक जीवविज्ञानियों को प्रेरित किया है। अभी भी हम मूलप्रवृत्ति या 'इंसटिंक्ट' शब्द का प्रयोग ऐसे विशेष व्यवहार संबंधी नमूनों की व्याख्या करने के लिए करते हैं जो प्राथमिक रूप से जैविकी द्वारा अनुकूलित, जन्मजात तथा उद्देश्यपरक या प्रयोजनमूलक होते हैं। लेकिन ऐसा हम इस अनुभूति के साथ करते हैं कि जो भी व्यवहार वस्तुतः घटित होता है वह एक ऐसे वातावरण में जैविक प्राणी का कार्य-व्यापार है जिसकी सामाजिक, मनोवैज्ञानिक तथा राजनीतिक विशेषताओं को भी महत्व देना चाहिए।

फ्रायड या उनके अधिकतर अनुगामियों द्वारा आधारभूत वृत्तियों के मनोविश्लेषणवादी सिद्धांत के बारे में कभी भी इसके संपूर्ण तार्किक परिणामों तक मनन नहीं किया गया। यदि हमें यह कहना है कि व्यवहार या तो आत्म-सुरक्षात्मक है या आत्म-विध्वंसक

अथवा प्रजाति-संरक्षणात्मक है या प्रजाति-विध्वंसक तो हम यह भी कह सकते हैं कि ऐसी कोई भी आधारभूत मूलप्रवृत्तियां नहीं हैं जो विद्यमान वातावरण से पर्याप्त स्वतंत्र होकर निश्चित व्यवहारों की ओर ले जाती हैं। फ्रायड ने अपने समय के सर्वोत्तम जैविकी सिद्धांत को स्वीकार करते हुए, इसी के आधार पर निर्माण करना जारी रखा और एक सम्यक प्रणाली विधान संबंधी पुनर्विचार किए बिना ही इसे संशोधित और परिवर्तित किया। जब हम ऐसा करते हैं तो हम पाते हैं कि आधारिक वृत्तियों का सिद्धांत भी संशोधित या परिवर्तित करना पड़ेगा। आज अधिकांश विद्वान मनोवैज्ञानिक और यहां तक कि बहुत से मनोविश्लेषक भी कामवृत्यात्मक (इरॉटिक) और आक्रमणशील व्यवहार के तथ्यों को स्वीकार तो करते हैं लेकिन इन व्यवहारों को समग्र सामाजिक-मनो-जैविक क्षेत्र पर आरोपित करने की ओर प्रवृत्त रहते हैं। यह शैक्षिक रुचि से अधिक महत्व का विषय है तथा मनोचिकित्सा, समाजशास्त्रीय सिद्धांत तथा सामाजिक दर्शन के लिए सुनिश्चित निहितार्थ है। केवल एक उदाहरण लेने के लिए : यदि विनाश की मूलवृत्ति इस अर्थ में सही है कि आक्रमणशीलता के घटकों में से एक घटक मारने की इच्छा है तो व्यक्ति और समाज दोनों में इस मूलप्रवृत्ति को नियंत्रित करना लगभग असंभव हो जाएगा। कुछ मनोविश्लेषकों ने अपने तर्कों को मूलप्रवृत्ति सिद्धांत पर आधारित करके यह तर्क दिया है। दावा किया है कि युद्ध अपरिहार्य और समाजवाद असंभव है। दूसरी ओर यदि मारने की इच्छा, जिसे हमें एक यथार्थ मनोवैज्ञानिक तथ्य के रूप में ईमानदारी से स्वीकार करना चाहिए, सर्जनात्मक अंतःप्रेरणाओं (इम्पल्सिज़) के नैराश्य के माध्यम से सामाजिक क्षेत्र में विकसित होती हैं, तब इसके विपरीत शैक्षिक और सामाजिक व्यवस्था में परिवर्तन, आक्रमणशीलता को समाज द्वारा अधिक स्वीकृत रूपों में मोड़ सकता है। वस्तुतः, मनोविश्लेषण की आशा में यह अंतर्निहित है कि व्यक्तिगत चिकित्सा के माध्यम से यह किया जा सकता है। असल में, आधारभूत वृत्तियों के सिद्धांत की प्रणाली संबंधी कमियों को लांघा जा सकता है तथा इसका भी कोई कारण नहीं है कि क्यों व्यवहार के बारे में मूलप्रवृत्तियों की अवधारणा से आच्छादित क्षेत्र सिद्धांती व्याख्या की स्वीकृति किसी भी तरीके से व्यवहार के उन अंतर्संबंधों की सत्यता को अमान्य कर देती है जिन्हें मनोविश्लेषकों ने माना है।

प्रणाली विज्ञान की दृष्टि से, सामान्य वयस्क व्यक्तित्व की संरचना में दो तरफा त्रिपक्षीय विभाजन के सिद्धांत को स्वीकार करना भी कठिन है। जननिक (जॅनेटिक) मनोविज्ञान के हाल ही में किए गए सभी अध्ययनों से यह बहुत स्पष्ट है कि विकास की प्रक्रिया में, अधिक अपरिष्कृत इकाइयों (प्रिमिटिव यूनिट्स) में से बनी अधिक जटिल समष्टियों (कॉम्पलॅक्स होल्ज़) के विशिष्टीकरण (डिफरॅन्सिएशन) निहित रहते हैं। चेतन के संप्रत्यय के विपरीत अचेतन की संकल्पना, अनिवार्यतः उसका परिणाम है जो हम मनोरोग विज्ञान के बारे में ही नहीं बल्कि सामान्य मनोविज्ञान के बारे में भी जानते हैं। लेकिन चेतन (कांशस), अग्रचेतन (फोरकांशस) और अचेतन (अनकांशस)

के सुनिश्चित रूप से परिबद्ध स्थलाकृतिक क्षेत्रों (टॉपोग्राफिकल रीजन्स) के रूप में एक अतिनियमनिष्ठ विभाजन को, यथार्थ के साथ केवल एक अपरिष्कृत प्रथम निकटता के रूप में देखा जा सकता है। यद्यपि यह एक निश्चित सत्य है कि तात्कालिक संवेदिक प्रत्यक्ष (सैन्सरी पर्सप्शन) की संरचना और गहराई में दमित संवेगात्मक अनुभवों की संरचना के मध्य एक आधारिक अंतर है, कदाचित् यथार्थ में यह बहुत निश्चित नहीं है कि वस्तुतः चेतना के तीन सुनिश्चित क्षेत्र हैं और केवल तीन का ही विभेदीकरण करना है। अतः हम देखते हैं कि जबकि चेतना के स्तर का ध्यान रखते हुए मनोविकृति संबंधी तथ्यों का स्पष्टीकरण करने के लिए किसी प्रकार की सैद्धांतिक निर्मितियों (कंसट्रक्शंस) की आवश्यकता है तो फ्रायड द्वारा दी गई निर्मितियां मात्र अपरिष्कृत प्रारंभिक निकटताएं (एप्रॉक्सीमेशन्स) ही (लगती) हैं। अहम् (ईगो), पराहम् (सुपरईगो) और कामतत्व (इड) की संकल्पनाओं के साथ भी ऐसा ही है। हम पहले ही बता चुके हैं कि तीन भागों में मानस (साइकी) के विभाजन को उन मनोवैज्ञानिक तथ्यों ने अनिवार्य बना दिया जो प्लेटो और अरस्तु के द्वारा स्थूल रूप से ही सही लेकिन कम से कम ज्ञात कर लिए गए थे। निश्चय ही मन (माइण्ड) की गहराई में स्थित गत्यात्मक बलों (कामतत्व या इड), प्रत्यक्ष यथार्थ से संबंधित गत्यात्मक शक्तियों (अहम् या ईगो), और सामाजिक दायित्व से संबंधित गत्यात्मक शक्तियों के बीच कुछ प्रभेदीकरण करना आवश्यक है। मनोविश्लेषणवाद प्रायः ईगो, सुपरईगो और इड की बात उस ढंग से करता है जिस ढंग से मध्यकालीन दार्शनिक ईसाई आत्मा (क्रिश्चियन सोल) की बात करत थे। ईगो एक स्वार्थी होमनक्यूलस की समस्त विशेषताओं को लेती है जो पीछे से उन कार्यों की डोरियां खींचता है जिसे मनोविश्लेषणवादी अहम् के कार्य व्यापार (ईगो फंकशन्स) कहते हैं इसी प्रकार सुपरईगो को कमोबेश पराहम् के कार्यव्यापारों (सुपर ईगो फंक्शसंस) को नियंत्रित करने वाला चेतन, सदाचारी होमनक्यूलस समझा जाता है तथा इड अचेतन, अश्लील, क्षुद्र होमनक्यूलस है जो कामतत्व के कार्यव्यापारों (इड फंक्शंस) को नियंत्रित करता है । किसी अन्य आधुनिक मनोवैज्ञानिक की तुलना में कदाचित् फ्रायड ने ईसाई धर्म विज्ञानियों (थियोलॉजियन्स) के जड़ात्मवादी पूर्ववैज्ञानिक मनोविज्ञान पर अधिक संदेह प्रकट किया है। लेकिन जिस प्रकार फ्रायड ने उन्नीसवीं शताब्दी के जीव विज्ञानियों के मूलप्रवृत्ति के सिद्धांत को अमान्य करने के लिए तैयारी करने का काम किया और फिर इसे पूर्णतया समाप्त करने में असफल रहे, उसी प्रकार पिशाच विद्या (डैमनोलॉजी) की विशेषताओं से स्वयं को पूर्णतया मुक्त किए बिना उन्होंने व्यक्तित्व के गतिकी सिद्धांत (पर्सनैलिटी डायनैमिक्स) के क्षेत्र सिद्धांती मनोविज्ञान (फील्ड थ्योरिटिकल साइकोलॉजी) के लिए भी मार्ग तैयार किया। अब कदाचित् उन मनोवैज्ञानिक अंतर्संबंधों को अभिव्यक्त करना संभव है जिन्हें फ्रायड ने क्षेत्र सिद्धांती अन्वयों (फील्ड थ्योरिटिकल कन्सट्क्ट्स) के आधार पर ईगो, सुपरईगो और इड के द्वारा सैद्धांतिक रूप से दिखाया था। इस समस्या पर हम खण्ड V में प्रयोगात्मक मनोरोग विज्ञान पर अपनी विवेचना

करने के संबंध में लौटेंगे।

फ्रायड के मनोविज्ञान की बहुत सी दूसरी संकल्पनाओं की स्पष्ट और असंदिग्ध परिभाषा देने की निश्चित रूप से आवश्यकता है। इन संकल्पनाओं का स्वरूप निस्संदेह गतिकीपरक (डाइनैमिकल) और क्षेत्र-सैद्धांतिक (फील्ड थ्योरिटिकल) है परन्तु प्रणाली की दृष्टि से उतना उपयुक्त नहीं है जितना कि हम चाहते हैं। प्रणाली की दृष्टि से जितना हम चाहते हैं उतना उपयुक्त हुए बिना इन संकल्पनाओं का स्वरूप निस्संदेह गतिकीपरक और क्षेत्र-सैद्धांतिक है। यहां हम इनमें से केवल कुछ के बारे में बात करेंगे। कामप्रवृत्यात्मक अग्रगमन और प्रत्यागमन (लिबिडिनल प्रोग्रेशन एण्ड रिग्रेशन) की संपूर्ण धारणा, दिशा की गणितानुसार उपयुक्त किसी संकल्पना पर आधारित हुए बिना ही, दिशात्मक परिवर्तन की गत्यात्मक (डायनैमिक) संकल्पना का प्रयोग करती है। इन चीजों का स्पष्टीकरण देते हुए फ्रायड यांत्रिक (मैकेनिकल) और भूवैज्ञानिक अनुरूपताओं पर वापिस जाने के लिए बाध्य हुए हैं जो अध्यापन की दृष्टि से उदाहरणों के रूप में बहुमूल्य हो सकती हैं लेकिन गतिकी संबंधी वास्तविक समस्या का किसी भी तरह स्पष्टीकरण नहीं करती। लॅविन (1937) ने (टॉपोलॉज़िकल) सांस्थितिक मनोविज्ञान और मनोविश्लेषणवाद के बीच संबंध के बारे में उत्तम विचार-विमर्श करते समय इस ओर संकेत किया है।

मनोवैज्ञानिक विकास प्रक्रिया के उलटाव की संपूर्ण समस्या बहुत जटिल है। मेरे विचार से यह एक निर्विवाद सत्य है कि मनोवैज्ञानिक प्रत्यागमन (रिग्रेशन), शारीरिक विकास की प्रक्रियाओं से स्वतंत्र होकर हो सकता है। दूसरी ओर यह संभावना कि ऐसे उदाहरणों में शारीरिक विकास की प्रक्रियाएं स्वयं को पूरी तरह से नहीं उलटतीं, इस संभावना को बहुत कम करती है कि हम प्रत्यागमन (रिग्रेशन) को संपूर्ण प्रक्रिया का प्रत्यक्ष उलटाव समझें। एक अत्यधिक प्रत्यागमित विक्षिप्त (एक्सट्रीमली रिग्रैस्ड साइकोटिक) व्यक्ति का व्यवहार किसी भी ढंग से एक बहुत छोटे बालक के व्यवहार के एकदम समान नहीं होता। प्रायः मनोविश्लेषक ऐसे बात करते हैं जैसे कि वस्तुतः ऐसा है (अर्थात् दोनों के व्यवहार में एकदम समानता होती है) और यह कठिनाई प्रत्यागमन की दिशा की किसी उपयुक्त परिभाषा के अभाव के कारण आती है।

दमन की धारणा, जो मनोविश्लेषणवाद सिद्धांत के लिए बहुत बुनियादी है, एक दूसरी संकल्पना है जिसके प्रणालीपरक स्पष्टीकरण की आवश्यकता है। चूंकि फ्रायड ने अपने सिद्धांत का विकास करने के लिए आंतरिक जैविक प्रवृत्तियों और आंतरिक गत्यात्मक शक्तियों को एक आधार के रूप में स्वीकार किया था, अतः दमन (रिप्रैशन) चेतन (कांशस) द्वारा अस्वीकृत सामग्री को ईगो द्वारा अचेतन (अनकांशस) में बलपूर्वक ढकेलने की सामग्री हो जाता है। वास्तव में इसकी सजीव कल्पना करने का एकमात्र तरीका यह है कि ईगो व्यक्ति के मानस (साइकी) में एक छोटा सा व्यक्ति है जो अस्वीकार करने योग्य विचारों को अचेतन में छोड़कर उनसे छुटकारा पाने में सक्षम रहता

है। यदि यह सत्य है कि मनोवैज्ञानिक बल वे बल (फोर्सेज़) हैं जो व्यक्ति के अंदर न होकर मनोवैज्ञानिक क्षेत्र में होते हैं तो वातावरण की संरचना को ध्यान में रखते हुए दमन के सिद्धांत का पुनर्लेखन करना पड़ेगा। ऐसा करने से फ्रायड के सिद्धांत और स्मरण और विस्मृति के आधुनिक मनोवैज्ञानिक सिद्धांतों के बीच समुचित सामान्य सहमति बनाना संभव होगा।

फ्रायड की संकल्पनाओं के स्पष्टीकरण की केवल एक और महत्वपूर्ण आवश्यकता का उल्लेख करने के लिए हम प्रतिक्रिया विधान (रीएक्शन फॉर्मेशन) की धारणा की बात करते हैं। जैसा कि हमने देखा, दुश्चिंता से अपना बचाव करने के लिए और दमन को सुदृढ़ करने के लिए प्रतिक्रिया-विधान में व्यवहार का व्यासीय रूप से विपरीत बन जाना निहित रहता है। धन का अपव्यय मल को फैलाने का उदात्तीकृत रूप समझा जाता है, धन को एकत्र करना इस प्रकार के व्यवहार के विरुद्ध प्रतिक्रिया विधान कहा जाता है। यह देखना आसान है कि विपरीत व्यवहारों को समान आधारभूत क्रियातंत्रों (बेसिक मैकेनिज़्म्स) की निरंतरता और प्रतिक्रिया विधान (कन्टीनुएशन एण्ड रीएक्शन फॉर्मेशन) के रूप में उत्तरदायी मान लें तो फ्रायड के सिद्धांत का खण्डन करने की संभावना कम हो जाती है। आधुनिक प्रक्रियात्मक तर्कशास्त्र की दृष्टि से, एक सिद्धांत को इस तरीके से अभिव्यक्त करना चाहिए कि उसे सिद्ध किया जा सके। फ्रायड के सिद्धांत के साथ निश्चित रूप से ऐसा ही मामला है। दूसरी ओर, आधुनिक प्रणाली विज्ञान की दृष्टि से, सिद्धांत को सिद्ध करने के लिए जो प्रमाण या प्रयोग तैयार किया गया है वह ऐसा होना चाहिए जिसका एक नकारात्मक परिणाम होने की संभावना हो सके जिससे कि सिद्धांत का खण्डन किया जा सके। वर्तमान समय में मनोविश्लेषणवाद की बहुत सी अवधारणाएं निस्संदेह रूप से इस प्रकार विकसित की गई हैं कि उनके लिए केवल प्रणाम ही संभव है खण्डन संभव नहीं है। इसका यह अर्थ नहीं लगा लेना चाहिए कि प्रतिक्रिया विधान जैसा कुछ घटित नहीं होता। वस्तुतः, किसी भी व्यक्ति को, जिसे चिकित्सकीय अनुभव है, प्रतिक्रिया विधान जैसी संकल्पना के महत्व को स्वीकार करना पड़ेगा। दूसरी ओर, सैद्धांतिक और व्यावहारिक दोनों कारणों से इस बात का अधिक सुनिश्चित स्पष्टीकरण करना आवश्यक है कि वह क्या है जो एक व्यक्ति में एक लक्षण का और दूसरे व्यक्ति में प्रतिक्रिया विधान का विकास करता है। हमने प्रतिक्रिया विधान की अवधारणा की जो आलोचना की वह फ्रायड के अन्य बहुत से (मैकेनिज्मस) क्रियातंत्रों पर भी लागू होती है। रोग में अभिलक्षणों (सिम्पटम्स) की व्याख्या पर तो यह विशेष रूप से लागू होती है। एक पेशेवर विश्लेषक अतिनिर्धारण (ओवरडिटर्मिनेशन) की बात करके इस कठिनाई में पड़ता है। जब वह अतिनिर्धारण की बात करता है तो उसका यह अर्थ होता है कि, जब कभी भी भिन्न-भिन्न लक्षणों के विकसित होने की संभावना होती है, तो जिसे चुना गया है उसके पक्ष में अन्य की अपेक्षा अधिक कारणात्मक (कॉज़ल) कारक होते हैं। यहां तक कि, अधिकांश सक्षम अविशेषज्ञ आलोचक और बहुत से विश्लेषक स्वयं इस संबंध में फ्रायड के सिद्धांत की

प्रणाली संबंधी कमियों को स्वीकार करते हैं।

फ्रायड के सिद्धांत की यह सभी प्रत्ययात्मक और प्रणालीपरक कठिनाइयां निस्संदेह श्रेणी-सिद्धांती (क्लास थ्योरिटिकल) मनोविज्ञान से क्षेत्र सिद्धांती (फील्ड थ्योरिटिकल) मनोविज्ञान तक पारगमन को प्रस्तुत करती हैं। फ्रायड ने अपना कार्य तब आरंभ किया जबकि मनोविज्ञान शुद्ध रूप में श्रेणी सैद्धांतिक विज्ञान था और तब समाप्त किया जबकि मनोविज्ञान एक क्षेत्र सिद्धांती विज्ञान बन रहा था। निष्पक्ष रूप से हम कह सकते हैं कि यह पारगमन किसी अन्य व्यक्ति के प्रयासों की अपेक्षा फ्रायड के प्रयासों के कारण अधिक हुआ है। यह अपेक्षा करना अनुचित होगा कि इस प्रकार का पारगमन कोई एक व्यक्ति पूरा कर सकता है। इस बात का डर है कि फ्रायड की महान उपलब्धियों को ऐसे प्रतिभा संपन्न व्यक्ति के कार्यों के रूप में लिया जाएगा जिससे कि कुछ व्यक्ति फ्रायड के सिद्धांत के प्रणालीपरक आधार में परिवर्तन करने से पहले हिचकेंगे। यह डर है कि एक बहुत महान प्रतिभा संपन्न मानव के प्रति आदर के कारण यह सिद्धांत दृढ़ और अनम्य न हो जाए। फ्रायड निश्चित रूप से स्वयं ऐसी प्रविधि को प्रोत्साहित करने वाले अंतिम व्यक्ति होंगे। उनके प्रारंभिक लेखों से अंतिम लेख तक, फ्रायड ने सिद्धांत में परिवर्तन प्रस्तुत किए तथा इनमें से अधिकांश परिवर्तन इस सिद्धांत को अधिक वैज्ञानिक बनाने के लिए थे। यह अवश्यंभावी है कि मनोविश्लेषणवाद में श्रेणी-सिद्धांती विचारधारा के अंतिम पहलुओं पर कभी न कभी विजय प्राप्त कर ली जाएगी।

प्रत्ययात्मक प्रणालीपरक के अतिरिक्त मनोविश्लेषणवाद के दूसरे पहलू भी हैं जिनकी आलोचना की जानी है। मनोविश्लेषणवाद एक नैदानिक (रोग विषयक) प्रणाली विज्ञान (क्लिनिकल मैथडोलॉजी) का परिणाम है। इसमें मनोविश्लेषवाद की शक्तियां और दुर्बलताएं या दोष दोनों ही स्थित हैं : इसकी शक्ति या क्षमता, क्योंकि चिकित्सालय (क्लिनिक) में व्यक्ति वास्तविक महत्व की मनोगत्यात्मक समस्याओं का सामना उनके अपरिष्कृत रूप में प्रायः समाजीकरण और सभ्यता के बाहरी आवरण के बिना ही करता है। विश्लेषक लोगों से वस्तुतः उनकी समस्याओं के बारे में बात करने से लेकर, वे वस्तुतः किससे डरते, घृणा या प्रेम करते हैं यह असल में पूछने से लेकर, मूल में निहित मनोगत्यात्मकता के बारे में सबसे अनिवार्य सूचना को उघाड़ने में सक्षम हैं। फिर भी, रोग-विषयक नैदानिक शोध त्रुटि के स्रोतों से भयभीत हैं। कुछ प्राचीन चिकित्सा संबंधी विधाओं (मेडिकल डिसिप्लिन्स) जैसे न्यूरोलॉजी (तंत्रिकाविज्ञान) में, नैदानिक विधि के त्रुटि के स्रोत कुख्यात हो गए हैं। इस यथार्थ के बावजूद कि तंत्रिकीय कार्यव्यापारों (न्यूरल फंक्शनिंग) से संबंधित हमारे सबसे मूल्यवान विचार मूलतः क्लिनिक से आए हैं, आज तंत्रिका विज्ञान (न्यूरोलॉजी) मुख्य रूप से प्रयोगात्मक शोध से प्रोत्साहित हुआ है। हमारा विश्वास है कि जिस प्रकार प्रयोगात्मक शरीर विज्ञान (एक्सपैरीमैन्टल फिजियोलॉजी) ने वर्गीकृत (सिस्टमैटिक) शरीर विज्ञान को उस रूप में विकसित किया है जैसा कि आज वह है और प्रयोगात्मक तंत्रिका विज्ञान ने व्यवस्थित तंत्रिका विज्ञान

(सिस्टेमैटिक न्यूरोलॉजी) को उस रूप में विकसित किया है जैसी कि वह आज है, तो प्रयोगात्मक मनोविज्ञान मनोविकृति विज्ञान को अंततः और अधिक ठोस वैज्ञानिक आधार प्रदान कर सकता है। लेकिन इससे कोई अंतर नहीं पड़ता कि लगभग सुनिश्चित प्रयोगात्मक अनुसंधान कैसे मनोगतिकी (साइकोडायनेमिक्स) के बारे में हमारे विचारों को परिवर्तित करता है। मानव जाति इस क्षेत्र में प्रथम महान सुव्यवस्थित पथप्रदर्शक शोध के लिए सदैव सिगमण्ड फ्रायड की ऋणी रहेगी।

3. इस रचना के कार्य-क्षेत्र के बाहर अन्य मनोवैश्लेषिक साहित्य

मनोविश्लेषणवाद के हमारे इस प्रस्तुतीकरण में हमारे पास सिद्धांत के केवल उन पहलुओं पर विचार-विमर्श करने के लिए स्थान था जो मनोरोग विज्ञान और सामान्य व्यक्तित्व की समस्याओं के लिए सबसे महत्वपूर्ण हैं। फ्रायड और मनोविश्लेषकों ने सामान्य मनोविश्लेषणवादी दृष्टिकोण से (बहुत से दूसरे प्रकरणों पर) विचार किया है। आगामी अनुच्छेद, जो एक संदर्भिका विवरण से कुछ अधिक है, केवल दूसरे अन्वेषित क्षेत्रों के बारे में पाठक को कुछ अनुमान प्रदान करने की और इनमें से प्रत्येक के क्षेत्र में किए गए सर्वाधिक महत्वपूर्ण कार्यों की ओर उसका ध्यान आकर्षित करने की आशा मात्र कर सकते हैं।

कायिक चिकित्सा के क्षेत्र में अध्ययन : मनोरोग विज्ञान (साइकोपैथेलॉजी, अर्थात् समस्त मानसिक रोगों में मनोवैज्ञानिक और शरीर वैज्ञानिक समस्याएं होती हैं) में कायिक (ऑर्गेनिज़्मिक) दृष्टिकोण को स्वीकार करने के साथ मनोविश्लेषणवाद सिद्धांत यह भी स्वीकार करता है कि समस्त शारीरिक रोगों में मनोवैज्ञानिक कारक होते हैं। इस अभिधारणा (पॉस्चुलेट) के साथ ही मानसिक और शारीरिक रोगों के बीच द्विभाजन विलुप्त हो जाता है। फॅरेन्जी (1928) पहले महत्वपूर्ण मनोविश्लेषक थे जिन्होंने अपने पॅथोन्यूरॉसिस (विकृत तंत्रिका रोग) के सिद्धांत में इस संकल्पना पर विचार किया। पॅथोन्यूरॉसिस से फॅरेन्जी का अभिप्राय उन तंत्रिका-रोगी (न्यूरॉटिक) स्थितियों से था जो इसलिए उत्पन्न होती हैं क्योंकि रोगी एक शारीरिक रूप से बीमार अवयव पर इतनी अधिक मात्रा में लिबिडो को खर्च कर देता है कि परिणामस्वरूप तंत्रिकारोग (न्यूरॉसिस) साधारण अर्थ में घटित होता है। फॅरेन्जी के पथ प्रदर्शक अध्ययनों के अतिरिक्त, फीलिक्स डॉएश (1922) तथा ग्रोड्डॅक ने आंतरिक चिकित्साशास्त्र (इन्टर्नल मेडिसिन) के क्षेत्र में महत्वपूर्ण प्रारंभिक कार्य किया। वर्तमान में, लगभग प्रत्येक शारीरिक रोग में मनोविश्लेषणात्मक कारकों की खोज की गई है तथा उच्च रक्तचाप, दमा, कुछ हृदय-संबंधी विकारों और कुछ अंतःस्त्रावी ग्रन्थि संबंधी विकारों के बारे में बहुत विस्तार से अध्ययन किए गए हैं। मैनिंजर (1938) और डनबर (1935) की रचनाओं में इस साहित्य का संक्षिप्तीकरण बहुत प्रशंसनीय ढंग से किया गया है। *साइकोसोमॅटिक मेडिसिन* नामक पत्रिका की ओर भी ध्यान आकर्षित करना चाहिए जो इस क्षेत्र का

विशेषज्ञ है। बैनेडिक और रूबेन्स्टाइन के लेख इस बात के अच्छे उदाहरण हैं कि इस क्षेत्र में क्या किया जा सकता है। चिकित्सा शास्त्र के विद्यार्थी इस साहित्य को पढ़कर निश्चित रूप से लाभांवित हो सकते हैं।

समाजशास्त्र और मानवशास्त्र के क्षेत्र में किए गए अध्ययन : पारिवारिक ड्रामा के मनोविज्ञान से मनोविश्लेषणवाद का व्यापक रूप से संबंध है इसलिए यह आसानी से समझ में आता है कि समाजशास्त्र और मानवशास्त्र के लिए भी इसका महत्व है। स्वयं फ्रायड ने *टोटॅम एण्ड टॅबू* (1927) तथा *ग्रुप साइकोलॉजी एण्ड द एनालिसिस ऑफ द ईगो* (1922) नामक अपनी पुस्तकों में इस क्षेत्र में महत्वपूर्ण योगदान दिए हैं। आज समाजशास्त्र और मानवशास्त्र के लिए मनोविश्लेषणवाद का महत्व व्यापक रूप से पहचाना गया है। इन प्रकरणों से संबंधित कुछ अन्य व्यक्ति फ्रोम, हॉर्ने (1937), ग्लोवर (1933), ऑप्किन्स, डॉलर्ड (1937) तथा ब्राउन (1936 सी) हैं। समाजशास्त्र के विद्यार्थी इन सभी रचनाओं को पढ़कर निश्चित रूप से लाभांवित होंगे।

सौन्दर्यशास्त्र के क्षेत्र में किए गए अध्ययन : कलाकार और उसके दर्शकगण दोनों मनोवैज्ञानिक जीवन (साइकोलॉजिकल ऑर्गेनिज्म्स) हैं और यदि मनोविश्लेषणवाद को कला के बारे में कुछ न कहना हो तो यह बड़ी अजीब सी बात होगी। जैसा कि प्रतिभाशाली (व्यक्ति) के बारे में हमारे विचार-विमर्श से स्पष्ट होगा, कुछ साहित्यिक कलाकारों ने सहजानुभूति के आधार पर मनोविश्लेषणवाद के निष्कर्षों का पूर्वानुमान कर लिया और उन्हें काव्यात्मक ढंग से अभिव्यक्त किया। हमें केवल यह उल्लेख करने की आवश्यकता है कि इडीपस स्थिति का यह नाम ही ग्रीक त्रासदी से लिया गया है और शेक्सपीयर का *हैमलेट* पूर्णतया इसी प्रसिद्ध कथानक पर आधारित है। वस्तुतः यहां चार सुस्पष्ट समस्याएं आती हैं : कला का स्वरूप, कला की विषय-वस्तु का मनोवैज्ञानिक पक्ष, कलाकार का मनोविज्ञान तथा दर्शकगण का मनोविज्ञान। फ्रायड ने पुनः माइकेल-एंजिलो (1924 ब, 4 ग्रंथ) लियोनार्डो दा विंची (1916), केलर (1924 ब, 9 ग्रंथ) तथा जैनसन (1924 ब, 9 ग्रंथ) पर किए गए अपने कार्यों से इस क्षेत्र में सबसे महत्वपूर्ण प्रथम योगदान दिया। इस क्षेत्र में अन्य महत्वपूर्ण योगदान एडगर एलन पो पर बोनापार्ट का, गेटे पर राइक का तथा सौन्दर्यशास्त्र की समस्याओं पर सॅक्स और रॅन्क (1914) के द्वारा किए गए अध्ययन हैं। इनमें से कुछ का अध्ययन करके कला और साहित्य के विद्यार्थी ठीक ही पुरस्कृत होंगे।

दर्शनशास्त्र के क्षेत्र में किए गए अध्ययन : परिवार ड्रामा के महत्व के हमारे ज्ञान ने हमें सामाजिक और मीमांसात्मक दर्शनशास्त्र के अध्ययनों की ओर उन्मुख किया है। स्वयं फ्रायड ने अपनी पुस्तक *द फ्यूचर ऑफ एनइल्यूजन* (1928) में धर्म की महत्वपूर्ण आलोचना को प्रकाशित किया : आधुनिक संस्कृति के विश्लेषण में उनका *सिविलाइजेशन एण्ड इट्स डिस्कन्टॅन्ट्स* (1930) कदाचित् सबसे अच्छे निबंधों में से एक है।

संदर्भिका

फ्रायड की आलोचना सभी प्रकार के आधारों पर की गई है। नैतिकता के आग्रह वाले अधिकांश आलोचकों को गंभीरतापूर्वक नहीं लिया जाना है। मॅक्डूगल (1926), डनलप, वुडवर्थ, हॉलिंगवर्थ (1930), तथा बुल्गमथ वे मनोवैज्ञानिक हैं जिन्होंने मनोविश्लेषणवाद पर आक्षेप लगाए। इनमें से अधिकांश आक्षेप अब पुराने हैं। फ्रायड के मनोविश्लेषणवाद पर हॉर्ने की दो पुस्तकें हाल ही में लगाए आक्षेप हैं जो एक मनोविश्लेषणवादी द्वारा किए गए हैं। जिस पाठक ने इनका अध्ययन किया है उन्हें एलेक्जेण्डर द्वारा किया गया उत्तम खण्डन पढ़ना चाहिए। लेखक ने मनोविश्लेषणवाद पर प्रणालीपरक लेखों की शृंखला लिखी है (1934, 1937, 1938, 1940) जिन पर यह अध्याय आधारित है। विश्लेषित मनोवैज्ञानिकों द्वारा मनोविश्लेषणवाद पर आयोजित सिम्पोज़ियम मनोवैज्ञानिकों के लिए विशिष्ट रुचि का होगा जो, *जरनल ऑफ एबनॉर्मल एण्ड सोशल साइकोलॉजी* में 1940 में दिया गया था।

अध्याय-13

अन्य सैद्धांतिक प्रस्ताव

1. इस अध्याय का कार्य-क्षेत्र

हमने पिछले चार अध्याय मनोविश्लेषणवाद के अपेक्षाकृत सम्पूर्ण प्रस्तुतीकरण को समर्पित किए। हमने मनोविश्लेषण सिद्धांत को इसके समस्त निहितार्थों के साथ प्रस्तुत करने का और कम-से-कम इस सिद्धांत के मुख्य शाखा-विस्तार को देने का प्रयास किया है। हमने सबसे पूर्ण प्रस्तुतीकरण के लिए मनोविश्लेषणवाद सिद्धांत का चयन किया क्योंकि एक मनोवैज्ञानिक आधार पर व्यक्तित्व की उत्पत्ति का यह सबसे पूर्ण और सुव्यवस्थित सिद्धांत है। लेकिन उन दूसरे संप्रदायों के बारे में जिन्होंने मनोगत्यात्मक (साइकोडाइनॅमिक) सिद्धांत का विकास करने का प्रयास तो किया लेकिन मनोविश्लेषणवाद से कमोबेश व्यापक रूप से अलग हटकर, तथा दूसरे प्रकार के सैद्धांतिक उपगमनों (एप्रोचेज़) के बारे में भी कुछ न कहना भ्रामक होगा। इस अध्याय में हम मनोरोग विज्ञान (साइकोपॅथलॉजी) के क्षेत्र में पाए जाने वाले कुछ सैद्धांतिक प्रतिपादनों पर विचार-विमर्श करेंगे। चूंकि मनोविश्लेषणवाद के सिद्धांत को कुछ विस्तार से प्रस्तुत किया गया था, हम अन्य सिद्धांतों को काफी कम स्थान में प्रस्तुत कर सकते हैं। ये सिद्धांत मनोविश्लेषणवाद से कमोबेश व्यापक रूप से हटकर हैं, लेकिन मनोविश्लेषणवाद इन सबका जनक था। दूसरे शब्दों में, जैसा कि हमने अध्याय-VIII में देखा, सभी सिद्धांत इस बारे में सहमत हैं कि लक्षणों (सिम्पटम्स) का कारण होता है, वे निहितार्थ रखते हैं तथा मितव्ययी होते हैं। वे इस पर भी सहमत हैं कि कुछ आधारभूत वृत्तियां (बेसिक अर्जेज़) नैराश्य का सामना करती हैं जिससे व्यक्तित्व की उत्पत्ति (पर्सनॅलिटी जॅनेसिस) मनो-सामाजिक-जीवविज्ञान (सोशियो-साइको-बायोलॉजी) का विषय बन जाती है। ये सिद्धांत आधारभूत कृतियों की प्रकृति, मुख्य नैराश्यों के स्वरूप, तथा व्यक्ति संरचना (पर्सन स्ट्रक्चर) के स्वरूप के बारे में असहमति रखते हैं। परिणामस्वरूप हम इन सिद्धांतों को पूर्ण रूप से स्वतंत्र क्रियातंत्रों (सिस्टम्स) के जैसे प्रस्तुत नहीं करेंगे, लेकिन सिद्धांतों के उन पहलुओं को प्रस्तुत करेंगे जिनमें ये मनोविश्लेषणवाद से मतभेद रखते हैं। लेखक का विश्वास है कि यह कार्य प्रणाली जिस

बात को महत्व देती है वह महत्व देना बहुत उपयुक्त है, क्योंकि आज यह अनुभूति बढ़ती जा रही है कि मनोविश्लेषणवाद सबसे अधिक व्यवस्थित है और वैज्ञानिक दृष्टि से सर्वोत्तम पाया गया है।

तथापि मनोगत्यात्मक उपगमनों (साइकोडाइनॅमिक एप्रोचेज़) के अलावा मनोरोग विज्ञान के क्षेत्र में अन्य बहुत से सैद्धांतिक उपगमन हैं। इनमें से कोई भी उपगमन किसी सुव्यवस्थित विचारधारा का प्रतिनिधि नहीं है क्योंकि मनोगतिकी (साइकोडायनॅमिक्स) के विविध तंत्र (सिस्टम्स) वस्तुतः ऐसे सिद्धांत हैं जो व्यक्तित्व की संरचना या व्यक्तित्व की उत्पत्ति (जॅनेसिस) के कुछ पहलुओं से संबंध रखते हैं। चरित्रपरक (कॅरॅक्टरोलॉजिकल) उपगमन, समाजशास्त्रीय उपगमन, कुछ अंतःस्रावी ग्रंथि विज्ञानपरक (एन्डोक्रिनॉलॉजिकल) सिद्धांत, और जीवरासायनिक (बायोकेमिकल) सिद्धांत ऐसे ही हैं। हम पाठक को इन विविध उपगमनों के सभी पहलुओं के साथ पूर्णतया सुपरिचित बनाने की आशा तो नहीं रखते लेकिन इन दूसरी सैद्धांतिक विचारधाराओं के अस्तित्व से और उनके द्वारा उठाए गए कुछ प्रश्नों से अवगत कराने की आशा अवश्य करते हैं। एक प्रगतिशील पाठक को यदि अन्य संप्रदायों का उतना पूर्ण वर्णन जानने में रुचि है जितना कि हमने मनोविश्लेषणवाद का दिया है तो उसे अतिरिक्त साहित्य पढ़ना चाहिए जिसका संदर्भ हम इस अध्याय के क्रम में देंगे।

2. फ्रायडवादी विचारधाराओं से विचलित मनोगतिकी विज्ञान की अन्य विचारधाराएं

अल्फ्रेड एडलर का व्यक्तिपरक मनोविज्ञान : वियना के चिकित्सक अल्फ्रेड एडलर उन प्रारंभिक मनोविश्लेषकों में से एक थे जिन्होंने फ्रायड के मनोविश्लेषण सिद्धांत में अपनी रुचि दिखाई। जब फ्रायड ने अपने चारों ओर अनुयायियों का समूह एकत्रित करना आरंभ किया तो एडलर उनमें सबसे अधिक प्रतिभाशाली तथा होनहार व्यक्ति थे। स्वयं एडलर एक मजबूत और स्वतंत्र व्यक्तित्व के थे और शीघ्र ही उन्होंने पाया कि उनके और फ्रायड के विचारों के बीच संघर्ष था। बाद में इन दोनों व्यक्तियों के संबंधों में आने वाली व्यक्तिगत कटुता के लिए किस पर आरोप लगाना चाहिए यह कदाचित् कभी स्पष्ट नहीं होगा। 1910 का वर्ष आने तक, एडलर एक ऐसी स्थिति का प्रतिनिधित्व करने लगे जो बहुत से पहलुओं में फ्रायड से निश्चय ही तीखा विचलन रखती थी। 1911 तक यह मतभेद इतना अधिक महत्वपूर्ण हो गया कि एडलर और उनके अनुयायी मनोविश्लेषणवादी अनुसंधान की मुख्यधारा से अलग हो गए। चूंकि फ्रायड को इस संप्रदाय के अग्रणी के रूप में स्वीकार कर लिया गया था इसलिए एडलर ने यह महसूस किया कि मनोविश्लेषणवाद शब्द का प्रयोग फ्रायड और उनके निकटतम अनुयायियों द्वारा किया जाना चाहिए तथा उन्होंने अपने सिद्धांत के लिए व्यक्तिपरक मनोविज्ञान (इन्डिविजुअल साइकोलॉजी) शब्द को अपनाया। इस

तरह एडलर और उनके अनुयायी एक पृथक् धारा (स्कूल) या समूह बन गए जिनकी अपनी पत्रिकाएं, अपने प्रतिष्ठान और पेशेवरों के लिए अपनी अपेक्षाएं या आवश्यकताएं हो गईं। यद्यपि एडलर और उनके साथियों को वो प्रतिष्ठा विशेषकर चिकित्सा व्यवसाय के लोगों के बीच नहीं मिल सकी जो फ्रायडवादी समुदाय ने हासिल की फिर भी एडलर के बहुत से अनुयायी हैं और मनोचिकित्सा के क्षेत्र में उनका प्रभाव है।

एडलर ने फ्रायड के नियतिवाद पर आग्रह को स्वीकार किया। उन्होंने व्यक्तित्व के विकास की धारणा को और नैराश्यों का सामना करने के माध्यम से होने वाले विभेदन को स्वीकार किया और उन्होंने मनोविश्लेषण प्रविधि के संशोधित रूप को मनोगतिकी (साइकोडायनॅमिक्स) की जांच-पड़ताल करने के लिए सबसे अधिक उपयुक्त प्रविधि के रूप में स्वीकार किया। वे दमन और प्रतिरोध के क्रियातंत्रों (मैकेनिज्म्स), बाल-सुलभ मनोलैंगिक उत्पत्ति ग्रंथ (इंफैंटाइल साइकोसेक्सुअल जॅनेसिस) की प्रकृति और अचेतन के महत्व को लेकर फ्रायड से प्रचण्ड असहमति रखते थे। वे दमन (रिप्रैशन) को नकारते हैं, मनोलैंगिक उत्पत्ति ग्रंथ का बहिष्कार करते हैं तथा चेतन और अचेतन के बीच भिन्नता की वैधता को अस्वीकार करते हैं। रत्यात्मक और आक्रमणशील प्रवृत्तियों (लिबिडिनल एण्ड एग्रॅसिव अर्जेज़) के स्थान पर वे पुरुष-सुलभ प्रतिवाद के आधार पर प्रतिष्ठा प्राप्त करने के प्रयासों को रखते हैं। प्रतिष्ठा तीन क्षेत्रों में प्राप्त करनी है—आर्थिक, लैंगिक तथा सामाजिक। व्यक्तित्व की उत्पत्ति (पर्सनेलिटी जॅनेसिस) का निर्धारण करने वाली मनोग्रंथि हीनता के भाव की मनोग्रंथि (इन्फीरिऑरिटी कॉम्पलेक्स) है। चेतन और अचेतन से आने वाली धारणाओं (विचारों) में विभेदन नहीं होता।

एडलर के द्वारा की गई फ्रायड की मुख्य आलोचना यह है कि फ्रायड ने जीवन में कामुकता (सेक्सुअल) की भूमिका, और विशेषकर इडीपस स्थिति तथा बंध्याकरण (कॅस्ट्रेशन) की मनोग्रंथि पर आवश्यकता से अधिक बल दिया। एडलर जब फ्रायड से अलग हुए उस समय फ्रायड मुख्यतया लिबिडो सिद्धांत से जुड़े हुए थे और उन्होंने मरण प्रवृत्ति (डेथ इन्स्टिंक्ट) के सिद्धांत को प्रस्तुत नहीं किया था, जिससे कि एडलर की आलोचना कुछ सीमा तक न्यायसंगत थी। एडलर ने कहा कि व्यक्तित्व के विकास की मनोवैज्ञानिक प्रक्रिया में यौन संबंधी तत्व बहुत महत्वपूर्ण थे, लेकिन उनका कहना था कि यौन संबंधी लक्ष्य (सेक्सुअल गोल्स) व्यक्तिगत प्रतिष्ठा के सामान्य लक्ष्य का भाग थे। जहां फ्रायड का कहना था कि मनुष्य मात्र के लिए मुख्य प्रेरणादायक शक्ति प्रेम करने और प्रेम प्राप्त करने की कामना थी, एडलर का कहना था कि यह मुख्य प्रेरणादायक शक्ति मनुष्य में अपने साथियों के बीच श्रेष्ठ होने की अभिलाषा है। इस कामना को वह प्रतिष्ठा प्रेरणा (प्रेस्टिज मोटिव) कहते हैं और कहते हैं कि प्रतिष्ठा के तीन मुख्य स्वरूप, जिनके लिए व्यक्ति प्रयास करते हैं, वे सामाजिक, कामवासनात्मक, और आर्थिक हैं। लैंगिक प्रतिष्ठा की चालना से एडलर का लगभग वही अभिप्राय है

जो फ्रायड का लिबिडो से है। सामाजिक प्रतिष्ठा से एडलर का अभिप्राय उस प्रतिष्ठा से है जो सामाजिक उपक्रम के नेता के रूप में अपने साथियों के बीच श्रेष्ठ होने से प्राप्त होती है। आर्थिक प्रतिष्ठा से एडलर का अभिप्राय उस प्रतिष्ठा से है जो सफलतापूर्वक आजीविका कमाने से प्राप्त होती है। इस प्रकार सभी प्रकार के विशिष्ट समुदाय, जैसे-क्लबों, भ्रातृसंघों, संस्थाओं इत्यादि का सदस्य होने की हमारी अभिलाषा, विविध पेशेवर और व्यावसायिक क्रमपरंपराओं में उच्च श्रेणी में खड़े होने की हमारी कामना, ऐसे विविध समूहों का सदस्य होने की हमारी कामना जिनमें साधारण समूह को सदस्यता नहीं मिलती, इन सभी का स्पष्टीकरण करते समय एडलर इन्हें प्रतिष्ठा की अभिप्रेरणा के सामाजिक पहलू से आता हुआ मानते हैं। आर्थिक रूप से आगे बढ़ने की, धन कमाने की हमारी अभिलाषा आर्थिक प्रतिष्ठा की अभिप्रेरणा से आती है। एडलर समाजशास्त्रीय कारकों को फ्रायड की तुलना में अधिक महत्वपूर्ण मानते हैं। सामुदायिक भावनाओं की शक्ति, उनके विचार से, दमन के पीछे अभिप्रेरक शक्ति होती है। अब यह पर्याप्त सत्य है कि एडलर ने सामाजिक मनोवैज्ञानिक (सोशियोसाइकोलॉजिकल) अर्थ में उन अधिकांश वस्तुओं की बहुत अच्छी व्याख्या की है जिनके साथ हमारी समसामयिक औद्योगिकीकृत संस्कृति में हमारा संबंध है। उदाहरण के लिए, कॉलेज के अधिकांश विद्यार्थियों में निश्चित रूप से कामवासनात्मक अर्थ में प्रेम करने और प्रेम प्राप्त करने की, व्यावसायिक और सामाजिक दोनों प्रकार के विविध क्लबों, भ्रातृसंघों तथा संस्थाओं का सदस्य होने की, तथा अच्छी वेशभूषा पहनने और विविध स्थलों पर जाने के लिए पर्याप्त धन जमा करने की आकांक्षा होती है। इसके अतिरिक्त कॉलेज का विद्यार्थी अपने बारे में सुंदर पत्नी और कुछ सुंदर बच्चों के स्वामी के रूप में अपने परिसर में, विशिष्ट क्लबों के सदस्य के रूप में, और अपने समुदाय के सर्वोत्तम आवासीय क्षेत्र में एक बहुत महंगे घर में रहने के दिवास्वप्न देखता है। यह भी कदाचित् सत्य है कि अधिकांश व्यक्ति जो जीवन जीने की इस पद्धति तक पहुंच सकेंगे, वे ऐसा ही करेंगे। हम में से सभी विपरीत लिंग के सदस्यों को आकर्षक नहीं लगते, समलिंगी व्यक्तियों के बीच लोकप्रिय नहीं होते तथा व्यवसाय में सफल नहीं होते। इनमें से किसी भी लक्ष्य को प्राप्त करने में विफलता निस्संदेह हमारे व्यक्तित्व की संरचना में परिवर्तन लाती है। एडलर के सिद्धांत समसामयिक अमेरिकी सामाजिक आदर्शों के अनुरूप बैठते हैं कि कुछ वर्ष पूर्व एडलर इतना लोकप्रिय थे कि कॉलेज के विद्यार्थी इनके बारे में सुनकर प्रारम्भ से ही फ्रायड की तुलना में एडलर को अधिक उपयुक्त समझते थे। तथापि हम बाद में देखेंगे कि फ्रायडवादी सिद्धांत की तुलना में एडलरवादी सिद्धांत केवल सतही तौर पर ही श्रेष्ठ है।

एडलर अपने सिद्धांत को शैशवावस्था में होने वाले विकासों के सिद्धांत पर बहुत आधारित करते हैं। निस्संदेह उनका सर्वश्रेष्ठ अध्ययन कायिकहीनता (ऑर्गेनिक इन्फीरिऑरिटी) (1917) पर किया गया है, जिसमें वे इस ओर संकेत करते हैं कि लगभग हम सभी वस्तुतः दैहिक अवयवों में दूसरे कुछ व्यक्तियों से भिन्न होते हैं। एडलर के

अनुसार, एक शिशु बहुत आरंभ में ही यह समझ लेता है कि वह शारीरिक और मानसिक दोनों दृष्टि से वयस्क की तुलना में कमजोर है। एडलर ने सर्वप्रथम यह बताया कि शिशु जिन तरीकों से अपनी कायिकहीनता (ऑर्गेनिक इन्फीरिऑरिटी) का अनुभव करता है उनमें से एक तरीका है उसके शिश्न की लघुता। एक शिशु बालिका इससे विशेष रूप से संबंधित होती है क्योंकि उसके शिश्न होता ही नहीं। इससे शिश्न ईर्ष्या (पैनिस एनवी) का, अपेक्षाकृत सुपरिचित एडलरवादी सिद्धांत उदित हुआ जिसे मनोविश्लेषणवाद द्वारा स्वीकार किया गया। शिशु के द्वारा कायिकहीनता की अनुभूति शिशु में हीनता मनोग्रंथि के विकास का कारण बनती है। फ्रायड के अनुसार सभी शिशु इडीपस मनोग्रंथि का विकास कर लेते हैं। एडलर के अनुसार सभी बालक हीनता की ऐसी सुनिश्चित भावनाओं को विकसित कर लेते हैं। हीनता की मनोग्रंथि का मनोविज्ञान निस्संदेह एक वास्तविकता है। हम सभी कभी न कभी इस बात पर संदेह करते हैं कि वह उतना ही अच्छे हैं जितना कि अगला आदमी, और यह इच्छा रखते हैं कि वे और अधिक ताकतवर या अधिक सुदर्शन, या अधिक लोकप्रिय, या अधिक शक्तिशाली हों। हीनता की इन भावनाओं से बालक में श्रेष्ठ बनने की, विकास करने की और बराबरी के आधार पर वयस्क का सामना करने की अभिलाषा विकसित होती है। इस प्रकार हीनता की भावनाएं पुरुषोचित प्रतिवाद (मॅस्कुलाइन प्रोटॅस्ट) का उदय करती हैं। एडलर के सिद्ध हीनता की भावना के विरुद्ध पुरुषोचित प्रतिवाद वह भूमिका निभाता है जो फ्रायड के सिद्धांत में मनोलैंगिक उत्पत्ति ग्रंथ के माध्यम से इडीपस मनोग्रंथि पर विजय प्राप्त करने में निबाही जाती हैं। इस प्रकार, पुरुषोचित प्रतिवाद और सामाजिक यथार्थ के बीच संघर्ष चलता रहता है तथा इस संघर्ष से व्यक्तित्व की वृद्धि और विभेदन होता है। व्यक्ति एक सामान्य वयस्क के रूप में या साइकोटिक या न्यूरॉटिक व्यक्तित्व के रूप में विकास करता है या काम विकृत हो जाता है, या एक चरित्र दोष विकसित कर लेता है, यह सब इसी संघर्ष पर निर्भर करता है। बहुत से प्रश्न जो एडलर ने फ्रायड के विरोध में खड़े किए थे उनका तब थोड़ा सा महत्व था जब वे खड़े किए थे। तथापि बहुत सी एडलरवादी संकल्पनाओं की अस्पष्टता पर निर्भर किए बिना, और दमन (रिप्रैशन), शैशव कामुकता तथा अचेतन की असंदिग्ध रूप से वैध संकल्पनाओं का त्याग किए बिना, फ्रायडवादी सिद्धांत ने एडलर से मिली प्रत्येक मूल्यवान आलोचना को समाविष्ट किया। यदि एडलर का सिद्धांत हमारे चेतन द्वंद्वों (कॉन्शस कन्टफ्लिक्ट) के फ्रायड के सिद्धांत की तुलना में अधिक फिट बैठता है तो वह केवल अचेतन और कामुकता के बारे में फ्रायड की जैविक दृष्टि से सुसंस्थापित धारणाओं का त्याग करके ही ऐसा कर पाता है। एडलर का मनोविज्ञान ईगो और समाज के बीच होने वाले उन चेतन द्वंद्वों से आगे बढ़ने में असफल रहता है जो गहन ईगो-इड द्वंद्वों की तुलना में बहुत सतही है।

हीनता मनोग्रंथि पर बल देना और शिश्न-ईर्ष्या तथा पुरुषोचित प्रतिवाद की एडलरवादी धारणाएं महत्वपूर्ण हैं इस तथ्य के और मनोविश्लेषणवादी साहित्य को

एडलर के मौलिक योगदान के बावजूद, एक विज्ञान के रूप में व्यक्तिपरक मनोविज्ञान की स्थिति उतनी सुरक्षित नहीं है जितना कि मनोविश्लेषणवाद की। एडलरवादी मनोचिकित्सा विशेष रूप से अव्यवस्थित है। व्यक्तिपरक मनोवैज्ञानिक मनोविकृति (साइकोसिस) विकृति (पर्वर्ज़न), सामान्य वयस्क व्यक्तित्व और चारित्रिक दोषों का विवरण देने में असमर्थ है। खंड IV में हम देखेंगे कि मनोलैंगिक उत्पत्ति सिद्धांत के मनोविश्लेषणवादी सिद्धांत ढांचे के आधार पर परंपरागत विवरणात्मक मनोचिकित्सा को भलीभांति व्यवस्थित किया जा सकता है। दूसरी ओर एडलरवादी शैशवीय हीनता के संदर्भ में विवरणात्मक मनोचिकित्सा को क्रमबद्ध रूप से चित्रित करने में असमर्थ हैं। यद्यपि एडलर ने मूल्यवान योगदान दिए और यद्यपि उनका कथन सतही स्थिति में तीक्ष्ण अन्तर्दृष्टि दिखाता है, तथापि उनके व्यक्तिपरक मनोविज्ञान को मनोविश्लेषणवाद के प्रतिद्वंद्वी सिद्धांत की समान स्थिति के रूप में नहीं समझा जा सकता। लेखक का विश्वास है कि भविष्य का मनोरोग विज्ञान एडलर के मूल्यवान योगदानों को आत्मसात् करेगा, लेकिन व्यक्तिपरक मनोविज्ञान एक संप्रदाय के रूप में शीघ्र ही मात्र ऐतिहासिक रुचि का विषय बन जाएगा।

एडलर बड़ी मात्रा में लेखन करने वाले, मनोविश्लेषणवाद की विद्वत्तापूर्ण शोध प्रबंधों के लेखक और व्यक्तित्व के मनोविज्ञान पर लोकप्रिय ग्रंथ लिखने में कदाचित् प्रथम थे। जो पाठक व्यक्तिपरक मनोविज्ञान की विचारधारा से और अधिक परिचय प्राप्त करने की इच्छा रखते हैं उन्हें केवल इसकी प्रारम्भिक पुस्तकें पढ़ने की सलाह दी जाती है। इनमें से निस्संदेह सर्वोत्तम पुस्तकें *ऑर्गेनिक इन्फीरियॉरिटी* (1917) तथा *द न्यूरॉटिक कॉन्स्टीट्यूशन* (1917) है। उनकी बाद की लोकप्रिय रचनाओं में कुछ ऐसा नहीं है जिसके लिए मनोरोग विज्ञान के गम्भीर विद्यार्थी को अनुशंसा की जाए (1929, 1929, 1931)।

सी.जे. युंग का विश्लेषणपरक मनोविज्ञान (एनालिटिक साइकोलॉजी) : फ्रायड के एक अन्य प्रारम्भिक अनुगामी ज़्यूरिक के मनोविश्लेषक सी.जे. युंग थे जिन्होंने आरंभिक मनोविश्लेषणात्मक आंदोलन में सुनिश्चित रूप से योगदान दिया और बाद में (1912) में इस आंदोलन को छोड़ दिया। मनोविश्लेषणवाद के आरंभिक दिनों में युंग विशेष रूप से महत्वपूर्ण थे क्योंकि वे प्रथम व्यक्ति थे जिन्होंने वियना मेडिकल सेंटर की सीमाओं के बाहर जाकर मनोविश्लेषणवाद को प्रस्तुत किया। युंग की जीवन-वृत्ति एडलर के समानांतर है। प्रारंभ में फ्रायड के मनोविश्लेषणवाद के कट्टर समर्थक और इसमें योगदान करने वाले के रूप में वे मनोविश्लेषणवाद के क्षेत्र में बहुत सम्मानित थे। बाद में, एडलर की ही भांति, लिबिडो सिद्धांत के संबंध में वे फ्रायड के साथ असुविधा महसूस करने लगे और उसके और भी बाद वे ज़्यूरिक में मनोविश्लेषणवाद के दूसरे नम्बर के सबसे महत्वपूर्ण विधर्मी संप्रदाय के केन्द्रीय व्यक्ति बन गए। एडलर से भिन्न, मनोरोग विज्ञान के लिए किए गए युंग के योगदान मनोविश्लेषणात्मक जांच-पड़ताल के क्षेत्र तक ही सीमित नहीं हैं। प्रस्तुत

पैराग्राफ केवल उनकी मनोविश्लेषणवादी स्थिति से संबंधित होंगे और बाद में हम चरित्रविज्ञान (कॅरेक्टरोलॉजी) और मनोचिकित्सा (साइक्रिएट्री) के लिए किए गए उनके योगदानों के बारे में बात करेंगे।

एडलर की भांति, युंग को भी फ्रायड के मरण-प्रवृत्ति (डॅथ इंस्टिंक्ट) के सिद्धांत को अपनाए जाने से पूर्व फ्रायड के लिबिडो सिद्धांत में दोष निकालना आवश्यक लगा। युंग लिबिडो की संकल्पना का निरंतर प्रयोग करते हैं लेकिन उसे अपने तरीके से परिभाषित करते हैं। फ्रायड के संदर्भ में हमने देखा कि लिबिडो का अर्थ वह प्रवृत्ति है जो लोगों को घनिष्ठ शारीरिक संपर्क में लाती है। युंग के साथ, लिबिडो वस्तुतः एक सामान्यीकृत सामूहिक (जनरलाइज़्ड ग्रिगेरियस) या सामाजिक मूलप्रवृत्ति होती है, अर्थात् एक सामान्य शक्ति (जनरल फोर्स) जो लोगों को किसी भी प्रकार के सामाजिक संपर्क में लाती है, वह *संपर्क घनिष्ठ हो अथवा नहीं।* इसके अतिरिक्त अचेतन ही भूमिका के बारे में युंग अपनी धारणाएं विकसित करते हैं। हमने देखा कि फ्रायड के अनुसार, अचेतन निश्चित रूप से जैविक रूप से अनुकूलित होता है लेकिन प्रत्येक व्यक्ति में अलग से विकसित होता है। एडलर इसके महत्व को पूर्णतया नकारते हैं। लेकिन युंग जातीय अचेतन (रेशियल अनकॉन्शस) की धारणा से परिचय कराते हैं और इसलिए विश्वास करते हैं कि केवल व्यक्ति के प्रयास (स्ट्राइविंग्स) ही नहीं, बल्कि संपूर्ण प्रजाति के प्रयास (स्ट्राइविंग्स) इसमें निरुपित होते हैं। अतः स्वप्न में हमें केवल व्यक्तिगत अचेतन अभिप्रेरणाओं की ही नहीं बल्कि जातीय अचेतन अभिप्रेरणाओं की व्याख्या भी करनी है। इसके अतिरिक्त स्वप्न निद्रा में द्वंद्वों का निराकरण मात्र ही नहीं हैं बल्कि वे भविष्य की तैयारियां भी हैं और अपने में भविष्यसूचक निहितार्थ (प्रोफॅटिक सिगनिफिकैन्स) भी रखते हैं। युंग के सिद्धांत का यह भाग, जो जातीय अचेतन और स्वप्नों की भविष्य सूचक प्रकृति पर विचार करता है, उसे वैज्ञानिक नहीं कहा जा सकता।

युंग ने भी व्यक्तित्व की संरचना के बारे में अपने विचारों को आगे बढ़ाया। व्यक्तित्व का वह चेतन भाग जो यथार्थ के सम्पर्क में रहता है 'पर्सोना' कहलाता है। चेतन का केन्द्रीय सारभाग ईगो है। इसमें कुछ व्यक्तिगत अचेतन (पर्सनल अनकांशस) भी होता है। अचेतन के निम्नतर स्तरों में, अचेतन के साथ उसी प्रकार का संबंध बनाए हुए जो ईगो का चेतन के साथ होता है, 'एनीमा' या अचेतन नारीत्व होता है जो पुरुषों में पाया जाता है और 'एनीमस' या अचेतन पुरुषत्व होता है जो महिलाओं में पाया जाता है। इस प्रकार युंग नियतिवाद (डिटर्मिनिज़्म) तथा व्यक्तित्व के उत्पत्ति ग्रंथ (पर्सनैलिटी जेनॉसिस) को स्वीकार करते हुए फ्रायड के सिद्धांत का लगभग संपूर्ण पुनर्लेखन करते हैं।

इसके अलावा युंग के सिद्धांत में फ्रायड के सिद्धांत के योजनाबद्ध पहलुओं का अभाव है। नैराश्य के लिए विविध प्रकार की प्रतिक्रियाएं कैसे कार्यान्वित होती हैं इसका कोई स्पष्ट चित्र नहीं दिया गया है और न ही मनोविक्षिप्ति (साइकोसिस) का

कोई व्यवस्थित सिद्धांत है। यह सभी तथ्य हमें यह विश्वास करने के लिए बाध्य करते हैं कि, जैसा कि एडलर के साथ था, युंग के भी बहुत से महत्वपूर्ण योगदान नियमित मनोविश्लेषणवादी साहित्य में सम्मिलित कर लिए जाएंगे और युंग का संप्रदाय भी शीघ्र ही केवल ऐतिहासिक महत्व का रह जाएगा। क्योंकि युंग का यह प्रस्तुतीकरण बहुत ऊपरी है, जो विद्यार्थी युंग के मनोविज्ञान के बारे में और अधिक जानने की इच्छा रखते हैं उन्हें *साइकोलॉजिकल टाइप्स* (1923) के अलावा डीमॅन्शिया प्रीकॉक्स पर उनके प्रारंभिक अध्ययन (1909) तथा *द थ्योरी ऑफ साइकोएनालिसिस* पढ़ना चाहिए। युंग ने भी हाल ही में व्यक्तित्व पर लोकप्रिय शोध प्रबंध की शृंखला को प्रकाशित किया है (1933, 1939)। लेखक युंग के बाद के लेखों को लगभग बेकार ही समझते हैं।

मनोविश्लेषणवादी सिद्धांत में छोटे परिवर्तन : ऐसे मनोविश्लेषणवादियों की एक बड़ी संख्या है जो फ्रायड के सिद्धांत को उसके सबसे अधिक महत्वपूर्ण पहलुओं के साथ स्वीकार करते हुए भी इसमें छोटे-छोटे परिवर्तन प्रस्तुत करते हैं और कुछ विशिष्ट बिन्दुओं पर बल देते हैं। इनमें से अधिकांश व्यक्तियों ने पृथक् संप्रदाय स्थापित करने का प्रयास नहीं किया और वे कुल मिलाकर अपने को मनोविश्लेषणवादी ही समझते हैं। फिर भी वे परंपरागत मनोविश्लेषणवादी नहीं हैं तथा इंटरनेशनल साइकोएनालिटिक सोसायटी के द्वारा परंपरागत मनोविश्लेषणवाद के घेरे से परे समझे जाते हैं। हम इनमें से केवल कुछ के ही बो में बात करेंगे जिनके सिद्धांतों का सामना पाठक भविष्य में किंचित् विस्तार से मनोगतिकी (साइकोडायनॅमिक) सिद्धांत में पढ़ते समय करेंगे।

ओटो रैंक अधिकांश फ्रायडवादी सिद्धांत को स्वीकार करते हैं लेकिन फ्रायड से पहले ही सदमे के महत्वपूर्ण अनुभवों (टॉमैटिक एक्सपीरिएन्सिस) की सारणी को प्रारंभ करने की इच्छा रखते हैं। रैंक कहते हैं तथा यह विचार लगभग विश्वसनीय भी है कि गर्भनाल (अम्बिलिकल कॉर्ड) के माध्यम से भोजन प्राप्त करने से लेकर मुख के द्वारा भोजन खाने की प्रक्रिया तक होने वाला परिवर्तन कदाचित् उस परिवर्तन से बड़ा है जो प्रारंभिक मुखीय काल में होता है। परिणामस्वरूप, पहला सदमा पहुंचाने वाला अनुभव, जन्म लेने का सदमा है। रैंक यह दावा करते हैं कि केवल चिकित्सकीय विश्लेषण करने में ही इस पर ध्यान नहीं देना चाहिए बल्कि सिद्धांत को बनाते समय भी इसे ध्यान में रखना चाहिए। रैंक ने अपने सिद्धांत के इस पहलू को अपनी पुस्तक द *ट्रॉमा ऑफ बर्थ* (1929) में बहुत विस्तार से प्रस्तुत किया है। निस्संदेह जीवविज्ञान की दृष्टि से, पैदा होने की क्रिया प्राणी के समक्ष एक सदमा देने वाले अनुभव को प्रस्तुत करती है। भ्रूण (फीटस) की संपूर्ण निर्वाह व्यवस्था (*मोडस विवेन्डाई*) जन्म लेने पर अस्त-व्यस्त हो जाती है। एक अनुकूलन जो पहले पूर्णतया निष्क्रिय था वह अस्त-व्यस्त हो जाता है और नवजात शिशु से पहले प्रकार की क्रिया (श्वसन) की अपेक्षा की जाती है। जैसा कि स्वप्नों, लोककथाओं, कविता और कभी-कभी

अभिलाषा पूर्ति चिंतन से ज्ञात होता है, प्रायः मां के गर्भ में वापिस लौटने की इच्छा बनी रहती है।[1] फ्रायड जन्म लेने के सदमे के महत्व को एक जैविक स्तर पर मिले सदमे के रूप में स्वीकार करते हैं, लेकिन जन्म के समय मानसिक (साइकिक) विकास के लगभग पूर्ण अभाव के कारण इसे वह मनोवैज्ञानिक महत्व प्रदान नहीं करते जिसके लिए रैंक दावा करते हैं। यहां फ्रायड सही हैं। फ्रायड द्वारा रैंक की आलोचना को एक रुचि लेने वाला पाठक *द प्रॉबलम ऑफ एंग्ज़ाइटी* में पढ़ सकता है।

स्टेकल एक और भूतपूर्व प्रतिष्ठित मनोविश्लेषणवादी हैं जिन्होंने सिद्धांत में अनेक नवाचार सुझाए। वे एडलर और युंग के कुछ दृष्टिकोणों को स्वीकार करते हैं तथा यह विश्वास करते हैं कि रोगी को शिक्षित करके मनोविश्लेषण के मार्ग को बहुत कम किया जा सकता है। उनका कार्य वस्तुतः एक ग्रहणशील खिचड़ी है और लेखक यह मानते हैं कि उनकी स्थिति युंग की तुलना में और भी अतर्कसंगत है। फिर भी रुचि रखने वाले पाठक उनकी *साइकोएनालिसिस एण्ड सजेशन थेरैपी* (1923) पढ़ सकते हैं और स्वयं निर्णय कर सकते हैं।

3. आचरण पर आधारित या चरित्र वैज्ञानिक (कैरॅक्टरोलॉजिकल) दृष्टिकोण

व्यक्तित्व की समस्याओं के लिए विविध मनोगतिकी सिद्धांतों के अतिरिक्त सबसे महत्वपूर्ण मनोवैज्ञानिक (साइकोलॉजिकल - शारीरिक या फिजियोलॉजिकल के विपरीत) उपगमन चरित्रविज्ञानवादियों (केरॅक्टरोलॉजिस्ट्स) का है। हिपोक्रेटीज़ के समय से ही वैज्ञानिक, व्यक्तियों के कुछ विशिष्ट प्रकारों या उपजातियों के बारे में जानने का प्रयास कर रहे हैं और यह बताने का प्रयास कर रहे हैं कि इन प्रकारों के साथ कुछ मनोवैज्ञानिक भिन्नताएं संबद्ध होती हैं। इनमें से अधिकांश सिद्धांत यह मानते हैं कि यह अंतर संरचना के आधार पर (कंस्टीट्यूशनली) उदित होते हैं और वंशानुक्रमगत (हेरिडिटरी) होते हैं। निस्संदेह ही विविध प्रजातियों के बीच विशिष्ट संरचनात्मक और शरीर रचनात्मक (कंस्टीट्यूशनल एण्ड एनाटॉमिकल) भिन्नताएं होती हैं तथा इन भिन्नताओं के कारण प्रजाति मनोविज्ञान (रेशियल साइकोलॉजी) के विविध सिद्धांत बने हैं। यहां प्रजाति मनोविज्ञान की संपूर्ण समस्या से हमारा संबंध नहीं है। तथापि हमें यह बताना पड़ेगा कि इस क्षेत्र से संबंधित लगभग समस्त शोधों ने इस तथ्य की ओर संकेत किया है कि प्रजातियों में मनोवैज्ञानिक प्रकार के ऐसे कोई अंतर नहीं पाए गए हैं जिन्हें केवल जैविक (बायोलॉजिकल) तथ्यों पर आरोपित किया जा सके। दूसरे शब्दों में गोरे और नीग्रो तथा गैर-यहूदी और यहूदियों के बीच पाए जाने वाली वास्तविक मनोवैज्ञानिक भिन्नताएं जैविक भिन्नताओं के आधार पर नहीं बल्कि सांस्कृतिक भिन्नताओं के आधार पर पाई जाती हैं जिन्हें अधिकांशतया वातावरण से अनुकूलित समझा जाता है।

प्रजातिगत प्रकारों (रेशियल टाइप्स) में रुचि होने के अलावा, होमोसॅपियन्स या मानव प्रजाति की एक सामान्य मनोवैज्ञानिक किस्म और एक अधिक विशिष्ट संरचनात्मक किस्म की उपप्रजातियों में भी रुचि ली गई है। प्रसिद्ध है कि हिपोक्रेटीज़ ने मनुष्य को पित्तप्रकृति (कॉलेरिइक), कफप्रकृति (फ्लग्मॅटिक), विषादग्रस्त (मॅलॅनकोलिक) तथा प्रसन्नचित्त (सॅन्गुइन) प्रकारों में विभाजित किया है। यह उन्होंने उस समय प्रचलित कायिक तरल पदार्थों (बॉडिली ह्यूमर्स) के सिद्धांत के आधार पर किया या कफप्रकृति (फ्लग्मॅटिक) के व्यक्तियों की विशिष्टता, देह में कफ का अति-बाहुल्य होना माना जाता था और इसलिए वो मनोवैज्ञानिक रूप से धीमे और लापरवाह समझे जाते थे। प्रसन्नचित्त (सॅन्गुइन) व्यक्तियों की विशेषता देह में रक्त की अति बहुतायत पाया जाना है तथा इस कारण से यह व्यक्ति मनोवैज्ञानिक रूप से आशावादी और आत्मविश्वासी समझे जाते थे। पित्तप्रकृति (कॉलेरिक) व्यक्तियों में पीले पित्त का अति बाहुल्य होता है जो उन्हें शीघ्र क्रोधोन्माद, परिवर्तनशीलता और हत्थे से उखड़ने की प्रवृत्ति जैसी मनोवैज्ञानिक विशेषताओं की ओर ले जाता है। विषादग्रस्त (मॅलॅनकोलिक) व्यक्तियों में काले पित्त का अति आधिक्य होता है तथा वह इस कारण से धीमी गति से संचालन करने वाले खिन्न और उदास रहने की प्रवृत्ति रखते हैं। हिपोक्रेटीज़ की सोच के मूल में स्थित शरीर विज्ञान संबंधी (फिजियोलॉजिकल) सिद्धांत की पूर्ण अनुपयुक्तता की अनुभूति ने, मनोविज्ञान और चिकित्सा दोनों के क्षेत्र में एक गंभीर सिद्धांत के रूप में इसका परित्याग करने का मार्ग दिखाया। फिर भी, विद्यमान व्यक्तित्व प्रकारों के ऐसे नामों के रूप में जिन्हें सभी व्यक्ति समझते हैं, इस सिद्धांत की विशिष्टताओं का मात्र बना रहना ही यह प्रदर्शित करता है कि इसका कोई वास्तविक निहितार्थ हो सकता है।

हिपोक्रेटीज़ का अनुसरण करते हुए, महान रोमन चिकित्सक गॅलन ने उनके प्रकार तथा कायिक तरल पदार्थ (टाइप-एण्ड-ह्यूमर) सिद्धांत का विस्तार किया, तथा ऐसे चरित्रविज्ञान मध्ययुग में निरंतर बने रहे। सामान्यतया, जैसा कि सभी मध्ययुगीन विज्ञान के साथ है, सिद्धांत अधिक वैज्ञानिक होने की अपेक्षा कम, और भी कम वैज्ञानिक होते गए, तथा आधुनिक विज्ञान के विकास के साथ उपेक्षित हो गए। फिर भी, अट्ठारहवीं शताब्दी में चरित्रविज्ञान पुनः महान लोकप्रिय प्रचलन में आ गया और इसने पुनः कुछ मात्रा में वैज्ञानिक रुचि को प्राप्त किया।

अट्ठारहवीं शताब्दी के चरित्रविज्ञान संबंधी संप्रदायों (कैरॅक्टरोलॉजिकल स्कूल्स) में आकृति-विशेषज्ञ (फ़िज़िग्नॉमिस्ट्स) सबसे महत्वपूर्ण हैं जिनके अग्रणी लैवेटर थे। आकृति-विशेषज्ञों का विश्वास था कि मनोवैज्ञानिक विशिष्टताएं देह की सामान्य रूपरेखा, विशेषकर चेहरे की रूपरेखाओं के माध्यम से, शारीरिक गठन से संबंधित थीं। इन व्यक्तियों का अनुगमन उन्नीसवीं शताब्दी के कपाल-विज्ञानियों (फ्रिनॉलॉजिस्ट्स) ने किया जिनके मुख्य प्रतिनिधि गॉल तथा स्पज़ीम थे। उनका विश्वास था कि कपाल की रूपरेखाएं कुछ मनोवैज्ञानिक विशिष्टताओं की संकेतक थीं। हमारे बड़े औद्योगिक

नगरों के निर्धन वर्गों के बीच कपाल-विज्ञानियों के कार्यकलापों के प्रमाण अभी भी कोई देख लेता है। उनके पास कपाल खोपड़ी के क्षेत्रों को दिखाते हुए परिचित चार्ट होते हैं जिन पर संजीवता (एनीमेटिवनॅस), संग्रहणशीलता (एक्विज़िटिवनॅस), परोपकार (फिलैनथ्रॅपि), आदि चिह्नित रहता है। उन्नीसवीं शताब्दी में, इटली के अपराध-विज्ञानी (क्रिमिनॉलॉजिस्ट) लॉम्ब्रोसो ने इस सिद्धांत का विकास किया कि कुछ असामाजिक व्यक्तियों, विशेषकर अपराधियों के चरित्र आकृति विज्ञानपरक (फिज़ियॉगनॉमिक) और कपाल-विज्ञान परक (फ्रेनॉलॉजिक) विशेषकों के सम्मिश्रण के द्वारा निर्धारित होते हैं। ऐसी अवस्था में, मनोवैज्ञानिक अधोगति कुछ क्षतचिह्नों (स्टिगमॅटा) जैसे खोपड़ी की उदग्रता, गोभी के फूल जैसे कान, विकृत नाक आदि की उपस्थिति में उद्घाटित होती है। लॉम्ब्रोसो की विचारधारा का अनुसरण करते हुए, लिपिविज्ञान (ग्रॅफोलॉजी) या लेख के माध्यम से चरित्र में विभेदन करने के विज्ञान में बहुत समय तक रुचि बनी रही। यह माना जाने लगा कि ऐसी संरचनात्मक भिन्नताएं जो हस्तलिपि में अंतर लाती हैं, वे चरित्र के भिन्न-भिन्न प्रकार उत्पन्न करती हैं।

बीसवीं शताब्दी के आने तक, इन सभी संप्रदायों के कार्य वैज्ञानिकों के बीच लगभग पूर्ण रूप से उपेक्षित हो गए। चित्रों के द्वारा मनोवैज्ञानिक चरित्र के बारे में अनुमान लगाने के लिए सावधानी से किए गए प्रयोगात्मक अध्ययनों ने आकृति विशेषज्ञों की प्रतिष्ठा घटाई क्योंकि ये प्रयोग निरपवाद रूप से नकारात्मक सिद्ध हुए। मस्तिष्क की संरचना (एनाटॅमी) में स्थान-निर्धारण (लोकलाइजेशन) के मुख्य क्षेत्रों की खोज ने कपाल-विज्ञानियों को यह सिद्ध करके प्रतिष्ठाहीन कर दिया कि मस्तिष्क में उस किस्म के विशेषक (ट्रेट) के लिए कोई विशिष्ट केन्द्र नहीं होते, कपालविज्ञानी (फिनॉलॉजिस्ट्स) जिसका सिर में उभारों के साथ सहसंबंध स्थापित करने का प्रयास करते थे। अपराध वैज्ञानिकों के बाद के मतों ने लॉम्ब्रोसो के सिद्धांत की उपेक्षा कर दी। इस तथ्य ने कि जहां लेखन का संदर्भ (प्रसंग) व्यक्तिगत नहीं था वहां अपरिचित व्यक्तियों की हस्तलिपि की मनोवैज्ञानिक विशेषताओं का विभेदन करने की दिशा में हस्तलिपि के विशेषज्ञ भी अधिक कुछ नहीं कर सके, इस सत्य ने लिपि वैज्ञानिकों (ग्रॅफ़ॉलॉजिस्ट्स) की उपेक्षा कर दी।

मात्र यह सत्य कि इतने व्यक्ति इतने वर्षों से मनोवैज्ञानिक विश्लेषकों का शारीरिक विशिष्टताओं के साथ सहसंबंध स्थापित करने में रुचि ले रहे थे अथवा विविध मनोवैज्ञानिक या शारीरिक प्रारूपों (टाइप्स) को पृथक् करने की कोशिश से संबंधित थे, कम से कम इस बात का प्रमाण है कि ऐसे प्रारूप (टाइप्स) अस्तित्व में हो सकते हैं। बीसवीं शताब्दी में टाइपोलॉजी तथा कॅरॅक्टरोलॉजी में रुचि पुनर्जीवित हुई है। आधुनिक टाइपोलॉजिस्ट्स तथा कॅरॅक्टरोलॉजिस्ट्स का संबंध मनोवैज्ञानिक व्यवहार और उसके मूल में निहित संरचना (अन्डरलाइंग कॉन्स्टीट्यूशन) के बीच संभावित सहसंबंधों से है। फिर भी इनमें से वैज्ञानिक रुझान रखने वाले इस बात के इच्छुक हैं कि एक ओर जैविक संरचना और दूसरी ओर आधुनिक मनोवैज्ञानिक सिद्धांत, दोनों के बारे में जो कुछ भी

ज्ञात है उसके बारे में विचार किया जाए। हो सकता है कि आधुनिक चरित्रविज्ञान के माध्यम से हम मनोचिकित्सा की कुछ विशिष्ट समस्याओं के ज्ञान का विकास करेंगे जैसे रोग के चयन की समस्या का। व्यक्तित्व के विकास पर मनोवैज्ञानिक क्षेत्र में आने वाली रुकावटों के प्रभावों के बारे में हमने पिछले अध्यायों में जो कुछ जाना उसे ध्यान में रखते हुए इस बात की संभावना बहुत कम लगती है कि कोई भी मनोवैज्ञानिक विशिष्टताएं जनन-द्रव्य (जर्म प्लाज़्म) या संरचना (कॉन्स्टीट्यूशन) में सदैव के लिए पूर्वनिर्धारित हैं। चूंकि एक ओर हम यह मानते हैं कि व्यवहार की समस्त समस्याओं में वंशानुक्रमपरक कारक वातावरणपरक कारकों के साथ प्रवेश करते हैं, अतः यह हो सकता है कि संचरनात्मक कारक जैसे देहयष्टि, या मनोवैज्ञानिक प्रारूप (टाइप) के कारक जैसे अन्तर्मुखता तथा बहिर्मुखता, परिपूर्ण व्यक्तित्व में योगदान देने वाले कारक हों। आधुनिक वैज्ञानिक चरित्रविज्ञान के क्षेत्र में किया गया कार्य इतना नवीन है और इतने मत इसके प्रतिद्वंद्वी हैं कि इस प्रकार की पुस्तक में इसके सम्पूर्ण क्षेत्र को सम्मिलित करने का प्रयास मात्र भ्रामक होगा। अतः हमें चरित्रविज्ञानपरक अग्रणी मतों का संक्षिप्त सार देकर और प्रत्येक प्रभेद में सम्भावित उपयोगिता का कुछ संकेत देकर संतुष्ट हो लेना चाहिए।

अन्तर्मुखिता-बहिर्मुखिता (इन्ट्रोवर्ज़न-एक्ट्रावर्ज़न) की संकल्पना : आधुनिक चरित्र प्रारूपों (कॅरॅक्टर टाइप्स) में सबसे अधिक व्यापक रूप से ज्ञात सी.जे. युंग (1923) द्वारा दिए गए, जो अन्तर्मुखी और बहिर्मुखी नाम से लोकप्रिय हुए। युंग के अनुसार अन्तर्मुखी की आत्मनिष्ठ अभिवृत्ति होती है, वे यथार्थ के जगत से स्वैर-कल्पना के जगत में प्रत्याहार (विदड्रॉ) करने की प्रवृत्ति रखते हैं। वे मुख्यतया उन उत्तेजनों या उद्‌दीपकों (स्टिमुलाई) से प्रभावित होते हैं जो आंतरिक अनुभव के जगत में उत्पन्न होते हैं। उनके (फ्रायड के नहीं) लिबिडो सिद्धांत के अर्थ में, अन्तर्मुखी की लिबिडो उसके अंदर की ओर उन्मुख होती है। दूसरी ओर, बहिर्मुखी की यथार्थवादी, वस्तुनिष्ठ अभिवृत्तियां होती हैं, वे भौतिक यथार्थ के जगत के लिए प्रतिक्रिया करने की ओर प्रवृत्त होते हैं और मुख्यतया यथार्थ के जगत से उद्‌दीप्त होते हैं। उनकी लिबिडो या कामवृत्ति बाहर की ओर उन्मुख होती है। इसीलिए *अन्तर्मुखता* और *बहिर्मुखता* में विभेदीकरण किया है। युंग स्वयं व्यक्तियों की सामाजिक अभिवृत्तियों की अपेक्षा उनकी प्रात्यक्षिक-संज्ञानात्मक अभिवृत्तियों (पर्सप्चुअल-कॉगनिशनल एटीट्यूड्स) में रुचि रखते थे और यह बहुत संभव है कि अन्तर्मुखी बहुत से सामाजिक संपर्क रखते हों और बहिर्मुखी समाज से खिंचे हुए रहते हों। युंग ने मौलिक रूप से इस विभेदीकरण का जिस प्रकार प्रयोग किया उसका संबंध उस तरीके से था जिससे व्यक्ति यथार्थ जगत का प्रत्यक्ष ज्ञान करते थे और उसके बारे में सोचते थे। इस ओर संकेत करना बहुत महत्वपूर्ण है क्योंकि कुछ अमरीकी समाज मनोवैज्ञानिकों की दृष्टि में अन्तर्मुखी का अर्थ एक समाज से खिंचा हुआ और आत्मनिर्भर व्यक्ति है जबकि बहिर्मुखी एक ''खाया-पिया, अघाया और मिलनसार होता है।'' निस्संदेह सामाजिक अभिवृत्तियां प्रायः संज्ञान (कॉगनिशन) और प्रत्यक्ष (पर्सेप्शन)

के तरीके का अनुसरण करती हैं और समान्यतया बहिर्मुखी की अपेक्षा अन्तर्मुखी अधिक असामाजिक (विदड्रॉन) होता है। इन दोनों के बीच *उभयमुखी* या *एम्बीवर्ट* अधिक संतुलित होता है। युंग अपने चरित्रविज्ञानपरक (कॅरॅक्टरोलॉजिकल) विभेदीकरण को ऐतिहासिक जीवनियों और व्यक्तिवृत्तों का उदाहरण देकर स्पष्ट करते हैं। वे बहिर्मुखतापरक चिंतन, अनुभूति, अन्तर्दर्शी और संवेदनात्मक प्रकारों में विभेदीकरण करते हैं। यहां इन सूक्ष्मतर विभेदीकरणों का विस्तार नहीं किया जा सकता। जेम्स, रॉर्शा तथा स्प्रॅन्गर ने विभेदीकरण किए हैं जो युंग के दो प्रकारों के समान तो हैं लेकिन समरूप नहीं। अन्तर्मुखिता-बहिर्मुखिता की अवधारणा पर अमरीकी प्रयोगवादियों द्वारा बहुत कार्य किया गया है।

अन्तर्मुखता-बहिर्मुखता की धारणा निस्संदेह मनोरोग विज्ञान के लिए निहितार्थ रखती है। जैसा कि हम देखेंगे खंडित मनस्कताग्रस्त व्यक्ति के अत्यधिक अन्तर्मुखी तथा उन्मादी-अवसादी व्यक्ति को अत्यधिक बहिर्मुखी समझा जाता है। आज कोई भी इस बात पर गंभीरतापूर्वक विश्वास नहीं कर सकता कि एक संपूर्ण व्यक्तित्व एक संरचनापरक व्यक्तित्व प्रारूप (कॉन्स्टीट्यूशनल पर्सनॅलिटी टाइप) के द्वारा पूर्व निर्धारित होता है, लेकिन संरचना निस्संदेह यहां तक कि फ्रायड स्वयं ऐसा स्वीकार करते हैं, प्रतीपायन (रिग्रेशन) की गहनता तथा न्यूरॉसिस का चुनाव करने में महत्वपूर्ण भूमिका निभा सकती है तथा प्रतिक्रिया करने के आधारभूत तरीकों के लिए कुछ भी कर सकती है। यह पूरी तरह स्पष्ट नहीं है कि अन्तर्मुखता या बहिर्मुखता किस सीमा तक संरचनात्मक (कॉन्स्टीट्यूशनल) है।

शरीर गठन पर आधारित क्रॅशमर का चरित्रविज्ञान : क्रॅशमर के अनुसार व्यक्तित्व के विविध प्रारूप (टाइप्स), विशेष प्रकार के कुछ शरीर-गठन या देहयष्टि के लिए आकर्षण या संबंध रखते हैं, और जब ऐसी शरीर-गठन रखने वाले व्यक्ति मानसिक रूप से बीमार होते हैं तो वे मानसिक रोग के कुछ विशेष रूपों का विकास करने की प्रवृत्ति रखते हैं। अतः, बहिर्मुखी (उत्तेजना विषाद संबंधी स्वभाव (साइक्लोदाइमिक टॅम्परामॅन्ट्स) जैसा कि क्रॅशमर इन्हें पुकारते हैं) सामान्यतः स्थूलकाय शरीर-गठन (पाइकनिक बॉडी बिल्ड) के होते हैं पर जब मनोविक्षिप्तिग्रस्त (साइकोटिक) होते हैं तो इनका रोग मैनिक-डिप्रॅसिव साइकोसिस होने का अंदेशा रखता है। दूसरी ओर अन्तर्मुखी व्यक्ति (शिज़ॉइड वर्ग) कृशकाय (एस्थैनिक)[2] या एथलैटिक (बलिष्ठ देहयष्टि) रखने की प्रवृत्ति रखते हैं और जब वे साइकोटिक होते हैं तो स्किड्ज़ोफ्रीनिया या खंडित मनस्कता विकसित कर लेते हैं। इसके अतिरिक्त, कुगठित (डिसप्लास्टिक) प्रारूप भी होते हैं। क्रॅशमर के विविध कायिक प्रारूपों (बॉडी टाइप्स) की मुख्य शारीरिक विशिष्टताओं का निकॉल के द्वारा भली-भांति संक्षिप्तीकरण किया गया है जो अग्रलिखित हैं :

क्रॅशमर के अनुसार शारीरिक प्रारूपों का वर्गीकरण में मुख्य रूप से चार वर्गीकरण आते हैं जो आगे दिए गए हैं :

अ. बलिष्ठकाय प्रारूप (*द एथलॅटिक टाइप*)–मजबूत अस्थि पिंजर, शक्तिशाली पेशीविन्यास, भव्य वक्ष तथा निर्बाध मुक्त गर्दन। बड़े हाथ और पैर, कभी-कभी अतिकायता (एक्रोमिगॅली) की याद दिलाने वाले। जैविक दृष्टि से यह प्रारूप अफ्रीकी नीग्रो शरीर-गठन और विकासमूलक सोपान में पीछे दूर तक जाएं तो गोरिल्ला की शरीर-गठन का आभास देते हैं।

ब. कृशकाय प्रारूप (*द एस्थॅनिक टाइप*)–ये व्यक्ति प्रायः पतले और लम्बे होते हैं। त्वचा रूखी, कंधे सिकुड़े होते हैं, बाँहें पतली और लम्बी तथा वक्ष चपटा होता है। ऐतिहासिक दृष्टि से देखने पर, यह प्रारूप चिम्पैन्ज़ी और प्रारम्भिक आर्य जातियों से उत्पन्न होता हुआ प्रतीत होगा। यह वह प्रारूप है जो अकाल मनोभ्रंश (डिमॅन्शिया प्रीकौक्स) में बार-बार देखने में आता है।

स. स्थूलकाय प्रारूप (*द पाइकनिक टाइप*)–यह प्रारूप अन्य से बहुत भिन्न है। देह के विवर या कॅविटीज़ (सिर, वक्ष, उदर) बड़े होते हैं, चर्बी के जमा होने की सुस्पष्ट प्रवृत्ति होती है, तथा देह की रूपरेखा गोलाई लिए और मनोहर होती है। चेहरा कोमल और चौड़ा तथा हाथ छोटे और चौड़े होते हैं। बहुत से तरीकों से यह गढ़न मंगोल प्रजातियों पर और विकास सिद्धांत के हिसाब से जानवरों की शृंखला में ओरंगओटान प्रजाति प्रतीत होती है।

द. कुगठित वर्ग (*द डिस्प्लॉस्टिक ग्रुप*)–यह एक मिश्रित प्रारूप हैं जो उन अधिकांश प्रारूपों में समझौता करता है जो ग्रंथीय संलक्षण के मंद रूपों के अनुरूप होते हैं। उदाहरण के लिए, दीर्घीकृत हिजड़ा समूह (यूनकाइड) जिनमें गौण लैंगिक विशिष्टताओं की कमी (डैफीशिएंट सॅकेन्ड्री सेक्सुअल कॅरॅक्टरिस्टिक्स) होती हैं; यूनकॉइड और बहुग्रंथीय चर्बी संबंधी असमान्यताएं, तथा शैशव और अल्पसुनम्य (हाइपोटलास्टिक) किस्में जो सुस्पष्ट अल्पविकास या अनुपातहीनता दिखाती हैं। क्रॅशमर के इन प्रारूपों में अन्य लेखकों, विशेष रूप से रोडाली के द्वारा, अन्य प्रारूप जोड़े गए हैं, जबकि विलॅम्स के द्वारा (बाल अपराध में) और स्टॉकर्ड द्वारा भी संरचना (कॉन्स्टीट्यूशन) का अध्ययन किया गया है।

अब तक यह व्यक्तित्व के शारीरिक पक्ष की बात थी। अगला कदम इसको मानसिक पक्ष से सहसंबद्ध करना था, और यह कार्य केवल प्रामाणिक मानसिक विक्षिप्तता के विषय में ही नहीं, बल्कि 'सामान्य' व्यक्तियों के विषय में भी करना था और सबसे पहले साइकोसिस (मनोविक्षिप्ति) के संबंध में जब एक बार उन विकारों को अलग कर दिया गया जो सीधे-सीधे आकस्मिक और शारीरिक कारणों पर आरोपित किए गए थे, जैसे-विषरक्तता (टॉक्सीमिया) तथा अशक्तता (एग्ज़हॉशन), जिसके प्रमुख नैदानिक लक्षण सरसाम (डिलीरियम) और भावशून्यता (स्ट्यूपर) हैं तथा मिर्गी और सामान्य पक्षाघात (एपीलैप्सी एण्ड पैरालिसिस); तो हमने एक महत्वपूर्ण श्रेणी (क्लास) को छोड़ दिया जिसे जैवआनुवंशिक मनोविकृतियों या

(बायोजॅनेटिक साइकोसीज़) के नाम से जानते हैं। इन्हें दो मुख्य वर्गों में विभक्त किया जा सकता है :

1. *चक्रविक्षिप्तिग्रस्त* (या उन्मादी-अवसादी) वर्ग (*द साइक्लोदाइमिक ऑर मॅनिक-डिप्रॅसिव ग्रुप*)—यह विकृति मुख्य रूप से संवेगात्मक क्षेत्र में होती है तथा शीघ्र लेकिन अस्थायी स्वास्थ्य लाभ के बाद पुनः बीमार पड़ने और रोग की पुनरावृत्ति की अपनी अभिवृत्ति के लिए विलक्षण है। व्यक्तित्व विक्षिप्त (डिरेन्जूड) होते हुए भी अच्छी ख़ासी मात्रा में संगठित रहता है; रोगी के आचरण या व्यवहार के भिन्न-भिन्न संघटकों के बीच ऊपरी तौर से स्पष्टतया कोई असंगति नहीं होती; वह वस्तुतः ब्लूलर के अनुसार 'सिनूटॉनूइक या समस्वरित' होता है। वह अपने चारों ओर की परिस्थितियों या परिवेश के साथ अच्छे सम्पर्क में भी रहता है और वातावरणपरक उद्‌दीपकों के लिए प्रतिक्रिया भी करता है।
2. मनोविदलताग्रस्त वर्ग *(स्किड्ज़ोफ्रीनिक ग्रुप)*—इस वर्ग में मनोभ्रंश, व्यामोह और सविभ्रम (डीमॅन्शिया प्रीकॉक्सीज़, पॅराफ्रीनियाज़ एण्ड पॅरानोइयाज़) निहित होते हैं। ये सभी विविध मात्राओं में संश्लेषण में विफलता प्रदर्शित करते हैं; वे स्वयं अपने अंदर ही विभक्त प्रतीत होते हैं; इनमें एक ओर तो विचारों और दूसरी ओर संवेग के बीच संगतता का अभाव होता है। इसके अतिरिक्त ये विपरीतता की घटना को भी अभिव्यक्त करते हैं जिसे हम उभयमुखता (एम्बीवेलॅन्सी) के नाम से जानते हैं। इसके मंद रूपों में हम हॉच द्वारा बताए गए 'शट-इन या घिरे' व्यक्तित्वों को स्वीकार करते हैं, जो हमें युंग के अन्तर्मुखियों का बहुत स्मरण कराते हैं।

पहले से ही व्यवस्थित व्यक्तित्व का (प्रीडिस्पोज़्ड) घटक मायर्स और अन्य के द्वारा महत्व दिया गया है, और क्रॅशमर ने अपने वर्गीकरण को विस्तारित किया जिससे कि व्यक्तित्व के सभी सामान्य और असमान्य प्रभेदों को निहित किया जा सके और उसके द्वारा मानसिक संतुलन और असंतुलन के बीच असमानता की अपेक्षा समानता के बिन्दुओं पर जोर दिया जा सके। उसके दो महत्वपूर्ण वर्ग चक्राभ (साइक्लॉइड) और विदलनाभ (शिज़ॉइड) हो गए और उनमें से निश्चित रूप से असमान्य को ही चक्र विक्षिप्तिग्रस्त (साइक्लोदाइमिक्स) और मनोविदलताग्रस्त (स्किड्ज़ोफ्रीनिक्स) शब्द दिया गया। सामान्य साइक्लॉइडस को उनकी सामाजिकता, अच्छे स्वभाव, संवेग की अभिव्यक्ति और प्रत्यावर्ती तरीकों की वृत्ति के लिए पहचाना जाता है। इनके विपरीत, सामान्य विदलनाभ असामाजिकता रुखे और सहानुभूति रहित दृष्टिकोण, सनक और अधीरता, कदाचित् प्रतिभाशाली बुद्धि प्रदर्शित करते हैं।[3]

कृशकाय और स्थूलकाय प्रभेदों की मुख्य शारीरिक विशिष्टताएं और उनसे संबंधित मुख्य मानसिक विशिष्टताओं की रूपरेखा चित्र 9 में दिखाई गई है।

कृशकाय	स्थूलकाय
(एस्थानिक)	(पाइकनिक)
तीन-नोक का चेहरा	पांच नोक का चेहरा
ऊर्ध्वाधर प्राधान्य	क्षैतिज अनुप्रस्थ प्राधान्य
हावर ग्लास आकृति	बीयर के पीपे जैसी आकृति
लम्बे हाथ-पैर	लघुकृत हाथ-पैर
झटकेदार	स्निग्ध
अन्तर्मुखी	बहिर्मुखी
घिरा हुआ, गैर-सामाजिक	सामाजिक
संवेगात्मक रूप से निश्चेतक	संवेगात्मक रूप से चक्राभ
शिजॉइड	साइक्लॉइड
स्किड्ज़ोफ्रीनिया	मॅनिक-डिप्रॅसिव

चित्र-9 : क्रॅशमर के देह-प्रारूप (बॉडी-टाइप), व्यक्तित्व के विशेषक (ट्रेट्स) और रोग के साथ घनिष्ठ संबद्धता के बीच संबंध को प्रकट करते हुए।

यद्यपि मानसिक रोग, शरीर की गठन और व्यक्तित्व के प्रभेदों (टाइप्स) के बीच पूर्ण सहसंबंध अभी तक किसी को भी प्राप्त नहीं हुआ है, लेकिन अब इस बात पर बहुत अधिकता से बल दिया जा रहा है कि इनके बीच कोई घनिष्ठ संबंध है। एक सुप्रशिक्षित क्लिनिक मनोविश्लेषक साइकोटिक व्यक्तियों के रोगी कक्ष से गुजरते समय इनका निदान (डायग्नोस) अवसर (चांस) की अपेक्षा देह गठन के आधार पर अधिक अच्छा कर सकता है। व्यावहारिक मनोचिकित्सा में क्रॅशमर के टाइप्स (प्रभेदों) का महत्व है।

पुनः बहुत से सूक्ष्म प्रश्नों का हल करना रह गया है। क्या आधारभूत देह गठन वास्तव में जनन-द्रव्य (जर्म प्लाज़्म) में निर्धारित होती है? जिन व्यक्तियों का आधारभूत व्यक्तित्व परिवर्तित हो जाता है, क्या वे देह-गठन में भी ऐसे असाधारण परिवर्तन प्रदर्शित करते हैं? सभी शिशु गोल-मटोल (पाइकनिक) होते हैं। परंतु कैसे बाद में उनमें से बहुत से कृशकाय (एस्थॅनिक) पुष्टकाय (एथलॅटिक) या कुगठित (डिसप्लास्टिक) हो जाते हैं। वातावरण-परक प्रभाव देहयष्टि तक में अपनी भूमिका निभाते हैं। जब तक अधिक गहन अध्ययन न कर लिए जाए, हम क्रॅशमर के साथ देहयष्टि के कुछ कारण-संबंधी प्रभाव संपूर्ण व्यक्तित्व पर आरोपित कर सकते हैं लेकिन इसे व्यक्तित्व का आधार या संरचना (कॉस्टीट्यूशनल) नहीं बना सकते जैसा कि कॅशमर करने का प्रयास करते हैं।

अन्य चरित्रपरक (कॅरॅक्टरोलॉजिकल) स्कूल्स—कॅरॅक्टरोलॉजी के दृष्टिकोण से दूसरे और भी बहुत से उपगमन (एप्रोचेज़) हैं। रोबॅक ने केवल इस क्षेत्र में पृथक् से संक्षिप्त

साहित्य प्रस्तुत करने के लिए एक वृहत् पुस्तक समर्पित की है। रुचि रखने वाले पाठक इसे पढ़ सकते हैं। युंग और क्रॅशमर के कार्य के अतिरिक्त मनोगतिकी सिद्धांत की दृष्टि से, प्रभेदों (टाइप्स) पर किए गए सबसे अधिक रुचिकर आधुनिक अध्ययन रॉर्शा, सॉडेक तथा टर्मन और माइल्स के हैं। हम अंतिम अध्याय में इनके बारे में कुछ कहेंगे।

4. समाजशास्त्रीय (सोशियोलॉजिकल) और जातिगत (एथनोलॉजिकल) दृष्टिकोण

यह अविवादित है कि व्यक्तित्व के निर्माण में सामाजिक कारकों का बहुत अधिक महत्व है। भूतकाल में मनोगतिकी (साइकोडॉयनॅमिक) सिद्धांत की मुख्य कमियां यह रही हैं कि इस सिद्धांत में वृहत् समाजशास्त्रीय और सांस्कृतिक कारकों की उपेक्षा करके वैयक्तिक और कौटुम्बिक-मनोवैज्ञानिक (फॅमिलियल साइकोलॉजिकल) कारकों को आवश्यकता से अधिक बल दिया गया है। हमने पहले ही इस पुस्तक के शुरू के अध्यायों में मनोवैज्ञानिक क्षेत्र में सामाजिक कारकों के महत्व पर जोर दिया है। लेखक ने अपनी पुस्तक *साइकोलॉजी एण्ड द सोशल ऑर्डर* में व्यक्तित्व के सामाजिक निर्धारकों के बारे में अपने विचार विस्तार से दिए हैं। यह तथ्य बना रहता है कि लगभग सभी सभ्यताओं में, यहां तक कि आदिम सभ्यताओं में भी, व्यक्ति व्यक्तित्व के कुसमायोजनों के संकेत प्रदर्शित करते हैं जो संवेगात्मक वृत्तियों (अर्जेज़) के नैराश्य (फ्रस्ट्रेशन) के आधार पर उत्पन्न होते हैं। विविध आधुनिक सभ्य संस्कृतियों में मुख्य मनोरोगमय व्यवहार के रूपों की उपस्थिति भी एक असंदिग्ध सत्य है यद्यपि इनके प्रभेदों के प्रभाव-क्षेत्र (इंसीडेन्स) के आंकड़ों में विविधता होती है। फलस्वरूप, हमें यह निष्कर्ष निकालना पड़ेगा कि यद्यपि संस्कृति की भिन्नताएं, व्यक्तित्व में भिन्नताएं लाती हैं लेकिन व्यक्तित्व का अधिकांश भाग मनोजैविक कारकों (साइकोबायोलॉजिकल फैक्टर्स) से निर्धारित होता है और संस्कृति से होने वाले परिवर्तन गौण होते हैं।

नृजाति विज्ञान (एंथ्रोपोलॉजी) का क्षेत्र एक ऐसा समृद्ध क्षेत्र है जिसमें मनोगतिकी सिद्धांत की आधारिक अभिधारणाओं (बेसिक पॉस्चुलेट्स) का परीक्षण किया जा सकता है। इस क्षेत्र में पहले से किए गए अध्ययन मनोगतिकी सिद्धांत के मूलप्रवृत्तिपरक आधार (इंस्टिन्किचुअल बेसिस) का खण्डन करने के लिए बहुत कुछ करते हैं। तथापि, हमने पहले से देखा है कि अपनी वर्गीकृत (सिस्टमॅटिक) वैधता के लिए मनोविश्लेषण का सिद्धांत मानसिक वृत्तियों (साइकिक अर्जेज़) के मूलवृत्यात्मक आधार का पूर्ण रूप से पालन करने पर निर्भर नहीं करता। समाज के समाजशास्त्रीय और नृजाति-विज्ञानपरक (एंथ्रोपोलॉजिकल) संरचना के आधार पर व्यक्तित्व में सभी वस्तुएं दिखलाने का प्रयास करना संभवतया उतना ही भ्रान्तिपूर्ण है जितना कि समाज की संरचना (स्ट्रक्चर) में निहित प्रत्येक वस्तु को व्यक्तित्व के मनोजैविक पहलुओं से

दिखलाने का प्रयास करना। जैविक मनोचिकित्सा (ऑर्गेनिज़्मिक साइकिएट्री) आधारभूत विवाद को दोहराने के लिए "व्यक्तित्व की उत्पत्ति (जॅनॅसिस) ऐसे तरीके से होती है जिसमें विशिष्ट जैविक संरचना के व्यक्ति मनोवैज्ञानिक क्षेत्र में, अवरोधों (बैरियर्स) का सामना करते हैं।" इनमें से अधिकांश अवरोध समाज द्वारा आरोपित होते हैं, अतः सांस्कृतिक होते हैं। पर संस्कृति की प्रकृति का स्वरूप मनोवैज्ञानिक कारकों से उसी प्रकार सीमित होता है जिस प्रकार मनोवैज्ञानिक कारक संस्कृति से प्रभावित होते हैं। सामाजिक परिवर्तन के बारे में विचार करते समय जिस आधारभूत समस्या की जांच-पड़ताल हमें करनी चाहिए वह यह है कि, व्यक्तित्व में वह क्या है जो संस्कृति में परिवर्तन के साथ परिवर्तित हो सकता है, और मनोजैविक सोच-विचार के कारण किए जाने वाले सामाजिक समायोजन को गंभीरतापूर्वक उलझाए बिना हम संस्कृति में कितना परिवर्तन कर सकते हैं। लेखक ने इस समस्या पर निबंधों की एक शृंखला (1937, 1938, 1939) में अधिक उच्च स्तर पर विचार किया है।

मनोगतिकी के सिद्धांत को मानवजाति विज्ञान और समाजशास्त्र के साथ समन्वित करने का कार्य दोनों ओर से आरंभ हो गया है। पिछले अध्याय में हमने समाजशास्त्र में मनोविश्लेषण सिद्धांत का उल्लेख किया। मनोगतिकी पर सांस्कृतिक कारकों के प्रभाव की समस्या को उठाने वाले महत्वपूर्ण कार्य रिवर्स (1921 से 1926), मॅलिनोव्स्की (1927, 1929), नीड (1935), विलियम्स (1934), कार्डिनर तथा फॅरिस और डन्हम के हैं।

5. अन्तःस्रावीय (एन्डोक्रिनॉलॉजिकल) तथा जैव-रासायनिक (बायोकैमिकल) दृष्टिकोण

अभी तक जिन सैद्धांतिक दृष्टिकोणों का उल्लेख किया गया था, वे जैविक (ऑरगॅनिज़्मिक) या मनोजन्य (साइकोजॅनिक) सिद्धांत के दृष्टिकोण से दिए गए थे। देह विज्ञान (सोमॅटोजॅनिक) सिद्धांत के दृष्टिकोण से भी बहुत से महत्वपूर्ण उपगमन हैं। पाठक यह याद रखेंगे कि यह पुस्तक आवश्यकतानुसार मनोवैज्ञानिक कारकों के विचार-विमर्श तक ही सीमित रखी गई है। पूर्णता के लिए हम अंतःस्रावी और जैव-रासायनिक (एन्डोक्रिनॉलॉजिकल और बायोकैमिकल) उपगमनों के बारे में भी कुछ कहना चाहते हैं।

आधुनिक शरीर-क्रिया विज्ञान (फ़िज़ियोलॉजी) की सबसे महत्वपूर्ण प्रगति स्वायत्त नाड़ी तंत्र (ऑटोनॉमिक नर्वस सिस्टम) और अंतःस्रावी ग्रंथियों की भूमिका को समझने के रूप में हुई है। चूंकि संवेगों (इच्छाओं) को विचारों और कार्यों दोनों के जनक के रूप में जाना गया है और चूंकि संवेग की शक्ति मुख्यतया स्वायत्त नाड़ी तंत्र और अन्तःस्रावी ग्रंथियों से नियंत्रित होती है, अतः यह स्वाभाविक है कि मनोरोग वैज्ञानिकों को अन्तःस्रावी ग्रंथि विज्ञान का अध्ययन करना चाहिए।

इस पुस्तक में स्वायत्त तथा अन्तःस्रावी संस्थानों की शरीर रचना विज्ञान (एनाटॉमी) या शरीर क्रिया विज्ञान (फिज़ियोलॉजी) पर विचार-विमर्श करने के लिए स्थान का अभाव है। एक सामान्य विद्यार्थी को इनके बारे में अपने पाठ्यक्रम में से कुछ न कुछ याद होगा। कुछ हार्मोन्स (अन्तःस्राव) सभी प्रकार की वृद्धि (विशेषकर लैंगिक विकास और विभेदन) को आगे बढ़ाने वाले और नियंत्रक होते हैं और कुछ अन्य हार्मोन संवेग और मनोदशा में विशिष्ट परिवर्तनों से सहसंबद्ध होते हैं। इस खोज ने सर्वप्रथम बॅर्मन जैसे कुछ लेखकों को यह सोचने का रास्ता दिखाया कि अन्तःस्रावी ग्रंथियां व्यक्तित्व की अंतिम नियंत्रक होती हैं। हॉसकिन्स की एक नवीन पुस्तक में यह बताया गया है कि सोमॅटिक कायिक या दैहिक (सोमॅटिक) कारक को हाल ही में अलग कर दिया गया है।

स्वायत्त नाड़ी तन्त्र और अन्तःस्रावी ग्रंथियों की कार्य प्रणाली के बारे में आज हम जो कुछ भी जानते हैं उससे मनोकायिक समस्या का जैविक समाधान ही एकमात्र समाधान है जो संभव हो सकता है। अन्तःस्रावी दुष्क्रिया (डिस्फंक्शन) संवेगात्मक दुष्क्रिया (डिस्फंक्शन) के कारण होती है, यह कहना उतना ही मूर्खतापूर्ण होगा जितना कि इसके विपरीत कहना। हम इन चीज़ों के बीच घनिष्ठ सहसंबंध के बारे में जानते हैं और हम जितना अन्तःस्रावी ग्रंथि विज्ञान (एन्डोक्रिनॉलॉजी) के बारे में जानते हैं कदाचित् उससे अधिक विस्तार से संवेगों के बारे में ज्ञान रखते हैं। इसका अर्थ यह नहीं है कि मनोरोग विज्ञानियों को अन्तःस्रावी ग्रंथि विज्ञान का अध्ययन नहीं करना चाहिए। बहुत से मामलों में व्यक्तित्व संबंधी अस्वस्थता पर मनोविज्ञान की अपेक्षा अन्तःस्रावी चिकित्सा (एन्डोक्राइन थेरेपी) और अन्तःस्रावी शल्यचिकित्सा (एन्डोक्राइन सर्जरी) अधिक उपयुक्त होती है। पर वास्तविक मनोरोग विज्ञान के सीमारेखा के मामले भी होते हैं, अतः हम उनके बारे में यहां अधिक बात नहीं करेंगे। अधिक दिलचस्पी रखने वाले पाठक, बॅरमन तथा हॉसिकन्स की रचनाओं को देख सकते हैं।

अन्तःस्रावी ग्रंथि विज्ञान संबंधी अध्ययनों के अतिरिक्त, व्यक्तित्व पर मस्तिष्क रसायन (ब्रेन कैमिस्ट्री) में असंतुलन के प्रभाव के बारे में परिकल्पनाओं (हाइपोथॅसीज़) की शृंखला हाल ही में विकसित की गई है। मॅक्डूगल (1926) का एक्स-हार्मोन सिद्धांत एक एक्स हार्मोन की उपस्थिति के बारे में कल्पना करता या अनुमान लगाता है जो मस्तिष्क के आंतरिक भाग के प्रकार्यों (थैलेमिक फंक्शन्स) पर प्रान्तस्था के नियंत्रण (कॉर्टिकल कंट्रोल) में अवरोधन की ओर ले जाता है। मॅकडूगल के चिंतनशील सिद्धांत को बैनक्रॉफ्ट (1931) द्वारा कॉर्टिकोथैलेमिक क्षेत्र (ट्रक्ट) में तंत्रिकीय आवेगों (न्यूरल इम्पल्सिज़) के अवरोधन और सरलीकरण पर सोडियम एमीटॉल तथा सोडियम रोडानेट के प्रभाव पर किए गए कार्य, कुछ-कुछ बल प्रदान करते हैं। सॅकेल और मॅडुना ने हाल ही में इनसुलिन और मैट्राजॉल शॉक थेरेपीज़ (प्रघात चिकित्साओं) से परिचित कराया है और उन्होंने पुनः मनोकायिक (साइकोसोमॅटिक) समस्या के लिए जीवरसायनशास्त्र के महत्व को प्रदर्शित किया है। चिकित्साशास्त्र के

विद्यार्थी इन स्रोतों के बारे में ज्ञात कर सकते हैं। सामान्यतया, जीवरासायनिक उमगमन में वही सीमाएं और दोष हैं जो अन्तःस्रावी ग्रंथि विज्ञान संबंधी उपगमन में हैं। परंतु यह नहीं कहना चाहिए कि एक दिन ये मनोरोग विज्ञान के लिए बहुत महत्वपूर्ण नहीं होंगे।

सारांश

1. चूंकि मनोविश्लेषण सिद्धांत पर इतने विस्तार से विचार-विमर्श किया गया है, समस्या को हाथ में लेने के अन्य तरीकों की रूपरेखा अधिक संक्षेप में देनी पड़ेगी।
2. एडलर का वैयक्तिक मनोविज्ञान और युंग के विश्लेषिक मनोविज्ञान (एनालिटिक साइकोलॉजी) की तुलना मनोविश्लेषणवाद के साथ की गई है।
3. चरित्र विज्ञान संबंधी (कैरेक्टरोलॉजिकल) उपगमन मनोविश्लेषणवाद के सहायक सिद्धांत के रूप में आशा दिलाता है। युंग, क्रॅशमर तथा अन्य के कार्य में क्लासिकल कॅरैक्टरोलॉजी पर आंशिक रूप से विजय प्राप्त कर ली गई है।
4. समाजशास्त्रीय और मानव जाति विज्ञानी उपगमन भी बहुत आशा दिलाते हैं। व्यक्तित्व के निर्धारण में मनोजैविक (साइकोबायोलॉजिकल) तथा सांस्कृतिक कारकों के सापेक्षिक महत्व के बारे में जातिगत (एथनोलॉजिकल) अध्ययन के द्वारा निश्चय किया जा सकता है।
5. हाल में अन्तःस्रावी ग्रंथि वैज्ञानिक तथा जीव रसायन उपगमन ने बहुत आशा दिलाई है। इन विविध उपगमनों को मनोविश्लेषणवाद के प्रतिद्वंद्वी सिद्धांत नहीं समझना चाहिए बल्कि ऐसे उपगमनों के रूप में समझना चाहिए जो मनोविश्लेषणात्मक ज्ञान के पूरक हो सकते हैं और इसका परिष्कार कर सकते हैं।

संदर्भिका

यह अध्याय स्वयं में अधिकांशतया एक संदर्भिका नोट है तथा प्रासंगिक साहित्य का संदर्भ दिया गया है। निकॉल, बॅन्टले तथा काउड्री में ओर अलपोर्ट में इस समस्त साहित्य का संक्षिप्तीकरण उन पाठकों के लिए किया गया है जो हमारे द्वारा प्रस्तुत साहित्य से अधिक पढ़ना चाहते हैं लेकिन फिर भी मौलिक स्रोतों तक जाने की इच्छा नहीं रखते।

संदर्भ

1. फॅरन्ज़ी (1938) ने इस प्रवृत्ति (अर्ज) को अपने जननिक सिद्धांत के अत्यधिक मीमांसात्मक लेकिन सुखद कार्य के एक भाग के रूप में प्रयोग किया। इसमें वह मैथुन (कॉयटस), निद्रा, तथा मृत्यु का स्पष्टीकरण भ्रूण की स्थिति में (एम्ब्रियोनिक स्टेट) वापिस लौटने की लालसा के रूप में देते हैं।
2. क्रॅशमर के बाद के प्रकाशनों में इस प्रभेद (टाइप) के लिए लॅप्टोसोम या लॅप्टोसोमॅटिक (छरहरे बदन का या कृशकाय) शब्द का प्रयोग किया गया है।
3. जे.ई. निकॉल, *साइकोपॅथालोजी*, बेलियर, टिण्डाल एण्ड कॉक्स, लण्डन, 1934, पृ. 098-100

खण्ड-4

मनश्चिकित्सा

(कार्ल ए. मैनिंजर एम.डी. के सहयोग से लिखा गया)

अध्याय-14

चिकित्साशास्त्र की एक शाखा के रूप में मनश्चिकित्सा

1. मनोचिकित्सक और उसका प्रशिक्षण

मनोचिकित्सा का शाब्दिक अर्थ है 'चित्त का स्वस्थ होना' (द हीलिंग ऑफ द माइण्ड)। अतः मनोचिकित्सक वह चिकित्सक है जिसका संबंध विशेष रूप से मानसिक विकृतियों के निदान और उपचार से होता है। अभी हाल तक 'मानसिक विकृति' शब्द का प्रयोग रोग के उन गम्भीर रूपों के लिए किया जाता था जिन्हें 'मनस्तंत्रिकाताप या साइकोसीज़' कहते हैं। यद्यपि ये रोग बहुत बार देखने में आते हैं लेकिन ये किसी भी तरह एक मात्र या कदाचित् सबसे महत्वपूर्ण समस्याएं नहीं है जिनसे समकालीन मनोचिकित्सा संबंधित है। मनोचिकित्सा आधारभूत चिकित्सकीय विशेषताओं में सबसे अल्पवयस्क है, लेकिन आधुनिक समय में यह आंतरिक चिकित्सा, शल्यक्रिया तथा बाल चिकित्सा के समान महत्वपूर्ण नैदानिक विशेषता बन गई है। वस्तुतः, पिछले कुछ वर्षों में मनोचिकित्सा एक ऐसी चिकित्सकीय विशेषता के रूप में पहचानी जाने लगी है जो समस्त मनोवैज्ञानिक समस्याओं का अध्ययन करती है। यह चिकित्सा व्यवसाय की कला भी बन गई है जो इन समस्याओं पर चिकित्साशास्त्रीय दृष्टि (थेरेपुटिकली) से विचार करती है। यह मनोविज्ञान और मनोरोग विज्ञान के विज्ञानों पर उसी प्रकार आधारित है जिस प्रकार आंतरिक चिकित्सा, शरीर क्रिया विज्ञान और रोगविज्ञान के विज्ञानों पर आधारित है। निश्चित रूप से, मनोचिकित्सा इतनी महत्वपूर्ण हो गई है कि कदाचित् साधारण चिकित्सक जिन समस्याओं पर विचार करता है उनमें से आधी समस्याएं मनोचिकित्सकीय समस्याएं हैं और चिकित्सा के संपूर्ण क्षेत्र में शुरू से अंत तक (यह उन) समस्याओं के लिए किसी प्रकार का निहितार्थ रखती है। आजकल मनोचिकित्सक शायद चिकित्सा संबंधी समस्त विशेषज्ञों में सबसे अधिक प्रशिक्षित हैं।

तथापि, चिकित्सा व्यवसाय में मनोचिकित्सा का बढ़ता महत्व एक नवीन विकास है। इस पुस्तक के प्रारंभ में हमने देखा कि केवल उन्नीसवीं शताब्दी के अंतिम चरण में यह महसूस किया गया कि जिन्हें अब हम मनोचिकित्सकीय (साइकिएट्रिक) समस्याएं

कहते हैं वे किसी भी अर्थ में चिकित्सा संबंधी (मेडिकल) समस्याएं थीं। लगभग विश्व युद्ध के समय तक जो कायजन्य (सोमॅटोजॅनिक) सिद्धांत प्रचलित था, उस समय इन्हें ऐसी समस्याएं मानता था जो नियमित चिकित्सकीय प्रविधियों से हल की जा सकेंगी। यह अनुभूति केवल मनोजन्य सिद्धांत (साइकोजेनिक थ्योरी) के विकास के साथ हुई कि मनोचिकित्सा को प्रभावशाली बनने के लिए उसे केवल भौतिक शास्त्र और रसायन शास्त्र के ही नहीं बल्कि मनोविज्ञान और मनोरोग विज्ञान जैसे नवीन विज्ञानों के सम्यक् ज्ञान पर भी आधारित होना पड़ेगा। अभी हाल के समय में यह स्पष्ट होता जा रहा है कि थोड़ा सा समाजशास्त्र का ज्ञान भी आवश्यक है। कुल मिलाकर मनोविश्लेषण के प्रति चिकित्सा व्यवसाय के नजरिए में आया परिवर्तन, उन्नीसवीं शताब्दी में मनोचिकित्सक के प्रशिक्षण की तुलना बीसवीं शताब्दी में मनोचिकित्सक के प्रशिक्षण के साथ करने से स्पष्ट हो जाता है।

जैसा कि हमने देखा, उन्नीसवीं शताब्दी में पहली बार तंत्रिकातापग्रस्त (साइकोटिक) और मनस्तंत्रिकातापग्रस्त (साइकोन्यूरॉटिक) व्यक्तियों को अस्पताल में रखा गया और पहली बार ये व्यक्ति पूर्णतया परिरक्षात्मक आधार पर नहीं बल्कि चिकित्सकीय आधार पर संस्थागत हुए। मनोचिकित्सकीय शोध के क्षेत्र में कुछ महान अग्रणियों के अपवाद को छोड़कर, उन्नीसवीं शताब्दी का औसत मनोचिकित्सक एक सामान्य व्यवसायी था जो प्राइवेट प्रैक्टिस की अनिश्चितता के स्थान पर संस्थागत स्थिति की सुरक्षा को अधिक मान्यता देता था। उसने मेडिकल पढ़ाई समाप्त की, क्रैपलिनवादी निदान के बारे में कुछ सीखा और आने वाले रोगियों को क्रैपलिन की निदान संबंधी श्रेणियों (डायग्नॉस्टिक कैटेगरीज़) में ठीक बिठा दिया (फ़िट कर दिया)। व्यवहार (प्रैक्टिस) में उसकी उपचार संबंधी गतिविधियों में मुख्यतया यह देखना निहित रहता था कि उसके रोगी स्वयं को या चिकित्सालय के दूसरे निवासियों को हानि न पहुंचाएं और उनका शारीरिक स्वास्थ्य अच्छा रखा जाए। सैद्धांतिक (एकेडॅमिक) मनोविज्ञान, चिकित्साशास्त्रीय (मेडिकल) मनोविज्ञान, तथा मनोरोग विज्ञान के बारे में उन्हें बहुत कम मालूम था तथा लैंगिक विकृतियों, चारित्रिक (कैरॅक्टरोलॉजिकल) दोषों और प्रतिभाशालियों (जीनियस) की समस्याओं के प्रति उनकी अभिवृत्ति कमोबेश साधारण व्यक्ति जैसी थी।

उन्नीसवीं शताब्दी के अंत में, फिर भी अकादमिक मनोविज्ञान और मनोविकृतिविज्ञान सुव्यवस्थित विज्ञान बन गए और आधुनिक मनोचिकित्सा को जिस रूप में आज हम जानते हैं उसके विकास की आधारभूमि प्रस्तुत हुई। आज मनोचिकित्सक के प्रशिक्षण में चिकित्साशास्त्र संबंधी साधारण आधारभूत विज्ञानों, जैसे–शरीर-रचना-विज्ञान (एनॉटमी), शरीर-रचना-विज्ञान (फिज़ियोलॉजी), जैवभौतिकी (बायोफिज़िक्स) और जीवरसायनशास्त्र (बायोकैमिस्ट्री) तथा जीवाणुविज्ञान (बैक्टीरियॉलॉजी) में प्रशिक्षण की पृष्ठभूमि की आवश्यकता होती है, जिसके पश्चात् आंतरिक चिकित्सा की चिकित्सकीय विशिष्टताओं, शल्यक्रिया और बालचिकित्सा में प्रशिक्षण भी आवश्यक होता है जिससे

बाद में डॉक्टर ऑफ मेडिसिन की उपाधि मिलती है। उसके बाद उसे प्रशिक्षु डॉक्टर (मेडिकल इन्टर्नशिप) के तौर पर प्रशिक्षण पूर्ण करना चाहिए और इसे समाप्त करने के पश्चात् किसी मनोचिकित्सकीय अस्पताल में एक आवासी चिकित्सक के रूप में कम से कम एक वर्ष लगाना चाहिए। एक (हाउससर्जन) आवासी चिकित्सक के रूप में वह उन विज्ञानों का ज्ञान प्राप्त करता है जो मनोचिकित्सा के आधार में हैं, जैसे—मनोविज्ञान, मनोरोग विज्ञान तथा आधुनिक काल में, समाजशास्त्र और अपराध विज्ञान में से भी कुछ सीखता है। आवासी के रूप में इस प्रशिक्षण में, मनोरोग विज्ञान में कुछ विशिष्ट प्रशिक्षण भी निहित रहता है। उसे सुझावात्मक मनोचिकित्सा (सजैस्टिव साइकोथैरेपी) और सम्मोहन (हिप्नॉसिस) के बारे में कुछ सीखना पड़ेगा और हमारी राय में, यदि वह वास्तव में अपने मनोचिकित्सा के प्रशिक्षण को पूरा करना चाहता है तो उसे मनोविश्लेषण (साइकोएनालिसिस) के बारे में भी कुछ सीखना पड़ेगा। मनोविश्लेषक, वह मनोचिकित्सक है जिसने मनोचिकित्सा का विशिष्टीकृत व्यवसाय करने के लिए सभी अपेक्षाओं को पूरा कर लिया है और विविध मनोविश्लेषवादी संस्थानों में से किसी एक में, दो अतिरिक्त वर्षों तक अध्ययन किया है। मनोविश्लेषक प्रायः एक पूर्ण चिकित्सक के रूप में केवल बारह वर्ष तक उच्च-शिक्षा प्राप्त करने के पश्चात् ही व्यवसाय कर सकता है। (चार वर्ष कॉलेज के, चार वर्ष मेडिकल कॉलेज के, एक वर्ष प्रशिक्षु डॉक्टर के, एक वर्ष आवासी (हाउससर्जन मनोचिकित्सक के रूप में, दो वर्ष किसी मनोविश्लेषणवादी संस्थान या साइकोएनॉलटिक इन्सीट्यूट में।) यह प्रशिक्षण उतना ही लम्बा है जितना कि चिकित्साशास्त्र (मेडिसिन) में किसी भी व्यवसायी विशेषज्ञ के द्वारा लिया जाता है।

प्रशिक्षण और उपचार की समस्या इस तथ्य से और भी उलझ जाती है कि तंत्रिकाविज्ञान (न्यूरोलॉजी) और तंत्रिकाविज्ञान संबंधी (न्यूरोलॉजिकल) समस्याएं भी दिखाई देने लगती हैं। इस पुस्तक के प्रारंभिक अध्यायों में स्नायु तंत्र (नर्वस सिस्टम) और व्यवहार के बीच के संबंध को, स्थान की सीमाओं के कारण, केवल उल्लेख करके छोड़ दिया है। तंत्रिकाविज्ञानी (न्यूरोलॉजिस्ट) वह विशेषज्ञ है जो विकृत व्यवहार के मूल में निहित शारीरिक प्रक्रियाओं (फ़िजियोलॉजिकल प्रोसैसिज़) से संबंध रखता है और इसलिए आंतरिक चिकित्सा के कुछ विशिष्ट पहलुओं में और मनोचिकित्सा के कुछ विशिष्ट पहलुओं में एक विशेषज्ञ होता है। वर्तमान समय में अधिकांश मनोचिकित्सक तंत्रिकाविज्ञान का पर्याप्त ज्ञान रखते हैं और रखना भी चाहिए। तथापि भूतकाल में विशेषज्ञता के झुकावों से तथा तंत्रिकाविज्ञान और मनोचिकित्सा के क्षेत्र में की गई आधारभूत खोजों की त्वरित गति के आधार पर निर्णय करते हुए, आगे और विशेषज्ञता का पाया जाना निश्चित है और हमारी आदर्श साझेदारी में वर्तमान में भी अंतरंग डॉक्टर (इन्टरनिस्ट) मनोचिकित्सक (साइकिएट्रिस्ट) तथा तंत्रिकाविज्ञानी (न्यूरोलॉजिस्ट) निहित होने चाहिए। प्रयोगात्मक मनोरोग विज्ञान का आगे और विकास होने से कदाचित् एक नैदानिक मनोवैज्ञानिक (क्लिनिकल साइकॉलॉजिस्ट) को जोड़ने की आवश्यकता होगी।[1]

इस बात की बहुत संभावना है कि भविष्य की मनोवैज्ञानिक चिकित्सा (साइकोलॉजिकल मेडिसिन) तब अग्रिम योजना जैसी किसी लाइन पर अभ्यास में लाई जाएगी। व्यवसाय का स्थान एक आधुनिक तरीके से सज्जित भवन होगा। इसे हम निदानगृह (क्लिनिक), एक अस्पताल या आरोग्य आश्रम कहते हैं, यह महत्वपूर्ण नहीं है। इसमें आवश्यक शल्यक्रिया के लिए ऑपरेशन कक्ष और चिकित्सकीय रोगविज्ञान, प्रयोगात्मक मनोविज्ञान और मनोमितिविद्या (साइकोमैट्रिक्स) के क्षेत्र में कार्य करने के लिए प्रयोगशालाएं होती हैं। कर्मचारी वर्ग के साथ अंतरंग डॉक्टर (इन्टरनिस्ट्स), जो आंतरिक चिकित्सा की सामान्य समस्याओं को निपटाएंगे; तंत्रिकाविज्ञानी, जो तंत्रिका विज्ञान संबंधी जांच और निदान करेंगे; मनोचिकित्सक, जो मनोचिकित्सकीय निदान से संबंधित होंगे और मनोवैज्ञानिक और मनोमितिविद्या के जानकार, जो मनोवैज्ञानिक निदानों से संबंधित हैं; कर्मचारी वर्ग के साथ संबद्ध होंगे। चिकित्सा (थैरेपी) के पक्ष में हमारे पास औषधीय चिकित्सा के लिए विशेषज्ञ, शल्यक्रिया के विशेषज्ञ, मनोचिकित्सा की विविध अवस्थाओं के विशेषज्ञ तथा यहां तक कि सामाजिक चिकित्सा (सोशियोथेरेपी) के विशेषज्ञ भी होंगे। निदानात्मक पक्ष में, चिकित्सा में आंतरिक चिकित्सा की विधियों और प्रयोगशाला रोगविज्ञान के द्वारा व्यक्ति की शारीरिक (फिज़ियॉलॉजिकल) प्रक्रियाओं का परीक्षण तथा मनोचिकित्सा, मनोविज्ञान और मनोविश्लेषण की विधियों द्वारा उसकी मनोवैज्ञानिक प्रक्रियाओं का परीक्षण निहित होगा। जिस व्यक्ति की ऐसे किसी निदानगृह (क्लिनिक) में पूर्ण रूप से जांच की गई है वह मूत्र, खून और बलगम के नमूने, तंत्रिकाविज्ञान संबंधी व्यवहार के नमूने तथा उसके संवेगात्मक और सामाजिक समायोजनों का इतिहास उपलब्ध कराएगा जिसमें उसके भयों, उसके स्वप्नों और साहचर्यों के नमूने निहित होंगे। भविष्य के उत्तरोत्तर लोकप्रिय वार्षिक चेकअप में, रक्तचाप के मापन, हृदय के कार्य का मापन और मूत्र के विश्लेषण के साथ-साथ, हमारे पास आसक्तियों और घृणाओं, भयों और स्वप्नों का मापन भी होगा। ऐसे परीक्षण के पूर्ण होने पर चिकित्सक की परामर्शों में निश्चित रूप से चिकित्सकीय युक्तियां (थेरेपुटिक डिवाइसिज़) भी निहित होंगी जिनका लक्ष्य व्यक्ति के जीवन के शारीरिक और मनोवैज्ञानिक प्रकार्यों में आई किसी भी प्रकार की विकृतियों को सुधारना होगा।

2. आधुनिक जगत में मनोचिकित्सकीय समस्याओं का विस्तार

जनवरी 1, 1935 को अमेरिका में लगभग 4,70,000 व्यक्ति मानसिक रोगों के कारण संस्थागत थे। उस वर्ष के दौरान अतिरिक्त 1,50,000 ने प्रवेश लिया। 1935 के दौरान मानसिक अस्पतालों में एक समय 6,20,000 व्यक्ति थे। यदि कोई इन आंकड़ों को सामान्य जनसंख्या के संबंध में अभिव्यक्त करता है तो इसका अर्थ है कि किसी प्रदत्त समय पर कुल जनसंख्या के लगभग 0.4 प्रतिशत संस्थागत पीड़ित

(इन्स्टीट्यूशनलाइज़्ड) थे (अर्थात् 250 में 1) तथा 1935 के वर्ष के दौरान जनसंख्या का लगभग 0.5 प्रतिशत किसी समय संस्थागत था (अर्थात् 200 में 1)। इन आंकड़ों में ऐसे बहुत से व्यक्ति निहित नहीं हैं जो छोटे प्राइवेट अस्पतालों में संस्थागत थे अथवा जो मानसिक रोगी व्यक्ति अपने घरों में रह रहे थे। लैन्डिस और पेज ने मैसॅचुसेट्स और न्यूयॉर्क में किया गया एक विस्तृत सांख्यिकीय अध्ययन की रिपोर्ट दी है, जो यह बताएगी कि वस्तुतः किसी भी प्रदत्त समय पर 66 व्यक्तियों में से एक या जनसंख्या का 1.5 प्रतिशत तंत्रिकाताप या गंभीर मनस्तंत्रिकाताप से मानसिक रोगी होता है।

अस्पतालों में रहने वाले मानसिक रोगियों की सांख्यिकी में आयु, सामाजिक स्थिति (सोशल स्टेटस), भौगोलिक स्थान के आधार पर अंतर पाए जाते हैं। अतः इनका आपतन (इंसीडैन्स) उत्तर अटलांटिक राज्यों में सर्वोच्च और दक्षिण-पूर्व में निम्नतम है। इस विसंगति का क्या अर्थ है इसकी ठीक-ठीक व्याख्या करना कठिन है। कुल मिलाकर दक्षिण-पूर्वी यह कहेंगे कि दक्षिण-पूर्व में जीवन बिताने का तरीका मानसिक स्वास्थ्य में सहायक है, जबकि न्यू इंग्लैंड के नागरिक यह कहेंगे, ''न्यू इंग्लैंड में अपने मानसिक रोगियों को अस्पताल में रखते हैं और दक्षिण-पूर्व में आप उन्हें निरंकुश बनने देते हैं।'' सत्य कदाचित् इन दो अतियों के बीच कहीं हो सकता है। निश्चित रूप से हम बहुत से अध्ययनों के माध्यम से यह जानते हैं कि बड़े नगरों में सामाजिक जीवन की जटिलताएं ऐसी हैं कि संवेगात्मक नैराश्य के होने की संभावना अधिक है। लेकिन हम इसके आगे यह भी जानते हैं कि ग्रामीण वर्गों की अपेक्षा शहरी केन्द्रों में मानसिक विकृतियों के मंदतर रूपों को अस्पताल में रखने की अधिक आवश्यकता है। अतः यह विसंगति हमें यह धारणा बनाने का आधार देती है कि सभी तंत्रिकातापग्रस्त (साइकॉटिक्स), जिन्हें उपचार की आवश्यकता है संस्थागत नहीं होते और यदि अमेरिकी जीवन अधिक से अधिक शहरीकरण और औद्योगिकीकरण की ओर अपने झुकाव को जारी रखेगा तो संस्थागत मनोविकृति-संबंधी रोगियों की सापेक्षिक संख्या में वृद्धि होगी। यदि हम सन् 1800 की, जब 41,000 व्यक्ति संस्थागत थे, संस्थागत मानसिक मामलों के प्रतिशत की तुलना सन् 1910 के साथ, जब 1,88,000 संस्थागत थे और 1937, जब 4,80,000 व्यक्ति संस्थागत थे, के साथ तुलना करें तो हम पाते हैं कि हमारी विक्षिप्त जनसंख्या सामान्य जनसंख्या के दर के मुकाबले कई गुना बढ़ रही है। खतरे का शोर मचाने वाले बहुत से लोगों ने इन आंकड़ों पर ध्यान दिया है और आधुनिक विश्व में विक्षिप्तता बढ़ रही है यह बताने के लिए इन आंकड़ों का प्रयोग किया है। आधुनिक सभ्य जीवन की गति के बढ़ने के साथ निश्चित रूप से साधारण व्यक्ति के लिए उन कुंठाओं (फ्रस्ट्रेशंस) का सामना करने के अधिक अवसर आते हैं जो मानसिक विचलन का कारण होते हैं। फिर भी यह विश्वास करने के बहुत से कारण हैं कि अस्पताल में भर्ती होने की संख्या में वृद्धि प्राथमिक रूप से इस कारण नहीं हुई है। डॉएश इस ओर ध्यान दिलाते हैं कि :

‘विक्षिप्तता या इनसेनिटी’ की परिकल्पना का कार्यक्षेत्र पिछली आधी शताब्दी के दौरान बहुत व्यापक हो गया है; मानसिक रोगों को अधिक शीघ्रता से पहचाना जाता है। मानसिक अस्पतालों की संख्या त्वरित गति से बढ़ी है, उनका आकार बढ़ा है तथा समुदाय के लिए वे अधिक सुलभ हो गए हैं। अनुभव से पता चलता है कि रोगियों की संख्या में वृद्धि की दर, अस्पताल में आवास के लिए उपलब्ध स्थान में वृद्धि और समुदाय से अस्पताल के सामीप्य का अनुसरण करने की प्रवृत्ति रखती है। संघीय सांख्यिकी यह प्रदर्शित करती है कि मैसेचुसैट्स और न्यूयॉर्क में मानसिक रोग के मामले, सामान्य जनसंख्या का प्रत्येक 1,00,000 में से 450 हैं, जबकि एलाबामा, टॅनेसी तथा मिसीसिपी में यह प्रत्येक 1,00,000 में 175 से कम है। क्या यह आंकड़े ये संकेत करते हैं कि पहले दिए गए प्रदेशों में मानसिक रोगियों की संख्या बाद में दिए गए राज्यों से दुगुनी है? ऐसा भी नहीं है। इसके स्पष्टीकरण यदि पूर्णरूपेण नहीं तो आंशिक रूप से, अस्पतालों में मानसिक रोगियों को उपलब्ध सुविधाओं में पाए जाने वाले अंतर में ढूंढ़ना है।

क्योंकि मानसिक अस्पताल सुधर गए हैं और शिक्षा ने ‘विक्षिप्त परिवारों या क्रेज़ी हाउसिज़’ के प्रति जनसाधारण में पाए जाने वाले अस्पष्ट भयों, अंधविश्वासों तथा संदेहों को धीरे-धीरे कम कर दिया है, मानसिक रोगियों को उनके मित्रों तथा रिश्तेदारों के द्वारा अधिक शीघ्रता से अस्पतालों को सौंप दिया जाता है। दूसरे शब्दों में, सरकारी अस्पतालों में जनता का बढ़ता हुआ विश्वास, अस्पताल में रोगियों की संख्या बढ़ने का एक कारक है।

अस्पतालों में आवास और उपचार के स्तरों में हुए नियमित सुधार ने रोगियों के चिकित्सालयी जीवन की औसत दीर्घता को बढ़ा दिया है जिसके परिणामस्वरूप अस्पतालों में रोगियों का उत्तरोत्तर संचयन हो रहा है।

सबसे अधिक महत्वपूर्ण कारक, सामान्य जनसंख्या के जीवन के औसत विस्तार का बढ़ जाना है। चिकित्सा विज्ञान, स्वच्छता और स्वास्थ्य विज्ञान में हुई महान प्रगति को इसका श्रेय है कि पिछली आधी शताब्दी में जीवन की प्रत्याशा चालीस वर्ष से लगभग साठ वर्षों तक बढ़ गई है। अब पहले से अधिक संख्या में व्यक्ति वृद्धावस्था तक जीवित रहते हैं। इसके परिणामस्वरूप, जनसंख्या के पहले से बढ़े अनुपात को उन मानसिक रोगों का खतरा बढ़ता जा रहा है। जो परिपक्वता और जराजीर्णता से संबद्ध हैं। अस्पतालों में रहने वाले लगभग 20 प्रतिशत रोगी वृद्ध आयु के दो प्रमुख तंत्रिकातापों (साइकोसीज़) जराजीर्णता तंत्रिकाताप (सैनाइल साइकोसिस) तथा प्रमस्तिष्कीय धमनीकाठिन्य के साथ तंत्रिकाताप (साइकोसिस विद सैरिब्रल आर्टिरियोस्क्लैरोसिस) से पीड़ित होते हैं।[2]

यह दृष्टिकोण लैण्डिस और पेज द्वारा भी स्वीकार किया गया है और उन्होंने हाल ही में मानसिक रोगों का सांख्यिकीय अध्ययन सावधानी से किया है। ये सांख्यिकीय

अध्ययन केवल अधिक गंभीर मानसिक रोगों पर लागू होते हैं। औद्योगिकीकरण और शहरीकरण ने मध्यम विकृतियों को बढ़ाया है या नहीं यह एक विवादास्पद प्रश्न है। यह असंदिग्ध रूप से सत्य है कि ग्रामीण की अपेक्षा औद्योगीकृत और शहरी समुदायों में आधारभूत वृत्तियों (बेसिक अर्जेज़) का नैराश्य अधिक देखने में आता है। मानसिक स्वास्थ्य की ओर कार्य करने वाले मनोवैज्ञानिक सिद्धांतों के ज्ञान में वृद्धि इसे प्रति संतुलित करती है। मनोविश्लेषकों का सोचना है कि मानसिक विकृतियों के मध्यम रूपों में वृद्धि होने के बारे में अनावश्यक रूप से डरने का कोई औचित्य नहीं है।

संस्थागत रोगियों पर दो प्रकार की गणना प्राप्त करना संभव है। हमने अस्पतालों की पुस्तकों में किसी भी समय उपलब्ध रोगियों की संख्याओं का आश्रय लिया है। इस प्रकार की गणना विशेष रूप से विविध प्रकार के मानसिक रोगों के विस्तार (इंसीडैन्स) और उनके बारे में विविध प्रकार के अनुमान (प्रौगूनॉसिस) लगाने के संबंध में, भ्रम में डालने वाली होती है। उदाहरण के लिए, स्किड्ज़ोफ्रीनिया में रोगी को चिकित्सालय में रखने का औसत समय सोलह वर्ष से अधिक है। जबकि उन्मादी-अवसादी तंत्रिकाताप (मॅनिक-डिप्रॅसिव साइकोसिस) में साढ़े पाँच वर्ष है। इसके फलस्वरूप, किसी भी समय पर स्किड्ज़ोफ्रीनिया से ग्रस्त व्यक्तियों की संख्या, उस समय पर अस्पताल में भर्ती स्किड्ज़ोफ्रीनिया के रोगियों की संख्या से बहुत कम होती है। किसी भी प्रदत्त समय पर रोगियों की जनगणना से संबंधित आंकड़ों में आने वाली कठिनाई को दूर करने के लिए, हमारे पास नए रोगियों की भर्ती से संबंधित आंकड़े हैं। यह तालिका 6 में दिए गए हैं।

इस प्रकार हम देखते हैं कि वर्ष 1936 में मानसिक परेशानियों के चलते लगभग 11,000 अमेरिकी व्यक्ति पहली बार अस्पताल पहुंचे थे। इन आंकड़ों और संपूर्ण जनसंख्या तथा जीवन की प्रत्याशाओं के ज्ञान के आधार पर सांख्यिकीविद् प्रमुख मानसिक रोग की उत्पत्ति की प्रत्याशा के बारे में अनुमान लगाने में समर्थ हो सकते हैं। कोई भी व्यक्ति अपने जीवन में एक बार मानसिक विकृति के कारण अस्पताल में प्रवेश लेगा इसकी संभावना अनुमानतः 100 में से 5 है। इस प्रकार के आंकड़ों संबंधी बाजीगरी की उपयुक्तता पर कदाचित् प्रश्नचिह्न लगाया जा सकता है क्योंकि हम निश्चित रूप से यह नहीं कह सकते कि किन्हीं 100 व्यक्तियों में से 5 व्यक्ति किसी मानसिक विकृति के लिए चिकित्सालय में रखे जाएंगे, लेकिन इससे हमें तंत्रिकाताप (साइकोसिस) की समस्या के विस्तार के बारे में कुछ अनुमान मिलता है। तब, हम जितना सही समझ सकते हैं, प्रत्येक 20 व्यक्तियों में से 1 अपने जीवन में किसी न किसी समय मानसिक रोग के लिए अस्पताल में गए हैं। इस प्रकार 100 व्यक्तियों की एक कक्षा गें, यह चांस है कि उनमें से 5 अपने जीवन में किसी समय मानसिक रोग के कारण चिकित्सालय में हो सकते हैं। इस तथ्य को ध्यान में रखकर कि जिन व्यक्तियों को मानसिक रोग के कारण चिकित्सालय में होना चाहिए परंतु उन सभी को यह सुविधा नहीं मिल पाती, मनोचिकित्सकों ने यह अनुमान लगाया है कि 10 में से 1 व्यक्ति अपने जीवन काल में एक *प्रमुख* या *मेजर* मानसिक रोग से पीड़ित होते हैं।

तालिका-6 : मानसिक रोग के लिए चिकित्सालय में प्रथम प्रवेश, संस्थान तथा तंत्रिकाताप की श्रेणियों के आधार पर, 1936

तंत्रिकाताप (साइकोसिस)	संख्या					प्रतिशत विभाजन				
	योग	राज्य	जिला और शहर	अमेरिका के अनुभवी	गैर-सरकारी	योग	राज्य	जिला और शहर	अमेरिका के अनुभवी	गैर-सरकारी
कुल योग	109,076	76,309	10,990	3,565	18,212	100.0	100.0	100.0	100.0	100.0
तंत्रिकाताप के साथ योग.	91,334	68,257	7,183	2621	13,273	83.7	89.4	65.4	73.5	72.9
सामान्य आंशिकघात (जनरल पॅरॉसिस) ...	7,561	6,143	567	481	370	6.9	8.1	5.2	13.5	2.0
केन्द्रीय नाड़ी संस्थान की सिफिलिस (उपदंश) के दूसरे प्रकारों के साथ...	1,487	1,105	136	140	106	1.4	1.4	1.2	3.9	0.6
एपीडॅमिक एनसिफॅलाइटिस (महामारी मस्तिष्क-शोथ) के साथ....	312	221	29	18	44	0.3	0.3	0.3	0.5	0.2
अन्य संक्रामक रोगों के साथ...	583	455	29	24	75	0.5	0.6	0.3	0.7	0.4
भाराबी	5,281	3,516	513	287	965	4.8	4.6	4.7	8.1	5.3
नशीले पदार्थों तथा अन्य बहिर्जात विषों के कारण...	684	342	43	17	246	0.6	0.4	0.4	0.5	1.4

तालिका आगे जारी

अभिघातज (ट्रोमैटिक)	600	430	48	34	88	0.6	0.6	0.4	1.0	0.5
प्रतिमस्तिष्कीय धमनीकाठिन्य के साथ...	10,954	9,557	529	98	770	10.0	12.5	4.8	2.7	4.2
परिसंचरण के अन्य गड़बड़ों के साथ...	750	486	130	22	112	0.7	0.6	1.2	0.6	0.6
ऐंठनकारी (कन्वल्सिव) गड़बड़ों के साथ..	1,971	1,705	119	67	80	1.8	2.2	1.1	1.9	0.4
जरामूलक (सेनाइल)............	8,597	6,564	986	33	1014	7.9	8.6	9.0	0.9	5.6
अनैच्छिक मनस्तंत्रिकाताप	3,148	2,121	212	9	806	2.9	2.8	1.9	0.3	4.4
अन्य मैटाबोलिक (चयापचयी), आदि रोगों के कारण	1,634	1,246	140	10	238	1.5	1.6	1.3	0.3	1.3
नवीन वृद्धि के कारण	175	127	16	7	25	0.2	0.2	0.1	0.2	0.1
नाड़ी तंत्र के कायिक परिवर्तनों के साथ	928	684	71	49	124	0.9	0.9	0.6	1.4	0.7
मनस्तंत्रिकाताप	3,920	2,040	510	154	1,216	3.6	2.7	4.6	4.3	6.7
उन्मादी-अवसादी	12,775	9,068	837	209	2,661	11.7	11.9	7.6	5.9	14.6
अकाल मनोभ्रंश (डिमैन्शिया प्रीकॉक्स) मनोविदलता (स्किड्ज़ोफ्रीनिया)	19,839	15,370	1,428	556	2,485	18.2	20.1	13.0	15.6	13.6

तालिका आगे जारी

व्यामोह तथा (पॅरानोइया तथा परानॉइड) स्थितियाँ...	1,887	1,167	167	97	456	1.7	1.5	1.5	2.7	2.5
मनोरोगी व्यक्तित्व के साथ	1,087	808	58	31	190	1.0	1.1	0.5	0.9	1.0
मानसिक न्यूनता के साथ.....	3,244	2,728	303	70	143	3.0	3.6	2.8	2.0	0.8
तंत्रिकाताप जिसका निदान नहीं हुआ...	3,953	2,374	312	208	1,059	3.6	3.1	2.8	5.8	5.8
तंत्रिकाताप के बिना योग	17,742	8,052	3,807	944	4,939	16.3	10.6	34.6	26.5	27.1
मिर्गी (एपीलॅप्सी)	668	284	238	39	107	0.6	0.6	2.2	1.1	0.6
मानसिक न्यूनता	1,426	1,181	117	64	64	1.3	1.5	1.1	1.8	0.4
भाराबखोरी	7,848	3,950	799	223	2,876	7.2	5.2	7.3	6.3	15.8
संवेदनमंदक का व्यसन	934	390	75	32	437	0.9	0.5	0.7	0.9	2.4
महामारी मस्तिष्क-शोथ के कारण व्यक्तित्व विकृतियाँ	113	64	24	13	12	0.1	0.1	0.2	0.4	0.1
मनोरोगी व्यक्तित्व	738	432	43	112	151	0.7	0.6	0.4	3.1	0.8
व्यवहार की प्राथमिक विकृतियाँ	301	201	31	28	41	0.3	0.3	0.3	0.8	0.2
तंत्रिकाताप बिना अवर्गीकृत	5,714	1,550	2,480	433	1,251	5.2	2.0	22.6	12.1	6.9

जनगणना के आंकड़े मानसिक विकृतियों या जिसे कोई टी.बी. या कैंसर का मानसिक पर्यायवाची कह सकता है, के सबसे अधिक गंभीर प्रकारों को निहित करता है। इन आंकड़ों में हम यह देखते हैं कि 4 प्रतिशत से भी कम का निदान मनस्तंत्रिकातापग्रस्त (साइकोन्यूरॉटिक) के रूप में किया जाता है। हम देखेंगे कि मनस्तंत्रिकाताप (साइकोन्यूरॉसीज़) आंतरिक चिकित्सा व्यवसाय के साधारण सर्दी-जुकाम, गल-शोथ तथा पेट की गड़बड़ के मनोचिकित्सकीय पर्यायवाची हैं। ऐसा बहुत कम होता है कि मनस्तंत्रिकातापग्रस्त व्यक्ति को चिकित्सालय जाने की आवश्यकता पड़े। मनस्तंत्रिकातापग्रस्त (साइकोन्यूरोसिस से किसी समय पीड़ित रहने वाले) व्यक्तियों की संख्या के बारे में निश्चित आंकड़े प्राप्त करने का कोई रास्ता नहीं है। तथापि चिकित्सा संबंधी सर्वोत्तम मत यह है कि व्यक्तियों की बहुत बड़ी संख्या मनस्तंत्रिकाताप की किसी एक या दूसरी अभिव्यक्ति से पीड़ित होती है। असल में, आधुनिक मनोचिकित्सकीय मत यह है कि एक ऐसा व्यक्ति जिसे कभी किसी भी प्रकार की मंद मानसिक रुग्णता नहीं हुई वह उतना ही दुर्लभ है जितना कि एक ऐसा व्यक्ति जिसे कभी सर्दी-जुकाम न हुआ हो। कुछ मनोचिकित्सकों का अनुमान है कि एक साधारण व्यक्ति को वर्ष में लगभग छः बार एक मनोचिकित्सक की सलाह लेनी चाहिए जिससे उसे लाभ होगा और वह ऐसा कर सकता है लेकिन करता नहीं है। इतने पर भी मनस्तंत्रिकाताप की समस्या वस्तुतः साधारण सर्दी-जुकाम की तुलना में अधिक गंभीर है, क्योंकि इसकी अवधि प्रायः अधिक लम्बी होती है। निश्चित रूप से बहुत से व्यक्तियों का उदर या रक्तवाही-तंत्र आजीवन बहुत ठीक प्रकार से कार्य नहीं करता और वे ऐसे ही जीवित रहते हैं। ऐसा विश्वास करने के कई कारण हैं कि इतनी ही संख्या में व्यक्ति आधारिक संवेगों के किसी ऐसे ही अनुपयुक्त कार्य-व्यापार के साथ जीवित रहते हैं।

मनोविक्षिप्ति (साइकोसिस) और मनस्तंत्रिकाताप (साइकोन्यूरोसिस) उन समस्याओं का केवल एक छोटा सा हिस्सा है जिसके बारे में मनोचिकित्सा को व्यवहार में विचार करना चाहिए और सैद्धांतिक रूप से वह करता भी है। हमने देखा है कि मनोचिकित्सक लैंगिक विकारों की समस्याओं पर भी ध्यान देते हैं जिनके बिल्कुल सही आंकड़े प्राप्त करना लगभग असंभव है लेकिन उनके आधार पर यह अनुमान लगाया गया है कि जनसंख्या का लगभग 10 प्रतिशत किसी न किसी प्रकार इनसे पीड़ित है। इसके अतिरिक्त, मनोचिकित्सा ऐसी व्यवहार संबंधी विकृतियों पर विचार करती है जहां विकृति के मूल में निहित गतिकी (अण्डरलाइंग डायनॅमिक्स) संवेगात्मक भी होती है लेकिन जिनमें लक्षण (सिम्पटम्स) विवेकहीन धारणाओं की अपेक्षा असमाजिक कार्यों के रूप में घटित होते हैं। यदि सब नहीं, तो भी अधिकांश आपराधिक कार्य वैज्ञानिक दृष्टि से मनोचिकित्सा के क्षेत्र से संबंध रखते हैं, यद्यपि इनमें निहित कानूनी समस्याओं के महत्व को मनोचिकित्सक पूर्ण रूप से समझता है। जब इन दूसरी समस्याओं को, जिन्हें हाल ही में मनोचिकित्सकीय समस्याओं के रूप में

पहचाना गया है तंत्रिकातापों (साइकोसीज़) और मनस्तंत्रिकातापों (साइकोन्यूरोसीज़) में जोड़ा जाता है तो यह देखना आसान हो जाता है कि कदाचित् प्रत्येक व्यक्ति को अपने जीवन में किसी न किसी समय मनोचिकित्सकीय सहायता या देखभाल की आवश्यकता होती है।

तथापि, जिस साधारण व्यक्ति को मनोचिकित्सकीय देखभाल की आवश्यकता होती है वह उसे प्राप्त नहीं होती। वर्तमान में अधिकांश मनोविक्षिप्त (साइकोटिक्स) मनोचिकित्सक की सलाह लेते हैं, लेकिन वे मनोचिकित्सक के पास अधिकांशतः निदान के लिए और बाद में संस्था में रहने के लिए ही जाते हैं। कुछ प्रबुद्ध मनस्तंत्रिकातापग्रस्त व्यक्ति (साइकोन्यूरोटिक्स) मनोचिकित्सकीय उपचार के विशेषज्ञों के पास पहुंच जाते हैं। साइकोन्यूरोटिक्स की बहुत बड़ी संख्या को कभी उपयुक्त उपचार नहीं मिलता। जब हम लैंगिक विकृति या चारित्रिक दोषों से ग्रस्त व्यक्तियों की बात करते हैं तो हम देखते हैं कि उनके लिए मनोचिकित्सकीय उपचारों का प्रयोग बहुत कम किया गया है। मनोचिकित्सा का उपयुक्त प्रसार बाधित हो गया है क्योंकि उपयुक्त रूप से प्रशिक्षित चिकित्सक बहुत कम हैं और दूसरे चिकित्सा उपचारों की तुलना में मनोचिकित्सा (साइकोथैरेपी) लम्बी और महंगी होती है। इन कठिनाइयों के बारे में क्या किया जा सकता है यह सुझाव देना इस पुस्तक की सीमाओं के बाहर है। समय बीतने के साथ, निस्संदेह अधिक पूर्णरूप से प्रशिक्षित मनोचिकित्सक उपलब्ध होंगे तथा अधिक सामान्य चिकित्सक मनोचिकित्सा में कुछ प्रशिक्षण प्राप्त करेंगे, लेकिन वह समय निश्चित रूप से दूर है जबकि साधारण व्यक्ति को उपयुक्त मनोचिकित्सकीय उपचार उपलब्ध हो सकेगा। इस बारे में प्रमुख आशा, उपचार (थैरेपी) की ओर से न होकर, रोकथाम करने की ओर से है। उपयुक्त निरोधात्मक या निवारक उपायों की समस्या समाजशास्त्र और सामाजिक व्यवस्था के स्वरूप के साथ इतना घनिष्ठ रूप से संबंधित है कि बहुतों की यह धारणा है कि समाज का कोई आमूल पुनर्गठन होने तक इसके अंतिम समाधान के लिए प्रतीक्षा करनी पड़ सकती है।

3. रोग-विज्ञान (नॉसोलॉजी) तथा निदान

किसी भी चिकित्सकीय विशेषज्ञता की भांति, मनोचिकित्सा दो महान् समस्याओं से संबंधित हैं; निदान की और उपचार की। कैसे व्यक्ति के लक्षण और शिकायतें उसके संपूर्ण जीवन इतिहास से संबंधित हैं यह ज्ञात करना और उनके मुख्य कारण विज्ञान (ईशियोलॉजी) तथा उत्तरदायी कारणात्मक कारकों की खोज करना इसमें निहित रहता है। उपचार में वे उपाय निहित रहते हैं जो व्यक्ति की शिकायतों को सुधारने और उसे लाभकारी सक्रियता तक वापिस लाने के लिए किए जाते हैं। मनोचिकित्सकीय निदान में आदर्श रूप से व्यक्ति के शरीर, नाड़ी तंत्र, संवेगों तथा मानस के बारे में वह सभी कुछ ज्ञात करना निहित रहता है जो हम कर सकते हैं। एक सुयोग्य मनोचिकित्सक

सबसे पहले बहुत विस्तार से यह ज्ञात करना चाहता है कि रोगी की शारीरिक स्थिति क्या है और परिणामस्वरूप वह या तो रोगी का संपूर्ण शारीरिक परीक्षण स्वयं करता है या अपने किसी सहकर्मी से करवाता है। हम वह सभी कुछ जानना चाहते हैं जो हम व्यक्ति के नाड़ी तंत्र के बारे में जानना चाहते हैं और इस संबंध में उसे स्वयं या किसी सहकर्मी के द्वारा पूर्ण तंत्रिकीय परीक्षण करना चाहिए। इसके अतिरिक्त हम वह सभी कुछ जानने की इच्छा रखते हैं जो हम व्यक्ति की मनोवैज्ञानिक संरचना, उसकी बुद्धि-लब्धि, और उसकी सामाजिक अभिवृत्तियों के बारे में जानना चाहते हैं। इस संबंध में वह एक मनोवैज्ञानिक के पास जा सकता है। इन आंकड़ों और उसके जीवन-वृत्त के आंकड़ों के साथ जिसमें सामाजिक इतिहास और शैक्षिक इतिहास और चिकित्सकीय इतिहास निहित होना चाहिए, वह रोगी के व्यक्तित्व के विविध पक्षों का मूल्यांकन करने का प्रयास करता है जिससे कि वह यह तय कर सकता है कि रोगी को सामाजिक यथार्थ के साथ पुनर्समायोजित करने के लिए उपचार की सबसे सफल विधि क्या होगी।

एक व्यक्ति वृत्त (केस हिस्ट्री) का पूर्ववृत्त (एनैमनेसिस) में यह समस्त सामग्री एकत्रित की जाती है। ऐसा रोगी वृत्त बनाने के लिए नियमों का कोई निश्चित सेट नहीं है। निम्नलिखित वस्तुएं निश्चित रूप से निहित की जाती हैं :

1. **ऐतिहासिक आंकड़े :**
   ए. पारिवारिक स्थिति की संरचना देते हुए पारिवारिक वृत्त।
   बी. बाल्यावस्था और विद्यालय इतिहास देते हुए विकासात्मक वृत्त।
   सी. पहले मिले हुए पद, प्राप्त की गई सफलताओं, कार्य छोड़ने या परिवर्तन करने का कारण देते हुए व्यावसायिक वृत्त।
   डी. चिकित्सयी वृत्त, समस्त रोग तथा उनके उपचार, तथा परिणाम देते हुए।
   ई. सामाजिक वृत्त, मित्रों, लैंगिक आसक्तियों, विवाह, निहित करते हुए।
   एफ. वर्तमान रोग का वृत्त, आरम्भिक लक्षणों के बारे में रोगी की धारणाएं, हेतु विज्ञान (ईशियोलॉजी) के बारे में उसकी धारणाएं इत्यादि देते हुए। ऐसा वृत्त जहां तक संभव हो रोगी से लेना चाहिए, लेकिन मित्रों और रिश्तेदारों के साथ साक्षात्कार करके उसका सत्यापन और विस्तारीकरण करना चाहिए।
2. **प्रयोगात्मक आंकड़े :** (इनमें सबसे विविध प्रकार के शारीरिक, तंत्रिका संबंधी, रोगात्मक, मनोचिकित्सकीय तथा मनोवैज्ञानिक परीक्षणों के समस्त सकारात्मक जांच परिणाम निहित होने चाहिए।)
3. **विशिष्ट मनोचिकित्सकीय और मनोविश्लेषणात्मक आंकड़े :** (इनमें रोगी के संवेगात्मक जीवन के संबंध में उसकी समस्याओं के बारे में मनोचिकित्सक के साथ साक्षात्कार के परिणाम, प्रारंभिक अभिघात (ट्रोमॅटा) तथा वर्तमान जीवन परिस्थिति निहित होनी चाहिए)।

4. **निदान :** (इसमें चिकित्सकीय, चरित्र विज्ञान संबंधी, मनोचिकित्सकीय, लक्षणात्मक और सामाजिक निदान जहां तक कि ये निर्दिष्ट हैं, निहित होने चाहिए।)[3]

ऐसे व्यक्ति-अध्ययन (केस स्टडी) को उपयुक्त होने के लिए मनोचिकित्सक रोगी के साथ साक्षात्कार करने में कई घंटे व्यतीत करे तथा अंतरंग डॉक्टरों (इन्टर्निस्ट्स), तंत्रिकाविज्ञानियों (न्यूरोलॉजिस्ट्स), रोग विज्ञानियों (पैथॉलॉजिस्ट्स) तथा मनोवैज्ञानिकों की सहायता ले, यद्यपि, निस्संदेह इनमें से प्रत्येक के विषय में वह स्वयं भी कार्य कर सकता है।

हम देखते हैं कि व्यक्ति वृत्त (केस हिस्ट्री) एक वर्णनात्मक मनोचिकित्सकीय निदान के साथ समाप्त होती है। वर्णनात्मक मनोचिकित्सकीय निदान (डैस्क्रिप्टिव साइकिएट्रिक डायग्नोसिस) *लक्षण-समष्टि* या *सिंड्रोम* के लिए एक लेबल है, जिसका अर्थ है वह तरीका जिससे विविध लक्षण (सिम्पटम्स) एक साथ एक लगभग सुनिश्चित रूप से सीमांकित रोग के अस्तित्व में रहते हैं। वर्णनात्मक निदान की समस्या स्वयं चिकित्सा शास्त्र की एक पृथक् शाखा है जिसे रोगविज्ञान (नॉसॉलॉजी) कहते हैं। जबकि यह स्वीकार किया जाता है कि कोई भी दो मामले बिल्कुल समान नहीं होते, चिकित्सकों का यह अनुभव रहा है कि लक्षणों के कुछ विशिष्ट समूह एक साथ रहते हैं तथा अमूर्त प्रत्यय के द्वारा कोई सुनिश्चित रोग सत्ताओं या अस्तित्वों की बात कर सकता है। इनमें से कुछ रोग-सत्ताओं के कारण विज्ञान या कारण-कार्य-संबंध (ईशियॉलॉजी और कॉज़ेशन) से संबंधित कुछ तथ्यों तथा उनका पूर्वानुमान (प्रॉगनॉसिस) या संभावित दिशा के बारे में हम जानते हैं। लेकिन विविध रोग सत्ताओं (डिसीज़ ऐन्टिजीज़) के बारे में हमारे ज्ञान की परिशुद्धता निस्संदेह बदलती रहती है। कुछ रोगों, जैसे न्यूरोसिफिलिस या तंत्रिका उपदंश के बारे में हम सुनिश्चित कारण, सामान्य दिशा, निर्दिष्ट उपचार तथा संभावित परिणाम जानते हैं। ऐसे मामलों में विवरणात्मक निदान केवल यह सुझाव देने के लिए ही महत्वपूर्ण नहीं कि क्या उपचार नियुक्त किया जाएगा, बल्कि उपचार की दिशा को आगे बढ़ा के तथा रोगी के मित्रों और रिश्तेदारों को संभावित परिणाम के बारे में सूचित करने के लिए भी निश्चित रूप से बहुत महत्वपूर्ण है। अन्य रोगों, जैसे स्किड्ज़ोफ्रीनिया या मनोविदलता के लिए हमारे पास उसके कारण संबंधी (ईशियोलॉजिक) कारकों के बारे में अस्पष्ट धारणा होती है, उपचार के रूप में क्या किया जाना चाहिए, इस बारे में किंचित अस्पष्ट अनुमान होते हैं, और हम इसके पूर्वानुमान (प्रॉगनॉसिस) के बारे में केवल सांख्यिकीय संभावनाओं के संदर्भ में विचार-विमर्श कर सकते हैं। अन्य रोगों के बारे में हम कभी-कभी कारण-विज्ञान (ईशियोलॉजी) के बारे में थोड़ा अधिक और पूर्वानुमान (प्रॉगनॉसिस) के बारे में कम जानते हैं या कभी-कभी कारण-विज्ञान के बारे में कम और पूर्वानुमान के बारे में बहुत अधिक जानते हैं।

विवरणात्मक मनोचिकित्सा, फिर मनोचिकित्सकीय प्रैक्टिस में मिलने वाले विविध

लक्षणों को किसी विशिष्ट रोग-अस्तित्वों (डिसीज़ ऐन्टिटी) या सिंड्रोमों में व्यवस्थित करती है। यह मनश्चिकित्सकीय व्यवसाय का अनिवार्य हिस्सा है क्योंकि केवल इन रोगों को नाम देकर ही इनके बारे में बात करना संभव है। आगामी अध्यायों में हम उन विशिष्ट रोग-सत्ताओं के लिए विवरणात्मक मनोचिकित्सा देने से संबंधित रहेंगे जिससे मनोचिकित्सा विचार करती है। हमारे पास विविध सिंड्रोम्स के बारे में विचार-विमर्श करने का स्थान नहीं होगा, अतः हम उनका चयन करेंगे जो बार-बार होते हैं और सबसे महत्वपूर्ण हैं अथवा उनका चयन करेंगे जो सिद्धांत के बारे में हमारे द्वारा किए गए विचार-विमर्श में कुछ बिन्दुओं को विशेष रूप से स्पष्ट करते हैं। जिन रोगों के बारे में हम विस्तार से विमर्श करते हैं उनके संबंध में हम उनसे संबंधित दूसरे रूपों का उल्लेख करेंगे तथा उनके अधिक पूर्ण अध्ययन का संदर्भ देंगे। विविध सिंड्रोम्स को प्रस्तुत करने में हम अग्रलिखित रूपरेखा का अनुसरण करेंगे :

1. रोग का नाम और इसके पृथक्कीकरण (डिफरैन्सियेशन) का इतिहास इसमें रोग के नाम का आधारभूत रोगलक्षण-विज्ञान के साथ संबंध, तथा रोग के इतिहास के बारे में कुछ निहित होगा, क्योंकि रोग के इतिहास का अध्ययन करके हम रोग तथा रोग के सिद्धांत के बीच संबंध को अधिक ठीक से समझ सकते हैं।
2. प्रभाव क्षेत्र (इंसीडैन्स) इसमें वर्तमान में इस रोग के लिए अस्पताल में भर्ती व्यक्तियों की संख्या तथा नवीन प्रवेश दर से संबंधित आंकड़े निहित होंगे। यह दोनों प्रकार के आंकड़े हमें रोग के प्रभाव-क्षेत्र (इंसीडैन्स) तथा इसकी आवृत्ति के बारे में आंकड़े प्रदान करेंगे।
3. रोगलक्षण-विज्ञान (सिम्पटमॅटोलॉजी) रोगलक्षण-विज्ञान को कई पृथक् कालों में बांटना आवश्यक है क्योंकि मानसिक रोग द्वंद्वों का निराकरण करने के प्रयास में, व्यक्तित्व की संरचना का पुनर्समायोजन या पुनर्संतुलन करने की एक प्रक्रिया है। बहुत-सी पुरानी पुस्तकें रोग के अतितापी लक्षणों को मात्र सूचीबद्ध करती हैं और इसलिए एक मिथ्या चित्र प्रस्तुत करती हैं। बहुत से मामलों में तीव्र रोगलक्षण-विज्ञान अपेक्षाकृत छोटी अवधि के लिए रहता है।
   - अ. पूर्वलक्षण काल (प्रॉडरोमल पीरियड) इसमें हम व्यक्ति के रुग्णतापूर्व (प्रीमोर्बिड) चरित्र का और रोग की शीघ्र पहचान में सहायक कारकों का चित्र प्रस्तुत करते हुए, रोग के प्रारंभ के बारे में विचार-विमर्श करेंगे।
   - ब. तीव्र तथा चिरकालिक काल (एक्यूट एण्ड क्रॉनिक पीरियड्स) यह रोग की साधारण रूप से चलने वाली दिशा के लिए रोगलक्षण-विज्ञान को अर्थात् ऐसे रोग लक्षणों को निहित करेगा जो रुग्णता के क्रम में सामान्य रूप से विकसित होते हैं।
   - स. स्वास्थ्यलाभ का काल (रिकवरी पीरियड) इसमें स्वास्थ्यलाभ के चिह्न तथा स्वास्थ्यलाभ की दिशा तथा कुछ पूर्वानुमान (प्रॉगनॉसिस) भी निहित होगा।

द. उपप्रकारों (सबफॉर्म्स) का रोगलक्षण-विज्ञान जिन रोगों के बारे में हम विचार करेंगे उनमें से बहुत से रोगों के पृथक् करने योग्य उपप्रकार होते हैं, जिनके मूल में निहित गत्यात्मक चित्र तो समान होता है लेकिन सतही रोगलक्षण पर्याप्त भिन्न रूप अपना लेते हैं।

4. विभेदक निदान (डिफरैन्शियल डायग्नोसिस) यहां पर उन मानदण्डों का विवेचन करेंगे जिनके द्वारा हम विचाराधीन रोग का उन रोगों से विभेदन करेंगे जिनके रोगलक्षण इसके बहुत समान या कभी-कभी समरूप भी हो सकते हैं। हम देखेंगे कि कुछ केसों में तो यह सरल होता है; कुछ अन्य केसों में असंभव होता है।

5. हेतुविज्ञान या निदानशास्त्र (ईशियोलॉजी)

अ. हेतुविज्ञान संबंधी जैव कारक

(यहां हम इस समस्या के शारीरिक पक्षों तथा प्राथमिक रूप से जैव (ऑर्गेनिक) कारकों या आंतरिक चिकित्सा पर आधारित विविध सिद्धांतों के बारे में जो कुछ भी जानते हैं उन पर विचार करेंगे।)

ब. हेतुविज्ञान संबंधी मनोवैज्ञानिक कारक

(यहां हम इस समस्या के मनोवैज्ञानिक पहलुओं तथा प्राथमिक रूप से मनोवैज्ञानिक कारकों पर आधारित विविध सिद्धांतों के बारे में जो कुछ भी जानते हैं इस पर विचार करेंगे।)

6. चिकित्सा (थैरेपी)

(यहां हम रोगलक्षणों को सुधारने के लिए किए जाने वाले उपचार के विविध प्रस्तावित तथा प्रयास किए गए रूपों तथा उनके मूल्यांकन के बारे में विवेचना करेंगे।)

विभेदन निदान, हेतुविज्ञान तथा उपचार के बारे में हमारी विवेचना किसी भी प्रकार से चिकित्सा व्यवसाय में निर्देश प्रदान करने का उद्देश्य नहीं रखती लेकिन उसे इसलिए निहित किया गया है क्योंकि वह सिद्धांत के कुछ बिन्दुओं को भली-भांति स्पष्ट करती है। चिकित्सा व्यवसाय के लिए आवश्यक निर्देश केवल चिकित्साशास्त्र के विद्यालयों में प्राप्त हो सकता है।

रोगविज्ञान की समस्या केवल विविध रोग-अस्तित्वों तथा लक्षण-समष्टि (डिज़ीज़ ऐन्टिटीज़ एण्ड सिंड्रोम्स) में विभेदन करने की समस्या के साथ ही संबंधित नहीं है बल्कि इसका संबंध इससे भी है कि ये कैसे एक-दूसरे के साथ संबद्ध हैं। दूसरे शब्दों में, विविध रोगों को एक-दूसरे के साथ संबद्ध करने के लिए रोगविज्ञान संबंधी योजना (नॉसोलॉजिकल स्कीमेटा) की एक संपूर्ण शृंखला प्रस्तावित की गई है। सबसे साधारण वह है जो रोगलक्षण के संबंधों पर आधारित अर्थात् कुछ अंश तक बाह्य प्रतिरूप (फीनोटाइपिकल) वर्गीकरण के अनुरूप है। यह उन्नीसवीं शताब्दी की वर्णनात्मक मनोचिकित्सक की प्रविधि है तथा बहुत से मनोचिकित्सक इसका अनुगमन करते हैं।

दूसरी प्रचलित लोकप्रिय विधि रोगविज्ञान संबंधी (ईशियोलॉजिकल) कारकों पर आधारित जीनप्ररूपी वर्गीकरण की है। रोग प्राथमिक रूप से जैविक कारकों के कारण या प्राथमिक रूप से मनोवैज्ञानिक अनुकूलन संबंधी कारकों के कारण हुए हैं, इसके अनुसार रोगों को वर्गीकृत किया गया है। कुछ समस्याओं के लिए यह विधि लाभप्रद भी है लेकिन चूंकि हम यह देख चुके हैं कि व्यवहार की प्रत्येक समस्या जैविक (ऑर्गेनिक) तथा प्रकार्यात्मक (फंक्शनल) दोनों पक्षों को प्रस्तुत करती है अतः यह विधि पूर्णतया सुसंगत नहीं हो सकती। रोगविज्ञान की एक अन्य विधि मूल में निहित जीन प्ररूपों (अण्डरलाइंग जीनोटाइप) पर आधारित है तथा इसका सुझाव मनोविश्लेषणात्मक मनोचिकित्सा ने दिया है। जैसा कि हमने देखा, मनोविश्लेषणवाद यह मानता है कि मानसिक विकृति आधारभूत चालनाओं (बेसिक ड्राइव्स) तथा अहम् (ईगो), पराहम् (सुपरईगो) और कामतत्व (इड) के मध्य किसी असंगत संतुलन के कारण होती है। ये इसके अतिरिक्त यह भी विश्वास करती है कि यहां आधारभूत चालनाओं का प्रतिगमन (रिग्रेशन) भी हो सकता है। रोगविज्ञान की मनोविश्लेषणवादी योजना (स्कीमा) अभी तक सोचकर निकाली गई किसी भी योजना में सबसे अधिक तार्किक और सबसे सुव्यवस्थित प्रतीत होती है; फिर भी, इसे चिकित्सा व्यवसाय में अभी तक सामान्यतया स्वीकार नहीं किया गया है। अतः तीन स्तरों के आधार पर हम अपना रोग विज्ञान संबंधी वर्गीकरण करने का प्रयास करेंगे जिससे कि इतनी विविध विधियों से पाठक चकराए नहीं। हम व्यक्तित्व की पुनर्संरचना के सामान्य प्रकारों, जैसे-मनस्ताप, मनस्तंत्रिकाताप, लैंगिक विकृति, चारित्रिक दोष तथा प्रतिभावान के भेद दिखलाकर प्रारंभ करेंगे। हम इनमें से प्रत्येक के लिए एक या उससे अधिक अध्याय समर्पित करेंगे। यह विभाजन, विचार करने के मनोविश्लेषणवादी तरीके पर आधारित है। फिर हम इनमें से प्रत्येक समूह में पाए जाने वाले प्राथमिक रूप से प्रकार्यात्मक (फंक्शनल) और प्राथमिक रूप से जैविक रोगों में विभेदन करेंगे। यह विधि साधारण परंपरागत मनोचिकित्सक द्वारा सुझाई गई है। फिर भी, हम ऐसा करने में प्राथमिक रूप से शारीरिक (फिजियोलॉजिकल) श्रेणियों में मनोवैज्ञानिक कारकों की असंदिग्ध उपस्थिति तथा मनोवैज्ञानिक श्रेणी में शारीरिक स्थिति का संकेत करने की सावधानी रखेंगे। इन विभाजनों के प्रतिष्ठित होने के बाद, हम रोग लक्षणों की समानता के आधार पर व्यक्तिगत बीमारियों के बारे में विचार करेंगे। दूसरे शब्दों में, वर्गीकरण की हमारी योजना परंपरागत मनोचिकित्सा और आधुनिक मनोगतिकी सिद्धांत के लाभों को सम्मिश्रित करने का प्रयास करती है।

4. मनोविश्लेषण

आधुनिक मनोचिकित्सकीय सिद्धांत के दृष्टिकोण से, चिकित्सा सबसे अधिक विविध दिशाओं में प्रारंभ करनी चाहिए। चूंकि प्रत्येक समस्या जिससे मनोचिकित्सक को

विचार करना है वह एक ही समय चिकित्सकीय (मेडिकल) और मनोवैज्ञानिक समस्या भी होती है, अतः यह स्पष्ट है कि समस्या के चिकित्साशास्त्रीय और मनोवैज्ञानिक पक्षों को उपयुक्त महत्व मिलना चाहिए। चिकित्सकीय उपचार ऐसा होगा जैसा सामान्यतया आंतरिक चिकित्सा के द्वारा किया जाता है, लेकिन वह विशिष्ट मनोचिकित्सकीय विनियोगों के साथ होगा। यह पुस्तक प्राथमिक रूप से मनोविज्ञान को समर्पित है इसलिए हमारे पास इस पर व्यतीत करने के लिए बहुत समय नहीं होगा। फिर भी, यह स्पष्ट कर देना चाहिए कि किसी भी रोगी का एक मनोकायिक इकाई (साइकोसोमॅटिक यूनिट) के रूप में उपचार करने के लिए चिकित्सकीय उपचार की कुछ मात्रा की आवश्यकता होती है। यह तथ्य कि मानसिक रोग में मनोवैज्ञानिक प्रतिक्रिया प्रवृत्तियां (सायकोलॉजिकल रीएक्शन टैण्डॅन्सीज़) जीवन की ऐसी पद्धतियों (मोड्स) की ओर ले जाती हैं जो शारीरिक जटिलताएं उत्पन्न कर देती हैं, उपचार को और अधिक जटिल बनाता है। इस प्रकार कुछ मनोविक्षिप्त (साइकॉटिक्स) की स्वयं को सामाजिक यथार्थ से खींच लेने की प्रवृत्ति, उन्हें जीवन की ऐसी पद्धति (मोड्स) की तरफ ले जाती है जहां कि वे एक अनुपयुक्त खान-पान अपना लेते हैं और जहां व्यायाम के अभाव में सुस्त हो जाते हैं। इसी प्रकार, मनोवैज्ञानिक अवसादों (डिप्रेशंस) में दैहिक चयापचय (बॉडिली मैटाबॉलिज़्म) सामान्य रूप से धीमा हो जाता है जिससे कि उत्तेजक प्रकार के इलाज का संकेत मिलता है। उन्मादी उत्तेजनों (मैनिक एक्साइटेशन्स) में हमें स्वभावतः इस चित्र का सुनिश्चित उलटाव देखने में आता है; इन केसों में परिणामक शरीर-रचना संबंधी कायिक प्रक्रियाओं (फिज़ियॉलॉजिकल बॉडिली प्रोसेसिज़) को धीमा करना आवश्यक हो जाता है। अतः शामक प्रकार के चिकित्सकीय उपचार का संकेत मिलता है।

तथाकथित कायिक रोगों (ऑर्गेनिक सिकनॅसिज़) के केसों में औषधीय (मेडिसिनल) तथा शारीरिक उपाय प्राथमिक महत्व के हो सकते हैं। अतः आज लगभग प्रत्येक व्यक्ति ने तंत्रिका उपदंश में ज्वर के उपचार के बारे में सुना है। ऐसे विशिष्ट दैहिक उपचारों के बारे में विस्तार से विचार करना इस पुस्तक के क्षेत्र से बाहर है। विविध रोगों के संबंध में हम कम से कम इनमें से सबसे महत्वपूर्ण रोगों की प्रकृति के बारे में संक्षेप में बताएंगे।

इस खण्ड में हम अपना संबंध केवल सबसे महत्वपूर्ण मनोचिकित्साओं (साइकोथॅरापीज़) की रूपरेखा से रख सकते हैं। क्योंकि ये अधिकांश मनोचिकित्सकीय केसों में उपयोगी रूपात्मकताएं तथा मनोविज्ञान द्वारा विशेष रूप से विकसित की गई उपचार की विधियां हैं। हम प्राथमिक रूप से, मनश्चिकित्सा (साइकोथैरैपीज़) की मुख्य विधियों से अर्थात् एक या दूसरे प्रकार के मनोवैज्ञानिक साक्षात्कारों के माध्यम से मानसिक रोगी व्यक्ति के उपचार से, तथा पर्यावरण चिकित्सा (मीलिया थेरैपी) के साथ, संबंधित रहेंगे जो व्यक्ति के तात्कालिक वातावरण में परिवर्तन के माध्यम से व्यक्ति की स्थिति में सुधार करने का प्रयास करती हैं।

हमने व्यक्तित्व की उत्पत्ति (जैनेसिस) के सबसे व्यवस्थित तथा तार्किक रूप से विकसित सिद्धांत के रूप में, फ्रायड के मनोविश्लेषणवाद की तथा व्यक्तित्व की विविध विकृतियों के स्वरूप की विवेचना की है। यह बहुत से रोगों के लिए मनोचिकित्सा का सबसे प्रभावपूर्ण ढंग भी है तथा यह कहा जा सकता है कि लगभग सभी रोगों में एक अरोग्यकर उपकरण के रूप में महत्वपूर्ण है। मनोविश्लेषण व्यक्ति का उपचार करके उसके व्यक्तित्व की वास्तविक पुनर्संरचना करने का प्रयास करता है जिससे कि दमित अनुभव चेतना में पुनः प्रवेश पा सकें और द्वंद्व का कारण और उसके परिणामस्वरूप होने वाला रोगलक्षण दूर किया जा सके। प्रविधि, संक्षेप में व्यक्ति को प्रारंभिक शैशवावस्था के उन अनुभवों को फिर से जीने की अनुमति या अवसर इस प्रकार देती है कि उनके कल्पित संवेगात्मक महत्व की अपेक्षा उनके वास्तविक मूल्य को समझा जा सके। यह रोगी को क्रमशः ऐसे समस्त संवेगात्मक पूर्व अनुभवों का संज्ञान कराती है जिनकी गलत व्याख्या की गई थी तथा उसे अपने उस भूतकाल को वास्तविकता सिद्धांत (रीएलिटी प्रिन्सिपल) के परिप्रेक्ष्य में देखने का अवसर देती है जिसे पहले सुखेप्सा सिद्धांत (प्लॅज़र प्रिन्सिपल) के संदर्भ में जिया गया था। चूंकि मनोविश्लेषण का उद्देश्य एक ऐसे व्यक्तित्व का पूर्ण रूप से पुनर्गठन करना होता है जिसने प्रतिष्ठित होने में वर्षों लगाए, यह स्वयं में एक लम्बी प्रक्रिया है। जिस प्रकार व्यक्तित्व एक दिन में निर्मित नहीं होता, उसी प्रकार व्यक्तित्व एक दिन में पुननिर्मित भी नहीं होता। रोगी की आयु, उसकी बौद्धिक क्षमता, उसके मनोवैज्ञानिक गड़बड़ की गंभीरता तथा व्यक्तित्व के पुनर्गठन का जितनी मात्रा एक उपयुक्त समायोजन करने के लिए आवश्यक है, इन सब पर निर्भर करते हुए, मनोविश्लेषण कई महीनों से लेकर कई वर्ष, और बिरले ही नौ माह से कम समय सम्मिलित करता है। इस अवधि के दौरान व्यक्ति प्रतिदिन अपने मनोविश्लेषक से साक्षात्कार करता है। उसे अपने विश्लेषण के दौरान अपनी सामाजिक स्थिति में कोई महान परिवर्तन करने का भार अपने ऊपर नहीं लेना चाहिए, ये परिवर्तन उसके व्यक्तित्व के चित्र को और उलझा सकते हैं।

मनोविश्लेषिक साक्षात्कार या जैसा कि इसे तकनीकी भाषा कहते हैं, 'घंटा या ऑवर' कई तकनीकी प्रविधियों पर आधारित होता है, जिसके स्वरूप को यहां हम केवल स्पर्श ही कर सकते हैं। जैसा कि हमने देखा, मनोविश्लेषक वह व्यक्ति है जो फ्रायडवादी मनोवैज्ञानिक सिद्धांत और ऐसे सिद्धांत के अनुरूप रोगलक्षणों की व्याख्या करने में विशेष रूप से प्रशिक्षित होता है। रोगी के वर्तमान रोगलक्षण कैसे कुछ विशेष प्रकार के पूर्व अनुभव से संबंधित हो सकते हैं इसका बहुत अच्छा चित्र उसे बहुत थोड़े से साक्षात्कारों से ही प्राप्त हो सकता है। रोगलाक्षणिक रोगगुक्ति अर्थात् रोगमुक्तियाँ (क्योर्स), जिनमें वैयक्तिक रोगलक्षणों को दूर किया जाता है, अपेक्षाकृत सरल होती हैं, लेकिन वे अकेले इसकी गारंटी किसी भी तरह से नहीं देतीं कि जिन द्वंद्वों का अभी तक निराकरण नहीं हुआ है उनके आधार पर नवीन रोगलक्षण (सिम्पटमॅटोलॉजी) विकसित नहीं होगी। फलस्वरूप, मनोविश्लेषक का कर्त्तव्य केवल व्यक्ति के द्वंद्व का

स्वयं अपनी चेतना में विश्लेषण करना ही नहीं है बल्कि व्यक्ति को उस जगह तक लाना भी है जहां वह स्वयं संवेगात्मक रूप से सबसे महत्वपूर्ण अभिघातज अनुभवों को पुनः अनुभव करता है। सबसे महत्वपूर्ण संवेगात्मक अभिघातज अनुभवों को पुनः अनुभव करने के लिए रोगी को और बहुत से नगण्य अनुभवों को पुनः भोगना आवश्यक है जो या तो महत्वपूर्ण अनुभवों की सीमा पर होते हैं या किसी भी प्रकार से इनसे संबद्ध होते हैं। यह एक लम्बी और कठिन प्रक्रिया है जिसके लिए विश्लेषक की ओर से बहुत दक्षता की और रोगी की ओर से धैर्य, बौद्धिक ईमानदारी तथा ठीक होने की वास्तविक इच्छा की आवश्यकता होती है।

कुछ प्रारंभिक साक्षात्कारों के पश्चात्, जिनमें विश्लेषक रोगी को अपने जीवन-वृत्त की पुनर्रचना करने की अनुमति वहां तक देता है जहां तक कि वह तात्कालिक चेतना के आधार पर समर्थ है, वास्तविक मनोविश्लेषण को शुरू हुआ समझा जा सकता है। वास्तविक विश्लेषण में रोगी जितना संभव हो उतनी शिथिल स्थिति को, बहुधा एक शांत और अर्धप्रकाशित कमरे में विश्लेषक की दृष्टि से बाहर, एक कोच पर लेटकर अपनाता है, तथा वह सब कुछ जो उसके मानस में आता है, विश्लेषक को बतलाता है। यह 'स्वतंत्र साहचर्य की तथाकथित विधि' है। यह जिस सिद्धांत पर आधारित है वह सिद्धांत यह विचार है कि अचेतन सामग्री के, चेतन सामग्री के साथ कुछ साहचर्यात्मक बंधन होते हैं तथा, अधिकतम संभव स्वतंत्र साहचर्य के लिए प्रबंध करने से, बहुत सी प्रासंगिक सामग्री अचेतन में से चेतन के क्षेत्र में आ जाएगी। सैद्धांतिक रूप से, अचेतन सामग्री जिसका सामना व्यक्ति ने साधारण जीवन में नहीं किया हो सकता, विश्लेषण के समय स्थानांतरण (ट्रान्सफरैन्स) के कारण सामने आ जाता है। हम थोड़ी देर में इसके बारे में बात करेंगे। शीघ्र ही स्वतंत्र साहचर्य के क्रम में प्रतिरोधशक्ति या (रॅजिस्टैन्स) उत्पन्न होती है। प्रतिरोधशक्ति किससे बनी होती है इसका पता, प्रत्यय से साहचर्य स्थापित करने का प्रयास करके तथा स्वयं अपने से यह पूछकर कि, कौन से विचारों को व्यक्ति किसी को भी बताने में नहीं झिझकता, प्राप्त किया जा सकता है। जो व्यक्ति ऐसा करता है वह जल्दी ही देख लेता है कि उसके कुछ विचार ऐसे हैं जिनका सामना करना उसके लिए कठिन होता है। विश्लेषणों में, व्यक्ति के सामने इन अति व्यक्तिगत और अप्रिय सूचनाओं को दूसरे व्यक्ति को प्रदान करने के लिए प्रेरक होते हैं (इंसैन्टिव्स) जो इस प्रतिरोधशक्ति पर विजय प्राप्त करने की ओर अग्रसर रहते हैं। ऐसा करने में वह स्वयं केवल इसका सामना करने में समर्थ ही नहीं होता बल्कि उसे क्रिया रूप में भी बदलता है, जिसका कदाचित् और भी अधिक महत्व है। जैसा कि डॉ. हैरी स्टैक सलीवन ने संकेत किया है, ऐसी वस्तु जिन्हें हम वास्तव में इस सीमा तक जानते हैं कि हम उनका ठीक-ठीक वर्णन कर सकते हैं, वे वह वस्तुएं हैं जिनमें संवेगात्मक घटक न्यूनतम होते हैं। हमने बार-बार कहा है कि संवेग, विचारों और कार्यों दोनों का पिता होते हैं, लेकिन हमारे व्यवहार में संवेगात्मक घटक जितना मजबूत होंगे, विचार उतने ही कम विवेकी तथा कार्य उतने ही कम

यथार्थवादी होंगे। परिणामस्वरूप, स्वतंत्र साहचर्य की प्रक्रिया शीघ्र ही संवेगात्मक दृष्टि से अभिघातज अनुभवों का इतना हूबहू वर्णन करने की प्रक्रिया बन जाती है कि दूसरा व्यक्ति उन्हें समझ लेगा। बहुधा जब ये इस प्रकार वर्णित होते हैं तो रोगी स्वयं ही वह अंतर्दृष्टि प्राप्त कर लेगा जिसकी आवश्यकता तथ्यों का सामना करने के लिए होती है। प्रथमतः स्वतंत्र साहचर्य बहुधा असंगत सामग्री से भरे हुए होते हैं जो एक बहुत अपूर्ण ढंग से संबद्ध होती है, लेकिन धीरे-धीरे आवश्यक अनुभवों को संक्षेप में और संबद्धतता से अभिव्यक्त करने की क्षमता विकसित होती है। जब व्यक्ति अपने वयस्क व्यक्तित्व के परिप्रेक्ष्य में आरंभिक अनुभवों को पुनः जीता है तभी इन अनुभवों का वास्तविक महत्व और उपयोगिता समझ में आती है। इस प्रकार वह अपने प्रारंभिक संवेगात्मक अनुभवों के तथ्यों को चेतना में स्वीकार कर सकता है तथा उनका दमन करने की आवश्यकता कम हो जाती है या दूर हो जाती है। पुराना मनोविश्लेषणवादी दृष्टिकोण यह था कि पहले दमन किए गए संवेगात्मक अनुभवों की चेतना स्वयं में रोगलक्षणों को दूर करती है। मनोविश्लेषण को 'मानसिक शल्यक्रिया' (मेन्टल सर्जरी) कहा जाता था। लेकिन निश्चित रूप से यह ऐसा नहीं है। विश्लेषण के दौरान, और यहां तक कि और अधिक मात्रा में, कदाचित् इसके बाद आने वाले समय में भी, रोगी को धीरे-धीरे अपने मूल में निहित संवेगात्मक द्वंद्वों तथा आवश्यकताओं का ज्ञान हो जाता है। रोग लक्षणों के साथ संबद्ध ऊर्जा धीरे-धीरे अधिक रचनात्मक क्रियाएं करने के लिए स्वतंत्र हो जाती हैं। अहम् या (ईगो), कामतत्व या इड की संवेगात्मक चालनाओं और शारीरिक तथा सामाजिक यथार्थ के मध्य अनुकूलकारी समझौते करने के लिए अपनी शक्ति बढ़ा लेता है। जैसा कि हम देख चुके हैं, जब अहम् कामतत्व को वश में करने में और अधिक समर्थ नहीं रहता अर्थात् जब अचेतन कामतत्व की शक्तियां रोगलक्षणों के रूप में बाहर प्रकट होती हैं या जब अहम्, पराहम् के साथ संघर्ष में आ जाता है तो व्यक्तित्व संबंधी समस्याएं खड़ी होती हैं। फ्रायड ने मनोविश्लेषण के उद्देश्य को अगली पंक्तियों में बहुत अर्थपूर्ण ढंग से अभिव्यक्त किया है :

> "मनोविश्लेषण का उद्देश्य अहम् (ईगो) को और समर्थ बनाना, पराहम् से इसे और स्वतंत्र करना, अहम् के प्रत्यक्षज्ञान के क्षेत्र को बड़ा करना तथा इसके संगठन को मजबूत बनाना है जिससे कि यह कामतत्व (इड) के नये खण्डों को अपना सकती है। जहां कामतत्व (इड) होगा वहीं अहम् होगा।"[4]

स्वतंत्र साहचर्य की विधि के अतिरिक्त, रोगी को अपने स्वप्नों को याद कराने तथा उनका ब्यौरा देने और क्रमशः स्वप्नों के प्रतीकात्मक अर्थ की व्याख्या करने का अवसर देकर विश्लेषण को आगे बढ़ाया जाता है। इस पुस्तक के सैद्धांतिक खण्ड में हमने देखा कि स्वप्न ने एक क्रियाविधि (मैकॅनिज़्म) का प्रतिनिधित्व किया जिसमें अचेतन और बहुधा दमित सामग्री ने छद्म रूप में चेतना में प्रवेश प्राप्त किया। वहां हमने कुछ स्वप्न

उनकी व्याख्या के साथ दिए थे। चूंकि स्वप्न सदैव किसी शक्तिशाली संवेगात्मक द्वंद्व के निराकरण प्रयत्नों का प्रतिनिधित्व करता है, अतः स्वप्नों की व्याख्या विश्लेषक और रोगी दोनों को, अचेतन की सबसे महत्वपूर्ण सामग्री प्राप्त करने में सहायता करती है। स्वप्न का विश्लेषण किसी विशिष्ट प्रतीकात्मक संहिता के द्वारा नहीं किया जाता, बल्कि वे तब अर्थपूर्ण दिखाई देते हैं जब कोई रोगी का पिछला इतिहास, उसकी वर्तमान वास्तविक स्थिति तथा उसके स्वप्न के विस्तृत वर्णनों के स्वतंत्र साहचर्यों के बारे में जानता हो। उसके पश्चात्, सामान्य तथा स्वप्न प्रतीकवाद के बारे में जो कुछ भी ज्ञात है उसका प्रयोग करते हुए, विश्लेषक उसके स्वप्नों की व्याख्या करने में समर्थ होता है। मनोविश्लेषणवादी स्वप्न-व्याख्या की प्रविधि ऐसी है जिसके लिए विस्तृत प्रशिक्षण की आवश्यकता होती है।

विद्यार्थी के लिए यह देख पाना कठिन है कि इस प्रविधि में मनोचिकित्सक किस भूमिका का निर्वाह करता है। वह पूछ सकता है कि क्यों कोई भी व्यक्ति इस विषय के महत्वपूर्ण सैद्धांतिक शोध-प्रबंध को पढ़कर अपना विश्लेषण नहीं कर सकता? यह क्यों संभव नहीं है, इसके दो मुख्य कारण हैं। पहले स्थान पर, चूंकि व्यक्ति के रोग लक्षण एक मितव्ययी तरीके के समझौतों का प्रतिनिधित्व करते हैं जिनके द्वारा वास्तविक द्वंद्वात्मक स्थिति नियंत्रित होती है, तो यह देखना सरल होगा कि व्यक्ति की अपनी तात्कालिक व्याख्याओं का भी कदाचित् इसी प्रकार समझौता हो जाएगा। यह विशेष रूप से तंत्रिकातापग्रस्त व्यक्ति के बारे में सत्य है। एक सुसमायोजित सामान्य व्यक्ति मनोविश्लेषण का ज्ञान होने से आत्मविश्लेषण की ओर कुछ कदम बढ़ा सकता है लेकिन एक न्यूरॉटिक या चारित्रिक विकृति से ग्रस्त व्यक्ति के लिए यह लगभग असंभव है। रोग लक्षण केवल वास्तविक द्वंद्व को ढंकने के लिए एक मुखौटे के रूप में विकसित होते हैं और प्रायः व्यक्ति वास्तविक द्वंद्व का सामना करते हुए जीवित नहीं रह सकता। हमने इस पुस्तक में आदि से अंत तक यह देखा कि व्यक्तित्व बहुत जटिल है और यदि रोगी व्यक्ति अच्छी बौद्धिक और सैद्धांतिक पृष्ठभूमि के साथ आत्मविश्लेषण करना प्रारंभ करे तो भी उसका अहम् (ईगो) रोग लक्षणों के अर्थों का कदाचित् गलत अर्थ लगाएगा। वास्तविक व्यवहार (प्रैक्टिस) में यह देखा गया है कि प्रारंभ में रोगी को सिद्धांत से पूर्णतया अनभिज्ञ रखना अधिक अच्छा रहता है क्योंकि अक्सर जब संभावित व्याख्याओं का चयन करना होता है तो रोगी गलत व्याख्या को चुनता है क्योंकि ऐसा करके वह द्वंद्व के स्वरूप को ढक सकता है।

आत्मविश्लेषण (अपने आप कर लेना) क्यों असंभव है इसका दूसरा कारण अधिक महत्वपूर्ण है। रोगी व्यक्ति का अहम् (ईगो) स्वयं ही सच्चाई का सामना करने के लिए पर्याप्त मजबूत नहीं होता। केवल विश्लेषणात्मक स्थिति में विश्लेषक की सहायता से ही अहम्, यथार्थ का सामना करने के लिए पर्याप्त शक्तिशाली होता है। विश्लेषण की स्थिति (एनालेटिक सिचुएशन) में जो घटना (फिनॉमिनन) विकसित होती है उसे *स्थानांतरण* (*ट्रांसफरेंस*) कहते हैं। सामान्यतः स्थानांतरण उस संवेगात्मक संबंध को

कहते हैं जो विश्लेषक और विश्लेषण किए जाने वाले व्यक्ति के मध्य विकसित होता है। कोई दो व्यक्ति जो किसी सामाजिक संपर्क में आ रहे हैं, उनके स्थानांतरण के बारे में बात करना अर्थपूर्ण है। ऐसी किसी परिस्थिति में कामप्रवृत्यात्मक (लिबिडिनल) या विद्वेषपूर्ण (होस्टाइल) संबंध तुरंत स्थापित होते हैं। मनोविश्लेषक अपनी ओर से रोगी की संवेगात्मक प्रतिक्रियाओं का, प्रारंभ से ही, अधिक से अधिक लाभ उठाने के लिए प्रशिक्षित होते हैं। रोगी विश्लेषक के साथ संवेगात्मक रूप से अंतर्ग्रस्त हो जाता है और विश्लेषक रोगी का निरीक्षण संवेग की अल्पतम मात्रा के साथ करने का प्रयास करता है। विश्लेषक को मनोवैज्ञानिक रूप से मजबूत, बहुत न्यायपूर्ण, और मानवीय कमजोरी के प्रति बहुत समझदार प्रतीत होना चाहिए। वह तत्काल ही वास्तविक अभिभावकों में से किसी एक का प्रतिनिधि बन जाता है। इस प्रकार वह जनक/जननी या पिता पापमोचक बन जाता है जिसे दण्ड या प्रत्यारोप के भय के बिना वास्तव में सब कुछ कहा जा सकता है, वह ऐसा पिता बन जाता है जो बहुधा सबसे अकथनीय या घृणित संवेगात्मक तथ्यों को भी समझता है और विस्मय या संवेगात्मक अप्रसन्नता नहीं दिखलाता। मनोविश्लेषकों के अनुसार, यह विश्लेषक के साथ इस गोपनीय संबंध के द्वारा ही होता है कि रोगी अपने अहम् को इस सीमा तक मजबूत बना लेता है कि वह चेतन रूप से कामतत्व के मनोवेगों (इड इम्पल्सिज़) का सामना कर सकता है। इस स्थिति में विश्लेषक सदैव स्वयं को व्यक्ति के अहम् की शक्तियों के साथ और यथार्थ की शक्तियों के साथ संबद्ध करता है और यह कार्य वह संवेगात्मक कामतत्व मनोवेगों के प्रति उदासीनता दिखाकर नहीं, बल्कि व्यक्ति को यह दिखाकर करता है कि ये मनोवेग वास्तव में इतने भयंकर नहीं हैं तथा (जितना कि लगते हैं) ये संवेगात्मक रूप से असंवेदी बनाए जा सकते हैं।

रोगी और विश्लेषक के मध्य कामप्रवृत्यात्मक (लिबिडिनल) संबंध को सकारात्मक स्थानांतरण (पॉज़िटिव ट्रांसफरैंस) कहते हैं। इसमें रोगी को एक ऐसा व्यक्ति मिल जाता है जिससे वह प्रेम कर सकता है और अपने प्रेम संबंधों के बारे में बता सकता है। फिर भी, हम देख चुके हैं कि फ्रायड के सिद्धांत के अनुसार प्रत्येक व्यक्ति में कामवासनापरक मनोवेगों (लिबिडिनल इम्पल्सिज़) के साथ आक्रमणशील और विद्वेषी मनोवेग भी होते हैं जिनका समान महत्व होता है। व्यक्ति अपनी बाल्यावस्था में अपने माता-पिता के प्रति अपने कामप्रवृत्यात्मक और विद्वेषी मनोवेगों को मन में रखता था और शीघ्र ही अब वह विश्लेषक के प्रति विद्वेषी और कामप्रवृत्यात्मक मनोवेगों को मन में रखने लगता है। इसे 'नकारात्मक स्थानांतरण' (निगेटिव ट्रांसफरेंस) कहते हैं जिसका महत्व उतना ही है जितना सकारात्मक स्थानांतरण का। नकारात्मक स्थानांतरण का कारण यह है कि व्यक्ति यह जान लेता है कि वह अपने विश्लेषक से घृणा भी कर सकता है और उसके समक्ष अचेतन घृणाएं और आक्रमणशीलताएं अभिव्यक्त कर सकता है।

ऐसी अवस्था में, मनोविश्लेषण की प्रक्रिया वह है जिसमें व्यक्ति को एक पिता

पापमोचक (फादर कन्फेसर) मिलता है जो उसे क्रमशः यथार्थ का सामना करना सिखाता है और उसके व्यक्तित्व की पुनर्संरचना में उसकी सहायता करता है जिससे कि यह संभव हो सके। मनोविश्लेषण इसी के साथ एक चिकित्सकीय और एक शैक्षिक प्रविधि है और सभी शैक्षिक प्रविधियों की भांति लम्बा समय लेती है। अंत में व्यक्तित्व इस प्रकार संरचित हो जाता है कि व्यक्ति मनोविश्लेषण के बिना अकेले ही यथार्थ का सामना कर सकता है और रोगी स्थानांतरण को समाप्त कर देता है। इस अवधि में उसने अपने व्यक्तित्व की संरचना कर ली है और यह उसने स्वयं किया है (विश्लेषक की सहायता से) जिससे कि उसने प्रेम और घृणा दोनों (बुद्धिमानी से) करना सीख लिया है और सामाजिक व्यवस्था के यथार्थ के अनुरूप इन आधारभूत प्रवृत्तियों (अर्जिज़) को नियंत्रित करना सीख लिया है।

हमारे द्वारा मनोविश्लेषण के बारे में किए गए विवेचन से हम आसानी से यह परिणाम निकाल सकते हैं कि यह किस प्रकार के व्यक्ति के लिए उपयुक्त है और यह संकेत करेंगे कि यद्यपि यह दूसरे प्रकार की विकृतियों में शोध के एक उपकरण रूप में मूल्यवान है फिर भी इन पर इसका प्रयोग सदैव सफलतापूर्वक नहीं किया जा सकता है। सबसे पहले, यह खेदजनक रूप से सत्य है कि मनोविश्लेषण एक बहुत खर्चीली प्रविधि है। विश्लेषक एक बहुत उच्च स्तरीय प्रशिक्षित विशेषज्ञ होता है जो एक प्रदत्त समय पर केवल 5 या 6 व्यक्तियों पर ही कार्य कर सकता है और परिणामस्वरूप अपेक्षाकृत अधिक पारिश्रमिक लेता है। इसके अतिरिक्त, वर्तमान समय में भली-भांति प्रशिक्षित विश्लेषक अपेक्षाकृत कम हैं। चिकित्सक की आर्थिक आवश्यकताएं, रोगियों की सीमित संख्या जिन्हें वह एक समय में संभाल सकता है, यह सब एक ऐसी स्थिति उत्पन्न करते हैं कि साधारण आमदनी के व्यक्ति के लिए विश्लेषण पहुंच से बाहर होता है। एक विश्लेषण का व्यय लगभग 2000 डॉलर (यह सन् 1940 का आंकड़ा है) अनुमानित किए जा सकते हैं। विश्लेषण की इस कठिनाई को क्रमशः विश्लेषण की प्रविधि में अधिक मनोचिकित्सकों को प्रशिक्षित करके और संभवतया ऐसे मनोविश्लेषिक चिकित्सालय या संस्थाओं की स्थापना करके दूर किया जा सकता है जहां कमजोर आर्थिक स्थिति के रोगियों के लिए गैर-सरकारी या शासकीय कोष उपलब्ध कराया जा सके।[5]

चूंकि मनोविश्लेषण में संपूर्ण विगत जीवन को, विशेषकर प्रारंभिक शैशवावस्था के अनुभवों को, कुछ अंश तक पुनः अनुभव करने की आवश्यकता होती है, अतः यह देखना आसान है कि रोगी की आयु एक और महत्वपूर्ण पूर्वापेक्षा है। अधिक आयु के व्यक्तियों में विगत का पूर्णरूपेण पुनः अनुभव करना स्वयं में इतना समय लेता है कि व्यक्ति या विश्लेषक, दोनों ही इतना समय नहीं दे सकते। इसके अतिरिक्त, जराजीर्णता के आगमन से कामवासनापरक (लिबिडिनल) तथा आक्रमणशील (एग्रैसिव) शक्तियों को अनुप्रेषित (रीडाइरॅक्ट) करने की क्षमता घटती जाती है। बूढ़ा व्यक्ति पहले से ही जीवन की समाप्ति के इतना निकट होता है कि व्यक्तित्व की पुनर्संरचना होने पर भी जीवन

के पास उसे देने के लिए अधिक नहीं होता। परिणामस्वरूप, हम कह सकते हैं कि सफल मनोविश्लेषण की दूसरी पूर्वापेक्षा यौवन (यूथ) है। निस्संदेह, यह भली-भांति ज्ञात है कि मनोवैज्ञानिक, शरीर-क्रियात्मक (दैहिक/शारीरिक) (फिजियोलॉजिकल), और यहां तक कि शरीर-रचनात्मक (एनॉटॉमिकल) आयु भी, तैथिक आयु (क्रोनॉलॉजिकल एज) के साथ ठीक-ठीक तदनुरूप नहीं होती। इस कारण से कोई निश्चित तैथिक आयु सीमा नहीं दी जा सकती। तथापि, बहुधा पैंतालीस वर्ष से कम आयु के पुरुष और चालीस वर्ष से कम की महिलाएं (महिलाओं में मनोवैज्ञानिक और शारीरिक परिपक्वता शीघ्र आने के कारण) सर्वोत्तम संभावना है और दोनों में से किसी में भी पचास वर्ष की आयु के बाद मनोविश्लेषण शायद ही कभी निर्दिष्ट होता है।

मनोविश्लेषण का परामर्श देते समय, रोग की गंभीरता एक अन्य कारक है जिस पर ध्यान देना चाहिए। चूंकि व्यक्ति के लिए विश्लेषक के साथ स्थानांतरण स्थिति में प्रवेश करना आवश्यक है, अतः ऐसे व्यक्तियों का उपचार नहीं हो सकता जो इतने गंभीर कामवासनापरक प्रतिगमन से पीड़ित हैं कि उनकी कामप्रवृत्ति पूर्ण रूप से आत्मरत्यात्मक ढंग से (नारसिसिस्टिक फैशन) अंदर की ओर निदेशित हो गई है। इस तरह के मामलों के विशिष्ट उदाहरण निश्चित रूप से खंडित मनस्कताग्रस्त (स्काईज़ोफीनिक्स) हैं और चूंकि खंडित मनस्कता (स्किड्ज़ोफ्रीनिया) मनोविकृति (साइकोसिस) की सबसे महत्वपूर्ण एकमात्र समस्या है तो इसका अर्थ हुआ कि मनोविश्लेषण की उपयोगिता की गंभीर सीमाएं हैं। इसी प्रकार, दूसरी अन्य महत्वपूर्ण कार्यात्मक मनोविकृति (फंक्शनल साइकोसिस) उन्माद-अवसाद मनस्ताप (मैनिक-डिप्रैसिव) अपनी किसी भी चरम अस्थिरताओं (उतार-चढ़ाव) में मनोविश्लेषण करने की अनुमति नहीं देती। उन्मादग्रस्त व्यक्ति स्वतंत्र-साहचर्य की प्रक्रिया में उपयुक्त सहयोग करने की दृष्टि से आवश्यकता से अधिक उत्तेजित होता है, अवसादग्रस्त व्यक्ति एक आत्मदण्डात्मक पराहम् के भार से बहुत लदा हुआ होता है। जब कोई कार्यात्मक मनोविकृति (फंक्शनल साइकोसिस) को ऐसी कायिक मनोविकृति (ऑर्गेनिक साइकोसिस) के साथ जोड़ता है जिसमें मस्तिष्क के ऊतक (ब्रेन टिशू) का वास्तविक विनाश हो गया है, तो वह देख पाता है कि मनोविश्लेषण सबसे गंभीर मानसिक गड़बड़ियों में किंचित् भी उपयोगी नहीं होता। मनोविश्लेषण के पास निस्संदेह मनोविकृतियों के अध्ययन को देने के लिए बहुत कुछ है, तथा वस्तुतः, यह केवल मनोविश्लेषण से ही संभव हुआ है कि हमने मनोविकृति के रोग लक्षणों (साइकोटिक सिम्पटम्स) के अर्थ के बारे में अपना अधिकांश ज्ञान प्राप्त किया है। इस दिशा में चलते हुए मनोविश्लेषण का मुख्य महत्व मानसिक स्वास्थ्य के अधिक उपयुक्त नियमों की स्थापना करने में होगा, जिससे इन गंभीर रोगों के प्रभाव-क्षेत्र (इंसीडैन्स) में भारी कमी होने की आशा की जा सकती है।

वर्तमान में मनोविश्लेषण का वास्तविक महत्व वस्तुतः एक चिकित्सकीय उपाय (थेरेपुटिक डिवाइस) की अपेक्षा एक शोध की विधि के रूप में अधिक है। डॉ. फ्रान्ज

एलेक्जेण्डर ने संकेत किया है कि गहराई में स्थित मनोवैज्ञानिक कारकों का अध्ययन करने वाली जो विधियां हमारे पास हैं उनमें से यह विधि अब तक की सबसे सफल विधि है। वह विस्तार से यह दिखाते हैं कि कैसे मनोविश्लेषण, बिना सहायता के किए गए मनोवैज्ञानिक अवलोकनों की त्रुटि के स्रोतों को पराजित करता है। एक मनोवैज्ञानिक किसी व्यक्ति से यह पूछ सकता है कि वह कुछ चीजों को क्यों करता है। उसके उत्तर की व्याख्या करने में, त्रुटि के चार बड़े स्रोत हैं। पहला, हो सकता है व्यक्ति सत्यता से उत्तर न देना चाहता हो। दूसरा, हो सकता है वह अपने व्यवहार का सही कारण स्वयं ही न जानता हो। तीसरा, हो सकता है मनोवैज्ञानिक उसे या उसकी भाषा को न समझ सकें। चौथा, स्वयं विश्लेषक में कुछ मनोवैज्ञानिक अंधस्थल उसे सही व्याख्या करने में बाधा डाल सकते हैं। मनोविश्लेषकों को यहां एक लाभ है जो त्रुटि के इन संभावित स्रोतों से आंशिक रूप से ही सही, कम से कम, बचाव तो करता है। एक रोगी व्यक्ति स्वयं सहायता के लिए आता है और इसलिए सच बोलता है। स्वतंत्र साहचर्य के क्रम में उसके व्यवहार का वास्तविक कारण बाहर आ जाता है। इस प्रकार यह आपत्ति कि प्रयोज्य स्वयं नहीं जानता, दूर हो जाती है। विश्लेषण का विस्तार परस्पर अनबन या गलतफहमी को दूर करता है, तथा, चूंकि विश्लेषक स्वयं विश्लेषित हो रहा है, उसके स्वयं के मनोवैज्ञानिक अंधस्थल (ब्लाइंड स्पॉट्स) भी दूर हो जाते हैं। तथापि, यदि मनोविश्लेषण को मनोविकृतियों (साइकोसीज़) के लिए एकमात्र चिकित्सा (थेरैपी) नहीं बताया गया है, फिर भी वर्तमान समय में मनोविश्लेषण के सिद्धांतों को सामान्य उपचार के संबंध में बुद्धिमानीपूर्वक प्रयोग किया जा सकता है। इस रूप में इन सिद्धांतों को रूढ़िवादी मनोचिकित्सकों द्वारा संस्थागत रोगियों के प्रबंधन में अधिक से अधिक उपयोग किया जा रहा है।[6]

विविध रोगों के लिए मनोविश्लेषण की उपयोगिता के बारे में, इनमें से प्रत्येक रोग के संबंध में विचार-विमर्श किया जाएगा। संक्षेप में हम कह सकते हैं कि मनोविश्लेषण एक महंगी और दीर्घ चिकित्सा है जो मनोवैज्ञानिक समस्याओं की संपूर्ण सूची में केवल कुछ समस्याओं के लिए निश्चित रूप से बताई जाती है और वस्तुतः उनमें से केवल एक या दो के लिए विशिष्ट रूप से उपयोगी है। लेकिन यदि हम यह मानें कि वर्तमान समय में मनोविश्लेषण का मुख्य महत्व एक निश्चित चिकित्सा प्रणाली (थेरैपी) की अपेक्षा एक शोध के उपकरण के रूप में अधिक है तो इसकी इन सीमाओं का इतना अधिक महत्व नहीं रह जाता। जिन केसों में यह उपयोगी है, उन मामलों में मनोविश्लेषण एक विशिष्ट चिकित्सा प्राणी इसलिए है कि हमारे पास यह विश्वास करने के कारण है कि यह वास्तव में व्यक्तित्व की पुनर्संरचना करती है तथा मात्र लाक्षणिक उपचार (सिम्पटमैटिक क्योर) की अपेक्षा गत्यात्मक (डाइनॅमिक) उपचार करती है। निकट भविष्य में यह आशा की जानी है कि विधि उपलब्ध कराई जाएगी जिससे कि मनोचिकित्सा, मनोविज्ञान और समाजशास्त्र के क्षेत्रों की शोध संबंधी समस्याओं पर व्यापक रूप से मनोविश्लेषण का प्रयोग किया जा सके।

5. मनोचिकित्सा (साइकोथैरेपी) के अन्य रूप

यद्यपि मनोविश्लेषण हमारे पास कदाचित् एकमात्र ऐसी चिकित्सा प्रणाली है जो वास्तव में गत्यात्मक उपचार करती है, तथापि बहुत से तंत्रिकातापी (न्यूरॉटिक) रोग लक्षणों के लिए बल्कि कुछ मनोविकृति के (साइकोटिक) रोग लक्षणों के लिए भी लाक्षणिक (सिम्पटमैटिक) उपचार की आवश्यकता होती है। हम पहले ही अध्याय IV में गत्यात्मक और लाक्षणिक उपचार के मध्य अंतर को संकेत कर चुके हैं। गत्यात्मक उपचार में, मूल में निहित संरचना (अन्डरलाइंग स्ट्रक्चर) की पुनर्रचना इस प्रकार की जाती है कि लाक्षणिक की आवश्यकता ही समाप्त हो जाती है। चिकित्साशास्त्र के क्षेत्र में शुरू से अंत तक गत्यात्मक उपचार उन उपचारों को कहा जाता है जिनमें रोग-लक्षण गायब हो जाता है और तब तक वापिस नहीं लौटता जब तक कि वही आंतरिक गत्यात्मक स्थिति पुनः उत्पन्न नहीं होती। कदाचित् चिकित्साशास्त्र के क्षेत्र में आद्योपांत सबसे प्रभावशाली गत्यात्मक उपचार वे हैं जो शल्य चिकित्सा (सर्जरी), जीवाणु-विज्ञान (बैक्टीरियॉलॉजी), तथा असंक्रमणीकरण विज्ञान (इम्यूनॉलॉजी) के द्वारा प्रस्तुत किए जाते हैं। उण्डुकपुच्छशोथ (एपॅन्डिसाइटीज़) तथा तुण्डिका शोथ (टॉन्सिलाइटिस) का उपचार गत्यात्मक तरीके से (डाइनॅमिकली) उण्डुकपुच्छोच्छेदन (एपेन्डॅक्टॉमी) तथा गलतुण्डिकाच्छेदन (टॉन्सिलॅटॉमी) द्वारा किया जाता है। सिफिलिस रोग का गत्यात्मक तरीके से निवारण संखिया-मिश्रणों (आरसिनिकल कम्पाउन्ड्स) से उपचार करके किया जाता है। टायफाइड बुखार यदि नहीं हुआ है तो टीकाकरण के द्वारा इससे बचाव किया जाता है और यदि यह आरंभ हो गया है तो टीकाकरण से इसकी तीव्रता बहुत कम की जा सकती है। इसी प्रकार मनोवैज्ञानिक चिकित्सा के क्षेत्र में परिवर्तन हिस्टीरिया (कन्वर्ज़न हिस्टीरिया) मनोविश्लेषण के द्वारा गत्यात्मक उपचार (डाइनॅमिक क्योर) का विषय है। लेकिन ये गत्यात्मक उपचार ही एकमात्र वस्तु नहीं हैं जिनका उपयोग चिकित्सक मानवजाति की वेदनाओं में सुधार करने के लिए करते हैं। गल-शोथों (सोर ट्रोट्स) का उपचार गरारे द्वारा, कब्ज़ का उपचार-रेचकों के द्वारा, तथा परागज ज्वर (हे फीवर) का उपचार विविध अंतःश्वसन यंत्रों (इनहेलॅन्ट्स) के द्वारा किया जाना 'लाक्षणिक उपचार (सिम्पटमॅटिक क्योर्स)' कहे जा सकते हैं। रोगी का कष्ट कम होता है, उसकी स्थिति सुधरती है, लेकिन मूल में निहित गतिकी (अण्डरलाइंग डायनॅमिक्स) में कुछ भी परिवर्तित नहीं होता। मनोचिकित्सा (साइकोथेरैपी) के बहुत से रूप हैं जो लाक्षणिक उपचार (सिम्पटमॅटिक क्योर्स) करते हैं। सिम्पटमॅटिक तथा डायनॅमिक के बीच कोई भी स्पष्ट विभाजन नहीं कर सकता क्योंकि दोनों विधियां एक-दूसरे में विलीन हो जाती हैं। ऐसे कुछ केसों में, जिनमें मनोविश्लेषण असंभव है, मनोविश्लेषण की ओर उन्मुख चिकित्सा (साइकोएनालिटिकली ओरियन्टिड थैरेपी) स्थिति में सुधार करने में सहायक होती है। मनोविश्लेषण की ओर उन्मुख चिकित्सा का साधारण रूप से अर्थ है विश्लेषण का तनूकृत रूप जिसमें विश्लेषक सक्रिय सुझाव (एक्टिव सजैशन) अधिक देता है तथा रोगी

के मानस में अचेतन सामग्री को लाने में आवश्यक रूप से लगने वाला समय लगाए बिना, रोगी को उसके रोग लक्षणों की अधिक व्याख्याएं प्रदान करता है। उन सभी मामलों में मनोविश्लेषण को मनोचिकित्सा के रूप में सुझाया जाता है जिनमें यदि दूसरे कारक अनुमति दें तो मनोविश्लेषण प्रारंभ किया जा सकता है। बहुधा इसके द्वारा रोग लक्षणों को कम किया जा सकता है या उन्हें ऐसे लक्षणों में परिवर्तित किया जा सकता है जो व्यक्ति को उसके सामाजिक पर्यावरण में कम अयोग्य बनाने वाले होते हैं। जहां पूर्ण रूप से मनोविश्लेषण करना असंभव है वहां मनोविकृतियों (साइकोसीज़) के उपचार के सहायक के रूप में मनोविश्लेषक मनोचिकित्सा प्रारंभ की जा सकती है। मनोविश्लेषक मनोचिकित्सा की प्रभावोत्पादकता सीधे-सीधे इलाज के वास्तविक मनोविश्लेषण से निकटता के अनुपात में होती है।

सम्मोहन (हिप्नॉसिस) मनोविश्लेषण के लक्ष्यों के अधिक वृहत् लघुकरण का प्रतिनिधित्व करता है। प्रत्येक मनोचिकित्सक को सम्मोहन में थोड़ा-बहुत प्रशिक्षण लेना चाहिए। यह इलाज मौलिक रूप से फ्रायड के द्वारा प्रयोग किया गया तथा इसे फ्रायड के द्वारा इसलिए छोड़ दिया गया क्योंकि इसके द्वारा किए गए उपचार केवल लाक्षणिक (सिम्पटमॅटिक) सिद्ध हुए। सम्मोहन के माध्यम से कोई भी व्यक्ति बहुत आसानी से द्वंद्वात्मक स्थिति की प्रकृति को उघाड़ सकता है लेकिन आवश्यक नहीं कि इसे मात्र उघारने से ही रोगी के द्वंद्व का उपचार हो जाता है। तथापि, गहरे सम्मोहन (डीप हिपनॉसिस) में यह सुझाव देना अभी भी संभव है कि कोई प्रदत्त कार्यात्मक रोगलक्षण (फंक्शनल सिम्पटम) लुप्त हो जाएगा या सुधर जाएगा। यह प्रायः संभव है कि तंत्रिकातापग्रस्त रोगी को कोई अन्य रोग लक्षण का चयन करने के लिए बाध्य किया जाए जो उसे उसके जीवन से संबंधित पर्यावरण में अधिक अयोग्य नहीं ठहराएगा। इस प्रकार, सम्मोहन तंत्रिकाताप के लिए उसी प्रकार का लाक्षणिक उपचार करता है जैसे एस्पिरिन सिर दर्द के लिए करती है। सम्मोहन के क्रम की पुनरावृत्ति उसी प्रकार आवश्यक हो सकती है जिस प्रकार सिर में दर्द वाले व्यक्ति के लिए घर में एस्पिरिन की आपूर्ति रखना आवश्यक है। बहुत से केसों में जीवन को अधिक सहन करने योग्य बनाने के लिए सम्मोहन बहुत कुछ कर सकता है।

मनोचिकित्सा के और भी बहुत से रूप हैं। अपनी कठिनाइयों के बारे में एक सहानुभूतिपूर्ण व्यक्ति के साथ, जिसकी प्रतिष्ठा मनोविश्लेषक की हो, विचार-विमर्श करना बहुत से रोगियों की सहायता करता है। विशेष रूप से मध्यम तंत्रिकातापों (न्यूरॉसीज़) के तथा लैंगिक कुसमायोजन के मध्यम रूपों के क्षेत्र में, रोगी की कठिनाई के बारे में मनोचिकित्सा के सुझावों से जो अंतर्दृष्टि मिलती है वह भी सहायक हो सकती है। बहुत से मामलों में, मंद प्रकार की सुझावात्मक मनोचिकित्सा (सजैस्टिव साइकोथैरैपी) उतनी ही प्रभावपूर्ण हो सकती है जितना कि सम्मोहन (हिप्नॉसिस)। इस दृष्टि से कैथोलिक ईसाइयों की पाप स्वीकार-पीठिका का असंदिग्ध मनोचिकित्सकीय (साइकोथरापुटिक) महत्व समझ में आने योग्य है। बल्कि अपनी कठिनाइयों की एक

ऐसे मित्र के समक्ष स्वीकारोक्ति जो सहानुभूतिपूर्ण है और जो समझदार अभिवृत्ति का है, एक साधारण तंत्रिकातापग्रस्त (न्यूरॉटिक) को बहुत सहायता करती है। यदि कोई ऐसा आधारभूत नियम है जो मनोचिकित्सा के लिए निर्धारित किया जा सकता है तो वह यह नियम है कि यदि रोगलक्षणों को स्वीकार किया जाय तथा उनका सामना किया जाए तो इससे सहायता मिलती है। यदि रोगी एक रुग्ण भय, एक मनोग्रस्त ऑबसैसिव) विचार या एक बाध्य (कम्पल्सिव) प्रकार की क्रिया के बारे में दूसरों को स्वयं बता देता है तो इसके बाद वे कभी भी इतने भयानक प्रतीत नहीं होते। परिणामस्वरूप, अस्पष्ट शाब्दिक अभिव्यक्ति में मात्र कहना ही, मनोविश्लेषण की पुनर्शिक्षा के साथ किसी तरह संबंधित होता है। मनोचिकित्सा के विविध रूपों को एक सांतत्यक (कन्टीनुअम) पर व्यवस्थित किया जा सकता है क्योंकि ये सभी ऐसी विधियों का प्रतिनिधित्व करते हैं जिनके द्वारा मूल में निहित गत्यात्मक द्वंद्व परिस्थिति का, उसे विवेकपूर्ण चेतना (रैशनल कॉन्शसनॅस) के क्षेत्र में लाकर, कमोबेश निवारण हो जाता है।

बहुत सी दूसरी मनोवैज्ञानिक चिकित्सा प्रणालियां हैं जिनका प्रयोग मानसिक रोगियों के साथ व्यापक रूप से किया जाता है। हम पहले ही बता चुके हैं कि मानसिक रोगी व्यक्तियों के पुनर्शिक्षण के लिए प्रायः सामाजिक चिकित्सा (सोशियोथैरेपी) की आवश्यकता होती है। जो व्यक्ति सामाजिक वातावरण की वास्तविकताओं का सामना करने में असमर्थ होते हैं उनकी सहायता, उन्हें वास्तविकताओं का सामना करने में प्रशिक्षित करके, या साइकोथैरेपी के द्वारा, या वातावरण को उनके व्यक्तित्व की सीमाओं के अनुकूल परिवर्तित करके, की जा सकती है। इस प्रकार मानसिक रोगी व्यक्ति को मात्र संस्थागत करना एक सामाजिक चिकित्सा (सोशियोथैरेपी) समझा जा सकता है। उसे एक ऐसे वातावरण से हटाकर, जिसकी जटिलता के साथ वह समायोजन नहीं कर पाता था एक ऐसे वातावरण में ले जाया जाता है जो उसके वर्तमान व्यक्तित्व के लिए उपयुक्त है। एक बार जब रोगी अस्पताल आ (इन्स्टीट्यूशनलाइज्ड) जाता है तो पुनर्शिक्षण की प्रक्रिया आरंभ हो जानी चाहिए। व्यक्तित्व के बारे में मनोवैज्ञानिक की समझ की सहायता से एक समय-सारणी व्यवस्थित की जा सकती है जो बहुत विविध दिशाओं में सामाजिक पुनर्समायोजन और पुनर्शिक्षण का अवसर देगी। रोगी की शारीरिक सहन-शक्ति का निर्माण करना बहुधा आवश्यक और उपयोगी है। इस संबंध में जल-चिकित्सा (हाइड्रोथैरेपी) और भौतिक चिकित्सा (फिजियोथैरेपी) कभी-कभी उपयोगी होती है। प्रायः उसे कोई हॉबी सिखाकर उसकी सहायता की जा सकती है तथा इस संबंध में हमारे पास व्यावसायिक चिकित्सा (ऑक्युपेशनल थैरेपी) का स्पष्टतया सुविकसित विज्ञान है। कई बार ऐसे व्यक्ति, जिनके व्यक्तित्व एकाकी और विलक्षण होते हैं, उन्होंने कभी भी यह नहीं सीखा है कि सामाजिक संबंधों के साथ कैसे चला जाता है तथा यहां पर मनोरंजनात्मक चिकित्सा (रिक्रिएशनल एण्ड एन्टरटेनमेंट थैरेपी) के द्वारा बहुत कुछ करना संभव है। हाल ही में यह धारणा बढ़ती जा रही है कि किताबें पढ़ने में रोगियों की रुचि बढ़ाकर उनकी सहायता की जा सकती है, तथा इससे

'बिबलियोथैरेपी' का विकास हुआ। रोगी को मात्र कुछ करने के लिए देकर ही नहीं, बल्कि उसे ऐसी पुस्तकें देकर जिनका स्वयं मनोचिकित्सकीय (साइकोथेरापुटिक) महत्व है, इस क्षेत्र में असंदिग्ध रूप से बहुत संभावनाएं हैं। इन सभी पूरक (ऑक्ज़िलियरी) चिकित्साओं को इस ढंग से प्रशासित किया जाना चाहिए कि ये साइकोथेरैपी के मुख्य लक्ष्यों के अनुरूप हों। ऐसा करने से, इन विविध चिकित्साओं के प्रत्यक्ष और वास्तविक महत्व, मुख्य मनोचिकित्सा (साइकोथैरेपी) की सहायक चिकित्साओं के रूप में अपनी भूमिका को सबसे अच्छी तरह पूरा करेंगी।

6. पुनर्शिक्षण : सभी प्रकार की मनश्चिकित्सा का उद्देश्य

इस शब्द के सबसे व्यापक अर्थ में, शिक्षा वह प्रक्रिया है जिसके द्वारा व्यक्ति अपने सामाजिक और भौतिक वातावरणों के साथ समायोजन करता है। औपचारिक या समाज शिक्षा सदैव इस लक्ष्य की ओर प्रशासित की जानी चाहिए तथा औपचारिक शिक्षा, जैसा कि सभी आधुनिक सिद्धांती सहमत हैं, सामान्य शिक्षाप्रद प्रक्रिया का केवल एक भाग मात्र है। इस पुस्तक के 'व्यक्तित्व की उत्पत्ति' खण्ड में हमने देखा कि शिक्षाप्रद प्रक्रिया की असफलता, अर्थात् परिवर्तनशील वातावरण के साथ सामाजिक दृष्टि से उपयुक्त समायोजन करने में असमर्थता के आधार पर किस प्रकार व्यक्तित्व संबंधी कठिनाइयां और विकृतियां उत्पन्न होती हैं। अतः यदि व्यक्तित्व की गड़बड़ियों का कारण दोषपूर्ण शिक्षा (विशेषकर संवेगात्मक शिक्षा) में पाया जाना है तो उसका उपचार भी संवेगात्मक पुनर्शिक्षण में मिलना चाहिए और क्योंकि शिक्षा की प्रक्रिया एक लम्बी प्रक्रिया है अतः पुनर्शिक्षा की प्रक्रिया भी लम्बी है। इस दृष्टिकोण को, साधारण व्यक्ति में मनोचिकित्सा उपचार (थेरापुटिक ट्रीटमेंट) की दीर्घता के प्रति स्वाभाविक अविश्वास को दूर करना चाहिए। चिकित्साशास्त्री और शल्यचिकित्सा के उपचार में केवल अस्त-व्यस्त करने वाले जीवाणुओं या विकास प्रक्रियाओं को दूर करने की आवश्यकता होती है। दूसरी ओर मनोचिकित्सा में कभी-कभी कई वर्षों पुराने कुसमायोजन का पुनर्समायोजन करने की आवश्यकता होती है।

निस्संदेह, व्यक्तित्व की कुछ कठिनाइयां अनुपयुक्त तरीके से सीखे गए एकमात्र कार्य के आधार पर उत्पन्न होती हैं। फिर भी अधिकांश कठिनाइयां धीरे-धीरे पूरे जीवनकाल में उदित होती हैं। इसके लिए दूसरी मनोचिकित्साओं (साइकोथैरेपीज़) की तुलना में मनोविश्लेषण की बृहत् क्षमता स्पष्ट होनी चाहिए। कुछ तरीकों में मनोविश्लेषण मनोचिकित्साओं की विद्यालयी शिक्षा है। व्यक्ति कलाओं और विज्ञानों के बारे में पत्राचार विद्यालयों और बल्कि चुटफुट अध्ययन से कुछ सीख लेता है, लेकिन ये ज्ञान कभी भी एकीकृत और सुनिश्चित नहीं होता। लेकिन सभी व्यक्तियों के लिए विद्यालय जाना उचित नहीं है और बहुत से केसों में मनोविश्लेषण का भी औचित्य नहीं है। जिस प्रकार हम परिष्कृत और सुसंस्कृत व्यक्ति को देखते हैं जिन्होंने कोई

औपचारिक प्रशिक्षण नहीं लिया, उसी प्रकार इतने सुसमायोजित व्यक्ति भी मिलते हैं जिन्हें पुनर्शिक्षाप्रद मनोचिकित्सा की आवश्यकता नहीं होती। इस दृष्टिकोण से यह बात भी आती है कि भविष्य के लिए महान आशा शैक्षणिक प्रक्रिया की प्रकृति को सुधारने में निहित है जिससे कि किसी भी प्रकार का मनोचिकित्सकीय पुनर्समायोजन (साइकोथेरापुटिक रीएडजस्टमैंट) करना आवश्यक हो। लेकिन तब तक मनोचिकित्सा को व्यक्तियों को शिक्षित करना और अपने मिथ्या धारणाओं और अस्पष्ट और अकारण भयों से मुक्ति पाने के लिए प्रशिक्षित करना जारी रखना चाहिए तथा इस कार्य के लिए इसे अपने अधीन सभी उपकरणों का प्रयोग करना चाहिए।

कभी-कभी व्यक्ति थोड़ी सी चिकित्सा हुए बिना ही स्वास्थ्य लाभ कर लेते हैं और कभी-कभी सबसे अधिक विविध प्रकार के चिकित्सकीय (थेरापुटिकल) कार्यक्रम के अंतर्गत भी स्वस्थ नहीं हो पाते। हम अभी भी, स्वचालित स्वास्थ्य लाभों और कुछ मामलों में उपचार को प्रतिक्रिया दिखाने में असफलता, दोनों का क्या कारण है इस बारे में अंधकार में हैं। मनोचिकित्सा में, कुछ अपवादों के साथ, हम एक ऐसी परिस्थिति में होते हैं जहां कोई भी इलाज किसी भी प्रदत्त रोग के लिए विशिष्ट नहीं होता। हम इसके अतिरिक्त यह भी जानते हैं कि कुछ मामलों में स्वास्थ्य लाभ किसी भी थैरेपी से स्वतंत्र होकर होता है। भावी शोध के लिए बड़ी समस्याओं में से एक समस्या इस बारे में उत्पन्न होती है कि विविध प्रकार की चिकित्सा प्रणालियां (थैरेपी) कितनी प्रभावशील हैं और वे कैसे परस्पर संबंधित हैं। इस क्षेत्र में आलोचनात्मक प्रयोगों को स्थापित करना बहुत कठिन है क्योंकि चिकित्सक का पहला कर्त्तव्य वह सब कुछ करना है जो वह कर सकता है और रोगी को स्वस्थ करने के लिए वह हर प्रयास किया जाना है जो वह कर सकता है। यह आशा की जाती है कि मनोरोग विज्ञान (साइकोपॅथोलॉजी) के विज्ञान को प्रतिष्ठित करने में इस क्षेत्र के शोध मनोवैज्ञानिकों और चिकित्सकों का सहयोग, विविध प्रकार की चिकित्सा प्रणाली की उपयुक्तता का मूल्यांकन करने में सहायता करेगा। इस समस्या पर हम अपने अंतिम अध्याय में लौटेंगे। मनोचिकित्सा के बारे में जो साधारण सोच-विचार हमने इस अध्याय में दिया है उसके पश्चात् अब हम मुख्य मनोचिकित्सकीय लक्षण-समष्टियों (साइकिएट्रिक सिंड्रोम्स) के ब्योरेवार विवरणात्मक मनोविकृति विज्ञान (डॅस्क्रिप्टिव सिम्पटमॅटॉलॉजी) की ओर बढ़ने के लिए तैयार है। हम उन मनोविकृतियों (साइकोसीज़) से प्रारंभ करते हुए, जिन्हें प्राथमिक रूप से कायिक के रूप में पहचाना जाता है, प्राथमिक रूप से कार्यात्मक मनोविक्षिप्ति (फंक्शनल साइकोसीज़) की ओर बढ़ेंगे, फिर मनस्तंत्रिकातापों (साइकोन्यूरॉसीज़) की, फिर असामान्य लैंगिक व्यवहार की समस्याओं की ओर, और अंत में चारित्रिक विकृतियों और प्रतिभाशाली की समस्याओं की ओर बढ़ेंगे। ऐसा करके हम आधुनिक मनोचिकित्सा (साइकिएट्री) के क्रमबद्ध पहलुओं के बारे में अंतर्दृष्टि प्राप्त करेंगे और इसकी महान उपलब्धियों और विशिष्ट दोषों, दोनों के बारे में जानेंगे।

7. सारांश

1. मनोचिकित्सक एक चिकित्सा विशेषज्ञ है जो मानसिक विकृतियों के निदान (डायग्नोसिस) और उपचार (ट्रीटमेंट) पर विचार करता है। उसके प्रशिक्षण की रूपरेखा होती है और उसके मनोचिकित्सकीय व्यवसाय की प्रकृति वर्णित होती है। आधुनिक मनोचिकित्सा केवल मानसिक रोग से उसके स्वीकृत अर्थ में ही संबंध नहीं रखती बल्कि व्यवहारपरक समस्याओं, विकृतियों (पर्वर्शन्स) तथा प्रतिभाशाली के बारे में भी विचार करती है।
2. मनोचिकित्सकीय समस्याओं की पुनरावृत्ति आधुनिक जगत में, साधारण व्यक्ति जितना समझते हैं, उससे अधिक होती है।
3 रोग विज्ञान (नॉसोलॉजी) रोगों के वर्गीकरण (क्लासिफिकेशन) का विज्ञान है और निदान (डायग्नोसिस) रोगी के रोग को वर्गीकृत करने का (क्लासीफाइंग) का विज्ञान है। मनोचिकित्सा (साइकोथैरेपी) प्रारंभ करने से पहले उपयुक्त रोग विज्ञान संबंधी (नॉसोलॉजिकल) वर्गीकरण को स्थापित किया जाना चाहिए और उपयुक्त निदान किया जाना चाहिए।
4. मनोविश्लेषण पर एक इलाज पद्धति रूप में विचार किया गया है। यह व्यक्ति के अचेतन द्वंद्वों का खुलासा करने के लिए तथा उन्हें चेतन नियंत्रण के अधीन होने की अनुमति देने के लिए स्वतंत्र साहचर्य, स्वप्न व्याख्या तथा स्थानांतरण का प्रयोग करता है।
5. मनोचिकित्सा के अन्य रूप, जो व्यक्तित्व की पुनर्संरचना करने का प्रयास करते हैं, वे मनोविश्लेषण की ओर अभिमुख मनोचिकित्सा (साइकोएनालिटिकली ओरियन्टिड साइकोथैरेपी), सम्मोहन (हिप्नॉसिस) तथा सुझावात्मक मनोचिकित्सा (सजेस्टिव साइकोथैरेपी) हैं।
6. समस्त मनोचिकित्सा रोगी को सामाजिक और भौतिक यथार्थ के साथ अपने संवेगों का अनुकूलन करने के लिए पुनर्शिक्षा देती हैं।

संदर्भिका

मनोचिकित्सक का प्रशिक्षण मेडिकल कॉलेज पाठ्यक्रम का विषय है और विविध चिकित्सा-विद्यालयों के सूची पत्र यह प्रदान करते हैं। मनोविश्लेषकों के लिए विशिष्ट प्रशिक्षण तथा उसकी अपेक्षाएं क्यूबी द्वारा दी गई हैं। अमेरिका में मानसिक विकृतियों के सर्वोत्तम आंकड़े वाणिज्य विभाग जनगणना ब्यूरो के हैं। ए. डॉएश (1937) तथा लैण्डिस और पेज; दोनों ने अमरीकी मनोचिकित्सा की आंकड़ों संबंधी समस्याओं के बारे में एकदम सही सूचना दी है। रोग-विज्ञान संबंधी आदर्श वर्गीकरण जो दिया गया है वह अमेरिकन साइकिएट्रिक ऐसोसिशन का है और यह रोज़ानॉफ में पुनः प्रकाशित है।

चिकित्सा प्रणाली (थैरैपी) के रूप में मनोविश्लेषण के लिए, क्यूबी, फ्रायड (1924 , वाल II), रैंक एण्ड फॅरेन्जी, फैनीकेल (1938-1939), हैन्ड्रिक, मैनिंजर (1937, 1938) में विचांर-विमर्श किया गया है। आगे दिए गए मनश्चिकित्सा पर किए गए कार्य उपयोगी हैं : हेनरी स्ट्रेकर तथा ईबॉ, ब्लूलर (1924), रोजानॉफ, क्रैपलिन (1915) तथा बुम्का (1928-1932)। इन्हें इनकी बढ़ती हुई संपूर्णता के क्रम में सूचीबद्ध किया गया है। मनोवैश्लेषिक मनोचिकित्सा के लिए फ्रायड (1924, वाल्स I-II), फॅनीकेल (1934), शिल्डर (1928), डॉएश (1932) तथा रिकमैन (1928) महत्वपूर्ण हैं।

संदर्भ

1. मनोरोग विज्ञान में प्रयोगात्मक मनोविज्ञान की भूमिका के बारे में खण्ड V में विस्तार से विचार करेंगे।
2. एलबर्ट डॉएश, *द मैण्टली इल इन अमेरिका,* डबिलडे, डोरन एण्ड कम्पनी, इंक, न्यूयॉर्क, 1937, पृष्ठ 487-488 से उद्धृत)
3. यहां मैंने सामान्यतया केस-हिस्ट्री की वह प्रविधि सूचित की जो मैनिंजर क्लिनिक द्वारा अपनाई जाती है। केस-हिस्ट्री लेने के लिए दूसरी अच्छी रूपरेखा प्रैसी तथा प्रैसी, चेनी तथा ब्राउन और पॉटर में मिल जाएगी।
4. एस. फ्रायड, *न्यू इन्ट्रोडक्टरी लैक्चर्स ऑन साइकोएनालिसिस,* डब्ल्यू.डब्ल्यू. नॉर्टन एण्ड कम्पनी, इन्क, न्यूयॉर्क, 1933)''
5. न्यूयॉर्क, शिकागो, वाशिंगटन, बाल्टीमोर, बोस्टन तथा टोपेका में विविध मनोवैश्लेषिक संस्थान तथा चिकित्सालय हैं और ये सभी न्यूनतम शुल्क के आधार पर कुछ शोध संबंध मामले लेते हैं।
6. संदर्भ विम. मैनिंजर के साइकोएनालिटिक थैरैपीज़ पर लिखे गए शोध-प्रबंध (19, 36ए, बी,डी) तथा आइव्ज़ हैन्ड्रिक, लौरेन्स क्यूबी तथा फ्लैन्डर्स डनवर (1939)।

अध्याय-15

मुख्यतया कायिक कारणों से उत्पन्न मनोविक्षिप्त

1. मनोविक्षिप्ति (मनोविकृति) की संकल्पना

अब तक पाठक को यह बोध हो गया होगा कि मनोविकृतियों की संकल्पना का क्या अर्थ है और मनोविकृतिजन्य (साइकोटिक) व्यवहार क्या है। अब हमें इस शब्द की एक सुनिश्चित परिभाषा देनी चाहिए। पिछले कुछ दशकों तक, मनोचिकित्सा मुख्य रूप से मनोविकृतियों (साइकोसीज़) से संबंधित थी तथा मनस्तंत्रिकातापों (साइकोन्यूरोसीज़) तथा चारित्रिक दोषों (कैरेक्ट डिफॅक्ट्स) से केवल गौण रूप से संबंधित थी। हम देख चुके हैं कि एक मनस्तंत्रिकातापग्रस्त (साइकोटिक) व्यक्ति इतने अधिक स्पष्ट रूप से मानसिक रोगी होता है कि वह पहचान से बच नहीं सकता, लेकिन तंत्रिकातापग्रस्त (न्यूरॉटिक) तथा विकृत चरित्र के व्यक्तियों को हम साधारणतया रोगी नहीं अपितु 'नर्वस तथा व्यग्र' तथा 'निकृष्ट (बैड)' मानते हैं। अतएव, सामान्यतः मनस्तंत्रिकातापग्रस्त (साइकोटिक) का संबंध उन व्यक्तियों से है जो प्रत्यक्ष रूप से 'विक्षिप्त या इनसेन' हैं। मनोविकृति (साइकोसिस) में भारी मानसिक विकार होता है जिससे व्यक्तित्व इतना अधित प्रभावित होता है कि बहुधा संस्थापन (इंस्टीट्यूशनलाइज़ेशन) की आवश्यकता होती है। मनोविकृतिग्रस्त (साइकोटिक) व्यक्ति को अपनी मानसिक रचनातंत्रों (मैकेनिज़्म्स) के बारे में भी पूरी जानकारी शायद ही होती है। मनोविकृतिग्रस्त व्यक्ति का व्यवहार बहुधा इतना बेतुका होता है, उसकी धारणाएं इतना स्पष्ट रूप से विभ्रमात्मक (डिल्यूज़नल) होती हैं, उसके संवेग इतना असाधारण रूप से अस्त-व्यस्त होते हैं कि उसके घनिष्ठ मित्र मनोचिकित्सकीय ज्ञान के बिना ही जान लेते हैं कि यह व्यक्ति रोगी है।

मनोविश्लेषण सिद्धांत के माध्यम से, हम सामान्य और दूसरी आधारभूत व्यवहार संबंधी विकृतियों से विक्षिप्त व्यक्तियों (साइकोटिक्स) का पृथक् विभाजन करने के लिए पर्याप्त सुनिश्चित मानदंड स्थापित करने में सक्षम हैं। सर्वप्रथम, अहम (ईगो), पराहम् (सुपरईगो), कामतत्व (इड) तथा यथार्थ के मध्य संतुलन की अपेक्षा सुस्पष्ट होता है। इड की पहले दमित की गई वृत्तियां (इड इम्पल्सिज़) ऐसे कार्यों और धारणाओं

के रूप में प्रकट होती हैं जो यथार्थ के साथ असंगत होते हैं। मनस्तापी द्वंद्वों (साइकोटिक कंफ्लिक्ट्स) में ईगो, इड के साथ स्वयं को संबद्ध करती है, इड की अपेक्षाओं को समर्थन देती है (यद्यपि ये छद्म वेश में प्रकट होती हैं) तथा इड के साथ मिलकर यथार्थ को नकारती है। इड की चालनाएं (इड ड्राइव्स) छद्म वेश में लेकिन समाज द्वारा अस्वीकृत रूप में प्रकट होती हैं। पराहम् भी प्रभावित होता है। यह लुप्त हो जाता है या अनुचित रूप से कठोर हो जाता है या बाहर की ओर प्रक्षेपित हो जाता है। कामप्रवृत्यात्मक (लिबिडिनल) तथा आक्रमणशील प्रवृत्तियों (अर्जेज़) का प्रारंभिक स्तरों तक और अहम् का (ईगो) अभिन्न (लैस डिफरॅन्शिएटिड) अवस्था तक प्रतीपायन (रिग्रैशन) हो जाता है। मनोरोगविकृतिग्रस्त (साइकोटिक), आरंभिक गुदा अवस्था या उसके परे भी तक लौट जाता (रिग्रैस) है। पाठक को यह याद होगा कि यथार्थ परीक्षण (रीएलिटी टैस्टिंग) गुदा अवस्था (एनल स्टेज) के प्रारंभ और अंत के बीच में स्थापित होता है।

तालिका 7 तथा चित्र 10 में हम मनोविकृति का विवरणात्मक मानदण्ड (क्राइटीरिया) तथा आरेखी चित्रण प्रस्तुत करते हैं। मनोविकृति में व्यक्तित्व की संरचना की तुलना सामान्य व्यक्तित्व के साथ करने के लिए, तालिका तथा सामान्य व्यक्तित्व के उदाहरण दोनों को दोहराया गया है। इस अध्याय तथा आगामी अध्याय में हम मनोविक्षिप्तियों (साइकोसीज़) का वास्तविक लक्षणविज्ञान (सिम्पटमॅटोलॉजी) तथा सैद्धांतिक अन्वयों (कन्स्ट्रक्ट्स) से उनकी उत्पत्ति के साथ संबंध रखेंगे।

2. मनोविक्षिप्ति में कायिक घटक

अध्याय III में हमने देखा कि कुछ मानसिक रोगों में मनोचिकित्सकों ने एक सुनिश्चित और विशिष्ट मस्तिष्क विकृतिविज्ञान (ब्रेन पैथोलॉजी) को प्रतिष्ठित किया है। कुछ रोगों के लिए ऐसे सुनिश्चित विकृतिविज्ञानों (पैथोलॉजीज़) की स्थापना कायजन्य (सोमॅटेजेनिक) विचारधारा के लिए, उसके प्रारंभिक दिनों में महान आशा का आधार थी। अन्य रोगों के लिए विशिष्ट कायिक विकृति विज्ञानों की स्थापना करने में तांत्रिकारोगविज्ञानियों (न्यूरोपैथोलॉजिस्ट्स) की असफलता ने मनोजन्य (साइकोजेनिक) विचारधारा को प्रोत्साहित किया। क्रमशः हम यह अनुभव करने लगे हैं कि व्यवहार संबंधी समस्त समस्याएं मनोवैज्ञानिक तथा दैहिक, दोनों पक्षों को प्रस्तुत करती हैं। फिर भी, कुछ मनोविकृतियां एक विशिष्ट कायिक रोग विज्ञान (ऑर्गेनिक पैथोलॉजी) को प्रदर्शित करती हैं तथा, चूंकि ऐसा प्रदर्शन निदान और संभावित चिकित्सा प्रणाली (थैरेपी) दोनों के लिए बहुत लाभप्रद है, अतः चिकित्सा व्यवसाय निस्संदेह तब बहुत संतुष्ट होता है जब वह किसी रोग के मूल में निहित विशिष्ट विकृति विज्ञान प्रदान कर पाता है तथा समस्त रोगों के लिए इसे प्राप्त करने

का प्रयास करता है। जिन मनोविक्षिप्तियों (साइकोसीज़) के लिए एक विशिष्ट कायिक विकृति विज्ञान स्थापित हो गया है उन्हें हम 'प्राथमिक रूप से कायिक या प्राइमरीली ऑर्गेनिक' कहेंगे। 'प्राथमिक रूप से' का प्रयोग इसलिए किया गया है क्योंकि प्रदर्शनीय मस्तिष्क विकृतियों (ब्रेन पैथोलॉजीज़) के साथ होने वाली मनोविक्षिप्ति में भी मनोविज्ञान की समस्याएं उठती हैं तथा ऊपरी तौर से कार्यात्मक मनोविकृतियों में मूल मस्तिष्क के मूल में निहित रचना विज्ञान (फिज़ियोलॉजी) सबसे अधिक महत्व का है। जैसे-जैसे मनोविकृतिविज्ञान अधिक व्यवस्थित होता जाता है, हमें कायिक रोगों में से प्रकट होने वाली मनोवैज्ञानिक समस्याओं की भी अनुभूति होनी प्रारम्भ हो जाती है।

तालिका-7 : सामान्य की मनोविक्षिप्त (साइकोटिक) व्यक्तित्व के साथ तुलना करते हुए

	आंतरिक द्वंद्व का स्वरूप	परिणामिक व्यवहार का सामाजिक स्वरूप	प्रतिपायन की अवस्था	प्रेम पात्र के साथ आधारिक वृत्तियों का संबंध	द्वंद्व के निराकरण का परिणाम है
	1	2	3	4	5
मनोविक्षिप्ति (साइकोसिस)	अहं, पराहम्, कामतत्व और सामाजिक यथार्थ में अत्यधिक असंगत संतुलन। इड के विरोध में अहंनिर्बल और भक्तिहीन तथा यथार्थ से अलग। पराहम् प्रक्षेपित या ईगो द्वारा विजित या अतिकठोर	पेशीय (मोटर) और संज्ञानात्मक (कॉगनिटिव) दोनों क्षेत्रों में समाज द्वारा अस्वीकृत व्यवहार। कामप्रवृत्तियाँ (इड इम्पल्सिज़) छद्म वेष में प्रकट होती हैं।	लगभग प्रारम्भिक गुदा अवस्था तक, अतः यथार्थ परीक्षण के स्तर से परे। वैयक्तिक रोगों के लिए संदर्भ तालिका 2.	पात्रविहीन (ऑबजैक्टलैस) या अत्यधिक द्वैधवृत्ति	संज्ञानात्मक और पेशीय क्षेत्रों में गंभीर रोग लक्षण का निर्माण
सामान्य (नॉर्मल)	ईगो, सुपरईगो, इड तथा बाहरी यथार्थ के मध्य सुव्यवस्थित संतुलन	सभी क्षेत्रों में व्यवहार रचनात्मक और समाज द्वारा स्वीकृत	कुछ भी नहीं जननिक (जैनाइटल) अवस्था का आना	उत्तर द्वैधवृत्ति, कुछ प्रवृत्तियाँ संतुष्ट, कुछ उदात्तीकृत	कोई द्वंद्व नहीं

व्यक्तित्व की संरचना के आरेखी चित्रण

→ ← सुव्यस्थित संतुलन

→ ← अव्यस्थित संतुलन

तीर के लम्बे निशान सम्पूर्ण व्यक्तित्व का वातावरण के साथ सापेक्षिक संतुलन का उल्लेख करते हैं।

तीर के छोटे निशान व्यक्तित्व के अंदर के बलों (फ़ोर्सिज़) के सापेक्षिक संतुलन का उल्लेख करते हैं।

.... समाज द्वारा स्वीकृत व्यवहार

–+–+–+> अस्वीकार करने योग्य लेकिन छद्म रूप में

एस.ई. – सुपर-ईगो

सी तथा एम – क्रमशः ईगो के संज्ञानात्मक और पेशीय पहलू

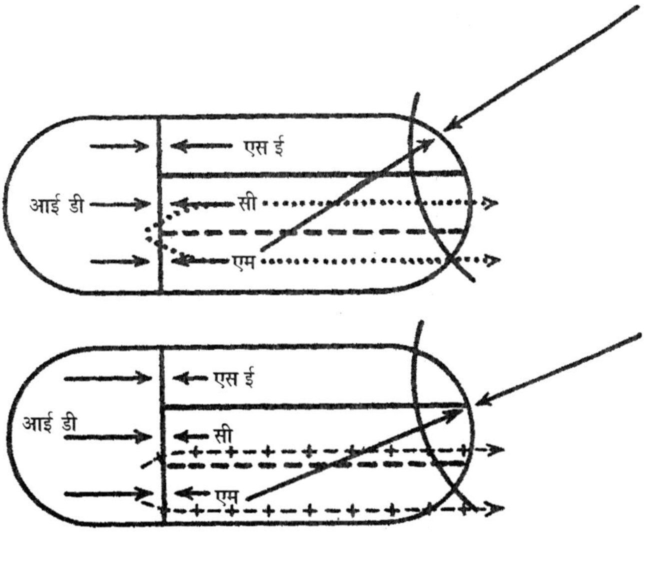

चित्र-10 : सामान्य व्यक्तित्व की मनोविक्षित व्यक्तित्व के साथ तुलना को दिखाते हुए।

लेकिन कुछ मनोविकृतियां 'कायिक' और कुछ 'कार्यात्मक' हैं, यह धारणा चिकित्साशास्त्र की पारिभाषिक शब्दावली में इतनी अच्छी तरह से प्रतिष्ठित हो चुकी है कि इसे एक प्रारंभिक बिन्दु के रूप में प्रयोग करना उपयुक्त प्रतीत होता है।

ऐसे बहुत से तरीके हैं जिनके द्वारा केन्द्रीय स्नायु संस्थान उन शक्तियों के अधीन हो सकता है जो अस्थायी या स्थायी क्षति का कारण होती हैं। इनमें से कुछ तो मस्तिष्क के ऊतकों (ब्रेन टिशूज़) का संपूर्ण और असुधार्य विनाश कर देती हैं। दूसरी शक्तियां

एक दैहिक स्थिति (फिज़ियोलॉजिकल स्टेट्स) उत्पन्न करती हैं जिसमें मस्तिष्क की जीव भौतिकी (ब्रेन बायोफिज़िक्स) तथा जीव-रसायन (बायोकॅमिस्ट्री) की सामान्य प्रक्रियाएं हो सकता है, घटित न हों। चूंकि हमारी धारणा है कि मस्तिष्क प्रक्रियाओं के जीव-रसायन और जीव-भौतिकी में होने वाले प्रत्येक परिवर्तन के साथ मनोविज्ञान में एक सहसंबंधित परिवर्तन हो सकता है, मस्तिष्क के रचना-विज्ञान (ब्रेन फिजियोलॉजी) में होने वाले बहुत से परिवर्तन मनोविकृति की स्थितियों (साइकोपैथोलॉजिकल स्टेट्स) को उत्पन्न करेंगे।

मस्तिष्क में चोट (ब्रेन इंजरी) का एक सामान्य स्रोत गोली लगना, दुर्घटनाएं तथा सिर पर सभी प्रकार के आघात हैं। उदाहरण के लिए, स्टील का कोई भी टुकड़ा जो कि सैरीब्रम या प्रमस्तिष्क के आर-पार जाता है वह निश्चित रूप से उसके किसी भाग को नष्ट करेगा और स्थायी घाव या क्षति छोड़ जाएगा। इस प्रकार की क्षतियों से अनुकूलित व्यवहार-दोषों की मात्रा इस पर निर्भर करती है कि प्रमस्तिष्क वस्तुतः कितनी मात्रा में नष्ट हुआ है और यह क्षति कहां स्थित है। मस्तिष्क की वास्तविक शारीरिक चोट की समस्याएं प्राथमिक रूप से तंत्रिकाविज्ञानियों (न्यूरोलॉजिस्ट्स) की समस्याएं हैं तथा इस पुस्तक में हम इनके बारे में अधिक बात नहीं करेंगे। जिस प्रकार मस्तिष्क को बाहर से लगने वाली शारीरिक चोट मस्तिष्क के ऊतकों (ब्रेन टिशूज़) का विनाश कर सकती है उसी प्रकार अंदर से लगने वाली शारीरिक चोट, जैसे कैंसर या ट्यूमर भी यह कार्य कर सकते हैं। यहां पर भी समस्या प्राथमिक रूप से तंत्रिकाविज्ञानियों या मस्तिष्क के शल्य चिकित्सक (ब्रेन सर्जन) की है। तांत्रिकीय ऊतकों (नर्वस टिश्यूज़) का ऐसी क्षति या विनाश रक्त संचालन की गड़बड़ियों, हैमरेज, शिरीय या धमनीय थक्के, रक्त वाहिकाओं (नलिकाओं) का कठोरीकरण या संकुचन के कारण हो सकता है। इसके अतिरिक्त, देह की विषैली स्थितियां रक्त प्रवाह को इतना विषाक्त कर देती हैं कि उसके फलस्वरूप मनोविकृति (साइकोसिस) होती है। अंत में, जीवाणु-विज्ञानी प्रकार (बैक्टीरियोलॉजिकल) की संक्रामक प्रक्रियाएं भी बहुत सी मस्तिष्क-चोट का कारण होती हैं। इनमें से एक जिसे मस्तिष्क का उपदेशी संक्रमण कहते हैं, इतनी अधिक पाई जाती है और इतनी महत्वपूर्ण है कि हम प्राथमिक रूप से कायिक मनोविक्षिप्ति की समस्या के सभी बिन्दुओं का विकास करने के लिए इसे निदर्शी मनोविक्षिप्ति (इलस्ट्रेटिव साइकोसिस) के रूप में प्रयोग करेंगे। आंशिक घात (पॅरेसिस) के किंचित् विस्तृत विवेचन के बाद हम अन्य प्राथमिक रूप से कायिक मनोविकृतियों पर विचार करेंगे।

3. आंशिकघात (पॅरेसिस)

तार्किक और वैज्ञानिक ढंग से उपदंश के बारे में हाल में इतना व्यापक रूप से विचार-विमर्श किया गया है तथा इसके कारण के बारे में जानकारी अचानक ही इतनी दूर तक फैली हुई है कि आज लगभग प्रत्येक बुद्धिमान व्यक्ति इसके कारण, दिशा तथा

उपचार के बारे में कुछ न कुछ तो जानता ही है। जहां उपदंश (सिफिलिस) के बारे में आमतौर से बहुत कुछ ज्ञात है, वहीं तंत्रिका उपदंश (न्यूरोसिफिलिस) के बारे में सूचना जनसाधारण के द्वारा धीमी गति से अर्जित की गई है। तंत्रिका उपदंश के बारे में अनेक प्रकार की प्रचलित भ्रान्तियां पाई जाती हैं। कुछ व्यक्तियों की धारणा है कि सभी प्रकार के उपदंश का अंत पागलपन में होता है और कुछ व्यक्ति तो इतना दूर तक सोचते हैं कि उपदंश 'पागलपन या इनसेनिटी' का प्राथमिक कारण है, जबकि, दूसरी ओर, बहुत से व्यक्तियों ने न्यूरोसिफलिस का नाम सुना ही नहीं है। उपदंश से पीड़ित व्यक्तियों की संख्या के बारे में अमरीका में बहुत से अनुमान लगाए गए हैं। सबसे अधिक रूढ़िवादी अनुमान इसे कई करोड़ पर स्थित करता है। उनकी इतनी बड़ी संख्या होते हुए भी हम जानते हैं कि अपेक्षाकृत केवल कुछ व्यक्ति ही तंत्रिका उपदंश विकसित करते हैं। उपदंश के विशेषज्ञ (सिफ़िलोलॉजिस्ट्स) इस रोग को चार कालों में विभाजित करते हैं, जिसमें से प्रथम काल प्रारंभिक संक्रमण (इनीशियल इंफंक्शन) का काल है जिसमें रोग प्रक्रिया सांसर्गिक संपर्क के स्थान तक सीमित रहती हैं। यह अवस्था संक्रमण के पश्चात् दो से छह सप्ताह में घटित होती है तथा केवल रजित व्रण (शैन्कर) के विकास से चिह्नित होती है। द्वितीय अवस्था (सैकिन्डरी स्टेज) इस प्राथमिक अवस्था के लगभग तीन माह पश्चात् प्रकट होती है : मुख्य रोग लक्षण बाह्य त्वचा (तथा प्रकट श्लेष्मिक झिल्ली) पर कुछ ददोरों का विकास होना है। तृतीय अवस्था (टर्शियरी स्टेज) पर अलग-अलग समय पर, बहुधा द्वितीय अवस्था के एक या दो वर्ष पश्चात् पहुंचते हैं, तथा इस अवधि में उपदंशी प्रक्रिया आंतरिक हो जाती है (इन्टर्नलाइज़्ड), जिससे कोई भी अवयव प्रभावित हो सकता है। उपदंश का इसलिए 'ग्रेट इमिटेटर या महान अनुकारक' कहा जाता है, क्योंकि सावधानीपूर्वक निदान करने से पूर्व इसके रोगलक्षण बहुत से दूसरे रोगों के साथ भ्रान्ति उत्पन्न करते हैं। केवल लगभग पांच प्रतिशत केसों में ही स्नायु तंत्र (नर्वस सिस्टम) का गंभीर उपदंशी आवेष्टन (सिफिलिटिक इन्वॉल्वमेन्ट) होता है। तंत्रिका उपदंश या न्यूरो सिफ़िलिस को चतुर्थ अवस्था अथवा स्नायुतंत्र (नर्वस सिस्टम) के तृतीयक (टरटियरी) उपदंश का विस्तारण समझा जा सकता है। जिस प्रकार हम निश्चित रूप से यह नहीं कह सकते कि शरीर का कौन सा अवयव उपदंशी प्रक्रिया (सिफिलिटिक प्रॉसिस) से प्रभावित होगा, उसी प्रकार हम इस बारे में भी उतने ही अनिश्चित हैं कि न्यूरोसिफिलिस के केसों में उपदंशी प्रक्रिया स्नायु तंत्र (नर्वस सिस्टम) में कितनी दूर तक जाएगी। यह आवेष्टन मेरूरज्जु या सुषम्ना (स्पाइनल कार्ड) के नीचे के क्षेत्र तक सीमित रह सकता है, इस केस में हम मेरूरज्जु के पृष्ठीय क्षयरोग (*टॅबीस डॉरसॅलिस*) से प्रभावित होते हैं। टॅबीस या क्षयरोग में यद्यपि सहज क्रियाएं (रिफ्लॅक्सिज) तथा मुख्य समन्वयन स्पष्ट रूप से प्रभावित होते हैं लेकिन उच्च मानसिक प्रकार्य कम प्रभावित होते हैं। यह और ऊपर जा सकती है और कुछ कपालीय स्नायु (क्रेनियल नर्वज़) को प्रभावित कर सकती है जिस कारण नेत्र सहजक्रियाओं (रिफ्लॉक्सिज़) का लकवा, बहरापन और ऐसे ही दूसरे चिह्न देखने में आते हैं। फिर भी, जब यह आवेष्टन

प्रतिमस्तिष्कीय (सॅरीब्रल) हो जाता है तो मनोविक्षिप्ति के समुचित रोग लक्षण दिखाई देते हैं। न्यूरोसिफ़िलिस के निम्नतर स्वरूप प्राथमिक रूप से तंत्रिका विज्ञानी (न्यूरोलॉजिस्ट) का कार्यक्षेत्र बने रहते हैं। मनोचिकित्सा का संबंध मस्तिष्कीय उपदंश (ब्रेन सिफ़िलिस) के साथ अधिक है और हम न्यूरोसिफिलिस के बारे में अपने विवेचन को आंशिकघात (पॅरेसिस), विक्षिप्त का सामान्य पक्षाघात (जनरल पॅरालिसिस ऑफ द इनसेन) या अंगघाती मनोभ्रंश (डिमैन्शिया पॅरालिटिका) नाम के रोगों तक सीमित रखेंगे। यह मस्तिष्कीय उपदंश (सॅरीब्रल सिफ़िलिस) का मात्र एक स्वरूप ही नहीं है बल्कि अब तक यह सबसे आम स्वरूप है। इस रोग की मनोचिकित्सा का विवेचन करने में हम पिछले अध्याय में दी गई योजना की रूपरेखा का अनुसरण करेंगे।

1. रोग का नाम और उसके विभेदीकरण (डिफरॉन्सिएशन) का इतिहास : जब तक स्नायु तंत्र (नर्वस सिस्टम) में उपदंश के सूक्ष्म-जीव *ट्रैपोनीमा पॅलीडम* की खोज नहीं हुई थी तक तक यह सिद्ध नहीं हुआ था कि जिसे हम तब मनोभ्रंश पागलपन (डिमैन्शिया) कहते थे वैसे बहुत से केसों की उत्पत्ति का कारण उपदंश (सिफलिटिक) था। यह खोज उन्नीसवीं शताब्दी के प्रारंभ में नोगुची और मूर ने की। उन्नीसवीं शताब्दी के शुरू से अंत तक, मनोभ्रंश या पागलपन (डिमैन्शिया) शब्द का प्रयोग एक व्यक्ति की मानसिकता (मैन्टेलिटी) के कृमिक ह्रास की ओर संकेत करने के लिए किया जाता था जिसे पहले सामान्य समझा जाता था। मनोभ्रंश का अर्थ था कि समस्त मानसिक प्रक्रियाएं, संज्ञानात्मक (कॉगनिटिव), संवेगात्मक (इमोशनल), और पेशीय (मोटर) प्रायः विकृत या भ्रष्ट हो जाती थीं। यह समझ लिया गया था कि मनोभ्रंश के कुछ रूप साधारणतया तंत्रिका संबंधी पेशीय चिह्न (न्यूरोलॉजिकल मोटर-साइन्ज़) तथा कुछ-कुछ शीघ्र अवनति की प्रक्रिया विकसित कर लेते थे जिससे कि जो रोग बाद में मस्तिष्क (ब्रेन) की न्यूरोसिफलिस के रूप में विभेदीकृत हुआ उसे तब *डिमॉन्शिया पॅरालिटिका* नाम से जाना जाता था। यहां तक कि अपने *क्लासिकल लैक्चर्स ऑन क्लिनिकल साइकिएट्री* के प्रारंभिक संस्करणों में क्रॅपलिन ने भी डिमॉन्शिया पॅरालीटिका या अंगघाती मनोभ्रंश को यदा-कदा उपदंश के अतिरिक्त दूसरे कारणों पर आरोपित किया। इस प्रकार हमारे पास यह एक कायिक रोग है जिसमें मनोवैज्ञानिक रोगलक्षणविज्ञान ने अन्य मनोवैज्ञानिक रोगों—यहां पर मनोभ्रंश—से इसका विभेदीकरण, इसके कायिक आधार की पूर्ण रूप से अनुभूति होने से पहले कर लिया। परिणामस्वरूप अंगघाती मनोभ्रंश (डिमैन्शिया पॅरालिटिका) का मौलिक अर्थ था एक मनोभ्रंश (डिमैन्शिया) जिसमें साधारणतया पेशीय समन्वय की कमी के कारक या पक्षाघात (पॅरालिसिस) निहित रहता है।

2. प्रभाव क्षेत्र (इन्सीडेन्स) : 1936 में अमेरिका के चिकित्सालयों में मानसिक रोग के लिए पहली बार भरती हुए रोगियों के लगभग सात प्रतिशत में उपदंश का संक्रमण मानसिक रोग के लिए उत्तरदायी माना गया; लेकिन यह चिकित्सालय की कुल आवासी जनसंख्या का बहुत कम प्रतिशत बनता है। उपदंश के बारे में बेहतर ज्ञान तथा उपदंश

की प्राथमिक और गौण अवस्थाओं के उपयुक्त उपचार में वृद्धि होने के कारण इस रोग की आवृत्ति कम होती जा रही है। बहुत से व्यवसायिक मनोचिकित्सकों को पहले अंशघात (पॅरेसिस) के केस बहुत देखने में आते थे लेकिन अब उन्हें कदाचित् ही ऐसे केस देखने में आते हैं। यह रोग महिलाओं की अपेक्षा पुरुषों में अधिक देखने में आता है, और स्वाभाविक रूप से, पुरुष जनसंख्या के उन व्यावसायिक खण्डों में जिनमें अनुचित रतिक्रिया या वेश्यागमन अधिक होता है। इस प्रकार हम देखते हैं कि नाविकों, रेलमार्ग में काम करने वाले व्यक्तियों तथा चल-विक्रेताओं में तथा ग्रामीण की अपेक्षा शहरी व्यक्तियों में, यह अधिक पाया जाता है। यह रोग जीवन के चौथे या पांचवें दशक में सबसे अधिक घटित होता है तथा अधिकांश केस तीस से साठ वर्ष की आयु के बीच में होते हैं। फिर भी, बीस वर्ष के युवा और सत्तर वर्ष से अधिक आयु के वृद्ध व्यक्ति भी ऐसे रोग लक्षण का विकास करते हुए देखे जाते हैं। उपदंशिक प्रक्रिया की दर और गति बहुत अनियमित होती है तथा उन कारकों पर निर्भर करती है जो अभी अज्ञात हैं।

3ए. प्रस्तावना या पूर्वलक्षण काल (प्रोडरॉमल पीरियड) की लाक्षणिकी : आंशिकघात संज्ञानात्मक, संवेगात्मक तथा पेशीय लक्षणों को उत्पन्न करता है। संज्ञानात्मक दृष्टि से व्यक्ति को यह पता चलता है कि उसे ध्यान एकाग्र करने में कठिनाई होती है, उसका ध्यान आसानी से दूसरी ओर आकर्षित हो जाता है, छोटे उद्देश्यों को भूल जाता है तथा कदाचित् अपना दिशाबोध भी खो देता है। यह सब उसे अनर्थकारी कारोबार या संवेगात्मक जोखिमों तक ले जाता है। शारीरिक रूप से सिर दर्द और थकान की बढ़ती हुई अनुभूति संज्ञानात्मक प्रक्रियाओं के साथ संबद्ध होती है जिस कारण इस रोग को प्रायः तंत्रिकावसाद (न्यूरॅस्थीनिया) समझ लेते हैं। संवेगात्मक रूप से वह आसानी से चिड़चिड़ा हो जाता है तथा स्वयं को क्रोधोन्माद में पहुंचा हुआ पाता है और आसानी से भयभीत हो जाता है तथा पूर्वलक्षण काल में अधिकांश व्यक्ति लैंगिक रूप से अतिसंवेदित (हाइपरॅस्थैटिक) हो जाते हैं। नैतिक उत्तरदायित्व में कमी विशेष रूप से चिन्हित की जा सकती है। ऐसे समय पर व्यक्ति बहुधा सामान्य से अधिक मद्यपान करना शुरू कर देते हैं, बहुत से दिखावटी प्रेम-प्रदर्शन शुरू कर देते हैं तथा रुपए पैसे, धन संबंधी मामलों में लापरवाह हो जाते हैं। बहुत सी बार एक प्रतिष्ठित नागरिक लगभग उत्तरदायित्वहीन हो जाता है तथा उसका परिवार और सहकर्मी कदाचित् इसे उसकी 'एक अंतिम चेष्टा' की इच्छा पर आरोपित करते हैं। इस समय पर व्यक्ति प्रायः पेशीय पक्षाघात के कुछ लक्षणों को भी देखना प्रारम्भ कर देता है। उसे अंधकार में रास्ता ढूंढ़ना कठिन प्रतीत होने लगता है। अपनी कार चलाते समय वह त्वरित्र (एक्सिलरेटर) के स्थान पर ब्रेक पर पैर रख देता है। रेलमार्ग पर गाड़ी चलाने वाले उपदंशी व्यक्ति इस समय बहुत दुर्घटनाएं करने लगते हैं। अत्यधिक पेशीय असमन्वयन, जो अंशघाती (पॅरेटिक) चाल, वाणी और लेखन में दिखाई देता है वह प्रायः बाद में घटित होता है।

3बी. तीव्रकाल (एक्यूट पीरियड) की लाक्षणिकी : तीव्रकाल की लाक्षणिकी लक्षणपूर्व काल में से विकसित होती है। कोई व्यक्ति न्यूरोसिफिलिस के तीव्र काल की बात केवल तब कर सकता है जबकि बढ़ती हुई अवनति को रोकने के लिए कुछ न किया गया हो। कभी-कभी यह भी होता है कि प्रथम तीव्र मनस्तापी (एक्यूट साइकोटिक) अविर्भावों के पश्चात्, अवनति की प्रक्रिया धीमी हो जाती है। ऐसा प्रायः इसलिए होता है कि चिकित्सालय में रखे जाने से सामाजिक स्वतंत्रता में कमी होना व्यक्ति को उसके रोग के, विशेषकर उसकी संवेगात्मक प्रतिक्रियाओं के संबंध में, साइकोटिक पहलुओं का विकास करने का कम अवसर देता है। वह और अधिक 'निरंकुश नहीं हो सकता' (नो लॉन्गर 'रन वाइल्ड')। परिणामस्वरूप, बिना उपचार के भी हम तीव्रकाल की लाक्षाणिकी में कुछ घटाव देख सकते हैं, जिससे कि सभी तीव्र लक्षणों की गंभीरता कम हो जाती है। फिर भी, उपचार के अभाव में रोग प्रायः धीरे-धीरे संपूर्ण मनोभ्रंश (डिमैन्शिया) के काल में समाप्त होता है जिसमें समस्त मानसिक कार्य-व्यापारों का पूर्ण ह्रास हो जाता है और जल्दी मृत्यु हो जाती है। इसी प्रकार प्रत्यक्षण, स्मृति, विवेक, भावात्मकता, सभी का अंततः साथ में बढ़ती हुई पेशीय दुर्बलता और अपक्षय (एट्रॉफ़ी) तथा पेशीय असमन्वयन के साथ ह्रास होता है। तंत्रिकीय चिह्न (न्यूरालॉजिकल) भी प्रायः प्रकट होने लगते हैं।

3सी. स्वास्थ्य लाभ (रिकवरी) काल की लाक्षणिकी : रोग का उपचार कब स्थापित किया गया है और उपचार का स्वरूप क्या है इस आधार पर स्वास्थ्य लाभ के काल में भिन्नता पाई जाती है। आधुनिक तंत्रिकाविज्ञान (न्यूरालॉजी) की यह आधारभूत अभिधारणा (बेसिक पॉस्चुलेट) है कि एक बार नष्ट हुए तंत्रिकीय ऊतकों (नर्वस टिशूज़) का पुनः प्रतिष्ठापन नहीं होता। परिणामस्वरूप, इस केस में उपचार की अपेक्षा रोग प्रक्रिया को रोकने की बात करना अधिक अच्छा है। फिर भी, तीव्र संक्रामक काल के रोगलक्षणों को, निस्संदेह, जीव (ऑर्गेनिज़्म) के द्वारा उत्पन्न वास्तविक क्षतियों के संबंध में पूर्ण रूप से उत्तरदायी नहीं समझा जा सकता। बल्कि, चूंकि हम जानते हैं कि पहले से तीव्र रूप से बीमार आंशिकघात ग्रस्त व्यक्ति (पॅरेटिक्स) कम से कम सतही तौर पर, लगभग स्वस्थ हो जाते हैं, हमें यह मान लेना चाहिए कि मनोविक्षिप्ति (साइकोसिस) का कुछ अंश गौण विषरक्तता (सैकेन्डरी टॉक्सीमिया) के या मनोजन्य (साइकोजन्य) कारकों के कारण है। जबकि, जो व्यक्ति गहन आंशिकघाती मनोविक्षिप्ति (डीप पॅरोटिक साइकोसिस) में चले गए हैं वे कदाचित् कभी भी पूर्ण स्वास्थ्य लाभ नहीं कर पाते, तब मलेरिया की चिकित्सा प्रणाली (मलेरियल थेरैपी), जिसके बारे में शीघ्र ही बात करेंगे, बहुत से ऐसी मानसिक प्रकार्यों (मैन्टल फंक्शन्स) को पुनः स्थापित करती है जो तीव्रता काल में लुप्त हो गए थे तथा आगे और अवनति को रोकती है।

3डी. उपप्रकारों की लाक्षणिकी : हाल ही में हमें मलेरिया की चिकित्सा के द्वारा आंशिकघात (पॅरेसिस) का उपचार करने या उसकी वृद्धि को रोकने के बारे में पता चला है। इससे पूर्व, यह रोग बढ़ता जाता था जिसके परिणाम संपूण ह्रास और मृत्यु होती थी।

तीव्रता काल के विकास के पश्चात् इस रोग के चार प्रकारों में विभेदीकरण करना संभव होता था। विक्षिप्त (डिमैन्टिड) प्रकार (लगभग 40 प्रतिशत केस) क्रमिक मानसिक अवनति के विकास से चिन्हित होता है जिसमें एकल प्रकार्यों की सुस्पष्ट लाक्षणिकी नहीं होती। व्यक्ति उदास (मोरोस) हो जाता है, उसकी स्मृति प्रक्रियाओं को क्षति पहुंचती है, उसकी तर्क शक्तियां कम हो जाती हैं और पूर्वलक्षी स्मृतिलोप (रिट्रोएक्टिव एमनीज़िया) गंभीर हो जाता है। प्रसरणशील प्रकार (एक्सपॅन्सिव फॉर्म) (लगगभ 20 प्रतिशत) में बहुत भिन्न चित्र प्रस्तुत होता है। यह मुख्यतया सबसे अधिक बेतुके भव्यता के मतिभ्रमों (डिल्यूज़न्स ऑफ ग्रैनड्योर) से चिन्हित होता है। रोगी, 10,000 बच्चों का पिता होता है, उसके पास दो मिलियन डॉलर होते हैं, वह सेवा में तीन बार सेनापतित्व छोड़ने वाला है, इत्यादि। ये मतिभ्रम प्रायः अव्यवस्थित और अत्यधिक अतार्किक होते हैं, लेकिन ये प्रायः उन वस्तुओं से संबंधित होते हैं जो भौतिक सम्भावना के क्षेत्र में रहती हैं। अतः व्यक्ति स्वयं को बहुत धनी, बहुत बलवान, महान प्रेमी और बहुत बार ये सभी वस्तुएं एक ही समय में समझता है। रोग के इस प्रकार में, स्पष्ट मनोगतिक (साइक़ोमोटर) उत्तेजन देखने में आता है। रोग का, तेज़ गति से चलने वाला (गॅलपिंग) तथा उत्तेजित प्रकार, आंशिकघातियों (पॅरेटिक्स) के मात्र लगभग 10 प्रतिशत को प्रभावित करता है। गैलपिंग प्रकार में अवनति की गति बहुत तेज़ होती है जिससे कि प्रसरणशील प्रकार (एक्सपॅन्सिव फॉर्म) के तीव्र काल (एक्यूट पीरियड) की संपूर्ण लाक्षणिकी कुछ महीनों की अवधि में सम्पीड़ित या दबकर एक हो जाती है। रोग के अवसादी स्वरूप (डिप्रैस्ड फॉर्म) में (लगभग 25 प्रतिशत केस) मतिभ्रम (डिल्यूज़नूस), रोगभ्रमात्मक (हाइपोकॉड्रियकल), तथा आत्म-अभियोगात्मक (सैल्फ़ एक्यूज़ेटरी) प्रकृति के होते हैं तथा व्यक्ति अवसादग्रस्त और चिड़चिड़ा रहता है। साथ ही व्यक्ति में मनोपेशीय मंदन (साइकोमोटर रिटार्डेशन) तथा विषाद-रोग (मैलॅनकोलिया) भी पाया जाता है।

4. विभेदक निदान (डिफरॅन्शियल डायग्नोसिस) : आंशिकघात (पॅरेसिस) का प्रारंभिक (प्रोडरोमल) लक्षण तथा प्रारंभिक तीव्र (एक्यूट) काल को मुख्यतया उन्मादी-अवसादी मनस्ताप (मैनिक-डिप्रैसिव साइकोसिस) तथा कॅटोनिक प्रकार की उत्तेजित मनोविदलता भ्रमवश समझ लिया जाता है। इन रोगों से आंशिकघात का पृथक्करण, सदैव रोगविज्ञान की प्रयोगशालाओं के जांच-परिणामों के आधार पर किया जाता है। प्रयोगशालाओं के परिणामों से पूर्व या उन्हें प्राप्त करने में असफल होने पर निदान, आमतौर पर तंत्रिका संबंधी लक्षणों (न्यूरोलॉजिकल साइन्स) अर्थात् रॉमबर्ग लक्षण तथा आरजिल- रॉबर्टसन प्यूपिल की उपस्थिति के आधार पर, या संज्ञानात्मक प्रक्रियाओं में विशेष रूप से आंशिकघाती गड़बड़ों के आधार पर किया जाता है। यदि इसमें मतिभ्रम (डिल्यूज़न्स) भी उपस्थित होते हैं तो वे विशिष्ट रूप से आंशिकघात में पाए जाने वाले प्रकार के होते हैं। ये मतिभ्रम (रोगी को) यथार्थ से उन्मादी-अवसादी की तुलना में बहुत अधिक और मनोविदलताग्रस्त रोगियों की तुलना में कम, अलग करते हैं। ये विभेदीकरण अगले अध्याय के बाद अधिक स्पष्ट हो जाएंगे।

5ए. हैतुकी (ईशियोलॉजी)-कायिक निदानशास्त्रीय कारक (ऑर्गेनिक ईशियोलॉजिकल फॅक्टर्ज़्) : ये कारण सुप्रसिद्ध हैं और कायिक चिकित्सा के क्षेत्र से संबंध रखते हैं। आंशिकघात (पॅरेसिस), उपदंशी जीव (सिफिलिटिक ऑर्गेनिज़्म) के द्वारा स्नायाविक ऊतकों के वास्तविक विनाश और इस संक्रमण के उपोत्पादन के द्वारा स्नायविक ऊतकों (नर्वस टिशूज़्) के रक्त के विषाक्तीकरण (टॉक्सॅमिक पॉइज़निंग) का वर्णन करता है। निस्संदेह, समस्या के कायिक पहलुओं के बारे में संपादित करने के लिए बहुत से तथ्य बच जाते हैं। मेडिकल उपदंशविज्ञानी इस समस्या पर कार्य कर रहे हैं और महत्वपूर्ण परिणाम प्राप्त कर रहे हैं।

5बी. मनोवैज्ञानिक निदानशास्त्रीय कारक : यह तथ्य मात्र कि उपदंश से पीड़ितों का केवल छोटा सा प्रतिशत ही किंचित् न्यूरोसिफिलिस या स्नायविक उपदंश विकसित करता है और यह तथ्य कि यह प्रतिशत मानसिक रोगियों की सामान्य जनसंख्या के अनुपात के लगभग समान हैं, इस धारणा को बनाना सम्भव करता है कि आंशिकघात (पॅरेसिस) को कार्यात्मक मनोविक्षिप्ति (फंक्शलन साइकोसिस) के साथ-साथ कायिक भी समझा जा सकता है। इससे हमारा अभिप्राय यह है कि हम कदाचित् केवल उन व्यक्तियों में उपदंशी जीवों (सिफलिटिक ऑर्गेनिज्मस्) के द्वारा स्नायुतंत्र (नर्वस सिस्टम) पर हमला होता है जो प्रबल मनोवैज्ञानिक द्वंद्व परिस्थितियों में होते हैं। यह परिकल्पना, आश्वस्त होने के लिए बहुत कुछ अनुमान पर आधारित है, लेकिन मनोकायिक (साइकोसोमॅटिक) समस्या के बारे में हमारे समकालीन विचारों से पर्याप्त सहमति रखती है। इसके अतिरिक्त जैसा कि हमने अध्याय III में बताया था, आंशिकघात से पीड़ित (पॅरेटिक) व्यक्ति की असामान्य संज्ञानात्मक प्रक्रियाओं की विषयवस्तु और स्वरूप ऐसी समस्याएं प्रस्तुत करते हैं जो निश्चित रूप से मनोवैज्ञानिक रुचि की हैं। जबकि हमें यह आशा करनी चाहिए कि प्रान्तस्था (कॉर्टैक्स) के घावों से पीड़ित व्यक्ति की बौद्धिक प्रक्रियाओं का ह्रास हो रहा है, तब आंशिकघाती मतिभ्रगों (पॅरेटिक डिल्यूज़न्स) के सही रूप और विषयवस्तु का स्पष्टीकरण देने के लिए समस्या के मनोवैज्ञानिक उपचार की आवश्यकता है। आंशिकघात के मनोजन्य (साइकोजेनिक) पहलुओं पर कार्य तभी प्रारम्भ हुआ है तथा इसके बारे में कोई भी सुव्यस्थित मनोविश्लेषणात्मक सिद्धांत अभी उपलब्ध नहीं है। फॅरन्ज़ी तथा होलोस तथा शिल्डर (1922) ने इस समस्या पर विचार किया है। ग्रोयजान (1938) ने भी इस समस्या के बारे में रुचिकर अनुमान विकसित किए हैं।

6. चिकित्सा (थैरपी) : चिकित्सकीय प्रैक्टिस के बारे में निर्देश देना इस पुस्तक के क्षेत्र से पूरी तरह से बाहर है। अभी तक हम चिकित्साओं के बारे में किंचित विचार-विमर्श करते हैं, वह रोग में अवेष्टित मनोरोग विज्ञान का और अधिक स्पष्टीकरण करने के लिए करते हैं। कायिक पक्ष में आंशिकघात (पॅरॅसिस) का उपचार बहुत सी भिन्न-भिन्न विधियों से किया गया है। लाक्षणिकी के मूल में निहित दैहिक संक्रमण प्रक्रिया (फिजियोलॉजिकल इन्फंक्शन्स प्रोसेस) को नियंत्रित करना, इन सभी

विधियों का सर्वसामान्य लक्ष्य है। डॉ. वॉन योरेग की एक बहुत महत्वपूर्ण खोज के कारण, आज हम यह जानते हैं कि मानव संरचना उन तापमानों से स्वास्थ्य लाभ कर सकती है जो *ट्रॅपोनीमा पॅलीडम* के लिए घातक होते हैं। इसलिए आंशिकघात (पॅरॅसिस) का उपचार, वास्तविक ज्वर के द्वारा या कृत्रिम ज्वर के द्वारा व्यक्ति के शरीर का तापमान बढ़ाकर किया जा सकता है। मलेरियल थेरैपी में व्यक्ति मलेरिया के जीव से संक्रमित होता है और फलस्वरूप मलेरिया के रोग को उत्पन्न करने के लिए बाध्य किया जाता है जिससे उसे बारी-बारी से तेज बुखार हो जाता है और ठंड लगती है। हाल में, कुछ व्यक्तियों ने यह दावा किया है कि डायथर्मी के द्वारा कृत्रिम रूप से ज्वर उत्पन्न करना उतना ही प्रभावी होता है। वर्तमान सर्वसम्मति यह प्रतीत होती है कि मलेरिया का संक्रमण अधिक सफल होता है और वह कदाचित् इसलिए कि मलेरिया के कुछ अपशिष्ट उत्पाद सिफलिस के संक्रमण के अपशिष्ट उत्पाद को निष्प्रभावित करने के लिए महत्वपूर्ण होते हैं। यह एक ऐसी समस्या है जिस पर अब साहित्य में वाद-विवाद हो रहा है और हम एक अंतिम उत्तर नहीं दे सकते।

दूसरी ओर वैश्लेषिक प्रकार की मनोचिकित्सा (साइकोथैरेपी) का प्रयोग मनोवैज्ञानिक पुनर्समायोजन करने में व्यक्ति की सहायता करने के लिए एक गौण चिकित्सा के रूप में पर्याप्त सफलता से किया जा रहा है। ग्रोयजान (1938) इस समस्या का पुनर्वलोकन करते हैं। अन्य मनश्चिकित्साएं निस्संदेह इसी प्रकार सहायक होंगी।

4. मुख्यतया कायिक कारणों से उत्पन्न अन्य मनोविक्षिप्तियां

हम इस पुस्तक में दूसरी सभी प्राथमिक रूप से कायिक मनोविक्षिप्तियों के बारे में विस्तार से विचार नहीं कर सकते। यदि कोई रोग विज्ञान के बारे में अमेरीकन साइकिएट्रिक एसोसिएशन के शासकीय प्रतिवेदन को ध्यान रखता है तो उसे पता चलता है कि मुख्य रूप से कायिक हैतुकी पर आधारित मनोविक्षिप्तियों के बारह मुख्य समूह वर्गीकृत किए गए हैं तथा इनमें से अधिकांश समूहों में कुछ उपसमूह भी विभेदीकृत किए गए हैं। यद्यपि इस पुस्तक में हम केवल सबसे महत्वपूर्ण और सबसे अधिक पाई जाने वाली मनोविक्षिप्ति के बारे में विवेचना कर सकते हैं, फिर भी संपूर्णता के लिए हमें अन्य प्रकार की मनोविक्षिप्तियों के स्वरूप के बारे में कम से कम संक्षेप में बात करनी चाहिए। इस संबंध में यह उल्लेख करना चाहिए कि मनोचिकित्सा पर लिखी गई समस्त वृहत् रचनाओं जैसे ब्लूलर (1924), रोज़ानॉफ़, स्ट्रेकर और ईबॉ की पुस्तकों में कुछ विस्तार से तथा अधिक व्यापक पुस्तकों जैसे क्रैपलिन (1915), बम्क की रचनाओं में बहुत अधिक विस्तार से तथा अमेरिकन एसोसिएशन फॉर रिसर्च इन द नर्वस एण्ड मैन्टल डिस्ऑर्डर्स के प्रकाशनों में, इन रोगों की विस्तृत विवरणात्मक मनोचिकित्सा प्रस्तुत की गई है।

प्राथमिक रूप से कायिक कारणों से उत्पन्न मनोविकृतियों (साइकेसीज़) में वे सभी

रोग निहित होते हैं जिनमें प्रदर्शनीय मस्तिष्क विकृतिविज्ञान (डिमॉन्सट्रेबिल ब्रेन पैथोलॉजी) निहित होता है। यह विकृति (पैथोलॉजी) किसी शारीरिक चोट के द्वारा स्नायविक ऊतक (नर्वस टिशू) के वास्तविक विनाश के कारण हो सकती है। और ऐसे मामले को हम अधिकतर ट्रॉमा के कारण हुई मनोविक्षिप्तियां या *ट्रॉमेटिक साकोसीज़* या *अभिघातज मनोविक्षिप्तियां* कहते हैं। ऐसी मनोविक्षिप्तियों का प्रसार और प्रकृति निस्संदेह नष्ट हुए स्नायविक पदार्थ (नर्वस मैटर) की मात्रा तथा प्रारंभ में की गई रोग की अपेक्षा की गंभीरता पर निर्भर करती है। स्वाभाविक रूप से ऐसी मनोविकृतियां युद्ध में तथा औद्योगिक और देश निकाला जैसी दुर्घटनाओं के परिणामस्वरूप अधिक होती हैं। यहां हम ट्रॉमाटिक डिलीरियम या अभिघातज सरसाम का भेद दिखला सकते हैं जो तंत्रिकीय उत्तक (नर्वस टिशू) के किसी आकस्मिक विनाश के तत्काल पश्चात् होने वाली विभ्रान्तिशीलता (हैल्यूसिनोसिस) और स्थिति निर्धारण के अभाव की सामान्य स्थिति है। अभिघातज सरसाम (ट्रॉमेटिक डिलीरियम) के बाद अभिघातज व्यक्तित्व विकृतियां (ट्रॉमेटिक पर्सनैलिटी डिस्ऑर्ड्स) संभवतया हो सकती हैं, जो पुनः विनष्ट तंत्रिकीय ऊतक की मात्रा पर निर्भर करती हैं, और जो वास्तव में लाक्षणिक समूह का प्रत्येक रूप ले सकती हैं। व्यक्ति संभावित अभिघातज मानसिक अवनति भी देखता है जहां दुर्घटना का प्रभाव अधिकांश बौद्धिक कार्यों (फंक्शन्स) के घटाव में दिखाई देता है। अभिघात (ट्रॉमा) के कारण मनोविकृतियों (साइकोसीज़) का प्रभाव-क्षेत्र (इंसीडैन्स) अपेक्षाकृत लघु होता है जो मानसिक चिकित्सालयों में पहली बार भर्ती होने वालों के एक प्रतिशत से कम का प्रतिनिधित्व करता है। हैतुकी (ईशियॉलॉजी) सरलता से स्थापित हो जाती है क्योंकि मानसिक रोग स्पष्ट रूप से दुर्घटनाओं के बाद आता है। जैसा कि हम बता चुके हैं, लाक्षणिकी (सिम्पूटमॅटोलॉजी) बहुत परिवर्तनशील होती है, और नर्वस टिशूज़ (तांत्रिकी ऊत्तकों) के आवेष्टन की मात्रा पर निर्भर करती है। पूर्वानुमान (प्रॉगनोसिस) भी निस्संदेह इरा पर निर्भर करता है। कुछ वर्ष पूर्व, जब तंत्रिकाक्रियाविज्ञानी (न्यूरोफ़िजियोलॉजिस्ट्स) स्नायविक कार्यों (नर्वस फंक्शन्स) के सुनिश्चित स्थानीकरण (लोकलाइज़ेशन) में विश्वास करते थे तथा इस तथ्य को अनुभव करते थे कि स्नायविक ऊत्तकों (नर्वस टिशूज़) का पुनरुत्पादन नहीं होता, तब इन केसों के लिए किसी भी संभावना को कम समझा जाता था। हाल ही में हमें यह अनुभूति हुई है कि मस्तिष्क (ब्रेन) एक कायिक समष्टि (ऑर्गेनिक होल) के रूप में कार्य करता है और जब चोट बहुत गंभीर नहीं होती तो पुनः प्रशिक्षण के द्वारा बहुत से नष्ट हुए प्रकार्यों (फंक्शन्स) को अधिकार में लेने के लिए एक सामान्य व्यक्ति में पर्याप्त मात्रा में अप्रयुक्त अंतस्त्वचिका (कॉर्टेक्स) होती है।[1]

तंत्रिकाओं के कार्य (नर्वस फंक्शन्स) केवल मस्तिष्क के ऊत्तकों के वास्तविक विनाश के द्वारा ही बाधित नहीं होते बल्कि अर्बुद की वृद्धि (नीओप्लैज़्मिक ग्रोथ) या ट्यूमर के कारण मस्तिष्क के ऊत्तकों पर पड़ने वाले दबाव से भी बाधित होते हैं। इन्हें *नवीन वृद्धि के कारण हुई मनोविकृतियां* अथवा *साइकोसीज़ ड्यू टु न्यू ग्रोथ* की भांति

वर्गीकृत करते हैं। मस्तिष्क में अर्बुद के कारण होनेवाली मनोविकृतियां, अभिघात के कारण होने वाली मनोविकृतियों की तुलना में कम होती हैं, तथा चिकित्सालय की नई भर्तियों (प्रवेशों) का केवल 0.2 प्रतिशत प्रस्तुत करती हैं। इनका निदान कठिन होता है और इसके लिए तंत्रिकाविज्ञान (न्यूरोलॉजी) तथा विशिष्ट तंत्रिकाविज्ञान संबंधी प्रविधियों जैसे एनसिफैलोग्राफी के संपूर्ण ज्ञान की आवश्यकता होती है, तथा इनके बारे में यहां विस्तार से बात नहीं की जा सकती। पूर्वानुमान (प्रॉगनॉसिस) तथा लाक्षणिकी (सिम्पटमॅटोलॉजी), दोनों मस्तिष्क अर्बुद (ब्रेन ट्यूमर) के आकार और स्थिति पर निर्भर करते हैं। इसके अतिरिक्त पूर्वानुमान (प्रॉगनॉसिस) निश्चित रूप से इस पर भी निर्भर करता है कि अर्बुद कहां स्थित (लोकेशन) है और शल्यक्रिया द्वारा उसे निकाला जा सकता है या नहीं। हाल के वर्षों में मस्तिष्क की शल्यक्रिया का बहुत शीघ्र गति से विकास हुआ है तथा जिन केसों में अबुर्द बहुत बड़ा नहीं है या बहुत पुराना नहीं है उनमें उसे निकालने के पश्चात् मस्तिष्क के स्वास्थ्य लाभ की सम्भावनाएं अच्छी होती हैं।[2]

परिसंचरण या सरकुलेशन में गड़बड़ियां भी मस्तिष्क की प्रदर्शनीय विकृति (ब्रेन पैथोलॉजी) उत्पन्न करती है। अभी तक ऐसी विकृति, जिसका परिणाम मनोविकृति में होता है उसका सबसे अधिक पाया जाने वाला कारण प्रमस्तिष्कीय धमनी काठिन्य (सैरीब्रल आरटीरिओस्लरोसिस) है। 1936 में चिकित्सालय में पहली बार प्रवेश लेने वाले व्यक्तियों में से 10 प्रतिशत से अधिक व्यक्तियों के रोग का निदान सैरीब्रल आरटीरियोस्कलेरोसिस या प्रतिमस्तिष्कीय धमनीकाठिन्य के साथ मनोविक्षिप्ति के रूप में किया गया। विभेदीकृत निदान (डिफरैन्शियल डायग्नोसिस) आम तौर पर सरल होतीं है क्योंकि यह रोग अधिक आयु के व्यक्तियों में होता है जिनमें धमनियों के कठोर होने के निश्चित शारीरिक (फ़िजियोलॉजिकल) चिह्न होते हैं। इसकी लाक्षणिकी (सिम्पटमॅटोलॉजी) जराकालीन मनोविक्षिप्ति (सेनाइल साइकोसिस) के समान है जिनके बारे में अध्याय XVII में विस्तार से बात करेंगे। (प्रॉगनॉसिस) पूर्वानुमान निस्संदेह अपर्याप्त होता है चूंकि ये व्यक्ति अधिक आयु के होते हैं, लेकिन उपचार फिर भी नियुक्त किया जा सकता है जो धमनीकाठिन्य (आरटीरियोस्कलरोसिस) से संबंधित मस्तिष्क विकृति (ब्रेन पैथोलॉजी) को कम करने के द्वारा चित्र के मनोविक्षिप्ति तत्वों (साइकोटिक एलीमैंट्स) को सुधारता है। संचरण (सरकुलेशन) में गड़बड़ी जैसे प्रमस्तिष्कीय अन्तःशल्यता (सैरीब्रल एम्बॉलिज़्म) या रक्त के थक्के के द्वारा मस्तिष्क की ओर होने वाले रक्त संचरण में बाधा आना, और हृदय-वृक्कीय (कार्डियोरीनल) रोग के द्वारा हुई गड़बड़ियां जो निष्प्रभावी हृदय क्रिया-तंत्र के साथ निष्प्रभावी वृक्क निष्कासन का एक लक्ष्ण-समष्टि (सिंड्रोम) है, के कारण मनोविकृति के दूसरे तथा पर्याप्त दुर्लभ प्रकार देखे जाते हैं। ये रोग प्रथम प्रवेशों का केवल 0.6 प्रतिशत होते हैं तथा मुख्य रूप से आन्तरिक चिकित्सा (इन्टरनल मेडिसिन) और तांत्रिकाविज्ञान (न्यूरोलॉजी) की समस्या हैं।

मस्तिष्क विकृति (ब्रेन पैथोलॉजी) चयापचय (मैटाबॉलिज़्म), आहार (न्यूट्रिशन) या

अन्तःस्त्रावी ग्रंथियों के कार्य (एण्डोक्राइन फंक्शन) की गड़बड़ियों के कारण भी उत्पन्न हो जाती है। इस प्रकार की पुस्तक में इन रोगों को उनकी विविध लाक्षणिकियों के साथ प्रस्तुत करना असंभव है। यहां भी पुनः समस्याएं मुख्य रूप से आन्तरिक चिकित्सा (इंटरनल मेडिसन) और गौण रूप से मनोचिकित्सा (साइकिएट्री) की हैं। ऐसे केस समस्त प्रथम प्रवेशों के 1.5 प्रतिशत का लेखा-जोखा देते हैं। चयापचय में गड़बड़ियों द्वारा मुख्य रूप से प्रभावित रोग के एक उदाहरण के रूप में हम परिश्रान्ति सरसाम (एक्ज़ूहॉशन डिलीरियम) का उल्लेख कर सकते हैं। परिश्रान्ति सरसाम में अपचयी प्रक्रियाएं (कैटॅबॉलिक प्रॉसेसिज) बहुत लम्बे समय तक उपचयी (एनाबॅलिक) को अतिभारित करते हैं जिससे अति भ्रान्तिपूर्ण और भ्रम में डालने वाली (हैल्यूसिनेटरी) स्थितियां निकलती हैं।

जब तक गंभीर चिकित्सकीय जटिलताएं नहीं होतीं, तब जब आधारिक चयापचयी मान (बेसल मैटाबॉलिक रेट) की संतोषप्रद पुनर्स्थापना हो जाती है तो परिश्रान्ति सरसाम गायब हो जाता है। अन्तःस्रावी ग्रंथियों की अनुपक्त क्रिया (फंक्शनिंग) के कारण होने वाले रोगों के उदाहरण के रूप में हम हाइपर - और हाइपोथाइरॉडिज़्म, हाइपर - और हाइपो-इन्सुलिनिज़्म तथा अलज़ाइमर के रोग को प्रस्तुत कर सकते हैं। संवेगों तथा स्वायत्त नाड़ी संस्थान (ऑटोनामिक नर्वस सिस्टम) और अन्तःस्रावी ग्रंथियों के बीच घनिष्ठ संबंध के कारण, जिसके अस्तित्व के बारे में हम जानते हैं, यह सभी रोग कुछ महत्वपूर्ण मनोवैज्ञानिक समस्याएं भी प्रस्तुत करते हैं। यहां भी अन्तःस्रावी ग्रंथियों में गड़बड़ी की प्रकृति के साथ, लाक्षणिकी (सिम्पटमॅटोलॉजी) भी स्पष्ट रूप से भिन्न होती है और इसलिए संक्षिप्त क्षेत्र में इसका वर्णन नहीं किया जा सकता। ये रोग मुख्य रूप से क्रियात्मक (फंक्शनल) या मुख्य रूप से कायिक रोगों का रूप धारण कर सकते हैं तथा उनके सुनिश्चित निदान (डायग्नोसिस) के लिए एक सम्यक् चिकित्सकीय तथा एक सम्यक् मनोवैज्ञानिक परीक्षण, दोनों ही आवश्यक हैं। पौषणिक अस्त-व्यस्तता से संबंधित मनोविकृतियों में निस्संदेह सबसे विशिष्ट मनोविकृति (साइकोसिस) वह है जो पैलाग्रा, (चर्मग्राह) के पश्चात् होती है। यह अति भ्रान्तिपूर्ण और आत्मविस्मृति का विशिष्ट चित्र प्रस्तुत करती है जो मनोविदलता (स्काईजोफ्रीनिया) से बहुत समानता रखता है।

अज्ञात और वंशानुगत कारणों से भी प्रभावित बहुत सी मनोविकृतियां होती हैं लेकिन वे स्नायुतंत्र (नर्वस सिस्टम) के कायिक परिवर्तनों के साथ संबद्ध होती हैं। ये भी अपेक्षाकृत कम पाई जाती हैं तथा चिकित्सालय में पहली बार प्रवेश लेने वालों में एक प्रतिशत से कम होती हैं। यह मुख्य रूप से तंत्रिकाविज्ञानियों और अंतरंग डॉक्टर (इटर्निस्ट) की समस्याएं हैं। अधिक सामान्य मनोविकृतियों में वे मनोविकृतियां हैं जो बहु-ऊतक-दृढ़न या मल्टिपिल स्कलेरोसिस अर्थात् तंत्रिकाओं की दृढ़पटल परत (स्कलेरोटिक कोटिंग) के धब्बेदार विच्छेदन के साथ संबद्ध, पैरालिसिस एजीटॅन्स या सकंप अंगघात के साथ संबद्ध, तथा हन्टिन्गटन्स कोरिया के साथ संबद्ध होती हैं।

अभी तक मस्तिष्क के कार्य संबंधी (ब्रेन फंक्शनिंग) जिन गड़बड़ियों के बारे में हम विचार कर रहे थे उनका मुख्य कारण वे (इनूटॉक्सिकेशन प्रोसेसिज़) विकृत अवस्थाएं (पैथोलॉजिकल स्टेट्स) थीं जिनमें यदि सुधार न हो तो स्नायु तंत्र (नर्वस सिस्टम) को स्थायी रूप से क्षति पहुंचती है। स्नायु तंत्र की अस्थायी विकृतियां (मॅलफंक्शन) संक्रामक प्रक्रियाओं (इन्फंक्शस प्रोसेसिज़) तथा उन्मादन प्रक्रियाओं के द्वारा होती हैं।

पैरोसिस या आंशिकघात के बारे में हमने जो विचार-विमर्श किया इसमें संक्रमण के कारण होने वाली विशिष्ट मनोविकृति ने हमारा ध्यान आकर्षित किया था। प्रमस्तिष्कीय तंत्रिका उपदंश (सैरीब्रल न्यूरोसिफलिस) के अन्य रूपों में मैनिनगोवस्कुलर न्यूरोसिफसिल या तालिका संवहनी तंत्रिका उपदंश के विविध प्रकार निहित रहते हैं, जो चिकित्सालय में प्रथम प्रवेशों का 1.4 प्रतिशत इसके लिए उत्तरदायी होता है, जिसमें मानसिक लक्षण आंशिकघात (पॅरेसिस) के समान होते हुए भी उतने गंभीर नहीं होते। एक ऐसा ही चित्र अन्य रोगों के द्वारा भी प्रस्तुत किया जाता है जो नाड़ी संस्थान (नर्वस सिस्टम) के जीवाणविक संक्रमण के द्वारा होता है। स्नायुतंत्री के समस्त संक्रामक रोगों के अतिरिक्त सिफिलिस से होने वाले रोग एक साथ मिलकर प्रथम प्रवेशों का एक प्रतिशत से भी कम का ब्यौरा देते हैं। यहां पर रोग के मुख्य कारण एपीडैमिक एनासिफैलाइटिस, ट्यूबरकुलर मैनिनजाइटिस तथा एक्यूट कोरिया (मस्तिष्क-शोथ की महामारी, यक्ष्मिकीयतानिका - शोथ तथा तीव्र लास्य कोरिया) है। इन सभी प्रकार की मनोविकृतियों में लक्षण-संबंधी चित्र (सिम्पटमॅटोलॉजिकल पिक्चर) असंदिग्ध रूप से स्नायु तंत्र के आवेष्टन की मात्रा पर निर्भर करता है। एपीडैमिक एनसिफैलाइटिस, मैनिनूजाइटिस तथा कोरिया, कुल मिलाकर, निम्नतर स्नायविक केन्द्रों (नर्वस सैन्टर्स) के रोग हैं तथा मनोचिकित्सकीय चित्र परिणामस्वरूप पेशीय (मोटर) और संवेगात्मक प्रक्रियाओं की विकृति या अस्तव्यस्तता का होता है जिसमें संज्ञानात्मक प्रक्रियाओं का आवेष्टन बिलकुल नहीं होता या बहुत कम होता है। एपीडैमिक एनासिफैलाइटिस या मस्तिष्क शोथ की महामारी से होने वाली विकृतियां मुख्यतयाः व्यवहार की विकृतियां होती हैं जो कशेरुकी संबंधी आवेगों (थॅलेमिक इम्पल्सिज़) पर प्रमस्तिष्कीय (सैरिब्रल) नियंत्रण के घटाव के परिणामस्वरूप होता है। तानिका-शोथ (मैनिनजाइटिस) तथा कोरिएटिक मनोविक्षिप्ति में उठने वाली मनोचिकित्सकीय समस्याएं, पेशीय प्रक्रियाओं में अव्यवस्था के कारण होती हैं। इन गड़बड़ियों का पूर्वानुमान (प्रोगनॉसिस) निश्चित रूप से संक्रमण प्रक्रिया द्वारा नष्ट हुए तंत्रिकीय ऊतक (नर्वस टिशू) की मात्रा पर निर्भर करता है तथा उपचार का संबंध मुख्यतया इस प्रक्रिया को अवरुद्ध करने से है। कुछ रोगों में जीवाणु संबंधी संक्रामक प्रक्रिया (बैक्टीरियोलॉजिकल इन्फैक्शन्स प्रोसेस) अपनी राह पर चलती है।

अन्य रोगों जैसे मैनिनजाइटिस या तानिका शोथ में स्वास्थ्य लाभ उत्तप्त तानिका (मैनिन्जिस) के सफल उपचार पर निर्भर करता है। यहां पर समस्या निस्संदेह लगभग

विशिष्ट रूप से चिकित्सकीय (मेडिकल) है। इसका अर्थ यह नहीं लगाना है कि महत्वपूर्ण मनोवैज्ञानिक समस्याएं होती ही नहीं हैं। विशेष रूप से एपीडैमिक एनसिफैलाइटिस से संबद्ध मनोविकृतियों का उपचार करने में, संवेगात्मक पुनर्प्रशिक्षण और पुनरानुकूलन सबसे महत्वपूर्ण है।

स्नायविक ऊतकों (नर्वस टिशूज़) की अस्थायी अपक्रिया बहुत से मादक द्रव्यों (इनटॉक्सीकैन्ट्स) के कारण होती है। लगभग प्रत्येक प्रजाति और प्रत्येक सभ्यता में कोई न कोई प्रकार का कामोत्तेजक (लस्टगिफ्ट) का प्रयोग किया गया होता है। व्यक्ति किस मनोवैज्ञानिक समस्या के कारण कभी न कभी मादक द्रव्यों का सेवन करते हैं, इसके बारे में अध्याय XX में विस्तार से बात करेंगे, जिसमें शराब की लत होने की समस्या पर विस्तार से विचार-विमर्श करेंगे। इस अध्याय में हमारा संबंध समस्या के मुख्य रूप से कायिक पक्ष से या मादक द्रव्यों के सेवन से शरीर पर पड़ने वाले प्रभाव से रहेगा। सभ्य लोगों के बीच में मद्य का प्रयोग इतना व्यापक है कि मादक द्रव्यों के सेवन के कारण होने वाली सभी प्रकार की मनोविक्षिप्तियों में से 80 प्रतिशत मनोविकृतियां वे हैं जो किसी प्रकार की शराब का सेवन करने से होती हैं। 1936 में मानसिक रोगों की संस्थाओं में पहली बार प्रवेश लेने वालों में से 4.8 प्रतिशत व्यक्ति किसी भी प्रकार की शराब की लत के कारण अस्पताल में भर्ती हुए थे जबकि केवल 0.6 प्रतिशत किसी दूसरे प्रकार के मादक द्रव्यों के प्रभाव के कारण भर्ती हुए थे। इसलिए हमें शराब के प्रभाव की विवेचना तक ही अपने को सीमित रखना चाहिए। प्रत्येक व्यक्ति यह महसूस नहीं करता कि अत्यधिक मदोन्मत्त व्यक्ति मनोविक्षिप्ति भुगत रहा होता है, भले ही वह अस्थायी हो, जो व्यक्ति के संयमित होने पर विलीन हो जाती है।

यदि मनोविक्षिप्ति से हमारा अभिप्राय सामाजिक यथार्थ से व्यक्तित्व का अलग हो जाना है, तो हम केवल तीव्र मद्यपी मदोन्मत्तता (एक्यूट एल्कोहॉलिक इन्टॉक्सीकेशन) को मनोविकृति (साइकोटिक) कहेंगे। विकृतिजन्य मद्यपीद्रव्यमादकता (पैथोलॉजिकल एल्कोहॉलिक इन्टॉक्सीकेश) का पूर्वानुमान (इंसीडैन्स) नहीं दिया जा सकता क्योंकि पश्चिमी यूरोपीय सभ्यता में बहुत बड़ी संख्या में व्यक्ति ऐसी मनोविकृति से कम या अधिक बार ग्रस्त होते हैं। बार-बार होने वाले मद्यपी मादकता (एल्कोहॉलिक इन्टॉक्सीकेशन) के साथ प्रस्तुत होने वाले मनोवैज्ञानिक कारकों के बारे में अध्याय XX में हम अधिक विस्तार से विचार करेंगे।

अधिक विशिष्ट मद्यव्यसनी मनोविक्षिप्तियां *डिलीरियम ट्रेमिन्स* या *सकंप प्रलाप, कोरसाकोव्स साइकोसिस* या *कोरसाकोव की मनोविकृति* तथा *एक्यूट एलकोहॉलिक हॅल्यूसिनोसिस* या तीव्र मद्यपी विभ्रान्तिशीलता हैं। सकंप प्रलाप, संभ्रांति, दिकाल व्यामोह (डिसऑरियेन्टेशन) तथा सुस्पष्ट विस्थापित स्पर्श संवेदिताओं (माक्रड पैरॅस्थीसियाज़) के साथ तीव्र सरसाम (एक्यूट डिलीरियम) को प्रस्तुत करता है जो आमतौर पर मद्य के निरन्तर गंभीर अनुचित प्रयोग के बाद मद्य छोड़ने या विनिवर्तन (विदड्राल) से होता है।

इस ढंग से, इसे मुख्यतया एक विनिवर्तन लक्षण (विदड्राल सिम्पटम) समझा जाना है और इसका क्रम एक ऐसे व्यक्ति को मद्यपान के बिना चयपचयी संतुलन (मैटाबॉलिक इकुईलिब्रियम) को पुनः स्थापित करने के लिए आवश्यक समय की दीर्घता पर निर्भर करता है, जो पहले भारी मात्रा में शराब पीने का अभ्यस्त था। यदि स्वास्थ्य-लाभ (रिकवरी) काल में व्यक्ति के शारीरिक रूप से अचानक बीमार पड़े बिना उसका उपचार कर सकते हैं तो पूर्वानुमान (प्रोगनोसिस) अच्छा होता है। सामान्य संयत जीवन के पुनर्स्थापन के साथ ही सरसाम (डिलीरियम) और विभ्रम (हैल्यूसीनेशंस) लुप्त हो जाते हैं जिस प्रकार कम तीव्र मद्यप के केसों में संयत होने के साथ ही सामान्यता (नॉरमॅलिटी) वापिस आ जाती है। *कोर्साको मनस्ताप* या *कोर्साकोज़ साइकोसिस* आम तौर पर पुराने शराबी व्यक्ति को, शराब के अत्यधिक प्रयोग के बाद, जीवन के बाद के वर्षों में होती है। यह लम्बे समय तक जारी रहे मादक द्रव्यों के सेवन (इन्टॉक्सीकेशन) के कारण मस्तिष्क के ऊतकों (ब्रेन टिशूज़) का किसी वास्तविक विकृति से हुए विनाश (पैथोलॉजिकल डैसट्रक्शन) से संबंधित है और उन मादकता मनस्तापों (इन्टॉक्सीकेशन साइकोसीस) में से एक है जहां मादक (टॉक्सिक) स्थिति को हटाने से ही स्वास्थ्य लाभ अपने आप से नहीं हो जाता। इस अपवाद के साथ, कि इसमें उत्पीड़ित प्रकृति के व्यवस्थित विभ्रम (डिल्यूज़न्स) प्रायः घटित होते हैं, इस रोग की लाक्षणिकी सकंप प्रलाप (डिलीरियमट्रेमीनूस) के समान है। तीव्र मद्यपी विभ्रांतिशीलता (एल्कोहॉलिक हैल्यूसीनोसिस) में हम एक और रोग भी देखते हैं जो शराब के निरंतर प्रयोग के कारण होता है, जिसमें मुख्य चित्र, सकंप प्रलाप की विस्थापित स्पर्श संवेदिताओं (पॅरॅस्थीसियाज़ ऑफ डिलीरियम ट्रॅमीनूस) की बजाय, दृश्य और श्रव्य विभ्रांतियों का होता है।

संवेदनमंदक या नशीली दवाओं (नारकॉटिक ड्रग्स) का अतिसेवन करने का परिणाम कभी-कभी मनस्तापी (साइकोटिक) अभिव्यक्तियां होता है। अतः अफीम और उसके व्युत्पन्न रूपों से वंचित होने का अनुसरण करने वाली मनोविक्षिप्ति बार-बार देखने में आती है, और निकोटिन विषाक्तता का परिणाम भी ऐसी मानसिक स्थितियां होती हैं जो मनोविक्षिप्ति (साइकोटिक) के समीप होती हैं। यहां भी रोग का कारण और पूर्वानुमान (प्रागनोसिस) उसी प्रकार की होती है जैसी कि मद्यपी मनोविक्षिप्तताओं (एल्कोहॉलिक साइकोसीज़) में होती है। यदि रोग इतनी लम्बी अवधि का नहीं है कि जिससे व्यक्ति के मस्तिष्कीय ऊतक का वास्तविक विनाश हो जाए तो व्यसन से उसकी संपूर्ण मुक्ति के बाद उसे स्वास्थ्य लाभ हो जाता है। पुनः लक्षण बहुत विविध प्रकार के होते हैं लेकिन मुख्यतया अस्तव्यस्तता, विभ्रांति (हैल्यूसिनेशन) और कुछ सनक (मेनिया) को व्यक्त करते हैं। ड्रग्स के सेवन के द्वारा मादकता के कारण कुछ अन्य विरले प्रकार की मनोविकृतियां भी होती हैं। रोचक, यद्यपि विरल, मनोविकृतियां (साइकोसीज़) सीसे की विषाक्तता (लैड पौइज़निंग), और कार्बनमॉनोऑक्साइड पॉइजनिंग से होती है।

सांख्यिकी के विद्वानों का अनुमान है कि मानसिक चिकित्सालयों में समस्त नई भर्तियों का लगभग 45 प्रतिशत उन रोगों से पीड़ित होता है जहां हेतुकी (ईशियोलॉजी)

में कायिक पक्ष प्रमुख होते हैं। इतने पर भी बहुत से कारणों से ये केस हमारे लिए अध्ययन का उतना महत्वपूर्ण विषय नहीं हैं जितना कि मुख्य रूप से कार्यात्मक मनोविकृतियां (फंक्शनल साइकोसीज़)। पहले स्थान पर, मनोवैज्ञानिक कारकों के होते हुए भी, इन रोगों का उपचार मनोवैज्ञानिक समस्या नहीं बल्कि मेडिकल समस्या ही बना रहता है। दूसरे स्थान पर, उच्च प्रवेश दर के बावजूद, अधिक गंभीर केसों में उच्च मृत्युसंख्यों तथा कम तीव्र केसों में उच्च स्वास्थ्य लाभ दरों के कारण आवासी जनसंख्या के आंकड़े बहुत कम हैं। तीसरे स्थान पर यह विश्वास करने का कारण है कि भविष्य में हमारे चिकित्सा संबंधी ज्ञान में वृद्धि होने के कारण इन रोगों में तेज़ी से कमी आएगी। अब हम मुख्य रूप से कार्यात्मक मनोविकृतियों (फंक्शनल साइकोसीज़) की ओर मुड़ते हैं।

संदर्भिका

व्यापक रूप से विशिष्ट मनोचिकित्सकीय पुस्तकें हमारी पुस्तक की तुलना में अधिक पूर्ण रूप से कायिक मनोविकृतियों की समस्या में जाती है। संदर्भ पिछले अध्याय का संदर्भिका नोट। सभी आदर्श मनोवैज्ञानिक और मनोचिकित्सकीय पुस्तकों में केस हिस्ट्रीज़ (व्यक्ति इतिहास) पाए जाते हैं। कुछ पुस्तकें जो विस्तारित व्यक्ति जीवन वृत्तों (केस हिस्ट्रीज) को विकसित करती हैं वे हैं मनोचिकित्सा (साइकिएट्री) के दृष्टिकोण से क्रैपलिन (1915), मनोविज्ञान के दृष्टिकोण से मॅक्डूगल (1926), समाज मनश्चिकित्सा (सोशल साइकिएट्री) की दृष्टि से साउथर्ड तथा जॅरॅट। इस पुस्तक के दृष्टिकोण से, उन केसों की रिपोर्ट जो मनोविश्लेषित किए गए हैं अधिक रोचक होंगी। फ्रायड (1924, वॉल्यूम III) की केस हिस्ट्री आदर्श उदाहरण हैं। एच. डॉएश (1932) के केस तथा फैनीकेल (1934), शिल्डर (1928), तथा आइव्ज़ हैन्ड्रिक में दिए गए नैदानिक ब्योरे भी रोचक हैं।

संदर्भ

1. संदर्भ फ्रॅन्ज़, लैशले के रोचक प्रयोगात्मक कार्य तथा ब्रिकनर के रोग-विषयक अध्ययन।
2. संदर्भ आई.एस. वैशलर तथा ग्रिन्कर के कार्य।

अध्याय-16

मूलतः प्रकार्यात्मक कारणों से उत्पन्न मनोविक्षिप्ति

1. प्रकार्यात्मक मनोविक्षिप्तियों की समस्या का विस्तार

यद्यपि प्रमुख रूप से कायिक मनोविक्षिप्ति चिकित्सालयों में होने वाले समस्त प्रथम प्रवेशों के लगभग आधे के लिए उत्तरदायी होती है, मुख्य रूप से प्रकार्यात्मक मनोविक्षिप्तियां (फंक्शनल साइकोसीज़) चिकित्सा की दृष्टि से अधिक महत्वपूर्ण होती हैं और मनोवैज्ञानिक के रूप में हमारे लिए अधिक रोचक होती हैं। वे एक अधिक महत्वपूर्ण चिकित्सकीय समस्या प्रस्तुत करती हैं क्योंकि कुल मिलाकर इनकी अवधि ज्यादा लम्बी होती है, जीवन के अधिक प्रारंभ में घटित होती हैं और कदाचित् अधिक असमर्थ या अक्षम बनाने वाली भी होती हैं। इनका एक समूह, मनोविदलताएं (स्किड्ज़ोफ्रीनिया) मानसिक चिकित्सालयों के आधे बिस्तरों से अधिक तथा समस्त चिकित्सालयों के एक चौथाई बिस्तरों से अधिक घेरती हैं।[1] मनोविदलता (स्किड्ज़ोफ्रीनिया) में चिकित्सालय में रखने (हॉस्पिटलाइज़ेशन) की औसत अवधि सोलह वर्षों से अधिक होती है। आंशिकघात या पैरेसिस की अवधि केवल दो वर्ष है। यद्यपि उन्मादी-अवसादी मनस्ताप (मॅनिक-डिप्रेसिव साइकोसिस) और व्यामोह (पैरानोइया), जो अन्य मुख्य प्रकार्यात्मक मनोविकृतियों (फंक्शनल साइकोसीज़) का प्रतिनिधित्व करते हैं, न ही इतना अधिक बार देखने में आते हैं और न ही इतनी लम्बी अवधि के होते हैं जितना कि मनोविदलता (स्काईज़ोफ्रीनिया), फिर भी ये दोनों अन्य किसी भी दूसरी मुख्यतया कायिक मनोविक्षिप्तियों (प्राइमरीली ऑर्गेनिक साइकोसीज़) से अधिक पाई जाती हैं और अधिक लम्बी अवधि की होती हैं।

कायिक मनोवृतियों में मुख्य कारण संबंधी (ईशियोलॉजिकल) कारक आकस्मिक (एक्सीडैन्टल) होते हैं या सभी अवसरों पर प्रायः व्यक्ति के एकीकृत जीवन इतिहास (केस हिस्ट्री) के बाहर उदित होते हैं। मनोवैज्ञानिकों के रूप में हमारे लिए प्रकार्यात्मक मनोविकृतियां अधिक रोचक होती हैं क्योंकि इनमें हैतुकी संबंधी प्रमुख कारक मनोवैज्ञानिक होते हैं और इसलिए एकीकृत जीवन इतिहास के अंदर से संबंधित होते हैं। प्रकार्यात्मक मनोविकृतियां आधारिक वृत्तियों (बेसिक अर्जेज़) के नैराश्य (फ्रस्ट्रेशन)

के आधार पर उदित होती हैं। प्रकार्यात्मक मनोविकृतियों के लक्षण सदैव एक कारण (कॉज़) प्रदर्शित करते हैं, एक निहितार्थ (सिगनिफिकैन्स) रखते हैं और व्यक्ति के संपूर्ण जीवन वृत्त (लाइफ हिस्ट्री) के संबंध में मितव्ययी (इकोनॉमिकल) होते हैं और इसलिए हमारी पुस्तक के मुख्य सैद्धांतिक आधार का स्पष्टीकरण करेंगे। तथापि पाठक को एक बार पुनः स्मरण कराया जाता है कि प्रकार्यात्मक मनोविकृतियां कायिक समस्याएं भी प्रस्तुत करती हैं। हम इसके इतने उदाहरण दे चुके हैं कि यह अब तक स्पष्ट हो जाना चाहिए।

मनोविकृतियों की मनोवैज्ञानिक प्रकृति से हम पहले ही अध्याय xv में संबंधित रह चुके हैं। व्यक्ति के अंशों या भागों (अहम् या ईगो, पराहम् या सुपरईगो तथा इड या कामतत्व) के बीच स्पष्ट असंतुलन होता है जिससे कि इड में उत्पन्न होने वाले व्यवहार छद्म वेश में ईगो के द्वारा स्वीकार किए जाते हैं तथा उन्हें निकास लेने की अनुमति दी जाती है। द्वंद्व कामतत्व (इड) के साथ मिलकर, अहं (ईगो) तथा समाजिक यथार्थ के मध्य होता है। पराहम् (सुपरईगो) इस द्वंद्व में परिवर्ती भूमिकाएं निभाता है। इसमें कामवासनापरक (लिबिडिनल) और अहम् प्रतिगमन (ईगो रिग्रैशन) दोनों होते हैं। यह सभी बिन्दु कदाचित् मनोविदलताओं (स्काईज़ोफ्रीनियाज़) में सबसे स्पष्ट रूप से देखे जाते हैं, जिनके बारे में हम इसके बाद विचार-विमर्श करेंगे।

2. खण्डित मनस्कताएं/मनोविदलताएं (स्काईज़ोफ्रीनियाज़)

1. रोग का नाम तथा इसके विभेदीकरण का इतिहास : मनोविकृतियों का वह समूह जिसे अब हम मनोविदलताएं या स्काईज़ोफ्रीनियाज़ के नाम से पुकारते हैं पहले 'डिमैन्शिया प्रीकॉक्स या अकाल मनोभ्रंश' कहा जाता था। अंगघाती मनोभ्रंश या डिमैन्शिया पैरालिटिका (संदर्भ पिछला अध्याय) का विभेदीकरण होने से पूर्व, ये मामले सामान्यतया मनोभ्रंशों या डिमैन्शियाज़ के साथ वर्गीकृत किए जाते थे। उन्नीसवीं शताब्दी तक उन्माद, विषण्णता तथा मनोभ्रंश (मेनिया, मैलेनकोलिया, डिमैंशिया), विवरणात्मक मनोचिकित्सा (डैस्क्रिप्टिव साइकिएट्री) के मुख्य वर्गीकरण थे। जब यह समझा जाता था कि अंगघाती मनोभ्रंश (डिमैन्शिया पैरालिटिका) तंत्रिकीय लक्षणों (न्यूरोलॉजिकल चिह्नों) के साथ-साथ आता है, यह नोट किया गया कि मनोभ्रंश (डिमैन्शिया) के कुछ मामले लगभग अलग से तारुण्य या यौवनारंभ (प्यूबर्टी) के बाद आने वाले वर्षों में घटित होते थे और तंत्रिकीय लक्षणों के साथ-साथ नहीं चलते थे। क्रैपलिन ने इन मामलों को "डिमैन्शिया प्रीकॉक्स या अकाल मनोभ्रंश" नाम दिया जिसका अक्षरशः अर्थ है मन का अकालिक ह्रास होना (प्रीकॉशस फॉलिंग अवे ऑफ द माइंड) तथा अकाल मनोभ्रंश को उन्मादी-अवसादी मनोविक्षिप्तियों (मैनिक-डिप्रैसिव साइकोसीज़) से पृथक् किया। बुद्धिदुर्बलता (एमैन्शिया) के विपरीत मनोभ्रंश (डिमैन्शिया) का अर्थ है, उन व्यक्तियों की मानसिकता (मैन्टेलिटी) का लोप होना जो पहले सामान्य थे। उस व्यक्ति को

विक्षिप्त (डिमैन्टिड) कहते थे जिसके बारे में यह मान लिया जाता था कि यह शीघ्रता से या धीरे-धीरे अपने संज्ञान (कॉगनिशन) की विविध शक्तियों को खो देगा और जिसकी संवेगात्मक प्रतिक्रियाएं वास्तविक स्थिति के लिए पर्याप्त अनुपयुक्त हो जाती थीं। यह माना जाता था कि प्रत्यक्षण (पर्सैप्शन), अवधान (अटैनूशन), तर्कशक्ति (रीज़निंग), स्मृति (मैमोरी) तथा साहचर्य (एसोसिएशन) की सभी शक्तियां क्रमशः विलीन हो जाएंगी। अकाल मनोभ्रंश (डिमैन्शिया प्रीकॉक्स) मानसिक विकृतियों में से सबसे अधिक बार पाई जाने वाली और सबसे कारुणिक मानसिक विकृति बन गई क्योंकि इसके बारे में यह ज्ञात हुआ कि यह बहुत कम आयु के लोगों में होती है और इसे निरंतर एक अनुत्क्रमणीय प्रक्रिया समझा गया, जिसमें मनोभ्रंश (डिमैन्शिया) क्रमशः बढ़ता जाता है।

यद्यपि जनसाधारण अभी भी सामान्यतः अकालमनोभ्रंश शब्द का प्रयोग करता है और रोग को अकालिक मनोभ्रंश (प्रीकॉशस डिमैन्शिया) समझता है, हम जानते हैं कि रोग के बारे में यह धारणा अनुपयुक्त है। ब्लूलर (1912) ने सबसे पहले, यह संकेत किया कि अकाल मनोभ्रंश दोहरा मिथ्या नाम है। सबसे पहले अकाल मनोभ्रंश के आपतन (इंसीडैन्स) का सर्वोच्च दर बीस से पैंतीस वर्ष की आयु के बीच है, फिर भी इससे संबद्ध रोग लक्षणों (सिम्पटम्स) को सभी आयु के व्यक्तियों में घटित होते हुए देखा गया है। दूसरे स्थान पर, यह अनुभव किया गया है कि मानसिक प्रक्रियाएं अपने कार्यकौशल में अनिवार्यतः उत्तरोत्तर कम नहीं होतीं बल्कि सामाजिक और भौतिक यथार्थ के साथ अपने उपयुक्त संबंध से अलग हो जाती हैं। इस प्रकार अकाल मनोभ्रंश के रोगियों की मानसिक प्रक्रियाएं किसी भी प्रकार अकारण नहीं होतीं बल्कि अपने एक विशिष्ट वाक्य विज्ञान और व्याकरण का अनुसरण करती हैं। सी. जे. जुंग (1909) इसे विश्वसनीय तरीके से प्रदर्शित करने में समर्थ हुए हैं। यहां तक कि अकाल मनोभ्रंश के रोगी के विशिष्ट रूप से गड़बड़ या बेतुके साहयर्च भी एक अर्थपूर्ण भाषा में घटित होते हैं, लेकिन इनकी भाषा उस भाषा से भिन्न होती है वयस्क जिसका प्रयोग करने के अभ्यस्त होते हैं। यह यथार्थ सामाजिक परिस्थिति से नियंत्रित नहीं होते। हाल ही में, कुछ मनोचिकित्सक और मनोविश्लेषक एक ऐसे बिन्दु पर पहुंच गए हैं जहां वे मनोविदलताग्रस्त विचार प्रक्रियाओं का लगभग काफी अच्छा अनुवाद कर सकते हैं। इसी प्रकार यह अनुभव किया गया है कि जीवन इतिहास (लाइफ हिस्ट्री) को ध्यान दें तो मतिभ्रम (डिल्यूजन्स), विभ्रम (हैल्यूसीनेशंस) तथा स्मृतिदोष भी अर्थपूर्ण होते हैं। पहले यह माना जाता था कि अकाल मनोभ्रंश के रोगी कदाचित् ही स्वास्थ्य लाभ करते हैं। आज हम जानते हैं कि बहुत से रोगियों ने स्वास्थ्य लाभ किया और इस सीमा तक स्वास्थ्य लाभ किया कि वे उतना ठीक हो गए जितना कि वे बीमारी की प्रकट अभिव्यक्तियों से पहले थे। इन्हीं सब कारणों से ब्लूलर (1912) ने इस रोग का वर्णन करने के लिए *मनोविदलता* या *स्किड्ज़ोफ्रीनिया* शब्द को प्रस्तुत किया। मनोविदलता या स्किड्ज़ोफ्रीनिया का अक्षरशः अर्थ है 'मन का विखण्डित होना (ए स्प्लिटिंग ऑफ

द पर्सनैलिटी)' और अकाल मनोभ्रंश की तुलना में रोग के आधारभूत चित्र की अधिक अच्छी व्याख्या करती है। आज बहुत से मनोचिकित्सक मनोविदलताओं या स्किड्ज़ोफ्रीनियाज़ की बात करते हैं, क्योंकि, जैसा कि हम देखेंगे, मनोविदलता या स्किड्ज़ोफ्रीनिया के रोगलक्षण (सिम्पटम्स) बहुत भिन्न-भिन्न समूहों में आते हैं। फिर भी, समस्त मनोविदलताओं में यह एक समानता है। व्यक्ति का केन्द्रीय बीजकोश, अहम् (ईगो), यथार्थता सिद्धांत (रीएलिटी प्रिन्सिपल) से अलग हो जाता है जिससे कि संवेग वास्तविक परिस्थिति के लिए और अधिक उपयुक्त नहीं रहते। संवेग वास्तविक स्थिति से संबंध विच्छेद कर लेते हैं। यह विखंडन, मनोविदलता के मंद मामलों में उपयुक्त संवेगात्मक प्रतिक्रिया के छिछलेपन और मंद अहम् प्रतिगमन (माइल्ड ईगो रिग्रैशन) मात्र से तथा तीव्र, गंभीर या उग्र केसों में वास्तविक वातावरण के प्रति संवेगात्मक प्रतिक्रिया के पूर्ण अभाव और एक गहन अहम् प्रतिगमन के द्वारा प्रदर्शित होता है।

2. प्रभाव क्षेत्र (इंसीडैन्स) : मनोविदलताएं, प्रमुख मनोविकृतियों (साइकोसीज़) में सबसे अधिक पाई जाने वाली मनोविकृतियां हैं। अमेरिका में मानसिक चिकित्सालयों में पहली बार प्रवेश करने वालों में से 18.2 प्रतिशत का निदान मनोविदलता के रूप में होता है। चूंकि मनोविदलता के कारण चिकित्सालय में रहने का औसत समय सोलह वर्ष है, वहां की आवासी जनसंख्या के 45 प्रतिशत के आस-पास मनोविदलताओं से ग्रस्त (सीज़ोफ्रिनिक्स) होते हैं। रोग का प्रभाव-क्षेत्र आयु के साथ स्पष्ट रूप से बदलता रहता है। प्रारंभिक किशोरावस्था से आरंभ होते हुए, इसका प्रभाव-क्षेत्र बीस से तीस के बीच में सर्वोच्च होता है और उसके बाद शीघ्रगति से नीचे आता है। फिर भी, सत्तर वर्ष के आयुदशक में भी इस रोग से ग्रस्त होने पर अस्पताल में प्रथम प्रवेश सूचित किए गए हैं। यह रोग महिलाओं की अपेक्षा पुरुषों में और ग्रामीण लोगों की अपेक्षा शहरी लोगों में अधिक पाया जाता है तथा इसके पीड़ित निम्न, लेकिन बहुत अधिक निम्न नहीं, सांस्कृतिक और आर्थिक स्तरों से आने की प्रवृति रखते हैं। कदाचित् यह कुछ ऐतिहासिक युगों में अन्य की अपेक्षा अधिक घटित होती है। मनोविदलता से ग्रस्त व्यक्ति आमतौर पर जीवन के प्रारंभिक वर्षों में रुग्ण हो जाता है, चिकित्सालय में भर्ती होता है तथा यद्यपि उसे कभी-कभी कुछ छूट और रिहाई मिलती है, वह अक्सर चिकित्सालय में समय-समय पर तब तक लौटकर आता है जब तक कि किसी शारीरिक कारण से उसकी मृत्यु नहीं हो जाती। कई लिहाज़ से स्किड्ज़ोफ्रीनिया समस्त प्रमुख रोगों में सबसे अधिक गंभीर है, लेकिन किसी भी तरह सबसे घातक नहीं है। वस्तुतः स्किड्ज़ोफ्रीनिया स्वयं किसी की मृत्यु का कारण नहीं होता। किसी भी वर्ष में केवल 6 प्रतिशत मनोविदलताग्रस्त ही स्वास्थ्य लाभ करते हैं।

3अ. पूर्वलक्षण काल (प्रोडरॉमल) की लाक्षणिकी (सिम्पटमैटोलॉजी) : एक आधारभूत चित्र जो सभी मनोविदलताओं में पाया जाता है वह है व्यक्ति के द्वारा उपयुक्त भावात्मक उत्तरदायित्वों (अफ़ेक्टिव चार्जिज़) का संज्ञानात्मक प्रक्रियाओं (कॉगनिटिव प्रॉसेसिज़) से संबंध विच्छेद करने के साथ-साथ, यथार्थ से प्रत्याहार

(विदड्रॉअल) कर लेना। यह प्रत्याहार और विच्छेदन, यद्यपि साधारण व्यक्ति को प्रायः स्पष्ट नहीं होता, प्रारंभिक लाक्षणिकी का आधारभूत कारक है। एक व्यक्ति जो पहले सतही तौर पर कम से कम बौद्धिक रूप से सतर्क, सामाजिक रूप से सक्रिय तथा प्रतीयमानतः (सीमिंगली) संवेगात्मक रूप से संतुलित था, अब गैरज़िम्मेदार और अपनी संज्ञानात्मक प्रक्रियाओं में अशुद्ध होना और सामाजिक बाध्यताओं तथा सामाजिक सुखों के प्रति उदासीन होना प्रारंभ कर देता है। विगत इतिहास का पास से विश्लेषण करने पर आमतौर पर यह पता चलता है कि उस व्यक्ति ने सदैव कुछ-कुछ "विदलनाभ (शिज़ॉइड)" चरित्र प्रदर्शित किया था या दूसरे शब्दों में, उसने कभी भी संज्ञानात्मक और संवेगात्मक प्रक्रियाओं में समन्वय विकसित नहीं किया था। रोग का आरंभ आमतौर पर बहुत धीमी गति से होता है जिससे कि व्यक्ति, यदि वह विद्यालय में है, थोड़ा निम्न स्तर पर कार्य करने लगता है या यदि वह व्यवसाय में है तो उसकी कार्यकुशलता कुछ-कुछ कम होने लगती है। वह धीरे-धीरे दायित्वपूर्ण और सुखदायक, दोनों प्रकार की सामाजिक घटनाओं से स्वयं को खींच लेता है (प्रत्याहार) तथा अक्सर संवेगात्मक दृष्टि से अनुपयुक्त व्यवहार प्रदर्शित करता है। इसके साथ, वह आसन, चाल, चेष्टा, तथा मुख-मुद्राओं के निराले व्यवहार-वैचित्र्य विकसित कर लेता है। व्यक्ति जो कर रहा है वह यह है कि वह क्रमशः यथार्थ से प्रत्याहार कर रहा है क्योंकि, कुछ कारणों से जिनके बारे में बाद में विचार करेंगे, वास्तविक सामाजिक स्थिति उसके लिए असहनीय हो गई है। आमतौर पर इस समय वह बहुत अधिक चिन्ता (एंग्ज़ाइटी) से पीड़ित होता है। वह इस बात से चिंतित होता है उसके साथ क्या होने जा रहा है। उसे महसूस हो सकता है कि वह विक्षिप्त हो रहा है। वह जीवन की सारहीनता से विषादग्रस्त हो जाता है। कुछ केसों में यह चिंता प्रतिक्रिया (एंग्ज़ाइटी रीएक्शन) बहुत गंभीर हो जाता है और तब वह स्थिति उत्पन्न होती है जिसे मनोविदलताग्रस्त संत्रास (स्किड्ज़ोफिनिक पैनिक) के नाम से जाना जाता है। संत्रास (पैनिक) में, व्यक्ति अपनी जीवन परिस्थितियों में उपस्थित प्रत्येक वस्तु के संबंध में तीव्र भय से पीड़ित होता है। इस अवस्था में मनस्तापी (साइकोटिक) स्थिति प्रत्येक को पर्याप्त स्पष्ट हो जाती है।

3ब. तीव्र (एक्यूट) काल की लाक्षणिकी : रोग के उग्र काल में उपप्रकारों (सबफॉर्मस) की लाक्षणिकियां इतनी भिन्न होती हैं कि हमें उनके बारे में अलग-अलग विचार करना चाहिए। हम जानते हैं कि मनोविदलताएं एक अलग अस्तित्व (एन्टिटी) जैसा कुछ प्रस्तुत करती हैं क्योंकि संवेगों और संज्ञानात्मक प्रक्रियाओं के बीच विखंडन, इन सभी में समान रूप से पाया जाता है। साहचर्यों की असंगतियां या असंबद्धता भी इन सभी में समान होती है, जो कुछ अंश तक असंबद्ध (अनियमित) या बेतुके हो जाते हैं। इसके सभी रूपों में एक सतही उदासीनता पाई जाती है जिससे कि भावनाएं और संवेग क्रमशः विकृत हो जाते हैं। इसमें आवेगशील और उद्देश्यहीन कार्य होते हैं; विदलनाभ व्यवहार वैचित्र्य (शिज़ॉइड मैनरिज्मस) तथा झटकेदार अनुपयुक्त मुद्राएं पाई

जाती हैं। ये सामान्य लक्षण (सिम्पटम्स) विखंडक प्रक्रिया (स्प्लिटिंग-ऑफ) के सतही चिह्न होते हैं।

मनोविदलता के चार उपप्रकार समान्य रूप से पहचाने गए हैं। इनमें से पहला, *डिमैन्शिया प्रीकॉक्स सिम्प्लैक्स* या *साधारण अकाल मनोभ्रंश* है, जिसमें संवेगात्मक विकृति (इमोशनल डिटैरियोरेशन), भावशून्यता (एपैथी) तथा अरुचि (लैक ऑफ इन्टरेस्ट), पाया जाता है। आचरण अनुपयुक्त और उपेक्षापूर्ण या लापरवाह होता है। मंद विभ्रम (डिल्यूज़नूस) घटित होते हैं लेकिन ये कुछ-कुछ अव्यवस्थित होते हैं। मतिभ्रम (हैल्यूसिनेशन्स) बिरले ही होते हैं। यह प्राथमिक रूप से मनोविदलता (स्किड्ज़ोफ्रीनिया) का एक किशोर रूप होता है। रोग के अन्य रूपों की अपेक्षा इस रूप के संस्थागत मामले कम होते हैं, लेकिन ऐसे व्यक्ति किसी भी तरह बिरले नहीं होते। बहुत से आवारागर्द, वेश्याएं तथा छोटे-मोटे अपराधी, निस्संदेह इस रोग से पीड़ित होते हैं। इनमें से बहुत से किसी न किसी प्रकार का आर्थिक समायोजन कर लेते हैं। इसी के समान एक अन्य समूह है जिसके लिए ज़िलबूर्ग (1940) ने संचारी मनोविदलता (एम्बुलेटरी स्काईज़ोफ्रीनिया) शब्द को अपनाया। संचारी मनोविदलताग्रस्त (एम्बुलेटरी स्किड्ज़ोफ्रीनिक) विदलनाभ चरित्र (शिज़ाइड कॅरेक्टर) के बहुत समान होता है जिसके बारे में हम अध्याय xx में विचार-विमर्श करेंगे। अकाल मनोभ्रंश के साधारण स्वरूप (डिमैन्शिया प्रीकॉक्स सिम्पिल फॉर्म) से विदलनाभ चरित्र (शिज़ाइड कॅरेक्टर) तक पारगमन धीरे-धीरे होता है।

अकाल मनोभ्रंश के *युवविदलनाभ* रूप (*डिमैन्शिया प्रीकॉक्स हीबिफ्रीनिक फॉर्म*) में हम अधिक गहन और अधिक शीघ्र गति से होने वाला प्रतिगमन (रिग्रैशन) देखते हैं। मतिभ्रम (हैल्यूसिनेशन्स) बार-बार आते हैं। विभ्रम (डिल्यूज़न्स) विशिष्ट रूप से अजीब, मूर्खतापूर्ण और असंबद्ध होते हैं। साहचर्य विचारों का दिवालियापन या अभाव दिखाते हैं और अस्वाभाविक वाक्यांशों के बने होते हैं। नवनिर्मित शब्दों का गढ़न बार-बार देखा जाता है। युवविदलनाभ (हीबिफ्रीनिक) उद्देश्यविहीन व्यवहार वैचित्र्य और अनुपयुक्त भाव-भंगिमाएं बार-बार प्रदर्शित करते हैं। खोखली निरर्थक हंसी और उसके साथ होने वाली मुख विकृतियों का विशेष निदानात्मक महत्व है। रोग के उग्र रूपों में, व्यक्ति बाल्यावस्था की ओर प्रतिगमन करता है, शिशु जैसी बातें करता है, शिशु की भांति व्यवहार करता है, और यहां तक कि व्यभिचारी, असंयमी और अपने आप कपड़े पहनने में असमर्थ भी हो सकता है। युवविदलनाभता (हीबिफ्रीनिया), मनोविदलता (स्किड्ज़ोफ्रीनिया) का अपेक्षाकृत कम पाया जाने वाला स्वरूप है।

मनोविदलता के उपप्रकारों में *डिमैन्शिया प्रीकॉक्स कैटाटोनिया* या *अकाल मनोभ्रंश तानप्रतिष्टंभ* सबसे अधिक पाया जाने वाला प्रकार है। कैटाटोनिक्स या तो गंभीर मनोविदलताग्रस्त उत्तेजनाएं या आवेग (सीवियर स्किड्ज़ोफ्रीनिक एक्साइटमेंट्स) अथवा गंभीर जड़िया व्यामोह (स्टूपर्ज़) प्रदर्शित करते हैं। यह एक के बाद एक आ सकते हैं या इनमें से कोई एक प्रकार अधिक प्रबल हो सकता है। मनःचालित (साइकोमोटर) क्रिया में वृद्धि, बहुत से आवेगशील और बाध्य होकर किए गए (कम्पल्सिव) कार्यकलाप

और शब्दों की खिचड़ी की सीमा तक बार-बार पहुंचने वाली अत्यधिक असंबद्धता को प्रदर्शित करते हुए साहचर्य, उत्तेजना या आवेग (एक्साइटमैंट) की विशिष्टता होते हैं। तानप्रतिष्टंभ व्यामोह (कैटाटोनिक स्टूपर) की विशिष्टता मौन रहना (म्यूटिज़्म) तथा पेशी प्रतिष्टंम (कैटेलैप्सी) है। व्यक्ति शारीरिक रूप से स्पष्टतया, यथार्थ से पूर्णरूपेण दूर हो जाता (विदड्रॉन) है।

अकाल मनोभ्रंश व्यामोहाभ प्रकार (*डिमैन्शिया प्रीकॉक्स पैरानॉइड फॉर्म*) व्यामोहाभ मतिभ्रमों (पैरानॉइड डिल्यूज़नूस) के साथ अन्य लाक्षणिकियों की उपस्थिति भी प्रदर्शित करता है। व्यामोह (पैरानोइया) और अकाल मनोभ्रंश के व्यामोहाभ प्रकार (पैरानॉइड फॉर्म ऑफ डिमैन्शिया प्रीकॉक्स) के मध्य, स्पष्ट रूप से विभेदीकरण करना कठिन है। परिणामस्वरूप हम व्यामोहाभ रूप के लक्षणों के विषय में हम व्यामोह (पैरानोइया) की बात करते समय विचार करेंगे।

3स. पुराने काल (क्रॉनिक पीरियड) की लाक्षणिकी : साधारण अकाल मनोभ्रंश (डिमैन्शिया प्रीकॉक्स सिम्पूलैक्स) में तीव्र (एक्यूट) काल उत्तरोत्तर पुराने काल (क्रॉनिक) में जाता है। संज्ञानात्मक और संवेगात्मक प्रक्रियाओं में विखंडन (स्प्लिट) बना रहता है बल्कि और उग्र हो सकता है। फिर भी, अधिकांशतया मनोविदलताग्रस्त व्यक्ति इतना स्वास्थ्य लाभ कर लेते हैं कि उन्हें सतर्क निरीक्षण के अंतर्गत विविध भृत्योचित कार्य करने के लिए लगाया जा सकता है। वे चिकित्सालय के श्रमिक, फर्श पोंछने वाले, धुलाई-घर में काम करने वाले तथा माली बन जाते हैं।

तीव्र तानप्रतिष्टंभ प्रकार (एक्यूट कैटाटोनिक फॉर्म) के लिए पूर्वानुमान करना सर्वोत्तम है। तीव्र रोगग्रस्त (कैटाटोनिक), पुराने काल (क्रॉनिक पीरियड) में जाने के बजाय आमतौर पर, कम से कम एक बार बहुत सफलतापूर्वक स्वास्थ्य लाभ करता है। यदि रोगी का स्वास्थ्य लाभ उसे बाहरी संसार वाले दौर में खपने की अनुमति देने के लिए पर्याप्त नहीं है तो कॉनिक काल में व्यक्ति एक ऐसा नैदानिक चित्र प्रस्तुत कर सकता है जो साधारण प्रकार (सिम्पलैक्स टाइप) के बहुत समान होता है। संज्ञानात्मक और संवेगात्मक दोनों प्रक्रियाओं का मंदगति होना बना रहता है, लेकिन विभ्रम (हैल्यूसीनेशन्स), मतिभ्रम (डिल्यूज़न्स), तथा बेतुकी पेशीय प्रतिक्रियाएं लगभग पूरी तरह से गायब हो जाती हैं। हीबिफ्रीनिक रूप में कुछ सीमा तक तीव्र (एक्यूट) काल पर कभी भी पार (ओवरकम) नहीं कर पाते। उन्माद प्रकार (हीबिफ्रीनिया) के लक्षण सभी अवलोकनकर्ताओं को पर्याप्त स्पष्ट दिखाई देते हैं। व्यक्ति यथेष्ट रूप से शान्त हो जाता है लेकिन निश्चित रूप से विक्षिप्त (साइकोटिक) तो बना रहता है। व्यामोह (पैरानोइया) के संबंध में बात करते समय हम पैरानॉइड फॉर्म (व्यामोहाभ प्रकार) के बारे में विस्तार से बात करेंगे।

3द. पुनर्लाभ काल (रिकवरी पीरियड) की लाक्षणिकी : आधुनिक व्याख्यात्मक मनाश्चिकित्सा की सबसे विवादास्पद समस्याओं में से एक समस्या मनोविदलताओं में पुनः स्वास्थ्य-लाभ (पुनर्लाभ) करने की है। अभी हाल तक बहुत से मनोविश्लेषक

मनोविदलताओं से स्वस्थ हुए मामलों के बारे में मिली सूचनाओं को पर्याप्त संदेह के साथ देखते थे। यहां तक कि आज भी हम ऐसे मनोचिकित्सक से मिलते रहते हैं जो यह कहता है कि पुनः स्वास्थ्य लाभ किए मनोविदलताग्रस्त व्यक्ति साधारणतया अस्तित्व में ही नहीं होते। उनकी धारणा है कि ग्रंथों में रिपोर्ट (सूचित) किए गए मामले त्रुटिपूर्ण निदान के मामले हैं। दूसरी ओर, अधिक आधुनिक दृष्टिकोण से यह प्रतीत होता है कि मनोविदलताग्रस्त, विशेषकर कैटाटोनिक्स या तानप्रतिष्टंभ के रोगी तथा कम से कम कुछ साधारण प्रकार (सिम्प्लैक्स टाइप) अच्छा सामाजिक पुनर्लाभ कर लेते हैं। लेकिन यह विश्वास करने के अच्छे कारण हैं कि मनोविदलताग्रस्त लोग कभी भी इस सीमा तक पुनर्लाभ प्राप्त नहीं करते कि वे उतने सुसमायोजिक हो सकें जितना कि, हम कह सकते हैं, अपने उपशमन (रिमिशन) के कालों में उन्मादी-अवसादी (मैनिक-डिप्रैसिव) व्यक्ति; लेकिन हमारे पास यह धारणा बनाने के कारण भी हैं कि मनोविदलताग्रस्त व्यक्ति कभी भी, यहां तक कि अपने रोग के उग्र आविर्भावों से पहले भी, सुसमायोजित नहीं था। सामाजिक पुनर्लाभ अवश्य ही बार-बार होता है, यद्यपि व्यक्ति को प्रायः रुग्णता से पहले प्रतिपादित की जाने वाली क्रियाओं की तुलना में अधिक साधारण प्रकार की गतिविधि की ओर वापिस लौटना चाहिए। पुनर्लाभ की प्रक्रिया, कुछ सीमा तक पूर्वलक्षण काल (प्रोडरोमल पीरियड) का उलटाव होता है। जिस प्रकार व्यक्ति धीरे-धीरे यथार्थ से दूर हुआ था, उसी प्रकार धीरे-धीरे उस तक वापिस लौटता है। यह प्रक्रिया विविध उपप्रकारों में भिन्न होती है। तीव्र तानप्रतिष्टंभ (एक्यूट कैटाटोनिया) लगभग विधुत की भांति आक्रमण करता है। चाहे जो हो कुछ केसों में पुनर्लाभ की प्रक्रिया समान रूप से द्रुतगामी लगती है। व्यक्ति अचानक कहता है, ''मुझे नहीं मालूम कि हाल में मेरे साथ क्या गड़बड़ हो गई थी, लेकिन इस समय मैं ठीक हूं।'' दूसरे प्रकारों में पुनर्लाभ न केवल विरल होता है बल्कि समय भी अधिक लगता है।

4. विभेदक निदान (डिफरैन्शियल डायग्नोसिस) : मानसिक रोग के लगभग समस्त लक्षण मनोविदलताओं में एक या दूसरे रूप में प्रदर्शित होते हैं। सही निदान केवल अलग-अलग लक्षणों के पुंज समूह के उस चित्र के आधार पर संभव है जिसे हम विदलनाभ समरूप (शिजॉइड पैटर्न) के नाम से जानते हैं। मनोविदलता (स्काईज़ोफ्रीनिया) के निदान के लिए यथार्थ से वापिस हटने (विदड्राल) का प्रदर्शन, और सामान्य संज्ञान से भाव (अफैक्ट) का अलग होना (स्प्लिटिंग) आवश्यक है। जिस रोग को मनोविदलता (स्काईज़ोफ्रीनिया) के साथ सबसे अधिक भ्रमित किया जाता है वह उन्मादी-अवसादी मनस्ताप (मैनिक-डिप्रैसिव साइकोसिस) है जो अपने उन्मादी पक्ष (मैनिक फ़ेस) में उत्तेजनापूर्ण विदलनाभता (एक्साइटिड कैटाटोनिया) और अपने अवसादी पक्ष (डिप्रैसिव फेज़) में विदलनाभ भावशून्यता (कैटोटोनिक स्ट्यूपर) के सदृश होता है। यहां साहचर्य प्रक्रिया और मतिभ्रमों (डिल्यूज़न्स) के आधार पर विभेदीकरण करना अपेक्षाकृत सरल है। विदलनाभताग्रस्त मतिभ्रम (कैटाटोनिक डिल्यूज़न्स), उन्मादी-अवसादी रोगी के मतिभ्रमों की अपेक्षा, बहुत अधिक असंगत और यथार्थ से अधिक दूर होते हैं। एक

अवसादग्रस्त रोगी में साहचर्यों की गति का मंद होना या विलम्बन (रिटर्डिशन) का विषय होता है, जबकि स्किड्ज़ोफ्रीनिया में अक्सर साहचर्यों का पूर्ण अवरोधन देखने में आता है। स्किड्ज़ोफ्रीनिया का, न्यूरोसिफ़िलिटिक साइकोसिस (तंत्रिका उपदंशी मनस्ताप) से पृथक्करण (डिफरैन्सिएशन) निस्संदेह, प्रयोगशाला परीक्षणों के आधार पर किया जाता है। स्किड्ज़ोफ्रीनिया के साधारण प्रकार (सिम्प्लैक्स फॉर्म) को प्रायः मानसिक न्यूनता (मैण्टल डैफीशिएन्सी) या हाइपोफ्रीनिया से भ्रमित किया जाता है। यदि पूर्व में अच्छे समायोजन का इतिहास होता है तो यह संभावना निकाल दी जाती है। फिर भी, कुल मिलाकर ऐसे बहुत से व्यक्ति होते हैं जो अपने साथियों को मात्र मानसिक न्यूनताग्रस्त प्रतीत हो सकते हैं, लेकिन जिनका निकट से परीक्षण करने पर वे स्किड्ज़ोफ्रीनिया के साधारण रूप (सिम्प्लैक्स फॉर्म) से पीड़ित पाए जाएंगे। स्थिर व्यामोही प्रकार (पैरानॉइड फॉर्म) को, सामान्यतया, व्यक्तित्व के विदलनाभ चित्र और भव्यता और उत्पीड़न के मतिभ्रमों (शिजॉइड पर्सनैलिटी पिक्चर एण्ड डिल्यूज़न्स ऑफ ग्रान्ड्योर एण्ड पर्सीक्यूशन) के आधार पर विभेदीकृत किया जाता है।

5ए. कायिक कारण संबंधीकारक (आर्गैनिक ईशियोलॉजिकल फैक्टर्स) : स्किड्ज़ोफ्रीनिया में आधारी चयापचय (बेसल मैटाबॉलिज़्म), रुधिर रसायन (ब्लड कैमिस्ट्री), मस्तिष्क का लेखाचित्र (एनासिफैलोग्राफ़ी) - वस्तुतः सभी मापन करने योग्य शारीरिक प्रक्रियाओं (फ़िज़ियोलॉजिकल प्रोसेसिज़) के असंख्य अध्ययन हुए हैं तथा यद्यपि मनोविदलताग्रस्त और सामान्य व्यक्तियों में अंतर पाए गए हैं, इनमें से कोई भी और रोगनैदानिकीपरक (पैथोगनॉमिक) नहीं है। दूसरे शब्दों में, यद्यपि एक समूह के रूप में मनोविदलताग्रस्त ऐसे मापनों (मैज़रमैन्ट्स) में सामान्य व्यक्तियों से निश्चित भिन्नताएं प्रदर्शित करते हैं; लेकिन मनोविदलताग्रस्त (स्किड्ज़ोफ्रीनिक्स) और सामान्य व्यक्तियों (नॉर्मल्स) के विभाजन (डिस्ट्रीब्यूशन) बहुत सुनिश्चित रूप से परस्पर व्याप्त (ओवरलैप) करते हैं और इनमें से किसी भी एक वर्गीकरण में केवल मनोविदलताग्रस्त या केवल सामान्य श्रेणी नहीं होती। इन भिन्नताओं की अपेक्षा तब की जाती है जब कोई व्यक्ति एक मनोविदलताग्रस्त के जीवनयापन के तरीके को, उसकी समस्त निवर्तन घटनाओं (विदड्राल फिनॉमिना) के साथ ध्यान में रखता है। चूंकि मनोविदलताग्रस्त व्यक्ति (स्काईज़ोफ्रीनिक) साधारण समायोजनकारी क्रियाविधियों (नॉर्मल एडजस्टिव मॅकैनिज्म्स) में तंत्रिकीय शक्ति (न्यूरल एनर्जी) का उपयोग करने से असफल रहता है, तो ऐसा हो सकता है कि कुछ शारीरिक प्रक्रियाएं (फ़िज़ियोलॉजिकल प्रौसेसिज़), अनपलट प्रकार की प्रक्रियाएं भी, रोग के सहगामियों के रूप में विकसित हो जाती हैं। यह कुछ शरीरक्रिया विज्ञान संबंधी जांच-परिणामों (फ़िजियोलॉजिकल फाइनिग्रस) और कुछ सीमा तक चिकित्सकीय (थेरापुटीक) असफलताओं के लिए स्पष्टीकरण देगा।

प्रमाणों की तीन दिशाओं ने यह संकेत किया है कि मनोविदलता (स्काईज़ोफ्रीनिया) में शारीरिक या कायिक (फ़िज़ियोलॉजिकल ऑर ऑर्गेनिक) कारक भी होते हैं। बैनक्रॉफ्ट (संदर्भ अध्याय III) के कार्य ने स्पष्ट रूप से यह संकेत दिया है कि इस

रोग में मस्तिष्क के अग्र खण्ड (फ्रन्टल लोब) के द्वारा थेलेमस के प्रकार्य में (थैलेमिक फंक्शन) में कुछ अवरोध हो जाता है। लेकिन बेशक, मनोवैज्ञानिक कुसमायोजन अधिक आधारभूत हो सकता है और कदाचित् होता भी है। मैट्राजॉल शॉक पर मैडुना और इन्सुलिन शॉक थैरेपी पर सॅकेल का (इसके बारे में नीचे विचार-विमर्श करेंगे) कार्य भी शारीरिक कारकों (फ़िज़ियोलॉजिकल फैक्टर्स) के महत्व को बताते हैं। अंत में, मनोविदलता और पुरुटकाय देह रचना (स्काईज़ोफ्रीनिया और एथलैटिक-एस्थैनिक बॉडी बिल्ड्स) के मध्य सुनिश्चित घनिष्ठ संबंध के बारे में क्रैशमर के जांच परिणाम एक संरचनात्मक पूर्ववृत्तिपरक कारक (कान्स्टीट्यूशनल प्रीडिस्पोसिंग फैक्टर) का संकेत कर सकते हैं। फिर भी, इनमें से कोई भी तथ्य हमें मनोविदलता को प्रमुख रूप से एक कार्यात्मक मनोविकृति (फंक्शनल साइकोसिस) के रूप में देखने से नहीं रोक सकता।

5ब. निदानशास्त्रीय मनोवैज्ञानिक कारक (साइकोलॉजिकल ईशियोलॉजिकल फैक्टर्स) : स्किड्ज़ोफ्रीनिया के मनोवैज्ञानिक सिद्धांत अनेक हैं। इनमें से कोई भी एक सिद्धांत स्किड्ज़ोफ्रीनिया के संबंध में उठने वाले समस्त प्रश्नों का उत्तर नहीं देता, लेकिन अब हमारे पास इस रोग का अधिक सुनिश्चित मनोवैज्ञानिक चित्र है जो कुछ वर्ष पहले नहीं था। निस्संदेह, मनोविदलताग्रस्त व्यक्ति वह है जो व्यवहार के प्रारंभिक शैशव प्रतिरूपों (इन्फैन्टाइल पैटर्न्स) की ओर प्रतिगमन (रिग्रैस) कर लेता है क्योंकि वह वयस्क मनोलैंगिक समायोजन के परिणामों को स्वीकार करने में असमर्थ होता है। उसकी यह असमर्थता स्वयं में कुसमायोजन का एक लम्बे इतिहास पर आधारित होती है। फिर भी, रोग किशोरावस्था के काल या उसके पश्चात् अपने तीव्र रूप (एक्यूट फॉर्म) में शुरू होता है।

ए. मेयर, ब्लूलर (1972), होच, तथा युंग (1909) जैसे कई लेखकों ने विदलनाभ (शिजॉइड), आत्मविमोही (ऑटिस्टिक) यथार्थ, तर्क और अनुभव से परे और सनकीपन से प्रेरित (डैरीस्टिक), तथा अन्तर्मुखी (इन्ट्रोवर्टिड), व्यक्तित्व प्रकारों को माना है। इन सभी में गैर-मिलनसार (विदड्रान) व्यक्तित्व तथा भावात्मक (ऐफैक्टिव) और संज्ञानात्मक (कॉगनिटिव) प्रक्रियाओं में एक अनुपयुक्त संघटन (इन्टीग्रेशन) समान रूप से पाया जाता है। विदलनाभ चरित्र प्रकार (शिजॉइड करैक्टर टाइप), जिनके बारे में यह कहा जा सकता है कि वे उन मनोविदलताग्रस्त व्यक्तियों का प्रतिनिधित्व करते हैं जिनमें कोई सुनिश्चित मनोविक्षिप्तियां (साइकोसीज़) नहीं होतीं, उनके बारे में अध्याय XX में विचार-विमर्श करेंगे। यद्यपि इन रोगों में कुछ असंदिग्ध पूर्ववृत्तिपरक संरचनात्मक कारक (प्रीडिस्पोज़िंग कान्सूटीट्यूशनल फैक्टर्स) (संदर्भ, अध्याय XIII में क्रैशमर के जांच परिणाम) पाए जाते हैं, लेकिन मनोवैज्ञानिक कारक संभवतया अधिक महत्वपूर्ण और अधिक अच्छी तरह से समझे गए हैं।

विविध मनोवैज्ञानिक सिद्धांतों में से मनोविश्लेषण सिद्धांत सबसे अधिक विकसित है। स्किड्ज़ोफ्रीनिया गहन कामवृत्यात्मक और अहम् प्रतिगमन (डीप लिबिडिनल एण्ड

ईगो रिग्रेशन) को प्रस्तुत करता है। पराकाष्ठा के तानप्रतिष्टंभपरक व्यामोह (कैटाटोनिक स्ट्यूपर्स) में, व्यक्ति अंतः गर्भाश्यी (इन्ट्रायूटेराइन) स्थिति तक अपना लेते हैं। कामप्रवृत्तिपरक प्रतिगमन (लिबिडिनल रिग्रेशन) मुख से चूसने (ओरलसकिंग) या निर्भरता के पक्ष की दिशा में होता है; अहम् प्रतिगमन (ईगो रिग्रेशन) प्रारंभिक आत्मरति (नारसिसिज़्म) की दिशा में होता है। इस प्रकार मनोविदलताग्रस्त (स्काईज़ोफ्रीनिक) की अति-अन्तर्मुखिता, उसके द्वारा वस्तुपरक कामवासनात्मक भावाभिनिवेश (ऑब्जैक्टिव लिबिडिनल कैथेक्सिर्स) को प्राप्त करने में असफलता से आती है। उसके साहचर्यों की स्वप्नतुल्य विशेषता, उसकी तर्कशक्ति का निर्धारण करने में कामतत्व (इड) की प्रमुख भूमिका से आती है। भ्रम में पड़ी हुई (हैल्यूसिनैटिड) आवाज़ें और आकृतियां, पूर्व में अन्तःक्षेपित पैतृक धारणाओं (प्रवियसली इन्ट्रोजैक्टिड पेरैन्टल इमेज़िज़) के प्रक्षेपण (प्रोजैक्शन) का प्रतिनिधित्व करती हैं। उसकी मनोविदलताग्रस्त भाव भंगिमा और मुद्रा उन सामान्यतया अचेतन विचारों को प्रस्तुत करती है; जिन्हें उसका दुर्बल अहम् अभिव्यक्ति की अनुमति देता है। उसके मतिभ्रम प्रायः सदैव ही उन अचेतन इच्छाओं से आते हुए दिखाए जा सकते हैं जो वास्तविकता सिद्धांत (रीएलिटी प्रिन्सिपल) से नियंत्रित नहीं होतीं। मनोविदलताग्रस्त विखण्डन (स्किड्ज़ोफ्रीनिक स्प्लिटिंग) आरंभिक स्तर की वापसी को प्रस्तुत करता है, जब भाव (अफैक्ट) और संज्ञान (कॉगनिशन) विभेदीकृत नहीं हुए थे।

रोग के उत्प्रेरक कारक किशोरावस्था के द्वंद्व में निहित रहते हैं। मनोविदलताग्रस्त, अपने सामाजिक लैंगिक (सोशियोसेक्सुअल) उत्तरदायित्वों को स्वीकार करने में असमर्थ रहता है और इसलिए कामवासनापरक (लिबिडिनल) विकास के सबसे प्रारंभिक स्तर की दिशा में प्रतिगमन (रिग्रेशन) करता है। कोई संघटनात्मक (कान्स्टीट्यूशनल) कारक भी असंदिग्ध रूप से सक्रिय होता है तथा प्रारंभिक अभिघातज अनुभवों (ट्रौमैटिक एक्सीपीरिएन्सिज़) की भी भूमिका होती है। इडीपस स्थिति का कभी भी उपयुक्त रूप से निराकरण नहीं हुआ होता और यदि अधिकांश नहीं तो भी बहुत से मनोविदलताग्रस्त व्यक्तियों में, विशेष रूप से सुदृढ़ अचेतन समलैंगिक रूझान होते हैं।[2] कुछ लेखक जैसे सलीवन (1931) और उससे भी रोजानॉफ़, मनोविदलताग्रस्त संत्रस (स्किड्ज़ोफ्रीनिक पैनिक) का आधारभूत कारण उस प्रतिगमन को मानते हैं जो अचेतन समलैंगिकता के परिणामों से बचने के लिए होता है। स्किड्ज़ोफ्रीनिया का सबसे विशिष्ट पक्ष है किशोरावस्था में उस द्वंद्व का निराकरण करने में रोगी का अक्षम होना, जिसके लिए सामाजिक लैंगिक (सोशियोसैक्सुल) उत्तरदायित्व को स्वीकार करने की आवश्यकता होती है और इसलिए प्रारंभिक शेशव स्तरों की दिशा में उसका परिणामक प्रतिगमन (रिग्रेशन)।

6. चिकित्सा (थैरेपी) : वर्तमान समय में मनोविदलताओं के लिए हमारे पास ऐसी कोई विशिष्ट उपचार प्रणाली नहीं है जिसकी तुलना किसी भी तरह आंशिकघात (पैरेसिस) के लिए मलेरिया के उपचार (मलेरियल ट्रीटमैंट) के साथ की जा सके। ऐसे

कारकों के बारे में कुछ अध्ययन किए गए हैं जो तथाकथित 'स्वचालित स्वास्थ्य लाभ या ऑटोमैटिक रिकवरी' में सक्रिय रहे हैं। एच.एस. सलीवन विशेष रूप से पक्षीय वातावरण की उत्पत्ति करके कुछ स्वास्थ्य लाभ उत्पन्न करने में पर्याप्त सफल रहे हैं। टिड ने ऑटोमैटिक रिकवरी के बारे में रोचक अवलोकन किए हैं। हाल ही में तथाकथित 'कनवल्ज़न थैरेपीज़ या आक्षेपी चिकित्साप्रणालियों' की महत्वपूर्ण सफलता का दावा किया गया है। इनमें से प्रयोग की गई पहली चिकित्सा प्रणाली, इन्सुलिन की अतिमात्र की एक शृंखला के द्वारा स्काईज़ोफ्रीनिया का उपचार करने की, सॅकेल की विधि है। ऐसी अतिमात्राएं अपस्माराभ दौरे (ऐपीलैप्टॉइड सीज्योर) के साथ एक तीव्र (एक्यूट) हाइपरग्लाइसीमिया उत्पन्न करती हैं जिसके बाद संपूर्ण सम्मूर्च्छा (कोमा) हो जाता है। मैडुना का मैट्राज़ॉल इन्जेक्शनों द्वारा किया जाने वाला उपचार कम कठोर होता है लेकिन अपस्माराभ दौरे (एपीलैप्टॉइड सीज्योर) को भी उत्पन्न करता है। यह निश्चित रूप से प्रदर्शित किया गया है कि अल्पवयस्क मनोविदलताग्रस्तों के मामले में, जिनमें यह रोग अल्प अवधि का होता है इन उपचारों को अपनाकर अधिक स्वास्थ्य लाभ किए गए हैं। फिर भी इन उपचारों में दैहिक (फ़िज़ियोलॉजिकल) और मनोवैज्ञानिक कारकों का अतिरिक्त मूल्यांकन करने की आवश्यकता है।

यद्यपि हमारे पास मनोविदलताओं के लिए कोई विशिष्ट चिकित्साप्रणाली (थैरेपी) नहीं है, फिर भी हमने कम से कम इस रोग की हैतुकी (ईशियोलॉजी) के बारे में बहुत कुछ खोज लिया है तथा इसके साथ निरोधक रूप से विचार करने की संभावना इतनी अधिक हो गई है जितनी कि पहले कभी नहीं थी। जहां एक वास्तविक स्थानांतरण (ट्रान्सफरैन्स) को उत्पन्न करने की क्षमता का अभाव अभी भी गहन मनोविश्लेषण को असंभव बनाता है, वहां मनोविश्लेषणात्मक मनोचिकित्सा (साइकोएनालिटिक साइकोथैरेपी) (संदर्भ अध्याय XIV) का प्रयोग किया जा सकता है। उपचार संबंधी (थेरापुटिक) प्रगतियां होने के बावजूद, इस क्षेत्र में वास्तविक आशा, उपचार संबंधी (थेरापुटिक) की अपेक्षा निरोधक चिकित्सा (प्रिवैन्टिव मेडिसन) में निहित है। यदि हम पहले स्थान पर शैशवीय कामुकता काल (इन्फैन्टाइल सेक्स पीरियड) के प्रारंभिक अभिघात (ट्रॉमा) का विकास होने से बचाव कर सकें और दूसरे स्थान पर ऐसे व्यक्तियों को ला सकें जिन्होंने किशोरावस्था के कठिन पुनर्समायोजन काल (रीएडजस्टमैन्ट पीरियड) के दौरान विदलनाभ व्यक्तित्व (शिजॉइड पर्सनैलिटी) का विकास कर लिया है, तो इस सबसे गंभीर कार्यात्मक मनोविकृतियों (फंक्शनल साइकोसीज़) के प्रभाव (इंसीडैन्स) को कम करने की दिशा में बहुत कुछ किया जा सकता।

3. उन्मादी-अवसादी मनस्ताप

1. रोग का नाम और इसके विभेदन का इतिहास : उन्नीसवीं शताब्दी के उत्तरार्ध में विवरणात्मक मनोचिकित्सा (डैस्क्रिप्टिव साइकिएट्री) के विकास के काल के दौरान, यह

अनुभव किया गया कि आधारभूत रूप से निश्चय ही दो प्रकार की परस्पर विपरीत मनोविकृत प्रतिक्रियाएं (साइकोटिक रीएक्शंस) होती हैं जिनके तीव्र प्रचण्ड अविर्भाव (एक्यूट मैनीफस्टेशन्स) होते हैं और फिर विलुप्त हो जाती हैं। इन्हें 'उन्माद या मेनिया' और 'विषण्णता या मैलनकोलिया' कहा जाता था, जो विविध प्रकार के मनोभ्रंशों (डिमैंशियाज़) से कामचलाऊ ढंग से पृथक् (डिफरैन्शिएटिड) की जाती थीं तथा यह माना जाता था कि यह तीनों मिलकर गंभीर मनोविकृतियों को संघटित करती थीं। उन्मादी व्यक्ति ऐसे व्यवहार को प्रदर्शित करने के लिए जाना जाता था जो प्रचलित सोच के अनुसार उन्मत्त या सनकी (मैनिएक) के साथ संबंधित होता है। वह उत्तेजित होने के लिए, बड़ी मात्रा में शक्ति को उत्सर्जित करने के लिए, अपनी और दूसरों की सुरक्षा के संबंध में आवश्यकता से अधिक सावधानी बरतने तथा अपने सामाजिक निषेधों (सोशल इनहिबिशन्स) को खो देने के लिए जाना जाता था। उसका संपूर्ण व्यवहार कुछ-कुछ तीव्र रूप से मदहोश व्यक्ति की भांति होता था सिवाय इसके कि उसका यह व्यवहार मदहोश व्यक्ति की तुलना में काफी लम्बे समय तक बना रहता था। विषण्णताग्रस्त (मैलनकोलिक) व्यक्ति को इससे लगभग उल्टा चित्र प्रस्तुत करने के लिए जाना जाता था। जितना वह पहले कर सकता था उससे बहुत अधिक करने में सक्षम होने के बजाय वह बहुत कम कर पाता था। अच्छा महसूस करने की अपेक्षा वह 'जीर्ण-शीर्ण या बेकार (रॉटन)' महसूस करता था। शक्तिशाली महसूस करने की अपेक्षा, वह दुर्बल महसूस करता था। निरपराध महसूस करने की बजाय, वह अपराधी महसूस करता था। पहले हमने मनोभ्रंश की अवधारणा (कॉन्सॅप्ट ऑफ डिमैन्शिया) से, मनोभ्रंश (डिमैन्शिया के) विविध रूपों की भिन्नता की बात कर चुके हैं। उन्मादी-अवसादी मनस्ताप (मैनिक-डिप्रैसिव साइकोसिस) के मामले में एक समाकलन (इन्टीग्रेशन) के बारे में सोचना अच्छा रहेगा। क्रैपलिन (1921) द्वारा यह प्रदर्शित करना, मनोचिकित्सा (साइकिएट्री) के लिए क्रैपलिन (1921) की सबसे महान सेवाओं में से एक सेवा यह प्रदर्षित करना है कि जो तीव्र उन्माद (एक्यूट मैनिया) या तीव्र अवसाद (एक्यूट डिप्रैशन) के रूप में जाने जाते थे वह वस्तुतः एक ही रोग प्रकार (सिंगिल डिजीज़ फॉर्म) के दो पक्ष थे। जिस प्रकार एक शराबी (एल्कोहॉलिक) में नशे या उन्माद के पश्चात्, नशे के बाद होने वाले विषाद (पोस्टएल्कोहॉलिक डिप्रैशन) के साथ हैन्गओवर होता है, उसी प्रकार, एक विषादग्रस्त व्यक्ति में, उन्मत्त उत्तेजना (मेनिएकल एक्साइटमैन्ट) के पश्चात् विषाद (डिप्रैशन) आता है। आज हम यह अनुभव करते हैं कि यद्यपि सतही रूप से अवलोकन करने पर यह स्पष्ट नहीं होता, लेकिन कदाचित् ऐसा कोई विषाद (डिप्रैशन) नहीं है जिसके पश्चात् किसी प्रकार का असमान्य उल्लास न आता हो तथा ऐसा कोई तीव्र उन्माद (एक्यूट मैनिया) नहीं है जिसके पश्चात् कोई विषाद (डिप्रैशन) न आता हो। वस्तुतः मनोविश्लेषणपरक अध्ययनों ने हमें यह दिखाया है कि उन्मादी पक्ष (मैनिकफेज़) स्वयं में दुश्चिंता (एंग्ज़ाइटी) और बाद में होने वाले विषाद (डिप्रैशन) को ढकने का एक प्रयास है। इसके अतिरिक्त मिश्रित और

उत्तेजित रूपों में हम उन्माद (मेनिया) और विषाद (डिप्रेशन) को एक दूसरे का मात्र अनुसरण न करते हुए, पास-पास पाते हैं। लगभग हम सभी मनःस्थिति की अस्थिरता से पीड़ित होते हैं। हम बारी-बारी से अच्छा और बहुत कुछ करने में समर्थ तथा निकृष्ट और कुछ अधिक कर पाने में असमर्थ महसूस करते हैं। उन्माद-अवसादग्रस्त (मैनिक-डिप्रैसिव) व्यक्ति में मनोदशा के ऐसे उतार-चढ़ाव बहुत अतिशयोक्तिपूर्ण होते हैं जिससे व्यक्ति विक्षिप्त (साइकोटिक) हो जाता है और उसकी मनोदशा जीवन की वास्तविक परिस्थिति के लिए उपयुक्त नहीं होती। स्किड्ज़ोफ्रीनिया मुख्यतया एक ऐसी मनोविकृति है जिसमें भावात्मक (एफैक्टिव) तथा संज्ञानात्मक (कौगनिटिव) प्रक्रियाओं में विखण्डन हो जाता है जिससे कि रोगी की प्रतिक्रियाएं अनुपयुक्त हो जाती हैं, जबकि उन्मादी-अवसादी मनस्ताप (मैनिक-डिप्रैसिव साइकोसिस) संवेगात्मक प्रतिक्रियाओं की अतिशयोक्ति की ओर ले जाता है। फिर भी, यह पृथक्‌ता संपूर्ण नहीं बल्कि सापेक्षिक है।

2. आपतन (इंसीडैन्स) : उन्मादी-अवसादी मनस्ताप (मैनिक-डिप्रैसिव साइकोसिस) समस्त मनोविकृतियों (साइकोसीज़) में दूसरा सबसे अधिक (अस्पताल में) भर्ती पाने वाला मनस्ताप है। मानसिक चिकित्सालयों की नवीन प्रविष्टियों में से लगभग 12 प्रतिशत का निदान इस प्रकार किया जाता है। फिर भी, सर्वोच्च स्वाथ्य लाभ दर के कारण यह रोग मानसिक चिकित्सालयों की आवासी जनसंख्या के मात्र 12 प्रतिशत के लिए उत्तरदायी होता है। इनमें से, एक दिए हुए समय में, लगभग 45 प्रतिशत विषाद (डिप्रैशन) के और लगभग 45 प्रतिशत उन्माद (मेनिया) के लक्षण तथा लगभग 10 प्रतिशत मिले-जुले लक्षण, अर्थात् एक ही समय में उत्तेजना (एक्साइटमेंट) और अवसाद (डिप्रैशन), प्रदर्शित करते हैं। यह रोग पुरुषों की अपेक्षा महिलाओं में अधिक होता है और आर्थिक दृष्टि से उच्च समूहों में थोड़ा और अधिक पाया जाता है। मनोविदलता की तुलना में, यह जीवन के किंचित उत्तरकाल में (पांचवें दशक में) सबसे अधिक होता है। इसका अर्थ यह नहीं लगा लेना चाहिए कि युवा व्यक्ति उन्मादी-अवसादी मनस्ताप (मैनिक-डिप्रैसिव साइकोसिस) विकसित नहीं करता। वस्तुतः इसका प्रथम आक्रमण प्रायः किशोर अवस्था के अंत में, या विश्रांति के प्रारंभ में होता है। यहां तक कि ऐसे मामलों में जहां अस्पताल में प्रथम प्रवेश 30 की उम्र के अंत में या 40 की उम्र के प्रारंभ में कराया जाता है, उनकी केस हिस्ट्री या व्यक्तिवृत मनोदशा के अत्यधिक उतार-चढ़ाव को प्रकट करती है जो व्यक्ति के जीवनकाल में प्रायः बहुत पीछे तक विस्तारित होते हैं। ऐसा दावा भी किया जाता है कि उन्मादी-अवसादी मनस्ताप एक रोग है जो स्किड्ज़ोफ्रीनिया की अपेक्षा अधिक बुद्धिमान व्यक्तियों को प्रभावित करता है। फिर भी इसे एक बार में स्वीकार करना कठिन है क्योंकि मानकीकृत मनोमितिक (साइकोमैट्रिक) परीक्षणों के द्वारा मनोविदलताग्रस्त व्यक्तियों की बुद्धि का निर्धारण करना लगभग असंभव है, तथा इस प्रकार इन परीक्षणों में प्राप्त मनोविदलताग्रस्त व्यक्ति की मानसिक हीनता एक लक्षण हो सकती है।

3ए. पूर्वलक्षण काल (प्रॉडरोमल) की लाक्षणिकी : हमने अभी तक जिनका अध्ययन किया है उनमें से किसी भी रोग से कहीं अधिक, उन्मादी-अवसादी मनस्ताप (मैनिक-डिप्रैसिव साइकोसिस) में प्रायः एक सुनिश्चित उत्प्रेरक कारक होता है। फिर भी, आधुनिक मनोचिकित्सकों द्वारा ये उत्प्रेरक कारक बहुत कुछ उसी प्रकार देखे जाते हैं जिस प्रकार आधुनिक इतिहासकार युद्धों के तथाकथित 'उत्प्रेरक कारकों' को देखते हैं। उत्प्रेरण अनुभव कुछ अंश तक मात्र एक उत्प्रेरक कारक (कैटेलाइज़िंग फैक्टर) है जो व्यक्तित्व के मूल में निहित गतिकी (अडरलाइंग डायनैमिक्स) में पहले से निर्धारित मनोविकृति (साइकोसिस) को प्रकाशित करता है। उन्मादी-अवसादी मनस्ताप में प्रायः इसे उत्पन्न करने वाला (प्रैसिपिटेटिंग) कारक, किसी प्रिय वस्तु का खोना या कोई अत्यधिक निराशा (फ्रस्ट्रेशन) होता है। यह हानि किसी मित्र की, या धन की, या पद की हो सकती है। निराशा दूसरों से आगे जाने में, एक इच्छित पद प्राप्त करने में, या किसी प्रकार के लक्ष्य तक पहुंचने में असफलता से हो सकती है। हम सभी धन या प्रिय पात्र को खोने पर, कम से कम कुछ सीमा तक, विषादग्रस्त (डिप्रैस्ड) होते हैं। जब हमें कोई ऐसी वस्तु प्राप्त नहीं होती जिसे हम हृदय से प्राप्त करना चाहते हैं तो हम सभी क्रोध के साथ प्रतिक्रिया कर सकते हैं और हमारे विचार से यह न्यायसंगत भी है। मौलिक उन्माद (मेनिया) या विषाद (डिप्रैशन) को, कुछ खोने (लॉस) या निराशा के लिए सामान्य प्रतिक्रिया की मात्र एक अतिशयोक्ति के रूप में देखा जा सकता है। जब एक सामान्य व्यक्ति एक प्रेम पात्र को खोता है तो वह शोक की कालावधि में चला जाता है। संसार उसे एक तुच्छ स्थान प्रतीत होता है और वह एक बहुत अभागा व्यक्ति प्रतीत होता है। विषाद (डिप्रैशन) में, अभाव महसूस किया जाता है, लेकिन उसके अतिरिक्त अपराध की भावना और अपनी अयोग्यता की भावना भी होती है। जब एक सामान्य व्यक्ति बुरी तरह विषादग्रस्त होता है तो वह क्रोधोन्माद में जा सकता है, लेकिन ऐसा वह अपनी वास्तविक स्थिति के प्रति उत्तरदायित्व की विशिष्ट भावना के साथ करता है। उन्मादग्रस्त (मैनिक) व्यक्ति, व्यक्तिगत और सामाजिक उत्तरादायित्व की समस्त भावना को खोता हुआ प्रतीत होता है। इस प्रकार उन्माद या विषाद के आक्रमण के पूर्वलक्षण काल (प्रॉडरोमल पीरियड) में, अभाव (लॉस) या विषाद (डिप्रैशन) तथा इससे संबंधित अत्यधिक भावुकता (इमोशनैलिटी) का विकास या अनुपयुक्त भावुकता (इनएप्रोप्रिएट इमोशनैलिटी) का विकास होना, इसकी उत्पत्ति का कारक (प्रैसीपिटेटिंग फैक्टर) होते हैं। सामान्य व्यक्ति बहुत नज़दीकी रिश्तेदार को खोने पर पर्याप्त शोक की प्रतिक्रिया करेगा लेकिन यह सुनकर कि रिश्तेदार उसके लिए काफी संपत्ति छोड़ गया है, कम से कम थोड़ा प्रसन्न हो जाएगा। विषादग्रस्त व्यक्ति इसकी कोई परवाह नहीं करता। वह केवल संसार को निकृष्ट ही नहीं समझता बल्कि स्वयं को अपराधी और बल्कि धन प्राप्त करने के भी अयोग्य समझता है। पुनः, साधारण व्यक्ति निराशा के लिए क्रोध के साथ प्रतिक्रिया करता है और यहां तक कि नियंत्रण से बाहर हो सकता है फिर भी वह शीघ्र ही इससे थक जाता है और वास्तविक

स्थिति पर लौट आता है। उन्मादग्रस्त व्यक्ति अपने आर्थिक और शारीरिक दोनों प्रकार के स्रोतों को इस सीमा तक खर्च कर सकता है कि उसका परिवार यह अनुभव करने लगता है कि उसे चिकित्सालय में रखना चाहिए। इस प्रकार उन्मादी-अवसादी मनस्ताप (मैनिक-डिप्रैसिव साइकोसिस) का पूर्वलक्षण काल (प्रॉडरोमल पीरियड), अभाव या निराशा (लॉस और फ्रस्ट्रेशन) के लिए कुछ-कुछ सामान्य प्रतिक्रियाओं की अत्यधिक अतिशयोक्ति के साथ प्रारंभ होता है।

3ब. अतिपाती या तीव्र काल (एक्यूट पीरियड) की लाक्षणिकी : उन्मादी-अवसादी मनस्ताप (मैनिक-डिप्रैसिव साइकोसिस) के अतिपाती काल (एक्यूट) की लाक्षणिकी उसके स्वरूप पर निर्भर करती है। उल्लसित (इलेटिड) कालों में, उल्लसित मनोदशा के अतिरिक्त हम अन्यमनस्कता (डिस्ट्रैक्टेबिलिटी), विचारों की उड़ान (फ्लाइट ऑफ आडियाज़), कार्य का दवाब (प्रैशर ऑफ एक्टिविटी) तथा अपराध या पश्चाताप की भावना के बिना असामाजिक कार्यों में मग्न हो जाना भी पाते हैं। सामर्थ्य और शक्ति के मतिभ्रम (डिल्यूज़न्स) भी बार-बार होते हैं। अवसादी (डिप्रैस्ड) कालों में, गहन अवसाद के अतिरिक्त हम यथार्थ वातावरण के प्रति उपेक्षा भाव, विद्वेष या अप्रियता की भावनाएं तथा अत्यधिक थकान की भावनाओं के साथ मनःचालित मंदन (साइकोमोटर रिटार्डेशन) भी पाते हैं। मतिभ्रम (डिल्यूज़न्स) जब उपस्थित होते हैं तो रोगभ्रमी (हाइपोकॉड्रिएकल) तथा अपराध भाव से संबंधित होते हैं। एक मनस्तापी अवसाद (साइकोटिक डिप्रैशन) में (न्यूरॉटिक के विपरीत), कुछ मात्र में अपराध भाव सदैव उपस्थित रहते हैं। दोनों रूप (फॉर्म्स) या प्रकार एक आधारभूत कुसमायोजन संरचना (संघटन) के भिन्न पक्षों (अर्थात् अवसादी या उल्लासित-डिप्रैस्ड ऑर इलेटिड) को प्रदर्शित करते हैं। अवधान निर्बल हो जाता है, भावात्मकता (एफैक्टिविटी) अनुपयुक्त होती है, साहचर्य अपर्याप्त होते हैं तथा चालक क्रियाएं (मोटर एक्ट्स) उपयुक्त रूप से समन्वित नहीं होतीं। उत्तेजित अवसाद (एजीटेटिड डिप्रैशन) या मिश्रित उन्मादी अवसादी मनस्ताप में, उल्लास और अवसाद के लक्षण साथ-साथ आते हैं।

3स. स्वास्थ्य लाभ (रिकवरी) काल की लाक्षणिकी : उन्मादी-अवसादी मनस्ताप में, पुराने (क्रॉनिक) काल की बात नहीं करनी होती क्योंकि व्यक्ति पूर्णतया अपने आप से स्पष्टतया स्वास्थ्य लाभ कर लेता है। वह असंदिग्ध रूप से मनस्ताप (साइकोसिस) के उपशमन (रैमिशन) के काल में अपनी चक्राभ विशेषता (साइक्लॉइड कॅरॅक्टर) बनाए रखता है। यहां तक कि वह उल्लास (इलेशन) और अवसाद (डिप्रैशन) के लगभग मनस्तापी (नीयर साइकोटिक) और सामान्य स्तरों के मध्य घटता-बढ़ता या बदलता रहता है। रोग अभी भी विशेष रूप से दुर्दम्य है क्योंकि जब तक व्यक्ति का उपचार मनचिकित्सकीय ढंग से (साइकोथरापुटिकली) न किया जाए या जब तक वह दबाव (स्ट्रैस) से अपेक्षाकृत स्वतंत्र वातावरण में न लौट आए, उसके स्थायी स्वास्थ्य लाभ की संभावना कम हो जाती है।

4. विभेदनकारी निदान (डिफरैन्शियल डायग्नोसिस) : उन्मादी-अवसादी मनस्ताप (मैनिक-डिप्रैसिव साइकोसिस) की अवसादग्रस्त अवस्था को, अकाल मनोभ्रंश कैटाटोनिया (डिमैन्शिया प्रीकॉक्स कैटाटोनिया) के व्यामोहपरक स्वरूप (स्टूपरस फॉर्म) के साथ, और आंशिकघात (पॅरेसिस) के विषादग्रस्त प्रकार या गंभीर तंत्रिकातापीय अवसादों (सीवियर न्यूरॉटिक डिप्रैशन्स) के साथ भ्रमित करने की सबसे अधिक संभावना रहती है जिसके बारे में हम अध्याय XVIII में बात करेंगे। गंभीर तंत्रिकातापीय अवसादों (सीवियर न्यूरॉटिक डिप्रैशन्स) से इसका विभेदीकरण निश्चित रूप से सदैव संभव नहीं है, तथा सीमांत के केसों का अस्तित्व तांत्रिकातापीय (न्यूरॉटिक) तथा मनस्तापी (साइकोटिक) अवसाद के मध्य में होता है। सामान्यतया, जब अन्य लक्षणों के साथ गंभीर तथा निर्मूल अपराध भावनाएं पाई जाती हैं तो अवसाद (डिप्रैशन) मनस्तापी (साइकोटिक) कहा जाता है और जब ये भावनाएं अनुपस्थित या मंद होती हैं तो तंत्रिकातापीय (न्यूरॉटिक) कहलाता है। आंशिकघात (पैरेसिस) से इसका विभेदन (डिफरैंसिएशन) निस्संदेह प्रयोगशाला परीक्षणों तथा उपदंशी आवेष्टन (सिफिलिटिक इंवॉल्वमेंट) के इतिहास के आधार पर होता है। कैटाटोनी व्यामोह (कैटाटानिक स्टूपर) से इसका विभेदन साहचर्यों (अवरोधन नहीं बल्कि मंदन, वास्तविकता से कम गंभीर विच्छेद) तथा मतिभ्रमों (डिल्यूज़न्स) की प्रकृति के आधार पर किया जाता है। इसी प्रकार, कैटाटोनिया तथा हीबीफ्रिनिया का, उन्मादी अवस्था से विभेदीकरण, साहचर्यों (शब्दों का घाल-मेल नहीं बल्कि विचारों की उड़ान) तथा मतिभ्रमों की गंभीरता (स्पष्ट रूप से भ्रमित लेकिन दावे कम से कम मनोगम्य हैं, उन्मादग्रस्त व्यक्ति प्रायः स्वयं को अत्यधिक धनी लेकिन राजसी परिवार का या ईश्वरीय यदा-कदा ही समझता है) के आधार पर किया जा सकता है। प्रयोगशाला परीक्षण और पेशीय लक्षण (मोटर सिम्पटम्स) पुनः विस्तृत आंशिकघात (पैरेसिस) से इसका विभेदन करने का अवसर देते हैं।

5अ. निदानशास्त्रीय शारीरिक कारण (ऑर्गेनिक ईशियोलॉजिकल फैक्टर्स) : समस्त मनोविकृतियों (साइकोसीज़) में, उन्मादी-अवसादी मनस्ताप (मैनिक-डिप्रैसिव साइकोसिस) इसका सबसे निर्विवाद प्रमाण देता है कि इसमें वंशानुगत कारक सम्मिलित है। केवल हाल ही में हमें ऐसे अध्ययन मिले हैं जो मानसिक विकृति की विरासत के क्षेत्र में किंचित् सही हैं। प्रारंभिक अध्ययनों के बारे में, जिन्होंने इस रोग का विवरण विशुद्ध रूप से वंशानुगत आधार पर देने का प्रयास किया, अधिकांशतया संदेह प्रकट किया गया है। फिर भी यह दिखाया जा सकता है कि उन्मादी-अवसादी व्यक्तियों के शिशुओं में उन्मादी-अवसादी मनस्ताप की सम्भावना उन व्यक्तियों के शिशुओं से बीस प्रतिशत अधिक होती है जो इस रोग से ग्रस्त नहीं हैं (नॉन-मैनिक डिप्रैसिव प्रेशैन्ट्स)। तथापि ये आंकड़े समस्त उन्मादी-अवसादी रोगियों का स्पष्टीकरण देने में केवल असफल नहीं रहते बल्कि इस रोग की उत्पत्ति के कारण के रूप में वंशानुक्रम की सापेक्षिक भूमिका बताने के लिए भी इन्हें महत्व नहीं दिया जा सकता। चूंकि हम जानते हैं कि माता-पिता की बहुत सी मनोवैज्ञानिक विशेषताएं आत्मीकरण

(आइडैनिटफिकेशन) के द्वारा प्राप्त की जाती है; यह स्वाभाविक है कि कुछ उन्मादी-अवसादी मनस्ताप *ऊपरी तौर* से वंशानुगत आधार पर विकसित होते हैं, जबकि *वास्तविक* कारण मनोवैज्ञानिक होता है।

कायिक पक्ष की ओर, देह के गठन (बॉडी बिल्ड) से संबंधित क्रैशमर के जांच परिणामों का ज़िक्र भी करना पड़ेगा। मनोविदलता (स्काईज़ोफ्रीनिया) के साथ कृशकाय-पुष्टकाय देहयष्टि (ऐसथैनिक-एथलैटिक बिल्ड) की जो संबद्धता है उसकी अपेक्षा उन्मादी-अवसादी मनस्ताप (मैनिक-डिप्रैसिव साइकोसिस) के साथ स्थूलकाय देहगठन (पाइकनिक) की संबद्धता (एफ़िनिटी) अधिक स्पष्ट रूप से चिन्हित होता है। तथापि, यह पुनः एक ऐसा कारक है जो केवल मनोविकृति (साइकोसिस) की 'चॉइस या चुनाव' में मात्र सम्मिलित होता है। यह संसार स्थूलकाय व्यक्तियों से भरा है जो कभी विक्षिप्त (साइकोटिक) नहीं हुए।

डॉ. कर्ट रिक्टर ने एक रोचक लेख लिखा है जिसमें वह कुछ विशिष्ट पशु प्रकारों की भिन्न जीवन-गतिविधि चक्रों (वेरिएन्ट लाइफ़-एक्टिविटी साईकिल्स) के तथ्यों के बारे में बताया है। वह इस अभिधारणा को प्रस्तुत करते हैं कि कुछ काया प्ररूप (कान्स्टीट्यूशनल टाइप्स) अपने उत्तेजना-अवसाद के अनुपातों (एक्साइटेशन-डिप्रैशन रेशियोज़) में निश्चित रूप से चक्राभ (साइक्लॉइड) होते हैं, तथा उन्मादी-अवसादी मनस्तापों (मैनिक-डिप्रैसिव साइकोसीज़) के मूल में (अन्डर्लाइंग) इन अनुपातों में सुस्पष्ट संरचनात्मक पराकाष्ठाएं (कान्सूटीट्यूशनल एक्सट्रिमिटीज़) हो सकती हैं। एक व्यक्ति जो विक्षिप्त (साइकोटिक) हो जाता है वह उन्मादी-अवसाद मनस्ताप विकसित करेगा या नहीं, इसका निर्धारण करने के पहले से ही प्रवृत्त तत्वों (प्रीडिस्पोजिंग एलीमैंट्स) के रूप में संरचनात्मक कारकों (कान्सूटीट्यूशनल फैक्टर्स) का निस्संदेह महत्व होता है। उन्मादी-अवसादी मनस्ताप अभी भी प्रमुख रूप से कार्यात्मक मनोविकृति (फंक्शनल साइकोसिस) ही रहती है और हम इसके मनोविज्ञान से संबंधित बहुत कुछ जानते हैं।

5ब. निदानशास्त्रीय मनोवैज्ञानिक कारक (साइकोलॉजिकल ईशियॉलोजिकल फैक्टर्स) : सामान्यतया, उन्मादी-अवसादी व्यक्ति एक रोगपूर्व चित्र (प्रीमौर्बिड) के रूप में बहिर्मुखी चक्रविक्षिप्तिग्रस्त (एक्स्ट्रावर्सिव साइक्लोदाइमिक) व्यक्तित्व का होता है। मनोविदलता की तुलना में उन्मादी-अवसादी मनस्ताप का मनोविश्लेषण सिद्धांत अधिक अच्छी तरह विकसित हुआ है। फिर भी मनोविश्लेषण से, विषण्णता (मैलनकोलिया) और अवसाद (डिप्रैशन) के बारे में, उन्माद (मेनिया) से अधिक जानते हैं। फ्रायड (1924) ए, जिल्द-4 तथा अब्राहम (1927) ने पथ प्रदर्शक अध्ययन किए जो यह संकेत करते हैं कि अवसाद (डिप्रैशन) उस विद्वेष के अन्तःक्षेपण (इन्ट्रोजैक्शन) को व्यक्त करता है जो पहले गायब हो गए प्रेमपात्र के लिए महसूस किया गया था। यह विद्वेष पहले कामविषयक (इरॉटिक) तत्वों के द्वारा निष्प्रभावित हो गया था लेकिन जब हानि होती है तो व्यक्ति संपूर्ण आक्रमणशीलता (होस्टिलिटी) को वापिस स्वयं अपनी ओर मोड़ लेता

है। अतः, वह अपनी पूर्व घृणा के लिए स्वयं से घृणा करता है (अर्थात् अपराधी है) तथा प्रेम करने में अपनी असमर्थता को ढकने के लिए प्रेम की अपेक्षा करता है। प्रेम पात्रों को खोने में, जहां कम उभयमुखी (एम्बीवेलॅन्ट) संबंध होता है (अर्थात् जहां प्रेम भावाभिनिवेश या लव कैथैक्सिस प्रधान होता है), वहां उदासी तथा शोक होता है और पुनर्समायोजन की आवश्यकता होती है (अर्थात् अपराध की भावनाओं के बिना अवसाद)। प्रेमपात्र के साथ कामविषयक आसक्ति प्रायः उत्तरमुखीय (दांत से काटना या मुखी परपीड़न या ओरल सॅडिज़्म) अवस्था (लेट ओरल स्टेज) से आगे नहीं गई होती, तथा अब्राहम यह दिखाने में समर्थ हैं कि, मनोवैज्ञानिक अन्तःक्षेपण (इन्ट्रोजैक्शन) के पीछे स्थित, वस्तुतः प्रेमपात्र को समाविष्ट करने के लिए अचेतन स्वजातिभक्षी कामनाएं होती हैं। इससे, वह भूख गायब होना, खाने में अक्षम होने और विष दिए जाने के मतिभ्रमों को प्राप्त करता है, जो इस *मुखीय परपीड़न* या *ओरलसैडिज़्म* के विरुद्ध *प्रतिक्रिया विधानों* या *रीएक्शन फॉर्मेशन्स* के रूप में इन रोगियों में बार-बार होते हैं। इसलिए उन्मादी-अवसादी मनस्ताप में कामविषयक प्रतिगमन (लिबिडिलन रिग्रेशन) उत्तर मुखीय अवस्था की ओर होता है। अवसादी का पराहम् (सुपरईगो) विशेष रूप से तीव्र (सीवियर) होता है क्योंकि इसमें अन्तःक्षेपित आक्रमणशीलता या विद्वेष निहित रहता है जो पहले बाहर की ओर उन्मुख था। पराहम् का यह पहलू अधिकांश अचेतन होता है।

हम उन्मादी दौर (मैनिक फेज़) को लगभग इतना अच्छी तरह से नहीं समझते। सामान्य रूप से, हम दण्ड (रिट्रीब्यूशन) और प्रतिकार (रिटैलिएशन) के मनोवैज्ञानिक नियम को समझते हैं। बाल्यावस्था से, दण्ड हमारे पापों के परिणामों को मिटा देने का कार्य करता है, तथा सभी धर्मों और सभी सभाओं के पास व्यक्तिगत और सामाजिक अंतःकरण को हल्का करने या मुक्त करने के लिए संस्थाएं होती हैं। हमने इस प्रकरण पर पराहम् (सुपरईगो) तथा आक्रमणशील प्रवृतियों (एग्रैसिव अर्जेज़) के बारे में किए गए अपने विचार विमर्श के संबंध में पहले ही बात की है। इस आधार पर उन्मादी अवस्था, अवसादी अवस्था में दण्ड दे दिए जाने के बाद कामतत्व-निर्देशित चालनाओं (इड-डाइरैक्टिड ड्राइव्स) का मुक्त होना है, जिस प्रकार अवसाद (डिप्रैशन), उन्मादी अवस्था (मैनिक-फेज़) में कामतत्व के द्वारा 'पाप करने या सिनिंग' के लिए प्रतिकार है। उन्मादी अवस्था (मैनिक फ़ेज) में, पराहम् व्यावहारिक तौर पर लुप्त हो जाता है। व्यवहार अभी भी बालोचित (इन्फैन्टाइल) और प्रतिगमित होता है। व्यक्ति स्वयं को प्रत्येक सम्भव उत्तर-मुखीय संतोष की अनुमति देता है जो स्वयं स्वजाति भक्षण से कम होता है : मद्यपान, अनुचित भाषा, अत्यधिक प्रेमविहार। दो अवस्थाएं, जो सरसरी तौर पर एक दूसरे से इतनी भिन्न हैं, वस्तुतः अनुवांशिक रूप से संबंधित होने से भी ज्यादा समान होती हैं। उन्मादी व्यक्ति आसन्न सर्वनाश की एक अनिश्चित अनुभूति से चालित होता है, पराहम् (सुपरईगो) वस्तुतः पूर्णतया लुप्त नहीं होता, तथा अवसादी व्यक्ति दूसरे व्यक्तियों की उस व्यथा से गहरी आत्मरतिक संतुष्टि प्राप्त करता है जिसका कारण उसकी अपनी व्यथा होती है।

6 चिकित्सा (थैरेपी) : मनोविदलता की ही भांति, उन्मादी-अवसादी मनस्ताप (मैनिक-डिप्रैसिव साइकोसिस) के लिए भी कोई विशिष्ट चिकित्सा प्रणाली (थैरेपी) ज्ञात नहीं है। हाल ही में इन्सुलिन शॉक और मैट्राज़ॉल थॅरापियां, स्काईज़ोफ्रीनिया से भी अधिक सफलता के साथ, इस रोग में प्रयोग की गई हैं। इस तथ्य से, बहुत रोचक मनोवैज्ञानिक अनुमान मात्र लगाए जा सकते हैं। यदि अवसाद किसी पहले की घृणा के लिए मनोवैज्ञानिक रूप से आत्मकृत दण्ड को अभिव्यक्त करता है (तथा फ्रायड और अब्राहम के सिद्धांतों से यह बहुत संभव प्रतीत होता है), तो आपेक्षी चिकित्सा प्रणाली (कन्वल्ज़न थैरेपी ट्रीटमेंट) के अंतर्गत किए जाने वाले कठोर उपचार को दण्ड के रूप में समझा जा सकता है। फिर भी उन्मादी-अवसादी मनस्ताप के उपचार के लिए आपेक्षी चिकित्सा प्रणाली का विकास इतना नवीन है कि इसका अंतिम मूल्यांकन करना कठिन है। इसकी बहुत संभावना है कि विगत की बहुत सी समान चिकित्सा प्रणालियों की भांति, यदि इसका अकेले प्रयोग किया जाए तो यह स्वास्थ्य लाभों की अपेक्षा केवल उपशमन का कारण ही बनेगी। निश्चित रूप से, औषधीय चिकित्सा (मेडिसिनल थेरेपी) तथा भौतिक चिकित्सा (फ़िजियोथैरेपी) के ऐसे बहुत से विविध प्रकार हैं जिन्हें या तो उन्मादी रोगी की उत्तेजना को शांत करने के लिए या अवसाद के रोगी की सुस्ती को उत्तेजित करने के लिए उपयोग किया जा सकता है। यह मेडिकल व्यवसाय के क्षेत्र में आते हैं।

बहुत से कारणों से, मनोविदलता की अपेक्षा उन्मादी-अवसादी मनस्ताप मनोचिकित्सा के अधिक अधीन है। सर्वप्रथम, इसके प्रतिगमन (रिग्रैशन) कभी इतना गहन नहीं होते कि रोगी अपनी स्थिति के बारे में पूर्णरूप से अनभिज्ञ हो। वह कुछ-कुछ कम आत्मरतिक (नार्सिसिस्टिक) होता है तथा उसके साथ स्थानांतरण (ट्रान्सफरैन्स) स्थापित करने के अधिक अवसर होते हैं। इसके अतिरिक्त, उन्माद-अवसादियों को प्रायः स्वास्थ्य लाभ होता है। स्वास्थ्य लाभ की अवधियों में, मनोवैश्लेषिक मनोचिकित्सा (साइकोएनालिटिक साइकोथैरेपी) और मनोविश्लेषण को, कभी-कभी बहुत सफलतापूर्वक आरंभ किया जा सकता है।

4. व्यामोह (पैरानोइया)

1. रोग का नाम और इसके विभेदन का इतिहास : हम पहले ही मनोविदलता के व्यामोहाभ प्रकार (पैरानॉइड फॉर्म) की विवेचना करने में, व्यामोह (पैरानोइया) के बारे में कुछ-कुछ जान चुके हैं। वास्तविक व्यामोह, जिसके बारे में हम अब बात करेंगे, एक साधारण लाक्षणिकी का अपेक्षाकृत विरला, लेकिन इसके मनोविज्ञान के बारे में तुलनात्मक रूप से हमें संपूर्ण ज्ञान होने के कारण, एक रोचक रोग है। फिर भी, हम संक्षेप में इसके बारे में विचार-विमर्श कर सकते हैं। उन्नीसवीं शताब्दी में मनोभ्रंशों (डिमैन्शियाज़) के सामान्य समूह से व्यामोह का विभेदन किया गया। इसका अक्षरशः

अर्थ है 'मिथ्या विवेचन (तर्क) या फॉल्स रीजनिंग।' सामान्यतया, इसका अभिप्राय उस मनस्ताप या मनोविकृति (साइकोसिस) से है जो जीवन के अपेक्षाकृत उत्तर काल में विकसित होती है और बहुत एक-लाक्षणिक (मॉनोसिम्पटमैटिक) है क्योंकि इसमें रोगी के पास उत्पीड़न के मतिभ्रंशों का एक व्यवस्थित समूह (सिस्टमैटाइज़्ड सैट ऑफ डिज्यूज़न्स ऑफ पर्सीक्यूशन) होता है, जो बहुधा भव्यता के मतिभ्रमों (डिल्सयूज़न्स ऑफ ग्रान्ड्योर) द्वारा संतुलित किए गए होते हैं।

2. आपतन (इंसीडैन्स) : वास्तविक व्यामोह चिकित्सालय के प्रथम प्रवेशों के 2 प्रतिशत से कम तथा चिकित्सालय की आवासी आबादी के एक प्रतिशत से कम का ब्यौरा देता है। यह महिलाओं की अपेक्षा पुरुषों में कुछ अधिक पाया जाता है और अधिकांशतः जीवन के पांचवें दशक में अधिक प्रकट होता है। तथापि, इस रोग की प्रकृति ऐसी है कि यह गणितीय आंकड़े बहुत भ्रम में डालने वाले हैं। वास्तविक व्यामोह कदाचित् किसी सुनिश्चित रोग अस्तित्व (एन्टिटी) का प्रतिनिधि नहीं होता बल्कि, जैसा कि हमने अभी विवेचन किया, एक ओर यह व्यामोहाभ मनोविदलता (पैरानॉइड स्किड्ज़ोफ्रीनिया) में और दूसरी ओर व्यामोहाभ चरित्र प्रकारों (पैरानॉइड कैरक्टरटाइप्स) में पहुंचता है, जिसके बारे में हम अध्याय 20 में विचार-विमर्श करेंगे। चूंकि व्यामोहा भी (पैरानॉइक) में केवल एक ही लक्षण पाया जाता है, यथा अत्यधिक व्यवस्थित मतिभ्रमों का एक पुंज, उसे इसके अतिरिक्त चिकित्सालय में रखने की सदैव आवश्यकता नहीं होती। वस्तुतः यह संसार व्यामोह-ग्रस्त व्यक्तियों, सनकियों, किसी विशेषकर प्रिय धारणा के बारे में 'दीवाना' व्यक्तियों, गलत समझे गए प्रतिभाशाली व्यक्तियों, अविरत गतिविधि करने वाली मशीनों के खोजियों आदि से यह संसार भरा हुआ है। केवल मनोचिकित्सक ही और वह भी सदैव नहीं, व्यक्ति को मानसिक रोगी के रूप में पहचानता है। इसके अतिरिक्ति इन व्यक्तियों को चिकित्सालय में केवल तब रखना होता है जब इनके उत्पीड़न के मतिभ्रम (डिल्यूज़न्स ऑफ पर्सीक्यूशन) इन्हें असामाजिक कार्यों की ओर ढकेल देते हैं।

3. लाक्षणिकी : इस रोग का मुख्य, और कुछ केसों में एकमात्र लक्षण, मतिभ्रमों का एक अत्यधिक व्यवस्थित सैट (ए हाइली सिस्टमैटाइज़ सैट ऑफ डिल्यूज़न्स) का होना है। विभ्रम (हैल्यूसीनेशन्स) अनुपस्थित होते हैं या बहुत विरल होते हैं। आचरण (कॉन्डक्ट) और संवेग ऐसे होते हैं कि वे या तो मतिभ्रमों (डिल्यूज़न्स) को छिपा लेते हैं या उनके अनुरूप ठीक बैठ जाते हैं। मतिभ्रम, उत्पीड़ित किए जाने के या बीइंग पर्सीक्यूटिड (राज्य, नियोक्ता, परिवार, पत्नी, संतानों के द्वारा) या श्रेष्ठता या ग्रान्ड्योर (आविष्कारक, नवीन धार्मिक सिद्धांतों के प्रवर्तक, राजसी घर में जन्म लेने वाले, प्रेमी) के होते हैं। ये मतिभ्रम अक्सर संतुलित होते हैं, जैसा कि हमने अध्याय V में देखा।

4. विभेदक निदान (डिफरैन्शियल डायग्नोसिस) : व्यक्ति की धारणा (बिलीफ़) के क्षेत्र के बारे में तथ्यपूर्ण ज्ञान होने के कारण एक मनोचिकित्सक (साइकिएट्रिस्ट) के लिए इसका निदान करना सरल है। इन परिस्थितियों में उत्पीड़न (पर्सीक्यूशन) के अथवा

भव्यता (ग्रान्डूयोर) के मतिभ्रम प्रत्यक्ष होते हैं। ऊष्मा-गतिकी (थर्मोडाइनैमिक्स) का ज्ञान मनोचिकित्सक को यह अनुभूति करने में सहायता देता है कि एक इंजीनियर, जो निरंतर गतिक्षमता यंत्र (परपैचुअल मोशन मशीन) का विकास करने का प्रयास करता है, वह व्यामोहग्रस्त (पैरानॉइक) है। इसी प्रकार, यह मालूम होना भी कि फल की दुकान के एक अज्ञात प्रचालक को पोप उत्पीड़ित नहीं करेंगे, उस प्रचालक को व्यामोहग्रस्त (पैरानॉइक) के रूप में चिन्हित करता है। यद्यपि सूचित किए गए केसों में भव्यता के मतिभ्रमों (डिल्यूज़न्स ऑफ ग्रान्डूयोर) तथा उत्पीड़ित के मतिभ्रमों (डिल्यूज़न्स ऑफ पर्सीक्यूशन) का सदैव उल्लेख नहीं किया जाता, लेकिन यह धारणा बनाने के सैद्धांतिक कारण हैं कि ये दोनों मतिभ्रम सदैव उपस्थित रहते हैं।

असल में, यह भव्यता या उत्कृष्टता (ग्रान्ड्रयोर) पर उत्पीड़न (पर्सीक्यूशन) का ('मैं अपने शत्रुओं द्वारा अपने अविष्कारों के फलों को कार्यान्वित करने से रोक दिया गया हूं'), या उत्पीड़न पर उत्कृष्टता का ('मैं वस्तुतः राजा का बेटा हूं इसलिए जो मुझ पर संदेह करते हैं मुझे उनकी हत्या करने की नीचता नहीं करनी है।') संतुलकारी प्रभाव है जो व्यामोहग्रस्त (पैरानॉइक) के लिए कई वर्षों तक अज्ञान अनपहचाना बने रहना संभव बनाता है। यह व्यक्तित्व पर भी एक संतुलनकारी, स्थिरीकारी प्रभाव डालता है तथा रोग की वृद्धि को बहुत धीमा कर देता है।

1. हेतुकी (ईशियोलॉजी) : इस रोग में कोई ज्ञात या संदेही लगने वाले कायिक कारक नहीं हैं, यह मनस्तंत्रिकालापों से घनिष्ठ रूप से संबंधित है। मनोविश्लेषण सिद्धांतों के दृष्टिकोण से, इस रोग की हैतुकी बहुत भली-भांति समझी हुई है। वास्तविक व्यामोह (ट्रू पैरानीइया) मनोलैंगिक उत्पत्ति ग्रन्थ (लसाइको सेक्सुअल जेनॅसिस) के प्रारंभिक गुद-काल (एनल लैविल) की ओर प्रतिगमन (रिग्रैशन) को प्रस्तुत करता है। यह याद करना होगा कि यह यथार्थ परीक्षण (रीएलिटी टैस्टिंग) का स्तर है। व्यामोह से पीड़ित व्यक्ति यथार्थ से पूर्ण रूप से अलग नहीं होता और जैसे-जैसे उसका मनस्ताप (साइकोसिस) बढ़ती है वह तर्कबुद्धि पर आधारित संतुलनकारी मतिभ्रमों का एक पुंज (ए सैट ऑफ रैशनैलाइज़्ड बैलेन्सिंग डिल्यूज़न्स) विकसित कर लेता है। यह निस्संदेह, रोग को विशेष रूप से दूषित बनाता है। तथा वह व्यक्ति स्वयं को शैशवीय महत्वोन्मादी (कामतत्व या इड) चालनाओं की संतुष्टि (ग्रैटीफिकेशन ऑफ इन्फैन्टाइल मिगॅलोमेनिएकल (इड) ड्राइव्स) करने की अनुमति देता है, लेकिन उत्पीड़न के मतिभ्रमों से उन्हें संशोधित करता है। यह याद रखना होगा कि महत्वोन्माद की भावना (फीलिंग ऑफ मिगॅलोमेनिया), उस समय गुदीय उत्पादकता (एनल प्रोडिक्टवनैस) के संबंध में बहुत दृढ़ थी। व्यामोहग्रस्त (पैरानॉइक) की 'उत्पादकता या प्रोडक्टिवनैस' (अविष्कार, प्रतिभा आदि) इन शैशवीय प्रवृत्तियों (इनफैन्टाइल अर्जिज़) से आती है और इसलिए उनमें भव्यता या उत्कृष्टता के मतिभ्रम पाए जाते हैं। उसके उत्पीड़न के मतिभ्रम दो स्रोतों से आते हैं, और ये दोनों ही कामतत्व की उन चालनाओं (इड ड्राइव्ज़) के विरुद्ध प्रतिक्रिया विधान होते हैं जो पराहम् (सुपरईगो) को अस्वीकार्य होती हैं। यह याद करना

होगा कि इस काल में शिशु में समलैंगिक द्वंद्व (होमोसेक्सुअल कांफ्लिक्ट्स) प्रकट होते हैं। फ्रायड (1924) ने प्रसिद्ध श्रेबर केस के बारे विचार करते समय इस ओर ध्यान दिलाया कि उत्पीड़न के मतिभ्रम, समलैंगिक अंतः प्रेरणाओं का उलटाव और उनके विरुद्ध प्रतिक्रिया विधान अभिव्यक्त करते हैं। फ्रायड कहते हैं कि उत्पीड़न के मतिभ्रम (डिल्यूज़न्स ऑफ पर्सीक्यूशन), रत्यात्मक सामर्थ्य के मतिभ्रम (डिल्यूज़न्स ऑफ इरॉटिक पोटॅन्सी), ईर्ष्या के मतिभ्रम (डिल्यूज़न्स ऑफ जैलसी) तथा महत्वोन्माद की भावनाएं (फीलिंग्स ऑफ मिगॅलोमेनिया) आदि सभी, इस समलैंगिक इच्छा 'मैं उसे (पुरुष को) प्रेम करता हूं' के विरुद्ध प्रतिक्रिया विधानों की तरह उत्पन्न होती हैं, जिसे चेतन अहम् स्वीकार नहीं कर सकता। इस प्रकार 'मैं उससे प्रेम करता हूं' यह इच्छा प्रतिक्रिया विधान द्वारा 'मैं उससे घृणा करता हूं' में परिवर्तित हो जाती है, जो फिर अस्वीकार्य होने के कारण 'वह मुझसे घृणा करता है और मुझे उत्पीड़ित करता है' के रूप में *प्रक्षेपित* या *प्रोजैक्टिड* होती हैं। फ्रायड यह दिखाने में समर्थ हो सके थे अन्य व्यामोहाभ मतिभ्रम भी इसी प्रकार की क्रियाविधियों का अनुसरण करते हैं।

फ्रायड द्वारा विकसित किया गया व्यामोह (पैरानोइया) का सिद्धांत उनके द्वारा आक्रमणशील प्रवृत्तियों के महत्व की खोज किए जाने से पहले ही घटित हो गया था। निस्संदेह समलैंगिक आक्रमणशीलता (होमोसेक्सुअल एग्रैसिविटी) के परिणामों का भय भी व्यामोहाभ मतिभ्रमों (पैरानॉइड डिल्यूज़न्स) की रचना में सम्मिलित होता है। अतः नाइट (1940) हाल ही प्रस्तुत किए महत्वपूर्ण लेख में दिखाते हैं कि आक्रमण 'मैं उससे घृणा करता हूं इसलिए उसे नष्ट करने की इच्छा रखता हूँ' के परिणामों का भय घृणा के पात्र (हेट ऑब्जैक्ट) पर प्रक्षेपित है तथा 'वह मुझसे घृणा करता और मुझे नष्ट करने की इच्छा रखता है' उत्पीड़नकारी मतिभ्रम की गंभीरता को बढ़ता है।

तथापि सभी व्यक्तियों में समलैंगिकता के लिए प्रयास (होमोसेक्सुअल स्ट्राइविंग्स) पाए जाते हैं और हम अभी भी व्यामोह के पहले ही से प्रवृत्त कारकों को निश्चित रूप से नहीं समझते हैं। व्यामोहग्रस्त व्यक्ति आत्मरत्यात्मक (नारसिसिस्टिक) और अहंकारी व्यक्ति होता है जो, दृढ़ पराहमों के कारण समलैंगिकता के विरुद्ध एक जोरदार पुरुषोचित प्रतिवाद करने के लिए प्रेरित महसूस करता है। व्यामोह ग्रस्त व्यक्ति, स्पष्ट रूप से आक्रमणशील होता है लेकिन उसका पराहम् इन आक्रमणशीलताओं को स्वीकार करने की अनुमति नहीं देता। व्यामोह के चिकित्सालय में भर्ती केसों की आपतन मात्र ही इस उपचार को प्राधिकृत नहीं करेगा जो हमने इस रोग के लिए दिया है। इसकी बहुत संभावना है कि कुछ सामाजिक कारक, जैसे प्रतिष्ठा का अभिप्रेरक (प्रैस्टिजमोटिव) व्यामोहाभ चरित्र के विकास में एक सुदृढ़ भूमिका निभाते हैं और इस बात की भी संभावना है कि हमारा प्रचण्ड रूप से प्रतियोगितापरक वर्तमान समाज व्यामोह में वृद्धि कर सकता है। यह निश्चित है कि इस विस्मयकारी संस्कृति में, जिसमें हम रहते हैं, सबसे अधिक शक्तिशाली एकाकी व्यक्तियों में से कुछ, जैसे यूरोप के तानाशाह, सुनिश्चित व्यामोहाभ अभिलक्षण प्रदर्शित करते हैं।

2. उपचार (थैरेपी) : व्यामोह (पैरानोइया) के लिए कोई भी सफल चिकित्साप्रणाली (थेरैपी) नहीं खोजी जा सकी है। यह असंदिग्ध रूप से रोग की प्रकृति के कारण हैं। मनस्तापी (साइकोटिक) इसलिए पीड़ित होता है क्योंकि वह अपनी स्थिति का यौक्तिकरण (रैशनॅलाइज़) करने में समर्थ नहीं है, तथा तंत्रिकातापी (न्यूरॉटिक) इसलिए पीड़ित होता है कि वह अन्तर्दृष्टि (इनसाइट) और चिंता (एंग्ज़ाइटी) रखता है। व्यामोहग्रस्त (पैरानॉइक) इन दोनों के मध्य में स्थित होता है। वह भी पीड़ित होता है, लेकिन वह अपराध (गिल्ट) और दोष देना (ब्लेम), प्रक्षेपित (प्रोजैक्ट) करता है। वह दूसरा व्यक्ति है जो शैतान है। सदाचार के कारण (राइटसनैस) पीड़ित होना इतना बुरा नहीं है।

5. मुख्यतया प्रकार्यात्मक स्वरूप की अन्य मनोविक्षिप्तियां

असल में मुख्य रूप से प्रकार्यात्मक विकृतियों (डिस्ऑर्डर्स) के कारण होने वाली समस्त मनोविक्षिप्तियां मनोविदलता, उन्मादी-अवसादी मनस्तापों तथा व्यामोह की श्रेणियों में ठीक बैठती हैं। वस्तुतः कभी-कभी इन विकृतियों (डिस्ऑर्डर्स) के बीच विभेदन करना कठिन होता है और अक्सर एक प्रदत्त केस का निदान, चक्राभ रंजन (साइक्लॉइड कलरिंग) के साथ मनोविदलता के रूप में या विदलनाभ लक्षणों (शिजॉइड) के साथ उन्मादी-अवसादी मनस्ताप के रूप में करना आवश्यक होता है। ऐसी बहुत सी मनोविक्षिप्तियों या मनस्ताप (साइकोसीज़) हैं जो उन रोगों से घनिष्ठ रूप से संबंधित हैं जिनका पहले उपचार हो चुका है लेकिन जो कुछ भिन्न लाक्षणिकी (सिम्पटमैटोलॉजी) तथा लगभग एक विशिष्ट हैतुकी या निदानशास्त्र (ईशियोलॉजी) प्रदर्शित करती हैं जिससे कि मनश्चिकित्सक ने उनका और अधिक विभेदन कर लिया है।

एक स्थितिपरक मनस्ताप (सिचुएशनल साइकोसिस) से हमारा अर्थ है, सामान्य रूप से एक ऐसी वातावरणपरक परिस्थिति (एनवायरनमैण्टल सिचुएशन) के लिए एक विक्षिप्त (साइकोटिक) प्रतिक्रिया जो व्यक्तित्व के लिए असहनीय होती है। समस्त स्थित्यात्मक मनस्तापों (सिचुएशनल साइकोसीज़) में पूर्वानुमान (प्रॉगनॉसिस) कुल मिलाकर, अंतर्जात मनोविक्षिप्ति (एण्डोजीनस साइकोसीज़) के पूर्वानुमान से बेहतर होता है क्योंकि वस्तुपरक (ऑब्जैक्टिव) स्थिति की पुनर्रचना मानसिक रोग में पलायन की आवश्यकता को दूर कर देती है। स्थित्यात्मक मनस्तापों में सबसे अधिक पाया जाने वाला मनस्ताप, प्रतिक्रियात्मक अवसाद (रिएक्टिव डिप्रैशन) है। ये किसी तीव्र संवेगात्मक आघात के बाद आने वाले गहन अवसाद हैं। निस्संदेह अंतर्जात (एण्डोजीनस) और प्रतिक्रियात्मक (रीएक्टिव) मनस्तापों के मध्य स्पष्ट विभाजन रेखा खींचना असंभव है। अंतर्जात मनोविकृतियों में सदैव कोई उत्पन्न करने वाला कारक (प्रैसिपिटेटिंग फैक्टर) रहता है तथा प्रतिक्रियात्मक मनोविकृतियों में हमें चरित्र की कोई रोगपूर्व दुर्बलता (प्रीमॉरबिड कैरॅक्टर वीकनैस) पहले से मान लेनी पड़ती है। आखिरकार,

बहुत से व्यक्ति सबसे अधिक यंत्रणा देने वाले दुखद संवेगात्मक और सामाजिक अनुभवों से गुज़रते हैं लेकिन विक्षिप्त (साइकोटिक) नहीं होते जबकि कुछ अन्य व्यक्ति ऐसे कारणों से विक्षिप्त हो जाते हैं जो बाहरी व्यक्तियों को बहुत नगण्य प्रतीत होते हैं। सामान्यतया, कोई कह सकता है कि वास्तविक स्थित्यात्मक या प्रतिक्रियात्मक मनस्ताप बहुत विरल होते हैं लेकिन वे निश्चित रूप से घटित होते हैं। यह बड़ी रोचक बात है कि साधारण जन के मनोविक्षिप्ति के चित्र में स्थित्यात्मक मनोविकृतियां बल्कि बार-बार घटित होती हैं, लेकिन ऐसा केवल इसलिए है कि साधारण जन, रोग को उत्पन्न करने वाले कारक के महत्व का वास्तविकता से अधिक मूल्यांकन करने की ओर प्रवृत्त होते हैं और उन्हें अंतर्जाती कारकों की पूरी जानकारी कम होती है। कुछ विक्षिप्त (साइकॉटिक्स) वस्तुपरक सामाजिक स्थिति में परिवर्तन होने पर तत्काल स्वास्थ्य लाभ कर लेते हैं इससे यह संकेत मिलता है कि प्रतिक्रियात्मक मनोविक्षिप्तियां भी कभी-कभी घटित होती हैं। प्रतिक्रियात्मक मनोविकृतियों (रीएक्टिव साइकोसीज़) के अत्यधिक अच्छे पूर्वानुमान (प्रॉगनॉसिस) के कारण मनोचिकित्सकीय दृष्टि से यह विभेदन महत्वपूर्ण है। यदि किसी के पास यह विश्वास करने के अच्छे कारण हैं कि रोग पूर्व व्यक्तित्व सुसमायोजित था और रोग उत्पन्न करने वाले कारक सामान्य व्यक्ति को बहुत तीव्र प्रतीत होते हैं तो वह इन मनोविकृतियों का निदान प्रतिक्रियात्मक के रूप में करने में न्यायसंगत हैं।

मनोविक्षिप्ति का एक अन्य प्रकार, जो उन्मादी-अवसादी मनस्ताप से घनिष्ठ रूप से संबंधित है, लेकिन एक लिहाज़ से भिन्न भी है, वह *जराकालीन विषाद रोग* या *इनवॉल्यूशनल मॅलॅनकोलिया* है। जराकालीन विषाद-रोग की विशिष्टता है एक दीर्घ उत्तेजित अवसाद जो मैथुनिक क्रिया के घटने के बाद आता है या प्रत्यक्ष रूप से पूर्ववर्ती होता है। यह पुरुषों की अपेक्षा महिलाओं में अधिक होता है और महिलाओं में निरपवाद रूप से रजोनिवृत्ति की घटना (फिनॉमिनन ऑफ द मेनोपॉज़) से संबंधित होता है। सामान्यतया इसकी लाक्षणिकी, उत्तेजित अवसाद (ऐजीटेटिड डिप्रैशन) की लाक्षणिकी के बहुत समानांतर होती है। *जराकालीन व्यामोह* या *इनवॉल्यूशनल पैरानोइयाज़* (या अपमनस्कताएं-पैराफ्रीनियाज़) कम होते हैं, जो पुरुषों में अधिक पाए जाते हैं। इसकी लाक्षणिकी व्यामोह (पैरानोइया) के समान है लेकिन बहुधा यह जराकालीन या इनवॉल्यूशनल काल के समाप्त होने के साथ घट जाती है। जराकालीन मनोविक्षिप्ति (इनवॉल्यूशनल साइकोसिस) के दोनों रूप चिकित्सालय में प्रथम प्रवेशों के लगभग 2.9 प्रतिशत के लिए उत्तरदायी होते हैं। यह अक्सर होता है कि विषाद रोगग्रस्त (मॅलॅनकोलिक) व्यक्ति स्वयं अपना जीवन समाप्त कर लेता है या चिकित्सकीय समस्याएं उत्पन्न हो जाती हैं जिससे कि शारीरिक (फिज़ियोलॉजिकल) कारणों से रोगी की मृत्यु हो जाती है। लेकिन यदि ऐसा नहीं होता तो अंतिम स्वास्थ्य लाभ के लिए पूर्वानुमान (प्रॉगनॉसिस) अच्छा होता है। रोग की मौलिक अभिव्यक्ति का समय अनोखा होने के कारण, इसके केवल एक बार घटित होने के कारण, पूर्वानुमान (प्रॉगनॉसिस) के कारण,

जराकालीन मनोविकृतियों का संबंधित प्रकार्य संबंधी प्रकारों (फंक्शनल फॉर्म्स) से विभेदन करना लाभदायक है।

संदर्भिका

मनोविदलता (स्किड्ज़ोफ़िनिया) के लिए युंग (1909), हॉच, द हैण्डबुक ऑफ द एसोसिएशन फॉर रिसर्च इन द नर्वस एण्ड मैण्टल डिसीसिज, लेविस महत्वपूर्ण हैं। अचेतन (अनकॉन्शस) तथा स्वरति (नारसिसिज़्म) (1924, जिल्दें 2, 4) पर लिखे गए फ्रायड के लेख भी महत्वपूर्ण हैं। टॉस्क का प्रेरण मशीन (इन्फ्लुएंसिंग) पर लिखा गया लेख भी यहां प्रासंगिक हैं।

उन्मादी-अवसादी मनस्तापों के लिए, अब्राहम (1927, फ्रायड 1924, जिल्द 4) तथा एच. डॉएश (1933) के निबंध देखें। द हैण्डबुक ऑफ द एसोसिएशन फॉर रिसर्च इन नर्वस एण्ड मैण्टल डिसीसिज़ भी मूल्यवान है।

व्यामोह (पैरानोइया) के लिए, फ्रायड (1924 ए, जिल्द 3) द्वारा रिपोर्ट किया गया श्रेबर केस बहुत महत्वपूर्ण है। इन विषयों से संबंधित फ्रायड के अन्य लेखों में बहुत से निबंध (1924ए जिल्दें 1, 2) निहित हैं। संदर्भ रूथ ब्रून्सविक (1928) भी।

संदर्भ

1. चूंकि सामान्य अस्पतालों में बिस्तर औसतन 35 प्रतिशत अवसरों पर ही घिरे होते हैं अतः यह कथन भ्रामक हो सकता है, जबकि मानसिक चिकित्सालयों के बिस्तर लगभग निरंतर घिरे रहते हैं।
2. समलैंगिकता का सिद्धांत अध्याय XIX में विकसित किया जाएगा।

अध्याय-17

सीमावर्ती (बॉर्डर लाइन) रोग

1. इस अध्याय का कार्यक्षेत्र

यह अध्याय रोगों के एक समूह पर विचार करेगा जो मनोविश्लेषक के लिए बार-बार महत्वपूर्ण समस्याएं प्रस्तुत करता है लेकिन किसी न किसी कारण से जिसे हमारी मुख्य वर्गीकरणकारी योजना में समन्वित नहीं किया जा सकता। यह याद करना होगा कि यह दोहरा वर्गीकरण करने लिए था; पहला, निदान शास्त्रीय (ईशियोलॉजिकल) कारकों, कायिक और प्रकार्यात्मक के आधार पर तथा दूसरा, रोग में हुई व्यक्तित्व की पुनर्संरचना की प्रकृति के आधार पर। जिन रोगों के बारे में हम इस अध्याय में विचार-विमर्श कर रहे हैं उनके लिए ऐसा उपचार असंभव है क्योंकि पिछले कुछ वर्षों में उनके बारे में हमारी धारणा बहुत परिवर्तित हुई है। इस अध्याय में हम अल्पमनस्कता (हाइपोफ्रीनिया), अपस्मार या मिर्गी (ऐपीलैप्सी), जरावस्था (सेनाइलिटी) में होने वाले मानसिक रोगों तथा विकृति तंत्रिकातापों (पैथोन्यूरोसीज़) के बारे में विचार-विनिमय करेंगे।

मंदबुद्धि या अल्पमनस्कता (फीबिल-माइंडेडनैस और हाइपोफ्रीनिया) उन मुख्य समस्याओं में से एक है जिनके बारे में मनोविज्ञान के विद्यार्थियों तथा मनोचिकित्सकों से यह अपेक्षा की जाती है कि वे कुछ जानते हों। बीस वर्ष पूर्व हमारी धारणा थी कि अल्पमनस्कता सदैव और सुनिश्चित रूप से शारीरिक (ऑर्गेनिक) और वंशानुगत था। इस रूप में, इसकी तीव्रता पर निर्भर करते हुए इसे कायिक मनस्तापों या तंत्रिकातापों (ऑर्गेनिक साइकोसीज़ ऑर न्यूरोसीज़) के पर्यायवाची (पैरासिम्पटमॅटोलॉजी के बिना) रूप में देखा जाता था। जिस प्रकार यह माना जाता है कि कायिक मनस्ताप (ऑर्गेनिक साइकोसीज़), व्यक्ति के जीवन के दौरान होने वाले मस्तिष्क के विनाश के कारण होते हैं, उसी प्रकार अल्पमनस्कता या हाइपोफ्रीनिया का कारण सैरीब्रल विकास में कमी होना माना जाता था जो शुद्ध रूप से वंशानुगत आधार पर होता है। अधिकांश साधारण जन अभी भी इसके बारे में ऐसा ही सोचते हैं। आज मनोवैज्ञानिक यह जानते हैं कि पर्यावरणगत कारक, व्यक्ति की बुद्धि लब्धि (आई.क्यू.) के लगभग आधे और कभी-कभी कदाचित् आधे से भी अधिक के लिए उत्तरदायी होते हैं। मनोचिकित्सा

कभी-कभी बुद्धि लब्धि को 30 बिन्दुओं तक बढ़ाती है तथा हाइपोफ्रीनिया के बहुत से केसों को ऐसे तंत्रिकातापों के रूप में समझा जा सकता है, जिनमें अहम् (ईगो) पर्याप्त विकसित नहीं होती।

एक ऐसी ही कार्य स्थिति अपस्मार (ऐपीलैप्सी) में भी अस्तित्व में होती है। बीस वर्ष पूर्व ऐपीलैप्सी को एक निश्चित शारीरिक (ऑर्गेनिक) रोग समझा जाता था जिसकी अप्रधान मनोवैज्ञानिक या चरित्र विज्ञान संबंधी लाक्षणिकी (कैरेक्टरोलॉजिकल सिम्पटमॅटोलॉजी) हो भी सकती थी या नहीं भी हो सकती थी। बीस वर्ष पूर्व-व्यक्तित्व में लगभग सब कुछ वंशानुक्रम के कारण होता है ऐसा मानना निस्संदेह तब प्रथा (मोड) थी–ऐपीलैप्सी को एक पूर्णतया वंशानुगत रोग समझा जाता था। आज हम जानते हैं कि ऐपीलैप्सी के कुछ केस निस्संदेह कायिक (ऑर्गेनिक) और यहां तक कि वंशानुगत भी हो सकते हैं लेकिन अन्य केस, जो कदाचित् उतनी ही अधिक बार पाए जाते हैं, मुख्यतया कार्यात्मक (फंक्शनल) आधार पर घटित होते हैं। इसके अतिरिक्त 'कायिक' प्रकारों में मनोवैज्ञानिक और चारित्रिक (कैरॅक्टरोलॉजिकल) समस्याएं और 'कार्यात्मक या फंक्शनल' प्रभेदों में 'कायिक समस्याएं होती हैं।'

हम सभी ने अपने प्रिय संबंधियों की मनोवैज्ञानिक क्षमताओं पर वृद्धावस्था के अनर्थकारी प्रभावों को देखा है। आजकल किसी व्यक्ति के लिए अपनी मानसिक शक्तियों की चरमसीमा पर मरना अपेक्षाकृत असाधारण है। पहले हमारी यह धारणा थी कि देह की भांति मस्तिष्क भी वृद्ध और दुर्बल होता है और इसलिए जराग्रस्तता (सेनाइलिटी) होती है। आज, जराग्रस्तता के कुछ रूपों में, मुख्य रूप से कायिक हैतुकी (ऑर्गेनिक ईशियोलॉजी) पहचानी गई है लेकिन यह भी पहचाना गया है कि सभी जराग्रस्तताओं में प्रकार्यात्मक कारक प्रवेश करते हैं। जराग्रस्तता के मंद रूपों की तुलना, मनस्तापों की अपेक्षा मनस्तंत्रिकातापों या चरित्र दोषों से करना अधिक युक्तिसंगत होगा, जबकि पहले सदैव ऐसा ही किया जाता था।

रोगों का एक अन्य महान् समूह जो वर्षों तक चिकित्सा व्यवसाय को चक्कर में डालता रहा है वह समूह तथाकथित विकृति तंत्रिकातापों (पैथोन्यूरोसीज़) और अवयव तंत्रिकातापों (ऑर्गन न्यूरोसीज़) का है। इन रोगों की लाक्षणिकी लगभग पूर्ण रूप से कायिक है, लेकिन आज हम अनुभव करते हैं कि इनमें मनोवैज्ञानिक प्रकृति के बड़े निर्धारक भी होते हैं। यहां तक कि वे कायिक रोग जिनका बहुधा केवल आंतरिक चिकित्सा से ही उपचार किया जाता है, वे भी महत्वपूर्ण मनोवैज्ञानिक समस्याओं को बढ़ाते हुए देखे जाते हैं।

ऊपर उल्लिखित समस्त रोगों का चिकित्सा व्यवसाय में साधारण तौर पर सत्ताओं (एन्टिटीज़) के रूप में उपचार किया जाता है तथा यहां हमें इसी प्रथा का अनुसरण करना चाहिए। वस्तुतः ये रोग कदाचित्, न तो निदानशास्त्रीय (ईशियोलॉजिकल) और न ही व्यक्ति-संरचना के अर्थ में सत्ताएं (एन्टिटीज़) होती हैं। इस बात की संभावना है कि अगले बीस वर्षों में कुछ हाइपोफ्रीनिया कायिक मनस्तापों (ऑर्गेनिक साइकोसीज़)

के साथ, कुछ कार्यात्मक मनस्तापों के साथ और कुछ तंत्रिकातापों के साथ वर्गीकृत किए जाएंगे। इसी प्रकार कुछ अपस्मारों (एजीलैप्सीज) को विशुद्ध चिकित्सकीय (मेडिकली) और कुछ का मुख्य रूप से मनोवैज्ञानिक विधि से उपचार किया जाएगा। लेकिन वह समय आने तक हमें साधारण मनोवैज्ञानिक प्रथा का अनुसरण करना चाहिए।

इन रोगों के मामलों में हमारा विवरण संक्षिप्त हो सकता है क्योंकि यद्यपि ये सभी मनोवैज्ञानिक समस्याओं को प्रस्तुत करते हैं, लेकिन ये अन्य विशेषज्ञों के लिए भी समस्याएं हैं। वृद्ध व्यक्तियों के आवासों के कस्टोडियन मनश्चिकित्सकों की तुलना में जरावस्था (सेनाइलिटी) को समझने में वस्तुतः अधिक रुचि रखते हैं। मनोचिकित्सकों की तुलना में शिक्षा मनोवैज्ञानिकों ने हाइपोफ्रीनिया का अधिक गहराई से और व्यापक रूप से अध्ययन किया है। अभी हाल तक ऐपीलैप्सी और पैथोन्यूरोसीज़ का मनोवैज्ञानिक की अपेक्षा चिकित्सकों का अधिक संबंध रहा है।

2. बुद्धि दौर्बल्य (हाइपोफ्रीनिया)

हाइपोफ्रीनिया या, जैसा कि इसे आमतौर पर कहा जाता है, *एमैन्शिया*[1] या बुद्धि दौर्बल्य का अर्थ है विचारणा या बुद्धि व्यापार का अभाव (डैफीशियॅन्सी इन इन्टलैक्शन)। एमैन्शिया का शाब्दिक अर्थ है 'मानस के बिना या विदआउट माइण्ड' तथा चूंकि मानस की हमारी आधुनिक धारणा इतनी व्यापक है कि यहां तक कि 'पक्का जड़बुद्धि या ब्लिदरिंग ईडियट' के पास भी यह थोड़ा बहुत होना चाहिए, अतः हाइपोफ्रीनिया अधिक सही वर्णन है। मनुष्यों की बुद्धि में भिन्नता पाई जाती है यह तब से अवलोकन कर लिया गया था जब से हमें लिखित रिकॉर्ड उपलब्ध हैं। बुद्धि स्वयं में परिभाषित करने के लिए एक कठोर अवधारणा या संकल्पना है और असंदिग्ध रूप से भिन्न-भिन्न व्यक्तियों के लिए भिन्न-भिन्न वस्तुओं का अर्थ है। मानव व्यवहार के विज्ञान के लिए सैद्धांतिक (एकेडैमिक) मनोविज्ञान के मुख्य योगदानों में से एक, बुद्धि परीक्षणों का विकास करना रहा है। कदाचित् मनोवैज्ञानिक बुद्धि को, जिसे बुद्धि परीक्षण मापन कर सकें, ऐसी क्षमता के रूप में सबसे समुचित रूप से परिभाषित नहीं कर सकते। बुद्धि परीक्षणों में प्रदर्शित व्यवहार का विश्लेषण करने से, बुद्धिमत्तापूर्ण व्यवहार वह व्यवहार है जो वैचारिक या प्रत्ययात्मक लक्ष्यों (कन्सैप्चुअल गोल्स) की प्राप्ति के मार्ग में आने वाली बाधाओं (बैरीयर्स) पर विजय प्राप्त करने में सफल रहता है। दूसरे शब्दों में, अधिक बुद्धिमान व्यक्ति वह व्यक्ति है जो कम बुद्धिमान व्यक्ति की अपेक्षा बुद्धि परीक्षण में प्रस्तुत समस्याओं को अधिक ठीक-ठीक और शीघ्रता से हल कर लेता है। चूंकि इस प्रकार की सरल समस्या का हल करने की योग्यता का शिक्षा में सफलता से बहुत सहसंबंध है, अतः बुद्धि परीक्षणों का सीखने और उत्पादन करने की क्षमताओं के बारे में भविष्यवाणी (प्रिडिक्ट) करने में प्रयोग किया जा सकता है। जो व्यक्ति सीख नहीं सकते या उत्पादन नहीं कर सकते, वे विशेष रूप से हमारे

अति प्रतियोगी समाज में अनुपयुक्त हो जाते हैं और इसलिए हाइपोफ्रीनिया की मात्रा (डिग्री) को बुद्धिपरीक्षणों में निष्पादन की अपर्याप्तता के साथ सहसंबद्ध किया जा सकता है।

1. रोग का नाम और इसके विभेदन का इतिहास : यद्यपि बुद्धिमंदता (फीबिल-मांइडिडनैस) का प्रत्यय (कॉन्सॅप्ट), जड़बुद्धि (इडियट), अल्पबुद्धि (इमबिसील), तथा मंदबुद्धि (मोरोन) के अपने उपप्रकारों के साथ, बुद्धि परीक्षणों का विकास होने से पहले से ही निदान के लिए (क्लिनिकली) प्रयोग हो रहा था, लेकिन इनके द्वारा हाइपोफ्रीनिया को एक नया महत्व प्रदान किया गया। यह वर्तमान शताब्दी के प्रथम दशक में हुआ[2]। (नोट : वर्तमान से अभिप्राय 20वीं शताब्दी से है)।

बुद्धि परीक्षणों और बुद्धि परीक्षण की समस्या को यहां विस्तार नहीं दिया जा सकता। यह प्रयोगात्मक मनोविज्ञान की एक विशिष्ट शाखा है जिसे संपूर्ण विद्यालय पाठ्यक्रम और अतिविस्तृत पाठ्य पुस्तकें समर्पित हैं। अधिकांश पाठक प्रारम्भिक प्राथमिक मनोविज्ञान के पाठ्यक्रमों से इसकी मुख्य पारिभाषिक शब्दावली और प्रत्ययों को याद रखेंगे। पुनरावलोकन के उद्देश्यों से तालिका 8 स्कूल के बालकों के समूह से प्राप्त की गई बुद्धि लब्धि के वास्तविक विभाजन को और सबसे अधिक बार प्रयोग में आने वाले पारिभाषिक शब्दों (टर्म्स) को प्रस्तुत करती है। सैद्धांतिक विभाजन को निस्संदेह प्रसामान्य संभाव्यता वक्र (नॉर्मल प्रॉबेबिलिटी कर्व) कहा गया है।

तालिका-8 : बुद्धि का विभाजन और कुछ सामान्य शब्दों की परिभाषा

बुद्धि लब्धि (आई.क्यू)	पद (डेज़िगनेशन)	प्रतिशत
140 से अधिक...	प्रतिभाशाली के निकट या प्रतिभाशाली (नीयर जीनियस या जीनियस)	03
120 से 139...	अति श्रेष्ठ बुद्धि (वैरी सुपीरियर इंटैलीजैन्स)	14
110 से 119...	श्रेष्ठ बुद्धि (सुपीरियर इंटैलीजैन्स)	20
90 से 109...	सामान्य या औसत बुद्धि (नॉर्मल या ऐवरेज इंटैलीजैन्स)	45
80 से 89...	मंदता (डलनैस)	12
70 से 79...	सीमावर्ती अभाव (बॉर्डरलाइन डैफीशिएनली) मनोवैकल्य	05
70 से कम...	निश्चित बुद्धि मंदता (डैफिनिट फीबिल-मांइडिडनैस)	01

मोरोन या मंदबुद्धि : मानसिक आयु 08 से होकर	12 तक
इम्बिसील या अल्पबुद्धि : मानसिक आयु 04 से होकर	07 तक
इडियट या जड़बुद्धि : मानसिक आयु 0 से होकर	03 तक

2. आपतन (इंसीडैन्स) : मानसिक रूप से दोषपूर्ण या मंदबुद्धि व्यक्तियों की संख्या के बारे में किए गए अनुमानों में व्यापक रूप से भिन्नता पाई जाती है। जर्मनी के लिए ब्लूलर अनुमान लगाते हैं कि जनसंख्या के मात्र 0.1 प्रतिशत मंदबुद्धि (मैण्टली डिफेक्टिव) होते हैं, जबकि विश्व युद्ध मसौदे के समय अति भयप्रसारक अमरीकी मनोवैज्ञानिकों ने अनुमान लगाया कि हमारी जनसंख्या का लगभग 50 प्रतिशत इससे पीड़ित पाया जाता है। इसके आपतन में ये अतिवादी अंतर इसलिए प्रस्तुत होते हैं क्योंकि बुद्धि सामान्य रूप से विभाजित (नॉर्मली डिस्ट्रीब्यूटिड) होती है और एक सांतत्यक (कन्टीनुअम) के साथ मापी जाती है। मानसिक रूप से उपयुक्त (मैण्टली एडीकेट) और मंदबुद्धि या मानसिक रूप से अपूर्ण (मैण्टली डिफेक्टिव) के मध्य विभाजन रेखा बहुत इच्छाधीन (हाइली आर्बिट्ररी) है। यह विभाजन रेखा कहां रखी जाएगी यह संदिग्ध रूप से बहुत सीमा तक संस्कृति (कल्चर) के स्वरूप या प्रकृति से निर्धारित होता है और इसलिए समाजशास्त्रीय समस्या है। एक आई.क्यू. जो एक पुरातन ग्रामीण समुदाय में बहुत पर्याप्त हो सकती है वह एक सुसंस्कृत शहरी समुदाय के लिए बहुत अपर्याप्त होगी। सर्वोत्तम अमरीकी प्रथा 70 या उससे कम बुद्धि लब्धि के व्यक्ति को निश्चित रूप से मंदबुद्धि व्यक्तियों के रूप में वर्गीकृत करती है तथा जिनकी आई.क्यू. 70 से 80 के बीच में आती हैं उन्हें सीमा-रेखा के मामले मानती है। इस आधार पर अमरीकी जनसंख्या का लगभग 2 प्रतिशत मंदबुद्धि है तथा लगभग 6 प्रतिशत को विशेष प्रकार का प्रशिक्षण मिलना चाहिए जिससे कि वे कम कठिन या श्रमसाध्य या और अधिक निम्न श्रेणी की स्थितियों में सफल हो सकें।

जब बुद्धि को लगभग केवल व्यक्तिगत वंशानुक्रम का विषय माना जाता था, उस समय विभिन्न सामाजिक वर्गों (सोशल क्लासिज़), नस्लों (रेसिज़) और व्यवसायों के बीच बुद्धि के अंतरों पर ध्यान दिलाने के लिए सांख्यिकीय आंकड़ों के अपार संचयन का प्रयोग किया जाता था। आज यद्यपि बुद्धि परीक्षण के परिणाम इन अंतरों को निरंतर दिखा रहे हैं, ये परिणाम संभवतया केवल जैविकीय रूप से ही नहीं बल्कि समाजशास्त्रीय तरीके से (सोशियालॉजिकली) भी अनुकूलित (कंडीशन) होते हैं। दूसरे शब्दों में, यद्यपि गरीब की अपेक्षा अमीर अधिक चतुर होता है उनकी बृहत्तर बुद्धि उस वातावरण से, जो उसकी समृद्धि उसे प्रदान करती है, संभवतया उतना ही प्रभावित होती है जितना कि अमीर व्यक्ति की श्रेष्ठ जैविक विशिष्टताओं से आने वाली प्रचुरता या साधन-सम्पत्ति।

3. लाक्षणिकी : हाईपोफ्रीनिया को तीव्रता की विविध श्रेणी का एक-लाक्षणी रोग (मोनोसिम्पटमैटिक डिसीज़) माना जा सकता है। मनुष्य में बौद्धिक कार्यव्यापार इतने महत्वपूर्ण हैं और इतनी अधिक क्रियाओं को निहित करते हैं कि यह रोग बहुत व्यापक रूप से परस्पर भिन्न लक्षण चित्रों (वेरी वाइडली डिफरिंग सिम्पटम पिक्चर्स) को प्रस्तुत करता है। लाक्षणिकी इस तथ्य से और अधिक उलझ जाती है कि, समस्त व्यवहार में निहित अचेतन प्रेरणादायक कारकों (अनकांशस मोटिवेशनल फैक्टर्स) के बारे में हमारा

नवीन ज्ञान, संवेगात्मक तथा पेशीय लक्षणों की समस्याएं उत्पन्न करता है। बुद्धि प्रसामान्य संभाव्यता वक्र (नॉर्मल प्रॉबैबिलिटी कर्व) का अनुसरण करती है जिससे कि अधिक गंभीर प्रकार अपेक्षाकृत कम बार पाए जाते हैं। *जड़बुद्धि* (*ईडियॉसी*) में बौद्धिक कार्य व्यापार तीन वर्ष के शिशु से आगे नहीं बढ़ते। अतः व्यक्ति को परिरक्षक की पूर्ण देखभाल की आवश्यकता होती है तथा ठीक तरीके से बोलने में और अपनी शारीरिक स्वच्छता की देखरेख करने में भी असमर्थ होता है। *अल्पबुद्धि* (*इम्बिसील*) की बौद्धिक क्षमताएं चार से सात वर्ष के बालक की क्षमताओं के बीच पाई जाती हैं, उसकी बोलचाल की भाषा विकसित तो होती है लेकिन अनुपयुक्त ढंग से तथा निरीक्षण के अंतर्गत वह अपनी देखभाल करने में सक्षम रहता है लेकिन कोई भी ऐसा उत्पादक कार्य करने में असमर्थ रहता है जिसमें व्यक्तिगत पहल की आवश्यकता होती है। *मंदबुद्धि* या *मोरोन*, जिसकी मानसिक आयु की रेंज सात से बारह की श्रेणी में होती है, प्रायः तात्कालिक पहचान से बच जाता है। उसकी बोलचाल और लेखन की भाषा संबंधी दोनों योग्यताएं, वयस्क समायोजन के लिए एकदम अनुपयुक्त होती हैं लेकिन कभी-कभी सामाजिक संपर्क के लिए उपयुक्त होती हैं। वह अपनी देखभाल कर सकता है और कम से कम कुछ समय तक ऐसे साधारण पदों पर टिका रह सकता है जिनमें परिपक्व निर्णय की आवश्यकता नहीं होती। बहुत से व्यक्ति जो भृत्योचित और दैनिकचर्या के पदों पर होते हैं (घरेलू नौकर परिवेषिका, (पैट्रोल) भराई-स्टेशन परिचारक, रंगशाला प्रवेशक, इत्यादि) वे अपेक्षाकृत उच्च-स्तरीय मोरोन या मंदबुद्धि होते हैं।

हाइपोफ्रीनियाग्रस्त अपनी निराशाओं (फ्रस्ट्रेशन्स) की बारम्बारता और तीव्रता के कारण निरपवाद रूप से संवेगात्मक लक्षणों को विकसित कर लेते हैं। यह प्रायः मनोविकृति (साइकोसिस) का विदलनाभ (शिजॉइड) प्रकार की सीमांतक मनस्तापी स्थितियों या दशाओं (बार्डर लाइन साइकोटिक कंडीशन्स) की ओर ले जाता है। निश्चित रूप से (डिमैन्शिया प्रीकॉक्स) अकाल मनोभ्रंश के साधारण प्रकार और विदलनाभ रंजन के साथ (शिजॉइड कलरिंग) होने वाले हाइपोफ्रीनिया के मध्य स्पष्ट विभाजन नहीं है।

नैदानिक मूर्खताओं (क्लिनिकल ईडियॉसीज़) के अपवाद के अतिरिक्त, जिनके बारे में हम आगे बात करेंगे, उच्च श्रेणी का हाइपोफ्रीनिया पहली बार अवलोकन करने पर किसी भी प्रकार स्पष्ट नहीं होता। जड़बुद्धि (इडियट्स) और मंदबुद्धि (इम्बिसील्स) निस्संदेह शीघ्र ही अपनी असलियत दिखा देते हैं, लेकिन उच्च श्रेणी के मंदबुद्धि (मोरोन्स) अक्सर वर्षों तक संघर्ष करते हैं या अपने अभिभावकों द्वारा वर्षों तक संघर्ष करने के लिए तैयार किए जाते हैं, और अंत में अपने लक्ष्यों को प्राप्त करने में असफल रहते हैं। ऐसे केसों में, समुचित रूप से प्रशसित बुद्धि परीक्षण बहुत सी वेदना से बचाएंगे। लेखक ने अक्सर उच्च श्रेणी मंदबुद्धियों (हाई-ग्रेड मोरोन्स) को, हाई स्कूल से निकलने के तत्काल बाद विद्यालयी शिक्षा को जारी रखने के प्रयास प्रसन्नता से लेकिन व्यर्थता से करते पाया है। ऐसी बहुत सी चीज़ें हैं जिन्हें मोरोन या मंदबुद्धि कर सकता है, लेकिन विद्यालयी शिक्षा को पार करना उनमें से एक नहीं है। फिर भी, एक

क्षण में हम यह देखेंगे कि कुछ हाइपोफ्रीनिया असंदिग्ध रूप से तंत्रिकाताप के रूप हैं जिसका मनोचिकित्सा (साइकोथेरापुटिकली) के द्वारा उपचार किया जा सकता है। अतः इस कथन का अर्थ यह नहीं लगाना चाहिए कि एक बार यह व्यक्ति किसी बुद्धि परीक्षण में असफल हो जाता है तो हमेशा के लिए सीमित उपलब्धि करना उसकी नियति है।

सुनिश्चित कायिक उपलक्षण (ऑर्गेनिक सैकेण्डरी सिम्पट्म्स) प्रदर्शित करने वाले हाइपोफ्रीनिया बहुत विरल होते हैं (हाइपोफ्रीनियाज़ की कुल संख्या के दस प्रतिशत से अधिक का ब्यौरा नहीं देते)। इस पुस्तक में उन्हें सूचीबद्ध करने से अधिक हम कुछ नहीं कर सकते।

लघुशीर्षता या (*माइक्रोसिफैली*) अत्यधिक छोटे सिर वालों से संबंध रखती है जो, यद्यपि मंदबुद्धि (मैण्टल डैफ़ीशिएन्सी) के क्षेत्र (रेंज) में फैले होते हैं, प्रायः अल्पबुद्धि या इम्बिसील्ज़ होते हैं। *जलशीर्षता* या *हाइड्रोसिफॅली* उन व्यक्तियों से संबंध रखती है जिनके कपाल (क्रेनियम) में मेरुप्रमस्तिष्कीय तरल (सॅरिब्रोस्पाइनल फ्लुइड) की अत्यधिक मात्रा होती है। अत्यधिक तरल के परिणामस्वरूप होने वाला दबाव, मस्तिष्क के उचित विकास को रोकता है। जलशीर्षता से ग्रस्त व्यक्ति (हाइड्रोसिफैलिक्स) बुद्धि के जड़ से मंदबुद्धि क्षेत्र (रेंज) में आते हैं। *दीर्घकपालीयता* या *मैक्रोसिफैली* बड़े-सिर (लॉन्गहैडिडनैस) से संबंधित होती है। यह प्रायः ग्लिया ऊतकों (सैल्स) की अतिवृद्धि (हाइपरट्रॉफी) के कारण होती है। *मंगोलीयता* या *मॉन्गोलिज़्म* तथा *अंधतामय* वर्गकुल जड़ता (एमॉरोटिक फैमिली ईडियॉसी), मंदबुद्धि (फीबिलमाइन्डिडनैस) के दो विरले तथा जन्मजात (कन्जेनाइटल) प्रकार हैं।[3]

4. विभेदक निदान (डिफ़रैन्शियल डायग्नोसिस) : हाइपोफ्रीनिया का विभेदनकारी निदान कम बुद्धि लब्धि से किया जाता है और इसमें कोई चिन्हित मनस्तापी लक्षण (साइकोटिक सिम्टम्स) नहीं होते।

5. हैतुकी (ईशियॉलॉजी) : हम पहले ही संकेत कर चुके हैं कि अभी हाल तक बुद्धि को विशुद्ध रूप में वंशानुगत मानसिक शीलगुण माना जाता था। अधिक आधुनिक शोध[4] हमें यह मानने के लिए प्रेरित करते हैं कि व्यक्ति की बुद्धि लब्धि के लगभग आधे भाग के लिए वातावरणगत कारक उत्तरदायी होते हैं। निस्संदेह रूप से, उत्तराधिकार में प्राप्त हुए (वंशानुगत) मूलभूत स्नायु तंत्र (कॉन्स्टीट्यूशनल नर्वस सिस्टम) को प्रत्येक व्यक्ति के बुद्धि के विकास में एक प्रतिबंधक या सीमाकारी कारक के रूप में देखना चाहिए। दूसरी ओर, पर्यावरण बुद्धि के विकास के लिए मुख्य उदद्दीपकों को प्रस्तुत करता है तथा बुद्धि पर्यावरण की प्रचुरता पर उतना ही निर्भर करती है। जब हम पहले की पंक्तियों में 'साधारण या एवरेज़' व्यक्ति के बारे में बात करते हैं हम इससे यह परिणाम नहीं निकालते कि प्रत्येक व्यक्ति की बुद्धि आधी तो पर्यावरणगत कारकों से निर्धारित होती है, बल्कि हमारा यह अभिप्राय होता है कि प्रत्येक व्यक्ति में वंशानुगत और पर्यावरणगत दोनों ही कारक कार्य कर रहे होते हैं और कि ये भिन्न तरीके से विभाजित होते हैं। केवल उन जड़बुद्धियों के सिवाय, जिनमें तातावरण में परिवर्तनों का

प्रत्यक्षण करने की क्षमताओं का लगभग अभाव होता है, ऐसा एक भी नहीं है जिसकी बुद्धि में अधिक पक्षीय पर्यावरण के द्वारा कुछ सुधार न हुआ हो। आज यह सामान्य रूप से अनुभव किया जा रहा है और बल्कि रोज़नॉफ़, जो सदैव वंशानुगत हेतु विज्ञानी सिद्धांत (हैरीडिटरी ईशियोलॉजिकल थ्योरी) को दृढ़तापूर्वक मानते थे, अब कहते हैं कि मुश्किल से आधे से अधिक हाइपोफ्रीनिया के मामलों की उत्पत्ति वंशानुगत है। यहां हमारा अपना दृष्टिकोण यह है कि कायिक और प्रकार्यात्मक (ऑर्गेनिक एण्ड फंक्शनल) दोनों ही हेतु विज्ञानी कारक (ईशियोलॉजिकल फैक्टर्स) आवेष्टित हैं। लेकिन व्यक्तिगत केसों में यह इतना भिन्न होते हैं कि हमें हाइपोफ्रीनिया को एक सीमांत के रोग (बॉर्डरलाइन डिसीज़) के रूप में वर्गीकृत करना चाहिए।

तथापि, हाइपोफ्रीनिया के कुछ मामले पाए जाते हैं जहां बुद्धि का अभाव (डैफिशिएन्सी) बड़ा नहीं होता और जहां रोग की उत्पत्ति को मुख्यतया मनोजन्य (साइकोजेनिक) माना जा सकता है। इन व्यक्तियों में अहम् (ईगो) का समन्वयकारी कार्य (इन्टीग्रेटिंग फंक्शन)—और यही है बुद्धि वस्तुतः जिसका योगफल होती है—शैशव दुश्चिंता (इन्फैन्टाइल एंग्ज़ाइटी) के कारण उपयुक्त तरीके से विकसित नहीं होता। हाइपोफ्रीनिया के यह प्रकार असल में तंत्रिकातापों (न्यूरोसीज़) से संबंध रखते हैं, जिन पर हम अगले अध्याय में बात करेंगे।

6. चिकित्सा (थैरेपी) : जब वंशानुगत कारक सबसे अधिक निर्धारक होते हैं तो निःसंदेह केवल एकमात्र सम्भावित चिकित्सा, परिरक्षक के द्वारा देखभाल (कस्टोडियल केयर) तथा सुधारक शारीरिक चिकित्सा (अमीलिऑरेटिव फिज़िकल थैरेपी) है। जिन केसों में पर्यावरणगत कारक दर्शनीय रूप से उपस्थित हैं वहां मनोचिकित्सा के साथ पुनर्शिक्षण (रीएजुकेशन विद साइकोथैरेपी) बहुत उपलब्धि कर सकती है। तंत्रिकातापीय मूल (न्यूरॉटिक ओरीज़िन) के केसों में, मनोविश्लेषण (साइकोएनालिसिस) का चयन निश्चित उपचार के रूप में करना है। हाइपोफ्रीनिया में मनोजन्य (साइकोजेनिक) कारकों पर वर्धमान साहित्य है जिसका उल्लेख इस अध्याय के साथ संलग्न संदर्भिका नोट में है।

3. जराजन्य मनस्ताप (सॅनाइल साइकोसीज़)

1. रोग का नाम और इसके विभेदन का इतिहास : हमने अभी देखा कि कैसे हममें से कुछ व्यक्ति बौद्धिक प्रकार्यों में अभाव (डैफशिएन्ट इन इन्टलॅक्चुअल फंकशन्स) के साथ जन्म लेते हैं; हम सभी जो वृद्धावस्था तक जीवित रहते हैं उनके बौद्धिक प्रकार्य त्रुटिपूर्ण (डैफीशियेट) हो जाते हैं। बुद्धि परीक्षणों द्वारा मापन के अनुसार बौद्धिक क्षमता लगभग बीस वर्ष की आयु पर अपने सर्वोच्च शिखर पर पहुंचती है तथा इसके पश्चात् क्रमशः साठ वर्ष की आयु के आस-पास पहुंचने तक गिरना प्रारंभ होती है तत्पश्चात् इसकी अवनति अधिक शीघ्र गति से होती है।

वृद्ध व्यक्तियों में स्मृति अपर्याप्त होती है। नई समस्याओं का समाधान करने की योग्यता घट जाती है। '(एक बूढ़े कुत्ते को आप नए करतब नहीं सिखा सकते)' युवावस्था की अनुकूली सुनम्यता (एडैप्टिव प्लास्टिसिटी) हमेशा के लिए चली जाती है (वे अपने तरीकों में अटल होते हैं)। बहुत कम व्यक्ति कुछ कुसमायोजनों के उत्पन्न हुए बिना सठियाव (सिनेसॅन्स) को पार कर लेते हैं; तथा सामान्य जराजीर्णता (नॉर्मल सॅनाइलिटि), जो मनश्चिकित्सा के क्षेत्र से बाहर है, तथा जराजीर्ण मनस्तापों और तंत्रिकातापों (सॅनाइल साइकोसीज़ एण्ड न्यूरोसीज़) जो इसके क्षेत्र में है; के मध्य सीमा रेखा (बॉर्डरलाइन) संकीर्ण है और ठीक से परिभाषित नहीं है।

जराजीर्णता (सॅनाइलिटी) और जरा मनोविकृतियों (सॅनाइल साइकोसीज़) के अस्तित्व के बारे में निस्संदेह प्राचीन काल से जाना गया है। आज हम उनके लिए जिस वर्गीकरण योजना के विकास का प्रयोग करते हैं वह अधिकांश क्रैपलिन और उन्नीसवीं शताब्दी के जर्मन मनोविज्ञान का कार्य है। सामान्य रूप से, जरा मनोविकृतियों (सॅनाइल साइकोसीज़) को साधारण जराजीर्णता (नॉर्मल सॅनाइलिटी) से, अहम् (ईगो) और यथार्थ (रीएलिटी) के मध्य सुनिश्चित द्वंद्वों (कंफ्लिक्ट) के आधार पर विभेदन किया जाता है, जो (द्वंद्व) जरा मनोविकृति में घटित होते हैं।

2. आपतन (इंसीडैन्स) : जरा मनोविकृतियां मानसिक चिकित्सालयों के प्रथम प्रवेश के 18 प्रतिशत के लिए उत्तरदायी होती हैं। इनमें से 8 प्रतिशत साधारण जरा मनोभ्रंश (सिम्पल सॅनाइल डिमैन्शियाज़) होते हैं (जहां शारीरिक अभिव्यक्तियां उपस्थित हो भी सकती हैं और नहीं भी हो सकतीं) और 10 प्रतिशत प्रमस्तिष्कीय धमनीकाठिन्य (सैरीब्रल आरटिअरिओसक्लिरोसिस) है जहां प्रमस्तिष्कीय धमनियों (आर्ट्रीज़) का सुनिश्चित कठोरीकरण और परिणामी मस्तिष्क रक्तअल्पता (ब्रेन एनीमिया) हो जाता है। जरा मनोविक्षिप्ति आवासी जनसंख्या के केवल 8 प्रतिशत का ब्यौरा देती है। इसका कारण, निस्संदेह ऊंचा मृत्यु दर है, क्योंकि सबसे अधिक प्रवेश साठ वर्ष की आयु के बाद होते हैं। यह रोग स्त्रियों की अपेक्षा पुरुषों में कुछ अधिक पाया जाता है। यह शायद अनोखा है क्योंकि महिलाओं के जीवन की संभावना या प्रत्याशा पुरुषों से अधिक होती है। कदाचित् इस तथ्य के द्वारा यह स्पष्ट होता है कि हमारी संस्कृति में पुरुष, प्रबल जाति होने पर भी, मानसिक रोग से सबसे अधिक असमर्थ हो जाते हैं। जरा मनोविकृतियों की आवृत्ति निस्संदेह तेज़ी से बढ़ रही है। फिर भी, जब कोई जीवन की बढ़ती हुई संभावना पर तथा प्राथमिक रूप से एक ग्रामीण कृषि प्रधान सभ्यता का एक शहरी औद्योगिक सभ्यता के रूप में परिवर्तन पर ध्यान देते हैं, तो यह तथ्य बहुत अचम्भित करने वाला नहीं होता। फार्म पर जराजीर्ण दादी, गांव के जड़मूर्ख की भांति, आग के पास बैठती थी और किसी को परेशान नहीं करती लेकिन जराजीर्ण फ्लैट निवासी के द्वारा परेशान किए जाने की संभावना है।

3. लाक्षणिकी (सिम्पटमॅटोलॉजी) : जराजीर्ण मनोभ्रंश (सॅनाइल डिमैन्शिया) में, जिसे सामान्य जराजीर्णता की एक अतिशयोक्ति माना जा सकता है, जिसमें सामान्य

जराजीर्णता की बौद्धिक अवनति की गति त्वरित हो जाती है, सामान्य अप्रत्यक्षण (इम्परसैप्शन) कभी-कभी मतिभ्रम (डिल्यूज़न्स), तथा सदैव एक आकस्मिकता (सरकमस्टॅन्शियॅलिटी) और साहचर्यों में विचारों का अभाव होता है। स्मृति लोप (एमनीज़िया) विशेषकर अधोगामी (रिट्रोग्रेड) प्रकार का स्मृति लोप प्रदर्शित करता है तथा नए प्रभाव विश्वसनीय तरीके से संचित नहीं होते। मति भ्रम, विशेषकर व्यामोहोम प्रकार के, उपस्थित हो सकते हैं। संवेगात्मक क्षेत्र में चिड़चिड़ापन होता है और कभी-कभी अतिशयोक्तिपूर्ण कामवृत्ति (लिबिडो) होती है जो प्रायः नपुंसकता के साथ होती है। व्यवहार में जराजीर्णता ग्रस्त व्यक्ति (सॅनाइल्स) अवसर झगड़ालू और अपने कष्ट बताते रहने वाले होते हैं। प्रायः कुछ कम्पन, (ट्रेंमर) पेशीय दुर्बलता, तथा सहज क्रियाओं की अतिरंजना भी होती है।

प्रमस्तिष्कीय धमनीकाठिन्य (सैरीब्रल आर्टएरिओस्केलेरोसिस), जरा मनोविकृति तथा उनींदापन, सिरदर्द, विश्रान्ति के सभी लक्षण प्रदर्शित करती है। रोग की समाप्ति की (अंतिम) अवस्था में अपस्मारी दौरा (एपीलॅप्टीफॉर्म सीज्योर) और रक्ताघात (एपोप्लॅक्टिक स्ट्रोक) आमतौर पर होते हैं।

4. विभेदक निदान : विभेदक निदान प्रायः सरल होता है। यह एक वृद्धावस्था का रोग है जिसमें पिछला इतिहास अपेक्षाकृत सामान्यता दिखा सकता है। व्यामोहोम (पैरानॉइड) और दूसरे मतिभ्रमात्मक विचार (डिल्यूज़नल आइडियाज़) की व्यापकता और अत्यधिक संभ्रम स्काईज़ोफ्रीनिया या मनोविदलता से इसका विभेदन करना कभी-कभी मुश्किल कर देता है। अवनति और साहचर्यात्मक कठिनाइयों के प्रत्यक्ष चिह्न तथा तंत्रिकीय (न्यूरोलॉजिकल) चिह्नों की उपस्थिति, पहली बार आंशिकघात (पैरेसिस) के रूप में गलत निदान करना एक आम बात बना देती है। आंशिकघात से इसका विभेदन निस्संदेह प्रयोगशाला परीक्षणों के आधार पर होता है। प्रमस्तिष्कीय धमनी का गौण तंत्रिकीय चिह्न (सैकेण्डरी न्यूरोलॉजिकल साइंस) तथा उच्च रक्तचाप (हाइपरटैन्शन) और धमनीकाठिन्य प्रायः स्काईज़ोफ्रीनिया से इसके विभेदन की अनुमति देता है। साधारण जरा मनोभ्रंश (सिम्पल सॅनाइल डिमैन्शिया) में विभेदन इतना आसान नहीं है लेकिन आमतौर पर आयु के आधार पर किया जा सकता है।

5. हेतुकी (ईशियोलॉजी) : यह पुनः निस्संदेह एक सीमावर्ती (बॉर्डरलाइन) रोग है। प्रमस्तिष्कीय धमनीकाठिन्य का उतनी ही सुनिश्चित कायिक रोग विज्ञान (ऑर्गेनिक पैथोलॉजी) है जितना कि आंशिकघात (पैरेसिस) का लेकिन जैसा कि आंशिकघात के केस में होता है मानसिक (साइकिक) कारक यहां भी महत्वपूर्ण है।

किसी विशिष्ट कायिक विकृति के बिना, जरा मनोभ्रंश को, मनोविश्लेषणात्मक दृष्टि से इस प्रकार समझा जा सकता है कि विनाशकारी प्रवृत्तियों को निष्प्रभाव करने में कामवृत्यात्मक प्रवृतियों की असफलता के कारण जरा मनोभ्रंश विकसित होता है। यहां एक दूषित चक्र स्थापित किया जाता है जो स्वयं में तंत्रिकीय या स्नायविक अधःपतन की ओर ले जाता है। वृद्ध व्यक्ति, जो युवावस्था और अधेड़ अवस्था पार

करके आया है उसने बहुत सफलतापूर्वक अपनी कामवासनात्मक प्रवृत्तियों (इरॉटिक अर्जिज़) को प्रत्येक निकास दे दिया होगा जिनके लिए उसे समाज अनुमति देता है। अधिक जीने से प्राप्त होने वाला आनंद या सुख, इससे अधिक नैराश्यों के लायक नहीं है जिनकी अपेक्षा आगे आने वाला जीवन करता है (अर्थात् आगे आने वाले जीवन में और अधिक नैराश्यों का सामना करना पड़ेगा)। ऐसे व्यक्तियों में मरने की इच्छा, सामाजिक संघर्ष से प्रत्याहार (विदड्रा) करने की इच्छा का अचेतन जनक बन जाती है।

6. चिकित्सा (थैरेपी) : चूंकि जरा मनोविकृतियां (सॅनाइल साइकोसीज़) वृद्धावस्था में घटित होती हैं और अधिकतर मृत्यु में समाप्त होती हैं, अतः उनके उपचार के बारे में अभी भी व्यापक रूप से अध्ययन नहीं किया गया है। प्रशामक और सुधारक शारीरिक और औषधीय चिकित्सा (पैलिएटिव एंड एमीलिऑरेटिव फिज़िकल एण्ड मेडिसिनल थैरेपी) के साथ अभिरक्षक द्वारा देखभाल निस्संदेह कुछ लाभदायक है। ऐसे मामलों में जहां धमनीकाठिन्य और उच्च रक्तचाप उपस्थित है, वहां इन कायिक नैदानिक (ईशियोलॉज़िकल) कारकों का डॉक्टरी उपचार असंदिग्ध रूप से सहायता करता है। ऐसे केस जिनमें मनोजन्य (साइकोजेनिक) कारक महत्वपूर्ण होते हैं वे मनोविश्लेषणात्मक मनोचिकित्सा (साइकोएनालिटिक साइकोथैरेपी) तथा सुझाव (सजॅशन) को अनुकूल दृष्टि से प्रतिक्रिया करते हैं। स्वभावतः यहां उपचार (क्योर्स) संपन्न नहीं किए गए हैं, बल्कि रोगी को मनोचिकित्सा के द्वारा और अधिक संतुष्ट और सुखी बनाया जाता है।

4. अपस्मार/मिर्गी (एपीलैप्सी)

1. रोग का नाम और इसके विभेदन का इतिहास : अपस्मार एक रोग और है जिसका लम्बा चिकित्सकीय इतिहास होता है। माना जाता है कि सीज़र और एलेक्ज़ेण्डर इससे पीड़ित थे। मध्य युग में अपस्मारी (एपीलैप्टिक्स) प्रायः भगवान द्वारा पसंद किए जाने वाले (चोज़न ऑफ गॉड) माने जाते थे और अपस्मारी झटका या दौरा (एपीलैप्टिक सीज़्योर ऑर फ़िट) का बहुत समादर किया जाता था। स्वाभाविक रूप से इसका अनुकरण किया जाता था, और उन्मादी आलोड़नों की महामारी (एपीडेमिक्स ऑफ हिस्टैरिकल कन्वल्ज़न्स) पाई जाती थी। यह कहा जाता है कि हिटलर के क्रोधोन्मादों का स्वरूप अपस्मारी (एपीलप्टॉइड) होता है। यह बहुत पहले ही अनुभव कर लिया गया है कि आलोड़नों (कन्वल्ज़न्स) के अलावा अपस्मारी कोई विशिष्ट मानसिक लक्षण नहीं दिखाते हैं, जबकि अन्य रोगों में सुनिश्चित मानसिक लक्षण दिखाई देते हैं तथा कुछ अन्य में तो सुनिश्चित चारित्रिक (कैरॅक्टरोलॉजिकल) समस्याएं भी दिखाई देती हैं।

उन्नीसवीं शताब्दी में अपस्मार की संकल्पना का वह विकास देखा जैसा कि आज हम इसे जानते हैं और उन्नीसवीं शताब्दी में इस अभी तक अनुत्तरित चिकित्सकीय

समस्या पर बहुत कार्य किया गया है। इसी कारण से हम इसे एक सीमांत (बॉर्डरलाइन) समस्या मानते हैं क्योंकि न तो इसकी हैतुकी (ईशियोलॉजी) और न ही मनश्चिकित्सा से अपस्मार का संबंध पूर्णतया स्पष्ट है।

2. आपतन (इंसीडैन्स) : बहुत से कारणों से अपस्मारियों की संख्या का अनुमान लगाना कठिन है। वस्तुतः बहुत से और कदाचित् अधिकांश अपस्मारी, रोग के मंद स्वरूपों से पीड़ित होते हैं जिसके लिए चिकित्सालय में भर्ती (हॉस्पिटलाइजेशन) की आवश्यकता नहीं होती। चिकित्सालय में भर्ती होने वालों में से कुछ, विक्षिप्तों के लिए उपलब्ध राजकीय चिकित्सालयों में होते हैं, कुछ मंदबुद्धि (फीविल-माइन्ड्डिस) के गृहों में होते हैं (क्योंकि बहुत से अपस्मारी मानसिक रूप से अपूर्ण होते हैं), कुछ निजी चिकित्सालयों में होते हैं और कुछ अपस्मारियों के लिए विशेष रूप से बनाए गए चिकित्सालयों में होते हैं। यह अंतिम प्रकार की देखभाल सबसे अधिक पसंद की जाती है क्योंकि अपस्मार एक गंभीर रोग को प्रकट करता है जो स्पष्टतया एकलक्षणी (मोनोसिम्पटमैटिक) होता है अर्थात्, पुनरावर्ती या बार-बार होने वाले केवल अपस्मारी दौरों के लिए ही विशेष उपचार की आवश्यकता होती है। 1933 में 17,000 अपस्मारी, अपस्मार के चिकित्सालयों और पागलों के लिए उपलब्ध राजकीय अस्पतालों में भर्ती थे (नोट—ये आंकड़े अमरीका के हैं)। अतः निजी अस्पतालों में और मानसिक रूप से अपूर्ण के लिए उपलब्ध गृहों में भर्ती, तथा मुक्त अपस्मारियों को न गिनते हुए, प्रत्येक 65,000 नागरिकों में से लगभग 1 व्यक्ति अपस्मारी होता है। अपस्मार किसी भी प्रकार एक बहुत कम पाया जाने वाला रोग नहीं है। असल में करीब-करीब प्रत्येक व्यक्ति ने सड़कों पर या भण्डार-गृहों में अपस्मारी दौरा (एजीलॉप्टिक सीज़्योर) देखा होगा।

अपस्मार प्रायः युवाओं में पाया जाता है। ब्रिजिज के अनुसार, 75 प्रतिशत से अधिक अपस्मारियों को रोग का पहला दौरा या आक्रमण बीस वर्ष से पहले होता है। महिलाओं की अपेक्षा पुरुषों में इसकी अधिक आवृत्ति होती है (कुछ लेखक दो पुरुष पर एक महिला का अनुमान लगाते हैं)। सामाजिक वर्ग, प्रजाति और दूसरे कारकों के संबंध में इसकी आवृत्ति के बारे में मिले आंकड़े कदाचित् बहुत अविश्वसनीय हैं। तथापि यह सिद्ध हो गया है कि सामान्य समूहों की अपेक्षा अपस्मारियों की बुद्धि कम होती है और वे बहुधा मनस्तापी (साइकोटिक) होते हैं।

3. लाक्षणिकी : अपस्मार की विशेषता पुनरावर्ती दौरे (पैरॉक्सिज़्म्स) होते हैं, जिनकी अवधि घटती बढ़ती रहती है और जिनके साथ चेतना का लोप होना या कम से कम इसकी क्षति (इम्पेयरमैन्ट), तथा पेशीय समन्वय (मोटर काऑर्डिनेशन) का लोप या क्षति होना, संलग्न रहता है। आलोड़न (कन्वल्ज़न्स) हो सकते हैं और नहीं भी हो सकते। अपस्मारी दौरे का निकटस्थ अग्रदूत *ऑरा* (दौरे का पूर्वाभास या 'वार्निंग या चेतावनी') होता है। इसमें फोटोमॅटा या एकोएज्मूस, सिरचक्कर, भय और कभी-कभी आनंदातिरेक की भावना और कल्पना की बढ़ी हुई तीव्रता या सजीवता निहित रहती है।

बहुधा दौरे के पूर्वाभास या दौरे के पश्चात् आलोड़न आता है, जो मिरगी (*ग्राण्डमाल*) दौरे में पेशियों के प्रबल संकुचन के साथ पुष्टिकारक या बलवर्धक (टोनिक) अवस्था को निहित करता है, जिसका अनुगमन ऐंठनकारी अवस्था (क्लोनिक अवस्था) करती है, जिसमें लयबद्ध शिथिलता और संकुचन (रिदृमिक रिलैक्सेशन एण्ड कॉन्ट्रैक्शन) होते हैं। इसके बाद कोमा या सम्मूर्च्छा आता है जिसमें पूर्ण शिथिलन और बहुधा निद्रा आती है। *पैतीत माल* एक अधूरे या निष्फल आक्रमण को अभिव्यक्त करता है। इसमें थोड़ा सा पेशीय विघ्न आता है लेकिन रोगी गिरता बहुत कम है। चेतना क्षणिक रूप से लुप्त या धुंधली हो जाती है। इसके अतिरिक्त, यह भली-भांति मालूम है कि कुछ विशिष्ट बाध्यताएं जैसे दहनोन्माद (पायरोमिनिया), मद्योन्माद (डिप्सोमेनिया) और चौर्योन्माद (क्लेप्टोमेनिया) अपस्मारी के पयार्यवाची हैं। अपस्मारी पयार्यवाची (एपीलैप्टिक इकुईवेलैन्ट) का अर्थ है ऐसा व्यवहार जिसे करने में यदि हम मग्न हो जाएंगे तो वह एक अपस्मारी दौरे (एपीलैप्टिक सीज़्योर) को रोक देगा।

4. विभेदक निदान (डिफरैन्शियल डायग्नोसिस) : यह निस्संदेह बहुत आसान है। निदान तब तक नहीं किया जा सकता जब तक कि पुनरावर्त्ती ग्राण्ड माल या पैतीत माल दौरों (अटैक्स) का इतिहास न हो। विभेदक निदान की समस्याएं तब कठिन हो जाती हैं जब यह रोग किसी मनस्ताप या हाइपोफ्रीनिया के साथ संबद्ध होता है। क्या किसी को अपस्मार के साथ मनस्ताप या इसके विपरीत की बात करनी चाहिए? कुछ मामले, अवश्य ही, ऐसे होते हैं जिनमें चित्र में एक रोग चित्र में प्रधान होता है। दूसरे मामलों में यहां सबसे अच्छा कार्य मात्र दोहरा निदान करना है। ऐसा कोई कारण नहीं है जिसकी वजह से व्यक्तियों को दो या उससे अधिक शारीरिक रोग एक ही समय पर होने चाहिए, उसी प्रकार, उससे भी अधिक, व्यक्ति को दो या उससे अधिक मानसिक रोग भी एक ही समय पर नहीं होने चाहिए।

5. हैतुकी (ईशियोलॉजी) : कुछ अपस्मार की उत्पत्ति निसंदेह निश्चित रूप से कायिक होती है और बढ़े हुए अंतर्कपलीय दवाब (इन्ट्राक्रेनियल प्रैशर) या दूसरे शारीरिक कारणों से उत्पन्न होती है। ऐसी मस्तिष्कीय विकृति (ब्रेन पैथोलॉजी) संभवतया ग्राण्ड माल दौरों (अटैक्स) में सबसे ज्यादा बार होती है। कुछ अपस्मार कायिक मूल (ऑर्गेनिक ओरिजिन) के होते हैं, इसे इस तथ्य से स्पष्ट किया जा सकता है कि अपस्मारी दौरे (एपीलैप्टॉइड सीज़्योर) जो लगभग हूबहू मिर्गी (ग्राण्ड माल) दौरों के समान होते हैं, इन्सुलिन और मैट्राजॉल शॉक में उत्पन्न किए जा सकते हैं। ये मुख्य रूप से कायिक दौरे स्वयं में मनोवैज्ञानिक समस्याएं खड़ी करते हैं लेकिन मुख्यतया तंत्रिकाविज्ञान (न्यूरोलॉजी) तथा (न्यूरोसर्जरी) तंत्रिकाशल्य क्रिया के क्षेत्र में बने रहते हैं।

मौलिक या मूलरोग अपस्मार (ऐसॅन्शियल ऑर ईडियोपैथी एपीलैप्सी) में मनोवैज्ञानिक कारक बहुत महत्वपूर्ण होते हैं। प्रारंभिक अध्ययनों ने अपस्मार को वंशानुक्रम के साथ जोड़ा लेकिन ये अध्ययन (शोध) अनुपयुक्त तरीके से नियंत्रित किए गए थे। यहां रोजानॉफ़, जो एक रूढ़िवादी मनश्चिकित्सक थे, और जिनकी स्थिति प्रायः

कायिक (ऑर्गेनिक) मानी जाती है, अपनी पुस्तिका (हैण्डबुक) के नवीनतम संस्करण में यह स्वीकार करते हैं कि ऐसा कोई प्रमाण नहीं है जिसके आधार पर अपस्मार में वंशानुगत कारकों के लिए बल दिया जाए। यह दृष्टिकोण प्रोत्साहित करने वाला है क्योंकि बहुत वर्षों तक अपस्मार के रोगियों में यह पाया कि वंशानुक्रम की बोगी, विवाह में बाधा प्रस्तुत करती है।

मनोविश्लेषणवादी अध्ययनों ने यह संभावना प्रदर्शित की है कि अपस्मारी दौरे (सीज्योर्स) प्रायः उन्मादी आलोड़न (हिस्टैरिकल कन्वल्ज़न्स) प्रकट करते हैं जिसमें कि स्वयं दौरा शैशव कामुक इच्छाओं (इन्फैन्टाइल सेक्स विशिज़) का बाहर निकलना प्रदर्शित करता है। इस इच्छा (विल) के सही सिद्धांत से हम अगले अध्याय में संबंधित रहेंगे। इन दौरों में (सीज्योर्स) दृढ़ता से अवरुद्ध संवेग निकासी प्राप्त करते हैं। ये संवेग अक्सर आक्रमणशील और आत्म-विनाशक होते हैं। यह तथ्य आलोड़नों के विनाशात्मक पक्ष का कारण स्पष्ट करता है। यह ज्ञात है कि अपस्मारी दौरों में उत्थापन और कामोत्ताप के साथ यौन उत्तेजना प्रायः प्रकट होती है।

6. चिकित्सा (थैरेपी) : अपस्मार को नियंत्रित करने के लिए विविध प्रकार की शारीरिक चिकित्सा प्रणालियां, विशेष प्रकार के आहार और शामक औषधियां हैं जो तंत्रिकाविज्ञानी औषधीशास्त्र (न्यूरोलॉजिकल मेडिसिन) के क्षेत्र के अंतर्गत आती हैं। इनका प्रयोग सभी अपस्मारियों के साथ किया जा सकता है और यही सब है जो हम कायिक अपस्मार के लिए कर सकते हैं। रोग को अधिक सहनीय बनाने के लिए और रोगी को वास्तविक दौरे के साथ निपटने की दृष्टि से तैयार करने के लिए, मनोचिकित्सा (साइकोथैरेपी) बहुत कुछ कर सकती है। मनोविश्लेषणात्मक मनोचिकित्सा रोग में सुधार को प्रभावित करती है और बल्कि जो अपस्मार मुख्य रूप से मनोवैज्ञानिक आधारों पर उत्पन्न होता है उसका उपचार भी करती है।

5. तंत्रिका रोग तथा अवयव तंत्रिका-रोग या तंत्रिकाताप (पैथोन्यूरोसिस तथा ऑर्गन न्यूरोसिस)

अंत में हम रोगों के एक समूह पर आते हैं जिसके साथ हम निश्चित रूप से सीमा पार करके आंतरिक चिकित्सा के क्षेत्र में प्रवेश करते हैं। चिकित्साशास्त्र (मेडिसिन) के क्षेत्र में सबसे नवीन विकास, मनोकायिक चिकित्सा (साइकोसोमैटिक मेडिसिन) के क्षेत्र में हुए हैं जो कुछ अंश तक सबसे महत्वपूर्ण भी हैं। मनःकायिक चिकित्सा प्रणाली जैविक परिकल्पना (ऑर्गेनिज़्मिक हाइपोथेसिस) के परिणामी विकास के रूप में विकसित हुई है। चूंकि सर्वांगिक दृष्टिकोण (आर्गेनिज्मिक व्यूपांइट) व्यवहार के प्रत्येक अंश में, शारीरिक और मनोविज्ञान दोनों समस्याओं को देखते हैं, अतः शारीरिक रोग को मनोवैज्ञानिक समस्याएं भी दिखानी चाहिए। इनका अध्ययन करने में उन्नीसवीं शताब्दी के दृष्टिकोण से आरंभ होकर, कि समस्त व्यवहार की व्याख्या जीव भौतिकी

(बायोफिज़िक्स) जीवरसायन (बायोकैमिस्ट्री) तथा विकृतिविज्ञान (पैथोलॉजी) के संदर्भ में होनी है, प्रारंभिक बीसवीं शताब्दी की विचारधारा से गुजरते हुए कि कुछ मानसिक रोग विशुद्ध मनोजन्य होते हैं, मनोकायिक चिकित्सा (साइकोसोमैटिक मेडिसिन) की स्थिति तक पहुंचे हैं कि मनोवैज्ञानिक कारक 'आंगिक या कायिक (ऑर्गेनिक)' रोगों में भी पाए जाते हैं।

बहुत वर्षों से यह पहचाना जा रहा है कि 'कायिक या ऑर्गेनिक' रुग्णता मनोवैज्ञानिक प्रतिक्रियाओं को परिवर्तित कर देती है। मात्र भावशून्य से कोई व्यक्ति अधिक स्वरत्यात्मक (नार्सिसिस्टिक) और स्वयं से संबंधित हो जाता है, तथा राजयक्ष्मा जैसे गंभीर रोग से एक ऐसा सुनिश्चित मनोवैज्ञानिक चित्र विकसित कर लेता है[5] जिससे चिकित्सक भली-भांति परिचित होते हैं। तालिका 9 में कुछ सामान्य कायिक रोगों की सामान्य मनोवैज्ञानिक मनोदशा का संकेत किया गया है। याद रखने के लिए एक महत्वपूर्ण तथ्य यह है कि समस्त रोगों में स्वरति (नारसिसिज़्म) बढ़ा है।

तालिका-9 : विविध शारीरिक रोगों से संबद्ध मनोवैज्ञानिक मनोदशाएं

रोग	मनोदशा
राजयक्ष्मा (टयूबरकोलोसिस)...	मंद सुखाभास (यूफ़ोरिआ), आशावाद (ऑप्टिमिज़्म) बढ़ी हुई कामवृत्ति (लिबिडो)
मधुमेह (डायबिटीज़)...	अवसाद (डिप्रैशन), विषाद-रोग (मैलॅनकोलिया), मतिभ्रम (डिल्यूज़न्स), निद्रालुता (सॉम्नॅलॅन्स), सम्मूर्च्छा (कोमा)
हृदय संबंधी विकार (कार्डियक डिस्ऑर्डर्स)...	अवसाद, विषाद रोग, दुश्चिंता (एंग्ज़ाइटी)
आंत्र विकार... (नर्वसनैस) (गैस्ट्रोईन्टैस्टिनल डिस्ऑर्डर्स)	चिड़चिड़ापन, अवसाद, घबराहट

एक बार जब मनोवैज्ञानिक मनोदशा उत्पन्न हो जाती है यह स्वयं कायिक क्षेत्र (सोमॅटिक फ़ील्ड) की चीज बन जाती है और एक दूषित चक्र इस प्रकार स्थापित हो जाता है। फैरेन्ज़ी ने सबसे पहले मौलिक रूप से 'कायिक' मूल की विकृतियों (बीमारियों) के रूप में, पैथोन्यूरोसिस या विकृत तंत्रिकाताप की संकल्पना को स्थापित किया, जो रोगी अवयव की ओर कामप्रवृत्ति (लिबिडो) के सामान्य से अधिक मात्रा में निर्दिष्ट होने पर प्रकार्यात्मक या फंक्शनल हो जाता है। इस संकल्पना से वह बहुत से मनोवैज्ञानिक कारकों को परिणाम के रूप में निकाल सके थे। एक पैथोन्यूरोसिस में एक रोगी (यहां

पर शारीरिक रूप से रुग्ण) अवयव संपूर्ण कामप्रवृत्ति (लिबिडो) का ध्यान प्राप्त करता है। बाहरी संसार से कामप्रवृत्ति (लिबिडो) का प्रत्याहार (विद्ड्रॉल) व्यक्ति की रुग्णता को बढ़ा देता है और दूषित चक्र स्थापित हो जाता है। उसकी स्वयं अपने बारे में चिंता, सुनिश्चित तंत्रिकातापी लक्षणों को उत्पन्न करती है। यहां 'तंत्रिकातापी या न्यूरॉटिक' लक्षण एक 'फिज़िकल या शारीरिक' आधार पर उत्पन्न हो रहे हैं। अध्याय-XVIII में रूपांतर उन्माद (कन्वर्ज़न हिस्टीरिया) पर विचार-विमर्श करते समय हम न्यूरॉटिक आधार पर उत्पन्न होते 'फिज़ीकल' लक्षणों को देखेंगे।

मनोवैज्ञानिक कारक यदि समस्त शारीरिक रुग्णताओं में नहीं, तो भी बहुत सी विकृतियों या रुग्णताओं की स्वास्थ्य लाभ की प्रक्रिया में प्रवेश करते हैं। *पैथोन्यूरोसिस* मुख्यतया अचेतन रूप से आवेशन (कैथेक्टिंग) कर रहे रुग्ण अवयवों के प्रभाव का संकेत करती है। अवयव तंत्रिकातापों या ऑर्गन न्यूरोसीज़ में निष्क्रिय (वेजीटेटिव) अवयवों में विकार होता है जिसका कारण वे तंत्रिका आवेग (नर्व इम्पाल्सिज़) होते हैं जिनका आधार मूलभूत संवेगात्मक प्रक्रियाएं होती हैं। पाचन, श्वसन, रक्त का परिसचरण, निष्कासन और दूसरे दैहिक प्रकार्य (फिज़ियोलॉजिकल फंक्शन्स) के ये प्रकार्यात्मक या 'फंक्शनल' विकार कुछ समय से चिकित्सा शास्त्र की समस्याओं के रूप में जाने जाते हैं। लेकिन कोई भी विशिष्ट कायिक विकृति (आर्गेनिक पैथोलॉजी) की खोज नहीं की जा सकी है और मेडिकल चिकित्सा केवल प्रशामक प्रकृति की हो सकेगी। बहुत से मामलों में अवयव तंत्रिकाताप (ऑर्गन न्यूरोसिस), मनोवैज्ञानिक द्वंद्व का अंतिम परिणाम होता है और केवल द्वंद्व को दूर करके ठीक हो सकता है। इस प्रकार आज हम जानते हैं कि हृदय के विकार (कार्डियक डिस्ऑर्डर्स) जैसे प्रकार्यात्मक हृद्-क्षिप्रता (टैकीकॉर्डिया), बहुत से परिसचरण संबंधी विकार जैसे उच्च रक्तचाप, बहुत से श्वसन संबंधी विकार जैसे अस्थमा (दमा) और बहुत से पाचन संबंधी विकार जैसे पैप्टिक अलसर, अवयव तंत्रिकाताप या ऑर्गनन्यूरोसीज़), हो सकते हैं। पुराने अवयव तंत्रिकाताप, निस्संदेह, कोशिकीय विकृति (सैल्यूलर पैथोलॉजी) में परिवर्तन लाते हैं तथा समस्या, जैसे पैथोन्यूरोसीज़ की समस्या, दुनाली हो जाती है। जो रोग संवेगात्मक घबराहट के रूप में प्रारंभ होता है वह शल्य क्रिया की समस्या के रूप में समाप्त हो सकता है तथा जो रोग एक सुनिश्चित संक्रमण के रूप में आरंभ होता है वह मनोविश्लेषण की समस्या बनकर समाप्त होता है। लेकिन हम पहले ही सीमा को पार कर चुके हैं और आंतरिक चिकित्सा के क्षेत्र में हैं। यह पुस्तक एक मनोवैज्ञानिक द्वारा उन विद्यार्थियों के लिए लिखी जा रही है जो मनोगतिकी (साइकोडाइनॅमिक्स) के बारे में जानना चाहते हैं अतः हमें अपने क्षेत्र में वापिस लौटना चाहिए। मनोकायिक चिकित्सा की कुछ समस्याओं के बारे में संक्षिप्त विचार विनिमय के अनुपूरक के रूप में एलेक्ज़ेण्डर (1936), डनबर (1935) तथा मैनिंजर (1938) द्वारा इस क्षेत्र में किए गए रोचक कार्यों को पढ़ा जा सकता है।

संदर्भिका

एक मनोचिकित्सकीय समस्या के रूप में हाइपोफ्रीनिया पर किए गए स्तरीय कार्य ट्रैडगोल्ड और पैनरोज़ के हैं। बुद्धि-मंदता (फ़ीबिल माइंडिडनैस) का अहम् तंत्रिकाताप (ईगो न्यूरोसिस) के रूप में शिडैस्टर के साहित्य का पुनरावलोकन करके विवेचन किया गया है। बुद्धि आंशिक रूप से पर्यावरण से अनुकूलित होती है यह दृष्टिकोण स्टॉडर्ड तथा व्हीलर (1940) का है। वृद्धावस्था की संपूर्ण समस्या हाल ही में काउड्री द्वारा संपादित की गई एक पुस्तिका में प्रस्तुत की गई है। ग्रोएजान (1940) ने जराजीर्ण (सॅनाइल) पुरुष का मनोविश्लेषण सूचित किया है। अपस्मार पर स्प्रैट्लिंग में विवेचन किया गया है। अपस्मार में मनोवैज्ञानिक कारकों पर क्लार्क ने बल दिया है।

संदर्भ

1. एमैन्शिया इस अर्थ में इंगलिश (अंग्रेज़) मनश्चिकित्सकों तथा मनोवैज्ञानिकों द्वारा प्रयोग किया जाता है लेकिन अमरीकी मनश्चिकित्सकों द्वारा नहीं।
2. संदर्भ, ए. डॉएट्श (1937), पिन्टनर।
3. ऑर्गेनिक हाइपोफ्रीनिया के बारे में अधिक विशिष्ट सूचना प्राप्त करने के लिए पाठक ट्रैडगोल्ड या पैनरोज़ को सलाह कर सकते हैं।
4. अध्याय 1 में वंशानुक्रम बनाम पर्यावरण के बारे में सामान्य विचार-विमर्श।
5. अपने विलक्षण उपन्यास *द मैजिक माउंटेन* में थॉमस मान ने राजयक्ष्मा के मनोविज्ञान का एक उत्कृष्ट चित्रण हमें दिया है।

अध्याय-18

मनोतंत्रिका रोग (साइकोन्यूरोसीज़)

1. मनोतंत्रिका रोग का वैशिष्ट्र्य या अवच्छेदक

मनस्ताप (साइकोन्यूरोसिस) से हमारा अभिप्राय संज्ञानात्मक, संवेगात्मक और पेशीय प्रक्रियाओं की मंद विकृतियों से है, जो आमतौर पर मात्र आंशिक रूप से व्यक्ति को अक्षम या असमर्थ बना देती हैं और जिनके आधारभूत लक्षण किसी न किसी प्रकार दुश्चिंता (एंग्ज़ाइटी) से संबद्ध होते हैं। मनस्तंत्रिकातापग्रस्त (साइकोन्यूरोटिक्स) वे व्यक्ति हैं जिनके चेतन या अचेतन द्वंद्व उन्हें उन उत्पादनकारी प्रकार की उपलब्धियां करने से रोक देते हैं जिनकी अपेक्षा सामान्यतया उनकी योग्यताओं और संस्कृति को ध्यान में रखते हुए उनसे की जाती है। कुछ मनोविकृतियां मुख्य रूप से कायिक (ऑर्गेनिक) होती हैं। यहां तक कि प्रकार्यात्मक मनस्तापों (फंक्शनल साइकोसीज़) में भी, कायिक कारक रोग की हैतुकी (ईशियोलॉजी) में पाए जाते हैं। दूसरी ओर, मनस्तंत्रिकाताप प्रधानतः सामाजिक रूप से अनुकूलित (सोशियली कंडीशंड) होते हैं। अतः करैन हॉर्नें (1937) तथा अन्य ने इस ओर ध्यान दिलाया है कि बहुत सी प्रतिक्रियाएं (रिएक्शन्स) जिन्हें हम अपनी संस्कृति में तंत्रिकाताप (न्यूरॉटिक) के रूप में देखेंगे, वे अन्य सभ्यताओं में पर्याप्त सामान्य समझी जाती हैं तथा व्यवहार के वे प्रकार जिन्हें हम बहुत सामान्य समझते हैं वे किसी समय पर तथा कुछ स्थानों पर (न्यूरॉटिक) तंत्रिकातापी समझे जाएंगे। अतएव, मनस्तंत्रिकातापी वह व्यक्ति है जिसका व्यवहार दुश्चिंता के कारण अपनी संस्कृति द्वारा स्वीकृत मानकों (नार्म्स) से पथभ्रष्ट हो जाता है और जो इस विचलन के कारण अकेला और हीन महसूस करता है। मनस्तंत्रिकातापों को अपेक्षाकृत सुव्यक्त लक्षण समष्टियों (सिंड्रोम्स) में प्रविभाजित किया जा सकता है तथा एक प्रभेद के रूप में मनस्तंत्रिकाताप का हमारा वर्णन मनस्तापी (साइकोटिक) तथा सामान्य (नॉर्मल) प्रकारों से इसकी तुलना करने के लिए किया गया है, जिनकी व्याख्या हम पहले कर चुके हैं।

इसके अतिरिक्त, जिस व्यवहार को मनस्तापी के रूप में देखा जाना है और जिस व्यवहार के तंत्रिकातापी के रूप में देखा जाना है, उनके मध्य सुस्पष्ट विभाजन नहीं है।

दोनों वर्गीकरण एक-दूसरे में विलीन हो जाते हैं जिससे कि कुछ रोगों को निश्चित रूप से किसी एक श्रेणी में वर्गीकृत करना असंभव हो जाता है और हमें उन्हें सीमांत के मनस्तापी (बॉर्डरलाइन साइकोटिक्स) तथा सीमांत के तंत्रिकातापी कहना पड़ता है। इस कठिनाई को स्पष्ट करने के लिए हम एक-दो उदाहरण लेते हैं। हम पहले ही एक महिला का उल्लेख कर चुके हैं जिसकी पुत्री प्रोटेस्टैन्ट धर्म को मानने वाले एक युवा से सगाई कर चुकी है। यह महिला पहले विशेष रूप से एक धार्मिक व्यक्ति नहीं थी और चर्च भी केवल कभी-कभी जाती थी। अपनी पुत्री की सगाई के समय, उसका संपूर्ण व्यवहार परिवर्तित हो गया। उसने नियमित रूप से चर्च जाना, नियमित रूप से अपने पादरी के पास स्वीकारोक्ति के लिए जाना तथा इस भय से ग्रस्त रहना प्रारंभ कर दिया कि उसकी पुत्री और उसकी संतानें उसके भावी दामाद की प्रोटेस्टैन्ट चर्च की सदस्यता के कारण नर्क की आग झेलेंगे। उसके अपने पादरी ने तर्क करके उसे इससे बाहर निकालने का प्रयास किया। उसने यह बताया कि यद्यपि उसकी दृष्टि में एक कैथोलिक से विवाह करना अधिक अच्छा रहता, फिर भी भगवान की दृष्टि में ऐसा कोई कारण नहीं है जिसके लिए उसकी पुत्री और उसके बच्चे को वास्तव में दुख भोगना चाहिए या विवाह दुखपूर्ण होना चाहिए। महिला अपने विश्वास में दृढ़ रही तथा इसके कारण बहुत दुखी और चिंतित रही और पत्नी और मां के रूप में अपने कार्यों (फंक्शन्स) में असमर्थ हो गई। संज्ञानात्मक प्रक्रियाओं के ऐसे विकारों का वर्गीकरण करने में मनश्चिकित्सकों को कठिनाई होती है। क्या ये मतिभ्रम (डिल्यूज़न्स) हैं या क्या ये मनोग्रस्तियां (आवसैशन्स) हैं? सामान्यतया, जैसा कि हमने ऊपर देखा, हम मनोग्रस्ति को एक ऐसी दुराग्रही अवांछनीय विश्वास या धारणा के रूप में समझते हैं जिसे व्यक्ति विलक्षण अनुभव करता है। मतिभ्रम (डिल्यूज़न) एक दृढ़ असत्य विश्वास (पर्सिस्टैन्ट फॉल्स बिलीफ) है। निदान का कठिन प्रश्न वर्तमान केस में यह कह पाना था कि व्यक्ति व्यामोहाभ प्रकार के मनस्ताप (साइकोसिस ऑफ पैरानॉइड फॉर्म) से पीड़ित था या बाध्यता-मनोग्रस्ति प्रकार के मनस्तंत्रिकाताप (साइकोन्यूरोसिस ऑफ द ऑब्सैशन कम्पलशन फॉर्म) से पीड़ित था।

विश्वविद्यालय के एक प्रोफेसर सदैव बाध्यता के ढंग से कार्य करते थे। वे आंतरिक द्वंद्व द्वारा बाध्य किए गए थे जिसके प्रति वे कम से कम आंशिक रूप से चेतन थे जिससे कि वे वर्ष भर में दस से कम शोध प्रपत्र नहीं निकालते थे। इसका अर्थ हुआ कि शैक्षिक सत्र के दौरान उन्हें अपना समस्त खाली वक्त शोध को समर्पित करना चाहिए। इसके अतिरिक्त, ग्रीष्म अवकाश के दौरान उन्हें किसी प्रकार का शोध कार्य करना निषेध कर दिया गया था। वह तंत्रिकातापग्रस्त (न्यूरोटिक) थे क्योंकि स्कूल के सत्र में बहुत बार वे विश्राम करना या थोड़ा आनंद मनाना पसंद करते, लेकिन अपना कार्यक्रम समाप्त न कर पाने को लेकर उनकी दुश्चिंता उन्हें ऐसा करने से रोकती थी। इसके अलावा, ग्रीष्म में प्रायः वे यह नहीं तय कर पाते थे कि उन्हें क्या करना है और अक्सर वे अपनी व्यवसायिक विशिष्टता की ओर पलटना पसंद करते थे, लेकिन यहां

पुनः दुश्चिंता उन्हें ऐसा करने से रोकती थी। जब तक उनका उत्पादनकारी शोध विद्वतापूर्ण, वैज्ञानिक प्रकार का होता था, उन्हें क्षतिपूरित तंत्रिकातापी (कम्पैनसेटिड न्यूरोटिक) के रूप में वर्गीकृत करना था। जो अपेक्षाएं वे अपने से रखते थे उनकी पूर्ति करने के लिए यदि वे ऐसी विवेकहीन धारणाएं बना लेते जिसके बारे में वे ऐसे क्षेत्र में शोध-पत्र प्रकाशित करते जिसमें उनकी योग्यता नहीं थी, तो वे सीमांत से निकल कर मनस्ताप (साइकोसिस) में चले जाते। यहां तक कि मनोचिकित्सक के लिए भी यह कहना कठिन होता है कि ठीक-ठीक किस समय पर यह घटित होता है।

अब एक और उदाहरण भय का है। मंच-भीति एक ऐसी बहुत साधारण घटना है जिसका अनुभव हम सभी अपने जीवन में किसी न किसी समय करते हैं। साधारण मंच-भीति के बारे में कहा जा सकता है कि यह तब घटित होती है जब एक व्यक्ति अपरिचित दर्शकगण के समक्ष एक नई भूमिका में प्रकट होता है। तंत्रिकातापी मंच-भीति (न्यूरोटिक स्टेज फ्राइट) वह मंच-भीति है जिसे व्यक्ति परिचित सामग्री को या तो परिचित दर्शकगण के समक्ष या ऐसे दर्शकगण के समक्ष जिनके साथ पहले वह कम से कम सामान्य सफलता प्राप्त कर चुका है, प्रस्तुत करने में कष्ट पा सकता है। मनस्तापी मंच-भीति को उस समय घटित होता हुआ कह सकते हैं जब व्यक्ति समूह के समक्ष असफल होने का भय तो महसूस नहीं करता लेकिन इस बात से भयभीत रहता है कि वस्तुतः दर्शकगण में से कोई उसे वास्तव में उत्पीड़ित करेगा या उसे उलझन में डालेगा या उसे चोट भी पहुंचा सकता है। यह पर्याप्त स्पष्ट होना चाहिए कि मनस्तापों (साइकोसीज़) और मनस्तंत्रिकातापों के मध्य यह निश्चित रेखा खींचना लगभग असंभव है।

मनस्तंत्रिकाताप, दुश्चिंता के कारण वैयक्तिक मनोविज्ञान की समस्या, साथ ही साथ सांस्कृतिक मानक (कल्चुरल नार्म) से मानसिकता और व्यवहार के विचलनों के कारण एक समाजशास्त्रीय समस्या है। समस्त मनोव्याधिकीय (साइकोपैथोलॉजिक) व्यवहार सांस्कृतिक मानकों से पथभ्रष्ट (डैविएट) होते हैं तथा मनोव्याधिकीय की किसी भी परिभाषा में यह अंतर्निहित होता है। इस विचलन (डैविएशन) के अतिरिक्त, मनस्तंत्रिकाताप के लिए विशेष रूप से महत्वपूर्ण तथ्य यह है कि मनस्तंत्रिकातापग्रस्त (साइकोन्यूरोटिक्स) यथार्थ से अलग नहीं होते (अर्थात् सूझबूझ या इनसाइट बनाए रखते हैं) और वे दुश्चिंता से ग्रस्त रहते हैं। फ्रायड ने अपनी पुस्तक, *द प्रॉब्लम ऑफ एंग्ज़ाइटी* (1936) में, संकेत किया है कि तंत्रिकातापी दुश्चिंता, (न्यूरोटिक एंग्ज़ाइटी) दमन (रिप्रैशन) के ध्वस्त होने के विरुद्ध बचाव और अपने मौलिक स्वरूप में दमित (रिप्रैस्ड) की चेतन में वापसी को प्रस्तुत करती है। दुश्चिंता के अलावा मनस्तंत्रिकाताप के लक्षण एक छद्म वेश में वापसी का द्योतक हैं।

विविध प्रकार के विकसित मानदण्ड हमें मनस्तंत्रिकाताप को मनोविश्लेषण सिद्धांत के संबंध में देखने की अनुमति देते हैं। मनोविश्लेषण (साइकोएनालिटिक)

सिद्धांत में, मनस्तापों को मनस्तंत्रिकातापों से, अहम् (ईगो) और कामप्रवृति (लिबिडो) के प्रतिगमन के संबंध में तथा द्वंद्व के स्थलाकृति संबंधी स्थान-निर्धारण (टॉपोग्राफ़िकल लोकेशन) संबंध में पृथक् (डिफरैन्शिएट) किया जा सकता है। अतः मनस्तापों या मनोविकृतियों में कामवृत्यात्मक प्रतिगमन (लिबिडिनल रिग्रैशन) कम से कम प्रारंभिक गुद काल जितना गहरा जा सकता है (वास्तविकता परीक्षण के स्तर से परे)। मनोविकृति इस प्रकार गत्यात्मक दृष्टि से (डायनैमिकली) एक विकार (डिस्ऑर्डर) के रूप में देखी जा सकती है, जिसमें अहम् यथार्थ से अपने अधिकांश संपर्क को खो देता है और स्वयं कामतत्व (ईड) की शक्तियों के साथ सम्मिलित हो जाता है। द्वंद्व अहम् प्लस कामतत्व बनाम यथार्थ का होता है। दूसरी ओर, मनस्तंत्रिकातापग्रस्त, कामप्रवृत्यामक प्रतिगमन को केवल लैंगिक (फैलिक) या उत्तर गुद काल (लेट एनल पीरियड) तक ही भोगता है, और उसका द्वंद्व कामतत्व और अहम् की शक्तियों के बीच संघर्ष माना जा सकता है, जिसमें अहम् बाहरी यथार्थ में अपने स्थिरण या आश्रय को बनाए रखता है। प्रतिगमन केवल यथार्थ परीक्षण (रीएलिटी टैस्टिंग) के स्तर तक ही होता है और इस प्रकार तंत्रिकातापी (न्यूरॉटिक) अपनी सूझबूझ (इनसाइट) को बनाए रखता है और यथार्थ को नकारता नहीं। सीमावर्ती (बॉर्डरलाइन) केसों, जैसे पैरानोइया (एक मनोविकृति) तथा बाध्यता-मनोग्रस्ति तंत्रिकाताप या ऑब्सैशनल कम्पल्शन न्यूरॉसिस (एक मनस्तंत्रिकाताप), में प्रभेद करना इसलिए सबसे कठिन है। व्यामोहाभ (पैरानॉइड) व्यक्ति के पास अहम् (ईगो) का एक भाग यथार्थ पर आश्रित होता है और दूसरा भाग ईगो का पक्ष लेता है। बाध्यता तंत्रिकातापी (कम्पल्सिव न्यूरॉटिक) के अहम् का अधिक भाग यथार्थ पर आश्रित होता है फिर भी एक हिस्सा कामतत्व (ईड) का पक्ष लेता है। हम देखेंगे कि यह स्थिति व्यामोहाभ व्यक्ति में मतिभ्रमों की प्रबलता का और बाध्यताग्रस्त तंत्रिकातापी (कम्पल्सिव न्यूरोटिक) की असामान्यता में बाध्यता के घटक का कारण बनता है। जैसे ही हम प्रतिगमन मापनी (रिग्रैशन स्केल) पर हिस्टीरिया से स्काईज़ोफ्रीनिया तक जाते हैं (तालिका 2) हम इड के पक्ष में अहम् का सदैव बढ़ता रहने वाला आवेष्टन पाते हैं।

उदाहरण के लिए अहम् (ईगो) अपेक्षाकृत अक्षुण्ण है तथा अचेतन की कामुक प्रवृतियां (इड अर्जिज़) शारीरिक रोग के लक्षणों में परिवर्तित हो जाती हैं। मनोविदलता (स्काईज़ोफ्रीनिया) में अहम (ईगो) प्रचछन्न कामुक प्रवृत्तियों (डिस्गाइज़्ड इड अर्जिज़) को लगभग ज्यों का त्यों (इन टोटो) स्वीकार कर लेता है। मनस्ताप और तंत्रिकाताप के बीच एक अंतर इच्छाधीन है, लेकिन ऐसा अंतर है जो निदानात्मक और हैतुकीय (डायग्नॉस्टिक एण्ड प्रॉग्नॉस्टिक) कारणों से किया जाना चाहिए। तालिका 10 और 11 मनस्तंत्रिकाताप की संक्षिप्त आरेखीय परिभाषा दिखाते हैं; तुलना सुसाध्य बनाने के लिए, पहले विवेचन की गई व्यक्तित्व संरचनाएं (पर्सनैलिटी स्ट्रक्चर्स) की पुनरावृत्ति की गई है।

व्यक्तित्व संरचना का आरेखी चित्रण

→ ← सुव्यवस्थित संतुलन

→ ← अव्यवस्थित संतुलन

लम्बे वाणमुख वातावरण के साथ संपूर्ण व्यक्तित्व के सापेक्ष संतुलन का उल्लेख करते हैं।

छोटे वाणमुख व्यक्तित्व के अंदर बलों (फोर्सिज़ विदइन द पर्सनैलिटी) के सापेक्षी संतुलन का उल्लेख करते हैं।

⟶ समाज द्वारा स्वीकार्य व्यवहार

−+−+−+−+ अस्वीकार्य लेकिन छद्‌म वेश में

−+0−+0−+ छद्‌म वेश में लेकिन आंशिक रूप से स्वीकार्य

एस.ई.– सुपर-ईगो (पराहम्)

सी तथा एम – क्रमशः ईगो के संज्ञानात्मक और पेशीय (चालक) पक्ष

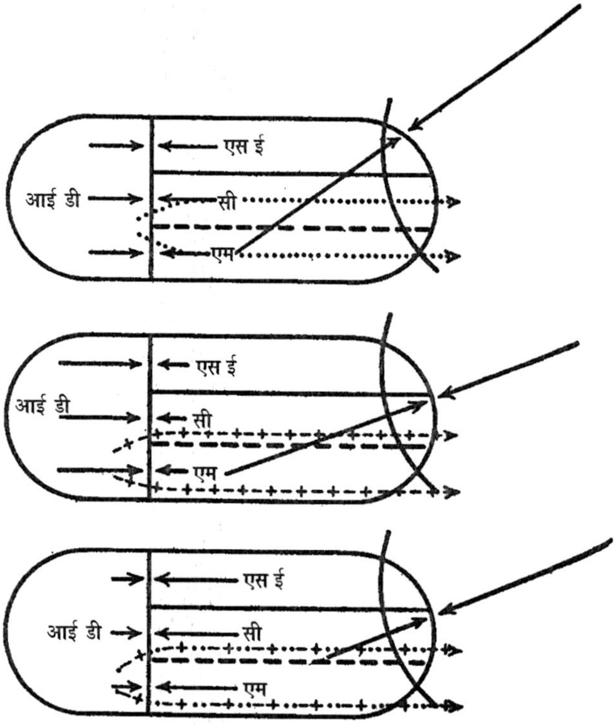

चित्र-11 : तंत्रिकातापी व्यक्तित्व की अन्य प्रभेदों से तुलना।

तालिका-10 :

मनस्तंत्रिकाताप (साइको न्यूरोसिस)	आंतरिक द्वंद्व का स्वरूप	परिणामिक व्यवहार का सामाजिक स्वरूप	प्रतिगमन की मात्रा	प्रेमपात्र से आधारिक वृत्तियों (बेसिक अर्जिज़) का संबंध	द्वंद्व के निराकरण का परिणाम होता है
सामान्य (नॉर्मल)	इड, ईगो, सुपरईगो तथा यथार्थ में अव्यवस्थित संतुलन। सुपर ईगो और ईड के साथ ईगो संघर्ष में लेकिन ईगो यथार्थ के पक्ष में	व्यवहार केवल आंशिक रूप से स्वीकार्य, चालक और संज्ञानात्मक दोनों क्षेत्रों में विनाशकारी लेकिन (ईड इम्पल्सिज़) कामतत्व की वृत्तियों पर नियंत्रण	उत्तर गुदीय या लैंगिक तक, अतः यथार्थ परीक्षण के स्तर पर नहीं (विशिष्ट रोगों के लिए संदर्भ तालिका 2)	उभयभावी (एम्बीवेलैन्ट)	स्वानुकूल (ओटाप्लास्टि) लक्षण, विषेशकर दुश्चिंता
मनस्ताप या	ईगो, सुपर ईगो, इड और बाह्य यथार्थ के मध्य व्यवस्थित संतुलन	व्यवहार सभी क्षेत्रों में रचनात्मक और सामाजिक दृष्टि से स्वीकार्य	कोई नहीं, जननिक अवस्था प्राप्त हो जाना	उत्तरउभयभावी (पोस्टएम्बीवेलैण्ट) कुछ इच्छाएं (अर्जिज़) तुष्ट; अन्य उदात्तीकृत	कोई द्वंद्व नहीं
मनोविकृति (साइकोसिस)	ईगो, सुपरईगो, इड तथा बाह्य यथार्थ में अत्यधिक अव्यवस्थित संतुलन ईड के विरोध में ईगो शक्तिहीन और दुर्बल तथा यथार्थ से विच्छेद कर लेती है। सुपरईगो प्रक्षेपित या ईगो द्वारा अधिकृत या अतितीव्र (ओवर सीवियर)	संज्ञानात्मक और पेशीय दोनों क्षेत्रों (स्फियर्स) में सामाजिक दृष्टि से अस्वीकार्य व्यवहार, कामतत्व की वृत्तियां (इड इम्पल्सिज) छदम वेश में भेदन करती हैं	कम से कम प्रारंभिक गुदीय काल (अर्ली एनल) तक, इस तरह यथार्थ परीक्षण से परे (विशिष्ट रोगों के लिए संदर्भ तालिका 2)	लक्ष्यहीन या अत्यधिक उभयभावी	संज्ञानात्मक और पेशीय (मोटर) क्षेत्रों में गंभीर लक्षण विरचन (गठन)

2 मनोतंत्रिकातापग्रस्त व्यवहार का कार्यक्षेत्र

मनस्तंत्रिकातापी विकारों की सीमा के बारे में आंकड़े प्राप्त करना लगभग असंभव है। अमरीकी मानसिक चिकित्सालयों में मात्र लगभग 2 प्रतिशत संस्थागत रोगी मनस्तंत्रिकातापी के रूप में वर्गीकृत किए जाते हैं तथा यह आंकड़े किसी को यह विश्वास दिला सकते हैं कि मनस्तंत्रिकाताप (साइकोन्यूरोसीज़) मानसिक रोगों के अपेक्षाकृत कम पाए जाने वाले प्रकार हैं। यह दृष्टिकोण कितना असत्य है यह बात, उन विभेदक मानदण्डों (डिफरैन्शियल क्राइटीरिया) से पर्याप्त स्पष्ट हो जानी चाहिए, जिनकी रूपरेखा हमने पिछले पैराग्राफों में प्रस्तुत की है। मनस्तंत्रिकाताप किसी भी प्रकार से विरल (रेअर) नहीं है; यह बहुत पाया जाता है (वेरी कॉमन)। मनस्तापों के लिए मनस्तंत्रिकाताप उसी प्रकार है जिस प्रकार मुख्य शारीरिक रोग के लिए गौण बीमारियां, जैसे सर्दी-जुकाम, सिरदर्द, पेटदर्द, अपच, अतिसार हैं। इन गौण शारीरिक बीमारियों के लिए चिकित्सालय में भर्ती होने की आवश्यकता नहीं होती। इनसे पीड़ित व्यक्ति प्रायः अपने आर्थिक और सामाजिक वातावरण में लगभग आधी क्षमता से कार्य करता है। लेकिन हम सभी इनसे पीड़ित हुए होते हैं और हम जानते हैं कि सर्दी जुकाम के साथ कोई उत्पादनकारी कार्य करने का प्रयास करना कितना बखूबी असुविधानजक होता है या यंत्रणादायक सिरदर्द के साथ एक सामाजिक आयोजन में सम्मिलित होना कितना अधिक असुविधाजनक है। हम सभी जानते हैं कि अतिसार का आक्रमण कैसे सबसे अद्भुत रूप से भी तैयार किए गए भोजन का आनंद नष्ट कर देता है। मनस्तंत्रिकातापी विकारों के साथ भी ऐसा ही है। इनसे पीड़ित व्यक्ति कार्य या क्रीड़ा करते समय विरले ही आनंद मना पाता है। एक संध्या को, जो सुखद सामाजिक संध्या हो सकती है, उसे बुरे सर्दी जुकाम की अपेक्षा नए व्यक्तियों से मिलने का विकृत (मोरबिड) भय अधिक नष्ट कर सकता है। अपने हाथों को धोने की या बार-बार मूत्र त्याग करने की बाध्यता (कम्पल्शन), एक तीव्र सिरदर्द की तुलना में एक व्यक्ति की व्यावसायिक या व्यापार संबंधी कार्य कुशलता को अधिक सुस्पष्ट रूप से घटाती है।

जिस प्रकार कुछ गौण शारीरिक रोगों का उनमें विलय हो जाता है जिन्हें हम वास्तविक रुग्णताएं मान सकते हैं, उसी प्रकार कुछ मनस्तंत्रिकाताप अन्य की अपेक्षा अधिक तीव्र या गंभीर होते हैं। जिस प्रकार कोई जुकाम जीवन को दुखद बनाते हैं और हमें रात को जल्दी सोने के लिए बाध्य करते हैं, उसी प्रकार कुछ अन्य हमें आर्थिक और सामाजिक जगत में अपनी भूमिका निभाने के प्रयास को बिल्कुल छोड़ देने के लिए बाध्य करते हैं। इसमें शारीरिक व्यक्तित्व के प्रभावित होने की मात्रा एक दैहिक रोग (फिज़ियोलॉजिकल सिकनैस) की गहराई को निर्धारित करती है। एक साधारण जुकाम हमें केवल मात्र व्याकुल बनाता है। लेकिन एक प्रतिश्याय (ग्रिप) या इनूफ्लुएंजा हमें बिस्तर में रहने के लिए बाध्य करता है। ऊंचे स्थानों का भय, मैदान

में एक छोटे शहर में रहने वाले एक व्यक्ति के लिए बहुत मामूली सी वस्तु हो सकती है, जबकि पहाड़ों या एक महानगर में रहने वाले व्यक्ति के लिए एक बहुत बड़ी वस्तु होगी।

ऐसी अवस्था में मनस्तंत्रिकाताप बहुत कम नहीं बल्कि बहुत अधिक पाए जाते हैं तथा इनका विलय एक ओर तो सामान्य संवेगात्मक प्रतिक्रिया रूपों (फॉर्म्स) में और दूसरी ओर गहन मनस्तापों में होता है। यद्यपि कोई निश्चित आंकड़े नहीं दिए जा सकते, बहुत से मनोविज्ञान-मनस्क सामान्य व्यवसायी अनुमान लगाते हैं कि उनके रोगियों में लगभग 50 प्रतिशत तंत्रिकातापी (न्यूरोटिक) हैं। येल के भूतपूर्व अध्यक्ष एन्जेल, स्वयं एक मनोवैज्ञानिक अनुमान लगाते हैं कि किसी प्रदत्त समय पर अमरीकी पूर्वस्नातक निकाय का 15 प्रतिशत तंत्रिकातापी या न्यूरोटिक होता है। लेखक की धारणा है कि ऐसा व्यक्ति, जो कभी मनस्तंत्रिकातापी कुसमायोजन से पीड़ित न हुआ हो वह निश्चय ही उतना ही बिरला है जितना कि वह व्यक्ति जिसे कभी जुकाम न हुआ हो। इस अध्याय में हम विविध तंत्रिकातापों के उदाहरण देंगे, जिनका क्षेत्र (रेंज) मनोग्रस्तिमूलक तंत्रिकाताप (ऑब्सैशनल न्यूरोसिस), जो इस अर्थ में मनस्ताप की सीमा पर होता है कि अहम् (ईगो), कामतत्व (इड) के पक्ष में आवेष्टित होता है, से प्रारंभ होकर रूपांतरण उन्माद (कन्वर्ज़न हिस्टीरिया) तक होता है, जो सामान्यता की सीमा पर होता है क्योंकि अहम् (ईगो) अपेक्षाकृत अक्षुण्ण रहती है।

3. मनोतंत्रिकाताप का रोग-विज्ञान

मनस्तंत्रिकातापी लक्षण ऐसे शुद्ध लक्षण समष्टियों (क्लीन-कट सिंड्रोम्स) में घटित नहीं होते जैसे कि मनस्तापों में होते हैं, जिससे कि बहुत से मिश्रित तंत्रिकाताप (मिक्सड न्यूरोसीज़) घटित होते हैं। इससे रोग-विज्ञानी वर्गीकरण (नॉसोलॉजिकल) कठिन हो जाता है। जब उन्माद की 'मनोजन्य या साइकोजेनिक' प्रकृति ने मनोरोग विज्ञान या मनोविकृति विज्ञान के आधुनिक सिद्धांतों को जन्म दिया तो इसकी अनुभूति व कार्यान्वयन होने के पश्चात् शीघ्र ही यह स्पष्ट हो गया कि बहुत से दूसरे मनस्तंत्रिकातापी प्रतिक्रिया प्रकार (साइकोन्यूरोटिक रीएक्शन फॉर्म्स) भी होते हैं। उन्नीसवीं शताब्दी की मनोचिकित्सा ने, रूपांतरण उन्माद (कन्वर्ज़न हिस्टीरिया) तंत्रिक्षीणता (न्यूरेस्थेनिया)–जिसमें घबराहट (नर्वसनैस), थकान आना (फ़ैटीगेबिलिटी), चिड़चिड़ापन (इरीटेबिलिटी) तथा सुनिश्चित रूपांतरण लक्षण (कन्वर्ज़न सिम्पूटम) या रुग्ण भय (मोरबिड फीयर) या बाध्यताओं (कम्पल्ज़ंस) के बिना विश्रान्ति (एग्ज्हॉशन) और मनःक्षीणता (साइकॅस्थेनिया)–जिसमें अस्वस्थ भय तथा बाध्यताएं निहित रहती हैं– में विभेदीकरण करने के लिए फ्रांसीसी विचारधारा (जैने) की पद्धतियों का अनुसरण किया। वस्तुतः 'न्यूरोसिस या तंत्रिकाताप' शब्द स्वयं एक मिथ्या नाम है, क्योंकि इसका अर्थ हुआ रोग या तंत्रिकाओं का विषाक्तिकरण। 'मनःक्षीणता या साइकॅस्थेनिया' का

अर्थ है चित्त या मन (साइकी) का दुर्बल होना और 'तंत्रिक्षीणता या न्यूरेस्थेनिया' का अर्थ है तंत्रिकाओं का दुर्बल होना। इन सभी पारिभाषिक शब्दों का परिचय मनश्चिकित्सा में ऐसे समय दिया गया था जब ये विश्वास किया जाता था कि तंत्रिकातापों के मूल में निहित कुछ वास्तविक कायिक (सोमैटिक) परिवर्तनों को या तंत्रिकाविकृति (न्यूरोपैथोलॉजी) को खोजा जाएगा। 'मनस्तंत्रिकाताप या साइकोन्यूरोसिस' और 'तंत्रिकाताप या न्यूरोसिस' दोनों शब्द जो अब अविवेकी तरीके से प्रयोग किए जाते हैं, निस्संदेह (उनके भ्रामक व्युत्पत्तीय मूल के बावजूद) वैज्ञानिक भाषा में बने रहेंगे।' साइकॅस्थेनिया या मनःक्षीणता और 'न्यूरेस्थेनिया या तंत्रिक्षीणता' इतने गलत हैं कि उन्हें अधिकांशतः छोड़ दिया गया है। कुछ मनश्चिकित्सकीय शोध प्रबंध अभी भी उनका प्रयोग करते हैं अतः विद्यार्थी को इनसे परिचित होना चाहिए।

फ्रायड का कार्य मनोलैंगिकता की उत्पत्ति के सिद्धांत स्पष्टीकरण करता है और तंत्रिकातापों के गत्यात्मक वर्गीकरण के लिए एक आधार देता है। मनस्तापों की भांति, तंत्रिकाताप भी अहम (ईगो) और कामवृत्यात्मक प्रतिगमन (लिबिडिनल रिग्रैशन) की गहराई और द्वंद्व की प्रकृति के आधार पर वर्गीकृत किए जाते हैं।

मनोविश्लेषणात्मक रोगविज्ञान (साइकोएनालिटिक नॉसोलॉजी), मनस्तंत्रिकातापों को हेतुकी के संबंध में और प्रतिगमन के संबंध में विभाजित करता है। प्रतिगमन और व्यक्तित्व की संरचना के आधार पर हमारे द्वारा तंत्रिकातापों के बारे में विस्तार से विचार-विमर्श करने से पूर्व हमें इन श्रेणियों के बारे में संक्षेप में विचार करना पड़ेगा।

वास्तविक तंत्रिकाताप और मनस्तंत्रिकाताप : अपने प्रारंभिक लेखों में फ्रायड ने (1924 ए जिल्द 1) विद्यमान स्नायु संबंधी विकार (नर्वस मैलफंक्शन) के कारण होने वाले और शैशव अभिघातज अनुभवों (इन्फैन्टाइल ट्रोमॅटिक एक्सपीरिएन्सिज़) के कारण होने वाले तंत्रिकातापों के बीच विभेदीकरण किया। यह प्रभेद आक्रमणशील तथा प्रतिकूल वृत्तियों (एग्रैसिव ऑर होस्टाइल अर्जिज़) के परिचय से पहले किया गया था तथा तंत्रिकाताप के दोनों प्रकार कामप्रवृत्यात्मक (लिबिडिनल) कुसमायोजन के कारण माने जाते थे। वास्तविक तंत्रिकाताप वयस्क लैंगिक कुसमायोजन के आधार पर घटित होते थे और इनमें तंत्रिक्षीणता या न्यूरेस्थेनिया निहित होता था जिसे उन्होंने लैंगिक (सेक्सुअल) अतिरेक, विशेषकर हस्तमैथुन (मास्टरबेशन) तथा दुश्चिंता तंत्रिकाताप पर आरोपित किया जो तथाकथित रूप से लैंगिक परिवर्ज़न के कारण होता था। मनस्तंत्रिकाताप, उन्माद (हिस्टीरिया) तथा मनोग्रस्तिमूलक तंत्रिकातापों को निहित करते हैं तथा दमित शैशव लैंगिक अनुभवों के कारण, विशेषकर इडीपस स्थिति के संबंध में होते हैं। फ्रायड की मनस्तंत्रिकातापों के बारे में इस धारणा से इसका रोगविज्ञान (नॉसोलॉजी) विकसित हुआ है जिसकी विवेचना हम इस अध्याय में करेंगे। फ्रायड ने वास्तविक तंत्रिकातापों के बारे में अपनी धारणाओं को कभी परिवर्तित नहीं किया और इस धारणा को आगे भी कभी विकसित नहीं किया। अपने बाद के लेखों में उन्होंने इसके बारे में बात तो की लेकिन यदा-कदा ही। दूसरी ओर उन्होंने कभी इसे

वापिस भी नहीं लिया। प्रचलित मनोचिकित्सकीय मत यह है कि केवल विरले केसों के सिवाय, लैंगिक अतिरेक (सेक्सुअल एक्सेसिज़) और लैंगिक अवरोध (सेक्सुअल इनहिबिशन) दोनों ही अपने में तंत्रिकातापी लक्षण हैं तथा तंत्रिकाताप के कारण नहीं। फिर भी, फ्रायड ने यह ठीक ही समझा था कि तंत्रिकातापों में भी शारीरिक (फ़िज़ियोलॉजिकल) समस्याएं होती हैं।

आत्मरतिक (नारसिसिस्टिक) तथा स्थानांतरण (ट्रान्सफरैन्स) तंत्रिकाताप : मनोविश्लेषणवादी आत्मरतिक और स्थानांतरण तंत्रिकातापों में विभेदीकरण करते हैं। स्थानांतरण तंत्रिकाताप वे हैं जिनमें मनस्तंत्रिकातापी लाक्षणिकी एक मौलिक रूप से आवेशित पात्र या पदार्थ संबंध (ओरीजिनली कॅथॅक्टिड ऑब्जैक्ट रिलेशनशिप) का एक छद्म प्रकार है। आत्मरतिक तंत्रिकाताप वे हैं जिनमें कामवृत्ति (लिबिडो) अपने अंदर की ओर मुड़ जाती है। यह विभेदन, मनोविश्लेषण की संभावित चिकित्सकीय (थेरापुटिक) सफलता की भविष्यवाणी करने के लिए महत्वपूर्ण है। रूपांतरण उन्माद (कन्वर्ज़न हिस्टीरिया) और दुश्चिंता उन्माद (एंग्ज़ाइटी हिस्टीरिया) की भांति, स्थानांतरण तंत्रिकाताप भी मनोविश्लेषण के द्वारा अधिक आसानी से रोगमुक्त हो जाते हैं। मनोग्रस्तिमूलक तंत्रिकाताप जैसे तंत्रिकातापों का उपचार लिबिडो के आत्मरतिक स्थिरण (फिक्सेशन) के कारण इतनी आसानी से नहीं होता। तालिका-2 में, मनस्तंत्रिकाताप की विशेषता, तंत्रिकातापी प्रतिगमन की गहराई के संबंध में बताई जाती है। वस्तुतः मनस्तंत्रिकातापों की सैद्धांतिक अवस्थाओं और उनकी वास्तविक लाक्षणिकी के मध्य महत्वपूर्ण परस्पर व्याप्ति है। अवश्य ही निरंतर सुनिश्चित निदान करना लगभग असंभव है। उदाहरण के लिए, बाध्यताओं के बिना मनोग्रस्तिमूलक तंत्रिकातापी अथवा मनोग्रस्तियों के बिना दुश्चिंताग्रस्त उन्मादी को पाना बहुत कठिन है।

जैसे-जैसे हम मनोग्रस्तिमूलक तंत्रिकाताप से रूपांतरण उन्माद की ओर जाते हैं कुछ अंतर बहुत स्पष्ट हो जाते हैं। मनोग्रस्तिमूलक तंत्रिकातापी, स्पष्ट रूप से मानसिक रोगी होता है। वस्तुतः हम कुछ मामलों में मनोग्रस्ति और मतिभ्रम के बीच स्पष्ट रूप से विभेदन नहीं कर सकते। दूसरी ओर, एक उन्मादी (हिस्टैरिक) शारीरिक रूप से बीमार या 'फिज़ीकली इल' होता है। इसका अर्थ यह हुआ कि उन्माद (हिस्टीरिया) में अहम् यथार्थ के साथ अपने संपर्क में अपेक्षाकृत कम प्रभावित होता है, जबकि मनोग्रस्तिमूलक तंत्रिकाताप में अहम् गहराई तक आवेष्टित होता है। मध्यवर्ती प्रकार दोनों के बीच में आते हैं। प्रतिगमन जितना गहरा होता है व्यवहार का उभयभाव उतना ही अधिक स्पष्ट और कामवृत्यात्मक समायोजन उतना ही अधिक शैशवीय होता है। उन्मादग्रस्त (हिस्टैरीकल) व्यक्ति मुख्य रूप से लैंगिक स्तर (फैलिक लैविल) अर्थात् उस स्तर पर कुसमायोजित होते हैं, जहां उभयभाव (एम्बीवेलैन्स) पर विजय प्राप्त हो रही है (बिकमिंग ओवरकम), जबकि बाध्यताग्रस्त तंत्रिकातापी उभय भाव और उत्तरगुदीय चरित्र के विशेषक (ट्रेट्स) के निश्चित चिह्न प्रदर्शित करते हैं। इस प्रकार अधिक प्रतिगामी (रिग्रेस्ड) प्रकार मनस्तापी के निकट होता है और कम प्रतिगामी प्रकार (नॉर्मल)

सामान्य के सदृश होते हैं। विविध तंत्रिकातापों की लाक्षणिकी और हैतुकी के बारे में विचार-विमर्श करते समय यह और स्पष्ट हो जाएगा।

मनस्तंत्रिकाताप के रोगविज्ञान की उत्पत्ति हाल ही में हुई है तथा इसके आपतन के सही सांख्यिकीय आंकड़े उपलब्ध नहीं हैं। अधिकांश मामलों में मनोविश्लेषण ही पसंदीदा चिकित्सा प्रणाली है। इन्हीं कारणों से हम अपनी रूपरेखा को संक्षिप्त करते हैं और तंत्रिकातापों की केवल लाक्षणिकी और हैतुकी के बारे में ही विवेचना करते हैं।

4. मनोग्रस्तिमूलक तंत्रिका-रोग या तंत्रिकाताप (द ऑब्सैशनल न्यूरोसीज़)

लाक्षणिकी : वास्तविक व्यवहार में, मनोग्रस्तिमूलक तंत्रिकातापों (ऑब्सैशनल-न्यूरोसीज़) को बाध्यतामूलक तंत्रिकातापों (कम्पल्शन न्यूरोसीज़) से निश्चित रूप से पृथक् नहीं किया जा सकता। जहां मनोग्रस्तियां प्रमुख होती हैं, बाध्यताग्रस्त व्यवहार लगभग सदैव उपस्थित होता है, तथा बाध्यतामूलक तंत्रिकातापों में मनोग्रस्तिमूलक भय और शंकाएं भी पाई जाती हैं। सिद्धांत के कुछ बिन्दुओं को स्पष्ट करने के लिए जहां चित्र में मनोग्रस्तियां प्रबल होती हैं वहां हम मनोग्रस्तिमूलक तंत्रिकाताप की, जब मनोग्रस्तियां और बाध्यताएं संतुलित होती हैं तो मनोग्रस्तिमूलक बाध्यतामूलक तंत्रिकाताप की और जहां बाध्यताएं प्रमुख हैं वहां बाध्यतामूलक तंत्रिकाताप की बात करेंगे। यदि मनोग्रस्तियां प्रमुख होती हैं तो सामान्य रूप से रोग, उन रोगों की अपेक्षा जहां बाध्यताएं प्रमुख होती हैं, अधिक तीव्र होता है (अर्थात् अधिक गहरे तक प्रतिगमित और मनस्ताप के अधिक समीप)। यह आधुनिक मनोचिकित्सा के बारे में एक महत्वपूर्ण बिन्दु स्पष्ट करते हैं, जो पूर्वोक्त अध्यायों से स्पष्ट होना चाहिए। विविध रोग सत्ताएं (डिसीज़ एन्टिटीज़), नैदानिक सुविधा के लिए चुने इच्छाधीन बिन्दु एक सांतत्यक (कन्टीनुअम) पर प्रस्तुत करती हैं। सामान्यतया, मानसिक रोग यथार्थ से प्रतिगमन और पश्चगमन को एक अनवरत् पैमाने के समानांतर प्रस्तुत करते हैं।

मनोगस्तिमूलक तंत्रिकाताप में विशिष्ट लक्षण मनोग्रस्तियां (ऑब्सैशन्स) होती हैं। ये दुराग्रही, आवंछनीय विचार होते हैं जिनके बारे में रोगी को यह अनुभूति होती है कि ये रुग्ण हैं लेकिन जो उसे निरंतर परेशान करते हैं। ये विचार आत्म-अभियोगात्मक या दूसरों की ओर अभियोगात्मक होते हैं और व्यामोहाभ मतिभ्रमों के बहुत समीप हो सकते हैं। एक युवा मैकेनिक को अचानक यह विचार आता है कि वह जिस आठ वर्ष की बालिका को सदैव बहुत पसंद करता था उसका वह पिता नहीं है। यह उसे मनोग्रस्ति की ओर ले जाता है कि उसकी पत्नी व्यभिचारिणी है। एक युवा मैट्रन इस विचार के साथ मनोग्रस्त है कि वह अपने अतिथियों को विष दे देगी और पति में एक काटने वाला चाकू घुसेड़ देगी। एक और भी कि, वह किसी भी ग्रेनाइट के पात्र की ऊपरी

सतह छूने से कोई भयंकर बीमारी पकड़ लेगी। कभी-कभी मनोग्रस्तियां अतींद्रिय (मैटाफिज़िकल) होती हैं। धार्मिक व्यक्ति नर्क की आग के भय से या इससे कि यह संसार समाप्त होने जा रहा है, मनोग्रस्त (ऑबसैस्ड) हो जाते हैं। ये मनोग्रस्तियां दुर्भीति (फोबियाज़) से संबंधित होती हैं, लेकिन मनोग्रस्तिमूलक तंत्रिकाताप में भय निरंतर बना रहता है। दुश्चिंता उन्माद (एंग्ज़ाइटी हिस्टीरिया) की दुर्भीतियों में भय, गतिविधियों को अवरुद्ध करता है और इस प्रकार दुश्चिंता को सुरक्षा प्रदान करता है।

मनोग्रस्तियों के साथ बाध्यताएं लगभग सदैव ही मिलती हैं। ये रोगी को मनोग्रस्ति के विरुद्ध सुरक्षा देती हैं। मनोग्रस्तिमूलक तंत्रिकातापी, जो अपनी पत्नी की निष्ठा में संदेह करता है उसकी जासूसी करने के लिए बाध्य हो जाता है। जो महिला इससे डरती है कि वह अपने अतिथियों को विष दे देगी, वह केवल भोजनालयों में उनका सत्कार करने के लिए बाध्य हो जाती हैं। इन बाध्यता लक्षणों (कम्पलज़न सिम्पटम्स) की सटीक प्रकृति या स्वरूप से हम अगले खण्ड में संबंधित रहेंगे।

साधारणतया, मनोग्रस्तियों और अनुपयुक्तता का भाव तथा इन्हें नियंत्रित करने में असमर्थता के संबंध में बहुत चेतन दुश्चिंता पाई जाती है। यह इतनी विशाल हो जाती है कि बहुत से मनोग्रस्तिमूलक तंत्रिकातापी (ऑब्सैशनल न्यूरोटिक्स) अंत में निर्व्यक्तिकृत (डी पर्सनलाइज़्ड) और अवास्तविक (अनरीयल) महसूस करने लगते हैं। अप्रधान दुश्चिंता (सैकेण्डरी एंग्ज़ाइटी) के अलावा प्रायः तथाकथित 'बाध्यताग्रस्त अविश्वास या कम्पल्सिव डाउटिंग' भी होता है। यह अविश्वास विशेष रूप से मनोग्रस्ति के तथ्य के संबंध में घटित होता है लेकिन बहुत से दैनिक निर्णयों को भी आच्छादित करता है।

तीव्रता में, इस रोग का क्षेत्र (रेंज) मन्द मनोग्रस्तिमूलक तन्मयता (माइल्ड ऑब्सैशनल प्रीओकुपेशन) जो थोड़ा सा असमर्थ बनाती है, से लेकर गंभीर मनोग्रस्तिमूलक तंत्रिकातापों (सीवियर ऑब्सैशनल न्यूरोसीज़) तक होता है। प्रायः रोग की तीव्रता निरंतर बढ़ती जाती है तथा इसका अंत मनस्ताप (साइकोसिस) तक में हो सकता है। फिर भी, कभी-कभी मनोग्रस्तियों को ऐसे कारणों से पराजित कर दिया जाता है जिनके बारे में हम कुछ नहीं जानते। लक्षणों की वृत्ति सामान्यीकरण (जनरलाइज़्ड) की अर्थात् वातावरण में विविध प्रकार के उद्दीपकों के साथ संबद्ध हो जाने की होती है।

हैतुकी (ईशियोलॉजी) : बहुत प्रकार के मनोग्रस्तिमूलक तंत्रिकातापियों के मनोविश्लेषण से रोग की हैतुकी के अग्रलिखित कारक सामने आए हैं। एक दमित संवेगात्मक अनुभव से संबंधित भाव (अॅफेक्ट) संबंध-विच्छेद कर लेता है या विलग हो जाता है (डिसोसिएटिड ऑर आइसोलेटिड) और किसी अपेक्षाकृत अहानिकर वस्तु पर स्थानांतरित या विस्थापित हो जाता है। इस वस्तु का निस्संदेह, प्राथमिक संवेगात्मक अनुभव से कोई संबंध होता है। ग्रेनाइट के पात्र से संक्रमित होने की रोगी की मनोग्रस्ति का स्रोत पहले स्नान टब में हस्तमैथुन करने की ओर जा सकता है। मनोग्रस्ति किसी

वर्जित लैंगिक अथवा आक्रमणशील कार्य के लिए एक रूपांतरित आत्म-भर्त्सना है। रोगी जो अपनी पुत्री के पैतृत्व को नकार रहा था और अपनी पत्नी के विश्वासघात के विचार से मनोग्रस्त (ऑब्सैस्ड) था, उसमें प्रबल अचेतन समलैंगिक प्रेरणाएं थीं जिन्हें वह स्वीकार नहीं कर सका। वस्तुतः वह तलाक का स्वागत करता। अपने मूल अर्थ से भाव (अफैक्ट) का 'विलगाव या आइसोलेशन' कैसे दुश्चिंता को कम करता है यह फ्रायड ने विस्तार से दिखाया है। मनोग्रस्तिमूलक तंत्रिकातापी का वितण्डावादी अविश्वास (डाउटिंग) उत्तर गुदीय काल (लेट एनल पीरियड) से उत्पन्न होता है जब उभयभाव बहुत प्रबल होता है। इस स्थल पर विद्वेष और कामवृत्ति (होस्टिलिटी एण्ड लिबिडो) के मध्य तथा समलैंगिकता और विषमलैंगिकता (होमोसेक्सुअलिटी एण्ड हॅटरोसेक्सुअलिटी) के बीच संघर्ष प्रबल होता है (संदर्भ अध्याय XI)। मनोग्रस्तिमूलक तंत्रिकातापी में गुद परपीड़न प्रकार (एनल-सेडिस्टिक सॉर्ट) की कामतत्व की प्रवृत्तियों (इड अर्जिज़) के बल और प्रभावशाली रूप से विकसित पराहम् जो उपयुक्त रूप से एकीकृत नहीं है, में निरंतर संतुलन रहता है। मनोग्रस्तियों में प्रायः अनुगमन करने वाली बाध्यताग्रस्त गतिविधियां उस अपराध भाव को निष्प्रभाव करने का कार्य करती हैं, जिन्हें मनोग्रस्तियां उत्पन्न करती हैं। जैसे-जैसे अहम् (ईगो) अधिक से अधिक आवेष्टित होता है और अधिक प्रतिगमित स्तर पर, व्यक्ति का संपूर्ण जीवन शैशवास्था के अभिलक्षक द्वंद्व के साथ संबंधित हो जाता है, 'क्या मैं शरारती हो सकता हूं या मुझे अच्छा होना चाहिए?'

मनोग्रस्तिमूलक तंत्रिकाताप उत्तर-गुद स्तर से आने वाले दमित द्वंद्वों के विरुद्ध लाक्षणिक (सिम्पटमैटिक) संरक्षण प्रस्तुत करता है। अविश्वास की क्रियाविधियां (मैकॅनिज़्म्स ऑफ डाउटिंग), अपनी मूल परिस्थिति से संवेग का अलगाव और विमोचन (अनडुइंग) (अर्थात् बाध्यतामूलक गतिविधियों का निष्पादन जो निषिद्ध इच्छाओं के प्रभाव को निष्प्रभाव करता है) व्यक्ति को वह दुश्चिंता कम करने में सहायता करते हैं जिन्हें द्वंद्व (कनफ्लिक्ट) के पुनर्जागरण की आशंका उत्पन्न करती है। अहम् और पराहम् का आवेष्टन पूर्व जननिक उभयभावी स्तर (प्री-जैनाइटल एम्बीवेलॅन्ट लैविल) पर होता है, जब अहम् अपेक्षाकृत निर्बल था और पराहम अपेक्षाकृत तीव्र था। पहले के सिद्धांतों का आज लगभग पूर्ण रूप से परित्याग कर दिया गया है कि मनोग्रस्तिमूलक तंत्रिकाताप, एक तंत्रिकाविकृतिग्रस्त वंशानुक्रम से पाने वाला ह्रासी या अपविकासी रोग है। इस प्रकार समस्त मनस्तंत्रिकातापों की भांति मनोग्रस्तिमूलक तंत्रिकाताप की उत्पत्ति भी मुख्य रूप से मनोवैज्ञानिक है।

5. बाध्यतामूलक तंत्रिका-रोग या तंत्रिकाताप (कम्पलज़न न्यूरोसिस)

लाक्षणिकी : हम पहले देख चुके हैं कि अधिकांश मनोग्रस्तिमूलक तंत्रिकाताप कुछ बाध्यकारी विशेषक (कम्पल्सिव ट्रेट्स) प्रदर्शित करते हैं। इसी प्रकार, समस्त नहीं तो

अधिकांश बाध्यता तंत्रिकातापी, थोड़ी मनोग्रस्ति प्रदर्शित करते हैं। जब बाध्यताओं (कम्पल्ज़न्स) की अपेक्षा मनोग्रस्तियां अधिक प्रमुख होती हैं तो हम मनोग्रस्तिमूलक तंत्रिकाताप की बात करते हैं और जब बाध्यताएं अधिक प्रमुख होती हैं तो बाध्यता तंत्रिकातापों (कम्पल्शन न्यूरोसीज़) की बात करते हैं। अधिकतकर दोनों प्रकार के लक्षण भली-भांति संतुलित होते हैं और यह मनोग्रस्तिमूलक बाध्यता तंत्रिकाताप होता है।

बाध्यताएं निरर्थक या अर्थहीन पेशीय क्रियाकलापों में लगे रहने की दृढ़ (दुराग्रही) और अप्रतिरोध्य अभिवृत्तियां हैं। इनका प्रसार (रेंज) अपेक्षाकृत पृथक् हुए पेशी समूह की सरल प्रतिक्रियाओं, जिन्हें हम पेशी-संकुचनों में देखते हैं, से लेकर जटिल समन्वित पेशीय चेष्टाओं जैसे दहनोन्माद (पायरोमेनिया), आग जलाने की अप्रतिरोध्य अन्तःप्रेरणा (इम्पल्स); मद्योन्माद (डिप्सोमेनिया), मद्यपान की अप्रतिरोध्य अन्तःप्रेरणा; चौर्योन्माद (क्लेप्टोमेनिया), चोरी करने की अप्रतिरोध्य अन्तःप्रेरणा। पेशी-संकुचनों (टिक्स) और एकोन्मादो (मोनोमेनियाज़) दोनों में, बाध्यता से संबद्ध मनोग्रस्तिमूलक विचार पर्याप्त दमित हो सकता है।

बाध्यता का सबसे अधिक पाया जाने वाला प्रभेद वह है जिसमें किसी ऐसे कार्य का निष्पादन करने की इच्छा, जो दूसरे देखने वालों को निरर्थक प्रतीत होता है, बहुत प्रबल होती है और उसे करने में असफल होने पर दुश्चिंता उत्पन्न होती है। मनोग्रस्ति की भांति बाध्यता भी अचेतन द्वंद्व के भाव या संवेग (अॅफेक्ट) को एक उदासीन कार्य या वस्तु पर विस्थापित करके, पृथक् (आइसोलेट) कर देती है। इस प्रकार नोट गिनने की, रेल की समय सारणियों को याद करने की, या प्रत्येक फर्शी पत्थर को स्पर्श करने की बाध्यताएं ऐसी चेष्टाएं बन जाती हैं जिनके द्वारा, देखने या स्पर्श करने की दमित और वर्जित क्रियाओं के साथ संबद्ध शक्ति, अधिक मितव्ययी ढंग से मुक्त होती है।

बाध्यकारी क्रियाओं के साथ सदैव कुछ दुश्चिंता और प्रायः अधिक अविश्वास (डाउटिंग) संबद्ध रहता है। मनोग्रस्तिमूलक की भांति बाध्यता तंत्रिकाताप भी चिरकालिक (क्रॉनिक) हो सकते हैं। पुराने केस एक ओर तो धीरे-धीरे बाध्यकारी चरित्र तथा गुदा-चरित्र (कम्पल्सिव कैरेक्टर एण्ड एनल कैरेक्टर) की संकल्पना में विलय कर जाते हैं और दूसरी ओर अतिपाती केस मनस्तापों में विलय हो जाते हैं। जैसा कि हम देख चुके हैं वस्तुतः मनोविदलताग्रस्त (स्काईज़ोफ्रीनिक) के बहुत से कर्मकाण्डी आनुष्ठानिक कार्य, मूल में बाध्यकारी (कम्पल्सिव) होते हैं।

हैतुकी (ईशियोलॉजी) : दुर्भीतियों (फोबियाज़) की भांति, बाध्यकारी कार्य भी मनोग्रस्तिमूलक दुश्चिंता से बचाते हैं और इस प्रकार व्यक्ति के अहम् को अधिक अक्षुण्ण या अखंड छोड़ते हैं। सामान्यतया, बाध्यता कामतत्व की उस अन्तः प्रेरणा (इड इम्पल्स) का विमोचन (अनडुइंग) और उससे संरक्षण का प्रतिनिधित्व करती है, जो चेतन रूप से अनभिज्ञेय (अनारिकाग्नाइज़ेबिल) होती है। कुछ मामलों में, बाध्यता में निहित

लैंगिक अंतर्वस्तु अभिज्ञेय होती, जैसे महिला की टांगों की ओर देखने की बाध्यता। दूसरे मामलों में यह प्रारंभ में इतना स्पष्ट नहीं होता। स्वच्छता के लिए बाध्यताएं सदैव शैशवी कामुकता के साथ संबद्ध अपराध भावनाओं के विरुद्ध संरक्षण देती है। यह भावना प्रायः हस्तमैथुन के साथ संबद्ध होती है। इस केस में, हस्तमैथुन के लिए अपराध भाव पर आधारित मनोग्रस्ति, 'मेरे हाथ गंदे हैं,' जो एकाकी है, बाध्यता की ओर ले जाता है, 'मुझे हाथ धोने चाहिए,' जो विमोचन का (अनडुइंग) एक उदारहण है। हाथ धोने के उन्माद (हैण्ड वाशिंग मेनिया) के बार-बार देखे जाने वाले मामलों की व्याख्या इस प्रकार की जा सकती है। ताश खेलने, या अपने हाथों, दस्तानों, बटनों आदि के साथ 'खेलने या फिडिल' करने की बाध्यता प्रायः हस्तमैथुन का एक विस्थापित समानार्थी है। यह संरक्षणात्मक है क्योंकि स्वयं जनेन्द्रियों से काम नहीं लिया गया है। मनोग्रस्तिमूलक की भांति, बाध्यता तंत्रिकातापी भी अपने समलिंगी और विषमलिंगी प्रयासों (स्ट्राइविंग्स), दोनों के बीच और अपनी प्रेम और घृणा के मनोवेगों (इम्पल्सिस) के बीच एक निरंतर द्वंद्व में रहता है। अतः वह न तो भली-भांति प्रेम और न ही घृणा कर सकता है। इसके अलावा उसका दुर्बल और दोलायमान अहम्, एक ओर तो कामतत्व (इड) की प्रबल अपेक्षाओं के लिए और दूसरी ओर अत्याचारी पराहम् (सुपरईगो) के लिए उपयुक्त नहीं है।

बाध्यता तंत्रिकातापी में, जैसे कि मनोग्रस्तिमूलक तंत्रिकातापी में, अविश्वास (डाउटिंग) का प्रचलन इन्हीं संघर्षों से आता है। किशोरों के कुछ मामलों में विद्यालय पाठ्यक्रम तथा व्यवसाय के चयन के संबंध में महसूस किए जाने वाली गंभीर अनिश्चितताओं का पूर्वजननिक स्थिरणों या प्रीजेनाइटल फिक्सेशन्स (अर्थात् मनोलैंगिकता की निश्चित रूप से स्थापना होने से पूर्व का समय) से संबंध मिलाया जा सकता है।

चूंकि बाध्यता और मनोग्रस्तिमूलक तंत्रिकाताप एक अहम् प्रतिगमन (ईगो रिग्रैशन) के साथ और प्रबल समलिंगी प्रवृत्तियों के साथ (अर्जिज़) पूर्वजननिक कामुकता (प्रीजेनाइटल सेक्सुअलिटी) की ओर प्रतिगमन को प्रकट करता है अतः इसकी चिकित्सा कठिन है। मनोविश्लेषण पसंद की चिकित्साप्रणाली है लेकिन प्रायः यह एक लम्बी प्रविधि होती है। मनोविश्लेषण के द्वारा मनोग्रस्तिमूलक और बाध्यता तंत्रिकाताप के सफल उपचार के लिए उन्माद के उपचार से तिगुना लम्बा समय लगता है।

6. दुश्चिंता तंत्रिकाताप, तंत्रिक्षीणता (एंग्ज़ाइटी न्यूरोसिस, न्यूरेस्थेनिया)

लाक्षणिकी : दुश्चिंता तंत्रिकाताप और तंत्रिक्षीणता लगभग दस वर्ष पूर्व बार-बार होने वाले रोग निदान थे। आज यह यदा-कदा ही किए जाते हैं क्योंकि समस्त तंत्रिकाताप

दुश्चिंता से आरंभ होते हैं और पहले दुश्चिंता तंत्रिकाताप के रूप में निदान किए गए बहुत से केस एक ओर तो प्रारंभिक मनोग्रस्तिमूलक तंत्रिकातापों के और दूसरी ओर दुश्चिंता उन्माद थे। तंत्रिक्षीणता (न्यूरेस्थेनिया) किसी सुस्पष्ट मनोग्रस्तिमूलक या उन्मादी अंश (ऑब्सैशनल ऑर हिस्टैरिकल कन्टैन्ट) के बिना कभी मुश्किल से ही घटित होता है।

दुश्चिंता तंत्रिकाताप की लाक्षाणिकी सरल है। दुश्चिंता का आधारभूत लक्षण, स्वच्छंद रूप से प्रवाहित होने (फ्री फ्लोटिंग सॉर्ट) का है। शारीरिक लक्षण, जैसे हृद-क्षिप्रता (टैकिकार्डिया), श्वसन की अस्वस्थताएं (रैस्पिरेटेरी अपसैट्स), वाहिका प्रेरक गड़बड़ियां (वैसो-मोटर डिस्टर्बैन्सिज) और स्वेदन, प्रायः घटित होते हैं। दुश्चिंता का कारण रोगी को कभी ज्ञात नहीं होता। यह व्यक्ति के स्वः के अंदर किसी वस्तु के रूप में महसूस की जाती है। इसे अहानिकारक पदार्थों या वस्तुओं के अनुक्रम पर विस्थापित किया जा सकता है। इसके अतिरिक्त इसमें प्रायः चिड़चिड़ापन, अनिद्रा रोग (इन्सॉमनिआ) तथा रात्रि में दुश्चिंता (*पावोर नॉक्टर्नस*) के तीव्र दौरे देखने में आते हैं।

तंत्रिक्षीणता के रोगी प्रायः अपसंवेदन (पैरेस्थीसियाज़) और अतिसंवेदिताओं (हाइपॅरीस्थीसियाज़) को विकसित कर लेते हैं, लेकिन थकान की अतिश्योक्तिपूर्ण भावना इसका केन्द्रीय लक्षण है जो इतना अचल है कि कार्य करने की क्षमता को कम कर देता है। स्नायविक विघटन (नर्वस ब्रेकडाउन) का लोकप्रिय विचार यहां आवेष्टित होता है। इसमें चिड़चिड़ापन, अवसाद (डिप्रैशन), रोगभ्रम (हाइपोकॉन्ड्रिएसिस), अनिद्रा रोग (इन्सोमनिया) और विविध प्रकार की पेशीय दुर्बलताएं होती हैं, लेकिन केन्द्रीय भाव अपने कार्य और सामाजिक कर्त्तव्यों के साथ ''चलने में असमर्थता या नॉट बीइंग एबिल टु गो ऑन'' का होता है।

हैतुकी (ईशियोलॉजी) : तंत्रिक्षीणता (न्यूरेस्थेनिया) तथा दुश्चिंता तंत्रिकाताप (एंग्ज़ाइटी न्यूरोसीज़) दो ऐसे रोग हैं जिन्हें फ्रायड ने वास्तविक तंत्रिकाताप कहा। जैसा कि हमने ऊपर देखा, तंत्रिक्षीणता लैंगिक निराशा (सेक्सुअल फ्रस्ट्रेशन) का अनुगमन करती है ऐसा माना जाता है। यद्यपि फ्रायड ने सार्वजनिक रूप से इस दृष्टिकोण को वापिस नहीं लिया लेकिन यह विश्वास करने के कारण हैं कि मनस्तंत्रिकातापों के विरोध में वास्तविक तंत्रिकाताप कम देखने में आते हैं। फ्रायड (1936) ने बाद में यह दिखाया कि सभी दुश्चिंता तब विकसित होती हैं जब दमन (रिप्रेशन्स) ध्वस्त होने की धमकी देते हैं। दुश्चिंता तंत्रिकाताप कदाचित् किसी भी तंत्रिकाताप की प्रारंभिक अवस्था है। तंत्रिक्षीणता कदाचित् रोगभ्रम (हाइपोकॉन्ड्रिआ) का एक उन्माद जैसा प्रकार (हिस्टेरॉइड फॉर्म) है जिसमें पूर्वजननिक कारक कार्य कर रहे होते हैं। दुश्चिंता तंत्रिकाताप और तंत्रिकाक्षीणता दोनों के शुद्ध प्रकार कदाचित् विरले होते हैं। वे जब अस्तित्व में होते हैं तो उत्तर गुद (लेट एनल) और जननिक अवस्थाओं के बीच दमन के एक मिश्रित प्रकार को प्रस्तुत करते हैं जिसमें दोनों के कुछ पहलू पाए जाते हैं।

7. दुश्चिंता उन्माद, दुर्भीति (एंग्ज़ाइटी हिस्टीरिया, फोबियाज़)

लाक्षणिकी : प्रारंभिक मनोश्चिकित्सा में, दुश्चिंता उन्माद और दुर्भीतियां, मनःक्षीणताओं (साइकेस्थेनियाज़) के रूप में या मनोग्रस्तिमूलक तंत्रिकातापों के रूप में वर्गीकृत किए गए थे। बहुत से रोगियों के सावधानी से किए गए मनोविश्लेषण ने इस वर्गीकरण के हेतु विज्ञान की दृष्टि से (ईश्यिोलॉजिकली) अनुपयुक्त बताया है। जब यह सत्य हैं कि दुर्भीति (फोबिया) जो दुश्चिंता उन्माद का मुख्य लक्षण है, कुछ-कुछ मनोग्रस्तिमूलक प्रकृति की होती है, तब यह प्रदर्शित करना सरल हो जाता है कि इस रोग से पीड़ित व्यक्तियों में न तो प्रतिगमन की गहराई होती है और न ही वास्तविक मनोग्रस्तिमूलक तंत्रिकातापियों के पूर्व जननिक द्वंद्व पाए जाते हैं।

दुश्चिंता उन्माद के अंतर्गत हम समस्त दुर्भीतियों को निहित करते हैं और इसकी लाक्षणिकी साधारण होती है। रोगी में किसी परिस्थिति या पदार्थ का अस्वस्थ (मोरबिड) भय होता है। केवल कुछ विशिष्ट परिस्थितियों के सिवाय, इसे परिस्थिति या पदार्थ को आस-पास न जाकर कम किया जा सकता है। गौण लक्षणों में दुर्भीतियों के बारे में सामान्य दुश्चिंता, अनिद्रा रोग और लैंगिक क्षेत्र में पुनरावर्ती गड़बड़ियां निहित होती हैं।

हैतुकी (ईशियोलॉजी)–दुर्भीतियां एक ऐसी स्थिति के विरुद्ध संरक्षण देने का कार्य करती हैं जो प्राथमिक दुश्चिंता को उत्पन्न कर सकती हैं। इस प्रकार एक अचेतन रूप से अस्वीकार्य शैशव द्वंद्व, दुश्चिंता के जागरण को रोकने के लिए बाहर की ओर प्रक्षेपित होता है। ये द्वंद्व प्रायः जननिक स्तर पर होते हैं और इडीपस स्थिति से आते हैं। परिणामतः वयस्कों में बहुत सी दुर्भीतियां (फोबियाज़) उन परिस्थितियों से संबंधित होती हैं जो सामान्यतः बालकों में भय का कारण होती हैं, जैसे अंदर बंद हो जाने का भय, संवृत-स्थान-भीति (क्लॉःस्ट्रोफोबिया); अकेले सड़क पार करने का भय; विवृत-स्थान-भीति (ऐगॅराफोबिया); इत्यादि। भय, प्रलोभन के विरुद्ध प्रतिक्रिया विधान (रिएक्शन फॉर्मेशन) है क्योंकि व्यक्ति में प्रलोभन के परिणामों का भय और भी अधिक होता है।

दुश्चिंता उन्माद की हैतुकी, रूपांतरण उन्माद की हैतुकी के समान है, जिसके बारे में हम इसके बाद बात करेंगे, सिवाय इसके कि दुश्चिंता उन्माद में अहम् अधिक आवेष्टित होता है तथा प्रतिगमन और उभयभाव अधिक होता है। फिर भी, दोनों रोग जननिक स्तर के द्वंद्वों के कारण होते हैं और दोनों ही उस दुश्चिंता पर विजय प्राप्त करने के प्रयासों को प्रस्तुत करते हैं जो मूलतः ईडीपस द्वंद्व से जाग्रत हुई थी।

8. रूपांतर उन्माद (कन्वर्ज़न हिस्टीरिया)

लाक्षणिकी : समस्त मनस्तंत्रिकातापों (साइकोन्यूरोसीज) में से हम रूपांतरण हिस्टीरिया के बारे में सबसे अधिक जानते हैं। हमने पहले से ही देख लिया है (अध्याय-II) कि

किस प्रकार उन्नीसवीं शताब्दी में रूपांतर उन्माद और सम्मोहन (हिप्नॉसिस) में रुचि, इस अनुभूति के साथ सम्मिलित कर ली गई थी कि रूपांतरण उन्माद के लक्षण आत्म-अभिप्रेरित सम्मोहन (सैल्फ-इन्ड्यूस्ट हिप्नॉसिस) के कारण होते हैं। उन्माद का इतिहास महत्वपूर्ण था क्योंकि इस रोग के अध्ययन ने आधुनिक चिकित्सकीय (मेडिकल) मनोविज्ञान के सिद्धांतों को जन्म दिया। आज उन्माद जैसी (हिस्टैरॉइड) स्थितियां, जैसी कि पैथोन्यूरोसीज़ और अवयव तंत्रिकातपों (ऑर्गन न्यूरोसीज़) में होती हैं, (संदर्भ पिछला अध्याय) मनःकायिक (साइकोसोमॅटिक) चिकित्सा को उत्पन्न कर रही हैं। उन्माद 'शारीरिक या फिज़ीकल' रोग के उन लक्षणों का उल्लेख करता है जो प्रमुख रूप से मनोवैज्ञानिक आधार पर उदित होते हैं। ये लक्षण सदैव उन अवयवों से संबद्ध होते हैं जिनका पेशीय और संवेदी नियंत्रण, केन्द्रीय नाड़ी संस्थान की मध्यस्थता से होता है। ये अवयव तंत्रिकातापों से इस प्रकार से पृथक् हैं कि अवयव तंत्रिकाताप, स्वायत्त नाड़ी संस्थान द्वारा अनुप्राणित (प्रेरित) अवयवों को प्रभावित करता है। ये पैथोन्यूरोलिस से इस प्रकार से पृथक् किए जाते हैं कि इनकी उत्पत्ति लगभग विशिष्ट रूप से मनोवैज्ञानिक होती है। ज्ञानेन्द्रियों (सॅन्स आर्गन्स) के मनोवैज्ञानिक दृष्टि से निर्धारित अव-(हाइपो-) अति-(हाइपर-) तथा पराकार्य (पैरा-फंक्शन्स) तथा धारीदार पेशीसमूह (स्ट्राइएटिड) का उल्लेख प्रायः क्षतचिह्नों (स्टिगमॅटा) के रूप में किया जाता है। क्षतिचिह्नों के अतिरिक्त, इसमें उन्मादी स्वरूप की उपख्यानात्मक घटनाएं (एपीसोडिकफिनॉमिना) भी होती हैं, जिनका क्षेत्र उन्मादग्रस्त 'अपस्मारों' या 'ऐपीलैप्सीज़' से लेकर विविध प्रकार की मंद मतलियों (नॉसइयाज़), आदि तक होता है। उन्मादग्रस्त घटनाओं या उपाख्यानों में विविध प्रकार की स्वप्न अवस्थाएं, निद्राभ्रमण (सोमनैम्बुलिज़्मस), आत्मविस्मृतियां (फ्यूग्स) और व्यक्तिगत स्मृति-लोप (पर्सनल एमनीज़ियाज़) भी निहित रहते हैं। सिफ़लिस की भांति उन्माद (हिस्टीरिया) भी 'महान अनुकारक या ग्रेट इमीटेटर' कहा जा सकता है। उन्माद को लगभग प्रत्येक शारीरिक और मानसिक रोग के साथ भ्रमित किया जा सकता है।

हेतुकी (ईशियोलॉजी) : रूपान्तरण उन्माद मुख्य रूप से रूपांतरण की क्रियाविधि (मैकॅनिज़्म) का उपयोग करता है। रूपान्तर में एक दमित भाव या संवेग (रिप्रैस्ड अफैक्ट), एक लक्षण में इस ढंग से रूपांतरित हो जाता है कि अचेतन द्वंद्व टल जाता है या कम हो जाता है। यह तंत्रिकातापों का तथाकथित *'प्रधान लाभ* या *प्राइमरी गेन'* है। दुश्चिंता कम हो जाती है और अहम् अपेक्षाकृत अक्षुण्ण रह जाता है। प्रभावित अवयव का व्यक्ति के लिए कोई महत्व या अर्थ होता है तथा रूपांतरण प्रायः *सोमैटिक कम्पलाएन्स* या *कायिक अनुवर्तन* के सिद्धांत का अनुगमन करता है। कायिक अनुवर्तन का अर्थ है वह तथ्य कि यद्यपि जो अवयव भावाभिनिवेशित (कैथॅक्टिड) होता है वह व्यक्ति के जीवन वृत्त में महत्वपूर्ण होता है, पर यह अवयव संघटनात्मक कारकों या पहले के रोग के कारण कायिक दृष्टि से अशक्त हो सकता है। *प्राइमरी गेन,* लक्षणों के विकास के माध्यम से अचेतन द्वंद्व के रूपांतरण से आते हैं। रूपांतरण उन्माद से पीड़ित

व्यक्ति अपने परिवार और साथियों की सहानुभूति प्राप्त करता है और उसे वास्तविक जीवन परिस्थिति का सामना नहीं करना पड़ता। इसे *सैकेण्डरी गेन* या *सहायक लाभ* कहते हैं।

उन्माद के ये द्वंद्व प्रायः इडीपस स्थिति को वापिस जाते हैं, जिससे विपरीत लिंग के अभिभावक के साथ जननिक स्तर पर एक चेतन आसक्ति होती है। इडीपस आसक्ति के परिणामों का भय, दमन (रिप्रैशन) और परिणामस्वरूप समस्त कामुकता को नकारने का कारण बनता है। किशोरावस्था पर कामुकता का शारीरिक परिपक्वन (फिजियोलॉजिकल राइपनिंग), समस्त कामुकता के परिणामों के भय के कारण स्वाभाविक निकास प्राप्त नहीं कर सकता। अतः कामुकता नकार दी जाती है और कामवृत्यात्मक शक्ति (लिबिडिनल एनर्जी) शारीरिक रोग के लक्षणों में रूपांतरित हो जाती है।

इस प्रकार, उन्माद कामुकता के जननिक स्तर का प्रतिगमन है (हिस्टीरिया, दैन, इज़ ए रिग्रैशन टू द फैलिक लैविल ऑफ सैक्सुएलिटी)। उन्मादग्रस्त (हिस्टैरिक) का संघर्ष सदैव विषमलिंगी प्रेरणाओं (अर्जिज़) और उनके परिणामों के भय के मध्य द्वंद्व को लेकर होता है। यह लक्षण दुश्चिंता के कारणों को नकारने का कार्य करते हैं।

रूपांतरण उन्माद यदा-कदा ही केवल 'शारीरिक या फिजीकल' लक्षण दिखाते हैं। उन्मादग्रस्त (हिस्टैरिक) व्यवहार की समस्याएं और लक्षण विकसित कर लेता है और उसमें जननिक चरित्र (फैलिक कैरेक्टर) स्पष्ट देखा जा सकता है। वह प्रायः उत्सुकता और प्रदर्शन प्रवृत्ति, दोनों ही दिखाता है लेकिन इन व्यवहारों के लैंगिक निहितार्थ को नकारता है। निराशा (फ्रस्ट्रेशन) के लिए विद्वेष के कुछ चिह्न पाए जाते हैं तथा इसमें प्रायः हस्तमैथुन के संदर्भ में पूर्वग्रह या पूर्वाधिकार होता है, अपराध की भावना एक ही समय जिसके साथ-साथ चलती है। रूपांतरण के लक्षण, दमित जननिक प्रयासों के उर्ध्वगामी विस्थापन को प्रकट करते हैं। इसमें रोगी की अवयव की कामुकता में वृद्धि (ईरॉटिसाइज़ेशन) और मिथ्या-वर्णन (डिस्टॉर्शन) जैसा कि स्वप्न में होता है देखने में आता है, जबकि चुना गया अवयव प्रायः व्यक्ति के लिए विशेष कामविषयक (इरॉटिक) महत्व रखता है। बार-बार अपस्मार की नकल करने वाले 'उन्मत्त या हिस्टैरिकल' दौरे आते हैं। फ्रायड यह दिखाने में सक्षम हो सके थे कि उन्मत्त घटनाएं (हिस्टैरिकल एपीसोड्स) सदैव एक छद्मवेशी लैंगिक क्रिया का प्रतिनिधित्व करती हैं जिनमें कुछ मनोवैज्ञानिक क्रियाविधियां (मैकेनिज़्म्स) जैसे संक्षेपण (कन्डैन्सेशन), अतिक्षतिपूर्ति (ओवरकम्पैन्सेशन), बहुल आत्मीकरण (मल्टिपिल आइडैन्टिफिकेशन) तथा सामान्य समय के अनुक्रमों का उलटाव आवेष्टित होते हैं। इस प्रकार उन्मत्त आलोड़न (हिस्टैरिकल कन्वल्ज़न्स) में, व्यक्ति स्वयं अपनी देह के साथ संभोग (कॉयटस) का अभिनय करता है, प्रलोभक और बहके हुए, पुरुष और स्त्री दोनों का अभिनय करता है, प्रायः कामोत्ताप के समान आनंदातिरेक से प्रारंभ करते हुए तथा शहीद-नामा/भावप्रवण

अभिवृत्ति की नकल करने आदि के साथ समाप्त करते हुए। विश्लेषण करने पर, उन्मत्त घटनाओं के समस्त तनूकृत और संक्षिप्त प्रकार, जननिक स्तर पर लैंगिक क्रिया के मूक अभिनेता के अभिनय के रूप में देखे जाते हैं।

अंतिम चार अध्यायों में हमने वास्तविक मानसिक रुग्णता के क्षेत्र का अध्ययन किया है। हमने प्रमुख रूप से कायिक मनस्तापों से प्रारंभ करके मुख्य रूप से कार्यात्मक मनस्तापों का विकास किया तथा मनस्तंत्रिकाताप से समाप्त किया। इन सभी रोगों में एक तथ्य सर्वसामान्य है कि लाक्षणिकी किसी तरह संज्ञानात्मक प्रक्रियाओं से संबंधित रहती है और शब्द के संकुचित अर्थ में मानसिक रोग भी इनके साथ संबंधित हैं। ऐसी मानसिक रुग्णताएं कुसमायोजनों की ओर ले जाती हैं जिन्हें इसलिए *स्वानुकूलता* या *ऑटोप्लास्टिक* कहा जाता है कि आंतरिक व्यक्तित्व संरचना परिवर्तित हो जाती है और परिणामस्वरूप मानसिक रोगलक्षण उत्पन्न होते हैं। आधुनिक मनश्चिकित्सा ने इन रोगों के बारे में सबसे पहले और सबसे व्यापक रूप में विचार किया क्योंकि समस्त मनोविज्ञान बोधात्मक (प्रत्यक्षज्ञानात्मक) (पर्सैप्चुअल) और संज्ञानात्मक प्रक्रियाओं (कॉगनिटिव प्रोसैसिज़) से संबंधित था (संदर्भ अध्याय IV)।

हाल में हमारे द्वारा व्यवहार विकृतियों (बिहेवियर डिस्ऑर्डर्स) तथा संवेगात्मक विकृतियों (इमोशनल डिस्ऑर्ड्स) पर अधिक बल दिए जाने से चरित्र संबंधी विकृतियों (कैरेक्टर डिस्आर्डर्स) तथा लैंगिक कुसमायोजनों (सेक्सुअल मैलएडजस्टमैन्ट्स) में आधुनिक मनश्चिकित्सा की रुचि विकसित हुई है जिससे हमारा संबंध आगे होगा। विकारग्रस्त चरित्र (डिस्ऑर्डर कॅरक्टर्स) ऐसे समायोजन प्रदर्शित करते हैं जिन्हें *बाह्यनुकूलता* या *एलोप्लास्टी* इसलिए कहा जाता है कि कुसमायोजन स्वयं को वातावरण पर कार्यान्वित करता है।

मनस्तापों और मनस्तंत्रिकातापों सभी में कुछ वस्तुएं सर्वसामान्य होती हैं। ये व्यवहार आक्रमणशील प्रकारों को प्रस्तुत करते हैं जो वयस्क होने पर प्रदर्शित होते हैं जब नैराश्य बहुत गंभीर हो जाता है। कभी-कभी प्रतिगमन पहले स्थिरण हुए (फिक्सेटिड) काल की ओर हो जाता है। अन्य समयों पर, विकास का स्थिरण किसी प्रारंभिक काल पर हो जाता है और उसके परे केवल सतही तौर पर गया होता है। निस्संदेह, जैविक और संघटनात्मक कारक, प्रतिगमन की गहराई निर्धारित करने के लिए सम्मिलित होते हैं। इन सभी रोगों में चिकित्सकीय और मनोवैज्ञानिक समस्याएं होती हैं। प्राथमिक रूप से कायिक मनस्तापों की अवज्ञा करते हुए, हम यह कह सकते हैं कि जैसे-जैसे हम प्रतिगमन पैमाने (रिग्रैशन स्केल) पर मनोविदलता (स्किड्ज़ोफ्रीनिया) से हिस्टीरिया तक उठते हैं, गनोवैज्ञानिक कारक अधिक महत्वपूर्ण हो जाते हैं। एक चिकित्सकीय समस्या के रूप में स्किड्ज़ोफ्रीनिया का बहुत महत्व होते हुए भी मनस्तंत्रिकाताप अधिक बारंबार होते हैं। निस्संदेह मनस्तापों और मनस्तंत्रिकातापों में मनोवैज्ञानिक के अतिरिक्त महत्वपूर्ण समाजशास्त्रीय समस्याएं भी होती हैं। मानसिक रोग प्रायः वयस्कता में समाजशास्त्रीय नैराश्य के आधार पर ध्वस्त होने (ब्रेक डाउन)

के रूप में घटित होते हैं। तथापि, समाजशास्त्रीय नैराश्य (सोशियोलॉजिकल फ्रस्ट्रेशन) कदाचित् कभी भी केवल मानसिक रोग का कारण नहीं बनते और यदि बनते हैं तो केवल उन केसों में जहां एक मनोवैज्ञानिक आधार भी निर्धारित होते हैं।

संदर्भिका

मनस्तंत्रिकाताप के बारे में मनोविश्लेषण की दृष्टि से विकसित साहित्य विशेष रूप से समृद्ध हैं, क्योंकि यह पहला क्षेत्र है जिसमें फ्रायड ने कार्य किया। फ्राइड के लगभग सभी शोध पत्र (1924 ए) और अब्राहम (1927) तथा फॅरॅन्ज़ी (1916, 1928) के कुछ चुने हुए शोध-पत्र विशेष रूप से प्रासंगिक हैं। संपूर्ण साहित्य का पुनरावलोकन फेनीकेल (1934) तथा रिकमैन (1928) के द्वारा किया गया है। हॅन्ड्रिक (1929) तथा मैनिंजर (1937 ए) को भी देखें।

फॅरिस और डन्हम ने मानसिक रोग में समाजशास्त्रीय कारकों के महत्व को दिखाया है। इस संबंध में कार्डिनर का कार्य भी महत्वपूर्ण है।

अध्याय-19

लैंगिक व्यवहार की असामान्यताएं

1. विकृत लैंगिक व्यवहार तथा मानसिक रोग के बीच में संबंध

'सामान्य' साधारण जन यह अनुभव करता है कि लैंगिक विकृति जैसी कोई वस्तु है, लेकिन वह इसकी ओर संत्रास या घृणा से देखता है तथा विकृतकामी (पर्वर्ट) को एक पापी मानता है जिसकी भ्रष्टता (डिप्रेविटी) पूर्ण रूप से उसके समझ के परे होती है या वह उसे एक अपराधी मानता है जिसे नियमित कानूनी तरीके के द्वारा गंभीर दंड दिया जाना चाहिए। सबसे महत्वपूर्ण जैविक प्रकार्यों (बायोलॉजिकल फंक्शन्स) में से एक प्रकार्य के बारे में खुला विचार-विमर्श करने का विक्टोरियाकालिक निषेध, हाल ही के समय तक चिकित्साशास्त्री व्यक्तियों पर भी लागू होता था। कुछ यौन-विज्ञानी जैसे क्राफ्ट एबिंग तथा हैवलॉक एलिस (1931 बी) ने लैंगिक व्यवहार की विकृतियों के बारे में बहुत से विवरणात्मक आंकड़े एकत्रित किए तथा बीसवीं शताब्दी के लगभग प्रारंभ में लैंगिक विकृतियां पहली बार मनोचिकित्सकीय समस्याओं के रूप में देखी गईं। तथापि, फ्रायड के लिए विकृत लैंगिक व्यवहार के मूल में अंतर्निहित मनोगितिकी (साइकोडाइनॅमिक्स) का वैज्ञानिक ढंग से स्पष्टीकरण देने का और एक ओर व्यवहार के इन प्रकारों को सामान्य व्यक्तित्व के साथ और दूसरी ओर मानसिक रूप से रुग्ण व्यक्तित्व के साथ संबंध दिखाने का या संबद्ध करने का प्रयास करना शेष रह गया। इस क्षेत्र में फ्रायड का महान योगदान, *थ्री कन्ट्रीब्यूशन्स टु द थ्योरी ऑफ सेक्स*, 1905 में प्रकट हुआ। उनके मनोलैंगिक उत्पत्तिग्रंथ (साइकोसैक्सुअल जेनेसिस) का सिद्धांत हम पहले ही अध्ययन कर चुके हैं। इस अध्याय में हम देखेंगे कि कैसे विकृत कामुक व्यवहार, शैशवीय कामुकता की विविध अवस्थाओं पर स्थिरणों या प्रतिगमनों (फिक्सेशन्स ऑर रिग्रैशन्स) का परिणाम हैं।

लैंगिक विकृतियां उस व्यवहार को प्रकट करती हैं जिनमें लैंगिक (या कामवासनात्मक) तनाव (सेक्सुअल टैंशन) से मुक्ति उन आचरणों से प्राप्त की जाती है जो सामान्य विषमलिंगी संभोग (कायटस) में नहीं आते। इन आचरणों में प्रायः

जननेन्द्रियों (सेक्सुअल ऑर्गन्स) का शरीर के दूसरे अवयवों जैसे हाथ, मुख या गुदा के साथ संपर्क निहित रहता है। शैशवीय कामुकता के काल में मुखीय और गुद दोनों क्षेत्रों का लैंगिक अभिप्राय (महत्व) उस अर्थ में होता है जो अर्थ हमने खंड III में 'यौन या सेक्स' शब्द को दिया था। चूंकि मनस्तापों और मनस्तंत्रिकातापों को, दमित शैशवीय सामग्री (रिप्रैस्ड इन्फैन्टाइल मॅटीरियल) की चेतना में वापसी के विरुद्ध *सुरक्षाओं* या *डिफैन्सिज़* के रूप में देखा जाता है, अतः फ्रायड यह दिखाने में सक्षम थे कि कामविकृतियाँ, शैशवीय कामुकता समायोजन के स्तरों पर स्थिरणों को प्रकट करती हैं। जैसा कि हम देख चुके हैं, मनस्तापों में यथार्थ को तोड़-मरोड़ने के लिए अहम् स्वयं को कामतत्व (इड) की शक्तियों के साथ सहबद्ध करता है और इस प्रकार अचेतन आंतरिक द्वंद्व को, व्यक्ति के लिए अनवरत् दुश्चिंता का कारण बनने से रोकता है। मनस्तंत्रिकातापों में अहम् कामतत्व के साथ संघर्ष करता है तथा मनस्तंत्रिकातापी लक्षणों को इस संघर्ष के परिणाम के रूप में देखा जा सकता है। कामविकृतियों में अहम् पूर्वजननिक प्रेरणाओं (प्रीजैनाइटल अर्जेज़) को स्वीकार करता है, चेतना में स्थान लेने देता है तथा विकृत कामुक व्यवहार के प्रकारों को स्वाभाविक के रूप में स्वीकार करता है। मनस्तापों और मनस्तंत्रिकातापों में अचेतन शैशव प्रयास (अन्कॉन्शस इन्फैन्टाइल स्ट्राइविंग्स), छद्म और विकृत रूप में प्रकट होते हैं तथा प्रायः सतह पर होने वाली कामुकता से उनका कुछ लेना-देना नहीं होता। कामविकृति में संतुष्टि के शैशवीय साधन और शैशव कामुकता का पात्र प्रायः छद्म रूप में होता है, लेकिन व्यवहार सर्वसम्मति से *काम-वासनात्मक* या *सेक्सुअल* प्रकृति का होता है और इस रूप में साकार भी होता है। दूसरे शब्दों में, व्यवहार कामवासनापरक तनावों (लिबिडिनल टैंशन्स) को घटाने की ओर लक्षित होता है। उदाहरण के लिए, एक समलिंगी की लगभग सदैव ही यह धारणा होती है कि पुरुषों और महिलाओं के दो वर्ग होते हैं, समलिंगी और विषमलिंगी और वह केवल समलिंगी वर्ग से संबंधित है। वह स्वयं को 'प्रकृति द्वारा (बाई नेचर)' ऐसा बना हुआ मानता है तथा इस तथ्य के बावजूद भी कि, वह सामाजिक दबाव का सामना करता है, वह यह विश्वास करता है कि अपनी कामुकता पर उसका अपना अधिकार है और यदि आवश्यक हो तो अपने इस अधिकार के लिए उसे लड़ना चाहिए। यह भी एक कारण है जिस वजह से समलैंगिकता का चिकित्सकीय उपचार बहुत कठिन है। हो सकता है कि समलिंगी को कोई तंत्रिकातापी या *न्यूरोटिक* संघर्ष न करना पड़े और यह दूसरे कामविकृति प्रभेदों पर भी लागू होता है। चूंकि कामविकृति व्यवहार के प्रकार तंत्रिकातापियों में निरंतर पाए जाते हैं तथा चूंकि बहुत से विकृतिकामी तंत्रिकातापी रोग लक्षणों को भी प्रदर्शित करते हैं, यह निश्चित रूप से सीमा रेखा के केसों पर लागू नहीं होता। विकृतिकामियों में, कामविकृति के विरुद्ध सामाजिक निषेधों (टैबूज़) के कारण और विकृतकामियों के रूप में अनावृत्त हो जाने के भय के कारण बहुत से द्वंद्व हो सकते हैं। परिणामस्वरूप इनमें से भी बहुत से व्यक्ति

तंत्रिकातापी होते हैं। लेकिन कुछ विकृतकामी अपनी कामविकृतियों को खुलकर स्वीकार करते हैं।

इसे ध्यान में रखते हुए चित्र 12 तथा तालिका 11 को समझा जा सकता है जो विकृतकामी व्यक्तित्व की सैद्धांतिक संरचना को प्रस्तुत करती है। तुलना करने के उद्देश्य से सामान्य मनस्तापी और मनस्तंत्रिकातापी की सैद्धांतिक संरचनाओं को पुनः सम्मिलित किया गया है।

ऐसा क्या है जो कुछ व्यक्तियों को शैशव विकासात्मक अवस्थाओं पर स्थिरणों को स्वीकार करने के लिए और अन्य को मानसिक रोग विकसित करने के लिए तैयार करता है, यह किसी भी तरह स्पष्ट नहीं है। मनोवैज्ञानिक और जैविक दोनों आधारों पर बहुत से सिद्धांत विकसित किए गए हैं। निस्संदेह संघटनात्मक (कान्स्टीट्यूशनल) और जैविक (बायोलॉजिकल) कारणों को महत्व दिया जाना चाहिए। उदाहरण के लिए कुछ निष्क्रिय पुरुष समलिंगी महिलाओं के गौण लैंगिक लक्षण (सैकेण्डरी सेक्स कैरेक्टरइस्टिक्स) विकसित कर लेते हैं, और बहुत सी महिला समलिंगी पुरुष के गौण लैंगिक लक्षण विकसित कर लेती हैं; लेकिन कुल मिलाकर विकृतकामियों (सेक्सुअल परवट्र्स) की सबसे अधिक संख्या, शरीर रचना की दृष्टि से (एनाटॉमिकली) पर्याप्त सामान्य प्रतीत होती है। तथापि, मनोवैज्ञानिक और शरीर रचनात्मक (एनाटॉमिकल) लैंगिकता किसी भी प्रकार प्रत्यक्ष रूप से सहसंबद्ध नहीं है। प्रत्येक व्यक्ति मनोवैज्ञानिक दृष्टि से द्विलिंगी (बाई सेक्सुअल) होते हैं।

व्यक्तित्व की संरचना का आरेखी प्रस्तुतीकरण

→ ← सुव्यवस्थित संतुलन (हारमोनियस बैलेन्स)

→ ← अव्यवस्थित संतुलन (इन्हार्मोनिया बैलॅन्स)

लम्बे तीर का निशान संपूर्ण व्यक्तित्व का वातावरण के साथ सापेक्षिक संतुलन का संकेत करता है।

छोटे तीर का निशान व्यक्तित्व के अंदर के बलों के सापेक्षिक संतुलन का संकेत करता है।

- - - - - - > समाज द्वारा स्वीकार्य व्यवहार

+ + + + + + + > अस्वीकार्य लेकिन छद्म रूप में

—+.. —+.. —+.. > छद्म लेकिन आंशिक रूप से स्वीकार्य

—0—0—0—0— > प्रकट तथा समाज द्वारा अस्वीकार्य

एसई – सुपर-ईगो (पराहम्)

सी एंड एम – क्रमशः अहम् (ईगो) के संज्ञानात्मक और पेशीय पक्ष

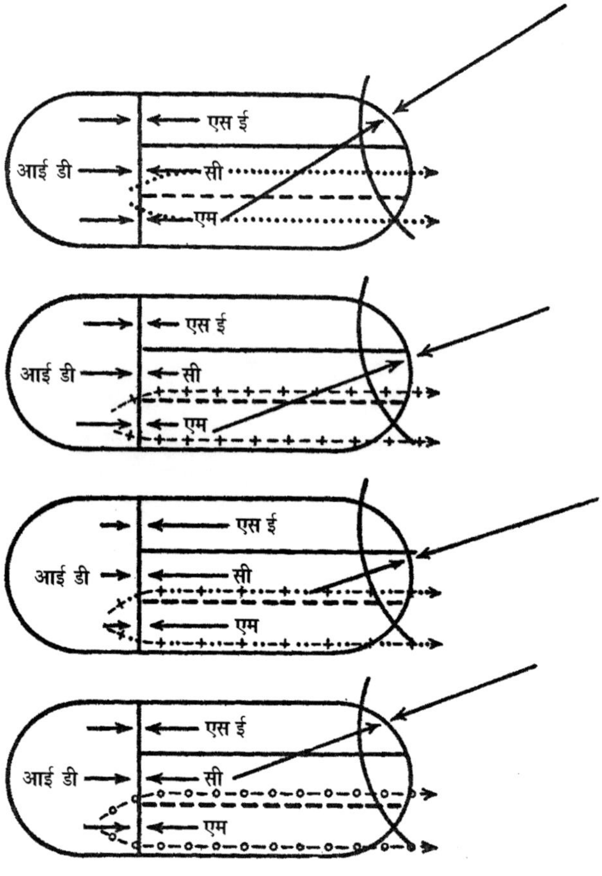

चित्र-12 : विकृतकामी व्यक्तित्व की अन्य प्रभेद के साथ तुलना करते हुए।

2. लैंगिक व्यवहार में विकृति कैसे संघटित होती है

साहित्य में कामवृत्ति या लिबिडो के मनोविश्लेषणवादी प्रत्ययों और मनोलैंगिक उत्पत्ति सिद्धांत के प्रस्तुत होने तक, केवल विषमलिंगी मैथुन (हैट्रोसेक्सुअल कॉयटस) को सामान्य कामवासनापरक व्यवहार माना जाता था। विकृतियों की प्रकृति को कामुक तो माना गया था लेकिन सामान्य व्यवहार के स्वरूपों और कामविकृतियों के मध्य स्पष्ट रेखा खींची गई थी। अतः यह माना जाता था कि अधिकांश व्यक्ति 'सामान्य' थे तथा संभोग के संबंध में अपने लैंगिक उद्देश्यों में सीमित होते थे, जबकि कुछ व्यक्ति असामान्य होते थे और विकृत व्यवहार के स्वरूपों की ओर अपने लैंगिक उद्देश्यों में

तालिका-11 :

	आंतरिक द्वंद्व का स्वरूप	परिणामिक व्यवहार का सामाजिक स्वरूप	प्रतिगमन की मात्रा	प्रेम पात्र से आधारिक वृत्तियों (अर्जेज़) का संबंध	द्वंद्व के निराकरण का परिणाम है
कामीविकृत	संतुलन सुव्यवस्थित या अव्यवस्थित हो सकता है; यथार्थ से तो नहीं लेकिन लैंगिक लोक-प्रथा से अलग हो जाना	व्यवहार सामाजिक दृष्टि से स्वीकार्य, लेकिन लैंगिक क्षेत्र के सिवाय व्यक्ति 'सामान्य'	यदि मनस्ताप, तंत्रिकाताप या प्रतिभा के साथ संयुक्त न हो तो, प्रतिगमन (रिग्रैशन) की अपेक्षा स्थिरण (फिक्सेशन) होता है।	समलैंगिकता में उत्तर उभयभावी (पोस्टएम्बीवेलेंट) हो सकता है। अन्य मामले उभयभावी।	विकृतिकामी लैंगिक आचरण
सामान्य	अहम्, पराहम्, कामतत्व और बाह्य यथार्थ के बीच सुव्यवस्थित संतुलन।	सभी क्षेत्रों में व्यवहार रचनात्मक और समाज को स्वीकार्य।	कोई नहीं, जननिक अवस्था का आ जाना।	उत्तर उभयभावी, कुछ लालसाएं (अर्जिज़) संतुष्ट कुछ परिष्कृत (सब्लीमेटिड)	कोई द्वंद्व नहीं
मनस्ताप	अहम्, पराहम्, कामतत्व और बाह्य यथार्थ के बीच अत्यधिक अव्यवस्थित संतुलन, कामतत्व के विरुद्ध अहम अशक्त और दुर्बल तथा यथार्थ से अलग हुआ। पराहम् प्रक्षेपित या अहम् द्वारा अधिकृत या अतितीव्र।	पेशीय (मोटर) और संज्ञानात्मक (कॉगनिटिव) दोनों क्षेत्रों में समाज द्वारा अस्वीकार्य, कामतत्त्व की प्रवृत्तियां (इड इम्पल्सेज़) छद्म रूप में प्रकट होती हैं।	कम से कम प्रारंभिक गुद काल की ओर, इस प्रकार यथार्थ परीक्षण (रीएलिटी टैस्टिंग) के स्तर से परे (विशिष्ट रोगों के लिए संदर्भ तालिका 2)	पात्रहीन (ऑब्जैक्टलैस) या अत्यधिक उभयभावी। उभयभावी	संज्ञानात्मक और पेशीय क्षेत्रों में गंभीर रोग लक्षण रचना।
मनस्तंत्रिकाताप	अहम्, पराहम्, कामतत्व और बाह्य यथार्थ के बीच अव्यवस्थित संतुलन, अहम्, पराहम् और कामतत्व के साथ संघर्ष में लेकिन अहम् यथार्थ के पक्ष में।	व्यवहार केवल आंशिक रूप से अस्वीकार्य पेशीय और संज्ञानात्मक दोनों क्षेत्रों में विनाशकारी लेकिन कामतत्व की प्रवृतियाँ नियंत्रित।	उत्तर गुद या जननिक अवस्था की ओर इस प्रकार यथार्थ परीक्षण के स्तर से परे नहीं (विशिष्ट रोगों के लिए संदर्भ तालिका-2)		स्वनम्य (ऑटोप्लास्टिक) रोग लक्षण, विशेषकर दुश्चिंता

सीमित होते थे। निश्चित होने के लिए, अधिकांश व्यक्ति यह अनुभव करते थे कि व्यवहार के कुछ मुख से किए जाने वाले स्वरूप जैसे चुम्बन, घनिष्ठ रूप से कामुकता से तो संबंधित थे और बहुत से व्यक्ति गुदीय व्यवहार के कुछ रूपों के लैंगिक महत्व को अनुभव करते थे। लेकिन जो व्यक्ति गुदा (एनल) में कोई चेतन रुचि नहीं रखते वे फिर भी (एनल) गुदीय क्षेत्र, जैसे नितम्ब में प्रायः रुचि लेते थे। उदाहरण के लिए, महिलाओं में नितम्बों का, कामुकता उद्दीप्त करने वाला प्रभाव हूला-हूला नृत्य और चलने और नृत्य करने के कुछ तरीकों में, पर्याप्त स्पष्ट होता है। फिल्म अभिनेत्री मेई वॅस्ट ने विशेष सफलता के साथ इसका लाभ उठाया है।

आज हम यह अनुभव करते हैं कि समस्त व्यवहार जो व्यक्तियों को घनिष्ठ संपर्क में लाता है, उसकी प्रकृति कामवृत्यात्मक (लिबिडिनल) या विद्वेषी (होस्टाइल) होती है। इस प्रकार, जैसा कि हम देख चुके हैं, घनिष्ठ मित्रताएं, अभिभावक-शिशु के प्रेम संबंध, बल्कि निष्काम प्रेम संबंध, तथा सामान्य वयस्क विषमलिंगी मामले कामवृत्यात्मक स्वरूप (लिबिडिनल नेचर) के होते हैं। तकनीकी दृष्टि से कहें तो, व्यवहार के विकृतकामी रूप (परवर्स बिहेवियर फॉर्म्स) लैंगिक व्यवहार के वे रूप हैं जिनमें जननिक तनाव (जैनाइटल टैंशन) की व्यभिचारपूर्ण मुक्ति (ऑर्जिएसटिक रिलीस), संभोग की अपेक्षा किसी दूसरे माध्यम से या विपरीत लिंग के वयस्क मैथुनिक साथी की अपेक्षा कोई अन्य पात्र से होती है। आज मनोचिकित्सक यह अनुभव करते हैं कि लैंगिक व्यवहार के समस्त संभाव्य रूप, सामान्य मैथुनिक क्रिया तक ले जाने में भूमिका निभा सकते हैं। ऐसा सत्य क्यों है इस बारे में मनोचिकित्सकों के पास सिद्धांत हैं। फॅरेन्जी (1938) ने संभोग पूर्व प्रेम तथा मैथुन (सेक्सुअल फोरप्ले एंड कॉयटस) के मनोवैज्ञानिक महत्व पर एक अति विचारोत्तेजक, यद्यपि धारणाओं पर आधारित पुस्तक लिखी है।

हम इसके अतिरिक्त यह जानते हैं कि आक्रमणशील प्रेरणाओं (अर्जेज़) का समलिंगी और विषमलिंगी कामुक प्रेरणाओं के साथ अंतर्मिश्रण सभी व्यक्तियों में पाए जाते हैं। परिणामतः, सभी व्यक्ति अपने सामान्य कामुक व्यवहार में कुछ आक्रमणशीलता प्रदर्शित करते हैं। यह सामान्य पुरुष की अर्धपरपीड़क-क्रियाओं (सैमीसैडिस्टिक एक्ट्स) तथा सामान्य महिला की अर्धपरपीड़ित-कामुक क्रियाओं (सैमीमैज़ोकिस्टिक) में दिखाई देता है। औसत दर्जे का स्वस्थ पुरुष प्रायः कामुक व्यवहार में, पीड़ा के लगभग घटते हुए रूप को उत्पन्न करने की इच्छा करता है। औसत दर्जे की स्वस्थ सामान्य महिला आंशिक रूप से पीड़ा प्राप्त करने में आनंद का अनुभव करती है। यौन जीवन में परपीड़क (सैडिस्टिक) और परपीड़ित कामुक (मैसोकिस्टिक) तत्व केवल तब असामान्य हो जाते हैं जब सहभागी, कोमलता के प्रचलन के बिना, मात्र पीड़ा पहुँचाने या भोगने के द्वारा संतुष्टि प्राप्त करता है। हम तब कामविकृति की बात करते हैं जब सामान्य कामप्रवृत्यात्मक और आक्रमणशील प्रवृत्तियों (अर्जेज़) का पूर्णतया अभाव हो या उन्हें आवश्यकता से बहुत अधिक महत्व दिया गया हो या जब वह पात्र जिसके साथ लैंगिक संतुष्टि अंततः प्राप्त हुई हो वह विपरीत लिंग का वयस्क सदस्य न होकर

कुछ और हो, या जब लैंगिक संतुष्टि तक पहुंचने हेतु लिए गए साधन संभोग में समाप्त न हों।

विकृत लैंगिक अनुक्रिया के स्वरूपों और सामान्य स्वरूपों के बीच एक स्पष्ट रेखा खींचना असंभव है। यहां तक बहुत से व्यावसायिक डॉक्टर भी नहीं जानते कि सामान्य काम क्रिया कैसी होनी चाहिए। हमारा उद्देश्य, इन पंक्तियों में प्रेम विहार की नियमावली प्रदान करना या संभोग क्रिया में क्या करना है इसके नियम निर्धारित करना नहीं है। अब ऐसी बहुत सी पुस्तकें उपलब्ध हैं।[1] बल्कि एक यौन संबंध कब सामान्य और संतोषप्रद समझा जा सकता है इस दृष्टि से, मनोचिकित्सक और मनोवैज्ञानिक के प्रयोग के लिए, हम कुछ मानदंड स्थापित करने में रुचि रखते हैं। एक सामान्य संभोग की आधारभूत कसौटी यह है कि संभोग से दोनों भाग लेने वालों को प्रबल कामोत्ताप का अनुभव होना चाहिए और यह अधिमानतः एक साथ होना चाहिए यद्यपि इसका बहुत महत्व नहीं है। ऐसा लैंगिक व्यवहार स्वयं में आनंद की सर्वोच्च मात्रा तक ही नहीं अपितु उसके बाद पूर्ण विश्रान्ति की ओर ले जाता है। लैंगिक क्रिया की आरंभिक गतिविधि (फोरप्लॅज़र) की अवधि, स्फीति (ट्यूमेसॅन्स) की अवधि जिसे आनंदातिरेक (ऑर्गेज़्म) कहते हैं तथा विश्रान्ति (रिलॅक्सेशन) या स्फ़ीति का नीचे आना (डीट्यूमेसॅन्स) की अवधि में विभाजित कर सकते हैं। उचित प्रकार से निष्पादित मैथुनिक क्रिया को, दोनों व्यक्तियों को पूर्ण डीट्यूमेसॅन्स की स्थिति में छोड़ना चाहिए। मैथुन या समागम की दीर्घता या उसकी आवृत्ति के बारे में नियम स्थापित करना असंभव है, लेकिन हम इतना कह सकते हैं कि इसकी समाप्ति होने पर कामेच्छा को, केवल शारीरिक और मनोवैज्ञानिक तनाव (फिज़ियोलॉजिकल एंड साइकोलॉजिकल टैंशन) का थोड़ा पुनर्निर्माण होने की अवधि के पश्चात् ही पुनः जाग्रत होना चाहिए। इस प्रकार सामान्य मैथुनिक संबंध अपेक्षाकृत बार-बार हो सकते हैं और व्यक्ति का संभोग अपेक्षाकृत लम्बे समय तक चल सकता है या वह सामान्य रूप से अपेक्षाकृत शीघ्र संतुष्ट होने के साथ अपेक्षाकृत कम घटित हो सकता है। हम कदाचित् सामान्य व्यवहार की सीमाओं के बारे में कुछ आंकड़े दे सकते हैं। सामान्य वैवाहिक संबंधों में रहने वाले व्यक्तियों के लिए निश्चित रूप से यह कहा जा सकता है कि महीने में केवल एक बार या कई महीनों में मात्र एक बार संभोग किया जाना बहुत ही कम होता है। इसी प्रकार हम कह सकते हैं कि ऐसा बहुत होता है कि दिन में एक या दो बार संभोग हो। यह पर्याप्त स्पष्ट है कि, ऐसा संभोग जो केवल एक या दो मिनट तक चलता है या जिसमें पुरुष को प्रवेश से पहले ही कामोत्ताप या स्खलन (ऑर्गेज़्म) हो जाता है—तथाकथित इजॅक्युलॅटियो प्रीकॉक्स—वह संभोग पर्याप्त दीर्घकालिक नहीं होता, जबकि जो संभोग एक घंटे या उससे अधिक चलता है वह बहुत अधिक दीर्घकालिक होता है। एक सांख्यिकीय मानक स्थापित करने के लिए एकदम सही सांख्यिकीय आंकड़े प्राप्त करना लगभग असंभव है, और जैसा कि हमने कहा, एक ऐसे मानक (नॉर्म) के प्रत्येक सिरे काफी अंतर वाले हैं।

पूर्ण मैथुनिक संतुष्टि प्राप्त करने के लिए यह महत्वपूर्ण है कि कामवासनात्मक उत्तेजना एक उच्च बिन्दु पर पहुंचे। इसी कारण से, आरंभिक आनंद या मैथुनिक क्रिया का फोरप्ले, विशेषकर महिला के लिए बहुत महत्वपूर्ण है। इस श्रेणी में व्यवहार के सभी प्रकार, जो संभोग की वास्तविक क्रिया की ओर ले जाते हैं, निहित होते हैं। अतः चुम्बन, दुलारना, सहलाना महत्वपूर्ण है। यह पूरी तरह से समझना महत्वपूर्ण है कि कामप्रवृत्यात्मक वृत्तियां (लिबिडिनल अर्जेज़) घटती-बढ़ती हैं, युवावस्था के दौरान बढ़ती हैं, विश्रांति में कदाचित् सबसे मजबूत हो जाती है और जैसे-जैसे व्यक्ति की आयु बढ़ती है धीरे-धीरे क्षीण होती हैं। प्रायः निवर्तन काल (इन्वॉल्यूशनल काल) से थोड़ा पूर्व पुनः प्रकोप होता है जिसके पश्चात् कामवासना का महत्व कम हो जाता है। इसी प्रकार कामप्रवृत्ति (लिबिडो), व्यक्ति के पूरे जीवन काल में ही परिवर्तित नहीं होती बल्कि वार्षिक, मासिक, यहां तक कि दैनिक आधार पर भी परिवर्तित होती है। जिन व्यक्तियों के बारे में यह कहा जाता है कि उनके लैंगिक संबंध पूर्णतया सामान्य हैं, एक ओर तो, वे परिवर्जन या संयम की पर्याप्त लम्बी कालावधियों का अनुभव करते हैं जैसा कि गर्भावस्था महिला के लिए अनिवार्य बना देती है तथा दूसरी ओर, बढ़ी हुई लैंगिक गतिविधि की अवधियां, जैसे कि सामान्य प्रेम संबंध के शुरू में, दूसरे मधुमास में तथा वर्ष में कुछ विशेष समयों पर घटित होता है। छुट्टियों या महत्वपूर्ण उपलब्धियों के समारोहों में बढ़ी हुई कामवृत्यात्मक अभिप्रेरणा (लिबिडिनल मोटिवेशन) की अवधियां आती हैं तथा विफलता, चिंता तथा नैराश्य के समय या ऐसे समय जब मैथुन का एक साथी अत्यधिक कार्य में लिप्त होने के लिए बाध्य हो तो कम हो सकती है। यह सभी वस्तुएं, मैथुनिक संबंधों में क्या सामान्य है इस बारे में निश्चित नियम देना, कठिन बना देती हैं। मनोचिकित्सक ऐसे बहुत से व्यक्तियों को देखते हैं जो अपनी लैंगिक समस्याओं के बारे में उद्विग्न और चिंतित होते हैं। व्यक्ति लैंगिक व्यवहार के किसी विशिष्ट प्रकार की पसंद या लैंगिक क्रिया में किसी विशिष्ट स्थिति के बारे में प्रायः चिंतित रहते हैं। इनमें से अधिकांश व्यक्तियों की सहायता की जा सकती है और कामुकता के बारे में सही सूचना प्राप्त करके ये आश्वस्त भी हो सकते हैं।

3. कामुकता के अव और अति-कार्यात्मक प्रकार्य

अब हम असामान्य प्रकार्यों की ओर उन्मुख होते हैं। जैसा कि सभी मनोवैज्ञानिक क्रियाविधियों (मैकॅनिज्म्स) में होता है, कामवृत्ति (लिबिडो) अल्पविकास से, जैसा कि अपूर्ण-प्रकार्यों (ए-फंक्शंस) में या अतिविकास से, जैसा कि अति-प्रकार्यों (हाइपर-फंक्शन) में होता है, से पीड़ित हो सकती है। एक ओर हम महिलाओं में *ठण्डापन (फ्रिजिडिटी)* और पुरुषों में *कामवृत्ति का अभाव* या *लैक ऑफ लिबिडो* देखते हैं। पुरुषों में हम *नपुंसकता* या *इम्पोटैन्स* भी पाते हैं, जिसका अर्थ है लिंग उत्थापन (इरैक्शन) प्राप्त

करने में असमर्थता के कारण मैथुन (सेक्सुअल एक्ट) संपन्न करने की अक्षमता और यह सचेतन कामवृत्यात्मक चालना (कॉन्शस लिबिडनल ड्राइव) की उपस्थिति सूचित करती है। कामवृत्ति या लिबिडो का अत्यधिक अतिविकास महिलाओं में *स्त्रीकामोन्माद* (*निम्फ़ोमेनिया*) और पुरुषों में कामोन्माद (*सैटॅराइअसिस*) कहलाता है।

ठण्डापन या *फ्रिजिडिटी* महिला में लैंगिक इच्छा के अभाव से संबंध रखती है। इसका प्रसार क्षेत्र, मैथुन (सेक्सुअल एक्ट) की इच्छा होते हुए भी प्रबल काम उत्तेजना (ऑरगैज़्म) की अंतिम लैंगिक संतुष्टि का अनुभव करने में अक्षमता से आरंभ होकर, लैंगिक व्यवहार के लिए सचेतन इच्छा के अभाव से गुजरते हुए, मैथुन के लिए स्पष्ट अनिच्छा तक होता है। जहां तक हम स्त्री विशेषज्ञों के ब्यौरे से समझ सके हैं, पहला प्रभेद अर्थात प्रबल काम उत्तेजना का अनुभव करने में असमर्थता बार-बार देखने में आती है। रोसानॉफ अपने आकलन को उद्धृत करते हैं कि समस्त महिलाओं का 20 प्रतिशत कभी भी प्रबल काम उत्तेजना का अनुभव नहीं करता तथा 60 प्रतिशत अनियमित रूप से इसका अनुभव करता है। हो सकता है ऐसा स्त्रीकामोन्माद (फ्रिजिडिटी) स्वयं में असामान्यता नहीं हो तथा प्रायः प्रेम विहार में पुरुष की अयोग्यता से आता हो। यह रूप (फार्म) उपयुक्त यौन-शिक्षा (सेक्स इंस्ट्रक्शन) के द्वारा बार-बार ठीक की जा सकती है। तथापि, निस्संदेह यह कभी-कभी एक अंतर्बाधा (इनहिबिशन) का प्रतिनिधित्व करता है जिसमें महिला अचेतन भय और दुश्चिंता के कारण प्रेम-संबंध में स्वयं को आत्म समर्पित करने में असमर्थ रहती है। यह दुश्चिंता प्रायः इडीपस मनोग्रंथि (काम्प्लैक्स) के संबंध में उत्पन्न भय की स्थिति से उत्पन्न होती है और इसलिए उन्माद (हिस्टीरिया) से संबंधित है। हम समझते हैं कि लैंगिक कुसमायोजन के ऐसे प्रकार (फॉर्म्स) तंत्रिकातापों के साथ घनिष्ठ रूप से संबंधित होते हैं क्योंकि ये तंत्रिकातापों में बार-बार घटित होते हैं। ऐसे मामलों में कोई भी लैंगिक क्रिया शैशवीय कामुकता की अचेतन अभिव्यक्ति होती है और बधियाकरण (कैस्ट्रेशन) के खतरे से घनिष्ट रूप से संबंधित है। बधियाकरण का भय, जो प्रायः ठण्डेपन या फ्रिजिडिटी के हल्के मामलों में उपस्थित रहता है, अधिक चरम सीमा के प्रकारों (एक्सट्रीम फॉर्म्स) में सदैव उपस्थित कहा जा सकता है। ठण्डापन, पुरुषों के प्रति दमित विद्वेषपूर्ण प्रवृत्तियों (रिप्रैस्ट होस्टइल अर्जिज़) के कारण भी होता है और दमित समलैंगिकता का संकेत कर सकता है। महिला में पूर्ण ठण्डापन अर्थात् जिसमें विषमलिंगी संभोग के लिए कोई कामवृत्यात्मक इच्छा (लिबिडिनल डिज़ायर) नहीं होती, एक अधिक गंभीर प्रकार होता है। यह निस्संदेह, खुल्लमखुल्ला विषमलिंगी महिलाओं में बहुत देखा जाता है लेकिन एक कोमल प्रकार की विषमलिंगी कामवृत्यात्मक आसक्तियों के साथ घटित हो सकता है। ठण्डेपन के विविध मध्यस्थ रूप भी पाए जाते हैं जैसे कुछ विशिष्ट पुरुषों या नर प्रभेदों (मेल टाइप्स) को छोड़कर अन्य के साथ ठण्डापन, कुछ विशेष परिस्थितियों या संभोग स्थितियों को छोड़कर अन्य में ठण्डापन अथवा फोरप्ले में जब कुछ विशिष्ट क्रियाएं न की जाएं तब तक ठण्डा रहना। महिला के ठण्डेपन (फीमेल फ्रिजिडिटी) का

एक विशिष्ट प्रकार योनिआकर्ष (वैजाइनिस्मस) है जिसमें संभोग के समय योनिक रन्ध्र इतना सिकुड़ जाता है कि लिंग का प्रवेश संभव नहीं होता। ऐसे ठण्डेपन को छोड़कर, जो पुरुष की अयोग्यता पर आधारित होता है और जिसके लिए केवल निर्देश ही आवश्यक है, मंद प्रकार के ठण्डेपन मनोविश्लेषणात्मक उपचार के लिए अच्छी प्रतिक्रिया दिखाते हैं।

पुरुषों में *कामप्रवृत्ति का अभाव* (*लॅक ऑफ लिबिडो*) या दुर्बल कामवृत्ति (वीकन्ड लिबिडो) है, जो महिलाओं में पूर्ण या आंशिक ठण्डेपन के सदृश होता है। यह प्रायः दमित समलैंगिकता तथा दमित विद्वेष के कारण उत्पन्न होता है। मानसिक नपुंसकता (साइकिक इम्पोटॅन्स) के विविध प्रकारों की आवृत्ति बहुत होती है इसलिए ये बहुत अधिक महत्वपूर्ण हैं। निस्संदेह महिला के ठण्डेपन के कुछ मामलों की भांति, इनमें से भी कुछ मंद प्रकार के केस साथी की असमर्थता के कारण होते हैं, लेकिन अधिकांश मामलों की अचेतन मनोवैज्ञानिक हैतुकी होती है। मानसिक नपुंसकता बहुत अधिक पाई जाती है तथा यह अनुमान लगाया गया है कि सभी पुरुष कभी न कभी इसे भोगते हैं। इसकी मात्राएं अलग-अलग होती हैं। पूर्ण नपुंसकता, लिंग उत्थापन प्राप्त करने में असमर्थता से संबंध रखती है। योनि भेदन के समय या उसके तुरंत पश्चात् सामर्थ्य का लोप इसका दूसरा प्रकार है। *इजॅक्यूलॅटियो प्रीकॉक्स* योनि में प्रवेश करते समय तत्काल या उससे पूर्व स्खलन होने से संबंध रखता है। *इजॅक्यूलॅटियो रिटार्डा* निरंतर संभोग के बाद भी स्खलन होने में असमर्थता है। *प्रायपिज़्म* शिश्न का वापस सामान्य स्थिति में जाने में असफल रहना है। ऐसे व्यक्ति भी देखे जाते हैं जो सतही तौर पर सामान्य संभोग तो संपन्न करते हैं, लेकिन वास्तविक कामोत्तापी (ऑर्गेस्टिक) संतुष्टि का अनुभव नहीं करते। लगभग सभी व्यक्ति ऐसी नपुंसकता को समय-समय पर थोड़ा बहुत भुगतते हैं तथा निस्संदेह, पुरुष जनसंख्या का एक बहुत बड़ा अनुपात ऐसी विकृत्तियों को निरंतर भोगता है। आंकड़े प्राप्त करने कठिन हैं, लेकिन नपुंसकता के लिए तथाकथित रामबाण दवाओं की व्यापक बिक्री के आधार पर कोई यह मान सकता है कि एक अच्छा प्रतिशत, कदाचित् 20 प्रतिशत निरंतर मानसिक नपुंसकता को भोगता है।

जैसा कि महिलाओं के केस में भी होता है, पुरुषों में भी मंद प्रकारों की मानसिक नपुंसकता उन्माद (हिस्टीरिया) से संबंधित है और लैंगिक क्रिया के परिणामों के अचेतन भय से आती है। मैथुन के साथी के प्रति विद्वेषपूर्ण प्रवृत्तियाँ (अर्जेज़) भी पाई जाती हैं और कुछ मामलों में गहरी अचेतन समलैंगिकता भी देखी जाती है। ऐसे में मनोविश्लेषण पसंद आने वाली चिकित्सा प्रणाली (थेरैपी) है तथा मंद प्रकारों में इसे बहुत सफलता मिली है। इस प्रकरण पर मैनिंजर (1937) के द्वारा और कुछ विस्तार से बर्गलर के शोध प्रबंध (मॉनोग्राफ) में विचार किया गया है।

कामप्रवृत्यात्मक प्रवृत्तियों (लिबिडिनल अर्जेज़) के अति-प्रकार्य (हाइपर-फंक्शन्स) उसी प्रकार रोगात्मक (पैथोलॉजिक) होते हैं जिस प्रकार अल्प-प्रकार्य। वे ठण्डेपन

(फ्रिजिडिटी) और नपुंसकता (इम्पोटॅन्स) से भी बड़ा प्रतिगमन (रिग्रैशन) या शैशवी अवस्थाओं पर पहले का स्थिरण प्रस्तुत करते हैं। ये कदाचित् कम पाए जाते हैं यद्यपि इसके बारे में आंकड़े एकत्रित करना कठिन है क्योंकि इन्हें भोगने वाले व्यक्ति चिकित्सकों का परामर्श कम लेते हैं। इन्हें स्त्रियों में *स्त्रीकामोन्माद* (*निम्फोमेनिया*) तथा पुरुषों में *कामार्ति* (*सॅटायरिअसिस*) कहते हैं। कामोन्मादी स्त्री (निम्फोमैनिएक), अविवेकी तरीके से बहुत से प्रेमियों को मोहित करती है या उनसे निरंतर लैंगिक संतुष्टि की मांग करती है (जो उसे बिरले ही प्राप्त होता है)। कामोन्मादी पुरुष डॉन जुआन या कैसानोवा होता है। इन दोनों रोगों में स्पष्ट रूप से प्रबल जननिक-आत्मरतिक (फैलिक-नार्सिसिस्टिक) घटक पाए जाते हैं। प्रेम के साथियों को बदलना एक किशोर की बहुत सी 'डेट्स' की भांति है। समलैंगिक संबंधों की प्रबल इच्छा भी कहीं दबी होती है। प्रत्येक पुरुष या महिला को विपरीत लिंग के लिए अपना सम्मोहक महत्व सिद्ध करना पड़ेगा और अपना पुरुषत्व या नारीत्व भी सिद्ध करना पड़ेगा। विपरीत लिंग के सदस्यों के प्रति विद्वेषपूर्ण इच्छाएं भी उपस्थित रहती हैं। संबंध बनाने की कोशिशों के बाद साथी को ठुकराना या दंडित करना ही होता है। मुख-मैथुन (फैलैशियो) के लिए कामोन्मादी स्त्रियों के और भग चूषण (क्यूनिलिंगस) के लिए कामोन्मादी पुरुषों के अनुराग से, प्रबल मुखीय स्थिरणों की उपस्थिति का संकेत भी मिलते हैं। ये व्यक्ति प्रायः प्रबल रूप से मौखिक आश्रित पुरुष (ओरल डिपैन्डैन्ट टाइप) होते हैं, जो विपरीत लिंग के अभिभावक के द्वारा बहिष्कृत महसूस करते हैं और प्रेम संबंधों की शृंखला में अपने इस अभिभावक से बदला लेते हैं।

अभी तक हम इस तरह बात कर रहे थे मानो कि कामप्रवृत्ति या लिबिडो में समस्त विविधताएं मनोवैज्ञानिक रूप से अनुकूलित होती हैं। यह निश्चित रूप से सत्य नहीं है। शारीरिक (फिजियोलॉजिकल) घटक कामवृत्यात्मक ऊर्जा के 'सामान्य' क्षेत्र को, उतना विस्तृत जितना कि वो है, बनाने के लिए सम्मिलित होते हैं। तथापि तीव्र या रुग्ण (पॅथोलॉजिक) केसों में मनोवैज्ञानिक कारक कदाचित् सदैव ही भूमिका निभाते हैं। अतः कुछ सीमा तक चिकित्सा सदैव मनोवैज्ञानिक (साइकोलॉजिक) प्रकृति की होनी चाहिए।

4. कामुकता के परा-प्रकार्य

पदार्थ के संबंध में अवसामान्य प्रकार्य : निश्चित रूप से *समलैंगिकता* विकृतकामी लैंगिक संबंधों में सबसे अधिक पाई जाती है और मनोचिकित्सा की दृष्टि से सबसे महत्वपूर्ण है। यह सभी आयु वर्ग में और सभी समाजों में पाई गई है (कुछ समाज इसे नैतिक दृष्टि से उचित प्रेम संबंध मानते हैं) और बहुत से व्यक्तियों को प्रभावित करती है जो अन्यथा सामान्य, उत्पादनकारी और कभी-कभी प्रतिभाशाली भी होते हैं। इस सत्य के

होते हुए भी समाज कदाचित् ठीक ही, इससे अपना बचाव करता है तथा सिवाय कुछ निश्चित रूप से समलिंगी समुदाय के, समलिंगी सदैव सामाजिक और अक्सर तंत्रिकातापी द्वंद्व का विषय है। इसलिए समलिंगी निश्चित रूप से मनोचिकित्सकीय रुचि का विषय बन जाता है।

समलैंगिकता, काम-भावना के पात्र के रूप में स्वयं अपने लिंग (जैविक दृष्टि से और शरीर-रचना की दृष्टि से) के सदस्य का चयन करने से संबंध रखती है। जैविक और शरीर-रचनात्मक पक्षों पर बल देना आवश्यक है क्योंकि *मनोलैंगिकता की दृष्टि* से (*साइकोसेक्सुअली*) समलिंगी विपरीत लिंग से संबंध रखता है। यह कथन बहुत सही नहीं है क्योंकि हम जानते हैं कि सभी व्यक्तियों में समलिंगी और विषमलिंगी दोनों प्रकार की प्रवृत्तियाँ (अर्जेज़) होती हैं। व्यक्ति न तो समलिंगी और न ही विषमलिंगी होते हैं बल्कि द्विलिंगी (बाई सेक्सुअल) होते हैं। विषमलैंगिकता का अर्थ मात्र यह है कि विषमलिंगी घटक, समलिंगी घटकों को महत्वहीन करने के लिए पर्याप्त प्रभावशाली हैं।

इस कारण से समलैंगिकता की आवृत्ति के आंकड़े देना लगभग असंभव है। यदि हम समलिंगी को एक ऐसे व्यक्ति के रूप में परिभाषित करें जिसका प्रेम-पात्र सदैव समान लिंग का होता है तथा विपरीत लिंग के सदस्यों के साथ जिसकी कोई कामवृत्यात्मक (लिबिडिनल) आसक्तियाँ नहीं होतीं, तो हम यह अनुमान लगा सकते हैं कि पुरुष समलिंगी जनसंख्या का लगभग दो प्रतिशत भाग बनाते हैं। स्त्रियों में समलैंगिकता कदाचित् और अधिक पाई जाती है। ये समलिंगी सबसे बड़ी मनोचिकित्सकीय समस्या प्रस्तुत करते हैं क्योंकि अपनी कामवृत्यात्मक प्रवृत्तियों (लिबिडिनल अर्जेज़) को नियंत्रण में रखने की क्षमता का अभाव उन्हें सामाजिक दृष्टि से शर्मनाक परिस्थितियों में डालने का कारण बनता है। रोज़ानॉफ़ की यह धारणा है कि शेष पुरुष जनसंख्या का 10 प्रतिशत, द्विलिंगी के रूप में वर्गीकृत होना चाहिए अर्थात् जिस समाज में दोनों संभव हैं वहां वे समलिंगी और विषमलिंगी दोनों प्रकार के संबंधों में भाग लेते हैं। बहुत से दूसरे व्यक्ति समलैंगिकता को सामाजिक संस्थाओं जैसे स्कूल, कैम्प तथा जेल में विकसित कर लेते हैं जहाँ विषमलिंगी कामवासनात्मक अभिव्यक्तियां संभव नहीं हैं। वस्तुतः, इसमें संदेह है कि कोई ऐसा व्यक्ति होगा जिसे कभी भी समलिंगी कामवृत्यात्मक आसक्ति न हुई हो, यद्यपि बहुत से मामलों में ये समलैंगिकताएं प्रत्यक्ष व्यवहार प्रेरित नहीं की जातीं और अन्य बहुत से व्यक्तियों में यह अचेतन रह जाती हैं। डेविस तथा हैमिल्टन (1929) के अध्ययनों के आधार पर आंकने से, लगभग 50 प्रतिशत पुरुष और 25 प्रतिशत महिलाएं ऐसी हैं जिन्होंने प्रत्यक्ष समलिंगी अनुभव किए हैं। अधिकांश मामलों में ये जननिक लैंगिकता की ओर तारुण्य के पारगमन का (प्युबिसेंट ट्रान्जिशन टू जैनाइटल सैक्यूएलिटी) का प्रतिनिधित्व करते हैं जो, एक बार प्राप्त होने के बाद, प्रसुप्त प्रकार (डार्मेन्ट टाइप) का बना रहता है।

समलैंगिकी तीन प्रकारों की श्रेणी में आते हैं। सक्रिय पुरुष, संभोग में पुरुष की भूमिका निर्वाह करते हैं, सक्रिय स्त्रियाँ भी ऐसा ही करती हैं। मिश्रित पुरुष (जो सबसे अधिक पाए जाते हैं) दोनों भूमिकाओं को ग्रहण करते हैं। निष्क्रिय स्त्रियाँ भी ऐसा ही करती हैं। समलैंगिक आचरणों में (इंटरफीमोरल) या अंतर-और्वी मैथुन, पारस्परिक हस्तमैथुन (म्युचुअल मास्टरबेशन), भगचूषण या शिश्न चूषण तथा बाल मैथुन (पैडीरॅस्टी) शामिल हैं। दूसरे शब्दों में, ये मुख और गुद क्षेत्रों के साथ जननांग के सभी संभव संयोजन निहित करते हैं।

समलैंगिकता में पाए जाने वाले मनोवैज्ञानिक तत्व इडीपस स्थिति की घटनाओं के साथ संबंधित हैं। पुरुष और स्त्री दोनों की समलैंगिकता में एक नकारात्मक इडीपस स्थिति होती है : लड़का मां के साथ एकात्मीकरण (आईडेन्टीफाई) करता है तथा पिता को प्रेम करता या उससे भय खाता है तथा लड़की इसका विपरीत करती है। तथ्यतः यह विपरीत एकात्मीकरण (इन्वर्स आईडैन्टिफिकेशन) कैसे घटित होता है यह ठीक-ठीक स्पष्ट नहीं है लेकिन निस्संदेह यह व्यक्तिगत मामलों में भिन्न-भिन्न होता है। यह निश्चित है कि प्रत्येक व्यक्ति दोनों अभिभावकों से कुछ एकात्मीकरण करता है। तथापि, सकारात्मक इडीपस स्थिति यह होती है कि प्राथमिक एकात्मीकरण समान लिंग के अभिभावक के साथ होता है। नकारात्मक इडीपस स्थिति में सत्य इसके विपरीत है।

समलैंगिकता में सक्रिय या निष्क्रिय भूमिका के चयन की समस्या का समाधान आंशिक रूप से मनोविश्लेषण सिद्धांत के द्वारा किया जा सकता है। फिर भी, सभी समलैंगिकों में प्रबल निष्क्रिय घटक होते हैं तथा सक्रिय पुरुष समलैंगिकता प्रायः इनके विरुद्ध प्रतिक्रिया विधान (एक्शन फॉर्मेशन) होती है। यह एक समाज द्वारा अनुकूलित समझौता बन जाता है। ''मैं एक स्त्री हूं और इसलिए पुरुषों से प्रेम करती हूं, लेकिन शरीर रचना से पुरुष होने के कारण मैं पूर्ण स्त्री की भूमिका निर्वाह नहीं कर सकता।'' महिला समलिंगियों के लिए यह सत्य इसका एकदम विपरीत है और पूर्ण रूप से निष्क्रिय महिला समलैंगिक बहुत कम पाई जाती हैं। जैसा कि हम पहले भी बता चुके हैं, मिश्रित व्यवहार सबसे अधिक पाया जाता है और कदाचित् एक प्रकार के समझौते को प्रकट करता है, ''तुम इस बार निष्क्रिय भूमिका में भाग लो और मैं अगली बार यह भूमिका करूंगी।'' अभी भी प्रमुख रूप से सक्रिय और निष्क्रिय समलिंगी पाए जाते हैं। सिल्वरबर्ग ने इस ओर ध्यान दिलाया है कि सक्रिय समलिंगी पुरुष कदाचित् मां के साथ सकारात्मक इडीपस संबंध से प्रारंभ होता है, लेकिन उसके द्वारा उपेक्षित महसूस करते हुए, पिता के भय के कारण माता के साथ एकात्मीकरण करता है और इसलिए सचेतन रूप से युवा लड़कों को प्रेम करने की इच्छा उसी तरह से रखता है जिस प्रकार वह अचेतन रूप से यह चाहता है कि उसकी माँ उससे प्रेम करे। निष्क्रिय समलिंगी पुरुष प्रारंभ से ही एक नकारात्मक इडीपस स्थिति के वर्ग में आ जाते हैं, मां के साथ अपना एकात्मीकरण करते हैं, और पिता के द्वारा उपेक्षित महसूस करते हुए सचेतन रूप से

पुरुषों से प्रेम उसी प्रकार प्राप्त करने की इच्छा रखते हैं, जिस प्रकार अचेतन रूप से पिता का प्रेम प्राप्त करने की इच्छा करते थे। स्त्रियों में यह संबंध इसका ठीक विपरीत है। अंतिम विश्लेषण में, समस्त कामविकृत्तियों की भांति समलैंगिकता भी इस रूप में मितव्ययी (इकोनॉमिकल) होती है कि यह कामुकता के लिए आशंकित और दमित जननांगी निकास की अपेक्षा कोई अन्य निकास के लिए प्रबंध करती है।

समलैंगिकता पूर्व-इडीपस आधार पर प्रकट होती है तथा समलिंगी संतुष्टि के माध्यमों का चयन, सदैव इसमें सम्मिलित प्रबल मुखीय और गुदीय तत्वों की ओर संकेत करता है। विद्वेषपूर्ण अंतः प्रेरणाएं (होस्टाइल इम्पल्सिज़) भी सम्मिलित रहती हैं। हैलेन डॉएट्र्श (1925) स्त्री समलैंगिकता में विशिष्ट पूर्व जननिक कारकों को प्राप्त करने का दावा उसी प्रकार करती हैं जिस प्रकार उन्होंने और कॅरेन हॉर्नै (1933) ने सामान्य रूप से स्त्रियों के विकास में विशिष्ट कारकों को भी पाया है (संदर्भ अध्याय X)।

समलैंगिकता में मनोवैज्ञानिक कारकों के अतिरिक्त, बहुत से मामलों में संघटनात्मक कारक (कॉन्स्टीट्यूशनल फैक्टर्स) भी असंदिग्ध रूप से भूमिका निभाते हैं। मानव द्विलैंगिकता के लिए एक गहराई में स्थित जैविक आधार होता है। कुछ मामलों में (उभलिंगिता या हरमाफ्रोडाइटिज़्म) प्राथमिक और गौण शारीरिक लिंग-भेद सरलता से दिखाई देता है। कुछ मामलों में जननग्रंथि (गॉनेड्स) के अंतरालीय क्षेत्रों में मादा कोषाणु और डिम्बग्रंथियों में नर कोषाणु पाए गए हैं। ऐसे मामले मुख्यतया संरचनात्मक प्रकृति (कॉन्स्टीट्यूशनल नेचर) के होते हैं। फिर भी ये मामले समलैंगिकता के मामलों के एक छोटे प्रतिशत का ही ब्यौरा देते हैं। स्त्रियोचित विशेषक, जो अधिकांश पुरुष समलैंगियों में पहचाने जा सकते हैं, वे निश्चित रूप से समाज के साथ अनुकूलित अर्जित विशेषक होते हैं। इसी प्रकार समलिंगी स्त्रियों में पुरुषोचित विशेषक समाज से अनुकूलित होते हैं।

समलैंगिकता के जिन मामलों में स्पष्ट द्विलिंगी प्रवृत्ति देखी जाती है और जहां व्यक्ति एक अप्रधान तंत्रिकाताप को भोगता है वहां मनोविश्लेषण को कुछ सफलता मिलती है। कुछ मामलों में तंत्रिकाताप का विकास करना और मनोविश्लेषण के द्वारा उसके उपचार को प्रभावित करना संभव है। फिर भी, विशिष्ट 'समायोजित' समलिंगी में स्पष्ट तंत्रिकातापी (अहम् बनाम कामतत्व) द्वंद्व नहीं होते इसलिए उसमें उपचार कराने की कोई अभिलाषा भी नहीं होती। उपचार करना उससे उसकी कामुकता छोड़ देने के लिए निवेदन करने जैसा है जिससे वह कतराता और पीछे हटता है। पाठक स्वयं से यह पूछ कर देखें कि एक ऐसा मनोविश्लेषक जो उसे लड़की के रूप में परिवर्तित करना चाहे या इसके विपरीत हो तो उसे यह कैसा लगेगा। इस विचार मात्र से ही भयभीत होना यह दिखाता है कि हमारी कामुकता हमारा सबसे अधिक महत्वपूर्ण मनोवैज्ञानिक विशेषक है और फ्रायड इस पर इतना ध्यान दे कर सही कर रहे थे। समलैंगिकता के मनोविश्लेषणवादी सिद्धांत के बारे में स्टॅकेल (1922), फॅरॅन्ज़ी (1916) तथा फ्रायड (1930) ने विस्तार से विचार किया है।

कामुकता के अन्य परा कार्य कम पाए जाते हैं और इनमें मनोचिकित्सकों की कम रुचि है और हम इनके बारे में अधिक संक्षेप में विचार करेंगे।

बालरति (*पीडोफीलिया*) विषमलिंगी या समलिंगी आधार पर छोटे शिशुओं को प्रेम करने से संबंधित है। बालरति के साथ प्रबल विद्वेषपूर्ण प्रवृत्तियां (होस्टाइल अर्जिज़) संबंधित होती हैं इसका संकेत, बालरति करने वालों के द्वारा किए गए शिशुओं की परपीड़ककामी हत्याओं (इन्फैन्टाइल सेडिस्टिक सेक्स मर्डर्स) के बहुत से वीभत्स मामलों में मिलता है। बालरति पुनः इडीपस स्थिति के विकृत समाधान के रूप में आता है। एकात्मीकरण निस्संदेह, माता-पिता के साथ और शिशु के रूप में स्वः के साथ एकात्मीकृत प्रेम के साथ होता है। बालरति करने वाला सचेतन रूप से प्रेम करता है और बालक का विनाश करने के लिए बाध्य होता है क्योंकि वह सचेतन रूप से यह इच्छा करता है कि उसके अभिभावक उससे प्रेम करेंगे और डरता है कि उसके माता-पिता उसे नष्ट कर देंगे।

पशुरति (*बीस्टिएलिटी*) में प्रेम का पात्र पशु होता है। पशुरति को जीवन के उन क्षेत्रों में अविकृत लैंगिक व्यवहार (नॉनपैथोलॉजिकल) के रूप में बहुत देखा जाता है जहां मानव संपर्क अपेक्षाकृत कम होते हैं। अपनी रुग्ण अवस्था में, यह किसी मानव आकृति के साथ पशु के अचेतन एकात्मीकरण को प्रकट करता है। अपने आधारिक व्यक्ति इतिहासों (केस हिस्ट्रीज) में फ्रायड (1924) ने कई उदाहरण दिए हैं जो यह बताते हैं कि कैसे माता-पिता का भय, पशु दुर्भीतियों का कारण होता है।

वस्तु-रति (*फीटिसिज़्म*) में प्रेम पात्र मानव शरीर का कोई भाग (बाल, दांत या पैरों की फीटिशपरायणता) या मानव परिधान का (दस्ताना, पर्स, जूता फीटिशपरायणता) कोई भाग होता है। कामोत्ताप (ऑर्गेज़्म) केवल 'फीटिश' की उपस्थिति में ही होता है। तथापि कभी-कभी संतुष्टि प्राप्त करने के लिए वास्तविक संभोग किया जाता है लेकिन कुछ व्यक्तियों में फीटिश को मात्र देखना या छूना ही कामोत्ताप उत्पन्न करता है। यह स्त्रियों की अपेक्षा पुरुषों में अधिक होता है तथा मनोविश्लेषकों ने दिखाया है कि फीटिश या पूजित-वस्तु या कामोत्तेजक वस्तु एक कल्पित स्त्री शिश्न (इमैजिन्ड फीमेल पेनिस) की अचेतन धारणा को प्रस्तुत करती है। वस्तु-पूजक (फैटिशिस्ट) वह व्यक्ति है जिसके लिए स्त्री जननांगों के स्वरूप की खोज उसे प्रचण्ड मानसिक आघात देने वाली होती है। वह मानता है कि स्त्रियों का बधियाकरण कर दिया गया है। केवल अपने को आश्वस्त करके ही कि ऐसा नहीं हुआ है अर्थात् शिश्न के स्वामित्व द्वारा, वह स्त्रियों के साथ मेल-जोल करने और अपने बधियाकरण के भय पर विजय प्राप्त करने में समर्थ होता है।

संतुष्टि के साधनों के संबंध में परा-कार्य : प्रेम-पात्र के संबंध में कामविकृतियों के अतिरिक्त कामप्रवृत्ति की संतुष्टि के साधनों के संबंध में भी विकृतियां पाई जाती हैं। सामान्य कामुकता को संभोग में समाप्त होना चाहिए। संभोग, दो भिन्न लिंग के दो वयस्क सदस्यों के जननांगों का संयोग होना है। जिस प्रकार लैंगिक संतुष्टि कामविकृति

के कारण (पर्‌वर्सली) अन्य पदार्थों से प्राप्त की जाती है, उसी प्रकार यह काम विकृति के कारण दूसरे माध्यमों से प्राप्त की जाती है। तदापि, पदार्थ स्वयं में भी विकृत (पर्‌वर्स) हो सकता है। इस प्रकार लिंग चूषण (फैलोशियो) का प्रयोग समलैंगिक या विषमलैंगिक काम संबंध में किया जा सकता है और दोनों में इसे काम विकृति माना जाता है। लिंग चूषण (फैलोशियो) के अतिरिक्त, समलैंगिक संतुष्टि के साधनों के संबंध में पहले ही भग चूषण (क्युनिलिंगस) और बालरति (पैडीरैस्ट्री) के बारे में हम विचार-विमर्श कर चुके हैं। ये अन्य वस्तु संबंधों (ऑब्जैक्ट रिलेशनशिप्स) में, विकृत साधनों के रूप में पाए जा सकते हैं। इनका उपयोग उन व्यक्तियों द्वारा किया जाता है जिनकी काम प्रवृत्तियों (लिबिडोज़) में मजबूत मुखीय और गुदीय कारक होते हैं।

शैशवावस्था और किशोरवय में *हस्तमैथुन* एक व्यापक घटना मानी जा सकती है जो किसी भी तरह रोगात्मक (पैथोलॉजिकल) नहीं है। प्रश्नावली अध्ययन (संदर्भ डेविस) यह संकेत करते हैं कि लगभग 90 प्रतिशत से अधिक पुरुषों और 80 प्रतिशत से ऊपर स्त्रियों को किशोरावस्था का अपना हस्तमैथुन याद रहता है। अन्य ने कदाचित्‌ हस्तमैथुन किया होता है जिससे संबंधित स्मृति का दमन (रिप्रैशन) कर दिया गया है। हस्तमैथुन को अधिक आयु के उन व्यक्तियों में पर्याप्त सामान्य समझा जा सकता है जिनके पास कोई दूसरे लैंगिक निकास नहीं होते। निस्संदेह, यह शैशव और स्वरतिक काम अभिव्यक्ति बना रहता है और पूर्व जननिक है, लेकिन इसे केवल तब रोगात्मक माना जा सकता है जब कामुकता के अन्य निकास उपलब्ध हों और उनका लाभ न उठाया जाए। कुछ व्यक्ति हस्तमैथुन पर स्थिर (फिक्सेटिड) हो जाते हैं और अन्य काम अभिव्यक्ति की तुलना में इसे अधिक पसंद करते हैं। ये प्रायः शैशव व्यक्तित्व या अव्यक्त समलिंगी (इनफैन्टाइल पर्सनैलिटीज ऑर इम्प्लिसिट होमोसेक्सुअल्स) होते हैं जो समलैंगिकता का सामना नहीं कर सकते। कुछ मनस्तापों और मनस्तंत्रिकातापों में, असामान्य रूप से बार-बार होने वाला हस्तमैथुन पाया जाता है। यद्यपि यह एक व्यापक रूप से फैली हुई धारणा है कि हस्तमैथुन मानसिक रोग में एक कारण (ईशियोलॉजिक) होता है, मनोचिकित्सक इस बात पर सहमत हैं कि यह केवल लाक्षणिक मात्र है।

कामांगप्रदर्शन, दर्शनरति (एग्जीबिशनिज़्म, स्कॉटोफीलिया)—कामांग प्रदर्शन का संबंध शरीर का, विशेषकर जननांग का, प्रदर्शन करके रति सुख (सेक्सुअल सैटिस्फैक्शन) प्राप्त करने से है और दर्शनरति का संबंध शरीर का, विशेषकर जननांगों का प्रत्यक्षण करके, लैंगिक संतुष्टि प्राप्त करने से है। इसके मंद प्रकार बहुत सामान्य हैं और सभी युवा व्यक्ति जिज्ञासु अवस्था से गुजरते हैं और अपनी देह को दिखाना पसंद करते हैं। फिर भी कुछ ऐसे व्यक्ति भी होते हैं जो केवल अपनी देहों को अनावृत्त करके या दूसरे व्यक्तियों की देह को देखकर ही कामात्ताप को प्राप्त करते हैं। कामांग प्रदर्शन और दर्शनरति दोनों ही पुरुषों में अधिक पाए जाते हैं और अधिक

तीव्र होते हैं। विद्रूप स्वांग संगीत कक्ष लगभग पूर्ण रूप से दर्शनरतिक (स्कॉटोफीलिक) पुरुषों पर निर्भर करता है। मनोविश्लेषण की दृष्टि से कामांग प्रदर्शन, बधियाकरण के अस्वीकरण और स्त्रियों को भी बधियाकरण अस्वीकार करने के आमंत्रण को प्रस्तुत करता है। दर्शनरति स्त्री-संबंधी बधियाकरण को अस्वीकार करने के प्रयास का प्रतिनिधित्व करती है। अतः यह वस्तु-रति (फीटीशिज़्म) के साथ घनिष्ठ रूप से संबंधित है।

परपीड़नरति, स्वपीड़नरति (*सैडिज़्म, मैज़ोकिज़्म*)–हम पहले ही विद्वेषपूर्ण और आक्रमणशील प्रवृत्तियों के बारे में जान चुके हैं और देख चुके हैं कि कैसे वे कामवृत्यात्मक प्रवृत्तियों (लिबिडिनल अर्जेज़) के साथ आजीवन मिली रहती हैं। परपीड़नरति और स्वपीड़नरति, विद्वेषपूर्ण प्रवृत्तियों के लिंग निर्धारण करने (सेक्सुअलाइज़ेशन) को प्रस्तुत करती हैं जिससे कि परपीड़नरति में पीड़ा पहुंचाने और स्वपीड़नरति में पीड़ा प्राप्त करने से काम संतुष्टि मिलती है। यहाँ पर पुनः, पुरुष की कामवृत्ति में परपीड़नरति का और स्त्री की कामवृत्ति (लिबिडो) में स्वपीड़नरति का थोड़ा रंग विशिष्ट रूप से होता है। परपीड़नरति और स्वपीड़नरति तक, विकृत प्रकार (परवर्स फॉर्म्स) माने जाते हैं जब वे लैंगिक संतुष्टि के प्रचलित और एकमात्र साधन होते हैं। परपीड़नरति सदैव, शैशव कामुकता के पूर्व-जननिक स्तरों की ओर प्रतिगमन या उन पर स्थिरण को प्रस्तुत करती है। यद्यपि यह सुस्पष्ट नहीं है और इस पुस्तक में प्रदर्शित नहीं किया जा सकता, लेकिन परपीड़नरति और स्वपीड़नरति दोनों ही शैशव कामुकता के द्वंद्वों का मितव्ययी समाधान प्रस्तुत करती हैं। अतः स्वपीड़नरति इडीपस इच्छाओं से, समाज द्वारा स्वीकार्य प्रतिनिधि के रूप में दण्ड की स्वीकृति की ओर प्रतिगमन (रिग्रेशन) हो सकता है। परपीड़नरति मितव्ययी है यह अधिक स्पष्ट है। परपीड़नरति पुरुष को स्त्रीयोचित प्रतिरोध पर विजय प्राप्त करने का प्रबंध करती है। जिन सुनिश्चित विधियों के द्वारा परपीड़नरति और स्वपीड़नरति, रचनात्मक कामप्रवृत्ति (कंसट्रक्टिव लिबिडो) से प्रथक होती हैं और स्वयं में कामप्रवृत्तिपरक ध्येय या साध्य (लिबिडिनल एण्ड्स) बन जाती हैं, उनके बारे में अधिक विस्तारित प्रबंधों में अध्ययन करना चाहिए।

मनोगतिकी सिद्धांत ने लैंगिक व्यवहार में बुद्धिभंशों को समझना प्रारंभ कर दिया है। अंततः हमारे पास एक वैज्ञानिक गतिकी सिद्धांत है जो पुरुष की नैतिक अधोगति की रहस्यमय समस्याओं के क्षेत्र से कामविकृत्ति को दूर करता है और हमें एक मनोजैविक (साइकोबायलॉजिकल) समस्या के रूप में, काम-विकृत्ति के बारे में कुछ ज्ञान प्रदान करता है। एक अन्य क्षेत्र जिसमें मनोगतिकी सिद्धांत ने हाल ही में बहुत प्रगति की है वह व्यवहार की विकृतियों का क्षेत्र है। विकृतकामी की भांति ये व्यक्ति, जिनके बारे में हम अगले अध्याय में बात करेंगे, पिछले दशकों तक एकदम निकृष्ट और विकृत समझे जाते थे।

संदर्भिका

क्राफ्ट एबिंग तथा एच. ऐलिस (1931) के प्रारंभिक कार्यों के अतिरिक्त फ्रायड (1930, 1924 ए, जिल्दें I, II) के कार्य बहुत महत्वपूर्ण हैं। स्टेकेल (1922, 1924, 1927, 1929, 1930) तथा हर्शफील्ड ने भी महत्वपूर्ण अध्ययन किए हैं। फैनीकेल (1934) ने लैंगिक काम विकृतियों के मनोविश्लेषण से संबंधित समस्त साहित्य का अच्छा सार संक्षेप प्रस्तुत किया है।

संदर्भ

1. संदर्भ लॉन्ग, वॉन

अध्याय-20

चरित्र के विकार

1. चरित्र के विकार की समस्या का विस्तार और कार्यक्षेत्र

चरित्र विकृति की श्रेणी में हम बहुत से व्यक्तियों को निहित करते हैं जिन्हें सामान्य जन केवल विचित्र या अधम या दुःखी या द्वेषपूर्ण या दुष्ट समझेंगे। हम इसमें ऐसे अन्य व्यक्तियों को भी निहित करते हैं, जो सतही तौर पर पर्याप्त सुसमायोजित प्रतीत होते हैं लेकिन पास से देखने पर जिनमें हम कुछ असंतुलन या स्व (सैल्फ) के विविध संघटक भागों के बीच उपयुक्त समन्वय का अभाव पाते हैं। अभी हाल तक, यदि ऐसे व्यक्तियों के चरित्र दोष अपेक्षाकृत हल्के होते थे तो वे पादरी या पुरोहित के लिए समस्या के रूप में देखे जाते थे और यदि उनके चरित्रदोष गंभीर होते थे तो वे पुलिस अदालत और दण्डशास्त्रियों के लिए समस्या के रूप में देखे जाते थे। एक सामान्य व्यक्ति वह है जिसमें अहम्, पराहम् और कामतत्व की शक्तियों के बीच में उपयुक्त संतुलन होता है और वह है जिसका अहम् बाहरी भौतिक और सामाजिक यथार्थ के साथ उपयुक्त संबंध रखता है। हाल ही में यह प्रदर्शित किया गया है कि इन प्रकार्यों में असंतुलन जो बहुत सुस्पष्ट नहीं है या इतना गंभीर नहीं है कि वास्तविक मनस्ताप, मनस्तंत्रिकाताप या कामविकृतियां उत्पन्न कर सके, वह (असंतुलन) चरित्र विकृतियां या चरित्र तंत्रिकाताप (कैरॅक्टर न्यूरोसिस) उत्पन्न कर लेता है। मनोविश्लेषिक चरित्र विज्ञान (साइकोएनालिटिक कैरॅक्टरोलॉजी), जैसा कि सिद्धांत की यह शाखा कहलाती है, सबसे कम व्यवस्थित रूप से विकसित की गई है। विविध चरित्र प्रभेदों के लिए जो पारिभाषिक शब्दावली प्रयोग की जानी है, उसके संबंध में पर्याप्त भ्रांति है और भिन्न-भिन्न नामों के अंतर्गत बहुत समानता रखने वाले चरित्र संलक्षणों की निश्चित रूप से पुनरावृत्ति हो जाती है। चरित्र विकृति के सिद्धांत के बहुत से बिन्दुओं का परीक्षण करना शेष रहता है। फिर भी इसका विकास होने के साथ हम यह कह सकते हैं कि असामान्य व्यवहार के प्रभेदों के अंतिम समूह, जिसकी व्याख्या वैज्ञानिक आधार पर पहले नहीं की जा सकी थी, उन्हें अब वैज्ञानिक ढंग से समझ पाना प्रारंभ हो गया है।

मनोवैश्लेषिक चरित्र विज्ञान के विस्तार में जाने से और दोषपूर्ण चरित्र के विविध प्रकारों का व्यवस्थित वर्गीकरण करने का प्रयास करने से पहले, समस्या के इतिहास के बारे में कुछ कहना और चरित्र की विकृतियों के कुछ उदाहरण देना ठीक रहेगा। यद्यपि बहुत वर्षों से सामान्य जन ऐसे व्यक्तियों को नैतिक रूप से पतित व्यक्ति या स्पष्ट रूप से दुःखी व्यक्ति मानते थे, लेकिन पेशेवर मनश्चिकित्सक कुछ समय से यह अनुभव कर रहे हैं कि कुछ चरित्र दोषों को मनोवैज्ञानिक दृष्टि से अध्ययन करना चाहिए। क्रैपलिन ने मनोचिकित्सा की समस्या का परिचय दिया। उन्होंने 'मूल रुग्ण अवस्थाओं या ओरिजिनल मोरबिड स्टेट्स' तथा 'मनोरोगमय व्यक्तित्व या साइकोपैथिक पर्सनैलिटीज' की अवधारणा का प्रयोग किया। मूल रुग्ण अवस्थाओं की अवधारणा आधुनिक मनोचिकित्सा में छोड़ दी गई है। फिर भी, मनोरोगमय व्यक्तित्व व्यापक रूप से प्रयुक्त रोग-विज्ञानी वर्गीकरण बन गया। इस शब्द के द्वारा क्रैपलिन सामान्यतया उन व्यक्तियों के बारे में बात करते थे जिन्हें हम अब व्यवहार की समस्याओं के रूप में वर्गीकृत करते हैं। इस समूह में उन्होंने विकृतकामी असंतुलित (अस्थिर), मुकदमेबाज, शराबी, नशीली दवाएं लेने वाले, धोखेबाज जैसे ठग और कुछ अपराधी रखे थे। यह देख पाना बहुत आसान है कि इसमें केवल वे व्यक्ति निहित होते थे जिन्हें सामान्य जन, सदाचार और नैतिकता की दृष्टि से पतित और भ्रष्ट समझते थे या दूसरे शब्दों में, ऐसे व्यक्ति जिनका व्यवहार यदि हल्का होता था तो नैतिक उपदेश के द्वारा और यदि तीव्र या गंभीर होता था तो फौजदारी अदालत के द्वारा उस पर विचार-विमर्श किया जाता है। इन व्यक्तियों को मनोचिकित्सकीय दृष्टि से देखना निश्चित रूप से एक प्रगति थी। क्रैपलिन की मनोरोगमय (साइकोपैथिक) व्यक्तिव की संकल्पना के अतिरिक्त इन्हीं के समान दूसरी अवधारणाएं जैसे 'नैतिक रूप से दुर्बल या (मॉरल इम्बिसील)' 'नैतिक रूप से जड़ (मॉरल इडियट)' तथा 'नैतिक विक्षिप्तता (मॉरल इनसेनिटी)', की संकल्पनाएं भी साहित्य में पाई जाती है। 'मनोरोगमय (साइकोपॅथ)' या 'मनोरोगमय व्यक्तित्व (साइकोपॉथिक पर्सनैलिटी)' शब्द, किसी भी तरह से, भ्रामक हैं। इनका व्युत्पत्तीय अर्थ है 'मानसिक रोगी या मैण्टली सिक' जैसा कि मनोरोगमय या साइको पैथोलॉजिकल शब्द में होता है, जिसमें इन व्यक्तियों की रुग्णता का संबंध वस्तुतः, स्वतःनम्य व्यवहार समस्याओं (ऑटोप्लास्टिक विहेवियर प्रॉब्लम्स) की अपेक्षा व्यवहार में गड़बड़ी (एलोप्लास्टिक) की समस्याओं से होता है। विकृत चरित्र कदाचित् ही तंत्रिकातापी या मनस्तापी होने के अर्थ में मानसिक रूप से रुग्ण होता है; बल्कि इसमें व्यक्तित्व की आंतरिक असंगतयता कार्यों में प्रक्षेपित होती है। वह नशे में धुत हो जाता है और पुलिस अदालत पहुंच जाता है, वह चैकों की जाल-साजी करता है, बार-बार अपने मालिकों का अपमान करता है, वह सच नहीं बोल सकता या वह किसी भी लड़की को किसी भी परिस्थितियों के अंतर्गत भ्रष्ट करता है। उसे मतिभ्रम या विभ्रम या अवसाद या दुर्भीतियां नहीं होतीं। इन व्यक्तियों को 'नैतिक रूप से दुर्बल या मॉरल इम्बिसील्ज' कह कभी भ्रामक हैं, क्योंकि ये प्रायः श्रेष्ठ बुद्धि के होते हैं और अपने व्यवहार संबंधी कठिनाइयों

की पूरी जानकारी भी रखते हैं। फिर भी, वे अपने व्यवहार के परिणामों के बारे में पूर्वानुमान कितना भी स्पष्ट रूप से क्यों न लगा लें, उनके कार्यों पर इनका (परिणामों का) नियमनकारी प्रभाव बहुत कम होता है। मनोविश्लेषण ने यह प्रदर्शित किया है कि ऐसे विकृत चरित्र भी पाए जाते हैं जो किसी भी प्रकार से 'नैतिक दृष्टि से पतित (मॉरली डीजैनेरेट)' नहीं होते लेकिन वे फिर भी मनोचिकित्सकीय समस्याएं ऐसे प्रस्तुत करते हैं कि वे दुःखी या अनुपयुक्त रहते हैं या मित्र नहीं बना सकते या नौकरियां बनाए नहीं रख सकते। परिणामस्वरूप, विकृत चरित्र के व्यक्तियों से हमारा अभिप्राय उन व्यक्तियों से है जिनके आंतरिक अचेतन संघर्ष (द्वंद्व) उनके मनस्तापी, तंत्रिकातापी या विकृत व्यक्तित्व का हुए बिना ही, उनके कुसमायोजित होने का कारण बनते हैं। हम यह देख चुके हैं कि सामान्य और विकृत व्यक्तियों का (परवर्स) धीरे-धीरे सामान्य व्यक्तित्वों में विलय हो जाता है। सामान्य व्यक्ति और विकृत चरित्र के मध्य इससे भी कम सुनिश्चित विभाजन रेखा रहती है।

चरित्र विकृतियों के द्वारा व्यक्तित्व को पहुंचाई गई क्षति, कभी-कभी मनस्तापों द्वारा पहुंचाई गई क्षति से कहीं अधिक होती है। इसी कारण ब्लूलर (1924) लिखते हैं ''बहुत से मनोरोगी वस्तुतः केवल सामाजिक अर्थ में 'विक्षिप्त या इनसेन' नहीं होते, प्राकृतिक विज्ञान के फोरम के समक्ष वह उन्हीं असंगतियों से पीड़ित होते हैं जिनसे बहुत से विक्षिप्त पीड़ित होते हैं, केवल मात्रा कुछ कम होती है। ये व्यामोहाभ (पैरानॉइड) विदलनाभ (शिज़ाइड), अव्यक्त अपस्मारी (लेटैन्ट एपीलॅप्टिक), चक्राभ (साइक्लोदइमिक), आदि हैं।'' वह यह भी कह सकते थे कि इनमें से कुछ तो विकृत (परवर्स) व्यक्ति से केवल मात्रा में भिन्न होते हैं, जिससे कि वे विकृतकामी (सेक्सुअली परवर्स) से संबंधित होते हैं। इनमें से कुछ अन्य शैशवीय विकास की विविध अवस्थाओं से संबंधित होते हैं और शिशुवत (इन्फैन्टाइल) बने रहते हैं। फिर भी यह विकृत चरित्र प्रायः साधारण जन की सामान्य धारणा के इतने समीप होते हैं कि विकृत चरित्र के व्यक्तित्व की संरचना के मनोविश्लेषण सिद्धांत का वर्णन करने से पूर्व कुछ उदाहरण प्रस्तुत करना उपयुक्त होगा।

हम सभी चरित्र विकृतियों से ग्रस्त व्यक्तियों से परिचित हो चुके हैं। कुछ वर्ष पूर्व लेखक को एक अट्ठारह वर्ष की युवा महिला का साक्षात्कार करने का अवसर मिला। वह बारह वर्ष की आयु से शराब पीती थी और बीयरबार में जाती थी। वह लगभग बीस पुरुषों से साथ लैंगिक संबंध बना चुकी थी। पिछले दो वर्षों में उसने दो बार गर्भपात कराया। साक्षात्कार के समय प्रायः एक ही शाम में वह दो व्यक्तियों के साथ लैंगिक संबंध रख रही थी जो परस्पर मित्र भी थे। वह घर के बारे में सदैव अपमान जनक और तीखी बातें कहती थी। कोई यह सोच सकता है कि यह युवती गंदी नाली की पैदाइश (चाइल्ड ऑफ द गटर) होगी, लेकिन वस्तुतः वह उच्च वर्गीय माता-पिता की संतान थी जो सुशिक्षित थे और सर्वोच्च नैतिक आदर्श रखते थे। उसके लिए सब कुछ किया गया। अधिकांश व्यक्ति इस किस्म के व्यक्तियों से मिले होंगे और उन्हें मात्र

'बुरा' या नैतिक रूप से उत्तरदायित्वविहीन समझा होगा। आधुनिक मनोगतिकी सिद्धांत में प्रशिक्षित व्यक्ति के लिए, विचाराधीन युवती एक तंत्रिकाताप ग्रस्त चरित्र थी, जो अपनी श्रेष्ठ बुद्धि के बावजूद, अपनी अन्तर्निहित कामुक (इरॉटिक) और आक्रमणशीलवृत्तियों (अर्जेज़) को नियंत्रित नहीं कर सकी। लड़की और उसके माता-पिता के मनश्चिकित्सकीय परीक्षण ने संकेत दिया कि, सतही तौर पर नैतिक और आदर्श पारिवारिक जीवन वस्तुतः, पाशविक दृश्यों और माता-पिता या संतान के बीच स्नेह के अभाव से बिगड़ा हुआ था। वह युवती एक 'सुखी पापी या हैप्पी सिनर' नहीं थी, बल्कि एक दुःखी व्यक्ति थी जो मिलने वाले प्रत्येक व्यक्ति में वह स्नेह खोजने को प्रेरित थी जो उसे अपने पिता से मिलना चाहिए था और इस तरह अपने भिन्न-भिन्न प्रेमियों के प्रति अपने आक्रमणशील विश्वासघात के द्वारा अपने पिता के विरुद्ध महसूस किए जाने वाले विद्वेष को कार्यान्वित कर रही थी।

पुरुषों में इसी के समान व्यक्तित्व का मामला लेते हैं। श्री एक्स अपने पेशे में तीन बार दस लाख डॉलर की हैसियत का व्यक्ति रहा है, उसके तीन सुंदर युवा पत्नियां हुईं, जिनमें से सभी ने उसे तलाक दिया और चालीस वर्ष की आयु में शराब पीकर मृत्यु की ओर बढ़ रहा है। वह सुदर्शन और बुद्धिमान है। एक निवेश महाजन के रूप में वह बहुत मेहनत करता था। उसने धनी होने, प्रेम करने, विवाह करने के लिए बहुत मेहनत की, तथा उसके पास वह सब है जो उसके समस्त मित्रों को आदर्श आर्थिक, सामाजिक और संवेगात्मक समायोजन प्रतीत होता था, फिर भी, यह सब ऐसा था मानो वह सफलता झेल नहीं सका। वह शराब पीना प्रारंभ कर देता, पत्नी से विश्वासघात करता, अपने व्यवसाय की उपेक्षा करने लगता और वहां वापस पहुंच जाता जहां से शुरू हुआ था, और प्रायः उतार-चढ़ाव के मनोवैज्ञानिक अर्थ में पर्याप्त विक्षत रहता। उसकी पहली पत्नी ने उसे तब तलाक दिया जब उसने वेश्याओं को घर में लाना और पत्नी व बच्चों के सामने अपने इस व्यवहार को प्रदर्शित करना आरंभ कर दिया। उसकी दूसरी पत्नी ने उसे तब तलाक दिया जब उसने मदांध क्रोध में पत्नी की पीठ में कुर्सी मारी और तोड़ दी। उसकी तीसरी पत्नी ने उसे तब तलाक दिया जब उसने अपने बच्चों की शिक्षा के लिए जमा किया जाने वाला बीमा, गाने वाली लड़कियों पर व्यय करना प्रारंभ कर दिया। उसके अधिकांश मित्र उसे एक अलमस्त, दुस्साहसी प्रकार के व्यक्ति के रूप में देखते थे जो यदा-कदा अपने व्यवसाय में दुर्भाग्य का सामना करता था और जो इसके परिणामस्वरूप, विवाह संबंधी कठिनाइयों में पड़ जाता था। मनोचिकित्सक की दृष्टि में, वह स्पष्ट रूप से अपना विनाश करने का प्रयास कर रहा था।

लेकिन सभी विकृत चरित्र 'निरंकुश या वाइल्ड' प्रकार के नहीं होते। उनमें से बहुत से व्यक्ति बहुत संयमित और बहुत सुशील प्रतीत होते हैं। हाल ही में लेखक ने एक युवा का साक्षात्कार लिया जो भौतिक शास्त्र का एक अच्छा विद्यार्थी था और उस विषय में डॉक्टर की उपाधि के लिए किए जाने वाला कार्य लगभग समाप्त कर चुका था। अचानक अध्ययन में उसकी रुचि समाप्त होने लगी और वह विश्वविद्यालय छोड़ने की

इच्छा रखने लगा। इस संबंध में उसने लेखक से परामर्श किया। उसके रुख से कोई यह सोच सकता था कि उस युवक में स्किड्ज़ोफ्रीनिक साइकोसिस या खंडित मनस्कताग्रस्त मनस्ताप विकसित होने जा रहा है, लेकिन उस युवक में संज्ञानात्मक प्रक्रियाओं की विकृति (पैथोलॉजी) बिल्कुल भी दिखाई नहीं देती थी। वह बुद्धिमान और सुदर्शन व्यक्ति था, इस तथ्य के बावजूद उस व्यक्ति के उस समय कोई मित्र नहीं थे और उसका कभी भी कोई मित्र नहीं रहा था। वह बाईस वर्ष का था लेकिन तब तक वह किसी लड़की के साथ कभी बाहर नहीं गया था। वह एक ऐसे अहाते में रह रहा था जहां कोई दो हजार दूसरे युवक भी रहते थे और वह इनमें से किसी को भी घनिष्ठ रूप से नहीं जानता था। उसमें अपने माता-पिता या अपने किसी भी रिश्तेदार के लिए प्रशंसा या प्रेम का भाव नहीं था। अध्ययन के अतिरिक्त उसकी एकमात्र गतिविधि साहित्य पढ़ना और यदा-कदा अकेले सिनेमा देखने जाना था। वह दिवास्वप्न में बहुत समय व्यतीत करता था पर ये दिवास्वप्न मनस्तापी प्रकार (साइकोटिक सॉर्ट) के नहीं थे। वह दिवास्वप्नों के बारे में पूरी तरह से विवेकपूर्ण था, जानता था कि यह स्वैरकल्पना (फैन्टैसी) थी और उसे अपने मनोवैज्ञानिक अनुकूलनों में इनके द्वारा निर्वाह की जाने वाली भूमिका की पूरी जानकारी थी। वह जब स्नातक होने के करीब आया अर्थात् जब उसे अन्य व्यक्तियों के संपर्क में आकर अपने ज्ञान का प्रयोग करने की आवश्यकता होती, तब तक अध्ययन में उसकी रुचि समाप्त हो गई। जहां उसके अधिकांश परिचित उसे कदाचित् शर्मीला, पिछड़ा हुआ और किताबी कीड़ा समझते थे, मनोचिकित्सकों के लिए वह एक विदलनाभ (शिजॉइड) व्यक्तित्व का उदाहरण था। निस्संदेह, बहुत से गणितज्ञ और विज्ञान के सिद्धांती, इसी प्रकार शर्मीले और अंतर्मुखी होते हैं जिस प्रकार यह युवा था, तथा इस युवक की गतिविधियों की भांति उनके क्रियाकलाप भी उदात्तीकरण (सब्लीमेशन) के रूप में देखे जा सकते हैं। फिर भी वे सामाजिक दृष्टि से उपयोगी कार्य में रत रहते हैं और इसी कारण चरित्र विकृतियों से ग्रस्त के रूप में नहीं देखे जाते। यह युवा व्यक्ति विदलनाभ चरित्र का था क्योंकि वह समाज को भी वैज्ञानिक उपलब्धि के अव्यक्तिक रूप में, अपना कुछ भी दे पाने की संभावना के लिए स्वयं को तैयार नहीं कर सका। उसके जीवन का आधारिक संवेदात्मक पैटर्न (प्ररूप) यह था कि वह स्वयं से इतना अधिक प्रेम करता था कि अन्य किसी को अपना प्रेम नहीं दे सका।

विकृतिचरित्र केवल 'निरंकुश (वाइल्ड)' या 'विचित्र (क्विअर्)' ही नहीं होते, बल्कि इसमें असामाजिक, अपराधी, डाकू और बल्कि चिरकालिक वास्तविक जोकर (क्रॉनिक प्रैक्टीकल जोकर) या ऐसे व्यक्ति जो विचित्र लोकोपकार स्थापित करते हैं, जैसी असंगतियां भी निहित होती हैं। बहुत से डाकू और डाकुओं के सरदार जिनके बारे में निरंतर अखबारों में पढ़ते हैं वे विकृत चरित्रों के उदारहण हैं। डिलिंगर, अल कापोन और बहुत से दूसरे अमरीकी डाकू ऐसे ही विकृत चरित्र (डिस्ऑर्डड कैरैक्टर) थे। डॉन किक्जॉट और टाइल यूलेनस्पाइगल और रॉबिन हुड वे साहित्यिक और ऐतिहासिक मूर्तियां हैं जो इस श्रेणी में आती हैं।

तालिका-12 :

	आंतरिक द्वंद्व का स्वरूप	पारिणामिक व्यवहार का सामाजिक स्वरूप	प्रतिगमन की मात्रा	प्रेम पात्र से आधारित प्रवृत्तियों (अर्जेज) का संबंध	द्वंद्व के निराकरण से होने वाला परिणाम
चरित्र विकृति	मनस्ताप और तंत्रिकाताप की भांति अत्यधिक असंगत और अव्यवस्थित संतुलन, यथार्थ से अलगाव, संज्ञानात्मक क्षेत्र में नहीं बल्कि पेशीय चालक क्षेत्र में	सामाजिक दृष्टि से अस्वीकार्य व्यवहार, अन्तःप्रेरणाएं (इम्पाल्सिज़) छद्म रूप में व्यावहारिक समस्याओं की भांति बाहर प्रकट होती है	विविध अवस्थाओं की ओर प्रतिगमन लेकिन संज्ञानात्मक अहम् प्रति गमित नहीं (विशिष्ट रोगों के लिए संदर्भ तालिका 2)	उभयभावी।	एलोप्लास्टिक लक्षण, विशेष रूप से विनाशक व्यवहार
सामान्य	अहम्, पराहम, कामतत्व तथा बाहरी यथार्थ के मध्य व्यवस्थित संतुलन	सभी क्षेत्रों में व्यवहार रचनात्मक और सामाजिक दृष्टि से स्वीकार्य	बिल्कुल नहीं, जननिक अवस्था तक पहुंच जाना	उत्तर उभयभावी के बाद का, कुछ प्रवृतियां संतुष्ट, बाकी उदात्तीकृत	कोई द्वंद्व नहीं
मनस्ताप	अहम्, पराहम, कामतत्व और बाहरी यथार्थ में अत्यधिक अव्यवस्थित संतुलन, अहम् कामतत्व के विरुद्ध शक्तिहीन और दुर्बल, पराहम् प्रक्षेपित या अहम् के अधिकार में या अत्यधिक तीव्र	पेशीय और संज्ञानात्मक दोनों क्षेत्रों में व्यवहार सामाजिक दृष्टि से अस्वीकार्य, कामतत्त्व की अन्तःप्रेरणाएं छद्म रूप में बाहर प्रकट होती हैं।	चाहे जो हो कम से कम प्रारंभिक गुद अवस्था तक तो अवश्य ही और इस प्रकार यथार्थ परीक्षण के स्तर से परे (विशिष्ट रोगों के लिए, संदर्भ तालिका 2)	पात्र विहीन या अत्यधिक उभयभावी	संज्ञानात्मक तथा पेशीय क्षेत्रों में गंभीर लक्षण रचना
मनस्तंत्रिकाताप	अहम्, पराहम, कामतत्व और बाहरी यथार्थ में अव्यवस्थित संतुलन, अहम्, पराहम और कामतत्व के साथ द्वंद्व में लेकिन अहम् यथार्थ की तरफ	व्यवहार केवल आंशिक रूप से स्वीकार्य, पेशीय और संज्ञानात्मक दोनों क्षेत्रों में विनाशकारी लेकिन कामतत्व की अन्तःप्रेरणाएं नियंत्रित	उत्तर गुदीय या लैंगिक अवस्था की ओर, इस प्रकार यथार्थ परीक्षण के स्तर से परे (विशिष्ट रोगों के लिए, संदर्भ तालिका 2)	उभयभावी	स्वतःसुनम्य (ऑटोप्लास्टिक) रोग लक्षण, विशेषकर दुश्चिंता
कामविकृति	संतुलन व्यवस्थित या अव्यवस्थित हो सकता है; यथार्थ से कोई विचलन नहीं, लेकिन लैंगिक लोकाचारों से विचलन	व्यवहार सामाजिक दृष्टि से अस्वीकार्य लेकिन व्यक्ति लैंगिक क्षेत्र के सिवाय अन्यथा 'सामान्य'	जब तक मनस्ताप, तंत्रिकाताप या प्रतिभा के साथ सम्मिलित न हो, इसमें प्रतिगमन की अपेक्षा स्थिरण होता है (विशिष्ट रोगों के लिए संदर्भ तालिका 2)	समलैंगिकता में उत्तर उभयभावी हो सकता है, अन्य केस उभयभावी	विकृत लैंगिक व्यवहार

व्यक्ति की संरचना का आरेखी प्रस्तुतीकरण

→ ← सुव्यवस्थित संतुलन

→ ← अव्यवस्थित संतुलन

तीर के लम्बे निशान वातावरण के साथ समग्र व्यक्तित्व के सापेक्षिक संतुलन का उल्लेख करते हैं।

तीर के छोटे निशान व्यक्तित्व के अन्दर स्थित शक्तियों के सापेक्षिक संतुलन का उल्लेख करते हैं।

.... > सामाजिक दृष्टि से स्वीकार्य व्यवहार

– + – + – + > अस्वीकार्य लेकिन छद्म रूप में

– +.. – +.. – +.. > छद्म रूप में लेकिन आंशिक रूप से स्वीकार्य

–0–0–0–0– > प्रकट लेकिन सामाजिक दृष्टि से अस्वीकार्य

एस ई – सुपर-ईगो

सी तथा एम – क्रमशः अहम् के संज्ञानात्मक और पेशीय पक्ष

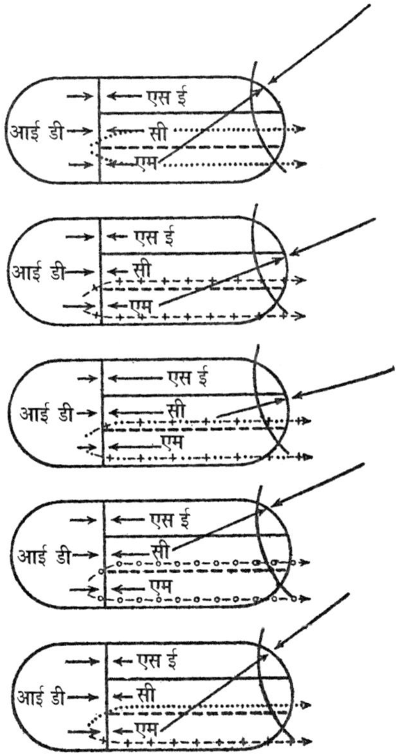

चित्र-13 : अन्य व्यक्तित्व प्रभेदों के साथ चरित्र विकृति की तुलना करते हुए।

2. चरित्र के विकार का मनोविश्लेषण सिद्धांत

मनोविश्लेषण के अनुसार, मनोरोगमय व्यक्तित्व (साइकोपैथिक पर्सनैलिटी) या चरित्र विकृति (कैरॅक्टर डिसऑर्डर्ड), अहम्, कामतत्व और पराह्म (ईगो, ईड, सुपरईगो) तथा यथार्थ के बीच समायोजन के असामंजस्य (डिस्हारमनी) को या इन कारकों के बेमेल असंगत सम्मिश्रण को प्रस्तुत करती है। चरित्र विकृति, मनस्ताप या मनस्तंत्रिकाताप से इस बात में भिन्न होती है कि यद्यपि बाहरी द्वंद्व प्रतिगमन (रिग्रैशन) और अचेतन द्वंद्व की ओर ले जाता है, लेकिन यह द्वंद्व अपने स्वः के अंदर ही नहीं बल्कि वातावरण पर क्रियान्वित कर दिया जाता है। अतः लक्षण *एलोप्लास्टिक* होते हैं। विकृत चरित्र (डिस्ऑर्डर्ड कैरॅक्टर), भ्रष्ट (पर्वर्टिड) से इस बात में भिन्न होता है कि इसमें अहम् (ईगो) शैशवीय कामवृत्यात्मक और आक्रमणशील प्रवृत्तियों को उनके मौलिक रूप में स्वीकार नहीं करेगा। निश्चित रूप से प्रसामान्यता (नॉर्मैलिटी), मनस्ताप (साइकोसिस), विकृति (पर्वर्ज़न), और चरित्र विकृति (कैरॅक्टर डिस्ऑर्डर), के बीच कोई स्पष्ट विभाजन रेखा खींचना असंभव है। अतः तंत्रिकातापी (न्यूरॉटिक) चरित्र के रूप में जिस युवती का हमने ऊपर वर्णन किया था, यदि उसके कामुक उद्यमों की कल्पना खंडित मनस्तकताग्रस्त मतिभ्रमों (स्किड्ज़ोफ्रीनिक डिल्यूज़न्स) के प्रकारों के रूप में की गई होती तो वह युवती मनस्तापी (साइकोटिक) होती।

यदि जिस लैंगिक व्यवहार में वह भोग कर रही थी वह यदि समलैंगिक या सामान्य संभोग के अतिरिक्त अन्य प्रकार का होता तो वह विकृतकामी (परवर्स) के रूप में वर्गीकृत होती, तथा यदि अनेकों प्रेम संबंधों की अपेक्षाकृत उसने केवल कुछ प्रेम संबंध ही बनाए होते तो हम उसे सामान्य मान सकते थे। उसके व्यवहार के कुछ विशेष पक्षों में वह कामोन्मादिनी (निम्फोमैनिएक) के रूप में वर्गीकृत की जा सकती थी। इसी प्रकार, यदि युवा भौतिकशास्त्री ब्रह्माण्ड का एक नई और अपरिमेय गणितीय सिद्धांत विकसित करता है और अन्य व्यक्तियों पर यह संदेह करता है कि वे उसके अविष्कारों को चुराने का प्रयास कर रहे थे तो वह व्यामोह मनोविदलताग्रस्त (पैरानॉइड स्कीज़ोफ्रीनिक) होता। यदि उसकी आत्मरतिक कामवृत्यात्मक प्रवृतियां (नार्सिसिस्टिक लिबिडिनल अर्जेज) उसे अन्य पुरुषों द्वारा समलैंगिक रूप से बहकने या भ्रष्ट होने के लिए बाध्य करतीं या वह बाध्याग्रस्त हस्तमैथुन (कम्पल्सिव मास्टरबेशन) में बहुत अधिक रत होता तो उसे विकृतकामी समझा गया होता। यदि वह अपनी डिग्री प्राप्त करने तक पढ़ने के लिए और समाज में शोध या शिक्षण स्थान स्वीकार करने का इच्छुक होता, तो हम उसे सामान्य (नॉर्मल) समझ सकते थे। तालिका 12 और चित्र 13 में, हम विकृत चरित्रों के व्यक्तित्व की संरचना का योजनाबद्ध संक्षिप्त प्रस्तुतीकरण देते हैं। पहले दी गई योजना (स्कीमैटा) को भी निहित किया गया है क्योंकि इसके साथ तुलना करके ही इन्हें सबसे अच्छी तरह समझा जा सकता है। चूंकि चरित्र की विकृतियां, शैशवी स्थिरणों (इन्फैन्टाइल फिक्सेशन्स), मनस्तापों और तंत्रिकातापों तथा कामविकृतियों के साथ

संबंधित हैं, इनकी परिभाषा उन प्रत्ययों के शब्दों में देना कठिन है जिन्हें हमने अन्य प्रभेदों के लिए प्रयोग किया है। तालिका 12 तथा चित्र 13 उदाहरण के रूप में 'तंत्रिकातापी चरित्र (न्यूरॉटिक कैरॅक्टर)' का वर्णन करते हैं।

3. शैशवीय लैंगिक स्थिरण (इनफैन्टाइल सेक्सुअल फिक्सेशन) से संबंधित चरित्र के विकार

अध्याय XI में हमने इस पर विचार-विमर्श किया कि कैसे मनोलैंगिक उत्पत्तिग्रन्थ (साइकोसेक्सुअल जेनॅसिस) के आरंभिक वर्षों में 'सामान्य (नॉर्मल)' चरित्र लक्षण स्थापित होते हैं। हमने चरित्र लक्षणों के समूहों (कॉन्स्टेलेशन्स ऑफ कैरॅक्टर ट्रेट्स) जैसे मुखीय (ओरल), गुदीय (एनल) तथा लैंगिक की बात भी की। अतः सामान्य चरित्र प्रारंभिक वर्षों में ही 'निर्धारित (डिटरमिन्ड)' हो जाता है। हम सभी के शैशवावस्था (इन्फैन्टाइल) अनुभव समान होते हैं, तथा हममें से अधिकांश, चरित्र की कुछ कमजोरियां रखते हैं। फिर भी तकनीकी दृष्टि से विकृत चरित्र का व्यक्ति वह है जिसे मनोचिकित्सकीय उपचार की आवश्यकता या तो इसलिए है क्योंकि उसका चरित्र दोष उसे या उसके परिवार को दुःखी बनाता है या इसलिए कि वह अपने चरित्रदोष के कारण सुव्यवस्थित समाज के साथ द्वंद्व में पड़ जाता है। इस सबसे किसी की यह धारणा बन सकती है कि मनोचिकित्सक केवल अत्यधिक साधारण मामूली व्यक्तित्व को ही 'सामान्य (नार्मल)' तथा 'सुसमायोजित (वैल एडजस्टिड)' के रूप में मानते हैं। एक अर्थ में यह सत्य भी है, लेकिन, चूंकि मनोचिकित्सक नैतिक मूल्यांकन से नहीं बल्कि लोगों को सामाजिक दृष्टि से समायोजित व्यक्तिगत अंतर्संबंधों की ओर ले जाने के प्रयास के साथ संबंधित होता है, अतः यह दोषारोपण अपना अधिकांश अर्थ खो देता है। वस्तुतः इस संसार में अधिकांश कठिन कार्य उन व्यक्तियों द्वारा किया जाता है जो तकनीकी मनोचिकित्सकीय अभिप्राय में किसी न किसी रूप में असामान्य होते हैं।

चूंकि चरित्र विकृति से संबंधित साहित्य इतना नवीन है और व्यवहार संबंधी समस्याओं के इतने व्यापक क्षेत्र को अवेष्टित करता है, कि यह स्पष्ट है कि हम यहां किसी विस्तार से उसके बारे में बात नहीं कर सकते। हाल ही के वर्षों में विविध रोग विज्ञान संबंधी योजनाएं (नौसोनॉजिकल स्कीमेटा) सोचकर निकाली गई हैं और इनमें से प्रत्येक में कुछ न कुछ विधि संबंधी दोष हैं। हम चरित्र दोषों के वर्गीकरण की एक नई योजना (स्कीम) बनाने का प्रयास करेंगे[1] जिसके लिए यह प्रतीत होता है कि वर्तमान में हम यही सबसे अच्छा कर सकते हैं। हम चरित्र दोषों को, हम प्राथमिक रूप से शैशवीय लैंगिक स्थिरणों से संबंधित, प्राथमिक रूप से मनस्ताप और तंत्रिकाताप से संबंधित तथा प्राथमिक रूप से काम विकृति से संबंधित, के रूप में विभाजित करते हैं। तालिका 2, प्रतिगमन की गंभीरता और हमारी वर्गीकरणकारी योजना के आधार पर, विविध विकृत चरित्रों के नामों को प्रस्तुत करती है। प्राथमिक रूप से शैशवी लैंगिक

स्थिरणों (इन्फैन्टाइल सेक्सुअल फिक्सेशन) से संबंधित चरित्र विकृतियां उन व्यक्तियों को निहित करती हैं जिनका रोग मूलतः इस तथ्य को निहित करता है कि, जब वे सामान्य विकास के विविध पक्षों से गुजर चुके थे, तब मुखीय या गुद या लैंगिक काल में कुछ कारकों को अनुचित रूप से महत्व दिया गया । मनस्ताप और तंत्रिकाताप से संबंधित चरित्र विकृतियों में वे व्यक्ति आते हैं जिनका व्यवहार वास्तविक मनस्तापी और मनस्तंत्रिकातापी के सदृश तो होता है लेकिन वस्तुतः इन श्रेणियों में नहीं आता। इनमें वे चरित्र निहित होते हैं जिनका विशिष्ट व्यवहार, मानसिक रोग के समीप होता है लेकिन फिर भी वे यथार्थ के साथ संज्ञानात्मक सम्पर्क को बनाए रखते हैं। कामविकृति से संबंधित चरित्र विकृतियों में हम उन व्यक्तियों से संबंधित रहेंगे जिनमें शक्तिशाली विकृत कामुक अन्तः प्रेरणाएं (पर्वर्स सेक्सुअल इम्पल्सेज) होती हैं, जो, किसी प्रकार अचेतन बनी रहती हैं लेकिन व्यक्ति के असामाजिक कार्यों में निकास खोज लेती हैं। निस्संदेह, चूंकि कामविकृतियां और मानसिक रोग दोनों ही स्वयं शैशव लैंगिक स्थिरणों से घनिष्ठ रूप से संबद्ध होते हैं, अतः यह विभाजन स्वेच्छा पर निर्भर करता है। सामान्यतया, चरित्र के इन प्रभेदों को हम उन व्यक्तियों के रूप में सोच सकते हैं जिनमें उन सामान्य लक्षणों का मात्र आधिक्य होता है जो हम सभी में पाए जाते हैं।

हम पहले ही देख चुके हैं कि कैसे बहुत से सामान्य वयस्क प्रतिक्रिया रूप (नॉर्मल एडल्ट रीएक्शन फॉर्म्स) क्रमशः मुखीय, गुद और लैंगिक कालों में निर्धारित होते हैं। अतः शैशव काम स्थिरणों से प्राथमिक रूप से संबंधित चारित्रिक (कैरॅक्टरोलॉजिकल) दोष, मात्र ऐसे ही कुछ व्यवहारों की अतिरंजना को प्रस्तुत करते हैं। इस प्रकार, उदाहरण के लिए, ऐसे व्यक्ति जिनकी 'दूध छुड़ाई (वीन्ड)' कभी नहीं होती, जो कभी भी अपने पैरों पर खड़े होने के समर्थ नहीं होते, जो यह सोचते हैं कि उनकी जीविका चलाना समाज का काम है, वे मुख चूषण अवस्था को आवश्यकता से अधिक महत्व देते हैं और इस प्रकार प्रारंभिक मुखीय (ओरल) या *परजीवी चरित्र* (*पैरासाइटिक कैरॅक्टर*) उत्पन्न होता है। इसी प्रकार, जिन व्यक्तियों में कर्त्तव्य बोध के प्रति आवश्यकता से अधिक समर्पण उन्हें अन्तःकरण के आदेशों का वहन करने में अनवरत रूप से इस सीमा तक गंभीर बनाता है कि उनकी गतिविधियां दूसरों के लिए निष्ठुर और अपने लिए विनाशकारी होती हैं, तो ऐसे व्यक्तियों को उत्तरगुद काल में स्थिरण रखने वाला कहा जा सकता है। इस अर्थ में, जो व्यक्ति असामान्य सीमा तक शाबाशी और चापलूसी चाहते हैं, वे लैंगिक स्तर पर मजबूत स्थिरण रखते हैं। हम इन विविध प्रभेदों पर अधिक विस्तार से विचार करेंगे।

मौखिक-आश्रित प्ररूप (ओरल-डिपॅन्डैन्ट टाइप) व्यक्ति इतना आश्रित होता है कि वह कभी भी अपने लिए खड़ा नहीं हो सकता। उसका चरित्र मुख्यतया पूर्व उभयभावी मुख-चूषण काल में निर्मित होता है तथा संसार के प्रति उसका दृष्टिकोण उस शिशु जैसा होता है जिसकी दूध छुड़ाई नहीं हुई होती (अनवीन्ड इन्फैंट) वह अलमस्त, आशावादी तथा संवेगात्मक रूप से अपरिपक्व होने की ओर इस प्रकार प्रवृत्त होता है कि जीवन

की गंभीर बातें उसे कभी प्रभावित नहीं करतीं। निस्संदेह रूप से, बहुत से असफल व्यक्ति और बहुत से शराब के व्यसनी इस श्रेणी में आते हैं। इस प्ररूप को शैशव प्ररूप (इन्फैन्टाइल टाइप) भी कहते हैं क्योंकि व्यक्तित्व का सम्पूर्ण व्यवहार सुख के सिद्धांत (प्लैज़र प्रिन्सिपल) से अधिकृत होता है और यथार्थ का बोध कभी भी स्थापित नहीं होता। बहुत स्वाभाविक है कि इन व्यक्तियों का यथार्थ जीवन का बहुत सा व्यवहार वयस्क स्तर पर होता है। कभी-कभी बौद्धिक रूप से यह बहुत प्रखर होते हैं लेकिन फिर भी ये वास्तव में बहुत अधिक उपलब्ध किए बिना ही जीवन व्यतीत कर देते हैं क्योंकि उनकी वास्तविक अभिवृत्ति कमोबेश बाहरी संसार पर निष्क्रिय निर्भरता की होती है। ऐसे व्यक्ति किसी भी तरह मानसिक रूप से विकृत नहीं होते तथा साधारण जन उन्हें या तो नैतिक दृष्टि से त्रुटिपूर्ण या रोगात्मक रूप से सुस्त (पैथोलॉजिकली लेज़ी) व्यक्ति के रूप में देखने की प्रवृत्ति रखते हैं। दण्ड और दण्ड की आशंका के द्वारा, ऐसे व्यक्तियों का रिवाज़ी उपचार बहुत कम लाभ पहुँचाता है क्योंकि ये मौखिक-आश्रित चरित्र वस्तुतः बीमार होते हैं। मौखिक-आश्रित चरित्र की अवधारणा बहुत से ऐसे व्यक्तियों का स्पष्टीकरण करती है जो अपना जीवन किसी महत्वाकांक्षा के बिना ही बिता देते हैं और उन लक्ष्यों को प्राप्त करने में असफल रहते हैं जिनकी अपेक्षा उनके परिवार और उनके मित्र उनसे करते हैं।

यदि स्थिरण या अभिघातज अनुभव, उत्तर मुखीय या मौखिक परपीड़क अवस्था से संबद्ध होता है तो व्यक्तित्व बहुत भिन्न होता है। उत्तर-मौखिक अवस्था में मौखिक व्यवहार का परदंशी (सेडिस्टिक) तत्व विकसित होता है तथा निष्क्रिय निर्भरता के स्थान पर यह परपीड़न कामुकता (सेडिज़्म), उत्तर मौखिक-परपीड़क चरित्र को बहुत से पहलुओं से चारित्रिक दृष्टि से प्रारंभिक मौखिक चरित्र का विपरीत बना देती है (कैरॅक्टरोलॉजिकल अपोजिट)। आधारभूत प्रतिक्रिया संसार के प्रति निराशावादी अविश्वास की होती है। संसार अभी भी व्यक्ति की आजीविका के लिए उत्तरदायी होता है लेकिन इसे आशावादी दृष्टि से देखने के बजाय वह अपने साथ घटी प्रत्येक दुःखद वस्तु के लिए संसार पर दोषारोपण करने की ओर प्रवृत्त रहता है। आरामतलब होने के बजाय वह झगड़ालू, तिरस्कारपूर्ण, बदमिज़ाज होता है। दुनिया के साथ सब कुछ ठीक है यह सोचने के बजाय वह, इसमें प्रत्येक गलत वस्तु को ढूंढ़ने की ओर प्रवृत्त रहता है। ऐसे व्यक्ति पूरा जीवन मित्रों के बजाय दुश्मन बनाने में व्यतीत कर देते हैं और अपनी उपलब्धियों में कमियों के लिए निरंतर दूसरे व्यक्ति पर दोषारोपण करते हैं। उनकी सामाजिक अभिवृत्ति आवश्यकता से अधिक अपेक्षा रखने वाली होती है और वास्तविक संसार के साथ संवेगात्मक दृष्टि से कटु होते हैं। ये व्यक्ति प्राथमिक रूप से आत्मरतिक और अभी भी अपनी प्रतिक्रियाओं में शैशवीय होते हैं क्योंकि उत्तर मौखिक काल तक सामाजिक उत्तरदायित्व का बोध स्थापित नहीं होता। वे चिरस्थायी रूप से असन्तुष्ट और दुःखी स्वभाव के सनकी व्यक्ति हो जाते हैं। वे निश्चित रूप से ऐसे होते हैं, लेकिन नैतिक उपदेश उनके कुछ अधिक नहीं कर पाते।

कुछ चरित्र विकृतियां, गुद बहिष्कार काल (एलन एक्सपल्सिव पीरियड) पर एक दृढ़ स्थिरण के द्वारा निर्धारित होती हैं। तथाकथित गुद लक्षण (ओरल कैरॅक्टर) वह था जिसका प्रारंभिक (सबसे पहला) अध्ययन फ्रायड (1924 ए, जिल्द II) तथा उनके अनुयायियों, विशेषकर अब्राहम (1927) ने किया था, और असंदिग्ध रूप से वह था जिनके लिए हम सबसे स्पष्ट सैद्धांतिक अवधारणाएं रखते हैं। पुनः, गुद चरित्र अपने व्यवहार के बाह्य प्रतिरूप की दृष्टि से (फ़ीनोटाइपिकली) पर्याप्त भिन्न होते हैं, और यह भिन्नता इस पर निर्भर करती है कि स्थिरण गुद बहिष्कारक काल में हुआ है या गुद-धारण काल में। गुद बहिष्कारक काल में चरित्र के विशेषक (ट्रेट्स) मुख्यतया धन में अनावश्यक या अनुचित रुचि के साथ-साथ महत्वोन्माद और संशयालुता या शक्कीपन के होते हैं। एक ऐसा व्यक्ति जो निरंतर दंभी, बहुत महत्वाकांक्षी रहता है, और अपनी योग्यताओं के बारे में अनुचित दावे करता है, लेकिन अपनी असफलताओं को अपने प्रतिद्वन्द्वियों की ईर्ष्या पर आरोपित करने की प्रवृत्ति रखता है, वह मुख्य रूप से गुद बहिष्कार काल में हुए स्थिरणों के द्वारा निर्धारित व्यक्तित्व होता है। ऐसे व्यक्ति एक ओर तो व्यामोहाभ चरित्रों से और दूसरी ओर समलिंगी चरित्रों से घनिष्ठ रूप से संबंधित होते हैं। ये वे व्यक्ति हैं, जो अनोखे सिद्धांतों या अनोखे शौकों को उत्पन्न कर लेते हैं और जो उस क्षेत्र के अन्य व्यक्तियों से केवल वैमनस्य ही नहीं रखते बल्कि यह विश्वास करते हैं कि उनकी वास्तविक योग्यता के कार्यान्वित न होने का असल कारण दूसरों की ईर्ष्या है। मनोविश्लेषक, इन चरित्र विशेषकों को महत्वोन्माद (मिगॅलोमेनिया) से उत्पन्न हुआ मानते हैं जो गुदा पेशी पर नियंत्रण करने की प्रारंभिक चेतना तथा इस समय की समलैंगिकता के विरुद्ध प्रतिक्रिया विधान से संबंधित होती है।

उत्तर-गुद चरित्र में प्रायः वितंडावादी पाण्डित्य प्रदर्शन की सीमा तक अत्यधिक सतर्कता पाई जाती है। यह प्रायः कर्त्तव्य की लिखित पंक्तियों के प्रति सर्मपण की ओर ले जाती है इसके लिए व्यक्तिगत या सामाजिक सुख के क्षेत्र में कोई कीमत क्यों न चुकानी पड़े। ये व्यक्ति प्रायः बदमिज़ाज, झगड़ालू, जल्दी क्रोधित होते हैं, और इनमें से बहुतों को वस्तुएं, और अक्सर धन एकत्रित करने में अनावश्यक रुचि होती है, जिससे कि ये मितव्ययी या कंजूस (पार्सिमोनियस) कहे जाते हैं। यह चरित्र लगभग यथार्थ परीक्षण (रीयलिटी टैस्टिंग) के समय आता है और ये वे व्यक्ति हैं जो सुखेप्सा सिद्धांत (प्लॅज़र प्रिंसिपल) के शक्तिशाली घटकों तथा पराहम् और वास्तविकता सिद्धांत (रीयलिटी प्रिंसिपल) के प्रकट होते हुए घटकों के बीच सदैव बंटा हुआ रहता है। उनका वितंडावादी संदेह तथा पाण्डित्य-प्रदर्शन, इन दो प्रकार की अन्तः प्रेरणाओं (इम्पल्सिज़) के बीच मध्यस्थता करने में उनकी असमर्थता से उत्पन्न होता है। ये असंदिग्ध रूप से बाध्यता मनस्तापियों से संबंधित होते हैं। फैनीकेल इन व्यक्तियों का वर्णन 'मैं शरारती होना चाहता हूं' और 'मुझे अच्छा होना चाहिए' के बीच अनवरत द्वंद्व में पड़े व्यक्तियों के रूप में करते हैं। उनके व्यवहार में बदमिज़ाजी और झगड़ालूपन उस संसार के विरुद्ध नाराज़गी से आता है जिसने उन्हें यौन सन्तुष्टि के इन शैशव तरीकों को छोड़ने के लिए

बाध्य किया था, और उनकी जमा करने की प्रवृत्ति उनके द्वारा मल का धन से अचेतन प्रतिस्थापन करने से उत्पन्न होती है। उदाहरण के रूप में हम बहुत से व्यक्तियों को देखते हैं जो उद्योग में छोटे-मोटे तानाशाह होते हैं, ऐसे स्कूल मास्टर जो कठोर अनुशासन की अपेक्षाओं में अति उत्साही होते हैं, जीवन के सभी क्षेत्रों में पाए जाने वाले ऐसे व्यक्ति होते हैं जो कामों को बहुत सुनिश्चित तरीके से करवाते हैं और परिणामस्वरूप अपने साथियों को बहुत अनम्य चरित्र के प्रतीत होते हैं। ऐसे व्यक्तियों को सामान्य जन विचित्र, दुःखी व्यक्तित्व के रूप में देखते हैं, लेकिन एक मनोचिकित्सक के लिए वे रोगी हैं। वस्तुतः, जैसा कि हमने अध्याय X में देखा, गुद बहिष्कारक और गुद धारक अवस्थाएं परस्पर व्यापी होती हैं, और हमें स्पष्ट रूप में पृथक् गुद धारक या गुद बहिष्कारक चरित्र कदाचित् ही मिलते हैं बल्कि दोनों का मिश्रण ही देखने में आता है।

मनोलैंगिक विकास की अन्तिम अवस्था भी दो अवस्थाओं में विभाजित है। लैंगिक अवस्था आत्मरतिक लैंगिक (नार्सिसिस्टिक सेक्सुअलिटी) की अवस्था है जिसमें, जैसा कि हम पहले देख चुके हैं, कामवृत्यात्मक संबंध की संबद्धता विपरीत लिंग के मैथुनिक साथी से होता है लेकिन एक आत्मरतिक और स्वार्थ परायण ढंग से होती है। ऐसे व्यक्ति जिन्हें किसी भी प्रकार की परिस्थितियों के अंतर्गत नेता होना चाहिए, जिन्हें किसी भी समूह के समक्ष सदैव अलग खड़ा होना चाहिए, जो थोड़ी सी हार के सामने भी अनावश्यक रूप से खराब प्रतिक्रिया करते हैं, उन व्यक्तियों में शक्तिशाली लैंगिक स्थिरण होते हैं। इस प्रकार से वर्णित लैंगिक चरित्र एक ओर तो हिस्टीरिया जैसे (हिस्टेरॉइड) चरित्र के साथ इस तरह संबंधित होता है कि वह उन्माद के क्रोधावेश की झल्लाहट (टैम्पर ट्रन्ट्रम्स ऑफ हिस्टीरिया) करने की ओर प्रवृत होता है और कुछ रूपान्तरण के लक्षण उत्पन्न कर सकता है तथा दूसरी ओर, तंत्रिकातापी चरित्र के साथ इस प्रकार संबंधित होता है कि वह अपने कामतत्व की अन्तःप्रेरणाओं (इड इम्पल्सिज) की सन्तुष्टि की मांग करने की प्रवृत्ति रखता है और काम विकृति के निकट हो सकता है। ऐसे व्यक्ति की रुग्णता बेशक ही, सामान्य के इतना समीप होती है कि साधारण जन उसे बहुत कम पहचान पाते हैं। एक साधारण जन के लिए वे मात्र अतिमहत्वाकांक्षी और प्रदर्शनोन्मादी प्रदर्शन के शौकीन, बड़बोले हो सकते हैं। फिर भी, निकट से मनोवैज्ञानिक परीक्षण करने पर प्रायः यह पाया गया है कि ये भी दुःखी और बीमार होते हैं।

वास्तविक लैंगिक चरित्र से हमारा अधिक संबंध होने की आवश्यकता नहीं है क्योंकि यह सैद्धांतिक दृष्टि से सामान्य व्यवहार को उत्पन्न करता है। हम पहले ही अध्याय XI में चरित्र के इस प्रभेद के बारे में विचार विनिमय कर चुके हैं। यह एक आदर्श व्यक्तित्व होता है जिससे हमारा सामना यथार्थ में कदाचित् ही होता है।

हमने जिन प्रभेदों की बात की, चरित्र विकृतियों के ऐसे विशुद्ध प्रभेद हमें कदाचित् ही मिलते हैं। प्रायः एक ही व्यक्ति में कम प्रभावशाली गुदा तथा लिंग से निर्धारित चरित्र विकृतियों के साथ, मुख से निर्धारित शक्तिशाली व्यक्तित्व की चरित्र विकृतियां, अथवा शक्तिशाली गुदा से निर्धारित चरित्र दोषों के साथ अन्य दोष उपस्थित रहते हैं जो कम

प्रभावशाली होते हैं। एक ओर, कामवृति और मानसिक रुग्णता में पारगमन और दूसरी ओर, पूर्ण प्रसामान्यता में पारगमन भी धीरे-धीरे होता है। केवल अतिवादी मामलों में ही इन व्यक्तियों के लिए मनोचिकित्सकीय उपचार का संकेत दिया जाता है। यद्यपि मौखिक-निर्भरता चरित्रों के बिना भी यह संसार (जगत) ठीक प्रकार से चलता, ये व्यक्ति अक्सर स्वयं ही प्रसन्न रहते हैं। कदाचित् यह जगत सनकियों तथा छोटे-मोटे तानाशाहों और मनोवैज्ञानिक रूप से प्रदर्शनोन्मादी के अभाव में नहीं चल पाता। सभी स्थितियों में, झक्की (सनकी) और प्रदर्शनोन्मादी कभी-कभी वास्तव में बहुत उपलब्धि कर लेते हैं और यदि वे अधिक उपलब्धि नहीं भी कर पाते तो भी वे संसार को रहने के लिए अधिक रंगीन स्थान बना देते हैं। अधिक अतिवादी मामलों में ये चारित्रिक रूप से विकृत व्यक्ति (कैरॅक्टरोलॉजिकली डिस्ऑर्डर्ड इन्डिविजुअल्स) व्यक्तिगत रूप से इतने दुःखी होते हैं, या अपने सहयोगियों को इतना दुःखी कर देते हैं या इतने समाज विरोधी कार्य करते हैं कि, उन्हें मनोश्चिकित्सीय उपचार प्राप्त करना चाहिए।

4. मनस्ताप और मनस्तंत्रिकाताप का चरित्र दोषों से संबंध

हम पहले यह देख चुके हैं कि मनोविदलता (स्किड्ज़ोफ़्रीनिया) प्रमुख प्रकार्यात्मक मनस्तापों (फंक्शनल साइकोसीज़) में से सबसे अधिक पाया जाने वाला और सबसे अधिक गंभीर रोग है। बहुत से व्यक्ति जो वस्तुतः मनोविदलताग्रस्त (स्किड्ज़ोफ़्रीनिक) नहीं होते, फिर भी इतने विचित्र, यथार्थ से इतने खिंचे हुए, दूसरों के साथ सामान्य कामवृत्यात्मक (लिबिडिनल) संबंधों से इतने पृथक् होते हैं कि यद्यपि सतही तौर पर यथार्थ से उनके संपर्क शान्त बने रहते हैं, तथापि वास्तविक परिस्थितियों के लिए उनकी संवेगात्मक प्रतिक्रियाएं इतनी अनुपयुक्त होती हैं कि वे स्किड्ज़ोफ़्रीनिया के समीप पहुंच जाते हैं। ऐसे व्यक्तियों को हम *विदलनाभ चरित्र* (*शिज़ाइड कैरॅक्टर्स*) कहते हैं। इस प्रकार, जैसा कि हमने देखा, उस युवा भौतिकशास्त्री का मामला जिसका कभी कोई घनिष्ठ मित्र नहीं था तथा जिसने कभी किसी लड़की के साथ कामवृत्यात्मक (लिबिडिनल) संबंध नहीं रखे, एक विदलनाभ (शिज़ॉइड) चरित्र का उदाहरण है। हमें विदलनाभ (शिज़ॉइड) चरित्र की व्याख्या करने में बहुत सा समय व्यतीत नहीं करना है क्योंकि यह स्किड्ज़ोफ़्रीनिया के मन्द या कम किए हुए रूप के बराबर होता है। व्यक्ति संज्ञानात्मक तथा प्रत्यक्षज्ञानात्मक प्रक्रियाओं में किसी प्रकार की गड़बड़ी के बिना संवेगात्मक मनोविदलता रखता है। वह जगत की प्रकृति या स्वरूप का एकदम सही *प्रत्यक्षण* (*पर्सीव*) करता है। लेकिन वह कभी भी सामाजिक जगत् के स्वरूप को सही रूप में *महसूस* (*फ़ील*) नहीं करता। जिन व्यक्तियों के मित्र नहीं हैं, जिन्होंने कोई सामान्य कामवृत्यात्मक तथा सामजिक संबंध नहीं बनाए, लोगों में जिनकी वास्तविक रुचि नहीं है ऐसे व्यक्ति विदलनाभ (शिज़ॉइड) चरित्र कहे जा सकते हैं। कभी-कभी उनमें वास्तविक स्काईजो़फ़्रीनिया प्रकट हो जाता है, लेकिन, अन्यथा वे पूरा जीवन मात्र

एकाकी, विचित्र सनकी तथा विदलनाभ (शिज़ॉइड) बनकर व्यतीत कर देते हैं। फिर भी वे बहुत कुछ उपलब्ध कर लेते हैं। बहुत से लेखक, गणितज्ञ तथा विज्ञान में शोधकर्ता इस श्रेणी में आते हैं। यद्यपि इनमें से कुछ व्यक्ति सफल समायोजन कर लेते हैं लेकिन बाकी तो सदैव दुःखी बने रहते हैं। इन मामलों की सहायता असंदिग्ध रूप से मनोचिकित्सकीय उपचार और मनोविश्लेषण द्वारा की जा सकती है।

चक्राभ चरित्र (*साइक्लॉइड कैरक्टर*) से हमारा अभिप्रायः उन चरित्रों से है जो उन्मादी-अवसादी मनस्ताप (मैनिक-डिप्रैसिव साइकोसिस) के संवेगात्मक लक्षणों को तनूकृत या क्षीण रूप में प्रदर्शित करते हैं। जिस प्रकार विदलनाभ चरित्र को स्किड्ज़ोफ्रीनिया के मन्द या क्षीण (एटेन्यूएटिड) रूप में देखा जाना था, उसी प्रकार चक्राभ (साइक्लॉइड) चरित्र, तनूकृत उन्मादी अवसादी मनस्ताप का प्रतिनिधित्व करता है। हम सभी उल्लास या अवसाद की मनोदशाओं में उतार-चढ़ाव का कम या अधिक अनुभव करते हैं, और हममें से कुछ में ही यह उतार-चढ़ाव पूर्ण रूप से यथार्थ जीवन परिस्थिति से संबद्ध होते हैं। लेकिन चक्राभ चरित्र, सामान्य व्यक्ति की तुलना में मनोदशा के कहीं अधिक तीव्र उतार-चढ़ाव से पीड़ित होते हैं। उसके जीवन में कोई समय ऐसा होता है जबकि उसकी यथार्थ जीवन परिस्थिति वास्तव में बहुत विपक्षीय होती है लेकिन वह बहुत रचनात्मक, बहुत उल्लसित, बहुत प्रसन्न और बहुत प्रोत्साहन के साथ कार्य करने में सक्षम होती है तथा कोई समय ऐसा भी होता है जबकि जीवन परिस्थिति बहुत पक्षीय हो सकती है, फिर भी जिसमें वह निरंतर अवसादग्रस्त रहता है, ऐसा महसूस करता है कि भविष्य के पास उसे देने के लिए कुछ भी नहीं है, और यह महसूस करता है कि वह कोई उपलब्धि नहीं कर सकता। हम जानते हैं कि चक्राभ (साइक्लॉइड) चरित्र उन्मादी-अवसादी मनस्ताप से संबंधित होते हैं, क्योंकि चक्राभ चरित्र में मनोदशा के ये विचलन, अनुक्रम में एक दूसरे का अनुसरण करते हैं।

ऐसे व्यक्ति भी पाए जाते हैं जो व्यामोह (पैरानोइया) के बहुत निकट होते हैं लेकिन मनस्तापी (साइकोटिक) नहीं हो जाते। ये वे व्यक्ति हैं जो भव्यता के *मतिभ्रमों* (*डिल्यूज़न्स* ऑफ ग्रैनूड्योर) तथा उत्पीड़न के *मतिभ्रमों* (*डिल्यूज़न्स* ऑफ पर्सीक्यूशन) की अपेक्षा भव्यता की *भावनाओं* (*आइडियाज़* ऑफ ग्रैनूड्योर) तथा उत्पीड़न की *भावनाओं* (*आइडियाज़* ऑफ पर्सीक्यूशन) से ग्रस्त होते हैं। दूसरे शब्दों में, उनके अन्दर अपनी अत्यधिक सामर्थ्य में पक्का विश्वास होता है और अन्य व्यक्तियों के प्रति सुनिश्चित आक्रमणशीलता भी होती है जिसे वे दूसरे व्यक्तियों पर प्रक्षेपित करते हैं तथा इस भावना को यह कहकर यौक्तिकीकरण करते हैं कि दूसरे व्यक्ति उनके प्रति आक्रमणशील हैं। मनस्ताप से संबंधित सभी प्रकार के चरित्र दोषों में से कदाचित् व्यामोहाभ चरित्र (*पॅरानॉइड कैरॅक्टर)* सबसे अधिक पाया जाता है तथा व्यामोहाभ चरित्र और व्यामोह के मध्य रेखा खींचना सबसे कठिन है। हमने देखा था कि व्यामोह में मतिभ्रमों की व्यवस्थित प्रवृति (सिस्टमैटाइज़्ड नेचर) के कारण व्यामोह ग्रस्तों (पैरानॉइक्स) का पता लगाना एक बहुत कठिन विषय था। इसके अतिरिक्त भव्यता और उत्पीड़न के

मतिभ्रमों, और भव्यता और उत्पीड़न के भावों के बीच विभाजन रेखा खींचना भी बहुत कठिन है। व्यामोहाभ चरित्र का व्यक्ति वह व्यक्ति है जिसका प्रिय विचार दूसरों पर अनुचित रूप से संदेह करना है। बहुत से व्यामोहाभ चरित्र वे व्यक्ति होते हैं जो अनावश्यक मुकद्मों में लगे रहते हैं, जो जरा सा उकसाने पर अदालत जाने की ओर रुझान रखते हैं। कानून के इतिहास में ऐसे व्यक्तियों के मामले प्रचुर मात्रा में हैं जिन्होंने न्यायालयों में, सनक भरे कारणों के लिए लड़ते हुए, अपने व्यक्तिगत सौभाग्य और ऐश्वर्य नष्ट कर दिए। कभी-कभी न्यायाधीश ऐसी मनोरोगमय (साइकोपैथोलॉजिकल) प्रक्रिया की प्रकृति को समझते हैं, लेकिन कदाचित् अधिकतर वे नहीं समझते। अतितिरस्कार पूर्ण व्यक्ति ऐसे व्यक्ति जो अक्सर बहुत छोटे कारणों से भी सदैव लड़ाई करते रहते हैं, व्यामोहाभ (पॅरानॉइड) चरित्र होते हैं। वस्तुतः अधिकांश झक्की, अधिकांश सनकी, अधिकांश ऐसे व्यक्ति जो परीक्षण करने पर एक या दूसरी वस्तु के लिए थोड़ा 'पागल या क्रेज़ी' समझे जाते हैं, व्यामोहाभ चरित्र के पाए गए हैं। निस्संदेह रूप से, विज्ञान में अधिकांश व्यवस्थित अनुसंधान, और कला और साहित्य में प्रथम श्रेणी का अधिकांश कार्य व्यामोहाभ चरित्रों से आया है, और निश्चित रूप से मनश्चिकित्सा के लिए इनमें से सभी, किसी भी प्रकार से समस्या उत्पन्न नहीं करते। फिर भी, जहां तक वे असामाजिक और दुःखी होते हैं, वे मनश्चिकित्सीय समस्याएं बन जाते हैं।

बाध्य चरित्र या *कम्पल्सिव कैरॅक्टर* से पीड़ित व्यक्ति वे व्यक्ति हैं जो बाध्यता तंत्रिकाताप (कम्पल्जन न्यूरॉसिस) के मंद रूप से पीड़ित होते हैं। जिस प्रकार बाध्यता तंत्रिकाताप में व्यक्ति ऐसे कार्यों का निष्पादन करने के लिए और ऐसे विचारों को मन में रखने के लिए बाध्य होता है जिनके बारे में वह जानता है कि वे रुग्ण हैं और जिनका यथार्थ से कोई संपर्क नहीं है, इसी प्रकार बाध्य चरित्र (कम्पल्सिव कैरॅक्टर) उन विचारों को मन में रखने और उन कार्यों का निष्पादन करने के लिए बाध्य होता है जो समाज के लिए उपयोगी हो सकते हैं या नहीं भी हो सकते। जब ये कार्य समाज के सामाजिक दृष्टि से उपयोगी होते हैं तब हम कलाओं, विज्ञानों और उद्योग में बहुत रचनात्मक कार्यकर्त्ताओं को पाते हैं। जब कार्य सामाजिक यथार्थ के संबंध में पूर्ण रूप से अर्थहीन होते हैं तो हम बाध्य तंत्रिकातापी (कम्पल्ज़न न्यूरॉटिक) को पाते हैं। बाध्य चरित्र (कम्पल्सिव) में उन व्यक्तियों के, जिन्हें सैर करते समय बाड़ के हर खम्भे को गिनना है और जिन्हें अपने हाथ में आने वाले प्रत्येक बैंक नोट के नम्बर को नोटिस करना ही है और जिसे हमेशा सड़क के बीच में चलना ही है, बाध्य व्यवहार से लेकर, उन व्यक्तियों के व्यवहार जो अपने पद पर अतिरिक्त समय तक कार्य करते हैं और परिणामस्वरूप सफल रहते हैं, तक का विस्तार (रेंज) आवेष्टित रहता है। इसी प्रकार व्यवहार का विस्तार (रेंज) गहन तंत्रिकातापी व्यक्ति से लेकर बहुत सफल रचनात्मक व्यक्ति के व्यवहार तक होता है। बाध्य चरित्र में कार्यों को करने की बाध्यता के अतिरिक्त, मनोग्रस्त संदेह (ऑब्सैसिव डाउटिंग) की उपस्थिति भी लगभग संदेह पाई जाती है। इस कार्य की शुद्धता के बारे में सदैव कि एक विशिष्ट समय पर उसे यह, वह

या कुछ और करना चाहिए आदि। बाध्य चरित्र का यह वितंडावादी संदेह, निस्संदेह गुद चरित्र के और वास्तविक बाध्य तंत्रिकातापी (कम्पल्ज़न न्यूरॉटिक) के इस भाव से संबंधित है कि "मैं बुरा होना चाहता हूं, लेकिन मुझे अच्छा होना चाहिए।" यह मनोग्रस्त संदेह, उत्तर गुद काल के उभयभाव से और उत्तर गुद काल की अनिश्चित कामुकता से भी उत्पन्न होता है। किस गतिविधि का उत्तरदायित्व अपने ऊपर लेना है यह निर्णय करने में असमर्थता, अपनी कामुकता के बारे में निर्णय करने में असमर्थता के साथ संबद्ध है।

इसी के समान *उन्मादी चरित्र* (*हिस्टैरिक कैरॅक्टर्स*) भी होते हैं जो एक प्रत्यक्ष तंत्रिकाताप (ओवर्ट न्यूरॉसिस) को उत्पन्न किए बिना ही, वास्तविक उन्माद (हिस्टीरिया) के समान रोग भ्रम (हाइपोकॉन्ड्रिएसिस) और शैशव व्यवहार विकसित करने की ओर प्रवृत्त होते हैं। यदि विशिष्ट लक्षण हमारे द्वारा वर्णित लैंगिक चरित्र की अपेक्षा या तंत्रिकातापी चरित्र की अपेक्षा (जिसका वर्णन हम आगे करेंगे), तीव्र उन्माद के अधिक समीप होते हैं, तो व्यक्ति को उन्मादी (हिस्टैरिकल) चरित्र के रूप में वर्गीकृत किया जाता है।

पाठक देखेंगे कि विकृत चरित्र और सामान्य चरित्र के बीच कोई स्पष्ट अन्तराल नहीं है और कदाचित् शैशव कामुक स्थिरण (इन्फैन्टाइल सेक्सुअल फिक्सेशन) से संबंधित चरित्र विकृतियों और मनस्ताप और तंत्रिकाताप से संबंधित चरित्र दोषों के मध्य इससे भी कम स्पष्ट अंतराल है। व्यावहारिक उद्देश्यों के लिए सही, यथा तथ्य निदान कोई अंतर नहीं लाता। अब तक यह स्पष्ट हो जाना चाहिए कि आधुनिक मनोचिकित्सा के दृष्टिकोण से निदानात्मक श्रेणियां, सामान्य रूप से किस्म (काइन्ड) में नहीं बल्कि मात्रा में अंतरों को प्रस्तुत करती हैं। यह चरित्र विकृतियों के हाल ही में विकसित क्षेत्र में विशेष रूप से सत्य है।

5. काम विकृति का चरित्र के दोषों से संबंध

चरित्र विकृतियों का समूह विशेष रूप से मनोचिकित्सकीय महत्व का है जो कामवृत्यात्मक और प्रतिकूल वृत्तियों (लिबिडिनल एंड होस्टाइल अर्जेज) की असमान्यताओं से सबसे घनिष्ठ रूप से संबंधित हैं। यह समूह 'मनोरोगमय व्यक्तित्व या साइकोपैथिक पर्सनैलिटी' की पुरानी अवधारणा के सबसे समीप पहुंचता है और निरंतर ऐसे व्यवहार करने में लगा रहता है जो साधारण जन के दृष्टिकोण से अनैतिक और पतित हैं। ऐसे व्यक्ति अपने जीवन का विनाश कर लेते हैं और अपने मित्रों और प्रियजनों बल्कि सामान्य रूप से समाज को बड़ी हानि पहुंचाने का कारण होते हैं। हमने देखा कि यह समूह कामविकृति से केवल इस अर्थ में संबंधित है कि मनस्तंत्रिकाताप कामविकृति से संबंधित है, अर्थात् दोनों के लक्षण उस आंतरिक द्वंद्व के बोध या चेतना से उत्पन्न होते हैं जो पूर्व जननिक (प्रीजॅनाइटल) विकास के दौरान उदित हुआ था। इस बात से प्रेरित होकर फ्रायड (1930) ने तंत्रिकाताप को काम विकृति के खण्डन (न्यूरोसिस एज ए निगेशन ऑफ ए पर्वर्ज़न) के रूप में परिभाषित किया।

तंत्रिकातापी चरित्र या *न्यूरॉटिक कैरॅक्टर* की संकल्पना, एलेक्जैण्डर ने पहली बार जिसका परिचय दिया था, कदाचित् इस क्षेत्र में सबसे अच्छी तरह से विकसित संकल्पना है। फ्रायड (1924 ए, जिल्द iv) तथा अब्राहम (1938) के उदाहरणों का अनुसरण करते हुए, एलेक्जैण्डर यह दिखा सकते थे कि किस प्रकार व्यवहार की विकृतियां तंत्रिकातापों के साथ घनिष्ठ रूप से सहबद्ध हैं। तंत्रिकातापों में स्वनम्य लक्षण (ऑटोप्लास्टिक सिम्पटम्स) विकसित होते हैं। तंत्रिकातापी चरित्र (न्यूरोटिक कैरॅक्टर) में कठोर व्यवहार विकृतियां विकसित होती हैं। जब एलेक्जैण्डर ने मूलतः इस संकल्पना को प्रतिष्ठित किया था तब यह लगभग समस्त चरित्र विकृतियों पर, स्थूल रूप से लागू होती थी। आज सामान्यतया जिस रूप में इस संकल्पना का प्रयोग किया जा रहा है उसके हिसाब से तंत्रिकातापी चरित्र उन व्यक्तियों का उल्लेख करते हैं जो अचेतन आतंरिक द्वंद्वों को वातावरण पर 'अभिनीत या कार्यान्वित' करते हैं। अतः अचेतन कामवृत्यात्मक अन्तःप्रेरणाएं (अनकांशस लिबिडिनल अर्जिज़) निरंतर लैंगिक संतोष तलाशने की ओर प्रवृत होती हैं तथा अचेतन अपराध भाव (गिल्ट) और अन्तःक्षेपित प्रतिकूल अन्तःप्रेरणाएं व्यक्ति को ऐसे व्यवहार करने के लिए प्रेरित करती हैं जिनके लिए वह दण्डित होता है। तंत्रिकातापी चरित्र में दो प्रभेद निहित होते हैं जिनका प्रयोग हमने इस अध्याय के प्रारंभ में उदाहरण के रूप में किया था। इनमें 'ऐसे व्यक्ति जो सफलता पर टिक नहीं सकते,' निहित होते हैं; ये वे व्यक्ति हैं जो सदैव सफलता के पश्चात् असफल होते हैं क्योंकि शैशव कामुकता के संबंध में अपराध का शक्तिशाली बोध उन्हें सफल होने की अनुमति नहीं देता। इस श्रेणी में बहुत से 'अपराध-बोध के कारण बने अपराधी (क्रिमिनल्स आउट ऑफ ए सैन्स ऑफ गिल्ट)' निहित होते हैं। ये व्यक्ति अपराध कर बैठते हैं जिससे कि वे दंडित हो सकें और इस प्रकार आंतरिक अपराध-बोध को कम करते हैं। कुछ ढंगों में ये तथाकथित अनैतिक व्यक्ति, अतिनैतिक होते हैं, लेकिन निस्संदेह एक अयथार्थ अर्थ में। वे पाप और अनैतिक कार्य इसलिए नहीं करते क्योंकि उन्हें अनैतिकता में आनंद मिलता है बल्कि इसलिए करते हैं क्योंकि इसके द्वारा वे प्रतिशोध लेते हैं और दंड प्राप्त करते हैं। इन व्यक्तियों के यौन जीवन प्रायः अस्त-व्यस्त होते हैं। वे हमें विश्वास दिला देते हैं कि वे काम विकृति के समीप हैं। तंत्रिकातापी चरित्र, व्यक्तियों के एक ऐसे बड़े समूह का उल्लेख करता है जिसके 'तंत्रिकाताप या न्यूरोसीज़' तंत्रिकातापी रोग लक्षणों से नहीं बल्कि असामाजिक व्यवहार में लगे रहने से बनता है। फिर भी यही द्वंद्व अर्थात् अहम्, ईगो और इनके बीच होने वाले द्वंद्व, तंत्रिकातापों और तंत्रिकातापी चरित्रों, दोनों के मूल में निहित रहते हैं जहां प्रतिगमन के प्रकट होने की आशंका रहती है और जहां व्यवहार और रोग लक्षण अचेतन द्वंद्व के द्वारा उत्पन्न दुश्चिन्ता से व्यक्ति की रक्षा करते हैं।

तंत्रिकातापी चरित्र अपराधियों, ढोंगियों, विकृतकामी, मद्य और नशीले प्रदार्थों की लत वाले, घुमन्तुओं, मनोरोगमय अपव्ययी तथा झूठे और जुए के लिए उन्माद रखने वाले व्यक्तियों से घनिष्ठ रूप से संबंधित होते हैं। वस्तुतः इनमें से बहुत से व्यक्ति

तंत्रिकातापी चरित्र होते हैं तथा इनमें रोग लक्षणात्मक क्रियान्वन (एक्टिंग आउट) का स्वरूप पर्याप्त स्पष्ट होता है।

चूंकि तंत्रिकातापी चरित्र इतनी महत्वपूर्ण मनश्चिकित्सीय समस्याएं प्रस्तुत करते हैं, अतः पूर्वानुमान (प्रॉगनॉसिस) और उपचार (थेरैपी) का प्रश्न भी महत्वपूर्ण है। नैतिक उपदेश और दंड पूर्ण रूप से असफल होते हैं। वस्तुतः जिन द्वंद्वों को विषयी (सबज्क्ट) कर रहा है वे अचेतन या अनकॉन्शस द्वंद्व होते हैं। अतः मनोचिकित्सा (साइकोथरापी) निर्दिष्ट होती है। एलेक्जैण्डर (1930) महसूस करते हैं कि यहां पर स्वनम्य तंत्रिकातापी कष्ट (ऑटोप्लास्टिक न्यूरोटिक सफरिंग) के अभाव तथा रोगी की यथार्थ के लिए प्रतिक्रिया करने की क्षमता के कारण साइकोथैरैपी विशेष रूप से सफल होनी चाहिए। अन्य विशेषज्ञ जैसे फैनीकेल, इस विषय में उनसे बल्कि सुस्पष्ट रूप से असहमत हैं। विशिष्ट केस की प्रकृति महत्वपूर्ण है। मनोविश्लेषण के साहित्य में तंत्रिकातापी चरित्रों के अनेक अच्छे विवरण मिलते हैं। इस प्रकरण पर फ्रायड (1924), अब्रहम (1935) तथा एलेक्ज़ैण्डर (1930), सभी पढ़ने योग्य हैं। के. मैनिंजर की पुस्तक 'मैन अगेन्स्ट हिमसैल्फ़' तंत्रिकातापी चरित्रों के अनेक अच्छे जीवन इतिहास (केस हिस्ट्रीज़) प्रस्तुत करती है।

तंत्रिकातापी चरित्र से घनिष्ठ रूप से संबंधित, लेकिन जो इस अवधारणा के बिल्कुल समरूप नहीं हैं वे संकल्पनाएं हैंः आवेश-अधीन (इम्पल्स-रिडिन) चरित्र, कपटी (फ्रॉड्यूलैन्ट) चरित्र, तथा अवरुद्ध (इनूहिबिटिड) चरित्र। इनकी स्टीक व्याख्या हमें इस पुस्तक के लिए तय की गई सीमाओं से परे ले जाएगी तथा इसमें रुचि रखने वाले पाठक को मूल साहित्य देखना चाहिए जिसका उल्लेख अध्याय के अंत में किया गया है।

6. शराब की लत पड़ना

तंत्रिकातापी चरित्रों से संबंधित, लेकिन विशिष्ट हैतुकी संबंधी कारक (ईशियोलॉजिकल फैक्टर्स) रखने वाले चरित्रदोष, शराब के चिरकालिक व्यसनी हैं। समसामयिक अमेरिका में ये व्यक्ति विशेष रूप से चुनौतीपूर्ण मनोचिकित्सकीय समस्या प्रस्तुत करते हैं। केवल कुछ मद्य व्यसनी ही मनस्तापों को उत्पन्न करते हैं और मनोचिकित्सकीय देख-रेख प्राप्त करते हैं। फिर भी राजकीय चिकित्सालयों में हुए समस्त नए प्रवेशों में से लगभग 5 प्रतिशत वे व्यक्ति हैं जो शराबखोरी (एल्कोहॉलिज़्म) के कारण मनस्ताप से पीड़ित होते हैं और अतिरिक्त 7 प्रतिशत चिरकालिक शराबखोरी (क्रॉनिक एल्कॉहॉलिज़्म) से ग्रस्त होते हैं। चिरकालिक मदिरा व्यसन पर आंकड़े प्राप्त करना बहुत कठिन है लेकिन इस बारे में कोई संदेह नहीं कि यह एक बार-बार पाया जाने वाला रोग है। इस बारे में बहुत कम संदेह है कि कुछ सामाजिक वर्गों में–उच्च अभिजात्य और निम्न सर्वहारा–पुरुषों का एक बहुत बड़ा प्रतिशत और महिलाओं का एक काफी बड़ा प्रतिशत शराबी है। मदात्यय (एल्कोहॉलिज़्म) आर्थिक और सामाजिक, दोनों प्रकार के कुसमायोजनों की ओर ले जाता है जो इतने सुपरिचित होते हैं कि हमें उनमें जाने की आवश्यकता नहीं है।

मनोचिकित्सकों का मदिरा के सामाजिक और मध्यम उपयोग से संबंध नहीं है। बहुत से व्यक्तियों के लिए शराब का मध्यम उपयोग वास्तव में उपयुक्त होता है और कुछ अन्य व्यक्तियों के लिए इसका यदा-कदा दुरुपयोग भी एक आवश्यक मनोवैज्ञानिक पीड़ानाशक है और न ही मनश्चिकित्सक प्रत्येक उस व्यक्ति को जो मद्यपान करता है या प्रत्येक उस व्यक्ति को जो बहुत अधिक मद्यपान करता है, एक मनश्चिकित्सीय समस्या समझता है। कुछ व्यक्ति रोज मद्यपान करते हैं, सुखी और सफल जीवन व्यतीत करते हैं। मनोचिकित्सक अर्थ में शराब का व्यसनी वह व्यक्ति है जो अपने मद्यपान के द्वारा अपने लिए और दूसरे व्यक्तियों के लिए दुःख उत्पन्न करता है और जिस मद्यपान बाध्यताग्रस्त (कम्पल्सिव) होता है। दूसरे शब्दों में, वह एक ऐसा व्यक्ति है जो इस द्वंद्व में रहता है कि वह शराब पिएगा या नहीं और कभी-कभी उसे थोड़ा मदिरापान तब करना होता है जब उसका अधिकांश विवेक उसे नहीं करने के लिए कहता है। वह उत्तरोत्तर बढ़ती हुई मात्राओं में शराब का प्रयोग करने की ओर प्रवृत्त रहता है। उसके व्यसन से या बल्कि उसके व्यसन के साथ आर्थिक और सामाजिक संबंधों में उसकी कार्यक्षमता कम हो जाती है। उसकी नौकरियां छूट जाती हैं और वह अपने मित्रों और परिवार के साथ झगड़ता है।

मद्य का व्यसनी, तंत्रिकातापी चरित्र की सामान्य श्रेणी में ठीक बैठता है। मद्यपान और मतवाला व्यवहार एक सुनम्य व्यवहार कुसमायोजन (एलोप्लास्टिक विहेवियर मॅलएडजस्टमैंट) है जो आंतरिक अचेतन द्वंद्व से उत्पन्न होता है। मद्यपान के व्यसन की हैतुकी (ईशियोलॉजी) में विशिष्टकारक होते हैं जो नाईट (1937) के द्वारा सबसे ठीक-ठीक निकाले गए हैं। यहां शक्तिशाली (ओरल-डिमाडिंग कैरॅक्टर ट्रेट्स) मौखिक-अभियाचक चरित्र विशेषक होते हैं। इस प्रकार शराब अचेतन रूप से माता के दूध का प्रतिनिधित्व करती है। यहां व्यवहार में निश्चित आत्म-विनाशक और आत्म-दण्डात्मक अभिप्रेरक होते हैं। कार्ल मैनिंजर (1938) ने दिखाया है कि ये कैसे कार्य करते हैं। मद्यप विकृतकामी से भी इस प्रकार संबंधित होते हैं कि वह अपनी कामवृत्ति (लिबिडो) में शक्तिशाली अचेतन समलैंगिक संघटक रखते हैं। वस्तुतः मद्यपान की समस्त पुरुष-गोष्ठियों में समलैंगिकता क्षीण रूप से प्रकट होती है।

चूंकि कुछ समुदायों में शराब का प्रयोग समाज के द्वारा उचित समझा जाता है और कुछ अन्य समुदायों में समाज के द्वारा अपेक्षित है अतः मद्य के व्यसन में सामाजिक कारण बहुत महत्वपूर्ण है। इससे समस्या के पूर्वानुमान (प्रॉगनॉसिस) के बारे में विचार-विमर्श करते समय इसे ध्यान में रखना चाहिए। जब तक मद्यपान को किए जाने वाले कार्य के रूप में समझा जाएगा तब तक शराब के व्यसनी स्वयं को एक रोगी के रूप में नहीं देखेंगे।

सभी तंत्रिकातापी चरित्रों की भांति, मद्य के व्यसनी व्यक्तियों के मनोवैज्ञानिक उपचार के लिए पूर्वानुमान के संबंध में बहुत संदेह है। डर्फी ने असाधारण परिणामों का दावा किया है। नाइट (1937) अधिक रूढ़िवादी हैं। यहां पुनः व्यक्तिगत मामले

एक-दूसरे से बहुत भिन्न होते हैं और कुछ व्यक्तियों में मद्य का व्यसन आधारभूत कुसमायोजन होने जैसा प्रतीत होता है और कुछ अन्य व्यक्तियों में शराबीपना दूसरे तंत्रिकातापी द्वंद्वों के विरुद्ध मात्र एक प्रतिक्रिया होती है। यह दूसरा समूह कदाचित् मनोवैश्लेषिक उपचार के प्रति अधिक पक्षीय प्रतिक्रिया करता है। मद्यपान के व्यसन के अधिक विस्तारित उपचार के लिए पाठक को डर्फी और नाइट (1937) को सौंपते हैं। विद्यमान साहित्य का पुनरावलोकन क्राउले द्वारा किया गया है।

7. अपराधिता

हाल में आधुनिक मनोचिकित्सा ने अपराधी की ओर ध्यान दिया है। यद्यपि मनोचिकित्सक यह अनुभव करते हैं कि कानूनी और दण्ड शास्त्रीय कारकों के द्वारा यह समस्या जटिल बना दी गई है, उनकी यह धारणा है कि अपराधी का मनोविज्ञान मनोचिकित्सकीय समस्याएं जुटाता है। आपराधिकता के मनोचिकित्सकीय सिद्धांत के उपयुक्त रूप से विकास करने के लिए एक अलग पुस्तक की आवश्यकता होगी। इस खण्ड में हम मात्र एक या दो समस्याओं की ओर संकेत करेंगे तथा कुछ साहित्य का उल्लेख करेंगे।

दण्ड, अपराध का उन्मूलन करने में असफल रहा है यह एक अत्यंत साधारण कथन है। हाल ही में अपराध विज्ञानी तो इस निष्कर्ष पर भी पहुंचे हैं कि आरंभ में बन्दी बनाना ही पहली बार अपराध करने वाले को कठोरीकृत अपराधी बनाता है। मनोविश्लेषक इसे समझ सकते हैं। पराहम् (सुपरईगो) प्रत्याभियोगात्मक (प्रत्यारोपी) होती है और हम सभी को दण्ड की आवश्यकता है। फिर भी, दण्ड (संदर्भ उन्मादी-अवसादी मनस्ताप का सिद्धांत) अपराध बोध को पोंछ डालता है और व्यक्ति पुनः अपराध करने के लिए स्वतंत्र हो जाता है। उन्हें दण्डित करने से इंकार करना कुछ अपराधियों को आगे अपराध करने से रोक सकता है। तथापि हममें से सबसे समायोजित व्यक्ति भी अपराधी यहां तक कि खूनी-अन्तःप्रेरणाओं को मन में रखता है। चूंकि हम स्वयं में उनकी उपस्थिति को अनदेखा नहीं कर सकते, अतः हम दूसरों को भी ऐसा करने की अनुमति नहीं दे सकते। परिणामस्वरूप कानून समाज का पराहम् या सुपरईगो बन जाता है और हम कानून और व्यवस्था की मांग करते रहते हैं। आपराधिक प्रक्रिया में सुधार बहुत धीमी गति से लाने की आवश्यकता है, और कदाचित् इसे पूर्ण रूप से कभी उपलब्ध नहीं किया जा सकता। ग्रैगरी ज़िलबूर्ग ने अपराधी, विशेषकर हत्या के मुकदमों (ट्रायल) के समाज मनोविज्ञान के क्षेत्र में महत्वपूर्ण अध्ययन किए हैं जो शीघ्र ही प्रकाशित होंगे।

यदा-कदा आर्थिक दबाव या कोई दूसरे (व्यक्ति के लिए) विवेकपूर्ण कारणों से भी अपराध निस्संदेह रूप से किए जाते हैं। ऐसे अपराधी मनोचिकित्सक के लिए चिंता का विषय नहीं है। वैसे 'सामान्य या नॉर्मल' अपराधी भी पाए जाते हैं—वे व्यक्ति जिनमें

अपराधिता उनके द्वारा चुना गया व्यवसाय है, जिनके पूर्वज अपराधी थे तथा जिनका पराहम् एक आपराधिक एकात्मीकरण या आत्मीकरण (क्रिमिनल आइडैन्टिफिकेशन) से बनता है। ये समस्याएं समाजशास्त्री के लिए हैं। अमरीकी शहरों में डाकू या गैंगस्टर प्रायः इस प्रभेद का प्रतिनिधित्व करते हैं।

कदाचित् अधिकांश अपराधी तंत्रिकातापी चरित्र के होते हैं। अपराध आर्थिक दृष्टि से कोई लाभ नहीं पहुंचाता, और यदि व्यक्ति पकड़ा जाए तो बिल्कुल नहीं। ये व्यक्ति अपराध की पुनरावृत्ति करते हैं जिस प्रकार शराब के व्यसनी अनावश्यक व्यय की झोंक और डॉन जुआन्स (लम्पट व्यक्ति) कामुक प्रलोभनों की पुनरावृत्ति करते हैं। अपराध के एक अचेतन बोध या अचेतन असामाजिक अन्तःप्रेरणाओं (एन्टी सोशल इम्पल्सिज़) के कारण अपराध करने वाले अपराधी भी पाए जाते हैं। यह विशेष रूप से व्यक्तियों के विरुद्ध अपराधी गतिविधियां करने वाले (हत्यारे, बलात्कारी आदि) और सम्पत्ति के अधिकार के विरुद्ध होने वाले अपराधों की बड़ी संख्या के लिए सत्य है। इस क्षेत्र में मैनिंजर, एलेक्जैण्डर तथा स्टॉब, और एलैक्ज़ेण्डर व हेली ने बहुत लेखन कार्य किया है। समाजशास्त्र के विद्यार्थी उनकी रचनाओं को पढ़ने योग्य पाएंगे।

आधुनिक मनोगतिकी सिद्धांत की दृष्टि से, प्रतिभाशाली 'उत्प्रेरित या इंस्पायर्ड' नहीं होता बल्कि मनोवैज्ञानिक नियमों के अनुसार विकसित होता है। अगले अध्याय में हम प्रतिभाशाली या जीनियस पर विचार-विमर्श करेंगे और इस प्रकार उन समस्याओं पर अपने विमर्श को पूरा करेंगे जिसके साथ आधुनिक मनश्चिकित्सा अपना संबंध रखती है।

संदर्भिका

मनोविश्लेषणवादी चरित्र विज्ञान, सबसे कम विकसित है। राइख, फ्रायड (1934 ए, जिल्दें II] IV) तथा एलेक्जैण्डर (1930) की रचनाएं महत्वपूर्ण हैं। रोबॅक की पुस्तक में चरित्र विज्ञान के अन्य संप्रदायों का पुनरावलोकन किया गया है। *मेडिकल रीव्यू ऑफ रीव्यूज़* जिल्द 36, 148-204, 1930 में विटेल्स, लैविन जोन्स. तथा अन्य के द्वारा मनोविश्लेषणवादी दृष्टि से चरित्र की व्याख्याओं की एक शृंखला दी गई है। फ़ेनीकेल (1934) ने इस साहित्य का एक अच्छा सार संक्षेप प्रस्तुत किया है।

संदर्भ

1. लेखक को सबसे पहले इस योजना (स्कीम) का सुझाव डॉ. रॉबर्ट पी. नाइट द्वारा दिया गया।

अध्याय-21

प्रतिभाशाली

1. झूमना (स्विंग) तथा इड

प्रतिभाशाली के बारे में अपने विचार-विमर्श को, हाल ही में प्रचलित 'उतार-चढ़ाव या झूमना (स्विंग)' किस्म के नृत्य संगीत के विश्लेषण के साथ हमारे द्वारा प्रारंभ किया जाना, कुछ पाठकों को अनुपयुक्त लग सकता है। बहुत से व्यक्ति यह कहेंगे, ''निश्चित रूप से यह कला नहीं है, और यह प्रतिभासम्पन्न व्यक्तियों की रचना नहीं है''। तथापि मनोवैज्ञानिक परिभाषा के अनुसार, यह एक कला है और यह उसी प्रकार के मनोवैज्ञानिक द्वंद्वों से उदित होती है जिन्होंने हमें मोज़ार्ट और ब्राह्म्स की धुनें प्रदान की थीं। हमारे आधुनिक सिद्धांत, 'सामान्यता या नॉर्मैलिटी' तथा मनस्तंत्रिकातापों (साइकोन्यूरोसीज़) और मनस्तापों (साइकोसीजज़) के बीच कोई सुस्पष्ट विभाजन नहीं करते। ये किस्म के अंतरों (काइंड डिफरैन्सिज़) की अपेक्षा मात्रा में अंतरों (डिग्री डिफरैन्सिज़) को प्रस्तुत करते हैं। प्रतिभा के क्षेत्र में बीथोवन की रचना 'फिफ्थ सिम्फनी' तथा बेनी गुडमैन की 'ओपस 1/2' के बीच अंतर, पुनः मात्रा (डिग्री) का है, किस्म (काइंड) का नहीं। अतः हमारे प्रयोजन के लिए 'स्विंग' को कला माना जा सकता है। बहुत से कारणों से यह अच्छा विषय है जिसके द्वारा विद्यार्थियों को प्रतिभा का सिद्धांत (थ्योरी ऑफ जीनियस) सोदाहरण समझाया जा सकता है। प्रथमतः, यह एक लोक कला है, जिससे कि इस पुस्तक का करीब-करीब प्रत्येक पाठक इससे परिचित होगा। दूसरे, वे द्वंद्व जो इसकी विषयवस्तु हैं, वे चेतन द्वंद्व (कांशस कंफ्लिक्ट्स) हैं या चेतन के निकट स्थित रहते हैं और इसी कारण सुपरिचित होते हैं। तीसरे, उदात्तीकरणों में प्रयुक्त पारिभाषिक शब्दावली (फ्रेज़ियोलॉजी) आसानी से बोधगम्य होती है और विशेष रूप से परिष्कृत नहीं होती। इसलिए वॉगनर की 'रिंग' के विश्लेषण की अपेक्षा प्रचलित लोकप्रिय गीतों का विश्लेषण करना सरल है। इन सभी कारणों से, हमने इससे प्रारंभ किया है। पहले हम कुछ गीतकाव्यों में द्वंद्व के स्वरूप को (नेचर) प्रदर्शित करेंगे।

''मेरा हृदय कहता है, प्रेम करो, प्रेम करो...लेकिन प्रत्येक बार जब मैं तुम्हारी

बांहों में होता/होती हूँ, ये मेरा पाठशाला की बूढ़ी शिक्षिका जैसा मस्तिष्क मिथ्या चेतावनी की घंटियां बजाना शुरू कर देता है।'' तकनीकी भाषा में अनुवाद करने पर यह पराहम् (सुपरईगो) और कामतत्व (इड) के एक द्वंद्व का वर्णन है। एक हाल में प्रचलित गीत की ये पंक्तियां प्रतीक के रूप में उसका सार प्रस्तुत करती हैं जिस बारे में यह पुस्तक है। व्यक्तित्व का विकास सामाजिक अवरोधों (जो व्यक्ति में पराहम् के रूप में अन्तःक्षेपित (इन्ट्रोजैक्टिड) हो जाते हैं) के द्वारा (इड में उदित होने वाली) आधारभूत वृत्तियों (बेसिक अर्जेज) के परिष्कार के माध्यम से होता है। 'मेरा हृदय कहता है' जैसा गीत कला है या नहीं इस प्रश्न को एक बहुत ऊंचे स्वर पर खुला छोड़ दें तो, यह गीत (लिरिक) बहुत स्पष्ट रूप से आधारभूत मानव द्वंद्व से संबंधित है। गीत लेखक ने अपनी स्वयं की आंतरिक आवश्यकताओं (इन्टर्नल नीड्स) से प्रेरित होकर इस विचार को अभिव्यक्त किया है और इस प्रकार उदात्तीकरण (सब्लीमेशन) के द्वारा अपने द्वंद्वों का निराकरण करने में सहायता की है। हम इसे सुनते हैं, इस पर नृत्य करते हैं और इसके आत्मीकरण (आइडैन्टिफिकेशन) तथा उदात्तीकरण (सब्लीमेशन) के द्वारा अपने आंतरिक द्वंद्व को कम करते हैं। कुछ मामलों में असंदिग्ध रूप से संगीत और नृत्य प्रेम की ओर ले जाते हैं और इस प्रकार द्वंद्व को उत्पन्न करते हैं और इसके उदात्तीकृत निराकरण (सब्लीमेटिड रिज़ॉल्यूशन्स) भी होते हैं।

फ्रायड (1924 ए जिल्द III) ने सबसे पहले रूपान्तरण उन्माद (कन्वर्ज़न हिस्टीरिया) के मामले की आंशिक विश्लेषण रिपोर्ट प्रकाशित की, यह मामला डोरा का था। लक्षणों की विविध सूची में डोरा को उन्मादग्रस्त कष्ट श्वास (हिस्टेरिकल डिस्प्नीआ - श्वसन में कठिनाई) था और इसके साथ स्वर हानि (ऐफ़ोनिया या आवाज गायब होना) भी थी। डोरा को यह समझ नहीं आया कि क्यों ये लक्षण एक विशिष्ट पुरुष के संबंध में घटित हुए, क्योंकि वह सचेतन नहीं बल्कि अचेतन में उस पुरुष से प्रेम करती थी। एक हाल ही में प्रचलित गीत का गीतकाव्य इस प्रकार है ''तुम मुझे स्तब्ध कर देते/देती हो, मैं केवल यही कह सकता/सकती हूँ। मैं अधिक कुछ नहीं कह सकता/सकती क्योंकि तुम मुझे स्तब्ध कर देते/देती हो।'' गीत का लेखक अपने द्वंद्व को (कांशस) जानता है और उसे उदात्तीकृत करता है। रोगी द्वंद्व से अनभिज्ञ (अनकांशस) होता है और रूपान्तरण मूलक लक्षणों का विकास करके इससे अपनी रक्षा करता है।[1]

प्रतिभासम्पन्न वह है जो उदात्तीकरण, अर्थात उन्हें छद्म लेकिन सामाजिक दृष्टि से अनुमोदित रूप में अभिव्यक्त करने के द्वारा, अचेतन तथा अर्धचेतन संवेगात्मक द्वंद्वों के लिए निकास प्राप्त करता है। ऐसा उदात्तीकरण द्वंद्व को कम करता है तथा आंशिक रूप से उसका निराकरण करता है। जब हम स्वयं अपने द्वंद्वों को चेतन या अचेतन रूप से कला के साथ संबद्ध करने में सक्षम होते हैं, हम कला को पसंद करते हैं। प्रतिभासम्पन्न व्यक्ति का अचेतन, अपेक्षाकृत 'खुला या ओपन' होता है। वह अपने द्वंद्वों का प्रत्यक्षण इस ढंग से करता है कि वह उन्हें दूसरों को

प्रस्तुत कर सकता है और उनके जीवन को समृद्ध बना सकता है। अतः कला का मनोविश्लेषण सिद्धांत कला को जीवन के साथ संबद्ध करता है और जो कला जीवन से संबद्ध नहीं होती उसे अर्थहीन मानता है। इस तरह से कुछ कला रचनाएं जीवन और सचेतन प्रयासों (कॉन्शस स्ट्राइविन्स) के साथ घनिष्ठ रूप से संबद्ध होती हैं, अन्य कुछ कला रचनाएं केवल गहन अचेतन प्रयासों से जुड़ी होती हैं और केवल उन व्यक्तियों को छोड़कर जो स्वयं अचेतन की गहराइयों का प्रत्यक्षण करने में समर्थ रहते हैं, जीवन से दूर बनी रहती हैं। निस्संदेह, कला संग्रहालयों और संगीत-गोष्ठी हॉल में जाना अधिकांशतया उदात्तीकृत संवेगात्मक अनुभव के रूप में सौन्दर्य विषयक अनुभव करने की इच्छा के कारण नहीं बल्कि सामाजिक सम्मान की इच्छा के कारण होता है। लेकिन कोई आमोद-प्रमोद के लिए जाता है या वहां दिखाई देने मात्र के लिए जाता है, कला के प्रदर्शन की भांति कला में रुचि भी मनोवैज्ञानिक कारकों के कारण होती है।

जैसा कि हमने देखा, आधारभूत मानव प्रवृत्तियां प्रेम और घृणा के पात्रों से संबंधित होती हैं। आधारभूत कामवृत्यात्मक (लिबिडिनल) या विद्वेषपूर्ण प्रवृत्तियों (अर्जिज़) की प्रत्यक्ष अभिव्यक्ति को कोई कला नहीं कहेगा। 'मैं...प्रेम करता हूं,' या 'मैं...घृणा करता हूं' स्वयं में कला नहीं है, लेकिन यह वह भूमि है जिससे कला और विज्ञान उत्पन्न होते हैं। ये इच्छाएं कवियों, दार्शनिकों और वैज्ञानिकों के शब्दों में, चित्रकारों और मूर्तिकारों के रूपंकर उत्पादनों में तथा संगीतज्ञों की स्वर-लिपियों में उदात्तीकृत होती हैं, (कभी-कभी बहुत तोड़ मरोड़ के साथ) उदात्तीकृत होती हैं। जबकि 'मैं प्रेम करता हूं' अभिप्रेरक (मोटिव) को 'मेरा हृदय कहता है' में देखना सरल है, यह देखने के लिए पर्याप्त विश्लेषण की आवश्यकता होती है कि बीथोवन की नाइन्थ सिम्फ़नी के वृन्दगान में यह अभिप्रेरक कैसे उदात्तीकृत और विकृत हो जाता है, लेकिन ऐसा विश्लेषण इसका पता लगा सकता है और कला के बहुत से कार्यों में प्रक्षेपित विद्वेष (होस्टिलिटी) भी हो सकता है। शेक्सपियर के *हैमलेट* को बहुत आसानी से इडीपस परिस्थिति के नाटकीकरण के रूप में देखा जा सकता है, क्योंकि हैमलेट का संघर्ष अपनी मां से उसकी अनुरक्ति, पिता की स्मृति, और सौतेले पिता से उसकी ईर्ष्या से संबंधित है। यूरोप की कला दीर्घाओं में समस्त महान कुंवारी महिलाएं मनोलैंगिक विकास की मुख अवस्था (ओरल स्टेज) का उदात्तीकरण (सब्लीमेशन्स) हैं।

चूंकि हम सभी के बहुत से अचेतन द्वंद्व अहम् के द्वारा स्वीकार नहीं किए जा सकते, अतः कला में उदात्तीकरण करने की प्रक्रिया द्वंद्व की विषयवस्तु (कन्टैन्ट) को *विकृत* (*डिस्टॉर्ट*) करती है तथा एक कृत्रिम या अमौलिक रूप में उसे अभिव्यक्त करती है। इस प्रकार शेक्सपियर अपने द्वंद्व को एक डैनिश राजकुमार पर प्रक्षेपित करता है तथा इस राजकुमार के द्वंद्व को एक भव्य कविता में अभिव्यक्त करता है। अपने उदात्तीकृत रूप में मनोवैज्ञानिक द्वंद्वों की अभिव्यक्ति सामाजिक दृष्टि से वांछनीय है।

रूप (फार्म) के परिष्कार और विषय-वस्तु की विकृति के साथ, कुछ विशिष्ट कलाओं में *तकनीकी सुयोग्यता* की आवश्यकता होती है और यह (सुयोग्यता) असाधारण निष्पादक (संगीतज्ञ और अभिनेता) विकसित करती है जो कलाकार के द्वंद्व को केवल उदात्तीकृत रूप में जान सकते हैं। इस प्रकार, जैसे-जैसे कला विषय-वस्तु को छद्मवेश धारण कराती है, तकनीकी दृष्टि से कठिन और विकृत कर दिए गए अभिव्यक्ति रूपों का प्रयोग करती हैं तथा अपने निष्पादन के लिए असाधारण सुयोग्यता की आवश्यकता रखती है, यह (वैसे-वैसे) 'महान (ग्रेट)' कला बन जाती है। सामान्यतः रूप जितना परिष्कृत होता है, विषय वस्तु जितना अधिक तोड़-मरोड़ दी जाती है, निष्पादकों की तकनीकी सुयोग्यता जितना अधिक अनूठी होती है, कला 'उतनी ही महान (ग्रेटर)' होती है। यदि विषय वस्तु को तोड़ना-मरोड़ना, स्वरूप का परिष्करण तथा निष्पादन का अनूठापन जीवन से इतना दूर हो जाता है कि बहुत कम व्यक्ति अभी भी कला रचना के साथ अपने द्वंद्वों का एकात्मीकरण कर पाते हैं, तो कला बहुत गूढ़ हो जाती है। गूढ़ या गोपनीय कला की अतियों या अत्यधिकताओं का विभेदीकरण, मनस्तापी उत्पादों से उचित रूप से नहीं किया जा सकता और उसे उदात्तीकरणों की अपेक्षा रोग लक्षणों के रूप में वर्गीकृत करना चाहिए। कला इस प्रकार जीवन में से ही आरंभ होती है और इसे कभी भी जीवन से बहुत दूर नहीं होना चाहिए। असली कलाकार की वास्तविक महानता इसमें निहित रहती है कि उसमें उदात्तीकरणों को सार्वभौम द्वंद्व (यूनीवर्सल कंफ्लिक्ट) के पर्याप्त पास रखने की कितनी क्षमताएं हैं, तभी उसके उदात्तीकरणों का सर्वव्यापक प्रभाव (यूनीवर्सल अपील) होगा। इस देश में (अमरीका में) स्विंग संगीत में हम अपनी *प्रथम* देशज कला देखते हैं। स्विंग कविता को संगीत के साथ सम्मिलित करता है और इसमें हम अच्छी तरह से देख सकते हैं कि कैसे उदात्तीकरण के द्वारा संवेगों के बारे में मात्र कथन ही कला बन जाते हैं। इस संगीत में हम विषय-वस्तु की सबसे साधारण विकृति, स्वरूप का परिष्कार तथा निष्पादन का अनूठापन पाते हैं जो द्वंद्व की मात्र अभिव्यक्ति को कला में परिवर्तित करते हैं।

प्रचलित संगीत की बढ़ती कलात्मकता को अनुभव करने का एक सरल तरीका 1920 के दशक के प्रारंभ में बनाए गए रिकॉर्डों को सुनना और उन्हीं गीतों की नवीनतम रिकार्डिंग से तुलना करना है। सबसे असाधारण परिवर्तन, स्वरूप के परिष्कार अर्थात् वाद्यवृन्दकरण में है। पुराने रिकार्ड, प्रायः कविता को थोड़ा वाद्यवृन्दीय और शुद्ध रूप से रागात्मक रिकार्डिंग देते थे जिसके पश्चात् गायन-वृन्द की उतनी *समरूप (आइडैन्टिकल)* पुनरावृत्तियां होतीं जितना स्थान अनुमति देता। इनमें एक एकरसता होती है, जो कान के लिए बहुत थकाने वाली हो जाती है। वे केवल नृत्य की संगत के रूप में सहनीय होते हैं। अपेक्षाकृत नई रिकार्डिंग, गायन-वृन्द के गीतात्मक संगीत-विषय (मैलोडिक थीम) की अत्यधिक जटिल विभिन्नताओं के समूह हैं। बैनी गुडमैन तथा बॉब क्रौसबाई तथा काउंट बैसी के कुछ व्यापक रूप से गाए जाने वाले

गायन-वृन्द, ब्राह्म की कुछ रचनाओं जैसी जटिल विभिन्नताओं को प्रकट करते हैं। इन विभिन्नताओं के साथ वाद्यवृन्दकरण (ऑरकैस्ट्रेशन) समृद्ध होता है जिससे कि विविध प्रकार की सहायक स्वरावलियां बनती हैं और आश्चर्यजनक यंत्रीय संयोजन संपादित होते हैं। संगीत में प्रशिक्षित कान, यद्यपि आवश्यकता से अधिक झूमने या दोलन (स्विंग) को एकरस (मोनोटोनस) पाता है, फिर भी इसे सुनकर पर्याप्त मात्रा में आनंद उठा लेता है। किसी भी संगीत की अधिकता, बीथोवन और विशेष रूप से वॉगनर भी एकरस हो जाता है। स्विंग संगीत कला की ओर क्रमिक पारगमन कर रहा है, क्योंकि लोग इसी के लिए स्विंग संगीत गोष्ठियों, संगीत प्रस्तुतियों तथा जैमसैशन्स में इसे सुनना शुरू कर रहे हैं। जब इसे नृत्य के साथ सम्मिलित कर दिया जाता है, तब संगीत की प्रत्यक्ष रीति से यौन उत्तेजक (सेक्सुअली स्टिमुलेटिंग) शक्ति स्पष्ट हो जाती है : मात्र इसे सुनें तो यह असल में एक उदात्तीकरण है।

वाद्यवृन्दीय संगीत का बढ़ती हुई समृद्धि के साथ समानान्तर विषय का परिष्कार तथा विकार भी गीतों में प्रतिबिम्बित होता है। बीस वर्ष पहले के गीत बल्कि शृंगारात्मक या विरही प्रकार के साधारण कथन होने की ओर प्रवृत्त होते थे जैसे 'स्माइल्स' 'ओह, गिव मी द मूनलाइट' 'जैलस' तथा 'मम्मी' जैसे गीतों में है। आज हम काव्यात्मक दृष्टि से इतनी समृद्ध कल्पना देखते हैं जैसे कि 'प्लेन्टी आफ मनी एडं यू' 'मेरा हृदय डैडी से संबंध रखता है' 'थैंक्स फॉर द मनी' जैसे गीत। इनके उल्लेख अधिक परिष्कृत (रेफरेन्सिज़) हैं, कथन अधिक व्युत्पत्तिक रूप में होते हैं।

इन दोनों परिवर्तनों से *निष्पादन की अनूठी सुयोग्यता* (*यूनीक कॉम्पिटैन्स ऑफ़ परफॉरमैन्स*) तथा विशिष्ट प्रवीणता की आवश्यकता उत्पन्न होती है, जैसे गुडमैन के क्लैरिनॅट, क्रुपा के ड्रम्स, टैडी विल्सन के प्यानो, लुई आर्मस्ट्रॉन्ग के ट्रम्पैट, टॉमी डॉर्से के ट्रॉम्बोन में। विशिष्ट वादक से केवल सुयोग्यता की अपेक्षा ही नहीं की जाती, दृश्य कार्य अधिक कठिन और उलझा हुआ हो जाता है। गुडमैन और बॉब क्रॉसबी की कुछ रिकॉर्डिंग जटिल, संनादी और लयात्मक परिणामों या प्रभावों में एकल वाद्यों के एकीकरण का संकेत करते हैं, जो हाल तक तथा-कथित 'सौन्दर्यात्मक संगीत या ऐसूथॅटिक म्यूजिक' में बिल्कुल अज्ञात थे। जहां तक समस्त नृत्य-संगीत का प्रश्न है, लयें सबसे महत्वपूर्ण बनी रहती हैं।

स्विंग का भविष्य क्या होगा यह कोई नहीं कह सकता। जैसे-जैसे स्विंग नृत्य के प्रेम विहार से उत्तरोत्तर उदात्तीकृत होता जाता है, वैसे-वैसे कम व्यक्ति इसे प्रत्यक्ष रूप से समझने में समर्थ होंगे और यह अधिक गूढ़ (ऐसोटेरिक) हो जाएगा। वर्तमान में, स्विंग कुछ वास्तविक किशोर द्वंद्वों के पर्याप्त समीप बना रहता है जिससे कि यह विद्यार्थियों में बहुत लोकप्रिय है और इसलिए कला के मनोवैज्ञानिक सिद्धांत के उत्कृष्ट दृष्टांत उदाहरण के रूप में काम करते हैं।

स्विंग संगीत के गीतों में लगभग सभी द्वंद्व वाली परिस्थिति के उदाहरण पाए जाते हैं जिन पर हमने इस पुस्तक में विचार-विमर्श किया है। सामान्य रूप से द्वंद्व विषमलिंगी,

विवाह पूर्व प्रेम और इसलिए प्रायः निराश प्रेम से, संबंधित होते हैं। कदाचित् 80 प्रतिशत शीर्षक इस श्रेणी से संबंध रखते हैं और इसलिए कोई दृष्टांत देने की आवश्यकता नहीं है। फिर भी अन्य विरोधकारी प्रक्रियाएं (कंफ्लिक्चुअल मैकॅनिज़्मूस) बार-बार दिखाई जाती हैं। इडीपस स्थिति बार-बार प्रकट होती है। माता-पिता के लिए शिशु का प्रेम समस्त 'मम्मी' और 'डैडी' गीतों में तथा शिशु के लिए माता-पिता का प्रेम समस्त 'सनीबॉय' और 'शर्ली टैम्पिल' गीतों में बढ़ाया गया है। जननिक समलिंगी रुचियां इडीपस स्थिति में कुछ-कुछ निर्धारित हो जाती हैं, यह तथ्य 'यू रिमाइंड मी ऑफ माई मदर' जैसे गीतों में तथा संयोग से 'मामा' 'बेबी' 'डैडी' की संज्ञाओं में प्रकट होता है, जो हमारे बहुत से समलिंगी प्रेम निवेदनों में बार-बार आता है। बहुत वर्षों तक कुछ लेखकों ने 'यू कान्ट स्टॉप मी फ्रौम ड्रीमिंग' 'आई विल सी यू इन माई ड्रीम्स' 'आई वेकअप स्माइलिंग' जैसे शीर्षकों में स्वप्नों के महत्व को सहजानुभूति से महसूस किया है। प्रेमपात्र का अतिमूल्यांकन 'वाट हैव यू गॉट दैट गैट्स मी' तथा 'बिल' में बहुत स्पष्ट रूप से प्रकट होते हैं, ऐसे केवल दो शीर्षकों का उल्लेख किया जा रहा है। दो प्रकार के प्रेम, पवित्र और सांसारिक, की सकंल्पना, जो लैंगिक जननिकता (फैलिक जैनाइटैलिटी) की विशेषता है, वह बहुत स्पष्टतया 'बाडी एण्ड सोल' तथा 'व्हाई नॉट टेक ऑल ऑफ मी' में प्रकट होती है। प्रचलित गीतों में छन्द इस प्रकार मनोविश्लेषण सिद्धांत के तथ्यों को एक बहुत जरा से उदात्तीकृत स्वरूप में अभिव्यक्त करते हैं।

विषम लिंगी जननिक प्रेम सामाजिक दृष्टि से उचित है तथा ये गीत सचेतन या अर्धचेतन द्वंद्व पर आधारित लोकगीत हैं। फलस्वरूप, यह मुख्यतया समलिंगी जननिक प्रेम के साथ संबंधित हैं। लेकिन एक उदात्तीकृत रूप में समलैंगिकता भी 'माई बडी' तथा 'दैट ओल्ड गैंग ऑफ माइन' जैसे गीतों में प्रकट होती है। विद्वेष (होस्टिलिटी), युद्धकालीन प्रचलित गीतों जैसे 'वी विल हैंग द काईज़र' तथा वर्ग संघर्ष के बारे में लोकप्रिय गीतों में खुले रूप में पाया जाता है। फिर भी, सामान्य रूप से, समाज अन्तर समूह विद्वेष का दमन करता है और चूंकि प्रचलित गीत कामवृत्यात्मक सामाजिक संपर्क (लिबिडिनल सोशल इन्टरकोर्स) से संबंधित है, विद्वेष की अभिव्यक्ति बहुत कम पाई जाती है। यदि हम एक क्षण के लिए स्विंग से भटक जाएं तो हम उन कलाओं में आक्रमणशीलता की पर्याप्त अभिव्यक्ति देख सकते हैं जो कभी-कभी अमरीका की दो देशज कलाएं कही जाती हैं। कार्टून कथा (कॉमिक स्ट्रिप) तथा सजीव व्यंग्य चित्र (ऐनीमेटिड कार्टून) में, आक्रमणशीलता और विद्वेष के प्रमाणों बारे में स्वयं को विश्वास दिलाने के लिए पाठक, समाचार पत्र में मून म्यूलीन्स या व्यावहारिक दृष्टि से कोई भी दूसरी कॉमिक स्ट्रिप या वॉल्ट डिस्नी कार्टून (या कोई भी अन्य सजीव व्यंग्य चित्र), प्रमाण के रूप में देख सकता है।

हमने स्विंग का वादन करने तथा इसके साथ नृत्य करने में निहित मनोवैज्ञानिक कारकों के बारे में कुछ नहीं कहा है। अपने विश्लेषण को जारी रखना और दोनों में

उदात्तीकृत और विद्वेषपूर्ण वृत्तियों (अर्जेज़) की उपस्थिति को दिखाना रुचिकर होगा। उदाहरण ढूंढ़ना सरल है। 'केयरैसिंग दा कीज' तथा 'बीटिंग द ड्रम' तथा 'स्कुइजिंग द ट्रम्पेट' तथा 'टीजिंग दा लाइकोरिस स्टिक,' वादन के संबंध में देशी बोलियां हैं। 'गैटिंग हॉट' तथा 'बर्निंग द कार्पेट' नृत्य के संबंध में विशिष्ट शब्दावलियां (वर्नाक्युलर्स) हैं। इस पृष्ठभूमि के साथ जो पाठक स्विंग संगीत से परिचित हो गया है वह कला के मनोविज्ञान के इस पक्ष को अपने लिए कार्यान्वित कर सकता है।

यथार्थ में महान कला प्रायः नैतिक होती है ऐसा कहा जाता है। इसका अर्थ यह है कि यह उदात्तीकरण के माध्यम से द्वंद्वों का निराकरण इस ढंग से करती है कि सामाजिक आदर्श (सोसाइटल) परिपुष्ट होते हैं। दूसरे शब्दों में, कलाकार एक सामाजिक दृष्टि से मूल्यवान ढंग (फार्म) से उदात्तीकरण करता है और दर्शक इस उदात्तीकरण को आत्मसात करता है। इस प्रकार कला, जैविक प्रवृत्तियों (बायोलॉजिकल अर्जेज़) और सामाजिक निराशाओं (सोशल फ़स्ट्रेशन्स) के बीच संघर्ष में, पराहम् (सुपरईगो) की शक्तिशाली सहायक बन जाती है। यह प्रायः विद्यमान या विकसित हो रहे सामाजिक लोकाचारों (सोशल मोरेज़) तथा सामाजिक व्यवस्था (आर्डर) को महिमामण्डित करती है और गुणगान करती है। पूर्व-रैफ़ेलवादी चित्रकारी, ईसाई मध्ययुगीन संस्कृति के गुणगान करने से संबंधित है जबकि उत्तर-रैफ़ेलवादी चित्रकारी (रैनेसां हयूमनिज़्म) नवजागरण मानववाद तथा सजावटी या अत्यधिक अलंकृत विज्ञान के विकास का अनुमान लगाती है। बीथोवन की संगीत रचनाएं व्यक्तिवाद और प्रजातंत्र के साथ संबंधित हैं। इस प्रकार, कला में महत्वपूर्ण सांस्कृतिक और मनोवैज्ञानिक कारक होते हैं। पराहम् स्वः (सैल्फ) के अन्य संघटक अंशों की अपेक्षा, सांस्कृतिक कारकों से बहुत अधिक भारित होता है। इस ढंग से महान कला को नैतिक कहा जा सकता है जहां तक कि यह एक कला है जिसमें पराहम् (सुपरईगो) होती है।

स्विंग संगीत के पराहम्, बहुत से लोकप्रिय गीतों में बहुत व्यक्तिगत ढंगों से प्रकट होता है। 'आई ऐम सौरी आई मेड यू क्राय' गीत, आत्मदण्डात्मक पराहम् को कार्य करता हुआ दिखाता है, और यह समस्त 'ब्लूज' गीतों में बहुत कुछ इसी भूमिका में प्रकट होता है। 'आई क्राइड फॉर यू' एक मन्द उन्मादी-अवसादी चक्र के अवसादी स्वरूप को अभिव्यक्त करता है जिसमें अन्तःक्षेपित विद्वेष (इन्ट्रोजैक्टिड होस्टिलिटी) तथा दण्डात्मक पराहम्, असंदिग्ध रूप से भूमिका निभाता है। इसका अनुगमन उन्मादी अवस्था के द्वारा अच्छी तरह से किया जाता है, 'नाउ इट इज़ योर टर्न टु क्राई ओवर मी'। इस प्रकार से पद नामित पराहम्, किसी भी तरह, बहुत व्यक्तिगत होता है। युद्ध गीतों में और सामाजिक वर्ग गीतों में हमें कदाचित् सामाजिक पराहम् के थोड़े और अधिक संकेत मिलते हैं। सबसे प्रचलित गीतों में यह बहुत कम होता है और इस कारण से बहुत से संगीत आलोचक, स्विंग को कला कहने से इंकार करते हैं। लेखक अभी भी गह मानता है कि यह एक कला है लेकिन एक ऐसी कला जिसका पराहम्

(सुपरईगो) नहीं है।

पराहम् के अभाव में भी कला एक निश्चित कार्य करती है, विशेषकर सांस्कृतिक संकटकाल के समय पर, जैसा कि वर्तमान में है। अपने बहुत महत्वपूर्ण निबंध, *सिविलाइज़ेशन एण्ड इट्स डिस्कंटेंन्ट्स* (1930) में फ्रायड हमारे वर्तमान संकटकाल के लिए मनोवैज्ञानिक कारणों की ओर संकेत करते हैं। आधुनिक औद्योगिक समाज की जटिलता हमें आधारिक मूलप्रवृत्यात्मक वृत्तियों (बेसिक इन्स्टिन्क्चुअल अर्जेज) का परित्याग करने के लिए अधिक से अधिक विवश करती है। आधारिक वृत्तियों के दमन में समाजीकरण का बढ़ता हुआ मूल्य आधुनिक जीवन की जटिलता के साथ मिला-जुला होता है। स्विंग संगीत कामवृत्यात्मक वृत्तियों (लिबिडिनल अर्जेज़) के उदात्तीकृत निकास करने का थोड़ा अवसर देता है और इस तरीके से समसामयिक समाज में जीवन को अधिक सहनीय बनाते हैं। कला ने सभी युगों में यही किया है और यही कला को आवश्यक और समर्थन देने योग्य बनाता है।

2. प्रतिभाशाली का मनोविश्लेषण सिद्धांत

प्रतिभासम्पन्न के उत्पादन, अचेतन द्वंद्व के उदात्तीकृत अर्थात् समाज द्वारा स्वीकार्य निराकरणों को प्रस्तुत करते हैं। अतः अपने मूल कारणों में प्रतिभासम्पन्न के उत्पादन सामान्य, मनस्तापी, तंत्रिकातापी तथा विकृत चरित्रों से संबंधित होते हैं। वे इन सबके इस प्रकार समान हैं कि उनमें कामतत्व (इड), अहम (ईगो) तथा पराहम् (सुपरईगो) और यथार्थ की शक्तियों के बीच असंतुलन होता है। ये इस प्रकार से भिन्न हैं कि, इनका परिणामिक व्यवहार समाज के द्वारा भिन्न रूप से देखा जाता है। हम शीघ्र ही देखेंगे कि बहुत से प्रतिभासम्पन्न तंत्रिकातापी (न्यूरोटिक) भी रहे हैं तथा प्रतिभासम्पन्न एक न्यूरोटिक से घनिष्ठ रूप से संबंधित होता है। हम यह भी देखेंगे कि बहुत से समकालीन प्रतिभाशालियों, अलग-अलग संस्कृतियों में तंत्रिकातापी और यहां तक कि मनस्तापी भी मान जाएंगे। कुछ अंश तक किसी भी तरह, यह प्रतिभासम्पन्न बहुत कुछ मनस्तापी जैसे होते हैं। उनके उत्पादनों (प्रोडक्शन्स) में अचेतन द्वंद्व का *उदात्तीकरण* या *सब्लीमेशन,* मनस्तापी की लक्षण रचना (सिम्पटम फॉर्मेशन) के समानांतर होता है। तंत्रिकातापी लक्षण (न्यूरॉटिक सिम्पटम्स) द्वंद्वों से सुरक्षा करते हैं। अतः प्रतिभासम्पन्न व्यक्ति एक अति विशेष संबंध में विलक्षण होता है। उसके दमन (इतने) पर्याप्त तीव्र नहीं होतें कि वे आधारिक मूलप्रवृत्यात्मक द्वंद्वों के स्वरूप या प्रकृति के बारे में उसे जानकारी होने से किंचित् बचा सकें। (*हिज़ रिप्रैशन्स आर नॉट सीवियर एनफ टू प्रिवेन्ट हिज़ बीइंग समव्हाट कांशस ऑफ द नेचर ऑफ द बेसिक इनस्टिन्क्चुअल कंफ्लिक्ट्स*)। उसका यह बोध ही उसे अपने द्वंद्वों का उदात्तीकरण (अर्थात् तोड़ना-मरोड़ना, परिष्कार करना, अनूठा बनाना—टू डिस्टॉर्ट टू सॉफिस्टिकेट, टू मेक यूनिक) ऐसे रूप में करने की अनुमति देता है जो अन्य व्यक्तियों को अपने द्वंद्व

कलाकार के द्वंद्वों के साथ एकात्मक (आईडैन्टिफाई) करने की अनुमति देता है। इससे दर्शकगण को कला का आनन्द तथा विरेचक (कैथार्टिक) प्रभाव दोनों ही प्राप्त होते हैं।

प्रतिभा (जीनियस) का मनोविश्लेषणवादी सिद्धांत उतना संतोषप्रद नहीं है जितना कि अन्य श्रेणियों का है। विलक्षण प्रतिभा के व्यक्ति कितने भी दुःखी और तंत्रिकातापी क्यों न हों उनका वास्तविक विश्लेषण, कदाचित् ही किया जाता है तथा इस बारे में सिद्धांत का विकास मुख्यतया दस्तावेजों के विश्लेषण के द्वारा किया गया है। इसके अतिरिक्त, आधारिक क्रियाविधि (बेसिक मैकॉनिज़्म) के रूप में उदात्तीकरण प्रतिभा (जीनियस) में सम्मिलित होता है। उसके विधि परक और लक्ष्यपरक, दोनों स्पष्टीकरणों (मैथडॉलॉज़िकल एंड फैक्चुअल क्लॉरिफ़िकेशन्स) की आवश्यकता है। यह संकल्पना मूल्यांकनपरक है और अन्य बहुत सी मनोविश्लेषणात्मक युक्तियों की अपेक्षा बहुत सीमा तक समाजशास्त्रीय और सांस्कृतिक मानकों पर निर्भर करती हैं। इससे और आगे एक तथ्य संबंधी प्रश्न यह है कि सामाजिक दृष्टि से रचनात्मक व्यवहार के द्वारा कामवृत्यात्मक और आक्रमणशील वृत्तियों (लिबडिनल एंड एग्रैसिव अर्जेज) को वास्तव में मुक्त कराने के अर्थ में, कामवृत्यात्मक और आक्रमणशील वृत्तियों का उदात्तीकरण संभव है या नहीं। लेविन और उसके विद्यार्थियों द्वारा किए गए प्रयोग यह संकेत करेंगे कि आधारभूत आवश्यकताओं की स्थानापन्न हुई पूर्ति (सबूस्ट्यूटिव फुलफिलमैन्ट ऑफ बेसिक नीड्स), मूल में निहित द्वंद्व के केवल आंशिक निराकरण की ओर ले जाती है। सबसे पहले फ्रायड ने 1905 में *'थ्री कन्टीव्यूशन्स टु द थ्योरी ऑफ सेक्स'* में उदात्तीकरण की धारणा का विकास किया। तब से अब तक अपने इस विचार पर वह केवल यदाकदा ही वापस आए हैं। अन्य मनोविश्लेषणवादियों और मनोवैज्ञानिकों ने इस अवधारणा के बारे में लिखा है लेकिन इसे आधारभूत आलोचना का विषय नहीं बनाया है।[2] लैवी ने अपने लेख 'ए क्रिटीक ऑफ द थ्योरी ऑफ सब्लीमेशन' में पहले की रचनाओं का संक्षिप्तीकरण किया है, जो इस संकल्पना को, इसके सबसे अधिक सम्यक प्रणाली विज्ञान संबंधी और तथ्यपरक परीक्षण का विषय (सब्जैक्ट) बनाता है। इस लेख में वे निष्कर्ष निकालते हैं : 'फ्रायड का उदात्तीकरण का सिद्धांत इस विषय के बारे में पहले की अनुभूतिमूलक (एम्पिरिकल) धारणाओं में व्यवस्था लाया। उनकी संकल्पना ने एक अदमित मूलप्रवृति के उतार-चढ़ाव के रूप में, एक अचेतन प्रक्रिया के रूप में, तथा न्यूरोसिस से बचाव करने में एक सहायक के रूप में, उदात्तीकरण का वर्णन करके अत्यधिक महत्वपूर्ण सामान्यीकरणों का योगदान दिया। यद्यपि इस संकल्पना की महत्वपूर्ण विशेषताएं असत्यापित और अस्पष्ट रही हैं, फिर भी यह हमारे चिन्तन के लिए और हमारी चिकित्सा प्रणाली (थैरैपी) में एक पथ प्रदर्शक के रूप में उपयोगी सिद्ध हुई है।

इस लेख द्वारा प्रस्तुत प्रस्ताव इस बात से इतना संबंधित नहीं है कि फ्रायड की उदात्तीकरण की प्रक्रिया की अवधारणा (संकल्पना) विज्ञान के मापदंडों द्वारा निर्धारित

मानकों को प्राप्त करती है या नहीं जितना कि इन तथ्यों से संबंधित है कि एक विज्ञान के रूप में मनोविश्लेषणवाद का विकासात्मक स्वरूप सिद्धांत के इस पक्ष पर अपना प्रभाव डालने में असफल रहा है, और यह कि उदात्तीकरण के बारे में फ्रायड के सामान्यीकरण अपरीक्षित और असत्यापित रह गए हैं; इस संकल्पना पर स्थायी कामचलाऊपन (परपॅचुअल टैन्टेटिवनैस) की वजह से ध्यान न देकर, हमने अधिमनोवैज्ञानिक (मेटासाइकोलॉजिकल) मानकों या मानदंडों के अनुरूप इसमें संशोधन करने की उपेक्षा कर दी है।

उद्धृत साहित्य से कोई यह निष्कर्ष निकाल सकता है कि उदात्तीकरण की संकल्पना, अनुभवजन्य दृष्टि से (एम्पिरिकली) ज्ञात तथ्यों का एक संशोधित सार कथन (रीकैपिचुलेशन) है जो संभ्रमित, दुरूह, अस्पष्ट, अधूरा, अनावश्यक, गतिहीन तथा वस्तु परक सत्यापन से रहित होता है। कोई यह निष्कर्ष भी निकाल सकता है कि हमारी उपेक्षा का सबसे संभावित कारण व्यक्तिपरकता में निहित रहता है जो समस्या की कठिनाई के साथ संबद्ध होती है तथा यद्यपि हमने समस्या के प्रति अन्य विचारधाराओं की अपेक्षा अधिक वैज्ञानिक स्थिति बनाए रखी है, फिर भी हमारी अभिवृत्ति सदैव समस्या को टाल देने की रही है न कि उस पर विचार करने की।

तर्कसंगत निष्कर्ष यह है कि हमें अभी वर्णन की गई टालमटोल वाली कार्यप्रणाली को पहचानने की और उससे बचने की; समस्या के सैद्धांतिक, नैदानिक, तथा सामाजिक महत्वों को देखते हुए इसे एक मुख्य महत्व के योग्य समस्या समझकर इस तक पहुँचने की तथा संकल्पना (कॉन्सैप्ट) की पुर्नरचना करने के प्रयास में अधिमनोवैज्ञानिक (मैटासाइकोलॉजिकल) मानकों को अपनाने की आवश्यकता है जो अन्य समस्याओं पर आक्रमण करने की हमारी विधि की विशेषता रहे हैं।[3]

सामान्य रूप से उदात्तीकरण की अवधारणा को सुरक्षित रखना, लेकिन इसके द्वारा केवल ऐसे विविध व्यवहारों और मानसिक लक्षणों को समझना जो अचेतन दुश्चिन्ता (अनकॉशस एंग्ज़ाइटी) से बचाते हैं तथा अचेतन द्वंद्वों (कंफ्लिक्ट्स) के लिए ऐसे तरीकों से क्षतिपूर्ति करना जो केवल अनुज्ञेय या उचित ही नहीं है (जैसा कि सामान्य के मामले में होता है) बल्कि सामाजिक दृष्टि से मूल्यवान भी है, सर्वोत्तम प्रतीत होता है। इस दृष्टिकोण से देखने पर प्रतिभाशाली को संस्कृति द्वारा निर्धारित मानकों के आधार पर तंत्रिकातापी से और कभी-कभी मनस्तापी से भी पृथक् किया जा सकता है। प्रतिभाशाली अपने द्वंद्व का निराकरण ऐसे ढंग से करता है जो अन्य व्यक्तियों के लिए महत्वपूर्ण होता है।

इन बिन्दुओं को ध्यान में रखकर चित्र 14 तथा तालिका 13 पर्याप्त स्पष्ट हो जाएगी। तुलनात्मक प्रयोजनों के लिए, अन्य व्यक्तित्व संरचनाएं पुनः प्रस्तुत की गई हैं।

तालिका-13 :

	आतंरिक द्वंद्व का स्वरूप	परिणामिक व्यवहार की सामाजिक प्रकृति	प्रतिगमन की मात्रा	प्रेमपात्र से आधारिक वृत्तियों का संबंध	द्वंद्व के निराकरण के परिणामस्वरूप
प्रतिभासंपन्न	असंगत संतुलन लेकिन यथार्थ से पृथक्त्व नहीं	सामाजिक दृष्टि से सम्मानित व्यवहार, कामतत्व की वृत्तियों का कला, विज्ञान आदि के रूप में प्रकट होना।	विविध अवस्थाओं की ओर प्रतिगमन लेकिन संज्ञानात्मक अहम् प्रतिगमित नहीं तथा व्यवहार महत्वपूर्ण	उभयभावी या उत्तर उभयभावी साथ में कुछ वृत्तियां उदात्तीकृत	कला, विज्ञान आदि के कार्य
सामान्य	अह्म, पराह्म कामतत्व और बाहरी यथार्थ के बीच सुसंगत सन्तुलन	समस्त क्षेत्रों में व्यवहार रचनात्मक और समाज द्वारा स्वीकार्य	कुछ नहीं, जननिक अवस्था पर पहुंचना	उत्तर उभयभावी, कुछ वृतियां सन्तुष्ट अन्य उदात्तीकृत	कोई द्वंद्व नहीं
मनस्ताप (साइकोसिस)	अह्म, पराह्म, कामतत्व और बाहरी यथार्थ के बीच अत्यधिक असंगत संतुलन, इड के विरुद्ध ईगो निर्बल तथा यथार्थ से पृथक्, पराहम् प्रक्षेपित या अहम् के अधीन या अतितीव्र	पेशीय और संज्ञानात्मक दोनों क्षेत्रों में समाज द्वारा अस्वीकार्य व्यवहार, इड की वृत्तियां एक छद्म रूप में प्रकट	कम से कम प्रारंभिक गुद अवस्था तक और इसलिए यथार्थ परीक्षण के स्तर से परे (विशिष्ट रोगों के लिए, संदर्भ तालिका 2)	पात्रहीन या अत्यधिक उभयभावी	संज्ञानात्मक और पेशीय क्षेत्रों में गंभीर लक्षण निर्माण
मनस्तंत्रिकाताप	ईगो, सुपरईगो, इड तथा बाहरी यथार्थ में असंगत संतुलन, अहम् पराह्म और इड के साथ द्वंद्व में लेकिन अहम् यथार्थ के पक्ष में	व्यवहार केवल आंशिक रूप से स्वीकार्य, पेशीय और संज्ञानात्मक दोनों क्षेत्रों में विनाशकारी लेकिन इड की वृतियाँ नियंत्रण में	गुदा या लैंगिक अवस्था के अन्त की ओर; इस प्रकार यथार्थ परीक्षण के स्तर से परे नहीं (विशिष्ट रोगों के लिए संदर्भ तालिका 2)	उभयभावी	स्वनम्य लक्षण, विशेषकर दुश्चिंता
कामविकृतियां	संतुलन सुसंग या असंगत हो सकता है; यथार्थ से तो नहीं लेकिन लैंगिक लोकाचारों से पृथक्त्व	व्यवहार सामाजिक दृष्टि से अस्वीकार्य लेकिन व्यक्ति "सामान्य" केवल लैंगिक क्षेत्र को छोड़कर	जब तक मनस्ताप, तंत्रिकाताप या प्रतिभा के साथ सम्मिलित न हो, स्थिरण होता है न कि प्रतिगमन (विशिष्ट रोगों के लिए, संदर्भ तालिका 2)	समलैंगिकता में उत्तर उभयभावी हो सकता है। अन्य मामले उभयभावी।	विकृत लैंगिक गतिविधियां
चरित्र विकृतियां	अत्याधिक असंगत सन्तुलन जैसा कि मनस्ताप या तंत्रिकाताप में, यथार्थ के साथ पृथक्त्व पेशीय क्षेत्र में न कि संज्ञानात्मक में।	व्यवहार सामाजिक दृष्टि से अस्वीकार्य, इड की वृत्तियां छदम् वेश में व्यवहार की समस्याओं के रूप में प्रकट होती है।	विविध अवस्थाओं की ओर प्रतिगमन लेकिन संज्ञानात्मक अहम प्रतिगमित नहीं (विशिष्ट रोगों के लिए, संदर्भ तालिका 2)	उभयभावी	बाह्यानुकूलित (एलोप्लास्टिक) लक्षण, विशेष रूप से विनाशकारी व्यवहार

व्यक्तित्व संरचना का आरेखी प्रस्तुतीकरण

→ ← सुसंगत सन्तुलन

→ ← असंगत सन्तुलन

लम्बे तीर के निशान वातावरण के साथ सम्पूर्ण व्यक्तित्व के सापेक्षिक सन्तुलन का उल्लेख करते हैं।

छोटे तीर के निशान व्यक्तित्व में स्थित बलों के सापेक्षिक संतुलन का उल्लेख करते हैं।

.... > सामाजिक दृष्टि से स्वीकार्य व्यवहार

−+−+−+> अस्वीकार्य लेकिन छद्म रूप में

−+ π −+ π −+−> छद्म रूप से लेकिन आंशिक रूप से स्वीकार्य

–0–0–0–0– > प्रकट लेकिन अस्वीकार्य

एस ई – सुपर-ईगो (पराहम्)

सी एंड एम – क्रमशः ईगो के संज्ञानात्मक और पेशीय पक्ष

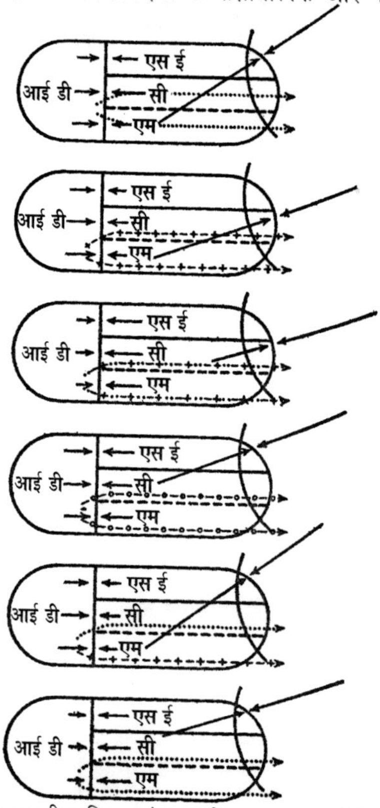

चित्र-14 : प्रतिभासम्पन्न की व्यक्तित्व संरचना की तुलना अन्य प्रभेदों के साथ करते हुए।

3. प्रतिभाशाली और स्नायु-रोगी या तंत्रिकातापी (न्यूरॉटिक)

कलाकार बहुत तंत्रिकातापी व्यक्ति हो सकते हैं, यह जानकारी निस्संदेह जनसाधारण को है। इड और ईगो के बीच में द्वंद्वों के कारण तंत्रिकातापी (न्यूरॉटिक) सामाजिक यथार्थ की अपेक्षाओं का अनुपालन आरामदेह तरीके से करने में असमर्थ होता है। वह इस प्रकार इन द्वंद्वों के विरोध में अपना बचाव करने के लिए लक्षणों का विकास कर लेता है। इससे वह देखने में 'अजीब सा या कुईर' प्रतीत होता है। कलाकार अनुपालन करने में भी अक्षम रहता है और उसका व्यवहार इस प्रकार सामाजिक यथार्थ की अपेक्षाओं के साथ प्रायः अनबन की स्थिति में होता है। प्रत्येक व्यक्ति यह अनुभव करता है कि बहुत से कलाकार विद्रोही और प्रतिकूल होते हैं। कलाकार एक 'बोहीमियन या उच्छृंखल' होता है, वह अजीब तरीके से कपड़े पहनता है, शराब बहुत पीता है और अनियमित रूप से भोजन करता है, उसका लैंगिक आचरण बहुत अनुशासित नहीं होता, वह संसार से अवकाश ग्रहण कर लेता है। निश्चित रूप से सभी कलाकार विंडसर टाइयां नहीं पहनते, या बहुत अधिक शराब नहीं पीते, या अटारियों में भूखे नहीं मरते, या रखैलों की लम्बी लाइन नहीं रखते, या इसलिए कभी भी फोन नहीं उठाते क्योंकि वह रचना कर रहे हैं। इनमें से कई तो बहुत कुछ व्यवसायी की भांति दिखते हैं और व्यवहार भी करते हैं तथा ये प्रायः सबसे अधिक उत्पादक और महानतम कलाकार होते हैं। लेकिन यह सत्य बना रहता है कि 'कलात्मक स्वभाव या आर्टिस्टिक टैम्परामैन्ट' अस्तित्व में होता है और तंत्रिकातापी स्वभाव से घनिष्ठ रूप से संबंधित होता है।

चूंकि कलात्मक कार्य और तंत्रिकातापी लक्षणों, दोनों को एक ही प्रकार के द्वंद्व उत्पन्न करते हैं अतः यह प्रत्याशित ही है कि कलाकार प्रायः व्यक्तिगत और सामाजिक कारणों से अनुत्पादी होते हैं तथा इसलिए तंत्रिकातापी लक्षण उत्पन्न कर लेते हैं। अपने जीवन के माध्यम से, हो सकता है कि कलाकार भी पूरी तरह से उदात्तीकरण करने में सक्षम न हो और परिणामस्वरूप सदैव न्यूरोसिस से पीड़ित रहता हो। हम पहले ही देख चुके हैं कि तंत्रिकाताप, मनस्ताप, कामविकृत्ति तथा विकृत चरित्र, सभी एक दूसरे से संबंधित हैं जिससे कि कलाकार का व्यवहार इन समस्त व्यवहारों के निशान रख सकता है। कुछ समय बाद हम यह दिखाने का प्रयास करेंगे कि विज्ञान और दर्शन, कला के साथ कैसे संबंधित हैं। अतः यह टिप्पणियां वैज्ञानिकों और दार्शनिकों का भी उल्लेख करती हैं। आगामी पैरा में हम कुछ मान्य प्रतिभाशालियों में मनोरोगमय व्यवहार के विविध रूपों के उदाहरण प्रस्तुत करेंगे।

बहुत से प्रतिभाशालियों ने चरित्र दोष होने के चिह्न दिखाए हैं। एडगर एलॅन पो निश्चित रूप से एक पुराना शराबी था और 'किसी भी महिला के साथ शारीरिक दाम्पत्य संबंध बनाने' में अक्षम था। क्रिस्टोफ़र मार्लो की मृत्यु दुराचारी जीवन शैली के कारण बहुत कम आयु में हो गई। फ्रांहसुआ विलां का सर्वोत्तम काव्य उनके अपने जीनन के

बारे में है, उनका जीवन एक रंगरेलियां मनाने वाला और 'नशेबाज या टॉसपॉट' जैसा था और उनकी मृत्यु भी तीस वर्ष का होने से पहले ही हो गई। गेटे, इटली की यात्रा करने से पहले अपने दुराचारी जीवन (*वैस्टॅस डसाइन*) के दिनों की बात करते हैं। हाल ही के साहित्य में कवि हार्ट क्रेन और उपन्यासकार थॉमस वुल्फ़, दोनों ही गम्भीर रूप से शराब के व्यसनी थे। कवि और शराब एक सुपरिचित संयोग है। वरलेन तथा बॉउलेयर, स्विनबर्न तथा अर्नेस्ट डाउसन तथा बहुत से दूसरे कवियों ने मदिरा को एक समस्या के रूप में पाया। बहुत से चित्रकार भी शराब को इसी प्रकार झेलते हैं। टोलूस लॉट्रेस तथा पॉल गॉगुइन शराब पीने से पैदा परेशानियों का सामना करते थे। संगीतज्ञों में भी मद्य का व्यसन बहुत पाया जाता है। हेड्न शान्त कहा जाता था, लेकिन बहुत ही कम तथा ब्राह्म निचले कक्षों में और वेश्याओं के घरों में प्रायः कई दिनों के लिए अदृश्य हो जाते थे। गैलीलियो के एकमात्र व्यक्तिगत लेख जो हमारे पास हैं वे मधुशाला में लिखे गए नोट्स या विवरण हैं। प्रत्येक व्यक्ति शराब के लिए स्विंग संगीतज्ञों की व्यापक रुचि को जानता है। सभी प्रकार की कलाओं और विज्ञानों से इस प्रकार के विकृत चरित्र के प्रतिभाशाली व्यक्तियों के बहुत से दूसरे उदाहरण प्रस्तुत करना सरल होगा।

न्यूटन, जो कदाचित् विश्व का सबसे महान प्रतिभाशाली वैज्ञानिक था एक विदनाभ (शिज़ॉइड) चरित्र था। चार्ल्स डार्विन में भी सुनिश्चित विदलनाभ विशेषताएं थीं। महान प्राकृतिक वैज्ञानिक रॉबर्ट जूलियस मायर एक चक्राभ चरित्र का व्यक्ति था जिसने वस्तुतः उन्मादी-अवसादी मनस्ताप (मैनिक-डिप्रैसिव साइकोसिस) उत्पन्न कर लिया था। कलाओं में और विज्ञानों में तंत्रिकातापी चरित्र उसी प्रकार बहुत पाए जाते हैं। महान अमरीकी अर्थशास्त्री थॉर्स्टीन बेबलेन एक मन्द तंत्रिकातापी चरित्र था, पो तथा लॉर्ड बायरन जैसे कवि अपेक्षाकृत गम्भीर प्रकार के होते हैं। मोज़ार्ट का जीवन त्रासदियों की शृंखला से बना था जिसमें उसके चरित्र के तंत्रिकातापी तत्व निश्चित रूप से सामने आते थे।

कामविकृतियां (सेक्सुअल पर्वर्ज़न्स), असंदिग्ध रूप से प्रतिभाशालियों में बहुत देखने में आती हैं। इसका यह अर्थ नहीं है कि सभी विकृतकामी (सेक्सुअली पर्वर्स) किसी भी तरह से मिलनसार हैं और न ही सभी मिलनसार विकृतकामी होते हैं। शायकोव्स्की समलिंगी था, वॉगनर सुस्पष्ट रूप से द्विलिंगी (बाई सेक्सुअल) था, बीथोवन और ब्राहम्स ने कभी विवाह नहीं किया। हम जानते हैं कि ब्राहम्स केवल वेश्याओं के साथ ही लैंगिक संबंध स्थापित कर सका। इस बात के बहुत प्रमाण हैं कि लियानार्दो दा विंची यदि प्रकट रूप से समलिंगी नहीं था, तो कम से कम, अव्यक्त रूप से तो था ही। प्राउस्ट भी इसी श्रेणी में थे। ऑस्कर वाइल्ड की समलैंगिकता, बेशक 1890 के ब्रिटिश साहित्यिक मण्डलों का एक बड़ा अपयश था। वाल्ट विटमैन की द्विलैंगिकता उनकी रचनाओं के लगभग प्रत्येक पृष्ठ पर प्रकट होती है। इस बात के बहुत से प्रमाण हैं कि कार्लाइल और रास्किन दोनों पुराने नपुंसक थे।

बहुत से प्रतिभाशालियों ने मनस्ताप और तीव्र तंत्रिकाताप की अवधियां भोगी हैं। नीत्शे की मृत्यु आंशिकघात से हुई। रॉबर्ट शूमैन को गंभीर अवसाद था जिसमें मनोविदलन का आभास था। स्कैन्डिनेविया का नाटककार स्ट्रिन्डबर्ग मनस्तापी था। वैन गाऑ ने तीव्र मनोविदलता भोगी और पागलखाने में मरा। लोकप्रिय अतियथार्थवादी चित्रकार डाली सर्वसम्मति से एक व्यामोहग्रस्त व्यक्ति है और उसने यद्यपि सतही तौर पर ही लेकिन मनोरंजक तरीके से व्यामोहाभ कला के सिद्धांत के बारे में लिखा है।

कला और विज्ञान के समस्त क्षेत्रों के समकालीनों में से भी बहुत से दूसरे उदाहरण देना सरल होगा। समकालीनों का उल्लेख करना निस्संदेह असंभव है। यदि पाठक अपने ऐसे परिचितों के बीच अपनी आंखें खुली रखता है जो 'प्रतिभाशाली' या 'गुणी' या 'गिफ्टिड' है तो वह उनमें तंत्रिकातापी व्यवहार के बहुत से उदाहरणों को देखेगा।

4. कलाकार के उत्पाद
आकार और विषय-वस्तु का मनोगत्यात्मक पक्ष

कला रचनाओं का स्वरूप तथा विषय वस्तु, अचेतन और अर्धचेतन द्वंद्वों के उदात्तीकरण को प्रकट करती है। यह हमने पहले ही प्रचलित (पॉपुलर) संगीत के संबंध में देख लिया है। आगामी पंक्तियां वहां अन्य कलाओं के लिए घोषित प्रस्तावों को प्रदर्शित करेंगी। हमारे अधिकांश उदाहरण साहित्य से चुने जाएंगे, लेकिन प्लास्टिक कलाओं से पर्याप्त उदाहरण यह स्पष्टीकरण देने के लिए प्रस्तुत किए जाएंगे कि वहां भी उसी प्रकार की क्रिया विधियां (मैकॅनिज़्म्स) कार्य कर रही हैं। इडीपस स्थिति साहित्य की महान रचनाओं को अभिप्रेरित करने में महत्वपूर्ण रही है। यह निस्संदेह एक साधारण जानकारी है। तकनीकी नाम इडीपस स्थिति स्वयं सॉफोक्लीज़ की ग्रीक त्रासदी *इडीपस रैक्स* से रूपांतरित किया गया है। यह त्रासदी समस्त प्राचीन रचनाओं में महानतम समझी जाती है तथा इडीपस के द्वारा अपने पिता लायस की अनजाने में हत्या करने और अपनी माता जोकास्टा के साथ संबंधित है। अपने द्वारा पिता की हत्या (पैट्रीसाइड) तथा कौटुम्बिक व्यभिचार (इन्सैस्ट) किए जाने के बारे में जानकर इडीपस अपनी आंखें बाहर निकाल लेता है और देवता सन्तुष्ट हो जाते हैं। इस महान त्रासदी में तोड़-मरोड़ बहुत कम है। इडीपस ने अनजाने में पितृ हत्या की, अर्थात् उसकी कौटुम्बिक व्यभिचारात्मक (इन्सैस्चुअस) और पितृघाती इच्छाएं नियति पर आरोपित की गई हैं तथा उसकी आंखें (अण्ड-ग्रन्थि प्रतीक) एक वास्तविक बधियाकरण घटित होने के बजाय नोंच कर बाहर निकाल दी गई हैं। नाटककार भी निस्संदेह, कौटुम्बिक व्यभिचारात्मक विचारों को दूसरे पर आरोपित करता है और परिणामस्वरूप स्वयं अपने बधियाकरण किए जाने के भयों को कम करने के लिए उदात्तीकरण का प्रयोग करता है। इडीपस स्थिति का कौटुम्बिक व्यभिचार अभिप्राय, महान साहित्य में कदाचित् सबसे अधिक विवादित प्रसंग है। सभी

देशों के साहित्य में ऐसा होता है। साहित्य के इतिहास में त्रासदी शुरू से अन्त तक बहुत से अंगीकारों और विवेचनों में दोहराई गई है। पुत्री-पिता इडीपस परिस्थिति भी एक अन्य महान ग्रीक त्रासदी, एस्काइलस की *इलैक्ट्रा* में घटित होती है। शेक्सपियर का *हैमलेट,* जैसा कि हम पहले देख चुके हैं, एक इडीपस परिस्थिति पर आधारित है। मिल्टन मिलर ने यह प्रदर्शित किया है कि बालज़क का *पेयर गोरिओ* मनोवैश्लेषिक क्रियाविधियों पर आधारित है। स्टेन्डॉल ने *ली रुज़ एट लि नोइ* में विशेष रूप से लिखा है कि वह एक शिशु के रूप में पिता को जान से मारने की और माता से विवाह करने की इच्छा रखते थे। प्राउस्ट के *स्वांस* वे के प्रथम खंड का अधिकांश भाग अपनी मां के साथ उनकी शैशवीय आशक्ति से संबंधित है। बहुत से समकालीन नाट्यशाला जाने वालों ने यूजीन ओनील के नाटक *मोर्निंग बिकम्स इलैक्ट्रा* की कथा-वस्तु (थीम) को देखा होगा। तथापि अभिधारणा को स्थापित करने के लिए उदाहरणों का ऐसा ढेर लगाना आवश्यक नहीं है।

जर्मन साहित्य के महानतम महाकाव्य, गेटे के *फाउस्ट* की आधारभूत कथानक में स्वः (सैल्फ) के संघटक भागों के बीच संघर्ष है। फाउस्ट प्रारम्भ में ही निर्णय लेता है ''त्स्वाइ ज़ैलन वोनन आख़ इन मायनर ब्रुस्ट अर्थात् दो आत्माएं मेरे वक्ष स्थल में निवास करती है'' तथा ''इन येडॅम क्लाइड वॅर्ड इश वोल डी पाइन डेस एन्गन एरडॅनलेविन्स फ्यूलेन; इश बिन त्सू युंग उम ओहने लुस्ट त्सू ज़ाइन, त्सू अल्ट उम नूअः त्सू श्पीलिन''[4] इस प्रकार यह इड के बलों तथा सुपरईगो की निरोधकारी क्षमताओं के मध्य संघर्ष के साथ संबंधित है। फाउस्ट क्षणिक पल का वास्तव में आनन्द उठाने की आशा में अर्थात् आधारिक वृत्तियों संबंधी व्यवहार (बेसिक अर्ज बिहेवियर) का सेवन अपने विवेक के साथ किसी संघर्ष के बिना कर पाने में सक्षम होने की आशा में, अपनी आत्मा पिशाच को बेचता है। सब जानते हैं कि वह यह देख पाता है कि यह नहीं हो सकता। स्वयं गेटे ने भी बहुत कुछ इसी प्रकार का जीवन बिताया तथा फाउस्ट और मार्गरिट की कहानी फ्रेडरिका ब्रायन के साथ पहले हुए उसके अपने प्रेम संबंध के समकक्ष है। राइक (1929) ने इस प्रेम संबंध का मनोविश्लेषिक ब्यौरा लिखा है।

महान आधुनिक उपन्यास कदाचित् प्राउस्ट का *रिमैम्बरैन्स ऑफ थिंग्स पास्ट* है। यह मनोवैज्ञानिक दृष्टि से इस अभिधारणा से जुड़ा है कि पूर्व और अपेक्षाकृत अचेतन अनुभव, वर्तमान प्रक्रियाओं का निर्धारण करते हैं। यह विचार बहुत अच्छी तरह से स्वांस वे में कहा गया है जो आगामी पंक्तियों में प्रस्तुत है।

''और इस प्रकार यह हमारे अपने भूतकाल के साथ है। इसे पुनः अधिकार में करने का प्रयास व्यर्थ में परिश्रम करना है : हमारी बुद्धि के समस्त उद्यम या प्रयत्न निरर्थक सिद्ध होने चाहिए। भूतकाल क्षेत्र के बाहर कहीं छुपा है, बुद्धि की पहुंच से बाहर, किसी भौतिक पदार्थ में (उस संवेदन या सैन्सेशन में जो वह भौतिक प्रदार्थ हमें देगा), जिस पर हम संदेह भी नहीं करते तथा जहां तक उस पदार्थ का प्रश्न है, यह संयोग पर निर्भर करता है कि अपने मृत्यु से पूर्व हम संयोगवश इससे मिलेंगे या नहीं।

बहुत वर्ष बीत गए जिनके दौरान, सिवाय इसके जो थिएटर में समाविष्ट था और वहां मेरे सोने का ड्रामा, कॉम्ब्रे का कुछ भी मेरे लिए अस्तित्व में नहीं था, जब शीतकाल में एक दिन, जैसे ही मैं घर आया मेरी मां ने यह देखकर कि मैं ठण्डा हो रहा था, मुझे चाय पीने का प्रस्ताव रखा, एक ऐसी वस्तु जो साधारणतया मैं नहीं लेता। पहले तो मैंने अस्वीकार कर दिया और फिर, बिना किसी कारण विशेष के, अपना मन बदल दिया। उसने किसी को वे नाटी गोल मटोल छोटे केक लेने बाहर भेजा जिन्हें 'पैटीट्स मॅडेलीन्स' कहते हैं, जो ऐसे दिखाई देते हैं मानो वे साधु की सीपी की एक खड़ी गोल झिरी जैसे घोंघे में ढाले गए हैं और शीघ्र ही यन्त्रवत्, निराशाजनक अगले दिन ही प्रत्याशा के रहते एक नीरस दिन से थके होने के पश्चात्, मैं चम्मच भर चाय को मुंह तक ले गया जिसमें मैने केक का एक ग्रास भिगो कर रखा था। गर्म पेय और उसके साथ केक के टुकड़ों ने मेरा तालू छुआ ही था कि मेरी पूरी देह में एक कंपकंपी दौड़ गई और मैं रुक गया, उन असामान्य परिवर्तनों पर एकाग्र होकर जो हो रहे थे। एक गहरे सुख ने मेरी इन्द्रियों पर आक्रमण कर दिया, लेकिन विशिष्ट, तटस्थ, अपनी उत्पत्ति के बारे में कोई भी सुझाव के बिना और तुरंत जीवन के चढ़ाव-उतार से मैं तटस्थ हो गया, उसका अनर्थकारी अहानिकर, इसकी संक्षिप्तता भ्रान्तिजनक - यह नई अनुभूति मेरे ऊपर वह प्रभाव रखते हुए जो बहुमूल्य सुगंध के साथ मुझे भर देने के रूप में प्रेम रखता है; या बल्कि यह सुगन्ध मेरे में नहीं थी, यह मैं स्वयं था। अब मैंने अपने को अतिसामान्य, अतात्विक, नश्वर अनुभव करना बन्द कर दिया। कहां से यह मेरे पास आ सकेगा, यह सर्वशक्तिमान आनन्द? मुझे यह बोध था कि यह चाय और केक के स्वाद के साथ संबद्ध था लेकिन इसने असीम मात्रा में उन स्वादों व सुगन्धों को आगे बढ़ाया, अवश्य ही, उनके समान प्रकृति का नहीं हो सकता। यहां कहां से आया? यह क्या महत्व रखता है? मैं कैसे इसे पकड़ सका और परिभाषित कर सका?

मैं दूसरा घूँट लेता हूं, इसमें मैं ऐसा कुछ नहीं पाता जो पहले घूंट से अधिक हो, एक तीसरा, जो बल्कि मुझे दूसरे से भी कम देता है। यह रुकने का समय है, घूंट ने अपना जादू खो दिया है। यह स्पष्ट है कि मेरी तलाश की वस्तु सत्य, प्याले में नहीं बल्कि स्वयं मुझमें स्थित है। चाय ने मेरे अंदर मुझ से कहा, स्वयं को नहीं समझती और केवल अनिश्चित रूप से पुनरावृत्ति कर सकती है, धीरे-धीरे शक्ति का लोप होने के साथ, वही प्रमाण; जिसकी व्याख्या मैं भी नहीं कर सकता, यद्यपि मैं कम से कम पुनः इसके लिए चाय से भेंट करने में समर्थ रहने की और वर्तमान में इसे वहां पाने की आशा करता हूं, अक्षुण्ण और मेरे अधिकार में, मेरे अन्तिम ज्ञानोदय के लिए, मैं प्याला नीचे रखता हूं और अपने मस्तिष्क की परीक्षा लेता हूं। सत्य की खोज करना इसके लिए है। लेकिन कैसे? अनिश्चितता का कैसा रसातल है कि जब कभी भी मानस यह महसूस करता है कि इसका कोई भाग अपनी सीमाओं से परे भटक गया है; जब यह जिज्ञासु, तुरंत अंधेरा क्षेत्र बनता है जिसके पार इसे अन्वेषण करने जाना पड़ेगा; जहां इसके समस्त उपकरण इसे कुछ भी लाभ नहीं पहुंचाएंगे। अन्वेषण करना? इससे भी अधिक :

सृष्टि करना। यह एक ऐसी वस्तु के आमने-सामने है जो अभी तक अस्तित्व में नहीं है, जिसे केवल यह वास्तविकता (यथार्थता) और तत्व प्रदान कर सकता है, जिसे केवल यही दिन के प्रकाश में ला सकता है।

और मैं पुनः स्वयं से पूछने के लिए प्रारंभ करता हूं कि यह क्या हो सकता था, यह याद नहीं रखी गई अवस्था जो अपने साथ अपने अस्तित्व का कोई तार्किक प्रमाण नहीं लाई, केवल यह अनुभूति लाई कि यह सुखद थी, कि यह वास्तविक अवस्था थी जिसकी उपस्थिति में चेतना की दूसरी अवस्थाएं विघटित हो गईं और लुप्त हो गईं। मैं इन्हें पुनः प्रकट होने के लिए बाध्य करने का प्रयास करने का निश्चय करता हूं। मैं अपने विचारों का उस क्षण के प्रारंभ से अवलोकन करता हूं जिस क्षण पर मैंने चम्मच भर चाय पहली बार पी थी। मैं पुनः उसी अवस्था को पाता हूं, जो किसी नए प्रकाश से प्रकाशित नहीं है। मैं क्षणिक अनुभूति को एक बार फिर अनुगमन करने और पुनः अनुभव करने के लिए, अपने मानस को एक अतिरिक्त प्रयास करने के लिए बाध्य करता हूं। और कोई भी वस्तु इसके क्रम को भंग न करे, मैं प्रत्येक विघ्न को हर असंबद्ध विचार को रोक देता हूं, मैं अपने कानों को बंद करता हूं और दूसरे कमरे से आने वाली ध्वनियों की ओर अपने ध्यान को जाने से रोक देता हूं, और तब, यह महसूस करते हुए कि मेरा चित्त सूचित करने में कोई सफलता प्राप्त किए बिना ही थक रहा है, मैं उसे परिवर्तन के लिए बाध्य करता हूं, जिससे कि वह उस अन्यमनस्कता का आनन्द उठाए जो मैंने अभी उसे नकार दी थी, अन्य चीजों के बारे में सोचने के लिए, विश्राम करने और चरम प्रयास से पहले नई शक्ति प्रदान करने के लिए (बाध्य करता हूं)। और तब दूसरी बार मैं इसके समक्ष एक रिक्त स्थान पूरा करता हूं। मैंने अपने चित्त की आंखों के समक्ष पहले ग्रास के अभी तक अभिनव स्वाद को स्थिति में रखता हूं, और मैं किसी वस्तु को अपने अन्दर प्रारंभ होता हुआ महसूस करता हूं, कोई वस्तु जो अपने विश्राम स्थल को छोड़ती है और उठने का प्रयास करती है, कोई ऐसी वस्तु जो बहुत गहराई पर एक लंगर की भांति गाड़ी हुई है; मैं अभी तक नहीं जानता कि वह क्या है, लेकिन मैं इसे धीरे-धीरे ऊपर चढ़ते हुए महसूस कर सकता हूं; मैं प्रतिरोध शक्ति को आंक सकता हूं, मैं अस्वीकार कर दी गई विशाल अंतरों की प्रतिध्वनि को सुन सकता हूं।

असंदिग्ध रूप से मेरे अस्तित्व की गहराइयों में इस तरह जो स्पन्दित हो रहा है वह प्रतिबिम्ब, दृश्य, स्मृति होनी चाहिए, जिसने उस स्वाद से संयुक्त होकर मेरे चेतन मानस में इसका अनुसरण करने का प्रयास किया। लेकिन इसके संघर्ष बहुत दूर हैं, बहुत चकराने वाले हैं; मैं मुश्किल से ही विवर्ण प्रतिबिम्बों को रोक सकता हूं जिसमें कान्तिमय रंगों का मन में न समा सकने वाला तेज चक्कर सम्मिश्रित है, और मैं इसके स्वरूप को अलग-अलग नहीं कर सकता, एक सम्भाव्य दुभाषिए के रूप में, इसके समकालीन, इसके अपृथक्करणीय जार, चाय में भीगे केक के स्वाद के प्रमाण का मेरे लिए अनुवाद करने के लिए इसे आमंत्रित नहीं कर सकता; इससे यह नहीं कह सकता

कि यह मुझे मेरे पूर्व जीवन के किस काल की कौन सी विशेष परिस्थिति विचाराधीन है यह सूचित करे।

क्या यह अन्ततोगत्वा मेरी चेतना की स्वच्छ सतह पर पहुंचेगा, यह स्मृति या पुराना, मृत क्षण जिसे एक समरूप क्षण के चुम्बकत्व ने दुराग्रह करने, शांति भंग करने, मेरे अस्तित्व की अत्यधिक गहराई से बाहर उठाने के लिए, इतनी दूर तक यात्रा करने दी है? मैं नहीं कह सकता। अब जब मैं कुछ महसूस नहीं करता हूं, यह रुक गया है, कदाचित् पुनः अंधकार के गर्त में चला गया है, जिससे कि यह कभी ऊपर उठेगा भी या नहीं कौन कह सकता है? मुझे नियत कार्य के लिए दस गुना अधिक प्रयास करना पड़ेगा, गहरे गर्त पर नीचे झुकना पड़ेगा और प्रत्येक बार स्वाभाविक आलसीपन ने, जो हमें भय दिखाकर प्रत्येक कठिन उपक्रम, महत्व का प्रत्येक कार्य करने से रोकता है, मुझे चीजों को अकेला छोड़ने के लिए अपनी चाय पीने के लिए, और मात्र आज की चिन्ताओं और आने वाले कल की मेरी उन आशाओं के बारे में सोचने के लिए प्रेरित किया है, जो प्रयास या मन की व्यथा के बिना अपने बारे में मनन करने देंगी।

और अचानक स्मृति वापिस लौटती है। स्वाद मॅडेलीन के छोटे टुकड़े का था जो इतवार की सुबह कॉम्ब्रे में (क्योंकि उन सुबहों में मैं चर्च जाने के समय से पूर्व बाहर नहीं गया), मैं जब उसके शयन कक्ष में नमस्कार करने जाता था, मेरी चाची लिओनी मुझे पहले अपनी असली चाय या नीबू के फूल की चाय में डुबो कर देती थीं। छोटी मॅडेलीन को चखने से पूर्व मेरे मानस में कुछ याद नहीं आया, कदाचित् इसलिए कि मैंने ऐसी वस्तुएं मध्यान्तर में पेस्ट्री बनाने वाले रसोइये की खिड़की में रखी ट्रे में अक्सर उन्हें चखे बिना देखी थीं, इनकी धारणा ने उन कॉम्ब्रे के दिनों से अपने को असंलग्न कर लिया था जिससे कि हाल की दूसरी वस्तुओं में स्थान ले सकें; कदाचित् उन स्मृतियों के कारण, जिनका बहुत पहले परित्याग कर दिया और मानस से बाहर निकाल दिया था, अब कुछ भी टिका नहीं रहा, सब कुछ बिखर गया था; वस्तुओं के स्वरूप पेस्ट्री के छोटे घोंघे-सीपी के समेत, अपने तीव्र, धार्मिक परतों के नीचे इतना प्रचुर मात्रा में विषयासक्त (कामुक) या तो पुंछ गए थे या इतने लम्बे समय से निष्क्रिय थे कि उन्होंने विस्तारण की शक्ति को खो दिया था जो उन्हें मेरी चेतना में अपना स्थान पुनः प्राप्त करने की अनुमति देती। लेकिन जब लोगों के मरने के पश्चात, चीजों के टूटने और बिखरने के बाद बहुत पहले का कुछ भी टिका नहीं रहता, तब भी अकेले, वस्तुओं का अधिक सुकुमार, लेकिन अधिक तेजस्विता के साथ, अधिक अभौतिक, अधिक अटल, अधिक निष्ठावान, खुशबू और स्वाद बहुत समय सधा हुआ बना रहता है, (उन) आत्माओं की भांति, हमें याद दिलाने के लिए तत्पर अपने क्षण के लिए प्रतीक्षा और आशा करते हुए, जो कुछ भी शेष है उसके ध्वसांवशेषों के बीच में और स्मरण की वृहत् संरचना को, उनके सारतत्व की नन्हीं और लगभग अगोचर बूंद में, बिना हिचकिचाए या लड़खड़ाए वहन करना।

एक बार मैंने नीबू के फूल के काढ़े में भीगी हुई उस मैडेलीन के टुकड़े के स्वाद को पहचान लिया था जो मेरी आंटी मुझे देती थीं (यद्यपि मैं तब तक भी यह नहीं जानता था और यह स्मृति मुझे क्यों इतना आनंदित करती है इसकी खोज करना स्थगित कर दिया था) तो तत्काल सड़क पर वह पुराना भूरे रंग का घर, जिसमें उनका कमरा था, थियेटर के एक दृश्य की भांति अपने को छोटे मण्डप के साथ संलग्न करने के लिए खड़ा हो गया, जो उस उद्यान की ओर खुलता था जो इसके पीछे मेरे माता-पिता के लिए बना था। (एकमात्र अकेला फलक जो उस क्षण तक मैं देख पाता था) और सुबह से शाम तक सभी ऋतुओं में घर के साथ वह शहर और वह चौक जहां मुझे दोपहर के भोजन से पूर्व भेजा जाता था, वे सड़कें जिनकी बगल में मैं सौंपा हुआ कार्य किया करता था और समय की देहाती सड़कें जब यहां सब ठीक था और जिस प्रकार जापानी पानी से एक चीनी मिट्टी के कटोरे को पानी से भर कर तथा इसमें कागज के छोटे-छोटे टुकड़े घोल कर जो तब तक किसी विशेषता (कॅरेक्टर) या स्वरूप (फार्म) के बिना थे, लेकिन, जिस क्षण वे पानी में भीगे, अपने को फैलाते और मोड़ते हैं; एक रंग और सुस्पष्ट आकृति अपनाते हैं, फूल या घर या व्यक्ति बन जाते हैं, जो स्थायी और पहचानने योग्य हैं, जिससे कि उस क्षण में हमारे बगीचे में और एम. स्वान के पार्क में सारे फूल तथा विवोन पर उगी कुमुदिनी तथा गांव की भली जनता और उनके छोटे निवास तथा पैरिश चर्च और सम्पूर्ण कॉम्ब्रे और उसके पास-पड़ोस का, शहर और बगीचा एक समान मेरे चाय के प्याले से।[5]

अधिकांश साहित्य की विषय वस्तु को आधारिक वृत्तियों (बेसिक अर्जेज) और सामाजिक यथार्थ द्वारा उनका परिष्कार किए जाने के बीच संघर्ष तथा स्वः (सैल्फ) के संघटक भागों के बीच द्वंद्वों के साथ संबंधित देखा जा सकता है। इसका अर्थ यह नहीं लगाना चाहिए कि सांस्कृतिक कारक महत्वपूर्ण नहीं है। हम पहले ही देख चुके हैं कि पराहम् संस्कृति के द्वारा बहुत अधिक निर्धारित (कल्चुरली डिटरमिन्ड) होता है। जहां तक कि पराहम् सदैव एक भूमिका का निर्वाह करती है और चूंकि महान कला नैतिक कला (मॉरल आर्ट) होती है, अतः सांस्कृतिक निर्धारण, निस्संदेह, कला को समझने के लिए तथा सौन्दर्य विषयक आलोचना के लिए महानतम् महत्व का है। फिर भी इस बारे में विचार-विमर्श इस पुस्तक की सीमाओं से परे है।

साहित्य का स्वरूप (फार्म) भी मनोवैज्ञानिक कारकों से निर्धारित होता है। विषय वस्तु की तोड़-मरोड़ की भांति, रूप की कृत्रिमता अचेतन द्वंद्वों के उदात्तीकरण की अनुमति देती है। कविता में लयात्मक तत्व जैसे कि संगीत में पाए जाते हैं, हस्तमैथुनिक और संभोग संबंधी चेष्टाओं का उदात्तीकृत रूप हो सकते हैं। इसी प्रकार नृत्य संभोग (मैथुन) का उदात्तीकृत रूप हो सकता है तथा इसके उद्गम स्थान लैंगिक क्रीड़ा और आक्रमणशीलता की तैयारी में होते हैं। हॅवलॉक एलिस (1923) ने अपनी सर्वोत्तम पुस्तकों में से एक पुस्तक इस प्रसंग को समर्पित की है। हाल के समय में, लेखन की चेतना का प्रवाह शैली, मनोविश्लेषण के स्वतंत्र साहचर्य के सदृश होती है। जेम्स जॉइस

की *यूलिसिस* और प्राउस्ट की *रिमैम्बरैन्स ऑफ थिंग्स पास्ट* दोनों ही बहुत स्पष्ट रूप से यह दिखाती हैं। वस्तुतः चूंकि इन दोनों रचनाओं ने मनोविश्लेषण की खोजों का अनुसरण किया है, अतः ये या तो विश्लेषण से प्रभावित रही हैं या फ्रायड की महान वैज्ञानिक खोजों के कलात्मक समानांतर प्रस्तुत करती हैं।

निष्पादन का अनूठापन महान कला की तीसरी विशेषता है। साहित्य के क्षेत्र में केवल नाटक में ही प्रदर्शनकर्ता की आवश्यकता होती है तथा मुख्य प्रदर्शनकर्ता अभिनेता होता है। हम पहले ही बता चुके हैं कि अधिकांश अभिनेता लैंगिक (फैलिक) चरित्र होते हैं। लैंगिक चरित्र अन्य व्यक्तियों के साथ सरलता से अपना एकात्मीकरण करने में सक्षम होते हैं तथा अपने संवेगों से अधिक, अन्य व्यक्तियों के संवेगों को अच्छी तरह समझते हैं। इस प्रकार चरित्र के साथ अपना एकात्मीकरण करने में सक्षम होने की आवश्यकता, जो अच्छे अभिनय का सारतत्व है, उसकी मनोवैज्ञानिक दृष्टि से व्याख्या होती है।

हमारे पास प्लास्टिक कलाओं के बारे में केवल संक्षिप्तम विचार-विमर्श करने के लिए ही स्थान है। जहां तक रंग-चित्र और मूर्ति व्यक्तियों के बारे में कहानियां कहते हैं, हमने साहित्य के बारे में जो पहले कहा है वह इन पर लागू होता है। कुंवारी मारिया प्रसंग तथा वीनस और क्युपिड प्रसंग महान क्लासिकी (शास्त्रीय) प्लास्टिक प्रस्तुतियों या रचनाओं में सबसे अधिक पाई जाती हैं। प्राकृतिक दृश्य और जड़ पदार्थों का चित्रण दूसरे प्रकार की समस्याएं सामने रखता है। 'मदर अर्थ', 'मदर सी' तथा 'ओल्ड मैन रिवर' हमें आवेष्टित मनोवैज्ञानिक कारकों के संकेत प्रदान करते हैं। *पितृभूमि* या *फादरलैंड* तथा *मातृदेश* या *मदर कन्ट्री* अवश्य ही काव्यात्मक अभिव्यक्तियां हैं, लेकिन वे बहुत प्रारंभिक एकात्मीकरणों (आइडैन्टिफिकेशन्स) पर आधारित धारणाएं (इमेजेज) हैं। हम सभी का मूलभूत पर्यावरण मां का गर्भ था।

5. दर्शकगण

कलाकार अपने आंतरिक द्वंद्वों को कला की रचना में कुछ-कुछ विकृत रूप में प्रोजेक्ट या प्रक्षेपित करता है और इसलिए उन्हें घटा देता है। दर्शक तोड़े-मरोड़े रूप को अंतःक्षेपित (इन्ट्रोजॅक्ट) करता है या नायक के साथ अपना एकात्मीकरण (आइडैन्टिफाई) करता है और इस ढंग से अपने इसी के समान द्वंद्वों का निराकरण करता है। कला की सर्वव्यापकता, द्वंद्व की सर्वव्यापकता में है। कला का रसास्वादन इस प्रकार जीवन को अधिक सहनीय बनाता है और समृद्ध करता है।

जिस प्रकार स्विंग को संगीत कला की रचना की प्रकृति का उदाहरण देने के लिए भली प्रकार से अनुकूलित किया गया था, उसी प्रकार चलचित्रों को दर्शकगण पर कला के प्रभाव का स्पष्टीकरण करने के लिए लिया जा सकता है। चलचित्र मुख्य रूप से विषमलिंगी के साथ, लेकिन पुनः विवाह पूर्व और इसलिए कुण्ठित, जनन संबंधी

(जैनाइटल) द्वंद्वों से संबंधित हैं। इन द्वंद्वों का जीवन में विवाह या सगाई के द्वारा निराकरण हो जाता है तथा सुखद अन्त लगभग सदैव ही विवाह की वेदी पर होता है। स्वाभावतः, इडीपस स्थिति और विद्वेष (होस्टिलिटी) निस्संदेह निश्चित भूमिका निभाते हैं। चलचित्र देखने वाला नायक के साथ अपना एकात्मीकरण करता है और अपना विद्वेष खलनायक के ऊपर प्रक्षेपित करता है। यह बहुत स्पष्ट है कि इसे प्रमाणित करने की आवश्यकता बहुत ही कम होती है। कला के ऐसे सर्जन जैसे-जैसे मदिरापान के गीत तथा गंदे तुक्तक भी अचेतन कामवृत्यात्मक (लिबिडिनल) तथा आक्रमणशील प्रवृत्तियों (अर्जेज) की भूमिका का संकेत करते हैं। ला बैर ने मनोविश्लेषिक दृष्टिकोण से इस साहित्य का विशेष अध्ययन किया है।

महान कला के लिए दर्शककण उन्हीं कारणों से अधिक सीमित होते हैं जिन कारणों से महान कला की रचनाएं अधिक सीमित होती हैं। कलात्मक कार्य में विकृति, कृत्रिमता तथा अनूठापन जितना अधिक होता है, व्यक्ति अपेक्षित एकात्मीकरण और प्रक्षेपण उतना ही कम करते हैं। जैसा कि हम पहले भी देख चुके हैं अत्यधिक कला कम लोगों को समझ में आती है, और इसलिए अपना सामाजिक महत्व खो देती है।

6. विज्ञान और दर्शन की अभिप्रेरणा

यह कोई अप्रत्याशित घटना नहीं है कि इमैनुअल कांट ने निरपेक्ष आदेशक की अभिधारणा की और वे हमेशा के सबसे अधिक बाध्यताग्रस्त चरित्रों में से एक थे। कांट के नीतिशास्त्र (एथिक्स) का केन्द्रीय बिन्दु यह है कि नैतिकता एक जन्मजात विवेक से परिचालित होती है जो व्यावहारिक कारण के एक भाग के रूप में नैतिकता से व्यवहार करने की आवश्यकता का आदेश देता है। निस्संदेह अब हम यह जानते हैं कि विवेक या अन्तःकरण वस्तुतः अन्तःक्षेपित निषेधों (इन्ट्रोजैक्टिड प्रौहिबिशन्स) तथा पराहम् के रूप में माता-पिता की अपेक्षाओं से बना है। अध्याय-XVIII में हमने देखा कि कैसे बाध्यताग्रस्त तंत्रिकातापी का एक विशिष्ट रूप से तीव्र विवेक और पराहम् होता है तथा उसके तंत्रिकातापी संघर्ष इसके (विवेक के) और उसकी अचेतन शैशवीय इच्छाओं के बीच होता है, जो मुख्य रूप से गुद काल के अन्त से आता है। कांट का जीवन अत्यधिक निषेधों और बाध्यताओं से बना था। उसका पराहम् बहुत शक्तिशाली रहा होगा। कांट का दर्शन उसके न्यूरोसिस से उत्पन्न होता है यह तथ्य किसी भी तरह, उस समय के लिए उसके दर्शन की वैधता और संस्कृति को विभ्रान्त नहीं करता। बल्कि मनोविश्लेषक भी अचेतन द्वंद्वों से अभिप्रेरित होते हैं। फ्रायड स्वयं एक वृद्ध पिता और युवा माता के पुत्र थे और उन्होंने बहुत तीव्र इडीपस द्वंद्व भोगा होगा और यही बात हो सकती है जिसने उन्हें अपने बाद के दिनों में अपना सिद्धांत प्रतिपादित करने योग्य बनाया। हम पहले ही न्यूटन के विदलनाभ (शिजॉइड) चरित्र का उल्लेख कर चुके हैं : न्यूटन में भी बहुत से बाध्यता विशेषक (ट्रेट) थे। कार्ल मार्क्स ने अपने विवादी लेखों में

सुनिश्चित गुद परपीड़न के चिह्न प्रदर्शित किए। फ्रेडरिक एन्गेल्स अपने वर्ग की महिला के साथ यौन संबंध में प्रवेश करने में असमर्थ थे और असंदिग्ध रूप से एक अनसुलझे इडीपस द्वंद्व से पीड़ित रहे। एक समूह उद्योगपति का पुत्र होते हुए भी सर्वहारा वर्ग के साथ उनका एकात्मीकरण (आइडैन्टिफिकेशन), अपने पिता के प्रति उनके विद्वेष, संस्थापित प्रभुत्व के प्रति उनके भय, और एक पददलित होने की उनकी अचेतन भावना को प्रकट करता है।

वैज्ञानिक जिन 'तथ्यो' को स्वयं में उघाड़ते हैं केवल वे तथ्य ही नहीं, बल्कि विज्ञान में क्षेत्र का चयन भी मनोवैज्ञानिक द्वारा निर्धारित होता है। कार्ल मैनिंजर (1940) शीघ्र ही मेडिकल व्यवसाय के बीच विशिष्टताओं के चयन के बारे में एक रोचक लेख प्रकाशित करेंगे। हैल्महोज़ अस्थमा के रोगी थे जिन्होंने मनोविज्ञान के क्षेत्र में काम करने के लिए भौतिकी छोड़ी । डार्विन, एक अर्धशक्त, ने जीव-विज्ञान में अपना जीवन व्यतीत किया। शल्यचिकित्सा एक रास्ता है जिसके द्वारा परपीड़न कामुकता को सामाजिक दृष्टि से उदात्तीकृत किया जा सकता है। मनोवैज्ञानिक स्वयं प्रायः बड़ी मात्रा में तंत्रिकातापी द्वंद्व रखने वाले व्यक्ति होते हैं जिनकी मनोविज्ञान में रुचि स्वयं अपने में उनकी अभिरुचियों का एक प्रक्षेपण मात्र होती है।

कला में, अचेतन द्वंद्वों की विषय-वस्तु, रूप की कृत्रिमता के द्वारा विकृत हो जाती है और इस प्रकार विकृत होती है कि दमित इच्छाएं अनुभव की जा सकती हैं। विज्ञान कला से केवल एक विषय भिन्न होता है। कृत्रिमता परिष्कृत सिद्धांतों में और अनूठापन परिशुद्ध प्रयोगों में पाया जाता है, लेकिन 'मिथ्या-वर्णन या डिस्टॉर्शन' यथार्थ के साथ इच्छाओं के अनुकूलन को प्रकट करता है। इतना ही नहीं 'यथार्थ या रीएलिटी' स्वयं मनोवैज्ञानिक रूप से अनुभव के माध्यम से निर्धारित होती है। वैज्ञानिक अपने 'अचेतन द्वंद्वों' की अभिव्यक्ति एक ऐसे ढंग से करता है जो सत्य होता है अर्थात् जो प्रयोगों द्वारा सत्यापित किया जा सकता है। कलाकार अपने द्वंद्वों की अभिव्यक्ति ऐसे ढंग से करता है जो सुन्दर होता है। विज्ञान अनुभव के बारे में प्रस्तावों या समस्याओं से बना होता है जिसके लिए सुयोग्य पर्यवेक्षकों की व्यापक सहमति प्राप्त की जा सकती है। कला अनुभव की इस ढंग से अभिव्यक्ति करने से बनती है कि कुछ पर्यवेक्षक इसे सुन्दर होने के रूप में अनुभव करते हैं। लेकिन एक परिष्कृत गणितीय अनुमिति अपने में एक सौंदर्य रखती है और एक महाकाव्य अपने में थोड़ा सत्य रखता है, अतः यह भिन्नता भी सापेक्षिक है। ज्यों ही विज्ञान का एक प्रस्ताव यथार्थ के साथ अनुकूल नहीं कर सकता, वही विज्ञान की हानि होती है लेकिन ज्यों ही कला गूढ़ होती है, उसे भी हानि होती है।

इस अध्याय में, अपने उन तरीकों का अपना सर्वेक्षण पूरा कर लिया जिनसे अचेतन द्वंद्व का निराकरण होता है। मनस्तापी, तंत्रिकाताप, विकृतकामी और विकृत चरित्र की भांति, प्रतिभाशाली भी 'सामान्य' से इस तरह भिन्न होता है कि उसके स्वः के संघटक भागों में समन्वित सन्तुलन का अभाव होता है। समन्वय का यह अभाव मुख्य रूप से

अचेतन द्वंद्वों का निराकरण कर पाने में असफल होने से आता है। वैज्ञानिक दृष्टि से प्रतिभा संपन्न को समझने से उसका महत्व और योग्यता का महत्व कम नहीं होता। समस्त जीवन और वृद्धि, भौतिक और सामाजिक पर्यावरण के साथ जैविक प्राणी (ऑर्गेनिज़्म) के समायोजन की प्रक्रियाएं हैं। हम केवल आधुनिक जीवन की समृद्धि और जटिलता के लिए ही प्रतिभाशाली के ऋणी नहीं हैं; बल्कि उसके बिना कदाचित् हम सभी को संघर्ष में परास्त हो जाना पड़ेगा। प्रतिभाशाली के कार्य जीवन को केवल अधिक समृद्ध और सुखद नहीं बनाते, वे इसे संभव बनाते हैं।

संदर्भिका

कलात्मक रचनाओं और प्रतिभाशालियों के अधिकांश मनोविश्लेषण *इमॅगो* नामक पत्रिका में प्रकाशित हुए हैं। वर्तमान यूरोपीय युद्ध के प्रादुर्भाव के बाद, यह पत्रिका एच. साक्स, बोस्टन, मैसॅचुसैट्स द्वारा सम्पादित की जा रही है। यह पत्रिका गैर मेडिकल क्षेत्रों में मनोविश्लेषणवाद के उपयोग को समर्पित है। इस क्षेत्र में फ्रायड के महत्वपूर्ण अध्ययन 1924 ए, जिल्द-IV में पाए जा सकते हैं। फ्रायड के कार्य के अतिरिक्त रैन्क (1929), फिस्टर तथा प्रिन्ज़हॉर्न की रचनाएं भी महत्वपूर्ण हैं। प्रतिभा पर किए गए अध्ययनों का पुराना मनोविश्लेषिक साहित्य डूले (1916) के द्वारा संक्षिप्त किया गया है। संगीत, प्लास्टिक आर्ट, साहित्य तथा विज्ञान और दर्शन के उल्लेख निकॉल की पुस्तकों में मिलते हैं, जो एक बहुत अच्छी संदर्भिका प्रस्तुत करते हैं तथा अधिक संक्षेप में आइव्स हैन्ड्रिक में मिलते हैं।

संदर्भ

1. इन दोनों वास्तविक मामलों में हमारे पास निस्संदेह गीत लेखकों के वास्तविक द्वंद्वों के बारे में जानने का कोई रास्ता नहीं है। लेखक वस्तुतः चेतन रूप से थोड़ा बहुत (कुछ-कुछ) मनोवैज्ञानिक हो सकता है और स्वयं किसी द्वंद्व के अधीन हुए बिना दूसरों में उसकी आवृत्ति का प्रत्यक्षण कर सकता है।
2. संदर्भ लैवी के निबंध सार संक्षेप।
3. हैरी बी. लैवी, 'ए क्रिटीक ऑफ द थ्योरी ऑफ सब्लीमेशन' *साइकिएट्री,* 1939, 2, 269-270 से'।
4. मुक्त रूप से अनुवादित : 'मेरे वक्ष स्थल में दो आत्माएं निवास करती हैं।' 'किसी भी पहनावे में मैं धरती के साथ आबद्ध जीवन के दर्द को महसूस करूंगा; मैं इच्छाओं से रहित होने के लिए अभी बहुत अल्पवयस्क हूँ, मात्र खेलने के लिए बहुत बड़ी आयु का।'
5. मरसेल प्राउस्ट स्वानंस *वे,* मार्डन लाइब्रेरी, इन्क, न्यूयॉर्क 1928, पृ. 54-58 से उद्धृत।

खण्ड-5

मनोगतिकी सिद्धांत का भविष्य

अध्याय-22

प्रयोगात्मक मनोरोग विज्ञान की दिशा में

1. मनोगति विज्ञान की वर्तमान स्थिति

हम अपने मनोगतिकी सिद्धांत के अपने प्रस्तुतीकरण की समाप्ति की ओर आ गए हैं। इस अंतिम अध्याय में हम इसके वर्तमान योगदान का मूल्यांकन करेंगे और इसके भावी विकास का अनुमान लगाने का प्रयास करेंगे।

हमारा सबसे महत्वपूर्ण एकमात्र निष्कर्ष होना चाहिए कि हाल में मनोविकृति विज्ञान एक व्यवस्थित विज्ञान हो गया है। एक सुव्यवस्थित (सिस्टमॅटाइज्ड) विज्ञान वह विज्ञान है जिसमें एक एकीकृत (इन्टीग्रेटिड) सिद्धांत, समस्त तथ्य विषयक आंकड़ों (फिनॉमिनल डेटा) का इस प्रकार निगमन (डिड्यूस) करता है कि उसके निगमनों का प्रयोगात्मक या अनुभव सिद्ध तरीके से परीक्षण किया जा सके। इस अर्थ में, समस्त विज्ञानों में भौतिकशास्त्र सबसे अधिक पूर्ण रूप से और समाजशास्त्र सबसे कम व्यवस्थित विज्ञान है। निश्चित रूप से, व्यवस्थापन के मापक्रम पर मनोविकृति विज्ञान, भौतिकशास्त्र की अपेक्षा समाजशास्त्र के अधिक समीप है। अतः यद्यपि हम अभी मनोविकृति विज्ञान के पूर्णतया व्यवस्थित विज्ञान की बात तो नहीं कर सकते लेकिन निश्चित रूप से जिस ढांचे पर इसका निर्माण करना है, पिछली आधी शताब्दी में वह निर्धारित कर दी गई है। हमने देख लिया है कि इस ढांचे को विकसित करने की संभावना अधिकांशतया सिगमण्ड फ्रायड और उनके अनुयायियों के कार्य के माध्यम से पूरी हुई है।

पिछली आधी शताब्दी में व्यवस्थित होने के अतिरिक्त, मनोगतिकी विज्ञान ने प्रणाली संबंधी (मैथडोलॉजिकल) दूसरी प्रगतियां भी की हैं। ये प्रगतियां इसे समसामयिक संस्कृति के लिए विशिष्ट महत्व प्रदान करती हैं। मनोगतिकी विज्ञान मानव व्यक्तित्व की किसी भी प्रकार की अभिव्यक्तियों की रहस्यात्मक (मिस्टिकल) या ईश्वरपरक (थिओलॉजिकल) या कल्पित (रोमैंटिक) व्याख्याओं की आवश्यकता पर विजय प्राप्त करती है। मनोविकृति विज्ञान के विकास से पूर्व, सैद्धांतिक मनोविज्ञान ने गतिकी सिद्धांतों के संदर्भ में 'सामान्य' के व्यवहार का स्पष्टीकरण करने का प्रयास किया।

लेकिन जब तक प्रतिभाशाली (जीनियस) को 'उत्प्रेरित या इंस्पायर्ड' मानसिक रोगी को 'आविष्ट या पज़ैस्ड' तथा चरित्र विकृति से ग्रस्त को 'ऑर्नरी' के रूप में देखा जाता रहा, तब तक अधिकांश मानव व्यवहार वैज्ञानिक मनोविज्ञान के कार्यक्षेत्र के बाहर रहा। आधुनिक मनोविकृतिविज्ञान हमें केवल यह देखने की अनुमति ही नहीं देता कि व्यवहार के रुग्ण रूप (पैथोलॉजिक फॉर्म्स) सुनिश्चित रूप में निर्धारित होते हैं और एक निहितार्थ और मितव्ययता रखते हैं, बल्कि इन्हें व्यवहार के सार्वजनिक और सामान्य रूपों से संबद्ध करने की अनुमति भी हमें देता है। यद्यपि जो रहस्य (मिस्टिक) और रोमांच (रोमांटिक) में रुचि रखते हैं ऐसे कुछ व्यक्तियों के लिए वैज्ञानिक नियतिवाद (साइंटिफ़िक डिटर्मिनिज्म) की ओर हुई इस प्रगति को स्वीकार करना कठिन है, इस प्रगति को केवल बुद्धिवाद या तर्कवाद (रेश्नॅलिज़्म) में वृद्धि के रूप में देखा जा सकता है। व्यक्तित्व के बारे में वैज्ञानिक ज्ञान के होते हुए, कोई कारण नहीं है कि इनके महत्व को कम कर देना चाहिए या नैतिक और सांस्कृतिक आदर्शों की कोई हानि होनी चाहिए। मानव उन्नति के इतिहास को केवल बुद्धिवाद के विकास के रूप में मापा जा सकता है। अंत में, मनोगतिकी सिद्धांत स्थिर बाह्य समलक्षणी (स्टॅटिक फीनोटाइपिकल) उपागम की अपेक्षा गत्यात्मक-जीन प्रतिरूपी (डायनैमिक जीनोटाइपिकल) उपागम का प्रयोग करती है। श्रेणी सिद्धांत का स्थान क्षेत्र सिद्धांत ने ले लिया है और जैसे-जैसे यह हो रहा है, मनोगतिकी सिद्धांत प्राचीन प्रतिष्ठित विज्ञानों की प्रणाली विज्ञानपरक (मॅथेडोलॉजिकल) उपयुक्तता के समीप पहुंच रहा है।

सैद्धांतिक आधारों के मनोगतिकी पर प्रगति ने इसके व्यावहारिक प्रयोग की संभावनाओं को विशेषकर मनोचिकित्सा के क्षेत्र में बढ़ा दिया है। निस्संदेह उपचारित (ट्रीटिड) रोगियों के बारे में पूर्वानुमान (प्रॉगनॉसिस) में क्रमिक विकास हुआ है। बहुत स्वाभाविक है कि इसे लेकर आधुनिक मनोचिकित्सक गौरवान्वित हैं। अब हम असामान्य व्यक्तित्व को सैद्धांतिक रूप से समझने और मानव उपक्रमों का क्षेत्र ऐसे विस्तारित करने, जिसमें बुद्धिवाद का प्रभाव हो, में ही सक्षम नहीं रहते, बल्कि बहुत से व्यक्तियों के लिए हम जीवन को अधिक समृद्ध, दीर्घ और आनंददायक बनाने में भी सक्षम रहते हैं। प्रयोजनात्मक अर्थ में, आधुनिक मनोरोग विज्ञान का अध्ययन करने के लिए मात्र यह औचित्य ही पर्याप्त होगा। आधुनिक मनोगतिकी सिद्धांत ने कितना उपलब्ध किया है उस बारे में इतना ही है। अब हम यह पूछ सकते हैं कि वर्तमान स्थिति की प्रतिज्ञा को पूरा करने के लिए मनोगतिकी सिद्धांत को और क्या उपलब्धि करनी शेष है?

यद्यपि हम व्यक्तित्व के विकास और उत्पत्तिग्रंथ के सामान्य सिद्धांतों को समझते हैं, फिर भी विस्तारित सिद्धांतों के बारे में जानना अभी भी बाकी है। उदाहरण के लिए, हम जानते हैं कि कैसे कुंठा (फ्रस्ट्रेशन) व्यक्तित्व की विकृतियों की ओर ले जाती है, लेकिन विविध प्रकार के विशिष्ट व्यक्तित्वपरक विकृतियों के विशिष्ट हेतु विवेचन (ईशियोलॉजी) के बारे में हमारी धारणाएं अस्पष्ट हैं। कार्यात्मक मनस्ताप (फंक्शनल

साइकोसिस) मनस्तंत्रिकाताप (साइकोन्यूरोसिस), लैंगिक विकृतियां (सेक्सुअल पर्वर्ज़न्स) और चरित्र के दोषों (कैरेक्टर डिफेट्स) के विशिष्ट हेतु विवेचन को प्राप्त करने के लिए बहुत काम करना बाकी है। मानसिक रोग के 'चयन या चॉइस' की समस्या बहुत महत्वपूर्ण है। उदाहरण के लिए, होने से पहले से ही हम यह नहीं जानते क्यों एक व्यक्ति विकृत (पर्वर्स) हो जाता है और दूसरा व्यक्ति तंत्रिकातापी (न्यूरॉटिक) अथवा क्यों एक व्यक्ति मनस्तापी (साइकोटिक) हो जाता है और दूसरा व्यक्ति चरित्र संबंधी दोषों को विकसित कर लेता है। संपूर्ण मनोविश्लेषण के बाद, घटनाओं के उस क्रम की पुनर्रचना करना प्रायः संभव हो जाता है जो निश्चित रोग का कारण थीं। निस्संदेह, यहां पर संरचनात्मक कारक (कान्स्टीट्यूशनल फैक्टर्स) महत्वपूर्ण भूमिका निभाते हैं और हम अंतरंग डॉक्टरों, मनोवैज्ञानिकों और मनोविश्लेषकों के सहयोग के माध्यम से सुनिश्चित हेतु विवेचन (ईशियोलॉजी) की समस्या के बारे में पर्याप्त प्रगति करने की आशा कर सकते हैं।

दूसरे स्थान पर, हमें अपनी-अपनी सैद्धांतिक अवधारणाओं की अधिक सुनिश्चित परिभाषाओं की आवश्यकता है। हमारे द्वारा की गई मनोविश्लेषण सिद्धांत की आलोचना में, हमने देखा कि फ्रायड और उनके अनुयायियों में अतिमहान प्रतिभा के होते हुए भी बहुत सी संकल्पनाएं अस्पष्ट या अनेकार्थक हैं और वर्तमान में वैज्ञानिक परिभाषा या प्रयोगात्मक मूल्यांकन के योग्य भी नहीं है। यह आशा रखनी है कि मनोविश्लेषकों और सिद्धांतों में प्रशिक्षित मनोविज्ञानिकों में परस्पर सहयोग, मनोविकृति विज्ञान के लिए एक विश्वस्त प्रणालीपरक (मैथेडोलॉजिकल) पृष्ठभूमि प्रस्तुत करेगा।

तीसरे स्थान पर, हमें ऐसे अध्ययनों की आवश्यकता है जो विविध प्रकार के व्यक्तित्व पर नैराश्य या विफलता (फ्रस्ट्रेशन ऑर थ्वार्टिंग) की प्रदत्त मात्रा के प्रभाव को सूचित कर सकें। हमने देखा है कि जब किसी प्रदत्त व्यक्तित्व को बहुत अधिक कुंठा (फ्रस्ट्रेशन) मिलती है तो परिणामस्वरूप मानसिक असामान्यता घटित होती है। दूसरी ओर, हर हालत में एक सभ्य व्यक्ति के विकास के लिए कुंठा की एक विशिष्ट मात्रा होना आवश्यक है। हमें इस तथ्य से भटकना नहीं चाहिए कि जहां कुंठा (फ्रस्ट्रेशन) एक ओर मानसिक रोग की ओर ले जाती है वहीं दूसरी ओर मानवीय प्रतिभा की उच्चतम उपलब्धियों की ओर ले जाती है। यदि हमारे पास यह सुनिश्चित करने के मार्ग होते कि असल में निष्फलता (थ्वार्टिंग) की कितनी मात्रा अत्यधिक विविध (डायवर्सीफाइड), लेकिन फिर भी भली-भांति एकीकृत, व्यक्तित्वों का कारण होती है, तो हम कुछ ही पीढ़ियों में मनोवैज्ञानिक दृष्टि से व्यक्ति में उसी प्रकार सुधार कर सके होते जिस प्रकार कि आधुनिक कायिक चिकित्सा और शरीर स्वास्थ्य विज्ञान ने उसे शारीरिक रूप से सुधारा है। यदि सही तरीके से प्रयोग किए गए मनोरोग विज्ञान को वर्तमान सांस्कृतिक संकट पर विजय प्राप्त करने में हमारी सहायता करनी है, तो यह एक विशिष्ट रूप से महत्वपूर्ण आवश्यकता है। अपने अतिविचारशील निबंध *सिविलाइज़ेशन एंड इट्स डिस्कन्टेंन्ट* में फ्रायड इस सांस्कृतिक संकट के बारे में किंचित

निराशावादी भाव में विचार विमर्श करते हैं, लेकिन सभी मनोविश्लेषक इसके भविष्य को इतने अंधकार में नहीं देखते हैं।

चौथे स्थान पर, हमने अब तक मानसिक विकृतियों के बचाव की दिशा में बहुत कम प्रयास किया है। मनोचिकित्सा की आर्थिक लागतों के कारण, यह देख पाना बहुत आसान है कि मनोचिकित्सा मनुष्यों की बहुत बड़ी संख्या के लिए और कम से कम वर्तमान आर्थिक व्यवस्था से नीचे के लिए (समूह) उपयोगी नहीं है। इस दिशा में निस्संदेह मानसिक स्वास्थ्य आंदोलन (मैण्टल हाइजीन मूवमैन्ट) ने कुछ अच्छी शुरुआतें प्रतिष्ठित की हैं। मानव व्यवहार के मूल में निहित प्रक्रियाओं (मैकैनिज्म्स) का मात्र ज्ञान ही स्वयं में, समस्त मानसिक विकृतियों से बचाव करने की ओर निस्संदेह बहुत कुछ करता है। दूसरी ओर, यह विषय वस्तु सरल नहीं है तथा मानसिक स्वास्थ्य की दिशा में सार्वजनिक शिक्षा के प्रति दृष्टिकोण इतने बुद्धिमत्तापूर्ण नहीं हैं जितने कि होने चाहिए। इसके अतिरिक्त, यद्यपि मनोवैज्ञानिक क्षेत्र में अवरोधों (बैरियर्स) के परिचालन (मैनिपुलेशन) की सैद्धांतिक सम्भावनाएं असीमित प्रतीत होती हैं, फिर भी व्यावहारिक प्रयोजन के लिए बहुत से अवरोध निश्चित रूप से प्रतिष्ठित किए गए हैं। यह उन अवरोधों के बारे में बहुत स्पष्ट है जो आर्थिक उद्देश्यों के संबंध में उदित होते हैं। इसके अलावा कुछ धार्मिक उद्देश्यों और मनोचिकित्सक के उद्देश्यों के बीच वास्तविक विरोधाभास है। यह मानसिक स्वास्थ्य विज्ञानी के आदर्शों और चर्च के आदर्शों के बीच टकराव की ओर ले जाता है। यद्यपि कुछ व्यक्तियों का विश्वास है कि हम एक ऐसे समाज की ओर जा रहे हैं जिसमें वैज्ञानिक विश्व दृष्टिकोण पूरी तरह धार्मिक विश्व दृष्टिकोण का स्थान लेगा, तथा कुछ अन्य व्यक्ति इस प्रगति के बारे में बहुत अधिक निराशावादी हैं। मनोगतिकी सिद्धांत में अवश्य ही ऐसा बहुत कुछ है जो इस ओर संकेत करेगा कि विश्व के पूर्णतया वैज्ञानिक चित्र का अभिग्रहण करना न तो संभव है न ही अभीष्ट। इस समस्या पर भी फ्रायड ने *द फ्यूचर ऑफ एन इल्यूजन* (1928) में विचार-विमर्श किया है। फ्रायड, एक महत्वपूर्ण सामाजिक संस्था के रूप में धर्म के क्रमशः अद्योगामी होकर अलग हो जाने की, उत्सुकता से प्रतीक्षा करते हैं। लेकिन अन्य विश्लेषक जैसे आइव्ज हैन्ड्रिक इसे फ्रायड की एक इच्छाजनित धारणा या विश्वास मानते हैं।

यह हमें पांचवीं समस्या की ओर ले जाता है और आधुनिक व्यवस्थित मनोरोग विज्ञान वास्तव में अपनी प्रतिज्ञा को पूर्ण करे, इससे पूर्व इसका समाधान करना शेष है। यह समस्या, मनोवैज्ञानिक (साइकोलॉजिकल) सिद्धांत के साथ सामाजिक आर्थिक (सोशियो इकोनॉमिक) सिद्धांत के संबंध में निहित स्थित है। व्यक्ति की पुनर्संरचना की समस्याएं घनिष्ठ रूप से समाज की पुनर्संरचना करने की समस्याओं से संबंधित है। चिकित्सा मनोविज्ञान और चिकित्सा समाजशास्त्र के मध्य संबंध के बारे में हम पहले जो विचार-विमर्श कर चुके हैं उससे यह बात पर्याप्त स्पष्ट होनी चाहिए। कुछ मनोवैज्ञानिकों का विश्वास है कि गहराई में स्थित आक्रमणशील प्रकार की जैविक

प्रवृत्तियां (बायोलॉजिकल अर्जेज़) समाज के संपूर्ण पुनर्गठन को असंभव बनाती हैं। फ्रायड (1933) और उनके अधिक परंपरागत अनुयायी इस दृष्टिकोण को अपनाते हैं। अन्य जैसे कार्डिनर, फ्रैन्कवुड विलियम्स, करैन हॉर्नें (1929) तथा फैरिस और डनहम यह मानते हैं कि व्यक्ति के मनोविज्ञान में बहुत कुछ ऐसा है जो समाजशास्त्रीय तरीके से (सोशियोलॉजिकली) इतना अधिक निर्धारित होता है कि सामाजिक व्यवस्था (सोशल ऑर्डर) में निश्चित प्रबल परिवर्तन किए बिना व्यक्ति में मनोवैज्ञानिक सुधार लाना बहुत कम संभव है। सभी स्थितियों में, व्यक्ति के व्यवहार में असल में कितना समाजशास्त्रीय तरीके से और कितना मनोवैज्ञानिक तरीके से निर्धारित है, यह समस्या अभी भी अस्पष्ट बनी हुई है। वर्तमान समय में, उन व्यक्तियों की ओर अभिवृत्ति बनी हुई है जिन्होंने पहले बहुत से समाजशास्त्रीय तथ्यों को स्वीकार करने के लिए मनोवैज्ञानिक निर्धारण पर जोर दिया है या समाजशास्त्रीय निर्धारण के लिए मनोवैज्ञानिक तथ्यों पर हमारे पास यह मानने के लिए अच्छे कारण हैं कि मानव संबंधों का आधारभूत विज्ञान भविष्य में सामाजिक-मनोवैज्ञानिक-जैविक (सोशियो-साइको-बायोलॉजी) होगा। इस पुस्तक में स्थान का अभाव हमें समाजशास्त्र और मनोविज्ञान के बीच संबंधों की महत्वपूर्ण समस्याओं पर विचार करने की अनुमति नहीं देता। फिर भी, हमें यह बताना पड़ेगा कि इस बात की बहुत संभावना है कि नवीन मनोवैज्ञानिक सिद्धांतों का वस्तुतः सफलतापूर्वक उपयोग करने के लिए चिकित्सा समाजशास्त्र (मेडिकल सोशियोलॉजी) के एक विज्ञान का विकास करना आवश्यक होगा। वर्तमान समय में समाजशास्त्रीय नियमों के ज्ञान के अभाव के कारण चिकित्सा मनोविज्ञान (मेडिकल साइकोलॉजी) का उपयोग उसी प्रकार रुक गया है जिस प्रकार कुछ वर्ष पूर्व मनोवैज्ञानिक नियमों के ज्ञान के अभाव के कारण आंतरिक चिकित्सा (इंटर्नल मेडिसिन) के उपयोग को क्षति पहुंची थी। इस विषय सामग्री में हम न तो आधुनिक मनोरोग विज्ञान के प्रयोग के सामाजिक मनोवैज्ञानिक पहलुओं पर ध्यान दे सकते हैं और न ही हम मनोविज्ञान और अर्थशास्त्र के बीच संबंधों की विवेचना कर सकते हैं।[1] बचे हुए अध्याय का संबंध इस बात से रहेगा कि हम किस प्रकार मनोविज्ञान और मनोरोग विज्ञान के क्षेत्र में अपने ज्ञान को सबसे अच्छे तरीके से आगे बढ़ा सकते हैं।

हम पूछ सकते हैं, समसामयिक मनोरोग विज्ञान की कमियों को कैसे दूर किया जा सकता है? हम मनोविश्लेषण विधि के द्वारा सतत् और अधिक विस्तार से किए गए (रोगी) व्यक्ति अध्ययनों (केस स्टडीज़) के लिए आशा कर सकते हैं। मनोरोग विज्ञान के बारे में हम जो कुछ भी जानते हैं उसका प्रधान केन्द्रक प्राथमिक रूप से फ्रायड और उनके अनुयायियों की मनोविश्लेषण संबंधी जांच पड़तालों से आता है। फिर भी, भविष्य के व्यक्ति अध्ययन के लिए, ठीक ही, चरित्र विज्ञान संबंधी (कॅरॅक्टरोलॉजिकल) जांच, प्रायोगिक मनोरोग विज्ञान संबंधी (एक्सपैरीमेन्टल साइकोपैथोलॉजिकल) छानबीन और औषधशास्त्र संबंधी (फार्मोकॉलॉजिकल) जांचों को एक साथ प्रारंभ किया जा सकता है। मात्र विस्तार से किए गए अध्ययन भी, हमें उससे अधिक कुछ बताने की आशा

नहीं कर सकते जितना कि हम उनसे पहले ही जान चुके हैं। व्यक्ति अध्ययनों के क्षेत्र को भी पर्याप्त बढ़ाया जाना चाहिए और व्यवहार विकृतियों की बहुत सी ऐसी श्रेणियों में विस्तार से किए गए मनोवैज्ञानिक अध्ययनों की आवश्यकता है जहां वर्तमान समय में केवल कुछ अध्ययन ही उपलब्ध हैं। कायिक रोगों के क्षेत्र में, बुढ़ापे के क्षेत्र में, चरित्र विकृतियों के क्षेत्र में किए गए अध्ययनों को इस प्रकार बहुत मूल्यवान सिद्ध होना चाहिए।[2] एलेक्जेण्डर ने अपने निबंध 'साइकोएनालिसिस कम्स ऑफ ऐज' में मनोविश्लेषणवाद के कम निरपेक्ष होने की आवश्यकता की ओर हमारा ध्यान आकर्षित किया है।

हमें दूसरे स्थान पर, संरचना (कॉन्सीट्यूशन) और चरित्र की जांच करने वाली प्रविधियों के अधिक सुनिश्चित विकास के माध्यम से, ज्ञान वृद्धि की आशा करनी चाहिए। यह आशा की जाती है कि चरित्र संबंधी (कैरेक्टरॉलॉजिकल) अध्ययन और जांच की प्रविधियां मनोविकृति, तंत्रिका-रोग, कामविकृतियों और चरित्र विकार (साइकोसिस, न्यूरोसिस, पर्वर्सन और कैरेक्टर डिस्ऑर्डर) पर पर्याप्त प्रकाश डालेंगी। लेखक का यह विश्वास है कि, विश्लेषकों की भांति चरित्र विज्ञानी भी एक दूसरे के विचारोत्तेजक नियंत्रणों के बिना लाभदायक तरीके से और आगे तक कार्य नहीं कर सकते। विशेष रूप से यह आशा की जाती है कि क्रॅशमर जैसे देह गठन पर किए गए और युग की भांति व्यक्तित्व प्रभेदों पर किए गए अधिक सुनिश्चित अध्ययन और दूसरे अध्ययन भी मनोविश्लेषणवादी अध्ययनों के साथ समन्वित किए जाएंगे।

तीसरे स्थान पर, तुलनात्मक मनोरोग विज्ञान के अध्ययन के द्वारा निस्संदेह मनुष्यों के मनोरोग विज्ञान के बारे में पर्याप्त ज्ञान प्राप्त किया जा सकता है। हम देखेंगे कि मानव मनोविज्ञान के लिए, अवनरवानरगण (इन्फ़्राप्राइमेट्स) के मनोविज्ञान के निहितार्थों की निश्चित सीमाएं हैं। इनमें सबसे अधिक उल्लेखनीय सीमाएं ऐसे सामाजिक संगठन के अभाव के कारण हैं जो इंफ्राप्राइमेट्स के बीच में मानवों के रहने से बने सामाजिक संगठन के समान होगा। चूंकि अब यह स्वीकार कर लिया गया है कि मनुष्यों की इतनी अधिक मानसिक विकृतियां सामाजिक रूप से अनुकूलित होती हैं और चूंकि चूहों के पास, उदाहरणार्थ, शब्द के मानवोचित अर्थ में न तो समाज होता है और न ही पराहम् (सुपरईगो), यह सीमाएं प्रत्यक्ष होंगी। दूसरी ओर, ऐसी कृत्रिम परिस्थितियां उत्पन्न करना बहुत संभव है जिनमें पशु एक निश्चित प्रकार के नैराश्य (फ्रस्ट्रेशन) का सामना करेंगे और जिनमें व्यवहार संबंधी विकृतियों का 'पशु समानार्थक या ऐनीमल इकुईवेलैन्ट' निस्संदेह विकसित होते हैं। हम शीघ्र ही इस समस्या पर लौटेंगे।

समस्या पर आक्रमण करने का सबसे अधिक आशाजनक तरीका एक प्रयोगात्मक मनोरोग विज्ञान का विकास करने में निहित है। प्रयोगात्मक मनोरोग विज्ञान (एक्सपैरीमैन्टल साइकोपैथोलॉजी) का अर्थ है, निश्चित रूप से और सावधानीपूर्वक नियंत्रित परिस्थितियों में वास्तविक प्रयोग करना जिनमें असामान्य प्रयोज्य (सब्जैक्ट्स)

तथा सामान्य नियंत्रण (नॉर्मल कंट्रोल्टस) दोनों ही भाग लें। पिछले दशक के दौरान प्रयोगात्मक मनोरोग विज्ञान पर किए गए कार्य बहुत शीघ्रता से विकसित हुए हैं। प्रयोगात्मक मनोरोग विज्ञान के विकास वुंट और क्रैपलिन दोनों के द्वारा उन्नीसवीं सदी के अंतिम दशक में सुझाया गया था। इस क्षेत्र में मनोश्चिकित्सकों और मनोवैज्ञानिकों, दोनों ने प्रयोग किए हैं लेकिन इन दोनों के बीच आवश्यक सहयोग हाल ही में हुआ है। प्रारंभिक प्रयोग, चिकित्सकीय विधि (क्लिनिकल मैथड) के द्वारा की गई लाभदायक खोजों की तुलना में काफी निष्फल थे और प्रारंभिक क्लिनिक विधियों में निश्चित प्रयोगात्मक आलोचना का अभाव था। आज हमारे पास प्रयोगात्मक मनोरोग विज्ञान के विज्ञान की सुनिश्चित शुरुआतें हैं क्योंकि बहुत सी विश्वविद्यालय प्रयोगशालाएं और चिकित्सालय स्वयं को इन अध्ययनों में लगा रहे हैं। शेष अध्ययन में हम उन क्षेत्रों का सारांश देंगे जिनमें ऐसे कार्य प्रारंभ किए गए हैं।

2. प्रयोगात्मक मनोरोग विज्ञान की पूर्वापेक्षाएं

प्रयोगात्मक मनोरोग विज्ञान को खोज के उस अनुक्रम में आगे बढ़ना चाहिए जो पुराने और अधिक प्रतिष्ठित विज्ञानों में सबसे अधिक सफल सिद्ध हुआ है। दूसरे शब्दों में, इसे जहां तक संभव हो, एक हाईपोथॅटिको-डिडक्टिव विधि का उपयोग करना चाहिए। हाईपोथॅटिको डिडक्टिव विधि निस्संदेह समस्या को हाथ में लेने के क्षेत्र सैद्धांतिक तरीके का आधार है और इसलिए सिद्धांत को क्षेत्रीय सिद्धांत पर आधारित होना चाहिए। यह विशेष रूप से आवश्यक है क्योंकि आधुनिक मनोचिकित्सा का सिद्धांत मूल में निहित गत्यात्मक और जीन प्ररूपी प्रक्रियाओं के साथ संबंध रखने की ओर अधिक से अधिक प्रवृत्त होता है। चूंकि हमने पहले ही देख लिया है कि मनोविश्लेषण सिद्धांत हाइपोथैटिको-डिडक्टिव विधि का उपयोग करता है और एक क्षेत्र सिद्धांत है, अतः मनोविश्लेषणवादी संकल्पनाओं की प्रयोगात्मक जांच-पड़ताल एक बहुत अच्छा प्रारभिक बिन्दु होगा। इस अध्याय में बताएंगे कि यह बहुत से प्रयोगात्मक क्षेत्रों में तथा सबसे अधिक विशेष रूप से स्थान वैज्ञानिक (टॉपोलॉजिकल) मनोविज्ञान के क्षेत्र में संभव है। उदाहरण के लिए, प्रारंभिक प्रयोगात्मक कार्य जो वुंट तथा क्रैपिलिन के सहयोग से हुए, वे मुख्य रूप से लक्षणों (सिम्पटम्स) के निश्चित मापन और चित्रण से संबंधित था। यह निश्चित रूप से सत्य है कि लक्षणों का मापन मनोवैज्ञानिक प्रयोगशाला की सही विधियों के द्वारा किया जाना महत्वपूर्ण है और वास्तविक मनोश्चिकित्सीय व्यवसाय (पेशे) में यह उतना नहीं किया गया है जितना कि किया जाना चाहिए। बुद्धि परीक्षणों, स्मृति परीक्षणों और साहचर्यों की जांच-पड़ताल करने वाले साधनों (डिवाइसिज़) के व्यापक प्रयोग के बावजूद प्रशिक्षित प्रयोगशाला मनोवैज्ञानिक के द्वारा रोगी की जांच केवल विशिष्ट मानसिक चिकित्सालय में की जाती है, लेकिन जब लक्षणों (सिम्पटम्स) की प्रयोगात्मक जांच महत्वपूर्ण है और इनके उपयुक्त विचारा के अभाव के कारण खेद

प्रकट किया जाना चाहिए, ऐसी प्रयोगात्मक प्रविधियों का विकास जो मूल में निहित गत्यात्मक प्रक्रियाओं की जांच करेंगी, कहीं अधिक फलवान होगा। इस अध्याय में जैसे-जैसे हम आगे बढ़ते हैं, हम उस कार्य को थोड़ा देखेंगे जिसे इस दिशा में कार्य करके उपलब्ध किया है। यहां हम कह सकते हैं कि रिपोर्ट किए गए कार्य में से अधिकांश कार्य, अपनी वैज्ञानिक अकाट्यता की दृष्टि से क्षेत्र सिद्धांती (फ़ील्ड थ्योरिटिकल) कहलाए जाने में असफल रहते हैं। जबकि विवरणात्मक वर्गीकरण को सदैव क्रमबद्ध व्याख्या से पहले आना चाहिए और जबकि लाक्षणिक सतही व्यवहारों का अतिसावधानी से किया गया चित्रण आवश्यक है, अब समय आ गया है व्यक्तित्व की गत्यात्मक संरचना का मापन और चित्रण करने के लिए प्रयोगात्मक विधियों को प्रस्तुत करने का प्रयास किया जाए।

क्षेत्र-सिद्धांत यह अपेक्षा रखता है कि सैद्धांतिक अन्वयों के, आलोचनात्मक प्रयोग के परीक्षण तक लाया जाए। प्रयोगात्मक मनोरोग विज्ञान उपयुक्त विधियों का विकास करने में इतना धीमा क्यों रहा है, उसके मुख्य कारणों में से एक कारण यह है कि परिशुद्धता के हित में मनोवैज्ञानिकों ने संवेगात्मक प्रक्रियाओं के केवल बहुत सतही पहलुओं की जांच की है। हमारे पास बहुत सी प्रयोगात्मक प्रविधियां हैं जिनका उपयोग संवेग के साथ संबद्ध शारीरिक परिवर्तनों को रिकार्ड करने में किया जा सकता है, लेकिन कुल मिलाकर केवल बहुत कृत्रिम परिस्थितियों में इन्हें प्रयोग में लाया गया है। अतः परिणाम सुनिश्चित लेकिन निष्फल रहे हैं। जिस प्रकार सिद्धांतों का उपयुक्त होना महत्वपूर्ण है उसी प्रकार उससे भी महत्वपूर्ण है उपयुक्त प्रयोगात्मक स्थितियों में उनका प्रयोग किया जाना, चयनित स्थितियां वास्तविक जीवन परिस्थितियों के बहुत समीप होनी चाहिए जिससे कि संवेगों का ढोंग या नाटक करने के स्थान पर, वास्तविक और असली संवेगों को अस्तित्व में लाया जा सके। उदीप्त और अभिनय संवेगों की अपेक्षा वास्तविक और यथार्थ संवेगों को अस्तित्व में लाए गए हैं। इसका अर्थ यह नहीं है कि प्रयोगशाला में संवेगात्मक परिस्थिति की तीव्रता को वास्तविक जीवन परिस्थितियों की तीव्रता से समानता करनी है, जैसा कि लैविन (1935) और डॅम्बो ने दिखाया है कि प्रयोगशाला में संवेगात्मक परिस्थितियों को उत्पन्न करना बहुत सरल है। वास्तविक जीवन परिस्थितियों का उपयोग करने के महत्व को कुछ विद्यमान साहित्य का संदर्भ देकर सहज ही दिखाया जा सकता है। इस प्रकार, सम्मोहन (हिप्नॉसिस) के प्रारंभिक अध्ययनों में यह पाया गया है कि सम्मोहित प्रयोज्य (हिप्नॉटाइज़्ड सब्जेक्ट्स) वास्तविक चीजों की तुलना में खेलने की वस्तुओं के साथ, भिन्न तरीके से व्यवहार करते थे। संवेगों पर किए गए अधिकांश प्रयोगशाला अध्ययन अनुपयुक्त रहे हैं क्योंकि प्रयोज्य को मालूम था कि इनसे संवेगात्मक व्यवहार का विकास करना अपेक्षित था। एक ऐसा ही दोष संवेगात्मक स्थिति के अध्ययन का प्रयास करने के लिए किए गए आत्मविश्लेषी अध्ययनों में पाया गया है। जब व्यक्ति इतना विवेकपूर्ण व्यवहार करता है कि अपने संवेगों का आत्मविश्लेषण कर सके तो प्रायः आत्मविश्लेषण करने के लिए बहुत कम

संवेग बचा रहता है। प्रयोगशाला परिस्थिति के अंदर वास्तविक संवेगात्मक प्रतिक्रियाओं को उत्पन्न करने के लिए विविध प्रकार के साधन उपलब्ध हैं। यह प्रायः व्यक्ति को किसी लक्ष्य के संबंध में निराश (फ्रस्ट्रेट) करके किया जाता है जिससे कि व्यक्ति के यह जाने बिना ही कि प्रयोग का संबंध प्राथमिक रूप से संवेग से है, संवेग उत्पन्न हो जाता है। इस प्रकार ही स्थिति के साथ, लैविन और उसके विद्यार्थियों द्वारा मार्गदर्शक कार्य किया गया है।

प्रयोगों के द्वारा प्राप्त परिणामों की व्याख्या *स्थानांतरण परिस्थिति* (*ट्रान्सफरैन्स सिचुएशन*) के संबंध में की जानी चाहिए। वस्तुतः, मानव प्रयोज्यों पर किए गए ऐसे प्रत्येक प्रयोग के साथ यह महत्वपूर्ण है जिसमें प्रयोगकर्ता प्रयोगात्मक प्रयोज्य के साथ आमने-सामने संपर्क में आता है और इस तरीके से यह सभी पर लागू होता है या (इस तरह कह सकते हैं कि) मनुष्यों पर किए जाने वाले लगभग समस्त मनोवैज्ञानिक कार्य पर लागू होता है। फिर भी मनोविकृतिग्रस्त (साइकोपैथोलॉजिकल) प्रयोज्यों पर कार्य करते समय यह विशेष रूप से महत्वपूर्ण है क्योंकि रोगी सदैव प्रयोगकर्त्ता के पास उसी तरह आता है जैसे कि नए चिकित्सक के पास आता है। प्रयोज्य के लिए प्रयोगकर्त्ता, पर्याप्त मात्रा में सकारात्मक या नकारात्मक स्थानांतरण मूल्य रखता है और इसलिए आरंभ से ही रोगी के मनोवैज्ञानिक क्षेत्र में एक विशिष्ट कारक प्रविष्ट कर जाता है। स्थानांतरण का यह कारक निस्संदेह प्रयोग के परिणामों का मूल्यांकन करना अधिक कठिन बना देता है पर किसी भी तरीके से यह एक प्रयोगात्मक मनोरोग विज्ञान की संभावना को अमान्य नहीं करता। तथापि, स्थानांतरण परिस्थिति पर सोच-विचार करने में विफलता, परिणामों की व्याख्या को प्रायः पर्याप्त अमान्य कर देती है।

स्थानांतरण पर सोच-विचार करने के अतिरिक्त, प्रयोज्य के रोग के निकटतम विगत इतिहास पर ध्यान देना चाहिए और रोग के चित्र की तीव्रता और पुरानापन सावधानीपूर्वक नोट करना चाहिए। असामान्य रोगियों पर क्यों इतने कम प्रयोग सफलतापूर्वक हो पाए हैं इसके मुख्य कारणों में से एक कारण निस्संदेह यह है कि प्रयोगात्मक मनोवैज्ञानिक में यह प्रवृत्ति होती है कि वे किसी विशिष्ट श्रेणी में निदान (डायग्नोस) किए गए सदस्यों को एक साथ समूह में एकत्र कर लेता है। जो थोड़ा भी नैदानिक मनोश्चिकित्सीय अनुभव रखता है उसे ऐसा करने से होने वाले खतरे को समझना चाहिए। यदि कोई मात्र एक रोग खंडित मनस्कता (स्काईजोफ्रीनिया) लेता है तथा पूर्व-विदलनाभ (प्रीशिजॉइड) व्यक्तित्व की तुलना रोग की गंभीर अभिव्यक्यियों के साथ, रोग की चिरकालिक (क्रॉनिक) अभिव्यक्तियों के साथ और स्वास्थ्य लाभ के समय के साथ करता है, तो उसे लक्षणों (सिम्पटम्स) और व्यवहार विशेषकों (बिहेवियर ट्रेट्स) में आश्चर्यजनक विभिन्नता दिखाई देती है। इन समूहों को एक साथ मिलाना और उन पर किए गए प्रयोगों के परिणामों का औसत निकालना, कभी भी किसी अंतर्निहित गत्यात्मक प्रक्रिया की सही तस्वीर नहीं देता। इसी प्रकार, परिणामों को तालिकाबद्ध करने में यदि कोई उन्मादी-अवसादी मनस्ताप (मैनिक-डिप्रैसिव

साइकोसिस) के उन्मादी (मैनिक) और अवसादी (डिप्रैसिव) पक्षों को पृथक् किए बिना उनकी तुलना करता है, तो बहुत से व्यक्तिक व्यवहार विशेषक और अभिलक्षण वर्णन, निस्संदेह बहुत सामान्य प्रतीत होंगे। इस प्रकार, कोई कह सकता है कि प्रयोगात्मक मनोरोग विज्ञान की समस्याओं के श्रेणी-सिद्धांतिक उपगमन के मुख्य दोषों में से एक है, व्यक्तित्व की सुस्पष्ट क्षणिक संरचना की उपेक्षा करना। इसके अतिरिक्त जटिलता इस तथ्य से उत्पन्न होती है कि साइकिएट्रिक रोगियों पर किए गए अधिकांश प्रयोग एक संस्था में किए गए हैं। हमें याद रखना चाहिए कि हम उन व्यक्तियों पर विचार कर रहे हैं जो एक विशेष प्रकार के पर्यावरण में स्थित हैं। इसका अर्थ यह है कि इन व्यक्तियों के स्वतंत्र व्यवहार का क्षेत्र, संस्थाओं के बाहर तथाकथित सामान्य समूहों के क्षेत्र की तुलना में, बहुत अधिक सीमित है। प्रायः व्यक्ति की प्रतिक्रिया को संस्था के संबंध में देखना आवश्यक होता है।[3] इसके अतिरिक्त, व्यक्ति अत्यधिक सुव्यवस्थित दिनचर्या का जीवन व्यतीत कर रहा है तथा विशिष्ट परीक्षणों में भाग लेने की अपेक्षाओं का अनुभव इनके लिए जितना मानसिक आघात पहुंचाने वाला होगा उतना ऐसी कोई प्रविधि सामान्य प्रयोज्यों को सदमा पहुंचाने वाली नहीं होगी। व्यक्ति परीक्षण की परिस्थिति में स्वेच्छा से आया है या अनिच्छा से, यह बहुत महत्वपूर्ण है। बहुत से रोगी मनोवैज्ञानिक परीक्षण में भाग लेने को अपनी वर्तमान मानसिक स्थिति से संबंधित संभावित परीक्षण के रूप में देखते हैं जो उनके पक्ष में या उनके विरुद्ध प्रयोग किया जा सकता है। यह चित्र को और जटिल बना देता है। यह सभी जटिलताएं विशिष्ट नियंत्रणों के विकास को आवश्यक बनाती हैं। फिर भी, जब ये उलझाने वाले कारक नियंत्रित कर लिए जाते हैं तो इसका कोई कारण नहीं कि संस्थागत रोगी पर प्रयोग क्यों नहीं किया जाना चाहिए। चूंकि हम महसूस करते हैं कि संस्थागत रोगी मानव व्यक्तित्व की संरचना का विशिष्ट असंतुलन प्रदर्शित करते हैं, हमारे पास यह धारणा बनाने का अच्छा कारण है कि ऐसे विशिष्ट नियंत्रणों को हाथ में लेने पर लगाया गया समय उत्कृष्ट रूप में सार्थक है। इस प्रकार संक्षेप में, प्रयोगात्मक मनोरोग विज्ञान को उन सभी कारकों पर विचार करना चाहिए जिनका हमने अभी उल्लेख किया है। इसे हाइपोथैटिको-डिडक्टिव विधि पर आधारित होना चाहिए और क्षेत्र सिद्धांती संकल्पनाओं का उपयोग करना चाहिए। जिन आलोचनात्मक प्रायोगिक परिस्थितियों का उपयोग किया जाना है वह जीवन की यथार्थ परिस्थितियां होनी चाहिए तथा समग्र एकीकृत व्यवहार से संबंधित होनी चाहिए। स्थानांतरण परिस्थिति पर विचार किया जाना चाहिए और रोगी के संस्थानीकरण से उठने वाली जटिलताओं को भी ध्यान में रखना चाहिए।

इस अध्याय के आगामी भागों में, हम बहुत संक्षेप में उन प्रयोगात्मक विधियों को प्रस्तुत करेंगे जो प्रयोगात्मक मनोरोग विज्ञान के विकास की आशा दिलाती हैं। प्रयोगात्मक प्रविधियां अक्सर इतनी जटिल होती हैं और तथ्यात्मक परिणाम इतने विस्तारित होते हैं कि इनमें से किसी का भी उपयुक्त प्रस्तुतीकरण इस पुस्तक के लिए

निर्धारित सीमाओं में करना असंभव है। अतः हमारा सर्वेक्षण प्रयोगशाला संबंधी निर्देशों की नियमावली या पहले से प्राप्त परिणामों का अमूर्त संक्षिप्त विवरण की अपेक्षा, इस नियम का प्रणालीपरक परिचय देने का प्रयास करेगा। समस्या पर आक्रमण करने के प्रत्येक तरीके का मूल्यांकन, उसके मनोगतिकी सिद्धांत के लिए संभावित योगदान के संबंध में किया जाएगा और तकनीकी और तथ्यात्मक विवरणों के संदर्भ अधिक विस्तार से दिए जाएंगे। केवल वे प्रविधियां प्रस्तुत की जा सकती हैं जिनकी प्रकृति मनोवैज्ञानिक है। इसका अर्थ यह है कि शरीर क्रिया विज्ञान संबंधी और औषधि विज्ञान संबंधी साहित्य के काफी बड़े भाग को हमें छोड़ना होगा। आगामी अंशों का एकमात्र उद्देश्य मनोविज्ञान और मनश्चिकित्सा, दोनों के विद्यार्थियों को समस्या पर आक्रमण (कार्य) करने के संभावित तरीकों का एक सर्वेक्षण प्रदान करना और इस प्रकार इस महत्वपूर्ण क्षेत्र में आगे जांच-पड़ताल करने के लिए उन्हें संभवतया प्रोत्साहित करना है।

विभिन्न विधियों के बारे में हमारे विचार-विमर्श में आदि से अंत तक विशिष्ट अध्ययनों के संदर्भ दिए जाएंगे। फिर भी, कुछ प्रकाशन प्रयोगात्मक मनोविज्ञान के सामान्य क्षेत्र को निहित करते हैं और हम पहले उनका उल्लेख करेंगे। ऐसी कुछ पुस्तकें हैं जो प्रयोगात्मक मनोरोग विज्ञान पर विचार करती हैं तथा विस्तृत साहित्य के सारांश प्रस्तुत करती हैं। ग्रॅगर की *एक्सपैरीमैंटल साइकोलॉजी*, जो 1910 में प्रकाशित हुई, इस प्रकरण पर लिखी गई पहली पुस्तक है और जर्मनी की प्रयोगशालाओं और चिकित्सालयों में उस समय तक किए समस्त कार्य का उत्कृष्ट सारांश देती है। इस पुस्तक का पाठक यह याद रखेगा कि यह पुस्तक मुख्यतया लक्षणों के मापन और सुनिश्चित विवरण से संबंध रखती है। हॅमिल्टन की *आब्जैक्टिव साइकिएट्री* इसके बाद प्रकाशित हुई पुस्तक है जो मनोचिकित्सा को वस्तुनिष्ठ और प्रयोगात्मक विधियों में परिणत करती है। यह पुस्तक इस देश में (अमरीका) नूतन प्रयोगों को प्रोत्साहित करने में बहुत प्रभावशाली रही है। डी.ई. कॅमरॉन की *एक्सपैरीमैण्टल एण्ड ऑब्जैक्टिव साइकिएट्री* मनोविज्ञानिक के अतिरिक्त शरीर क्रिया विज्ञान और औषधशास्त्र संबंधी कार्य विकसित करती है। खंडित मनस्कता (स्काइजोफ्रीनिया) पर किया गया कार्य का संक्षिप्तिकरण एन.डी.सी. लैवीस की इस विषय पर लिखी गई पुस्तक में किया गया है। जे. मॅकूवी हण्ट (1936) ने अंग्रेजी में प्रतिवेदित विकृत रोगियों पर, 1936 में किए गए समस्त प्रयोगों का संक्षिप्तीकरण एक उत्कृष्ट सारांश में किया। मरे की *एक्सप्लोरेशन्स इन पर्सनैलिटी* इसलिए बहुत महत्वपूर्ण है कि इसमें व्यक्तित्व पर प्रयोग करने के लिए अत्यधिक भिन्न-भिन्न प्रविधियां प्रयोग की गई हैं और परिणामों को सूचित किया गया है। डॉलार्ड और उनके सहकर्मी (1939) *फ्रस्ट्रेशन एंड एग्रॅशन* की सामान्य समस्या के सैद्धांतिक और प्रयोगात्मक उपागमों को संयुक्त करते हैं। बैन्टली और काउड्री की पुस्तक में बैन्टली का निबंध 'जनरल एंड एक्सपैरीमैण्टल साइकोलॉजी' उन शोधों का सावधानी पूर्वक चयनित विवरण देता है जिसे वे इस क्षेत्र में उपयोगी समझते हैं। मनोचिकित्सा

संबंधी शोध में मनोवैज्ञानिकों की भूमिका कॅमरॉन (1937), लॅविन (1937) तथा लेखक (1937 ब) के निबन्धों का विषय रही है।

3. संवेग में होने वाले शारीरिक परिवर्तनों का अभिलेखन

मनोकायिक समस्याओं के जीवावीय (ऑर्गेनिज़्मिक) समाधान, संवेगात्मक व्यवहार में होने वाले शारीरिक परिवर्तनों की जांच को बहुत महत्वपूर्ण बनाते हैं। आज यह माना जाता है कि बहुत से शारीरिक रोगों की उत्पत्ति, प्रथम तो कार्यात्मक (फंक्शनल) और फिर बाद में कभी-कभी दीर्घकालिक संवेगात्मक अवस्थाओं के द्वारा आधारिक दैहिकी (अंडरलाइंग फ़िज़ियोलॉजी) में लाए गए संरचनात्मक परिवर्तनों में निहित रहती है। चूंकि समस्त व्यवहार संवेगों से ही उत्पन्न होता है, संवेगात्मक व्यवहार के शारीरिक सहवर्ती, प्राथमिक मनोजन्य (साइकोजॅनिक) विकृतियों में भी महत्वपूर्ण होते हैं। थॅलेमस और स्वायत्त नाड़ी संस्थान संवेगात्मक व्यवहार में सदैव सम्मिलित रहते हैं। प्रतिक्रिया सदैव आंत्रिक (विसरल) और ग्रंथीय (ग्लैंड्यूलर) होती है। विविध मनोवैज्ञानिक प्रविधियों के द्वारा इस प्रतिक्रिया का पंजीकरण हमें निष्पक्ष बनाने की, और इस प्रकार संवेगात्मक अवस्थाओं का मापन करने की विधियां प्रदान करता है। यह हमें कायिक (सोमैटिक) परिवर्तन को मानसिक (साइकिक) परिवर्तन के साथ संबद्ध करने और इनके अंतर्संबंधों का अध्ययन करने की विविधां प्रदान करता है। इस समस्या पर अपार संचित साहित्य उपलब्ध है। इसका संक्षिप्तिकरण हाल ही में डनबर (1935) द्वारा किया गया है। मैनिंजर (1938) और एलेक्जेण्डर (1936) कुछ अधूरे, लेकिन पढ़ने योग्य सारांश प्रस्तुत करते हैं। आगामी पंक्तियों में कुछ मुख्य निष्कर्ष और समस्याओं को छुआ है।

रक्तचाप : स्फिग्मॅनोमीटर[4] की खोज और प्रकुंचक (सिस्टॉल्इक), दीर्घीकृत (डाइऐस्टॅलिक) तथा नाड़ी-स्पंदन दाब (पल्स प्रेशर) के पंजीयन की संभावना के बाद से यह अनुभूति बढ़ती जा रही है कि ये आंकड़ें बहुत घटते-बढ़ते रहते हैं तथा ये संवेग के साथ घटते-बढ़ते हैं। आजकल कोई भी अच्छा चिकित्सक रक्तचाप के एकल निर्धारण से संतुष्ट नहीं होते और तथाकथित 'मानक या नॉर्मूस' व्यापक रूप से घटते-बढ़ते रहते हैं। इस क्षेत्र में बहुत से अध्ययन हैं जो यह संकेत करते हैं कि रक्तचाप संवेग में, विशेषकर भय और क्रोध से बढ़ता है। मनोविश्लेषण की प्रक्रिया के दौरान लिए गए रक्तचाप के निर्वचन के बहुत नूतन अध्ययनों में एलेक्जैण्डर और उनके सहयोगियों ने नैराश्य और अचेतन विद्वेष तथा रक्तचाप लेते समय मिलीमीटर्स में पारे की ऊंचाई के घनिष्ठ सहसंबंध प्रदर्शित किया। मैनिंजर (1938) के अध्ययन इन निष्कर्षों की पुष्टि करते हैं। इस कारण से हमारी धारणा है कि तथाकथित 'मूलभूत उच्च रक्तचाप या एसॅन्शिइयल हाइपरटैन्शन' में व्यापक मनोजन्य (साइकोजैनिक) घटक रहते हैं।

यद्यपि सभी प्रयोज्यों की मैनोमैट्रिक रीडिंग्स में कुछ उतार-चढ़ाव रहता है, लेकिन कुछ प्रयोज्यों की केवल औसत रीडिंग्स ही अधिक नहीं होती बल्कि उनकी रीडिंग्स अन्य प्रयोज्यों की तुलना में बहुत अधिक घटती-बढ़ती है। इसकी निश्चित प्रकृति अभी तक निर्धारित नहीं हुई है और अन्वेषण के अंतर्गत है।

एक मुख्य तकनीकी समस्या जिसके निराकरण की आवश्यकता है वह है रक्तचाप का निरंतर पंजीयन करना। वर्तमान समय में, केवल डैरो और कीलर की प्रविधियों को छोड़कर, अन्य में किसी संवेगात्मक अनुभव के तत्काल पूर्व और पश्चात् रक्तचाप को जांचना संभव है। निरंतर रीडिंग लेने के साधन स्वयं में बोझिल हैं तथा प्रयोज्य से यह अपेक्षा रखते हैं कि वह आरामदेह या शांत स्थिति में हो। किसी ऐसे स्फ़िग्मॅनोमीटर की खोज, जो प्रयोज्य को अपेक्षाकृत स्वच्छंद क्रिया के कालांशों में अपेक्षाकृत सिस्टॉलिक रक्तचाप का निरंतर अंकन करने की अनुमति देता हो, बहुत वांछित है।

श्वसन (रॅस्पिरेशन) : न्यूमोग्राफ़ के द्वारा श्वसन के बारे में सबसे अधिक महत्वपूर्ण तथ्यों का मापन करना संभव है। श्वसन वक्र (ब्रीदिंग कर्व) हमें लिए हुए सांसों की मात्रा, श्वसन की आवृत्ति, श्वसन की गति/दिशा, तथा निःश्वसन- अंतःश्वसन सूचक का आधारिक चयापचयी मान (बेसल मैटाबॉलिक रेट) के साथ संबंध, प्रस्तुत करती है। यह बहुत समय से मालूम है कि रक्तचाप की भांति श्वसन भी संवेग के साथ बदलता रहता है। दमा या अस्थमा नामक मनोकायिक चिकित्सा की समस्या के साथ श्वसन का संबंध विशेष रूप से महत्वपूर्ण है। दमा में शक्तिशाली मनोकायिक कारक होता है यह बात कुछ समय से सुप्रसिद्ध है। एलेक्ज़ेण्डर, फ्रैन्च (1939) तथा मनोविश्लेषण के शिकागो संस्थान का कर्मचारीगण इस समस्या का अन्वेषण कर रहा है। एलेक्ज़ेण्डर ने श्वसन वक्र के संबंध में कुछ चरित्र विज्ञान संबंधी (कैरेक्टरोलॉजिकल) अनुमान लगाए हैं। प्रयोज्य जब उन्मुक्त हो उस समय अनवरत या अविराम श्वसन वक्रों को रिकार्ड करने की तकनीकी समस्या एक ऐसी समस्या है जिसका भी निराकरण होना चाहिए।

साइकोगैल्वैनिक रिफ्लैक्स : 1988 में फेरे और टॅरकानॉफ़ के द्वारा इसकी खोज के बाद, साइकोगैल्वैनिक रिफ्लैक्स ने संवेग के एक सूचक और एक संभावित झूठ संसूचक (लाई डिटैक्टर) के रूप में मनोवैज्ञानिकों का ध्यान आकर्षित किया है। इससे संबंधित साहित्य वृहत् है। संवेग के दौरान त्वचा की प्रतिरोध शक्ति में परिवर्तन के साथ गैल्वैनोमीटर के विचलनों के बारे में जांच की गई है जिसके परिणाम कुछ-कुछ भिन्न हैं। कुल मिलाकर, उपकरण 'आवश्यकता से अधिक संवेदनशील' है और असंगत शारीरिक स्थितियां कदाचित् कुछ रीडिंगों को गड़बड़ा देती हैं। स्वतंत्र और नियंत्रित, दोनों प्रकार के साहचर्यों की जांच करने में साइकोगैल्वैनिक रिफलैक्स को प्रतिक्रिया समय और दूसरे दैहिक सूचकांकों के साथ प्रयोग किया गया है। डनबर ने इस कार्य का अच्छा सारांश प्रस्तुत किया है। मनोवैज्ञानिक साहित्य का भी संक्षिप्तिकरण लैण्डिस और लैण्डिस तथा डीविक (1932) के द्वारा किया गया है।

लूरिया प्रविधि : ऐसी सामान्य प्रकृति की प्रविधियों में सबसे अधिक संभावित मनोवैज्ञानिक महत्व की प्रविधि वह है जो रूसी मनोवैज्ञानिक ए.आर. लूरिया ने हाल में विकसित की है। लूरिया के द्वारा संवेग में व्यवहार के विघटन की जांच श्रेष्ठ प्रतीत होती है क्योंकि यह मनोगतिकी सिद्धांत की प्रयोगात्मक दृष्टि से जांच करने के प्रयास पर आधारित है। यह सिद्धांत मनोविश्लेषण के साथ घनिष्ठ रूप से संबंधित है और लूरिया को उन चेतन और अर्धचेतन द्वंद्वों की उपस्थिति को प्रदर्शित करने की ओर ले जाता है जो साथ-साथ की जाने वाली ऐच्छिक चालक क्रियाओं या गतिविधियों के विघटन के कारण उत्पन्न होते हैं। इस प्रविधि में बाएं हाथ की ऐच्छिक चेष्टाएं रिकार्ड होती हैं और दाएं हाथ की ऐच्छिक चेष्टाएं अवरुद्ध होती हैं। प्रयोज्य को एक उद्दीपक शब्द का साहचर्य देने के लिए दाएं हाथ से एक बटन दबाने का अनुरोध किया जाता है। यदि चेतन या अचेतन प्रेरकों (मोटिव्ज़) के लिए पहला साहचर्य दमित कर लिया गया है, तो यह दमन या अवरोध बाएं हाथ की अनैच्छिक चेष्टा में निर्दिष्ट होता है। प्रतिक्रिया समय, दाएं हाथ की प्रतिक्रिया का स्वरूप तथा दाएं हाथ के प्रतिक्रिया कम्पनों का प्रयोग भी किया जाता है। रक्तचाप रीडिंग्स, न्यूमोग्राफिक रिकॉड्र्स तथा साइकोगैल्वैनिक रिफ्लैक्स के साथ मिलकर लूरिया युक्ति (डिवाइस) आज हमारे पास कदाचित् संवेगात्मक स्थितियों का सर्वोत्तम सूचक है। लूरिया यह दिखाने में सक्षम थे कि जो उद्दीपक शब्द अचेतन या चेतन द्वंद्वों को उत्पन्न करते हैं उनके बारे में सदैव दोनों हाथों के रिकार्ड और साथ में कुछ गौण रिकॉड्र्स जैसे श्वसन से पता लगाया जा सकता है। इस प्रकार वे चालक प्रतिक्रिया पर द्वंद्व के प्रभाव और फ्रायड के सिद्धांत के कुछ आधारभूत सूत्रों का प्रयोगों के द्वारा अनुमोदन करते हैं। लूरिया के आधारभूत निष्कर्षों को बारनैकिल, एबॉ तथा लेनियर द्वारा तथा हस्टन, शॅकौ, ऐरिक्सन, ट्रॉविलो तथा शूई के द्वारा दोहराया गया है। अंतिम दो अन्वेषक, विशेष रूप से व्यक्तित्व के प्रभेदों का निर्धारण करने में तथा मनोचिकित्सा संबंधी निदान में लूरिया के अभिलेखों (रिकॉड्र्स) के संभावित प्रयोग की ओर ध्यान आकर्षित करने से, विशेष रूप से संबंधित थे। निश्चित रूप से प्रयोगात्मक मनोरोग विज्ञान लूरिया प्रविधि का बहुत प्रयोग कर सकता है। तथापि अन्य प्रविधियों की भांति इस प्रविधि में भी प्रयोज्य की स्वतंत्रता को बहुत सीमित किए बिना, अनवरत अभिलेखन प्राप्त करना असंभव है।

लूरिया प्रविधि से प्राप्त रक्तचाप अभिलेखों, श्वसन अभिलेखों और दोनों हाथों के अभिलेखों के द्वारा कुछ उद्दीपकों के लिए अनुक्रिया की जांच करने में, चेतना के विभिन्न स्तरों पर प्रतिक्रियाओं को और इच्छाशक्ति (वौलिशन) की विविध मात्राओं को प्राप्त करना संभव है। सापेक्षिक सिस्टॉलिक रक्तचाप हमें एक अचेतन अनैच्छिक अनुक्रिया प्रदान करता है। लूरिया का बाएं हाथ का रिकॉर्ड हमें चेतन अनैच्छिक अनुक्रिया और दाएं हाथ का रिकार्ड एक चेतन ऐच्छिक अनुक्रिया प्रदान करता है। ऐसी प्रविधि रोर्शा रिकाड्र्स (अभिलेखों) का संभावित वैधीकरण (वैलीडेशन) करते समय

अचेतन संवेगात्मक द्वंद्वों का पता लगाने में और फ्रायड की अभिधारणाओं के प्रयोगों के आधार पर आलोचना करने में लाभदायक है। मैनिंजर क्लिनिक और ओसावाटोमी, कैन्साज़ के स्टेट हॉस्पिटल में इस दिशा में प्रयोग करना प्रारंभ कर दिया गया है। वॉरवेल और ब्राउन और ऑर्बिसन द्वारा प्राथमिक रिपोर्ट तैयार की गई है।

4. मानक परीक्षण

बुद्धि परीक्षण : प्रयोगात्मक मनोरोग विज्ञान का विकास करने में बुद्धि परीक्षणों का प्रयोग किया जा सकता है। हाइपोफ्रीनिया के बारे में हमारे विवेचन के संबंध में हमने पहले ही बुद्धि लब्धि और बुद्धि परीक्षण का उल्लेख किया है। उस स्थान पर हमने देखा कि यह मनोविज्ञान का इतना बड़ा क्षेत्र है कि इस पुस्तक में इस पर विस्तार से विचार करना कठिन है। फिर भी प्रयोगात्मक मनोरोग विज्ञान में बुद्धि परीक्षण की विशिष्ट भूमिका है और तात्कालिक पर्यावरण में रोगी द्वारा समस्याओं के साथ किए गए अनुकूलन में अंतर्दृष्टि प्राप्त करने के लिए यह एक मूल्यवान युक्ति है। हाल ही में मनोवैज्ञानिकों को यह स्पष्ट हो गया है कि बुद्धि लब्धि में बहुत उतार-चढ़ाव आते हैं तथा एक मनोविकृतिग्रस्त (साइकोटिक) रोगी की परीक्षण की रीडिंग से यह नहीं समझ लेना चाहिए कि उसकी बुद्धि सदैव ही ऐसी थी या अब स्थायी रूप से इतनी दबी हुई थी। डी. वैशलर (1939) द्वारा संरचित नए बैलेव्यू एडल्ट इन्टॅलीजैन्स स्केल चिकित्सालय में रोगियों के साथ कार्य करने के लिए भली-भांति अनुकूल हैं। वैशलर अवनति की समस्या पर कार्य कर रहे हैं। बैडकॉक ने अवनति के लिए विशेष मानसिक परीक्षण मानकीकृत किया है। बुद्धि परीक्षण और मनोचिकित्सा में उनके प्रयोग के बारे में विचार विमर्श डी. ई. कैमरौन, पिन्टनर तथा गॅरट और श्नैक की पुस्तकों में दिया है। परीक्षणों की एक संपूर्ण आधुनिकतम ग्रंथ-सूची हिलडर्थ ने दी है : ब्यूरोस की *ईयरबुक* पहले किए गए कार्य का संक्षिप्तिकरण करती है तथा परीक्षण के क्षेत्र में करने के लिए नवीन कार्य प्रदान करती है।

चरित्र और सामाजिक अभिवृत्ति परीक्षण : व्यक्तित्व के विभिन्न प्रभेदों और सामाजिक अभिवृत्तियों के लिए बहुत बड़ी संख्या में परीक्षण उपलब्ध हैं। सिमण्ड्स की पुस्तक में इस साहित्य का पुनरावलोकन किया गया है। ब्यूरोस की *ईयरबुक* सूची को आधुनिकतम बनाती है। इनमें से अधिक परीक्षणों में पैंसिल की सहायता से कागज पर छपी हुई प्रश्नावली (क्वश्चनायर) का उत्तर देने की आवश्यकता होती है और परिणामस्वरूप यह 'कागज़-और-पैंसिल परीक्षण या (पेपर-एंड-पैंसिल-टैस्ट्स)' कहलाते हैं। यद्यपि प्रयोगात्मक मनोरोग विज्ञान में इनमें से कुछ परीक्षणों का महत्व है, लेकिन इनमें अधिकांश अपेक्षाकृत व्यर्थ है। बहुत से पुराने परीक्षणों में, परीक्षण का उद्देश्य स्पष्ट रूप से दिया गया होता था जिससे प्रयोज्य उत्तरों को इस प्रकार तोल लेता था कि परीक्षणों में बहुत अविश्वसनीयता आ जाती थी। उदाहरण के लिए, लगभग हर

किसी ने अंतर्मुख और बहिर्मुख के बारे में कुछ न कुछ सुना है और वह स्वयं अंतर्मुखी है या बहिर्मुखी इस बारे में उसकी अपनी धारणा होती है। अतः वह प्रश्नों का उत्तर अपनी पूर्व धारणाओं की दिशा में देगा। हाल में अधिकांश परीक्षणों ने परीक्षण के उद्देश्य को छिपाकर त्रुटि के इस स्रोत पर विजय प्राप्त की है। फिर भी, इस बारे में संदेह है कि यदि इन कागज-पैंसिल परीक्षणों से ऐसी कोई सूचना प्राप्त होती है जो सावधानीपूर्वक किए गए नैदानिक परीक्षण में प्राप्त नहीं होगी और ऐसा कोई परीक्षण व्यक्तित्व की संरचना के बारे में ऐसे तथ्य प्रस्तुत करेगा जो परीक्षण नहीं करते। ऐसे परीक्षण कुल जनसमुदाय के सर्वेक्षणों में उपयोगी होते हैं जहां व्यक्तिगत नैदानिक परीक्षण संभव नहीं होते। ऐसे विख्यात पेपर-पैंसिल परीक्षण, जिनका मनश्चिकित्सीय महत्व है वे हैं नेमॅन-कोलूसूटॅड का इन्ट्रोवर्जन-एक्स्ट्रावर्जन परीक्षण, बर्नरिटर पर्सनैलिटी परीक्षण, थर्स्टन की पर्सनैलिटी इन्वैन्ट्री तथा टर्मन माइल्स का मैस्कुलायनिटी-फैमिनिटी टैस्ट।

सामाजिक बुद्धि परीक्षण : यह प्रसिद्ध है कि किसी व्यक्ति की बुद्धि लब्धि असाधारण रूप से उच्च हो सकती है, लेकिन वह सामाजिक दृष्टि से कुसमायोजित हो सकता है। इसने बुद्धि परीक्षण के सामान्य पैटर्न पर आधारित परीक्षणों की रचना का मार्ग दिखाया है जिसमें तुलना के लिए बौद्धिक परिपक्वता की अपेक्षा सामाजिक परिपक्वता मानदंड बनाती है। ये परीक्षण प्रयोगात्मक मनोरोग चिकित्सा में लगभग वैसी ही उपयुक्तता रखते हैं जैसी कि बुद्धि परीक्षण रखते हैं। इनके विशिष्ट उदाहरण हैं वाइनलैंड सोशल मैच्योरिटी स्केलर (वाइनलैंड की सामाजिक परिपक्वता मापनी), हैगार्टी-ऑल्सन-विकमैन विहेवियर रेटिंग स्केल (हैगार्टी-ऑल्सन-विकमैन की व्यवहार निर्धारण मापनी) तथा ब्लूलर मैच्योरेशन टैस्ट (ब्लूलर का परिपक्वता परीक्षण)।

स्वतंत्र और नियंत्रित साहचर्य परीक्षण : हम देख चुके हैं कि स्वतंत्र या निर्बाध साहचर्य की विधि मनोविश्लेषण का आधार है। विभिन्न साहचर्य परीक्षणों का प्रयोग करके, कम समय में रोगी की साहचर्यात्मक प्रक्रियाओं की गहरी सूझबूझ प्राप्त की जा सकती है। ये अकेले या संवेगात्मक व्यवहार के शारीरिक सहवर्तियों के अभिलेखन के संबंध में प्रयोग किए जा सकते हैं। स्वतंत्र साहचर्य (फ्री एसोसिएशन) परीक्षण, प्रयोज्य को एक उद्दीपक शब्द के लिए अपने समस्त शाब्दिक साहचर्यों को देने का अवसर देते हैं। जैसे 'माता' या 'प्रेम' या 'व्हिस्की'। नियंत्रित साहचर्य (कन्ट्रोल्ड एसोसिएशन) परीक्षण, प्रत्येक उद्दीपक शब्द के लिए एक प्रतिक्रिया (अनुक्रिया) की अनुमति देते हैं। ये साहचर्य परीक्षण निसंदेह चेतन और अर्धचेतन द्वन्द्वों को उघाड़ने में उपयोगी हैं और विशेषकर तब जब कि वे शारीरिक अभिलेखन (फिज़ियोलॉजिकल रिकॉर्डिंग्स) के साथ सम्बद्ध होते हैं। यह विधि युग (1919) के द्वारा प्रस्तुत की गई थी और कैन्ट और रोज़ानॉफ़ के द्वारा अमरीकी जनता के लिए मानकीकृत की गई है। रुचि रखने वाले पाठक को रोज़ानॉफ़ के *मैनुअल ऑफ साइकिएट्री* में परीक्षण देने के लिए आवश्यक निर्देशों के साथ आवृति तालिकाओं (फ्रीक्वॅन्सी टेबिल्स) और परिणामों का मूल्यांकन

करने के लिए सुझाव मिलेंगे। पेपर-एंड-पैंसिल परीक्षणों की भांति, स्वतंत्र और नियंत्रित साहचर्य परीक्षण भी ऐसी सूचनाएं बहुत कम देते हैं जो विस्तार से किए गए नैदानिक (क्लिनिकल) अध्ययन से उपलब्ध न हों, लेकिन फिर भी ये एक संभावित समय बचाने वाला साधन प्रस्तुत करते हैं।

रोर्शा परीक्षण : साहचर्य परीक्षणों से संबंधित एक विशिष्ट प्रविधि स्विस मनोचिकित्सक रोर्शा की है। रोर्शा में दस स्याही के धब्बों की एक शृंखला की रचना की जिनका अर्थ संदिग्ध है लेकिन वे साधारण व्यक्ति को कुछ चित्रों का सुझाव देते हैं। परीक्षण के प्रशासन में रोगी को एक क्रम में कार्डों का अवलोकन करने की अनुमति दी जाती है तथा उसे ऐसी प्रत्येक वस्तु की सूचना (रिपोर्ट) देने के लिए कहा जाता है जिसे वह उस कार्ड में देखता है या कार्ड उसे जिसका स्मरण दिलाता है। यह परीक्षण एक अर्धनियंत्रित साहचर्य परीक्षण है जिसमें उद्दीपक सामग्री का कोई वस्तुपरक अर्थ नहीं है। अभी तक सूचित सभी परीक्षणों में से केवल रोर्शा ही व्यक्तित्व की संरचना के बारे में कभी-कभी ऐसी सूचना देगा जो नैदानिक साक्षात्कारों के द्वारा प्राप्त नहीं की जा सकतीं। कुछ स्याही के धब्बे रंगीन हैं, ये आकृति, छायाकरण और जटिलता में बहुत अलग-अलग तरह के होते हैं। इस प्रकार यह विधि प्रत्यक्षज्ञानात्मक (पर्सैप्चुअल) और संज्ञानात्मक (कॉग्नीशनल) एकीकरणों का परीक्षण करने और संवेगात्मक पृष्ठभूमि में इनकी तुलना करने के लिए दी गई है। अंकन (स्कोरिन्ग) के लिए एक अत्यधिक जटिल विधि तैयार की गई है। ये अलग से स्कोर किए जाते हैं : कार्ड का वह भाग जिसकी ओर प्रयोज्य देखता है, कार्ड पर वह क्या देखता है, और वह उसे कैसे देखता है। परिणाम को एक मनोरेख (साइकोग्राम) में दिया जाता है जो एक समाकृति (कन्फ़िग्यूरेशन) है जिसमें चरों के बीच अंतर्संबंध महत्वपूर्ण मान (वैल्यूज) हैं। व्यक्तित्व अध्ययन के क्षेत्र में रोर्शा परीक्षण एक बहुत विशेषित क्षेत्र होता जा रहा है और परीक्षण के प्रशासन के लिए विशेष प्रशिक्षण की आवश्यकता होती है। परीक्षण को निश्चय ही विषयीकरण और कुछ और मानकीकरण की आवश्यकता है। फिर भी, हमने जितने परीक्षणों के बारे में विचार विमर्श किया है उनमें से यह परीक्षण निश्चित रूप से एक ऐसा परीक्षण है जो ठीक तरीके से प्रशासित हो तो अपेक्षाकृत सबसे कम समय में हमें सर्वोत्तम सूचना देता है। रोर्शा परीक्षण पर अंग्रेजी में सबसे समावेशकारी कार्य बैक (1937, 1938) के हैं। हट्र्ज़ (1935 अ) तथा रिकर्स-ओव्सिएनकीना ने भी स्कोरिंग स्कीमज़ प्रकाशित की है। परीक्षण पर उपलब्ध साहित्य बहुत विपुल है तथा 1935 के वर्ष में हट्र्ज़ (1935 ब) ने इसका संक्षिप्तिकरण किया है। निदान (डायग्नोसिस) और पूर्वानुमान (प्रॉगनॉसूइस) में रोर्शा परीक्षण नैदानिक दृष्टि (क्लिनिकली) से उपयोगी है। यह संभव है कि इसके विनियोग का, रोग विज्ञान की (नॉसॉलॉजिकल) दृष्टि से महत्व है। प्रयोगात्मक क्षेत्र में, इसका प्रयोग भली भांति विविध चिकित्सा प्रणालियों (थेरैपीज़) का मूल्यांकन करने के लिए किया जा सकता है।

रोर्शा परीक्षण के संभावित अपवाद के साथ कोई भी मानकीकृत परीक्षण अपने में प्रयोगात्मक साधन नहीं है। ये बल्कि मापन के साधन हैं जिनकी वैधता और विश्वसनीयता में विविधता है और जो हमें व्यक्ति का कमोबेश वस्तुपरक चित्रण देते हैं। प्रायोगिक मनोरोग विज्ञान में इनका अपना सुनिश्चित उपयोग हो सकता है लेकिन तुलनात्मक मनोरोग विज्ञान (कम्पेअरेटिव साइकोपैथोलॉजी) और स्थान वैज्ञानिक उपागम (टॉपोलॉजिकल एप्रोच) अधिक आशा दिलाते हैं।

5. तुलनात्मक मनोरोग विज्ञान

अधिकांश आधुनिक चिकित्साशास्त्र तुलनात्मक विधि पर आधारित हैं। तुलनात्मक शरीर रचना विज्ञान (कम्पैरेटिव एनाटॉमी) और तुलनात्मक शरीर क्रिया विज्ञान (फिजियोलॉजी) दो आधारशिलाएं हैं, जिन पर आधुनिक शरीर क्रिया विज्ञान और रोग विज्ञान या विकृतिविज्ञान निर्मित हुए हैं। सामान्य मनोविज्ञान के क्षेत्र में अधिगम और प्रत्यक्ष ज्ञान के बारे में हमारा ज्ञान निश्चित रूप से तुलनात्मक उपागम के द्वारा आगे बढ़ा है। कुछ मनोवैज्ञानिकों जैसे टॉलमन और यर्क्स ने मनोविज्ञान में प्रयोगात्मक प्रयोजन के लिए पशुओं के प्रयोग के बारे में बहुत विश्वास दिलाने वाले तरीके से तर्क प्रस्तुत किए हैं। उनके तर्क तथ्यों की एक शृंखला पर आधारित हैं जो असल में प्रभावशाली हैं।

(1) चूंकि डार्विन के सिद्धांत ने समस्त जीवन की निरंतरता को प्रदर्शित किया है, पशु मनुष्यों की तुलना में बहुत कम जटिल जीवों (ऑर्गनिज़्म्स) का प्रतिनिधित्व करते हैं और परिणामस्वरूप उनका अध्ययन करना आसान है। आधुनिक भौतिकी, गति (मोशन) के सबसे सरल नियमों पर आधारित है, कदाचित् व्यवहार का सिद्धांत व्यवहार के सबसे सरल नियमों पर आधारित हो सकता है।

(2) पशु तुलनात्मक दृष्टि से मानकीकृत जीवन व्यतीत करते हैं सिवाय प्रयोगात्मक परिस्थिति में होने पर। अतः असंगत पर्यावरणपरक कारक पूर्णतया नियंत्रित हो जाते हैं।

(3) प्रयोगात्मक पशु–जब तक एण्टीवाइवीसॅक्शनिस्ट इसे रोकते नहीं–वातावरण में परिवर्तनों के और मनोवैज्ञानिक और औषधशास्त्रीय उपचार के अधीन हो सकते हैं जिन्हें मानव प्रयोज्यों के साथ करने की इजाज़त नहीं होती।

(4) शल्य क्रिया प्रविधियां जो पशुओं की मृत्यु का कारण भी बन सकती हैं, मनोदैहिक संबंध के अधिक प्रगाढ़ अध्ययन का अवसर मनुष्यों के साथ जितना संभव है उससे अधिक देती हैं।

(5) प्रजनन और उत्पादन (ब्रीडिन्ग और रिप्रोडक्शन) का नियंत्रण तथा प्रजनन (रिप्रोडक्शन) की द्रुतगति, आवेष्टित वंशानुगत और संरचना संबंधी कारकों

का अधिक विशुद्ध अध्ययन करने की अनुमति देती है। ये बहुत प्रभावी बिन्दु हैं और यह मात्र स्वाभाविक है कि मनोरोग वैज्ञानिक हाल में तुलनात्मक मनोरोग विज्ञान की समस्या के साथ और विशेषकर पशुओं में प्रयोगात्मक तंत्रिकाताप (एक्सपेरीमेण्टल न्यूरॉसिस) के साथ कुछ-कुछ सम्बद्ध है।

तुलनात्मक उपागम की फिर भी बहुत सी सीमाएं हैं जिनका उल्लेख भी होना चाहिए।

(1) व्यवहार की मात्र सरलता भी अपने में एक सीमा है। मनोरोग विज्ञान तर्क (रीज़निंग) और विश्वास (बिलीफ़) जैसी जटिल प्रक्रियाओं (फंक्शन्स) के विकारों के साथ संबंधित है और यद्यपि पशु इन दोनों के केन्द्रक या आणविक रूप (न्यूक्लियर फॉर्म्स) प्रदर्शित करते हैं लेकिन पशुओं में ये कदाचित् भिन्न होती हैं। प्रयोगशाला के चूहे या कुत्ते में संभ्रांति विभ्रम (पॅरानाइड डिल्यूजन्स) की कल्पना करना कठिन है।

(2) पशुओं में भाषा की कमी इससे भी गंभीर दोष है। एक गिनी पिग में 'स्वतंत्र साहचर्य' नहीं होते।

(3) कुछ प्रजातियों के अपवाद को छोड़कर पशु केवल प्राथमिक सामाजिक संगठन प्रदर्शित करते हैं। (फंक्शनल मैण्टल डिस्ऑर्डर) प्रक्रियात्मक मानसिक विकृतियां अधिकांशतयाः समाज द्वारा अनुकूलित होती हैं।

(4) सबसे महत्वपूर्ण मनोवैज्ञानिक द्वन्द्व सभ्यता (सिविलाइज़ेशन) द्वारा मूलवृत्यात्मक वृत्तियों (इन्सटिन्कचुअल अर्जेज) को निराश (फस्ट्रेट) करने से संबंधित होते हैं। यद्यपि पशुओं को प्रकृति की भौतिक शक्तियां निराश (फस्ट्रेट) करती हैं और कदाचित् कुछ प्रजातियों में सभ्यता का आरंभ भी देखा जा सकता है, लेकिन ऐसे आरंभ मानव संस्कृति में मानव के नैराश्यों के साथ मुश्किल से तुलनीय होते हैं।

(5) पशुओं में कदाचित् बहुत कम अहम् होता है और पराहम् (सुपरईगो) असल में नहीं होता। जबकि ये कमियां तुलनात्मक मनोरोग विज्ञान की संभावनाओं के बारे में हमारे उत्साह को कम करती हैं ये किसी भी तरह से पशु प्रयोज्यों पर किए गए प्रयोगों को व्यर्थ अनुपयोगी नहीं बनातीं।

उच्च श्रेणी के वनमानुषों के सामाजिक जीवन और लैंगिक जीवन के अवलोकन ने इनमें सामाजिक और यौन संबंधी लोकाचार (मोरेज़) के आरंभ और समुदाय के अन्य सदस्यों द्वारा इनमें से कुछ लोकाचारों के असंदिग्ध नैराश्य को प्रदर्शित किया है। चिम्पैन्ज़ियों पर किए गए अत्यंत महत्वपूर्ण प्रयोगों के अंत में कोयलर (1929 ब) ने बहुत स्पष्ट रूप से इस ओर संकेत किया है और जुकरमॅन ने इसके बहुत से उदाहरण दिए हैं। अपने एकल अवलोकन में टिन्किलपॉ ने मकाका रीसस वानर द्वारा, अपने साथी से अलग किए जाने पर और साथी के पिंजरे के पास दूसरे पिंजरे में दूसरे नर के साथ रहने के लिए बाध्य किए जाने पर, आत्म-अंगच्छेद करने का उदाहरण सूचित

किया। सूचित किया गया व्यवहार निश्चित रूप से 'साइकोटिक या मनस्तंत्रिकाताप ग्रस्त' था जिसमें पशु चरित्र में पूर्ण परिवर्तन हो गया था। पॉवलॉव ने अपने प्रयोगों में प्रयुक्त सभी पशुओं में अत्यधिक भयभीत करने वाली परिस्थितियों के पश्चात् आदतजन्य प्रतिक्रियाओं में विघटन होने की सूचना दी है। लेखक के पास एक डैकशुण्ड नस्ल का कुत्ता है जो पिल्ला था तब से शहर के फ्लैट में बड़ा हुआ और उसे केवल मुंह बंद करके और पट्टा बांध कर बाहर ले जाया जाता था तथा दूसरे कुत्तों के साथ उसका सम्पर्क केवल कभी-कभी होता था। वह पशु निस्संदेह एक गम्भीर 'न्यूरॉटिक या तंत्रिकातापग्रस्त' हो गया जिसके मनुष्यों के प्रति कामवृत्यात्मक स्थिरण (लिबिडिनल फिक्सेशन्स) अन्य कुत्तों की अपेक्षा अधिक मज़बूत थे। पशु चिकित्सकों व अन्य के द्वारा किए गए अध्ययन और अवलोकन यह सूचित करते हैं कि पशुओं में 'साइकोसीज या मनस्तंत्रिकाताप' और 'न्यूरॉसीज या तंत्रिकाताप' पाया जाता है इसके निर्विवाद प्रमाण है। एच. डॅक्सलर ने यूरोपीय लेखकों के अध्ययनों का सबसे सम्यक सारांश प्रस्तुत किया है। संक्षिप्त सारांश हॅम्पलमान तथा मायर तथा श्नाइर्ला की पुस्तकों में उपलब्ध है।

तथाकथित 'प्रयोगात्मक तंत्रिकाताप या एक्सपैरीमैन्टल न्यूरॉसिज' के अंतर्गत पशुओं में प्रयोगगत असामान्य व्यवहार के विकास का अध्ययन करने के प्रयास कदाचित् अधिक महत्व के हैं। पॉवलॉव ने सबसे पहले यह नोट किया कि एक पशु जो एक उद्दीपक के साथ विभेदों के आधार पर (डिफरॅन्श्यली) अनुकूलित किया गया था उसने उस समय 'न्यूरॉसीज या तंत्रिकाताप' विकसित कर लिया जब उसके लिए विभेदीकरण करना और अधिक संभव नहीं था। यह केवल अपरिष्कृत व्यावहारिक परिवर्तनों के द्वारा ही इंगित नहीं किया गया था बल्कि पहले सीखी हुई आदतजन्य प्रतिक्रियाओं के विघटन के द्वारा भी इंगित किया गया है। इस प्रकार एक ऐसी द्वन्द्वात्मक स्थिति में जो प्रबल रूप से अभिप्रेरित है (पशु भूखा है), उस समय न्यूरॉसिस विकसित होती है जब समस्या का कोई समाधान संभव नहीं होता। यह नैराश्य की हमारी धारणाओं और मनुष्यों में न्यूरॉटिक लक्षणों के विकास के इतना समान है कि बहुत विचारोत्तेजक और महत्वपूर्ण है। ऐसी प्रयोगात्मक न्यूरॉसिस (एक्सपैरीमैन्टल न्यूरॉसिस) दूसरे रूपों में भी घटित होती है। यह लिडॅल द्वारा सूअरों के लिए, गॅण्ट द्वारा कुत्तों के लिए, कुक के और मायर के द्वारा प्रयोगशाला के चूहों के लिए, दिखाया गया है। मायर का कार्य विशेष रूप से महत्वपूर्ण है क्योंकि वे केवल व्यवहार के विघटन की ही जांच नहीं करते बल्कि व्यवहार के पुनर्एकीकरण की बात भी करते हैं।

हाल ही में येल विश्वविद्यालय में ऐसे प्रयोग किए गए हैं जिनमें चूहों में क्रियातन्त्रों (मैकेनिज़्म्स) की उपस्थिति दिखाई गई है जो मनोविश्लेषणवाद के द्वारा उद्घाटित किए गए मैकेनिज़्म्स के बहुत समान हैं। इस कार्य की एक अच्छी लोकप्रिय रिपोर्ट मिलर और उसके सहयोगियों ने *येल यूनिवर्सिटी मैगजीन* में एक लेख में दी गई है। इस प्रकार चूहों में एन. मिलर (1940) ने 'संवेगात्मक विस्थापन या इमोशनल डिसप्लेसमैण्ट' की, मोरर

(1940) ने 'प्रतिगमन या रिग्रेशन' और 'प्रतिक्रिया विधान या रीएक्शन फॉर्मेशन' की जांच की है। ऐसे अध्ययन दो कारणों से बहुत महत्वपूर्ण हो सकते हैं। ये क्रियातंत्रों को कठोर नियंत्रण में कार्य करने की अनुमति देते हैं और इनमें नाड़ी संस्थान की भूमिका की जांच-पड़ताल करने की अनुमति देते हैं।

इन दिशाओं में भावी शोध संरचनात्मक और वंशानुक्रमगत कारकों, कुछ परिस्थितियों के अंतर्गत होने वाले नैराश्य की मात्रा तथा विविध चिकित्सा प्रणालियों की भूमिका पर पर्याप्त प्रकाश डाल सकती है। अविशिष्ट सामाजिक कारकों के कारण पालतू पशुओं पर प्रयोग करना बहुत रोचक होगा। प्रत्येक कुत्ता प्रेमी जानता है कि कुत्ते बहुत मात्रा में सामाजिक संवेग प्रदर्शित करते हैं। कुत्तों में अपने स्वामी द्वारा त्याग दिए जाने से हुए दुःख से उत्पन्न 'डिप्रेशन्स या अवसादों' का अंत मृत्यु में होना अक्सर देखा जा सकता है। चिन्ता या एंग्ज़ाइटी और भय और ईर्ष्या भी घटित होती है। एक पिल्ला नैराश्यों (फ्रस्ट्रेशन्स) की श्रृंखला से जैसे गुजरता है वह शिशु के नैराश्यों के बहुत समान है। शिशु से मां का दूध छुड़ाया जाता है (वीन्ड) और उसके बाद केवल विशिष्ट समय पर ही भोजन दिया जाता है, वह भावनात्मक रूप से बेघर हो जाता है और उसका लैंगिक जीवन नियंत्रित व नियमित हो जाता है। परिणामस्वरूप सभ्य बनाने के प्रक्रिया में मुखीय, गुदीय और जननिक नैराश्य के अविकसित प्रारंभिक रूप उपस्थित रहते हैं। भविष्य में कुत्तों और पालतू बन्दरों पर किए गए प्रयोग मनोगतिकी सिद्धांत का स्पष्टीकरण करने में बहुत सहायक होंगे। अब तक तुलनात्मक उपागम में रुचि होने के बावजूद मानव तंत्रिकाताप (ह्यूमन न्यूरॉसिस) के बारे में हमारा ज्ञान पशुओं में तंत्रिकाताप की प्रकृति की व्याख्या करने में अधिक सहायक होता है जबकि पशु तंत्रिकाताप का ज्ञान मनुष्य के बारे में इतना नहीं बताता।

6. सांस्थितिक विज्ञान या स्थान विज्ञानी उपागम

लेखक की धारणा है कि प्रयोगात्मक मनोरोग विज्ञान के विविध प्रकार के समस्त उपागमों में से टॉपोलॉजिकल उपागम सबसे अधिक आशा दिलाता है। यह दृष्टिकोण हाल ही में एक निबन्ध (1937 ब) में प्रस्तुत किया गया था। इस निबंध में से ली गई अग्रिम पंक्तियों में टॉपोलॉजिकल मनोविज्ञान तथा मनोविश्लेषणात्मक मनोचिकित्सा के बीच सहमति और असहमति के मुख्य बिन्दुओं को दिया है। इन्हें प्रयोगात्मक मनोविज्ञान और मनोरोग विज्ञान और मनश्चिकित्सा के बीच समसामयिक संबंधों के उपयोगी सारांश के रूप में लिया जा सकता है।

टॉपोलॉजिकल मनोविज्ञान ने कुछ आधारभूत प्रणालीपरक अभिधारणाओं को या तो स्वतंत्र रूप से विकसित किया है या मनोविश्लेषणवाद से लिया है जो इन दोनों मतों (सिस्टम्स) को बहुत कुछ समान बनाते हैं। इनके सूचीकरण द्वारा सहयोगी शोध की संभावना को स्पष्ट करना चाहिए।

1. आलोचनात्मक दर्शनशास्त्र आधुनिक जैविक विचारधारा के समस्त विविध विचारधाराओं और वादों (*इज़्मस*) को जीवविज्ञान की दो आधारभूत दार्शनिक विचाराधाराओं के रूप में परिणत करते हैं। इन्हें *जीवावीय या ऑर्गेनिज़्मिक* और *अणुवादी-यन्त्रवादी* या *एटमिस्टिक - मैकेनिस्टिक* कहा जा सकता है। जीव विज्ञान की जीवावीय विचारधारा जीव (ऑर्गेनिज़्म) की समग्रता और भागों के ऊपर समग्र की प्राथमिकता पर बल देती है। जीवावीय चिन्तन व्यक्ति को एक स्वः नियंत्रित ऊर्जा तंत्र (सैल्फ-रॅगुलेटिंग एनर्जी सिस्टम) के रूप में देखता है। यह स्पष्ट होना चाहिए कि मनोविश्लेषवाद जीवविज्ञान के उस दर्शन का अनुसरण करता है, जो टॉपोलॉजिकल मनोविज्ञान के आधार में भी है। इसके विपरीत अणुवादी-यंत्रवाद है जो भागों की प्राथमिकता पर बल देता है तथा व्यक्ति को एक मशीन के रूप में देखता है। अणुवादी-यत्रंवाद निस्संदेह व्यवहारवाद के आधार में है।
2. मनोविश्लेषक बहुत समय से इस तथ्य पर बल देते रहे हैं कि मनोवैज्ञाानिक प्रक्रियाओं (मैकेनिज्मूस) तथा उस समाज मानवशास्त्रीय संस्कृति जिसमें मनुष्य स्वयं को पाता है, इन दोनों के बीच बहुत अधिक घनिष्ठ संबंध है। निश्चित रूप से मानवशास्त्र के लिए फ्रायड के सिद्धांत के निहितार्थ चिकित्सा के क्षेत्र के बाद दूसरे नंबर पर आते हैं। समाज मनोविज्ञान के क्षेत्र में टॉपोलॉजिकल सिद्धांतों का विनियोग भी इस बात पर बल देता है। सामाजिक क्षेत्र की संरचना का निर्धारण करने में पर्यावरण की नृशास्त्रीय, आर्थिक तथा राजनीतिक विशेषताएं बतानी चाहिए । दूसरी ओर व्यवहारवाद जीव (ऑर्गेनिज़्म) को उसकी सभ्यता से पृथक करके अध्ययन करने की ओर प्रवृत्त है।
3. दोनों सिद्धांतों में व्यक्तित्व की संरचना और व्यक्तित्व की उत्पत्ति (जेनॅसिस) के संबंध में घनिष्ठ सामान्य सहमति है। मनोविश्लेषक का बहु-संरचनात्मक स्वः (मल्टी-स्ट्रक्चर्ड सैल्फ), चेतना, अचेतन, अग्रचेतन तथा अहम्, पराहम् और कामतत्व (इड) के रूप में अपने विभाजन के साथ, लेविन के द्वारा वर्णित व्यक्ति संरचना के क्षेत्रों के बहुत समानांतर है। इसके अतिरिक्त दोनों विचारधाराएं इस बात पर एकमत हैं कि यह विभेदीकरण या पृथकीकरण, अधिक एकात्मक आदिम समग्रों (यूनिटरी प्रिमिटिव होल्स), विश्लेषक के कामतत्व (इड) और टॉपोलॉजिस्ट स्थानविज्ञानी के अपृथक् या अभिन्न शिशु व्यक्ति (अनिडिफरॅन्शिएटिड चाइल्ड पर्सन) में से निकलता है। दोनों विचारधाराएं इस पृथकीकरण को विकास और वृद्धि की प्रक्रिया में से प्रकट होता हुआ मानती है जहां जीव (ऑर्गेनिज्म) मित्र भिन्न संरचनाओं के वातावरण में, आधारभूत मूलवृत्तियों और सदिशों (वैक्टस) के मार्ग में आने वाले अवरोधों का सामना करता है।

4. प्रणालीपरक अध्ययनों ने यह संकेत किया है कि वैज्ञानिक प्रगति की सबसे फलदायक विधि हाइपोथैटिको डिडक्टिव या निर्माणात्मक (रचनात्मक या कन्सट्रक्टिव) विधि है। यह विधि फ्रायड के कामतत्व या लिबिडो, अहम् या ईगो, और अचेतन या अन्कांशस जैसे और टॉपोलॉजिस्ट के वैक्टर, व्यक्ति, जीवन अंतराल के वास्तविकता विस्तार (रीएलिटी डाइमैन्शन ऑफ लाइफ स्पेस) जैसे सैद्धांतिक अन्वयों (थ्योरिटिकल कन्सट्रक्ट्स) के प्रयोग का अवसर देता है। केवल व्यवहार का अवलोकन किया गया है, लेकिन इस व्यवहार को सिद्धांत के साथ समन्वित किया गया है जिससे कि विविध तथ्यों का एकीकरण किया जा सके तथा आगे शोध करने के लिए निहितार्थों (महत्वों) पर ध्यान दिलाया जा सके। मनोविश्लेषणवाद का संपूर्ण विकास इस प्रकार से है कि संपूर्ण तथ्यों को सिद्धांतों के रूप में एकीकृत किया गया जो फिर नवीन तथ्यों में रूपान्तरित किए गए। स्थल विज्ञान संबंधी (टॉपोलॉजिकल) मनोविज्ञान में भी विकास की समान प्रक्रिया घटित हुई है। एक विशुद्ध आगमनात्मक (इन्डक्टिव) विधि जो सैद्धांतिक समन्वय के बिना ही तथ्यों का सांख्यिकीय संकलन करने का प्रयास करती है, उसे हाल ही में कुछ व्यवहारवादियों द्वारा भी त्याग दिया गया है।
5. मनोविश्लेषणवाद और स्थान विज्ञान संबंधी मनोविज्ञान, दोनों ही मानसिकी निर्धारणवाद (साइकिक डिटरमिनिज़्म) में तथा मनोवैज्ञानिक प्रकृति की एकरूपता और निरंतरता में विश्वास करते हैं। ऐसे आधारभूत नियमों का पता लगाना है जिन्हें सामान्य और असामान्य व्यवहार दोनों का विवरण देना चाहिए। समस्त मानसिक घटनाओं (साइकिक फिनॉमिना) का, जिनमें लक्षण भी निहित हैं, संपूर्ण जीव के मनोजीव विज्ञान के संबंध में एक कारण, एक अर्थ या निहितार्थ और एक मितव्ययी कार्य (फंक्शन) होता है।

ऐसी आधारभूत अभिधारणाओं (पॉस्चुलेट्स) के बारे में घनिष्ठ सहमति होते हुए भी, इन दोनों विचारधाराओं में *मतभेद* भी हैं। लेकिन सौभाग्य से इन मतभेदों का स्वरूप ऐसा है कि इनके बारे में या तो चिकित्सालय में (क्लिनिकली) या प्रयोगात्मक रूप से ही निश्चित किया जा सकता है। इन्हें पुनः सूचीबद्ध किया जा सकता है :

1. मनोविज्ञान के दोनों प्रकार के सैद्धांतिक अन्वयों के बीच मुख्य मतभेद इनकी प्रकृति में निहित रहता है। मनोविश्लेषणवाद के अन्वय असंदिग्ध प्रतिभा के कुछ व्यक्तियों द्वारा चिकित्सा व्यवसाय की प्रक्रिया में कुछ संयोगजन्य तरीके से उत्पन्न हुए थे। मनोविश्लेषण विधि व्यक्ति की मनोगतिकी में (साइकोडायनैमिक्स) सबसे महत्वपूर्ण और कभी-कभी आश्चर्यजनक सहसंबंधों को उद्घाटित करने में इतना अधिक सफल रही है कि चिकित्सकों (क्लिनिशियंस) को विधिपरक दृष्टि से इन संकल्पनाओं की आलोचना करने का बहुत कम अवसर मिला है। दूसरी ओर स्थान विज्ञानियों ने अपनी

संकल्पनाओं को सबसे अधिक अकाट्य और जहां संभव है गणितीय परिभाषा देने का प्रयास किया। प्रत्येक व्यवहारपरक घटना सिद्धांत के साथ व्यवस्थित की जाती है तथा यह सिद्धांत ऐसे संरचित होता है कि प्रयोग के द्वारा इसका सत्यापन संभव हो। जहां मनोविश्लेषणवाद की अभिधारणाएं विशुद्ध रूप से इतना कम परिभाषित की गई हैं कि वे आलोचनात्मक प्रयोग करने का अवसर देने के लिए पर्याप्त नहीं हैं, वहीं स्थल विज्ञान संबंधी मनोविज्ञान ऐसा करने की सदैव अनुमति देता है। यदि यहां ऐसा लगता है कि मैं टॉपोलॉजिकल साइकोलॉजी का अनुचित रूप से पक्ष ले रहा हू तो मुझे कहने दें कि मैं ऐसा कर रहा हूं लेकिन केवल विधि के दृष्टिकोण से। मनोविश्लेषणवाद के द्वारा बहुत सी समस्याएं उठाई गई हैं, विशेष रूप से कदाचित् प्रतीकवाद (सिम्बॉलिज़्म) की, जहां स्थान विज्ञानी तरीका पूर्ण रूप से धराशायी हो जाता है, लेकिन जिन समस्याओं पर टॉपोलॉजिकल मनोविज्ञान आक्रमण कर सकता है उनका निश्चित उत्तर दिया जाना है।

2. टॉपोलॉजिकल मनोविज्ञान में वर्तमान व्यवहार, सदैव मनोवैज्ञानिक क्षेत्र की विद्यमान संरचना से उत्पन्न होता है। इस अर्थ में, टॉपोलॉजिकल मनोविज्ञान को एक ऐतिहासिक विज्ञान कहा जा सकता है। अऐतिहासिक विज्ञान, जैसे भौतिकशास्त्र को अध्ययन की जाने वाली घटनाओं का बीता हुआ इतिहास जानने की आवश्यकता नहीं होती क्योंकि वे क्षणिक स्थिति का संपूर्ण गत्यात्मक विवरण देने में सक्षम होती हैं। यह खुलकर स्वीकार किया जाना है कि यदि वर्तमान में हमें इतिहास का कुछ भी जानने की आवश्यकता नहीं होती तो कम समस्याएं अस्तित्व में रहती हैं। मनोविश्लेषणवाद एक ऐतिहासिक विज्ञान है अर्थात् इसका संबंध, बीते हुए संवेगात्मक अनुभव का वर्तमान व्यवहार पर पड़ने वाले प्रभाव से है। स्थान विज्ञान का मनोविज्ञान इस बात को नहीं नकारता कि ऐतिहासिक घटनाक्रमों का वर्तमान में बहुत महत्व होता है। फिर भी, यह विशुद्ध क्षणिक परिस्थिति से वर्तमान व्यवहार को प्राप्त करने का प्रयास करता है। यह समय ही बताएगा कि ऐसे निगमन को कितनी दूर तक ले जाया जा सकता है। सभी सुव्यवस्थित विज्ञान ऐतिहासिक होने की प्रवृत्ति रखते हैं।
3. मेरी धारणा है कि दोनों विचारधाराएं जिसे सामाजिक मनोजैविक समस्या के रूप में पहचानती हैं, उनके विविध कारकों की प्रभावोत्पादकता पर उनके द्वारा बल देने में कुछ अंतर पाया जाना है। मनोविश्लेषक अपने आधारभूत वृत्तियों के मूलप्रवृत्ति सिद्धांत (इन्सटिन्क्ट थ्योरी ऑफ बेसिक अर्जिज) के कारण समस्या के मनोजैविक पहलू पर बल देने के लिए बाध्य होता है। इसके उदाहरण के रूप में हम मनोविश्लेषक के बार-बार दिए जाने वाले तर्क पर ध्यान देते हैं कि आक्रमणशील वृत्तियों या फ्रायड की मरण वृत्ति के कारण

युद्ध अपरिहार्य है और समाजवाद असंभव है। मनोविश्लेषकों के अनुसार जन्मजात मूलप्रवृत्तियां या वृत्तियां (इन्नेट इन्सटिन्क्ट्स ऑर अर्जिज) अभिप्रेरक शक्तियां हैं। टॉपोलॉजिकल मनोवैज्ञानिक के अनुसार वातावरण में जीव के कार्य ही अभिप्रेरक शक्तियां हैं। यद्यपि मनोविश्लेषक वातावरण पर विचार करते हैं, तथापि वे व्यवहार को लगभग पूर्ण रूप से व्यक्ति से निगमन करने का प्रयास करते हैं। महत्व देने की इस भिन्नता को स्पष्टतया कहें तो हम यह कहेंगे कि टॉपोलॉजिकल मनोवैज्ञानिकों की तुलना में मनोविश्लेषक, मानव प्रकृति की अपरिवर्तनीयता को यथेष्ट मात्रा में अपनाते हैं। फिर भी, मनोविश्लेषकों की तुलना में स्थल-विज्ञानी परिचालन को क्षमताओं पर अधिक ध्यान देंगे।

4. अंत में मनोविश्लेषण के आंकड़े मुख्य रूप से नैदानिक व्यवसाय से आते हैं, जबकि स्थान-विज्ञान के मनोविज्ञान के आंकड़े मुख्यतया प्रयोगात्मक स्थिति से आते हैं। मेरी धारणा है कि यह दोनों विचारधाराओं के मजबूत और दुर्बल बिन्दुओं का विवरण देता है। नैदानिक चिकित्सा व्यवसाय मनोविश्लेषकों की समस्याओं को उनकी महान जीवन शक्तियां स्थायित्व और असंदिग्ध निहितार्थ प्रदान करता है। फिर भी, चिकित्सा व्यवसाय त्रुटि के स्रोतों से ग्रस्त है। प्रत्येक चिकित्सकीय विशेषता में यथार्थता और परिशुद्धता, प्रयोगात्मक प्रविधियों के प्रस्तुतीकरण का अनुसरण करती हैं। यदि प्रयोगात्मक विधि तंत्रिका रचना विज्ञान (न्यूरोऐंनाटमी) और शरीर क्रिया विज्ञान (फ़िज़ियोलॉजी) के लिए उपयुक्त है, तो यह मनोविज्ञान के लिए उपयुक्त क्यों नहीं होनी चाहिए? टॉपोलॉजिकल मनोवैज्ञानिक आशा करते हैं कि ऐसा होगा।[5]

सांस्थिति-विज्ञान या स्थान-विज्ञान मनोवैज्ञानिकों के प्रारंभिक निबंधों से मनोगतिकी सिद्धांत के कुछ प्रयोगात्मक प्रमाणीकरण संभव हैं। पूर्ण किए गए और बाधित कार्यों के स्मृति मूल्य से संबंधित प्रसिद्ध परीक्षणों में, ज़ीगरनिक मनोविश्लेषणवादी दावों का समर्थन करते हैं कि अनसुलझे मानसिक (साइकिक) तनाव बने रहते हैं और भावी व्यवहार को प्रभावित करते हैं। यह कई बार नैदानिक दृष्टि से भली प्रकार प्रदर्शित किया गया है। लेकिन इसके प्रयोगात्मक प्रदर्शन इसे और भी विश्वसनीय बनाते हैं। बाधित कार्यों के पुनरारंभ पर ओवूसियॅनकीना द्वारा किए गए कार्य हमें इसी निष्कर्ष पर पहुंचाते हैं। आकांक्षा के स्तर (लेविल ऑफ एस्पिरेशन) पर हॉप के प्रयोग, आकांक्षा, निष्पादन, प्रतियोगिता के प्रभाव तथा सफलता और असफलता के अनुभवों में निहित सामाजिक और इसलिए मनोगत्यात्मक कारकों के महत्व को दर्शाते हैं। आकांक्षा के विविध स्तरों पर तनावों के परितोष के क्षतिपूरक महत्व पर किए गए मॅहलर के प्रयोग, उदात्तीकरण का अध्ययन करने के लिए हमें संभावित रास्ता प्रदान करते हैं। यथार्थ के विविध स्तरों की गयात्मक विशेषताओं पर किया गया लेखक का अध्ययन (1933), हमें संवेगात्मक दुराग्रह के भिन्न-भिन्न स्तरों पर द्वंद्व की जांच करने

के लिए उपकरण प्रदान करता है। क्रोधोन्माद पर डैम्बो का कार्य विशिष्ट महत्व का है क्योंकि इसमें पहली बार उनके द्वारा मनुष्यों के संपूर्ण नैराश्य का अवलोकन किया गया है। ऊपर दी गई पंक्तियां टॉपोलॉजिकल प्रयोगात्मक मनोविज्ञान और मनोविश्लेषण सिद्धांत के बीच कुछ अंतर्सबंधों की ओर मात्र संकेत करती हैं। ऐसे बहुत से दूसरे लेख हैं तथा मनोरोग विज्ञान के गंभीर विद्यार्थी को मौलिक लेखों से लाभ उठाना चाहिए या कम से कम लॅविन (1935) हरिमैन या लेखक (1936) द्वारा दिए गए विस्तारित सारांशों को पढ़ना चाहिए।

मनोचिकित्सकीय समस्याओं में टॉपोलॉजिकल मनोविज्ञान का सीधा उपयोग बहुत आधुनिक प्रगति है। रिकर्स-ऑवसिएनकीना (1937) ने संस्थिति विज्ञानपरक प्रविधियों से मनोविदलनग्रस्त (स्काईज़ोफ्रीनिक) के साथ किए गए कार्यों की रिपोर्ट दी है, एस्कालोना ने इस प्रविधियों से उन्मादी-अवसादी का विश्लेषण किया है। लॅविन, बार्कर, और डैम्बो ने शिशुओं में नैराश्य से होने वाले प्रतीपायन का अध्ययन किया है। लेखक (1939) ने निराशाजनक स्थिति में समस्त मनश्चिकित्सीय वर्गों के व्यवहार का सर्वेक्षण किया है। इस अध्ययन के आधार पर उन्होंने अग्रलिखित निष्कर्ष निकाले, जिन्हें यहां पुनः छापा जा रहा है जिससे कि पाठक को इस प्रकार के कार्य के संभावित महत्व के बारे में कुछ अन्दाजा हो सके। सूचित अवलोकनों के परिणाम हमें निम्नलिखित निष्कर्षों के सुझाव के रूप में सूत्रबद्ध करने की अनुमति देते हैं जो सामान्य मनोचिकित्सकीय महत्व के हैं।

1. एक निराशाजनक स्थिति में सामान्य व्यक्ति के व्यवहार की तुलना में मनस्तापी (साइकोटिक) और मनस्तंत्रिकातापग्रस्त (साइकोन्यूरॉटिक) व्यक्तियों का व्यवहार बहुत अधिक परिवर्तनीय और अननुमेय होता है। इस संबंध में खंडित मनस्कताग्रस्त व्यवहार सबसे अधिक परिवर्तनीय होता है। इसके अतिरिक्त भिन्न-भिन्न नैदानिक समूह इतना अधिक परस्पर व्याप्ति दिखाते हैं कि निदान किए गए वर्गों के लिए यह नहीं कहा जा सकता कि ये पृथक रोग अस्तित्वों का प्रतिनिधित्व करते हैं बल्कि किसी सांतत्यक पर मात्र सुविधाजनक बिन्दु हैं जैसे प्रतीपायन या यथार्थ से पीछे हटना। इसका अर्थ यह नहीं लगा लेना चाहिए कि विविध मनोचिकित्सकीय वर्ग एक दूसरे से *केवल* इसी आधार पर भिन्न होते हैं। निस्संदेह, प्रतीपायनों के अतिरिक्त व्यक्तित्व के दूसरे 'आयाम या डाइमेन्शन्स' भी हैं। मानसिक रोग के वर्गों की यह संरचना अधिक से अधिक सामान्य रूप से स्वीकार की जा रही है और इसे मनोविश्लेषणवादी और जीवावीय मनोचिकित्सा की आधारभूत अभिधारणा भी कहा जा सकता है।
2. यदि हमारे नियंत्रित समूह के द्वारा प्रदर्शित किया गया व्यवहार सामान्य या समायोजित के रूप में देखा जा सकता है, तो विविध मनोचिकित्सकीय श्रेणियां सामान्य से विचलन के संबंध में क्रमबद्ध की जा सकती हैं।

कार्यात्मक मनोविक्षिप्ति (फंक्शनल साइकोसिस) के संबंध में सबसे अधिक विचलित समूह निश्चित रूप से स्काईज़ोफ्रीनिक्स या खंडित मनस्कता ग्रस्त का होता है, इससे अगला सर्वाधिक विचलित मैनिक-डिप्रैसिव साइकोटिक या उन्मादी-अवसादी मनस्तापग्रस्त और सबसे कम विचलित पैरानॉइड साइकोटिक या व्यामोहाभ मनस्तापग्रस्त होते हैं। ऑबसॅशनल-कॅपलज़न न्यूरॉसीज या बाध्यता-मनोग्रस्ति तंत्रिकाताप, मनस्तंत्रिकाताप में नियंत्रित समूह से सबसे स्पष्ट रूप से पृथक् समूह है। इस क्रम की, जिसका लगभग तथ्यतः अनुसरण किया गया, सबसे पहले अब्राहम (1927) के द्वारा कल्पना की गई थी और बाद में विविध मानसिक रोगों में कामप्रवृत्यात्मक प्रतीपायनों (लिबिडिनल रिग्रैशन्स) की गहराई का वर्णन करने के लिए बहुत से मनोविश्लेषकों ने ऐसे क्रम विकसित किए। हमारे परिणाम इस प्रकार मनोविश्लेषणात्मक वर्गीकरणकारी मनोचिकित्सा का अनुमोदन करते हैं।

3. यहां बताए गए अवलोकनों से, गत्यात्मक संकल्पनाओं के प्रयोग के माध्यम से विविध प्रकार के तंत्रिकातापों में व्यक्तित्व की लगभग समीपवर्ती संरचना की संभावना का विकास हुआ है। लगभग सभी केसों में हम पृथक किए हुए तनाव तंत्रों (सैग्रीगेटिड टैन्शन सिस्टमूस) के बनने में सुगमता और विमुक्त होना, आकांक्षा के स्तर तथा इस सामाजिक दबाव के प्रभाव का विशिष्टीकरण करने में सक्षम रहे हैं। ये केवल प्रारंभिक मोटे अनुमानों को प्रस्तुत करते हैं और हमारी निर्धारण मापनियों (रेटिंग स्केलूस) को वस्तुपरक बनाने के लिए प्रविधि में इसके अतिरिक्त भी परिष्करण खोजा जाना चाहिए। हमने अब तक केवल एक अर्थवस्तुपरक प्रविधि विकसित की है जिससे कि कामचलाऊ सूचक आंकड़े प्रदान किए जा सकते हैं। ऐसी निर्देशिकाओं से, जो वर्तमान समय में केवल टॉपोलॉजिकल महत्व की है, हम समय के वास्तविक मापनों की ओर बढ़ने की आशा करते हैं। हमारा विश्वास है कि हमारे अवलोकन मनोरोग विज्ञान में इस प्रकार के उपागम की वैधता की ओर संकेत करते हैं, और हमारा दूसरा कदम अवलोकन की विधियों को और अधिक वैध और वस्तुपरक बनाने का होना चाहिए।[6]

वर्तमान समय में इस प्रकार के अध्ययन मैनिंजर क्लिनिक में चलाए जा रहे हैं और इसी प्रकार का कार्य शिकागो इन्सूटीट्यूट फॉर साइकोएनालिसिस में डॉ. एडलर द्वारा हाथ में लिया गया है।

7. अन्य उपागम

संस्थिति-विज्ञान के मनोविज्ञान के दृष्टिकोण से प्रयोगात्मक मनोरोग विज्ञान की समस्याओं पर आक्रमण करने के अलावा, प्रयोगात्मक विधियों के द्वारा दूसरे प्रकार के

आक्रमण भी संभव हैं जो उपयोगी हो सकते हैं। स्थान हमें केवल इन विधियों को सूचीबद्ध करने और कुछ ग्रन्थ सूची के संदर्भ देने की अनुमति देता है।

प्रश्नावली अध्ययन : मनोविश्लेषण सिद्धांत का 'परीक्षण' प्रश्नावलियों की शृंखला से किया गया है। प्रारंभिक प्रश्नावलियां बहुत कम सिद्ध कर सकीं क्योंकि उनमें निहित प्रश्न सीधे अचेतन रचनातंत्रों से संबंध रखते थे। हाल ही में प्रश्नावलियां यह जांच करने के लिए सोचकर निकाली गई हैं कि क्या अचेतन अभिप्रेरणाओं और शैशवीय अनुभवों के अभिवृत्तिपरक (एटीट्यूडिनल) परिणाम वही हैं जिनकी अपेक्षा मनोविश्लेषण सिद्धांत करता है। सामान्यतया, ये अध्ययन सिद्धांत का समर्थन करते हैं। इनके उदाहरण स्टैगनर (1938) स्टॅगन और कॅट्‌ज़ोफ़ तथा क्राउट के कार्य में मिल सकते हैं।

सम्मोहन पर किए गए प्रयोग : मनोविश्लेषण की तुलना में सम्मोहन (हिपनॉसिस), अचेतन को अधिक शीघ्रता से उद्‌घटित करता है। इसका चिकित्सकीय (थराप्युटिक) महत्व अधिक संदेहास्पद है। इसमें कोई संदेह नहीं कि आधुनिक काल में चिकित्सक और मनोवैज्ञानिक विज्ञानियों के द्वारा सम्मोहन को उपेक्षा और बल्कि अपकीर्ति की दृष्टि से देखा गया है। हाल ही के एक निबंध में एरिक्सन तथा क्यूबी बताते हैं कि सम्मोहन की जांच की यह कमी कैसे प्रयोगात्मक मनोरोग चिकित्सा को रोककर रखती है। हल (1933) की पुस्तक सम्मोहन पर किए गए अन्य वैज्ञानिकों के प्रयोगों और स्वयं हल के महत्वपूर्ण प्रयोगों को संक्षिप्तिकरण करती है। अपने लेखों की एक लम्बी और प्रभावशाली शृंखला में डॉ. मिल्टन एरिक्सन (1937, 1938, 1939) प्रयोगात्मक परिस्थित में सम्मोहन की उपयोगिता प्रदर्शित करते हैं। मनोविश्लेषणवादी संकल्पनाओं का परीक्षण करने के लिए उनके द्वारा सम्मोहन का प्रयोग करना विशेष रूप से रोचक है। फ्रायड (1933) स्वयं सम्मोहन के प्रयोग का सुझाव देते हैं और बहुत से प्रयोग रिपोर्ट करते हैं जो उनकी विधि के साथ समर्थन करते हैं।

अनुकूलित-अनुक्रिया (कंडीशंड-रिफ्लैक्स) विधि-फ्रैन्च (1933) ने यह बताया कि अनुकूलित अनुक्रियावाद (कंडीशंड रिफ्लैक्सोलॉजी) की अभिधारणाओं को मनोविश्लेषणवादी पारिभाषिक शब्दावली में अनुवादित किया जा सकता है। हल और उनके विद्यार्थियों ने मनोविश्लेषणवादी अभिधारणाओं को अनुकूलित-अनुक्रियावाद में अनुवाद करने का प्रयास किया है। ऐसे प्रयोगों में पशुओं का प्रयोग किए जाने का उल्लेख पहले ही कर दिया गया है। येल विश्वविद्यालय के मिलर, सीयर्स और मोरर ने भी, अनुकूलित अनुक्रिया की प्रविधियों के द्वारा प्रयोग करके मनोविश्लेषणवादी अभिधारणाओं की आलोचला करने के प्रयास में, मनुष्यों के साथ रोचक कार्य किए हैं।

मनुष्यों के नैराश्यों पर किए प्रयोग : सांस्थिति या स्थल-विज्ञान के दृष्टिकोण से सूचित किए गए प्रयोगों के अलावा, आक्रमणशीलता और नैराश्य पर भी कुछ रोचक प्रयोग किए गए हैं। इनके बारे में रेज़ेनवीग (1935) में तथा नैराश्य पर रेज़ेनवीग

(1938) द्वारा सम्पादित एक संगोष्ठी में विचार विमर्श किया गया है। येल विश्वविद्यालय की प्रयोगशालाओं से निबंधों की एक शृंखला 'माइनर स्टडीज़ इन एग्रेशन या आक्रमणशीलता में गौण अध्ययन' के नाम से, और एक अन्य शृंखला 'एनालिसिस ऑफ एप्रोच एंड एवॉइडेन्स कॉन्टॅक्ट्स' या 'सम्पर्कों के पास पहुंचने या बचाव करने का विश्लेषण' के नाम से आजकल प्रकाशित हो रहे हैं। विविध प्रकार के तंत्रिकातापों (साइकोसीज़) में चिन्तन प्रक्रिया के स्वरूप के बारे में बहुत से विशिष्ट मनोवैज्ञानिक शोध किए जा रहे हैं। हॅन्फ़मैन और कॅसॉनिन तथा एन. कैमरौन (1938, 1939) के कार्य पढ़ने योग्य हैं।

8. मनोगतिकी सिद्धांत के लिए भावी संभावना

हम सांस्कृतिक संकट के काल में रह रहे हैं। इसका परिणाम क्या होगा कोई नहीं जानता। बहुत से निराशावादी यह विश्वास करते हैं कि हम एक अव्यवस्था के काल में, एक नए 'अंधकार युग' में प्रवेश कर रहे हैं। कुछ आशावादी वर्तमान उलझे हुए सांसारिक परिदृश्य के एक अपरिहार्य परिणाम के रूप में एक नए और द्युतिमान् संस्कृति के आने का अनुमान लगाते हैं। यह अधिक निश्चित है। मानवता ने पहले भी अव्यवस्थाओं को झेला है और बदलते हुए सांस्कृतिक वातावरण के साथ नवीन समायोजनों और अनुकूलनों का अविष्कार करके ही उन्हें सहा है। सामंतवाद के विघटन होने से उत्पन्न हुई अव्यवस्था का निराकरण, आर्थिक उत्पादन और वितरण की समस्याओं के समाधान में नवीन भौतिक विज्ञान का विनियोग करने के माध्यम से हुआ। वर्तमान अव्यवस्था भौतिक विज्ञान की असफलता के कारण नहीं बल्कि उपयोग करने योग्य मनोवैज्ञानिक और सामाजिक विज्ञान के अभाव के कारण हुई। यह आशा की जाती है कि यह पुस्तक इस बात का बहुत सा प्रमाण रखती है कि मनोगतिकी सिद्धांत में ऐसे एक विज्ञान के लिए पृष्ठभूमि तैयार कर ली गई है। आधुनिक मनोविज्ञान की महान खोजों में हमें कदाचित् वे उपकरण मिल गए हैं जो आने वाले कल के मनुष्य को आज के मनुष्य की तुलना में एक अधिक सुखी और परिपूर्ण जीवन व्यतीत करने के सक्ष्म बनाएंगे। जिस प्रकार भौतिक विज्ञान विश्व से आर्थिक कठिनाइयों की आवश्यकता को दूर करता है, उसी प्रकार मनोवैज्ञानिक विज्ञान हमें ऐसी अंतर्दृष्टि प्रदान करेगा जो अधिक महानता से प्रेम करने और अधिक बुद्धिमत्ता से घृणा करने के लिए आवश्यक है। यदि हम अपनी आधारभूत वृत्तियों (अर्जिज़) पर अधिक बुद्धिमानी के साथ नियंत्रण करना सीखते हैं तो हम एक ऐसे विश्व की रचना कर सकते हैं जिसमें आक्रमणशीलता और विद्वेष इस सीमा तक रचनात्मक रूप में स्थानांतरित हों, जिससे कि भौतिक नियमों का हमारा वृहत् ज्ञान संसार को, रचनात्मक, अनुकूलित जीवन जीने का स्थान बना सके।

संदर्भ

1. लेखक ने पहले ही अपनी पुस्तक *साइकोलॉजी एंड द सोशल आर्डर* में सामाजिक मनोवैज्ञानिक पहलुओं (सोशियो साइकोलॉजिकल आस्पैक्ट्स) पर विचार विमर्श किया है।
2. शिकागो इन्स्टीट्यूट फॉर साइकोएनालिसिस में, न्यूयॉर्क सिटी में प्रस्बिटेरियन हॉस्पिटल में तथा टोपेका में मॅनिन्जर क्लिनिक में ऐसे अध्ययन किए जा रहे हैं । संदर्भ ऐलेक्जैण्डर (1936), डनबर (1935) तथा मैनिंजर (1938)
3. संदर्भ डैम्बो और हैंफ़मैनका रोचक निबंध 'द पेशॅन्ट्स साइकोलॉजिकल सिचुएशन ऑन एन्टरिंग ए मैन्टल हॉस्पीटल'।
4. यह मान लिया गया है कि विद्यार्थी दूसरे पाठ्यक्रमों की सहायता से इन पंजीकरण प्रविधियों से परिचित हैं। जो इनसे परिचित नहीं हैं उन्हें प्रयोगात्मक मनोविज्ञान और शरीर विज्ञान के अधिकांश मानक या आदर्श कार्यों में इनका उल्लेख मिलेगा।
5. जे.एफ. ब्राउन 'साइकोएनलिसिस, टॅापोलॉजिकल साइकोलॉजी एंड एक्सपॅरीमैण्टल साइकोपैथोलॉजी' *साइकोएना क्वार्ट* 6 : 227-237 : 1937 से उद्धत।
6. जे.एफ. ब्राउन, 'रीएक्शनूस ऑफ साइकिएट्रिक पेशॅन्ट्स इन ए फ्रस्ट्रेटिंग सिचुएशन,' बुल. मैनिंजर क्लिन, अ : 60-61, 1939 से उद्धृत।

Paresis	आंशिकघात	पैरिसिस
Paranoia	व्यामोह	पैरानोइआ
Patho	विकृति	पैथो
Pathognomic	रोगनैदानिकपरक रोगनिदान संबंधी	पैथोगनोमिक
Pathoneurosis	विकृतितंत्रिकाताप	पैथोन्यूरोसिस
Pathology	रोगविज्ञान	पैथोलॉजी
Pathological	व्याधिकीय, रोगविज्ञान संबंधी	पैथोलॉजिकल
Phalic Stage/Phase	लिंग अवस्था	फैलिक स्टेज/फेज
Phalic Primacy	लिंगीय प्राधान्य	फैलिक प्राइमेसी
Pharmacotherapy	औषधी चिकित्सा	फारमाकोथेरैपी
Phenomenon	परिघटना	फिनॉमिनन
Phenotype	बाह्य प्रतिरूप	फीनोटाइप
Phenotypical	समलक्षणी	फीनोटाइपिकल
Phobia	दुर्भीति	फोबिया
Pleasure Principle	सुख का नियम, सुखेप्सा सिद्धान्त	प्लॅज़र प्रिन्सिपल
Preconscious	अवचेतन	प्रीकॉनशस
Prognosis	पूर्वानुमान, पूर्वलक्षण, पूर्वसूचना	प्रॉगनॉसिस
Prodromal period	पूर्वलाक्षणिक काल	प्रोडरोमल पीरियड
Psychodynamics	मनोगतिकी, मनोगत्यात्मकता	साइकोडायनैमिक्स
Psychogenic	मनोजनिक, मनोजन्य	साइकोजेनिक
Psychopathy	मनोरोग विज्ञान	साइकोपैथी
Psychopathic	मनोरोगमय	साइकोपैथिक
Psychosexual genesis	मनोलैंगिक उत्पत्ति	साइकोसेक्सुअल जेनेसिस
Psychosis	मनोविकृति, मनोविक्षिप्ति	साइकोसिस
Psychosomatic	मनोदैहिक, मनःकायिक	साइकोसोमॉटिक
Pyrophobia	अग्निभीति	पायरोफोबिया
Reality Principle	वास्तविकता सिद्धान्त	रिसलिटी प्रिन्सीपल
Receptor	संग्राहक	रिसैप्टर
Residual phase	अवशिष्ट अवस्था	रॅज़ीडुअल फेज़
Sadism	परपीड़न	सेडिज़्म
Schizoid	विदलनाभ	शिज़ॉइड
Schizophrenia	खण्डित मनस्कता मनोविदलता	स्किड्ज़ोफ्रीनिया, स्काईज़ोफ्रीनिया
Self	आत्मन्, अन्तरात्मा	सैल्फ
Senile Psychosis	जराजन्य मनस्ताप	सैनाइल साइकोसिस

Significance	सार्थकता, महत्व	सिग्निफ़िकैन्स
Soma	काय, शरीर, देह	सोमा
Somnambulism	निद्रा भ्रमण	सोमनॅम्बुलिज़्म
Somatic	कायिक, दैहिक, शारीरिक	सोमॅटिक
Somatogenic	कायाजन्य, काय जनित देहविज्ञान संबंधी	सोमॅटोजेनिक
Symptom	रोगलक्षण, लक्षण	सिम्पटम
Symptomatology	लक्षण-विज्ञान, लाक्षणिकी	सिम्पटमेटोलॉजी
Synalgia	अनुसंवेदित पीड़ा	सिनैलजिआ
Synapse	सूत्रयुग्मन, न्यूरॉनसंधि	साइनॅप्स
Syndrome	संलक्षण, लक्षण समष्टि	सिंड्रोम
Super ego	परा-हम्	सुपर-ईगो
Somnambulism	निद्रा भ्रमण	सोमनैब्यूलिज़्म
Thanatos	मरण वृत्ति, मुमूर्षा	थैनॅटोज़
Transvestism	भिन्न लिंग वातावरण	ट्रैन्सवॅसटिज़्म
Therapy	चिकित्सा/रोगोपचार चिकित्सा विज्ञान	थेरैपी
Threshold	अवसीमा	थरॅशोल्ड
Topology	स्थान विज्ञान	टॅपॉलॉजि
Topography	स्थलाकृति, स्थान वर्णन	टॅपॉरारॅफि
Topographical Psychology	सांस्थितिक मनोविज्ञान	टॉपॅग्रैफ इकल साइकोलॉजी
Topographical	आकारात्मक	टॉपॅग्रैफ-इकल
Tumescence	सूजन	ट्यूमेसैन्स
Types	प्ररूप	टाइप्स
Unified whole	संगठित सम्पूर्णता	यूनीफाइड-होल
Urge	आवेग, प्रेरणा, प्रवृत्ति	अर्ज
Vector	वेक्टर, सदिश	वेक्टर
Viscera	आंतें, अन्तड़ियां	विसॅरॅ
Voyeurism	नग्नदर्शन रति	वॉयूरिज़्म
Weaning	दूध छुड़ाई	वीनिंग
Zoophilia	पशुलैंगिकता	ज़ूफीलिया

●●●